Fjodor M. Dostojewski
Die Dämonen

Serie Piper
Band 403

Zu diesem Buch

»Die Dämonen« gehören zu den großen Romanwerken Dostojewskis, in denen er mit den Verfehlungen eines mißverstandenen Sozialismus und mit dem Nihilismus abrechnet. Er verurteilt die Machenschaften gewisser Reaktionäre, die durch Ströme von Blut eine neue Zeit heraufführen wollen, und er wendet sich gegen das Dogma von der »Entwicklung vom Gorilla zum Übermenschen«.

Die Hauptperson des Romans ist Nikolai Stawrogin, der im Zwiespalt steht zwischen schöpferischer Geistigkeit und Eros und, so Thomas Mann, eine der »unheimlich anziehendsten Figuren der Weltliteratur« ist. Um ihn gruppiert sich die Handlung, die von einem historischen Vorfall ausgeht, von der später zu düsterer Berühmtheit gelangten »Netschajew-Affäre«: Eine russische Terroristengruppe hatte eines ihrer Mitglieder, einen Studenten, umgebracht, weil er aus der Gruppe ausgetreten war und weil sie seiner Verschwiegenheit mißtraute. Die Konflikte, in die Stawrogin gerät, werden vertieft durch seine Liebesverstrickungen. Er steht in seiner Zwielichtigkeit, in dem Ringen um eine geistig und seelisch mögliche Existenz ebenbürtig neben den anderen tragischen Figuren, die Dostojewski geschaffen hat, er ist der geistige Bruder Raskolnikoffs, Ippolits und Iwan Karamasoffs.

Unvergeßlich auch die anderen Gestalten des Romans: der Fanatiker Werchowenskij und sein idealistisch gesinnter Vater, Tichon, der »positiv schöne Mensch«, der Student Schatoff und die Liebenden Drosdoff und Lisa. Sie alle sind, wie Stefan Zweig sagt, »längst nicht mehr Literatur, sondern irgendwie geheime Anfänge«, sie sind »Präludien eines Mythos vom neuen Menschen«.

Fjodor M. Dostojewski

Die Dämonen

Roman

Piper
München Zürich

Aus dem Russischen übertragen von E. K. Rahsin

Originaltitel »Besy«
Mit einem Nachwort von Aleksandar Flaker, Namenverzeichnis, Anmerkungen, biographischen Daten und Auswahlbibliographie

Von Fjodor M. Dostojewski liegen in der Serie Piper bereits vor:
Sämtliche Erzählungen (338)
Der Idiot (400)
Rodion Raskolnikoff (401)
Weitere Werke sind in Vorbereitung.

Die Werke Dostojewskis erschienen in der Übertragung von E. K. Rahsin im R. Piper & Co. Verlag erstmals in den Jahren 1906–1919.
Der Text dieser Ausgabe folgt – mit Ausnahme des Anhangs – seitengleich der 1956 von E. K. Rahsin neu durchgesehenen Ausgabe.

ISBN 3-492-00703-1
Neuausgabe 1985
15., im Anhang veränderte Auflage, 85.–93. Tausend September 1985
(1. Auflage, 1.–10. Tausend dieser Ausgabe)

Umschlag: Federico Luci
Satz: Jos. C. Huber, Dießen
Druck und Bindung: Clausen & Bosse, Leck
Printed in Germany

. . . .

Herr, wir haben in dem Dunkel
uns verirrt. Was tun wir nun?
Jede Wegspur ist verloren!
Teufel haben ganz gewiß
uns hier auserkoren,
zerren jetzt und drehen uns
mit Dämonenmacht
wohl zickzack im Kreis herum,
in dem Schneesturm und der Nacht.

. . . .

Wieviel sind's? Wohin die Hetze?
Und was jaulen sie im Trab?
Feiern sie heut Hexenhochzeit?
Oder tanzen sie ums Grab,
das sie grad' dem Hausgeist graben?

. . . .

Puschkin

*

Es war aber daselbst eine große Herde Säue an der Weide auf dem Berge. Und sie baten ihn, daß er ihnen erlaube, in dieselben zu fahren. Und er erlaubte es ihnen.

Da fuhren die Teufel aus von dem Menschen, und fuhren in die Säue; und die Herde stürzte sich von einem Abhang in den See, und ersoff.

Da aber die Hirten sahen, was da geschah, flohen sie, und verkündigten's in der Stadt und in den Dörfern. Da gingen sie hinaus, zu sehen, was da geschehen war, und kamen zu Jesu, und fanden den Menschen, von welchem die Teufel ausgefahren waren, sitzend zu den Füßen Jesu, bekleidet und vernünftig, und sie erschraken.

Und die es gesehen hatten, verkündigten's ihnen, wie der Besessene war gesund geworden.

Lukas VIII, 32—36

Erster Teil

ERSTES KAPITEL

Statt einer Einführung: Einige Einzelheiten aus der Lebensgeschichte des hochverehrten Stepán Trofímowitsch Werchowénskij

I

Im Begriff, ans Werk zu gehen und mit der Schilderung der so merkwürdigen Ereignisse zu beginnen, die sich erst unlängst in unserer, bis dahin noch durch nichts aufgefallenen Stadt zugetragen haben, sehe ich mich infolge meiner schriftstellerischen Unerfahrenheit gezwungen, etwas weiter auszuholen und einige biographische Angaben über den talentvollen und hochverehrten Stepán Trofímowitsch Werchowénskij vorauszuschicken. So mögen denn diese Einzelheiten als Einführung in die geplante Chronik dienen; die eigentliche Geschichte aber der Ereignisse, die ich zu schildern beabsichtige, beginnt erst später.

Ich will es sogleich ganz offen sagen: Stepan Trofimowitsch hat unter uns immer eine gewisse Ausnahmerolle gespielt, und zwar die eines Zivilisten[1] sozusagen; und diese Rolle liebte er bis zur Leidenschaft, – liebte sie sogar dermaßen, daß er ohne sie, wie mir scheint, gar nicht hätte leben mögen. Das ist nun nicht so zu verstehen, als wollte ich ihn mit einem Schauspieler auf der Bühne vergleichen! Gott bewahre, das liegt mir völlig fern, um so mehr, als ich ihn doch unbedingt achte. Es konnte hierbei alles nur eine Sache der Gewohnheit sein oder, besser gesagt, einer ständig und schon von Kindheit an gehegten edlen Neigung, sich in der angenehmen Illusion zu wiegen, wie schön doch seine freiheitliche Attitüde sei. So hatte er zum Beispiel seine Lage als »ein Verfolgter« und quasi »Verbannter« ungemein liebgewonnen. Um diese beiden Bezeichnungen spielt nun einmal ein gewisser klassischer Glanz verklärender Art[2], und eben dieser Nimbus scheint ihn dann, nachdem er ihn ein für allemal bezaubert hatte, im Laufe so vieler Jahre in seiner Selbsteinschätzung immer mehr erhöht zu haben, bis er schließlich auf einem überaus hohen und seiner Eigenliebe doch sehr schmeichelnden Piedestal zu stehen glaubte. In einem satirischen englischen Roman des vorigen Jahrhunderts hat sich ein gewisser Gulliver im Lande der Liliputaner, wo die Menschen nur einige Zoll groß waren, so daran gewöhnt, sich für einen Riesen zu halten, daß er auch in den Straßen Londons unwillkürlich den Fußgängern und Kutschen zurief, sie sollten sich vorsehen und ihm ausweichen, damit er sie nicht versehentlich zertrete, denn in seiner Vorstellung war er immer noch der Riese unter Däumlingen. Da lachte man ihn aus und schimpfte auf ihn, und rohe Kutscher schlugen sogar mit der Peitsche nach dem vermeintlichen Riesen; aber hatte er das auch wirklich verdient? Was kann die Gewohnheit nicht alles bewirken? Die Gewohnheit hatte auch unseren Stepán Trofímowitsch fast zu einem ähnlichen Wahn gebracht wie den Gulliver, nur daß dieser Wahn sich bei ihm in einer, wenn man sich so ausdrücken darf, noch naiveren und unverletzenderen Weise äußerte, denn im Grunde war er doch ein prächtiger Mensch.

Ich bin allerdings der Ansicht, daß man ihn mit der Zeit in den literarischen Kreisen überall vergessen hatte; nur darf man deshalb gewiß noch nicht sagen, daß er auch früher niemals bekannt gewesen sei. Unstreitig hat auch er einmal zu der berühmten Plejade gewisser gefeierter Dichter der letzten Generation gehört, und eine Zeitlang – übrigens doch nur während einer ganz, ganz kurzen Zeit – war sein Name von manchen voreiligen Leuten beinahe schon in einer Reihe mit Tschaadájeff, Belínskij, Granówskij und dem damals im Auslande gerade erst beginnenden Herzen genannt worden[3]. Aber das Wirken Stepan Trofimowitschs endete fast schon im selben Augenblick, in dem es begonnen hatte, – angeblich infolge eines »Wirbelsturms zusammentreffender Umstände«. Und was stellt sich nun heraus? Daß es damals nicht nur keinen »Wirbelsturm«, sondern nicht einmal »Umstände«[4] gegeben hat, wenigstens nicht in seinem Fall. Ich habe erst jetzt, erst vor ein paar Tagen, zu meinem größten Erstaunen erfahren, dafür aber mit vollkommener Glaubwürdigkeit, daß Stepan Trofimowitsch hier bei uns, in unserem Gouvernement, nicht nur nicht in der Verbannung gelebt hat, wie man hier allgemein annahm, sondern daß er nicht einmal, gleichviel wann, unter Aufsicht gestanden hat. Wie groß muß demnach seine Einbildungskraft gewesen sein! Er glaubte doch vor sich selbst aufrichtig und sein Leben lang, daß man in gewissen Sphären beständig vor ihm auf der Hut sei, daß jeder seiner Schritte unablässig beobachtet und vermerkt werde, und daß jedem der drei Gouverneure, die wir im Laufe der letzten zwanzig Jahre hier gehabt haben, schon bei der Übergabe des Gouvernements als erstes von Stepán Trofímowitsch Werchowénskij gesprochen worden sei, so daß jeder neue Gouverneur bereits von oben her eine gewisse eigene, mit Sorgen verbundene Vorstellung von ihm mitgebracht habe. Hätte aber jemand mit unwiderlegbaren Beweisen diesen bei alledem ehrlichsten Menschen beruhigen und überzeugen wollen, daß ihm nicht das Geringste drohe, so würde er das unbedingt als Beleidigung empfunden haben. Und dabei war er doch ein kluger, ein begabter Mensch, war gewissermaßen sogar ein Mann der Wissenschaft, obschon er übrigens in der Wissenschaft ... nun, sagen wir, nicht gerade viel geleistet hat, oder gar, wie es scheint, überhaupt nichts. Aber das pflegt ja bei uns in Rußland mit den Männern der Wissenschaft durchgehends so zu sein.

Nach seiner Rückkehr aus dem Ausland hatte er als Lektor auf dem Lehrstuhl einer Universität geglänzt, dies bereits gegen Ende der vierziger Jahre. Es gelang ihm aber nur, ein paar Vorlesungen zu halten, ich glaube, über die Araber; es gelang ihm auch noch, eine glänzende Dissertation zu verteidigen: über die in der Epoche zwischen 1413 und 1428 aufkeimende kulturelle und hanseatische Bedeutung des deutschen Städtchens Hanau und zugleich über jene besonderen und etwas unklaren Gründe, weshalb es zu dieser Bedeutung dann doch überhaupt nicht gekommen ist. Diese Dissertation traf mit einem feinen Stich geschickt und schmerzhaft die damaligen Slawophilen und schuf ihm mit einem Schlage unzählige und erbitterte Feinde unter ihnen. Dann – übrigens schon nach dem Verlust des Lehrstuhls – schrieb und veröffentlichte er noch (wahrscheinlich aus Rache und um zu zeigen, wen sie verloren hatten) in einer fortschrittlichen Monatsschrift, die Übersetzungen aus Dickens brachte und für George Sand warb, den Anfang einer tiefschürfenden Untersuchung – ich glaube, über die Gründe des außergewöhnlich hohen sittlichen Adels irgendwelcher Ritter in irgendeiner Epoche oder etwas Ähnliches. Jedenfalls war es ein erhabener, ungemein edler Gedanke, den er darin durchführte. Nur wurde, wie man später erzählte, die Fortsetzung dieser Untersuchung schleunigst verboten, und auch die fortschrittliche Zeitschrift soll wegen der gedruckten ersten Hälfte zu leiden gehabt haben. Das ist sehr gut möglich, denn was geschah damals nicht alles? In diesem Fall aber ist es doch wahrscheinlicher, daß nichts Derartiges geschah und nur der Autor selber ein wenig zu faul war, den Aufsatz zu beenden. Seine Vorlesungen über die Araber jedoch stellte er deshalb ein, weil ein von ihm geschriebener Brief mit der Darlegung irgendwelcher »Umstände« irgendwie von irgendwem (offenbar von einem seiner reaktionären Feinde) aufgefangen worden war, woraufhin irgend jemand irgendwelche Erklärungen von ihm verlangt hatte[5]. Ich weiß nicht, ob das wahr ist, aber außerdem behauptete man, daß gerade damals in Petersburg eine riesige, gesetzwidrige und staatsfeindliche Gesellschaft, bestehend aus nahezu dreißig Mann, aufgespürt worden sei, eine Gesellschaft, die das Staatsgebäude beinahe erschüttert hätte. Man sagte, sie hätten nichts Geringeres vorgehabt, als Fourier zu übersetzen[6]. Und ausgerechnet zur selben Zeit mußte dann noch in Moskau eine Dichtung Stepan Trofimowitschs beschlagnahmt werden, ein Poem, das er schon sechs Jahre zuvor in Berlin geschrieben hatte, als ganz junger Mensch, und dessen Abschriften, unter der Hand weitergegeben, bei zwei Liebhabern der Dichtkunst und einem Studenten gefunden wurden. Ein Exemplar davon liegt jetzt auch in meinem Schreibtisch: erst im vorigen Jahre erhielt ich es von Stepan Trofimowitsch persönlich, in eigenhändiger neuester Abschrift, mit autographischer Widmung und in prachtvollem rotem Saffianeinband. Diese Dichtung ist übrigens nicht ohne Poesie, ja, sie ist nicht einmal ohne ein gewisses Talent verfaßt, ist allerdings etwas sonderbar, aber damals (d. h. in den dreißiger Jahren) wurde oft in dieser Art geschrieben. Das Thema des Poems wiederzugeben, macht mir freilich Schwierigkeiten, denn, wenn ich die Wahrheit sagen soll: ich habe es überhaupt nicht verstanden. Es ist irgend so eine Allegorie in lyrisch-dramatischer Form, die an den zweiten Teil des „Faust" erinnert. Die Dichtung beginnt mit einem Chor der Frauen, dann folgt ein Chor der Männer, darauf ein Chor irgendwelcher Kräfte, und zum Schluß der Chöre tritt ein Chor von Seelen auf, die noch nicht gelebt haben, aber doch gar zu gern auch mal leben möchten. Alle diese Chöre singen von etwas sehr Unbestimmtem, größtenteils von irgendeinem Fluch, aber sie singen es wie mit einem Schimmer überlegenen Humors. Doch plötzlich verwandelt sich die Szene und es beginnt ein „Fest des Lebens", auf dem auch die Insekten mitsingen; dann tritt eine Schildkröte auf mit allerhand lateinischen sakramentalen Worten, und es singt irgend etwas, wenn ich mich recht erinnere, sogar ein Mineral, also ein sonst doch schon völlig lebloser Gegenstand. Überhaupt singen alle ununterbrochen, reden sie aber einmal miteinander, so ist es mehr ein unbestimmtes Schimpfen, aber wiederum wie mit einem Schimmer höherer Bedeutung. Schließlich, nach einem abermaligen Szenenwechsel, sieht man eine wildromantische Gegend, in der zwischen Felsen ein zivilisierter junger Mann umherirrt und irgendwelche Kräuter ausreißt, an denen er dann saugt. Auf die Frage einer Fee, warum er das tue, antwortet er, er suche, weil er ein Übermaß von Leben in sich fühle, Vergessenheit, und diese Vergessenheit finde er im Safte dieser Kräuter; sein Hauptwunsch aber sei: möglichst bald den Verstand zu verlieren (ein Wunsch, der vielleicht schon überflüssig ist). Darauf erscheint plötzlich auf einem schwarzen Pferde ein Jüngling von unbeschreiblicher Schönheit, und ihm folgen in fürchterlicher Menge alle Völker. Der Jüngling stellt den Tod dar, und die Völker lechzen alle nach ihm. Und zum Schluß, in der allerletzten Szene, erscheint plötzlich der babylonische Turm, und irgendwelche Athleten bauen ihn nun schon zu Ende und singen dazu einen Sang der neuen Hoffnung, und wie sie die höchste Spitze vollenden, da läuft der bisherige Beherrscher des, sagen wir meinethalben, des Olymps in komischer Weise davon, und die Menschheit, die jetzt endlich alles begreift, beginnt sofort, indem sie sich seines Platzes bemächtigt, ein neues Leben mit vollkommen neuem Durchschauen der Dinge. Dieses Poem also wurde damals für gefährlich befunden. Im vorigen Jahr schlug ich Stepan Trofimowitsch vor, es nunmehr drukken zu lassen, da es in unserer Zeit doch eine ganz ungefährliche Dichtung sei, aber er lehnte den Vorschlag mit sichtbarem Mißbehagen ab. Die Auffassung, daß es sich um ein vollkommen ungefährliches Werk handle, gefiel ihm offenbar gar nicht, und diesem Umstande schreibe ich auch die gewisse Kühle zu, die seinerseits mir gegenüber volle zwei Monate andauerte. Doch siehe da! Plötzlich, und fast zur selben Zeit, als ich ihm vorschlug, das Werk hier drucken zu lassen, wurde unser Poem *dort* gedruckt, d. h. im Ausland, und erschien in einem der revolutionären Sammelbände, ohne daß Stepan Trofimowitsch überhaupt etwas davon erfahren hatte. Er erschrak zunächst nicht wenig, stürzte zum Gouverneur, entwarf einen hochedlen Rechtfertigungsbrief für Petersburg, las ihn mir zweimal vor, schickte ihn aber dann doch nicht ab, da er, wie sich herausstellte, gar nicht wußte, an wen er ihn senden sollte. Kurz, er regte sich einen ganzen Monat lang auf, doch ich bin überzeugt, daß er dabei in den verborgensten Tiefen seines Herzens ungemein geschmeichelt war. Von dem ihm zugestellten Exemplar des Sammelbandes trennte er sich überhaupt nicht mehr, ja, er schlief fast mit ihm, am Tage aber versteckte er es unter der Matratze, weshalb er das Mädchen kaum noch das Bett aufbetten ließ, und obschon er Tag für Tag ein gewisses Telegramm erwartete, schaute er doch sehr von oben herab. Das Telegramm kam aber nicht. Da söhnte er sich auch mit mir wieder aus, was wiederum von der großen Güte seines sanftmütigen, nicht nachtragenden Herzens zeugt.

II

Ich will ja nicht behaupten, daß er wirklich niemals zu leiden gehabt habe; ich habe mich jetzt jedoch endgültig überzeugt, daß er die Vorlesungen über seine Araber so lange hätte fortsetzen können, wie ihm beliebte, wenn er nur die nötigen Erklärungen abgegeben hätte. Er aber warf sich damals gleich in die Brust und schickte sich mit besonderer Eilfertigkeit an, sich selbst ein für alle mal einzureden, daß seine Laufbahn vom »Wirbelsturm der Umstände« für immer zerstört sei. Doch wenn man schon die ganze Wahrheit sagen soll, so war der eigentliche Grund dieser Änderung seiner Laufbahn die gerade jetzt in zartfühlendster Weise wiederholte Anfrage der Gemahlin des Generalleutnants Stawrógin, einer sehr reichen Dame, ob er die Erziehung und allseitige geistige Ausbildung ihres einzigen Sohnes, gewissermaßen als höherer Pädagoge und Freund, übernehmen wolle – von dem glänzenden Gehaltsangebot ganz zu schweigen. Dieses Angebot war ihm schon früher einmal gemacht worden, in seiner Berliner Zeit, gleich nachdem er zum erstenmal Witwer geworden war. Seine erste Frau war ein etwas leichtsinniges junges Mädchen aus unserem Gouvernement, übrigens nicht unsympathisch, das er als junger Mensch recht unüberlegt geheiratet und mit dem er dann anscheinend viel durchzumachen gehabt hatte, erstens weil seine Mittel zu ihrem beiderseitigen Unterhalt nicht ausreichten, und dann noch aus anderen, teilweise sehr zarten Gründen. Sie starb in Paris, nachdem sie die letzten drei Jahre getrennt von ihm gelebt hatte, und hinterließ ihm einen fünfjährigen Sohn – »die Frucht der ersten freudevollen und noch ungetrübten Liebe«, wie sich der trauernde Stepan Trofimowitsch einmal in meiner Gegenwart unversehens äußerte. Das Kind war übrigens schon bald nach der Geburt nach Rußland gebracht worden – zu ein paar Tanten irgendwo in der Provinz, die es erziehen sollten. Damals also, nach dem Tode seiner ersten Frau, hatte er das Angebot der Warwára Petrówna Stawrógina nicht angenommen, sondern noch vor Ablauf des Trauerjahres seine zweite Frau, eine schweigsame kleine Berlinerin, geheiratet, und zwar, was das Auffallende war, eigentlich ohne jede besondere Notwendigkeit. Doch außerdem hatte er noch andere Gründe gehabt, das Angebot abzulehnen: ihn lockte der gerade damals lauttönende Ruhm eines unvergeßlichen Professors, und so wollte auch er seine Adlerschwingen erproben. Jetzt aber, nachdem er sich die Schwingen versengt hatte, war es nur natürlich, daß er, besonders nachdem auch seine zweite Frau, kaum ein Jahr nach der Trauung, gestorben war, dem wiederholten verlockenden Angebot nicht widerstand. Das Entscheidende dabei war also die glühende Anteilnahme sowie die unschätzbare und, wenn man so sagen darf, klassische Freundschaft, die Warwára Petrówna Stawrógina ihm entgegenbrachte. So warf er sich denn in die Arme dieser Freundschaft, und die währte gute zwanzig Jahre. Ich habe soeben den Ausdruck gebraucht, „er warf sich in die Arme dieser Freundschaft", doch Gott behüte und bewahre einen jeden davor, deshalb an etwas Überflüssiges und Müßiges zu denken. Nein, diese Umarmung ist einzig in höchst moralischem Sinne zu verstehen. Es waren nur die feinsten und zartesten Bande, die diese beiden so merkwürdigen Menschen für immer miteinander verknüpften.

Die Stellung eines Erziehers wurde auch noch deshalb angenommen, weil das kleine Gütchen, das seine erste Frau hier in unserem Gouvernement hinterlassen hatte, unmittelbar an Skworéschniki, das herrliche, nahe der Stadt gelegene Gut der Stawrógins, grenzte. Und zudem war es ja immer möglich, in der Stille des Arbeitszimmers und bereits ohne vom Übermaß der Universitätsarbeiten absorbiert zu werden, sich ganz den Aufgaben der Wissenschaft zu widmen und die einheimische Literatur mit den tiefsten Forschungsergebnissen zu bereichern. Solche Erforschungen ergaben sich dann zwar nicht, doch dafür bot sich die Möglichkeit, das ganze übrige Leben, mehr denn zwanzig Jahre lang, sozusagen einen „Vorwurf zu verkörpern" – buchstäblich nach dem Dichterwort:

„... und nur du allein stand'st mahnend
vor dem ganzen Vaterlande,
diesen Vorwurf zu verkörpern,
liberaler Idealist!"

Doch jener Typ, auf den sich diese Worte bezogen, hätte vielleicht auch das Recht gehabt, zeitlebens in diesem Sinne zu posieren, vorausgesetzt, daß er es wollte, obschon so etwas doch recht langweilig sein muß. Unser Stepan Trofimowitsch aber war, wenn man schon die Wahrheit sagen soll, nur ein Nachahmer im Vergleich zu jenen Charakteren, ja, und das Stehen ermüdete ihn auch, weshalb er denn oft genug ein Weilchen auf der Seite lag. Aber gleichviel, auch in liegender Stellung verblieb er eine Verkörperung des Vorwurfs – das muß man ihm schon lassen –, um so mehr, als für die Provinz auch das vollauf genügte. Oh, Sie hätten ihn sehen sollen, wenn er sich bei uns im Klub an den Kartentisch setzte! Seine ganze Miene sprach dann förmlich: »Karten! Ich spiele mit euch Jeralásch![7] Wie ist das vereinbar? Wer kann das verantworten? Wer hat mein Wirken zertrümmert und es in Jeralásch verwandelt? Ach, geh unter, Rußland!« und würdevoll spielte er aus – selbstredend Coeur zuerst.

In Wirklichkeit aber machte er nur zu gern ein Spielchen, weswegen er nicht selten, und besonders in der letzten Zeit, mit Warwára Petrówna unangenehme Auseinandersetzungen hatte, zumal er im Spiel immer verlor. Doch davon später. Ich will nur bemerken, daß er sogar ein gewissenhafter Mensch war (d. h. manchmal), und darum oft traurig wurde. Im Laufe der zwanzigjährigen Freundschaft mit Warwára Petrówna pflegte er regelmäßig drei- bis viermal im Jahre seinem »Weltschmerz« oder »Zivilistenkummer«, wie wir das unter uns nannten, zu verfallen, das heißt einfach einer Hypochondrie, doch der Ausdruck »Weltschmerz« gefiel der verehrten Warwara Petrowna besser. Späterhin war es auch der Champagner, dem er ab und zu verfiel oder zu verfallen begann, aber auch in *der* Beziehung schützte ihn die feinfühlige Warwara Petrowna das ganze Leben lang vor allen trivialeren Neigungen. Er bedurfte ja auch wirklich einer Art Kinderwärterin, denn mitunter konnte er sehr sonderbar sein: konnte mitten in der erhabensten Trauer plötzlich auf die volkstümlichste Weise zu spotten anfangen. Ja, es gab Augenblicke, wo er sich sogar über sich selbst in humoristischem Sinne zu äußern begann. Nichts aber fürchtete Warwara Petrowna so wie diese humoristische Selbstverspottung. Sie war eben eine klassisch empfindende Frau, war eine Mäzenatin, die nur nach höheren Gesichtspunkten handelte. Unschätzbar war denn auch der zwanzigjährige Einfluß dieser hochgesinnten Dame auf ihren armen Freund. Aber von ihr müßte man eingehender sprechen, was ich denn auch tun will.

III

Es gibt sonderbare Freundschaften; es gibt Freunde, die nur miteinander streiten, das ganze Leben in Streit verbringen, und doch nicht voneinander lassen können. Das Auseinandergehen ist ihnen sogar ganz unmöglich: der Freund, der aus Eigensinn als erster die Verbindung zerrisse, würde auch als erster krank werden und, wenn es darauf ankäme, womöglich sterben. Ich weiß bestimmt, daß Stepan Trofimowitsch mehr als einmal, und zwar manchmal nach den intimsten Herzensergüssen unter vier Augen mit Warwára Petrówna, plötzlich, nachdem sie ihn verlassen hatte, vom Diwan aufsprang und mit den Fäusten an die Wand zu hämmern begann. Nicht sinnbildlich, sondern ganz einfach und sogar so, daß er einmal den Stuck von der Wand losschlug. Vielleicht wird man nun fragen: woher ich denn eine so zarte Einzelheit habe erfahren können? Wie nun, wenn ich selbst Augenzeuge war? Wie, wenn er wiederholt an meiner Schulter geschluchzt und mir dabei in grellen Farben seine letzten Geheimnisse erzählt hat? (Und was, ja, was kam dann nicht alles über seine Lippen!) Doch nach solchem Geschluchze geschah fast immer folgendes: Am nächsten Tage war er dann bereit, sich wegen seiner Undankbarkeit selber zu kreuzigen; dann rief er mich eilig zu sich oder kam schnell selbst zu mir, nur um mir mitzuteilen, daß Warwara Petrowna, »was Ehre und Zartgefühl betrifft«, ein Engel sei, er aber sei »das absolute Gegenteil«. Und nicht nur zu mir kam er dann, nein, er schrieb das alles in beredten Briefen auch Warwara Petrowna, gestand ihr, ohne sich zu scheuen, den Brief mit seinem vollen Namen zu unterzeichnen, daß er zum Beispiel erst gestern einem beliebigen Menschen erzählt habe, sie halte ihn nur aus Ruhmsucht in ihrem Hause, doch im Grunde beneide sie ihn nur um seines Wissens und seiner Talente willen; ja, sie hasse ihn sogar und wage nur nicht, ihren Haß offen zu zeigen, aus Furcht, er könnte dann weggehen und ihrem literarischen Ruf schaden; infolgedessen verachte er sich nun selbst und habe beschlossen, eines gewaltsamen Todes zu sterben; von ihr aber erwarte er nur noch ein letztes Wort, das alles entscheiden werde usw., usw. in dieser Art. Nach diesem Beispiel kann man sich ungefähr vorstellen, zu welch einer Hysterie die nervösen Ausbrüche dieses unschuldigsten von allen fünfzigjährigen Säuglingen manchmal ausarteten! Einen dieser Briefe nach irgendeinem Streit zwischen ihnen aus einem geringfügigen Anlaß, aber mit verbitterndem Ausgang, habe ich selbst gelesen. Ich war entsetzt und beschwor ihn, den Brief doch nicht abzusenden.

»Ich kann nicht ... es ist ehrlicher ... es ist meine Pflicht ... ich sterbe, wenn ich ihr nicht alles gestehe, alles!« antwortete er nahezu fiebernd und sandte den Brief tatsächlich ab.

Gerade darin aber lag der Unterschied zwischen ihnen, daß Warwara Petrowna einen solchen Brief niemals abgesandt hätte. Freilich, er schrieb über alle Maßen gern Briefe, schrieb ihr selbst damals, als sie noch in demselben Hause wohnten, schrieb in hysterischer Überreizung sogar zweimal am Tage. Und ich weiß, daß Warwara Petrowna diese Briefe immer mit der größten Aufmerksamkeit durchlas, auch wenn sie ihrer zwei am Tage erhielt, um sie dann, numeriert und wohlgeordnet, in einem besonderen Fach aufzubewahren; außerdem aber hob sie sie noch in ihrem Herzen auf. Und nachdem sie dann ihren Freund den ganzen Tag vergeblich auf eine Antwort hatte warten lassen, benahm sie sich ihm gegenüber am nächsten Tage, als läge gar nichts vor, als wäre so gut wie nichts Besonderes geschehen. Auf diese Weise hatte sie ihn allmählich so abgerichtet, daß er schon von selbst nicht mehr an das Vorgefallene zu erinnern wagte und ihr nur eine Weile in die Augen sah. Doch vergessen tat sie nichts, er aber vergaß manchmal schon gar zu schnell, und ermutigt durch ihre Ruhe, konnte er oft schon am selben Tage wieder lachen und beim Champagner allen möglichen Unsinn treiben, wenn ihn seine Freunde gerade an dem Tage besuchten. Mit welcher Bitterkeit muß sie in solchen Augenblicken auf ihn gesehen haben; er aber bemerkte überhaupt nichts! Es sei denn, daß ihm nach einer Woche, einem Monat oder erst nach einem halben Jahr in einem besonderen Augenblick zufällig irgendein von ihm gebrauchter Ausdruck in so einem Brief einfiel und nach und nach der ganze Brief mit allen Einzelheiten und Umständen, und dann verging er plötzlich vor Scham und quälte sich mitunter dermaßen, daß er wieder an seinen

Anfällen von Cholerine erkrankte. Diese ihn heimsuchenden eigentümlichen Anfälle, die an Cholerine erinnerten, waren in gewissen Fällen der gewöhnliche Ausgang seiner nervösen Erschütterungen und stellten ein in ihrer Art interessantes Kuriosum seiner Physis dar.

Ja, Warwara Petrowna hat ihn gewiß und sogar sehr oft gehaßt; er aber hat bis zum Schluß nur eines nicht an ihr erkannt: daß er nämlich zu guter Letzt für sie zu einem Sohn geworden war, zu ihrem Geschöpf, ja, man kann sagen, zu einer Erfindung von ihr, daß er schon Fleisch von ihrem Fleisch war und daß sie ihn keineswegs deshalb bei sich hielt und unterhielt, weil sie ihn »um seiner Talente willen« beneidete. Und wie müssen solche Verdächtigungen sie verletzt haben! In ihr verbarg sich eine gewisse qualvoll unduldsame Liebe zu ihm, mitten unter ununterbrochenem Haß, unter Eifersucht und Verachtung.

Sie beschützte ihn vor jedem Stäubchen, gab sich unermüdlich zweiundzwanzig Jahre lang mit ihm ab, und die Sorge hätte ihr nächtelang den Schlaf geraubt, wenn man seinen Ruf als Richter, als Gelehrter, sein Wirken im kulturellen Sinne angetastet hätte. Sie hatte ihn sich ausgedacht und war selbst die erste, die an die Wirklichkeit ihres eigenen Phantasiebildes glaubte. Er war so etwas wie ihr Traum. Aber sie verlangte von ihm tatsächlich viel dafür, manchmal geradezu sklavischen Gehorsam. Und nachtragend war sie bis zur Unglaublichkeit. Übrigens werde ich doch lieber gleich zwei Fälle erzählen.

IV

Eines Tages, gerade zu der Zeit, als sich die ersten Gerüchte von der bevorstehenden Aufhebung der Leibeigenschaft im Lande zu verbreiten begannen, als ganz Rußland plötzlich aufjauchzte und sich zu einer vollkommenen Wiedergeburt vorbereitete, beehrte ein Petersburger Baron, ein

Mann mit den allerhöchsten Beziehungen, der noch dazu von Amts wegen der erwarteten Neuerung sehr nahe stand, auf der Durchfahrt Warwara Petrowna mit seinem Besuch. Sie liebte und pflegte solche Bekanntschaften außerordentlich, zumal ihre Verbindungen mit der hohen Gesellschaft nach dem Tode ihres Mannes beträchtlich abgenommen hatten und schließlich ganz aufzuhören drohten. Der Baron verweilte etwa eine Stunde bei ihr zum Tee. Von ihren Bekannten war sonst niemand zugegen, nur Stepan Trofimowitsch ward von ihr eingeladen und sozusagen zur Schau gestellt. Der Baron hatte denn auch richtig schon früher von ihm gehört, oder tat wenigstens, als habe er von ihm gehört, doch wandte er sich beim Tee selten an ihn. Natürlich hätte sich ein Stepan Trofimowitsch gesellschaftlich nie irgendwie blamieren können, er hatte überhaupt die besten Umgangsformen. Obschon er meines Wissens nicht von hoher Herkunft war, hatte es sich so gefügt, daß er von frühester Kindheit an in einem vornehmen Moskauer Hause aufgewachsen, also sehr gut erzogen war. Französisch sprach er wie ein Pariser. Der Baron mußte mithin auf den ersten Blick erkennen, mit welchen Menschen Warwara Petrowna sich umgab, wenn sie auch in der Provinz lebte. Allein, es sollte anders kommen. Als nämlich der Baron die neuen Gerüchte von der bevorstehenden großen Reform ausdrücklich bestätigte, da konnte Stepan Trofimowitsch plötzlich nicht an sich halten und rief »Hurra!«, wobei er mit der Hand noch eine Geste machte, die Begeisterung ausdrücken sollte. Er rief es übrigens nicht laut und geradezu elegant; ja, vielleicht war die Begeisterung sogar wohl überlegt und die Geste absichtlich vor dem Spiegel einstudiert, eine halbe Stunde vor dem Tee; doch offenbar mißglückte ihm hierbei irgend etwas, so daß der Baron sich ein kaum merkliches Lächeln erlaubte, wenn er auch sofort überaus höflich eine Phrase über die allgemeine und erklärliche Ergriffenheit aller russischen Herzen angesichts der großen Begebenheit einflocht. Darauf empfahl er sich bald und vergaß dabei nicht, Stepan Trofimowitsch zum Abschied zwei Finger zu reichen. Als Warwara Petrowna in den Salon zurückkehrte, schwieg sie zunächst etwa drei Minuten lang und tat, als suchte sie etwas auf dem Tisch; doch plötzlich wandte sie sich zu Stepan Trofimowitsch und stieß bleich, mit blitzenden Augen, halblaut durch die Zähne hervor:

»Das werde ich Ihnen nie vergessen!«

Am anderen Tage verhielt sie sich zu ihrem Freunde, als wäre nichts geschehen, über das Vorgefallene verlor sie weiter kein Wort. Erst nach dreizehn Jahren, in einem tragischen Augenblick, erinnerte sie ihn plötzlich an diesen Vorfall, und wieder erbleichte sie dabei genau so wie damals. Nur zweimal in ihrem Leben hat sie zu ihm gesagt: »Das werde ich Ihnen nie vergessen!« Der Fall mit dem Baron war bereits der zweite Fall; aber auch der erste war an und für sich so charakteristisch und hat, wie mir scheint, im Schicksal Stepan Trofimowitschs so viel bedeutet, daß ich mich entschließe, auch ihn zu erzählen.

Das war im Jahre 1855, im Mai, kurz nachdem man in Skworéschniki die Nachricht vom Tode des Generalleutnants Stawrógin, des leichtlebigen alten Herrn, erhalten hatte, der auf der Reise nach der Krim zur Übernahme eines Kommandos in der aktiven Armee unterwegs an einer Magenverstimmung gestorben war. Warwára Petrówna war also nun Witwe und ging in tiefstem Schwarz. Freilich, innerlich konnte ihre Trauer nicht sehr groß sein, denn schon die letzten vier Jahre hatten die beiden Gatten wegen der Gegensätze ihrer Charaktere vollkommen getrennt gelebt, und sie hatte ihm nur ein Jahrgeld überwiesen. (Der Generalleutnant besaß selbst nur 150 Seelen und sein Gehalt, außerdem seinen alten Adel und Beziehungen; der ganze Reichtum dagegen und Skworéschniki gehörten Warwara Petrowna, der einzigen Tochter eines sehr reichen Branntweinpächters.) Nichtsdestoweniger hatte die Plötzlichkeit der Nachricht sie erschüttert, und so zog sie sich denn in die Einsamkeit zurück. Selbstredend befand sich Stepan Trofimowitsch beständig bei ihr.

Der Mai stand in voller Blüte; die Abende waren wundervoll. Der Duft der Maulbeerbäume erfüllte die Luft. Die beiden Freunde kamen allabendlich im Garten zusammen, saßen bis in die Nacht hinein in einer Laube und breiteten ihre Gefühle und Gedanken voreinander aus. Es gab manchen poetischen Augenblick. Unter dem Eindruck der Änderung ihres Schicksals sprach Warwara Petrowna mehr als gewöhnlich. Sie schien sich gleichsam an das Herz ihres Freundes schmiegen zu wollen, und das setzte sich so mehrere Abende fort. Plötzlich kam Stepan Trofimowitsch ein eigentümlicher Gedanke: Wie? rechnete die erschütterte Witwe jetzt vielleicht auf ihn? Erwartete sie etwa nach Ablauf des Trauerjahres einen Heiratsantrag von ihm? – Ein zynischer Gedanke; aber gerade die hohe Differenziertheit der seelischen Organisation begünstigt doch mitunter noch die Neigung zu zynischen Gedanken, schon allein durch die Vielseitigkeit der Entwicklung eines solchen Menschen. Er begann zu überlegen und fand, daß es wirklich diesen Anschein gewann. Er wurde nachdenklich. »Ein riesiges Vermögen, das ist allerdings wahr, aber ...« In der Tat, Warwara Petrowna war nicht gerade das, was man unter einer Schönheit versteht: sie war eine hochgewachsene, knochige Frau mit gelblicher Haut und einem übermäßig langen Gesicht, in dem irgend etwas entfernt an einen Pferdekopf erinnerte. Stepan Trofimowitsch schwankte immer mehr unter solchen Betrachtungen, quälte sich mit Zweifeln und weinte sogar zweimal wegen seiner eigenen Unentschlossenheit (er weinte ziemlich oft). An den Abenden jedoch, also in der Laube, nahm sein Gesicht unwillkürlich einen kapriziösen Ausdruck an, und zuweilen war sogar etwas Ironisches, etwas Kokettes und zugleich Hochmütiges darin. Das pflegt ganz unversehens und ungewollt zu geschehen, und sogar je edler der Mensch ist, um so wahrnehmbarer wird es. Ob nun Stepan Trofimowitschs Befürchtungen grundlos waren oder nicht, das ist schwer zu sagen: am wahrscheinlichsten ist, daß Warwara Petrowna an eine Heirat überhaupt nicht dachte. Und jedenfalls hätte sie sich wohl niemals entschließen können, ihren alten Adelsnamen, den der Stawrogins, mit dem seinen zu vertauschen, selbst wenn sein Name in der Literatur noch so berühmt gewesen wäre. Vielleicht war es von ihr aus nur ein weibliches Spiel, der Ausdruck eines unbewußten weiblichen Bedürfnisses, das ja in mancher außergewöhnlichen Situation bei Frauen doch so natürlich ist. Übrigens kann ich mich für nichts verbürgen; die Tiefe des Frauenherzens ist ja selbst heute noch unerforschlich!

Doch ich fahre fort.

Es ist anzunehmen, daß Warwara Petrowna aus dem eigentümlichen Gesichtsausdruck ihres Freundes bald im Herzen erriet, was in ihm vorging; sie war feinfühlig und verstand zu beobachten, er aber war manchmal schon gar zu arglos. Trotzdem vergingen die Abende nach wie vor poetisch und bei anregender Unterhaltung. Einmal jedoch, bei Anbruch der Nacht, trennten sie sich nach einem besonders lebhaften, interessanten und gefühlvollen Gespräch mit einem heißen Händedruck an der Treppe des Gartenhauses, in das Stepan Trofimowitsch in jedem Sommer aus dem riesigen Herrschaftshause von Skworéschniki überzusiedeln pflegte. Als er eingetreten war, nahm er zunächst, gleichsam zerstreut und doch wie in Gedanken versunken, eine Zigarre, zündete sie aber noch nicht an, sondern trat ermüdet ans offene Fenster und schaute regungslos den wie Flaum leichten, hellen Wölkchen zu, die an dem klaren Monde vorüberglitten, als plötzlich ein leises Geräusch ihn aufschreckte und er sich umsah. Vor ihm stand wieder Warwara Petrowna, von der er sich vor kaum vier Minuten im Garten getrennt hatte. Ihr gelbliches Gesicht war fast bläulich, ihre Lippen schienen sich krampfhaft zusammenzupressen und die Mundwinkel zuckten. So sah sie ihm wohl volle zehn Sekunden lang schweigend in die Augen, mit festem, unerbittlichem Blick, und plötzlich stieß sie in schnellem Geflüster hervor:

»Das werde ich Ihnen nie vergessen!«

Als Stepan Trofimowitsch mir zehn Jahre später diese traurige Geschichte erzählte, flüsternd, nachdem er zuvor die Tür verschlossen hatte, versicherte er mir, er sei damals auf der Stelle so erstarrt, daß er weder gehört noch gesehen habe, wie Warwara Petrowna wieder verschwand. Und da sie später kein einziges Mal den Vorfall auch nur erwähnt hatte und alles seinen Lauf ging, als wäre nichts geschehen, so war er sein Lebelang geneigt anzunehmen, daß das Ganze nur eine Halluzination vor der Erkrankung gewesen sei, zumal er tatsächlich noch in derselben Nacht erkrankte und ganze zwei Wochen lang das Bett hüten mußte, was denn auch, übrigens sehr zur rechten Zeit, den Gesprächen in der Laube ein Ende machte.

Doch ungeachtet seiner Idee von der Halluzination war es dennoch, als erwarte er jeden Tag, während der ganzen Jahre, so etwas wie eine Fortsetzung und sozusagen Erklärung dieses Geschehnisses. Er glaubte nicht, daß es damit auch beendet sei! Und wenn er das nicht glaubte, wie sonderbar muß er dann doch manchmal auf seinen »Freund« geschaut haben.

V

Sie hatte sogar das Kostüm für ihn erdacht, das er seitdem beständig trug. Es war geschmackvoll und charakteristisch: ein langer schwarzer Rock, fast bis oben zugeknöpft, der aber prachtvoll saß; ein weicher Hut (im Sommer aus Stroh) mit breiter Krempe; eine Halsbinde aus weißem Batist, mit großem Knoten und hängenden Enden; ein Stock mit silbernem Knauf, dazu das Haar fast bis auf die Schultern. Er war dunkelblond und erst in der letzten Zeit begann er ein wenig zu ergrauen. Den Schnurrbart und Bart rasierte er. Man sagt, in seiner Jugend sei er ein überaus schöner Mensch gewesen. Doch meiner Meinung nach war er auch im Alter eine ungemein eindrucksvolle Erscheinung. Aber kann man denn bei dreiundfünfzig Jahren überhaupt von Alter reden? Doch aus einer gewissen »Zivilisten-Eitelkeit« machte er sich nicht nur nicht jünger, sondern war sogar gleichsam stolz auf die Solidität seiner Jahre, und in diesem Kostüm, hoch von Wuchs, hager, mit dem langen Haar erinnerte er gleichsam an einen Patriarchen, oder noch besser: an das Porträt des Dichters Kúkolnik[8], das in den dreißiger Jahren als Lithographie in einer Ausgabe seiner Gedichte erschienen war, besonders wenn er im Sommer im Garten saß, auf einer Bank unter blühendem Flieder, die Hände auf den Stock gestützt, ein aufgeschlagenes Buch neben sich und in poetisches Sinnen versunken beim Anblick des Sonnenuntergangs. Übrigens in betreff der Bücher muß ich bemerken, daß er in der letzten Zeit das Lesen gewissermaßen aufzugeben begann. Aber das geschah doch erst in der allerletzten Zeit. Die vielen Zeitungen und Zeitschriften dagegen, auf die Warwara Petrowna abonniert war, die las er beständig. Für die Fortschritte der russischen Literatur interessierte er sich gleichfalls unausgesetzt, freilich ohne dabei seiner eigenen Würde auch nur das Geringste zu vergeben. Eine Zeitlang befaßte er sich auch eifrig mit dem Studium unserer inneren und äußeren Tagespolitik, doch alsbald gab er das resigniert wieder auf. Es kam aber auch anderes vor: daß er zum Beispiel einen Band Tocqueville in den Garten mitnahm, in seiner Rocktasche aber einen Paul de Kock versteckt hatte. Doch das sind übrigens Belanglosigkeiten.

Zu dem Porträt von Kúkolnik möchte ich hier nur in Klammern bemerken: daß dieses Bild Warwara Petrowna zum erstenmal in die Hände geraten war, als sie noch in Moskau in einem vornehmen Mädchenpensionat erzogen wurde. Sie verliebte sich sofort in dieses Bild, nach der Gewohnheit sämtlicher junger Mädchen in Pensionaten, die sich nun einmal in alles zu verlieben pflegen, was ihnen zu Gesicht kommt, aber zugleich auch in ihre Lehrer, und zwar namentlich in die Schönschreibe- und Zeichenlehrer. Im vorliegenden Fall jedoch war das Bemerkenswerte nicht diese Eigenschaft junger Mädchen, sondern lediglich der Umstand, daß Warwara Petrowna die erwähnte Lithographie noch im fünfzigsten Lebensjahr unter ihren innigst geliebten Kostbarkeiten aufbewahrte, also vielleicht nur deshalb für Stepan Trofimowitsch jenes besondere Kostüm erdacht hatte, das dem auf diesem Bilde dargestellten zum Teil so ähnlich war. Aber auch das ist natürlich nur eine Nebensache.

In den ersten Jahren oder, genauer gesagt, in der ersten Hälfte seines Aufenthalts bei Warwara Petrowna hatte Stepan Trofimowitsch immer noch an schriftstellerische Tätigkeit gedacht und sich eigentlich jeden Tag ernstlich vorgenommen, mit dem Werk, das ihm vorschwebte, zu beginnen. In der zweiten Hälfte aber begann er offenbar, die früheren Vorstudien schon zu vergessen. Immer häufiger sagte er zu uns: »Man sollte meinen, jetzt könnte ich mit der Arbeit beginnen, das Material ist zusammengetragen, und doch entsteht nichts! Es will einfach nicht in mir arbeiten!« und wehmütig ließ er den Kopf hängen. Zweifellos sollte gerade das ihn in unseren Augen noch mehr erhöhen, ihn als einen Märtyrer der Wissenschaft hinstellen; aber im Grunde und für sich selbst verlangte ihn doch nach etwas Anderem. »Man hat mich vergessen, niemand braucht mich!« entrang es sich ihm mehr als einmal. Diese gesteigerte Schwermut bemächtigte sich seiner besonders gegen Ausgang der fünfziger Jahre. Warwara Petrowna begriff schließlich, daß die Sache ernst wurde. Zudem konnte auch sie den Gedanken nicht ertragen, daß ihr Freund vergessen sei und niemand ihn brauche. Um ihn zu zerstreuen, aber zugleich auch um seinen Ruhm zu erneuern, reiste sie damals mit ihm nach Moskau, wo sie mit einigen repräsentablen Vertretern der Literaten- und Gelehrtenwelt bekannt war; doch es erwies sich, daß auch Moskau die erhoffte Wirkung nicht zustandebrachte.

Es war damals eine merkwürdige Zeit; etwas Neues brach an, etwas, das der vorhergegangenen Stille schon gar zu unähnlich war, etwas schon gar zu Seltsames, das jedoch überall gespürt wurde, selbst in Skworéschniki. Verschiedene Gerüchte drangen auch dorthin. Die Tatsachen waren ja im allgemeinen mehr oder weniger bekannt, aber es war klar, daß außer den Tatsachen noch eigentümliche sie begleitende Ideen aufzutauchen begannen, und zwar, was das Wichtigste war, Ideen in außergewöhnlicher Menge. Gerade das aber wirkte verwirrend: es war ganz und gar unmöglich, sich ein Urteil zu bilden und genau zu erfahren, was diese Ideen eigentlich bezweckten. Warwara Petrowna wollte, infolge der weiblichen Konstruktion ihrer Natur, unbedingt ein Geheimnis in ihnen verborgen wissen. Sie begann nun zunächst selber die Zeitungen und Zeitschriften zu lesen, dazu ausländische verbotene Ausgaben und sogar die damals aufkommenden Proklamationen (alles das wurde ihr beschafft); doch ihr wurde davon nur schwindlig. Sie begann dann Briefe zu schreiben; man antwortete ihr kaum, und je weiter man ging, um so unverständlicher wurde alles. Stepan Trofimowitsch ward darauf feierlichst von ihr gebeten, ihr »alle diese Ideen« ein für allemal zu erklären; doch seine Erklärungen befriedigten sie entschieden nicht. Der Standpunkt, von dem aus Stepan Trofimowitsch die allgemeine Bewegung beurteilte, war ein überaus hochmütiger; bei ihm lief alles darauf hinaus, daß man ihn vergessen habe und niemand ihn brauche. Da aber geschah es, daß man sich schließlich auch seiner erinnerte: zuerst in Zeitschriften, die im Ausland herausgegeben wurden, als eines verbannten Märtyrers, und danach sofort auch in Petersburg, als eines ehemaligen Sternes in einem bekannten Sternbild; man verglich ihn aus irgendeinem Grunde sogar mit Radíschtscheff[9]. Darauf schrieb jemand in einer Zeitung, er sei bereits gestorben, und stellte einen Nekrolog über ihn in Aussicht. Stepan Trofimowitsch belebte sich nach diesen Erwähnungen seines Namens im Nu wie ein Auferstandener und nahm eine höchst würdevolle Haltung an. Die ganze Überheblichkeit in seinem bisherigen Verhalten gegenüber den Zeitgenossen fiel im Handumdrehen von ihm ab, und statt dessen erglühte in ihm der Wunsch: sich der Bewegung anzuschließen und seine Kraft zu zeigen. Warwara Petrowna begann sofort von neuem zu hoffen und wieder an alles zu glauben und war ganz Eifer für die Sache. Es wurde beschlossen, ohne den geringsten Aufschub nach Petersburg zu reisen, alles an Ort und Stelle in Erfahrung zu bringen, persönlich zu erforschen, und sich hinfort, falls angängig, ganz und ungeteilt der neuen Aufgabe zu widmen. Unter anderem erklärte sie sich bereit, eine eigene Zeitschrift zu gründen und dieser von nun an ihr ganzes Leben zu weihen. Als Stepan Trofimowitsch sah, wie weit sie zu gehen bereit war, wurde er noch selbstbewußter und begann bereits unterwegs, sich zu Warwara Petrowna fast gönnerhaft zu verhalten – was sie sich sofort merkte und in ihrem Herzen aufbewahrte. Übrigens hatte sie noch einen anderen sehr wichtigen Grund zu dieser Reise, nämlich die Erneuerung ihrer Beziehungen zu den höheren Kreisen. Man mußte sich, soweit das möglich war, in der Gesellschaft wieder in Erinnerung bringen, mußte wenigstens den Versuch machen. Doch offiziell war der Anlaß zu dieser Reise ein Wiedersehen mit ihrem einzigen Sohn, der damals seine Studien im Petersburger Adelslyzeum beendete.

VI

Sie trafen in Petersburg ein und verlebten dort fast die ganze Wintersaison. Allein zu den großen Fasten platzte alles wie eine regenbogenfarbene Seifenblase. Die Illusionen verflogen, der geschwatzte Unsinn aber klärte sich nicht auf, sondern wurde noch widerlicher. Doch zunächst: die Wiederanknüpfung der Beziehungen zu den höchsten Kreisen gelang fast gar nicht oder nur in mikroskopisch geringem Maße, und selbst das nur mittels demütigender Bemühungen. Die gekränkte Warwara Petrowna stürzte sich darauf ganz in die »neuen Ideen« und eröffnete Abende in ihrem Salon. Sie wollte nun Literaten einladen, und man führte ihr die sogleich in Menge zu. Alsbald kamen sie schon von selbst, auch uneingeladen; einer brachte den anderen mit. Sie hatte noch nie solche Literaten gesehen. Eitel waren sie bis zur Unglaublichkeit, aber sie waren es ganz offen und ungeniert, wie wenn sie damit eine Pflicht erfüllten. Manche (wenn auch längst nicht alle) erschienen sogar in angeheitertem Zustand, aber auch das geschah in einer Weise, als wären sie sich dabei einer besonderen, erst gestern darin entdeckten Schönheit bewußt. Alle waren sie auf irgend etwas bis zur Seltsamkeit stolz. Auf allen Gesichtern stand geschrieben, daß sie überzeugt waren, soeben erst ein ungeheuer wichtiges Geheimnis entdeckt zu haben. Den Gebrauch von Schimpfworten rechneten sie sich offenbar zur Ehre an. Was sie alle eigentlich geschrieben hatten, war ziemlich schwer zu erfahren; aber es gab da Kritiker, Romanschriftsteller, Dramatiker, Satiriker, Polemiker. Stepan Trofimowitsch drang sogar in ihren höchsten Kreis ein, von wo aus die ganze Bewegung geleitet wurde. Bis zu diesen Leitenden war es unglaublich hoch, doch ihm kamen sie freundlich entgegen, obschon natürlich kein einziger von ihnen etwas Näheres über ihn wußte oder gehört hatte, außer daß er »eine Idee vertrete«. Er manövrierte aber dann so geschickt, daß er auch sie bewog, etwa zwei- oder dreimal in Warwara Petrownas Salon zu erscheinen, trotz all ihrer olympischen Erhabenheit. Diese Herren waren sehr ernst und sehr höflich, benahmen sich gut; die übrigen hatten sichtlich Furcht vor ihnen; aber man sah ihnen an, daß sie keine Zeit hatten. Es erschienen auch zwei oder drei ehemalige literarische Berühmtheiten, die sich damals zufällig in Petersburg aufhielten und mit denen Warwara Petrowna schon lange die feinsten Beziehungen unterhielt. Doch zu Warwara Petrownas Verwunderung waren diese wirklichen und bereits zweifellosen Berühmtheiten unter ihren Gästen stiller als Wasser, bescheidener als Gras, manche aber von ihnen schmiegten sich an dieses neue Gesindel geradezu an und suchten sich schmählicherweise bei ihm einzuschmeicheln. Anfangs hatte Stepan Trofimowitsch

Glück; man griff sofort nach ihm und begann ihn in öffentlichen literarischen Veranstaltungen zur Schau zu stellen. Als er an einem solchen Literarischen Abend zum erstenmal als einer der Vortragenden die Rednerbühne betrat, begrüßte ihn rasendes Händeklatschen, das gute fünf Minuten lang andauerte. Neun Jahre später gedachte er dieses Abends mit Tränen in den Augen – übrigens mehr infolge seiner Künstlernatur als aus Dankbarkeit. »Ich schwöre Ihnen und wette darauf«, sagte er zu mir (aber nur zu mir und heimlich), »daß unter diesem ganzen Publikum kein Mensch auch nur das Geringste von mir wußte!« Ein beachtenswertes Geständnis: also besaß er doch einen scharfen Verstand, wenn er schon damals auf der Rednerbühne, trotz seines Rausches, seine wirkliche Stellung so klar zu erkennen vermochte; und andererseits war doch wiederum kein Scharfsinn in ihm, wenn er sogar nach neun Jahren nicht ohne die Empfindung einer Kränkung daran zurückdenken konnte. Unter anderem veranlaßte man ihn, zwei oder drei Kollektivproteste (wogegen – das wußte er selbst nicht) gleichfalls zu unterschreiben; jedenfalls tat er's. Auch Warwara Petrowna wurde zur Hergabe ihres Namens veranlaßt, und auch sie unterschrieb einen Protest gegen irgendein »schändliches Verhalten«. Übrigens hielt sich die Mehrzahl dieser neuen Leute aus irgendeinem Grunde anscheinend für verpflichtet, auf Warwara Petrowna, wenn sie auch deren Abende besuchten, doch mit Verachtung und unverhohlenem Spott herabzusehen. Stepan Trofimowitsch deutete mir gegenüber später in bitteren Augenblicken manchmal an, daß sie in eben jener Zeit begonnen habe, ihn zu beneiden. Sie begriff natürlich, daß diese Leute kein Umgang für sie waren, aber trotzdem empfing sie sie bei sich mit eigensinnigem Eifer, mit weiblich reizbarer Ungeduld, und vor allem hörte sie nicht auf, etwas zu erwarten. An den Abenden in ihrem Salon sprach sie wenig, obschon sie durchaus verstanden hätte, ihre Meinung zu äußern; aber sie zog es vor, um so aufmerksamer zuzuhören. Man sprach über alles mögliche: über die Abschaffung der Zensur und des stummen Buchstabens Jerr, über die Ersetzung der russischen Schriftzeichen durch lateinische, sprach über die tags zuvor erfolgte Verbannung irgend jemandes nach Sibirien, über einen Skandal, der sich in der Passage zugetragen, über die Vorteile einer Aufteilung Rußlands nach seinen Völkerschaften unter freiem, föderativem Zusammenschluß, über die Abschaffung des Heeres und der Flotte, über die Wiederherstellung Polens bis zum Dnjepr, über die Bauernbefreiung und die Proklamationen, über die Abschaffung des Erbrechts, der Familie, der Kinder und der Geistlichen, über die Frauenrechte, über das neue Haus des Verlegers Krajewskij, das niemand Herrn Krajewskij jemals verzeihen könne, und so weiter, und so weiter[10]. Es war klar, daß sich in dieser Kohorte der neuen Menschen viele Spitzbuben befanden, aber zweifellos gab es auch viele ehrliche, sogar sehr anziehende Menschen unter ihnen, trotz gewisser immerhin wunderlicher Nuancen. Die ehrlichen waren viel unverständlicher als die unehrlichen und frechen; aber es ließ sich nicht feststellen, welche Art die andere in der Hand hatte. Als Warwara Petrowna ihre Absicht, eine Zeitschrift herauszugeben, ausgesprochen hatte, strömten noch viel mehr Leute herbei. Doch sofort hagelten ihr auch schon Beschuldigungen ins Gesicht, sie sei eine Kapitalistin und wolle die Arbeitenden ausbeuten. Die Unverfrorenheit der Anklagen kam nur ihrer Unverhofftheit gleich. Da geschah es aber, daß der hochbetagte General Iwán Iwánowitsch Drósdoff, der ehemalige Freund und Regimentskamerad des verstorbenen Generals Stawrógin, ein überaus ehrenwerter Mann (in seiner Art), den wir hier alle gekannt haben, ein bis zum äußersten starrköpfiger und reizbarer Mensch, der entsetzlich viel zu essen pflegte und den Atheismus über alles fürchtete – daß dieser General an einem der Abende bei Warwára Petrówna mit einem berühmten Jüngling in Streit geriet. Und schon nach den ersten Worten warf ihm dieser ins Gesicht: »Wenn das wirklich Ihre Ansicht ist, dann sind Sie ja ein General!«, in dem Sinne, als könne er ein noch stärkeres

Schimpfwort als die Bezeichnung »ein General« nicht finden. Iwán Iwánowitsch brauste maßlos auf: »Jawohl, mein Herr, ich bin ein General, und zwar ein Generalleutnant und habe *meinem* Kaiser gedient, du aber, mein Bester, bist nur ein Lümmel und ein Gottesleugner!« Es kam zu einer höchst unziemlichen Skandalszene. Am anderen Tage wurde der Fall in der Presse entsprechend behandelt, und man begann Unterschriften zu einem Kollektivprotest gegen Warwara Petrownas »schändliches Verhalten« zu sammeln, da sie dem General nicht hatte die Tür weisen wollen, was sie sofort hätte tun sollen. Und in einem illustrierten Blatt erschien eine Karikatur, die Warwára Petrówna, den General und Stepán Trofímowitsch boshaft als drei reaktionäre Freunde darstellte; dem Bilde waren auch Verse beigefügt, die ein »Dichter aus dem Volk« eigens zu diesem Ereignis verfaßt hatte. Ich bemerke hierzu von mir aus, daß allerdings viele Personen im Generalsrang die Gewohnheit haben, komischerweise zu sagen: »Ich habe *meinem* Kaiser gedient« ... ganz als hätten sie nicht denselben Kaiser wie wir einfachen Untertanen des Zaren, sondern einen eigenen, besonderen für sich.

Natürlich war es danach nicht möglich, noch länger in Petersburg zu bleiben, zumal auch Stepan Trofimowitsch endgültig Fiasko machte. Er hatte es schließlich doch nicht ausgehalten und von den Rechten der Kunst zu reden begonnen, da aber war das Lachen über ihn noch lauter geworden. Bei seinem letzten Vortrag gedachte er, durch liberale Beredsamkeit zu wirken, da er sich einbildete, damit die Herzen rühren zu können, doch rechnete er gleichzeitig auf den Respekt vor seinem Märtyrertum als »Verbannter«. So gab er denn die Wertlosigkeit und Lächerlichkeit des Wortes »Vaterland« ohne weiteres zu, erklärte sich auch mit dem Gedanken, daß die Religion schädlich sei, einverstanden, doch dafür verkündete er laut und mit Entschlossenheit, daß Stiefel etwas Geringeres seien als Puschkin, und sogar etwas bedeutend Geringeres. Er wurde erbarmungslos ausgepfiffen, so daß er auf der Stelle, vor dem ganzen Publikum, ohne von der Rednerbühne hinabzusteigen, in Tränen ausbrach. Warwara Petrowna brachte ihn mehr tot als lebendig nach Hause. »On m'a traité comme un vieux bonnet de coton!« soll er halb bewußtlos nur noch gestammelt haben. Sie pflegte ihn die ganze Nacht, gab ihm Kirschlorbeertropfen und tröstete ihn unentwegt bis zum Morgengrauen mit Versicherungen wie: »Sie sind noch wertvoll, Ihre Stunde wird noch kommen, man wird Sie anerkennen ... an einem anderen Ort.«

Am folgenden Tage aber erschienen bei Warwara Petrowna bereits frühmorgens fünf Literaten, von denen ihr drei ganz unbekannt waren, sie hatte sie noch nie auch nur gesehen. Mit strenger Miene teilten sie ihr mit, sie hätten die Angelegenheit der von ihr geplanten Zeitschrift geprüft und in der Sache einen Beschluß gefaßt. Warwara Petrowna hatte entschieden niemanden beauftragt, diese Angelegenheit zu prüfen und über ihre Zeitschrift etwas zu beschließen. Der Beschluß bestand darin, daß Warwara Petrowna, nachdem sie die Zeitschrift gegründet, diese unverzüglich mitsamt dem Kapital ihnen zu übergeben habe, mit den Rechten einer freien Handelsgesellschaft; sie selbst aber solle nach Skworeschniki zurückkehren und nicht vergessen, Stepan Trofimowitsch mitzunehmen, der mit seinen Anschauungen »veraltet« sei. Aus Zartgefühl erklärten sie sich bereit, ihr das Eigentumsrecht zuzuerkennen und ihr alljährlich ein Sechstel des Gewinnes zu überweisen. Das Rührendste war dabei, daß von diesen fünf Menschen vier ganz gewiß nicht die geringste eigennützige Absicht hatten und nur um der »gemeinsamen Sache« willen so viel Mühe auf sich nahmen.

»Als wir abreisten, waren wir immer noch wie benommen«, erzählte mir Stepan Trofimowitsch später einmal, »ich konnte überhaupt nicht mehr denken, und zum Rhythmus der Räder murmelte ich nur blödsinnig vor mich hin: „Ljeff Kambék-bek-bek ... Und sein Wjek-Wjek-Wjek[11] ... Und wiederum ... bek-bek-bek ...“ und weiß der Kuckuck was noch alles ... fast bis Moskau. Erst in Moskau kam ich wieder zu mir – ganz als ob ich dort wirklich eine andere Luft gefunden hätte! Oh, meine Freunde!« rief er vor uns manchmal ganz ergriffen aus, »Sie können es sich gar nicht vorstellen, welch eine Trauer und welch eine Wut einem die ganze Seele ergreifen, wenn die große Idee, die man schon lange heilig hält, von Unwissenden aufgegriffen und zu ebensolchen Unwissenden wie sie selbst und Dummköpfen auf die Straße hinausgezerrt wird, und plötzlich begegnet man ihr schon auf dem Trödelmarkt, nicht wiederzuerkennen, im Schmutz, absurd dargestellt, völlig schief, ohne jedes Wissen um Proportion, ohne Harmonie, als Spielzeug in den Händen dummer Kinder! Nein! Zu unserer Zeit war es nicht so, unser Streben ging nicht nach der Richtung. Nein, nein, ganz und gar nicht nach der Richtung. Ich erkenne nichts wieder ... Aber unsere Zeit wird von neuem anbrechen und wird alles Wackelnde, Gegenwärtige wieder auf den festen Weg lenken. Denn was sollte sonst wohl werden? ...«

VII

Gleich nach ihrer Rückkehr aus Petersburg schickte Warwara Petrowna ihren Freund ins Ausland: »zur Erholung«; aber es tat auch not, daß sie sich für einige Zeit voneinander trennten, das fühlte sie. Stepan Trofimowitsch trat seine Reise mit Begeisterung an. »Dort werde ich auferstehen!« rief er aus, »dort kann ich mich nun endlich der Wissenschaft widmen!« Doch schon in den ersten Briefen aus Berlin begann wieder das alte Lied: »Mein Herz ist zerrissen«, schrieb er an Warwara Petrowna, »ich kann nichts vergessen! Hier in Berlin hat mich alles an die alte Zeit erinnert, an die Vergangenheit, an die ersten Begeisterungen und an die ersten Qualen. Wo ist sie? Wo seid ihr jetzt beide? Wo seid ihr, meine beiden Engel, derer ich niemals wert war? Und wo ist mein Sohn, mein geliebter Sohn? Und schließlich, wo bin ich, ich selbst, wo ist mein früheres Ich, das stählern an Kraft und wie ein Fels unerschütterlich war, während jetzt irgendein Andréjeff, c'est à dire un rechtgläubiger Narr mit einem Vollbart, peut briser mon existence en deux«, und so weiter, und so weiter. Was diesen Sohn betrifft, so ist hierzu zu bemerken, daß er ihn in seinem ganzen Leben nur zweimal gesehen hatte: das erstemal, als der Sohn geboren wurde, und das zweitemal gerade jetzt in Petersburg, wo der junge Mann sich anschickte, die Universität zu beziehen. Erzogen worden war der Knabe, wie bereits erwähnt, von Tanten im Gouvernement O ..., 700 Werst von Skworéschniki (auf Warwára Petrównas Kosten). Und was den erwähnten Andréjeff betrifft, so war das ganz einfach unser hiesiger Kaufmann, ein Ladenbesitzer, ein großer Sonderling, autodidaktischer Archäologe und leidenschaftlicher Sammler russischer Altertümer, der manchmal Stepan Trofimowitsch in Kenntnissen zu überbieten suchte, doch vor allem über Gesinnungsfragen mit ihm stritt. Dieser achtbare Kaufmann mit grauem Bart und in Silber gefaßter großer Brille schuldete Stepan Trofimowitsch noch 400 Rubel für einige Deßjätinen Wald, die er auf dessen kleinem (an Skworeschniki grenzenden) Gut zum Abholzen gekauft hatte. Obschon nun Stepan Trofimowitsch von Warwara Petrowna fast verschwenderisch mit Mitteln zu dieser Reise ausgestattet worden war, hatte er auf diese 400 Rubel doch noch besonders gerechnet, wahrscheinlich für seine geheimen Ausgaben, und er war fast in Tränen ausgebrochen, als Andrejeff ihn bat, sich noch einen Monat zu gedulden. Übrigens hatte Andrejeff durchaus ein Recht auf einen solchen Aufschub, da er die ersten Raten alle fast ein halbes Jahr vor dem Termin bezahlt hatte, weil das Geld damals von Stepan Trofimowitsch gerade dringend benötigt worden war. Jenen ersten Brief Stepan Trofimowitschs aus Berlin las Warwara Petrowna mit Spannung, unterstrich mit dem Bleistift den Ausruf »Wo seid ihr jetzt beide?«, versah den Brief mit dem Eingangsdatum und verschloß ihn in die Schatulle. Er hatte natürlich an seine beiden verstorbenen Frauen gedacht. Den zweiten Brief aus Berlin schrieb er in einer anderen Tonart: »Ich arbeite täglich zwölf Stunden (»wenn er doch wenigstens elf geschrieben hätte«, murmelte Warwara Petrowna), stöbere in den Bibliotheken umher, vergleiche, mache Auszüge, scheue keinen Weg; war bei etlichen Professoren. Habe die Bekanntschaft mit der reizenden Familie Dundássoff erneuert. Wie entzückend Nadjéshda Nikolájewna selbst jetzt noch ist! Sie läßt Sie grüßen. Ihr junger Gatte und alle drei Neffen sind gleichfalls in Berlin. Abends unterhalten wir uns mit der Jugend, meist bis zum Morgengrauen; unsere Nächte sind nahezu attisch! – natürlich nur was Feinheit und Geschmack anlangt; höchstes Niveau: viel Musik, spanische Melodien, Pläne einer Erneuerung der Menschheit, die Idee der ewigen Schönheit, die Sixtinische Madonna, Licht mit Durchbrüchen der Finsternis, aber auch die Sonne hat ja Flecke! Oh, mein Freund, Sie mein edler, treuer Freund! Mit meinem Herzen bin ich bei Ihnen und der Ihrige; mit Ihnen allein ginge ich überall hin, en tout pays, und wäre es selbst dans le pays de Makar et de ses veaux, von welchem Lande wir in Petersburg vor unserer Abreise, Sie erinnern sich wohl noch, oft mit solchem Bangen gesprochen haben. Denke jetzt lächelnd daran zurück. Als ich die Grenze überschritten hatte, fühlte ich mich in Sicherheit, ein seltsames, neues Empfinden, zum erstenmal nach so langen Jahren ...« usw. usw.

»Alles Unsinn!« urteilte Warwara Petrowna, indem sie auch diesen Brief zu den anderen legte. »Wenn sie bis zum Morgenrot attische Nächte verleben, dann wird er doch nicht zwölf Stunden über den Büchern sitzen. War er etwa betrunken, als er das schrieb? Was fällt dieser Dundássowa ein, mich grüßen zu lassen? Übrigens, mag er sich amüsieren ...«

Der Satz »Dans le pays de Makar et de ses veaux« sollte bedeuten: »Wohin Makar die Kälber nicht getrieben hat.«[12] Stepan Trofimowitsch übersetzte russische Sprichwörter und Redensarten manchmal absichtlich auf die verdrehteste Weise ins Französische, obschon er sie zweifellos besser zu deuten und zu übersetzen verstanden hätte; aber er tat das aus Liebe zu einer gewissen Nonchalance und fand es erheiternd.

Doch von dem »Amüsieren« hatte er bald genug, nicht einmal vier Monate hielt er es aus und kam nach Skworeschniki zurückgeflogen. Seine letzten Briefe bestanden fast ausschließlich aus gefühlvollsten Liebesergüssen zu seinem »abwesenden Freunde» und waren buchstäblich von Tränen der Sehnsucht verwischt. Es gibt Naturen, die außerordentlich am Hause hängen, ganz wie die Stubenhündchen. Das Wiedersehen der Freunde war wonnetrunken. Nach zwei Tagen aber verlief alles wieder nach alter Art, und sogar noch langweiliger als zuvor. »Mein Freund«, sagte Stepan Trofimowitsch nach vierzehn Tagen zu mir, aber als größtes Geheimnis, »mein Freund, ich habe etwas für mich furchtbar ... Neues entdeckt: Je suis un ganz gewöhnlicher Schmarotzer et rien de plus! Mais r-r-rien de plus!«

VIII

Darauf brach bei uns eine stille Zeit an, und die zog sich eigentlich über diese ganzen letzten neun Jahre hin. Die nervösen Ausbrüche mit dem Geschluchze an meiner Schulter wiederholten sich zwischendurch zwar regelmäßig, störten aber sonst keineswegs unser Behagen. Ich wundere mich eigentlich nur, daß Stepan Trofimowitsch in dieser Zeit nicht dick wurde. Nur seine Nase rötete sich ein wenig, und seine Gutmütigkeit nahm noch zu. Allmählich bildete sich um ihn ein Kreis von Freunden, der übrigens immer klein blieb. Warwara Petrowna kümmerte sich wohl nur wenig um diesen Kreis, aber wir erkannten sie doch alle als unsere Patronin an. Nach der Petersburger Enttäuschung hatte sie sich endgültig in unserem Gouvernement niedergelassen: im Winter wohnte sie in ihrem Stadthause, im Sommer nahe der Stadt auf ihrem Gut. Noch nie hatte sie eine solche gesellschaftliche Bedeutung und soviel Einfluß gehabt wie in diesen sieben Jahren, das heißt, bis zur Ernennung unseres neuen Gouverneurs. Dessen Vorgänger, der unvergeßliche, weichherzige Iwán Óssipowitsch, war mit ihr nahe verwandt, und nicht umsonst hatte sie ihm manche Wohltat erwiesen. Seine Frau zitterte geradezu bei dem Gedanken, sie könnte Warwára Petrówna irgendwie mißfallen, und so grenzte denn, nach ihrem Beispiel, die Ehrerbietung der städtischen Kreise vor Warwara Petrowna fast schon an sündhaften Götzendienst. Infolgedessen hatte es natürlich auch Stepan Trofimowitsch gut. Er war Mitglied des Klubs, verlor würdevoll im Kartenspiel und erwarb sich die allgemeine Hochachtung, wenn auch viele in ihm nur einen »Gelehrten« sahen. Späterhin, als Warwara Petrowna ihm eine eigene Wohnung zu beziehen gestattete, war unser Verkehr noch zwangloser. Wir versammelten uns etwa zweimal wöchentlich bei ihm, und dann gab es lustige Abende, besonders wenn er mit dem Champagner nicht kargte. Er bezog ihn von dem bereits erwähnten Andrejeff, und die Rechnungen wurden halbjährlich von Warwara Petrowna bezahlt. Der Tag der Bezahlung war dann allerdings fast immer auch ein Tag der Cholerine.

Das älteste Mitglied des Freundeskreises war Lipútin, ein Gouvernementsbeamter in nicht mehr jungen Jahren, der bedingungslos für den Fortschritt eintrat; in der Stadt hielt man ihn für einen Atheisten. Er war zum zweiten Mal verheiratet, mit einer jungen und sehr netten Frau, die sogar eine Mitgift in die Ehe gebracht hatte. Außerdem hatte er drei schon halberwachsene Töchter. Diese ganze Familie hielt er in Gottesfurcht und hinter Schloß und Riegel, war überaus geizig und hatte es fertig gebracht, sich von seinem Gehalt ein kleines Haus zu kaufen und sogar ein Kapitalchen zu ersparen. Er war ein unruhiger Mensch, als Beamter nur von niedriger Rangklasse; in der Stadt wurde er nicht sonderlich geachtet, und die bessere Gesellschaft verkehrte nicht mit ihm. Überdies war er ein berüchtigtes Klatschmaul und schon mehr als einmal dafür bestraft worden, sogar schmerzhaft, das erstemal von einem Offizier, ein anderes Mal von einem achtbaren Familienvater und Gutsbesitzer. Wir aber liebten seinen scharfen Verstand, seine Wißbegier, seine eigentümliche boshafte Lustigkeit. Warwara Petrowna mochte ihn gar nicht, aber er verstand es immer irgendwie, sich ihr dienstbeflissen anzupassen.

Auch Schátoff, ein anderer aus diesem Kreise, der jedoch erst im letzten Jahr zu uns kam, erfreute sich nicht ihrer Zuneigung. Schátoff war früher Student gewesen, aber nach einem Studentenkrawall relegiert worden. Er war noch als Warwara Petrownas Leibeigener auf die Welt gekommen, als Sohn ihres verstorbenen Kammerdieners Pável Fjódoroff, weshalb sie sich seiner besonders angenommen und ihn als Knaben von Stepán Trofímowitsch hatte unterrichten lassen. Sie mochte ihn nicht wegen seines Stolzes und wegen seiner Undankbarkeit und konnte es ihm nicht verzeihen, daß er nach seiner Relegation nicht sofort zu ihr gekommen war. Ja, auf einen eigens deshalb geschriebenen Brief an ihn hatte er ihr überhaupt nicht geantwortet, sondern es vorgezogen, sich als Hauslehrer in die Knechtschaft eines gebildeteren Kaufmanns zu verdingen. Mit der Familie dieses Kaufmanns war er dann ins Ausland gereist, mehr als Kinderwärter denn als Erzieher; aber es hatte ihn schon gar zu heftig danach verlangt, das Ausland kennen zu lernen. Der Kinder wegen hatte man auch noch eine Gouvernante mitgenommen, eine lebhafte junge Russin, die gleichfalls erst kurz vor der Abreise und hauptsächlich wegen ihrer geringen Gehaltsansprüche angenommen worden war. Als aber der Kaufmann sie nach etwa zwei Monaten wegen »freier Anschauungen« wegjagte, da verließ auch Schatoff seine Stellung und bald darauf ließ er sich mit ihr in Genf trauen. In Genf lebten sie ungefähr drei Wochen zusammen, dann trennten sie sich als freie und durch nichts gebundene Menschen, und natürlich auch wegen ihrer Armut. Schatoff trieb sich dann noch lange allein in Europa herum, lebte Gott weiß wovon; man sagt, er habe auf der Straße Stiefel geputzt und sei an einem Hafen Lastträger gewesen. Schließlich aber kehrte er doch in seinen Heimatort zurück, vor etwa einem Jahr, und ließ sich hier nieder, zusammen mit einer alten Tante, die aber schon nach einem Monat starb. Zu seiner Schwester Dáscha, Warwara Petrownas Zögling und besonderem Liebling, die bei ihr wie eine gesellschaftlich durchaus Gleichgestellte lebte, unterhielt er nur sehr spärliche und entfernte Beziehungen. Bei uns war er immer finster und schweigsam, und nur zuweilen, wenn man an seine Überzeugungen rührte, war er von einer krankhaften Reizbarkeit und dann sehr unvorsichtig in seinen Äußerungen. »Schátoff muß man zuerst anbinden, wenn man mit ihm disputieren will«, pflegte Stepan Trofimowitsch zu scherzen; aber er liebte ihn. Im Ausland hatte Schatoff einige seiner sozialistischen Überzeugungen vollständig geändert und war zum entgegengesetzten Extrem übergegangen. Er war eine jener idealen russischen Naturen, die plötzlich von irgendeiner starken Idee gepackt und von deren Schwere auf der Stelle gleichsam zu Boden gedrückt werden, manchmal sogar für immer. Sie sind ihr niemals gewachsen, sondern beginnen sogleich leidenschaftlich an sie zu glauben, und so vergeht dann ihr ganzes Leben wie in den letzten Zuckungen unter einem auf ihnen lastenden Stein, der sie halbwegs schon erdrückt hat. Schatoffs Äußeres entsprach vollkommen seinen Überzeugungen: er war plump, strohblond, stark behaart, von niedrigem Wuchs, mit breiten Schultern, hatte dicke Lippen, sehr dichte, überhängende hellblonde Augenbrauen, eine finster gerunzelte Stirn und einen ungeduldigen, hartnäckig gesenkten und sich gleichsam wegen irgend etwas schämenden Blick. Sein Haupthaar bildete an einer Stelle einen Büschel, der sich um keinen Preis anbürsten ließ und daher immer in die Höhe stand. Er war ungefähr sieben- oder achtundzwanzig Jahre alt. »Ich wundere mich nicht mehr darüber, daß seine Frau ihm davongelaufen ist«, meinte Warwara Petrowna einmal, nachdem sie ihn aufmerksam gemustert hatte. Dabei gab sich Schatoff alle Mühe, trotz seiner großen Armut stets wenigstens sauber gekleidet zu sein. Nach seiner Rückkehr hatte er Warwara Petrowna wieder nicht um Unterstützung gebeten, sondern sich durchgeschlagen, so gut es eben gehen wollte; er arbeitete bei Kaufleuten oder sonstwo. Einmal war er in einem Laden beschäftigt; einmal sollte er als Gehilfe des Transportführers mit einem Frachtschiff wegfahren, aber da erkrankte er kurz vor der Abfahrt. Man kann sich kaum eine Vorstellung davon machen, welch einen Grad von Armut Schatoff zu ertragen fähig war, und sogar ohne an sie überhaupt zu denken. Nach der Krankheit übersandte ihm Warwara Petrowna heimlich und ungenannt hundert Rubel. Er erfuhr aber schließlich doch, von wem die Summe stammte, sann lange nach, nahm sie dann an und ging geraden Weges zu Warwara Petrowna, um sich bei ihr zu bedanken. Sie empfing ihn überaus herzlich, aber auch diesmal enttäuschte er schmählich ihre Erwartungen: er saß ihr nur etwa fünf Minuten gegenüber, schwieg unentwegt, sah stumpfsinnig zu Boden, lächelte dumm, und plötzlich – gerade an der interessantesten Stelle dessen, was sie ihm erzählen wollte – stand er auf, machte eine linkische Verbeugung, verging dabei fast vor Scham, stieß dann noch an irgendetwas an und ... hinter ihm lag Warwara Petrownas kostbares, mit kunstvoller Einlegearbeit verziertes Nähtischchen zerbrochen am Boden, und halbtot vor Verlegenheit ob der Schmach verließ er das Zimmer. Lipútin tadelte ihn nachher heftig wegen der ganzen Geschichte: einmal, weil er die hundert Rubel von seiner früheren Herrin und Despotin nicht mit Verachtung zurückgewiesen hatte, und dann, weil er auch noch hingegangen war, um sich zu bedanken. Schatoff wohnte am äußersten Rande der Stadt und er sah es nicht gern, wenn ihn jemand, selbst einer von uns, besuchte. Zu den Abenden bei Stepan Trofimowitsch erschien er regelmäßig und entlieh dann Bücher und Zeitschriften von ihm.

Ferner erschien zu diesen Abenden noch ein junger Mann, ein gewisser Wirgínskij, ein hiesiger Beamter, der in manchem an Schatoff erinnerte, obschon er äußerlich doch in jeder Hinsicht sein größter Gegensatz zu sein schien; aber auch er war »verheiratet«. Der bedauernswerte, überaus stille junge Mensch, übrigens doch schon von dreißig Jahren, zeichnete sich durch eine beträchtliche Bildung aus, die er sich vorwiegend selbst, ohne Lehrer, angeeignet hatte. Er war unbemittelt, versah sein Amt und hatte als Ehemann auch noch eine Tante und eine Schwester seiner Frau zu ernähren. Diese drei Damen teilten die allerneuesten Anschauungen, nur daß sie bei ihnen etwas vulgär herauskamen, gleich »auf die Straße geschleppten Ideen«, wie sich Stepan Trofimowitsch einmal bei einem anderen Anlaß ausdrückte. Sie schöpften alles aus Büchern und waren jederzeit bereit, alles, was noch irgendwie unmodern war, zum Fenster hinauszuwerfen, sobald das aus den fortschrittlichen Winkeln der Residenz angeraten wurde. M-me. Wirgínskaja hatte als Mädchen lange in Petersburg gelebt; jetzt übte sie in unserer Stadt den Beruf einer Hebamme aus. Wirginskij selbst war ein Mensch von seltener Herzensreinheit, und noch seltener habe ich eine ehrlichere Begeisterung gesehen. »Nie, nie werde ich von diesen lichten Hoffnungen lassen«, sagte er oft zu mir mit strahlenden Augen. Von diesen »lichten Hoffnungen« sprach er stets nur leise, wie in Verzückung flüsternd, gleichsam heimlich. Er war ziemlich hoch von Wuchs, aber sehr dünn und schmal in den Schultern, blaß, mit sehr spärlichem, leicht rötlichem Haar. Den manchmal etwas hochmütigen Spott Stepan Trofimowitschs über die eine oder andere seiner Meinungen ertrug er sanftmütig, doch zuweilen widersprach er ihm sehr ernst und setzte ihn dann durch seine Einwände meist sogar in Verlegenheit. Im übrigen ging Stepan Trofimowitsch freundlich mit ihm um, ja und überhaupt verhielt er sich zu uns allen sozusagen väterlich.

»Ihr gehört ja alle zu den ‚Unausgebrüteten‘«, bemerkte er einmal scherzhaft zu Wirginskij, »wenn ich auch gerade an Ihnen, Wirginskij, nicht diese Be-schränkt-heit bemerke, wie ich sie in Petersburg chez ces séminaristes angetroffen habe; aber trotzdem sind Sie alle unausgebrütet. Schatoff möchte furchtbar gern ausgebrütet sein, aber auch er ist unausgebrütet.«

»Und ich?« fragte Liputin.

»Sie? – Sie sind einfach die goldene Mitte, die sich überall einlebt ... auf ihre Weise.«

Liputin fühlte sich gekränkt.

Man erzählte sich von Wirginskij, und leider war es recht glaubwürdig, was man sich erzählte, seine Frau habe ihm bereits nach dem ersten Jahr ihrer Ehe eines schönen Tages mitgeteilt, daß er von nun an abgesetzt sei und daß sie ihm einen gewissen Herrn Lebädkin vorziehe. Dieser Herr Lebädkin, ein Zugereister, stellte sich später als eine sehr fragwürdige Erscheinung heraus, die vor allem nicht das geringste Recht auf den sich selbst beigelegten Titel eines Hauptmanns a. D. hatte. Was er verstand, das war lediglich, sich den Schnurrbart zu drehen, zu trinken und unvorstellbaren Unsinn zu schwätzen. Er war dabei taktlos genug, sofort zu Wirginskijs überzusiedeln, freute sich hier vor aller Welt des freien Tisches und begann zu guter Letzt noch, den Hausherrn von oben herab zu behandeln. Man behauptete übrigens, daß Wirginskij seiner Frau, nachdem sie ihm jene Mitteilung gemacht, geantwortet habe: »Mein Freund, bis jetzt habe ich dich nur geliebt, aber von nun ab achte ich dich.« In Wirklichkeit wird wohl kaum ein so altrömischer Ausspruch gefallen sein, und manche behaupten denn auch, daß er im Gegenteil schrecklich geweint habe. Eines Tages, etwa zwei Wochen nach seiner Absetzung, begaben sie sich alle, die ganze »Familie«, in das Wäldchen vor der Stadt, um dort mit Bekannten Tee zu trinken. Wirginskij war geradezu fieberhaft lustig gestimmt und beteiligte sich auch am Tanz; doch plötzlich, und zwar ohne jeden vorhergegangenen Streit, packte er den Hünen Lebädkin, der solo einen Cancan tanzte, mit beiden Händen an den Haaren, riß ihn nieder und begann, ihn kreischend, schreiend und weinend hin und her zu zerren und auf ihn einzuhauen. Der Hüne erschrak dermaßen, daß er sich nicht einmal wehrte und, solange der andere ihn verdrosch, fast nicht muckste; nachher freilich spielte er dann mit dem ganzen Zorn eines edlen Menschen den Beleidigten. Wirginskij bat seine Frau die ganze Nacht knieend um Verzeihung, doch die ward ihm nicht gewährt, da er sich immerhin nicht bereit erklärte, auch Lebädkin um Entschuldigung zu bitten; außerdem wurde ihm Mangel an Überzeugungstreue und Dummheit vorgeworfen; letzteres deshalb, weil er »während einer Auseinandersetzung mit einer Frau« vor dieser auf den Knien gelegen habe. Der »Hauptmann« verschwand bald darauf und erschien erst in allerletzter Zeit wieder in unserer Stadt, diesmal mit seiner Schwester und mit neuen Absichten; doch davon später. Es war also kein Wunder, daß der arme »Ehemann« bei uns Ablenkung suchte und ein Bedürfnis nach unserer Gesellschaft hatte. Von seinen häuslichen Angelegenheiten sprach er bei uns übrigens nie. Nur einmal, als er mit mir von Stepan Trofimowitsch heimging, war es, als wollte er etwas über seine Lage verlauten lassen, doch schon im nächsten Augenblick rief er, indem er meine Hand ergriff, leidenschaftlich aus: »Aber das tut ja nichts, das hat ja nichts auf sich, das ist ja nur eine Privatangelegenheit, ein Ausnahmefall; das stört doch die ‚gemeinsame Sache' nicht im geringsten, nicht im geringsten!«

Es kamen auch noch andere, mehr zufällige Gäste zu unseren Abenden: beispielsweise der kleine Jude Lämschin, ferner ein Hauptmann Kartúsoff. Vorübergehend kam manchmal auch noch ein wißbegieriger alter kleiner Herr, aber der starb. Einmal führte Lipútin einen verbannten polnischen Geistlichen, Slonzéwskij, bei uns ein, und anfangs ließen wir ihn aus Grundsatz an unseren Abenden teilnehmen, dann aber lehnten wir ihn doch ab.

IX

Eine Zeitlang hieß es von uns in der Stadt, unser Kreis sei eine Pflanzstätte der Freigeisterei, der Sittenverderbnis und der Gottlosigkeit; ja, eigentlich behauptete sich dieser Ruf sogar die ganze Zeit. Und dabei gab es bei uns doch nur das allerunschuldigste, liebe, echt russische, heitere, liberale Geschwätz. Der „höhere Liberalismus" und der „höhere Liberale", d. h. ein Liberaler ohne jedes konkrete Ziel, sind ja nur in Rußland möglich. Stepan Trofimowitsch brauchte, wie jeder geistreiche Mensch, ganz einfach Zuhörer, und außerdem war ihm das Bewußtsein unentbehrlich, daß er die höchste Pflicht, Ideen zu propagieren, erfülle. Und schließlich mußte man doch jemanden haben, mit dem man Champagner trinken und so beim Glase eine gewisse Art heiterer Gedanken über Rußland und den „russischen Geist", über Gott im allgemeinen und den „russischen Gott" im besonderen austauschen konnte; oder man erzählte zum hundertsten Mal die allen schon längst bekannten skandalösen Anekdötchen Rußlands. Auch dem Stadtklatsch waren wir ganz und gar nicht abgeneigt und gelangten dabei manchmal zu strengen, hochmoralischen Verurteilungen. Wir gerieten auch auf allgemein menschliche Themen, erörterten ernst das zukünftige Schicksal Europas und der Menschheit; prophezeiten doktrinär, daß Frankreich nach dem Cäsarismus mit einem Schlage auf die Stufe eines Staates zweiten Ranges herabsinken werde, und zweifelten nicht daran, daß das ungeheuer schnell und leicht geschehen könne. Dem Papst hatten wir schon längst die Rolle eines gewöhnlichen Metropoliten in dem geeinten Italien vorausgesagt und waren vollkommen überzeugt, daß diese ganze tausendjährige Frage in unserem Jahrhundert der Humanität, der Industrie und der Eisenbahnen nur eine Lappalie sei. Aber der „höhere russische Liberalismus" verhält sich ja nun einmal nicht anders zu der Sache. Manchmal sprach Stepan Trofimowitsch auch über die Kunst, und zwar sehr gut, bloß leider ein wenig zu abstrakt.

Hin und wieder kam er auch auf seine Jugendfreunde zu sprechen – lauter Persönlichkeiten, die in der Geschichte unserer Entwicklung ihren Platz haben –, er gedachte ihrer mit Rührung und Verehrung, aber ein wenig auch wie mit leisem Neid. Wurde es einmal gar zu langweilig, dann setzte sich das Jüdchen Lämschin (ein kleiner Postbeamter), der meisterhaft Klavier spielte, an das Instrument, und zwischen den Stücken, die er vortrug, ahmte er in Tönen das Grunzen eines Schweines nach, oder ein Gewitter, oder eine Entbindung mit dem ersten Schrei des Kindes usw. usw.; nur deswegen wurde er auch eingeladen. Hatten wir stark getrunken – und das kam vor, wenn auch nicht oft –, so gerieten wir meist in Begeisterung, und einmal sangen wir sogar im Chor, zu Lämschins Begleitung, die Marseillaise, nur weiß ich nicht, ob das, was dabei herauskam, auch wirklich wie die Marseillaise klang. Den großen Tag des 19. Februar[13] feierten wir natürlich mit Enthusiasmus und gewöhnten uns diese Feier mit Wein und Trinksprüchen auch in den folgenden Jahren noch lange nicht ab. Das ist freilich schon lange, lange her; damals waren Schatoff und Wirginskij noch gar nicht hier, und Stepan Trofimowitsch wohnte noch im Hause von Warwára Petrówna. Einige Zeit vor dem großen Tage hatte Stepan Trofimowitsch sich angewöhnt, ein paar geschraubte Strophen vorsichhinzumurmeln, die damals allen bekannt waren und die wohl ein ehedem liberaler Gutsbesitzer verfaßt hatte:

„Es nahen die Bauern, die Äxte geschärft,
Bereiten gar Schreckliches vor!“

Oder ungefähr so, wortwörtlich weiß ich es nicht mehr. Als Warwara Petrowna das einmal vernahm, rief sie: »Was für ein Unsinn!« und verließ erzürnt das Zimmer. Liputin aber, der gerade zugegen war, bemerkte boshaft:

»Aber es wäre doch schade, wenn die früheren Leibeigenen im ersten Freudenrausch den Herren Gutsbesitzern etwas Unangenehmes zufügten!« – und er fuhr sich mit dem Zeigefinger um den Hals.

»Cher ami«, erwiderte ihm hierauf Stepan Trofimowitsch gutmütig, »glauben Sie mir, daß *dieses«* (er wiederholte die Geste um den Hals) »nicht den geringsten Nutzen brächte, weder unseren Gutsbesitzern noch uns anderen insgesamt. Auch ohne Köpfe würden wir nichts zu gestalten verstehen, obschon gerade unsere Köpfe uns am meisten hindern, etwas zu verstehen.«

Ich muß bemerken, daß viele bei uns annahmen, am Tage des Manifestes werde etwas Außergewöhnliches geschehen, etwas von der Art, wie es Liputin andeutete und was gerade die sogenannten Kenner des Volkes und des Staates voraussagten. Es scheint, daß auch Stepan Trofimowitsch diese Befürchtungen teilte, und sogar in solchem Maße, daß er kurz vor dem großen Tage Warwara Petrowna plötzlich zu bitten begann, ins Ausland reisen zu dürfen; kurz, er fühlte sich beunruhigt. Aber der große Tag verging, es vergingen noch mehr Tage, und das hochmütige Lächeln erschien wieder auf Stepan Trofimowitschs Lippen. Übrigens äußerte er damals einige bemerkenswerte Gedanken über den Charakter des russischen Menschen im allgemeinen und den des russischen Bauern im besonderen.

»Als hitzige Leute sind wir etwas voreilig gewesen mit unseren Bäuerlein«, schloß er die Reihe dieser bemerkenswerten Gedanken. »Wir haben sie in Mode gebracht, und ein ganzer Zweig unserer Literatur hat sich mehrere Jahre lang nur mit ihnen abgegeben wie mit einer neuentdeckten Kostbarkeit. Wir haben Lorbeerkränze auf verlauste Köpfe gesetzt. Das russische Dorf hat im Laufe eines ganzen Jahrtausends nichts weiter hervorgebracht als seinen Bauerntanz, den Kamárinskij. Hat doch ein hervorragender russischer Dichter, der überdies noch geistreich war, ausgerufen, als er die große Rachel zum erstenmal auf der Bühne sah: ‚Die Rachel gäbe ich nicht für einen Leibeigenen hin!' Ich bin bereit, noch viel weiter zu gehen: ich würde sogar alle russischen Bauern für die eine Rachel hingeben! Es ist Zeit, nüchterner zu urteilen und nicht unseren einheimischen unfeinen Teergeruch mit bouquet de l'impératrice zu verwechseln!«

Liputin stimmte ihm sofort bei, meinte aber, daß sich zu verstellen und die Bäuerlein zu verherrlichen damals immerhin um der Tendenz willen notwendig gewesen sei; daß sogar die Damen der höchsten Gesellschaftskreise bei der Lektüre des „Anton Pechvogel“ [14] Tränen vergossen hätten, und manche hätten sogar aus Paris an ihre Gutsverwalter geschrieben, sie sollten von nun an mit den Bauern möglichst human umgehen.

Da geschah es eines Tages, und zum Unglück gerade nach den ersten Gerüchten von Anton Petróff [15], daß es auch in unserem Gouvernement, und nur fünfzehn Werst von Skworéschniki, zu einem gewissen Mißverständnis kam, so daß man in der ersten Verwirrung sogar ein Militärkommando hinschickte. Über diesen Vorfall regte sich Stepan Trofimowitsch dermaßen auf, daß er auch uns mit seiner Furcht ansteckte. Im Klub zeterte er, wir brauchten mehr Militär, man müsse aus einem anderen Bezirk telegraphisch welches herbeirufen; er eilte zum Gouverneur und versicherte diesem, daß er, Stepan Trofimowitsch, mit diesen Umtrieben nichts zu schaffen habe; er bat, ihn nicht in diese Sache hineinzuziehen, auf Grund der Erinnerung an Gewesenes, und ersuchte, diese von ihm abgegebene Erklärung unverzüglich nach Petersburg an die zuständige Stelle zu berichten. Zum Glück ging das alles bald vorüber und löste sich in nichts auf; nur wunderte ich mich damals doch sehr über Stepan Trofimowitsch.

Etwa drei Jahre darauf [16] begann man, wie erinnerlich, vom Nationalismus zu sprechen, und es bildete sich eine „öffentliche Meinung“. Darüber spottete er sehr.

»Meine Freunde«, belehrte er uns, »sollte unsere Nationalität neuerdings wirklich geboren oder ‚im Enstehen begriffen‘ sein, wie jetzt in den Zeitungen behauptet wird, dann sitzt sie doch vorläufig gewiß noch in irgend so einer deutschen Petrischule über dem deutschen Buch und lernt ihre ewige deutsche Lektion, der deutsche Lehrer aber läßt sie zur Strafe, wenn's nottut, noch zeitweilig im Winkel knien. Daß der Lehrer ein Deutscher ist, das lobe ich. Doch am wahrscheinlichsten dürfte sein, daß nichts ‚im Entstehen begriffen' ist, sondern alles so weitergeht wie ehedem, nämlich einfach unter Gottes Schutz! Meinem Dafürhalten nach genügt das auch für Rußland, pour notre sainte Russie. Zudem sind doch alle diese Nationalismen und das Allslawentum viel zu alt, um neu zu sein. Die Nationalität ist doch bei uns, man kann wohl sagen, noch nie anders in Erscheinung getreten als in Gestalt eines Einfalls müßiger Klubherren, und zum Überfluß noch eines Moskauer Klubs. Ich rede natürlich nicht von den Zeiten Igors[17]. Und schließlich kommt doch alles nur vom Müßiggang. Jedenfalls kommt bei uns alles vom Müßiggang, auch das Gute, auch das Schöne. Alles von unserem hochherrschaftlichen, lieben, gebildeten, luxuriösen Müßiggang! Dreißigtausend Jahre lang wiederhole ich das schon! Wir verstehen nicht, von eigener Arbeit zu leben. Und was reden sie nur soviel von dieser öffentlichen Meinung, die es bei uns jetzt auf einmal geben soll – so plötzlich, wie ohne weiteres vom Himmel herabgefallen? Begreifen die Leute denn wirklich nicht, daß zur Erlangung einer eigenen Meinung vor allen Dingen Arbeit gehört, eigene Mühe, eigener Versuch in der Sache, eigene Erfahrung! Ohne eigene Mühe wird nie etwas erworben. Wenn wir arbeiten werden, werden wir auch eine eigene Meinung haben. Da wir aber niemals arbeiten werden, so wird auch immer die Meinung derjenigen maßgebend sein, die an unserer Statt bisher gearbeitet haben, also die Meinung immer desselben Europa, immer derselben Deutschen, die ja schon seit zwei Jahrhunderten unsere Lehrer sind. Überdies ist Rußland ein viel zu großes Mißverständnis, als daß wir allein es erklären könnten, ohne die Deutschen und ohne eigene Arbeit. Schon seit zwanzig Jahren läute ich die Alarmglocke und rufe zur Arbeit auf! Ich habe mein ganzes Leben dieser Aufgabe geweiht, zu wecken, zu rufen, und habe geglaubt, ich Tor, daß es nicht vergeblich sei! Jetzt glaube ich das nicht mehr, aber ich werde trotzdem bis zu meinem Ende, bis zum Grabe läuten, bis man mir den Strang aus der Hand nimmt, um zur Totenmesse für mich zu läuten!«

Leider stimmten wir ihm damals nur bei. Wir klatschten unserem Lehrer Beifall, und noch mit welch einem Eifer! Aber, meine Herrschaften, hört man denn nicht auch jetzt noch, mitunter sogar auf Schritt und Tritt, genau denselben „netten“, „verständigen“, „liberalen“ altrussischen Unsinn?

An Gott glaubte unser Lehrer. »Ich begreife nicht, warum mich hier alle als einen Gottesleugner hinstellen?« sagte er manchmal. »Ich glaube an Gott, mais distingons: ich glaube an ihn wie an ein Wesen, das sich seiner in mir nur bewußt wird. Ich kann doch nicht wie meine Nastássja glauben« (sein Dienstmädchen), »oder wie irgend so ein begüterter Herr, der nur ‚für alle Fälle‘ glaubt, oder wie unser lieber Schatoff – übrigens nein, Schatoff scheidet hier aus, Schatoff glaubt *gewaltsam*, wie ein Moskauer Slawophile. Was aber das Christentum betrifft, so bin ich, bei all meiner aufrichtigen Hochachtung vor ihm, doch kein Christ. Eher bin ich ein alter Heide, wie der große Goethe, oder ein antiker Grieche. Schon dieses Eine, daß das Christentum für das Weib kein Verständnis hatte! – wie das George Sand in einem ihrer genialen Romane so glänzend auseinandergesetzt hat. Und was den Ritus, Fasten und dergleichen betrifft, ja, da begreife ich nicht, wen das etwas angeht, wie ich mich dazu verhalte? Mögen unsere hiesigen Denunzianten sich auch noch so sehr bemühen, zum Jesuiten will ich deshalb doch nicht werden. 1847 schrieb Belinskij aus dem Auslande an Gogol seinen bekannten Brief, in dem er ihm heftig vorwarf, daß er an ‚irgendeinen Gott‘ glaube. Entre nous soit dit, ich kann mir nichts Komischeres denken als den Augenblick, da Gogol (der Gogol von damals! [18]) diesen Ausdruck las und ... den ganzen Brief las! Doch abgesehen vom Komischen, und da ich ja im wesentlichen derselben Ansicht bin, will ich besonders auf eines hinweisen: das waren doch

Männer! Sie liebten doch ihr Volk, sie waren imstande, um des Volkes willen zu leiden, ja sogar alles fürs Volk zu opfern, und doch waren sie gleichzeitig Manns genug, diesem Volk nicht beizupflichten, wenn es galt, die eigene Überzeugung zu wahren, ihm nicht nachsichtig in gewissen Anschauungen zu Gefallen zu reden. Ein Belinskij konnte doch in der Tat nicht in Fastenöl oder in Rettich mit Erbsen das Heil suchen!«

Doch hier ergriff Schatoff Partei:

»Nie haben diese Ihre Männer das Volk geliebt, nie um des Volkes willen gelitten, und nichts haben sie fürs Volk geopfert, wie sehr sie sich das auch zur eigenen Erbauung eingebildet haben mögen!« brummte er unwirsch mit gesenktem Blick, doch mit ungeduldigem Ruck auf dem Stuhl.

»Was, die sollen das Volk nicht geliebt haben!« rief Stepan Trofimowitsch entrüstet. »Oh, und wie haben sie Rußland geliebt!«

»Weder Rußland noch das Volk!« rief nun auch Schatoff zornig; seine Augen blitzten auf einmal. »Man kann nicht lieben, was man gar nicht kennt, sie aber hatten ja vom russischen Volk überhaupt keinen Begriff! Alle diese Männer, und Sie mit ihnen, haben das russische Volk einfach übersehen; Belinskij ganz besonders; der Beweis dafür ist schon eben jener Brief von ihm an Gogol. Belinskij hat genau wie der Wißbegierige in der Krylóffschen Fabel den Elefanten im Museum gar nicht bemerkt, da er ja seine ganze Aufmerksamkeit den französischen sozialistischen Käferchen zuwandte; bei denen ist er auch ewig geblieben. Und dabei war er doch schließlich noch der Gescheiteste von euch allen! Und nicht nur übersehen haben Sie alle das Volk, Sie haben sich sogar mit Ekel und Verachtung zu ihm verhalten, schon aus dem einen Grunde, weil Sie sich unter einem Volk einzig das französische Volk vorzustellen vermochten, und selbst von diesem nur die Pariser, und Sie schämten sich, daß das russische Volk nicht ebenso war. Das ist die nackte Wahrheit! Wer aber kein Volk hat, der hat auch keinen Gott!

Seien Sie versichert, daß alle diejenigen, die ihr Volk zu verstehen aufhören und die Verbindung mit ihm verlieren, alsbald und in gleichem Maße auch den Glauben der Väter verlieren und Atheisten oder Indifferente werden. Ich weiß, was ich sage! Das ist eine Tatsache, die sich beweisen läßt. Und das ist auch der Grund, weshalb sie alle damals und auch wir alle jetzt entweder abstoßende Atheisten oder gleichgültiges, liederliches Gesindel sind und nichts weiter! Und Sie auch, Stepan Trofimowitsch, ich schließe Sie keineswegs aus, hab's sogar vor allem in bezug auf Sie gesagt, damit Sie's nur wissen!«

Nach einem solchen Monolog (und derartige Ausbrüche kamen bei ihm oft vor) geschah es gewöhnlich, daß Schatoff nach seiner Mütze griff und sofort zur Tür hinauswollte, in der festen Überzeugung, daß nun alles zu Ende sei und er seine freundschaftlichen Beziehungen zu Stepan Trofimowitsch für immer zerstört habe. Aber der verstand es stets, ihn rechtzeitig zurückzuhalten.

»Ei, sollten wir nicht Frieden schließen, Schatoff, nach all diesen netten Wörtchen?« pflegte er dann zu ihm zu sagen, indem er ihm von seinem Lehnstuhl aus gutmütig die Hand hinstreckte.

Der plumpe, doch überaus schamhafte Schatoff war kein Freund von Zärtlichkeiten. Äußerlich war er ein rauher Mensch, doch innerlich war er, glaube ich, unendlich zartfühlend. Wohl überschritt er oft das Maß, aber er war selbst der erste, der darunter litt. Auf Stepan Trofimowitschs versöhnliche Worte brummte er gewöhnlich nur etwas vor sich hin, trat wie ein Bär auf demselben Fleck herum, schmunzelte plötzlich ganz unvermittelt, legte die Mütze wieder aus der Hand und setzte sich schließlich auf seinen alten Platz, den Blick die ganze Zeit hartnäckig zu Boden gesenkt. Natürlich gab es dann sofort Wein, und Stepan Trofimowitsch brachte einen passenden Trinkspruch aus, zum Beispiel auf das Andenken eines jener früheren bedeutenden Männer.

ZWEITES KAPITEL

PRINZ HEINZ · DIE BRAUTWERBUNG

I

Außer Stepan Trofimowitsch gab es auf der Welt noch ein Wesen, an dem Warwara Petrowna nicht weniger hing als an ihm: das war ihr einziger Sohn Nikolái Wssséwolodowitsch Stawrógin. Eben für diesen Sohn war seinerzeit Stepan Trofimowitsch als Erzieher angenommen worden. Der Knabe war damals etwa acht Jahre alt, und seine Eltern lebten bereits getrennt, so daß das Kind nur unter der Obhut der Mutter heranwuchs. Man muß es Stepan Trofimowitsch lassen: er verstand es, seinen Zögling an sich zu fesseln. Sein ganzes Geheimnis bestand wohl darin, daß er selbst noch ein Kind war. Ich war damals noch nicht hier, er aber bedurfte ja beständig eines Freundes, und er trug kein Bedenken, den Kleinen, kaum daß dieser ein wenig herangewachsen war, schon zu seinem Vertrauten zu machen. Ja, es machte sich eigentlich ganz von selbst, daß zwischen ihnen nicht der geringste Abstand fühlbar ward. Oft weckte er seinen zehn- oder elfjährigen Freund in der Nacht auf, nur um ihm unter Tränen sein gekränktes Herz auszuschütten oder ihm ein häusliches Geheimnis anzuvertrauen, ohne auch nur zu merken, daß so etwas doch durchaus unzulässig war. Sie fielen einander um den Hals und weinten. Von seiner Mutter wußte der Knabe, daß sie ihn sehr liebte; doch er selbst liebte sie wohl kaum. Sie sprach wenig mit ihm, tat ihm selten einen Zwang an, aber ihr aufmerksam ihm folgender Blick wurde von ihm immer krankhaft intensiv gespürt. Den Unterricht und die moralische Erziehung überließ sie übrigens ganz Stepan Trofimowitsch. Damals glaubte sie an ihn noch ohne Einschränkung. Es ist anzunehmen, daß der Lehrer die Nerven seines Zöglings ein wenig angegriffen hat: als dieser im Alter von sechzehn Jahren nach Petersburg auf das Lyzeum gebracht wurde, war er schwächlich und blaß, seltsam still und nachdenklich. (Später zeichnete er sich durch außergewöhnliche Körperkraft aus.) Anzunehmen ist ferner, daß die beiden Freunde, wenn sie sich bei ihren nächtlichen Gesprächen erschüttert umarmt hielten, nicht immer nur um irgendwelcher häuslicher Geschichtchen willen bis zu Tränen ergriffen waren. Stepan Trofimowitsch hatte es verstanden, im Herzen seines jungen Freundes die tiefsten Saiten zu berühren und in ihm das erste, noch unbestimmte Empfinden jenes ewigen, heiligen Sehnens zu wecken, das so manche auserwählte Seele, die es einmal gekostet und kennengelernt hat, nachher schon nie mehr gegen eine billige Zufriedenstellung eintauschen mag. (Es gibt auch solche Liebhaber dieses schwermütigen Sehnens, denen es teurer ist als die radikalste Zufriedenstellung, selbst wenn eine solche überhaupt möglich wäre.) Jedenfalls aber war es gut, daß der Zögling und der Erzieher, wenn auch spät, voneinander getrennt wurden, nach ganz verschiedenen Richtungen hin.

Während der ersten zwei Jahre im Lyzeum kam der Jüngling zu den Ferien nach Haus. Als dann Warwara Petrowna und Stepan Trofimowitsch sich in Petersburg aufhielten, fand auch er sich manchmal zu den literarischen Abenden im Salon seiner Mutter ein, hörte zu und beobachtete. Er sprach wenig und war immer noch still und schüchtern. Zu Stepan Trofimowitsch verhielt er sich mit der früheren zarten Aufmerksamkeit, war aber doch etwas zurückhaltender: von hohen Dingen und Erinnerungen an Vergangenes zu sprechen, vermied er sichtlich. Als er das Lyzeum absolviert hatte, trat er auf Wunsch der Mutter beim Militär ein und wurde bald in eines der vornehmsten Garde-Kavallerieregimenter aufgenommen. Er kam aber nicht zur Mutter, um sich ihr in Uniform zu zeigen, und schrieb aus Petersburg immer seltener. Geld schickte ihm Warwara Petrowna freigebig, obschon die Einnahmen von ihren Gütern nach der Reform so zurückgegangen waren, daß sie in der ersten Zeit nicht einmal die Hälfte der früheren Summen erhielt. Übrigens hatte sie durch jahrelange Sparsamkeit ein gewisses, nicht unbeträchtliches Kapital als Reserve angelegt. Für die Erfolge ihres Sohnes in der höchsten Petersburger Gesellschaft interessierte sie sich sehr. Was ihr nicht gelungen war, gelang dem jungen, reichen, vielversprechenden Offizier ohne weiteres. Er erneuerte Bekanntschaften, an die sie für sich nicht mehr hatte denken können, und überall wurde er mit der größten Bereitwilligkeit aufgenommen. Doch schon sehr bald begannen seltsame Gerüchte ihr zu Ohren zu kommen: es hieß, der junge Mann habe ganz plötzlich toll zu leben begonnen. Nicht, daß er spiele oder übermäßig trinke; aber man sprach von einer wilden Zügellosigkeit, von Menschen, die er mit seinen Trabern überfahren hatte, von einer grausamen Rücksichtslosigkeit gegen eine Dame der guten Gesellschaft, mit der er in Beziehungen gestanden und die er dann öffentlich beleidigt habe. Ja, in dieser Sache sei sogar etwas schon gar zu unverhüllt Schmutziges hervorgetreten. Und überhaupt sei er, wie man hinzufügte, ein herausfordernder Raufbold, suche geradezu Streit und beleidige dann einfach aus Lust am Beleidigen. Warwara Petrowna regte sich auf und war bekümmert. Stepan Trofimowitsch versicherte ihr, das seien nur die ersten stürmischen Ausbrüche eines allzureich Veranlagten, das Meer werde sich schon wieder beruhigen, und alles das erinnere nur an die Jugend des Prinzen Heinz, der mit Falstaff, Poins und Mrs. Quickly seine Streiche vollführte. Diesmal rief Warwara Petrowna nicht »Unsinn! Unsinn!«, wie sie es sich in der letzten Zeit Stepan Trofimowitschs Auseinandersetzungen gegenüber angewöhnt hatte; im Gegenteil, sie hörte sehr aufmerksam zu, ließ sich alles noch ausführlich erklären, nahm dann selbst den Shakespeare zur Hand und las überaus achtsam das unsterbliche Werk. Doch die Lektüre beruhigte sie nicht, auch fand sie die Ähnlichkeit nicht so groß. Fieberhaft erwartete sie die Antworten auf mehrere Briefe. Die blieben auch nicht aus: bald traf die unheilvolle Nachricht ein, Prinz Heinz habe fast zu gleicher Zeit zwei Duelle gehabt, sei bei beiden der einzig Schuldige gewesen, habe den einen Gegner auf der Stelle tödlich getroffen und den anderen zum Krüppel geschossen, und infolgedessen sei er vor Gericht gestellt worden. Es endete damit, daß er zum Gemeinen degradiert, seiner Rechte beraubt und strafweise in eines der Linien-Infanterieregimenter versetzt wurde, und das war noch als ein besonders gnädiges Urteil zu betrachten.

Im Jahre 1863 gelang es ihm, sich auszuzeichnen; er erhielt das Ehrenkreuz und wurde zum Unteroffizier befördert, und dann merkwürdig schnell auch zum Offizier. Inzwischen hatte seine Mutter wohl an hundert Briefe mit Bitten und Beschwörungen nach Petersburg geschrieben und um seinetwillen sogar manches Demütigende auf sich genommen. Nach seiner Beförderung nahm der junge Mensch plötzlich seinen Abschied, kam aber wieder nicht nach Skworéschniki und hörte sogar ganz auf, an die Mutter zu schreiben. Man erfuhr schließlich auf Umwegen, daß er sich wieder in Petersburg aufhalte, doch in der früheren Gesellschaft habe man ihn gar nicht mehr gesehen; er halte sich irgendwo gleichsam verborgen. Nachforschungen ergaben, daß er in einer sonderbaren Gesellschaft lebte, sich dem Abschaum der Petersburger Bevölkerung angeschlossen hatte, irgendwelchen stiefellosen Beamten, verabschiedeten Militärs, die in angemessener Form um Almosen baten, Trunkenbolden, deren schmutzige Familien er besuchte, Tage und Nächte in dunklen Spelunken und in Gott weiß was für Winkelgassen zubrachte, heruntergekommen, zerlumpt war und daß ihm das offenbar gefalle. Um Geld bat er seine Mutter nicht; er besaß ja auch selbst ein kleines Gut (den früheren Dorfbesitz des Generals Stawrogin), das immerhin etwas einbrachte und das er, wie verlautete, an einen Deutschen aus Sachsen verpachtet hatte. Schließlich bat ihn die Mutter doch rührend, zu ihr zu kommen, und Prinz Heinz erschien in unserer Stadt. Damals sah ich ihn zum erstenmal, vorher hatte ich ihn noch nie gesehn.

Er war ein sehr schöner junger Mann von etwa fünfundzwanzig Jahren, und ich muß gestehen, seine Erscheinung überraschte mich. Ich hatte erwartet, einen schmutzigen, verkommenen, von Ausschweifungen ausgemergelten, nach Branntwein riechenden Menschen zu erblicken. Statt dessen erblickte ich den elegantesten Gentleman, der mir je zu Gesicht gekommen ist, außergewöhnlich gut gekleidet und von einer Haltung, wie sie nur ein Herr, der an den feinsten Anstand gewöhnt ist, haben kann. Ich war nicht der einzige, der staunte: es staunte die ganze Stadt, der übrigens Herrn Stawrogins Lebensgeschichte sogar mit solchen Einzelheiten bekannt war, daß man sich kaum zu erklären vermochte, wie diese hier in die Öffentlichkeit hatten gelangen können, und das Seltsamste dabei war noch, daß sich die Hälfte dieser Details als wahr erwies. Alle unsere Damen verloren den Verstand vor Aufregung über den neuen Gast. Sie teilten sich in zwei schroff entgegengesetzte Parteien: von der einen wurde er vergöttert, von der anderen gehaßt bis zum Blutdurst; den Verstand freilich hatten beide Parteien verloren. Für die einen hatte es einen besonderen Reiz, daß sich in seiner Seele vielleicht ein schreckliches Geheimnis barg; anderen gefiel es entschieden, daß er einen Menschen getötet hatte. Es stellte sich auch heraus, daß er eine überaus annehmbare Bildung und sogar einige wissenschaftliche Kenntnisse besaß. Von letzteren war allerdings nicht viel nötig, um uns in Erstaunen zu setzen; aber er konnte auch über aktuelle und sehr interessante Fragen sprechen und sogar, was das Wertvollste war, mit auffallender Besonnenheit. Erwähnt sei noch als Seltsamkeit: alle fanden hier, und fast vom ersten Tage an, daß er ein überaus vernünftiger Mensch sei. Er war nicht sehr gesprächig, formvollendet ohne Gesuchtheit, erstaunlich bescheiden und dabei kühn und selbstbewußt, wie bei uns sonst niemand. Unsere Modeherren sahen auf ihn mit Neid und kamen neben ihm überhaupt nicht in Betracht. Auch sein Gesicht überraschte mich: das Haar war schon fast gar zu schwarz, die hellen Augen schon fast zu ruhig und klar, die Gesichtsfarbe schon fast zu zart und weiß, die Wangenröte ebenfalls wie ein wenig zu grell und zu rein, die Zähne wie Perlen, die Lippen wie Korallen – man sollte meinen, ein bildschöner Mann, und doch war diese Schönheit gleichsam auch abstoßend. Manche sagten, sein Gesicht erinnere an eine Maske; doch übrigens, was wurde nicht alles gesagt. Unter anderem sprach man auch viel von seiner außergewöhnlichen Körperkraft. Dabei war er von Gestalt beinahe hochgewachsen. Warwara Petrowna blickte mit Stolz auf ihren Sohn, aber immer auch mit Unruhe. Er lebte bei uns etwa ein halbes Jahr – träge, still, ziemlich verdrossen; er verkehrte in der Gesellschaft und erfüllte mit standhafter Aufmerksamkeit alle Vorschriften der in unserer Gouvernementsstadt herrschenden Etikette. Mit dem Gouverneur war er väterlicherseits verwandt und verkehrte in seinem Hause wie ein naher Verwandter. Aber es vergingen ein paar Monate, und auf einmal zeigte das Tier seine Krallen.

Übrigens muß ich hier noch einschalten, daß unser damaliger Gouverneur, der liebe, gutmütige Iwán Óssipowitsch, ein bißchen an ein altes Weib erinnerte, aber er stammte aus angesehener Familie und hatte gute Beziehungen – welche Umstände es denn auch erklären, wie er so lange Jahre Gouverneur bleiben konnte, obgleich er mit Arbeit nie behelligt werden wollte. In der guten alten Zeit hätte er bei seiner Gastfreiheit und Liebe zur Geselligkeit einen vorzüglichen Adelsmarschall abgegeben, aber zum Gouverneur in einer so mühevollen Zeit wie der unsrigen paßte er entschieden nicht. In der Stadt hieß es denn auch immer, nicht er, sondern Warwara Petrowna verwalte das Gouvernement. Das war natürlich nur eine boshafte Bemerkung, doch nichtsdestoweniger eine Unwahrheit. Aber ist denn bei uns in der Beziehung wenig Witz vergeudet worden? Im Gegenteil, Warwara Petrowna hatte in den letzten Jahren konsequent und bewußt jeden höheren Ehrgeiz aufgegeben, trotz der ungewöhnlichen Hochachtung, die ihr die ganze Gesellschaft entgegenbrachte, und ihre Tätigkeit freiwillig auf ein von ihr selbst streng umgrenztes Gebiet beschränkt. Statt mit höheren Aufgaben, begann sie sich plötzlich mit der Bewirtschaftung ihres Gutes zu befassen, und in zwei, drei Jahren hatte sie den Ertrag desselben nahezu wieder auf die frühere Höhe gebracht. Statt sich literarischem Ehrgeiz hinzugeben (siehe die Reise nach Petersburg, die geplante Gründung einer Zeitschrift u. dgl.), begann sie zu rechnen und zu sparen. Selbst Stepan Trofimowitsch wurde von ihr etwas weiter entfernt, indem sie ihm jetzt endlich eine Wohnung in einem anderen Hause zu mieten erlaubte (worum er sie schon lange unter verschiedenen Vorwänden gebeten hatte). Allmählich begann er, sie eine prosaische Frau zu nennen oder scherzhaft seinen »prosaischen Freund«. Selbstredend erlaubte er sich solche Scherze nur in der respektvollsten Form und nachdem er lange einen passenden Augenblick abgewartet hatte.

Wir alle, die wir ihr nahestanden, begriffen natürlich – und Stepan Trofimowitsch war der Feinfühligste von uns –, daß der Sohn für sie gleichsam zu einer neuen Hoffnung, einem neuen Traum geworden war. Ihre leidenschaftliche Liebe zu ihm hatte schon in der Zeit seiner ersten Erfolge in der Petersburger Gesellschaft begonnen und war dann besonders seit dem Augenblick gewachsen, als sie die Nachricht von seiner Degradation erhalten hatte. Und dabei fürchtete sie ihn doch offensichtlich und schien förmlich seine Hörige zu sein. Man merkte ihr an, daß sie etwas Unbestimmtes, Geheimnisvolles fürchtete, etwas, das auch sie selbst nicht zu nennen vermocht hätte, und oft betrachtete sie ihren *Nicolas* heimlich und unverwandt, als überlege sie und als suche sie etwas zu erraten ... und siehe da: auf einmal streckte das Tier seine Krallen aus.

II

Unvermutet erlaubte sich unser Prinz zwei, drei unmögliche Frechheiten gegen verschiedene Personen. Das Empörendste an ihnen war gerade ihre unerhörte Neuheit, ihre Unglaublichkeit, daß sie tatsächlich allen sonst üblichen Dreistigkeiten so unähnlich waren in ihrer törichten Bengelhaftigkeit, überdies weiß der Teufel wozu eigentlich begangen, so vollständig ohne jeden Anlaß. Einer der ehrenwertesten Vorsteher unseres Klubs, Pjotr Páwlowitsch Gagánoff, ein bejahrter und sogar verdienstvoller Mann, hatte die unschuldige Angewohnheit, zur Bekräftigung jeder Behauptung heftig hinzuzufügen: »Nein, mich wird man nicht an der Nase führen!« Nun, das hatte ja weiter nichts auf sich. Aber als er eines Tages im Klub in der Hitze des Wortgefechts, inmitten einer Schar ihn umstehender Klubherren (lauter angesehener Persönlichkeiten) wieder einmal diesen Nachsatz anhing, trat Nikolai Stawrógin, der am Gespräch ganz unbeteiligt und allein abseits gestanden hatte, plötzlich auf Pjotr Páwlowitsch zu, faßte ihn unerwartet, aber fest, mit zwei Fingern an der Nase und zog ihn ein paar Schritte weit im Saal hinter sich her. Einen Groll konnte er gegen Herrn Gagánoff nicht haben. Man hätte das für einen echten Schuljungenstreich halten können, natürlich für einen ganz unverzeihlichen; indes war Nikolai Wssévolodowitsch, wie man später erzählte, im Augenblick der Tat geradezu nachdenklich, »ganz als wäre er nicht völlig bei Sinnen gewesen«, aber das vergegenwärtigte man sich und erwog man erst später. In der ersten Empörung dachten alle nur an den zweiten Augenblick, als er alles bereits zweifellos richtig begriff, jedoch, statt verlegen zu werden, sogar boshaft und belustigt lächelte, »ohne die geringste Reue«, wie es hieß. Es erhob sich ein schrecklicher Lärm; er wurde umringt. Nikolai Wssévolodowitsch wandte sich um, sah alle an, ohne jemandem zu antworten, und betrachtete interessiert die Gesichter der erregt Durcheinanderschreienden. Schließlich war es, als werde er plötzlich wieder nachdenklich – wenigstens wurde später so erzählt –, er runzelte die Stirn, trat dann festen Schrittes auf den beleidigten Pjotr Páwlowitsch zu und murmelte hastig, dabei sichtlich geärgert:

»Sie entschuldigen natürlich ... Ich weiß wirklich nicht, weshalb mich plötzlich die Lust anwandelte ... Es war eine Dummheit ...«

Die Nachlässigkeit dieser Entschuldigung kam einer neuen Beleidigung gleich. Es erhob sich ein noch größeres Geschrei. Nikolai Wssévolodowitsch zuckte mit der Achsel und ging hinaus.

Das war alles sehr dumm, ganz abgesehen davon, daß es als (wie man zunächst meinte) »wohlüberlegte« Unanständigkeit zugleich eine bewußt freche Beleidigung unserer ganzen Gesellschaft war. So faßte man es denn auch allgemein auf. Das erste war, daß man Herrn Stawrógin sofort einstimmig aus dem Klub ausschloß. Darauf wurde beschlossen, im Namen des ganzen Klubs an den Gouverneur die Bitte zu richten, mittels der ihm anvertrauten Administrativgewalt, unverzüglich (ohne das formelle Gerichtsverfahren abzuwarten) den »gefährlichen Händelsucher und großstädtischen Raufbold zu zügeln und damit die Ruhe der gesamten anständigen Gesellschaft unserer Stadt gegen schändliche Anschläge zu schützen«. Mit boshafter Scheinheiligkeit wurde noch hinzugefügt, »vielleicht lasse sich auch gegen Herrn Stawrogin ein Gesetz finden«, um dem Gouverneur wegen Warwára Petrówna einen Stich zu versetzen. Das wurde mit Vergnügen breitgetreten. Der Gouverneur war zufällig abwesend; er war nicht weit von der Stadt zu einer Kindtaufe gefahren, zu einer reizvollen jungen Witwe, die erst kürzlich ihren Mann verloren hatte und in interessanten Umständen zurückgeblieben war; aber man wußte, daß der Gouverneur von der Taufe bald heimkehren werde. Inzwischen bereitete man dem beleidigten Pjotr Páwlowitsch richtige Ovationen: man umarmte und küßte ihn, die ganze Stadt machte bei ihm Visite. Man plante sogar ihm zu Ehren ein Diner im Klub, auf Subskription, und gab das Vorhaben nur auf seine dringende Bitte hin auf – vielleicht aber auch, weil man sich schließlich darauf besann, daß der Mann ja immerhin an der Nase geführt worden war und mithin eigentlich kein Grund vorlag, ihn so zu feiern.

Indes, wie war es eigentlich dazu gekommen? Wie hatte das überhaupt geschehen können? Bemerkenswert war besonders der Umstand, daß kein Mensch diesen tollen Streich auf zeitweiliges Irresein zurückführte. Also war man doch offenbar bereit, auch einem gesunden und geistesklaren Nikolai Stawrógin derartiges zuzutrauen. Ich für meine Person weiß selbst heute noch nicht, wie ich es erklären soll, und das sogar trotz des bald danach folgenden Geschehnisses, das alles zu erklären schien und anscheinend auch alle besänftigte. Erwähnen will ich nur, daß vier Jahre später Nikolai Wssèwolodowitsch auf meine vorsichtige Frage nach jenem Vorfall im Klub stirnrunzelnd antwortete: »Ja, ich war damals nicht ganz gesund.« Doch ich will nicht vorgreifen.

Bemerkenswert erschien mir auch jener Ausbruch eines allgemeinen Hasses, mit dem bei uns damals alle über den »Ruhestörer und großstädtischen Raufbold« herfielen. Man wollte in jener Tat unbedingt die freche und wohlüberlegte Absicht sehen, mit einem Schlage die ganze Gesellschaft zu beleidigen. Jedenfalls hatte er bisher niemanden zum Freunde gewonnen, sondern alle gegen sich aufgebracht, und wodurch nur? Bis dahin hatte er noch niemanden gekränkt, höflich aber war er schon so gewesen wie ein Herr aus einem Modeblatt, wenn der nur sprechen könnte. Ich nehme an, daß man ihn wegen seines Stolzes haßte. Selbst unsere Damen, die mit seiner Vergötterung begonnen hatten, entrüsteten sich jetzt über ihn noch ärger als die Männer.

Warwara Petrowna war furchtbar betroffen. Später gestand sie einmal Stepan Trofimowitsch, sie habe das schon lange, schon das ganze halbe Jahr kommen fühlen, und sogar »gerade etwas in dieser Art«, ein bedeutsames Bekenntnis von seiten der leiblichen Mutter. »Es hat also angefangen!«

dachte sie erschauernd. Am Morgen nach dem verhängnisvollen Abend im Klub schickte sie sich vorsichtig, aber entschlossen zu einer Aussprache mit ihrem Sohne an, dabei aber zitterte sie innerlich nur so, die Ärmste, obschon sie doch fest entschlossen war. Sie hatte die ganze Nacht kein Auge zugetan und war sogar am frühen Morgen zu Stepan Trofimowitsch gegangen, um sich mit ihm zu beraten, und hatte bei ihm geweint, was ihr noch nie in Gegenwart anderer widerfahren war. Sie wollte, daß Nicolas ihr wenigstens etwas sage, sie einer Erklärung würdige. Nicolas, der stets so höflich und ehrerbietig gegen die Mutter war, hörte sie eine Weile, die Augenbrauen zusammengezogen, sehr ernst an; plötzlich stand er auf, ohne ein Wort zu antworten, küßte ihr die Hand und ging hinaus. Und noch am Abend desselben Tages kam es dann, wie absichtlich, gleich zu einem zweiten Skandal, der, wenn er auch längst nicht so schlimm und weit gewöhnlicher war als der erste, die allgemeine Entrüstung in der Stadt doch sehr verstärkte.

Diesmal traf es unseren Freund Lipútin. Der erschien bei Nikolai Wssévolodowitsch, nachdem dieser seine Mutter verlassen hatte, und bat ihn inständig, ihm die Ehre seines Besuchs zu erweisen: der Geburtstag seiner Frau sollte durch eine kleine Abendgesellschaft gefeiert werden. Warwara Petrowna hatte schon lange mit Sorge diese Neigung ihres Sohnes wahrgenommen, Bekanntschaften selbst mit Leuten der dritten Gesellschaftsschicht anzuknüpfen, wagte aber nicht, ihm diesbezüglich etwas zu sagen. Bei Liputin hatte er bisher noch nicht im Hause verkehrt, er hatte nur ihn selbst bei anderen kennen gelernt. Er erriet, daß dieser ihn jetzt wegen des Skandals im Klub einlud, als hier ansässiger Liberaler über diesen Skandal entzückt war und aufrichtig meinte, gerade so müsse man mit allen Vorstehern des Klubs verfahren. Nikolai Wssévolodowitsch begann zu lachen und versprach zu kommen.

Die Gäste, von denen sich eine Menge eingefunden hatte, waren nicht sehr angesehene, aber geistig rege Leute. Der eitle und neidische Liputin pflegte nur zweimal im Jahr Gäste einzuladen, dann aber einmal nicht zu knausern. Der Ehrengast Stepan Trofimowitsch konnte diesmal krankheitshalber nicht erscheinen. Es wurde Tee gereicht, und es gab reichlich kalten Imbiß und Schnäpse; gespielt wurde an drei Tischen, die Jugend aber begann, in Erwartung des Abendessens, nach Klaviermusik zu tanzen. Nikolai Wssévolodowitsch forderte Frau Liputin auf – eine auffallend nette kleine Frau, der vor ihm schrecklich bange war –, tanzte mit ihr zwei Touren, setzte sich dann neben sie, unterhielt sich mit ihr, brachte sie zum Lachen. Als er da bemerkte, wie hübsch sie war, wenn sie lachte, faßte er sie plötzlich vor den Augen aller Gäste um die Taille und küßte sie mitten auf den Mund, gleich dreimal hintereinander, und zwar so recht mit Herzenslust. Die arme Frau fiel vor Schreck in Ohnmacht. Nikolai Wssévolodowitsch aber trat zu dem Ehemann, der in der allgemeinen Verwirrung wie erstarrt dastand, wurde bei dessen Anblick selbst verlegen, und nachdem er ihm hastig zugemurmelt: »Seien Sie nicht böse«, ging er hinaus. Liputin aber lief ihm ins Vorzimmer nach, reichte ihm eigenhändig den Pelz und geleitete ihn unter Verbeugungen die Treppe hinunter. Doch schon am nächsten Tage gab es zu dieser verhältnismäßig harmlosen Geschichte ein ganz ulkiges Nachspiel, das von Stund an Herrn Liputin sogar ein gewisses Ansehen verschaffte und das er hernach sehr wohl zu seinem Vorteil auszunutzen verstanden hat.

Gegen zehn Uhr morgens erschien im Hause der Madame Stawrógina Lipútins Magd Agáfja, ein munteres, gewandtes, rotbackiges Weiblein von etwa dreißig Jahren; sie war von Liputin mit einem Auftrage zu Nikolai Wssévolodowitsch geschickt und wollte unbedingt »den Herrn selber sehen«. Der hatte starke Kopfschmerzen, kam aber doch heraus. Warwára Petrówna glückte es, die Ausrichtung des Auftrags mitanzuhören.

»Ssergeí Wassíljitsch« (d. h. Lipútin), begann Agáfja flink herunter zu leiern, »hat mir anbefohlen, vorerst seine beste

Empfehlung auszurichten; und dann läßt er sich nach Ihrer Gesundheit erkundigen, wie Sie nun eigentlich geruht haben, nach dem Gestrigen sozusagen, und wie Sie sich nun eigentlich fühlen, eben nach dem Gestrigen, meint er?«

Nikolai Wssewolodowitsch lächelte.

»Bestelle meine Empfehlung, und ich ließe bestens danken. Und sage von mir deinem Herrn, Agafja, er sei der klügste Mensch in der ganzen Stadt.«

»Ja, und auf diese Antwort sollte ich Ihnen dann antworten«, versetzte Agafja noch schneller plappernd, »daß er das auch ohne Sie schon selber weiß und Ihnen ganz dasselbe wünscht, sozusagen.«

»Was! ... aber wie konnte er denn wissen, was ich dir antworten würde?«

»Ja, das weiß ich nun nicht, aber als ich schon hinausgegangen und auch bereits die ganze Gasse hinuntergegangen war, hör' ich plötzlich, er läuft mir nach, ohne Mütze, und: ‚Du', sagte er, ‚Agáfjuschka', sagte er, ‚wenn er dir darauf sagen sollte, da ihm nichts andres übrigbleibt: „Bestelle deinem Herrn, daß er der Klügste in der ganzen Stadt ist", dann sag du ihm sogleich und vergiß das nicht, daß wir das auch ohne ihn schon wissen und ihm bloß auch dasselbe wünschen', sozusagen ...«

III

Schließlich fand auch die Aussprache mit dem Gouverneur statt. Unser lieber, gutmütiger Iwán Óssipowitsch war kaum heimgekehrt, als ihm auch schon die heftige Beschwerde des Klubs vorgelegt wurde. Zweifellos mußte er nun etwas tun, aber er war doch in Verlegenheit. Unserem gastfreundlichen alten Herrn schien sein junger Verwandter ebenfalls nicht ganz geheuer zu sein. Gleichwohl entschloß er sich, ihm gütlich zuzureden, den Klub und den Beleidigten um Entschuldigung zu bitten, aber in einer zufriedenstellenden Form, und, wenn das verlangt wurde, auch schriftlich; dann aber wollte er ihm behutsam nahelegen, zu Bildungszwecken zum Beispiel nach Italien zu reisen oder überhaupt ins Ausland, etwas weiter weg von uns. In dem Saal, wo er diesmal Nicolas zu empfangen beschloß (bis zu diesem Tage war Nicolas mit dem Rechte des Verwandten im ganzen Hause unbehindert umhergegangen), war wie zufällig noch sein Günstling und Sekretär Aljoscha Telätnikoff anwesend und damit beschäftigt, an einem Tisch in der Ecke Postsachen zu öffnen. Im Nebenzimmer aber saß an dem der Tür zunächst liegenden Fenster ein dicker und kräftiger Oberst, ein von auswärts gerade eingetroffener Freund und früherer Regimentskamerad des Hausherrn, und las die Zeitung „Die Stimme", anscheinend ohne die Vorgänge im Saal zu beachten; ja, er wandte ihm beinahe den Rücken zu. Iwán Óssipowitsch begann vorsichtig, holte weit aus, sprach fast flüsternd, verlor aber immer wieder den Faden. Nicolas schaute sehr unfreundlich drein, gar nicht verwandtschaftlich, war bleich, saß mit gesenktem Blick da und hörte wieder mit zusammengezogenen Brauen zu, wie wenn er einen heftigen Schmerz zu bewältigen hätte.

»Sie haben ein gutes Herz, Nicolas, ein edles Herz«, sagte der alte Herr unter anderem, »Sie sind ein hochgebildeter Mensch, haben sich in den höchsten Kreisen bewegt, haben sich auch bei uns bisher musterhaft aufgeführt und dadurch das Herz Ihrer von uns allen verehrten Mutter beruhigt ... Und nun erscheint alles von neuem in einem so rätselhaften und für alle gefährlichen Kolorit! Ich rede zu Ihnen als Freund Ihres Hauses, als ein Sie liebender, bejahrter Verwandter, dem man das doch nicht als etwas Verletzendes übelnehmen kann ... So sagen Sie doch, was in aller Welt treibt Sie zu solchen Ausschreitungen, die mit allen hergebrachten Formen und Sitten so unvereinbar sind? Was sollen diese Ausfälle bedeuten, die ja wie im Fieberdelirium begangen sind?«

Nicolas hatte geärgert und ungeduldig zugehört. Plötzlich blitzte in seinem Blick gleichsam ein listiger und spöttischer Ausdruck auf.

»Ich kann es Ihnen ja meinethalben sagen, was mich dazu treibt«, sagte er unwirsch, sah sich um und beugte sich zum Ohr Iwán Óssipowitschs.

Der wohlerzogene Aljóscha Telätnikoff trat noch drei Schritte weiter zum Fenster, der Oberst räusperte sich hinter seiner Zeitung. Der arme Iwán Óssipowitsch hielt eilig und vertrauensvoll sein Ohr hin; er war aufs äußerste gespannt vor Neugier. Und da geschah dann abermals etwas ganz Unmögliches und doch andererseits in einer Hinsicht nur zu Eindeutiges. Der alte Herr fühlte auf einmal, daß Nicolas, statt ihm ein interessantes Geheimnis zuzuflüstern, plötzlich den oberen Teil seines Ohres mit den Zähnen faßte und ziemlich fest zubiß. Er erzitterte und sein Atem setzte aus.

»Nicolas, was ... soll das!« keuchte er mechanisch mit einer ganz fremdklingenden Stimme.

Aljoscha und der Oberst begriffen nicht recht, was da vorging; es schien ihnen bis zum Schluß, daß dem Alten etwas zugeflüstert wurde, aber dessen verzweifeltes Gesicht beunruhigte sie doch. Sie sahen sich mit aufgerissenen Augen an und wußten nicht, ob sie noch warten oder schon zu Hilfe eilen sollten, wie es verabredet war. Nicolas erriet das wohl und biß noch ein wenig schmerzhafter zu.

»Nicolas, Nicolas!« keuchte das Opfer wieder, »nun ... aber genug ... mit dem Scherz ...«

Noch einen Augenblick und der Arme wäre vor Schreck gewiß noch gestorben; doch der Unmensch hatte Erbarmen und ließ das Ohr los. Diese ganze Todesangst hatte eine volle Minute gedauert, und der Alte bekam eine Art Schwächeanfall. Aber schon nach einer halben Stunde wurde Nicolas verhaftet und abgeführt, vorläufig nach der Hauptwache, wo man ihn in eine Einzelzelle einsperrte, mit einer besonderen Schildwache vor der Tür. Das war freilich ein schroffer Beschluß, aber unser weichherziger Regent war dermaßen erzürnt, daß er die Verantwortung jetzt selbst vor einer

Warwara Petrowna auf sich zu nehmen wagte. Und tatsächlich, zur allgemeinen Verwunderung wurde dieser, als sie eilig und empört zum Gouverneur gefahren kam, schon vor dem Portal erklärt, daß sie nicht empfangen werden könne. Mit diesem Bescheid fuhr sie, ohne auszusteigen, wieder heim, ohne die Absage zunächst überhaupt fassen zu können.

Und schließlich fand alles seine Erklärung! Gegen zwei Uhr nachts begann der Arrestant, der bis dahin erstaunlich ruhig gewesen war und sogar geschlafen hatte, plötzlich zu toben, hämmerte wie rasend mit den Fäusten gegen die Tür, riß mit übermenschlicher Kraft das eiserne Gitter herunter, das vor dem Fensterchen in der Tür angebracht war, zerschlug die Scheibe und zerschnitt sich dabei die Hände. Als der wachhabende Offizier mit der Mannschaft und den Schlüsseln herbeigeeilt kam und die Zelle aufschließen ließ, um den Rasenden zu bändigen und zu fesseln, da stellte es sich heraus, daß der Gefangene sich im stärksten Fieberdelirium befand; er wurde nach Hause zur Mutter geschafft. Nun war auf einmal alles klar. Unsere drei Ärzte äußerten sich dahin, daß der Kranke sehr wohl schon vor drei Tagen in diesem Fieberzustande unzurechnungsfähig gewesen sein könne, und wenn er auch dem Anschein nach bewußt und sogar mit List gehandelt habe, so sei er doch nicht mehr Herr über seine gesunde Vernunft und seinen Willen gewesen, was ja auch von den Tatsachen bestätigt werde. Somit hatte denn Liputin als erster das Richtige erraten. Iwan Ossipowitsch, der zartfühlende, empfindsame Mensch, war nun sehr betreten; aber es bleibt doch interessant, daß er also gleichfalls einem Nikolai Stawrogin jede Wahnsinnstat selbst bei klarem Verstande zugetraut hatte. Auch im Klub schämte man sich und begriff nicht, wie man das Auffallendste übersehen und auf die einzig mögliche Erklärung aller Wunderlichkeiten nicht schon von selbst verfallen war. Natürlich gab es auch Skeptiker, aber die konnten sich nicht lange behaupten.

Nicolas lag über zwei Monate im Krankenbett. Aus Moskau wurde ein berühmter Arzt zur Beratung mit unseren Ärzten herbeigerufen; die ganze Stadt machte bei Warwara Petrowna Visite. Und sie verzieh. Als im Frühjahr Nicolas bereits vollständig wiederhergestellt war und den Vorschlag seiner Mutter, nach Italien zu reisen, ohne Widerrede angenommen hatte, da bat sie ihn gleich, vorher noch überall seine Abschiedsvisite zu machen und sich bei der Gelegenheit dort, wo das nötig sei, zu entschuldigen – soweit das möglich war. Nicolas versprach ihr auch das, und sogar mit großer Bereitwilligkeit. Und alsbald erfuhr man im Klub, er habe mit Pjotr Páwlowitsch Gagánoff in dessen Hause eine äußerst zartfühlende Aussprache gehabt, durch die dieser vollkommen zufriedengestellt worden sei. Während dieser Visiten soll Nicolas sehr ernst und sogar ein wenig düster gewesen sein. Alle empfingen ihn anscheinend mit größter Teilnahme, doch im Grunde waren alle einigermaßen verlegen und nur froh, daß er nach Italien reiste. Iwan Ossipowitsch weinte sogar, konnte sich aber aus einem unbestimmten Grunde doch nicht entschließen, ihn zum Abschied zu umarmen. Allerdings blieben bei uns manche doch überzeugt, der Taugenichts habe alle nur zum besten gehabt, die Krankheit aber sei – eine Sache für sich gewesen. Auch zu Liputin fuhr er zur Abschiedsvisite.

»Sagen Sie mal«, fragte er ihn, »wie konnten Sie damals im voraus wissen, was ich über Ihren Verstand sagen würde, und Ihrer Agafja die Antwort darauf schon mitgeben?«

»Ganz einfach«, sagte Liputin lachend, »weil ich auch Sie für klug halte, also war's nicht schwer.«

»Immerhin ein seltsames Zusammentreffen. Aber erlauben Sie: dann haben Sie mich damals für vernünftig und nicht für wahnsinnig gehalten, als Sie Agafja zu mir schickten?«

»Für den Vernünftigsten und Klügsten, und ich stellte mich nur so, als glaubte ich, Sie wären nicht bei voller Vernunft ... Und Sie haben ja auch meine Gedanken sofort erraten und mir durch Ihre Antwort an Agafja ein Patent auf Scharfsinn ausgestellt.«

»Übrigens irren Sie sich da doch ein wenig; ich war tatsächlich ... krank«, brummte Nikolai Wssewolodowitsch verstimmt. »Wie! glauben Sie denn wirklich, ich wäre fähig, bei vollem Verstande Menschen zu überfallen? Wozu denn das?«

Liputin wetzte hin und her und wußte nichts zu antworten. Nicolas erblaßte ein wenig, oder vielleicht schien es Liputin nur so.

»Jedenfalls haben Sie eine sehr amüsante Denkweise«, fuhr Nicolas fort, »und ich begreife natürlich, daß Sie Ihre Agafja zu mir schickten, um mich zu verhöhnen.«

»Ich konnte Sie doch nicht zum Duell fordern?«

»Ach? – ja, richtig! Ich habe ja auch schon so etwas gehört, daß Sie Duelle nicht mögen ...«

»Wozu denn Französisches ins Russische übersetzen?«

»Sie halten es mit dem Nationalismus?«

Liputin wand sich noch mehr, antwortete aber nichts.

»Was, was! Sehe ich recht!« rief Nicolas plötzlich, als er mitten auf dem Tisch, an der sichtbarsten Stelle, einen Band von Considérant erblickte. »Sind Sie etwa gar Fourierist?[19] Das fehlte noch! Aber ist denn das keine Übersetzung aus dem Französischen?« und lachend klopfte er mit den Fingern auf das Buch.

»Nein, nicht aus dem Französischen!« fuhr Liputin sofort nahezu böse auf, fast mit einem Hopser auf dem Stuhl. »Das ist eine Übersetzung aus der Sprache der ganzen Menschheit, und nicht bloß aus dem Französischen! Aus der Sprache der universalmenschlichen sozialen Republik und Harmonie, jawohl! Und nicht nur aus dem Französischen allein! ...«

»Pfui Teufel! so eine Sprache gibt es ja gar nicht!« versetzte Nicolas immer noch lachend.

Mitunter kann sogar eine Kleinigkeit den allerstärksten und nachhaltigsten Eindruck auf uns machen. Von Herrn Stawrogin soll zwar in der Hauptsache erst später die Rede sein, doch möchte ich eines der Kuriosität halber schon hier bemerken: daß von allen Eindrücken, die er damals bei uns empfing, am grellsten sich seinem Gedächtnis die unscheinbare und nahezu erbärmliche Gestalt Liputins eingeprägt hatte, dieses kleinen Provinzbeamten, eifersüchtigen Ehemannes, brutalen Familiendespoten, Wucherers und Geizhalses, der selbst die Überreste der Mahlzeiten und die Lichtstümpfchen verschloß, und doch gleichzeitig ein fanatischer Sektierer und Anhänger Gott weiß was für einer zukünftigen »sozialen Harmonie« war, der sich nachts an den phantastischen Bildern der zukünftigen Phalansterien[20] berauschte, an deren baldige Verwirklichung in Rußland und in unserem Gouvernement er so fest glaubte wie an seine eigene Existenz. Und alles das dort, wo er sich ein »Häuschen« erspart, wo er zum zweitenmal geheiratet und mit der Frau noch eine Mitgift ergattert hatte, und wo es vielleicht im Umkreise von hundert Werst keinen einzigen Menschen gab, angefangen mit ihm selbst, der auch nur annähernd ein Mitglied dieser »universalmenschlichen sozialen Republik und Harmonie« hätte sein können.

»Gott mag wissen, wie solche Menschen zustande kommen!« dachte Nicolas jedesmal verwundert, wenn er sich dieses unverhofften Fourieristen erinnerte.

IV

Unser Prinz reiste über drei Jahre lang in der Welt umher, so daß er bei uns fast in Vergessenheit geriet. Unser Kreis freilich wußte durch Stepan Trofimowitsch, daß er inzwischen ganz Europa bereist hatte, sogar in Ägypten und in Jerusalem gewesen war; dann hatte er sich einer wissenschaftlichen Expedition nach Island angeschlossen und mit dieser tatsächlich auch Island besucht. Ferner hieß es, er habe einen Winter an einer deutschen Universität Kolleg gehört. An seine Mutter schrieb er nur selten – einmal im Halbjahr oder noch seltener; aber Warwara Petrowna nahm es ihm nicht übel und fühlte sich nicht gekränkt. Die Beziehungen zwischen ihr und ihrem Sohn hatten nun einmal diese Form angenommen, die sie ohne zu murren ergeben hinnahm, aber sie sorgte sich um ihren Nicolas und dachte unablässig an ihn. Nur ließ sie keinem Menschen gegenüber etwas davon verlauten, weder von ihren Zukunftsträumen, noch von ihren Klagen. Selbst von Stepan Trofimowitsch zog sie sich anscheinend ein wenig zurück. Sie schmiedete heimlich Pläne, wurde noch sparsamer und ärgerte sich immer mehr über Stepan Trofimowitschs Verluste im Kartenspiel.

Da erhielt sie eines Tages im April dieses Jahres ganz unverhofft einen Brief aus Paris, und zwar von ihrer Jugendfreundin, der Generalin Praskówja Iwánowna Drósdowa. Diese schrieb ihr plötzlich – Warwara Petrowna hatte sie schon seit etwa acht Jahren nicht mehr gesehen, noch mit ihr korrespondiert – und teilte ihr mit, daß Nikolai Wssévolodowitsch viel in ihrem Hause verkehre, mit Lisa (ihrer einzigen Tochter) Freundschaft geschlossen habe und beabsichtige, sich ihnen anzuschließen, wenn sie im Sommer nach der Schweiz reisten, obwohl er in der Familie des Grafen K ... (einer in Petersburg höchst einflußreichen Persönlichkeit), die jetzt gleichfalls in Paris weile, wie ein leiblicher Sohn aufgenommen worden sei, so daß er, man könne sagen, fast ganz im Hause des Grafen lebe. Der Brief war kurz, doch sein Zweck deutlich, obschon er außer den angeführten Tatsachen keinerlei Schlußfolgerungen enthielt. Warwara Petrowna überlegte denn auch nicht lange, entschloß sich schnell und fuhr mit ihrem Zögling Dáscha (Schátoffs Schwester) Mitte April nach Paris und dann nach der Schweiz. Im Juli kehrte sie allein zurück; sie hatte Dáscha bei Drósdoffs gelassen, die mit ihr Ende August heimkehren sollten.

Drosdoffs waren gleichfalls eine Gutsbesitzerfamilie unseres Gouvernements, aber der Dienst des Generals Iwán Iwánowitsch (der mit Warwára Petrówna befreundet und ein Regimentskamerad ihres Mannes gewesen war) hatte sie immer verhindert, sich hier auf ihrem herrlichen Gut aufzuhalten. Nach dem Tode des Generals im vorigen Jahr war dann die untröstliche Praskówja Iwánowna mit ihrer Tochter ins Ausland gereist, unter anderem auch in der Absicht, es im Spätsommer in der Schweiz, in Vernex-Montreux, mit einer Traubenkur zu versuchen. Nach ihrer Rückkehr aus dem Ausland wollte sie sich dann endgültig in unserem Gouvernement niederlassen. In der Stadt besaß sie ein großes Haus, das schon viele Jahre leer stand, mit geschlossenen Fensterläden. Drosdoffs waren sehr reich. Praskowja Iwanowna, in erster Ehe Frau Túschina, war, wie ihre Pensionatsfreundin Warwara Petrowna, gleichfalls die Tochter eines Branntweinpächters der alten Zeit und hatte gleichfalls eine große Mitgift erhalten. Der Rittmeister a. D. Túschin war aber auch selbst ein vermögender Mann gewesen und kein unbegabter Mensch. Er hinterließ seiner siebenjährigen Tochter Lisa ein bedeutendes Vermögen, das man jetzt, wo Lisawéta Nikolájewna schon ungefähr zweiundzwanzig Jahre alt war, mit Sicherheit auf zweimalhunderttausend Rubel schätzen konnte, zu welchem Kapital später noch das ganze Erbe ihrer Mutter hinzukommen mußte, da diese aus ihrer zweiten Ehe (mit Drósdoff) keine Kinder hatte. Warwara Petrowna war mit dem Ergebnis ihrer Reise offenbar sehr zufrieden. Ihrer Meinung nach war es ihr gelungen, mit Praskówja Iwánowna ein durchaus befriedigendes Übereinkommen zu treffen, und gleich nach ihrer Ankunft teilte sie alles Stepan Trofimowitsch mit; ja, sie war jetzt ihm gegenüber sogar sehr mitteilsam, was er an ihr schon lange nicht mehr erlebt hatte.

»Hurrah!« rief er im Überschwang der Freude und schnippte dazu mit den Fingern.

Er war ganz begeistert, war es um so mehr, als er die ganze Zeit der Trennung von ihr in größter Niedergeschlagenheit verbracht hatte. Schon bei ihrer Abreise hatte sie sich nicht einmal regelrecht von ihm verabschiedet, und von ihren Plänen hatte sie ihm, »diesem alten Weibe«, nichts mitgeteilt, vielleicht weil sie fürchtete, er könnte etwas ausplaudern. Sie war damals wegen eines bedeutenden Verlustes im Kartenspiel, der sich plötzlich herausgestellt hatte, sehr ärgerlich auf ihn gewesen. Doch schon in der Schweiz hatte sie in ihrem Herzen gefühlt, daß sie den verlassenen Freund nach ihrer Rückkehr werde besser behandeln müssen, um so mehr, als sie schon seit geraumer Zeit recht streng zu ihm gewesen war. Tatsächlich war ihre plötzliche und geheimnisvolle Abreise mit dem wortkargen Abschied für sein schüchternes Herz der Anlaß zu qualvollen Zweifeln gewesen, und ausgerechnet in dieser Zeit waren noch andere Mißhelligkeiten hinzugekommen. Vor allem quälte ihn, und schon seit langem, eine bedeutende Geldverpflichtung, die er ohne ihre Hilfe unmöglich decken konnte. Überdies hatte gerade während ihrer Abwesenheit, im Mai dieses Jahres, die Herrschaft unseres guten, milden Iwán Óssipowitsch ihr Ende gefunden; er wurde durch einen Nachfolger ersetzt, und sein Abgang war sogar mit Unannehmlichkeiten verknüpft. Dann war der Einzug unseres neuen Gouverneurs, Andrei Antónowitsch von Lembke, erfolgt. Danach hatte sich das Verhalten unserer höheren Gesellschaft zum Freundeskreis des Abgesetzten, also auch zu Warwara Petrowna und damit natürlich auch zu Stepan Trofimowitsch, merklich zu ändern begonnen. Wenigstens hatte er schon etliche unangenehme, wenn auch sonst wertvolle Beobachtungen gemacht, und war dabei so allein, ohne Warwara Petrowna, offenbar sehr ängstlich geworden. Natürlich argwöhnte er schon erregt, man habe den neuen Gouverneur bereits auf ihn als einen gefährlichen Menschen aufmerksam gemacht. Aus sicherer Quelle war ihm zu Ohren gekommen, daß etliche unserer Damen ihre Besuche bei Warwara Petrowna einzustellen gedachten und daß man sich in der Stadt erzählte, die Gemahlin des neuen Gouverneurs (die bei uns erst im Herbst erwartet wurde) sei zwar, wie man höre, sehr stolz, aber dafür eine echte Aristokratin und nicht bloß irgend jemand »wie unsere unglückliche Warwara Petrowna«. Allen war es irgendwoher mit Einzelheiten und glaubwürdig bekannt, daß die neue Gouverneurin und Warwara Petrowna früher gesellschaftlich miteinander verkehrt hatten, aber nun verfeindet seien, so daß schon die bloße Erwähnung des Namens der Frau von Lembke auf Warwara Petrowna einen peinlichen Eindruck mache. Aber Warwara Petrownas muntere und siegesgewisse Miene nach ihrer Rückkehr, der überlegene Gleichmut, mit dem sie die Mitteilungen über die Meinung unserer Damen und über die Aufregung der Gesellschaft anhörte, ließen den gesunkenen Lebensmut Stepan Trofimowitschs wieder auferstehen und machten ihn im Augenblick wieder sorglos heiter. Mit etwas eigenartigem, freudig dienstbeflissenem Humor begann er ihr von der Ankunft des neuen Gouverneurs zu erzählen.

»Es wird Ihnen, excellente amie, zweifellos bekannt sein«, begann er kokett, die Worte geckenhaft in die Länge ziehend, »was ein russischer Verwaltungsbeamter im allgemeinen und was im besonderen ein neuangestellter, ein neugebackener russischer Verwaltungsbeamter oder Administrationsgewaltiger ist ... Ces interminables mots russes! ... Dagegen dürften Sie kaum Gelegenheit gehabt haben, praktisch zu erfahren, was der *Machtrausch* eines russischen Beamten bedeutet ...«

»Machtrausch eines Beamten? Was meinen Sie damit?«

»Das heißt ... Vous savez, chez nous ... En un mot, stellen Sie den erbärmlichsten Nichtsnutz als Verkäufer von, sagen wir, irgendwelchen lumpigen Eisenbahnfahrkarten an, und der Kerl wird sich sofort für berechtigt halten, wie ein Jupiter auf Sie herabzusehen, wenn Sie eine Fahrkarte lösen wollen, seulement pour vous montrer son pouvoir. ‚Warte', denkt er bei sich, ‚ich will dir jetzt einmal meine Macht zeigen!' Und das geht bei diesen Leuten bis zur Selbstberauschung an dieser ihrer Macht! En un mot, ich habe erst kürzlich gelesen, daß ein simpler Küster in einer unserer Kirchen im Auslande (mais c'est très curieux) kurz vor dem Beginn des großen Fastengottesdienstes (vous savez, ces chants et le livre de Job) – daß dieser Küster eine vornehme englische Familie, les dames charmantes, aus der Kirche hinausgejagt, buchstäblich hinausgejagt hat, unter dem Vorwande, es gehöre sich nicht, daß Ausländer sich in russischen Kirchen herumtrieben, sie sollten zur angegebenen Zeit kommen, wenn die Besichtigung gestattet ist ... und er ließ es auf einen Ohnmachtsanfall ankommen ... Dieser Küster hatte so einen Anfall von besagtem Machtrausch der Verwaltungsbeamten et il a montré son pouvoir ...«

»Können Sie sich nicht kürzer fassen, Stepan Trofimowitsch?«

»En un mot, dieser Herr von Lembke hat also zunächst das Gouvernement bereist. Er ist zwar ein Deutschrusse griechisch-katholischer Konfession und sogar – ich will das nicht bestreiten – ein überaus schöner Mann in den vierziger Jahren ...«

»Schöner Mann? Er hat doch Hammelaugen.«

»Allerdings. Doch aus Höflichkeit will ich dem Urteil unserer Damen nicht widersprechen ...«

»Ich bitte Sie, lassen Sie uns von etwas anderem reden, Stepan Trofimowitsch. Übrigens, Sie tragen eine rote Halsbinde; seit wann?«

»Das ... ich ... ich habe das nur heute ...«

»Und machen Sie sich auch Bewegung? Sind Sie auch täglich Ihre sechs Werst spazierengegangen, wie es Ihnen der Arzt verordnet hat?«

»Nicht ... nicht immer.«

»Das habe ich mir schon gedacht! Schon in der Schweiz ahnte ich das!« rief sie gereizt. »Jetzt werden Sie mir aber dafür nicht sechs, sondern zehn Werst täglich gehen! Sie sind ja geradezu heruntergekommen! her–untergekommen! Sie sind ja nicht nur alt, Sie sind ja ein Greis geworden ... ich erschrak geradezu, als ich Sie wiedersah, trotz Ihrer roten Halsbinde ... quelle idée rouge! ... Erzählen Sie weiter von diesem Lembke, wenn es wirklich etwas von ihm zu erzählen gibt, nur kommen Sie, bitte, bald zu einem Ende; ich bin müde.«

»En un mot, ich wollte ja auch nur sagen, daß er einer von

jenen Verwaltungsbeamten ist, die lange völlig unbeachtet irgendwo vegetieren und erst mit vierzig Jahren anfangen Karriere zu machen, sei es dank einer plötzlich erworbenen Gattin oder dank einem anderen, nicht minder verzweifelten Mittel. Über mich hat man ihm natürlich sofort alles zugetragen: daß ich die Jugend verdürbe und den Atheismus hier verbreitete. Er hat auch sofort Erkundigungen eingezogen.«

»Ist das auch wahr?«

»Ich habe sogar schon meine Vorkehrungen getroffen. Und als man ihm von Ihnen berichtete, bisher hätten eigentlich Sie das Gouvernement verwaltet, vous savez, da hat er sich zu äußern erlaubt, ‚so etwas werde hinfort nicht mehr vorkommen'.«

»Hat er das wirklich so gesagt?«

»Wortwörtlich: ‚so etwas wird hinfort nicht mehr vorkommen', und avec cette morgue ... Seine Gemahlin werden wir hier erst Ende August erblicken; sie kommt direkt aus Petersburg.«

»Nein, aus dem Auslande. Ich bin mit ihr dort zusammengetroffen.«

»Vraiment?«

»In Paris und in der Schweiz. Sie ist mit Drosdoffs verwandt.«

»Verwandt? Was für ein merkwürdiges Zusammentreffen! Man sagt, sie sei ehrgeizig und ... habe durch Beziehungen gute Protektion?«

»Unsinn, die paar Verwandten! Bis zum fünfundvierzigsten Jahr saß sie als alte Jungfer da, ohne eine Kopeke, dann hat sie endlich diesen von Lembke erwischt, und nun ist ihr ganzer Ehrgeiz seine Karriere. Sie sind beide Intriganten.«

»Man sagt, sie sei zwei Jahre älter als er?«

»Fünf Jahre älter. Ihre Mutter hat mich in Moskau umschmeichelt, damit ich sie zu unseren Bällen einlud, damals zu Wssewolod Nikolájewitschs Lebzeiten. Die Tochter aber saß dann ohne Tänzer da, mit ihrer Türkismouche[21] auf der Stirn, bis ich ihr aus Mitleid nach Mitternacht den ersten

Kavalier zuschickte. Sie war damals schon fünfundzwanzig Jahre alt, aber sie wurde immer noch wie ein Backfisch in kurzen Kleidchen ausgeführt. Man wollte sie überhaupt nicht mehr einladen, so gênant war das.«

»Mir ist, als sähe ich diese Mouche vor mir!«

»Ich sage Ihnen, wie ich jetzt nach Paris kam, stieß ich sofort auf eine Intrige. Sie haben doch soeben jenen Brief der Drosdowa gelesen; was konnte noch klarer sein? Aber was fand ich vor? Diese dumme Drosdowa – sie ist immer dumm gewesen – sieht mich fragend an: warum ich denn gekommen sei? Sie können sich meine Verwunderung denken! Aber natürlich: da intrigiert diese Lembke, und dann ist da dieser Vetter, ein Neffe des seligen Drosdoff – nun war mir alles klar! Ich habe dann alles in einem Augenblick wieder zurechtgerückt; und Praskówja ist nun wieder auf meiner Seite; aber es war eine richtige Intrige im Gange!«

»Die Sie indes besiegt haben! Oh, Sie sind ein Bismarck!«

»Auch ohne ein Bismarck zu sein, bin ich imstande, Falschheit von Dummheit zu unterscheiden, wenn ich ihnen begegne. Die Lembke ist falsch und Praskówja ist dumm. Selten habe ich eine so sauertöpfische Frau gesehen wie sie, dazu hat sie noch geschwollene Füße und zum Überfluß ist sie auch noch gutmütig. Es gibt wohl nichts Dümmeres als einen gutmütigen Dummkopf!«

»Ein böser Dummkopf, ma bonne amie, ein böser Dummkopf ist noch viel dümmer«, widersprach Stepan Trofimowitsch nobel.

»Vielleicht haben Sie recht. Sie erinnern sich doch noch an Lisa?«

»Charmante enfant!«

»Aber jetzt nicht mehr enfant, sondern Weib, und ein Weib mit Charakter! Ein edler und feuriger Mensch, und es gefällt mir an ihr, daß sie der Mutter nicht nachgibt, dieser leichtgläubigen Närrin. Wegen dieses Vetters kam es da fast zu einem ganzen Drama.«

»Ach richtig, er ist ja mit Lisawéta Nikolájewna persönlich gar nicht verwandt[22] ... Hat er denn Absichten?«

»Sehen Sie, er ist ein junger Offizier, sehr schweigsam, sogar bescheiden. Ich will immer gerecht sein. Ich glaube, er ist selbst gegen diese Intrige und hat gar keine Absichten, nur die Lembke scheint da intrigiert zu haben. Er achtete Nicolas sehr. Sie verstehen, die ganze Sache hängt von Lisa ab. Als ich sie in der Schweiz verließ, stand sie sich mit Nicolas ausgezeichnet, und er hat mir versprochen, im November herzukommen. Folglich war das nur eine Intrige der Lembke, und Praskówja war einfach blind. Plötzlich sagt sie mir, meine Vermutungen seien einfach Einbildung. Da habe ich ihr aber ins Gesicht gesagt, daß sie eine Närrin ist. Das kann ich auch beim Jüngsten Gericht beschwören. Wenn mich Nicolas nicht ausdrücklich gebeten hätte, es vorläufig aufzuschieben, wäre ich nicht heimgereist, ohne dieses falsche Frauenzimmer entlarvt zu haben. Sie hat sich durch Nicolas beim Grafen K. einzuschmeicheln, hat Mutter und Sohn zu entzweien versucht! Aber Lisa ist auf unserer Seite, und mit Praskowja habe ich mich verständigt. Wissen Sie, daß Karmasínoff mit ihr verwandt ist?«

»Was? Verwandt mit Frau von Lembke?«

»Nun ja. Aber nur entfernt verwandt.«

»Karmasínoff, der Novellist?«

»Nun ja doch, der Schriftsteller, worüber wundern Sie sich? Natürlich hält er sich selbst für eine Größe. Ein aufgeblasener Wicht! Sie wird mit ihm zusammen herkommen, jetzt macht sie sich dort mit ihm breit. Hier will sie literarische Abende veranstalten. Er kommt auf einen Monat, um sein letztes Gut zu verkaufen. Fast wäre ich mit ihm in der Schweiz zusammengetroffen, was ich durchaus nicht wollte. Übrigens hoffe ich doch, daß er geruhen wird, mich wiederzuerkennen. Früher hat er in meinem Hause verkehrt, hat Briefe an mich geschrieben. Es wäre mir lieb, wenn Sie sich sorgfältiger kleideten, Stepan Trofimowitsch; Sie werden mit jedem Tage nachlässiger ... Oh, wie Sie mich quälen! Was lesen Sie jetzt?«

»Ich ... ich ...«

»Verstehe schon. Wie gewöhnlich die Freunde, die Gelage, der Klub, die Karten und der Ruf eines Atheisten. Dieser Ruf gefällt mir nicht, besonders jetzt möchte ich ihn nicht hören. Ich habe ihn auch früher nicht gemocht, denn das ist doch alles nur leeres Geschwätz. Das muß doch einmal gesagt werden.«

»Mais, ma chère ...«

»Hören Sie, Stepan Trofimowitsch, in allen gelehrten Fragen bin ich natürlich unwissend, ein Laie, im Vergleich zu Ihnen, aber auf der Heimreise habe ich viel über Sie nachgedacht. Und ich bin zu einer Einsicht gelangt.«

»Und zu welcher?«

»Zu *der*, daß nicht wir beide die Klügsten auf der Welt sind, sondern daß es auch noch Klügere gibt als wir.«

»Das ist sowohl scharfsinnig wie treffend gesagt. Gibt es klügere, so gibt es wohl auch noch einsichtigere Leute als wir, folglich können auch wir uns noch irren, nicht wahr? Mais, ma bonne amie, wenn ich auch das Rechte, nehmen wir an, nicht am besten weiß und mich objektiv vielleicht irre, so habe ich doch mein allmenschliches, immerwährendes, allerhöchstes Recht der Gewissensfreiheit? Ich habe doch das Recht, kein Heuchler und Zelot zu sein, wenn ich das nicht sein will, und dafür werde ich naturgemäß, solange die Welt steht, von verschiedenen Leuten gehaßt werden. Et puis, comme on trouve toujours plus de moines que de raison, und da das ganz meine Meinung ist ...«

»Wie, wie war das, was sagten Sie da?«

»Ich sagte: on trouve toujours plus de moines que de raison, und da ich damit vollkommen ...«

»Das stammt gewiß nicht von Ihnen, das haben Sie bestimmt irgendwo gelesen?«

»Das hat Pascal gesagt.«

»Das hab' ich mir doch gleich gedacht ... daß es kein Ausspruch von Ihnen ist! Warum sagen Sie niemals etwas so kurz und treffend, sondern ziehen alles immer so in die

Länge? Das ist viel besser, als was Sie vorhin über den Machtrausch unserer Verwaltungsbeamten sagten ...«

»Ma foi, chère ... warum? Erstens wahrscheinlich deshalb, weil ich immerhin kein Pascal bin, et puis ... zweitens, weil wir Russen in unserer Sprache nichts auszudrücken verstehen ... Wenigstens haben wir bisher noch nichts in ihr ausgedrückt ...«

»Hm! Darin haben Sie vielleicht doch nicht recht. Aber könnten Sie sich denn nicht wenigstens solche Aussprüche aufschreiben oder merken, für den Fall, wissen Sie, wenn das Gespräch ... Ach, Stepan Trofimowitsch, ich habe mir unterwegs vorgenommen, einmal ernst mit Ihnen zu sprechen.«

«Chère, chère amie!«

»Jetzt, wo alle diese Lembkes und Karmasínoffs ... O Gott, wie Sie sich vernachlässigen! Oh, wie Sie mich quälen! ... Ich möchte, daß diese Menschen Hochachtung vor Ihnen empfänden, denn sie sind ja alle nicht einmal soviel wert wie ein Finger von Ihnen, wie Ihr kleiner Finger! Sie aber, wie halten Sie sich? Was werden diese Leute in Ihnen sehen? Wen kann ich ihnen präsentieren? Statt vornehm als Zeuge dazustehn, ein Beispiel zu sein, umgeben Sie sich mit irgendwelchem Gesindel, Sie haben unmögliche Gewohnheiten angenommen, sind alt geworden, können ohne Wein und Karten nicht mehr leben, Sie lesen nur noch Paul de Kock und schreiben selbst überhaupt nichts mehr, während die dort alle schreiben! Ihre ganze Zeit vergeuden Sie im Geschwätz. Ist es denn möglich, darf man sich denn das erlauben, sich mit solchem Gesindel anzufreunden, wie es Ihr ewiger Liputin ist?«

»Warum denn ‚mein' und ‚ewiger' Liputin?« wagte Stepan Trofimowitsch schüchtern zu protestieren.

»Wo ist er jetzt?« fuhr Warwara Petrowna streng in scharfem Tone fort.

»Er ... er verehrt Sie grenzenlos ... er ist nach S–k gefahren, um die Hinterlassenschaft seiner Mutter abzuheben.«

»Ich glaube, der tut überhaupt nichts anderes als Geld einnehmen. Und Schatoff? Ist er immer noch derselbe?«

»Irascible, mais bon.«

»Ich kann Ihren Schatoff nicht leiden; er ist böse und eingebildet!«

»Wie geht es Dárja Páwlowna?«

»Sie fragen nach Dáscha? Wie kommen Sie plötzlich darauf?« Warwara Petrowna blickte ihn forschend an. »Sie ist gesund. Ich habe sie bei Drosdoffs gelassen. In der Schweiz habe ich etwas über Ihren Sohn gehört; Schlechtes, nichts Gutes.«

»Oh, c'est une histoire bien bête! Je vous attendais, ma bonne amie, pour vous raconter ...«

»Genug, Stepan Trofimowitsch, gönnen Sie mir Ruhe, ich bin ohnehin erschöpft. Wir werden noch Zeit haben, uns auszusprechen, besonders über das Schlechte. Wenn Sie lachen, spritzt jetzt schon Speichel von Ihren Lippen, das ist ja bereits greisenhaft! Und wie sonderbar Sie jetzt immer lachen ... Gott, wie viele schlechte Gewohnheiten Sie angenommen haben! Karmasínoff wird Ihnen bestimmt keinen Besuch machen! Hier aber sind alle schon ohnehin froh über jede ... Erst jetzt zeigen Sie sich in Ihrer wahren Gestalt! Aber genug, genug, ich bin müde! Sie könnten doch wahrlich endlich einmal auf einen Menschen Rücksicht nehmen!«

Stepan Trofimowitsch nahm also »Rücksicht auf einen Menschen«, aber er entfernte sich doch sehr verwirrt.

V

Unser Freund hatte in der Tat nicht wenige schlechte Gewohnheiten angenommen, besonders in der allerletzten Zeit. Er war schnell und sichtlich heruntergekommen, und es war richtig, er vernachlässigte auch schon sein Äußeres. Er trank auch mehr, wurde weinerlicher und nervöser; seine Liebe zum Schönen aber war schon zu einer übersensiblen

Schwärmerei geworden. Sein Gesicht hatte die seltsame Fähigkeit erlangt, erstaunlich rasch den Ausdruck zu wechseln, zum Beispiel die feierlichste Miene im Nu in einen komischen oder sogar dummen Ausdruck zu verwandeln. Einsamkeit ertrug er überhaupt nicht mehr und wollte beständig unterhalten sein, sei es mit Stadtklatsch oder Anekdoten, wenn es nur etwas Neues war. Kam längere Zeit niemand zu ihm, so wanderte er trübselig durch die Zimmer, trat ans Fenster, sah gedankenverloren hinaus, schob dabei die Lippen hin und her, seufzte tief und schließlich begann er fast zu flennen. Er glaubte immer, Vorahnungen zu haben, fürchtete etwas Unerwartetes, Unabwendbares, wurde schreckhaft und begann, sehr auf seine Träume zu achten.

Diesen ganzen Tag und den Abend verbrachte er in äußerst trauriger Stimmung. Er ließ mich zu sich bitten, war sehr aufgeregt, erzählte viel, aber recht zusammenhanglos. Warwara Petrowna wußte schon lange, daß er vor mir keine Geheimnisse hatte. Es schien mir schließlich, daß ihn etwas Besonderes bedrückte, etwas, das er sich vielleicht selber nicht erklären konnte. Sonst hatte er bei solchen Gelegenheiten, wenn er mir vorzuklagen begann, nach einer Weile immer eine Flasche aufgetischt, und alles war dann bald in weit tröstlicherem Licht erschienen. Diesmal aber gab es keinen Wein, und er unterdrückte sichtlich mehrmals den erwachenden Wunsch, welchen bringen zu lassen.

»Und worüber ärgert sie sich denn eigentlich?« klagte er immer wieder wie ein Kind. »Tous les hommes de génie et de progrès en Russie étaient, sont et seront toujours des Kartenspieler et des Trinker qui boivent anfallweise ... ich aber bin noch lange kein so großer Spieler und Trinker ... Sie macht mir Vorwürfe, warum ich nichts schreibe! Sonderbarer Einfall! ... Warum ich nichts tue! Sie sagt, ich müsse als Beispiel und Vorwurf dastehen! Mais entre nous soit dit, was kann denn ein Mensch, dessen Bestimmung es ist, als verkörperter Vorwurf dazustehen, anderes tun als Nichtstun — weiß sie das denn nicht?«

Und schließlich erriet ich auch jenen wichtigsten und besonderen Kummer, der ihn diesmal so unablässig quälte. Er war schon mehrmals zum Spiegel getreten und lange vor ihm stehengeblieben. Schließlich wandte er sich von ihm ab und sagte in einer seltsamen Verzweiflung:

»Mon cher, je suis un heruntergekommener Mensch!«

Ja, in der Tat, bis dahin, bis zu diesem Tage war er, trotz aller »neuen Anschauungen« und »Ideenänderungen« Warwara Petrownas, wenigstens von einem beständig überzeugt geblieben, nämlich davon, daß er für ihr weibliches Herz immer noch einen Zauber besaß, das heißt nicht nur als Verbannter oder als berühmter Gelehrter, sondern auch als schöner Mann. Zwanzig Jahre lang hatte diese schmeichelhafte und beruhigende Überzeugung tief verwurzelt in ihm gelebt, und vielleicht fiel ihm unter allen seinen Überzeugungen die Trennung von dieser am schwersten. Ahnte er vielleicht an jenem Abend, welch eine ungeheure Prüfung ihm schon in so naher Zukunft bevorstand?

VI

Ich komme jetzt zur Wiedergabe jenes fast vergessenen Ereignisses, mit dem meine Chronik eigentlich erst beginnt.

In den letzten Tagen des August kehrten endlich auch Drosdoffs zurück. Sie trafen kurz vor ihrer Verwandten ein, der lange von der ganzen Stadt erwarteten Gattin unseres neuen Gouverneurs, und überhaupt machte ihr Erscheinen bei uns einen auffallenden Eindruck in der Gesellschaft. Doch davon später; hier sei nur bemerkt, daß Praskówja Iwánowna der sie ungeduldig erwartenden Warwára Petrówna ein höchst beunruhigendes Rätsel mitbrachte: Nicolas hatte sich bereits im Juli von ihnen getrennt und war, nach einem Zusammentreffen am Rhein mit dem Grafen K., mit diesem und dessen Familie nach Petersburg zurückgekehrt. (NB. Der Graf hatte drei heiratsfähige Töchter.)

»Von Lisawéta habe ich nichts erfahren können, aus diesem stolzen Trotzkopf ist ja nichts herauszubringen«, schloß Praskowja Iwanowna, »aber ich habe ja selbst gesehen, daß zwischen ihr und Nikolai Wssewolodowitsch etwas vorgefallen ist. Die Ursachen sind mir unbekannt, aber ich glaube, Sie werden sich, meine Liebe, nach diesen Ursachen am besten bei Ihrer Dárja Páwlowna erkundigen. Meiner Meinung nach ist Lisa gekränkt worden. Ich bin nur froh, daß ich Ihnen Ihren Liebling Dascha endlich wieder abliefern kann. Gott sei Dank, nun bin ich sie los!«

Diese giftigen Worte wurden von ihr mit einer auffallenden Gereiztheit gesprochen. Es war nur zu ersichtlich, daß die »sauertöpfische Frau« sie sich schon vorher überlegt und sich im voraus auf ihre Wirkung gefreut hatte. Nur war Warwara Petrowna nicht der Mensch, den man mit empfindsamen Sentenzen und Rätseln verblüffen konnte. Sie verlangte denn auch sofort in strengem Ton ganz genaue und erschöpfende Erklärungen. Praskowja Iwanowna wurde hierauf sehr viel kleinlauter, und es endete damit, daß sie zu weinen und schließlich in rührseliger Freundschaft ihr Herz auszuschütten begann. Diese reizbare, aber sentimentale Dame hatte ganz wie Stepan Trofimowitsch ein ewiges Bedürfnis nach wahrer Freundschaft, und ihre hauptsächlichste Klage über ihre Tochter Lisawéta Nikolájewna bestand gerade darin, daß ihre Tochter nicht ihr „Freund“ sei.

Aber aus allen ihren Erklärungen und Herzensergüssen ging eigentlich nur dies hervor, daß es zwischen Lisa und Nicolas tatsächlich zu einem Zerwürfnis gekommen sei, doch welcher Art dieses Zerwürfnis war, davon vermochte sich Praskówja Iwánowna augenscheinlich selbst keine bestimmte Vorstellung zu machen. Ihre Beschuldigungen gegen Darja Pawlowna nahm sie schließlich nicht nur zurück, sondern bat sogar noch ausdrücklich, ihre »in der Gereiztheit« gesprochenen Worte ganz zu vergessen. Kurz, es hörte sich alles sehr unklar, sogar verdächtig an. Nach ihrer Auffassung hätte den Anlaß zu jenem Zerwürfnis wohl der »trotzige und spottlustige« Charakter Lisas gegeben, und der »stolze« Nikolai Wssewolodowitsch sei zwar sehr verliebt gewesen, habe aber die Spötteleien doch nicht ertragen und selbst zu spotten begonnen.

»Bald darauf lernten wir noch einen jungen Mann kennen, ich glaube, einen Neffen Ihres ‚Professors', er hatte auch denselben Familiennamen ...«

»Das war sein Sohn, nicht sein Neffe«, berichtigte Warwára Petrówna. Praskówja Iwánowna hatte auch früher schon Stepán Trofímowitschs Familiennamen nie behalten können und ihn immer nur den »Professor« genannt.

»Nun, dann war's sein Sohn, um so besser, mir ist's doch gleich. Ein gewöhnlicher junger Mann, sehr lebhaft und ungeniert, aber sonst war nichts Besonderes an ihm. Nun, und da hat denn Lisa selbst nicht richtig gehandelt, hat den jungen Mann absichtlich sehr bevorzugt, um in Nikolai Wssewolodowitsch Eifersucht zu erwecken. Ich verurteile sie aber deshalb nicht gar so sehr: das ist so Mädchenbrauch, ist ja nichts Besonderes, ist an sich sogar ganz nett. Bloß daß Nikolai Wssewolodowitsch, statt nun eifersüchtig zu werden, das gar nicht beachtete, ja sogar noch selbst mit dem jungen Manne Freundschaft schloß, als wäre ihm das vollkommen gleichgültig. Nun, und das empörte natürlich Lisa. Der junge Mann reiste übrigens bald ab (er hatte es sehr eilig, mußte schnell irgendwohin reisen), Lisa aber begann nun bei jeder Gelegenheit Streit mit Nikolai Wssewolodowitsch. Sie bemerkte, daß er manchmal mit Dascha sprach, na, und darüber ärgerte sie sich furchtbar, so daß es dann auch für mich schon gar nicht mehr zum Aushalten war, meine Beste. Die Ärzte hatten mir doch verboten, mich aufzuregen, und dieser ihr vielgepriesener See war mir schon so langweilig geworden, bloß Zahnschmerzen hatte ich von ihm bekommen, und dazu noch solchen Rheumatismus. Man schreibt ja sogar darüber, und es wird gedruckt, daß man vom Genfer See Zahnschmerzen bekommt; das soll so eine Besonderheit von ihm sein. Und da erhielt dann Nikolai Wssewolodowitsch plötzlich einen Brief von der Gräfin und reiste sofort ab, noch am selben Tage machte er sich reisefertig. Abschied nahmen sie voneinander ganz freundschaftlich. Auf dem Wege zur Bahnstation, wohin wir ihn begleiteten, wurde Lisa sehr lustig und ausgelassen und tat sehr geschäftig. Alles Verstellung natürlich! Kaum aber war er weg, da wurde sie sehr nachdenklich, erwähnte ihn überhaupt nicht mehr und ließ auch mich nicht einmal von ihm sprechen. Aber auch Ihnen, liebe Warwara Petrowna, würde ich raten, vorläufig nicht darüber mit Lisa zu sprechen, damit würden Sie der Sache nur schaden. Wenn Sie dagegen schweigen, wird sie schon von selbst mit Ihnen darauf zu sprechen kommen; und dann werden Sie mehr erfahren, als wenn Sie anfingen. Meiner Meinung nach werden sich die beiden wieder zusammenfinden, wenn Nikolai Wssèwolodowitsch bloß bald herkäme, wie er es versprochen hat.«

»Ich werde sofort an ihn schreiben. Wenn das alles war, dann ist es nur ein belangloses Zerwürfnis. Unsinn! Und Darja kenne ich gut; das ist alles Unsinn!«

»Was meine Bemerkung über Dáschachen betrifft, so habe ich da ein wenig gesündigt, was ich jetzt bereue. Es waren ja nur ganz gewöhnliche Gespräche, und sie wurden ja laut geführt, in unserer Gegenwart. Aber alles das hat mich damals so nervös gemacht, meine Liebe. Und auch Lisa verhält sich, das habe ich selbst gesehen, wieder mit demselben Wohlwollen zu ihr wie zuvor ...«

Warwara Petrowna schrieb noch am gleichen Tage an Nicolas und bat ihn sehr, doch wenigstens einen Monat früher zu kommen, als er versprochen hatte. Aber es blieb für sie doch manches unklar und unverständlich in der Sache. Sie dachte den ganzen Abend und die ganze Nacht darüber nach. Die Auffassung »dieser Praskowja« schien ihr doch gar zu unschuldig und sentimental zu sein.

»Praskowja ist ihr Leben lang viel zu gefühlvoll gewesen, schon im Pensionat war sie es«, überlegte Warwara Petrowna. »Nicolas ist nicht der Mann, der vor dem Spott eines

Mädels davonläuft. Hier muß es einen anderen Grund gegeben haben, wenn es wirklich ein Zerwürfnis war. Diesen Offizier haben sie richtig mitgebracht und als Verwandten im Hause einquartiert. Und auch wegen der Bemerkung über Darja hat Praskowja gar zu schnell ihre Entschuldigung ausgesprochen: sicher hat sie etwas für sich behalten, was sie nicht aussprechen wollte ...«

Zum Morgen hin reifte in Warwara Petrowna ein Plan, wie sie wenigstens einen der Zweifel sofort aus der Welt schaffen könnte – ein Projekt, das wegen seiner überraschenden Konsequenz bemerkenswert war. Was in ihrem Herzen vorging, als sie sich diesen Plan ausdachte? – Das ist schwer zu entscheiden, und ich will mich auch nicht unterfangen, im voraus alle Widersprüche, aus denen dieser Plan bestand, zu erklären. Als Chronist begnüge ich mich damit, die Ereignisse unverändert wiederzugeben, genau so, wie sie sich zugetragen haben, und es ist nicht meine Schuld, wenn sie unwahrscheinlich erscheinen. Aber ich muß doch noch einmal bezeugen, daß in Warwara Petrowna am Morgen nicht der geringste Verdacht gegen Dascha zurückgeblieben war, ja, im Grunde hatte sie einen solchen überhaupt nicht zu hegen begonnen; sie war ihrer viel zu sicher. Aber es war ja für sie auch ganz undenkbar, daß ihr Nicolas sich für ihre ... »Darja« interessieren könnte. Am Morgen, als Dascha am Teetisch hantierte, sah Warwara Petrowna sie lange und prüfend an und sagte sich schließlich wohl zum zwanzigsten Mal seit dem gestrigen Tage überzeugt: »Alles Unsinn!« Es fiel ihr nur auf, daß Dascha ein seltsam müdes Aussehen hatte und noch stiller war als früher, noch apathischer. Nach dem Tee setzten sie sich beide wie immer an eine Handarbeit, und Warwara Petrowna ließ sich nun einen ausführlichen Bericht über die Eindrücke erstatten, die Dascha im Auslande empfangen hatte, vornehmlich über die Natur, die Menschen, ihre Städte, ihre Sitten, Kunstwerke, Gewerbe usw., über alles, was sie zu sehen Gelegenheit gehabt hatte. Nur über Drosdoffs und das Leben bei diesen stellte sie auch nicht eine

Frage. Dascha, die am Nähtischchen neben ihr saß und ihr beim Sticken half, erzählte wohl eine halbe Stunde lang mit ihrer gleichmäßigen, eintönigen, dazu etwas schwachen Stimme.

»Darja«, unterbrach Warwara Petrowna sie plötzlich, »hast du denn nicht irgend etwas Besonderes erlebt, was du mir vielleicht mitteilen möchtest?«

»Nein, nichts«, antwortete Dascha nach einem ganz kurzen Nachdenken und sah Warwara Petrowna mit ihren hellen Augen an.

»Nichts auf der Seele, auf dem Herzen, auf dem Gewissen?«

»Nichts«, wiederholte Dascha leise, doch wie mit einer gewissermaßen unwirschen Festigkeit.

»Wußte ich's doch! Und ich will dir sagen, Darja, daß ich nie an dir zweifeln werde. Jetzt höre mich an. Aber setze dich hierher, auf diesen Stuhl, mir gegenüber, damit ich dich besser sehen kann. So. Also höre jetzt: Willst du nicht heiraten?«

Dascha antwortete nur mit einem fragenden, langen, übrigens nicht einmal allzu verwunderten Blick.

»Warte, sei still! Erstens ist da ein Unterschied in den Jahren, ein sehr großer sogar; aber du weißt doch selbst am besten, was das für ein Unsinn ist. Du bist vernünftig, in deinem Leben soll es keine Fehler geben. Übrigens ist er noch ein schöner Mann ... Kurz, ich meine Stepan Trofimowitsch, den du doch immer schon verehrt hast. Nun?«

Dascha sah sie noch fragender an, jetzt aber nicht nur erstaunt, sondern auch sichtbar errötend.

»Warte, sei still; überlege erst! Meinem Testament zufolge hast du zwar Geld. Aber wenn ich sterbe, was wird dann aus dir, selbst mit diesem Gelde? Man wird dich doch betrügen, dich ums Geld bringen, und dann bist du verloren. Heiratest du aber ihn, so bist du die Frau eines angesehenen Mannes. Und nun andererseits: sterbe ich bald, was wird dann aus ihm, wenn ich auch seine Existenz sichergestellt habe? Auf dich aber kann ich mich verlassen. Wart, ich habe noch nicht zu Ende gesprochen: er ist leichtsinnig, träge, charakterlos, grausam, egoistisch, hat häßliche Gewohnheiten, aber du schätze ihn trotzdem, erstens schon deshalb, weil es noch viel schlechtere gibt. Ich will dich doch nicht mit irgendeinem Ekel verkuppeln, um dich loszuwerden, oder denkst du jetzt womöglich schon so etwas von mir? Aber vor allem hast du ihn schon deshalb zu achten, weil ich dich darum bitte«, brach sie plötzlich gereizt ab, »hörst du? Warum sträubst du dich?«

Dascha schwieg weiter und hörte nur zu.

»Warte, sei noch still! Er ist ein altes Weib, aber um so besser für dich. Übrigens ein bemitleidenswertes Weib. Er verdient es gar nicht, von einer Frau geliebt zu werden. Aber wegen seiner Schutzlosigkeit verdient er es schließlich doch; also liebe du ihn auch deswegen. Du verstehst mich doch? Verstehst doch?«

Dascha nickte.

»Das wußte ich, habe auch nichts anderes von dir erwartet. Er wird dich lieben, weil er es muß, er muß! Muß dich vergöttern!« Ihre Stimme klang plötzlich seltsam gereizt und scharf. »Übrigens wird er sich auch ohne Zwang in dich verlieben, ich kenne ihn doch. Zudem werde ich ja selbst hier sein. Sei unbesorgt, ich werde schon nach dem Rechten sehen. Er wird sich über dich beklagen, wird dich verleumden, mit dem ersten besten über dich tuscheln, wird seufzen, ewig seufzen, wird dir Briefe schreiben aus dem Nebenzimmer, sogar zwei am Tage, aber ohne dich wird er doch nicht leben können, und das ist schließlich die Hauptsache. Bring ihm bei, dir zu gehorchen; verstehst du das nicht, bist du dumm. Er wird sich erhängen wollen, wird dir damit drohen – glaube ihm nicht; das ist alles Unsinn! Aber sei trotzdem vorsichtig, denn vielleicht ist die Stunde verhängnisvoll und er tut es wirklich. Das kommt vor bei solchen Menschen; nicht aus Stärke, sondern aus Schwäche hängen sie sich auf; und darum bringe ihn nie zum Äußersten – das ist der erste Grundsatz in der Ehe. Und vergiß auch nicht, daß er ein

Dichter ist. Höre, Darja: es gibt kein größeres Glück als sich zu opfern. Und außerdem tust du mir damit einen großen Gefallen, und das ist die Hauptsache. Denke nicht, daß ich mich aus Dummheit soeben versprochen habe; ich weiß, was ich sage. Ich bin egoistisch; sei du es auch. Ich will dich ja nicht zwingen; alles hängt von dir ab; wie du entscheidest, so wird es sein. Nun, warum sitzt du so da, sag' jetzt etwas!«

»Mir ist alles gleich, Warwara Petrowna, wenn ich schon unbedingt heiraten soll«, sagte Dascha mit fester Stimme.

»Unbedingt? Was willst du damit andeuten?« Warwara Petrowna sah sie streng und unverwandt an.

Dascha schwieg und stocherte mit der Nadel in den Stickrahmen.

»Du bist sonst zwar gescheit, aber nun irrst du dich doch. Es ist mir jetzt doch nur seinetwegen in den Sinn gekommen, dich zu verheiraten. Gäbe es keinen Stepan Trofimowitsch, so dächte ich gar nicht daran, obwohl du bereits zwanzig Jahre alt bist ... Nun?«

»Ich werde tun, was Sie wünschen.«

»Also du bist einverstanden! Wart, sei still, wohin willst du? Ich bin noch nicht fertig. In meinem Testament habe ich dir fünfzehntausend Rubel vermacht. Die gebe ich dir aber schon jetzt, sofort nach der Trauung. Davon wirst du ihm achttausend geben, das heißt, nicht ihm, sondern mir. Denn er hat eine Schuld von achttausend, die ich bezahlen werde, nur soll er wissen, daß es mit deinem Gelde geschieht. Siebentausend behältst du demnach, davon gib ihm nichts, nicht einen Rubel. Bezahle nie seine Schulden. Tust du es einmal, nimmt das Ausbeuten kein Ende. Ihr werdet von mir fünfzehnhundert Rubel jährlich bekommen, außer der Wohnung und Beköstigung, die ihr auch weiterhin von mir erhalten werdet. Dieses Jahrgeld werde ich dir als ganze Summe auszahlen, in jedem Jahr, unmittelbar in deine Hände. Aber sei auch gut zu ihm und gib ihm zuweilen etwas, und auch seinen Freunden mußt du schon erlauben, ihn zu besuchen, einmal wöchentlich. Kommen sie öfter, so wirf sie hinaus. Aber ich werde ja immer hier sein. Sterbe ich, so bekommt ihr die Pension bis zu seinem Tode, hörst du, bis zu *seinem* Tode, denn es ist *seine* und nicht deine Pension. Dir aber werde ich außer den Siebentausend, die du dir, wenn du nicht dumm bist, unangebrochen aufheben kannst, noch weitere Achttausend testamentarisch vermachen. Aber mehr bekommst du nicht von mir. Damit du's weißt. Nun, bist du einverstanden? Aber nun antworte doch endlich!«

»Ich habe schon geantwortet, Warwara Petrowna.«

»Vergiß nicht, daß es dein freier Wille ist.«

»Erlauben Sie nur, Warwara Petrowna: hat Stepan Trofimowitsch schon mit Ihnen davon gesprochen?«

»Nein, er hat von nichts gesprochen und weiß überhaupt nichts davon, aber ... er wird sofort sprechen!« – Sie stand hastig auf und nahm ihren schwarzen Schal. Dascha errötete wieder ein wenig und sah ihr mit fragendem Blick nach. Plötzlich wandte sich Warwara Petrowna mit zornflammendem Gesicht zu ihr und fuhr sie wie ein Habicht an: »Du Törin! Du undankbare Törin! Glaubst du wirklich, daß ich dich auch nur im geringsten bloßstellen werde? Auf den Knien wird er dich anflehen, er wird vergehen müssen vor Glück, so wird das geschehen! Oder glaubst du, daß er dich um dieser Achttausend willen nehmen wird und ich jetzt hinlaufe, um dich zu verkaufen? Törin, Törin, alle seid ihr undankbare Törinnen! Gib mir meinen Schirm!«

Und sie begab sich vor Eile zu Fuß über das feuchte Ziegeltrottoir und die hölzernen Gehsteige zu Stepan Trofimowitsch.

VII

In der Tat: sie glaubte aufrichtig, mit dieser Verheiratung Darja nichts Böses anzutun; im Gegenteil, sie hielt sich jetzt erst recht für deren Wohltäterin. Um so edler und gerechter war daher ihr Unwille, als sie bei ihrem Aufbruch den unsicheren und mißtrauischen Blick ihrer Pflegetochter bemerkte. Sie liebte sie aufrichtig; ja, Praskowja Iwanowna hatte recht, wenn sie Dascha ihren Liebling nannte. Warwara Petrowna hatte sich schon früh gesagt, als Dascha noch ein Kind war, der Charakter dieses Mädchens gleiche entschieden nicht dem ihres Bruders (Iwan Schatoff); sie sei still, sanft, sehr aufopferungsfähig, treu, überaus bescheiden, von seltener Verständigkeit und vor allem sehr dankbar. Und bisher hatte Dascha anscheinend alle ihre Erwartungen erfüllt. »In diesem Leben werden keine Fehler vorkommen«, sagte sie sich, als Dascha zwölf Jahre alt war, und da es ihre Art war, jeden Einfall, der ihr gefiel, jeden neuen Plan, jeden Gedanken, der ihr wertvoll erschien, alsbald eigensinnig und leidenschaftlich auszuführen, hatte sie dann sofort beschlossen, Dascha wie eine leibliche Tochter zu erziehen. Sie legte für sie ein Kapital beiseite und nahm eine Gouvernante ins Haus, Miß Criggs, die bis zu Daschas sechzehntem Jahre bei ihnen blieb, bis ihr auf einmal gekündigt wurde. Dann setzten Lehrer vom Gymnasium den Unterricht fort, unter anderen ein gebürtiger Franzose in seiner Muttersprache. Auch diesem wurde so plötzlich gekündigt, daß es einem Hinauswurf gleichkam. Eine zugereiste adlige Witwe gab die Klavierstunden. Aber der Hauptpädagoge war doch Stepan Trofimowitsch, der eigentlich Dascha »entdeckt« und das stille Kind schon unterrichtet hatte, als es von Warwara Petrowna noch gar nicht beachtet wurde. Ich weise nochmals darauf hin: es war erstaunlich, wie Kinder an ihm hingen! Auch Lisa hatte er von ihrem achten bis elften Jahr unterrichtet (selbstredend unentgeltlich, und gewiß hätte er auch unter gar keinen Umständen ein Honorar von Drosdoffs angenommen!) Er hatte sich in das reizende Kind ganz verliebt und erzählte ihr wie schöne Dichtungen die Einrichtung der Welt, die Geschichte der Menschheit und der ersten Völker. Das war fesselnder als arabische Märchen. Lisa verging vor Begeisterung für diese Geschichten, zu Hause aber kopierte sie ihren Lehrer in einer höchst drolligen Weise. Als dieser sie einmal dabei überraschte, flog sie ihm in ihrer Verlegenheit einfach an den Hals und begann zu weinen. Er aber weinte gleich mit und zwar vor Entzücken. Bald aber reiste Lisa weg, und die kleine Dascha blieb allein. Später überließ er den Unterricht den Lehrern, die ins Haus kamen, und kümmerte sich lange Zeit gar nicht mehr um sie. Einmal aber, als Dascha bereits siebzehn war, fiel ihm bei Tisch plötzlich ihre Anmut auf. Er begann mit ihr zu sprechen, war ersichtlich sehr zufrieden mit ihren Antworten und fragte sie zum Schluß, ob sie nicht mit ihm die Geschichte der russischen Literatur durchnehmen wolle. Warwara Petrowna lobte ihn für den guten Gedanken und dankte ihm. Dascha aber war selig. Stepan Trofimowitsch bereitete sich eigens für diesen Unterricht vor und wollte mit der ältesten Periode anfangen. Doch als er nach der ersten Stunde ankündigte, das nächste Mal würden sie das Igorlied durchnehmen, erklärte plötzlich Warwara Petrowna, die natürlich zugegen gewesen war, daß es weitere Stunden nicht mehr geben werde. Stepan Trofimowitsch straffte sich, schwieg aber; Dascha wurde feuerrot. Und damit war das Experiment erledigt. Das hatte sich genau drei Jahre vor Warwara Petrownas jetzigem unverhofften Einfall zugetragen.

Der arme Stepan Trofimowitsch saß ahnungslos allein zu Hause und hielt trübselig schon lange Ausschau, ob denn nicht ein Bekannter zu ihm komme. Aber es wollte keiner kommen. Ein feiner Sprühregen fiel; es wurde kalt. Man mußte doch eigentlich schon den Ofen heizen. Er seufzte. Plötzlich sahen seine Augen eine erschreckende Vision: Warwara Petrowna, bei diesem Wetter, auf dem Wege zu ihm! Und gar zu Fuß! Und dazu noch zu so ungewöhnlicher Stunde! Er war so verblüfft, daß er alles vergaß und sie empfing, wie er war: in seinem alltäglichen rosaroten Kamisol.

»Ma bonne amie!« rief er ihr kleinlaut entgegen.

»Sie sind allein, das freut mich! Ich kann Ihre Freunde sowieso nicht ausstehen. Wie das hier wieder vollgeraucht ist! Mein Gott, was für eine Luft! Und das Frühstück noch nicht abgeräumt, dabei geht die Uhr schon auf zwölf! Unordnung ist doch Ihre Seligkeit! Und Ihr Behagen – wenn es so aussieht wie hier! Was sind das für Papierfetzchen auf dem Fußboden? Nastássja, Nastássja! Was tut denn die den ganzen Tag? Mach' mir mal hier sofort alle Fenster auf, Nastassja, und alle Türen, sperrangelweit! Wir gehen in den Salon; ich habe mit Ihnen zu reden. Du aber fege hier doch wenigstens einmal im Leben aus, Nastássja!«

»Das nützt ja bei ihnen doch nichts!« maulte Nastássja mit hoher Stimme, wie zu Unrecht beleidigt.

»Du hast eben auszufegen, meinetwegen fünfzehnmal am Tage! ... Ihr Salon sieht nach nichts aus!« stellte sie fest, kaum daß sie eingetreten waren. »Machen Sie die Tür fest zu; sie wird horchen. Der Salon muß unbedingt umtapeziert werden. Ich habe Ihnen doch schon den Tapezierer mit den Mustern geschickt, warum haben Sie nichts ausgesucht? Setzen Sie sich jetzt und hören Sie zu. So setzen Sie sich doch endlich, ich bitte Sie! Wohin? Aber wohin eilen Sie denn? So bleiben Sie doch hier!«

»Ich ... sofort ...«, rief er bereits aus dem anstoßenden Zimmer. »Da bin ich ja schon wieder!«

»Ah, Sie haben sich angezogen!« Sie musterte ihn spöttisch. (Er hatte nur einen Oberrock über das kurze Kamisol angezogen.) »Der paßt allerdings besser zu ... unserem Gespräch. Aber so setzen Sie sich doch endlich, ich bitte Sie!«

Sie erklärte ihm alles in einem Zug, scharf und einleuchtend. Sie streifte auch die Achttausend, die er so nötig hatte. Sie sprach ausführlich von der Mitgift. Er riß die Augen auf und begann zu zittern. Er vernahm wohl alles, aber er konnte nichts klar verstehen. Er wollte etwas entgegnen, aber die Stimme versagte ihm immer. Er wußte nur, daß alles auch so geschehen werde, wie sie es sagte, daß Widersprechen und Nichteinwilligen völlig vergeblich wäre und er bereits unwiderruflich ein verheirateter Mann war.

»Mais, ma bonne amie, zum *dritten* Mal und in meinen

Jahren, und mit einem solchen Kinde!« brachte er schließlich hervor. »Mais c'est une enfant!«

»Das schon zwanzig Jahre alt ist, gottlob! Verdrehen Sie doch nicht so die Augen, ich bitte Sie, Sie befinden sich nicht auf der Bühne. Sie sind ein sehr kluger und gelehrter Mann, aber vom Leben verstehen Sie nichts. Sie werden ewig eine Kinderfrau brauchen. Sterbe ich, was wird dann aus Ihnen? Sie aber wird sich Ihrer annehmen, eben wie eine Kinderfrau; und sie ist ein bescheidenes, verständiges, charakterfestes Mädchen; zudem werde ich ja selbst immer hier sein, ich sterbe ja nicht gleich. Sie ist häuslich, ist ein Engel an Sanftmut. Dieser glückliche Gedanke kam mir schon in der Schweiz. Begreifen Sie auch, was das heißt, wenn ich, ich selbst Ihnen sage, daß sie ein Engel an Sanftmut ist!« fuhr sie ihn plötzlich jähzornig an. »Bei Ihnen liegt alles ewig so unordentlich herum, sie wird für Ordnung und Sauberkeit sorgen, alles wird spiegelblank sein ... Ach, oder bilden Sie sich womöglich ein, daß ich, mit einem solchen Kleinod in der Hand, Sie noch lange bitten, mich verbeugen, alle Vorzüge aufzählen und noch Gott weiß wie werben müßte um Sie? Nein, Sie, Sie müßten auf den Knien ... Oh, Sie leerer, leerer, kleinmütiger Mensch!«

»Aber ich ... ich bin doch schon ein Greis!«

»Ach, was bedeuten denn Ihre dreiundfünfzig Jahre! Fünfzig Jahre sind nicht das Ende, sondern nur die Hälfte des Lebens. Sie sind ein schöner Mann und wissen das selbst. Sie wissen auch, wie sehr sie Sie verehrt. Und wenn ich sterbe, was wird dann aus ihr? Aber mit Ihnen verheiratet, kann sie ruhig sein, und auch ich bin dann beruhigt. Sie sind angesehen, haben einen Namen, ein liebendes Herz; Sie erhalten eine Pension, die zu zahlen ich für meine Pflicht halte Sie werden sie vielleicht retten, ja retten! Jedenfalls werden Sie ihr eine Ehre erweisen. Sie werden sie für das Leben ausstatten, ihr Herz entwickeln, ihrem Denken die Richtung weisen. Wieviele Menschen gehen heute daran zugrunde, nur weil ihr Denken nach einer falschen Richtung gedrängt wird!

Und mittlerweile wird auch Ihr Werk fertig werden und Sie werden Ihren Namen mit einem Schlage wieder in Erinnerung bringen.«

»Allerdings bin ich ... gerade im Begriff«, stotterte er, durch Warwara Petrownas geschickte Schmeichelei schon ermutigt, »meine „Skizzen aus der spanischen Geschichte“ vorzunehmen ...«

»Nun sehen Sie, das trifft sich ja ausgezeichnet!«

»Aber ... sie? Haben Sie schon mit ihr gesprochen?«

»Ihretwegen brauchen Sie sich nicht zu beunruhigen, und wozu diese Neugier! Natürlich werden Sie sie selbst bitten müssen, anflehen, Ihnen die Ehre zu erweisen, Sie verstehen? Aber beruhigen Sie sich, ich werde ja zugegen sein. Zudem lieben Sie sie doch.«

Stepan Trofimowitsch schwindelte der Kopf; die Wände drehten sich im Kreise. Es gab da noch einen schrecklichen Gedanken, mit dem er überhaupt nicht fertig werden konnte.

»Excellente amie!«, seine Stimme bebte plötzlich, »ich ... ich hätte nie geglaubt, daß Sie sich entschließen könnten, mich mit ... einer anderen Frau ... zu verheiraten!«

»Sie sind doch kein junges Mädchen, Stepan Trofimowitsch, nur Mädchen werden verheiratet; Sie aber heiraten doch selbst«, zischelte sie ihm mit einem gewissen Ingrimm zu.

»Oui, j'ai pris un mot pour un autre ... Mais ... c'est égal«, – er sah sie immer noch ganz fassungslos an.

»Das sehe ich, daß Ihnen das egal ist«, sagte sie mit bissiger Verachtung. »Herrgott, er wird ja ohnmächtig! Nastassja, Nastassja! Wasser!« – Aber er kam schon wieder zu sich. Warwara Petrowna nahm ihren Schirm. »Ich sehe, daß man mit Ihnen jetzt nicht reden kann ...«

»Oui, oui, je suis incapable ...«

»Aber bis morgen werden Sie sich erholt und sich die Sache überlegt haben. Bleiben Sie zu Hause; sollte etwas geschehen, so benachrichtigen Sie mich, sei es auch in der Nacht. Aber schreiben Sie mir keine Briefe; ich werde sie nicht lesen. Morgen werde ich um dieselbe Zeit wiederkommen, allein, und ich hoffe, daß Ihre Antwort eine befriedigende sein wird. Sorgen Sie dafür, daß dann niemand hier ist und daß in den Zimmern Ordnung herrscht, denn wie sieht das hier aus! Nastassja, Nastassja! ...«

Natürlich war er am nächsten Tage einverstanden; es blieb ihm ja auch nichts anderes übrig. Es gab da nämlich noch einen besonderen Umstand ...

VIII

Das bei uns sogenannte Gut Stepan Trofimowitschs (nach der alten Rechnung ein Gut von fünfzig Seelen, das an Skworéschniki grenzte) gehörte gar nicht ihm, sondern, als Besitz seiner ersten Frau, jetzt seinem Sohn Pjotr Stepánowitsch Werchowénskij. Stepan Trofimowitsch hatte es zunächst nur als dessen Vormund und später, als der Junge flügge geworden war, auf Grund einer von diesem ausgestellten formellen Vollmacht verwaltet. Die Abmachung war für den jungen Mann vorteilhaft; er erhielt vom Vater jährlich tausend Rubel als Einnahme vom Gut, während dieses nach der Bauernreform kaum fünfhundert einbrachte (oder vielleicht noch weniger als das). Gott weiß, wie es zu einer solchen Abmachung hatte kommen können. Übrigens wurden diese tausend Rubel alljährlich von Warwara Petrowna abgesandt, und Stepan Trofimowitsch trug auch nicht einen Rubel dazu bei. Im Gegenteil, die ganze Einnahme vom Gütchen verblieb stets in seiner Tasche und außerdem ruinierte er es noch zu guter Letzt, indem er es an einen Geschäftsmann verpachtete und ohne Warwara Petrownas Wissen das Wäldchen, den Hauptwert des Ganzen, zum Abholzen verkauft hatte. Diesen Wald hatte er schon seit Jahren parzellenweise verkauft. Der ganze Wald hatte einen Wert von mindestens achttausend Rubeln gehabt, er aber hatte nur fünftausend für ihn bekommen. Seine Spielverluste im Klub waren mitunter doch zu hoch gewesen, und er hatte nicht den Mut gehabt, Warwara Petrowna um das Geld zu bitten. – Sie knirschte mit den Zähnen, als sie schließlich alles erfuhr. Und nun hatte der liebe Sohn plötzlich mitgeteilt, er werde selbst herkommen, um seinen Besitz zu verkaufen, und den Vater beauftragte er, sich unverzüglich nach einem Käufer umzusehen. Es war verständlich, daß Stepan Trofimowitsch sich bei seiner noblesse und Uneigennützigkeit in materiellen Dingen nun schämte vor ce cher enfant (das er zuletzt vor ganzen neun Jahren in Petersburg als Studenten gesehen hatte). Ursprünglich hätte das ganze Gut seine dreizehn- bis vierzehntausend Rubel einbringen können, jetzt freilich war kaum zu erwarten, daß jemand auch nur fünftausend dafür gab. Zweifellos hatte Stepan Trofimowitsch formell das Recht gehabt, den Wald zu verkaufen, und wenn man die so lange jährlich ausgezahlten tausend Rubel in Rechnung stellte, die ja gar nicht eingenommen worden waren, so hätte er sich bei der Abrechnung durchaus rechtfertigen können. Aber Stepan Trofimowitsch war ein von Edelmut und vom Trieb zum Höheren auf Erden beherrschter Mensch. In seinem Kopf war ein Gedanke von wunderbarer Schönheit aufgeblitzt: wie er, wenn sein Petrúscha käme, noblerweise den Höchstwert des Gutes oder gar das Maximum von rund fünfzehntausend Rubeln in barem Gelde auf den Tisch legen würde, ohne die bisher überwiesenen hohen Jahresraten überhaupt zu erwähnen, ce cher fils unter Tränen fest, ganz fest an seine Brust drükken und damit alle Abrechnungen für immer aus der Welt schaffen werde. Vorsichtig und auf Umwegen hatte er auch schon versucht, dieses Bild vor Warwara Petrowna zu entrollen. Er deutete an, daß eine solche Einstellung zu einer pekuniären Frage auch ihrer langjährigen freundschaftlichen Verbundenheit noch eine besondere, edle Nuance verleihen würde... gewissermaßen ihrer gemeinsam vertretenen „Idee". Das würde auch die Väter und überhaupt die ganze ältere Generation im Vergleich zu der neuen leichtsinnigen und sozialistischen Jugend als soviel selbstloser und hochherziger hinstellen. Er hatte noch allerhand vorgebracht, aber Warwara Petrowna hatte hartnäckig geschwiegen. Schließlich hatte sie ihm trocken erklärt, sie sei bereit, den Besitz zu kaufen, und sie würde dafür den Maximalwert erstatten, das heißt etwa sechs- bis siebentausend Rubel (obschon auch viertausend genügt hätten). Von den übrigen Achttausend, die mit dem Wald verschleudert worden waren, sprach sie jedoch kein Wort.

Das war etwa einen Monat vor dem Heiratsvorschlag geschehen. Stepan Trofimowitsch war bestürzt verstummt und dann nachdenklich geworden. Früher hätte man freilich noch die Hoffnung hegen können, der liebe Sohn werde vielleicht überhaupt nicht herkommen, – das heißt, Hoffnung natürlich nur vom Standpunkt eines Zuschauers, eines ganz Unbeteiligten. Denn Stepan Trofimowitsch hätte als Vater auch nur den Gedanken an eine derartige Hoffnung mit Entrüstung von sich gewiesen. Aber wie dem auch sein mochte, jedenfalls waren uns über diesen seinen Sohn Petrúscha bisher immer nur eigentümliche Gerüchte zu Ohren gekommen. Anfangs hieß es, vor ungefähr sechs Jahren, als er sein Studium auf der Universität beendet hatte, daß er sich in Petersburg ohne Beschäftigung herumtreibe. Plötzlich erfuhren wir, daß er sich an der Abfassung irgend einer geheimen Proklamation beteiligt habe und in diese Sache verwickelt sei. Bald darauf verlautete, daß er sich auf einmal im Auslande aufhalte, in der Schweiz, in Genf – also womöglich geflohen war, wie anzunehmen nun nahelag.

»Das wundert mich«, äußerte sich damals Stepan Trofimowitsch stark beunruhigt uns gegenüber. »Petrúscha, c'est une si pauvre tête! Er ist gutmütig, edel, sehr gefühlvoll, und ich habe mich seinerzeit in Petersburg so gefreut, wenn ich ihn mit den anderen Typen der neuen Jugend verglich, aber c'est un pauvre sire tout de même ... Und wissen Sie, das kommt alles von eben diesem Unausgebrütetsein her, und von der Empfindsamkeit! Was sie fesselt oder hinreißt, ist nicht der Realismus, sondern die gefühlvolle, ideale Seite des Sozialismus, sozusagen seine religiöse Nuance, seine Poesie ... natürlich eine blindlings übernommene, anderen nachgesprochene ... Und das muß gerade mir, ausgerechnet mir widerfahren! Ich habe hier sowieso schon so viele Feinde, *dort* noch mehr; man wird es dem väterlichen Einfluß zuschreiben ... Herrgott! Mein Petrúscha ein Aufwiegler! In was für Zeiten leben wir!«

Übrigens schickte ihm Petrúscha aus der Schweiz sehr bald seine genaue Adresse, damit das Geld ihm auch weiterhin pünktlich überwiesen werde: demnach konnte er doch kein ausgesprochener Emigrant sein. Und jetzt – siehe da! – nachdem er an die vier Jahre im Auslande verbracht hatte, befindet er sich plötzlich wieder im Vaterland und meldet sogar sein baldiges Eintreffen in der Heimat an: folglich konnte doch damals gar keine Anklage gegen ihn vorgelegen haben! Ja, nicht nur das: es schien sich jemand sogar für ihn zu interessieren und ihn zu protegieren. Er schrieb jetzt aus Südrußland, wo er sich in jemandes privatem, aber wichtigem Auftrag befand und sehr beschäftigt war. Das war ja alles recht schön, aber bitte: wo nun die übrigen sieben- bis achttausend Rubel hernehmen, um anständigerweise den Höchstpreis für das Gut zusammenzubringen? Wie nun, wenn es, statt zu jenem großartigen Bilde, nur zu Geschrei und gar zu einem Prozeß kam? Ein unbestimmtes Empfinden sagte Stepan Trofimowitsch, daß der gefühlvolle Petrúscha auf keines seiner Anrechte verzichten werde.

»Woher kommt das – ich habe das beobachtet –«, fragte mich Stepan Trofimowitsch in diesen Tagen einmal ganz leise, »wie kommt das eigentlich, daß alle diese rabiaten Sozialisten und Kommunisten gleichzeitig so unglaubliche Geizhälse, Erwerber und Besitzer sind, und dies sogar in solchem Maße, daß man sagen möchte, je mehr einer Sozialist ist, je weiter er darin geht, desto konsequenter ist er selbst Besitzer ... wie mag das zu erklären sein? Sollte auch das von der Sentimentalität kommen?«

Ich weiß nicht, ob an dieser Beobachtung Stepan Trofimowitschs etwas Wahres ist; ich weiß nur, daß Petrúscha vom Verkauf des Waldes und anderem bereits einiges gehört hatte, und Stepan Trofimowitsch wußte, daß Petrúscha schon soweit im Bilde war. Ich bekam auch gelegentlich Briefe Petrúschas an den Vater zu lesen; er schrieb äußerst selten, einmal im Jahr oder noch seltener. Nur in der letzten Zeit, als er seine baldige Ankunft meldete, kamen von ihm zwei Nachrichten, fast unmittelbar nacheinander. Alle seine Briefe waren kurz und trocken, sie bestanden nur aus Anordnungen, und da Vater und Sohn sich schon von Petersburg her nach moderner Sitte duzten, so hatten Petrúschas Briefe entschieden Ähnlichkeit mit jenen Verfügungen der früheren Gutsbesitzer aus den Residenzen an ihre Untergebenen, die sie mit der Verwaltung der Güter betraut hatten. Und da kamen nun auf einmal diese Achttausend, die alles beilegten, aus Warwara Petrownas Angebot wie herbeigeflogen, wobei sie deutlich zu verstehen gab, daß sie sonst nirgendwoher mehr kommen konnten. Selbstverständlich erklärte er sich einverstanden.

Damals, nach ihrem ersten Morgenbesuch, hatte er mich sogleich dringend zu sich bitten lassen, für jeden anderen Besuch aber wollte er den ganzen Tag nicht zu sprechen sein. Natürlich weinte er ein bißchen, redete aber viel und gut, verwirrte sich zwar öfter im Text und machte zufällig einen guten Witz, der ihn sehr befriedigte; dann gab es eine leichte Cholerine, – kurz, alles nahm seinen gewohnten Verlauf. Danach holte er das Bild seiner schon vor zwanzig Jahren verstorbenen zweiten Frau hervor, der Deutschen, rief kläglich: »Kannst du mir verzeihen?« und war überhaupt wie völlig durcheinander. Vor Kummer tranken wir auch ein bißchen. Übrigens schlief er bald und süß ein. Am folgenden Morgen band er seine weiße Halsbinde geradezu meisterhaft, kleidete sich mit Sorgfalt an und trat oft vor den Spiegel, um sich zu betrachten. Sein Taschentuch bespritzte er mit Parfüm, jedoch nur ganz leicht, kaum aber erblickte er durchs Fenster Warwara Petrowna, da nahm er schnell ein anderes Taschentuch und versteckte das parfümierte unter das Kissen.

»Vortrefflich!« lobte ihn Warwara Petrowna, nachdem sie die Erklärung seines Einverständnisses vernommen hatte. »Erstens haben Sie damit edle Entschlossenheit bekundet, und zweitens haben Sie auf die Stimme der Vernunft gehört, für die Sie in Ihren Privatsachen doch sonst so selten ein Ohr haben. Es eilt aber nicht«, fügte sie hinzu, indem sie den Knoten seiner weißen Halsbinde genau betrachtete, »vorerst schweigen Sie darüber, und auch ich werde schweigen Bald ist Ihr Geburtstag; ich werde dann mit ihr zu Ihnen kommen. Geben Sie eine kleine Abendgesellschaft, nur mit Tee, aber bitte keine Spirituosen und keinen Imbiß. Übrigens werde ich das selbst arrangieren. Laden Sie Ihre Freunde ein, oder besser: wir treffen zusammen die Auswahl. Am Vorabend können Sie mit ihr sprechen, falls das nötig sein sollte; aber auf Ihrer Abendgesellschaft werden wir nicht etwa eine Erklärung abgeben oder so etwas wie eine Verlobung feiern, sondern nur andeuten oder zu verstehen geben, ohne alle Feierlichkeiten. Und dann so etwa nach zwei Wochen kann die Hochzeit stattfinden, nach Möglichkeit ohne jeden Lärm ... Sie könnten sogar beide anschließend verreisen auf einige Zeit, sofort nach der Trauung, zum Beispiel nach Moskau. Vielleicht fahre ich dann auch mit ... Aber die Hauptsache ist, daß Sie bis dahin schweigen.«

Stepan Trofimowitsch staunte. Er versuchte wohl, stotternd etwas einzuwenden, daß es ihm doch so nicht möglich sei, daß er mit der Braut doch zuvor sprechen müsse, aber Warwara Petrowna fuhr ihn gereizt an:

»Wozu das? Vielleicht wird überhaupt nichts daraus ...«

»Wieso nichts daraus?« stammelte der Bräutigam, nun schon vollends verständnislos.

»Sehr einfach. Ich werde noch sehen ... Übrigens wird alles so geschehen, wie ich gesagt habe, seien Sie unbesorgt, ich werde Dascha selbst vorbereiten. Für Sie liegt gar kein Anlaß vor. Alles Nötige wird gesagt und getan werden, Sie aber haben dort nichts zu suchen. Wozu denn auch? Um welch eine Rolle zu spielen? Sie haben weder hinzugehen, noch Briefe zu schreiben. Und auch sonst kein Wort, keine Silbe verlauten zu lassen, ich bitte Sie darum. Auch ich werde schweigen.«

Sie wollte absolut keine Erklärungen geben und verließ ihn sichtlich verstimmt. Ich glaube, Stepan Trofimowitschs übermäßige Bereitwilligkeit hatte sie doch überrascht. Er aber überschaute seine Handlungsweise – leider! – durchaus nicht, und die Frage seines Verhaltens wurde von ihm noch nicht von etlichen anderen Gesichtspunkten aus gesehen. Im Gegenteil, es stellte sich bei ihm ein gewisser neuer Ton ein, etwas Siegesbewußtes und Leichtfertiges. Er *fühlte* sich!

»Das ist doch die Höhe!« rief er aufgebracht aus, indem er mit erhobenen Armen vor mir stehen blieb. »Haben Sie so was schon gehört? Sie will es soweit treiben, daß ich zu guter Letzt *nicht* mehr will! Denn auch ich kann schließlich die Geduld verlieren und ... nicht mehr wollen! ‚Wozu denn das?' fragt sie mich. Ich soll zu Hause sitzen und nicht hingehen dürfen! Aber schließlich, wieso muß ich denn überhaupt heiraten? Nur weil sie plötzlich den lächerlichen Einfall hat? Aber ich bin doch ein ernsthafter Mensch und habe vielleicht gar keine Lust, mich den müßigen Einfällen einer verdrehten Frau unterzuordnen! Ich habe Pflichten meinem Sohn und ... und mir selbst gegenüber! Ich opfere mich – begreift Sie das auch? Ich habe vielleicht nur deshalb eingewilligt, weil mir das Leben langweilig und alles schließlich gleich geworden ist. Aber wenn sie mich reizt, dann wird mir nicht mehr alles gleich sein; ich kann mich beleidigt fühlen und mich weigern. Et enfin le ridicule ... Was wird man im Klub dazu sagen? Was wird ... Liputin dazu sagen? ‚Vielleicht wird überhaupt nichts daraus!' Wie finden Sie das? Das ist doch die Höhe! Das ist schon ... ja, was denn eigentlich? Je suis un forçat, un Badinguet, un an die Wand gedrückter Mensch! ...«

Und doch blickte durch all diese rebellischen Jeremiaden eine Art kapriziöser Selbstgefälligkeit, ein kokettierender Leichtsinn hervor. Am Abend tranken wir wieder ein bißchen.

DRITTES KAPITEL

FREMDE SÜNDEN

I

Es verging ungefähr eine Woche, und die Sache begann breitere Kreise um sich zu ziehen.

Beiläufig sei hier bemerkt, daß ich in dieser unseligen Woche viel auszustehen hatte, – da ich in meiner Eigenschaft als nächster Vertrauter fast ununterbrochen bei meinem armen verlobten Freunde blieb. Was ihn quälte, war in der Hauptsache wohl das Gefühl der Scham, obschon wir in dieser Woche keinen Menschen sahen und immer allein saßen; aber er schämte sich sogar vor mir, und das ging so weit, daß er, je mehr er sich mir gegenüber aussprach, um so mehr sich deswegen über mich ärgerte. Vor lauter Argwohn hegte er schon den Verdacht, daß alles bereits allen, ja, der ganzen Stadt bekannt sei, und so fürchtete er sich nicht nur, im Klub zu erscheinen, sondern auch nur seinen Freundeskreis wiederzusehen. Selbst die Spaziergänge um der notwendigen Bewegung willen unternahm er erst abends, wenn es schon ganz dunkel war.

Eine Woche war vergangen, und immer noch wußte er nicht, ob er sich nun als Bräutigam zu betrachten hatte oder nicht, und er konnte es auch auf keine Weise mit Sicherheit erfahren, trotz all seiner Bemühungen. Mit der Braut war er noch nicht zusammengekommen, und er wußte nicht einmal, ob sie nun schon seine Braut war; ja, er wußte sogar nicht, ob an der ganzen Sache überhaupt etwas ernst zu nehmen war! Aus irgend einem Grunde lehnte es Warwara Petrowna entschieden ab, daß er bei ihr erschiene. Auf einen seiner ersten Briefe (er schrieb natürlich wieder unzählige an sie) hatte sie ihm kurzweg geantwortet, sie müsse ihn bitten, sie für einige Zeit von jedem Verkehr mit ihm zu dispensieren, da sie sehr beschäftigt sei, und da sie ihm ihrerseits viele sehr wichtige Mitteilungen zu machen habe, warte sie damit absichtlich auf einen Augenblick, wo sie weniger in Anspruch genommen sein werde als jetzt; dann aber, *nach Verlauf einiger Zeit,* werde sie ihn schon wissen lassen, wann man wieder zu ihr kommen könne. Weitere Briefe jedoch werde sie ihm uneröffnet zurücksenden, denn das sei doch »nichts weiter als Zuchtlosigkeit«. Dieses Schreiben habe ich mit eigenen Augen gelesen; er hat es mir selbst gezeigt.

Und doch waren für ihn alle diese Grobheiten und das Belassen in der Ungewißheit nichts im Vergleich mit seiner Hauptsorge. Diese Sorge quälte ihn maßlos und unablässig, quälte ihn so, daß er abmagerte und allen Mut verlor. Es handelte sich dabei um etwas, dessen er sich am allermeisten schämte, und worüber er nicht einmal mit mir sprechen wollte, nicht ums Verrecken! Und selbst wenn wir nahe daran waren, bog er sofort ab, log sogar und suchte Ausflüchte, wie ein Schulbub. Und doch ließ er mich alle Tage bitten, zu ihm zu kommen, keine zwei Stunden konnte er es allein aushalten und bedurfte meiner Gegenwart, meines Bei-ihm-Seins, etwa wie man ohne Luft oder ohne Wasser nicht auskommen kann.

Ein solches Benehmen kränkte einigermaßen meine Eitelkeit ... Selbstverständlich hatte ich dieses sein Hauptgeheimnis schon längst im stillen erraten und durchschaute ihn völlig. Nach meiner damals tiefsten Überzeugung hätte die Aufdeckung dieses Geheimnisses, dieser Hauptsorge Stepan Trofimowitschs, ihm keine Ehre gemacht, und darum war ich, als ein noch junger Mensch, über die Niedrigkeit seiner Gefühle und die Häßlichkeit seines Verdachts oder gewisser Vermutungen ziemlich ungehalten. Infolge meiner Heftigkeit – und, wie ich gestehen muß, auch weil es mich schon langweilte, sein Vertrauter zu sein – beschuldigte ich ihn vielleicht zu hart. In meiner Grausamkeit wollte ich, daß er selbst alles eingestehe, obwohl ich übrigens vor mir selber zugab, daß es ja manche Dinge gibt, die einzugestehen am

Ende auch bedenklich sein kann. Er durchschaute mich aber gleichfalls, das heißt, er begriff nur zu gut, daß ich ihn durchschaute und sogar wütend war auf ihn, und ihn wiederum ärgerte es, daß ich auf ihn wütend war und ihn durchschaute. Ich gebe zu, meine Gereiztheit war kleinlich und dumm; aber gemeinsame Einsamkeit schadet wahrer Freundschaft manchmal sogar sehr. Von einem gewissen Gesichtspunkt aus erkannte er einige Seiten seiner Lage durchaus richtig und kennzeichnete sie sogar überaus fein in jenen Punkten, die zu verheimlichen er nicht für nötig hielt.

»Oh, wie anders war sie damals!« entschlüpfte es ihm manchmal, wenn er vor mir von Warwara Petrowna sprach. »War sie denn früher jemals so, wenn wir miteinander sprachen ... Wissen Sie auch, daß sie damals noch zu diskutieren verstand? Werden Sie es mir glauben, daß sie damals Gedanken hatte, eigene Gedanken! Jetzt hat sich alles verändert! Sie sagt, das sei alles nur altmodisches Geschwätz! Sie verachtet das Frühere ... Jetzt redet sie daher wie irgend so ein Buchhalter, Wirtschaftler oder sonstwie verstockter Mensch, und ewig ärgert sie sich ...«

»Worüber kann sie sich denn jetzt noch ärgern, nachdem Sie doch ihren Wunsch erfüllt und eingewilligt haben?« warf ich ein.

Er sah mich mit einem feinen Blick an.

»Cher ami, hätte ich nicht eingewilligt, so hätte sie sich furchtbar geärgert, furcht-bar! Aber immerhin weniger als jetzt, wo ich eingewilligt habe!«

Mit diesem Ausspruch schien ihm eine Formulierung gelungen zu sein, mit der er zufrieden blieb, und wir leerten an jenem Abend eine ganze Flasche. Aber die Zufriedenheit hielt nicht lange vor; am nächsten Tage war er verdrossener und unausstehlicher als je.

Am meisten jedoch ärgerte ich mich deswegen über ihn, weil er sich nicht entschließen konnte, bei den nunmehr eingetroffenen Drosdoffs den fälligen Besuch zu machen, zur Wiederaufnahme des früheren Verkehrs, worauf diese dem

Vernehmen nach schon warteten, so daß sie sich bereits nach ihm erkundigt hatten. Und auch ihn zog es ja alle Tage zu ihnen hin. Von Lisawéta Nikolájewna sprach er mit einem Entzücken, das ich mir anfangs nicht recht zu deuten wußte. Aber zweifellos sprach er dabei aus der Erinnerung an das Kind, das er einmal so sehr geliebt hatte; und außerdem bildete er sich Gott weiß weshalb ein, daß er bei ihr sofort eine Erleichterung seiner gegenwärtigen Qualen und sogar eine Klärung seiner wichtigsten Zweifel finden werde. Er glaubte, in ihr einem gleichsam außergewöhnlichen Wesen zu begegnen. Und trotzdem ging er nicht hin, obschon er es sich Tag für Tag vornahm. Der springende Punkt war hierbei für mich, daß ich ihr damals brennend gern vorgestellt und empfohlen werden wollte, und diesen Dienst konnte mir einzig und allein Stepan Trofimowitsch erweisen. Ich hatte sie schon oft gesehen, natürlich nur auf der Straße, wenn sie im langen Reitkleid auf einem wunderbaren Pferde spazierenritt, immer in Begleitung ihres sogenannten Verwandten, eines gut aussehenden Offiziers, eines Neffen des verstorbenen Generals Drósdoff. Diese Begegnungen hatten einen überaus starken Eindruck auf mich gemacht. Meine Verblendung dauerte nur eine kurze Zeit, und ich erkannte von selbst schon sehr bald die ganze Aussichtslosigkeit meiner Schwärmerei, – aber wenn sie auch nur von kurzer Dauer sein konnte, so war sie doch wirklich vorhanden, und daher kann man sich wohl vorstellen, wie ungehalten ich damals über meinen armen Freund manchmal war, weil er sein starrsinniges Einsiedlerleben nicht aufgeben wollte.

Unser Freundeskreis war schon am ersten Tag informiert worden, daß Stepan Trofimowitsch eine Zeitlang keine Besuche empfangen werde und sie alle bitte, ihn vollständig in Ruhe zu lassen. Er bestand auf dieser Benachrichtigung reihum, obgleich ich davon abriet. Ich war es dann selbst, der auf seine Bitte hin jeden einzeln aufsuchte und erzählte, Warwara Petrowna habe »unserem Alten« (so nannten wir ihn unter uns) eine besonders eilige Arbeit aufgetragen, irgend einen mehrjährigen Briefwechsel in Ordnung zu bringen, und ich sei ihm dabei behilflich, und so weiter, und deshalb hätte er sich eingeschlossen, und dergleichen mehr. Nur zu Lipútin war ich noch nicht gegangen und hatte diesen Besuch immer aufgeschoben; oder richtiger gesagt: ich scheute mich, ihn aufzusuchen. Ich wußte im voraus, daß er mir kein Wort glauben, vielmehr sofort ein Geheimnis wittern werde, das man vermutlich nur vor ihm allein verbergen wolle, und daß er unmittelbar nach meinem Besuch in der Stadt herumlaufen, überall sich erkundigen und Klatsch verbreiten würde. Während ich dies alles noch bedachte und erwog, geschah es dann eines Tages, daß ich ihm zufällig auf der Straße begegnete. Ich begann mich zu entschuldigen, aber da stellte es sich heraus, daß er von den anderen, von mir bereits Benachrichtigten, schon alles erfahren hatte. Doch seltsamerweise zeigte er gar keine Neugier, erkundigte sich auch mit keinem Wort nach Stepan Trofimowitsch, sondern, ganz im Gegenteil, unterbrach mich noch mitten in meiner Entschuldigung, daß ich nicht früher zu ihm gekommen war, und ging sogleich auf ein anderes Thema über. Allerdings hatte sich bei ihm eine Menge Gesprächsstoff angesammelt; er war in äußerst angeregter Stimmung und freute sich, in mir einen Zuhörer gefunden zu haben. Er begann mit den Stadtneuigkeiten, berichtete von der Ankunft der Gemahlin unseres neuen Gouverneurs, die »neue Gesprächsstoffe« mitgebracht habe, und von der Opposition gegen diese Themata, die sich im Klub zu bilden beginne, ferner, daß jetzt so viel von neuen Ideen geredet werde und wie sehr diese doch alle ansteckten, und so weiter, und so weiter. Er erzählte eine gute Viertelstunde, und so amüsant, daß ich mich nicht loszureißen vermochte. Ich konnte ihn zwar nicht leiden, aber ich muß doch gestehen, daß er die Gabe besaß, seine Zuhörer zu fesseln, besonders wenn er sich über etwas ärgerte. Dieser Mensch war in meinen Augen ein richtiger, ein geborener Spion. Er wußte jederzeit die letzten Neuigkeiten und alle privaten Geheimnisse in unserer Stadt, vorzugsweise die mehr oder weniger skandalösen, und man konnte sich nur wundern, wie sehr er sich Dinge zu Herzen nahm, die ihn mitunter absolut nichts angingen. Ich hatte immer den Eindruck, daß sein vorherrschender Charakterzug der Neid sei. Als ich noch am selben Abend Stepan Trofimowitsch von meiner Begegnung am Vormittag mit Liputin und von unserem Gespräch erzählte, regte sich dieser zu meiner Verwunderung unglaublich auf und stellte mich plötzlich vor die tolle Frage: »Weiß Liputin, was dahintersteckt oder weiß er's nicht?« Ich suchte ihn zu beruhigen und zu überzeugen, daß es für Liputin doch gar keine Möglichkeit gab, Informationen in dieser Angelegenheit zu erhalten, so schnell, und durch wen denn schließlich? Allein, Stepan Trofimowitsch blieb bei seinem Argwohn:

»Ob Sie es mir nun glauben oder nicht glauben«, schloß er zuletzt überraschenderweise, »aber ich bin überzeugt, daß ihm nicht nur *unsere* Lage mit allen Einzelheiten bereits bekannt ist, sondern daß er außerdem noch etwas weiß, was weder ich noch Sie bisher wissen, und was wir vielleicht auch nie erfahren werden oder erst dann, wenn es schon zu spät sein wird, wenn es kein Zurück mehr gibt! ...«

Ich schwieg, aber diese Worte deuteten doch vieles an. Hierauf wurde in den ganzen folgenden fünf Tagen Liputin von uns mit keinem Wort mehr erwähnt; es war mir klar, daß Stepan Trofimowitsch es sehr bereute, einen solchen Verdacht vor mir aufgedeckt und sich verschnappt zu haben.

II

Eines Morgens – es war am siebenten oder achten Tage nach Stepan Trofimowitschs Einwilligung zu heiraten – hatte ich, als ich wie gewöhnlich gegen elf Uhr zu meinem bekümmerten Freunde eilte, unterwegs ein kleines Erlebnis.

Ich begegnete Karmasínoff[23], dem »großen Schriftsteller«, wie Liputin ihn zu nennen pflegte. Karmasínoffs Werke hatte ich seit meiner Kindheit gelesen. Seine Novellen und Erzählungen sind der ganzen vorigen Generation und sogar der unsrigen bekannt; mich aber hatten sie immer berauscht; sie waren der Hochgenuß meiner Jünglingsjahre und meiner ganzen Jugend. Später wurde ich ein wenig kühler zu den Werken seiner Feder; die Tendenznovellen, die er nachher einander folgen ließ, gefielen mir schon weniger als die ersten, ursprünglichen Schöpfungen, die so voll von unmittelbarer Poesie waren; seine letzten Werke aber gefielen mir sogar überhaupt nicht mehr.

Im allgemeinen gesprochen – wenn ich es nur wagen darf, in einer so heiklen Angelegenheit auch meine Meinung zu äußern –, pflegen bei uns alle diese Talente mittlerer Größe, die zu ihren Lebzeiten gewohnheitsgemäß nahezu für Genies gehalten werden, nicht erst nach ihrem Tode fast spurlos und seltsam plötzlich aus dem Gedächtnis der Menschen zu verschwinden, sondern es kommt sogar vor, daß sie schon zu ihren Lebzeiten unbegreiflich schnell von allen vergessen und geringgeschätzt werden, kaum daß die neue Generation heranwächst und die vorige, zu deren Zeit sie wirkten, abzulösen beginnt. Das vollzieht sich bei uns, wie gesagt, überraschend schnell, man merkt es gar nicht, und schon ist es geschehen, wie ein Dekorationswechsel im Theater. Oh, hierbei spielt sich nur etwas ab, was gar nicht zu vergleichen ist mit der Auswirkung der Puschkins, Gógols, Molières, Voltaires und allen diesen Vollbringern, die ihr neues Wort zu sagen kamen! Freilich ist bei jenen Herren vom Durchschnittstalent auch das zu berücksichtigen, daß sie sich bei uns nach der Überschreitung des Zeniths ihrer ehrenvollen Lebensjahre gewöhnlich in kläglichster Weise ausgeschrieben haben, und sogar ohne das selbst gewahr zu werden. So kommt es denn nicht eben selten vor, daß ein Schriftsteller, dem man lange eine außergewöhnliche Tiefe der Ideen zugeschrieben und von dem man einen außergewöhnlichen und ernsten Einfluß auf die geistige Ausrichtung der Gesellschaft erwartet hat, zu guter Letzt eine solche Fadheit und Winzigkeit seines Grundideechens aufdeckt, daß es niemand auch nur bedauert, ihn so schnell erschöpft zu sehen. Aber die silberhaarigen alten Herrlein begreifen das nicht und ärgern sich. Ihre Eitelkeit nimmt, namentlich gegen Ende ihrer Laufbahn, mitunter Ausmaße an, die wirklich zu bewundern sind. Gott weiß, wofür sie sich dann zu halten anfangen, – mindestens für Götter. Von Karmasínoff erzählte man, daß er seine Beziehungen zu einflußreichen Persönlichkeiten und zu den höchsten Gesellschaftskreisen womöglich höher schätzte als seine eigene Seele. Man sagte, er empfange einen freundlich, zeige sich liebenswürdig, bezaubere durch seine Offenherzigkeit, besonders wenn er einen zu irgend etwas brauche, und selbstverständlich vorausgesetzt, daß Sie ihm vorher gut empfohlen worden sind. Aber schon beim Erscheinen des ersten Fürsten, der ersten Gräfin, des ersten Menschen, den er fürchtet, halte er es für seine heiligste Pflicht, einen sofort zu vergessen, mit der kränkendsten Nichtachtung zu übersehen, wie etwa ein Holzspänchen oder eine Fliege, und das sofort, noch ehe man Zeit gehabt hat, sein Empfangszimmer zu verlassen; und das halte er im Ernst für die vornehmste und beste Umgangsart. Trotz seiner genauen Kenntnis und vollkommenen Beherrschung der guten Manieren sei er, dem Vernehmen nach, dermaßen eitel, sei es bis zu einer solchen Hysterie, daß er seine Empfindlichkeit als Autor nicht einmal in jenen Gesellschaftskreisen, wo man sich für Literatur wenig interessiert, zu verbergen verstehe. Wenn ihn aber zufällig jemand durch seine Gleichgültigkeit verblüffe, so nehme er sich das mit krankhafter Empfindlichkeit zu Herzen und suche sich zu rächen.

Vor etwa einem Jahre habe ich in einer Zeitschrift einen Artikel von ihm gelesen, der sich schrecklich mühte, naivste Poesie und zugleich feinste Psychologie zu bringen. Diese Abhandlung sollte den Untergang eines Dampfers irgendwo an der englischen Küste schildern, und wie man vor seinen Augen die Untergehenden rettete und die Ertrunkenen auffischte. Diese ganze ziemlich lange und wortreiche Schilderung war aber doch nur geschrieben, um sich selbst herauszustellen. Man las zwischen den Zeilen förmlich die Absicht mit: »So interessiert euch doch für mich, seht, wie ich mich in jenen Augenblicken verhielt. Was geht euch dieses Meer an, der Sturm, die Klippen, die treibenden Planken des Schiffes? Das habe ich euch doch schon hinreichend beschrieben mit meiner allmächtigen Feder. Wozu starrt ihr auf diese Ertrunkene mit dem toten Kinde in den verkrampften Armen? Schaut lieber auf mich, wie ich diesen Anblick nicht ertragen konnte und mich von ihm abwandte. Seht, nun wende ich ihm den Rücken zu; ich bin von Entsetzen gepackt und nicht imstande, mich umzuschauen; ich kneife die Augen zu – nicht wahr, das ist doch interessant?« Als ich damals Stepan Trofimowitsch meine Meinung über diesen Artikel Karmasinoffs sagte, stimmte er mir bei.

Als sich nun vor kurzem das Gerücht bei uns verbreitete, Karmasínoff werde herkommen, da wollte ich ihn natürlich gar zu gern einmal sehen und, wenn möglich, seine Bekanntschaft machen. Ich wußte, daß dies sich durch Stepan Trofimowitsch vielleicht bewerkstelligen ließ; sie waren früher einmal befreundet gewesen. Und da geschah es, daß ich ihm plötzlich an einer Straßenecke begegnete. Ich erkannte ihn sofort; man hatte ihn mir schon vor drei Tagen gezeigt, als er mit der Gouverneurin in einer Kalesche vorüberfuhr.

Er war ein sehr kleiner, gezierter alter Herr von übrigens nicht über fünfundfünfzig Jahren, mit ziemlich frischem Gesichtchen, dichten grauen Löckchen, die unter seinem runden Zylinderhut hervorquollen und sich um seine sauberen, rosafarbenen kleinen Ohren bauschten. Sein sauberes Gesichtchen war nicht gerade hübsch, mit den langen, dünnen, verschlagen zusammengekniffenen Lippen, der etwas fleischigen Nase und den stechenden klugen kleinen Augen. Er war etwas altmodisch gekleidet und trug eine Art ärmellosen Pelerinenmantel, wie man ihn um diese Jahreszeit etwa in der Schweiz oder in Oberitalien trägt. Aber dafür waren wenigstens alle kleineren Bestandteile seiner Kleidung, wie Hemdknöpfchen, Chemisettchen, Rockknöpfe, die Schildpattlorgnette an schmalem schwarzen Bändchen, der Siegelring unbedingt genau von der Art, wie sie auch sonst von Leuten mit untadelig gutem Geschmack getragen werden. Ich bin überzeugt, daß er im Sommer bestimmt in farbigen Prünellhalbstiefeln mit Perlmutterknöpfchen an der Seite geht. Als wir uns begegneten, blieb er gerade an der Straßenecke stehen und schaute sich um, als suche er sich zurechtzufinden. Da er bemerkte, daß ich ihn interessiert ansah, wandte er sich mir zu und fragte mich mit süßlichem, wenn auch etwas näselndem Stimmchen:

»Gestatten Sie die Frage, wie komme ich auf dem nächsten Wege zur Býkoff-Straße?«

»Zur Býkoff-Straße? Die ist hier ganz in der Nähe«, rief ich ungemein erregt, »hier immer geradeaus und dann die zweite Querstraße nach links.«

»Ich danke Ihnen sehr.«

Verwünscht sei dieser Augenblick! Ich glaube, ich war betreten und gar zu dienstbeflissen! Er hatte das sofort bemerkt und natürlich im Nu alles erfaßt, das heißt, erraten, daß ich wußte, wer er war, daß ich seine Werke gelesen und ihn von Kindheit an verehrt hatte, und darum jetzt so befangen und dienstbereit dreinschaute. Er lächelte, nickte mir nochmals zu und ging weiter, geradeaus, wie ich angegeben hatte. Ich weiß nicht, warum ich ihm nachging; ich weiß nicht, warum ich ihm an die zehn Schritte fast das Geleit gab. Da blieb er wieder stehen.

»Und könnten Sie mir auch angeben, wo hier in der Nähe Droschken stehen?« fragte er mich wieder mit seiner näselnden Stimme. Ein abscheuliches Organ!

»Droschken? Droschken stehen hier ... am nächsten bei der Kathedrale, dort stehen immer welche«, und fast wäre ich davongeeilt, um ihm eine Droschke zu holen! Ich vermute, daß er gerade das von mir auch erwartete. Natürlich kam ich sofort zur Besinnung und blieb stehen, aber meine erste Bewegung hatte er bestimmt schon bemerkt, da er mich die ganze Zeit mit diesem schändlichen Lächeln scharf beobachtete. Und nun geschah etwas, was ich nie vergessen werde.

Er ließ auf einmal ein Säckchen fallen, das er in der linken Hand trug. Übrigens war es eigentlich kein Säckchen, sondern etwas wie ein Etui oder Mäppchen, oder besser gesagt, eine Art Handtäschchen, wie es früher von den Damen getragen wurde. Ich weiß nicht genau, was es war, ich weiß nur, daß ich unwillkürlich eine Bewegung machte, um es aufzuheben.

Ich bin vollkommen überzeugt, daß ich es nicht aufgehoben hätte, aber die erste Bewegung die ich schon gemacht hatte, war nicht mißzuverstehen; ich konnte sie auch nicht mehr ungeschehen machen oder umdeuten, und ich wurde rot wie ein Dummkopf. Er aber, der schlaue Patron, nutzte die Situation sofort raffiniert zu seinen Gunsten aus.

»Bemühen Sie sich nicht, ich kann ja selbst ...«, sagte er in bezaubernd liebenswürdigem Ton, aber erst, als er vollends begriffen hatte, daß ich sein Täschchen nicht für ihn aufheben würde, und er hob es selbst auf, als wolle er mir zuvorkommen, nickte nochmals mit dem Kopf und ging seines Weges weiter, indem er mich wie einen dummen Jungen stehen ließ. Das war ebensogut, als hätte ich es für ihn aufgehoben. In den ersten fünf Minuten hielt ich mich für lebenslänglich blamiert; doch als ich mich dem Hause Stepan Trofimowitschs näherte, mußte ich plötzlich laut auflachen: die Begegnung kam mir so komisch vor, daß ich sogleich beschloß, sie meinem Freunde zur Erheiterung zu erzählen und ihm die ganze Szene sogar vorzuspielen.

III

Aber diesmal fand ich ihn zu meiner Verwunderung völlig verändert vor. Er eilte mir allerdings, kaum daß ich eintrat, mit einer gewissen Spannung entgegen und begann auch, mir zuzuhören, aber er war doch sichtlich so zerstreut, daß er meinen Bericht anfangs gar nicht verstand. Kaum aber hatte ich den Namen Karmasínoff ausgesprochen, da geriet er plötzlich geradezu außer sich.

»Reden Sie mir nicht von ihm, nennen Sie nicht seinen Namen!« schrie er beinah wie rasend, »hier, hier, sehen Sie, lesen Sie! lesen Sie!« Er riß ein Schubfach auf und warf drei kleine Zettel auf den Tisch, drei Zuschriften von Warwara Petrowna, in Eile mit dem Bleistift geschrieben. Das erste Briefchen war von vorgestern, das zweite von gestern und das letzte, von heute, war erst vor einer Stunde eingetroffen. Der Inhalt war denkbar unwichtig, bezog sich ausschließlich auf Karmasinoff und bekundete nur Warwára Petrównas gehetzte Aufregung infolge der ehrgeizigen Besorgnis, Karmasinoff könnte vergessen, ihr seinen Besuch zu machen. Das erste Briefchen, das vorgestern gekommen war (wahrscheinlich hatte er auch vor diesem schon ähnliche Zuschriften erhalten, vor vier und vor fünf Tagen), lautete wie folgt:

»Wenn er Sie heute endlich beehren sollte, so bitte über mich kein Wort. Nicht die geringste Anspielung. Kommen Sie nicht darauf zu sprechen und erinnern Sie ihn an nichts.

W. S.«

Der Brief von gestern lautete:

»Sollte er sich endlich entschließen, Ihnen heute vormittag seine Visite zu machen, so wäre es, denke ich, am ratsamsten, ihn überhaupt nicht zu empfangen. Das wäre meine Meinung. Wie Sie darüber denken, weiß ich nicht. W. S.«

Und der dritte und letzte Brief:

»Ich bin überzeugt, daß bei Ihnen Papier und Kehricht eine ganze Fuhre voll herumliegt und die Luft vom Tabakrauch zum Schneiden ist. Ich schicke Ihnen Marja und Fómuschka; die werden in einer halben Stunde alles aufräumen. Stören Sie sie nicht, setzen Sie sich so lange in die Küche. Ich sende Ihnen einen bucharischen Teppich und zwei chinesische Vasen, die ich Ihnen zu schenken schon lange vorhatte, und außerdem meinen Teniers (diesen leihweise). Die Vasen könnte man aufs Fensterbrett stellen, den Teniers hängen Sie rechts auf, unter das Porträt Goethes; dort wäre er nicht zu übersehen und vormittags hätte er das beste Licht. Sollte er endlich erscheinen, so empfangen Sie ihn mit vollendeter Höflichkeit, aber bemühen Sie sich, nur von Belanglosem zu reden, von irgend etwas Wissenschaftlichem, und tun Sie dabei, als hätten Sie sich erst gestern von ihm getrennt. Über mich kein Wort, bitte! Vielleicht komme ich gegen Abend, um mir anzusehen, wie es bei Ihnen aussieht. W. S.

P. S. Wenn er auch heute nicht kommt, so wird er überhaupt nicht mehr kommen.«

Ich las und wunderte mich im stillen, daß er sich über solche Lappalien dermaßen aufregen konnte. Als ich aufsah und ihn fragend anblickte, bemerkte ich, daß er seine weiße Halsbinde mit einer roten vertauscht hatte. Hut und Stock lagen auf dem Tisch. Er war blaß, und seine Hände zitterten.

»Ich will von ihren Besorgnissen nichts wissen!« schrie er empört als Antwort auf meinen fragenden Blick. »Je m'en fiche! Ihr gefällt es auf einmal, sich wegen Karmasinoff aufzuregen, aber auf meine Briefe antwortet sie mir nicht! Dort, sehen Sie, dort auf dem Schreibtisch – unter dem Buch „L'homme qui rit" – liegt mein Brief, den sie mir gestern uneröffnet zurückgeschickt hat! Was geht es mich an, daß sie sich um Ni-kó-lenka Sorgen macht! Je m'en fiche et je proclame ma liberté! Au diable le Karmazinoff! Au diable la Lembke! Die chinesischen Vasen habe ich im Vorzimmer versteckt und den Teniers in die Kommode, von ihr aber habe ich verlangt, mich sofort zu empfangen. Jawohl: *verlangt,* mich sofort zu empfangen, sofort! Ich habe ihr genau solch einen mit Bleistift geschriebenen Zettel unversiegelt durch Nastássja geschickt und warte jetzt. Ich will, daß Darja Pawlowna mir persönlich sagt, was gesagt werden muß, mit eigenem Munde und vor dem Angesicht des Himmels oder wenigstens vor Ihnen. Vous me seconderez, n'est-ce pas, comme ami et témoin. Ich will nicht erröten müssen, ich will nicht lügen müssen, ich will keine Geheimnisse, in dieser Sache werde ich Geheimnisse nicht dulden! Sie sollen mir alles gestehen, ehrlich, offen und anständig, und dann ... dann werde ich vielleicht die ganze jetzt lebende Generation durch meine Großmut in Erstaunen setzen! ... Bin ich denn ein Lump, mein Herr?« schloß er plötzlich und sah mich so drohend an, als hätte gerade ich ihn für einen Lumpen gehalten.

Ich bat ihn, zur Beruhigung ein wenig Wasser zu trinken. So erregt hatte ich ihn noch nie gesehen. Er lief, während er redete, hin und her im Zimmer, von einer Ecke zur anderen. Plötzlich blieb er in einer ganz ungewöhnlichen Pose vor mir stehen.

»Glauben Sie wirklich«, begann er mit krankhaftem Hochmut, mich vom Kopf bis zu den Füßen messend, »daß ich, Stepan Werchowénskij, nicht so viel sittliche Kraft in mir fände, um meine Habe, meinen armseligen Koffer auf meine schwachen Schultern zu laden, zum Tore hinauszugehen und für immer von hier zu verschwinden, wenn das die Ehre und das hohe Prinzip der Unabhängigkeit fordern? Es wäre nicht das erstemal, daß Stepan Werchowénskij Despotismus durch Großmut zurückweist, selbst wenn es sich hier auch nur um den Despotismus eines wahnsinnigen Weibes handelt, also um den kränkendsten und grausamsten Despotismus, den es auf der Welt überhaupt geben kann, wiewohl Sie sich soeben erlaubt haben, über meine Worte zu lächeln, mein Herr! Oh, Sie glauben natürlich nicht, daß ich soviel Großmut aufzubringen vermöchte, um mein Leben lieber bei einem Kaufmann als Hauslehrer zu beschließen oder hinter einem Zaune Hungers zu sterben! Antworten Sie mir, antworten Sie: trauen Sie mir das zu oder trauen Sie's mir nicht zu?«

Ich schwieg aber absichtlich. Ich tat sogar, als brächte ich es nicht über mich, ihn durch eine verneinende Antwort zu kränken, und könnte doch auch nicht bejahend antworten. In diesem ganzen Benehmen lag etwas, was mich entschieden verletzte, nicht mich persönlich, o nein! Aber ... ich werde das später erklären.

Er wurde sogar blaß.

»Vielleicht langweilt Sie überhaupt der Umgang mit mir, G–ff« (dies ist mein Familienname), »und Sie würden lieber ... den Verkehr mit mir ganz aufgeben?« fragte er in jenem Tone regloser Ruhe, die gewöhnlich einem außergewöhnlichen Ausbruch vorhergeht. Ich sprang erschrocken auf; in dem Augenblick kam Nastássja herein und übergab ihm schweigend einen Zettel. Er warf einen Blick darauf und reichte ihn mir. Auf dem Papier standen nur die paar Worte in Warwara Petrownas Handschrift: »Bleiben Sie zu Hause.«

Stepan Trofimowitsch nahm schweigend Hut und Stock und ging schnell zur Tür; ich wollte ihm unwillkürlich folgen. Da hörten wir plötzlich Stimmen und Schritte im Vorzimmer. Er blieb wie vom Donner gerührt stehen.

»Das ist Lipútin! Ich bin verloren!« flüsterte er und packte mich am Arm ... Da trat Liputin schon ins Zimmer.

IV

Warum er durch Liputins Besuch verloren sei, verstand ich nicht und schrieb dem Ausruf auch keine Bedeutung zu; ich hielt ihn nur für sehr nervös. Aber sein Schreck war doch so auffallend, daß ich beschloß, gut aufzupassen.

Schon die Art, wie Liputin auftrat, sagte einem sofort, daß er heute trotz aller Verbote ein besonderes Recht zum Eintritt zu haben glaubte. Er brachte einen uns unbekannten Herrn mit, offenbar einen Zugereisten. Als Antwort auf den ratlosen Blick des steif dastehenden Stepan Trofimowitsch rief er sogleich laut:

»Ich bringe einen Gast mit, und zwar einen besonderen! Ich wage es, Ihre Einsamkeit zu stören. Herr Kirílloff, ein hervorragender Ingenieur der Wegebaukunst. Doch das Wichtigste ist: er kennt Ihren Sohn, und sogar sehr gut; und er hat einen Auftrag von ihm mitgebracht. Herr Kirilloff ist heute erst eingetroffen.«

»Den Auftrag haben Sie hinzugefügt«, sagte der Gast schroff, »davon weiß ich nichts. Aber Werchowénskij kenne ich. Das ist wahr. Ich habe ihn im Gouvernement Ch.... verlassen. Vor zehn Tagen.«

Stepan Trofimowitsch reichte ihm mechanisch die Hand und forderte ihn mit einer Geste auf, Platz zu nehmen. Dann sah er mich an, dann Liputin, und plötzlich, wie sich besinnend, setzte er sich selbst schnell hin, behielt aber Hut und Stock, offenbar unbewußt, in der Hand.

»Aber was sehe ich, Sie wollen selbst ausgehen!« rief Liputin. »Und mir hat man doch gesagt, Sie seien vor lauter Arbeit schon ganz krank!«

»Ja, ich fühle mich nicht wohl und wollte deshalb spazieren gehen. Ich ...«, Stepan Trofimowitsch stockte plötzlich, warf schnell Hut und Stock auf das Sofa und – errötete.

Ich sah mir inzwischen schnell den Gast eingehender an. Er war ein noch junger Mann von ungefähr siebenundzwanzig Jahren, anständig gekleidet, gut gewachsen und mager, brünett, mit blassem Gesicht von gleichsam ein wenig erdigbrauner Hautfarbe und mit schwarzen glanzlosen Augen. Er schien nachdenklich und zerstreut zu sein, sprach seltsam abgebrochen und grammatisch geradezu falsch, wenigstens stellte er die Worte sehr sonderbar zusammen, und bei jedem längeren Satz gerieten sie ihm anscheinend durcheinander. Liputin hatte sofort bemerkt, was für einen ungewöhnlichen Schreck Stepan Trofimowitsch bekommen hatte, und war, was man ihm ansah, sehr zufrieden damit. Er setzte sich auf einen Rohrstuhl, den er fast bis in die Mitte des Zimmers zog, um in gleicher Entfernung vom Gast und vom Hausherrn sitzen zu können, die einander gegenüber auf je einem Sofa Platz genommen hatten. Seine scharfen Augen fuhren neugierig im Zimmer umher.

»Ich ... ich habe Petrúscha so lange nicht mehr gesehen ... Haben Sie ihn im Auslande getroffen?« brachte Stepan Trofimowitsch, zum Gast gewandt, unsicher hervor.

»Auch hier und auch im Auslande.«

»Herr Kirílloff, Alexei Nílytsch, ist soeben nach vierjähriger Abwesenheit zurückgekehrt«, bemerkte Liputin zusätzlich, »aus dem Auslande, wo er sich in seinem Fach vervollkommnet hat, und jetzt ist er zu uns gekommen, da er Aussicht hat, eine Anstellung beim Bau unserer Eisenbahnbrücke zu erhalten; er wartet jetzt auf die Antwort. Ihr Sohn hat ihn in der Schweiz auch mit Drósdoffs bekannt gemacht!«

Der Ingenieur saß mit finsterer Miene da und schien mit peinlicher Ungeduld zuzuhören. Ich hatte den Eindruck, daß er sich über etwas ärgerte.

»Er ist auch mit Nikolai Wsséwolodowitsch bekannt.«

»Sie kennen auch Nikolai Wsséwolodowitsch?« erkundigte sich Stepan Trofimowitsch.

»Ja, den auch.«

»Ich ... ich habe Petrúscha so lange nicht mehr gesehen ... und habe eigentlich so wenig das Recht, mich Vater zu nennen ... oui, c'est le mot. Ich ... wie haben Sie ihn denn dort verlassen?«

»Ja, so ... Er wird selbst kommen.« Herr Kirilloff beeilte sich sichtlich geärgert, die Antwort los zu werden.

»Er wird herkommen! Endlich werde ich ... Ja, sehen Sie, ich habe Petruscha so lange nicht mehr gesehen!« Stepan Trofimowitsch kam von diesem Satz nicht los. »Ich erwarte jetzt meinen armen Jungen, vor dem ... oh, vor dem ich so schuldig dastehe! Das heißt, ich wollte eigentlich sagen, daß ich, als ich ihn in Petersburg damals zurückließ, ihn ... kurz, daß ich ihn für nichts Besonderes hielt ... ou quelque chose dans ce genre. Der Junge war, wissen Sie, nervös, sehr empfindsam, und ... ängstlich. Bevor er zu Bett ging, verneigte er sich vor dem Heiligenbilde und bekreuzte sein Kopfkissen, um in der Nacht nicht zu sterben ... je m'en souviens. Enfin, kein bißchen Gefühl für das Schöne, das heißt für etwas Höheres, Ursprüngliches, kein einziger Keim einer zukünftigen Idee ... c'etait comme un petit idiot. Übrigens, ich bin etwas konfus, glaube ich, ... entschuldigen Sie. ... Sie haben mich heute ...«

»Das Kissen bekreuzte, sagten Sie das im Ernst?« erkundigte sich Herr Kirilloff plötzlich mit besonderer Wißbegier.

»Ja, er bekreuzte es ...«

»Nein, ich fragte nur so; fahren Sie fort!«

Stepan Trofimowitsch sah Liputin fragend an.

»Ich bin Ihnen sehr dankbar für Ihren Besuch, aber ich muß gestehen, ich bin jetzt nicht imstande ... Aber gestatten Sie die Frage, wo sind Sie abgestiegen?«

»In der Bogojáwlenskajastraße, im Filíppoffschen Hause.«

»Ach, das ist ja dasselbe Haus, in dem auch Schátoff wohnt«, bemerkte ich unwillkürlich.

»Ja, eben, genau in demselben Hause«, rief Liputin schnell, »nur wohnt Schatoff oben und er unten bei Lebädkin. Und er ist auch mit Schatoff und Schatoffs Frau bekannt, mit dieser sogar besonders nah und gut.«

»Comment! So wissen Sie etwas von dieser unglücklichen Ehe de notre pauvre ami mit dieser Frau?« fragte Stepan Trofimowitsch lebhaft, plötzlich mitgerissen von seinem Gefühl. »Sie sind der erste Mensch, der diese Frau persönlich kennt; und wenn nur ...«

»Welch ein Unsinn!« Kirilloff sah dabei, ganz rot vor Zorn, Liputin ungehalten an. »Was Sie immer zu allem hinzufügen, Liputin! Ich kenne Schatoffs Frau gar nicht ... habe sie nur einmal gesehen, von weitem ... Was fügen Sie immer hinzu!« Und er machte eine schroffe Wendung auf dem Sofa, griff schon nach seiner Mütze, legte sie aber wieder hin, und als er wieder wie früher dasaß, richtete er plötzlich seine schwarzen aufflammenden Augen mit einer gewissen Herausforderung auf Stepan Trofimowitsch. Ich vermochte mir diese sonderbare Reizbarkeit nicht zu erklären.

»Verzeihen Sie«, versetzte Stepan Trofimowitsch fein, »ich verstehe, daß das eine sehr zarte Angelegenheit ...«

»Gar keine zarte Angelegenheit, und das ist einfach schamlos; ich habe aber nicht zu Ihnen ‚Unsinn' gesagt, sondern zu Liputin. Entschuldigen Sie, wenn Sie es auf sich bezogen. Ich kenne Schatoff, aber seine Frau, nein, die gar nicht!«

»Ich verstehe, oh, ich verstehe. Ich habe ja nur gefragt, weil ich unseren armen Freund sehr gern habe und mich immer für ihn interessiert habe ... Der junge Mann hat, meiner Meinung nach, etwas zu plötzlich, zu schroff seine früheren, vielleicht noch unreifen, aber immerhin richtigen Ansichten geändert. Er sagt jetzt dermaßen sonderbare Dinge über notre sainte Russie, daß ich diesen Umschwung in seinem Inneren – anders möchte ich's nicht nennen – einer starken Erschütterung seines Privatlebens zuschreibe, in erster Linie seiner mißlungenen Ehe. Ich, der ich mein armes Rußland studiert habe und wie meine fünf Finger kenne, und meinem Volk mein ganzes Leben geweiht habe, ich versichere Ihnen, daß er das russische Volk gar nicht kennt, und zudem ...«

»Ich kenne das russische Volk auch gar nicht und ... um es zu studieren, ist auch gar keine Zeit da!« fiel ihm der Ingenieur wieder ins Wort, und wieder machte er eine schroffe Wendung auf seinem Platz.

»Aber er studiert es, studiert es«, hakte Liputin flink ein, »er hat schon damit begonnen, und jetzt arbeitet er an einer ungemein interessanten Abhandlung über die Ursachen der Zunahme der Selbstmorde in Rußland und überhaupt über die Ursachen, die die Verbreitung des Selbstmordes in der menschlichen Gesellschaft fördern oder hemmen. Er ist auch schon zu ganz erstaunlichen Folgerungen gelangt!«

Der Ingenieur geriet in schreckliche Erregung.

»Dazu haben Sie gar kein Recht«, sagte er zornig. »Ich schreibe gar keine Abhandlung. Ich will keine solchen Dummheiten. Ich habe Sie nur im Vertrauen gefragt, nur zufällig. Und nichts von einer Abhandlung; ich veröffentliche nicht, Sie aber haben kein Recht ...«

Liputin ergötzte sich augenscheinlich an diesem Zorn.

»Ja, dann verzeihen Sie schon, vielleicht habe ich mich falsch ausgedrückt, wenn ich Ihre literarische Arbeit eine Abhandlung nannte. Er sammelt nämlich nur Beobachtungen, aber an den Kern der Frage oder sozusagen an ihre sittliche Seite rührt er überhaupt nicht, ja, er lehnt sogar die Sittlichkeit selbst ganz ab und hält sich dafür an den neuesten Grundsatz der allgemeinen Zerstörung zum Zwecke der Erreichung guter Endziele. Er verlangt bereits über hundert Millionen Köpfe, um die gesunde Vernunft in Europa zur Herrschaft zu bringen, also noch viel mehr, als auf dem letzten Weltkongreß verlangt wurden. In der Beziehung geht er viel weiter als alle anderen!«

Der Ingenieur hörte mit einem geringschätzigen und blassen Lächeln zu. Eine halbe Minute schwiegen wir alle.

»Das ist alles so dumm, Liputin«, sagte Kirilloff schließlich, nicht ohne eine gewisse Würde. »Ich habe Ihnen nur einige Punkte gesagt, und Sie haben sie so aufgefaßt, damit ist das Ihre Sache. Aber Sie haben gar kein Recht, darüber zu reden, und ich spreche davon zu niemandem. Ich verachte das Sprechen. Wenn ich Überzeugungen habe, so sind sie für mich klar. Ich philosophiere nicht mehr über das, was schon ganz klar ist. Ich kann es nicht ausstehen, zu philosophieren. Ich will niemals philosophieren.«

»Und vielleicht tun Sie ganz recht daran«, konnte Stepan Trofimowitsch sich nicht enthalten, zu bemerken.

»Ich habe mich bei Ihnen entschuldigt, aber ich ärgere mich hier über niemanden«, fuhr der fremde Gast schnell und erregt fort. »Ich habe vier Jahre lang wenig Menschen gesehn. Vier Jahre habe ich wenig gesprochen und mich bemüht, mit keinem Menschen zusammenzukommen, wegen meiner Ziele, die weiter niemanden angehen. Liputin fand das zum Lachen. Ich sehe das, aber ich beachte es nicht. Man kann mich nicht beleidigen, aber ich ärgere mich nur über seine Ungeniertheit. Doch wenn ich Ihnen nicht meine Gedanken erkläre«, schloß er unerwartet und sah uns alle der Reihe nach mit festem Blick an, »so unterlasse ich das nicht deshalb, weil ich eine Anzeige bei der Regierung fürchte, nein, bitte, denken Sie nicht Dummheiten von der Art ...«

Dazu sagte schon niemand mehr etwas. Wir sahen uns nur an. Sogar Liputin vergaß zu spottlächeln.

»Meine Herren, ich bedaure unendlich«, sagte Stepan Trofimowitsch plötzlich entschlossen und erhob sich, »aber ich fühle mich nicht wohl. Entschuldigen sie mich ...«

»Ach, das ist, damit wir fortgehen!« rief Herr Kirilloff und sprang sofort auf. »Gut, daß Sie es sagten, ich bin sonst vergeßlich.«

Er trat mit gutmütigem Ausdruck und ausgestreckter Hand auf Stepan Trofimowitsch zu. »Schade, daß Sie krank sind und ich gekommen bin.«

»Ich wünsche Ihnen allen Erfolg bei uns«, sagte Stepan Trofimowitsch wohlwollend und gab ihm langsam die Hand. »Ich verstehe schon, daß Sie, der Sie so lange im Auslande ohne Verkehr gelebt haben, auf uns Urrussen mit Erstaunen blicken müssen – und wir natürlich desgleichen auf Sie. Mais cela passera. Nur eines macht mir Sorge: Sie wollen hier unsere Brücke bauen und erklären sich zu gleicher Zeit für das Prinzip der allgemeinen Zerstörung? Dann wird man Sie unsere Brücke nicht bauen lassen!«

»Was?! Wie, was haben Sie gesagt?« rief Kirilloff bestürzt; bis er plötzlich begriff: »Ach so!« und er brach in das heiterste und harmloseste Lachen aus; dabei nahm sein Gesicht auf einen Augenblick einen ganz kindlichen Ausdruck an, der ihm, wie mir schien, ungemein gut stand.

Liputin rieb sich die Hände vor Vergnügen über Stepan Trofimowitschs gelungene Bemerkung. Und ich fragte mich noch immer, warum Stepan Trofimowitsch so erschrocken war, und warum er ausgerufen hatte »ich bin verloren«, als er Liputin kommen hörte.

V

Wir waren alle aufgestanden. Es war jener Augenblick, wo die Gäste und der Hausherr noch die letzten liebenswürdigen Worte zu wechseln pflegen, um dann befriedigt auseinanderzugehen.

Da bemerkte plötzlich Liputin, der bereits im Begriff war,

zur Tür hinauszugehen, wie beiläufig: »Er ist ja nur deshalb heute so mürrisch, weil er mit dem Hauptmann Lebädkin Streit gehabt hat. Der schlägt nämlich sein schönes Schwesterlein, die Irrsinnige, jeden Morgen und jeden Abend mit der Nagáika, jawohl, mit einer richtigen Kosakenpeitsche! Herr Kirilloff aber ist deswegen schon in das Nebengebäude des Hauses umgezogen, um das nicht täglich anhören zu müssen. Na ja – also, auf Wiedersehen!«

»Eine Schwester? Eine Irrsinnige? Mit der Nagaika?« rief Stepan Trofimowitsch gleichsam auffahrend, als sei er selbst von einem Peitschenschlage getroffen worden. »Welch eine Schwester? Was für ein Lebädkin?«

Der Schreck von vorhin schien ihn wieder erfaßt zu haben.

»Lebädkin – na, dieser verabschiedete Hauptmann doch! Früher nannte er sich nur ‚Stabskapitän' ...«[24]

»Ach, was geht mich sein Rang an! Was für eine Schwester? Mein Gott ... Sie sagen: Lebädkin, aber – bei uns war doch auch ein Lebädkin ...«

»Eben, eben, derselbe Lebädkin ist's ja auch! Erinnern Sie sich noch, der damals bei Wirginskij wohnte?«

»Aber der ist doch mit falschem Papiergeld erwischt worden?«

»Nun ja, damals, jetzt aber ist er zurückgekehrt, schon vor fast drei Wochen, und zwar unter ganz besonderen Umständen.«

»Aber das ist doch ein Nichtswürdiger!«

»Mein Gott, als ob es solche bei uns nicht geben könnte!« grinste Liputin plötzlich spöttisch, und seine spitzbübischen Äuglein schienen Stepan Trofimowitsch abtasten zu wollen.

»Ach Gott, darum handelt es sich doch nicht ... Übrigens, Nichtswürdige – darin stimme ich mit Ihnen vollkommen überein, besonders mit Ihnen. Aber was weiter? Was wollten Sie damit sagen? Sie wollten doch unbedingt etwas damit sagen!« Stepan Trofimowitsch bestand auf einer Antwort.

»Ach, das sind ja nur Dummheiten ... das heißt, dieser ‚Hauptmann' hat uns damals allem Anschein nach nicht wegen falscher Banknoten verlassen, sondern einzig und allein, um sein verrücktes Schwesterlein aufzusuchen, das sich angeblich an einem unbekannten Ort versteckt hielt; nun, und jetzt hat er sie eben hergebracht. Und das ist alles. Was ist denn dabei? Warum erschrecken Sie denn und warum regen Sie sich so darüber auf, Stepan Trofimowitsch? Ich erzähle doch nur, was ich von ihm selber in seiner Betrunkenheit erfahren habe. Wenn er nüchtern ist, schweigt er darüber. Ein reizbarer Mensch übrigens, und so ... na, so ein dichtender Mars mitunter, wenn der Geist über ihn kommt, nur ist der meist von üblem Geschmack. Und das verrückte Schwesterlein, das obendrein noch hinkt, scheint mir von irgend jemandem entehrt worden zu sein, und eben dafür scheint nun Herr Lebädkin offenbar schon jahrelang vom Verführer eine Rente zu beziehen, als Entschädigung für die seiner Ehre angetane Schmach, wenigstens soweit man aus seinem betrunkenen Gerede klugwerden kann. Meiner Meinung nach ist das freilich nur Geschwätz. Er prahlt einfach. So etwas ist doch viel billiger abzutun. Er aber bezieht weit größere Summen, das stimmt. Vor anderthalb Wochen ging er barfuß, und jetzt hat er – ich habe es selbst gesehen – Hunderte in Händen. Die Schwester hat täglich irgendwelche Anfälle und kreischt dann, worauf er sie mit der Peitsche ‚in Ordnung bringt', wie er zu sagen pflegt – denn dem Weibe müsse man ‚Respekt einflößen'. Ich begreife nicht, wie Schatoff es aushält, über ihnen zu wohnen. Herr Kirilloff hat es nur drei Tage aushalten können. Jetzt ist er umgezogen, wie gesagt. Er kannte sie noch von Petersburg her.«

»Ist das wirklich alles wahr?« wandte sich Stepan Trofimowitsch an den Ingenieur.

»Sie schwatzen furchtbar viel, Liputin«, brummte dieser wütend.

»Geheimnisse, Vertuschungen! Woher kommt das nur, daß es bei uns plötzlich so viele Geheimnisse gibt?« rief Stepan Trofimowitsch, der nicht mehr an sich halten konnte, unwillig aus.

Der Ingenieur ärgerte sich, errötete, zuckte ungeduldig mit den Schultern und wollte schon aus dem Zimmer gehen.

»Herr Kirilloff hat ihm sogar die Peitsche aus der Hand gerissen, sie zerbrochen, aus dem Fenster geworfen und sich heftig mit ihm gestritten«, fügte da Liputin schnell hinzu.

Kirilloff blieb sofort stehen: »Was schwatzen Sie da wieder, Liputin? Das ist doch dumm. Und wozu?«

»Aber wozu denn aus Bescheidenheit die edelsten Regungen der Seele verheimlichen – das heißt, Ihrer Seele, selbstredend Ihrer Seele, ich spreche nicht von der meinen.«

»Wie dumm das ist ... und gar nicht nötig. Lebädkin ist dumm und ein ganz leerer Mensch und kommt für die Sache gar nicht in Betracht und ... schadet ihr nur. Warum schwatzen Sie so viel Überflüssiges? Ich gehe.«

»Ach, wie schade!« rief da Liputin mit hellem Lächeln aus. »Sie gehen schon – sonst hätte ich Sie, Stepan Trofimowitsch, noch mit einer kleinen Anekdote erheitert!« Und zu diesem gewandt: »Bin sogar eigens mit der Absicht hergekommen, sie Ihnen zu erzählen. Aber Sie werden sie ja bestimmt schon gehört haben. Na, dann eben ein anderes Mal! Herr Kirilloff hat es ja so eilig ... Auf Wiedersehen also! Mit Warwara Petrowna ist mir das vorgestern passiert! Sie schickte extra nach mir. Zum Kranklachen war's. Na, auf Wiedersehen, Wiedersehen!«

Aber da hatte ihn Stepan Trofimowitsch schon an den Schultern gepackt, zu sich herumgedreht und fest auf einen Stuhl gedrückt.

Liputin erschrak ordentlich.

»Ja, wie denn?« fragte er und sah von seinem Stuhl aus vorsichtig zu Stepan Trofimowitsch empor. Er faßte sich aber schnell. »Ja, denken Sie sich, plötzlich läßt man mich zu sich bitten und fragt mich ‚im Vertrauen', was ich eigentlich von Nikolai Stawrogin denke: ob ich ihn für wahnsinnig halte oder nicht? Wie soll man da nicht staunen?«

»Sie sind verrückt geworden!« murmelte Stepan Trofimowitsch. Und auf einmal fuhr er gleichsam aus der Haut.

»Liputin, Sie wissen nur zu gut, daß Sie nur hergekommen sind, um mir irgendeine Gemeinheit von dieser Art mitzuteilen und ... noch Schlimmeres!«

Im Nu fiel mir die Bemerkung Stepan Trofimowitschs ein, Liputin wisse nicht nur in unserer Sache mehr als wir, sondern wisse noch viel mehr, als wir je erfahren würden.

»Erlauben Sie, Stepan Trofimowitsch!« stotterte Liputin, als ob jener ihn furchtbar erschreckt hätte. »Erlauben Sie ...«

»Schweigen Sie jetzt! Und fangen Sie an! Ich bitte Sie sehr, Herr Kirilloff, gleichfalls noch hierzubleiben und zugegen zu sein. Ich bitte Sie dringend darum. Setzen Sie sich, bitte! Und Sie, Liputin, Sie werden jetzt erzählen, aber einfach ... und ohne die geringsten Ausflüchte!«

»Hätte ich gewußt, daß das Sie so aufbringt, so würde ich gar nicht davon angefangen haben ... und ich dachte doch, Sie wüßten das alles schon längst von Warwara Petrowna selber!«

»Das haben Sie durchaus nicht gedacht! Aber fangen Sie endlich an, sage ich Ihnen!«

»Dann tun Sie mir aber den Gefallen, sich auch zu setzen, denn wie soll ich hier sitzen, wenn Sie vor mir in solcher Aufregung ... herumlaufen, das geht doch nicht. Da würde ja alles ganz kunterbunt herauskommen.«

Stepan Trofimowitsch überwand sich und ließ sich sehr formell auf einen Sessel nieder. Der Ingenieur blickte finster zu Boden. Liputin aber sah mit unglaublichem Hochgenuß von einem zum andern.

»Ja, womit nun anfangen ... Sie haben mich ganz konfus gemacht ...«

VI

Vor drei Tagen also«, begann Liputin zu berichten, »da schickt sie plötzlich ihren Diener zu mir: sie ließe bitten, sozusagen, morgen um zwölf zu ihr zu kommen. Können

Sie sich das vorstellen? Nun, ich ließ natürlich meine Arbeit Arbeit sein, und um Punkt zwölf klingelte ich gestern an ihrer Tür. Man führte mich gleich in das Empfangszimmer. Ich wartete kaum erst einen Augenblick, als Warwara Petrowna auch schon eintrat. Sie bot mir einen Stuhl an und setzte sich selbst mir gegenüber. Ich saß nun also, brachte es aber zunächst nicht über mich, meinen Ohren zu trauen; Sie wissen doch, wie sie mich immer behandelt hat! Sie begann also, wie es so ihre Art ist, gerade heraus und ohne alle Umschweife: ‚Sie erinnern sich wohl noch', sagte sie, ‚daß Nikolai Wssewolodowitsch vor vier Jahren, als er krank war, einige sonderbare Handlungen beging, die sich die ganze Stadt nicht zu erklären wußte, bis sich dann alles aufklärte. Eine dieser Handlungen ging Sie sogar persönlich an. Auf meine Bitte hin hat mein Sohn Ihnen damals nach seiner Genesung seinen Besuch gemacht. Ich weiß, daß er Ihnen schon früher mehrfach begegnet war und sich mit Ihnen unterhalten hatte. Ich möchte Sie nun bitten, mir doch mit vollkommener Offenheit zu sagen, wie Sie' (hier stockte sie ein wenig) ‚wie Sie damals meinen Sohn fanden ... Wie Sie ihn überhaupt beurteilten ... welchen Eindruck Sie von ihm gewannen und ... wie Sie jetzt über ihn denken'.«

»Hier stockte sie aber schon wirklich, wartete sogar ein Weilchen, und plötzlich wurde sie rot. Ich war nicht wenig erschrocken. Aber schon gleich darauf fuhr sie wieder fort, nicht gerade mit rührender Stimme, nein, das nicht, denn das würde auch nicht zu ihr passen, aber so ganz besonders eindringlich: ‚Ich möchte', sagte sie, ‚daß Sie mich gut und ohne ein Mißverständnis verstehen', sagte sie. ‚Ich habe Sie zu mir gebeten, weil ich Sie für einen scharfsichtigen und wachen Menschen halte, der fähig ist, richtig zu beobachten.' (Wie finden Sie die Komplimente?) ‚Sie werden gewiß auch verstehen, daß es eine Mutter ist, die mit Ihnen spricht', sagte sie ... ‚Mein Sohn hat in seinem Leben manches Unglück gehabt und mehr als einen geistigen Umbruch durchgemacht. Alles das', sagte sie ... ‚hätte nun auf seine Geistesverfassung einwirken können. Selbstverständlich rede ich nicht etwa von Wahnsinn, das ist ganz und gar ausgeschlossen!' (Das sagte sie, wissen Sie, in einem so festen und stolzen Ton!) ,Aber es könnte da etwas Besonderes mitspielen, etwas vielleicht Wunderliches, eine gewisse Gedankenrichtung, die Neigung zu gewissen eigentümlichen Anschauungen.' (Das sind alles ihre eigenen Worte, und glauben Sie mir, Stepan Trofimowitsch, ich staunte nur so, mit welcher Treffsicherheit Warwara Petrowna eine Sache zu erklären versteht. Wirklich, eine kluge Dame!) ,Wenigstens ist mir selbst an ihm eine gewisse ständige Unruhe aufgefallen', sagte sie, ,und der Trieb zu ausgefallenen Liebhabereien. Aber ich bin ja seine Mutter, und Sie sind ein fremder Mensch, folglich müssen Sie, bei Ihrem Verstande, weit fähiger sein, sich ein unbefangenes Urteil über ihn zu bilden. Ich beschwöre Sie' (jawohl, so sagte sie wortwörtlich: ,ich beschwöre Sie'), ,mir die ganze Wahrheit zu sagen, ohne jegliche Beschönigung. Und wenn Sie mir versprechen wollen, nie zu vergessen, daß ich im Vertrauen zu Ihnen gesprochen habe, so seien Sie versichert, daß ich stets bereit sein werde, Ihnen künftig bei jeder Gelegenheit meine Dankbarkeit zu beweisen.' Nun, wie finden Sie das?«

»Sie ... Sie haben mich so frappiert ...«, stotterte Stepan Trofimowitsch, »daß ich Ihnen noch nicht glauben kann ...«

»Nein, bedenken Sie doch nur«, fiel ihm Liputin lebhaft ins Wort und tat, als hätte er Stepan Trofimowitschs letzte Bemerkung überhört, »wie groß muß demnach ihre Unruhe und Aufregung um ihn sein, wenn sie sich mit solch einer Frage, von ihrer Höhe herab, an einen Menschen wendet, wie ich es bin, und sich gar so weit erniedrigt, auch noch um Verschwiegenheit zu bitten! Wie ist das nur möglich? Sollte sie da nicht irgend welche ganz unerwarteten Nachrichten über ihren Sohn erhalten haben?«

»Ich weiß nicht ... Nachrichten wohl nicht ... ich habe sie allerdings ein paar Tage lang nicht gesehen, aber ... aber ich möchte Sie nur daran erinnern«, stotterte Stepan

Trofimowitsch wieder, da er offenbar Mühe hatte, seine Gedanken zu ordnen – »ich möchte Sie nur daran erinnern, Liputin, daß Sie im *Vertrauen* gefragt worden sind und daß Sie jetzt in Gegenwart ...«

»Ganz und gar im Vertrauen! Gott soll mich strafen, wenn ich ... Aber wenn ich hier ... was ist denn dabei? ... sind wir denn hier unter Fremden? Selbst Herr Kirilloff ...«

»Ich bin nicht Ihrer Meinung. Zweifellos werden wir *drei* das Geheimnis bewahren. Aber Sie selbst, den vierten, fürchte ich, und Ihnen traue ich in keiner einzigen Beziehung.«

»Ja, wieso denn das? Ich bin doch hier der eigentlich Interessierte! Mir ist doch ewige Dankbarkeit versprochen worden!« Und hastig ging Liputin darüber hinweg: »Aber gerade bei der Gelegenheit möchte ich noch auf eine sonderbare, sozusagen psychologische Tatsache hinweisen. Gestern abend, noch unter dem Eindruck des Gespräches mit Warwara Petrowna (Sie können sich doch denken, welch einen Eindruck das auf mich gemacht hat!) wandte ich mich an Herrn Kirilloff mit der harmlosen Frage: ‚Sie haben', sagte ich, ‚Nikolai Stawrogin doch im Auslande und auch früher schon in Petersburg gekannt, was halten Sie, frage ich, von seinem Verstande und überhaupt von seinen geistigen Fähigkeiten?' Und darauf antwortet er mir lakonisch, wie das so seine Art ist: ‚Ja', sagt er, ‚das ist ein Mensch mit feinem Verstande und gesundem Urteil.' ‚Aber haben Sie nicht vielleicht', fragte ich weiter, ‚im Laufe der Jahre gewisse Ideenveränderungen an ihm bemerkt oder eine besondere Geisteswandlung oder einen gewissen, wie soll ich sagen, nun – sozusagen doch einen gewissen Irrsinn?' Kurz, ich wiederholte Warwara Petrownas Frage. Nun, und was denken Sie: Herr Kirilloff wird plötzlich nachdenklich und runzelt die Stirn ... Sehen Sie, genau so wie jetzt. ‚Ja', sagte er dann, ‚ich bemerkte allerdings zuweilen etwas Sonderbares an ihm.' Denken Sie sich, wenn selbst Herr Kirilloff etwas Sonderbares an ihm bemerkt hat – was kann dann nicht alles in Wirklichkeit zu bemerken gewesen sein?!«

»Ist das wahr?« wandte sich Stepan Trofimowitsch an Kirilloff.

»Ich möchte nicht davon sprechen«, sagte Kirilloff, hob aber plötzlich den Kopf und seine Augen blitzten. »Ich möchte Ihr Recht bestreiten, Liputin. Sie haben in dem Fall gar kein Recht auf mich. Ich habe gar nicht meine ganze Meinung gesagt. Ich kannte Stawrogin in Petersburg. Aber das war lange her. Und jetzt, wenn ich ihn auch wiedergesehen habe, so kenne ich ihn doch nur eben so. Ich bitte Sie, mich hier ganz beiseite zu lassen, und ... alles das sieht aus wie Klatsch.«

Liputin spielte die beleidigte Unschuld.

»Wie Klatsch! Bin ich nicht gar noch ein Spion? Sie haben gut kritisieren, Herr Kirilloff, wenn Sie sich dabei selber beiseite lassen. Sogar dieser Hauptmann, Stepan Trofimowitsch, Sie werden es nicht glauben, sogar dieser Lebädkin, der doch so dumm ist, wie ... man schämt sich ja förmlich zu sagen, wie dumm er ist; es gibt aber so einen russischen Vergleich; – sogar der denkt sich offenbar auch so was Besonderes von Nikolai Stawrogin, obwohl er seinen Scharfsinn bewundert. ‚Bin ganz erstaunt über diesen Menschen: eine allwissende Schlange!' – waren seine eigenen Worte. Ich fragte also auch ihn, immer noch unter dem gestrigen Eindruck und schon nach dem Gespräch mit Herrn Kirilloff. ‚Nun', fragte ich, ‚Hauptmann, was glauben Sie eigentlich, ist Ihre allwissende Schlange, Nikolai Stawrogin, nicht einfach wahnsinnig?' Na, und nun glauben Sie mir oder glauben Sie mir auch nicht: es war für ihn, als hätte ich ihm hinterrücks einen Peitschenschlag versetzt – ohne seine Erlaubnis natürlich. Er sprang geradezu auf: ‚Ja', sagte er, ‚ja, aber das kann doch keinen Einfluß haben auf ...' Aber auf was das keinen Einfluß haben könnte, das sagte er nicht, sondern versank nur in Nachdenken, und zwar in so kummervolles Nachdenken, sage ich Ihnen, daß er davon ganz nüchtern wurde. Wir saßen gerade in der Filippoffschen Schenke. Erst nach einer halben Stunde ungefähr schlug er plötzlich mit der Faust auf den Tisch: ‚Ja', schreit er, ‚meinetwegen auch wahnsinnig, nur kann das keinen Einfluß haben ...' und wieder brach er ab. Ich gebe Ihnen natürlich das Gespräch nur im Auszug wieder, aber der Sinn ist doch wohl klar? Na, und so, wen man auch fragt in der Stadt, allen kommt der Gedanke in den Kopf: ‚Ja', sagt ein jeder, ‚er ist wahnsinnig; gewiß, er ist sehr klug; aber vielleicht auch wahnsinnig'.«

Stepan Trofimowitsch saß ganz in Gedanken versunken da und schien angestrengt zu überlegen. »Wie kann Lebädkin das wissen?« fragte er.

»Eh, wollen Sie sich nicht lieber bei Herrn Kirilloff, der mich soeben einen Spion nannte, danach erkundigen? Ich weiß nichts, und das nennt man dann Spion, er aber weiß die letzten Geheimnisse und schweigt bloß.«

»Ich weiß gar nichts. Oder wenig«, versetzte der Ingenieur mit derselben Gereiztheit. »Sie machen Lebädkin betrunken, um von ihm was zu erfahren. Sie haben auch mich hierher gebracht, um von mir zu erfahren, damit ich ... hier was sage. Folglich sind Sie ein Spion!«

»Ich habe ihn noch nie betrunken gemacht, das würde auch viel zuviel Geld kosten, und das ist er auch gar nicht wert mitsamt allen seinen Geheimnissen. Sehen Sie, das ist sein Wert für mich. Wieviel er für Sie bedeutet, weiß ich freilich nicht. Sonst ist er es, im Gegenteil, der jetzt mit dem Gelde nur so um sich wirft, während er vor vierzehn Tagen mich noch um fünfzehn Kopeken anpumpte. Er ist es, der mir Champagner vorsetzt, nicht ich ihm. Aber Sie haben mir einen guten Gedanken eingegeben, und wenn es nötig sein wird, werde ich ihn schon betrunken machen, um von ihm etwas zu erfahren ... und dann vielleicht alle eure Geheimnisse auf einmal ... so viel ihrer da sind!« setzte er böse und bissig hinzu.

Stepan Trofimowitsch sah die beiden verständnislos an. Sie hatten sich beide Blößen gegeben, und zwar ohne Scheu vor uns anderen Anwesenden. Mir kam es so vor, als habe Liputin diesen Kirilloff einzig deshalb zu uns gebracht, um ihn durch eine dritte Person in ein gewünschtes Gespräch zu ziehen – sein übliches Manöver.

»Herr Kirilloff kennt unseren Nikolai Stawrogin sogar sehr gut«, fuhr Liputin in gereiztem Ton fort, »bloß will er das nicht eingestehen. Und was den Hauptmann Lebädkin betrifft, so hat Stawrogin den noch viel früher kennen gelernt, noch bevor er uns hier mit seinem Besuch beglückte, schon vor fünf, sechs Jahren in Petersburg, zur Zeit der sogenannten ‚unbekannten' Lebensepoche Nikolai Stawrogins. Man könnte daraus schließen, daß unser Prinz damals einen sehr sonderbaren Bekanntenkreis um sich versammelt haben muß. Auch mit Herrn Kirilloff ist er, glaube ich, in eben dieser Zeit bekannt geworden.«

»Hüten Sie sich, Liputin, ich warne Sie! Nikolai Stawrogin wird bald herkommen, und das ist einer, der seinen Mann zu stehen weiß!«

»Ja, aber was hat denn das mit mir zu tun? Ich bin der erste, der behauptet, daß er ein Mann von feinstem, erlesenstem Verstande ist, und in diesem Sinne habe ich auch Warwara Petrowna gestern vollkommen beruhigt. ‚Nur für seinen Charakter', sagte ich, ‚kann ich nicht einstehen.' Auch Lebädkin sagt ganz dasselbe. ‚Unter seinem Charakter', sagt er, ‚habe auch ich gelitten.' Ach, Stepan Trofimowitsch, Sie haben gut sagen ‚Klatsch' und ‚Spionage', aber bitte nicht zu vergessen: erst, nachdem Sie mich wunderbar ausgehorcht haben, und mit was für einer Neugier noch dazu! Sehen Sie, Warwara Petrowna, die traf gestern gleich den Nagel auf den Kopf. ‚Sie sind', sagte sie, ‚persönlich in Mitleidenschaft gezogen worden in dieser Sache, darum wende ich mich auch an Sie!' Ja, und war es denn nicht so? Mußte ich denn nicht vor der ganzen Gesellschaft eine persönliche Beleidigung von Seiner Erlaucht hinunterschlucken? Ich glaube, ich habe Grund genug, mich für diese Klatschgeschichten zu interessieren! Heute drückt er einem die Hand, morgen aber schlägt er sie einem, dir nichts, mir nichts, ins Gesicht, und das noch in ehrenwerter Gesellschaft, als Dank für Ihre

Gastfreundschaft, grad so, wie's ihm gefällt. Rein aus Übermut, wie's scheint. Weil sie der Haber sticht. Aber die Hauptsache ist für diese Herren das weibliche Geschlecht: Schmetterlinge sind sie und mutige Hähnchen! Gutsbesitzerssöhne mit Flügelchen hinten dran, wie beim antiken Amor ... diese Herzfresser à la Petschórin![25] Sie, Stepan Trofimowitsch, haben als fanatischer Junggeselle gut reden und mich wegen Seiner Erlaucht einen Geschichtenmacher zu nennen. Aber heiraten Sie mal erst – Sie sind doch noch ein ganzer Mann! – so eine nette kleine junge Frau, und Sie werden selber vor unserem Prinzen alle Türen verrammeln und gar Barrikaden im eigenen Hause bauen! Wozu darüber noch Worte verlieren! Selbst von solch einer Mademoiselle Lebädkina, die gepeitscht wird, würde ich glauben – bei Gott! –, wenn sie nicht verrückt und lahm wäre, daß sie ein Opfer unseres Prinzen ist, und daß Lebädkin sich deshalb in seiner ‚Familienehre' gekränkt fühlt, wie er sich immer ausdrückt. Sie glauben, die wäre mit seinem feinen Geschmack nicht in Einklang zu bringen? Mein Gott, auch der stört diese Herren nicht immer. Jede kleine Beere wird gegessen, sie muß nur die richtige Stimmung antreffen. Sie sprechen von Klatsch? Aber geht das denn von mir aus, wenn schon die ganze Stadt es ausschreit? Ich nicke nur und höre zu. Beizupflichten ist bekanntlich nicht verboten!«

»Die ganze Stadt schreit? ... das heißt, was schreit denn die ganze Stadt?«

»Na, ich meine, Hauptmann Lebädkin schreit's in betrunkenem Zustande, so daß die ganze Stadt es hören kann. Ist das nicht dasselbe, wie wenn die ganze Stadt es schreit? Bin ich etwa schuld daran? Ich rede nur unter Freunden darüber. Ich hoffe doch, hier unter Freunden zu sein?« und mit unschuldigem Lächeln sah er uns alle an. »Und dabei ist *noch* etwas geschehen, denken Sie mal an: Es stellt sich heraus, daß unser Prinz ihm, dem Lebädkin, aus der Schweiz durch ein hochachtbares junges Mädchen dreihundert Rubel geschickt hat. Ich habe die Ehre, die junge Dame persönlich zu kennen, sie ist ohne Tadel und sozusagen eine sittsame Waise. Nach einiger Zeit aber erfährt Lebädkin aus der sichersten Quelle, von einem gleichfalls hochachtbaren Menschen, daß nicht dreihundert Rubel, sondern tausend zur Übergabe an ihn gesandt worden sind! ‚Folglich‘, schreit er, ‚hat das Mädchen mich um siebenhundert Rubel bestohlen!‘ Und er will das Geld durch die Polizei herausfordern, wenigstens droht er so und schreit dabei, daß die ganze Stadt es hören kann ...«

»Das ist gemein, gemein von Ihnen!« rief plötzlich der Ingenieur empört und sprang vom Stuhl auf.

»Ja aber – Sie selbst sind doch dieser hochachtbare Mensch, der Lebädkin versichert hat, daß nicht dreihundert, sondern tausend geschickt worden sind! Der Hauptmann hat es mir in der Filippoffschen Kneipe, betrunken wie immer, selbst gesagt ...«

»Das ... das ist ein unglückliches Mißverständnis! Jemand hat sich geirrt, und es ist ... ein Blödsinn! Sie aber sind niederträchtig!«

»Ja, ich will gewiß gern glauben, daß es reiner Blödsinn ist. Ich bin sogar tief betrübt, daß man das hochachtbare junge Mädchen in die Geschichte hineingezogen hat. Erstens mit den siebenhundert Rubeln, und zweitens weiß jetzt alle Welt, daß sie mit Nikolai Stawrogin intim befreundet gewesen ist. Was kostet es denn Seine Erlaucht, den jungen Stawrogin, ein ehrenwertes Mädchen um seinen guten Ruf zu bringen oder auch eine fremde Frau zu verunglimpfen, wie es in meinem Fall geschah? Kommt ihnen dann noch ein großmütiger Mensch unter die Finger, so zwingen sie ihn, mit seinem ehrlichen Namen fremde Sünden zu decken. Genau so hab ich's doch erleben müssen! Ich rede ja nur von mir ...«

»Nehmen Sie sich in acht, Liputin!« Stepan Trofimowitsch erhob sich aus seinem Lehnstuhl. Er war ganz blaß.

»Glauben Sie ihm nicht, glauben Sie ihm nicht! Jemand hat sich geirrt, und Lebädkin ist immer betrunken!« rief der Ingenieur in unbeschreiblicher Aufregung aus. »Alles wird sich aufklären, aber ich kann nicht mehr ... ich halte es für eine Gemeinheit ... und genug ... genug!«

Er stürzte aus dem Zimmer.

»Aber wohin denn, was haben Sie? Ich gehe doch mit Ihnen!« rief Liputin erschrocken, sprang auf und lief ihm nach.

VII

Stepan Trofimowitsch stand eine Weile wie in Gedanken versunken da, blickte, gleichsam ohne zu sehen, auch mich an, und schließlich ergriff er Hut und Stock und verließ still das Zimmer. Ich ging ihm nach. Erst als er aus der Tür trat, bemerkte er mich.

»Ach ja, Sie können mein Zeuge sein ... de l'accident. Vous m'accompagnerez, n'est-ce pas?«

»Stepan Trofimowitsch, wollen Sie denn wirklich wieder dorthin? Bedenken Sie doch bloß, was daraus entstehen kann!«

Mit einem armseligen und wie geistesabwesenden Lächeln, einem Lächeln der Scham und vollkommenen Verzweiflung, doch zugleich einer seltsamen Schwärmerei, flüsterte er mir, einen Augenblick stehendbleibend, zu:

»Ich kann doch nicht ‚fremde Sünden' heiraten ...«

Darauf hatte ich ja nur gewartet. Endlich war das bedeutungsvolle Wort ausgesprochen, das er eine ganze Woche mit allen Kniffen und Winkelzügen vor mir zu verstecken gesucht hatte! Ich fuhr aus der Haut vor Empörung.

»Und ein so schmutziger, ein so ... niedriger Gedanke hat in ihrem Kopf entstehen können, in Ihnen, in Stepan Werchowenskij, in Ihrem reinen, gütigen Herzen, und das noch ... *vor* Liputins Besuch und seinen Klatschgeschichten!«

Er sah mich an, antwortete nichts und ging weiter. Ich wollte aber nicht nachgeben. Ich wollte bei Warwara Petrowna als Zeuge auftreten. Ich hätte ihm verziehen, wenn er nur auf Liputins Verleumdung hin alles geglaubt hätte, in seinem weibischen Kleinmut; jetzt aber lag es doch auf der Hand, daß er schon vorher und von selbst auf diesen Verdacht gekommen war, daß er ihn die ganze Zeit mit sich herumgetragen, und daß Liputin diesen Verdacht jetzt nur verstärkt und Öl ins Feuer gegossen hatte. Er hatte sich also nicht gescheut, das junge Mädchen gleich vom ersten Tage an zu verdächtigen, ohne dazu den geringsten Grund zu haben, nicht einmal Liputinsche Gründe. Allein, die despotische Handlungsweise Warwara Petrownas hatte er sich eben nur mit dem verzweifelten Wunsch erklären können, die galanten kleinen Sünden ihres unschätzbaren Nicolas durch die Trauung mit einem ehrenwerten Manne möglichst schnell zu decken! Ich wollte unbedingt, daß er dafür bestraft werde.

»Oh! Dieu qui est si grand et si bon! Oh, wer wird mir jetzt meine Ruhe wiedergeben?« rief er aus, als er ungefähr hundert Schritte gegangen war und plötzlich stehen blieb.

»Gehen wir nach Hause, und ich werde Ihnen sofort alles erklären!« rief ich und wollte ihn mit Gewalt zurückbringen.

»Da ist er ja! Stepan Trofimowitsch, das sind doch Sie? Sie?« ertönte plötzlich eine frische und mutwillige junge Stimme, die mir wie Musik klang.

Wir hatten noch nichts gesehen, als plötzlich eine Reiterin schon neben uns hielt. Es war Lisawéta Nikolájewna, gefolgt von ihrem tagtäglichen Begleiter. Sie zügelte das Pferd.

»Kommen Sie, kommen Sie schnell her!« rief sie laut und lustig. »Ich habe ihn elf Jahre lang nicht gesehen und sofort erkannt, er aber ... Erkennen Sie mich wirklich nicht?«

Stepan Trofimowitsch ergriff ihre Hand, die sie ihm entgegenstreckte, und küßte sie nahezu andächtig. Er sah zu ihr hinauf, als hätte er ein Gebet auf den Lippen, und vermochte doch kein Wort hervorzubringen.

»Er hat mich erkannt und freut sich! Mawríkij Nikolájewitsch, er scheint entzückt zu sein, daß er mich wiedersieht! Warum sind Sie denn in diesen ganzen zwei Wochen nicht zu uns gekommen? Tante beteuerte, Sie seien krank und man dürfe Sie nicht aufregen, aber ich wußte doch gleich, daß sie log! Ich habe mit den Füßen getrampelt und auf Sie gescholten, aber ich wollte unbedingt, unbedingt, daß Sie von selbst zu uns kämen, und darum habe ich nicht nach Ihnen geschickt! Gott, er hat sich ja nicht ein bißchen verändert!« und sie beugte sich im Sattel nach vorn, um ihn genauer betrachten zu können. – »Es ist ja ganz lächerlich, wie wenig er sich verändert hat! Ach, doch, es sind doch ein paar kleine Fältchen da, an den Augen, viele Fältchen, und auf den Wangen ... und graue Haare – aber die Augen sind noch ganz dieselben! Ganz! Und ich? Habe ich mich verändert? Ja? Aber warum schweigen Sie noch immer?«

Ich erinnerte mich in dem Augenblick, daß man mir erzählt hatte, sie sei fast erkrankt, als man sie, elfjährig, nach Petersburg brachte, und daß sie während der Krankheit geweint und immer nach Stepan Trofimowitsch verlangt habe.

»Sie ... ich ...«, stammelte er mit vor Freude unsicherer Stimme. »Soeben rief ich noch aus: Wer wird mir jetzt meine Ruhe wiedergeben! – und da erklang Ihre Stimme ... Ich betrachte das als ein Wunder et je commence à croire.«

»En Dieu? En Dieu qui est là haut et qui est si grand et si bon? Sehen Sie, ich kenne Ihre Lektionen noch auswendig. Mawríkij Nikolájewitsch, welch einen Glauben er mir damals beibrachte en Dieu, qui est si grand et si bon! Und erinnern Sie sich noch Ihrer Erzählungen von Kolumbus, und wie er Amerika entdeckte, und wie sie da alle ‚Land, Land!' schrien! Meine Kinderfrau Aljóna Frólowna sagte mir, daß ich noch nachher im Schlaf fiebernd ‚Land! Land!' gerufen habe. Und wissen Sie noch, wie Sie mir die Geschichte des Prinzen Hamlet erzählt haben? Und wie Sie mir den Transport der armen Auswanderer von Europa nach Amerika beschrieben haben? Das war ja alles gar nicht wahr, später habe ich erfahren, wie man sie hinübertransportiert hat. Aber wie er mir damals alles so schön vorphantasiert hat, Mawríkij Nikolájewitsch, fast schöner als die Wahrheit! Warum sehen Sie Mawríkij Nikolájewitsch so an? Das ist der beste und der treueste Mensch auf dem ganzen Erdball, und Sie müssen ihn unbedingt ebenso lieb gewinnen wie mich! Il fait tout ce que je veux. Aber, Liebling, Stepan Trofimowitsch, Sie müssen wohl wieder unglücklich sein, wenn Sie mitten auf der Straße ausrufen: Wer wird mir jetzt meine Ruhe wiedergeben? Also wieder einmal unglücklich, nicht wahr?«

»Jetzt bin ich glücklich ...«

»Tante kränkt Sie?« fuhr sie fort, ohne auf seine Worte zu achten. »Immer diese böse, ungerechte, ewig geliebte, unschätzbare Tante! Ach, wissen Sie noch, wie Sie im Garten in meine Arme flogen und ich Sie tröstete und dann selber mit Ihnen weinte? Aber so fürchten Sie sich doch nicht vor Mawríkij Nikolájewitsch, er weiß alles, alles von Ihnen. Sie können an seiner Schulter weinen, so lange Sie wollen, und er wird stehen, so lange Sie wollen. Schieben Sie Ihren Hut zurück, nein, nehmen Sie ihn ganz ab, auf einen Augenblick nur, heben Sie sich auf die Fußspitzen, ich möchte Sie auf die Stirn küssen, so, wie ich Sie das letztemal zum Abschied geküßt habe. Sehen Sie, jene Dame dort am Fenster freut sich über uns ... Näher, näher! Gott, wie grau er geworden ist!«

Und sie beugte sich im Sattel zu ihm hinab und küßte ihn auf die Stirn.

»Nun, und jetzt komme ich gleich zu Ihnen! Ich weiß, wo Sie wohnen. Ich werde gleich, in einer Minute, bei Ihnen sein. Sie Eigensinn, also werde ich Sie doch zuerst besuchen! Dann aber schleppe ich Sie auf den ganzen Tag zu mir. Gehen Sie jetzt und bereiten Sie sich vor, mich zu empfangen!«

Und sie ritt mit ihrem Kavalier davon. Wir aber kehrten nach Hause zurück. Stepan Trofimowitsch setzte sich auf das Sofa und weinte.

»Dieu, Dieu!« rief er aus. »Enfin une minute de bonheur!«

Nach kaum viel mehr als zehn Minuten erschien sie in

Begleitung des jungen Offiziers. Stepan Trofimowitsch ging ihr entgegen.

»Vous et le bonheur, vous arrivez en même temps!« begrüßte er sie.

»Hier haben Sie einen Blumenstrauß. Ich war soeben auf dem Ritt zu Ihnen bei Madame Chevalier; sie wird den ganzen Winter über Blumensträuße haben – für die Namensfeste der Damen. Und hier ist auch Mawríkij Nikolájewitsch, bitte Bekanntschaft zu schließen. Eigentlich wollte ich Ihnen eine Pastete statt der Blumen bringen, aber Mawrikij Nikolajewitsch versicherte, das sei in Rußland nicht üblich.«

Dieser Mawrikij Nikolájewitsch Drósdoff war Hauptmann der Artillerie, ungefähr dreiunddreißig Jahre alt, ein Herr von hohem Wuchs, hübschem und makellos anständigem Äußeren, mit einem ernsten Gesichtsausdruck, der auf den ersten Blick sogar streng erschien, trotz seiner erstaunlichen und taktvollen Güte, die jedermann sofort spürte, kaum daß man mit ihm bekannt geworden war. Im übrigen schien er sehr kaltblütig zu sein, war schweigsam und sehr zurückhaltend. Nachher sagten viele bei uns, er wäre beschränkt. Das war nicht ganz zutreffend.

Lisawéta Nikolájewnas Schönheit zu beschreiben, will ich lieber nicht versuchen. Alle Welt war hier bereits angetan von ihrer Schönheit, wenn auch manche unserer Damen und jungen Mädchen den Bewunderern unwillig widersprachen. Es gab auch solche unter ihnen, die Lisaweta Nikolajewna bereits haßten, und zwar, erstens, wegen ihres Stolzes: Drosdoffs hatten bisher kaum erst angefangen, Besuche zu machen, was man als Unhöflichkeit auffaßte, obwohl die Ursache des Aufschubs nur der schlechte Gesundheitszustand der Mutter war. Zweitens haßte man sie, weil sie mit der Gouverneurin verwandt war; drittens, weil sie täglich spazierenritt. Bis dahin hatte es bei uns noch keine Reiterinnen gegeben; es war ja verständlich, daß das Erscheinen Lisawéta Nikolájewnas, die wohl spazierenritt, aber noch keine Visiten gemacht hatte, die Gesellschaft beleidigen mußte. Freilich wußte man schon, daß die ausländischen Ärzte ihr das tägliche Reiten verordnet hatten, aber das war nur ein Grund mehr, über ihr „Leiden“ bissige Bemerkungen zu machen. Sie war aber tatsächlich nicht gesund. Was an ihr schon auf den ersten Blick auffiel, das war ihre krankhaft nervöse ständige Ruhelosigkeit. Ach, die Ärmste hatte damals viel zu leiden; aber das stellte sich erst später heraus. Wenn ich jetzt an jene Zeit zurückdenke, kann ich nicht mehr sagen, sie sei wirklich so schön gewesen, wie sie mir damals erschien. Vielleicht war sie sogar ausgesprochen unhübsch. Hochgewachsen, sehr schlank, aber biegsam und kräftig, überraschte sie förmlich durch die Unregelmäßigkeit ihrer Gesichtszüge. Ihre Augen waren gleichsam kalmückisch schräg gestellt; ihr Gesicht von bräunlichem Farbton war blaß, hager und hatte starke Backenknochen; und doch lag in diesem Gesicht etwas Überwältigendes und Anziehendes! Der heiße Blick ihrer dunklen Augen verriet eine gewisse Macht; sie erschien „als Siegerin und um zu besiegen“. Sie schien stolz zu sein und manchmal sogar dreist; ich weiß nicht, ob es ihr gelang, gut zu sein; aber ich weiß, daß sie es schmerzhaft sein wollte und sich abquälte, um sich zu einiger Güte zu zwingen. In dieser Natur lagen sicherlich viele herrliche Triebe und waren die besten Ansätze vorhanden; aber alles in ihr suchte gewissermaßen ständig nach seinem Gleichgewicht und fand es nicht, alles war im Chaos, in Wallung, in Unruhe. Vielleicht verhielt sie sich mit schon gar zu strengen Anforderungen zu sich selbst, ohne jemals die Kraft in sich zu finden, diesen Anforderungen zu genügen.

Sie setzte sich auf das Sofa und hielt Umschau im Zimmer.

»Warum werde ich in solchen Augenblicken immer traurig, können Sie mir das nicht erklären, Sie gelehrter Mann? Ich habe immer gedacht, daß ich Gott weiß wie froh sein würde, wenn ich Sie wiedersähe und alles nochmals durchlebte, in der Erinnerung, und nun ist mir, als wäre ich gar nicht froh, obgleich ich Sie doch liebe . . . Ach, Gott, mein Bild hängt hier bei ihm! Geben Sie es her, ich kenne es ja, ich erinnere mich noch!«

Vor neun Jahren hatten Drosdoffs Stepan Trofimowitsch ein entzückendes Aquarellbildnis der zwölfjährigen Lisa aus Petersburg geschickt, und seit der Zeit hing es bei ihm an der Wand.

»War ich wirklich ein so nettes Kind? Ist das wirklich mein Gesicht?«

Sie stand auf und trat mit dem Bildchen in den Händen vor den Spiegel.

»Tun Sie es schnell weg, schnell!« Sie gab es hastig zurück. »Hängen Sie es jetzt nicht wieder auf, erst später, ich möchte es gar nicht mehr sehen.« Sie setzte sich wieder aufs Sofa. »Ein Leben verging, ein anderes begann, dann verging auch das andere, und es begann ein drittes, und alle blieben ohne Abschluß. Es endete immer wie mit der Schere abgeschnitten. Sehen Sie, was für alte Dinge ich erzähle, aber wieviel Wahrheit ist doch darin!«

Sie lächelte flüchtig und sah mich dann an. Sie hatte mich schon mehrmals angesehen, aber Stepan Trofimowitsch verfiel in seiner Aufregung gar nicht darauf, mich ihr vorzustellen, was er mir doch versprochen hatte.

»Aber warum hängt mein Bild hier bei Ihnen unter Dolchen? Und warum haben Sie so viele Dolche und Säbel an den Wänden?«

Es hingen bei ihm tatsächlich zwei gekreuzte kaukasische Jagatane an jeder Wand, ich weiß nicht wozu, und über ihnen noch ein echter tscherkessischer Krummsäbel. Als sie die Frage stellte, sah sie mich so offen an, gerade ins Gesicht, daß ich schon irgend etwas antworten wollte; aber ich beherrschte mich. Da kam Stepan Trofimowitsch endlich darauf, mich vorzustellen.

»Ich weiß, ich weiß«, sagte sie, »es freut mich sehr. Mama hat auch schon von Ihnen gehört. Machen Sie sich auch mit Mawrikij Nikolajewitsch bekannt, er ist ein prachtvoller

Mensch. Ich hatte mir von Ihnen eigentlich eine komische Vorstellung gemacht ... Sie sind doch Stepan Trofimowitschs ‚Vertrauter‘?«

Ich errötete.

»Ach, bitte verzeihen Sie, ich wollte durchaus nicht dieses Wort sagen ... es ist gar nichts Komisches dabei, sondern nur so ...« Und auch sie wurde rot und verlegen. »Übrigens, ich sehe nicht ein, warum sich jemand dessen schämen soll, daß er ein wertvoller Mensch ist, nicht wahr? – Aber jetzt müssen wir gehen, Mawrikij Nikolajewitsch. Stepan Trofimowitsch, daß Sie in einer halben Stunde bei uns sind! O Gott, wieviel wir uns zu erzählen haben! Jetzt bin *ich* Ihre Vertraute, in allen Dingen, hören Sie, in *allen* Dingen!«

Stepan Trofimowitsch erschrak sofort.

»Oh, Mawrikij Nikolajewitsch weiß alles, vor ihm brauchen Sie sich nicht zu genieren.«

»Mais ... was weiß er denn?«

»Aber warum tun Sie denn so?« fragte sie verwundert. »Ah, so ist es also wahr, daß man es uns verheimlichen will? Ich wollte es nicht glauben! Dascha wird gleichfalls versteckt. Tante ließ mich vorhin auch nicht zu Dascha gehen, sie sagte, sie habe Kopfschmerzen.«

»Aber ... aber wie haben Sie es denn erfahren können?«

»Mein Gott, so wie alle! Als ob dazu viel gehörte!«

»Ja, wissen es denn wirklich schon alle? ...«

»Wie denn nicht? Mama, das ist wahr, die hat es zuerst durch Aljóna Frólowna, meine Kinderfrau, erfahren, und der hat es Ihre Nastássja schleunigst erzählt. Sie haben es doch Nastassja gesagt? Sie sagt wenigstens, Sie hätten es ihr selbst mitgeteilt.«

»Ich ... ich habe einmal davon gesprochen ...«, stotterte Stepan Trofimowitsch, über und über rot, »aber ich habe bloß die Möglichkeit angedeutet ... j'étais si nerveux et malade et puis ...«

Sie lachte.

»Und da zufällig der Vertraute nicht zur Hand war und

Nastássja Ihnen gerade in den Weg lief – schon gut! Die aber hat ja überall ihre Freundinnen. Aber lassen wir das, das ist ja alles ganz gleichgültig. Mögen es die Leute doch wissen, um so besser! Und kommen Sie bald, wir speisen früh[26]. Ach, da habe ich etwas vergessen!« Sie setzte sich wieder. »Hören Sie mal, wer ist Schatoff?«

»Schatoff? Das ist Dárja Páwlownas Bruder ...«

»Ach, das weiß ich doch, daß er ihr Bruder ist – wozu verstellen Sie sich!« unterbrach sie ihn ungeduldig. »Ich will wissen, was er eigentlich ist, was für ein Mensch?«

»C'est un pense-creux d'ici. C'est le meilleur et le plus irascible homme du monde.«

»Das habe ich auch schon gehört, daß er ein Sonderling ist. Aber das gehört nicht zur Sache. Man sagte mir, daß er drei Sprachen spricht, auch Englisch, und sich mit literarischen Arbeiten beschäftigt. In diesem Fall könnte ich ihm viel Arbeit verschaffen. Ich brauche einen Mitarbeiter, der mich beraten kann, und je schneller ich einen solchen finde, desto besser. Aber wird er die Arbeit annehmen, was meinen Sie? Man hat ihn mir dazu empfohlen.«

»O natürlich, et vous ferez un bienfait.«

»Ich tue es gar nicht wegen des bienfait, sondern weil ich einen Gehilfen brauche.«

»Ich bin mit Schatoff ziemlich gut bekannt«, sagte ich, »und wenn Sie mich beauftragen wollen, ihm etwas auszurichten, so würde ich sofort zu ihm gehen.«

»Das trifft sich ja herrlich! Vielen Dank! Sagen Sie ihm, bitte, er möchte morgen um zwölf Uhr zu mir kommen. Ich danke Ihnen! Mawrikij Nikolájewitsch, sind Sie bereit?«

Sie ritten davon. Ich begab mich natürlich gleich zu Schatoff.

»Mon ami!« hörte ich hinter mir Stepan Trofimowitsch rufen: er eilte mir nach und erreichte mich noch an der Haustür. »Seien Sie unbedingt um zehn oder elf Uhr bei mir, wenn ich zurückkomme. Oh, ich fühle mich so schuldig vor Ihnen und ... vor allen, vor allen!«

VIII

Schatoff war ausgegangen. Nach zwei Stunden ging ich wieder zu ihm – und wieder war er nicht zu Hause. Um acht Uhr abends ging ich zum dritten Mal hin, um ihm, wenn ich ihn auch diesmal nicht antreffen sollte, einen Zettel zu hinterlassen. Und richtig, er war wieder nicht zu Haus, sein Zimmer war verschlossen, und er wohnte allein, ohne jede Bedienung. Einen Augenblick fragte ich mich, ob ich nicht zu Hauptmann Lebädkin gehen und dort nach ihm fragen sollte; aber auch diese Tür war verschlossen, es war weder ein Licht zu sehen, noch ein Laut zu hören – ganz wie an einem von allem Leben verlassenen Ort. Ich ging, noch unter der Nachwirkung der kurz zuvor gehörten Geschichten, nicht ohne Neugier an Lebädkins Wohnung vorüber. Schließlich entschied ich mich dafür, am nächsten Tage etwas früher wiederzukommen. Denn auf den Zettel allein konnte ich mich, um die Wahrheit zu sagen, nicht verlassen. Schatoff war ein so eigenwilliger und scheuer Mensch, da war es leicht möglich, daß er einfach nicht hinging. Meinen Mißerfolg verwünschend, trat ich schon aus der Hofpforte, als ich dort mit Herrn Kirilloff zusammenstieß: er kam nach Haus und erkannte mich zuerst. Da er mich als erster ansprach und dann noch Fragen stellte, berichtete ich ihm, um was es sich handelte, und sagte noch, daß ich auch eine schriftliche Mitteilung an Schatoff bei mir hätte.

»Kommen Sie mit«, sagte er, »ich werde das besorgen.«

Ich erinnerte mich, daß Liputin erzählt hatte, Herr Kirilloff sei am Vormittage in das Nebengebäude umgezogen. In diesem hölzernen Gebäude auf dem Hof, das für ihn allein zu geräumig gewesen wäre, wohnte außer ihm noch eine taube alte Frau, die ihn auch bediente. Der Hausbesitzer hatte in seinem neuen Hause in einer anderen Straße ein Gasthaus eröffnet, und diese Alte – ich glaube, eine Verwandte von ihm – hier zurückgelassen, damit sie das ganze alte Gebäude beaufsichtigte. Die Räume waren hier ziemlich sauber gehalten, aber die Tapeten schmutzig. In jenem Raum, in den wir eintraten, waren die Möbel bunt zusammengelesen, nicht zueinander passend und minderwertig: zwei L'Hombretische, eine Kommode aus Erlenholz, ein großer Brettertisch, wohl aus einer Bauernstube oder einer Küche, Stühle und ein Sofa mit hölzernen Lehnen und harten Lederkissen. In einer Ecke schimmerte ein altertümliches Heiligenbild, dessen Lämpchen die Alte schon vor unserem Eintritt angezündet hatte, und an den Wänden hingen zwei große nachgedunkelte Porträts in Öl, von denen das eine den verstorbenen Kaiser Nikolai Páwlowitsch darstellte und schätzungsweise in den zwanziger Jahren dieses Jahrhunderts gemalt worden war; das andere war das Bildnis irgendeines Bischofs.

Herr Kirilloff zündete ein Licht an und holte aus seinem Koffer, der noch unausgepackt in einer Ecke stand, ein Kuvert, Siegellack und ein Kristallpetschaft.

»Versiegeln Sie Ihren Brief und adressieren Sie ihn.«

Ich sagte, das sei doch nicht nötig, aber er bestand auf seinem Wunsch. Nachdem ich die Adresse geschrieben hatte, griff ich nach meiner Mütze und wollte gehen.

»Ich dachte, Sie würden Tee trinken«, sagte er. »Ich habe Tee gekauft. Wollen Sie?«

Ich lehnte nicht ab. Die Alte brachte bald darauf den Tee, das heißt, eine riesige Teekanne mit heißem Wasser und eine kleine mit sehr starkem Tee, zwei große, grobbemalte Steinguttassen, Weißbrot und einen ganzen Teller voll Zukker in Stücken.

»Ich trinke gern Tee«, sagte Kirilloff, »besonders in der Nacht. Ich gehe auf und ab und trinke; bis zum Morgengrauen. Im Ausland ist diese Angewohnheit nachts störend.«

»Sie legen sich erst gegen Morgen schlafen?«

»Ja. Immer; schon lange. Ich esse wenig. Trinke immer Tee. Liputin ist schlau, aber ungeduldig.«

Es wunderte mich, daß er heute offenbar gern sprechen wollte; ich beschloß, die Gelegenheit zu benutzen.

»Das war ein unangenehmes Mißverständnis heute vormittag bei Stepan Trofimowitsch«, bemerkte ich.

Er machte ein sehr verärgertes Gesicht.

»Das war eine Dummheit; das sind große Nichtigkeiten; lauter Nebensachen, weil Lebädkin doch ewig betrunken ist. Ich habe Liputin nichts gesagt, nur die Nichtigkeit erklären wollen; denn jener hatte gefaselt. Liputin hat viel Phantasie; statt das Nichtige einzusehen, hat er gleich Berge daraus gebaut. Gestern vertraute ich ihm.«

»Und heute mir?« fragte ich lachend.

»Aber Sie wußten doch schon vorher von allem. Liputin ist entweder schwach, oder ungeduldig, oder schädlich, oder ... neidisch.«

Das letzte Wort überraschte mich.

»Sie haben übrigens so viele Kategorien aufgestellt, daß es schließlich kein Wunder wäre, wenn er in eine von ihnen hineinpaßte.«

»Oder in alle zusammen.«

»Ja, auch das ist richtig. Liputin ist ein Chaos! Er log zwar vorhin vielerlei zusammen, aber sagen Sie, ist es nicht trotzdem wahr, daß Sie ein Buch schreiben wollen?«

»Warum soll das gelogen sein?« Er machte wieder ein finsteres Gesicht und sah zu Boden.

Ich entschuldigte mich und versicherte, daß ich ihn nicht ausfragen wolle. Er wurde rot.

»Liputin hat da die Wahrheit gesagt. Ich schreibe. Nur ist das ganz egal.«

Wir schwiegen eine Weile; plötzlich lächelte er wieder sein Kinderlächeln.

»Das von den Köpfen hat er sich selbst ausgedacht, nach einem Buch, und er selbst erzählte es mir zuerst, nur versteht er es schlecht; ich aber suche nur den Grund, warum die Menschen sich nicht selbst zu töten wagen; das ist alles. Aber auch das ist ganz egal.«

»Wieso, nicht wagen? Als ob es wenig Selbstmorde gäbe?«

»Sehr wenig.«

»Finden Sie das wirklich?«

Er anwortete nicht, stand auf und begann, in Gedanken versunken, auf und ab zu gehen.

»Was hält denn, Ihrer Meinung nach, die Menschen davon ab, sich selbst zu töten?« fragte ich.

Er sah mich zerstreut an, als müßte er sich erst erinnern, wovon wir sprachen.

»Ich ... ich weiß noch wenig ... Zwei Vorurteile halten davon ab, zwei Dinge. Nur zwei: das eine ist sehr klein und das andere ist sehr groß. Aber auch das kleine ist sehr groß.«

»Welches ist denn das kleine?«

»Der Schmerz.«

»Der Schmerz? Ja, glauben Sie denn, daß der so wichtig ist ... in einem solchen Fall?«

»Der steht an erster Stelle. Es gibt zwei Arten von Selbstmördern: die, welche sich aus großem Leid umbringen, oder aus Haß, oder aus Wahnsinn, oder sonst da irgendwie ... die tun es plötzlich. Die denken wenig an den Schmerz, und tun's plötzlich ... Aber die, die sich aus Überlegung töten, die denken viel.«

»Ja, gibt es denn überhaupt solche, die sich aus Überlegung töten?«

»Sehr viele. Wenn es kein Vorurteil gäbe, würden es noch mehr sein; sehr viele; alle.«

»Was, sogar schon alle?«

Er schwieg.

»Aber gibt es denn keine Möglichkeiten, schmerzlos zu sterben?«

»Denken Sie sich«, – er blieb vor mir stehen – »einen Stein von der Größe eines großen Hauses; er hängt über Ihnen und Sie sind unter ihm; wenn er auf Sie fällt, auf den Kopf – wird es schmerzen?«

»Ein Stein so groß wie ein Haus? Natürlich, furchtbar!«

»Ich spreche nicht von der Angst; wird es schmerzen?«

»Ach so! Ein Stein, so groß wie ein Berg, eine Million Pud schwer? – Selbstverständlich nicht ein bißchen!«

»Aber wenn Sie sich wirklich unter ihn hinstellen, während er hängt, werden Sie furchtbare Angst haben, daß es schmerzen wird. Jeder größte Gelehrte, jeder Arzt, alle, alle werden Angst haben. Jeder wird wissen, daß es nicht schmerzt, aber jeder wird sehr fürchten, daß es schmerzen wird.«

»Nun, und der große, der zweite Grund?«

»Das Jenseits!«

»Sie meinen: die Strafe?«

»Ganz egal. Das Jenseits; nichts als das Jenseits.«

»Gibt es denn nicht auch solche Atheisten, die an ein Jenseits gar nicht glauben und es vollständig leugnen?«

Er schwieg wieder.

»Sie urteilen vielleicht nur nach sich selbst?«

»Niemand kann anders urteilen, als nach sich selbst«, sagte er und wurde wieder rot. »Die vollständige Freiheit wird erst dann sein, wenn es ganz einerlei sein wird, ob man lebt oder nicht. Das ist das Ziel für alles.«

»Das Ziel? Ja, aber dann wird vielleicht niemand mehr leben wollen?«

»Niemand«, versetzte er in entschiedenem Ton.

»Der Mensch fürchtet den Tod, weil er das Leben liebt, so fasse ich es auf«, bemerkte ich, »und so hat es die Natur gewollt.«

»Das ist gemein und hierin steckt der ganze Betrug!« Seine Augen blitzten auf. »Das Leben ist Schmerz, das Leben ist Angst, und der Mensch ist unglücklich. Jetzt ist alles Schmerz und Angst. Jetzt liebt der Mensch das Leben, weil er Schmerz und Angst liebt. Und so hat man's gemacht. Das Leben wird einem jetzt für Angst und Schmerz gegeben, und hierin liegt der ganze Betrug. Jetzt ist der Mensch noch nicht jener Mensch. Aber es wird einen neuen Menschen geben, einen glücklichen und stolzen. Wem es ganz einerlei sein wird, zu leben oder nicht zu leben, der wird der neue Mensch sein. Wer Schmerz und Angst besiegen wird, der wird selbst Gott sein. Aber *jenen* Gott wird es dann nicht mehr geben.«

»Also gibt es Ihrer Meinung nach doch noch jenen Gott?«

»Er ist nicht faßbar, aber Er ist da[27]. Im Stein ist kein Schmerz, aber in der Angst vor dem Stein ist Schmerz. Gott ist der Schmerz der Angst vor dem Tode. Wer Schmerz und Angst besiegt, der wird selbst Gott sein. Dann wird ein neues Leben sein, ein neuer Mensch, alles neu ... Dann wird man die Weltgeschichte in zwei Teile teilen: vom Gorilla bis zur Vernichtung Gottes, und von der Vernichtung Gottes bis ...«

»Bis zum Gorilla ...?«

»... bis zur physischen Veränderung der Erde und des Menschen. Der Mensch wird Gott sein und wird sich physisch verändern. Und die ganze Welt wird sich verändern, und alle Dinge werden sich verändern, und alle Gedanken und alle Gefühle. Was meinen Sie, wird sich der Mensch dann nicht auch physisch verändern?«

»Wenn leben oder nicht leben ganz gleich sein wird, dann werden sich alle umbringen, und darin wird dann vielleicht die Veränderung bestehen.«

»Das ist egal. Den Betrug wird man umbringen. Ein jeder, der die wichtigste Freiheit will, muß sich selbst zu töten wagen. Wer sich selbst zu töten wagt, der hat das Geheimnis des Betrugs erkannt. Weiter gibt es keine Freiheit; hierin ist alles und weiter ist nichts. Wer sich selbst zu töten wagt, der ist Gott. Jetzt kann es jeder machen, daß Gott aufhört zu sein, und daß nichts mehr ist. Aber noch hat das niemand auch nur einmal getan.«

»Selbstmörder hat es doch zu Millionen gegeben.«

»Aber immer nicht deswegen, immer haben sie sich mit Angst und nicht deswegen getötet. Nur wer sich tötet, um die Angst totzuschlagen, der wird sofort Gott sein.«

»Dazu wird er dann vielleicht keine Zeit mehr haben«, bemerkte ich.

»Das ist egal«, erwiderte er leise, mit ruhigem Stolz, wenn nicht mit Verachtung. »Es tut mir leid, daß Sie sich darüber wohl lustig machen«, fügte er nach einer Weile hinzu.

»Und mich wundert, wie Sie vorhin so reizbar sein konnten und jetzt so ruhig sind, obgleich Sie doch mit Eifer reden.«

»Vorhin? Vorhin war es komisch«, antwortete er mit einem Lächeln. »Ich mag nicht schimpfen, ich lache nie«, fügte er traurig hinzu.

»Ja, Ihre Nächte beim Tee verbringen Sie nicht gerade lustig.«

Ich stand auf und nahm meine Mütze.

»Finden Sie?« Er lächelte mit einem gewissen Erstaunen. »Warum denn? Nein, ich ... ich weiß nicht«, sagte er auf einmal etwas verwirrt, »ich weiß nicht, wie es bei andern ist. Ich fühle, daß ich nicht so wie jedermann kann. Jeder denkt, und dann denkt er gleich an was anderes. Ich kann nicht an anderes, ich denke mein ganzes Leben lang nur an eines. Mich hat Gott mein Leben lang gequält«, schloß er plötzlich mit erstaunlicher Mitteilsamkeit.

»Aber sagen Sie doch, wenn Sie die Frage gestatten, warum sprechen Sie manchmal so sonderbar ... so sonderbar falsch? – ich meine: in unvollständigen Sätzen? Sollten Sie wirklich in den fünf Jahren im Auslande Ihre Muttersprache verlernt haben?«

»Spreche ich denn falsch? Ich weiß nicht. Nein, nicht weil ich im Auslande war. Ich habe immer so gesprochen ... es ist mir egal.«

»Und eine noch indiskretere Frage: ich glaube Ihnen ohne weiteres, daß Sie nicht gern mit Menschen zusammen sind und wenig mit ihnen sprechen – warum haben Sie aber jetzt mit mir so aufrichtig gesprochen?«

»Mit Ihnen? Sie saßen vorhin so gut da ... und Sie ... übrigens ... egal ... Sie haben viel Ähnlichkeit mit meinem Bruder, viel, außerordentlich«, sagte er, wieder rot werdend. »Er starb vor sieben Jahren; der ältere; sehr, sehr viel Ähnlichkeit ...«

»Er hatte wohl einen großen Einfluß auf Ihre Anschauungen?«

»N–nein, er sprach wenig. Er hat nichts gesagt ... Ich werde Ihren Brief abgeben.«

Er begleitete mich mit der Laterne über den Hof bis zur Pforte, um sie hinter mir zuzuschließen.

‚Selbstverständlich verrückt‘, entschied ich bei mir.

Da kam es an der Pforte zu einer neuen Begegnung.

IX

Kaum hatte ich den Fuß auf die hohe Schwelle des Pförtchens gesetzt, als mich plötzlich eine starke Faust an der Brust packte.

»Wer da?« brüllte eine Stimme. »Freund oder Feind? Bekenne!«

»Das ist einer von uns, von uns!« krähte neben ihm Liputins Stimme. »Das ist Herr G–ff, ein junger Mann von klassischer Bildung, und mit Beziehungen zu höchsten Gesellschaftskreisen!«

»Gefällt mir, falls zur Gesellschaft ... kla–a–ssischer ... das bedeutet ... ge–bil–det–ster ... Hauptmann außer Dienst Ignatius Lebädkin, zu Diensten der Welt und der Freunde ... wenn sie treu sind, wenn sie nur treu sind, die Schufte!«

Hauptmann Lebädkin, groß, dick, fleischig, kraushaarig, rot im Gesicht und wie gewöhnlich betrunken, hielt sich vor mir kaum noch auf den Beinen und konnte nur mit Mühe die Worte hervorbringen. Ich hatte ihn schon früher gesehen, aber nur von weitem.

»A–ah, der ist auch da!« brüllte er von neuem auf, als er Kirilloff bemerkte, der noch immer mit seiner Laterne an der Pforte stand. Er erhob schon seine Faust zum Schlage, ließ sie aber wieder sinken.

»Verzeihe dir, wegen der Gelehrtheit! Ignatius Lebädkin – der gebil–det–ste ...« Und ohne Übergang begann er zu deklamieren:

»Die Granate der flammenden Liebe
Platzte in Ignats Brust.
Da setzte sich der Invalide . . .
  weil er . . . weil er . . .
Um Sebastópol weinen mußt'.

Wenn ich auch bei Sebástopol nicht mitgekämpft habe, und . . . mich noch des Gebrauchs aller meiner Glieder erfreue – aber . . . was für Reime!« Er kam wieder mit seiner betrunkenen Fratze auf mich zu.

»Er hat keine Zeit, er muß nach Haus gehen«, redete Liputin auf ihn ein. »Morgen wird er Lisawéta Nikolájewna erzählen . . .«

»Lisaweta?« brüllte Lebädkin wieder. »Steh! Bleib! Noch eine Variante:

Von Amazonen begleitet,
Sprengt sie dahin wie der Wind.
Oh, welch eine Freud mir bereitet
Das a-ris-to-kra-tische Kind!

Der sternengleichen Reiterin gewidmet.

Begreifst du auch? Das ist ein Hymnus! Das ist ein Hymnus, wenn du kein Esel bist! Diese Tagediebe, die haben ja gar kein Verständnis dafür! Halt!« er packte mich am Paletot und hielt mich fest, wie ich mich auch losreißen wollte, um mich an ihm vorbei durch das Pförtchen zu drängen. »Sage ihr, daß ich ein Ritter der Ehre bin, und Dáschka . . . Daschka werde ich mit zwei Fingern . . . Leibeigene Skla–avin! – und darf sich nicht unterstehn . . .«

Da fiel er hin: ich hatte mich ihm mit Gewalt entwunden und ihm dabei einen starken Stoß versetzt. Dann lief ich auf die Straße hinaus. Liputin kam mir schnell nachgelaufen.

»Alexei Nilytsch wird ihn schon aufheben. Wissen Sie, was ich soeben von ihm erfahren habe?« schwatzte er, noch keuchend. »Das Verschen haben Sie doch gehört? Nun, er hat diese Verse an die ‚sternengleiche Reiterin' aufgeschrieben und wird sie morgen Lisawéta Nikolájewna mit seiner vollen Unterschrift zusenden. Was sagen Sie dazu?«

»Ich könnte wetten, daß Sie ihn dazu angespornt haben!«

»Dann würden Sie die Wette verlieren!« Liputin lachte. »Verliebt ist er, verliebt, wie ein Kater! Aber wissen Sie auch, daß die Liebe mit Haß begonnen hat? Er haßte Lisawéta Nikolájewna, weil sie reitet, und zwar dermaßen, daß er sie auf der Straße laut zu beschimpfen anfing. Das hat er wahrhaftig getan! Noch vorgestern hat er auf sie geschimpft, als sie vorüberritt. Zum Glück hat sie nichts gehört. Und jetzt plötzlich Gedichte! Wissen Sie auch, daß er einen Antrag riskieren will? Im Ernst, im Ernst!«

»Wie kommt es, Liputin, daß überall, wo sich Schmutz ansammelt, Sie dabei sind und womöglich noch eine führende Rolle spielen?« fragte ich, kochend vor Wut.

»Nun, Herr G–ff, Sie gehen etwas weit. Ihr Herzchen ist wohl erbebt, als es vom Nebenbuhler hörte, wie?«

»Wa–as?« schrie ich ihn an, stehenbleibend.

»Ja, aber jetzt werde ich Ihnen zur Strafe nichts mehr sagen! Und wie gern würden Sie doch noch mehr erfahren! Schon allein das, daß dieser Narr jetzt nicht mehr ein gewöhnlicher Hauptmann ist, sondern Gutsbesitzer unseres Gouvernements und noch dazu ein ganz ansehnlicher Grundbesitzer, da ihm Nikolai Stawrogin sein ganzes Gut, früher zweihundert Seelen, dieser Tage verkauft hat, – bei Gott, ich lüge nicht! Soeben hab' ich's erfahren, aber dafür aus sicherster Quelle. So, und nun tasten Sie sich mal allein weiter vor, mehr werde ich Ihnen nicht sagen. Auf Wiedersehen!«

X

Stepan Trofimowitsch erwartete mich mit schier krankhafter Ungeduld. Er war schon vor etwa einer Stunde zurückgekehrt. Ich fand ihn in einem Zustand vor, der an leichte Betrunkenheit erinnerte. Wenigstens die ersten fünf

Minuten hielt ich ihn für nicht ganz nüchtern. Der Besuch bei Drosdoffs hatte ihn leider vollkommen verwirrt.

»Mon ami, ich habe meinen Faden nun vollständig verloren. Lise ... ich liebe und verehre diesen Engel wie früher; eben wie früher; aber mir scheint, sie haben mich nur erwartet, um etwas von mir zu erfahren, um etwas aus mir herauszuquetschen und dann – geh mit Gott deiner Wege! ... So war das!«

»Schämen Sie sich!« rief ich empört, ich hielt es wirklich nicht mehr aus.

»Mein Freund, ich bin jetzt vollständig allein. Enfin c'est ridicule. Denken Sie nur, auch dort ist alles mit Geheimnissen vollgepfropft. Sie stürzten sich geradezu auf mich mit diesen Nasen- und Ohrengeschichten – und wer weiß was noch für Petersburger Geheimnissen. Sie haben ja erst jetzt zum erstenmal erfahren, was hier vor vier Jahren mit Nicolas passiert ist: ‚Sie waren hier, Sie haben es miterlebt; ist es wahr, daß er verrückt ist?' Und woher diese Idee aufgetaucht ist – ich begreife es nicht! Warum will diese Praskówja unbedingt, daß Nicolas verrückt sei? Sie will es, sie will es! Ce Maurice, oder wie er da heißt, dieser Mawríkij Nikolájewitsch, brave homme tout de même ... Sollte sie das wirklich in seinem Interesse wünschen, und nachdem sie selbst aus Paris geschrieben hat, à cette pauvre amie ... Enfin, ‚diese Praskówja', wie ma chère amie sie immer nennt, die ist ja eine Type! – ist des unsterblichen Gogols leibhaftige Frau Kästchen[28], nur eine böse Madame Kästchen, ein eingebildetes Kästchen, und in endlos vergrößertem Maßstabe!«

»Dann wird ja ein Kasten draus; und noch dazu einer in endlos vergrößertem Maßstab?«

»Ach, nun, dann in verkleinertem, wie Sie wollen, das bleibt sich gleich, – nur unterbrechen Sie mich nicht, mir dreht sich sowieso schon alles im Kopf. Und mit *dort* scheint man die Freundschaft auch schon abgebrochen zu haben; Lise natürlich nicht; die spricht immer noch von ‚Tante' und

‚Tantchen'. Aber Lise ist schlau, und hier steckt noch etwas anderes dahinter. Nur mit der eigenen Mutter hat sie heftig gestritten. Es ist ja wahr, cette pauvre tante tyrannisiert alle schrecklich ... und nun kommt noch hinzu die neue Gouverneurin, die geringere Ehrerbietung der Gesellschaft, die Unhöflichkeit Karmasinoffs, und obendrein noch der Einfall, Nicolas könnte verrückt sein ... ce Lipoutine, ce que je ne comprends pas ... u–und ... sie sagten dort, sie lege sich Essigkompressen um den Kopf, und da kommen wir ihr noch mit unseren Klagen und Briefen ... Oh, wie ich sie in dieser Zeit gequält habe! Je suis un ingrat! Denken Sie sich, wie ich zurückkomme, finde ich von ihr einen Brief vor – lesen Sie ihn! lesen Sie ihn! Oh, wie unedel habe ich mich benommen!«

Er reichte mir den Brief, den er soeben von Warwara Petrowna erhalten hatte. Ich glaube, ihr hatte der letzte Brief mit dem lakonischen »Bleiben Sie zu Haus« leid getan, denn dieses Briefchen war höflich, wenn auch kurz und bestimmt. Sie bat ihn, übermorgen, also Sonntag, pünktlich um zwölf Uhr zu ihr zu kommen, und riet ihm, einen seiner Freunde mitzubringen (in Klammern stand mein Name); und ihrerseits versprach sie, Schatoff, als Dárja Páwlownas Bruder, hinzuzuziehen: »Dann können Sie von ihm die endgültige Antwort erhalten. Genügt Ihnen das? War es diese Formalität, nach der Sie so trachteten?«

»Beachten Sie diese gereizte Frage zum Schluß über die Formalität! Oh, die Arme, der Freund meines Lebens! Aber ich muß gestehen, diese plötzliche Entscheidung des Schicksals hat mich fast erdrückt. Ich sage ganz aufrichtig, ich habe immer noch gehofft, aber jetzt – tout est dit, ich weiß schon, daß alles aus ist. C'est terrible! Oh, wenn's doch keinen Sonntag gäbe! Alles würde beim Alten bleiben. Sie würden mich hier wie immer besuchen, und ich würde hier ...«

»Liputins Gemeinheiten und Klatschgeschichten haben Sie ja ganz aus der Fassung gebracht, wie es scheint.«

»Mein Freund, da haben Sie wieder eine andere schmerzhafte Stelle mit Ihrem Freundesfinger berührt. Aber diese Freundesfinger pflegen ja im allgemeinen unbarmherzig und zuweilen einfältig zu sein, pardon, aber glauben Sie oder glauben Sie mir nicht: ich hatte die Gemeinheiten schon beinahe vergessen, das heißt, ich hatte sie keineswegs vergessen, aber die ganze Zeit, die ich bei Lise war, habe ich mich in meiner Dummheit bemüht, glücklich zu sein, und ich bildete mir ein, ich sei es. Aber jetzt, oh, jetzt muß ich an diese großmütige, humane Frau denken, die so nachsichtig mit meinen häßlichen Mängeln ... das heißt, wenn auch nicht gerade durchweg nachsichtig ... aber wie bin ich denn selbst, ich mit meinem leeren, abscheulichen Charakter! Bin ich nicht wie ein verzogenes Kind, mit dem ganzen Egoismus eines solchen, aber nur ohne seine Unschuld? Zwanzig Jahre lang hat sie mich gehegt wie eine Kinderfrau, cette pauvre ‚Tantchen', wie Lise sie so graziös nennt ... Und plötzlich, nach zwanzig Jahren, will das Kindchen heiraten, verheirate es und verheirate es! ... Brief auf Brief wird geschrieben ... sie aber liegt unter Essigkompressen ... u–und ... nun hat das Kind auch glücklich erreicht, was es wollte ... Sonntag ein verheirateter Mensch! ... Spaß! ... Und warum habe ich denn selbst darauf bestanden, warum habe ich denn die Briefe geschrieben? Ja, richtig, ich hätt' es beinahe vergessen, Ihnen zu sagen: Lise schwärmt geradezu für Darja Pawlowna, wenigstens sagt sie so; und äußerte sich über sie: ‚C'est un ange, aber nur ein etwas verschlossener.' Beide rieten sie mir zu – sogar die Mama ... übrigens nein, die Praskówja riet mir nicht zu. Oh, wieviel Gift doch in diesem ‚Kästchen' steckt! Ja, und auch Lise hat mir eigentlich nicht dazu geraten: ‚Wozu brauchen Sie zu heiraten, Sie haben doch genug an geistigen Genüssen!' und dazu lachte sie. Ich verzieh ihr das Lachen, denn ihr blutet ja auch das Herz. Aber sie sagten mir doch, ich könne ohne Frau nicht mehr auskommen. Es stehen Ihnen die Jahre der Unpäßlichkeiten bevor, und sie wird Sie dann pflegen, zudecken, oder wie sie da sagten ... Ma foi, ich habe ja auch schon die ganze Zeit so bei mir gedacht, daß die Vorsehung selbst sie mir zum Abklang meiner wilden Tage schickt, und daß sie mich zudecken ... enfin, im Haushalt nützlich sein wird. Sehen Sie nur: wie unordentlich es hier wieder ist; sehen Sie, wie liegt hier alles so herum! Vorhin befahl ich, man solle aufräumen, und da liegt ein Buch auf dem Fußboden ... La pauvre amie ärgert sich immer, daß es bei mir so verkramt aussieht ... oh, jetzt werde ich nicht mehr ihre Stimme vernehmen! Vingt ans! U–und da gibt es nun noch anonyme Briefe, und denken Sie nur, es heißt, Nicolas hätte an Lebädkin ein Gut verkauft! C'est un monstre! Enfin, wer ist dieser Lebädkin? Lise hört und hört mit solch einer Spannung zu, – Gott, wie sie zuhört! Ich vergab ihr das Lachen, als ich sah, mit was für einem Gesicht sie zuhörte, und ce Maurice ... ich würde jetzt nicht gern in seiner Haut stecken, brave homme tout de même, aber ein wenig schüchtern ... Übrigens, von mir aus ...«

Er verstummte; er schien erschöpft und ratlos zu sein und saß wie geistesabwesend da, mit müden Augen reglos zu Boden schauend. Ich benutzte die Pause und erzählte von meinem Besuch im Filíppoffschen Hause; auch unterließ ich es nicht, ihm über diese Geschichte meine Meinung zu sagen, und erklärte ihm kurz und trocken, daß es meiner Meinung nach durchaus möglich wäre, daß Lebädkins Schwester (die ich nicht gesehen hatte) in der Tat einmal Nikolai Stawrogins Opfer geworden war, vielleicht in seiner ‚rätselhaften Petersburger Zeit', wie Liputin sich ausdrückte ... und ich hielte es für wahrscheinlich, daß Lebädkin, aus irgendeinem Grunde, von Stawrogin Geld erhält, aber das sei auch alles. Was jedoch die Klatschgeschichten über Dárja Páwlowna anbeträfe, so sei das alles dummes Zeug, blöde Erfindungen des schändlichen Liputin; wenigstens behaupte das Kirilloff mit aller Wärme, und dem zu mißtrauen, sei kein Grund vorhanden.

Stepan Trofimowitsch hörte zerstreut meinen Versicherungen zu, ganz als gingen sie ihn nichts an. Ich erwähnte auch mein Gespräch mit Kirilloff und fügte hinzu, daß er vielleicht geisteskrank sei.

»Er ist nicht geisteskrank, aber er gehört zu den Menschen mit kurzen Gedanken«, murmelte Stepan Trofimowitsch träge. »Ces gens-là supposent la nature et la société humaine autres que Dieu ne les a faites et qu'elles ne sont réellement. Manche lassen sich mit ihnen ein, aber Stepán Werchowénskij wenigstens hat das nicht getan. Ich habe sie damals in Petersburg gesehen, avec cette chère amie (oh, wie habe ich sie damals gekränkt!), doch weder ihr Geschimpfe noch ihre Lobsprüche haben mir Furcht einflößen können. Fürchte diese Leute auch jetzt nicht, mais parlons d'autre chose ... Ich glaube, ich habe etwas Schreckliches angerichtet; stellen Sie sich vor, ich habe Dárja Páwlowna gestern einen Brief geschrieben und ... wie verwünsche ich mich jetzt deswegen!«

»Was haben Sie ihr denn geschrieben?«

»Oh, mein Freund, glauben Sie mir, das war alles so schön gedacht! Ich teilte ihr mit, daß ich an Nicolas geschrieben habe, vor etwa fünf Tagen, und gleichfalls großmütig.«

»Jetzt verstehe ich!« rief ich aufgebracht. »Und welch ein Recht hatten Sie, die beiden so einander gegenüberzustellen?«

»Aber, mon cher, erdrücken Sie mich doch nicht ganz, schreien Sie nicht so, ich bin ja sowieso schon zerknirscht ... und zerdrückt wie eine Schabe ..., und schließlich, ich glaube doch, daß meine Handlungsweise durchaus edel war. Nehmen Sie an, daß da wirklich etwas passiert ist ... en Suisse ... oder angefangen hat. Ich muß doch ihre Herzen vorher fragen, um ... enfin – um nicht die Herzen zu stören und wie ein Pfosten auf ihrem Weg ... Ich ... i–ich habe es einzig und allein aus Anständigkeit getan.«

»O Gott, wie dumm Sie das gemacht haben!« sagte ich unwillkürlich.

»Dumm, ja, dumm!« griff er das Wort sogleich und fast sogar gierig auf. »Noch nie haben Sie etwas Klügeres gesagt, c'était bête, mais que faire? Tout est dit. Werde ja sowieso heiraten, auch wenn's ‚fremde Sünden' sind, also wozu brauchte ich da noch zu schreiben? Nicht wahr?«

»Kommen Sie schon wieder damit!«

»Oh, jetzt werden Sie mich aber nicht mehr mit Ihrem Geschrei einschüchtern, jetzt steht vor Ihnen nicht mehr jener Stepán Werchowénskij; der ist begraben; enfin tout est dit. Ja, und warum schreien Sie eigentlich? Nur deshalb, weil nicht Sie heiraten und nicht Sie einen gewissen Kopfschmuck zu tragen haben werden! Wieder schneiden Sie ein Gesicht! Mein armer Freund, Sie kennen die Frau nicht, ich aber habe in meinem ganzen Leben nichts anderes getan als sie studiert. ‚Willst du die Welt besiegen, besiege dich selbst', das ist der einzige Ausspruch, der einem anderen solchen Romantiker, wie Sie einer sind, Schatoff, dem Bruder meiner zukünftigen Gattin, gut gelungen ist. Ich eigne mir gern seinen Ausspruch an. Nun ja, auch ich bin bereit, mich selbst zu besiegen, und heirate, aber was erobere ich anstatt der ganzen Welt? Ach, mein Freund, die Ehe! Die ist der moralische Tod jeder stolzen Seele, jeder Unabhängigkeit. Das Eheleben wird mich verderben, wird mir die Energie nehmen, den Mut, der nun einmal zum Dienst an einer Sache nötig ist; es werden Kinder kommen, die am Ende gar nicht meine Kinder sind – das heißt, selbstverständlich nicht meine: der Weise fürchtet sich nicht, der Wahrheit ins Gesicht zu blicken ... Liputin schlug hier vor, mich mit Barrikaden vor Nicolas zu schützen. Er ist dumm, dieser Liputin. Das Weib kann selbst das allsehende Auge Gottes betrügen. Le bon Dieu wußte natürlich, als er das Weib schuf, was er unternahm. Aber ich bin überzeugt, daß sie ihn selbst dabei gestört und ihn verleitet hat, sie gerade so und ... mit solchen Attributen zu schaffen; denn wer würde sich umsonst solche Scherereien auf den Hals laden? Ich weiß, Nastássja würde sich über diese Freidenkerei ärgern, aber ... enfin tout est dit.«

Er wäre nicht er selbst gewesen, wenn er ohne eines der billig witzelnden Freidenkerbekenntnisse ausgekommen wäre, wie sie zu seiner Zeit so gern eingeflochten worden waren;

jedenfalls tröstete er sich auch jetzt mit so einem Späßchen, nur hielt der Trost nicht lange vor.

»Oh, wenn es doch kein Übermorgen gäbe, wenn doch dieser Sonntag nicht wäre!« rief er plötzlich, aber nun schon in heller Verzweiflung, aus. »Warum kann nicht wenigstens diese eine Woche ohne Sonntag sein – si le miracle existe? Was würde es denn die Vorsehung kosten, einen einzigen Sonntag aus dem Kalender zu streichen, und wäre es auch nur, um einem Atheisten ihre Macht zu zeigen et que tout soit dit! Oh, wie ich sie geliebt habe! Vingt ans ... und all die zwanzig Jahre hat sie mich nicht verstanden!«

»Von wem sprechen Sie denn jetzt? Ich kann Sie wirklich nicht verstehen«, fragte ich verwundert.

»Vingt ans! und nicht ein einziges Mal hat sie mich verstanden, oh, das ist grausam! Und sollte sie wirklich glauben, daß ich aus Angst, aus Not heirate? Oh, welche Schmach! Tante, tante, ich bin dein! Mag sie es erfahren, diese tante, daß sie das einzige Weib ist, das ich zwanzig Jahre lang vergöttert habe! Sie muß es erfahren, anders geht das nicht, sonst muß man mich mit Gewalt schleppen zu dem da ... ce qu'on appelle le wenétz!«[29]

Ich hörte zum erstenmal dieses Bekenntnis, und noch dazu so energisch, ausgesprochen. Ich will nicht verheimlichen, daß mich eine schreckliche Lust zu lachen anwandelte. Ich hatte unrecht.

»Er allein ist mir jetzt verblieben, meine einzige Hoffnung!« rief er plötzlich, wie von einer neuen Idee erleuchtet. »Jetzt ist nur er es allein, mein armer Junge, der mich retten kann und – warum kommt er denn noch nicht? Mein Sohn, mein Petrúscha ... und wenn ich's auch nicht verdient habe, Vater zu heißen, eher ein Tiger bin ... so ... laissez-moi, mon ami ... ich werde mich ein wenig hinlegen, um meine Gedanken zu sammeln. Ich bin so müde, so müde, ja, und auch Sie müssen, glaube ich, zu Bett, voyez-vous, es ist schon zwölf ...«

VIERTES KAPITEL

DIE HINKENDE

I

Diesmal war Schatoff nicht widerspenstig, sondern erschien, auf meinen Brief hin, richtig um zwölf Uhr bei Lisawéta Nikolájewna. Wir traten fast zu gleicher Zeit ein; ich war gekommen, um meine erste Visite zu machen. Sie saßen alle, das heißt, Lisa, die „Mamá" und Mawríkij Nikolájewitsch, im großen Saal und stritten gerade miteinander. Die Mamá hatte gewünscht, daß Lisa ihr einen bestimmten Walzer vorspiele, und als Lisa das tat, behauptete sie, das sei ein anderer Walzer. Mawríkij Nikolájewitsch war in seiner Einfalt für Lisa eingetreten und hatte beteuert, daß es wirklich der gewünschte Walzer gewesen sei; da begann die alte Dame vor Ärger zu weinen. Sie war krank und konnte kaum gehen. Ihre Füße waren geschwollen, und nun tat sie schon seit ein paar Tagen nichts anderes, als daß sie launisch war und mit allen und jedem Streit anfing, obgleich sie sich vor Lisa immer ein wenig fürchtete. Über unseren Besuch war man sehr erfreut. Lisa errötete vor Freude, und nachdem sie mir „merci" gesagt hatte (natürlich wegen Schatoff), ging sie auf ihn zu. In ihren Augen lag Neugier.

Schatoff war unbeholfen an der Tür stehengeblieben. Sie dankte ihm dafür, daß er gekommen war, und führte ihn dann zur Mutter.

»Das ist Herr Schatoff, Mama, von dem ich Ihnen schon erzählt habe, und hier ist Herr G–ff, ein Freund von mir und von Stepan Trofimowitsch. Mawríkij Nikolájewitsch hat schon gestern seine Bekanntschaft gemacht.«

»Wer von Ihnen ist nun der Professor?«

»Keiner von ihnen ist Professor, Mama.«

»Wieso, einer ist doch Professor? Du hast mir doch selbst

gesagt, daß ein Professor kommen wird – wahrscheinlich ist es der da ...« und sie wies dabei geringschätzig auf Schatoff.

»Ich habe Ihnen nichts von einem Professor gesagt. Herr G–ff ist Beamter und Herr Schatoff ist ehemaliger Student.«

»Student, Professor – die sind doch beide von der Universität. Du willst immer nur streiten. Der in der Schweiz sah anders aus, trug ein Bärtchen.«

»Mama nennt Pjotr Stepánowitsch immer ‚Professor'«, sagte Lisa und führte Schatoff in die andere Saalecke zu einem Sofa, auf dem sie selbst Platz nahm. »Wenn ihre Füße geschwollen sind, ist sie immer so, sie ist nämlich krank«, sagte sie dabei leise zu ihm, während sie ihn wieder interessiert betrachtete, besonders seinen abstehenden Haarschopf.

»Sind Sie Militär?« fragte mich Madame Drosdoff, der mich Lisa unbarmherzig überlassen hatte.

»Nein, ich bin Beamter ...«

»Herr G–ff ist Stepan Trofimowitschs bester Freund«, rief Lisa ihr aus der anderen Ecke zu.

»Sind Sie bei Stepan Trofimowitsch angestellt? Aber der ist doch auch Professor!«

»Ach, Mama, Sie sehen wohl auch nachts im Traum nur noch Professoren!« rief Lisa unwillig.

»Es gibt ihrer auch tagsüber schon zu viele! Du aber willst nur immer deiner Mutter widersprechen. – Waren Sie hier, als Nikolai Wssèwolodowitsch vor vier Jahren herkam?«

Ich antwortete bejahend.

»War irgendein Engländer mit ihm hier?«

»Nein, nicht daß ich wüßte.«

Lisa begann zu lachen.

»Hörst du's nun, Lisa, daß überhaupt kein Engländer hiergewesen ist – alles Geflunker! Warwara Petrowna und Stepán Trofímowitsch schwindeln alle beide! Ja, und überhaupt wird von allen nur gelogen!«

Lisa wandte sich uns zu und sagte erklärend: »Tante findet nämlich, wie gestern auch Stepan Trofimowitsch, eine Ähnlichkeit zwischen Nikolai Wssèwolodowitsch und dem

Prinzen Heinz in Shakespeares „Heinrich IV.", und so meint Mama, ein Engländer sei mit ihm hiergewesen.«

»Wenn kein Engländer da war, so war auch kein Heinz da, und nur Nikolai Wssêwolodowitsch hat ganz allein seine Tollheiten begangen.«

»Mama tut nur mit Absicht so«, fand es Lisa für nötig, Schatoff zu informieren. »Sie weiß natürlich sehr gut, wer Shakespeare ist; ich habe ihr selbst den ersten Akt des „Othello" vorgelesen, aber sie ist jetzt immer so gereizt, wissen Sie. – Mama, hören Sie, es schlägt zwölf, Sie müssen Ihre Medizin einnehmen.«

»Der Arzt ist gekommen«, meldete das Stubenmädchen, das in der Tür erschien.

Die alte Dame erhob sich und rief ihr Hündchen herbei: »Semírka, Semírka, komm doch du wenigstens mit mir.«

Aber das widerliche alte Schoßhündchen Semirka gehorchte ihr nicht, sondern kroch unter das Sofa, auf dem Lisa saß.

»Du willst also nicht? Nun, dann will ich dich auch nicht mehr! Leben Sie wohl, mein Lieber, Ihren Namen habe ich leider vergessen«, wandte sie sich an mich.

»Antón Lawréntjewitsch . . .«

»Schon gut, lassen Sie nur, bei mir geht's doch bloß zum einen Ohr hinein, zum andern hinaus. Begleiten Sie mich nicht, Mawrikij Nikolajewitsch, ich habe nur Semirka gerufen. Noch kann ich, Gott sei Dank, allein gehen, und morgen werde ich spazierenfahren!«

Und sichtlich verärgert ging sie langsam aus dem Saal.

»Antón Lawréntjewitsch, Sie unterhalten sich inzwischen mit Mawríkij Nikolájewitsch – nicht wahr? Ich kann Sie versichern, daß Sie beide nur gewinnen werden, wenn Sie nähere Bekanntschaft machen«, sagte Lisa und lächelte Mawrikij Nikolajewitsch freundschaftlich zu. Er aber erstrahlte förmlich unter ihrem Blick.

So mußte ich mich denn, wohl oder übel, mit Mawrikij Nikolajewitsch unterhalten.

II

Was Lisaweta Nikolájewna mit Schatoff besprechen wollte, erwies sich zu meinem Erstaunen tatsächlich als eine rein literarische Angelegenheit. Ich weiß nicht, warum ich überzeugt gewesen war, daß sie ihn aus einem anderen Grunde zu sich gerufen hätte. Als wir, das heißt ich und Mawrikij Nikolajewitsch, nun sahen, daß sie aus ihrem Anliegen kein Geheimnis vor uns machte und beide nicht leise sprachen, hörten wir unwillkürlich zu; und bald zog man uns sogar mit ins Gespräch und bat auch uns um Rat. Sie hatte, wie sie uns auseinandersetzte, schon lange die Herausgabe eines ihrer Meinung nach sehr nützlichen Buches geplant. Da sie aber in solchen literarischen Sachen keine Erfahrung besaß, so brauchte sie einen Mitarbeiter. Der Ernst, mit dem sie Schatoff ihren Plan zu erklären versuchte, setzte mich wirklich in Erstaunen.

‚Also auch eine von den Modernen', dachte ich. ‚Sie scheint nicht umsonst in der Schweiz gewesen zu sein.'

Schatoff hörte ihr aufmerksam zu, den Blick auf den Boden geheftet, und ohne jegliche Verwunderung darüber, daß eine von Zerstreuungen absorbierte junge Dame der Gesellschaft sich mit solchen, wie man meinen sollte, gar nicht zu ihr passenden Dingen abgab.

Es handelte sich um folgendes: In Rußland erscheinen alljährlich, sowohl in den Hauptstädten wie im ganzen Reich, eine große Anzahl von Zeitungen und Zeitschriften aller Art, und in ihnen wird tagaus tagein von allen möglichen Ereignissen berichtet. Aber wenn dann das Jahr vergangen ist, werden die alten Zeitungen überall weggeräumt, in Schränke gesteckt, oder sie liegen herum, werden zerrissen, werden zum Einwickeln verwendet, zu Lichthörnern u.a.m. Manch eines von den mitgeteilten Ereignissen bleibt wohl im Gedächtnis des Lesers haften, wenn es auf ihn einen Eindruck gemacht hat, und gerät erst nach Jahren in Vergessenheit. Nun würden aber später viele gern nachschlagen und das einmal Gelesene wieder lesen wollen, aber was gäbe das für eine Arbeit, in diesem Meer von Blättern die Stelle zu finden, zumal man sich oft nicht einmal erinnert, in welchem Jahr oder Monat und in welcher Zeitung man die betreffende Sache gelesen hat. Indessen könnte, wenn man alle derartigen Geschehnisse eines ganzen Jahres sammelte und in einem einzigen Bande herausgäbe – selbstverständlich nach einem bestimmten Plan und nach einem bestimmten leitenden Gedanken geordnet, mit einteilenden Überschriften, mit einem Index und mit übersichtlicher Angabe der Zeit (Monate und Tage) – so könnte eine solche Zusammenfassung des Stoffes in einem übersichtlichen Werk die ganze Charakteristik des russischen Lebens im Laufe dieses Jahres veranschaulichen, obwohl von den Ereignissen selbst, im Vergleich zu all den unzähligen Geschehnissen, die sich wirklich begeben, natürlich nur ein kleiner Bruchteil in die Zeitungen kommt.

»Dann würde es statt einer Menge von Blättern mehrere dicke Bücher geben, und das wäre alles«, bemerkte Schatoff.

Aber Lisaweta Nikolajewna verteidigte ihren Gedanken mit großem Eifer, obgleich es schwer war, ihn einleuchtend zu erklären, ganz abgesehen davon, daß sie sich auch nicht recht auszudrücken verstand. Es müsse nur ein einziger Band werden, und nicht einmal ein sehr dicker, beteuerte sie. Oder wenn es auch ein dickes Buch werden sollte, so müsse es doch übersichtlich sein, und deshalb sei die Hauptsache der Plan und die Art der Einteilung des Stoffes. Selbstredend dürfe nicht alles genommen und abgedruckt werden. Erlasse, Regierungsmaßnahmen, örtliche Verordnungen, Gesetze – so wichtig das alles auch sei – in das geplante Buch brauchte man davon doch nichts aufzunehmen. Überhaupt könnte man vieles weglassen und sich auf eine Auswahl von Geschehnissen beschränken, die mehr oder weniger das ethische und persönliche Leben des Volkes, sozusagen die Persönlichkeit des russischen Volkes im angegebenen Zeitraum ausdrückten. Freilich käme alles in Betracht: Kuriosa, Feuersbrünste, Spenden, Stiftungen, gute oder schlechte Handlungen aller Art, verschiedene Aussprüche und Reden, ja, schließlich auch Nachrichten von Überschwemmungen, ja, auch einzelne Regierungserlasse, aber aus allem müsse nur das herausgesucht werden, was die Epoche kennzeichnet. Alles müsse eben unter einem bestimmten Gesichtswinkel erfaßt und hingestellt werden, und hinter allem müsse ein Gedanke stehen, der den Zusammenhang des Ganzen sichtbar werden lasse. Und schließlich müsse das Buch sogar als Lektüre interessant und fesselnd sein, ganz zu schweigen von seinem Wert als notwendigem Nachschlagebuch! Es wäre also gewissermaßen ein Bild des geistigen, sittlichen, inneren russischen Lebens im Laufe eines Jahres. »Es muß so sein, daß alle es kaufen, es muß zu einem richtigen Handbuch werden«, behauptete Lisa. »Ich weiß wohl, daß hierbei der Plan die Hauptsache ist, und deshalb wende ich mich ja an Sie«, schloß sie, recht in Eifer geraten, und obgleich sie sich unklar und unvollständig ausgedrückt hatte, begann Schatoff zu begreifen.

»Es würde also doch so etwas mit einer Tendenz werden, eine Zusammenstellung von Fakten unter einem bestimmten Gesichtswinkel«, brummte er, immer noch ohne den Kopf zu erheben.

»Keineswegs mit einer Tendenz, das ist gar nicht nötig! Nichts als Objektivität – das soll die ganze Tendenz sein!«

»Aber eine Tendenz wäre ja an sich nichts Schlimmes«, sagte Schatoff und bewegte sich endlich, »auch ließe sich das wohl nicht vermeiden, sobald man überhaupt eine Auswahl trifft. In der Art der Auswahl und Zusammenstellung wird eben schon der Hinweis enthalten sein, wie man das Ganze verstehen soll. Ihre Idee ist nicht schlecht.«

»So glauben Sie, daß man ein solches Buch zustande bringen könnte?« fragte Lisa erfreut.

»Man muß sich das noch überlegen. Es würde ein sehr großes Unternehmen werden. So plötzlich läßt sich nichts darüber sagen. Da muß man Erfahrungen sammeln. Erst während der Arbeit würden wir sehen und lernen, wie es am besten zu machen wäre. Vielleicht finden wir das richtige Verfahren erst nach vielen Versuchen. Aber der Gedanke fängt an, einem einzuleuchten. Es ist ein nützlicher Gedanke.«

Endlich sah er auf und seine Augen leuchteten sogar vor Vergnügen, so sehr war er jetzt interessiert.

»Haben Sie sich das selbst ausgedacht?« fragte er Lisa freundlich und, wie das so seine Art war, fast verschämt.

»Ach, das Ausdenken war kein Kunststück, dafür aber ist es der Plan um so mehr«, erwiderte Lisa lächelnd. »Ich verstehe wenig davon und bin nicht sehr klug, ich verfolge nur das, was mir selbst klar ist ...«

»Sie verfolgen?«

»Das ist wohl nicht das richtige Wort?« forschte Lisa schnell und wißbegierig.

»Nein, doch ... man kann es sagen. Ich fragte nicht deswegen.«

»Ich habe mir schon im Auslande gesagt, daß auch ich irgendwie nützlich sein könnte. Ich besitze mein eigenes Vermögen, und es liegt unnütz da; warum sollte nicht auch ich für die gemeinsame Sache arbeiten? Und zudem kam mir jene Idee ganz von selbst; ich habe mich gar nicht angestrengt oder sie mir ausgedacht – der Gedanke war auf einmal da, und da freute ich mich sehr. Ich sah nur gleich ein, daß es ohne einen Mitarbeiter nicht gehen würde, da ich allein doch nichts verstehe. Der Mitarbeiter soll natürlich auch gleich der Mitherausgeber sein. Wir machen es dann zur Hälfte: Von Ihnen kommt der Plan und die Arbeit, von mir die Idee und die Mittel zur Herausgabe. Das Buch wird sich doch bezahlt machen?«

»Wenn wir den richtigen Plan finden, wird das Buch schon gehen.«

»Ich muß nur vorausschicken, daß ich es nicht wegen des möglichen Überschusses tue, aber ich möchte doch sehr, daß es viel gekauft wird, und auf einen Überschuß wäre ich natürlich furchtbar stolz.«

»Aber was soll ich denn dabei?«

»Aber ich bitte doch gerade Sie, dieser Mitarbeiter zu sein ... Wir teilen dann. Sie werden doch den Plan ausdenken.«

»Woher wissen Sie, ob ich das kann?«

»Man hat mir schon von Ihnen erzählt, und hier hörte ich ... ich weiß, daß Sie sehr klug sind und ... zu arbeiten verstehen und ... viel denken. Mir hat Pjotr Stepánowitsch Werchowénskij in der Schweiz von Ihnen erzählt«, fügte sie eilig hinzu. »Er ist ein sehr kluger Mensch, nicht wahr?«

Schatoff sah sie nur mit einem gleichsam huschenden Blick an, der kaum über sie hinglitt, senkte aber sofort wieder die Augen.

»Auch Nikolai Stawrogin hat mir viel von Ihnen erzählt.«

Schatoff wurde plötzlich rot.

»Übrigens, hier sind Zeitungen.« Sie nahm hastig ein zusammengebundenes Paket, das auf einem Stuhl bereit lag. »Ich habe schon versucht, eine Auswahl zu treffen und ein bißchen zusammenzustellen – ich habe die Stellen angestrichen und numeriert ... Sie werden schon selbst sehen ...«

Schatoff nahm das Paket.

»Nehmen Sie es mit nach Haus, sehen Sie es dort durch – Sie wohnen doch irgendwo?«

In der Bogojáwlenskaja Straße, im Filíppoffschen Hause.«

»Ich weiß. Dort soll auch, wie ich gehört habe, neben Ihnen irgendein Hauptmann wohnen, ein Herr Lebädkin?« fuhr Lisa mit derselben hastenden Eile fort.

Schatoff saß, das Paket, wie er es genommen hatte, frei in der Hand haltend, wohl eine ganze Minute ohne zu antworten da und blickte zu Boden.

»Zu diesen Sachen werden Sie sich doch wohl einen anderen aussuchen müssen, denn ich – tauge nicht dazu«, sagte er schließlich mit ganz eigentümlich gesenkter Stimme, ja, fast flüsternd.

Lisa flammte auf.

»Von was für Sachen reden Sie? – Mawrikij Nikolájewitsch!« rief sie diesen, »bitte geben Sie jenen Brief her!«

Auch ich trat nach Mawrikij Nikolajewitsch an den Tisch.

»Sehen Sie sich dies hier an«, wandte sie sich auf einmal an mich, während sie in sichtlich großer Erregung den Brief entfaltete. »Haben Sie schon je etwas Ähnliches gesehen? Bitte, lesen Sie es laut vor. Ich will, und es ist nötig, daß auch Herr Schatoff es hört.«

Mit nicht geringer Bestürzung las ich das folgende Sendschreiben vor:

»An die vollendete Schönheit, Fräulein Túschina.

Gnädiges Fräulein! Jelisawéta Nikolajewna!
Oh, wie ist sie wunderbar,
Jelisawéta Túschina!
Wenn sie mit ihrem Verwandten ausreitet
Und durch ihre Locken der Wind gleitet!
Oder wenn sie mit ihrer Mutter in der Kirche kniet
Und man die Röte der andächtigen Gesichter sieht!
Dann sehn' ich mich nach nichts so sehr,
Wie nach ehelich rechtmäßigen Wonnen,
Und hinter ihr und der Mutter her
Sind mir die Tränen über die Wangen geronnen . . .
(Gedichtet von einem Ungelehrten nach einem Streite)

Gnädiges Fräulein!

Am meisten bedauere ich, daß ich vor Sebastopol nicht einen Arm um des Ruhmes willen verloren habe, sintemal ich dort überhaupt nicht gewesen bin, sondern während des ganzen Feldzuges dienstlich bei der Austeilung gemeinen Proviants tätig war, was ich als Erniedrigung empfand. Sie sind eine Göttin des Altertums, ich aber bin ein Nichts, dem jetzt dämmert, was Schrankenlosigkeit bedeutete. Betrachten Sie das Geschriebene als Verse und nichts weiter, denn Verse sind nun einmal Poesie, und wenn diese auch Unsinn ist, so entschuldigt sie doch das, was man in Prosa Unverschämtheit nennt. Kann sich denn die Sonne über ein Infusorium ärgern, das sie aus einem Wassertropfen andichtet, wo es ihrer eine Menge gibt, wenn man durchs Mikroskop schaut? Selbst der Klub der Nächstenliebe zu großem Viehzeug in Petersburgs höchster Gesellschaftsschicht, der sich mit Recht das Los von Hund und Pferd zu Herzen nimmt, verachtet das bescheidene Infusorium, indem er es überhaupt nicht erwähnt, weil es nicht herangewachsen ist. Auch ich bin nicht herangewachsen. Der Gedanke an eine Heirat könnte höchst lächerlich erscheinen; aber bald werde ich zweihundert frühere Seelen besitzen, durch einen Menschenhasser, den Sie verachten sollten. Kann vieles mitteilen und habe Dokumente in der Hand, für die es sogar nach Sibirien gehen kann. Verachten Sie den Antrag nicht. Der Brief des Infusoriums ist als Poesie zu verstehen.

Hauptmann Lebädkin,
ein ergebenster Freund, der stets Zeit hat.«

»Das hat ein Betrunkener geschrieben«, rief ich aus, »ein erbärmlicher Mensch! – Ich kenne ihn!«

»Ich erhielt ihn gestern«, begann Lisa, hochrot im Gesicht, uns hastig zu erklären. »Ich begriff sofort, daß irgendein Narr ihn geschrieben hat. Deshalb habe ich ihn Mama auch gar nicht gezeigt, um sie nicht noch mehr aufzuregen. Aber was soll ich tun, wenn er mir noch weitere Briefe von dieser Art schreibt? Mawrikij Nikolajewitsch wollte zu ihm gehen, um es ihm zu verbieten. Da ich Sie nun als meinen Mitarbeiter betrachte«, fuhr sie fort, sich Schatoff zuwendend, »und da Sie doch im selben Hause wohnen, so dachte ich, Sie könnten mir vielleicht etwas Näheres über ihn mitteilen?«

»Ein verkommener Mensch«, murmelte Schatoff sichtlich ungern.

»Ist er immer so dumm?«

»O nein, wenn er nicht betrunken ist, ist er durchaus nicht dumm.«

»Ich habe einen General gekannt, der in Mußestunden genau solche Gedichte verfaßte«, bemerkte ich lachend.

»Selbst aus diesem Brief ist zu ersehen, daß es ihm nicht an Verstand fehlt«, sagte der sonst so schweigsame Mawrikij Nikolajewitsch überraschenderweise.

»Man sagt, er habe hier eine Schwester bei sich?« fragte Lisa.

»Ja, eine Schwester.«

»Und er soll sie tyrannisieren, ist das wahr?«

Schatoff sah Lisa wieder kurz an, runzelte die Stirn, brummte nur: »Was geht das mich an!« und wandte sich zur Tür.

»Ach, aber so warten Sie doch«, rief Lisa erregt, »wohin wollen Sie denn schon? Wir müssen doch noch so vieles besprechen! ...«

»Was denn noch besprechen? Ich werde Ihnen morgen Bescheid sagen ...«

»Aber die Hauptsache doch, wie wir es drucken! Glauben Sie doch endlich, daß es mir mit dem Buch wirklich ernst ist!« beteuerte Lisa in wachsender Unruhe. »Wenn wir es nun herausgeben wollen, wo soll das Buch dann gedruckt werden? Wir werden doch deshalb nicht nach Moskau reisen, und in einer hiesigen Druckerei wäre doch die Herstellung einer solchen Ausgabe unmöglich. So habe ich denn beschlossen, eine eigene Druckerei zu gründen, sagen wir, auf Ihren Namen, und Mama würde bestimmt nichts dagegen haben, wenn es auf Ihren Namen geschieht ...«

»Woher wissen Sie, daß ich drucken kann?« fragte Schatoff finster.

»Ja, das hat mir Pjotr Stepánowitsch Werchowénskij schon in der Schweiz gesagt, daß Sie das alles verstehen, und er wollte mir sogar einen Brief an Sie mitgeben, aber dann habe ich's vergessen ...«

In Schatoffs Gesicht ging, wie ich mich jetzt erinnere, eine Veränderung vor. Er stand noch ein paar Sekunden da, und plötzlich verließ er das Zimmer.

Lisa ärgerte sich.

»Geht er immer so weg?« fragte sie, sich zu mir wendend.

Ich wollte schon die Achsel zucken, aber da kam Schatoff bereits zurück und legte das Paket auf den Tisch.

»Ich kann nicht Ihr Mitarbeiter sein, habe keine Zeit ...«

»Aber warum, warum denn nicht? Sie haben sich wohl über irgend etwas geärgert?« fragte Lisa ganz traurig und ihre Stimme klang bittend.

Und dieser Ton in ihrer Stimme schien ihn stutzig zu machen: ein paar Augenblicke lang sah er sie unverwandt an, als wolle er bis in ihre Seele hineinschauen.

»Ganz gleich«, murmelte er dann leise, »ich will nicht ...«

Und er ging wirklich weg.

Lisa blieb ganz niedergeschlagen zurück – sogar weit niedergeschlagener, als man es nach dem Vorgefallenen hätte verstehen können; wenigstens schien es mir damals so.

»Ein höchst sonderbarer Mensch«, bemerkte Mawrikij Nikolajewitsch laut.

III

Natürlich wirkte Schatoff »sonderbar«, aber schließlich war an dieser ganzen Sache doch gar zu vieles unklar. Es mußte da hinter manchem noch ein anderer Sinn stecken. Diese Herausgabe eines Buches kam mir durchaus unglaubhaft vor, und ich dachte bei mir, daß sie wohl nur ein Vorwand zu irgendwelchen anderen Zwecken sein könne. Und dann dieser dumme Brief mit dem Angebot von Mitteilungen und »Dokumenten«, und warum hatten sie es vermieden, davon zu sprechen, warum sprachen sie sogleich von etwas ganz Anderem? Und schließlich, warum war Schatoff so plötzlich fortgegangen, und so auffallenderweise gerade dann, als man von der Druckereifrage zu sprechen begann? Alles das gab mir zu denken und brachte mich auf den Gedanken, daß hier schon früher etwas geschehen sein müsse, wovon ich nichts wußte; daß ich folglich hier überflüssig war und daß mich die ganze Sache nichts anging. Aber es war auch Zeit, mich zu verabschieden: für einen ersten Besuch war ich lange genug dagewesen. Ich trat an Lisaweta Nikolajewna heran. Sie schien meine Anwesenheit im Zimmer ganz vergessen zu haben. Sie stand immer noch tief nachdenklich auf demselben Platz am Tisch und starrte vor sich hin.

»Ach, auch Sie wollen gehen? Nun, dann auf Wiedersehen«, sagte sie in gewohnheitsmäßig freundlichem Ton. »Grüßen Sie Stepan Trofimowitsch von mir und reden Sie ihm doch zu, daß er sobald wie möglich zu mir komme. Mama kann sich leider nicht von Ihnen verabschieden ... Sie entschuldigen gewiß!«

Ich verabschiedete mich noch von Mawrikij Nikolajewitsch und ging hinaus. Als ich schon die Treppe hinabgegangen war, kam mir der Diener nachgeeilt.

»Das gnädige Fräulein lassen sehr bitten, noch einmal zurückzukehren.«

Ich fand Lisa nicht mehr in jenem großen Saal, wo wir gesessen hatten, sondern im anstoßenden Empfangszimmer. Die Flügeltür zum Saal, in dem Mawrikij Nikolajewitsch jetzt allein zurückgeblieben war, hatte man inzwischen geschlossen.

Lisa lächelte mir zu, war aber blaß. Sie stand mitten im Zimmer, sichtlich unentschlossen, sichtlich mit sich kämpfend. Plötzlich ergriff sie meine Hand und führte mich schweigend schnell zum Fenster.

»Ich will sie unbedingt sehen«, flüsterte sie und sah mich mit heißem, entschlossenem, ungeduldigem Blick an, der nicht den geringsten Widerspruch duldete. »Ich muß sie mit meinen eigenen Augen sehen und bitte Sie um Ihre Hilfe.«

Sie schien wirklich außer sich und ganz verzweifelt zu sein.

»Wen wollen Sie sehen, Lisaweta Nikolajewna?« fragte ich erschrocken.

»Diese Lebädkina, diese Lahme ... Es ist doch wahr, daß sie lahm ist?«

Ich war zunächst sprachlos. »Ich habe sie nie gesehen ... aber ich hörte noch gestern, daß sie allerdings lahm sein soll«, antwortete ich dann rasch und gleichfalls so leise wie möglich.

»Ich ... muß sie unbedingt sehen! Können Sie das nicht heute noch einrichten?«

Sie tat mir auf einmal furchtbar leid.

»Das ist unmöglich. Und ich wüßte auch nicht, wie.« Ich wollte ihr den Gedanken ausreden. »Ich könnte allenfalls zu Schatoff gehen ...«

»Wenn Sie mir nicht helfen, dann werde ich morgen selbst zu ihr gehen. Allein. Denn Mawrikij Nikolajewitsch weigert sich, mich dorthin zu begleiten. Ich hoffe jetzt nur noch auf Sie, denn sonst habe ich ja niemanden. Mit Schatoff habe ich töricht gesprochen. Aber ich weiß, Sie sind durch und durch ein Ehrenmann und vielleicht ... mir ein wenig zugetan? Tun Sie es! Bitte!«

Da erfaßte mich der leidenschaftliche Wunsch, ihr in allem behilflich zu sein.

»Also gut«, sagte ich, nachdem ich eine Weile überlegt hatte. »Ich werde noch heute hingehen und den Versuch machen, sie zu sehen. Unter allen Umständen. Ich werde Ihren Wunsch erfüllen, mein Wort darauf, nur müssen Sie mir erlauben, Schatoff ins Vertrauen zu ziehen.«

»Sagen Sie ihm, daß ich sie sehen muß! Daß ich nicht länger warten kann! Und sagen Sie ihm, daß ich ihn vorhin wirklich nicht zum Besten gehabt habe. Vielleicht ist er deshalb weggegangen, weil es ihm bei seiner Ehrlichkeit mißfiel, daß ich ihn anscheinend täuschen wollte. Aber ich habe ihm ganz gewiß nichts vorgespiegelt! Ich will wirklich das Buch herausgeben und eine Druckerei gründen ...«

»Ja, Schatoff ist der ehrlichste Mensch auf der Welt«, beteuerte ich eifrig.

»Und wenn es Ihnen nicht gelingt, dann – dann gehe ich morgen selbst zu ihr! Gleichviel, was daraus entsteht. Und wenn es auch alle erfahren!«

»Aber vor drei Uhr kann ich morgen unmöglich bei Ihnen sein!« bemerkte ich, ein wenig zur Besinnung kommend.

»Also dann morgen um drei. Und nicht wahr, ich habe mich nicht getäuscht, bei Stepan Trofimowitsch, als ich Sie für ein wenig – mir zugetan hielt?« lächelte sie mir zu, drückte mir zum Abschied die Hand und ging schnell in den großen Saal, wo Mawrikij Nikolajewitsch offenbar auf sie wartete.

Ich verließ das Haus, bedrückt von meinem Versprechen und unfähig, zu fassen, was geschehen war. Ich hatte einen Menschen in wirklicher Verzweiflung gesehen, ein junges Mädchen, das sich nicht scheute, sich bloßzustellen und einem ihr fremden Menschen ihr ganzes Vertrauen zu schenken. Ihr weibliches Lächeln in einem für sie so schweren Augenblick und die Andeutung, daß sie schon gestern meine Gefühle bemerkt habe, traf mich zwar wie ein Messerstich ins Herz; und das war alles! Ihre Geheimnisse wurden für mich plötzlich zu etwas Heiligem, und selbst wenn man mir diese Geheimnisse jetzt hätte mitteilen wollen – ich glaube, ich hätte mir die Ohren zugehalten, um nichts davon zu hören. Es war in mir nur so eine gewisse Ahnung ... Und doch wußte ich mir nicht auszudenken, auf welch eine Weise ich hier etwas hätte ausrichten können. Ja, ich wußte noch nicht einmal, was ich eigentlich ermöglichen sollte: eine Begegnung? Aber was für eine Begegnung? Und wo sollte die stattfinden? Meine ganze Hoffnung setzte ich auf Schatoff, obschon ich im voraus hätte wissen können, daß er hierzu nicht behilflich sein werde. Trotzdem eilte ich sofort zu ihm.

IV

Erst am Abend gegen acht Uhr traf ich ihn endlich zu Hause an. Zu meiner Verwunderung hatte er Besuch: Alexei Nílytsch Kirílloff saß bei ihm und noch ein mir kaum bekannter Herr, ein gewisser Schigaljóff, ein Bruder von Wirginskijs Frau.

Dieser Schigaljoff muß sich wohl schon an die zwei Monate in unserer Stadt aufgehalten haben; ich weiß nicht, woher er gekommen war; ich hatte nur gehört, ein Artikel von ihm sei in einem fortschrittlichen Petersburger Blatt erschienen. Wirginskij hatte mich mit ihm bei einer zufälligen Begegnung auf der Straße bekannt gemacht. In meinem Leben habe ich noch nie im Gesicht eines Menschen so viel griesgrämige Verdrossenheit und Düsternis gesehen. Er schaute drein, als erwarte er den Untergang der Welt nicht bloß irgendwann auf Grund von Prophezeiungen, die schließlich auch nicht in Erfüllung gehen konnten, sondern mit absoluter Exaktheit etwa übermorgen Vormittag um zehn Uhr und fünfundzwanzig Minuten. Wir hatten übrigens damals kaum ein Wort miteinander gewechselt, sondern nur uns gegenseitig die Hand gedrückt, ohne Mienenspiel, wie zwei Verschwörer. Was mir am meisten an ihm auffiel, waren seine Ohren, die von unnatürlicher Größe, lang, breit und dick waren und irgendwie eigentümlich vom Kopf wegstrebten. Seine Bewegungen waren ungefüge und langsam. Wenn Liputin sich mitunter Zukunftsträumen hingab, nach denen sich Fouriers Phalansterien auch in unserem Gouvernement verwirklichen könnten, so wußte dieser bestimmt Tag und Stunde voraus, wann das geschehen werde. Er hatte auf mich damals einen unheilverkündenden Eindruck gemacht; ihn jetzt bei Schatoff anzutreffen, wunderte mich, zumal Schatoff doch Besuch so ungern bei sich sah.

Bereits auf der Treppe war es zu hören, daß dort drei Stimmen ungewöhnlich laut durcheinander sprachen und, wie mir schien, heftig stritten. In dem Augenblick aber, als ich erschien, verstummten sie sofort. Und plötzlich setzten sie sich, während sie bis dahin stehend gestritten hatten; so mußte auch ich mich setzen. Es folgte ein dummes Stillschweigen, das wohl volle drei Minuten lang nicht unterbrochen wurde. Schigaljóff erkannte mich zwar, tat aber, als kenne er mich nicht, aber sicher nicht aus Feindschaft, sondern weiß Gott weshalb. Mit Kirilloff tauschte ich wortlos einen Gruß, und ich weiß nicht, weshalb wir uns nicht die Hand gaben. Schigaljóff begann mich streng und finster anzusehen, mit einem Ausdruck, der völlig naiv die feste Überzeugung verriet, daß ich sofort aufstehen und wieder weggehen würde. Endlich erhob sich Schatoff, und die anderen folgten seinem Beispiel. Sie gingen fort, ohne ein Wort zu sagen, noch sich von ihm zu verabschieden. Erst an der Tür wandte sich Schigaljóff noch einmal an Schatoff und sagte in drohendem Ton:

»Vergessen Sie aber nicht, daß Sie Rechenschaft schuldig sind.«

»Ich spucke auf eure Rechenschaft, ich bin keinem Teufel etwas schuldig!« rief Schatoff ihnen wütend nach, schlug die Tür zu und drehte den Schlüssel um.

»Narren!« sagte er, nachdem sein Blick mich gestreift hatte, mit einem seltsam höhnischen Zug um den Mund, bei kurzem Auflachen.

Sein Gesicht sah böse aus, und ich wunderte mich, daß er diesmal als erster zu sprechen begann. Früher war es gewöhnlich so gewesen, wenn ich ihn besuchte (was freilich sehr selten geschah), daß er sich mißmutig in einen Winkel setzte, verärgert antwortete und erst nach längerer Zeit aufzutauen begann; und dann erst sprach er mit Vergnügen. Beim Abschied aber wurde er jedesmal wieder unwirsch, und wenn er einen zur Tür geleitete, tat er es mit einer Miene, als schaffe er sich seinen persönlichen Feind vom Halse.

»Ich habe gestern bei diesem Herrn Kirilloff Tee getrunken«, sagte ich, um ein Gespräch anzuknüpfen. »Bei ihm scheint der Atheismus ein bißchen zur fixen Idee geworden zu sein.«

»Der russische Atheismus ist noch nie über eine Spielerei mit Worten hinausgekommen«, brummte Schatoff, während er den alten Lichtstumpf aus dem Leuchter nahm und ein neues Licht einsetzte.

»Ich glaube nicht, daß es diesem Kirilloff um Spielerei

mit Worten zu tun ist. Er versteht ja, wie 's scheint, nicht einmal einen einfachen Satz richtig aufzubauen, wie sollte er da noch an ein Spielen mit Worten denken!«

»Papierene Menschen; das kommt bei ihnen alles von der lakaienhaften Denkweise her«, bemerkte Schatoff ruhig, nachdem er sich in einer Ecke auf einen Stuhl gesetzt hatte, und stützte beide Handflächen auf die Knie.

»Haß ist auch dabei«, sagte er nach einer Weile des Schweigens. »Diese Leute würden selbst als erste sterbensunglücklich sein, wenn Rußland sich auf irgendeine Weise veränderte, und wäre es auch genau nach ihrem Wunsch, und plötzlich unermeßlich reich und glücklich sein würde. Dann hätten sie ja niemanden mehr, den sie hassen, auf den sie spucken, über den sie spotten könnten! Hier ist's nichts als ein einziger tierischer, grenzenloser Haß auf Rußland, der sich in ihren Organismus hineingefressen hat ... Und von irgendwelchen ‚heimlichen Tränen', die sich angeblich hinter dem sichtbaren Lachen verbergen sollen[30], ist hier überhaupt keine Spur vorhanden! Noch nie ist in Rußland etwas Verlogeneres gesagt worden als dieses Wort von den ‚heimlichen Tränen'!« stieß er beinahe wütend hervor.

»Weiß Gott, Sie urteilen aber scharf!« sagte ich lachend.

»Und Sie sind ‚gemäßigt liberal'.« Auch Schatoff lächelte, aber mit halbem Spott. »Wissen Sie«, sagte er nach einer Weile ganz plötzlich, »ich habe das vorhin vielleicht falsch gesagt, das von der lakaienhaften Denkweise. Sie werden gewiß bei sich gedacht haben: ‚Das sagt er nur, weil er als Sohn eines Lakaien geboren ist, ich aber bin ja kein Lakai'.«

»Aber das habe ich durchaus nicht gedacht ... wie kommen Sie darauf? ...«

»Sie brauchen sich nicht zu entschuldigen, ich fürchte Sie nicht. Früher stammte ich nur von einem Lakaien ab, jetzt bin ich selber zu einem geworden, zu genau so einem, wie auch Sie einer sind. Unser russischer Liberaler ist vor allen Dingen Lakai und hält nur danach Ausschau, wie er jemandem die Stiefel putzen könnte.«

»Was für Stiefel? Wie kommen Sie auf diese Allegorie?«

»Was heißt hier Allegorie! Sie lachen, wie ich sehe ... Stepan Trofimowitsch hat ganz recht, wenn er sagt, daß ich unter einem Stein liege, schon halb erdrückt, aber noch nicht ganz zerdrückt bin und mich nur noch in den letzten Zuckungen winde. Das ist ein treffender Vergleich von ihm.«

»Stepan Trofimowitsch behauptet, daß die Deutschen zu Ihrem Tollpunkt geworden seien«, bemerkte ich leichthin. »Wir haben uns von den Deutschen ja so manches angeeignet und in die eigene Tasche gesteckt.«

»Ja, zwanzig Kopeken haben wir von ihnen genommen und dafür hundert Rubel vom eigenen Kapital hingegeben.«

Wir schwiegen eine Weile.

»Diese Ideen hat er sich in Amerika an den Hals gelegen.«

»Wer das? Was an den Hals gelegen?«

»Ich meine Kirilloff. Wir haben dort beide vier Monate lang in einer Hütte auf dem Fußboden gelegen.«

»Ja, sind Sie denn je in Amerika gewesen?« fragte ich verwundert. »Sie haben nie davon gesprochen.«

»Wozu davon sprechen. Vor drei Jahren zogen wir zu dritt auf einem Auswandererschiff für unser letztes bißchen Geld nach den Vereinigten Staaten von Amerika, ‚um an uns selbst das Leben eines amerikanischen Arbeiters zu erproben und auf diese Weise die Lage eines Menschen in der schwersten sozialen Stellung durch ein Experiment am eigenen Leibe zu kontrollieren'. Das war die Aufgabe, der Zweck unserer Reise dorthin.«

»Grundgütiger!« fiel ich ihm lachend ins Wort, »das hätten sie doch ebensogut hier in unserem Gouvernement zur Erntezeit haben können, wenn Ihnen schon so darum zu tun war, ‚das Experiment am eigenen Leibe' zu machen, – wozu da gleich bis nach Amerika Reißaus nehmen!«

»Wir verdingten uns dort als Arbeiter bei einem Ausbeuter; insgesamt fanden sich bei ihm von uns Russen an die sechs Mann ein, – Studenten, selbst Gutsbesitzer, die eigene Güter besaßen, sogar Offiziere gab es da, und immer mit demselben großartigen Ziel. Und so arbeiteten wir denn, schwitzten, quälten uns ab, bis zur Erschöpfung. Schließlich gingen wir weg, Kirilloff und ich, wir wurden krank, konnten es nicht aushalten. Bei der Abrechnung zog uns der Unternehmer das Fell noch gehörig über die Ohren, zahlte anstatt der dreißig Dollar, die er uns laut der Abmachung schuldig war, mir nur acht und Kirilloff fünfzehn aus. Übrigens hat man uns obendrein noch geprügelt, und nicht nur einmal ... Ja, und damals war es denn, daß wir beide arbeitslos in einem elenden Städtchen vier Monate lang zusammen in einer Hütte auf dem Fußboden lagen. Kirilloff dachte seine Gedanken und ich dachte meine Gedanken.«

»Und der Unternehmer hat Sie wirklich geprügelt? In Amerika? Da werden Sie ihm wohl nicht schlecht Ihre Meinung gesagt haben.«

»Durchaus nicht. Im Gegenteil, wir sahen beide sofort ein, daß ‚wir Russen im Vergleich zu den Amerikanern kleine Kinder sind und daß man in Amerika geboren oder mindestens lange Jahre mit ihnen zusammen gearbeitet haben muß, um die Höhe ihrer Leistung zu erreichen'. Ja, selbst wenn man uns für etwas, was eine Kopeke wert war, einen Dollar abverlangte, so zahlten wir ihn nicht nur mit Vergnügen, sondern sogar mit Begeisterung. Wir lobten dort alles: den Spiritismus, die Lynchjustiz, die Revolver und die Vagabunden. Einmal, in der Eisenbahn, zog mein Nachbar aus meiner Rocktasche meine Haarbürste heraus und begann sich damit das Haar zu bürsten. Kirilloff und ich tauschten nur einen Blick aus und stimmten stillschweigend überein, daß mein Nachbar recht tat, und daß uns seine Handlungsweise sehr gefiel.«

»Sonderbar, daß bei uns so etwas nicht nur einfällt, sondern auch ausgeführt wird«, bemerkte ich.

»Papierene Menschen«, wiederholte Schatoff.

»Immerhin, einen ganzen Ozean zu überqueren, auf einem Auswandererschiff, in ein unbekanntes Land, und sei es auch mit der Absicht, durch ein ‚Experiment am eigenen Leibe' etwas kennenzulernen, und so weiter – darin liegt doch, bei Gott, eine gewisse hochgemute Kraft und Standhaftigkeit ... Aber wie sind Sie denn von dort wieder zurückgekommen?«

»Ich schrieb an einen Menschen nach Europa, und der schickte mir hundert Rubel.«

Die ganze Zeit, während Schatoff sprach, hatte er, wie immer, zu Boden gesehen, selbst dann, wenn er erregt sprach. Jetzt aber erhob er plötzlich den Kopf.

»Wollen Sie wissen, wer dieser Mensch war?«

»Wer war es denn?«

»Nikolai Stawrogin.«

Er stand plötzlich auf, trat an seinen Schreibtisch – es war ein einfacher Tisch aus Lindenholz – und tat, mir den Rücken zuwendend, als suche er etwas auf ihm.

Es ging bei uns damals das dunkle, aber glaubwürdige Gerücht, Schatoffs Frau hätte eine Zeitlang mit Nikolai Stawrogin in Paris ein Verhältnis gehabt, und zwar gerade vor etwa zwei Jahren, also in eben der Zeit, als Schatoff in Amerika war – freilich schon lange nach ihrer Trennung von ihm in Genf. ‚Wenn es sich so verhält, was plagte ihn dann, mir jetzt diesen Namen zu nennen und das ... noch breitzutreten?' fragte ich mich.

»Ich habe sie ihm bis heute noch nicht zurückgegeben«, sagte er, sich wieder zu mir wendend und nachdem er mich kurz, aber prüfend angesehen hatte. Dann setzte er sich wieder. Und plötzlich fragte er mich abrupt und schon in ganz anderem Ton:

»Sie sind natürlich mit einer bestimmten Absicht zu mir gekommen; was wünschen Sie?«

Ich erzählte ihm alles der Reihe nach und fügte hinzu, daß ich zwar inzwischen Zeit gehabt hätte, zur Besinnung zu kommen, nach meinem Feuereifer im ersten Augenblick, aber nun sei ich in noch größerer Verlegenheit: ich sähe ein, daß es sich hierbei um irgendetwas sehr Wichtiges für Lisaweta Nikolajewna handle, und ich wolle ihr unbedingt helfen, aber das Unglück sei eben, daß ich nicht einmal wisse, wie ich das ihr gegebene Versprechen halten solle, ja, kaum genau sagen könne, was ich ihr eigentlich versprochen hätte. Darauf beteuerte ich ihm nochmals und mit allem Nachdruck, daß sie gar nicht daran gedacht habe, ihn täuschen zu wollen, es liege hier irgend ein Mißverständnis vor, und es habe sie sehr betrübt, daß er vorhin so plötzlich und in so ungewöhnlicher Art weggegangen sei.

Er hörte mich sehr aufmerksam an.

»Vielleicht habe ich in der Tat wieder einmal eine Dummheit gemacht ... Aber wenn sie nicht verstanden hat, warum ich fortging – um so besser für sie!«

Er stand auf, ging zur Tür, öffnete sie und horchte hinaus.

»Sie wollen sie selbst sehen?«

»Ja, gerade das möchte ich, aber wie ließe sich das machen?« Ich erhob mich aber schon erfreut.

»Gehen wir ganz einfach hin, solange sie noch allein ist. Lebädkin darf natürlich nicht erfahren, daß wir bei ihr gewesen sind, sonst schlägt er sie wieder. Heimlich gehe ich oft zu ihr. Gestern habe ich ihn gründlich verprügelt, als er sie wieder zu schlagen anfing.«

»So ist das wirklich wahr, daß er sie schlägt?«

»Freilich; an den Haaren hab ich ihn von ihr weggerissen. Er wollte sich schon mit den Fäusten auf mich stürzen, aber ich konnte ihm doch noch einen Schrecken einjagen. Dabei blieb es. Nun fürchte ich, das könnte ihm wieder einfallen, wenn er heute betrunken nach Hause kommt; und dann wird er sie erst recht hauen.«

Wir gingen sogleich nach unten.

V

Die Tür zu Lebädkins war nur zugeklinkt, aber nicht verschlossen, und so traten wir ungehindert ein. Die ganze Wohnung bestand aus zwei häßlichen kleinen Zimmern mit verräucherten Wänden, an denen die schmutzigen Tapeten buchstäblich in Fetzen hingen. Früher hatte sich in diesen Räumen einige Jahre lang Filippoffs Schankwirtschaft befunden, die von ihm jetzt in sein neues Haus verlegt worden war. Die übrigen Zimmer, die früher auch noch zur Schankwirtschaft gehört hatten, waren jetzt verschlossen; nur diese beiden hatte man Lebädkin überlassen. Die Einrichtung der Wohnung bestand aus ein paar einfachen Holzbänken, Brettertischen und nur einem einzigen Lehnstuhl ohne Armlehnen. Im zweiten Zimmer stand in einer Ecke ein Bett, das mit einer Kattundecke zugedeckt war. Das war das Bett von Lebädkins Schwester, der Hauptmann selbst aber warf sich, wenn er sich schlafen legte, einfach auf den Fußboden, nicht selten so, wie er war, in den Kleidern. Überall lagen Krümel, Unrat, sah man verschüttetes Wasser; mitten im ersten Zimmer lag auf dem Boden ein großer, dicker, ganz nasser Lappen, um den sich eine richtige Pfütze gebildet hatte, und in dieser stand ein alter ausgetretener Schuh. Man sah sofort, daß sich hier niemand um etwas kümmerte; Öfen wurden nicht geheizt, Essen nicht gekocht; ja, sie besaßen nicht einmal einen Ssamowár, wie mir Schatoff ausführlicher berichtete. Der Hauptmann war mit seiner Schwester ohne eine Kopeke hier eingetroffen und hatte in der ersten Zeit tatsächlich, wie Liputin erzählte, davon gelebt, daß er in manche Häuser betteln ging. Dann aber, als er plötzlich in den Besitz von großen Summen geriet, hatte er sofort zu trinken angefangen und war vom Alkohol so duselig und wirr geworden, daß er an seinen Haushalt überhaupt nicht mehr dachte.

Mademoiselle Lebädkina, die ich so sehr zu sehen wünschte, saß ruhig und lautlos im zweiten Zimmer, in einer Ecke, hinter einem einfachen Küchentisch auf einer Bank. Auch als wir eintraten, redete sie uns nicht an, noch rührte sie sich überhaupt. Schatoff sagte, daß ihre Flurtür nie verschlossen werde, und einmal sei sie sogar die ganze Nacht sperrangelweit offengeblieben. Beim schwachen Schein eines dünnen Lichtchens in einem eisernen Leuchter erkannte ich ein krankhaft mageres weibliches Wesen von vielleicht dreißig Jahren, in einem dunklen alten Kattunkleide, mit langem, völlig unbedecktem Halse und dünnem, dunklem Haar, das im Nacken zu einem kleinen Knoten von der Größe des Fäustchens eines zweijährigen Kindes zusammengedreht war. Sie sah uns eigentlich ganz heiter entgegen. Außer dem Licht stand vor ihr auf dem Tisch ein kleiner billiger Spiegel, wie man ihn bei Bauern sieht, lag ein altes Spiel Karten, ein zerblättertes Liederbuch und eine Semmel, von der sie bereits ein- oder zweimal abgebissen hatte. Man merkte, daß sie sich weiß und rot geschminkt und die Lippen mit irgend etwas gefärbt hatte; ja, selbst die Brauen, die ohnehin schon lang, fein gezeichnet und dunkel zu sein schienen, hatte sie noch geschwärzt. Auf ihrer schmalen und hohen Stirn zeichneten sich trotz der weißen Schminke drei lange, tiefe Runzeln ziemlich scharf ab. Ich wußte schon, daß sie hinkte, aber diesmal stand sie während unserer Anwesenheit nicht auf, und ich sah sie nicht gehen. Irgend einmal, vielleicht in der ersten Jugend, mochte dieses abgezehrte Gesicht nicht unschön gewesen sein; aber ihre stillen, freundlichen grauen Augen waren auch jetzt noch bemerkenswert. Etwas Träumerisches und Inniges lag in ihrem stillen, fast frohen Blick. Diese stille, ruhige Freude, die auch in ihrem Lächeln zum Ausdruck kam, wunderte mich nach allem, was ich von der Kosakenpeitsche und anderen Niederträchtigkeiten ihres Bruders gehört hatte. Und seltsamerweise verspürte ich statt des peinlichen und sogar ängstlichen Widerwillens, den man doch sonst gewöhnlich in der Gegenwart solcher von Gott gezeichneten Geschöpfe empfindet, daß es mir diesmal, und fast vom ersten Augenblick an, geradezu angenehm war, sie anzusehen, und auch nachher bemächtigte sich meiner allenfalls Mitleid, aber keine Spur von Widerwillen.

»Sehen Sie, so sitzt sie hier buchstäblich tagelang mutterseelenallein da und rührt sich nicht«, sagte Schatoff, noch auf der Schwelle stehend, zu mir. »Er gibt ihr ja auch nichts zu essen. Die Alte aus dem Nachbarhause, die Kirilloff bedient, bringt ihr zuweilen etwas um Christi willen. Wie man sie nur so mit der brennenden Kerze allein lassen kann!«

Schatoff sagte das zu meiner Verwunderung ganz laut, als wären wir beide allein im Zimmer.

»Guten Abend, Schátuschka!«[31] begrüßte ihn freundlich Mlle. Lebädkina.

»Guten Abend, Marja Timoféjewna, ich habe dir einen Gast mitgebracht«, sagte Schatoff.

»Danke schön, der Gast soll mir willkommen sein. Ich weiß nicht, wen du da mitgebracht hast, aber mir ist doch, als könnte ich mich an diesen nicht recht erinnern.« Sie sah mich über die Kerze hinweg aufmerksam an, wandte sich dann aber sofort wieder Schatoff zu (mich jedoch beachtete sie nun während des ganzen folgenden Gesprächs überhaupt nicht mehr, als wäre ich gar nicht zugegen gewesen).

»Es ist dir wohl langweilig geworden, dort oben in deiner Stube allein umherzuwandern?« fragte sie lachend. Da sah ich, daß sie wunderschöne Zähne hatte.

»Auch das, aber vor allem wollte ich dich besuchen.«

Schatoff zog eine Bank an den Tisch, setzte sich und wies auch mir einen Platz neben sich an.

»Unterhaltung habe ich immer gern, nur bist du so drollig, Schátuschka, siehst aus wie ein Mönch. Wann hast du dich denn zum letztenmal gekämmt? Komm, ich werde es wohl wieder tun müssen.« Und sie zog ein Kämmchen aus ihrer Tasche. »Du hast wohl dein Haar überhaupt nicht mehr angerührt, seit ich dich das letzte Mal kämmte?«

»Ja, wie soll ich denn? Ich habe doch keinen Kamm«, versetzte Schatoff heiter.

»Wirklich nicht? Warte mal, dann werde ich dir meinen schenken, nicht diesen, einen andern; nur mußt du mich daran erinnern.«

Und mit dem ernsthaftesten Gesicht machte sie sich daran, ihn zu kämmen, zog ihm sogar auf der Seite einen Scheitel, bog sich ein wenig zurück, um zu sehen, ob er gut geraten war – und steckte schließlich das Kämmchen wieder in die Tasche.

»Weißt du was, Schátuschka?« sagte sie und schüttelte dabei den Kopf, »du bist doch schließlich ein vernünftiger Mensch, und trotzdem fehlt dir was. Es wird mir ganz sonderbar, wenn ich euch alle so sehe: ich verstehe nicht, wie können Menschen unzufrieden und immer lustlos sein? Sehnsucht ist doch nicht Lustlosigkeit. Mir ist froh zumut.«

»Auch mit dem Bruder?«

»Du meinst Lebädkin? Ach, der ist mein Lakai. Mir ist es ganz gleich, ob er hier ist oder nicht. Ich befehle nur: ‚Lebädkin, bring mir Wasser, Lebädkin, bring mir die Schuhe', und schon läuft er. Zuweilen sündige ich wohl auch und muß über ihn lachen.«

»Und genau so ist es«, sagte Schatoff zu mir gewandt, und zwar wieder ungeniert mit lauter Stimme. »Sie behandelt ihn tatsächlich wie ihren Diener, ich habe es selbst gehört, wie sie ihm zuruft: ‚Lebädkin, bring mir Wasser', und dabei lacht sie. Der Unterschied besteht nur darin, daß er nicht nach dem Wasser läuft, sondern sie dafür schlägt; und trotzdem fürchtet sie ihn tatsächlich nicht im geringsten. Sie hat oft ihre nervösen Anfälle, fast täglich, die wirken natürlich auf ihr Gedächtnis, so daß sie alles vergißt oder verwechselt. Glauben Sie, daß sie noch weiß, wann und wie wir hereingekommen sind? Übrigens, vielleicht weiß sie's doch noch, jedenfalls aber hat sie es sich auf ihre Art umgedichtet und hält uns wohl jetzt für Gott weiß was, nur nicht für das, was wir sind – obschon sie dabei ganz genau weiß, daß ich ‚Schátuschka' bin. Das macht auch nichts, daß ich jetzt laut spreche; sobald man nicht zu ihr spricht, hört sie sofort auf zuzuhören und beginnt zu sinnieren; sie stürzt sich nur so in ihre innere Welt. Sie ist eine außergewöhnliche Träumerin, acht Stunden, zuweilen den ganzen Tag sitzt sie auf demselben Fleck, ohne sich zu rühren. Sehen Sie die Semmel dort: angebissen hat sie sie vielleicht heute früh, aufessen wird sie sie vielleicht erst morgen. Da legt sie auch schon wieder Karten aus ...«

»Rate ich doch aus den Karten und rate, Schátuschka, aber immer kommt es so wie nicht richtig heraus«, sagte plötzlich Marja Timoféjewna, die das letzte Wort Schatoffs wohl gehört hatte, und ohne aufzusehen streckte sie die linke Hand mechanisch nach der Semmel aus (auch das mochte sie gehört haben).

Die Hand fand auch schließlich die Semmel, doch sie selbst ließ sich von neuen Gedanken wieder gefangennehmen, und nachdem sie die Semmel eine Weile in der linken Hand gehalten hatte, legte sie sie mechanisch wieder zurück an die gleiche Stelle, ohne sie zum Munde geführt zu haben.

»Es ist immer dasselbe: Eine Reise, ein böser Mensch, jemandes Hinterlist, ein Sterbebett, ein Brief irgendwoher, eine unvorhergesehene Nachricht ... Ach, alles Lug und Trug, denke ich! – Was meinst du dazu, Schátuschka? Wenn Menschen lügen, warum sollen dann nicht auch Karten lügen?« und sie mischte plötzlich die aufgeschlagenen Karten durcheinander und schob sie zusammen. »Dasselbe habe ich auch einmal der Mutter Praskówja gesagt ... das war eine ehrwürdige alte Nonne. Immer kam sie zu mir in die Zelle geschlüpft, um sich von mir die Karten legen zu lassen, aber heimlich, damit die Mutter-Äbtissin es nicht sah. Und sie war nicht die einzige, die zu mir kam. Sie seufzen und ächzen dann immer, schütteln alle den Kopf, raten hin und her und denken und bereiten sich auf etwas Großes vor – ich aber lache: ‚Woher wollen Sie denn plötzlich einen Brief bekommen, Mutter Praskówja', sage ich, ‚wenn zwölf Jahre keiner gekommen ist?' Ihre Tochter aber ist mit ihrem Mann irgendwohin nach der Türkei verzogen, und zwölf Jahre lang hat sie von ihr kein Lebenszeichen erhalten. Und wie ich so am nächsten Abend gerade beim Tee sitze, bei der Mutter-Äbtissin (sie stammt aus fürstlichem Hause), da sitzt bei ihr noch eine andere vornehme Dame, von auswärts, eine große Träumerin, und es sitzt da noch ein kleiner

Mönch vom Berge Athos, ein recht komischer Mensch, wie mir scheint. Und was glaubst du wohl, Schátuschka, dieser selbe Mensch hat am selben Morgen der Mutter Praskówja von der Tochter aus der Türkei einen Brief gebracht – da hast du den Karo-Buben, die unvorhergesehene Nachricht! Wir trinken also Tee, und der Mönch vom Berge Athos sagt zu der Mutter-Äbtissin: ‚Und vor allem', sagt er, ‚ehrwürdige Mutter-Äbtissin, hat der Herr Euer Kloster gesegnet, seitdem es einen so kostbaren Schatz in seinem Schoße birgt', sagt er. ‚Was für einen Schatz?' fragt die Mutter-Äbtissin. ‚Nun, die gottwohlgefällige Mutter Lisawéta meine ich doch!' sagt er. Aber diese gottwohlgefällige Lisawéta war nämlich bei uns in einer Zelle in der Klostermauer eingemauert, wie in einem Käfig, und der war nur einen Klafter lang und zwei Ellen hoch, und da sitzt sie schon siebzehn Jahre lang hinter einem eisernen Gitter, Winter und Sommer nur in einem hanfleinenen Hemde, und sticht immer mit einem Strohhälmchen oder einem Reisigstückchen in die Hanfleinwand ihres Hemdes und spricht kein Wort und kämmt sich nicht und wäscht sich nicht all diese siebzehn Jahre. Im Winter, wenn es kalt wird, steckt man ihr ein Pelzchen zu und täglich ein bißchen Brotrinde und einen Krug mit Wasser. Die Kirchengänger und Pilger staunen sie an, seufzen, bekreuzen sich und legen Geld hin. ‚Wahrlich, ein schöner Schatz!' sagt die Mutter-Äbtissin (hat sich geärgert – sie konnte die Lisaweta nicht ausstehen). ‚Lisaweta', sagt sie, ‚sitzt nur aus Bosheit und Eigensinn in der Zelle, und alles das ist Verstellung.' Mir gefiel das nicht, was sie sagte, denn ich wollte mich auch so einschließen lassen. ‚Ich aber glaube', sage ich, ‚Gott und die Natur ist alles eins.' Da rufen sie alle, wie aus einem Munde: ‚Da haben wir's!' Die Äbtissin lachte und fing mit der Dame zu tuscheln an, ich weiß nicht worüber, und rief mich nachher zu sich, streichelte mich, und die Dame schenkte mir ein rosa Bändchen – willst du, daß ich es dir zeige? Und das Mönchlein begann gleich, mich zu unterweisen, und predigte und sprach freundlich und demütig zu mir und wohl auch mit viel Verstand. Und ich sitze und höre zu. ‚Hast du verstanden?' fragte er mich dann. ‚Nein', sage ich, ‚ich habe gar nichts verstanden, und lassen Sie mich lieber ganz in Ruh', sage ich. Und seit der Zeit haben sie mich auch ganz in Ruh gelassen, Schátuschka. Aber als ich dann einmal aus der Kirche kam, flüsterte mir unsere Greisin, eine alte Nonne, zu – die mußte bei uns Buße tun für ihre Weissagungen – ‚Was ist das, die Gottgebärerin[32], wie dünkt es dich?' – ‚Das ist die große Mutter', antwortete ich, ‚ist die große Hoffnung, die ewige Zuversicht des Menschengeschlechts.' – ‚Ganz recht', sagt sie, ‚die Gottgebärerin – das ist die große feuchte Mutter Erde selbst, und darin liegt eine große Freude für den Menschen. Und jedes irdische Leid und jede irdische Träne soll uns eine Freude sein; und wenn du mit deinen Tränen die Erde unter dir an die zwei Spannen tief getränkt haben wirst, dann wird dir auch von Stund an alles zur Freude gereichen. Und von deinem Kummer', sagt sie, ‚wird dann gar nichts, gar nichts mehr übrig sein', sagt sie, ‚denn', sagt sie, ‚es gibt eine solche Weissagung.' Diese Worte fielen mir damals ins Herz und blieben darin. Seit der Zeit begann ich beim Gebet, jedesmal bei den tiefen Verbeugungen, die Erde zu küssen, ich küßte sie selbst und weinte dabei. Und ich kann dir sagen, Schátuschka, es ist nichts Schlechtes in diesen Tränen; und wenn du auch gar keinen Kummer hast, du wirst die Tränen auch vor lauter Freude weinen können. Die Tränen weinen sich von selbst, das ist wahr. Manchmal ging ich fort zum See, an sein Ufer: auf der einen Seite liegt unser Kloster, auf der anderen unser spitzer Berg, und er heißt darum auch der Spitzberg. Und so steige ich denn hinauf, auf diesen Berg und wende mich mit dem Gesicht nach Osten und falle auf die Erde nieder und weine und weine, und weiß nicht, wie lange ich weine, und habe dann alles vergessen und weiß gar nichts mehr. Dann stehe ich auf und wende mich zurück, und die Sonne geht unter so groß, und es ist eine Pracht und Herrlichkeit –

liebst du's auch, so die Sonne zu sehen, Schátuschka? Schön ist es, aber traurig ... Und ich wende mich wieder zurück nach Osten, und der Schatten, der Schatten von unserem Berge läuft schmal und lang und immer länger wie ein Zeiger über den See, eine Werst weit oder noch weiter – bis zur Insel im See, und teilt diese steinige Insel, sobald er sie erreicht, gerade in zwei Hälften. Und wie er sie so teilt, da geht auch die Sonne ganz unter und alles erlischt plötzlich. Und dann kommt wieder die Sehnsucht über mich, und plötzlich kommt auch die Erinnerung wieder, und ich fürchte die Dunkelheit, Schátuschka. Und immer mehr weine ich dann um mein Kindchen ...«

»Hast du denn eines gehabt?« fragte Schatoff, der ihr die ganze Zeit aufmerksam zugehört hatte, und stieß mich leicht mit dem Ellenbogen an.

»Wie denn nicht! Ein kleines, rosiges, mit so winzigen Nägelchen, und mein ganzer Kummer ist nur, daß ich mich nicht mehr erinnern kann, ob es ein Knabe oder ein Mädchen war. Bald ist es mir, als sei es ein Knabe, und bald, als sei es ein Mädchen gewesen. Als ich es damals geboren hatte, da wickelte ich es gleich in Batist und Spitzen und band es mit rosa Bändchen zu und bestreute es mit Blumen und schmückte es schön, und sprach ein Gebet über ihm und trug das Ungetaufte und trage es durch den Wald und fürchte mich im Walde, denn ich habe Angst und weine, und am meisten weine ich darüber, daß ich es geboren habe und doch den Mann nicht kenne.«

»Vielleicht hast du ihn doch gekannt?« fragte Schatoff vorsichtig.

»Drollig bist du doch, Schátuschka, mit deiner Vernunft. Vielleicht, vielleicht habe ich ihn auch ... aber was liegt daran, wenn es doch ebenso ist, als wenn ich ihn nicht gehabt hätte? Da hast du nun ein unschweres Rätsel, nun rate einmal!« sagte sie scherzhaft lächelnd.

»Wohin hast du denn das Kind getragen?«

»In den Teich hab ich's getragen«, antwortete sie seufzend.

Schatoff berührte mich wieder mit dem Ellenbogen.

»Aber was dann, wenn du das Kind überhaupt nicht gehabt hast und alles bei dir nur Phantasie ist?«

»Da legst du mir nun eine schwere Frage vor, Schátuschka«, antwortete sie grübelnd und ohne jegliche Verwunderung über die Frage. »Ich kann dir aber hierauf gar nichts sagen; vielleicht habe ich auch keines gehabt. Mir scheint, daß du nur aus Neugier so fragst; aber ich werde deshalb nicht aufhören, um mein Kindchen zu weinen, ich habe es doch nicht bloß im Traum gesehen?« Große Tränen glänzten in ihren Augen. »Schátuschka, Schátuschka, ist es wahr, daß deine Frau von dir fortgelaufen ist?« fragte sie plötzlich, indem sie ihm beide Hände auf die Schultern legte und ihn mitleidig anblickte. »Aber du ärgere dich nicht über meine Frage, mir ist ja auch weh ums Herz. Weißt du, Schátuschka, was für einen Traum ich gehabt habe? – Er kommt wieder zu mir und lockt mich: ‚Kätzchen', sagt er, ‚mein Kätzchen, komm heraus zu mir!' Sieh, über dieses ‚mein Kätzchen' freute ich mich am meisten: also liebt er mich doch, dachte ich.«

»Vielleicht wird er auch in Wirklichkeit kommen«, murmelte Schatoff halblaut.

»Nein, Schátuschka, das bleibt schon ein Traum ... in Wirklichkeit kann er ja gar nicht kommen. Kennst du das Lied:

„Lock mich nicht hinaus
in dein Prunkgemach,
laß mich hier in dieser Zelle
lieber einsam sein;
auf das Heil bedacht,
will ich beten ewiglich
hier zu Gott für dich."

Ach, Schátuschka, Schátuschka, du Lieber, warum fragst du mich denn nie nach etwas?«

»Du wirst ja doch nichts sagen, deshalb frage ich auch nicht.«

»Nein, nein, ich sage nichts, und wenn du mich auch totschlügest!« beteuerte sie schnell. »Verbrenne mich lebendig, ich sage nichts! Und wie es auch schmerzte, nichts werde ich sagen, nichts werden die Menschen erfahren!«

»Nun, siehst du, jeder hat das Seine«, sagte Schatoff noch leiser, und ließ den Kopf noch tiefer sinken.

»Aber wenn du mich bätest, vielleicht würde ich es dir dann doch sagen ... vielleicht würde ich es dir dann doch sagen!« flüsterte sie wie verzückt. »Warum bittest du mich nicht? Bitt mich, bitt mich ordentlich, Schátuschka, vielleicht werde ich's dir dann sagen. Flehe mich an, Schátuschka, bitte und beschwöre mich, damit ich dann selbst einwillige ... Schátuschka, Schátuschka!«

Aber Schátuschka schwieg. Wohl eine Minute lang schwiegen wir alle. Langsam flossen die Tränen über ihre geschminkten Wangen; sie saß da, ohne zu wissen, daß ihre beiden Hände noch auf Schatoffs Schultern lagen, aber sie sah ihn nicht mehr an.

»Eh, was geht das mich an, wäre auch Sünde«, sagte Schatoff plötzlich und erhob sich von der Bank. »Stehen Sie jetzt auf!« Er zog ärgerlich die Bank unter mir fort und schob sie an ihren Platz zurück: »Damit er nichts merkt, wenn er kommt. Wir müssen jetzt gehen.«

»Ach, du sprichst wieder von meinem Lakai!« Marja Timoféjewna lachte auf. »Hast Angst! Nun, dann lebt wohl, meine lieben Gäste ... aber hör' doch, nur noch einen Augenblick, was ich dir sagen will! Neulich kam dieser Nílytsch her, mit Filíppoff, dem Hauswirt, dem Rotbart, weißt du, gerade als meiner auf mich losschlug. Wie ihn der Hauswirt da packt und durchs Zimmer schleift, schreit er: ‚Bin nicht schuld, bin nicht schuld, muß für fremde Schulden dulden!' Glaubst du wohl, wir haben alle so darüber gelacht ...«

»Ach, Timoféjewna, das war doch *ich*«, sagte Schatoff, »ich zog ihn doch gestern an den Haaren von dir fort. Der Hauswirt dagegen war vor drei Tagen nur hergekommen, euch auszuschimpfen. Das hast du wohl wieder verwechselt.«

»Wart einmal, ja, ich habe es wirklich verwechselt, vielleicht warst du es. Aber wozu über solche Nebensachen streiten, ihm ist es doch einerlei, wer ihn wegreißt«, meinte sie lachend.

»Gehen wir schnell!« Schatoff zog mich am Ärmel, »die Pforte knarrt: trifft er uns bei ihr, so wird er sie wieder schlagen.«

Kaum waren wir die Treppe hinaufgelaufen, als wir auch schon betrunkenes Geschimpfe hörten. Schatoff zog mich in sein Zimmer und verschloß die Tür.

»Sie werden noch eine Weile hier warten müssen, wenn Sie keinen Krach mit ihm haben wollen. Hören Sie? Er quiekt wie ein Ferkel, ist wohl wieder über die Schwelle gestolpert ... fast jedesmal fällt er lang hin.«

Aber ganz ohne Krach ging es einstweilen doch nicht ab.

VI

Schatoff stand an der Tür und horchte hinaus. Plötzlich sprang er zurück.

»Er kommt herauf, das wußte ich ja!« rief er mir wütend leise zu. »Jetzt haben wir ihn vielleicht bis Mitternacht auf dem Halse!«

Ein paar starke Faustschläge an die Tür kündeten Lebädkin an.

»Schatoff! ... Schaa–toff, mach auf!« brüllte der Betrunkene. »Schatoff, Freund ...« Und plötzlich sang er los – die bekannte Romanze:

„Kam zu dir mit einem Gruß,
Um zu künden, daß der Mo-o-orgenstrahl
Glühend ... be-ebend ... seinen ersten Kuß
Von den Wipfeln dieser Wä-e-elder stahl!
Laß dir künden vom Erwachen ...“

»Kchä –hm! zum Teufel!« räusperte er sich –

„Vom Erwachen unter Zwei-e-eigen ...“

»Haha! klingt ja fast wie unter Ruten! Nein, lieber von was anderem! ...

„Jeder Vogel - hat mal Durst!
Weißt du auch, was ich trinke?
Trinke, ja, trinke?
Weiß ich doch ... selbst es nicht ...
Was ich ... was ich ...“

Ach, was! Hol sie der Teufel, diese dumme Neugier! Schatoff, begreifst du auch, wie schön es auf Erden zu leben ist!«

»Antworten Sie nicht!« flüsterte mir Schatoff zu.

»Hör, mach doch auf! ... Begreifst du auch, daß es etwas Höheres gibt als Raufereien unter ... der Menschheit? ... Es gibt, weißt du, es gibt Augenblicke im Leben eines edlen Menschen ... Schatoff, ich bin ein guter Mensch; ich verzeihe dir ... Schatoff, höre – der Teufel hole die Proklamationen! – Wie?«

Schweigen.

»Begreifst du auch, du Esel, daß ich verliebt bin! Ich habe mir einen Frack gekauft, sieh, einen Frack der Liebe ... fünfzehn Silberrubel! Eines Hauptmanns Liebe verlangt gesellschaftlichen Anstand ... Mach auf!« brüllte er plötzlich wie ein wildes Tier und begann von neuem, in toller Wut mit den Fäusten an die Tür zu donnern.

»Scher dich zum Teufel!« schrie nun plötzlich auch Schatoff.

»S–s–s–kla–a–ve! Leibeigener Sklave, und deine Schwester ist auch eine Skla–a–vin ... eine Die–bin!«

»Und du hast deine Schwester verkauft!«

»Du lügst! Ich dulde ohne eigene Schuld, während ich ... Mit einer einzigen Erklärung könnte ich ... Begreifst du auch, wer sie eigentlich ist?«

»Nun, wer ist sie denn?« Schatoff trat neugierig an die Tür.

»Wirst du es aber auch begreifen?«

»Werd' schon begreifen, wenn du es nur sagst – nun, wer ist sie denn?«

»Ich habe den Mut, es zu sagen! Ich habe immer den Mut dem Publikum alles zu sagen!«

»Scheint doch nicht«, neckte ihn Schatoff geflissentlich und gab mir einen Wink, jetzt nur gut aufzumerken.

»Was, du meinst, ich wa–age es nicht?«

»Natürlich wagst du es nicht.«

»Wie, ich wa–a–ge es nicht?«

»So sag's doch, wenn du die herrschaftlichen Ruten nicht fürchtest ... Bist doch ein Feigling – und willst ein Hauptmann sein!«

»Ich ... ich ... sie ... sie ist ...«, stotterte Lebädkin mit unsicherer, erregter Stimme.

»Nun?« Schatoff hielt das Ohr an die Tür.

Ein Schweigen entstand und dauerte mindestens eine halbe Minute an.

»Du Sch–sch–u–uft!« ertönte es endlich hinter der Tür, und der Hauptmann torkelte so schnell er nur konnte und fauchend wie ein Ssamowar die Treppe hinunter, daß jede Stufe unter seinem Gewicht nur so knarrte.

»Nein, er ist schlau, selbst in der Betrunkenheit wird er sich nicht verraten.« Schatoff kam von der Tür zurück.

»Aber was soll denn das alles bedeuten?« fragte ich.

Schatoff winkte nur mit der Hand ab, ging wieder zur Tür, öffnete sie und begann nach unten zu lauschen. Lange horchte er, ging sogar ein paar Stufen hinab ... endlich kam er wieder zurück.

»Es ist nichts zu hören ... hat sie also nicht geprügelt, wird wohl gleich eingeschlafen sein. Es ist Zeit, daß Sie gehen.«

»Hören Sie, Schatoff, was soll ich aus all dem schließen?«

»Ach, schließen Sie daraus, was Sie wollen!« antwortete er mit müder und schlecht gelaunter Stimme und setzte sich an seinen Schreibtisch.

Ich ging. Ein unerhörter Gedanke bemächtigte sich mehr und mehr meiner Vorstellungskraft. Mit Sorge dachte ich an den nächsten Tag ...

VII

Dieser nächste Tag – der Sonntag, an dem Stepan Trofimowitschs Schicksal sich unwiderruflich entscheiden sollte – war einer der denkwürdigsten Tage meiner Geschichte, war ein Tag der Überraschungen, an dem Altes seine Lösung fand und Neues sich knüpfte, ein Tag greller Aufklärungen und noch schlimmerer Verwirrung.

Wie ich schon erzählt habe, mußte ich meinen Freund am Morgen zu Warwara Petrowna begleiten, und um drei Uhr sollte ich dann bei Lisaweta Nikolajewna sein, um ihr zu erzählen ... ja, ich wußte selbst nicht, was! und ihr zu verhelfen – wozu? das wußte ich ebensowenig. Und nun fand plötzlich alles eine Lösung, die weder ich noch sonst jemand erwartet hatte. Kurz, es war ein Tag seltsam zusammentreffender Zufälle.

Er begann damit, daß wir, Stepan Trofimowitsch und ich, als wir pünktlich um zwölf bei Warwara Petrowna erschienen, sie nicht zu Hause antrafen: sie war noch nicht aus der Kirche zurückgekehrt. Mein armer Freund war aber dermaßen nervös oder innerlich erregt, daß schon dieser eine Umstand ihn sofort gleichsam vernichtete, und völlig erschöpft sank er im Empfangssalon auf einen Sessel. Ich bot ihm ein Glas Wasser an, doch trotz seines bleichen Gesichts und seiner zitternden Hände lehnte er es mit Würde ab. Beiläufig möchte ich hier bemerken, daß er diesmal mit ungewöhnlicher Eleganz gekleidet war: er trug die feinste gestickte Batistwäsche, eine weiße, meisterhaft geschlungene Halsbinde, hielt in der Hand einen neuen Hut und modisch strohfarbene Handschuhe, und hatte sich sogar ein ganz klein wenig parfümiert.

Kaum hatten wir uns gesetzt, als Schatoff, vom Diener geführt, eintrat. Warwara Petrowna hatte offenbar auch ihn um diese Zeit zu sich gebeten. Stepan Trofimowitsch erhob sich schon, um ihm die Hand zu reichen, doch Schatoff, der zunächst aufmerksam zu uns herübersah, wandte sich plötzlich zur Seite und setzte sich auf einen Stuhl an der Wand, ohne uns auch nur mit dem Kopf zuzunicken. Mein armer Freund sah mich wieder ganz erschrocken an.

So saßen wir noch eine ganze Weile in tiefstem Schweigen. Stepan Trofimowitsch begann mir zwar einmal irgend etwas zuzuflüstern, doch da er wahrscheinlich selbst nicht recht wußte, was er sagen wollte, so verstummte er gleich wieder. Nach einiger Zeit kam der Diener noch einmal herein, um irgend etwas auf dem Tisch zu ordnen; oder richtiger: um nach uns zu sehen. Da wandte sich plötzlich Schatoff an ihn und fragte laut:

»Alexéi Jegórytsch, ist Dárja Páwlowna mit ihr gefahren?«

»Warwara Petrowna geruhten allein zum Gottesdienst zu fahren; Darja Pawlowna aber sind zu Hause geblieben, sie fühlten sich nicht ganz wohl«, meldete Alexei Jegórytsch mit Anstand.

Mein armer Freund warf mir hierauf wieder einen erregten Blick zu, so daß ich mich schon geärgert von ihm abwenden wollte. Da ertönte draußen das Rollen einer Equipage, die vorfuhr, und ein gewisses fernes Hinundher im Hause kündete uns an, daß die Herrin zurückgekehrt war. Wir standen auf. Schritte näherten sich. Aber was war das? Wir hörten Schritte von mehreren Personen. War denn Warwara Petrowna nicht allein zurückgekehrt? Das war doch etwas sonderbar, da sie selbst uns zu dieser Stunde und zu diesem besonderen Zweck zu sich gebeten hatte. Schließlich vernahmen wir seltsam schnelle Schritte, fast ein Eilen, so aber pflegte Warwara Petrowna sonst doch nicht zu gehen. Und plötzlich flog die Türe auf und tatsächlich – Warwara Petrowna erschien, atemlos und in ungewöhnlicher Erregung. Hinter ihr aber kam, langsamer, leiser Lisaweta Nikolajewna, und die führte am Arm Márja Timoféjewna Lebädkina! Hätte ich das im Traum gesehen, so hätte ich selbst dann meinen Augen nicht getraut.

Um diese völlig unerwartete Überraschung zu erklären,

muß ich um etwa eine Stunde zurückgreifen und ausführlicher erzählen, was sich inzwischen in der Kirche zugetragen hatte.

An eben diesem Sonntage war fast die ganze Stadt zum Morgengottesdienst erschienen, das heißt natürlich nur die höchste Schicht unserer Gesellschaft. Man wußte, daß die neue Gouverneurin zum erstenmal nach ihrer Ankunft bei uns in die Kirche gehen werde. Es hatte sich schon herumgesprochen, daß sie eine Freidenkerin sei und die „neuesten Anschauungen" teile. Und überdies wußten schon alle Damen, daß sie in einer prächtigen, aber sehr geschmackvollen Toilette erscheinen werde, weshalb denn alle gleichfalls in möglichst eleganter und kostbarer Kleidung erschienen waren. Nur Warwara Petrowna war wieder schlicht und ganz in Schwarz gekleidet, genau so, wie sie sich in den letzten vier Jahren immer kleidete. Während des Gottesdienstes stand sie auf ihrem alten Platz, links, in der ersten Reihe, und vor ihr hatte ihr Diener in Livree ein Samtkissen hingelegt, zum Niederknien. Kurz, alles war so, wie es immer gewesen war. Manche Leute wollten zwar bemerkt haben, daß Warwara Petrowna an diesem Morgen ganz besonders lange und inbrünstig gebetet habe; ja, später, als man sich alles wieder vergegenwärtigte, versicherte man sogar, sie habe Tränen in den Augen gehabt. Die Messe war schließlich zu Ende und unser Oberpriester, der Vater Páwel, trat aus der Sakristei, um eine feierliche Predigt zu halten. Seine Predigten wurden bei uns sehr geschätzt, und man hatte ihm schon oft zugeredet, sie doch drucken zu lassen; aber dazu konnte er sich immer nicht entschließen. An diesem Sonntage nun fiel die Predigt besonders lang aus.

Da kam, nachdem die Predigt schon begonnen hatte, noch eine Dame in einer leichten Mietdroschke angefahren, in einem von jenen altmodischen Vehikeln, auf denen Herren rittlings, Damen nur seitlich sitzen konnten, weshalb sie sich an dem Gürtel des Kutschers festhalten mußten, da sie bei jedem Stoß des Wagens wie Wiesengräschen im Winde schaukelten. Diese leichten Droschken, die sogenannten Wanjkas, gibt es auch heute noch in unserer Stadt. Der Kutscher hielt an der Kirchenecke, da er wegen der vielen Equipagen und sogar Gendarmen vor dem Portal nicht weiterzufahren wagte. Die Dame stieg ab und gab dem Kutscher vier Silberkopeken.

»Was, ist es zu wenig, Wanja?« fragte sie erschrocken, als sie sah, daß der Kutscher ein Gesicht schnitt. »Das ist aber alles, was ich habe«, fügte sie kläglich hinzu.

»Na, schon gut, wir haben ja keinen Preis ausgemacht ...« Der Wanjka winkte mit der Hand und sah sie an, als dächte er: ‚Wäre ja auch Sünde, dich mit einem Wort zu kränken ...'

Er steckte seinen Lederbeutel unter die Bluse und fuhr, begleitet vom Spott der anderen in der Nähe wartenden Kutscher, wieder davon. Spötteleien und Verwunderung begleiteten auch die Dame, so lange sie sich durch die Volksmenge und die wartenden Diener bis zum Kirchenportal durchdrängte. Aber es lag auch wirklich etwas Ungewöhnliches und Überraschendes in dem Auftauchen einer solchen Person, so plötzlich irgendwoher und am Sonntagmorgen mitten unter dem Volk.

Sie war von krankhafter Magerkeit und hinkte; ihr Gesicht war stark weiß und rot geschminkt und der lange Hals war bloß. Sie hatte weder ein Tuch bei sich, noch einen Umhang, war nur in einem alten dunklen Kattunkleide, trotz des kühlen, windigen, wenn auch sonnigen Septembertages. Ihr Kopf war gleichfalls unbedeckt, und in den kleinen Haarknoten im Nacken hatte sie an der rechten Seite eine Rose aus Seidenpapier gesteckt, eine wie die, mit denen man die Osterengel schmückt. So einen Osterengel in einem Kranz aus Papierrosen hatte ich gerade am Abend vorher, als ich bei Marja Timofejewna saß, unter den Heiligenbildern bemerkt. Hinzu kam, daß die Dame, wenn auch mit niedergeschlagenen Augen, doch mit einem beinahe mehr als heiteren, fast verschmitzten Lächeln durch das Volk ging. Vielleicht hätte man sie, wenn sie noch einen Augenblick länger in der Menge geblieben wäre, überhaupt nicht in die Kirche eintreten lassen. So aber gelang es ihr noch, durch das Portal zu schlüpfen, und unauffällig schob sie sich dann weiter nach vorn.

Obgleich die Predigt noch nicht zu Ende war und die ganze dichtgedrängte Menge in der Kirche mit lautloser Aufmerksamkeit lauschte, wandten sich heimlich doch manche Augen interessiert und verwundert der Neueingetretenen zu. Diese kniete zunächst nieder, beugte ihr geschminktes Gesicht auf die Fliesen und berührte sie mit der Stirn; lange lag sie so da, und wie es schien, weinte sie; als sie aber den Kopf wieder erhoben und sich von den Knien aufgerichtet hatte, sah sie ganz gefaßt und sogar munter aus. Heiter und mit sichtlich größtem Vergnügen ließ sie ihre Augen über die Gesichter der Menschen und über die Wände der Kathedrale gleiten; mit besonderer Neugier betrachtete sie einzelne Damen, und sie hob sich sogar auf die Fußspitzen, um besser sehen zu können, ja, sie lachte sogar ein oder zweimal leise auf, mit einem seltsamen Kichern. Aber die Predigt ging zu Ende, und das Kreuz wurde aus dem Allerheiligsten herausgetragen. Die Gouverneurin war die erste, die auf das Kreuz zuging, aber knapp zwei Schritte vor dem Kreuz blieb sie stehen, in der eindeutigen Absicht, Warwara Petrowna den Vortritt zu lassen, die ihrerseits etwas gar zu geradeaus auf das Kreuz zuschritt, als bemerke sie überhaupt niemanden vor sich. Diese außergewöhnliche Höflichkeit der Gouverneurin enthielt zweifellos eine deutliche und in ihrer Art nicht geistlose kleine Stichelei; so wurde sie jedenfalls von allen aufgefaßt. So wurde sie wahrscheinlich auch von Warwara Petrowna verstanden; aber sie tat nichtsdestoweniger, als bemerke sie niemanden, küßte mit der unerschütterlichsten Miene überlegener Würde das Kreuz und wandte sich danach sofort dem Ausgang zu. Ihr Diener in Livree bahnte ihr den Weg durch die Anwesenden, obgleich ohnehin alle vor ihr auseinandertraten. Erst in der Vorhalle, kurz vor dem Ausgang, versperrte ihr die hier dicht zusammengedrängte Menge für einen Augenblick den Weg. Warwara Petrowna blieb stehen, und auf einmal drängte sich ein seltsames, auffallendes Geschöpf, eine Frauensperson mit einer Papierrose im Haar, durch die Menge hindurch und kniete vor ihr nieder. Warwara Petrowna, die nicht leicht zu verwirren war, besonders nicht in der Öffentlichkeit, blickte würdevoll und streng auf die Knieende hinab.

Ich muß hier bemerken, daß Warwara Petrowna, wenn sie auch in den letzten Jahren, wie man fand, weitaus sparsamer, ja, fast schon ein bißchen geizig geworden war, trotzdem manchmal mit dem Gelde nicht knauserte, namentlich dann nicht, wenn es sich um wohltätige Zwecke handelte. Sie war Mitglied eines Wohltätigkeitsvereins in der Hauptstadt. Im letzten Hungerjahr hatte sie an das Petersburger Hauptkomitee zur Annahme von Spenden für das Hungergebiet fünfhundert Rubel für die Notleidenden überwiesen, und darüber war bei uns gesprochen worden. Und in der allerletzten Zeit, kurz vor der Ernennung des neuen Gouverneurs, hatte sie sich um die Gründung eines örtlichen Damenkomitees zur Unterstützung der ärmsten Wöchnerinnen in unserer Stadt und im Gouvernement bemüht, und das war ihr auch beinah schon gelungen. Man tadelte bei uns zwar heftig ihren Ehrgeiz, allein die bekannte mitreißende Energie ihres Charakters und dazu ihre Beharrlichkeit hatten die Hindernisse so gut wie überwunden; der Verein wollte schon in Aktion treten, und im entzückten Geist seiner Gründerin entwickelte sich der ursprüngliche Gedanke bereits zu immer größeren Plänen: sie träumte schon von der Gründung eines ebensolchen Komitees in Moskau und von der allmählichen Ausbreitung seiner Tätigkeit in allen Gouvernements. Da kam aber der Wechsel des Gouverneurs, und alles geriet ins Stocken; und die neue Gouverneurin hatte, wie verlautete, schon Zeit gehabt, in der Gesellschaft einige spitze und, was wichtiger war, sachlich annehmbare Einwendungen in betreff der angeblichen Unzweckmäßigkeit des Grundgedankens solcher Komitees zu äußern, was – selbstverständlich mit Ausschmückungen – Warwara Petrowna auch schon hinterbracht worden war. Zwar kann nur Gott allein wissen, was in der Tiefe eines Menschenherzens vorgeht, aber in diesem Fall glaube ich doch, annehmen zu dürfen, daß Warwara Petrowna in diesem Augenblick nicht ungern hier in der Kathedrale vor der Knieenden stehen blieb, zumal sie ja wußte, daß sogleich die Gouverneurin und nach dieser die ganze höhere Gesellschaft an ihr vorübergehen mußte ... ‚So mag sie doch jetzt mit eigenen Augen sehen, wie gleichgültig mir das ist, was sie da über den Ehrgeiz in meinen Wohltätigkeitsplänen spöttelt. Das wird euch allen eine Lehre sein!'

»Was wollen Sie, meine Liebe, um was bitten Sie?« fragte Warwara Petrowna und musterte aufmerksam die vor ihr knieende Bittstellerin.

Diese sah mit entsetzlich zaghaftem, verschämtem und dabei doch fast andächtigem Blick zu ihr auf, und plötzlich lachte sie wieder mit jenem absonderlichen Kichern.

»Was hat sie? Wer ist sie?« Warwara Petrowna sah mit gebieterischem und fragendem Blick die Umstehenden an.

Alle schwiegen.

»Sie sind wohl unglücklich? Sie bedürfen einer Unterstützung?«

»Ich bedarf nur ... ich wollte ...«, stammelte die Knieende mit einer Stimme, die vor Aufregung versagte. »Ich bin nur gekommen, um Ihnen die Hand zu küssen« ... und wieder kicherte sie. Und mit einem kindlich schmeichelnden Ausdruck im Gesicht, wie nur Kinder ihn haben, wenn sie etwas erbitten möchten, wollte sie schon Warwara Petrownas Hand ergreifen, doch plötzlich, als hätte irgend etwas sie erschreckt, zog sie ihre Hände bang zurück.

»Nur deswegen sind Sie gekommen?« Warwara Petrowna lächelte mitleidig, zog schnell ihr Perlmutterportemonnaie hervor, entnahm ihm einen Zehnrubelschein und reichte ihn der Unbekannten.

Diese nahm ihn an. Warwara Petrowna war sichtlich

sehr interessiert und hielt die Unbekannte offenbar nicht für eine gewöhnliche Bittstellerin aus dem einfachen Volk.

»Seht mal an, volle zehn Rubel hat sie gegeben!« flüsterte jemand in der Volksmenge.

»Ihre Hand ... bitte schön«, stammelte wieder die Knieende, die mit den Fingern ihrer linken Hand den Schein nur an einem Eckchen krampfhaft festhielt, während der Windzug ihn bewegte.

Warwara Petrowna runzelte aus einem unbekannten Grunde ein wenig die Stirn, reichte jedoch mit ernster, nahezu strenger Miene ihre Hand hin: die Unglückliche küßte sie ehrfürchtig. Ihr dankbarer Blick erstrahlte förmlich wie in einer Art von Verzückung.

Und gerade in diesem Augenblick kam die Gouverneurin, strömte die ganze Schar unserer Damen und höheren Würdenträger dem Ausgang zu. Auch die Gouverneurin mußte vor dem Gedränge am Portal stehenbleiben und ein wenig warten, und die anderen folgten ihrem Beispiel.

»Sie zittern ja, Sie frieren wohl?« fragte plötzlich Warwara Petrowna, warf sofort ihren Mantel ab, den der Diener hinter ihr geschickt auffing, und zog von ihren Schultern einen schwarzen (keineswegs billigen) Schal, den sie eigenhändig um den entblößten Hals der immer noch vor ihr Knieenden schlang.

»Aber so stehen Sie doch auf! Stehen Sie auf, ich bitte Sie!«

Jene stand auf.

»Wo wohnen Sie? Weiß denn hier wirklich niemand, wo sie wohnt?« wandte sich Warwara Petrowna wieder ungeduldig an die Umstehenden. Aber die frühere Volksmenge in der Vorhalle war nicht mehr da: sie sah jetzt meist bekannte Gesichter aus den besseren Kreisen, die den Auftritt verfolgten, die einen mit strenger Verwunderung, andere mit hinterhältiger Neugier und zugleich mit unschuldiger Lust an einem vielleicht möglichen Skandälchen, und die dritten schienen sich sogar schon lustig machen zu wollen.

»Ich glaube, sie ist eine Angehörige von Lebädkin«, meldete sich schließlich ein guter Mensch mit einer Antwort auf Warwara Petrownas Frage, unser ehrenwerter und von vielen sehr geachteter Kaufmann Andréjeff: ein Mann mit grauem Bart, einer Brille und in russischer Tracht. Seinen runden Filzhut hielt er jetzt in der Hand. »Die wohnen bei Filippoff in der Bogojáwlenskaja Straße«, fügte er hinzu.

»Lebädkin? bei Filippoff? Ich habe den Namen wohl schon gehört ... Ich danke Ihnen, Nikon Ssemjónytsch, aber wer ist dieser Lebädkin?«

»Nennt sich ‚Hauptmann' ... ein sozusagen unbedachtsamer Mensch. Die hier ist wohl seine Schwester. Sie muß aber, denke ich, seiner Aufsicht entlaufen sein«, bemerkte er leiser und blickte dabei Warwara Petrowna bedeutsam an.

»Ich verstehe schon, danke, Nikon Ssemjónytsch. Meine Liebe, Sie sind Fräulein Lebädkina?«

»Nein, ich heiße nicht Lebädkina.«

»Aber vielleicht heißt Ihr Bruder Lebädkin?«

»Ja, mein Bruder heißt Lebädkin.«

»Also, hören Sie, meine Liebe, ich werde Sie jetzt in meinem Wagen mitnehmen zu mir, und von mir aus wird man Sie dann zu Ihnen nach Hause fahren. Wollen Sie mit mir kommen?«

»Ach ja, ach ja! ich will!« und Fräulein Lebädkina klatschte in die Hände vor Vergnügen.

»Tante, Tante! Nehmen Sie auch mich mit!« ertönte plötzlich Lisawéta Nikolájewnas Stimme.

Lisa war an diesem Sonntage mit der Gouverneurin, ihrer Verwandten, zum Gottesdienst erschienen, während Praskówja Iwánowna auf den Rat des Arztes hin eine Spazierfahrt unternommen und Mawríkij Nikolájewitsch gebeten hatte, sie zu begleiten. Lisa, die mit der Gouverneurin die Kirche verlassen wollte, ließ nun plötzlich ihre Verwandte einfach stehen und drängte sich ungestüm zu Warwara Petrowna.

»Mein liebes Kind, du weißt doch, daß ich dich immer

gern bei mir sehe, aber was wird deine Mutter dazu sagen?« begann Warwara Petrowna würdevoll, doch plötzlich stutzte sie, als sie Lisas ungewöhnliche Aufregung gewahrte.

»Tante, Tante, ich muß jetzt unbedingt mit Ihnen fahren!« beteuerte Lisa geradezu flehend, während sie Warwara Petrowna ungestüm küßte.

»Mais qu'avez-vous donc, Lise?« fragte die Gouverneurin mit ausdrucksvoller Verwunderung.

»Ach, verzeihen Sie, Liebste! Chère cousine! Ich fahre jetzt zu Tante!« Lisa hatte sich schon im Fluge zu ihrer unangenehm berührten ‚chère cousine' herumgewandt und küßte sie schnell zweimal. »Und bitte, sagen Sie maman, daß sie gleich zu Tante kommen soll, um mich abzuholen. Maman wollte heute unbedingt, unbedingt zu Tante fahren, sie hat es gestern selbst gesagt, ich vergaß nur, Ihnen das schon vorhin zu sagen!« versicherte Lisa, zitternd vor Aufregung. »Verzeihen Sie mir, chère Julie, seien Sie mir nicht böse ... chère ... cousine! ... Tante, ich bin bereit!«

»Tante«, flüsterte sie dieser schnell und verzweifelt zu, »wenn Sie mich jetzt nicht mitnehmen, laufe ich zu Fuß Ihrer Equipage nach und schreie!«

Zum Glück hörte das niemand. Warwara Petrowna trat vor Schreck sogar einen Schritt zurück und sah entsetzt das anscheinend wahnsinnige Mädchen an. Dieser Blick entschied: sie beschloß, Lisa auf jeden Fall mitzunehmen.

»Dem muß ein Ende gemacht werden!« entfuhr es ihr unwillkürlich. »Ich nehme dich mit Vergnügen mit, Lisa«, fügte sie laut hinzu, »aber natürlich nur, wenn Júlia Micháilowna damit einverstanden ist«, wandte sich Warwara Petrowna mit offenem Blick und freundlicher Würde unmittelbar an die Gouverneurin.

»Oh, gewiß! Ich werde sie doch nicht um dieses Vergnügen bringen wollen«, versetzte mit erstaunlicher Liebenswürdigkeit die Gouverneurin, zumal ich ja schon weiß, was für ein phantastisches, eigenwilliges Köpfchen auf diesem Hälschen sitzt!« – und sie lächelte bezaubernd.

»Ich danke Ihnen aufrichtig«, dankte Warwara Petrowna mit sehr höflichem Gruß, aber wie immer noch voll Würde.

»Und es ist mir um so angenehmer, diesen Wunsch Lisas zu erfüllen«, fuhr Julia Michailowna nun fast schon enthusiasmiert in ihrem geschickten Redefluß fort und errötete sogar vor angenehmer Erregung, »als Lisa jetzt nicht nur das Vergnügen haben wird, zu Ihnen zu fahren, sondern mit diesem Vergnügen noch einer so schönen Regung nachgeben kann, wie es das Mitgefühl mit dieser ...« (sie blickte bezeichnend auf die ‚Unglückliche') »... wie es die Barmherzigkeit ist ... und ... und das noch gewissermaßen an der Schwelle der Kirche ...«

»Eine solche Auffassung macht Ihnen unbedingt Ehre«, äußerte Warwara Petrowna in bewundernder Weise ihren Beifall.

Und Julia Michailowna streckte sofort mit liebenswürdigem Eifer die Hand aus, und Warwara Petrowna drückte diese Hand mit aufrichtiger Bereitwilligkeit. Der allgemeine Eindruck war vortrefflich, die Gesichter der Anwesenden erstrahlten vor Vergnügen und viele lächelten süß und schmeichlerisch.

Kurz, die ganze Stadt sah plötzlich ein, daß nicht die Gouverneurin aus angeblicher Mißachtung Warwara Petrowna bisher noch nicht ihren Besuch gemacht hatte, sondern daß, im Gegenteil, Warwara Petrowna es war, die zu Julia Michailowna „Distanz wahrte", während diese, wie man jetzt meinte, wohl schon zu Fuß zu Warwara Petrowna geeilt wäre, wenn sie nur gewußt hätte, ob sie überhaupt empfangen werden würde. Und so stieg denn Warwara Petrownas Ansehen plötzlich wieder aufs höchste.

»Steigen Sie ein, meine Liebe«, sagte Warwara Petrowna zu Fräulein Lebädkina und wies auf die vorgefahrene Equipage.

Und die Unglückliche eilte fröhlich zum Wagenschlag, wo der Diener schon bereitstand und sie hineinhob.

»Wie! Sie hinken!« rief plötzlich Warwara Petrowna entsetzt und erblaßte. (Alle haben das damals bemerkt, jedoch nicht verstanden, warum das geschah.)

Die Equipage rollte davon. Warwara Petrownas Stadthaus lag ganz in der Nähe der Kathedrale. Lisa erzählte mir später, die Lebädkina habe während der ganzen drei Minuten der Fahrt hysterisch gelacht, Warwara Petrowna aber habe – nach Lisas eigenen Worten – dagesessen »wie in einem hypnotischen Schlaf« ...

FÜNFTES KAPITEL

DIE ALLWISSENDE SCHLANGE

I

Warwara Petrowna klingelte sofort nach einem Diener und warf sich dann in der Nähe des Fensters erschöpft in einen Lehnstuhl.

»Setzen Sie sich dorthin, meine Liebe«, wies sie Márja Timoféjewna an dem großen runden Tisch, der in der Mitte des Salons stand, einen Platz an. Darauf wandte sie sich zu uns: »Stepan Trofimowitsch, wer ist das? Sehen Sie sie an wer ... wer ist sie?«

»Ich ... ich ...«, stammelte Stepan Trofimowitsch.

In diesem Augenblick trat der Diener ein.

»So schnell wie möglich eine Tasse Kaffee! Und die Equipage soll warten!«

»Mais chère et excellente amie, dans quelle inquiétude! ...« rief Stepan Trofimowitsch unsicher aus.

»Ach, Französisch, Französisch!« Marja Timofejewna klatschte in die Hände vor Vergnügen. »Gleich merkt man, daß man in vornehmer Gesellschaft ist!« Sie schickte sich mit Entzücken an, dem französischen Gespräch zuzuhören.

Warwara Petrownas Augen ruhten auf ihr mit Befremden, ja, mit Entsetzen.

Wir schwiegen und alle warteten ungewiß auf irgendeine Lösung oder Erklärung. Schatoff erhob kein einziges Mal seinen gesenkten Kopf, und Stepan Trofimowitsch schaute so erschrocken drein, als trüge er die Schuld an allem. Ich selbst blickte auf Lisa, die in der Nähe von Schatoff saß. Lisa wiederum sah gespannt bald auf Warwara Petrowna, bald auf die Lahme: um ihre Lippen zuckte ein Lächeln, aber kein gutes Lächeln – und Warwara Petrowna bemerkte es wohl. Währenddessen ließ Marja Timofejewna es sich herrlich gefallen: sie betrachtete entzückt und ohne jede Befangenheit die Möbel, die Teppiche, die Bilder an den Wänden, die im alten Stil ausgemalte Decke, das große bronzene Kruzifix in der Ecke, die Porzellanlampe, die Albums und die kleinen Dinge auf dem Tisch.

»Ach, auch du bist hier, Schátuschka!« rief sie plötzlich lustig lachend aus. »Denk nur, ich seh' dich schon lange und sag' mir: das kann er doch nicht sein! Wie soll der wohl herkommen?«

»Sie kennen diese Dame?« fragte Warwara Petrowna, sich sofort Schatoff zuwendend.

»Ja«, sagte Schatoff leise und brummig wie immer – rückte dabei auf seinem Stuhle einmal hin und her, blieb aber sitzen.

»Was wissen Sie denn von ihr? Etwas schneller, wenn ich bitten darf!«

»Ja, was denn ...«, er stockte und lächelte unnötigerweise. »Sie sehen doch selbst ...«

»Was sehe ich? Aber so reden Sie doch!«

»Sie wohnt in demselben Hause, in dem ich wohne ... mit ihrem Bruder ... einem ... ehemaligen Offizier.«

»Nun, und?«

Schatoff stockte wieder. »Wozu davon reden«, brummte er schließlich und verstummte endgültig. Er wurde sogar rot vor Verbissenheit.

»Natürlich, von Ihnen kann man ja auch nichts anderes erwarten!« Warwara Petrowna wandte sich unwillig von ihm ab. Sie begriff jetzt, daß hier alle irgend etwas wußten, zugleich aber sich fürchteten und auf ihre Fragen nicht antworteten, weil sie es ihr verheimlichen wollten.

Der Diener trat ein und wollte ihr die extra bestellte Tasse Kaffee auf kleinem silbernem Tablett präsentieren, aber auf einen Wink von ihr ging er damit sogleich zu Marja Timoféjewna.

»Meine Liebe, Sie werden gewiß durchfroren sein, trinken Sie etwas Heißes, das wird Sie erwärmen.«

»Merci«, sagte Marja Timofejewna, indem sie die Tasse vom Tablett nahm, und plötzlich prustete sie vor Lachen, weil sie zum Diener »merci« gesagt hatte.

Als sie jedoch Warwara Petrownas drohenden Blick auffing, wurde sie ängstlich und stellte die Tasse schnell auf den Tisch.

»Tante, Sie sind mir doch nicht böse?« stammelte sie wie mit einer Art leichtsinniger Scherzlust.

»Wa–a–as?« fuhr Warwara Petrowna erschrocken auf und saß plötzlich kerzengerade in ihrem Lehnstuhl. »Bin ich denn Ihre Tante? Oder wie meinten Sie das?«

Offenbar hatte Marja Timofejewna einen solchen Zorn nicht erwartet, denn sie erbebte am ganzen Leibe wie in einem krampfartigen Anfall eines nervösen Zitterns und drückte sich an die Rückenlehne ihres Sessels.

»Ich ... ich dachte, so wäre es richtig«, flüsterte sie, indem sie aus weit aufgerissenen Augen Warwara Petrowna ansah. »Lisa hat Sie doch auch so genannt.«

»Was für eine Lisa nun noch?«

»Dieses Fräulein dort!« Marja Timoféjewna wies mit dem Zeigefinger auf Lisaweta Nikolájewna.

»Wird die von Ihnen auch schon ohne weiteres Lisa genannt?«

»Sie haben sie doch vorhin selbst so genannt«, versetzte Marja Timoféjewna schon mutiger. »Und im Traum habe ich genau solch eine Schönheit gesehen«, sagte sie mit einem gleichsam unwillkürlichen Lächeln.

Warwara Petrowna überlegte einen Augenblick und wurde ersichtlich ruhiger; ja, sie lächelte sogar ein wenig über Marja Timofejewnas letzte Bemerkung. Als diese das Lächeln bemerkte, stand sie auf und ging hinkend schüchtern zu ihr hin.

»Bitte, hier, ich hab's vergessen zurückzugeben, seien Sie mir nicht böse wegen meiner Unhöflichkeit ...«, sagte sie, indem sie den schwarzen Schal von den Schultern nahm, den Warwara Petrowna ihr vorhin umgelegt hatte.

»Nehmen Sie ihn sofort wieder um und behalten Sie ihn für immer. Gehen Sie und setzen Sie sich wieder hin, trinken Sie ihren Kaffee und bitte fürchten Sie sich nicht vor mir, meine Liebe, beruhigen Sie sich. Ich fange an, Sie zu verstehen.«

»Chère amie ...«, erlaubte sich Stepan Trofimowitsch wieder zu beginnen.

»Ach, Stepan Trofimowitsch, hier kann man auch schon ohne Sie ganz irre werden, nehmen *Sie* doch wenigstens Rücksicht ... Bitte, ziehen Sie dort einmal am Klingelzug, neben Ihnen, fürs Mädchenzimmer.«

Ein Stillschweigen folgte. Ihr Blick glitt mißtrauisch und gereizt über die Gesichter aller Anwesenden hin. Da erschien Agáscha, ihre bevorzugte Kammerzofe.

»Mein kariertes Tuch, das in Genf gekaufte. Was macht Dárja Páwlowna?«

»Sie sind nicht ganz wohlauf.«

»Geh und sag ihr, ich ließe sie herbitten. Füge hinzu, daß ich sehr darum bäte, auch wenn sie nicht wohlauf ist.«

In diesem Augenblick wurde aus den anstoßenden Räumen wieder ein ungewohntes Geräusch, fast wie vorhin, von Schritten und Stimmen vernehmbar, und in der Tür erschien, atemlos und aufgebracht, Praskówja Iwánowna. Mawrikij Nikolájewitsch, der sie am Arm führte, stützte sie fürsorglich.

»Ach Gott, endlich angelangt; hab's doch noch geschafft! Lisa, du Wahnsinnige, was tust du deiner Mutter an!« rief sie weinerlich mit ihrer kreischenden Stimme, mit der sie nach der Gewohnheit aller schwachen, aber sehr reizbaren Menschen ihren ganzen angesammelten Ärger zum Ausdruck zu bringen pflegte.

»Warwara Petrowna, ich bin nur deshalb zu Ihnen gekommen, um meine Tochter abzuholen!«

Warwara Petrowna sah sie unmutig unter der Stirn hervor an, erhob sich nur halbwegs zu ihrer Begrüßung und sagte mit kaum verhehltem Verdruß:

»Guten Tag, Praskówja Iwánowna, sei so freundlich und nimm Platz. Ich habe es mir ja schon gedacht, daß du kommen würdest.«

II

Für Praskówja Iwánowna konnte in einem solchen Empfang nichts Unerwartetes liegen. Warwara Petrowna hatte ihre ehemalige Pensionatsfreundin immer, schon von Kindheit an, despotisch und, bei aller vorschriftsmäßigen Freundschaft, eigentlich fast mit Verachtung behandelt. Aber im vorliegenden Fall kam nun noch eine ganz besondere Lage der Dinge hinzu. In den letzten Tagen hatte sich ihr Verhältnis zu einander so bedenklich zugespitzt, daß es zu einem vollständigen Bruch zwischen ihnen kommen zu wollen schien, was ich beiläufig auch schon erwähnt habe. Die Ursachen dieser beginnenden Entzweiung waren für Warwara Petrowna vorläufig noch ein Geheimnis, was die Sache natürlich um so peinlicher machte. Als erstes war es ihr aufgefallen, daß Praskówja Iwánowna ihr gegenüber plötzlich einen so ungewöhnlich hochmütigen Ton anschlug. Warwara Petrowna fühlte sich dadurch selbstverständlich verletzt, aber da gab es nun diese sonderbaren Gerüchte, die auch ihr schon zu Ohren gekommen waren und die sie ohnehin schon übermäßig aufreizten, eben infolge ihrer Unklarheit und Unbestimmtheit. Warwara Petrownas ganzes Wesen war gerade, offen und stolz, sie war eine Draufgängernatur, wenn man sich so ausdrücken darf. Was sie am wenigsten ertrug, waren heimliche, versteckte Anschuldigungen, und immer zog sie offenen Krieg jeglichem Ränkespiel vor. Aber wie dem auch sein mochte, jedenfalls hatten sich die beiden Damen schon seit fünf Tagen nicht mehr gesehen. Den letzten Besuch hatte Warwara Petrowna gemacht und sie war von der „Drosdowin“ gekränkt und verwirrt heimgefahren. Ich irre mich bestimmt nicht, wenn ich sage, daß Praskówja

Iwánowna jetzt in der naiven Überzeugung eintrat, Warwara Petrowna müsse und werde aus irgendeinem Grunde Angst vor ihr bekommen; das war schon ihrem Gesichtsausdruck anzumerken. Und eben dadurch gelang es dem Dämon des anmaßendsten Hochmuts im Augenblick, sich Warwara Petrownas vollends zu bemächtigen, wie immer, wenn sie auch nur im geringsten argwöhnen konnte, daß man sie für erniedrigt halte. Praskówja Iwánowna aber zeichnete sich, wie ja so viele unbedeutende oder schwächliche Personen, die sich lange widerspruchslos zurücksetzen lassen, durch eine besondere Heftigkeit des Angriffs aus, sobald in einer Sache die erstbeste Wendung zu ihren Gunsten eintrat. Zudem war sie jetzt krank und wie immer in solchen Fällen doppelt reizbar. Ich möchte schließlich noch bemerken, daß wir alle, die wir uns im Salon befanden, die beiden Jugendfreundinnen durch unsere Gegenwart nicht besonders behindern konnten, wenn sie es auf den Ausbruch eines Streites ankommen lassen wollten; man betrachtete uns als Hausfreunde, die zur Familie gehörten, und zum Teil beinah als Untergebene. Ich überlegte mir das sogleich und sah der Auseinandersetzung nicht ohne Besorgnis entgegen. Stepan Trofimowitsch, der sich seit Warwara Petrownas Eintritt nicht wieder hingesetzt hatte, ließ sich jetzt, als Praskówja Iwánowna mit ihrem Gekreisch noch hinzukam, erschöpft auf einen Stuhl niedersinken und suchte in seiner Verzweiflung nach Austausch von Blicken mit mir. Schatoff drehte sich brüsk und sogar irgend etwas brummend auf seinem Stuhl herum. Ich glaube, er wollte aufstehen und weggehen. Lisa hatte sich kaum erhoben, sich aber sogleich wieder zurücksinken lassen auf ihren Platz, ohne dem Gekreisch ihrer Mutter die schuldige Aufmerksamkeit zuzuwenden, aber nicht aus »Widerspenstigkeit«, sondern weil sie sich augenscheinlich ganz im Bann irgend eines anderen mächtigen Eindrucks befand. Ihre Augen sahen irgendwohin ins Leere, beinah zerstreut, und selbst Marja Timofejewna schenkte sie nicht mehr die frühere Beachtung.

III

Ach, hierher!« Praskówja Iwánowna wies auf einen Lehnsessel am Tisch und ließ sich mit Mawrikij Nikolájewitschs Hilfe schwerfällig auf ihn niedersinken. »Würde mich sonst nicht bei Ihnen hinsetzen, meine Beste, wenn nicht die Füße versagten!« fügte sie erschöpft mit gereizter Stimme hinzu.

Warwara Petrowna hob den Kopf ein wenig in die Höhe und drückte, die Augen wie vor Schmerz halb zukneifend, die Finger der rechten Hand an die rechte Schläfe, in der sie offenbar ein schmerzhaftes Stechen (ihren tic douloureux) empfand.

»Warum denn nicht, Praskówja Iwánowna? Warum solltest du dich bei mir nicht setzen? Dein Mann war mir sein Leben lang freundschaftlich zugetan. Und mit dir habe ich noch im Pensionat, als wir kleine Mädel waren, zusammen Puppen gespielt.«

Praskowja Iwanowna winkte mit beiden Händen ab.

»Ich konnte es mir ja schon denken, daß Sie wieder vom Pensionat anfangen würden! Das tun Sie ja stets, wenn Sie mir Vorwürfe machen wollen, – das ist so Ihre Ausrede. Aber das sind doch nur Phrasen. Und von diesem Ihrem Pensionat will ich nichts mehr hören!«

»Es scheint, daß du schon in schlechter Laune hergekommen bist. Wie geht es mit deinen Füßen? Da wird dir Kaffee gebracht; nimm, bitte, ein Täßchen, trink und ärgere dich nicht.«

»Meine Beste, Sie gehen ja mit mir um, als ob ich ein kleines Mädchen wäre! Ich mag keinen Kaffee, weg damit!« und sie winkte eigensinnig dem Diener ab, der mit dem Tablett zu ihr getreten war. (Für Kaffee dankten übrigens auch die anderen, außer Mawrikij Nikolajewitsch und mir. Stepan Trofimowitsch nahm zwar ein Täßchen, stellte es aber gleich wieder auf den Tisch. Marja Timofejewna hätte ersichtlich allzugern auch eines, ihr zweites genommen, sie streckte auch schon die Hand aus, bedachte sich aber noch im letzten Augenblick und lehnte manierlich ab, woraufhin sie offenbar sehr zufrieden war mit sich selbst.)

Warwara Petrowna lächelte spöttisch.

»Weißt du was, liebe Praskówja Iwánowna, du hast dir wohl wieder einmal etwas eingebildet, und mit dieser neuen Vorstellung bist du nun hergekommen. Du hast ja von jeher nur von Einbildungen gelebt. Weil ich das Pensionat erwähnte, ärgerst du dich jetzt. Aber erinnerst du dich noch, wie du einmal ankamst und der ganzen Klasse erzähltest, der Husarenleutnant Schablýkin hätte um deine Hand angehalten, und wie Madame Lefebure dich sofort der Lüge überführte? Dabei hattest du ja gar nicht gelogen. Du hattest dir nur zu deinem eigenen Vergnügen die ganze Geschichte eingebildet. Und so war 's immer, und so wird's wohl auch jetzt wieder sein. Also erzähle nur, womit du diesmal hergekommen bist, was du dir jetzt wieder einbildest?«

»Und Sie haben sich damals in den Popen verliebt, der uns Religionsunterricht erteilte! Da haben Sie es, wenn Sie Schlechtes so gut behalten! – hahaha!« rief Praskowja Iwánowna mit schadenfrohem Lachen, das bald in Husten überging.

»A-ah, den Popen hast du also nicht vergessen ...« Warwara Petrowna warf ihr einen haßerfüllten Blick zu.

Ihr Gesicht wurde farblos vor Ärger. Praskowja Iwanowna nahm auf einmal eine würdevolle Haltung an.

»Mir ist jetzt nicht zum Lachen zumut, meine Beste; warum haben Sie meine Tochter in Gegenwart der ganzen Stadt in Ihre Skandalgeschichte hineingezogen? Nur deshalb bin ich hergekommen.«

»In meine Skandalgeschichte?« Warwara Petrowna richtete sich drohend auf im Lehnstuhl.

»Mama, auch ich möchte Sie dringend bitten, sich zu mäßigen«, sagte plötzlich Lisaweta Nikolajewna zu ihr.

»Was hast du gesagt?« Die Mama wollte schon loskreischen, stockte aber sofort unter dem aufblitzenden Blick der Tochter.

»Wie können Sie nur von einer Skandalgeschichte reden, Mama?« rief Lisa aufgebracht und zugleich errötend. »Ich bin auf meinen eigenen Wunsch hin hergekommen, und mit Júlia Micháilownas Erlaubnis, weil ich die Geschichte dieser Unglücklichen erfahren wollte, um ihr helfen zu können.«

»Die ‚Geschichte dieser Unglücklichen'!« sprach Praskowja Iwánowna mit gehässigem Lachen die Worte langsam nach. »Schickt es sich denn für dich, daß du dich in solche ‚Geschichten' einmischst? Ach, meine Beste, wir haben jetzt genug von Ihrer Herrschsucht!« wandte sie sich wütend wieder Warwara Petrowna zu. »Man sagt von Ihnen, ob mit Recht oder nicht, Sie hätten hier die ganze Stadt nach Ihrem Kommando exerzieren lassen, aber die Zeit ist jetzt auch für Sie vorbei!«

Warwara Petrowna saß reglos, aber in einer Spannung da, wie ein Pfeil, der bereit ist, von der Sehne zu schnellen. Wohl an die zehn Sekunden lang sah sie streng und unverwandt Praskowja Iwanowna an.

»Nun, du kannst Gott danken, Praskówja, daß wir hier unter uns sind«, sagte sie schließlich mit unheimlicher Ruhe. »Du hast viel Überflüssiges gesagt.«

»Oh, ich, meine Beste, ich fürchte das Urteil der Gesellschaft nicht so, wie es manche anderen tun; Sie sind es, die unter dem Schein des Stolzes vor der Meinung der Gesellschaft zittert. Und daß hier nur gute Freunde zugegen sind, das ist wohl vor allem *für Sie* besser, als wenn Fremde zuhörten.«

»Solltest du etwa klüger geworden sein in dieser Woche?«

»Ich bin nicht klüger geworden in dieser Woche, aber wie man sieht, ist die Wahrheit ans Licht gekommen in dieser Woche.«

»Was für eine Wahrheit ist ans Licht gekommen in dieser Woche? Höre, Praskówja Iwánowna, reize mich nicht! Erkläre mir das augenblicklich, ich bitte dich bei unserer Ehre:

was für eine Wahrheit ist ans Licht gekommen, und was hast du damit sagen wollen?«

»Da! – da sitzt sie ja, die ganze Wahrheit!« und Praskówja Iwánowna wies mit dem Finger auf Marja Timofejewna, wies mit jener tollkühnen Entschlossenheit, die nicht mehr an die Folgen denkt, wenn sie nur im Augenblick mit Sicherheit treffen kann.

Marja Timofejewna, die inzwischen mit einer heiteren Neugier die zornige alte Dame betrachtet hatte, lachte lustig auf, als sie jetzt deren Finger gerade auf sich gerichtet sah, und bewegte sich vergnügt auf ihrem Lehnstuhl.

»Herr Jesus Christus, sind denn heute alle verrückt geworden!« stieß Warwara Petrowna schroff hervor und sank erblassend zurück an die Lehne.

Sie wurde so bleich, daß eine allgemeine Aufregung entstand. Stepan Trofimowitsch war als erster bei ihr; auch ich näherte mich ihr; sogar Lisa war aufgestanden, aber an ihrem Platz stehengeblieben. Am meisten aber erschrak Praskówja Iwánowna selbst: sie stieß einen Schrei aus, erhob sich mühsam halbwegs von ihrem Platz und jammerte mit nahezu weinender Stimme: »Warwara Petrowna! Meine Beste! Verzeihen Sie mir meine dumme Bosheit! Aber so geben sie ihr doch wenigstens Wasser!«

»Bitte, heule bloß nicht, Praskówja Iwánowna, ich bitte dich darum! Und Sie, meine Herren, treten Sie bitte zurück, tun Sie mir den Gefallen; ich brauche kein Wasser!« sagte Warwara Petrowna mit fester Stimme, wenn auch nicht laut, aber mit völlig blutleeren Lippen.

»Meine Beste!« begann Praskówja Iwánowna von neuem, kaum ein wenig beruhigter, »ich weiß ja, Sie sind mein Freund, Warwara Petrowna, und ich sehe ein, daß ich mich unvorsichtig ausgedrückt habe, aber diese anonymen Briefe, mit denen mich weiß der Himmel was für Leute bombardieren, haben mich dermaßen gereizt ... wenn sie doch an Sie schreiben würden, da es sich ja um Sie dreht; ich aber, meine Beste, ich habe eine Tochter!«

Warwara Petrowna sah sie wortlos aus weit offenen Augen an und hörte verwundert zu. Da öffnete sich in einer Ecke geräuschlos eine Seitentür und Dárja Páwlowna erschien. Sie blieb einen Augenblick stehen und schaute um sich: unsere Aufregung schien sie zu befremden. Wahrscheinlich fiel ihr Márja Timoféjewna zunächst gar nicht auf, da sie ja von deren Anwesenheit nicht benachrichtigt worden war. Stepan Trofimowitsch war der erste, der sie bemerkte, er machte eine hastige Bewegung, wurde rot und sagte aus irgendeinem Grunde laut: »Dárja Páwlowna!« – worauf sich die Blicke aller Anwesenden sofort der Eingetretenen zuwandten.

»Wie? Das ist also eure Dárja Páwlowna!« rief Márja Timoféjewna überrascht aus. »Ach, Schátuschka, deine Schwester sieht dir aber gar nicht ähnlich! Wie kann nur mein Lebädkin etwas so Reizendes die Leibeigene Daschka nennen!«

Darja Pawlowna hatte sich inzwischen schon Warwara Petrowna genähert; überrascht durch Marja Timoféjewnas Ausruf, wandte sie sich schnell um, blieb wie gebannt auf dem Fleck stehen und sah die Irre mit einem langen Blick an, der sich nicht abwenden ließ.

»Setze dich, Dascha«, sagte Warwara Petrowna mit erschreckender Ruhe. »Näher zu mir, so. Du wirst sie auch sitzend sehen können. Kennst du sie?«

»Ich habe sie nie gesehen«, antwortete Dascha leise und fügte dann, nach kurzem Zögern, schneller hinzu: »Das wird wohl die kranke Schwester eines Herrn Lebädkin sein.«

»Auch ich sehe Sie, meine Seele, jetzt zum ersten Mal, aber ich wollte Sie schon lange kennenlernen, denn in jeder Ihrer Bewegungen sehe ich das wohlerzogene Benehmen!« rief Marja Timofejewna ganz laut vor Entzücken. »Was aber mein Lakai da schimpft, das ist doch gar nicht denkbar: daß Sie ihm sein Geld vorenthielten, Sie, die Sie so wohlerzogen und lieb sind? Denn Sie sind lieb und lieb und lieb, das sage ich Ihnen aus eigener Überzeugung!« schloß sie ganz begeistert und mit heftig bekräftigender Handbewegung.

»Verstehst du etwas davon?« fragte Warwara Petrowna mit stolzer Würde ihre Pflegetochter.

»Ich verstehe alles ...«

»Das vom Gelde hast du auch gehört?«

»Damit meint sie gewiß jenes Geld, das ich noch in der Schweiz auf Nikolai Wssewolodowitschs Bitte hin einem gewissen Herrn Lebädkin, ihrem Bruder, zu übermitteln übernahm.«

Es folgte ein Schweigen.

»Hat Nikolai Wssewolodowitsch dich selbst darum gebeten?«

»Ja, es lag ihm viel daran, dieses Geld – im ganzen dreihundert Rubel – Herrn Lebädkin zu übersenden. Da er aber Herrn Lebädkins Adresse nicht kannte und nur wußte, daß er hierher in unsere Stadt ziehen werde, so bat er mich, ihm das Geld zuzustellen, sobald Herr Lebädkin hier eintrifft.«

»Und was für ein Geld ist da ... abhanden gekommen? Was meinte sie damit vorhin?«

»Das ist nun etwas, was ich nicht mehr verstehe. Auch ich habe schon gehört, daß Herr Lebädkin zu anderen von mir gesagt haben soll, ich hätte ihm nicht das ganze Geld zugestellt, aber das begreife ich nicht: es waren genau dreihundert Rubel, und genau dreihundert Rubel habe ich ihm übersandt.«

Dárja Páwlowna hatte sich bereits so gut wie vollkommen beruhigt. Und ich möchte hier gleich bemerken, daß es überhaupt schwer war, dieses Mädchen auf längere Zeit zu verwirren oder aus der Fassung zu bringen, – gleichviel was sie dabei innerlich empfand. Alle ihre Antworten erfolgten ohne Übereilung, aber sie beantwortete jede Frage sogleich mit klarer Auskunft, leise, gleichmäßig, ohne jede Spur ihres ersten Erschreckens und ihrer unwillkürlichen Erregung, ohne die geringste Verwirrung, die immerhin von einem Schuldbewußtsein zeugen könnte, auch wenn die Schuld noch so klein war. Warwara Petrowna hatte, während Darja Pawlowna sprach, den Blick nicht ein einziges Mal von ihr abgewandt, und nun überlegte sie eine Weile.

»Wenn Nikolai Wssewolodowitsch sich in dieser Angelegenheit nicht an mich, seine Mutter, gewandt hat«, sagte sie schließlich in festem Ton und offenbar zu allen Anwesenden, obwohl sie dabei nur Dascha ansah, »wenn er vielmehr dich um diese Gefälligkeit gebeten hat, so wird er bestimmt seine Gründe gehabt haben, so zu handeln. Ich halte mich nicht für berechtigt, nach diesen Gründen zu forschen, wenn sie vor mir verheimlicht werden. Aber schon dies eine, daß du dabei beteiligt bist, beruhigt mich in dieser Hinsicht vollkommen; das sollst du vor allem einmal wissen, Darja. Aber sieh mal, mein Freund, du hast auch mit reinem Gewissen, einzig aus Unkenntnis der Welt, irgend eine Unvorsichtigkeit begehen können; und das ist geschehen, als du es übernahmst, dich mit irgend einem Subjekt in Verbindung zu setzen. Die Gerüchte, die dieser Nichtswürdige jetzt über dich verbreitet, bestätigen es ja, daß du einen Fehler gemacht hast. Aber ich werde über ihn Erkundigungen einziehen, und da ich deine Beschützerin bin, so werde ich dich zu verteidigen wissen. Jetzt aber muß alledem ein Ende gemacht werden.«

»Am besten wäre es«, mischte sich plötzlich Márja Timoféjewna ein, indem sie sich in ihrem Lehnstuhl weit vorstreckte, »Sie schicken ihn, wenn er zu Ihnen kommt, einfach in die Bedientenstube. Mag er dort auf der Wandbank sitzen und mit Ihren Dienern Karten spielen, wir aber wollen hier sitzen und Kaffee trinken. Ein Täßchen kann man ja auch ihm schicken, aber sonst verachte ich ihn tief.«

Und sie schüttelte nachdrücklich den Kopf.

»Dem muß ein Ende gemacht werden«, wiederholte Warwara Petrowna, nachdem sie sie achtsam angehört hatte. »Stepan Trofimowitsch, bitte klingeln Sie.«

Dieser klingelte und trat plötzlich vor, sichtlich sehr erregt.

»Wenn ... wenn ich ...«, begann er übereifrig, dabei errötend, stockend und teilweise fast murmelnd, »da auch ich von diesem widerlichen Geschwätz, oder richtiger, dieser schändlichsten Verleumdung gehört habe, so ... kann ich versichern, daß ich ... mit der größten Entrüstung ... Enfin c'est un homme perdu et quelque chose comme un forçat évadé ...«

Er brach ab, ohne zu Ende zu sprechen; Warwara Petrowna kniff die Augen zusammen und musterte ihn von den Füßen bis zum Kopf. Der würdevolle Kammerdiener Alexéi Jegórowitsch trat ein.

»Den Wagen!« befahl Warwara Petrowna. »Und du, Alexéi Jegórowitsch, mach dich bereit, Fräulein Lebädkina nach Hause zu bringen, sie wird dir selbst angeben wohin.«

»Herr Lebädkin wartet unten bereits seit einiger Zeit auf sie und hat sehr gebeten, ihn anzumelden.«

»Das ist unmöglich, Warwara Petrowna«, sagte, plötzlich beunruhigt vortretend, Mawrikij Nikolájewitsch, der bis dahin unerschütterlich geschwiegen hatte. »Sie erlauben: das ist kein Mensch, der in anständiger Gesellschaft empfangen werden kann, das ... das ist ... ein ganz unmöglicher Mensch, Warwara Petrowna.«

»Er soll warten!« Warwara Petrowna wandte kurz den Kopf zu Alexei Jegórowitsch und dieser verschwand.

»C'est un homme malhonnête et je crois même, que c'est un forçat évadé, ou quelque chose dans ce genre«, murmelte wieder Stepan Trofimowitsch, wurde erneut rot und brach wieder ab.

»Lisa, es ist Zeit, daß wir fahren!« erklärte plötzlich Praskowja Iwanowna, in launischem, verletzendem Ton, und begann sich zu erheben. Sie schien bereits zu bereuen, daß sie vorhin im ersten Schreck alles zurückgenommen hatte. Schon während Darja Pawlowna sprach, hatte sie wieder mit einem hochmütigen Zug um den Mund zugehört. Aber am meisten überraschte mich das Aussehen Lisaweta Nikolájewnas seit dem Augenblick, da Darja Páwlowna eingetreten war: aus ihren Augen sprach plötzlich Haß und Verachtung, und zwar schon gar zu unverhohlen.

»Bitte, gedulde dich noch einen Augenblick, Praskowja Iwanowna, ich bitte dich darum«, hielt Warwara Petrowna sie zurück, immer noch mit der gleichen übermäßigen Ruhe. »Tu mir den Gefallen und setze dich wieder hin; ich habe die Absicht, alles zu sagen, und du hast doch kranke Füße. So ist es recht, ich danke dir. Ich habe vorhin meine Ruhe verloren und dir ein paar unüberlegte Worte gesagt. Sei so lieb und verzeihe sie mir: ich habe töricht gehandelt und will meine Schuld selbst als erste eingestehen, da ich immer für Gerechtigkeit bin, in allen Dingen. Freilich ist auch dir die Geduld gerissen, und da hast du anonyme Briefe erwähnt. Jeder anonyme Briefschreiber verdient schon deshalb unsere Verachtung, weil er sich feige versteckt. Wenn du anderer Ansicht bist, so beneide ich dich nicht. Jedenfalls würde ich solchen Schmutz nicht ausspielen, um mich nicht zu beschmutzen. Du aber hast es getan. Übrigens, da du nun einmal davon angefangen hast, so laß dir sagen, daß auch ich einen albernen anonymen Brief erhalten habe, vor etwa sechs Tagen. In diesem Brief teilt mir ein Nichtswürdiger mit, daß Nikolai Wsséwolodowitsch den Verstand verloren habe und daß ich mich vor einem hinkenden Frauenzimmer hüten soll, das in meinem Leben ‚eine außergewöhnliche Rolle spielen werde', – ich habe die Worte behalten. Ich überlegte mir die Sache und sagte mir, daß Nikolai Wsséwolodowitsch sehr viele Feinde hat, und dann ließ ich einen mir wohlbekannten Menschen, den heimlich rachsüchtigsten und verächtlichsten aller seiner Feinde, zu mir bitten, und im Gespräch mit ihm überzeugte ich mich sofort, woher der verächtliche Brief stammte. Wenn nun auch du, meine arme Praskówja Iwánowna, *meinetwegen* mit ebensolchen nichtswürdigen Briefen behelligt oder gar, wie du sagst, ‚bombardiert' worden bist, so bin ich wohl vor allen anderen diejenige, der es aufrichtig leid tut, der unschuldige Anlaß zu diesen Briefen gewesen zu sein. Und das ist alles, was ich dir zur Erklärung sagen wollte. Mit Bedauern sehe ich, daß du so müde geworden bist und jetzt so gereizt zu sein scheinst. Zudem habe ich mich entschlossen, diesen verdächtigen Menschen sofort *hereinzulassen.* Mawrikij Nikolájewitsch hat wohl ein nicht ganz passendes Wort gebraucht, als er meinte, man könne ihn nicht *empfangen.* Besonders Lisa wird hierbei nichts zu tun haben. Komm her, Lisa, mein Liebling, und laß mich dich noch einmal küssen.«

Lisa ging durch das Zimmer und blieb schweigend vor Warwara Petrowna stehen. Diese küßte sie, faßte sie an beiden Händen, schob sie ein wenig von sich zurück, blickte sie innig an; dann bekreuzte sie sie und küßte sie nochmals.

»Nun, leb wohl, Lisa.« (In Warwara Petrownas Stimme bebte etwas, wie von verhaltenen Tränen.) »Glaube mir, daß ich nie aufhören werde, dich zu lieben, was auch immer das Schicksal dir von nun an bringen mag ... Gott sei mit dir. Ich habe Seine heilige Hand immer gesegnet ...«

Es war, als wollte sie noch etwas hinzufügen, aber sie beherrschte sich und schwieg. Lisa ging wieder schweigend und wie in Gedanken versunken zu ihrem Platz zurück, blieb aber plötzlich vor ihrer Mutter stehen.

»Mama, ich werde jetzt noch nicht heimfahren, ich möchte noch bei Tante bleiben«, sagte sie mit halblauter Stimme, aber aus diesen halblauten Worten klang trotzdem eine eiserne Entschlossenheit.

»Gott im Himmel, was hast du nur wieder!« rief Praskówja Iwánowna im Jammerton und ließ erschöpft die erhobenen Hände sinken. Aber Lisa gab keine Antwort und schien auch nichts gehört zu haben; sie setzte sich erneut auf ihren Platz in der Ecke und begann wieder ins Leere zu starren.

In Warwara Petrownas Gesicht leuchtete etwas Sieghaftes und Stolzes auf.

»Mawríkij Nikolájewitsch, ich habe eine große Bitte an Sie: tun Sie mir den Gefallen, gehen Sie nach unten und sehen Sie sich diesen Menschen an, und wenn es auch nur einigermaßen möglich ist, ihn *hereinzulassen*, so bringen Sie ihn her.«

Mawrikij Nikolájewitsch verbeugte sich und ging hinaus. Eine Minute später kehrte er mit Herrn Lebädkin zurück.

IV

Ich habe schon einmal von der äußeren Erscheinung dieses Herrn gesprochen: ein hochgewachsener, kraushaariger, vierschrötiger Mann von ungefähr vierzig Jahren, mit rotem, ein wenig aufgeschwemmtem Gesicht, feisten Wangen, die bei jeder Kopfbewegung erzitterten, kleinen, vom Blutandrang geröteten Äuglein, die manchmal recht schlau blicken konnten, mit Schnurrbart und Backenbart und der Anlage zu einem fleischigen Doppelkinn, das schon ziemlich unangenehm aussah. Vor allem aber überraschte an ihm, daß er jetzt im Frack und in sauberer Wäsche erschien.

»Es gibt Menschen, an denen saubere Wäsche sich geradezu unanständig ausnimmt«, hatte Liputin einmal, als Stepan Trofimowitsch ihm scherzhaft seine Schlampigkeit vorhielt, unverletzt erwidert. Der Hauptmann hatte auch schwarze Handschuhe, von denen er den rechten noch nicht angezogen hatte, sondern in der Hand hielt, während der linke, prall anliegend und nicht zugeknöpft, kaum zur Hälfte seine dicke linke Pfote bedeckte, in der er einen noch nagelneu glänzenden, offenbar gleichfalls zum ersten Mal in Gebrauch genommenen runden Hut hielt. So hatte es denn doch seine Richtigkeit mit dem »Frack der Liebe«, von dem er am letzten Abend vor Schatoffs Tür gegröhlt hatte. Alle diese Kleidungsstücke waren (wie ich später erfuhr) auf Liputins Rat für irgendwelche geheimen Zwecke angeschafft worden. Zweifellos war er auch jetzt nicht aus eigenem Antrieb hierhergekommen (in einer Droschke!), sondern unbedingt nach fremder Anweisung und mit jemandes Beihilfe; denn allein hätte er es gewiß nicht fertiggebracht, in der kurzen Zeit von etwa einer dreiviertel Stunde auf diesen Einfall zu kommen, sich zu entschließen, sich anzukleiden und fertigzumachen, selbst wenn wir annehmen wollten, die Szene in der Vorhalle der Kathedrale sei unverzüglich zu seiner Kenntnis gelangt. Er war nicht betrunken, befand sich aber in jenem schwerfälligen, beladenen, teilweise noch benommenen Zustand eines Menschen, der nach vielen Tagen der Betrunkenheit plötzlich aufgewacht ist. Wahrscheinlich hätte es genügt, ihn mit der Hand an der Schulter zweimal ein wenig anzuschaukeln, und er wäre sofort wieder betrunken gewesen.

Er wollte wohl mit einem gewissen Schwung in den Empfangssalon eintreten, aber da hatte er das Pech, gleich an der Tür über einen Teppich zu stolpern. Marja Timofejewna bog sich vor Lachen. Mit einem wild-wütenden Blick sah er kurz zu ihr hin und machte plötzlich ein paar schnelle Schritte auf Warwara Petrowna zu.

»Gnädige Frau, ich bin gekommen ...«, schmetterte er los wie eine Posaune.

»Tun Sie mir den Gefallen, mein Herr«, sagte Warwara Petrowna, die jetzt steif aufgerichtet dasaß, »und nehmen Sie dort Platz, auf jenem Stuhl. Ich werde Sie auch von dort aus hören können, und von hier aus kann ich Sie so besser sehen.«

Der Hauptmann blieb stehen, stumpf vor sich hinblickend, drehte sich aber dann doch um und setzte sich auf den angewiesenen Platz, dicht an der Tür. Seine Physiognomie verriet starkes Mißtrauen zu sich selbst, zugleich aber auch Frechheit und eine gewisse immerwährende Gereiztheit. Er hatte schreckliche Angst, das sah man, aber auch sein Selbstgefühl litt darunter, und es war zu erraten, daß er sich aus gereiztem Selbstgefühl, trotz aller Feigheit, im Notfall sogar zu jeder Frechheit entschließen könnte. Augenscheinlich bangte ihm vor jeder Bewegung seines ungefügen Körpers. Bekanntlich sind bei allen Herren dieses Schlages, wenn sie durch irgend einen wunderlichen Zufall in gute

Gesellschaft geraten, der Hauptschmerz die eigenen Hände und die andauernd bewußt empfundene Unmöglichkeit, sie irgendwo anständig unterzubringen. Der Hauptmann erstarb auf seinem Stuhl, mit seinem Hut und den Handschuhen in der Hand, ohne seinen geistlosen Blick von Warwara Petrownas strengem Antlitz abzuwenden. Vielleicht hätte er sich auch ganz gern ein wenig umgeschaut in diesem Raum, aber vorerst getraute er sich noch nicht. Marja Timofejewna, die ihn wahrscheinlich wieder furchtbar komisch fand, begann von neuem zu lachen, aber er rührte sich nicht. Warwara Petrowna ließ ihn erbarmungslos lange, wohl eine geschlagene Minute lang, in dieser Stellung verharren, während sie ihn schonungslos musterte.

»Zunächst möchte ich von Ihnen selbst Ihren Namen erfahren«, sagte sie endlich gemessen und vollkommen ruhig.

»Hauptmann Lebädkin«, dröhnte sofort die Antwort. »Ich bin gekommen, gnädige Frau ...« Und schon war er wieder im Begriff, sich zu erheben.

»Erlauben Sie!« hielt ihn Warwara Petrowna wiederum auf. »Dieses bemitleidenswerte Geschöpf, das in der Kirche mein Interesse erregt hat, ist Ihre Schwester?«

»Jawohl, gnädige Frau, meine Schwester, die meiner Aufsicht entschlüpft ist, denn da sie sich in solchen Umständen befindet ...«

Er stockte plötzlich und wurde feuerrot.

»Das heißt, mißverstehen Sie das nicht, gnädige Frau«, fuhr er in noch größerer Verwirrung fort; »der leibliche Bruder würde so etwas nicht sagen ... In solchen Umständen bedeutet nicht etwa in *solchen* Umständen, im Sinne von ... in einem Sinne, der den Ruf befleckt ... ich meine, wie im letzten Stadium ...«

Er brach ab.

»Mein Herr!« Warwara Petrowna hob den Kopf.

»Ich wollte sagen: in *solchem* Zustande!« schloß er plötzlich, mit dem steifen Finger sich vor die Stirn tippend.

Alle schwiegen eine Zeitlang.

»Leidet sie schon lange daran?« fragte Warwara Petrowna.

»Gnädige Frau, ich bin gekommen, um für die an der Kirchentür erwiesene Großmut zu danken, so recht auf russische, auf brüderliche Art ...«

»Auf brüderliche ...?«

»Das heißt, gnädige Frau, nicht auf brüderliche ... oder nur in *dem* Sinne auf brüderliche Art, daß ich der Bruder meiner Schwester bin, gnädige Frau, und, glauben Sie mir, gnädige Frau«, begann er wieder schneller zu sprechen, mit hochrotem Kopf, »daß ich gar nicht so ungebildet bin, wie ich auf den ersten Blick in Ihrem Salon erscheinen mag. Wir, meine Schwester und ich, sind überhaupt nichts im Vergleich mit der Pracht, die wir hier sehen. Dazu haben wir noch Verleumder. Aber auf seinen Ruf ist Lebädkin stolz, gnädige Frau, und ... und ... ich bin hergefahren, um meinen Dank abzustatten ... Hier ist das Geld, gnädige Frau!«

Er hatte seine Brieftasche schon hervorgeholt, zerrte ein Päckchen Banknoten heraus und begann mit zitternden Fingern in einem wütenden Anfall von Ungeduld unter den Banknoten zu suchen. Offenbar wollte er so schnell wie möglich noch etwas zur Erklärung sagen, und das tat ja auch not; aber da er wohl selbst fühlte, daß dieses Herumsuchen im Geldpäckchen ihm ein noch dümmeres Ansehen verlieh, verlor er die letzte Selbstbeherrschung: die Geldscheine wollten sich nicht zusammenzählen lassen, die Finger störten sich gegenseitig, und zur Vollendung der Peinlichkeit entglitt ihm eine grüne Banknote und flatterte im Zickzack auf den Teppich.

»Zwanzig Rubel, gnädige Frau«, und mit den Geldscheinen in der Hand sprang er auf, das Gesicht schweißbedeckt von Qual; als er auf dem Fußboden die herausgefallene Banknote bemerkte, wollte er sich schon bücken, um sie aufzuheben, schämte sich aber plötzlich und verzichtete auf sie mit einer Handbewegung.

»Für Ihre Leute, gnädige Frau, für den Lakai, der sie findet; mag er dankbar Lebädkins gedenken!«

»Das kann ich unter keinen Umständen zulassen!« sagte Warwara Petrowna hastig und beinahe erschrocken.

In dem Falle ...« Er bückte sich und hob die Banknote auf, wurde dabei purpurrot im Gesicht, und trat dann schnell ein paar Schritte auf Warwara Petrowna zu, die abgezählten Geldscheine ihr hinhaltend.

»Was soll das –?« Sie erschrak nun doch so, daß sie im Lehnstuhl vor ihm zurückwich.

Mawrikij Nikolajewitsch, Stepan Trofimowitsch und ich traten unwillkürlich vor ...

»Beruhigen Sie sich, beruhigen Sie sich, ich bin nicht verrückt, bei Gott, ich bin nicht verrückt!« beteuerte der Hauptmann aufgeregt nach allen Seiten hin.

»Nein, mein Herr, Sie scheinen doch nicht bei vollem Verstande zu sein!«

»Gnädige Frau, das verhält sich ja alles ganz anders als Sie denken! Ich bin selbstverständlich nur ein unwichtiges Zwischenglied ... Oh, gnädige Frau, reich sind Ihre Prunkgemächer, aber arm sind sie bei Maria der Unbekannten, meiner Schwester, der geborenen Lebädkina, die wir aber vorläufig ‚Maria die Unbekannte' nennen wollen. Aber nur vorläufig, gnädige Frau, nur *vorläufig*, sintemal Gott selber es nicht zulassen wird, daß wir es ewig tun müssen! Gnädige Frau, Sie haben ihr zehn Rubel gegeben, und sie hat das Geld angenommen, aber nur, weil *Sie* es waren, gnädige Frau! Hören Sie es wohl, von niemandem auf der ganzen Welt würde sie etwas annehmen, diese ‚unbekannte Maria', denn sonst müßte sich der Stabsoffizier, ihr Großvater, der im Kaukasus unter den Augen Jermóloffs[33] fiel, noch im Grabe umdrehen! Aber von *Ihnen* wird sie alles annehmen, gnädige Frau, aber wenn sie mit der einen Hand zehn Rubel nimmt, so wird sie mit der anderen zwanzig zurückgeben, als Gabe an einen der Wohltätigkeitsvereine, deren Mitglied Sie sind, gnädige Frau ... Sie haben doch in den „Moskauer Nachrichten" angezeigt, daß sich jeder hier in dem Buche Ihres Wohltätigkeitsvereins eintragen kann ...«

Der Hauptmann brach plötzlich ab; er atmete schwer, wie nach einer anstrengenden Heldentat. Alles, was er über die Wohltätigkeitsvereine gesagt hatte, war vermutlich schon vorher besprochen und verfaßt worden, vielleicht gleichfalls unter Liputins Redaktion. Er schwitzte jetzt noch ärger: an seinen Schläfen traten buchstäblich Schweißperlen hervor.

Warwara Petrowna sah ihn immer noch durchdringend an.

»Dieses Buch«, sagte sie streng, »befindet sich immer unten bei meinem Portier, dort können Sie jederzeit Ihre Gabe eintragen. Deshalb bitte ich Sie, Ihr Geld jetzt wieder einzustecken und nicht in der Luft damit herumzufuchteln. So ist es recht. Auch möchte ich Sie bitten, Ihren früheren Platz wieder einzunehmen. So ist es recht. Ich bedauere sehr, mein Herr, daß ich mich in betreff Ihrer Schwester geirrt und ihr eine Unterstützung gegeben habe, während sie so reich ist. Nur eines verstehe ich nicht: warum sie nur von mir allein etwas annehmen kann, von anderen aber um keinen Preis etwas annehmen würde. Sie haben das so auffallend betont, daß ich hierüber eine ganz genaue Erklärung zu erhalten wünsche.«

»Gnädige Frau, das ist ein Geheimnis, das nur in einem Sarg zu begraben ist!« gab der Hauptmann zur Antwort.

»Wie ... meinen Sie das?« fragte Warwara Petrowna in einem irgendwie schon nicht mehr ganz so festen Ton.

»Gnädige Frau, gnädige Frau ...«

Er verstummte finster, den Blick zu Boden gesenkt und die rechte Hand auf das Herz drückend. Warwara Petrowna wartete, ohne die Augen von ihm abzuwenden.

»Gnädige Frau«, stieß er plötzlich wieder schmetternd hervor, »erlauben Sie, daß ich Ihnen eine Frage vorlege, nur eine, aber ganz offen, geradeaus, auf russische Art, unmittelbar aus der Seele?«

»Bitte.«

»Haben Sie, gnädige Frau, schon gelitten im Leben?«

»Sie wollen damit wohl sagen, daß Sie selbst durch jemanden gelitten oder noch zu leiden haben.«

»Gnädige Frau, gnädige Frau!« Er sprang wieder auf, wahrscheinlich ohne es selbst zu merken, und schlug sich vor die Brust. »Hier in diesem Herzen hat sich soviel angesammelt, so viel, sage ich Ihnen, daß Gott selbst sich wundern wird, wenn es sich beim Jüngsten Gericht offenbart!«

»Hm! Stark ausgedrückt.«

»Gnädige Frau, ich spreche vielleicht eine aufreizende Sprache ...«

»Seien Sie unbesorgt, ich werde schon wissen, wann es geboten sein wird, Sie zu unterbrechen.«

»Darf ich Ihnen noch eine Frage vorlegen, gnädige Frau?«

»Also noch eine Frage.«

»Kann man einzig und allein an eigener Seelengröße sterben?«

»Das weiß ich nicht. Diese Frage habe ich mir noch nie vorgelegt.«

»Sie wissen es nicht! Sie haben sich diese Frage noch nie vorgelegt!« schmetterte er nun los mit pathetischer Ironie. »Wenn's so ist, wenn's so ist, dann freilich –

„Schweig, mein hoffnungsloses Herz!"«

Und er hämmerte wütend gegen die eigene Brust.

Er begann schon wieder hin und her zu wandern. Es ist das Kennzeichen dieser Leute, daß sie vollkommen außerstande sind, ihre Wünsche in sich zurückzuhalten; ja, sie haben sogar, ganz im Gegenteil, den unbezähmbaren Drang, sie sofort zu äußern, mitsamt ihrer ganzen Unsauberkeit zu äußern, kaum daß sie zu entstehen beginnen. Gerät ein solcher Mensch in eine Gesellschaft, in die er nicht hineingehört, so benimmt er sich anfangs gewöhnlich schüchtern, aber sobald man ihm auch nur um ein Haarbreit nachgibt, wird er sofort zu Dreistigkeiten übergehen. Der Hauptmann war nun schon in Hitze geraten, schritt auf und ab, gestikulierte schwungvoll, überhörte Fragen, die man an ihn stellte, und sprach von sich so hurtig-hurtig, daß die Zunge stolperte, nicht mitkam, und er aus einem unbeendeten Satz auf einen anderen übersprang. Freilich kam noch hinzu, daß er wohl kaum ganz nüchtern war; außerdem saß hier noch Lisawéta Nikolájewna, nach der er zwar kein einziges Mal hinsah, deren Gegenwart ihn aber, wenn ich nicht irre, schrecklich antrieb und im Kreise drehte. Übrigens ist das nur eine Vermutung. Aber es mußte doch ein Grund vorhanden sein, weshalb Warwara Petrowna sich entschlossen hatte, ihren Widerwillen überwindend, einen solchen Menschen anzuhören.

Praskówja Iwánowna zitterte einfach vor Angst, allerdings wohl ohne ganz zu verstehen, um was es sich handelte. Stepan Trofimowitsch zitterte gleichfalls, aber, im Gegensatz zu ihr, weil er geneigt war, immer zuviel zu verstehen. Mawríkij Nikolájewitsch hielt sich so, als fühle er sich verantwortlich für unsere Sicherheit. Lisa war etwas blaß und schaute aus großen Augen, ohne einen Blick abzuwenden, auf den tobenden Hauptmann. Schatoff saß in seiner gewohnten Haltung auf seinem alten Platz; aber am befremdlichsten war es wohl, daß Márja Timoféjewna nicht nur aufgehört hatte zu lachen, sondern sogar schrecklich traurig geworden war: den rechten Arm auf den Tisch gestützt, folgte sie mit langem, traurigem Blick dem hochtrabend redenden Bruder. Nur Dárja Páwlowna schien ruhig zu sein.

»Das ist ja lauter albernes Geschwätz, was Sie da vorbringen!« sagte Warwara Petrowna schließlich ärgerlich. »Sie haben mir noch nicht auf meine Frage geantwortet, *warum* sie nur von mir, und so weiter. Ich warte immer noch auf Ihre Antwort und wünsche dringend, sie endlich zu hören.«

»Ich habe die Frage nach dem ,Warum' noch nicht beantwortet? Sie warten auf die Beantwortung Ihres ,Warum'?« wiederholte der Hauptmann listig zwinkernd ihre Worte. »Aber dieses kleine Wörtchen ,warum' ist wie eine Flüssigkeit im ganzen Weltall ausgegossen, durchtränkt es schon vom ersten Schöpfungstage an, gnädige Frau, und die ganze Natur schreit jeden Augenblick ihrem Schöpfer zu: ,Warum?' und schon seit siebentausend Jahren erhält sie keine

Antwort darauf. Soll nun wirklich einzig und allein Hauptmann Lebädkin diese Frage beantworten? – und kann man ein solches Ansinnen noch als gerecht betrachten, gnädige Frau?«

»Aber das ist ja alles Unsinn und keine Antwort!« Warwara Petrowna verlor bereits die Geduld und wurde zornig. »Das sind Allegorien; und außerdem erlauben Sie sich, mein Herr, viel zu schwülstig zu reden, was ich mir als Dreistigkeit verbitten möchte.«

»Gnädige Frau«, redete der Hauptmann weiter, als hätte er nichts gehört, »ich würde vielleicht gern Erneste heißen, bin aber gezwungen, den ordinären Namen Ignat zu tragen, – warum wohl? Wie denken Sie darüber? Ich wäre gern ein Prince de Montbard, bin aber nur ein Lebädkin, von ‚lébedj' abgeleitet[34], sozusagen nach der Stammsilbe, – warum ist das so? Ich bin ein Dichter, gnädige Frau, der Seele nach ein Dichter, und könnte tausend Rubel vom Verleger bekommen, während ich gezwungen bin, im Schmutzkübel zu leben, warum, warum? Gnädige Frau! Meiner Ansicht nach ist Rußland nur ein Spiel der Natur und nichts weiter!«

»Können Sie wirklich nichts Konkreteres aussagen?«

»Ich kann Ihnen das Gedicht „Die Schabe" vortragen, gnädige Frau!«

»Wa–a–as?«

»Gnädige Frau, noch bin ich nicht verrückt! Ich werde es einmal sein, das steht fest, aber noch *bin* ich es nicht! Gnädige Frau, einer meiner Freunde – ein hoch–ed–ler Mann – hat eine Krylóffsche Fabel[35] verfaßt, mit der Überschrift „Die Schabe", – darf ich sie vortragen?«

»Sie wollen eine der Krylóffschen Fabeln vortragen?«

»Nein, keine Fabel von Krylóff, sondern meine Fabel, von mir verfaßt, mein eigenes Werk! Glauben Sie mir doch, gnädige Frau, – und Sie werden sich dadurch nichts vergeben –, daß ich denn doch nicht dermaßen ungebildet und heruntergekommen bin, um nicht zu wissen, daß Rußland den großen Fabeldichter Krylóff besitzt, dem der Kultusminister im Sommergarten ein Denkmal errichtet hat, um das die Kinder herumspielen. Da bestehen Sie nun auf der Frage ‚Warum', gnädige Frau? Die Antwort steht mit feurigen Lettern auf dem Grunde dieser Fabel geschrieben!«

»Tragen Sie Ihre Fabel vor.«

Und Lebädkin begann sofort:

»Es war einmal 'ne Schabe,
'Ne Schabe von Kindheit an,
Die kletterte und fiel
Gerade in ein Fliegenglas,
Das Fliegengift enthielt . . .«

»Mein Gott, was ist denn das wieder!« stieß Warwara Petrowna hervor.

»Das ist, wenn im Sommer«, erklärte der Hauptmann hastig und mit wildem Gefuchtel – er hatte ganz die gereizte Ungeduld eines Autors, den man in seinem Vortrag unterbrochen hat –, »wenn im Sommer viele Fliegen in so ein Glas fliegen, angelockt vom Geruch des Inhalts, dann wird es eben zur Fliegenfalle, das kapiert doch jeder Dummkopf, aber unterbrechen Sie mich nicht, unterbrechen Sie mich nicht, Sie werden schon sehen, Sie werden schon sehen . . .« (Er fuchtelte die ganze Zeit wie wild mit den Armen und fuhr dann schnell fort im Vortrag.)

»Die Schabe, die viel größer war
Als diese kleinen Fliegen,
Beengte sie, das ist schon wahr . . .
Die Fliegen schimpften mächtig
Und schrien wie verrückt
Zu Jupiter empor.
Doch mittlerweile kam ganz leis'
Der alte Diener Nikifor,
Ein wirklich hoch-acht-barer Greis . . .«

»Weiter habe ich es noch nicht fertig, aber das ist ja egal, ich werde es Ihnen ohne Reime sagen!« schmetterte der Hauptmann weiter. »Nikifor nimmt also das Glas, kümmert sich überhaupt nicht ums Geschrei, und schüttet die ganze Komödie, sowohl die Fliegen wie die Schabe, in den Spülichteimer, was man schon längst hätte tun sollen. Aber beachten Sie wohl, beachten Sie wohl, gnädige Frau: die Schabe murrt nicht! Damit haben Sie die Antwort auf Ihre Frage ‚Warum'«, rief er triumphierend. »‚Die – Scha–be – murrt – nicht!' ... und was den Nikifor betrifft, so stellt er einfach die Natur dar«, schloß er flüchtig, wie nebenbei, und begann selbstzufrieden wieder hin und her zu schreiten.

Warwara Petrowna war empört.

»Gestatten Sie die Frage: Was für eine Bewandtnis hat es mit dem Gelde, das Sie angeblich von Nikolai Wssèwolodowitsch erhalten sollten und das Ihnen angeblich nicht vollzählig ausgezahlt worden sei, woraufhin Sie sich erdreistet haben, eine zu meinem Hause gehörende Person zu beschuldigen?«

»Verleumdung!« brüllte Lebädkin auf, mit tragischer Geste die rechte Hand emporstreckend. »Man verleumdet mich unentwegt!«

»Nein, das ist keine Verleumdung.«

»Gnädige Frau, es gibt Umstände, die einen zwingen können, eher eine Familienschande zu tragen, als laut die Wahrheit zu verkünden. Lebädkin wird nichts ausplaudern, gnädige Frau!«

Er war wie mit Blindheit geschlagen; er war in Begeisterung; er fühlte seine Wichtigkeit; sicher mußte ihm irgend so etwas vorschweben. Schon kitzelte es ihn, nun seinerseits zu beleidigen, anderen zu schaden, seine Macht zu zeigen.

»Bitte, klingeln Sie, Stepan Trofimowitsch«, bat Warwara Petrowna.

»Lebädkin ist schlau, meine Gnädigste!« sagte er zwinkernd und mit einem gemeinen Lächeln, »jawohl, schlau, aber auch für ihn gibt es ein Hindernis, auch für ihn gibt es eine Vorhalle der Leidenschaften! Und diese Vorhalle, das ist die alte Husaren-Feldflasche, die Denís Dawýdoff besungen hat. Und wenn er sich in dieser Vorhalle befindet, gnädige Frau, dann kann es wohl geschehen, daß er einen Brief in Versen absendet, einen pr-rachtvollen Brief, den er aber nachher mit den Tränen seines ganzen Lebens zurückholen möchte, da er das Schönheitsempfinden verletzt. Aber ist der Vogel einmal hinausgeflogen – kannst du ihn nicht mehr am Schwänzchen einfangen! In eben dieser Vorhalle, gnädige Frau, hat Lebädkin dann im Unmut seiner durch Kränkungen aufgebrachten Seele wohl auch ein Wort fallen lassen können über ein edles junges Mädchen, was seine Verleumder denn auch gleich ausgenutzt haben. Aber Lebädkin ist schlau, meine Gnädigste! Und vergeblich lauert der unheilbringende Wolf neben ihm, schenkt ihm alle Augenblicke ein und wartet auf das Ergebnis: aber Lebädkin plaudert nichts aus, verschnappt sich nicht, und auf dem Boden der Flasche findet sich, statt des Erwarteten, immer nur Lebädkins Schlauheit! Aber genug, oh, genug davon! Gnädige Frau, Ihre prunkvollen Gemächer könnten dem edelsten Wesen gehören, aber die Schabe murrt nicht! Beachten Sie es wohl, beachten Sie es nun endlich, daß sie nicht murrt, und erkennen Sie ihre Großmut an!«

In diesem Augenblick ertönte von unten, aus der Portiersloge, die Glocke, und fast gleich darauf erschien, etwas verspätet nach Stepan Trofimowitschs Klingeln, Alexei Jegórytsch. Der alte würdevolle Diener befand sich in einer ungewohnt lebhaften Verfassung.

»Nikolai Wssévolodowitsch sind soeben mit der Bahn eingetroffen und befinden sich auf dem Wege hierher«, meldete er sofort auf den fragenden Blick Warwara Petrownas.

Ich erinnere mich noch heute deutlich an ihr Aussehen in diesem Augenblick: zunächst wurde sie blaß, aber dann plötzlich blitzten ihre Augen auf. Sie richtete sich kerzengerade auf im Lehnstuhl, mit der Miene fester Entschlossenheit. Aber wir waren ja alle überrascht. Dieses vollkommen unerwartete Eintreffen Nikolai Wssévolodowitschs, den man bei uns allenfalls in einem Monat erwartet hatte, war seltsam nicht nur wegen seiner Unverhofftheit, sondern namentlich durch das gleichsam verhängnisvolle Zusammentreffen mit der augenblicklichen Situation. Selbst der Hauptmann blieb wie ein Pfosten auf dem Fleck stehen, wo er stand, und starrte mit offenem Munde und furchtbar dummem Gesicht nach der Tür.

Und da waren auch schon aus dem anstoßenden Saal, einem langen und großen Raum, schnell sich nähernde Schritte zu hören, kleine, außergewöhnlich rasch aufeinander folgende Schritte; es war, als ob jemand angerollt käme, um plötzlich hereinzufliegen in den Salon – aber es war gar nicht Nikolai Wssèwolodowitsch, sondern ein allen völlig unbekannter junger Mensch.

V

Ich erlaube mir, meinen Bericht hier kurz zu unterbrechen, um diese so plötzlich erschienene Person wenigstens mit ein paar flüchtigen Strichen zu skizzieren.

Es war ein junger Mensch von schätzungsweise siebenundzwanzig Jahren, oder nahebei, ein wenig über Mittelgröße, mit dünnem, blondem, ziemlich langem Haar und kaum sich abhebendem, flockigem Schnurr- und Kinnbärtchen. Er war sauber und sogar nach der Mode gekleidet, aber nicht elegant; auf den ersten Blick schien er sich ein wenig krumm zu halten und unbeholfen zu sein, dabei war er aber durchaus nicht krumm und sogar sehr gewandt. Er machte wohl den Eindruck eines vielleicht etwas wunderlichen Gesellen, und doch fanden bei uns alle seine Manieren nachher sehr anständig und seine Äußerungen im Gespräch immer sachlich.

Niemand würde sagen, daß er häßlich sei, aber sein Gesicht gefällt keinem. Sein Schädel ist wie von beiden Seiten zusammengedrückt und nach hinten verlängert, so daß sein Gesicht wie scharf vorspringend wirkt. Seine Stirn ist hoch und schmal, aber die Gesichtszüge fein; die Augen scharf, das Näschen spitz und klein, die Lippen lang und dünn. Das Gesicht hat beinah den Ausdruck eines Kranken, aber das scheint nur so. In seinen Wangen ist, unterhalb der Backenknochen, eine gewisse trockene Falte, die ihm das Aussehen eines Rekonvaleszenten nach einer schweren Krankheit verleiht. Und doch ist er vollkommen gesund und kräftig, und ist sogar in seinem ganzen Leben niemals krank gewesen.

Er geht und bewegt sich immer sehr schnell, aber nicht deshalb, weil er sich beeilen muß. Es scheint, daß ihn nichts in Verwirrung bringen könnte; er bleibt in jeder Situation und in jeder Gesellschaft derselbe. Es ist eine große Selbstzufriedenheit in ihm, aber er selbst merkt das überhaupt nicht.

Er spricht schnell, geschäftig, aber zugleich selbstbewußt und braucht nie nach einem Wort zu suchen. Seine Gedanken sind ruhig, trotz des geschäftigen Sprechens, sind klar und unwiderruflich, – und das fällt besonders auf. Seine Aussprache ist überraschend deutlich: seine Worte fallen, eins nach dem anderen, wie gleichmäßige, pralle Körnchen aus einem stets bereiten Vorrat und sind jederzeit gebrauchsfertig. Anfangs möchte einem das beinah gefallen, aber dann wird es widerlich, und zwar gerade wegen dieser schon gar zu deutlichen Aussprache, wegen dieses Perlengeriesels stets bereiter Worte. Ganz unwillkürlich stellt sich die Vorstellung ein, die Zunge in seinem Munde müsse eine besondere Form haben, müsse ungewöhnlich lang, dünn und furchtbar rot sein, mit einer überaus feinen, ununterbrochen und von selbst kreisenden Spitze.

Nun, eben dieser junge Mensch war es, der jetzt plötzlich in den Empfangssalon hereingeschossen kam, und wahrhaftig, ich habe noch bis auf den heutigen Tag den Eindruck, daß er schon im anstoßenden Saal zu sprechen begann und sprechend eintrat, und im Augenblick stand er auch schon vor Warwara Petrowna.

»... Stellen Sie sich das vor, Warwara Petrowna«, rieselten schon seine Worte wie Perlen von der Schnur, »ich komme her und denke, er werde schon seit einer Viertelstunde hier sein; er ist vor anderthalb Stunden eingetroffen und wir trafen uns bei Kirilloff, den er vor einer halben Stunde verließ, um sich geradeswegs hierher zu begeben, und zu mir sagte er, ich solle in einer Viertelstunde gleichfalls herkommen ...«

»Aber wer denn? Wer hat Sie beauftragt, hierher zu kommen?« fragte Warwara Petrowna dringend.

»Aber natürlich doch Nikolai Wssèwolodowitsch! So erfahren Sie es wirklich erst jetzt? Aber wenigstens sein Gepäck muß doch schon längst hergeschafft sein, hat man Ihnen denn das nicht gemeldet? Dann bin ich also der erste, der Sie benachrichtigt. Man könnte ihm ja den Wagen irgendwohin entgegenschicken, doch übrigens wird er wohl sowieso gleich hier eintreffen, und zwar, wie mir scheint, gerade in einem Moment, der einigen seiner Erwartungen und, wenigstens soweit ich es beurteilen kann, seinen Absichten entspricht.« Bei diesen Worten ließ er seine Augen durch das Zimmer schweifen und heftete sie mit besonderer Aufmerksamkeit auf den Hauptmann. »Ach, Lisaweta Nikolájewna, wie es mich freut, Ihnen hier gleich beim ersten Schritt zu begegnen, Ihnen die Hand drücken zu können ...« und schon war er bei ihr, um die ihm von Lisa mit heiterem Lächeln entgegengestreckte Hand zu ergreifen. »Und auch unsere hochverehrte Praskowja Iwanowna hat, wie ich sehe, ihren ‚Professor' nicht vergessen, und scheint sich noch nicht einmal über ihn und sein Erscheinen zu ärgern, wie es in der Schweiz immer geschah. Aber wie steht es denn jetzt mit Ihren Füßen, Praskowja Iwanowna? Hatte man recht, als man Ihnen schließlich als bestes Mittel Heimatluft verschrieb? ... Wie? Kompressen? Ja, das mag ganz gut sein! Wie habe ich es bedauert, Warwara Petrowna« – er drehte sich schnell schon wieder herum –, »daß ich Sie schließlich in der Schweiz nicht mehr antraf, zumal ich Ihnen so vieles mitzuteilen hatte! Ich habe allerdings hierher an meinen Alten geschrieben, aber der wird nach seiner Gewohnheit wohl wieder ...«

»Petrúscha!« rief da Stepan Trofimowitsch aus, erst jetzt plötzlich aus der Erstarrung erwachend: er warf die Arme in die Höhe und stürzte zu seinem Sohn. »Pierre, mon enfant, ich habe dich ja nicht einmal erkannt!« und er umarmte ihn krampfhaft, während ihm Tränen aus den Augen rollten.

»Schon gut, schon gut, keine Albernheiten und keine Gesten, wenn ich bitten darf, aber so laß doch!« wehrte Petrúscha schnell ab und gab sich alle Mühe, sich aus den Armen des Vaters zu befreien.

»Ich habe dir immer, immer Unrecht getan!«

»Schon gut. Davon später. Konnte mir schon denken, daß du wieder Albernheiten machen würdest. So sei doch ein wenig nüchterner, ich bitte dich.«

»Aber ich habe dich doch zehn Jahre lang nicht gesehen!«

»Um so weniger Grund zu solchen Gefühlsergüssen ...«

»Mon enfant!«

»Jaja, glaub's schon, glaub's schon, daß du mich liebst, nimm nur, bitte, die Hände weg ... Du störst doch auch die anderen ... Ah, da ist ja auch schon Nikolai Wssséwolodowitsch ... aber so höre doch endlich auf mit den Albernheiten, ich bitte dich!«

Nikolai Wssséwolodowitsch war in der Tat schon im Salon: er war sehr geräuschlos eingetreten und einen Augenblick in der Tür stehengeblieben, während sein ruhiger Blick die Versammlung überflog.

Wie vor vier Jahren, als ich ihn zum ersten Mal sah, war ich auch jetzt wieder beim ersten Blick auf ihn betroffen. Ich hatte ihn keineswegs vergessen; aber ich glaube, es gibt Gesichter, die jedesmal, wenn sie auftauchen, wieder etwas Neues mitbringen, etwas, das man bis dahin noch nicht an ihnen bemerkt hat, auch wenn man ihnen hundertmal begegnet ist. Äußerlich war er anscheinend ganz derselbe wie vor vier Jahren: ebenso elegant, ebenso unnahbar, beim Eintreten ebenso gemessen wie damals, ja, fast war er sogar ebenso jung. Sein leises Lächeln war wieder so offiziell freundlich und selbstbewußt, und sein Blick unverändert ernst, in sich gekehrt, und doch gleichsam zerstreut. Kurz, es war mir, als hätte ich ihn noch gestern zuletzt gesehen. Nur eines machte mich stutzig: man hatte ihn zwar immer schön gefunden, aber sein Gesicht glich tatsächlich manchmal einer Maske, wie einzelne gehässige Damen unserer Gesellschaft behaupteten. Jetzt aber – ich weiß nicht, weshalb –, jetzt schien er mir schon auf den ersten Blick von vollendeter, unbestreitbarer Schönheit zu sein, so daß man unter gar keinen Umständen noch hätte sagen können, sein Gesicht erinnere an eine Maske. Kam das vielleicht daher, daß er ein wenig blasser war als früher und, wie mir schien, ein wenig abgenommen hatte? Oder lag jetzt vielleicht eine neue Gesinnung in seinem Blick?

»Nikolai Wssewolodowitsch!« rief Warwara Petrowna, sich steif aufrichtend, doch ohne sich von ihrem Lehnstuhl zu erheben, und indem sie den Eingetretenen mit einer gebieterischen Handbewegung aufhielt, »bleibe dort noch einen Augenblick stehen!«

Um nun jene schreckliche Frage, die dieser Geste und diesem Anruf plötzlich folgte, verständlich zu machen, jene Frage, deren Möglichkeit ich selbst einer Warwara Petrowna nie und nimmer zugetraut hätte, muß ich den Leser bitten, sich zunächst den Charakter Warwara Petrownas zu vergegenwärtigen, von welcher ungestümen Gewalttätigkeit er in manchen außergewöhnlichen Augenblicken ihres Lebens sein konnte. Ich bitte auch zu bedenken, daß, trotz ihrer ungewöhnlichen seelischen Festigkeit und der beträchtlichen Portion Vernunft, die sie besaß, ganz zu schweigen von ihrem praktischen, sozusagen sogar haushälterischen Taktgefühl, in ihrem Leben dennoch ständig Augenblicke wiederkehrten, wo sie sich auf einmal völlig, restlos, und, wenn man sich so ausdrücken darf, ohne Zaum für etwas einsetzte oder hingab. Und schließlich bitte ich noch, in Betracht zu ziehen, daß der gegenwärtige Augenblick für sie tatsächlich einer von jenen sein konnte, in denen plötzlich alles Wesentliche des Lebens, alles Durchlebte, alles Gegenwärtige und womöglich auch alles Zukünftige wie in einem Brennpunkt zusammentrifft. Beiläufig sei hier auch noch an den anonymen Brief erinnert, von dem sie noch kurz zuvor mit solcher Gereiztheit zu Praskówja Iwánowna einiges hatte verlauten lassen, wobei aber der weitere Inhalt des Briefes von ihr wahrscheinlich verschwiegen worden war; vielleicht aber lag gerade in diesem verschwiegenen Teil die Erklärung der Möglichkeit jener schrecklichen Frage, mit der sie sich plötzlich an ihren Sohn wandte.

»Nikolai Wssélowolodowitsch«, wiederholte sie, jede Silbe deutlich aussprechend, mit einer festen Stimme, in der eine drohende Herausforderung mitschwang, »ich bitte Sie, sagen Sie sofort, ohne sich von der Stelle zu rühren, ob es wahr ist, daß diese unglückliche, lahme Frauensperson – diese da, dort sitzt sie, sehen Sie sie an! Ob es wahr ist, daß sie ... Ihre legitime Gattin?«[36]

Ich erinnere mich mehr als deutlich dieses Augenblicks; Nikolai Wssélowolodowitsch zuckte mit keiner Wimper und sah nur unverwandt seine Mutter an; auf seinem Gesicht ging nicht die geringste Veränderung vor. Endlich lächelte er langsam ein gleichsam nachsichtiges Lächeln, und trat, ohne ein Wort zu sagen, still auf seine Mutter zu, erfaßte ihre Hand und führte sie ehrerbietig an die Lippen. Und so stark war sein stets unwiderstehlicher Einfluß auf die Mutter, daß sie ihm ihre Hand auch jetzt nicht zu entziehen wagte. Sie sah ihn nur an, war selbst nichts als nur noch diese eine Frage, und ihr ganzes Aussehen und alles an ihr sagte, daß sie die Ungewißheit keinen Augenblick länger ertragen könne.

Er aber schwieg weiter. Nachdem er ihre Hand geküßt hatte, überflog sein Blick noch einmal die Anwesenden, und mit demselben langsamen Schritt trat er zu Marja Timofejewna. Es ist sehr schwer, das Mienenspiel der Menschen in manchen Augenblicken zu beschreiben. Ich erinnere mich zum Beispiel, daß Marja Timofejewna, fast vergehend vor Schreck, sich zur Begegnung mit ihm erhob und die Hände vor sich zusammenpreßte, als wolle sie ihn beschwören; aber zugleich erinnere ich mich auch an das Entzücken, das ihr Gesicht beinahe entstellte, an eine Verzückung, wie Menschen sie kaum zu ertragen vermögen. Vielleicht war das eine wie das andere vorhanden, sowohl der Schreck wie das Entzücken; aber ich erinnere mich, daß ich schnell zu ihr hin vortrat (ich stand in ihrer Nähe), da es mir schien, daß sie sogleich ohnmächtig zusammenbrechen werde.

»Sie können nicht hierbleiben«, sagte Nikolai Stawrógin mit freundlicher, wohlklingender Stimme zu ihr, und in seinen Augen, die sie ansahen, lag plötzlich eine große Zärtlichkeit.

Er stand in der ehrerbietigsten Haltung vor ihr und jede Bewegung verriet ungeheuchelte Hochachtung.

Und ungestüm, atemlos, halb flüsternd stammelte die Arme zu ihm empor:

»Aber kann ich ... darf ich ... jetzt gleich ... vor Ihnen niederknien?«

»Nein, das dürfen Sie auf keinen Fall«, sagte er mit einem entzückenden Zulächeln, so daß sie plötzlich glückselig auflachte.

Und mit derselben melodischen Stimme, gut und lieb, als ob er einem kleinen Kinde zuredete, fügte er, ernst werdend, bedeutsam hinzu:

»Bedenken Sie, daß Sie ein Mädchen sind und ich Ihr treuester Freund zwar, doch immerhin ein Ihnen fremder Mensch bin, weder Ihr Gatte, noch Ihr Vater, noch Ihr Bräutigam. Erlauben Sie, daß ich Ihnen den Arm reiche, und lassen Sie uns gehen. Ich werde Sie zum Wagen führen und, wenn Sie es gestatten, auch nach Hause begleiten.«

Sie hörte ihn an und senkte wie sinnend den Kopf.

»Gehen wir«, sagte sie dann, seufzte und nahm seinen Arm.

Hierbei passierte ihr aber ein kleines Unglück: sie mußte wohl zu hastig, wahrscheinlich mit ihrem kranken, dem zu kurzen Bein aufgetreten sein – jedenfalls knickte sie ein und fiel seitwärts gegen den Sessel, und wenn dieser nicht dagestanden hätte, wäre sie wohl zu Boden gefallen. Nikolai Wssewolodowitsch umfaßte sie sofort und stützte sie, faßte sie kräftig unter den Arm und führte sie, teilnahmsvoll und helfend, behutsam zur Tür. Sie war sichtlich sehr betrübt über ihren Fall, war verlegen, errötete und schämte sich schrecklich. Stumm, mit niedergeschlagenen Augen, tief hinkend wackelte sie neben ihm her, fast hängend an seinem Arm. So gingen sie hinaus. Ich sah, wie Lisa, die aus irgendeinem Grunde plötzlich aufsprang, ihnen mit starrem Blick die ganze Zeit nachsah bis zur Tür. Dann setzte sie sich wortlos wieder hin, doch in ihrem Gesicht war ein krampfartiges Zucken, als hätte sie etwas Ekelhaftes berührt.

Während der ganzen Szene zwischen Nikolai Wssewolodowitsch und Marja Timofejewna hatten alle, stumm vor Verwunderung, nur geschaut; man hätte eine Fliege hören können; kaum aber waren sie hinausgegangen, da begannen plötzlich alle zu sprechen.

VI

Übrigens nein, es wurde eigentlich nicht gesprochen, es waren meist nur Ausrufe, die man hörte. Ich habe nun doch ein wenig vergessen, in welcher Reihenfolge die Ausrufe erfolgten, denn es gab ein großes Durcheinander. Stepan Trofimowitsch stieß etwas auf französisch hervor und erhob die Hände, aber Warwara Petrowna kümmerte sich jetzt nicht um ihn. Selbst Mawrikij Nikolájewitsch murmelte etwas schnell und kurz. Doch am meisten ereiferte sich Pjotr Stepánowitsch: er bemühte sich toll und mit großen Gesten, Warwara Petrowna von etwas zu überzeugen, aber ich konnte lange nichts davon verstehen. Er wandte sich auch an Praskowja Iwánowna und auch an Lisaweta Nikolájewna, rief im Eifer sogar seinem Vater etwas zu – kurz, er drehte sich geschäftig im ganzen Raum umher. Warwara Petrowna hatte sich, hochrot im Gesicht, gleich im ersten Augenblick von ihrem Platz erhoben und Praskowja Iwánowna zugerufen: »Hast du gehört, hast du gehört, was er ihr soeben hier gesagt hat?« Aber diese war schon nicht mehr imstande, ihr zu antworten, sie brummelte nur irgend etwas vor sich hin und winkte ab. Die Arme hatte ihre eigene Sorge: alle Augenblicke drehte sie den Kopf nach Lisa hin und sah sie in unbestimmter Angst an, aber aufzustehen und heimzufahren, das getraute sie sich nicht mehr, bevor sich die Tochter nicht selbst dazu entschloß. Inzwischen schien der Hauptmann unbedingt verschwinden zu wollen. Ich merkte ihm das schon gleich an. Er war seit dem Erscheinen Nikolai Wssewolodowitschs, das ihm einen gewaltigen Schreck eingejagt hatte, in sichtlich großer Angst und wollte schon aus der Tür schlüpfen, aber Pjotr Stepánowitsch erwischte ihn noch am Arm und ließ ihn nicht weggehen.

»Das ist unbedingt notwendig, unbedingt«, rieselten seine Silben schon wieder wie Perlen von der Schnur vor Warwara Petrowna, auf die er immer noch einzureden fortfuhr. Er stand vor ihr, sie aber saß schon wieder in ihrem Lehnstuhl und hörte ihm jetzt, wie ich mich erinnere, mit Spannung zu; so hatte er es endlich doch erreicht, ihre Aufmerksamkeit zu fesseln.

»Das ist unbedingt notwendig. Sie sehen doch selbst, Warwara Petrowna, daß hier ein Mißverständnis vorliegt, und dem Anschein nach viel Wunderliches, in Wirklichkeit aber ist die Sache klar wie Kerzenlicht und so einfach wie ein Finger. Ich verstehe sehr wohl, daß mich niemand ermächtigt hat, hier etwas zu erzählen, und daß es womöglich lächerlich wirkt, wenn ich mich ungebeten damit aufdränge. Aber erstens legt Nikolai Wssewolodowitsch dieser Sache von sich aus ja gar keine Bedeutung bei, und dann gibt es doch auch Fälle, wo es einem Menschen peinlich ist, seine

Erklärungen persönlich vorzubringen, und da ist es denn unbedingt geboten, daß ein anderer sich dazu entschließt, dem es viel leichter fällt, von gewissen zarten Dingen zu sprechen, als den unmittelbar Beteiligten. Glauben Sie mir, Warwara Petrowna, Nikolai Wssêwolodowitsch war durchaus nicht im Unrecht, als er Ihnen vorhin auf Ihre Frage nicht sofort mit einer radikalen Erklärung antwortete, abgesehen davon, daß die ganze Geschichte ja gar nicht der Rede wert ist; ich kenne sie zufällig noch von Petersburg her. Und außerdem macht ihm ja der ganze Vorfall nur Ehre, wenn man schon dieses unbestimmte Wort „Ehre" unbedingt hören will ...«

»Sie wollen damit sagen, daß Sie Augenzeuge irgend eines Vorfalls gewesen sind, aus dem dann diese ganze ... dieses Mißverständnis entstanden ist?«

»Jawohl, Augenzeuge und sogar Teilnehmer, wenn Sie wollen«, bestätigte Pjotr Stepánowitsch schnell.

»Wenn Sie mir Ihr Wort darauf geben können, daß Nikolai Wssewolodowitsch es nicht als taktlos empfinden wird, ich meine, nicht als kränkend für seine Gefühle, für sein Verhalten mir gegenüber, der er sonst ni–i–ichts zu verheimlichen pflegt ... und wenn Sie dazu noch so überzeugt sind, ihm damit sogar einen Gefallen zu erweisen ...«

»Unbedingt einen Gefallen, und eben deshalb wird es mir ein besonderes Vergnügen sein. Ich bin überzeugt, daß er selbst mich darum bitten würde.«

Dieses aufdringliche Angebot eines plötzlich vom Himmel herabgefallenen Herrn, fremde Erlebnisse zu erzählen, war doch recht sonderbar und verstieß auch gegen die gesellschaftlichen Sitten. Aber es gelang ihm ja nur deshalb, Warwara Petrowna an seiner Angel zu fangen, weil er ausgerechnet die Stelle berührte, die schon gar zu schmerzhaft geworden war. Ich kannte damals den Charakter dieses Menschen noch nicht genügend, umso weniger konnte ich seine Absichten durchschauen.

»Man wird Sie anhören«, erklärte Warwara Petrowna

zurückhaltend und vorsichtig, denn sie litt offenbar darunter, daß sie sich so weit herabließ.

»Die Geschichte ist kurz; ja, wenn Sie wollen, ist es nicht einmal eine richtige Geschichte«, rieselten die Perlen. »Übrigens könnte ein Romanschriftsteller im Müßiggang wohl einen Roman daraus zusammenbacken. Eigentlich ist es ein amüsanter kleiner Zwischenfall, Praskówja Iwánowna, und ich bin überzeugt, daß Lisaweta Nikolájewna mit Interesse zuhören wird, denn es kommen da viele, wenn auch nicht wunderbare, so doch recht wunderliche Dinge vor. Nikolai Wssévolodowitsch hat vor etwa fünf Jahren in Petersburg diesen Herrn dort kennengelernt, — eben diesen Herrn Lebädkin, der jetzt mit offenem Munde dasteht und sich, wenn ich nicht irre, soeben anschickte heimlich zu verschwinden. Entschuldigen Sie, Warwara Petrowna. Ihnen aber, mein abgesetzter Herr Beamter des Proviantamts (wie Sie sehen, erinnere ich mich noch sehr gut an Sie), würde ich doch entschieden abraten, sich jetzt aus dem Staube zu machen. Sowohl mir wie Nikolai Wssévolodowitsch sind Ihre hiesigen Streiche nur zu gut bekannt, über die Sie, vergessen Sie das nicht, noch Rechenschaft zu geben haben werden. Ich bitte nochmals um Entschuldigung, Warwara Petrowna. Nikolai Wssévolodowitsch nannte damals diesen Herrn seinen Falstaff; das muß wohl«, schaltete er plötzlich zur Erklärung ein, »früher mal irgend so ein caractère burlesque gewesen sein, über den alle lachten, und der es selbst allen erlaubte, über ihn zu lachen, wenn man ihm dafür nur Geld gab. Nikolai Wssévolodowitsch führte damals in Petersburg ein sozusagen spottsüchtiges Leben, — anders wüßte ich es nicht zu bezeichnen, denn mit Blasiertheit wird sich dieser Mensch nie begnügen, und sich mit einer ernsten Arbeit zu befassen, das verschmähte er damals. Ich rede nur von der damaligen Zeit, Warwara Petrowna. Dieser Lebädkin hatte eine Schwester, dieselbe, die soeben hier saß. Bruder und Schwester hatten kein eigenes Unterkommen, und hausten bald hier, bald dort bei anderen Leuten. Er trieb sich in den Bogengängen des Kaufhofes umher, trug dabei unbedingt seine frühere Beamtenuniform, und redete von den Vorübergehenden die anständig Aussehenden an, und was er bekam, vertrank er. Das Schwesterlein aber nährte sich wie ein Vogel unter dem Himmel. Sie half dort in den Winkeln und bediente für den geringsten Lohn. Es herrschte dort ein fürchterliches Durcheinander; ich übergehe die Schilderung des Lebens in diesen Winkeln, – eines Lebens, an dem sich damals aus wunderlicher Laune auch Nikolai Wssévolodowitsch beteiligte. Ich rede nur von der damaligen Zeit, Warwara Petrowna; was aber diese Laune, diese Verschrobenheit anbetrifft, so sind das seine eigenen Worte. Er pflegt mir vieles nicht zu verheimlichen. Auf Fräulein Lebädkina, die eine Zeitlang sehr oft Nikolai Wssewolodowitsch zu sehen bekam, machte sein Äußeres einen gewaltigen Eindruck. Er war so etwas wie ein Diamant auf dem schmutzigen Hintergrunde ihres Lebens. Ich bin ein schlechter Schilderer von Gefühlen, und deshalb werde ich das übergehen; aber es kam nun so, daß ein paar nichtsnutzige Burschen sie gleich zu necken und zu verspotten begannen, und da wurde sie traurig. Man hatte sich dort schon von jeher über sie lustig gemacht, aber früher hatte sie das gar nicht bemerkt. Ihr Kopf war auch damals schon nicht ganz klar, wenn auch lange nicht so wirr wie jetzt. Es ist anzunehmen, daß sie als Kind – vielleicht dank irgend einer Wohltäterin – eine etwas bessere Erziehung erhalten hat und beinahe so etwas wie Bildung. Nikolai Wssévolodowitsch hatte ihr nie auch nur die geringste Beachtung geschenkt und spielte dort meist mit alten schmutzigen Karten um eine Viertelkopeke Preference mit kleinen Beamten. Aber einmal, als sie wieder beleidigt wurde, packte er, ohne nach dem Anlaß zu fragen, einen der Beamten am Kragen und warf ihn – es war im zweiten Stock – zum Fenster hinaus. Von ritterlichem Unmut und Eintreten für die gekränkte Unschuld war nicht die Rede: der ganze Vorgang spielte sich unter allgemeinem Gelächter ab und am meisten lachte Nikolai Wssewolodowitsch selbst; und als alles glücklich ohne gebrochene Glieder abgelaufen war, versöhnte man sich wieder und begann Punsch zu trinken. Nur die gekränkte Unschuld selber vergaß das nicht. Natürlich endete das mit der vollständigen Zerrüttung ihrer geistigen Fähigkeiten. Ich wiederhole, ich bin ein schlechter Schilderer von Gefühlen, aber hier war jedenfalls die Hauptsache ihr Hang zur Träumerei. Nikolai Wssewolodowitsch aber tat dann noch wie mit Absicht alles, um diese Träumerei zu begünstigen: statt gleichfalls zu lachen, begann er Fräulein Lebädkina auf einmal mit überraschender Hochachtung zu behandeln. Kirílloff, der auch zugegen war (das ist ein außergewöhnliches Original, Warwara Petrowna, und ein äußerst wortkarger Mensch; Sie werden ihn vielleicht noch mal zu sehen bekommen; er lebt jetzt hier), also dieser Kirílloff, der sonst gewöhnlich ununterbrochen schweigt, geriet nun hierbei plötzlich in Hitze und sagte, wie ich mich noch erinnere, zu Nikolai Wssewolodowitsch, er behandle sie wie eine Marquise und mache sie damit noch endgültig verrückt. Ich füge hinzu, daß Nikolai Wssewolodowitsch vor diesem Kirilloff eine gewisse Hochachtung empfand. Und was glauben Sie, was er diesem Kirilloff darauf antwortete? Er sagte: ‚Sie scheinen anzunehmen, Herr Kirilloff, daß ich mich über sie lustig mache; das ist ein Irrtum Ihrerseits. Seien Sie versichert, daß ich sie in der Tat hochachte, denn sie ist besser als wir alle.' Und wissen Sie, das sagte er dazu noch in einem so ernsten Ton. Dabei hatte er in diesen zwei, drei Monaten außer „Guten Tag" und „Adieu" in Wirklichkeit kein Wort mit ihr gesprochen. Ich erinnere mich noch genau – ich war ja zugegen –, daß sie schließlich in ihrer Einbildung schon so weit ging, ihn für ihren Bräutigam zu halten, oder für ihren Bewerber, der sie nur deshalb nicht zu ‚entführen' wagte, weil er viele Feinde hatte und weil seine Familie ihm Hindernisse in den Weg legte, oder ähnliche Geschichten. Darüber wurde dort viel gelacht! Es endete damit, daß Nikolai Wssewolodowitsch, als er damals hierher reisen mußte, vor der Abreise noch für ihren Unterhalt sorgte, indem er ihr eine beträchtliche jährliche Pension von, ich glaube, dreihundert Rubeln, wenn nicht mehr, aussetzte. Mit einem Wort, wir können ja annehmen, daß dies alles seinerseits ein mutwilliges Spiel, ein phantastischer Einfall eines vorzeitig müde gewordenen Menschen war, – oder meinethalben sogar, wie sich Kirilloff äußerte, ein neues Experiment eines übersättigten Menschen, nur um zu sehen, wie weit man eine arme Närrin treiben kann. ‚Sie haben sich', sagte er, ‚absichtlich das elendste Geschöpf ausgesucht, einen Krüppel, der ewig mit Schmach behaftet ist und getreten wird, und von dem Sie obendrein wissen, daß dieses armselige Wesen an seiner tragikomischen Liebe zu Ihnen zugrunde gehen muß. Und plötzlich beginnen Sie absichtlich, dieses Geschöpf zu betrügen, ihm listig etwas vorzugaukeln, und das einzig zu dem Zweck, um zuzusehen, was dabei herauskommt.' Aber schließlich, ich sehe nicht ein, wie ein Mensch daran schuld sein soll, wenn ein verrücktes Frauenzimmer sich seinetwegen phantastischen Träumereien hingibt! – wohlgemerkt, ein Frauenzimmer, mit dem er in der ganzen Zeit keine zwei Sätze gesprochen hat! Es gibt Dinge, Warwara Petrowna, über die man nicht bloß nicht klug sprechen kann, sondern über die überhaupt zu sprechen schon nicht klug ist. Nun, mag es schließlich eine wunderliche Laune gewesen sein, aber Schlimmeres ist ihm doch wirklich nicht vorzuwerfen; währenddessen aber hat man hier eine ganze Skandalgeschichte draus gemacht ... Ich bin zum Teil darüber unterrichtet, was hier vorgeht.«

Pjotr Stepanowitsch brach plötzlich ab und wandte sich schon Lebädkin zu, aber Warwara Petrowna hielt ihn, beinahe zitternd vor Erregung, zurück.

»Sind Sie zu Ende?« fragte sie.

»Nein, noch nicht. Um der Vollständigkeit willen möchte ich, wenn Sie erlauben, noch einige Fragen an diesen Herrn hier stellen ... Sie werden gleich sehen, um was es sich handelt, Warwara Petrowna.«

»Genug, später, warten Sie einen Augenblick, ich bitte Sie! Oh, wie gut war es doch, daß ich Sie sprechen ließ!«

»Und Sie sehen nun wohl ein, Warwara Petrowna«, wandte sich Pjotr Stepanowitsch lebhaft an sie, »daß Nikolai Wssséwolodowitsch Ihnen das alles gar nicht selbst auseinandersetzen konnte, in einer kurzen Antwort auf Ihre Frage, die vielleicht wirklich etwas zu kategorisch war?«

»Oh, ja, das war sie nur zu sehr!«

»Und hatte ich nicht recht, als ich sagte, daß es in gewissen Fällen für einen Dritten viel leichter ist, die Dinge zu erklären, als für den Beteiligten selbst?«

»Ja, ja ... Aber in einer Beziehung haben Sie sich doch geirrt, und wie ich mit Bedauern sehe, scheinen Sie bei diesem Irrtum bleiben zu wollen.«

»Wirklich? Und worin irre ich mich denn?«

»Ja, sehen Sie ... Aber wie wäre es, wenn Sie sich setzten, Pjotr Stepánowitsch?«

»Oh, wie Sie wünschen, ich bin auch müde, besten Dank.«

Er zog gewandt einen Sessel heran und drehte ihn so, daß er nun zwischen Warwara Petrowna auf der einen Seite und Praskówja Iwánowna, die sich am Tisch niedergelassen hatte, sitzen konnte, während er Lebädkin, den er nicht aus dem Auge ließ, sich gegenüber hatte.

»Ich meine, Sie irren sich, wenn Sie dies eine ‚wunderliche Laune' nennen ...«

»Oh, wenn es nur das ist ...«

»Nein–nein–nein, warten Sie«, unterbrach ihn Warwara Petrowna, die sich spürbar sammelte und sich offensichtlich zu einer langen und enthusiastischen Darlegung anschickte. Pjotr Stepanowitsch merkte das im Nu und schon war er die Aufmerksamkeit selbst.

»Nein, das ist etwas Höheres als eine wunderliche Laune, das ist, ich versichere Sie, sogar etwas Heiliges! Ein stolzer und früh verletzter Mensch, der zu jener ‚Spottsucht' gelangt ist, die Sie so treffend bezeichneten, – mit einem

Wort, das ist Prinz Heinz, mit dem ihn Stepan Trofimowitsch damals so wunderbar verglich, und was auch ganz richtig wäre, wenn er nicht noch mehr an Hamlet erinnern würde, wenigstens meiner Ansicht nach.«

»Et vous avez raison«, bestätigte sogleich Stepan Trofimowitsch mit Gefühl und Nachdruck.

»Ich danke Ihnen, Stepan Trofimowitsch, und ich danke Ihnen noch besonders für Ihren immerwährenden Glauben an Nicolas, an den hohen Rang seiner Seele und seiner Berufung. Diesen Glauben haben Sie sogar in mir gekräftigt, wenn ich schon kleinmütig werden wollte.«

»Chère, chère ...« – Stepan Trofimowitsch machte bereits eine Bewegung, als wolle er vortreten, unterließ aber den Schritt, da er wohl bedachte, daß es immerhin gewagt wäre, sie zu unterbrechen.

»Und wenn Nicolas stets einen stillen, in seiner Bescheidenheit großen Horatio bei sich gehabt hätte – auch das ist einer Ihrer schönen Aussprüche, Stepan Trofimowitsch –, so wäre er vielleicht schon längst erlöst« (Warwara Petrowna geriet bereits in einen etwas singenden Tonfall) »von diesem unseligen ‚hinterrücks überfallenden Dämon der Ironie', der ihn schon sein Lebelang peinigt. (Auch ‚Dämon der Ironie' ist wieder einer der wundervollen von Ihnen geprägten Ausdrücke, Stepan Trofimowitsch.) Aber Nicolas hat nie weder einen Horatio, noch eine Ophelia gehabt. Er hatte immer nur einzig und allein seine Mutter, aber was kann denn eine Mutter allein tun, und unter solchen Umständen? Wissen Sie, Pjotr Stepanowitsch, es wird mir jetzt sogar überaus verständlich, daß ein solches Wesen wie Nicolas sogar in diese schmutzigen Winkel, von denen Sie erzählten, hat hinabsteigen können. Ich kann mir jetzt vollkommen klar und deutlich diese ‚Spottsucht' über das Leben (eine bewundernswert treffende Bezeichnung von Ihnen!), diesen unersättlichen Durst nach dem Kontrast vorstellen, diesen finsteren Hintergrund des Bildes, auf dem er erscheint, wie ein Diamant, wiederum nach Ihrem Vergleich,

Pjotr Stepanowitsch. Und da geschieht es nun, daß er dort ein Wesen antrifft, das von allen gekränkt wird, krüppelhaft und halbirr ist, und dabei doch erfüllt vielleicht von edelsten Gefühlen! ...«

»Hm ... ja, nehmen wir an.«

»Und trotzdem begreifen Sie nicht, daß er nicht über sie lacht, wie die anderen! Oh, ihr Menschen! Hat man denn wirklich kein Verständnis dafür, daß er sie beschützt vor den Beleidigern, sie mit Hochachtung umgibt ,wie eine Marquise' (dieser Kirilloff muß doch ein ungewöhnlich tiefer Menschenkenner sein, obschon auch er Nicolas nicht verstanden hat!). Ja, mir scheint sogar, daß hier gerade infolge dieses Kontrastes das Unglück entstanden ist; hätte die Unglückliche in einer anderen Umgebung gelebt, dann wäre sie vielleicht nie zu einer so wahnwitzigen Illusion gelangt! Nur eine Frau, nur eine Frau kann das verstehen, Pjotr Stepanowitsch, und es ist schade, daß Sie ... das heißt nicht, daß Sie keine Frau sind, sondern nur, daß Sie es nicht wenigstens für dieses eine Mal sind, um das verstehen zu können!«

»Sie meinen das in dem Sinne, wie man zu sagen pflegt: je schlimmer, desto besser, – ich verstehe, verstehe, Warwara Petrowna. Das ist in etwa wie in der Religion: je schlechter es einem Menschen im Leben geht, oder je unterdrückter und ärmer ein ganzes Volk ist, um so eigensinniger träumt es von der Belohnung im Paradiese, und wenn dann noch hunderttausend Geistliche sich alle Mühe geben, die Träumerei anzufachen, die sie zu ihren Spekulationen benötigen, so ... ich verstehe Sie vollkommen, Warwara Petrowna, seien Sie unbesorgt.«

»So ganz doch wohl nicht ... aber sagen Sie, hätte denn Nicolas wirklich, um jene Illusion in diesem unglücklichen Organismus zum Erlöschen zu bringen« (wozu Warwara Petrowna hier das Wort »Organismus« gebrauchte, konnte ich nicht verstehen), »hätte er wirklich ebenso über sie lachen und sie so behandeln sollen wie die anderen, die Beamten?

Lehnen Sie denn wirklich dieses große Mitleiden ab, dieses edle Erschauern des ganzen Organismus, mit dem Nicolas Herrn Kirilloff auf einmal ernst zur Antwort gibt: ‚Ich lache durchaus nicht über sie' –? Diese überragende, heilige Antwort!«

»Sublime«, murmelte Stepan Trofimowitsch.

»Und beachten Sie auch dies, daß er keineswegs so reich ist, wie Sie vielleicht denken: ich bin reich, nicht er, und damals hat er meine Hilfe niemals in Anspruch genommen.«

»Ich verstehe, verstehe das alles, Warwara Petrowna«, wiederholte bereits etwas ungeduldig Pjotr Stepanowitsch, der auf seinem Platz schon hin- und herzurücken begann.

»Oh, das ist mein eigener Charakter! In Nicolas erkenne ich mich selbst wieder! Ich kenne dieses Jungsein, diese Möglichkeit stürmischer, gewalttätiger Ausbrüche ... Und wenn wir uns einmal nähertreten sollten, Pjotr Stepánowitsch, was ich meinerseits aufrichtig wünsche, um so mehr, als ich Ihnen schon so zu Dank verpflichtet bin, dann werden Sie vielleicht verstehen ...«

»Oh, seien Sie versichert, daß ich es auch meinerseits wünsche«, murmelte Pjotr Stepanowitsch trocken.

»Dann werden Sie auch diesen Trieb verstehen, unter dessen Einfluß man in der Blindheit des Edelmuts auf einmal nach einem Menschen greift, der unser womöglich in keiner Beziehung wert ist, nach einem Menschen, der einen von Grund aus nicht versteht und es fertig bringt, einen bei jeder erstbesten Gelegenheit zu quälen, – und einen solchen Menschen macht man plötzlich wider alle Vernunft zur Verkörperung eines Ideals, zu einer selbsterdachten Traumgestalt, setzt auf ihn alle Hoffnungen, beugt sich vor ihm, liebt ihn ein Leben lang, ohne überhaupt zu wissen wofür, – vielleicht eben deswegen, weil er es gar nicht wert ist ... Oh, wie ich mein ganzes Leben lang gelitten habe, Pjotr Stepánowitsch!«

Stepán Trofímowitsch suchte peinvoll erregt meinen Blick, aber ich konnte mich noch rechtzeitig abwenden.

»Und noch vor kurzem, noch vor kurzem – oh, wie habe ich versagt vor Nicolas! ... Sie werden es mir nicht glauben, wie sie alle mich gequält haben, von allen Seiten, alle, alle, Feinde sowohl wie erbärmliche Menschen und auch die Freunde; und die Freunde vielleicht noch mehr als die Feinde. Als ich den ersten anonymen Brief erhielt, Sie werden es mir nicht glauben, Pjotr Stepanowitsch, da reichte meine Verachtung einfach nicht aus, wie es sich gehört hätte, zu der einzigen gebührenden Antwort auf diese ganze Bosheit ... Nie, nie werde ich mir diesen Kleinmut verzeihen!«

»Ich habe auch schon einiges gehört von diesen hiesigen anonymen Briefen«, bemerkte Pjotr Stepanowitsch plötzlich wieder lebhaft, »den Verfasser werde ich schon herausbekommen, seien Sie unbesorgt.«

»Aber Sie können sich ja gar nicht vorstellen, was für Intriguen hier auf einmal gesponnen werden! – sogar unsere arme Praskówja Iwánowna hat man damit gequält, und wozu denn sie überhaupt? Dazu war doch wirklich kein Grund vorhanden! Meine liebe Praskówja Iwánowna, heute wirst du mir schon vieles verzeihen müssen«, setzte sie plötzlich in einer Anwandlung großmütiger Rührung hinzu, aber doch nicht ohne eine leise triumphierende Ironie in der Stimme.

»Schon gut, meine Beste«, brummte diese ungern. »Ich meine aber, man könnte jetzt endlich damit aufhören; es ist schon viel zuviel gesprochen worden ...« Und wieder blickte sie schüchtern zu Lisa hinüber, aber die sah gerade unablässig Pjotr Stepanowitsch an.

»Aber dieses arme, dieses unglückliche Geschöpf, diese Irrsinnige, die alles eingebüßt und einzig ihr Herz behalten hat, die werde ich jetzt selbst an Kindes Statt annehmen«, rief Warwara Petrowna plötzlich entschlossen aus. »Das ist eine Pflicht, die ich heilig zu erfüllen die Absicht habe. Von diesem Tage an nehme ich sie unter meinen Schutz!«

»Und das wird sogar sehr gut sein, in einer gewissen Hinsicht wenigstens!« versetzte schleunigst Pjotr Stepanowitsch, der im Nu wieder ganz belebt war. »Entschuldigen Sie, vorhin bin ich nicht ganz zu Ende gekommen. Gerade was den Schutz betrifft. Stellen Sie sich vor, Warwara Petrowna (ich fange genau dort an, wo ich stehenblieb), stellen Sie sich vor, daß damals, als Nikolai Wsséwolodowitsch abgereist war, dieser Herr da drüben, eben dieser Herr Lebädkin, sich sofort einbildete, das Recht zu haben, über die seiner Schwester ausgesetzte Pension zu verfügen. Und er verfügte darüber. Ich weiß nicht genau, wie damals die Auszahlungen von Nikolai Wssévolodowitsch angeordnet worden waren, aber als er nach einem Jahr – er war schon im Ausland – erfuhr, wie es sich damit verhielt, da sah er sich gezwungen, die Anordnungen zu ändern. Die Einzelheiten sind mir wieder nicht bekannt, aber die kann er ja selbst erzählen, ich weiß nur, daß die interessante Person irgendwo in einem fernen Kloster untergebracht wurde, sogar sehr komfortabel, aber unter freundschaftlicher Aufsicht – Sie verstehen? Aber was glauben Sie, wozu sich daraufhin Herr Lebädkin entschloß? Zunächst suchte er mit aller Gewalt zu erfahren, wo man seinen Zinsacker, das heißt, sein Schwesterlein, vor ihm versteckt hatte, – erst vor kurzem gelang es ihm, das zu erfahren, – und danach holt er sie aus dem Kloster heraus (indem er irgendwelche Rechte vorschützte) und bringt sie einfach hierher. Hier nun gab er ihr nichts zu essen, schlug sie, tyrannisierte sie, und als er schließlich auf irgendeine Weise von Nikolai Wssévolodowitsch eine beträchtliche Geldsumme herausbekommen hatte, begann er sofort wieder zu trinken; doch statt dankbar zu sein, endet er mit einer unverschämten Herausforderung an Nikolai Wssévolodowitsch, er stellt sinnlose Forderungen, droht für den Fall, daß die Pension künftig nicht unmittelbar an ihn ausgezahlt werde, mit dem Gericht. Er betrachtet also die freiwillige Gabe als pflichtschuldigen Tribut – können Sie sich so etwas vorstellen? Herr Lebädkin, ist *alles* wahr, was ich hier soeben gesagt habe?«

Der Hauptmann, der bisher schweigend und mit niedergeschlagenen Augen dagestanden hatte, trat hastig zwei Schritte vor, und das Blut schoß ihm ins Gesicht.

»Pjotr Stepanowitsch, Sie gehen grausam mit mir um«, stieß er hervor und brach kurz ab.

»Wieso grausam, inwiefern? Aber erlauben Sie, über Grausamkeit oder Milde können wir nachher reden, jetzt bitte ich Sie nur, auf meine erste Frage zu antworten: ist *alles* wahr, was ich hier gesagt habe, oder nicht? Wenn Sie finden, daß es nicht wahr ist, so können Sie unverzüglich Ihre Erklärung abgeben.«

»Ich ... Sie wissen doch selbst, Pjotr Stepanowitsch ...« murmelte der Hauptmann, stockte und schwieg.

Hierzu sei bemerkt, daß Pjotr Stepanowitsch in einem Lehnstuhl saß, das eine Bein über das andere geschlagen, der Hauptmann dagegen in der ehrerbietigsten Haltung vor ihm stand.

Herrn Lebädkins Unentschlossenheit schien Pjotr Stepanowitsch sehr zu mißfallen: sein Gesicht verzog sich ruckartig und sein Ausdruck wurde böse.

»Sie scheinen ja tatsächlich eine Erklärung abgeben zu wollen?« Er fixierte ihn mit einem stechend scharfen Blick. »In dem Fall, bitte. Wir warten darauf.«

»Sie wissen doch selbst, Pjotr Stepanowitsch, daß ich keinerlei Erklärung abgeben kann.«

»Nein, das weiß ich ganz und gar nicht, höre das sogar zum erstenmal; warum sollten Sie das denn nicht können?«

Der Hauptmann schwieg und blickte zu Boden:

»Erlauben Sie mir, wegzugehen, Pjotr Stepanowitsch«, sagte er endlich entschlossen.

»Nicht, bevor Sie mir eine Antwort auf meine erste Frage gegeben haben: ist *alles* wahr, was ich gesagt habe?«

»Ja, es ist wahr«, sagte Lebädkin dumpf und blickte einmal kurz zu seinem Peiniger auf. An seinen Schläfen trat sogar Schweiß hervor.

»Ist *alles* wahr?«

»Es ist alles wahr.«

»Haben Sie nichts hinzuzufügen, zu bemerken? Wenn Sie finden, daß wir ungerecht sind, so sagen Sie es; protestieren Sie, erklären Sie laut Ihre Unzufriedenheit!«

»Nein, ich finde nichts.«

»Haben Sie vor kurzem Nikolai Wssewolodowitsch gedroht?«

»Das ... das ... war mehr Alkohol, Pjotr Stepanowitsch.« (Er hob plötzlich den Kopf.) »Pjotr Stepanowitsch! Wenn die beleidigte Familienehre und die unverdiente Schande im Menschenherzen aufheulen, ist dann – ist dann wirklich der Mensch noch schuldig?« brüllte er plötzlich wieder los, wie vorher sich nicht mehr zurückhaltend.

»Sind Sie nüchtern, Herr Lebädkin?« Pjotr Stepanowitsch sah ihn durchdringend an.

»Ich ... bin nüchtern.«

»Was soll das bedeuten: ‚beleidigte Familienehre' und ‚unverdiente Schande'?«

»Das habe ich nur so ... ich wollte niemanden ... Ich sprach nur von mir ...« Der Hauptmann sank wieder zusammen.

»Meine Bemerkungen über Sie und Ihr Benehmen scheinen Sie gekränkt zu haben. Sie sind ja sehr empfindlich, Herr Lebädkin. Aber erlauben Sie mal, ich habe doch noch gar nichts über Ihr Benehmen im *Wesentlichen* gesagt. Ich werde erst anfangen, über Ihr Benehmen im *Wesentlichen* zu sprechen. Ja, es ist sogar sehr leicht möglich, daß ich davon reden werde, aber bisher habe ich es noch nicht getan.«

Lebädkin erzitterte plötzlich und starrte Pjotr Stepanowitsch wild an.

»Pjotr Stepanowitsch, ich fange erst jetzt an, aufzuwachen.«

»Hm! Und ich bin es wohl, der Sie aufgeweckt hat?«

»Ja, Sie haben mich aufgeweckt, Pjotr Stepanowitsch, ich aber habe vier Jahre unter der über mir hängenden Gewitterwolke geschlafen. Darf ich mich jetzt endlich entfernen, Pjotr Stepanowitsch?«

»Jetzt dürfen Sie es, vorausgesetzt, daß nicht Warwara Petrowna noch selbst einiges ...«

Die aber winkte nur mit beiden Händen ab.

Der Hauptmann verbeugte sich, ging zwei Schritte zur Tür, blieb plötzlich wieder stehen, preßte die Hand aufs Herz, wollte etwas sagen, tat es aber doch nicht – und stürzte dann schnell zur Tür. Doch gerade als er hinaus wollte, wurde sie von außen geöffnet, und er stieß mit Nikolai Wssévolodowitsch beinahe zusammen. Der Hauptmann duckte sich gleichsam vor ihm und erstarb auf der Stelle, ohne seine Augen von ihm abwenden zu können, wie ein Kaninchen vor einer Riesenschlange.

Einen Augenblick wartete Stawrogin, dann schob er ihn mit dem Handrücken leicht zur Seite und trat in den Salon.

VII

Er war heiter und ruhig. Möglich, daß ihm soeben etwas sehr Gutes widerfahren war, wovon wir noch nichts wußten; jedenfalls schien er mit irgend etwas ganz besonders zufrieden zu sein.

»Kannst du mir verzeihen, Nicolas?« rief Warwara Petrowna, die nicht mehr an sich halten konnte, und erhob sich sogar eilig ihm entgegen.

Da aber lachte Stawrogin auf:

»Da haben wir's!« rief er gutmütig und scherzhaft. »Ich sehe schon, es ist euch alles bekannt. Und ich machte mir bereits Vorwürfe während der Fahrt: ‚Wenigstens hättest du doch etwas erzählen müssen, denn sonst, wer geht denn so weg!' Als mir aber einfiel, daß Pjotr Stepanowitsch hier geblieben war, sprang die Sorge von mir ab.«

Während er sprach, blickte er sich flüchtig im Zimmer um.

»Pjotr Stepanowitsch hat uns eine alte Petersburger Geschichte aus dem Leben eines wunderlichen Menschen erzählt«, sagte Warwara Petrowna, noch ganz verzückt, »eines launischen und halb verrückten Menschen, der aber in seinen Gefühlen immer hochstehend bleibt, immer ritterlich edel ...«

»Ritterlich? Also so hoch habt ihr mich schon erhoben!« scherzte Nicolas. »Übrigens bin ich Pjotr Stepanowitsch diesmal sehr dankbar für seine Eilfertigkeit« (hier tauschte er mit ihm einen blitzartig kurzen Blick). »Sie müssen nämlich wissen, maman, daß Pjotr Stepanowitsch stets der allgemeine Friedensstifter ist: das ist nun einmal seine Rolle, seine Manie, sein Steckenpferd, und in der Beziehung kann ich ihn bestens empfehlen. Übrigens kann ich mir schon denken, worüber er hier Bericht erstattet hat. Er erstattet ja immer Bericht, wenn er etwas erzählt. In seinem Kopf hat er eine ganze Kanzlei. Man merke sich nur, daß er in seiner Eigenschaft als Realist nicht lügen kann und daß die Wahrheit ihm teurer ist als der Erfolg ... selbstverständlich außer in jenen besonderen Fällen, wo ihm der Erfolg teurer ist als die Wahrheit.« (Er sah sich, während er sprach, immer noch um.) »Sie sehen also, maman, daß nicht Sie mich um Verzeihung zu bitten haben, und daß, wenn hier irgendwo eine Schuld ist, sie natürlich nur mich treffen kann ... oder sagen wir, wenn hier eine Verrücktheit vorliegt, ich folglich der Verrückte bin – man muß doch seinen hiesigen Ruf aufrechterhalten!«

Bei diesen Worten umarmte er seine Mutter und küßte sie zärtlich.

»Jedenfalls aber ist die Sache jetzt erzählt, und ich dächte, nun könnte man aufhören, von ihr zu sprechen.« Seine Stimme hatte bei den letzten Worten plötzlich einen trockenen, harten Unterton. Warwara Petrowna kannte diesen Ton, aber ihr Enthusiasmus verging deshalb noch nicht, sogar im Gegenteil.

»Aber wie kommt es denn, daß du schon heute eingetroffen bist, Nicolas, ich habe dich erst in einem Monat erwartet!«

»Ich werde Ihnen natürlich alles erklären, maman, jetzt aber ...« Er trat zu Praskowja Iwánowna.

Diese wandte jedoch kaum den Kopf zu ihm hin, obschon

sie noch vor einer halben Stunde durch sein erstes Erscheinen geradezu erschüttert worden war. Jetzt wurde ihre ganze Aufmerksamkeit von etwas ganz Anderem in Anspruch genommen: in dem Augenblick, als der Hauptmann an der Tür mit Nikolai Wssévolodowitsch zusammengestoßen war, hatte Lisa plötzlich zu lachen angefangen, zuerst nur leise und verhalten, dann aber immer lauter und bemerkbarer. Sie wurde ganz rot im Gesicht. Dieser Gegensatz zu ihrem kurz vorher noch so düsteren Aussehen war doch zu auffallend. Als Nikolai Wssévolodowitsch noch mit Warwára Petrówna sprach, winkte sie Mawrikij Nikolájewitsch zu sich heran, als wolle sie ihm etwas sagen; doch kaum beugte er sich zu ihr nieder, da lachte sie schon von neuem. Ja, es sah fast so aus, als lache sie geradezu über den armen Mawrikij Nikolájewitsch. Dabei strengte sie sich furchtbar an, ernst zu bleiben, und preßte immer wieder ihr Taschentuch an die Lippen, aber es gelang ihr nicht, sich zu bezwingen.

Nikolai Wssewolodowitsch trat mit der unschuldigsten, aufrichtigsten Miene an sie heran, um sie zu begrüßen.

»Verzeihen Sie, bitte«, sagte sie schnell, »Sie ... Sie haben gewiß auch Mawrikij Nikolájewitsch gesehen ... Gott, wie verboten lang Sie sind, Mawrikij Nikolajewitsch!« Und wieder lachte sie.

Mawrikij Nikolajewitsch war allerdings hoch von Wuchs, aber durchaus nicht so auffallend, wie sie es plötzlich zu finden schien.

»Sie ... sind schon lange hier?« fragte sie, sich gewaltsam zusammennehmend, sogar verlegen, doch mit blitzenden Augen.

»Seit ungefähr zwei Stunden«, antwortete Stawrogin und sah sie aufmerksam an.

Ich muß hier bemerken, daß er ungewöhnlich zurückhaltend war in seiner Höflichkeit, doch ohne diese hätte er vollständig gleichgültig, fast gelangweilt ausgesehen.

»Und wo werden Sie wohnen?«

»Hier.«

Warwara Petrowna beobachtete Lisa gleichfalls, doch plötzlich fiel ihr etwas ein.

»Aber Nicolas, wo warst du denn bis jetzt, diese ganzen zwei Stunden, oder noch länger?« fragte sie erstaunt, »der Zug kommt doch um zehn Uhr an.«

»Ich brachte zuerst Pjotr Stepanowitsch zu Kirilloff. Ich hatte ihn in Matwéjewo (drei Stationen vor unserer Stadt) getroffen. So fuhren wir die letzte Strecke zusammen.«

»Ich aber wartete schon seit Mitternacht in Matwéjewo«, griff Pjotr Stepanowitsch schnell in das Gespräch ein. »Unsere letzten Wagen waren in der Nacht aus den Schienen gesprungen, wir hätten uns beinahe alle noch die Beine gebrochen!«

»Mein Gott«, rief Lisa, »Mama und ich wollten in der vorigen Woche auch nach Matwéjewo fahren!«

»Um Gottes willen!« Praskowja Iwanowna bekreuzte sich.

»Ach, Mama, Mama, liebste Ma, erschrecken Sie nicht, wenn ich mir bei einer solchen Gelegenheit einmal beide Beine breche, mir könnte das ja nur zu leicht zustoßen! Sie sagen doch selbst, daß ich jeden Tag nur ausreite, um mir das Genick zu brechen. Mawrikij Nikolajewitsch, würden Sie mich führen, wenn ich hinke?« fragte sie, wieder lachend. »Ich würde dann nur Ihnen erlauben, mich zu führen, verlassen Sie sich darauf! Oder nehmen wir an, ich bräche mir nur ein Bein? – Aber so seien Sie doch liebenswürdig, Mawrikij Nikolajewitsch, und erklären Sie sofort, daß Sie sich glücklich schätzen würden!«

»Was kann das für ein Glück sein, wenn man ein Krüppel ist?« sagte Mawrikij Nikolajewitsch ernstlich ungehalten.

»Dafür würden *Sie* allein mich führen dürfen, nur Sie, sonst niemand!«

»Auch dann würden *Sie* mich führen, Lisaweta Nikolajewna«, sagte der Offizier leise und noch ernster.

»Gott, er wollte gewiß einen Witz machen!« rief Lisa fast entsetzt aus. »Mawrikij Nikolajewitsch, unterstehen Sie sich niemals, einen Witz zu machen! Aber Sie sind wirklich bis zu einem unglaublichen Grade Egoist! Ich bin überzeugt, zu Ihrer Ehre sei es gesagt, daß Sie sich selbst verleumden! Im Gegenteil, Sie würden mir von früh bis spät versichern, daß ich ohne Bein weit interessanter sei! Eines ist aber unvereinbar: Sie sind übermäßig lang, ich aber würde, wenn ich hinken müßte, ganz klein sein – wir würden also ein schlechtes Paar abgeben!«

Und sie lachte wieder wie in einem Lachkrampf.

Die Anspielungen waren flach und herbeigezogen, ihr aber war es diesmal offenbar nicht um den Ruhm zu tun, geistreich zu sein.

»Hysterie«, flüsterte Pjotr Stepanowitsch mir zu, »ein Glas Wasser, schnell!«

Er hatte es erraten; bald waren alle in geschäftiger Hilfsbereitschaft bemüht, wenigstens Wasser herbeizuschaffen. Lisa umarmte ihre Mutter, küßte sie stürmisch und weinte an ihrer Schulter, und gleich darauf bog sie sich ein wenig zurück, sah ihr ins Gesicht und begann zu lachen. Schließlich weinte auch die Mama. Warwara Petrowna führte sie beide möglichst schnell weg in ihre Gemächer, durch eben jene Tür, durch die Darja Páwlowna zu uns in den Empfangssalon gekommen war. Aber sie blieben dort nicht lange, vielleicht vier Minuten, nicht länger.

Ich gebe mir alle Mühe, mich jetzt an jede Einzelheit der letzten Augenblicke dieses denkwürdigen Vormittags zu erinnern. Kaum waren wir allein geblieben, ohne die Damen (abgesehen von Darja Pawlowna, die sich nicht vom Fleck gerührt hatte), da trat Nikolai Wssséwolodowitsch auf uns zu, um jeden einzeln zu begrüßen, mit Ausnahme von Schatoff, der immer noch in seiner Ecke saß und den Kopf womöglich noch tiefer gesenkt hielt. Stepan Trofimowitsch versuchte sogleich, ein geistreiches Gespräch mit ihm anzuknüpfen, aber Nikolai Wssséwolodowitsch entschuldigte sich und wollte zu Darja Pawlowna gehen. Unterwegs jedoch hielt ihn Pjotr Stepánowitsch auf, zog ihn fast mit Gewalt zum Fenster und begann ihm dort eilig etwas zuzuflüstern. Nach seinem Mienenspiel und den lebhaften Gesten während dieses Geflüsters zu urteilen, mußte es etwas sehr Wichtiges sein. Nikolai Wssèwolodowitsch freilich hörte nur sehr lässig und zerstreut, mit seinem offiziellen, leicht spöttischen Lächeln zu, und zu guter Letzt wurde er sogar ungeduldig und schien sich losmachen zu wollen. Er verließ das Fenster gerade in dem Augenblick, als unsere Damen zurückkehrten. Warwara Petrowna führte Lisa zu ihrem früheren Platz und versicherte, sie müßten unbedingt noch ein wenig warten und sich erholen, wenn auch nur zehn Minuten, da es den gereizten Nerven unmöglich gut tun könne, wenn sie gleich an die frische Luft ginge! Und sie setzte sich neben Lisa und bemühte sich in einer schon recht auffallenden Weise um sie. Pjotr Stepanowitsch lief auch gleich hinzu und begann ein lebhaftes und lustiges Gespräch. Und nun erst konnte Stawrogin endlich mit seinen langsamen Schritten zu Darja Pawlowna gehen. Dascha schrak förmlich zurück, als sie ihn auf sich zukommen sah, und feuerrot, verwirrt, fast taumelnd erhob sie sich schnell.

»Ich glaube, man darf Ihnen gratulieren ... oder noch nicht?« fragte er mit einem eigentümlichen Zug im Gesicht.

Dascha antwortete ihm etwas, aber die Worte waren nicht zu verstehen.

»Verzeihen Sie meine Indiskretion«, sagte er mit erhobener Stimme, »aber Sie wissen doch, daß ich absichtlich davon benachrichtigt worden bin? Wissen Sie das?«

»Ja, ich weiß, daß Sie absichtlich davon benachrichtigt worden sind.«

»Ich hoffe aber doch, daß ich mit meiner Gratulation nicht gestört habe«, meinte er lachend, »und wenn Stepan Trofimowitsch ...«

»Gratulation wozu? wozu?« Pjotr Stepanowitsch lief schnell herbei, »wozu wird Ihnen gratuliert, Darja Pawlowna? Bah! Doch nicht etwa dazu? – zum Wichtigsten im Leben? Ihr Erröten bezeugt, daß ich richtig geraten habe!

In der Tat, wozu gratuliert man denn unseren schönen und sittsamen jungen Damen? Und bei welchem Glückwunsch pflegen sie am ehesten zu erröten? Nun denn: empfangen Sie auch meinen Glückwunsch, wenn ich 's erraten habe! – und bezahlen Sie Ihre Wette: Sie erinnern sich doch, daß Sie in der Schweiz gewettet haben, Sie würden sich nie verheiraten ... Ach ja, richtig, apropos Schweiz! – was fällt mir nur ein, daß ich das fast vergessen konnte? Stellen Sie sich vor, ich bin doch halbwegs gerade deswegen hergefahren, und nun hätt' ich's tatsächlich beinah vergessen! Aber so sag mir doch«, er drehte sich schnell zu Stepan Trofimowitsch herum, »wann fährt er denn nach der Schweiz?«

»Ich ... nach der Schweiz?« fragte Stepan Trofimowitsch erstaunt und – betreten.

»Wie? Fährst du denn nicht? Aber du heiratest doch gleichfalls ... du hast es mir doch geschrieben?«

»Pierre!« rief Stepan Trofimowitsch.

»Was heißt hier Pierre ... Sieh mal, wenn es dir angenehm zu hören ist, so bin ich hierher geflogen, um dir mitzuteilen, daß ich durchaus nichts dagegen einzuwenden habe – du wolltest doch meine Meinung möglichst bald wissen! Wenn man dich aber ‚retten' muß, wie du in demselben Brief schreibst und flehentlich bittest, so stehe ich dir gleichfalls zu Diensten. Ist es wahr, daß er heiratet, Warwara Petrowna?« und wieder drehte er sich schnell zu dieser. »Ich nehme an, daß ich hier nicht von Geheimnissen rede? Er schreibt ja selbst«, rieselte seine Rede weiter, »daß die ganze Stadt es schon weiß, daß ihm alle bereits ihre Glückwünsche darbringen wollen, und daß er, um dem zu entgehen, nur noch in der Nacht das Haus verlassen kann. Den Brief habe ich in der Tasche. Aber werden Sie 's mir glauben, Warwara Petrowna, ganz klug bin ich nicht aus ihm geworden. Sag' mir nur das Eine, Stepan Trofimowitsch, was soll man nun eigentlich: soll man dir gratulieren, oder soll man dich ‚retten'? Sie glauben nicht, Warwara Petrowna, unmittelbar neben den glücklichsten Zeilen stehen solche der größten

Verzweiflung. Zunächst bittet er mich um Verzeihung; nun, schön, das ist bei ihm so üblich ... Doch übrigens – nein, es ist unmöglich, nicht davon zu sprechen! Stellen Sie sich vor, er hat mich im ganzen Leben nur zweimal gesehen, und auch dann nur zufällig, und jetzt plötzlich, wie er zum drittenmal heiraten will, bildet er sich ein, damit mir gegenüber irgendwelche väterlichen Pflichten zu verletzen, und fleht mich tatsächlich über tausend Werst hinweg an, ihm nicht böse zu sein und meine Erlaubnis zu seiner Vermählung zu geben! Du, ärgere dich bitte nicht, Stepan Trofimowitsch, es ist ein Zug unserer Zeit, alles zu verstehen, und ich verurteile dich ja auch nicht, ja, schließlich macht dir das alles sogar, wie man das zu nennen pflegt, nur Ehre, und so weiter, und so weiter. Aber davon wollte ich ja gar nicht sprechen. Die Hauptsache ist vielmehr, daß mir – nun, eben die Hauptsache nicht klar ist. Schreibst da irgend etwas von Sünden in der Schweiz ... ‚Heirate sozusagen fremde Sünden', oder wie du dich da ausdrückst – mit einem Wort: ‚Sünden' sind dabei. ‚Das Mädchen' schreibst du, ‚ist eine Perle, ein Juwel', und du, nun natürlich, du bist ihrer ‚nicht wert'. Das ist nun einmal sein Stil«, sagte er, wieder zu Warwara Petrowna gewandt. »Wegen irgendwelcher ‚fremden Sünden' ist er ‚gezwungen, zum Altar zu gehen und in die Schweiz zu reisen', und darum: ‚Laß alles liegen und fliege her, um zu retten!' Verstehen Sie etwas davon? Doch übrigens ... übrigens ... mir scheint ... ich sehe am Ausdruck der Gesichter, daß« (er drehte sich mit dem Brief in der Hand nach allen Seiten um und sah die Anwesenden mit dem unschuldigsten Lächeln an), »daß ich nach meiner Gewohnheit wieder mal einen Bock geschossen habe ... mit meiner dummen Offenherzigkeit oder, wie Nikolai Wssévolodowitsch zu sagen pflegt, mit meiner Übereilung. Und ich dachte doch, daß wir hier ganz unter uns sind, das heißt, unter deinen Freunden, Stepan Trofimowitsch, nur unter deinen, denn ich bin hier ja eigentlich ein Fremder, und ich sehe ... ich sehe, daß hier alle etwas wissen, nur eben ich allein etwas nicht weiß ...«

Er fuhr fort, sich umzuschauen.

»Stepan Trofimowitsch hat Ihnen das wörtlich so geschrieben, daß er ‚in der Schweiz begangene fremde Sünden heirate', und daß Sie hereilen sollen, um ihn ‚zu retten', tatsächlich mit diesen Worten?« fragte auf einmal herantretend Warwara Petrowna, mit verkrampftem, ganz gelb gewordenem Gesicht und bebenden Lippen.

»Ja, das heißt, sehen Sie, wenn ich hier etwas mißverstanden haben sollte«, erwiderte Pjotr Stepanowitsch anscheinend erschrocken und sprach noch schneller weiter, »dann ist das natürlich seine Schuld, weil er so schreibt! Hier ist ja der Brief. Wissen Sie, Warwara Petrowna, endlose Briefe, und zuletzt einfach Brief auf Brief, so daß ich sie schließlich manchmal gar nicht mehr zu Ende las. Verzeih mir das dumme Geständnis, Stepan Trofimowitsch, aber du mußt doch zugeben, bitte schön, daß du die Briefe wohl an mich adressiert, aber im Grunde doch mehr für die Nachwelt geschrieben hast, so daß dir das ja nichts ausmacht, ob auch ich sie zu Ende gelesen habe ... Nun-nun, sei nur nicht gleich gekränkt; wir beide, wir wenigstens sind hier doch unter uns! Aber diesen Brief, Warwara Petrowna, diesen Brief habe ich doch ganz gelesen. Diese ‚Sünden' – diese ‚fremden Sünden' – das sind doch ganz gewiß irgend welche von uns selbst begangenen Sündlein, und ich könnte wetten, solche von der allerunschuldigsten Art, er aber muß daraus natürlich gleich eine furchtbare Geschichte machen, aber eine mit einer hochedlen Nuance, denn eben um dieser hochedlen Nuance willen haben wir ja die ganze Geschichte gemacht. Sehen Sie, es gibt da nämlich noch gewisse Abrechnungen, die nicht ganz stimmen mögen – das muß man sich ja schließlich eingestehen. Denn so ein Kartenspielchen hat für uns doch etwas sehr Verlockendes ... doch übrigens, das ist schon überflüssig, schon ganz überflüssig zu erwähnen. Verzeihung ich bin gar zu schwatzhaft, aber, bei Gott, Warwara Petrowna, er hat mir doch einen Schreck eingejagt, und ich habe mich tatsächlich schon allen Ernstes angeschickt, ihn zu

‚retten'. Schließlich wird es auch für mich genant. Wie, setze ich ihm denn das Messer an die Kehle? Bin ich denn etwa ein unerbittlicher Gläubiger? Er schreibt hier auch etwas von einer Mitgift ... Aber wie ist das nun, willst du wirklich, sozusagen ganz im Ernst, heiraten, Stepan Trofimowitsch, oder? Auch das sähe ihm ja ähnlich, und alle Wortemacherei wäre nur eine stilistische Übung gewesen ... Ach, Warwara Petrowna, ich bin doch überzeugt, daß Sie mich jetzt wahrscheinlich verdammen, und zwar gleichfalls wegen meiner Wortemacherei ...«

»Im Gegenteil, im Gegenteil, ich sehe nur, daß auch Sie die Geduld verloren haben, und das wird ganz gewiß nicht ohne Grund geschehen sein«, pflichtete ihm Warwara Petrowna sofort hämisch bei.

Sie hatte mit boshaftem Genuß den ganzen »wahrheitsgemäß enthüllenden« Worterguß Pjotr Stepanowitschs angehört, der offensichtlich eine vorbedachte Rolle spielte (was für eine, das wußte ich damals nicht, aber daß es eine Rolle war, merkte man doch gleich, zumal er das Spiel schon gar zu plump übertrieb).

»Im Gegenteil«, fuhr sie fort, »ich bin Ihnen mehr als dankbar dafür, daß Sie diese Dinge zur Sprache gebracht haben; ohne Sie hätte ich ja nichts davon erfahren. So sind mir jetzt zum ersten Mal seit zwanzig Jahren die Augen geöffnet worden. Nikolai Wssewolodowitsch, Sie sagten soeben, auch Sie seien absichtlich benachrichtigt worden: hat Stepan Trofimowitsch vielleicht auch an Sie in diesem Sinn geschrieben?«

»Ich habe von ihm einen sehr unschuldigen und ... und ... sehr edlen Brief erhalten ...«

»Sie stocken, Sie suchen nach Worten – das genügt! Stepan Trofimowitsch, ich erwarte von Ihnen, daß Sie mir einen ganz besonderen Gefallen erweisen«, wandte sie sich plötzlich mit blitzenden Augen an diesen. »Haben Sie die Güte, uns jetzt sofort zu verlassen und in Zukunft die Schwelle meines Hauses nie mehr zu überschreiten!«

Ich bitte den Leser, sich an ihre starke »Exaltation« zu erinnern, die auch jetzt noch nicht vergangen war. Gewiß, Stepan Trofimowitschs Vergehen war ja wirklich nicht gering! Was mich aber damals entschieden in Erstaunen versetzte, das war die bewundernswerte Würde, mit der er sowohl unter den Enthüllungen durch seinen Sohn Petrúscha (ohne einen Versuch, sie aufzuhalten), wie unter dem »Bannfluch« Warwara Petrownas stand hielt. Woher kam ihm soviel Mut? Ich erfuhr später nur das eine: daß das Verhalten Petrúschas bei ihrer ersten Begegnung, namentlich bei der Umarmungsszene, ihn unbestreitbar und tief verletzt hatte. Das aber war nun schon ein tiefer und *wirklicher* Schmerz; wenigstens bei seiner Einstellung, bei seinem Herzen konnte das nicht anders sein. Und außerdem kam in diesem Augenblick noch ein anderes Leid hinzu: das war die peinvolle Selbsterkenntnis, daß er sich erbärmlich, ja, niedrig benommen hatte; das gestand er mir später selbst mit seiner ganzen Offenherzigkeit. Nun aber ist ja ein *wirkliches*, unbestreitbares Leid tatsächlich imstande, selbst einen phänomenal leichtsinnigen Menschen manchmal still und standhaft zu machen, sei es auch nur, nun ja, auch nur auf kurze Zeit; ja, noch mehr als das: wirkliches, echtes Leid hat manchmal sogar Dummköpfe klug gemacht, selbstverständlich gleichfalls nur für einige Zeit; das ist nun einmal so eine Eigenschaft des Leids. Wenn dem aber so ist, was konnte dann erst recht mit einem Menschen wie Stepan Trofimowitsch geschehen? Eine ganze Verwandlung, – aber natürlich gleichfalls nur für einige Zeit.

Er verbeugte sich mit Haltung vor Warwara Petrowna und sagte kein Wort (freilich blieb ihm auch nichts anderes übrig). Er wollte auch schon ebenso geradeaus hinausgehen, brachte es aber dann doch nicht fertig, sich von Darja Pawlowna nicht zu verabschieden, und ging auf sie zu. Diese schien das bereits vorauszufühlen, denn sie begann sofort, ganz erschrocken, als erste zu sprechen, wie um ihm schnell zuvorzukommen:

»Bitte, Stepan Trofimowitsch, um Gottes willen, sagen Sie nichts«, stammelte sie in fieberhafter Hast, mit schmerzlichem Ausdruck im Gesicht, und streckte ihm schnell die Hand entgegen, »seien Sie versichert, daß ich Sie nach wie vor sehr hochachte ... und immerzu ebenso verehre und ... denken Sie von mir gleichfalls gut, Stepan Trofimowitsch, und das wird mir immer sehr, sehr viel wert sein ...«

Stepan Trofimowitsch verbeugte sich tief vor ihr.

»Du kannst tun, was du willst, Darja Páwlowna, du weißt, daß du dich in dieser Angelegenheit vollkommen frei entscheiden kannst! So war es, so ist es jetzt und so wird es auch weiterhin sein«, sagte Warwara Petrowna mit Nachdruck.

»Ach ... so! Jetzt fange auch ich an zu verstehen!« Pjotr Stepánowitsch schlug sich mit der Hand vor die Stirn. »Aber ... aber in was für eine Situation bin ich demnach hineingeritten worden? Darja Pawlowna, ich bitte Sie, verzeihen Sie mir! ... Aber was hast du mir da eingebrockt, du?« wandte er sich an seinen Vater.

»Pierre, du könntest dich mir gegenüber wohl auch anders ausdrücken, nicht wahr, mein Freund?« sagte Stepan Trofimowitsch sogar ganz leise.

»Schrei nicht so, ich bitte dich!« wehrte Pierre fuchtelnd ab, als müsse er beschwichtigen. »Glaube mir, das kommt alles nur von deinen alten, kranken Nerven, und Schreien hilft da gar nichts! Sag' mir lieber, warum hast du mich denn nicht von vornherein in alles eingeweiht, du hättest dir doch denken können, daß ich sofort darauf zu sprechen kommen würde?«

Stepan Trofimowitsch sah ihn durchdringend an.

»Pierre, du, der du soviel von dem weißt, was hier vorgeht, solltest du ausgerechnet von dieser Sache wirklich nichts gewußt, nichts gehört haben?«

»Wa-a-as! Na, hör' mal, aber das ist doch! Wir sind also nicht nur ein altes Kind, sondern noch ein böses Kind dazu? Warwara Petrowna, haben Sie gehört, was er sagt?«

Es entstand eine gewisse Unruhe im Zimmer; aber da kam es plötzlich zu einem Ereignis, das schon wirklich niemand hätte voraussehen können.

VIII

Zunächst möchte ich erwähnen, daß in den letzten zwei bis drei Minuten Lisawéta Nikolájewna von einer gewissen neuen Unruhe ergriffen worden war. Sie hatte schnell ihrer Mutter etwas zugeflüstert und dann auch mit Mawríkij Nikolájewitsch, der sich zu ihr niederbeugte, geflüstert. Ihr Gesicht war erregt, drückte aber zugleich Entschlossenheit aus. Schließlich stand sie auf, denn offenbar hatte sie es jetzt sehr eilig, fortzukommen, und sie trieb auch schon die Mama zur Eile an, der Mawrikij Nikolájewitsch behilflich war, aus dem Lehnstuhl aufzustehen. Aber es war ihnen wohl nicht beschieden wegzufahren, ohne alles bis zum Schluß mitangesehen zu haben.

Schatoff, der in seiner Ecke (nicht weit von Lisaweta Nikolájewna) von allen völlig vergessen worden war, und der anscheinend selbst nicht wußte, wozu er noch dasaß und nicht wegging, erhob sich plötzlich von seinem Stuhl und ging ohne Eile, aber mit festem Schritt durch das ganze Zimmer auf Nikolai Wssévolodowitsch zu, ihm gerade ins Gesicht schauend. Dieser bemerkte schon von weitem sein Näherkommen und lächelte kaum merklich; als aber Schatoff an ihn herantrat, hörte er auf zu lächeln.

Jetzt erst, als Schatoff schweigend vor ihm stehen blieb, ohne ihn aus dem Auge zu lassen, bemerkten das plötzlich auch alle anderen und verstummten, als letzter von allen Pjotr Stepanowitsch. Lisa und die Mama blieben mitten im Zimmer stehen. So vergingen vielleicht fünf Sekunden, der Ausdruck beleidigender Befremdung in Nikolai Stawrogins Gesicht verwandelte sich in Zorn, er zog die Brauen zusammen, und plötzlich ...

Und plötzlich holte Schatoff mit seinem langen, schweren Arm weit aus und schlug ihn aus aller Kraft auf die Backe. Nikolai Wssewolodowitsch wankte stark auf der Stelle, wo er stand.

Schatoff hatte aber auch ganz eigentümlich geschlagen, nicht so, wie es sonst üblich ist, Ohrfeigen zu geben (wenn man sich so ausdrücken darf), nicht mit der flachen Hand, sondern mit der geballten Faust, die aber war bei ihm groß, schwer, knochig, mit rötlichem Flaum bewachsen und mit Sommersprossen bedeckt. Hätte der Schlag das Nasenbein getroffen, so wäre es unfehlbar zerschmettert worden, er traf aber mehr die Wange, den linken Mundwinkel und die Zähne im Oberkiefer, aus dem denn auch sofort Blut zu rinnen begann.

Ich glaube, es erscholl ein momentaner Aufschrei, vielleicht hatte ihn Warwara Petrowna ausgestoßen – ich kann mich nicht mit Bestimmtheit daran erinnern, denn schon im nächsten Augenblick war alles totenstill, wie erstorben. Übrigens dauerte der ganze Zwischenfall nicht länger als einige zehn Sekunden.

Nichtsdestoweniger geschah in diesen zehn Sekunden unheimlich viel.

Nikolai Stawrogin gehörte, wie schon gesagt, zu jenen Naturen, die Furcht überhaupt nicht kennen. Im Duell konnte er vor der Pistole des Gegners kaltblütig dastehen, selbst zielen und mit einer tierisch anmutenden Ruhe töten. Hätte ihn jemand ins Gesicht geschlagen, so würde er ihn, wie mir scheint, gar nicht erst gefordert, sondern auf der Stelle einfach erschlagen haben; gerade zu diesen Naturen gehörte er, und er hätte mit vollem Bewußtsein erschlagen, keineswegs in einem Zustand des Außersichseins. Ja, mir scheint sogar, daß er solche Wutausbrüche, die einen blind machen und einem die Überlegung rauben, überhaupt nicht kannte. Selbst bei dem unermeßlichen Ingrimm, der sich seiner bisweilen bemächtigte, konnte er sich trotzdem immer noch vollkommen in der Gewalt behalten, folglich aber auch sich dessen bewußt bleiben, daß ein Totschlag, den er nicht im Duell beging, ihn unbedingt zum sibirischen Zuchthäusler machen würde, und dennoch würde er den Beleidiger auf der Stelle erschlagen haben, und zwar ohne das allermindeste Zaudern.

Ich habe Nikolai Wssέwolodowitsch in der ganzen letzten Zeit einem richtigen Studium unterzogen, und infolge besonderer Umstände weiß ich jetzt, wo ich dieses schreibe, sehr viele Tatsachen über ihn. Es würde mich nun reizen, ihn mit einigen Herren der vergangenen Zeit zu vergleichen, an die sich gewisse legendäre Erinnerungen noch bis auf den heutigen Tag in unserer Gesellschaft erhalten haben. So erzählt man zum Beispiel von dem Dekabristen[37] L–n, er habe immer und mit Absicht die Gefahr aufgesucht, habe sich an dem Gefühl der Gefahr berauscht und sie zu einem Lebensbedürfnis seiner Natur gemacht; als junger Mensch habe er sich oft ohne jeden ernsteren Grund duelliert; in Sibirien sei er, nur mit einem Messer bewaffnet, auf die Bärenjagd gegangen und habe in den Wäldern mit entsprungenen Verbrechern, die, nebenbei bemerkt, noch gefährlicher als Bären sind, zusammenzutreffen gesucht. Zweifellos waren diese legendären Herrschaften durchaus fähig, das Gefühl der Furcht zu empfinden – und vielleicht sogar in hohem Grade zu empfinden –, denn sonst wären sie wohl viel ruhiger gewesen und hätten nicht das Empfinden der Gefahr zu einem Bedürfnis ihrer Natur gemacht. Aber die Feigheit in sich zu überwinden – gerade das war es, was sie reizte. Die ununterbrochene Selbstberauschung am Siege und das Bewußtsein, daß es keinen Sieger über dich gibt – das war es, was sie hinriß. Dieser L–n hatte vor seiner Verschickung nach Sibirien eine furchtbare Hungerzeit durchgemacht und sich durch schwere Arbeit sein Brot verdient, einzig und allein aus dem Grunde, weil er sich den Forderungen seines reichen Vaters nicht fügen wollte, da er sie für ungerecht hielt. Also hatte er doch eine vielseitigere Vorstellung vom Kampf; und nicht nur Bären gegenüber und nicht bloß in

Duellen allein hatte er seine Standhaftigkeit und Willensstärke zu erproben und zu beweisen gesucht.

Aber seitdem sind immerhin viele Jahre vergangen, und die nervöse, zerquälte und gespaltene Natur der Menschen unserer Zeit läßt das Bedürfnis nach solchen unmittelbaren und ungeteilten Empfindungen, wie sie damals von manchen in ihrem Lebensdrang ruhelosen Männern der guten alten Zeit so sehr gesucht wurden, überhaupt nicht mehr aufkommen. Stawrogin hätte auf diesen L–n vielleicht hochmütig herabgesehen, hätte ihn womöglich einen Feigling genannt, der sich ewig selbst ermutigen müsse, ein Hähnchen, oder so ähnlich – allerdings würde er sich wohl nicht laut darüber geäußert haben. Auch er hätte im Duell den Gegner erschossen, wie er es ja tatsächlich getan, auch er wäre auf Bären losgegangen, wenn es nötig gewesen wäre, und auch des Räubers im Walde würde er sich erwehrt haben – ebenso erfolgreich und ebenso furchtlos wie es auch L–n getan –, nur hätte er das bereits ohne jede Lustempfindung, ohne Genuß, sondern einzig aus unangenehmer Notwendigkeit getan, unlustig, träge, sogar gelangweilt. In der Böswilligkeit, im Ingrimm war er natürlich einem L–n überlegen, selbst einem Lérmontoff, insofern ließe sich eine Steigerung feststellen. Denn Ingrimm war in Nikolai Wssélwolodowitsch vielleicht mehr vorhanden als in jenen beiden zusammen, aber dieser Ingrimm in ihm war kalt, ruhig und, wenn man sich so ausdrücken darf, *vernünftig*, also der abscheulichste und furchtbarste, den es überhaupt geben kann. Ich sage nochmals: ich hielt ihn damals und halte ihn auch jetzt noch (wo alles schon zu Ende ist) für gerade so einen Menschen, der, wenn er einen Schlag ins Gesicht erhält oder eine ähnliche Beleidigung von gleicher Stärke erfährt, seinen Beleidiger unbedingt sofort und auf der Stelle erschlägt, ohne Herausforderung zum Duell.

Und doch geschah jetzt etwas ganz Anderes und Wunderliches.

Kaum stand Nikolai Stawrogin wieder aufrecht, nachdem

er unter der Wucht des Schlages so schmählich gewankt hatte, fast um ein Drittel seiner Höhe zur Seite geschleudert, und noch war, wie mir schien, der gemeine, gleichsam klatschnasse Schall des Schlages ins Gesicht nicht verhallt, da packte er auch schon mit beiden Händen Schatoff an den Schultern; aber sofort, schon im selben Augenblick, riß er die Hände wieder zurück und kreuzte die Arme auf dem Rücken. Er schwieg. Er sah nur Schatoff an. Und sein Gesicht wurde fahl. Doch sonderbar: sein Blick erlosch gleichsam. Nach zehn Sekunden blickten seine Augen kalt und – ich bin überzeugt, daß ich nicht lüge – vollkommen ruhig. Er war nur noch furchtbar bleich. Freilich weiß ich nicht, was in seinem Innern vorging, ich sah nur das Äußere. Mir scheint, wenn es einen Menschen gäbe, der zum Beispiel eine rotglühende Eisenstange ergriffe und in der Hand festhielte, um seine Standhaftigkeit zu erproben, und dann zehn Sekunden lang einen unerträglichen Schmerz aushielte und am Ende bezwänge, – ein solcher Mensch, scheint mir, würde dann etwas Ähnliches ertragen haben, was jetzt Nikolai Stawrogin in diesen zehn Sekunden durchmachte.

Der erste von beiden, der die Augen niederschlug, war Schatoff, und wie man sah, weil er dazu gezwungen war. Dann drehte er sich langsam um und ging aus dem Zimmer, aber nun nicht mehr mit demselben festen Schritt, mit dem er vorhin hervorgetreten war. Er ging leise weg, mit seltsam bucklig gehobenen Schultern und gesenktem Kopf, als ob er mit sich selbst zu Rate ginge. Ich glaube, er flüsterte etwas vor sich hin. Bis zur Tür ging er vorsichtig, ohne irgendwo anzustoßen oder etwas umzuwerfen, die Tür selbst aber öffnete er nur ein wenig, so daß er sich dann beinahe seitwärts wie durch einen Spalt durchschob. Gerade dort an der Tür war der Haarbüschel, der auf seinem Kopfwirbel abstand, ganz besonders bemerkbar.

Kaum war die Tür hinter ihm geschlossen, als noch vor allen anderen Ausrufen ein schrecklicher Schrei durch das Zimmer gellte. Ich sah, wie Lisaweta Nikolájewna ihre

Mutter an der Schulter und Mawrikij Nikolájewitsch am Arm faßte, sie zwei- oder dreimal mitzureißen versuchte, als wolle sie so schnell wie nur möglich weg von hier, plötzlich aber jenen Schrei ausstieß und ohnmächtig längelang hinfiel. Bis heute noch ist es mir, als hörte ich, wie sie mit dem Hinterkopf auf dem Teppich aufschlug.

Zweiter Teil

ERSTES KAPITEL

DIE NACHT

I

Es vergingen acht Tage. Jetzt, wo alles vorüber ist und ich die Chronik der Geschehnisse schreibe, wissen wir bereits, um was es sich handelte; damals aber wußten wir noch nichts, und es war nur natürlich, daß uns verschiedene Dinge seltsam erschienen. Wenigstens wir beide, Stepan Trofimowitsch und ich, zogen uns in der ersten Zeit ganz zurück und beobachteten erschrocken bloß von weitem. Nur ich begab mich noch ab und zu unter Menschen und brachte ihm wie früher allerhand Nachrichten mit, ohne die er es ja doch nicht aushielt.

Es braucht wohl nicht erst gesagt zu werden, daß in der Stadt die verschiedenartigsten Gerüchte umgingen, über eine Ohrfeige, über Lisaweta Nikolájewnas Ohnmachtsanfall und über alles übrige, was sich an jenem Sonntag zugetragen hatte. Nur eines wunderte uns sehr: durch wen hatten diese Begebnisse so schnell und so ausführlich bekannt werden können? Von den damals anwesenden Personen konnte doch, sollte man meinen, niemand das Bedürfnis verspürt, noch sich einen Vorteil davon versprochen haben, das Geheimnis der Vorfälle preiszugeben. Dienstboten waren nicht zugegen gewesen; nur Lebädkin allein hätte einiges ausplaudern können, weniger aus Wut, denn er hatte uns damals in größter Angst verlassen (die Angst aber vor dem Feinde pflegt ja die Wut auf ihn zu ersticken), als vielmehr oder einzig aus Schwatzhaftigkeit. Nun war aber Lebädkin schon am nächsten Tage mitsamt seiner Schwester spurlos verschwunden: im Filippoffschen Hause war er nicht mehr; er war weggezogen, niemand wußte wohin, also so gut wie verschollen. Schatoff, bei dem ich mich nach Marja Timoféjewna erkundigen wollte, hatte sich eingeschlossen, saß anscheinend diese ganzen acht Tage zu Hause und hatte sogar seine Beschäftigungen in der Stadt unterbrochen. Mich ließ er nicht zu sich herein. Ich ging am Dienstag hin und pochte an die Tür. Eine Antwort erhielt ich nicht, aber da ich überzeugt war – nach gewissen Anzeichen –, daß er zu Hause sei, klopfte ich nochmals und nochmals. Da hörte ich, wie er plötzlich aufsprang, wahrscheinlich vom Bett, mit großen Schritten zur Tür kam und mit lauter Stimme »Schatoff ist nicht zu Hause!« rief. Da blieb mir nichts anderes übrig als fortzugehen.

Schließlich kamen Stepan Trofimowitsch und ich auf einen Gedanken, der uns zunächst gewagt erschien, zu dem wir uns aber gegenseitig immer wieder ermutigten, nämlich, daß es einzig und allein Pjotr Stepanowitsch gewesen sein konnte, der die Gerüchte in Umlauf gebracht hatte, obwohl dieser bald darauf im Gespräch mit seinem Vater versicherte, schon am Montag die Geschichte in aller Leute Munde gefunden zu haben, namentlich im Klub, und der Gouverneurin wie ihrem Gemahl sei auch schon alles bis in die geringsten Einzelheiten bekannt gewesen. Und was noch sehr bemerkenswert ist: schon am nächsten Tage, am Montagabend, hatte ich Liputin auf der Straße getroffen und der hatte bereits alles bis auf das letzte Wort gewußt, also mußte er es zweifellos als einer der ersten erfahren haben.

Viele von unseren Damen (und unter diesen manche der vornehmsten) erkundigten sich neugierig auch nach der »rätselhaften Lahmen«, wie sie Marja Timoféjewna nannten. Es fanden sich sogar einige, die sie durchaus selbst sehen und kennenlernen wollten, so daß die Leute, die sich beeilt hatten, das Geschwisterpaar verschwinden zu lassen, ihnen augenscheinlich gerade noch rechtzeitig zuvorgekommen waren. Aber im Vordergrunde stand doch unbedingt Lisaweta Nikolajewnas Ohnmachtsanfall. Für den interessierte sich die gesamte höhere Gesellschaft, vor allem deshalb, weil hier die Sache unmittelbar Julia Michailowna anging, die ja mit Lisa verwandt und ihre besondere Beschützerin war. Und was wurde nicht alles berichtet! Diesem Geschwätz wurde auch noch Vorschub geleistet durch den geheimnisvollen Umstand, daß beide Häuser für alle und jeden verschlossen blieben. Lisaweta Nikolájewna, hieß es alsbald, läge in stärkstem Nervenfieber zu Bett, und dasselbe wurde auch von Nikolai Stawrogin behauptet, wobei man sich noch in widerwärtigen Beschreibungen erging über einen angeblich ausgeschlagenen Zahn und eine geschwollene Backe infolge einer Entzündung der verletzten Stellen. In verschwiegenen Ecken aber gab es sogar ein Gemunkel, wonach es bei uns vielleicht einen Mord geben werde; Stawrogin sei nicht der Mann, der eine solche Beleidigung hinnähme; er werde Schatoff umbringen, aber heimlich, wie in einer korsischen Vendetta. Dieser Gedanke schien zu gefallen; aber die Mehrzahl unserer vornehmen jungen Männer hörte das alles mit Verachtung an und mit einer Miene nachlässigster Gleichgültigkeit, die freilich nur erkünstelt war. Überhaupt trat die alte Feindseligkeit unserer Gesellschaft gegen Nikolai Stawrogin wieder deutlich wahrnehmbar hervor. Selbst ernste, gesetzte Leute suchten ihn als den Schuldigen hinzustellen, obschon sie selbst nicht wußten, woran er schuld sein sollte. Flüsternd erzählte man sich, er habe Lisaweta Nikolájewna die Ehre geraubt, und es habe in der Schweiz eine Liebschaft zwischen ihnen gegeben. Selbstverständlich verhielten sich vorsichtige Leute zurückhaltend zu solchem Geflüster, indes hörten doch alle mit Appetit zu.

Aber es gab auch noch andere Gespräche, allerdings nicht in der allgemeinen Unterhaltung, sondern nur im Privatverkehr, die nur selten und sozusagen nur in Deckung geführt wurden, äußerst seltsame Darlegungen, deren heimliche Verbreitung ich einzig im Hinblick auf die weiteren Ereignisse meiner Erzählung erwähne, um die Leser vorzubereiten. Es handelte sich dabei um folgendes: manche Leute sagten nämlich, die Augenbrauen zusammenziehend und Gott weiß auf welche Informationen hin, Nikolai Stawrogin sei zu einem ganz bestimmten Zweck in unser Gouvernement gekommen; durch den Grafen K. sei er in Petersburg mit irgendwelchen höchsten Spitzen in Beziehung getreten, ja, vielleicht sei er sogar in den Staatsdienst getreten und womöglich von irgendwem mit besonderen Aufträgen betraut worden. Als nun sehr solide und besonnene Leute über dieses Gerücht lächelten und vernünftig bemerkten, daß ein Mensch, dessen Leben sich aus Skandalgeschichten zusammensetzte und der sich bei uns zur Einführung eine geschwollene Backe zugezogen habe, einem Staatsdiener nicht gerade ähnlich sähe, da wurde ihnen leise zugetuschelt, daß er ja gar nicht offiziell, sondern nur sozusagen konfidentiell diesen Auftrag erhalten habe, und in solchen Fällen sei es im Interesse der Sache sogar wünschenswert, daß der betreffende Vertrauensmann möglichst wenig »einem Staatsdiener ähnlich sehe«. Dieser Einwand verfehlte seine Wirkung nicht. Es war bei uns bekannt, daß man die Landschaftsvertretung[38] in unserem Gouvernement dort in der Hauptstadt mit einer gewissen besonderen Aufmerksamkeit im Auge behielt. Doch wie gesagt, diese Gerüchte tauchten nur für eine kurze Zeit auf und verschwanden spurlos (bis auf weiteres) bei Nikolai Stawrogins erstem Wiedererscheinen. Ich muß hier noch bemerken, daß der Ausgangspunkt vieler Gerüchte zum Teil ein paar kurze, aber gehässige Bemerkungen gewesen waren, die der unlängst aus der Residenz auf sein Erbgut zurückgekehrte Gardeoffizier a. D., Rittmeister Artémij Páwlowitsch Gagánoff, im Klub hatte fallen lassen, wenn auch nur in einer etwas unklaren und abrupten Ausdrucksweise. Dieser Gardeoffizier a. D. war ein sehr reicher Grundbesitzer unseres Gouvernements und Kreises, dazu Angehöriger der vornehmen Petersburger Gesellschaft, und war der Sohn des verstorbenen Páwel Páwlowitsch Gagánoff, eben jenes hochangesehenen Klubvorstehers, mit dem Nikolai Stawrogin vor mehr als vier Jahren den in seiner Frechheit und Unmotiviertheit so ungewöhnlichen Zusammenstoß gehabt hatte, von dem bereits berichtet worden ist.

Es war auch schon allen sofort bekannt geworden, daß Julia Michailowna bei Warwara Petrowna sozusagen einen Sonderbesuch hatte machen wollen, und daß man ihr an der Vorfahrt mitgeteilt habe, Warwara Petrowna könne »krankheitshalber leider keine Besuche empfangen«; und ferner, daß Julia Michailowna sich zwei Tage darauf durch einen besonderen Boten nach Warwara Petrownas Befinden hatte erkundigen lassen. Schließlich begann sie sogar, Warwara Petrowna bei jeder Gelegenheit »in Schutz zu nehmen«, natürlich nur auf höchstem Niveau, das heißt also nach Möglichkeit abstrakt. Danach wurden beispielsweise alle anfangs so eilfertigen Anspielungen auf die Vorfälle am Sonntag von ihr nur mit strenger und kalter Miene angehört, woraufhin sie an den folgenden Tagen in ihrer Gegenwart schon nicht mehr zu hören waren. Auf diese Weise verbreitete und befestigte sich überall die Auffassung, Julia Michailowna habe nicht nur wie die anderen einzelne Gerüchte gehört, sondern wisse alles ganz genau von den tatsächlichen Vorgängen, und überdies sei ihr wohl auch noch der ganze geheimnisvolle Zusammenhang der Ereignisse, gewissermaßen ihr Sinn, ihre Bedeutung, bis in die letzten Einzelheiten bekannt, und dies nicht wie einer Fernstehenden, sondern wie einer Mitbeteiligten. Ich bemerke bei dieser Gelegenheit, daß sie allmählich bereits anfing, bei uns jenen höheren Einfluß zu gewinnen, an dem ihr zweifellos so sehr viel lag, und vielleicht sah sie sich auch schon nahe dem Ziel ihrer Wünsche, tonangebend und „umringt" zu sein. Ein Teil der Gesellschaft sprach ihr bereits praktischen Verstand und gesellschaftlichen Takt zu ... doch davon später! Jedenfalls war es nicht zum wenigsten ihre Protektion, die die schnellen Erfolge Pjotr Stepanowitschs in unserer Gesellschaft erklärte, – Erfolge, die damals besonders Stepan Trofimowitsch stutzig machten.

Es ist möglich, daß wir diesen Einfluß überschätzten. Erstens gelang es Pjotr Stepanowitsch fast im Handumdrehen, mit der ganzen Stadt bekannt zu werden, schon in den ersten vier Tagen nach seiner Ankunft. Am Sonntag war er eingetroffen, und schon am Dienstag sah ich ihn in einer Kalesche neben Artémij Páwlowitsch Gagánoff, einem, trotz seiner weltmännischen Allüren, stolzen, empfindlichen und hochmütigen Menschen, mit dem es seines Charakters wegen schwer war auszukommen. Im Hause des Gouverneurs wurde Pjotr Stepanowitsch gleichfalls vorzüglich aufgenommen, sogar dermaßen gut, daß er dort fast unverzüglich die Rolle eines nahestehenden oder, wie man zu sagen pflegt, gehätschelten jungen Mannes spielte; er speiste auch beinahe täglich bei Julia Michailowna zu Mittag. Er hatte zwar schon in der Schweiz ihre Bekanntschaft gemacht, aber nichtsdestoweniger war sein schneller Erfolg im Hause Seiner Exzellenz in der Tat etwas merkwürdig. Denn immerhin hatte er einmal – ob mit Recht oder Unrecht – als ein ins Ausland entkommener Revolutionär gegolten, hatte sich an ausländischen Publikationen und Kongressen beteiligt, »was sich sogar aus den Zeitungen beweisen läßt«, wie sich mir gegenüber Aljoscha Teljätnikoff bei einer Begegnung einmal wütend äußerte, er, der jetzt leider als verabschiedeter Beamter sein Leben fristet, früher aber im Hause des alten Gouverneurs auch einmal der gehätschelte Junge gewesen war. Trotz alledem war eines Tatsache: der ehemalige Revolutionär wurde im lieben Vaterlande nicht nur nicht behelligt, sondern schien beinah sogar gefördert zu werden; also hatte vielleicht doch nichts gegen ihn vorgelegen? Liputin flüsterte mir einmal zu, Gerüchten zufolge habe Pjotr Stepanowitsch bei einer gewissen Instanz seine Reue eingestanden und Verzeihung erlangt, nachdem er ein paar andere Namen genannt, und auf diese Weise hätte er sein Vergehen vielleicht schon wettgemacht, besonders wenn er versprochen haben sollte, auch in Zukunft dem Vaterlande nützlich zu sein. Ich teilte dieses giftige Geflüster Stepan Trofimowitsch mit, und dieser wurde, obschon er kaum imstande war, zu kombinieren, doch tief nachdenklich. Späterhin stellte es sich heraus, daß Pjotr Stepanowitsch mit sehr wertvollen Empfehlungsschreiben zu uns gekommen war, wenigstens mit einem Brief an die Gouverneurin von einer höchst einflußreichen alten Dame, deren Gatte einer der bedeutendsten petersburger Greise war. Die alte Dame, Julia Michailownas Patin, hatte in ihrem Brief erwähnt, daß Pjotr Stepanowitsch durch Nikolai Wssèwolodowitsch auch dem Grafen K. gut bekannt sei, der ihn sehr freundlich behandelt habe und ihn »trotz seiner früheren Verirrungen für einen achtbaren jungen Mann halte«. Julia Michailowna schätzte ihre spärlichen, so mühevoll aufrechterhaltenen Beziehungen zu den „höchsten Kreisen" über alles, und so kann man sich ja denken, wie sehr sie sich über diesen Brief der hochmögenden alten Dame gefreut hatte; und dennoch war hiermit noch nicht alles erklärt, es spielte da noch etwas gleichsam Besonderes mit. Sogar ihren Gatten stellte sie zu Pjotr Stepanowitsch in eine fast familiäre Beziehung, so daß Herr von Lembke sich schon beklagte . . . aber davon gleichfalls später. Und nur um es nicht zu vergessen, möchte ich gleich bemerken, daß auch Karmasínoff, der große Schriftsteller, sich äußerst wohlwollend zu Pjotr Stepanowitsch verhielt und ihn sofort zu sich einlud. Eine solche Eilfertigkeit dieses von sich so eingenommenen Menschen verletzte Stepan Trofimowitsch wohl mit dem schmerzhaftesten Stich; ich aber erklärte mir das anders, nämlich: daß Herr Karmasínoff bei dieser Einladung eines „Nihilisten" selbstverständlich dessen Beziehungen zu den fortschrittlich eingestellten Jünglingen beider Hauptstädte im Auge hatte. Der große Schriftsteller zitterte geradezu vor der neuen revolutionären Jugend, und da er sich in seiner Unkenntnis der Verhältnisse einbildete, in ihren Händen befänden sich die Schlüssel zu Rußlands Zukunft, so suchte er sich in unwürdiger Weise bei ihr einzuschmeicheln, vor allem deshalb, weil sie ihn überhaupt nicht beachtete.

II

Pjotr Stepanowitsch hatte in dieser Woche zweimal auch bei seinem Vater vorgesprochen, zu meinem Bedauern beidemal in meiner Abwesenheit. Das erstemal besuchte er ihn am Mittwoch, also am vierten Tag nach ihrem ersten Wiedersehen, und auch das nur geschäftlich. Übrigens: die Abrechnung wegen des Gutes war zwischen ihnen gleichsam unsichtbar und unhörbar erledigt worden. Warwara Petrowna hatte alles übernommen und ausbezahlt, natürlich so, daß sie damit das Gut für sich erwarb; Stepan Trofimowitsch wurde nur benachrichtigt, daß alles geregelt sei, und ihr Bevollmächtigter, ihr Kammerdiener Alexei Jegórowitsch, hatte ihm nur ein Schriftstück vorgelegt, das er unterschreiben sollte, was von ihm denn auch schweigend und mit großer Würde getan worden war. Da ich soeben seine Würde erwähnt habe, möchte ich gleich bemerken, daß ich unseren früheren lieben „Alten" in diesen Tagen kaum wiedererkannte. Er bewahrte jetzt eine Haltung wie nie zuvor, war erstaunlich schweigsam, hatte vom Sonntag an auch nicht einen einzigen Brief an Warwara Petrowna geschrieben, was ich sonst für völlig unglaubhaft gehalten hätte, und war – dies vor allem – ruhig geworden. Es mußte irgend eine entscheidende und außergewöhnliche Idee sein, auf der er nun fußte und die ihm diese Ruhe gab, das war ihm anzumerken. Eine solche Idee schien er jetzt gefunden zu haben, und nun saß er da und wartete auf etwas. Zuerst war er allerdings krank gewesen, namentlich am Montag; die übliche Cholerine. Auch konnte er es völlig ohne Nachrichten nicht die ganze Zeit über aushalten; sobald ich aber von den Tatsachen abwich und zum Kern der Sache übergehen und meine eigenen Vermutungen äußern wollte, da winkte er mir sofort ab, damit ich aufhöre. Aber die beiden Besuche seines Sohnes übten auf ihn doch eine übermäßige Wirkung aus, wenn sie ihn auch nicht an seinem Standpunkt irremachten. An jenen beiden Tagen lag er nach dem Beisammensein mit dem Sohn auf dem Sofa, ein mit Essig angefeuchtetes Handtuch um den Kopf gewikkelt; aber im höheren Sinne fuhr er doch fort, ruhig zu sein.

Zuweilen kam es übrigens auch vor, daß er mir nicht abwinkte. Manchmal schien es mir auch, als ob seine neuerworbene geheimnisvolle Entschlossenheit ihn beinah im Stich lassen wolle und er mit einem neuen verführerischen Ideenandrang zu kämpfen habe. Das geschah zwar nur vorübergehend, in gewissen Augenblicken, aber ich muß das doch erwähnen. Ich glaubte, vermuten zu dürfen, daß ihn dann der Wunsch anwandelte, wieder aufzutreten, die Einsamkeit zu verlassen, zum Kampf herauszufordern, eine letzte Schlacht zu wagen.

»Cher, wie ich sie aufs Haupt schlagen würde!« entrang es sich ihm plötzlich am Donnerstagabend, nach Petrúschas zweitem Besuch, als er wieder mit einem Handtuch um den Kopf ausgestreckt auf dem Sofa lag. Bis zu diesem Augenblick hatte er an dem Tage noch kein Wort mit mir gesprochen.

»‚Fils, fils chéri' und so weiter, ich gebe ja zu, daß alle diese Ausdrücke Unsinn sind, aus dem Wortschatz der Köchinnen stammen, meinetwegen, ich sehe das jetzt selbst ein. Ich habe ihn nicht genährt und getränkt, sondern ihn als Säugling aus Berlin per Post nach Rußland geschickt, und so weiter, ich gebe das ja zu ... ‚Du hast mich', sagte er, ‚nicht ernährt und per Post weggeschickt, und hier hast du mich obendrein noch ausgeplündert.' ‚Aber, Unseliger', rufe ich ihm zu, ‚um wen hat denn mein Herz mein ganzes Leben lang geblutet, wenn ich dich auch damals mit der Post weggeschickt habe!' Il rit. Aber ich gebe ja zu, ich gebe ja zu ... wenn auch per Post ...«, schloß er, wie im Fieber phantasierend.

»Passons«, begann er dann nach fünf Minuten von neuem. »Ich kann Turgénjeff nicht verstehen. Sein Basároff[39] ist irgend so eine fiktive Gestalt, die es in der Wirklichkeit gar nicht gibt. Die Nihilisten waren ja selbst die ersten, die sie damals als unmöglich ablehnten. Dieser Basároff ist gewissermaßen eine verschwommene Mischung aus Nósdreff[40] und Byron! Oui, c'est le mot! Schauen Sie sie bloß einmal aufmerksamer an: sie schlagen Purzelbäume und quieken vor Übermut wie spielende junge Hunde in der Sonne, sie sind glücklich, sie sind die Sieger! Wo bleibt da Byron! ... Und dabei was für ein Alltag! Welch eine köchinnenhafte Reizbarkeit der Eigenliebe, welch ein vulgäres, jämmerliches Süchtlein, de faire du bruit autour de son nom, ohne zu gewahren, daß son nom ... Oh, Karikatur! ‚Aber ich bitte dich', rief ich ihm zu, ‚willst du denn den Menschen wirklich dich, dich selbst, so wie du da bist, als Ersatz für Christus anbieten?' Il rit. Il rit beaucoup, il rit trop. Er hat so ein sonderbares Lächeln. Seine Mutter hatte so ein Lächeln nicht. Il rit toujours.«

Wieder trat Schweigen ein.

»Sie sind schlau; am Sonntag hatten sie sich verabredet«, brach es plötzlich aus ihm hervor.

»Zweifellos!« pflichtete ich schnell bei und spitzte die Ohren. »Das war ja alles ein abgekartetes Spiel, und dazu mit weißem Faden zusammengenäht, und obendrein noch schlecht gespielt.«

»Ich meinte etwas anderes. Aber wissen Sie auch, daß es absichtlich mit weißem Faden zusammengenäht war, damit es die merkten ... die es merken sollten? Verstehen Sie das?«

»Nein, das verstehe ich nicht!«

»Tant mieux. Passons. Ich bin heute sehr überreizt.«

»Aber wozu haben Sie sich denn in einen Streit mit ihm eingelassen!« sagte ich vorwurfsvoll.

»Je voulais convertir. Ja, lachen Sie nur. Cette pauvre Tantchen, elle entendra de belles choses! Oh, mein Freund, werden Sie es mir glauben, daß ich mich vorhin ganz als Patrioten gefühlt habe! Übrigens bin ich mir immer dessen bewußt gewesen, ein Russe zu sein ... aber ein echter Russe kann auch gar nicht anders sein, als wir beide sind. Il y a là dedans quelque chose d'aveugle et de louche.«

»Unbedingt«, pflichtete ich bei.

»Mein Freund, die wirkliche Wahrheit ist immer unwahrscheinlich, wissen Sie das auch? Um die Wahrheit wahrscheinlicher zu machen, muß man ihr unbedingt etwas Lüge beimischen. So haben es die Menschen denn auch von jeher gehalten. Vielleicht ist hierbei etwas, was wir nicht verstehen. Was meinen Sie, ist hier etwas, was wir nicht verstehen, in diesem siegestrunkenen Gekreisch? Ich wünschte, daß es so wäre. Ich wünschte es ...«

Ich schwieg. Auch er schwieg recht lange.

»Manche sagen, das komme vom französischen Geist ...«, begann er plötzlich wie im Fieber wieder zu sprechen. »Aber das ist eine Lüge, denn so ist es schon immer gewesen. Wozu die französische Schulung verleumden? Hier ist es doch einfach nur russische Faulheit, unsere erniedrigende Ohnmacht, eine Idee hervorzubringen, unser widerliches Parasitentum in der Reihenfolge der Völker. Ils sont tout simplement des paresseux, aber nicht ‚fanzösierte Geister'! Oh, die Russen müßten vertilgt werden zum Wohle der Menschheit, wie schädliche Parasiten! Wir aber, meine Generation, wir haben ja gar nicht, gar nicht danach gestrebt; ich verstehe das einfach nicht! Jetzt kann ich einfach nichts mehr verstehen! ‚Ja, siehst du denn nicht ein', schrie ich ihn an, ‚siehst du denn nicht ein, daß bei euch die Guillotine nur deshalb vornean steht und so begeistert gefeiert wird, weil Köpfe abzuhacken das Allerleichteste ist, das Allerschwerste aber, eine Idee zu haben! Vous êtes des paresseux! Votre drapeau est une guenille, une impuissance ...' Diese Wagen, oder wie es da bei ihnen heißt ... ‚das Rollen der Wagen', oder ‚der Rhythmus der Räder', die der Menschheit das nährende Brot zuführen, sei nützlicher als die Sixtinische Madonna, oder wie sie sich da ausdrücken ... une bêtise dans ce genre. ‚Aber begreifst du denn nicht', schreie ich, ‚begreifst du denn nicht, daß der Mensch außer dem Glück genau so und in genau demselben Maße auch Unglück braucht!' Il rit. ‚Du reißt hier Witze', sagte er zu mir, ‚und schonst dabei ... deine Knochen‘ (er drückte sich unflätiger aus) ‚auf einem mit Samt bezogenen Sofa‘ ... Und beachten Sie wohl, dies bei der neuen Mode, einfach „Du“ zum Vater zu sagen! Das mag ja angehen, wenn Väter und Söhne der gleichen Ansicht sind und sich dann duzen; was aber wird daraus, wenn sie sich nun zanken?«

Wir schwiegen wieder eine ganze Weile.

»Cher«, sagte er plötzlich, sich schnell aufrichtend, »wissen Sie auch, daß das unbedingt mit irgend etwas enden wird?«

»Nun, freilich«, sagte ich.

»Vous ne comprenez pas. Passons. Aber ... gewöhnlich endet es im Leben mit nichts, hier aber wird es ein Ende geben, unbedingt, unbedingt!«

Er stand auf und ging in tiefster Erregung durchs Zimmer, und als er wieder zum Sofa kam, ließ er sich kraftlos darauf niedersinken.

Am Freitagmorgen fuhr Pjotr Stepanowitsch irgendwohin aufs Land innerhalb unseres Kreises, und blieb dort bis zum Montag. Von dieser Fahrt erfuhr ich durch Liputin; und anschließend erfuhr ich von ihm – es ergab sich irgendwie aus dem Gespräch –, daß die beiden Lebädkins, Bruder und Schwester, jetzt jenseits des Flusses in der Töpfervorstadt wohnten. »Ich habe sie selbst hinübergeschafft«, fügte er hinzu, brach aber sofort ab und teilte mir plötzlich mit, daß Lisawéta Nikolájewna nun doch Mawríkij Nikolájewitsch heiraten werde, und wenn das auch noch nicht offiziell bekanntgegeben sei, so habe die Verlobung doch schon stattgefunden und die Sache sei perfekt. Am nächsten Tage traf ich Lisawéta Nikolájewna, als sie zum erstenmal nach ihrer Krankheit in Mawríkij Nikolájewitschs Begleitung ausritt. Sie erblickte mich von weitem, ihre Augen blitzten mich an und lachend nickte sie mir sehr freundschaftlich zu. Ich erzählte natürlich alles Stepan Trofimowitsch, er aber schenkte nur der Nachricht über die Lebädkins einige Aufmerksamkeit.

Jetzt aber, nachdem ich das Wichtigste aus diesen acht Tagen unserer rätselvollen Ungewißheit erzählt habe, will ich die weiteren Geschehnisse anders wiedergeben, sozusagen mit Kenntnis des ganzen Sachverhalts, so, wie sich schließlich alles, als es an den Tag kam, in seinen Zusammenhängen enthüllte und seine Erklärung fand. Ich beginne mit dem achten Tage nach jenem Sonntag, also mit dem Montagabend, denn eigentlich beginnt erst an diesem Abend die „neue Geschichte".

III

Es war sieben Uhr abends. Nikolai Stawrogin saß allein in seinem Arbeitszimmer, das er schon früher zu seinem liebsten Aufenthaltsort erwählt hatte. Es war ein hoher Raum, mit Teppichen belegt und mit den etwas schweren Möbeln von der Fasson der Großväterzeit ausgestattet. Er saß in der Ecke des Sofas, war wie zum Ausgehen gekleidet, schien aber doch nicht ans Aufbrechen zu denken. Auf dem Tisch vor ihm brannte eine Lampe mit einem Lichtschirm. Die Seiten und Ecken des großen Raumes blieben im Schatten. Sein Blick war nachdenklich und gesammelt, aber nicht ganz ruhig; sein Gesicht sah müde und ein wenig abgemagert aus. Er war allerdings krank gewesen, aber das Gerücht von einem ausgeschlagenen Zahn hatte doch übertrieben: der Zahn hatte nur gewackelt, war aber inzwischen wieder fest geworden. Auch die Verletzung an der Innenseite der Oberlippe war bereits verheilt. Die Entzündung aber hatte nur deshalb fast die ganze Woche angedauert, weil der Kranke keinen Arzt hatte empfangen wollen, um die Sache aufschneiden zu lassen, sondern abwartete, bis das Zahngeschwür von selbst aufbrach. Er hatte aber nicht nur den Arzt nicht empfangen, sondern selbst seine Mutter hatte kaum zu ihm kommen dürfen, oder höchstens einmal am Tage auf einen Augenblick, und auch das nur in der Dämmerung, wenn es schon dunkelte, das Licht aber noch nicht gebracht war. Auch Pjotr Stepanowitsch war von ihm nicht empfangen worden, obschon dieser, so lange er in der Stadt war, täglich zwei- oder gar dreimal bei Warwara Petrowna vorgesprochen hatte. Erst jetzt, eben an diesem Montag, nachdem Pjotr Stepanowitsch am Morgen von seiner dreitägigen Reise zurückgekehrt, schon überall in der Stadt umhergelaufen war und bei Julia Michailowna zu Mittag gespeist hatte und nun gegen Abend endlich bei der ungeduldig auf ihn wartenden Warwara Petrowna erschien, erfuhr er von ihr, daß das Verbot aufgehoben war, daß Nicolas wieder empfange. Warwara Petrowna führte den Gast selbst bis zur Tür des Arbeitszimmers; sie hatte schon lange dieses Wiedersehen herbeigewünscht, und Pjotr Stepanowitsch hatte ihr versprochen, nachher zu ihr zu kommen und Bericht zu erstatten. Sie klopfte schüchtern an die Tür, und da sie keine Antwort erhielt, wagte sie es, den Türflügel handbreit zu öffnen.

»Nicolas, darf ich Pjotr Stepanowitsch eintreten lassen?« fragte sie leise und verhalten, während sie sich zugleich bemühte, ihn hinter der Lampe zu erkennen.

»Gewiß, gewiß darf man, das versteht sich doch von selbst!« rief laut und aufgeräumt Pjotr Stepanowitsch, öffnete mit eigener Hand die Tür und trat ein.

Stawrogin hatte das Anklopfen an der Tür überhört und nur die schüchterne Frage seiner Mutter vernommen, und nun kam er nicht mehr dazu, zu antworten. Vor ihm lag in diesem Augenblick ein Brief, den er soeben erst durchgelesen hatte und über den er dann in ernstes Nachdenken versunken war. Er fuhr zusammen, als er plötzlich Pjotr Stepanowitschs lauten Anruf hörte, und griff schnell nach einem Briefbeschwerer, der in Reichweite auf dem Tisch lag, um den Brief zu bedecken, was ihm aber nur halb gelang: eine Ecke des Briefes und fast der ganze Umschlag schauten darunter hervor.

»Ich habe absichtlich so laut gerufen, um Ihnen Zeit zu

lassen, sich vorzubereiten«, flüsterte eilig, mit erstaunlicher Naivität, Pjotr Stepanowitsch, der schon im Nu am Tisch stand und sofort den Briefbeschwerer und die Ecke des Briefes beäugte.

»Und haben gewiß noch bemerken können, wie ich den soeben erhaltenen Brief vor Ihnen zu verbergen suchte«, sagte Stawrogin ruhig, ohne sich von seinem Platz zu rühren.

»Einen Brief? Na, wenn schon, was gehen mich Ihre Briefe an!« versetzte der Gast. »Aber ... die Hauptsache«, fuhr er wieder leise fort, indem er sich nach der Tür umsah, die Warwara Petrowna bereits geschlossen hatte, und wies mit dem Kopf nach dieser Richtung.

»Sie horcht nie«, bemerkte Stawrogin kalt.

»Na, ich meinte bloß, – und wenn sie es auch täte!« Pjotr Stepanowitsch erhob sofort wieder fröhlich die Stimme und nahm auf einem Sessel Platz. »Ich habe ja sonst nichts dagegen, nur bin ich diesmal hergeeilt, um mit Ihnen unter vier Augen zu sprechen. Also endlich ist's mir gelungen, bis zu Ihnen vorzudringen! Vor allen Dingen, wie steht es mit der Gesundheit? Wie ich sehe, vortrefflich, und morgen werden Sie vielleicht erscheinen können, wie?«

»Vielleicht.«

»Sie müssen die Leute hier doch endlich von der Ungewißheit erlösen, und ebenso auch mich!« begann er halb scherzhaft und mit freundlicher Miene, aber heftig gestikulierend. »Wenn Sie wüßten, was ich ihnen alles habe vorschwatzen müssen! Aber übrigens, Sie wissen es ja!« Er lachte.

»Alles weiß ich nicht. Ich habe nur von meiner Mutter gehört, daß Sie sehr ... geschäftig gewesen sind.«

»Das heißt, ich habe ja nichts Bestimmtes verlauten lassen«, fuhr Pjotr Stepanowitsch plötzlich auf, als müsse er sich gegen einen furchtbaren Angriff wehren. »Wissen Sie, ich habe nur Schatoffs Frau ein wenig unter die Leute gebracht, das heißt, die Gerüchte über Ihre Beziehung zu ihr in

Paris, womit denn jener Vorfall vom Sonntag natürlich seine Erklärung gefunden hätte ... Sie sind doch nicht böse?«

»Bin überzeugt, daß Sie sich sehr bemüht haben.«

»Nun, das war meine einzige Sorge. Aber ... was heißt denn das: ‚sich sehr bemüht haben'? Das klingt ja ganz nach einem Vorwurf. Übrigens sehe ich, daß Sie die Sache wenigstens nicht schief auffassen; das war es, was ich auf dem Wege hierher am meisten befürchtete, daß Sie nicht würden einrenken wollen.«

»Ich will überhaupt nichts einrenken«, sagte Stawrogin mit einer gewissen Gereiztheit, mußte aber gleich selber spottlächeln.

»Ach, ich rede doch nicht davon, nicht davon, Sie irren sich, nicht davon!« rief Pjotr Stepanowitsch und fuchtelte wieder abwehrend mit den Händen, während er die Worte wie Erbsen hinstreute, und schien zugleich sehr erfreut zu sein über die Reizbarkeit des Hausherrn. »Ich werde Sie doch jetzt nicht mit *unserer* Sache zu ärgern anfangen, noch dazu in Ihrer jetzigen Lage! Ich kam nur her wegen der Affäre am Sonntag, und auch das nur wegen des Allernotwendigsten dabei, denn es geht doch nicht so! Ich bin bereit zu den offensten Erklärungen, die übrigens vor allem ich benötige, nicht Sie – dies sei für Ihre Eigenliebe gesagt, aber gleichzeitig ist es auch die Wahrheit. Ich bin gekommen, um Ihnen zu sagen, daß ich von nun an immer aufrichtig sein werde.«

»Also waren Sie früher unaufrichtig?«

»Das wissen Sie doch selbst. Ich habe es mehrmals mit einer List versucht ... Sie lächeln; das freut mich sehr, denn das Lächeln ist für mich ein Vorwand, mit Erklärungen beginnen zu können. Ich habe ja absichtlich das Lächeln mit der kleinen Prahlerei hervorgelockt, damit Sie sich sogleich wieder ärgern: wie ich nur zu denken wage, daß ich imstande sei, bei Ihnen mit List etwas zu erreichen, und zweitens, damit ich Grund habe, sofort mit Erklärungen zu beginnen.

Sehen Sie, sehen Sie jetzt, wie aufrichtig ich geworden bin! Nun also, wäre es Ihnen jetzt recht, mich anzuhören?«

Stawrogins Gesichtsausdruck, der bisher ruhig, geringschätzig und sogar spöttisch gewesen war, obwohl der Gast es offenbar darauf abgesehen hatte, den Hausherrn mit der Frechheit seiner wohlüberlegt vorbereiteten und absichtlich plumpen Naivitäten zu reizen, verriet nun endlich doch eine gewisse beunruhigte Neugier.

»Also hören Sie«, begann Pjotr Stepanowitsch noch lebhafter und gestenreicher als zuvor. »Als ich mich hierher begab, das heißt überhaupt hierher in diese Stadt, vor zehn Tagen also, da beschloß ich selbstverständlich, hier in einer bestimmten Rolle aufzutreten. Am besten freilich wäre es ganz ohne Rolle, nur seine eigene Persönlichkeit auszuspielen, nicht wahr? Es gibt ja nichts Schlaueres, als sich ohne jede Verstellung so zu geben wie man ist, denn das glaubt einem ja doch kein Mensch. Aber ich muß gestehen, zuerst wollte ich schon den Rüpel spielen, weil das viel leichter ist; aber da der Rüpel immerhin ein Extrem ist, ein Extrem aber immer Aufsehen erregt und neugierig macht, so entschied ich mich denn endgültig für die eigene Persönlichkeit. Nun ja, aber wie ist denn nun meine eigene Person? – Doch einfach die goldene Mitte: weder dumm noch klug, ziemlich unbegabt und ein bißchen vom Monde herabgesprungen, wie hier die vernünftigen Leute zu sagen pflegen. Ist es nicht so?«

»Möglich, daß es so auch ist«, sagte Stawrogin mit einem kaum-kaum merklichen Lächeln.

»Ah, Sie geben's zu – freut mich sehr; ich wußte ja im voraus, daß das Ihre eigenen Gedanken sind ... Unbesorgt, seien Sie unbesorgt, ich nehme es gar nicht übel und habe mich auch durchaus nicht deshalb in dieser Weise skizziert, um Ihnen nun die entgegengesetzten Lobsprüche zu entlocken, à la ‚Nein, Sie sind nicht unbegabt, nein, Sie sind klug', oder so ähnlich ... Ah, Sie lächeln wieder! ... Da bin ich nun wieder hereingefallen. Sie würden ja gar nicht sagen ‚Sie sind klug'! Na, dann angenommen, daß; ich will's dennoch zulassen. Passons, wie mein Papachen sagt, und in Klammern der Rat: ärgern Sie sich nicht über meinen Wortschwall. Übrigens, da haben wir ja gleich ein Beispiel: ich rede immer viel zu viel, das heißt, ich mache viel zu viel Worte, und beeile mich, und doch kommt bei mir immer nichts dabei heraus. Aber warum mache ich so viele Worte und warum kommt nichts dabei heraus? Weil ich nicht zu reden verstehe. Wer gut zu reden versteht, der redet kurz. Und damit, nicht wahr, damit haben wir gleich einen Beweis für meine Unbegabtheit. Da aber diese Gabe der Unbegabtheit bei mir nun einmal eine natürliche Gabe ist, warum sollte ich sie da nicht künstlich gebrauchen? Also gebrauche ich sie denn so. Freilich, anfangs erwog ich noch die Möglichkeit, hier die Rolle des Schweigenden zu spielen; aber schweigen zu können, dazu gehört ein großes Talent, und somit wär's schon wieder nichts für mich; und zweitens ist Schweigen außerdem noch gefährlich. Nun, und so sagte ich mir denn endgültig, daß es doch das Beste sei zu reden, und zwar gerade so auf unbegabte Art, das heißt viel, viel, viel zu reden, mich schrecklich zu beeilen, etwas zu beweisen, und zum Schluß mich in meiner eigenen Beweisführung so zu verheddern, daß der Zuhörer das Ende nicht abwartet und sich davonmacht, und am besten wär's noch, wenn er obendrein noch ausspuckte. Das Ergebnis wäre dann, daß man sich, erstens, von meiner Einfalt überzeugt hätte, daß man meiner schrecklich überdrüssig würde, und drittens, daß man es aufgäbe, mich verstehen zu wollen – drei Vorteile auf einen Schlag! Ich bitte Sie, wer wird danach noch argwöhnen, daß ich geheime Absichten haben könnte? Ein jeder würde sich ja persönlich beleidigt fühlen, wenn ihm dann noch jemand sagte, ich hätte welche! Ich aber bringe sie obendrein manchmal zum Lachen, – was das allein schon wert ist! Die Leute werden mir ja hier schon dafür alles verzeihen, weil sich nun herausstellt, daß der Weise, der dort im Ausland Proklamationen verfaßt hat, sich hier als dümmer erweist als sie! Ist's nicht so? An Ihrem Lächeln erkenne ich schon, daß Sie zustimmen.«

Stawrogin dachte übrigens gar nicht daran, zu lächeln, sondern hörte im Gegenteil finster und ein wenig ungeduldig zu.

»Wie? Was? Ich glaube, Sie sagten: ‚gleichgültig'?« schnatterte Pjotr Stepanowitsch weiter. (Stawrogin hatte überhaupt nichts gesagt.) »Natürlich, natürlich; ich versichere Sie, daß ich gewiß nicht darauf aus bin, Sie durch Gemeinschaft zu kompromittieren. Aber wissen Sie, Sie sind heute furchtbar feindselig; ich bin hergeeilt mit offener und heiterer Seele, Sie aber – Sie nehmen jedes meiner Worte unter die Lupe; seien Sie doch versichert, daß ich heute von nichts Kitzligem zu reden anfangen werde, mein Wort darauf, und mit allen Ihren Bedingungen bin ich im voraus einverstanden!«

Stawrogin schwieg beharrlich.

»Wie? Was? Sagten Sie etwas? Ich sehe, sehe schon, daß ich wahrscheinlich wieder was vorbeikapiert habe; Sie haben keine Bedingungen gestellt und werden auch keine stellen; glaub's schon, glaub's schon, beruhigen Sie sich nur; ich weiß es ja selbst, daß es mir nicht zusteht, welche zu stellen, nicht wahr? Ich gebe für Sie die Antworten im voraus und – na, natürlich doch aus Unbegabtheit; wie gesagt, unbegabt und unbegabt ... Sie lachen? Wie? Was?«

»Oh, nichts ...« Stawrogin hatte schließlich doch flüchtig lächeln müssen, »mir fiel soeben nur ein, daß ich Sie tatsächlich einmal irgendwie als unbegabt bezeichnet habe, aber da Sie damals nicht zugegen waren, wird man es Ihnen hinterbracht haben ... Ich möchte Sie bitten, etwas schneller zur Sache zu kommen.«

»Aber ich bin doch schon bei der Sache, ich rede doch nur vom Sonntag!« schnatterte Pjotr Stepanowitsch sofort weiter, »denn was, was war ich am Sonntag, Ihrer Meinung nach? Doch genau und nichts anderes als die sich übereilende durchschnittliche Unbegabtheit in Person, und in der allerunbegabtesten Art und Weise bemächtigte ich mich mit Gewalt des Gesprächs! Aber man hat mir alles verziehen, weil ich, erstens, vom Mond herabgefallen bin – das scheint jetzt hier bei allen schon festzustehen; und zweitens, weil ich ein so nettes Geschichtchen erzählt und euch allen herausgeholfen habe, nicht wahr, nicht wahr?«

»Das heißt, Sie haben absichtlich so erzählt, damit der Zweifel bestehen bleibe und der Anschein erweckt werde, wir spielten ein abgekartetes Spiel, während eine Verabredung überhaupt nicht vorlag und ich Sie um gar nichts gebeten hatte.«

»Ganz richtig, ganz richtig!« bestätigte sofort wie in hellem Entzücken Pjotr Stepanowitsch. »Ich hab's ja absichtlich so gemacht, damit Sie, gerade Sie dieses ganze Uhrwerk dahinter merkten; ich habe doch vor allem um Ihretwillen den Bajazzo gespielt, weil ich nach *Ihnen* angelte und *Sie* kompromittieren wollte. Die Hauptsache war für mich, zu erfahren, bis zu welchem Grade Sie sich fürchten.«

»Es wäre interessant, warum Sie jetzt so aufrichtig sind?«

»Ärgern Sie sich nicht, ärgern Sie sich nicht, blitzen Sie mich nicht so an ... Übrigens tun Sie das ja gar nicht. Es interessiert Sie, warum ich jetzt so aufrichtig bin? Eben deshalb, weil sich jetzt alles verändert hat, beendet, vergangen und mit Sand zugeschüttet ist. Ich habe meine Gedanken über Sie plötzlich geändert. Der alte Weg ist endgültig aufgegeben; von jetzt ab werde ich Sie schon nie mehr auf die alte Weise zu kompromittieren suchen, jetzt gibt's dazu einen neuen Weg.«

»Also die Taktik geändert?«

»Das ist nicht Taktik. Von jetzt ab soll in allem nur Ihr freier Wille den Ausschlag geben. Sagen Sie ‚ja' – so ist's gut. Wollen Sie ‚nein' sagen – bitte! Da haben Sie meine ganze neue Taktik. Aber von *unserer* Sache werde ich auch nicht einen Ton sagen, und zwar genau so lange nicht, bis Sie es selbst befehlen. Sie lachen? Wohl bekomm's! Auch ich lache ja. Aber soeben meine ich's ernst, ernst, vollkommen ernst, wenn auch ein Mensch, der sich so beeilt, natürlich unbegabt ist, nicht wahr? Einerlei, meinetwegen bin ich auch unbegabt, nur rede ich jetzt im Ernst, das heißt wirklich vollkommen ernst!«

Er sprach in der Tat diesmal ernst, in einem ganz anderen Ton und in einer seltsamen Erregung, so daß Stawrogin ihn interessiert ansah.

»Sie sagen, Sie hätten Ihre Gedanken über mich geändert?« fragte er.

»Ja; in dem Augenblick, als Sie damals von Schatoff Ihre Hände zurückzogen, aber genug, genug davon und bitte keine weiteren Fragen, mehr werde ich jetzt nicht sagen.«

Er war schon aufgesprungen und winkte wieder mit beiden Armen ab, als wollte er sich an ihn gestellter Fragen erwehren; da aber überhaupt keine gestellt wurden und er auch noch nicht weggehen wollte, so setzte er sich wieder hin und beruhigte sich.

»Nebenbei bemerkt, in Klammern«, plapperte er sofort wieder los, »manche Leute schwatzen hier und wetten schon darauf, daß Sie ihn unbedingt töten würden. Lembke beabsichtigte sogar, die Polizei in Bewegung zu setzen, aber Julia Michailowna hat es ihm verboten ... Aber genug davon, genug, ich sagte es nur, um zu benachrichtigen. Übrigens noch etwas: ich habe die Lebädkins noch am selben Tage auf die andere Flußseite geschafft, wie Sie wissen, – meine diesbezügliche Mitteilung mit ihrer neuen Adresse haben Sie doch erhalten?«

»Ja, gleich danach.«

»Dies aber habe ich schon nicht mehr aus ‚Unbegabtheit' getan, das geschah schon aufrichtig, aus Bereitwilligkeit. Wenn es unbegabt herausgekommen sein sollte, so war's dafür doch aufrichtig.«

»Schon gut, vielleicht war es gerade so das Richtige«, murmelte Stawrogin wie wankelmütig. »Nur schreiben Sie mir keine weiteren Mitteilungen, ich bitte Sie darum.«

»Es ging nicht anders, und es war ja nur dies eine Mal.«

»So weiß Liputin darum?«

»Anders war es nicht möglich; aber Sie wissen ja selbst, daß Liputin nicht wagen darf ... Übrigens müßte man doch einmal zu unseren Leuten gehen, das heißt, zu jenen hier, nicht zu den *„Unsrigen“*, nehmen Sie das Wort nur nicht gleich wieder auf's Korn! Aber beruhigen Sie sich, es braucht ja nicht gleich zu sein, sondern irgendwann einmal. Augenblicklich regnet es. Ich werde sie vorher benachrichtigen lassen, dann können sie sich versammeln, und am Abend gehen wir dann hin. Da sitzen sie nun alle mit aufgesperrten Schnäbeln, wie die jungen Dohlen im Nest, und warten gespannt darauf, was für einen Bissen wir ihnen mitgebracht haben. Hitzige Leute. Und jetzt haben sie noch ihre Bücher hervorgekratzt und schicken sich an zu disputieren. Wirginskij ist Allmensch, Liputin ist Fourierist, mit starker Neigung zu Polizeimethoden, ein Mensch, sage ich Ihnen, der in einer Beziehung kostbar ist, aber in allen anderen streng angefaßt werden muß; und schließlich jener da mit den langen Ohren, der trägt gar ein eigenes System vor. Und dabei sind sie alle beleidigt, wissen Sie, weil ich sie nachlässig behandle und sie sozusagen mit kaltem Wasser begieße, hehe! Aber hingehen muß man unbedingt mal.«

»Sie haben mich jenen wohl als so eine Art Chef vorgestellt?« ließ Stawrogin so nachlässig wie möglich die Frage fallen. Pjotr Stepanowitsch sah ihn blitzschnell an.

»Übrigens«, fuhr er im Nu fort, als hätte er die Frage gar nicht gehört, sie gleichsam vertuschend, »ich bin doch täglich zwei- bis dreimal zur hochverehrten Warwára Petrówna gekommen und war gezwungen, viel zu reden ...«

»Kann mir vorstellen.«

»Nein, stellen Sie sich gar nichts vor, ich habe nur gesagt, daß Sie niemanden umbringen würden, nun und so noch andere süße Sachen. Aber denken Sie nur: schon am nächsten Tage wußte sie, daß Marja Timoféjewna von mir über den Fluß geschafft worden war; haben Sie ihr das gesagt?«

»Ist mir nicht eingefallen.«

»Das hab' ich mir doch gleich gedacht, daß nicht Sie ... Aber wer außer Ihnen hätte es ihr dann sagen können?«

»Liputin natürlich.«

»N–nein, nicht Liputin«, brummte Pjotr Stepanowitsch stirnrunzelnd: »Aber ich werd' es schon herauskriegen, wer ... Ich denke da eher an Schatoff ... Übrigens, Unsinn, lassen wir das! Aber schließlich ist's doch verdammt wichtig ... Übrigens hab' ich immer erwartet, daß Ihre Mama plötzlich mit der Hauptfrage herausplatzt ... Ja, richtig, alle die Tage in der letzten Woche war sie furchtbar niedergedrückt, heute aber auf einmal, wie ich ankomme, da strahlt sie nur so. Woher kommt denn das?«

»Das kommt daher, weil ich ihr heute versprochen habe, in fünf Tagen um Lisaweta Nikolájewnas Hand anzuhalten«, sagte Stawrogin plötzlich mit völlig unerwarteter Offenheit.

»Ah, so ... nun ja ... ja gewiß«, brachte Pjotr Stepanowitsch ein wenig stockend hervor, als unterdrücke er etwas. »Man spricht zwar schon von ihrer Verlobung mit Mawrikij Nikolájewitsch. Sie wissen doch? Diesmal stimmt es. Aber Sie haben recht: sie würde auch noch vom Traualtar weglaufen, wenn Sie sie nur rufen. Sie ärgern sich doch nicht, daß ich so ...?«

»Nein, ich ärgere mich nicht.«

»Ich merke, daß es heute furchtbar schwer ist, Sie zu ärgern, und fange an, Sie zu fürchten. Ich bin sehr gespannt, wie Sie morgen erscheinen werden. Sie haben sicher schon vieles in petto. Ärgern Sie sich über mich wirklich nicht, daß ich so ...?«

Stawrogin gab überhaupt keine Antwort, was Pjotr Stepanowitsch bereits empfindlich verletzte.

»Übrigens: haben Sie das in betreff Lisaweta Nikolajewnas Ihrer Mama im Ernst gesagt?« fragte er.

Stawrogin sah ihn unverwandt und kalt an.

»Ah, so, verstehe schon, nur um zu beruhigen, nun ja.«

»Und wenn ich es im Ernst gesagt habe?« fragte Stawrogin mit fester Stimme.

»Nun ja, warum nicht, also dann mit Gott, wie man in solchen Fällen zu sagen pflegt, es wird der Sache nicht schaden. (Sie sehen, ich habe nicht gesagt, *unserer* Sache, da Sie das Wörtchen „unser" nun einmal nicht mögen.) Ich aber – nun ja, ich stehe zu ihren Diensten, das wissen Sie doch.«

»Sie meinen?«

»Ich meine gar nichts, gar nichts«, beeilte sich Pjotr Stepanowitsch lachend zu versichern, »denn ich weiß, daß Sie in Ihren Angelegenheiten alles im voraus bedacht haben und daß bei Ihnen alles bereits vorgesehen ist. Ich wollte nur dies noch sagen, daß ich im Ernst zu Ihren Diensten stehe, jederzeit und überall und in jedem Fall, das heißt buchstäblich in *je–dem!* Sie verstehen doch?«

Stawrogin gähnte.

»Ich langweile Sie schon, wie ich sehe«, rief Pjotr Stepanowitsch aufspringend, ergriff seinen runden, ganz neuen Hut und tat, als sei er im Begriff, aufzubrechen, indessen blieb er immer noch und sprach ununterbrochen weiter, jetzt allerdings stehend. Dazwischen machte er wohl auch ein paar Schritte im Zimmer und bei lebhafterem Gespräch klopfte er sich mit dem Hut ans Knie. »Ja, eigentlich wollte ich Ihnen noch von Lembkes erzählen und Sie damit erheitern«, schwatzte er fröhlich weiter.

»Nein, das doch lieber ein anderes Mal. Wie steht es übrigens mit Julia Michailownas Befinden?«

»Was das doch bei Ihnen allen für eine gesellschaftliche Manier ist! Ihr Befinden ist Ihnen doch so gleichgültig wie das einer grauen Katze, aber Sie erkundigen sich danach! Ich finde das ja lobenswert. Sie ist gesund und verehrt Sie geradezu abgöttisch, und was sie alles von Ihnen erwartet, grenzt auch schon an Aberglauben. Über den Vorfall am Sonntag schweigt sie und ist überzeugt, daß Sie selbst schon im Augenblick Ihres Erscheinens alles erledigen werden. Sie glaubt, bei Gott, daß Sie der Teufel weiß was alles vermögen. Übrigens sind Sie jetzt noch mehr als je zuvor ein rätselhaftes Wesen, dazu dieser Nimbus von Romantik, der sich um Sie gebildet hat – wahrhaftig eine fabelhaft vorteilhafte Position. Alle erwarten Sie mit einer Spannung, die kaum noch glaubhaft ist. Als ich verreiste, war es schon schwül, aber doch noch nichts gegen die Temperatur von jetzt. Übrigens, nochmals besten Dank für die Beschaffung des Briefes. Den Grafen K. fürchten sie hier alle. Und wissen Sie, von Ihnen scheint man anzunehmen, sie seien so etwas wie ein höherer Spion. Ich nicke dazu. Sie nehmen es doch nicht übel?«

»Nein.«

»Das tut ja auch wirklich nichts; für alles weitere aber ist es sogar unerläßlich. Man hat hier so seine hergebrachten Ordnungen. Ich sporne sie natürlich noch an; Julia Michailowna steht an der Spitze, Gagánoff desgleichen ... Sie lachen? Aber das gehört doch zu meiner Taktik: ich schwatze und schwatze drauflos, und auf einmal sage ich auch ein kluges Wort, gerade dann, wenn sie alle danach suchen. Darauf umringt man mich sofort, ich aber schwatze kunterbunt schon wieder weiter. Jetzt haben mich alle schon aufgegeben. ‚Nicht unbegabt', sagen sie, ‚aber ein bißchen doch wie vom Monde herabgefallen.' Lembke redet mir zu, in den Staatsdienst zu treten, damit ich mich wieder an die gehörige Haltung gewöhne. Wissen Sie, ich trätiere ihn schauderhaft, das heißt, ich kompromittiere ihn, daß er die Augen nur so aufreißt. Und Julia Michailowna leistet mir Vorschub. Ja, bei der Gelegenheit: Gaganoff ist schrecklich wütend auf Sie. Gestern hat er sich in Dúchowo miserabel über Sie geäußert. Ich habe ihn dann sogleich mit der ganzen Wahrheit übergossen, das heißt selbstverständlich nicht mit der ganzen Wahrheit. Ich habe den ganzen Tag dort bei ihm in Dúchowo verbracht. Herrliches Gut, schönes Haus.«

»So ist er jetzt in Dúchowo?« fuhr Stawrogin plötzlich auf, beinah emporschnellend, jedenfalls mit einer starken Bewegung nach vorn.

»Nein, jetzt nicht mehr, er hat mich heute morgen selbst hierher gebracht, wir sind zusammen zurückgekehrt«, sagte Pjotr Stepanowitsch, als hätte er Stawrogins plötzliche Erregung gar nicht bemerkt. »Ach, da habe ich etwas umgestoßen, ein Buch ist heruntergefallen«, und er bückte sich, um den Band aufzuheben. »„Die Frauen von Balzac" Illustriert«, murmelte er, den Band aufschlagend. »Kenne ich nicht. Lembke schreibt auch Romane.«

»Was Sie sagen?« Stawrogin tat, als interessiere es ihn.

»Jawohl, und in russischer Sprache; selbstredend heimlich. Julia Michailowna weiß es und erlaubt es ihm. Er ist eine Schlafmütze, aber mit Manieren; das hat sich mit der Zeit so schön bei ihnen herausgearbeitet, beim Beamtenstab. Diese Strenge der Form, diese Folgerichtigkeit und Disziplin! Wenn es bei uns doch auch schon etwas von der Art gäbe!«

»Sie loben den Verwaltungsapparat?«

»Wie sollte ich denn nicht! Das ist doch das Einzige, was in Rußland natürlich entstanden ist und eine gewisse Vollendung erreicht hat ... ich bin schon still, bin schon still!« unterbrach er sich plötzlich. »Ich rede nicht mehr davon, über das Heikle kein Wort! Aber jetzt leben Sie wohl, Sie sehen ja fast grün aus.«

»Ich habe noch Fieber.«

»Das sieht man Ihnen an, legen Sie sich doch ins Bett! Übrigens: im hiesigen Bezirk gibt es Anhänger der Skopzensekte, merkwürdige Leute ... Aber davon später mal. Halt, ja! eine kleine Geschichte muß ich Ihnen doch noch erzählen! Hier in der Nähe steht ein Infanterieregiment. Freitagabend kneipte ich in B—zy mit den Offizieren. Wir haben doch dort drei Freunde, vous comprenez? Es wurde über den Atheismus gesprochen, na und selbstverständlich wurde Gott wieder mal kassiert. Sie gröhlten vor Freude. Übrigens, Schatoff versichert, daß man, wenn man in Rußland einen Aufstand plane, dann unbedingt mit dem Atheismus beginnen müsse. Vielleicht hat er auch recht. Ja, also, es saß aber auch ein alter, ergrauter Hauptmann dabei, so ein Haudegen ohne Bildung, saß und saß, schwieg die ganze Zeit, sprach kein Wort. Plötzlich stand er auf, blieb mitten im Zimmer stehen, breitete die Arme aus und sagte laut, aber doch wie nur zu sich selbst: ‚Wenn es keinen Gott gibt, was bin ich dann noch für ein Hauptmann?' Und damit nahm er seine Mütze und ging.«

»Hat einen ganz intakten Gedanken ausgedrückt«, meinte Stawrogin und gähnte – jetzt schon zum drittenmal.

»Ja? ich hab's nicht verstanden; wollte Sie danach fragen. Und was war da doch noch für Sie –? Ja, so; ganz interessant ist die Fabrik der Gebrüder Schpigúlin. Dort gibt es, wie Sie wissen, fünfhundert Arbeiter, die Fabrik ist ein vorzüglicher Choleraherd, seit fünfzehn Jahren nicht mehr gereinigt, und vom Arbeitslohn wird immer etwas abgezogen, die Besitzer aber sind Millionäre. Ich kann Sie versichern, daß es unter den Arbeitern manche gibt, die von der Internationale eine Vorstellung haben. Wie, Sie lächeln? Sie werden schon sehen, geben Sie mir nur noch eine ganz, ganz kleine Weile Zeit! Ich habe Sie schon einmal um eine Fristverlängerung gebeten, jetzt tue ich es noch einmal, und dann ... ach, Verzeihung, tut mir leid, ich höre ja schon auf, höre schon auf, runzeln Sie nicht die Stirn, ich rede nicht mehr davon! Also dann – leben Sie wohl! – Ach, da fällt mir ein!« er kehrte sich plötzlich an der Tür um und kam zurück. »Die Hauptsache vergesse ich ganz! Man sagte mir, daß unser Gepäck aus Petersburg eingetroffen sei.«

»Ja, und?« Stawrogin sah ihn an, ohne zu verstehen.

»Das heißt, Ihr Gepäck, Ihre Sachen, die Fracks, Beinkleider, die Wäsche – sind die schon hier?«

»Ja, ich glaube, man sagte mir vorhin so etwas.«

»Ach, könnte man das nicht gleich ...«

»Fragen Sie den Alexei.«

»Na, dann morgen, morgen? Es sind da nämlich von mir ein paar Sachen dabei; mein Jackett, ein Frack und drei Paar Beinkleider, die von Charmeur, die er mir noch auf Ihre Empfehlung hin gemacht hat, erinnern Sie sich?«

»Ich habe gehört, Sie spielten hier, wie verlautet, den Dandy«, bemerkte Stawrogin lächelnd. »Ist es wahr, daß Sie hier beim Reitmeister Reitstunden nehmen wollen?«

Pjotr Stepanowitsch verzog den Mund zu einem gezwungenen Lächeln.

»Wissen Sie«, sagte er dann plötzlich ungeheuer schnell, mit einer eigentümlich hastenden und versagenden Stimme, in der etwas zu beben schien, »wissen Sie, Nikolai Wssèwolodowitsch, wir wollen das Persönliche doch lieber aus dem Spiel lassen, nicht wahr, ein für allemal? Sie können mich dabei natürlich verachten so viel Sie wollen, wenn Ihnen etwas lächerlich erscheint, aber es wäre doch besser, wenn Sie das Persönliche eine Zeitlang fortließen, nicht wahr?«

»Gut, ich werde es nicht wieder tun«, sagte Stawrogin vor sich hin. Pjotr Stepanowitsch lächelte kurz, wie zu einem Versuch, trat von einem Fuß auf den anderen und sein Gesicht nahm wieder den alten Ausdruck an.

»Hier halten mich doch einige sogar für Ihren Nebenbuhler bei Lisaweta Nikolajewna, wie sollte ich mich da nicht um das Äußere kümmern?« sagte er auflachend. »Übrigens, wer berichtet Ihnen denn das? Hm! Schon Punkt acht; ich muß gehen. Ich habe zwar Warwara Petrowna versprochen, bei ihr noch vorzusprechen, werde das aber bleiben lassen. Und Sie sollten sich ins Bett legen, dann sind Sie morgen munterer. Draußen ist es stockdunkel und es regnet – übrigens, ich habe ja meine Droschke, denn nachts ist es hier auf den Straßen nicht ganz geheuer ... Ach, da fällt es mir gerade noch zur rechten Zeit ein: hier in der Stadt und außerhalb treibt sich jetzt ein gewisser Fédjka herum, ein entsprungener Zuchthäusler aus Sibirien, und stellen Sie sich vor, er ist mein ehemals leibeigener Gutsknecht, den Papachen vor etwa fünfzehn Jahren um Geld unter die Soldaten gesteckt hat. Eine äußerst bemerkenswerte Persönlichkeit, dieser Fédjka.«

»Sie ... haben mit ihm gesprochen?« fragte Stawrogin, indem er einmal kurz aufblickte.

»Ja. Vor mir versteckt er sich nicht. Er ist eine zu allem bereite Persönlichkeit, zu allem; für Geld, selbstredend, aber er hat auch gewisse Überzeugungen, so in seiner Art, versteht sich. Ach ja, und wieder bien à propos: wenn Sie vorhin im Ernst von dieser Absicht – Sie wissen schon, in bezug auf Lisaweta Nikolájewna – gesprochen haben, so sage ich Ihnen nochmals, daß auch ich eine zu allem bereite Persönlichkeit bin, in jeder Art und Hinsicht, ganz nach Ihrem Belieben, und daß ich jederzeit völlig zu Ihren Diensten stehe ... Was? Sie wollen –? ... Ach so, nein, keinen Stock ... Denken Sie nur, es schien mir, als wollten Sie nach einem Stock greifen!«

Stawrogin hatte nach nichts gegriffen und hatte auch nichts gesagt, aber er hatte sich allerdings seltsam jäh erhoben, mit einem eigentümlichen Zerren im Gesicht.

»Und wenn Sie auch hinsichtlich dieses Herrn Gagánoff irgend eines Dienstes bedürfen sollten«, fiel Pjotr Stepanowitsch plötzlich mit der Tür ins Haus und deutete bereits ganz ungeniert mit einer Kopfbewegung auf das Schreiben unter dem Briefbeschwerer hin, »so kann ich natürlich auch dort alles in Ordnung bringen und bin überzeugt, daß Sie mich nicht umgehen werden.«

Und ohne eine Antwort abzuwarten, drehte er sich um und verließ das Zimmer, steckte aber noch einmal den Kopf zur Tür herein:

»Ich sage das ja nur deshalb«, schnurrte er schnellstens herunter, »weil doch beispielsweise auch Schatoff gar nicht das Recht hatte, damals am Sonntag sein Leben zu riskieren, als er an Sie herantrat, nicht wahr? Ich wünschte, daß Sie sich das merkten.«

Und er verschwand wieder, ohne eine Antwort abzuwarten.

IV

Vielleicht dachte er, während er davonging, daß Stawrogin, allein geblieben, sogleich anfangen werde, mit den Fäusten gegen die Wand loszugehen, und gewiß hätte er diesem Wutausbruch nur zu gern heimlich zugeschaut, wenn das möglich gewesen wäre. Aber er hätte sich arg enttäuscht gesehen: Stawrogin blieb vollkommen ruhig. Eine ganze Weile stand er noch in derselben Haltung am Tisch, anscheinend scharf nachdenkend; aber dann erschien zögernd ein träges, kaltes Lächeln auf seinen Lippen. Er setzte sich langsam wieder auf das Sofa, auf denselben Platz an der Seitenlehne, und schloß die Augen wie vor Müdigkeit. Die eine Ecke des Briefes schaute noch immer unter dem Briefbeschwerer hervor, aber er rührte sich nicht einmal, um ihn richtig zu bedecken.

Bald umfing ihn der Schlaf vollends.

Warwara Petrowna hatte sich schon alle die Tage in ihrer sorgenvollen Ungewißheit so müdgequält, daß sie das Warten nicht mehr aushielt, und als nun Pjotr Stepanowitsch weggegangen war, ohne zu ihr zu kommen, wie er versprochen hatte, da beschloß sie, trotz der unerlaubten Stunde, selbst zu Nicolas zu gehen. Die ganze Zeit hatte sie sich bang und hoffend gefragt, ob er denn nicht endlich etwas Bestimmtes sagen werde? – Leise, wie schon vorhin, klopfte sie an seine Tür, und da sie wieder keine Antwort erhielt, wagte sie es nochmals, die Tür selbst zu öffnen. Als sie sah, wie auffallend reglos Nicolas dasaß, trat sie mit stark klopfendem Herzen vorsichtig etwas näher zum Sofa. Es wollte sie schon stutzig machen, vielleicht erschrecken, daß er so schnell eingeschlafen war, und daß er so aufrecht sitzend und so unbeweglich schlafen konnte, denn selbst sein Atmen war fast nicht wahrnehmbar. Sein Gesicht war blaß und streng, aber völlig reglos, wie bereits erkaltet; die Brauen waren ein wenig zusammengezogen, wie in leichtem Unmut; er glich entschieden einer leblosen Wachsfigur. Sie stand wohl an die drei Minuten lang da, mit verhaltenem Atem, und auf einmal wurde sie von Angst erfaßt. Auf den Fußspitzen ging sie weg, blieb an der Tür stehen, machte von dort aus hastig das Zeichen des Kreuzes über ihn und verließ unbemerkt den Raum, mit einer neuen schweren Empfindung und einer neuen Sorge im Herzen.

Er schlief lange, über eine Stunde, und die ganze Zeit in derselben Erstarrung: kein einziger Muskel zuckte in seinem Gesicht und in seinem ganzen Körper machte sich nicht die geringste Regung bemerkbar; die Brauen blieben unverändert streng zusammengezogen. Wäre Warwara Petrowna noch weitere drei Minuten stehengeblieben, sie hätte das erdrückende Empfinden dieser lethargischen Regungslosigkeit gewiß nicht ertragen und hätte ihn aufgeweckt. Plötzlich schlug er von selbst die Augen auf, blieb aber wie vorher, ohne sich zu rühren, wohl noch zehn Minuten unverändert sitzen, nur daß seine offenen Augen jetzt beharrlich und wißbegierig in die eine dunkle Ecke des Zimmers spähten, wie sich hineinsehend in irgend einen ihn dort fesselnden Gegenstand, obgleich sich dort weder etwas Neues, noch etwas Besonderes befand.

Schließlich ertönte der leise, tiefe Klang der großen Wanduhr, die einmal schlug. Er wandte mit einer gewissen Unruhe den Kopf, um nach dem Zifferblatt zu sehen, aber fast in demselben Augenblick öffnete sich die Tapetentür, die zum Korridor führte, und der Kammerdiener Alexei Jegórowitsch erschien. Er trug auf dem einen Arm einen warmen Mantel, ein Halstuch und einen Hut, in der anderen Hand ein silbernes Tellerchen, auf dem ein Zettel lag.

»Es ist halb zehn«, sagte er mit leiser Stimme, legte die mitgebrachten Kleidungsstücke gleich dort an der Wand auf einen Stuhl und präsentierte auf dem Teller den Zettel, ein kleines, unversiegeltes Blättchen, auf dem zwei Zeilen mit Bleistift geschrieben standen. Stawrogin überflog sie, nahm dann gleichfalls einen Bleistift vom Tisch, schrieb an den unteren Rand des Zettels zwei Worte und legte ihn zurück.

»Sofort zu übergeben, sowie ich weggegangen bin«, sagte er, sich vom Sofa erhebend.

Da besann er sich, daß er nur ein leichtes Samtjackett anhatte, überlegte einen Augenblick und ließ sich dann einen Tuchrock bringen, der zu förmlicheren Abendbesuchen besser paßte. Nachdem er sich angekleidet und den Hut schon aufgesetzt hatte, verschloß er die Tür, durch die Warwara Petrowna zu ihm gekommen war, zog den Brief unter dem Briefbeschwerer hervor, steckte ihn ein und ging schweigend aus dem Zimmer auf den Korridor hinaus, gefolgt von Alexei Jegórowitsch. Aus dem Korridor gelangten sie über eine schmale steinerne Hintertreppe in einen Flur, aus dem man unmittelbar in den Park hinaustreten konnte. In einem Winkel des Flurs standen eine kleine Laterne und ein großer Regenschirm bereit.

»Infolge des starken Regens ist in den hiesigen Hinterstraßen ein unpassierbarer Morast«, berichtete Alexei Jegórowitsch, wie mit einem entfernten letzten Versuch, den Herrn vom Ausgehen abzubringen. Aber der Herr spannte den Schirm auf und trat schweigend hinaus in den alten Park, der dunkel wie ein Keller, feucht und naß war. Der Wind brauste und schaukelte die Wipfel der herbstlich halbkahlen Bäume, die schmalen Sandwege waren aufgeweicht und glitschig. Alexei Jegórowitsch ging so, wie er war, im Frack und ohne Kopfbedeckung, und beleuchtete mit der kleinen Laterne den Weg etwa drei Schritte voraus.

»Wird man uns nicht sehen?« fragte plötzlich Nikolai Wssévolodowitsch.

»Aus den Fenstern nicht, und außerdem habe ich Vorsorge getroffen«, antwortete der Diener leise und gemessen.

»Meine Mutter schläft wohl schon?«

»Die gnädige Frau haben sich, nach der Gewohnheit der letzten Tage, um neun Uhr zurückgezogen und können jetzt nichts wahrnehmen. Wann befehlen der Herr, daß ich ihn zurückerwarte?« fügte er hinzu, indem er es wagte, selbst eine Frage zu stellen.

»Um eins, halb zwei, nicht später als zwei.«

»Zu Befehl.«

Sie umgingen auf den sich schlängelnden Wegen fast den ganzen, beiden so gut bekannten Park, bis sie an der fernsten Ecke der steinernen Gartenmauer an ein kleines Pförtchen gelangten, das auf eine schmale Sackgasse hinausführte, ein Pförtchen, das sonst immer verschlossen war, dessen Schlüssel sich aber jetzt in Alexei Jegórowitschs Hand befand.

»Wird die Tür auch nicht knarren?« erkundigte sich Nikolai Wssèwolodowitsch wieder.

Aber Alexei Jegorowitsch berichtete, er habe sie schon gestern geölt, »und heute desgleichen«. Er war bereits ganz durchnäßt. Nachdem er das Pförtchen aufgeschlossen und geöffnet hatte, übergab er Nikolai Wssèwolodwitsch den Schlüssel.

»Wenn der Herr einen weiten Weg zu unternehmen belieben, so habe ich zu melden, daß den hiesigen herumlungernden Burschen nicht zu trauen ist, insonderheit nicht in entlegenen Gassen und ... am allerwenigsten jenseits des Flusses«, konnte er sich nochmals nicht enthalten zu bemerken. Er war ein alter Diener, der ehemals den kleinen Nikolai Wssèwolodowitsch auf den Armen gewiegt und wie eine Kinderfrau mit ihm gespielt hatte, ein ernster, strenger Mann, der gern Gesprächen über das Göttliche zuhörte oder selbst solche Bücher las.

»Sei unbesorgt, Alexei Jegórowitsch.«

»Gott segne Euch, Herr, aber nur beim Vorhaben guter Taten.«

»Wie?« Nikolai Wssewolodowitsch, der schon über die Schwelle getreten war, blieb stehen.

Der alte Diener wiederholte mit fester Stimme seinen Segenswunsch. Nie hätte er sich früher unterstanden, einen solchen Wunsch und mit solchen Worten vor seinem Herrn laut auszusprechen.

Nikolai Wssewolodowitsch schloß das Pförtchen hinter

sich ab, steckte den Schlüssel in die Tasche und ging die Gasse hinunter, wobei seine Füße bei jedem Schritt an die drei Zoll tief im aufgeweichten Boden versanken. Endlich gelangte er in eine lange, menschenleere Straße, die gepflastert war. Er kannte die Stadt wie seine fünf Finger; aber bis zur Bogojáwlenskaja-Straße war es noch weit. Es war schon nach zehn Uhr, als er endlich vor dem geschlossenen Hoftor des dunklen alten Filíppoffschen Hauses stehen blieb. Das untere Stockwerk war jetzt, nach dem Auszug der Lebädkins, völlig leer, und die Fenster waren mit Brettern verrammelt, aber im Halbgeschoß bei Schatoff war Licht. Da es an der Pforte keine Klingel gab, begann er mit der Hand ans Tor zu schlagen. Ein Fenster wurde geöffnet, und Schatoff blickte auf die Straße hinaus; es war stockfinster und daher schwer, jemanden zu erkennen. Schatoff sah lange hinunter.

»Sind Sie es?« fragte er auf einmal.

»Ja, ich bin es«, antwortete der unerwartete Besuch.

Schatoff schlug das Fenster zu, kam herunter und schloß die Pforte am Hoftor auf. Stawrogin trat über die hohe Schwelle und ging, ohne ein Wort zu sagen, an ihm vorüber und geradeaus zum Nebengebäude, wo Kirilloff wohnte.

V

Hier stand alles weit offen, selbst die Eingangstür war nicht einmal eingeklinkt. Der Flur und die ersten beiden Zimmer waren dunkel, aber im dritten, in dem Kirilloff wohnte und nachts seinen Tee zu trinken pflegte, war es hell, und von dort hörte man Lachen und dazwischen ein seltsames Juchzen. Stawrogin ging auf das Licht zu, blieb aber vor der offenen Tür stehen, ohne zunächst einzutreten. Das Teegeschirr stand schon auf dem Tisch. Mitten im Zimmer stand die alte Frau, die Verwandte des Hausbesitzers, mit bloßem Kopf, nur im Unterrock, die Füße in

Schuhen, aber ohne Strümpfe, und in einer ärmellosen Jacke aus Hasenfell. Sie trug auf dem Arm ein etwa anderthalbjähriges Kindchen mit zerzaustem weißblondem Haar, nur mit einem kurzen Hemdchen bekleidet, mit nackten Beinchen, heißen Bäckchen, wie soeben aus der Wiege gehoben. Es mußte kurz zuvor geweint haben, denn unter seinen Augen standen noch Tränchen; aber in diesem Augenblick streckte es die Ärmchen aus, klatschte in die Händchen und lachte, wie so kleine Kinder eben lachen, halb schreiend, halb juchzend. Vor ihm spielte Kirilloff mit einem großen roten Gummiball, den er kräftig auf den Boden warf, daß der Ball bis an die Decke sprang, fiel und nochmals sprang, und das Kindchen rief: »Baa! Baa!« Kirilloff fing ihn auf und gab den Ball dem Kindchen, das nun selbst mit seinen ungeschickten Ärmchen den Ball wieder fortwarf, und Kirilloff lief ihm nach, um ihn aufzuheben. Schließlich rollte der Ball unter den Schrank. »Baa! Baa!« rief das Kind. Kirilloff streckte sich flach auf den Fußboden aus und langte mit dem Arm unter den Schrank, um den »Baa« wieder hervorzuholen. Da trat Stawrogin ins Zimmer. Das Kind, das ihn zuerst erblickte, drückte sich an die Alte und brach in ein langgezogenes Plärren aus; die Alte trug es schnell hinaus.

»Stawrogin?« sagte Kirilloff, indem er sich mit dem Ball in der Hand vom Fußboden erhob, ohne die geringste Verwunderung über den unerwarteten Besuch. »Wollen Sie Tee?« Er stand vollends auf.

»Sehr gern, wenn er warm ist«, sagte Stawrogin, »ich bin ganz durchnäßt.«

»Warm? Sogar heiß!« stellte Kirilloff mit Genugtuung fest. »Setzen Sie sich. Sie sind schmutzig; tut nichts. Ich wische nachher mit nassem Lappen auf.«

Stawrogin setzte sich und trank fast auf einen Zug die eingegossene Tasse Tee aus.

»Noch?« fragte Kirilloff.

»Nein, danke.«

Kirilloff, der bis dahin gestanden hatte, setzte sich ihm sogleich gegenüber und fragte:

»Sie sind weswegen gekommen?«

»Mit einem Anliegen. Lesen Sie diesen Brief. Er ist von Gagánoff. Sie erinnern sich wohl, ich habe Ihnen schon in Petersburg von ihm erzählt.«

Kirilloff nahm den Brief, las ihn durch, legte ihn darauf wieder auf den Tisch und sah Stawrogin erwartungsvoll an.

»Mit diesem Gagánoff«, begann Stawrogin seine Erläuterung, »bin ich, wie Sie wissen, in Petersburg vor knapp einem Monat zum erstenmal zusammengetroffen. Und dann sind wir uns ungefähr noch dreimal in der Gesellschaft begegnet. Ohne sich mir vorzustellen und ohne mich anzusprechen, fand er doch die Möglichkeit, sich sehr ungezogen mir gegenüber zu benehmen. Ich habe Ihnen das damals berichtet. Aber was Sie noch nicht wissen, ist folgendes: als er darauf Petersburg, noch vor mir, verließ, schrieb er mir auf einmal einen Brief, der zwar noch nicht so ausfallend war wie dieser hier, aber doch schon einen durchaus unzulässigen Ton hatte und schon dadurch sonderbar war, daß er kein Wort einer Erklärung über den Anlaß zu diesem Schreiben enthielt. Ich antwortete ihm sofort, gleichfalls brieflich, und schrieb ihm ganz offenherzig, daß er mir wahrscheinlich jenen Vorfall mit seinem Vater vor vier Jahren hier im Klub nicht verzeihen könne, und daß ich meinerseits bereit sei zu jeder gewünschten Entschuldigung, mit der Begründung, daß meine Handlung damals unbeabsichtigt und im Krankheitszustande ausgeführt worden sei. Ich bat ihn, meine Entschuldigungen in Erwägung zu ziehen. Er antwortete mir nichts darauf und verreiste irgendwohin. Nun komme ich hierher und finde ihn hier bereits in einer wahren Raserei vor Wut auf mich. Man hat mir Äußerungen von ihm wiedergegeben, die er in der Öffentlichkeit über mich getan hat, die schon regelrechte Beschimpfungen sind, dazu die unglaublichsten Anschuldigungen. Und heute erhalte ich diesen Brief – einen ähnlichen hat wohl noch nie jemand geschrieben! Mit Schimpfworten und Ausdrücken wie zum Beispiel ‚Ihre geohrfeigte Visage'. Ich bin nun zu Ihnen gekommen, da ich hoffe, daß Sie mir nicht abschlagen werden, mein Sekundant zu sein.«

»Sie sagen, so einen Brief habe noch nie jemand geschrieben«, bemerkte Kirilloff. »In der Wut ist's schon möglich. Kommt sogar oft vor. Puschkin, zum Beispiel, an Heckereen[41]. Gut, ich bin bereit. Sagen Sie, wie?«

Stawrogin erklärte, er wünsche, daß das Duell gleich morgen stattfinde. Kirilloff solle unbedingt mit einer Wiederholung der Entschuldigung beginnen und sogar einen zweiten Entschuldigungsbrief anbieten, diesen freilich nur unter der Bedingung, daß Gagánoff seinerseits sein Wort gäbe, keine weiteren Briefe irgendwie beleidigenden Inhalts zu schreiben, während sein letzter Brief als nicht erhalten betrachtet werden solle.

»Zu viel Konzessionen, er wird nicht darauf eingehen«, sagte Kirilloff.

»Ich bin vor allem hergekommen, um zu erfahren, ob Sie überhaupt einwilligen, solche Bedingungen zu überbringen?«

»Ich überbringe. Das ist Ihre Sache. Aber er wird nicht darauf eingehen.«

»Das weiß ich, daß er nicht darauf eingehen wird.«

»Er will sich schlagen. Sagen Sie, wie?«

»Das ist es eben: ich möchte die ganze Geschichte gleich morgen beendet haben. Sagen wir, um neun Uhr sind Sie bei ihm. Er wird Sie anhören und nicht darauf eingehen. Dann wird er seinen Sekundanten zu Ihnen schicken, nehmen wir an, gegen elf. Mit diesem vereinbaren Sie alles Weitere, und um ein oder zwei Uhr könnten wir alle an Ort und Stelle sein. Ich bitte Sie, tun Sie alles, was an Ihnen liegt, damit die Angelegenheit diesen Verlauf nimmt. Waffen: natürlich Pistolen. Das Weitere bitte ich Sie ganz besonders, *so* einzurichten: vereinbaren Sie einen Abstand von zehn Schritten zwischen den Barrieren. Stellen Sie dann jeden von uns weitere zehn Schritt von seiner Barriere auf. Nach dem gegebenen Zeichen gehen wir aufeinander zu. Jeder muß unbedingt bis an seine Barriere gehen, aber abdrücken kann er auch schon früher, im Gehen. So, das wäre alles, denke ich.«

»Zehn Schritt zwischen den Barrieren ist sehr nah«, bemerkte Kirilloff.

»Nun, dann meinethalben zwölf, aber nicht mehr. Sie begreifen doch, daß er ein ernsthaftes Duell wünscht. Verstehen Sie, eine Pistole zu laden?«

»Ja. Ich habe selbst Pistolen. Ich werde mein Wort geben, daß Sie mit meinen noch nicht geschossen haben. Sein Sekundant gibt auch sein Wort für seine Pistolen; dann sind es zwei Paare, und wir losen mit paar oder unpaar, ob seine oder meine.«

»Vortrefflich.«

»Wollen Sie die Pistolen sehen?«

»Meinetwegen.«

Kirilloff hockte vor seinem Koffer nieder, der immer noch unausgepackt in der Ecke stand, und aus dem die Sachen je nach Bedarf herausgezogen wurden. Er hob einen zu unterst befindlichen flachen Kasten aus Palmenholz heraus, der innen mit rotem Samt ausgeschlagen war, und entnahm ihm ein Paar eleganter, überaus wertvoller Pistolen.

»Habe alles: Pulver, Kugeln, Patronen. Auch einen Revolver; warten Sie.«

Er kramte wieder in seinem Koffer und zog einen zweiten Kasten hervor, der einen sechsläufigen amerikanischen Revolver enthielt.

»Sie haben ja Waffen mehr als nötig und lauter teure Dinger.«

»Ja. Sehr teure.«

Der völlig mittellose Kirilloff, der übrigens seine Armut selbst gar nicht beachtete, zeigte sichtlich nicht ohne Stolz seine Kostbarkeiten, die er zweifellos mit unglaublichen Opfern erstanden hatte.

»Sie tragen sich immer noch mit demselben Gedanken?«

fragte Stawrogin mit einer gewissen Vorsicht, nach längerem Schweigen.

»Ja«, antwortete Kirilloff kurz, da er am Ton der Stimme sofort erraten hatte, wonach er gefragt wurde, und begann die Waffen wegzuräumen.

»Wann denn?« fragte Stawrogin noch vorsichtiger, und wieder nach einigem Schweigen.

Kirilloff hatte inzwischen beide Kästen in den Koffer zurückgelegt und setzte sich nun auf seinen früheren Platz.

»Das hängt nicht von mir ab. Sie wissen doch. Wann man mir sagen wird«, brummte er mehr vor sich hin, als wäre die Frage ihm ein wenig lästig, aber gleichzeitig mit spürbarer Bereitwilligkeit, auf alle anderen Fragen zu antworten. Er sah dabei mit seinen schwarzen, glanzlosen Augen Stawrogin unverwandt an, mit einem seltsam gelassenen, aber gutherzigen und freundlichen Gefühl.

»Ich verstehe das natürlich ... sich zu erschießen«, begann Stawrogin von neuem, nachdem er lange grübelnd geschwiegen hatte, während sein Gesicht sich verdüsterte. »Ich habe mir das selbst zuweilen vorgestellt, und dann gesellt sich dazu immer ein gewisser neuer Gedanke: wie nun, wenn man ein Verbrechen beginge, oder etwas vor allem Schimpfliches, das heißt Schmachvolles, eine Schande, nur muß sie schrecklich gemein und ... lächerlich sein, so daß die Menschen sie tausend Jahre lang behalten und tausend Jahre lang ausspucken werden, und dann plötzlich der Gedanke: ‚Ein Schuß in die Schläfe und es ist nichts mehr da.' Was kümmern einen dann noch die Menschen, und daß sie tausend Jahre lang vor Abscheu ausspucken, ist es nicht so?«

»Sie nennen das einen neuen Gedanken?« sagte Kirilloff, nachdem er eine Weile nachgedacht hatte.

»Nein ... das nicht ... aber als ich ihn zum erstenmal dachte, da empfand ich ihn als ganz neu.«

»Sie ‚empfanden' einen Gedanken?« sprach ihm Kirilloff nach. »Das ist gut. Es gibt viele Gedanken, die waren immer da, und plötzlich werden sie neu. Das ist richtig. Ich sehe jetzt vieles wie zum erstenmal.«

»Nehmen wir an, Sie waren auf dem Monde«, fuhr Stawrogin fort, ohne Kirilloffs Worte zu beachten, und spann seinen eigenen Gedanken weiter. »Nehmen wir an, Sie haben dort oben alle diese lächerlichen Schmutzereien begangen ... Sie wissen ganz genau, daß man Ihnen dort oben fluchen wird, tausend Jahre lang, ewig, auf dem ganzen Monde ... Aber Sie sind jetzt hier auf der Erde und sehen auf den Mond von hier aus: was geht es Sie dann hier noch an, was Sie dort oben alles getan haben – und daß die dort tausend Jahre lang bei Ihrem Namen ausspeien werden – ist es nicht so?«

»Weiß nicht«, antwortete Kirilloff. »Bin nie auf dem Mond gewesen«, fügte er hinzu, aber ohne jede Spur von Ironie, nur zur Feststellung der Tatsache.

»Wessen Kind war das vorhin?«

»Die Schwiegermutter der Alten ist angekommen. Nein, ihre Schwiegertochter ... egal. Vor drei Tagen. Liegt jetzt krank mit dem Kind. In der Nacht schreit es viel. Das Bäuchlein. Die Mutter schläft, und die Alte bringt es dann her. Ich spiele Ball mit ihm. Ein hamburger Ball, hab' ihn in Hamburg gekauft zur Gymnastik. Das stärkt den Rükken. Ein Mädelchen.«

»Sie lieben Kinder?«

»Ja«, antwortete Kirilloff, übrigens ziemlich gleichmütig.

»Dann lieben Sie wohl auch das Leben?«

»Ja, auch das Leben. Wieso?«

»Wenn Sie doch beschlossen haben, sich zu erschießen.«

»Was hat das damit zu tun? Warum zusammen? Das Leben für sich und jenes für sich. Leben ist, aber Tod ist überhaupt nicht.«

»Sie haben angefangen, an ein zukünftiges ewiges Leben zu glauben?«

»Nein, nicht an ein zukünftiges ewiges, sondern an ein diesseitiges ewiges. Es gibt Augenblicke, Sie gelangen zu diesen Augenblicken, und die Zeit bleibt plötzlich stehen und ist ewig.«

»Sie hoffen, zu so einem Augenblick zu gelangen?«

»Ja.«

»Das ist in unserer Zeit wohl kaum möglich«, meinte Stawrogin langsam, wie in Gedanken verloren, und gleichfalls ohne jede Spur von Ironie. »In der Apokalypse schwört der Engel, daß es keine Zeit mehr geben werde.«

»Ich weiß. Das ist dort sehr richtig; ist deutlich und genau gesagt. Wenn die ganze Menschheit das Glück erreicht, dann wird es keine Zeit mehr geben, weil sie nicht mehr nötig ist. Ein sehr richtiger Gedanke.«

»Wohin wird man sie denn tun?«

»Nirgendwohin wird man sie tun. Zeit ist kein Gegenstand, sondern eine Idee. Sie wird im Geist erlöschen.«

»Alte philosophische Gemeinplätze, immer ein und dieselben von allem Anfang an«, murmelte Stawrogin wie mit einem gewissen angeekelten Bedauern.

»Ja, ein und dieselben! Immer ein und dieselben vom Anfang aller Jahrhunderte an und andere überhaupt nicht!« griff Kirilloff mit blitzenden Augen Stawrogins Wort auf, ganz als läge in diesem Gedanken womöglich ein Triumph.

»Ich glaube, Sie sind sehr glücklich, Kirilloff?«

»Ja, sehr glücklich«, antwortete dieser, als gäbe er die allergewöhnlichste Antwort.

»Aber noch vor kurzem waren Sie doch so betrübt, ... ärgerten sich über Liputin?«

»Hm ... Aber jetzt nicht. Damals wußte ich noch nicht, daß ich glücklich war. Haben Sie ein Blatt gesehn? Ein Blatt vom Baum?«

»Freilich.«

»Ich sah vor kurzem ein gelbes, etwas grün noch, an den Rändern angefault. Es kam mit dem Wind. Als ich zehn Jahre war, schloß ich im Winter die Augen und stellte mir ein Blatt vor, ein grünes, glänzendes, mit Äderchen, und die Sonne scheint. Ich schlug die Augen auf und glaubte ihnen nicht, denn es war so schön, und ich schloß sie wieder.«

»Was soll das? Eine Allegorie?«

»N–nein ... warum? Keine Allegorie. Einfach ein Blatt. Nur ein Blatt. Ein Blatt ist gut. Alles ist gut.«

»Alles?«

»Alles. Der Mensch ist unglücklich, weil er nicht weiß, daß er glücklich ist. Nur deshalb. Das ist alles, alles! Wer das erkennt, der wird gleich glücklich sein, sofort, im selben Augenblick. Diese Schwiegermutter wird sterben, und das kleine Mädchen wird zurückbleiben, – alles ist gut. Ich habe das auf einmal entdeckt.«

»Und wenn jemand Hungers stirbt, oder ein kleines Mädchen beleidigt und entehrt, – ist das auch gut?«

»Ja, auch gut. Und wenn jemand eines Kindes wegen einen Kopf zerschmettert, so ist auch das gut, und wenn er nicht zerschmettert, ist es auch gut. Alles ist gut, alles. Für alle die ist es gut, die da wissen, daß alles gut ist. Wenn sie wüßten, daß sie es gut haben, dann hätten sie es gut, aber so lange sie das nicht wissen, so lange werden sie es auch nicht haben. Das ist der ganze Gedanke, der ganze Sinn, einen weiteren gibt es überhaupt nicht!«

»Wann haben Sie denn erkannt, daß Sie so glücklich sind?«

»In der vorigen Woche am Dienstag, nein, am Mittwoch, denn es war schon Mittwoch. In der Nacht.«

»Und was war denn der Anlaß dazu?«

»Ich weiß nicht mehr. Es kam von selbst. Ich ging im Zimmer ... Egal. Ich brachte die Uhr zum Stehen. Es war siebenunddreißig Minuten nach zwei.«

»Wohl zum Symbol dessen, daß die Zeit stehenbleiben muß?«

Kirilloff schwieg.

»Die Menschen sind nicht gut«, begann er plötzlich wieder, »weil sie nicht wissen, daß sie gut sind. Wenn sie es wissen werden, dann werden sie auch nicht mehr ein kleines Mädchen vergewaltigen. Sie müssen nur alle erkennen, daß sie gut sind, und alle werden sogleich gut sein. Alle ohne Ausnahme.«

»Nun, Sie selbst zum Beispiel, Sie haben es jetzt erkannt, also sind Sie jetzt gut?«

»Ja, ich bin gut.«

»Darin stimme ich Ihnen übrigens bei«, brummte Stawrogin mit gerunzelter Stirn vor sich hin.

»Wer da lehren wird, daß alle gut sind, wird die Welt vollenden.«

»Der das lehrte, den hat man gekreuzigt«, sagte Stawrogin.

»Er wird kommen und sein Name wird sein: Menschgott.«

»Gottmensch?«

»Nein, Menschgott. Das ist der Unterschied.«

»Sind nicht am Ende Sie es, der hier das Lämpchen vor dem Heiligenbilde angezündet hat?«

»Ja, ich habe es angezündet.«

»Wieder gläubig geworden?«

»Die Alte hat es gern, wenn das Lämpchen ... und heute hatte sie keine Zeit«, murmelte Kirilloff undeutlich.

»Aber Sie selbst beten noch nicht?«

»Ich bete zu allem. Sehen Sie, eine Spinne kriecht dort an der Wand, und ich bin ihr dankbar dafür, daß sie kriecht.«

Seine Augen brannten wieder. Er sah immer noch unverwandt Stawrogin an, mit festem, standhaftem Blick. Stawrogin beobachtete ihn finster und gleichsam mäkelnd, aber in seinem Blick lag kein Spott.

»Ich wette, daß Sie, wenn ich nächstens wiederkomme, bereits an Gott glauben werden«, sagte er aufstehend und nahm seinen Hut.

»Warum?« Kirilloff erhob sich gleichfalls.

»Wenn Sie erkannt hätten und wüßten, daß Sie an Gott glauben, dann würden Sie an ihn glauben. Da Sie aber noch nicht wissen, daß Sie an ihn glauben, so glauben Sie auch noch nicht an ihn«, sagte Stawrogin mit einem flüchtigen Lächeln.

»Das ist nicht dasselbe.« Kirilloff dachte nach. »Sie haben den Gedanken umgedreht. Ein Salonscherz. Denken Sie daran, was Sie in meinem Leben bedeutet haben, Stawrogin.«

»Leben Sie wohl, Kirilloff.«

»Kommen Sie wieder nachts; wann?«

»Ja, haben Sie denn schon vergessen, was morgen bevorsteht?«

»Ach, richtig, ich vergaß. Aber seien Sie unbesorgt, ich werde nicht verschlafen. Ich kann aufwachen, wann ich will. Ich lege mich hin und sage: um sieben Uhr – und wache auf um sieben Uhr; um zehn Uhr – und wache auf um zehn Uhr.«

»Sie haben ja merkwürdige Eigenschaften.« Stawrogin sah in sein bleiches Gesicht.

»Ich werde die Hofpforte aufschließen.«

»Bemühen Sie sich nicht, Schatoff wird mich hinauslassen.«

»Ach so, Schatoff. Gut. Leben Sie wohl.«

VI

Die Flurtür des leeren Hauses, in dem jetzt nur noch Schatoff wohnte, war nicht verschlossen; aber im Flur war es so stockdunkel, daß Stawrogin mit der Hand tastend nach der Treppe zu suchen begann. Da wurde plötzlich im oberen Stock eine Tür geöffnet, und ein Lichtschimmer ließ ihn die Treppe sehen. Schatoff trat selbst nicht heraus, er hatte nur die Tür aufgemacht. Als Stawrogin oben anlangte und an der Türschwelle stehenblieb, sah er ihn in der anderen Ecke des Zimmers in Erwartung an seinem Tisch stehen.

»Wollen Sie meinen Besuch in einer ernsten Angelegenheit annehmen?« fragte Stawrogin, ohne einzutreten.

»Treten Sie ein und setzen Sie sich«, antwortete Schatoff.

»Schließen Sie die Tür; warten Sie, ich werde selbst ...«

Er schloß die Tür, drehte den Schlüssel um, kam zum Tisch zurück und setzte sich Stawrogin gegenüber. Er war in dieser Woche merklich abgemagert und schien jetzt zu fiebern.

»Sie haben mich müdgequält«, sagte er halblaut flüsternd, den Blick zu Boden gesenkt. »Warum sind Sie nicht gekommen?«

»Sie waren so überzeugt, daß ich kommen werde?«

»Ja ... Warten Sie, ich habe im Fieber phantasiert ... vielleicht phantasiere ich auch jetzt noch ... Warten Sie.«

Er stand auf, ging zu seinem Bücherbrett und nahm von dem obersten der drei Bretter einen Gegenstand: es war ein Revolver.

»In einer Nacht träumte mir im Fieber, daß Sie kommen würden, um mich zu töten. Da habe ich mir am anderen Morgen von dem Taugenichts Lämschin für mein letztes Geld diesen Revolver gekauft. Ich wollte mich Ihnen nicht ergeben. Später kam ich wieder zu mir ... Ich habe weder Kugeln noch Pulver; seitdem liegt er hier auf dem Bücherbrett. Warten Sie ...«

Er ging schon zum Fenster und wollte es öffnen.

»Nicht doch, warum hinauswerfen!« rief ihn Stawrogin zurück. »Er hat Geld gekostet ... und morgen würden die Leute davon sprechen, daß unter Schatoffs Fenster Revolver umherliegen. Legen Sie ihn wieder hin. – So. Und jetzt setzen Sie sich. Sagen Sie, warum beichten Sie mir förmlich Ihren Gedanken, daß ich zu Ihnen kommen würde, um Sie zu töten? Ich bin auch jetzt nicht gekommen, um mich mit Ihnen zu versöhnen, sondern um über etwas sehr Notwendiges mit Ihnen zu sprechen. Erklären Sie mir zunächst eines: Sie haben mich doch nicht wegen meiner Verbindung mit Ihrer Frau geschlagen?«

»Sie wissen doch selbst, daß ich nicht deswegen ...«

Schatoff sah wieder zu Boden.

»Und auch nicht wegen des dummen Klatsches über Darja Pawlowna?«

»Nein, nein, natürlich nicht! Unsinn! Meine Schwester hat mir gleich zu Anfang gesagt ...«, erwiderte Schatoff mit Ungeduld, schroff, und stampfte beinah mit dem Fuß auf.

»Also habe ich es richtig erraten ... und auch Sie haben das andere erraten«, fuhr Stawrogin in ruhigem Ton fort. »Sie irren sich nicht, es ist so: Marja Timoféjewna Lebädkina ist meine rechtmäßige, mir vor viereinhalb Jahren in Petersburg angetraute Frau. – Sie haben mich doch ihretwegen geschlagen?«

Ganz bestürzt saß Schatoff da, hörte und schwieg.

»Ich erriet es und konnte es doch nicht glauben«, murmelte er endlich und sah dabei Stawrogin sonderbar an.

»Und so schlugen Sie zu?«

Schatoff wurde feuerrot und stammelte fast zusammenhanglos:

»Ich tat es wegen Ihres Falles ... wegen der Lüge ... Ich trat nicht an Sie heran, um Sie zu bestrafen; als ich auf Sie zuging, wußte ich selbst noch nicht, daß ich schlagen würde. ... Ich tat es deswegen, weil Sie so viel in meinem Leben bedeutet haben ... Ich ...«

»Verstehe, verstehe schon, sparen Sie die Worte. Es tut mir leid, daß Sie heute fiebern; denn ich muß über eine wichtige Sache mit Ihnen sprechen.«

»Ich habe schon gar zu lange auf Sie gewartet.« Schatoff erbebte geradezu am ganzen Körper und erhob sich vom Stuhl. »Sprechen Sie zuerst von Ihrer Angelegenheit, ich werde dann auch sprechen ... nachher ...«

Er setzte sich wieder.

»Diese Angelegenheit spielt auf einem ganz anderen Gebiet«, begann Stawrogin, der ihn mit Interesse beobachtete. »Gewisse Umstände haben mich gezwungen, heute noch diese späte Stunde zu wählen, um Sie zu benachrichtigen, daß man Sie vielleicht bald ermorden wird.«

Schatoff blickte ihn wild an.

»Ich weiß, daß mir Gefahr drohen könnte«, sagte er gemessen, »aber – woher können Sie, gerade Sie denn das wissen?«

»Weil ich ebenfalls zu jenen gehöre und eben solch ein Mitglied des Bundes bin wie Sie.«

»Sie . . . Sie . . . ein Mitglied des Bundes?«

»Ich sehe es Ihren Augen an, daß Sie alles eher von mir erwartet hätten, nur das nicht«, sagte Stawrogin mit kaum merklichem Lächeln. »Aber erlauben Sie, dann wußten Sie also schon, daß man Sie ermorden will?«

»Nicht einmal gedacht habe ich daran! Und auch jetzt glaube ich es nicht, obschon Sie es sagen! Aber wer kann denn vor diesen Eseln sicher sein!« rief er plötzlich wütend aus und hieb mit der Faust auf den Tisch. »Ich fürchte sie aber nicht! Ich habe mit ihnen gebrochen. Der eine ist viermal zu mir hergelaufen und hat mir gesagt, daß man austreten kann . . . aber« – er sah Stawrogin an – »was ist Ihnen denn hiervon überhaupt bekannt?«

»Beruhigen Sie sich, ich habe nicht die Absicht, Sie zu betrügen«, fuhr Stawrogin ziemlich kühl fort, mit dem Ausdruck eines Menschen, der nur seine Pflicht erfüllt. »Sie wollen mich examinieren, um festzustellen, was mir bekannt ist? Mir ist bekannt, daß Sie im Auslande diesem Geheimbund beigetreten sind, vor zwei Jahren, noch zur Zeit seiner alten Organisation, kurz vor Ihrer Abreise nach Amerika und, ich glaube, unmittelbar nach unserem letzten Gespräch, über das Sie mir so viel in Ihrem Brief aus Amerika geschrieben haben. Apropos, entschuldigen Sie, daß ich Ihnen nicht gleichfalls mit einem Brief geantwortet und mich nur darauf beschränkt habe . . .«

»Das Geld zu überweisen; warten Sie einen Augenblick«, unterbrach ihn Schatoff, zog eilig das Schubfach des Tisches auf und holte unter einem Stoß von Papieren einen Hundertrubelschein hervor. »Hier, bitte, nehmen Sie die hundert Rubel wieder, die Sie mir schickten, ohne Ihre Hilfe wäre ich dort umgekommen. Ich würde Ihnen die Summe noch lange nicht zurückgeben können, wenn nicht Ihre Mutter mir diese hundert Rubel vor neun Monaten meiner Armut wegen geschenkt hätte, nach meiner Krankheit. Aber fahren Sie fort, bitte ...«

Schatoff atmete mühsam.

»In Amerika änderten Sie dann Ihre Ansichten, und als Sie nach der Schweiz zurückgekehrt waren, wollten Sie sich vom Bunde lossagen. Man gab Ihnen keine Antwort, sondern beauftragte Sie, hier in Rußland von irgend jemandem eine Setzmaschine in Empfang zu nehmen und sie so lange aufzubewahren, bis eine von jenen beauftragte Person sie Ihnen wieder abnehmen würde. Ich bin nicht über alle Einzelheiten unterrichtet, doch in der Hauptsache verhält es sich wohl so, nicht wahr? Sie aber nahmen den Auftrag unter der Bedingung oder vielleicht auch nur in der Hoffnung an, daß er deren letzte Forderung sei, und Sie dann endgültig frei wären. Alles das habe ich nicht von jenen, sondern ganz zufällig erfahren. Ich möchte Sie nun auf eins aufmerksam machen, was Sie noch nicht zu wissen scheinen: daß jene Leute durchaus nicht die Absicht haben, Sie freizugeben.«

»Das ist unmöglich!« brüllte Schatoff auf. »Ich habe ihnen ehrlich erklärt, daß ich geistig nichts mehr mit ihnen gemein habe! Das ist mein Recht, das Recht meines Gewissens und meiner Überzeugung ... Ich werde das nicht dulden! Es gibt keine Macht, die ...«

»Wissen Sie, schreien Sie lieber nicht so«, fiel ihm Stawrogin sehr ernst ins Wort. »Dieser Werchowénskij ist ein Mensch, der vielleicht in diesem Augenblick hier auf Ihrem Treppenflur zuhört, wenn nicht mit eigenen, so doch mit fremden Ohren – was sich ja schließlich gleichbleibt. Selbst der Trunkenbold Lebädkin war verpflichtet, Sie zu beobachten, und Sie mußten vielleicht wiederum auf ihn aufpassen – war's nicht so? Übrigens, sagen Sie mir lieber, hat sich Werchowénskij jetzt mit Ihren Argumenten einverstanden erklärt oder nicht?«

»Er war einverstanden; er sagte, es sei möglich, und ich hätte das Recht ...«

»Nun, dann betrügt er Sie. Ich weiß genau, daß sogar Kirilloff, der beinahe überhaupt nicht zu ihnen gehört, beauftragt war, Nachrichten über Sie zu schicken. Agenten haben sie in Mengen, und viele wissen es nicht einmal, daß sie dem Verbande dienen. Auf Sie hat man beständig aufgepaßt. Pjotr Werchowénskij ist unter anderem auch deshalb hergekommen, um Ihre Angelegenheit endgültig zu erledigen, und zwar: da Sie zuviel wissen und vielleicht sie alle verraten könnten, hat er die Vollmacht, Sie in einem passenden Augenblick zu beseitigen. Erlauben Sie mir, zu bemerken, daß jene die feste Überzeugung haben, Sie seien ein Spion, der, wenn er auch bis jetzt noch nichts verraten hat, es doch bestimmt tun werde. Ist denn das wahr?« fragte Stawrogin in einem ruhigen, ganz gewöhnlichen Ton.

Schatoff verzog den Mund, als er eine solche Frage in einem solchen Ton hörte.

»Und wenn ich ein Spion wäre – *wem* sollte ich denn etwas verraten?« fragte er hämisch zurück. »Nein, lassen Sie das! Zum Teufel mit mir! Aber *Sie*!« rief er aus, sich plötzlich von neuem auf die Nachricht stürzend, die Stawrogin betraf und die ihn sichtlich weit mehr erschüttert hatte als die von seiner eigenen Gefahr. »Aber *Sie, Sie,* Stawrogin, wie konnten Sie sich in eine so schamlose, geistlose Knechtsgesellschaft verlieren! ... Sie, ein Mitglied dieser Bande! Ist denn das die Heldentat Nikolai Stawrogins!?« rief er ganz verzweifelt aus und erhob wie fassungslos die Hände, als könnte es nichts Bittereres und Trostloseres für ihn geben als eine solche Entdeckung.

»Erlauben Sie ...«, wunderte sich Stawrogin tatsächlich, »Sie scheinen ja förmlich eine Art Sonne in mir zu sehen und sich selbst, im Vergleich zu mir, für so etwas wie einen Käfer zu halten. Das ist mir sogar schon an Ihrem Brief aus Amerika aufgefallen.«

»Sie ... Sie wissen nicht ... Ach, lassen wir doch mich lieber ganz aus dem Spiel, ganz!« stieß Schatoff hastig hervor und brach ab. »Aber wenn Sie etwas zur Erklärung

Ihrer Handlungsweise sagen können, so sagen Sie es ... Als Antwort auf meine Frage!« wiederholte er fieberhaft erregt.

»Mit Vergnügen. Sie fragen, wie ich mich in diesen Kreis verlieren konnte, in diese geistige Spelunke? Nach meiner Mitteilung an Sie, meiner Warnung von vorhin, schulde ich Ihnen wohl einige Offenheit in dieser Sache. Sehen Sie, genau genommen, gehöre ich überhaupt nicht zu diesem Geheimbund, habe auch früher nicht zu ihm gehört, und habe weit mehr das Recht als Sie, ihn zu verlassen, da ich ausdrücklich niemals in ihn eingetreten bin. Im Gegenteil, ich habe den Leuten gleich zu Anfang erklärt, daß ich durchaus nicht ihr Genosse sei, und wenn ich ihnen zufällig geholfen habe, so habe ich das nur so nebenbei getan, aus Langeweile. Ich habe teilweise an der Reorganisation des Verbandes nach einem neuen Plan mitgearbeitet, aber das ist auch alles. Jene aber sind jetzt bedenklich geworden und unter sich übereingekommen, daß auch ich ihnen gefährlich werden könnte, und deshalb bin auch ich, wenn ich mich nicht irre, zum Tode verurteilt.«

»Oh, mit Todesurteilen sind sie gleich bei der Hand, das geht bei ihnen schnell – und alles vorschriftsmäßig auf bestempeltem Papier, das dann von dreieinhalb Menschen unterschrieben wird! Und Sie glauben, daß diese Leute überhaupt das Zeug dazu hätten!«

»Hierin haben Sie teilweise recht, teilweise auch nicht«, fuhr Stawrogin mit der früheren Gleichmütigkeit, fast Faulheit, fort. »Zweifellos ist auch viel Phantasie dabei, wie ja gewöhnlich in solchen Fällen: in der Phantasie vergrößert das Häuflein sein Wachstum und seine Bedeutung. Ja, meiner Meinung nach besteht die ganze Gesellschaft, wenn Sie wollen, einzig und allein aus Pjotr Werchowenskij, und er ist schon etwas zu bescheiden, wenn er sich nur für einen Agenten des Verbandes hält. Übrigens ist der Hauptgedanke, der der ganzen Sache zugrunde liegt, nicht gerade dümmer als bei anderen Verbänden dieser Art. Sie haben Beziehungen zur Internationale; es ist ihnen gelungen, sich in Rußland Agenten zu verschaffen, und sie haben sogar ein recht originelles Verfahren erfunden ... doch selbstverständlich nur theoretisch. Was nun ihre hiesigen Absichten betrifft, so ist ja das Verhalten unserer russischen Verwaltung eine so dunkle Sache und fast immer so unberechenbar, daß man bei uns in der Tat alles versuchen kann. Und vergessen Sie nicht, daß Werchowenskij ein hartnäckiger Mensch ist.«

»Diese Wanze, dieser ungebildete Flegel, dieser Flachkopf, der von Rußland überhaupt nichts versteht!« rief Schatoff wütend aus.

»Sie kennen ihn nur flüchtig. Es ist wahr, daß sie alle nur wenig von Rußland verstehen, aber schließlich doch wohl nur etwas weniger als Sie und ich; und außerdem ist Werchowenskij ein Enthusiast.«

»Werchowenskij ein Enthusiast?«

»O ja. Es gibt einen Punkt, wo er aufhört, bloß Narr zu sein, und sich in einen ... Halbverrückten verwandelt. Erinnern Sie sich bitte eines Ihrer eigenen Aussprüche: ‚Wissen Sie auch, wie stark ein einzelner Mensch sein kann?' Bitte, lachen Sie nicht, er ist sogar sehr fähig, den Hahn eines Revolvers abzudrücken. Die Leute sind überzeugt, daß auch ich ein Spion sei. Und da sie die Sache nicht anzufassen verstehen, so beschuldigen sie mit Vorliebe andere der Spionage.«

»Aber Sie fürchten sich doch nicht?«

»N–nein ... Ich fürchte mich nicht sonderlich ... Aber mit Ihnen ist es etwas ganz Anderes. Ich habe Sie gewarnt, um Sie immerhin darauf aufmerksam zu machen. Es braucht einen nicht zu kränken, meiner Meinung nach, daß einem von Dummköpfen Gefahr droht; hier kommt es nicht auf ihren Geist an: sie wagen die Hand noch gegen ganz andere Leute zu erheben, als wir es sind[42]. Aber wie ich sehe, ist es schon viertel nach elf«, sagte Stawrogin, indem er auf seine Uhr blickte, und erhob sich; »ich möchte aber noch eine ganz andere Frage an Sie stellen.«

»Um Gottes willen!« stieß Schatoff erregt hervor, jäh aufspringend.

»Sie meinen?« Stawrogin sah ihn fragend an.

»Stellen Sie die Frage, sprechen Sie sie aus! ... um Gottes willen!« wiederholte Schatoff in unsagbarer Aufregung. »Aber mit der Bedingung, daß auch ich dann eine Frage stellen darf! Ich flehe Sie an, es mir zu erlauben ... ich kann nicht mehr! – Stellen Sie Ihre Frage!«

Stawrogin wartete ein wenig, dann begann er:

»Ich hörte, Sie hätten hier einigen Einfluß auf Marja Timoféjewna gehabt, und diese soll Sie gern gesehen und gern Ihnen zugehört haben. Stimmt das?«

»Ja ... sie sah ... sie hörte ...«, stotterte Schatoff ein wenig verwirrt.

»Ich habe die Absicht, in diesen Tagen mein Verheiratetsein mit ihr hier in der Stadt öffentlich bekannt zu geben.«

»Ist das möglich?« flüsterte Schatoff fast entsetzt.

»Sie meinen das – in welchem Sinne? ... Es liegen durchaus keine Schwierigkeiten vor. Die Trauzeugen sind hier. Es geschah, wie gesagt, damals in Petersburg vollkommen ruhig und rechtmäßig in Gegenwart der beiden Trauzeugen, Kirilloff und Pjotr Werchowenskij, und von Lebädkin, den ich jetzt das Vergnügen habe, meinen Verwandten zu nennen. Es blieb bisher allen unbekannt, weil diese drei ihr Wort gaben, darüber zu schweigen.«

»Ich meinte nicht das ... Sie sagen es so ruhig ... aber fahren Sie fort! Hören Sie, man hat Sie doch nicht mit Gewalt zu dieser Heirat gezwungen, doch nicht mit Gewalt?«[43]

»Nein, mich hat niemand mit Gewalt dazu gezwungen.« Stawrogin lächelte über Schatoffs einfältigen Eifer.

»Und was sie da von ihrem Kinde redet? ...« beeilte sich Schatoff wirr wie im Fieber.

»Von ihrem Kinde redet? Oh! Das wußte ich nicht, höre es zum erstenmal. Sie hat nie ein Kind gehabt und hätte es auch gar nicht haben können: Marja Timoféjewna ist Mädchen.«

»Ah! Das habe ich mir schon gedacht! Hören Sie!«

»Was ist mit Ihnen los, Schatoff?«

Schatoff verbarg das Gesicht in den Händen, wandte sich ab, kehrte sich dann wieder um und packte plötzlich Stawrogin fest an den Schultern.

»Wissen Sie denn auch, wissen Sie wenigstens«, schrie er ihn an, »warum Sie das alles getan haben und warum Sie sich jetzt zu einer solchen Buße entschließen?«

»Ihre Frage ist klug und verletzend, aber ich habe die Absicht, auch Sie in Erstaunen zu setzen. Ja, fast weiß ich es, warum ich damals geheiratet und warum ich mich jetzt entschlossen habe, diese ‚Buße', wie Sie sagen, auf mich zu nehmen.«

»Lassen wir das ... davon später ... warten Sie ... sprechen Sie von der Hauptsache, von der Hauptsache ... Ich habe zwei Jahre auf Sie gewartet!«

»Ja?«

»Ich habe gar zu lange auf Sie gewartet, ich habe ununterbrochen an Sie gedacht! Sie sind der einzige Mensch, der dazu befähigt wäre ... Ich habe Ihnen schon aus Amerika davon geschrieben ...«

»Ich erinnere mich sehr gut Ihres langen Briefes.«

»War er zu lang zum Durchlesen? Einverstanden; sechs Briefbogen. Schweigen Sie, schweigen Sie! Sagen Sie: Können Sie mir noch zehn Minuten schenken, aber gleich, jetzt gleich ... Ich habe gar zu lange auf Sie gewartet!«

»Bitte, auch eine halbe Stunde, aber länger kann ich nicht.«

»Aber unter der Bedingung«, unterbrach ihn Schatoff wütend, »daß Sie Ihren Ton ändern. Hören Sie, ich *fordere* es, während ich Sie doch darum anflehen müßte ... Verstehen Sie, was das heißt, zu fordern, wenn man weiß, daß man flehen müßte?«

»Ich verstehe, daß Sie sich auf diese Weise über alles Gewöhnliche erheben wollen, um höherer Zwecke willen.« Stawrogin lächelte kaum-kaum merklich. »Und mit Bedauern sehe ich, daß Sie fiebern.«

»Ich bitte um Achtung vor mir, ich verlange sie!« schrie Schatoff. »Nicht vor meiner Person – zum Teufel mit ihr –, aber vor dem anderen, nur für diese kurze Zeit, für diese paar Worte ... Wir sind zwei Wesen und treffen uns hier außerhalb von Raum und Zeit ... zum letztenmal auf der Welt. Lassen Sie diesen Ihren Ton und nehmen Sie einen menschlichen an! Sprechen Sie doch ein einziges Mal im Leben mit einer menschlichen Stimme. Nicht um meinetwillen, sondern um Ihretwillen. Verstehen Sie denn nicht, daß Sie mir diesen Schlag ins Gesicht schon deshalb verzeihen müssen, weil ich Ihnen damit Gelegenheit gegeben habe, Ihre unermeßliche Kraft zu erkennen ... Schon wieder lächeln Sie Ihr mäkelnd überlegenes Gesellschaftslächeln! Oh, wann werden Sie mich endlich verstehen! Weg da mit dem Herrensohn in Ihnen! So begreifen Sie doch, daß ich das *verlange, fordere,* sonst will ich nicht mit Ihnen sprechen, werde es nicht tun, um keinen Preis!«

Seine Raserei steigerte sich schon zu einer Art Delirium. Stawrogins Gesicht verfinsterte sich und er wurde gleichsam vorsichtiger.

»Da ich nun schon eingewilligt habe, noch eine halbe Stunde hierzubleiben«, sagte er eindringlich und ernst, »obgleich meine Zeit heute sehr knapp bemessen ist, so könnten Sie mir doch glauben, daß ich die Absicht habe, Sie wenigstens mit Interesse anzuhören, und ... und daß ich überzeugt bin, von Ihnen viel Neues zu hören.«

Er setzte sich wieder auf seinen Stuhl.

»Setzen Sie sich!« rief Schatoff plötzlich und setzte sich gleichfalls.

»Gestatten Sie mir aber noch, daran zu erinnern, daß ich eine bestimmte Bitte an Sie aussprechen wollte, wegen Marja Timoféjewna, eine Bitte, die wenigstens für diese von großer Wichtigkeit ...«

»Nun und?« Schatoff runzelte plötzlich die Stirn, ärgerlich wie ein Mensch, den man im Augenblick höchster Sammlung auf einmal unterbricht und ablenken will, und der einen zwar ansieht, aber noch nicht verstanden hat, was man von ihm will.

»... Und daß Sie mich nicht haben zu Ende reden lassen«, schloß Stawrogin mit einem Lächeln.

»Ach was, Unsinn, nachher!« winkte Schatoff wie angewidert ab, als er endlich das Ansinnen des anderen begriff, und ging sofort auf sein Hauptthema über.

VII

Wissen Sie«, begann er fast drohend, mit vorgebeugtem Körper und blitzenden Augen, wobei er den Zeigefinger seiner Rechten vor sich erhoben hielt (offensichtlich ohne das selbst zu gewahren), »wissen Sie, welches Volk jetzt auf der ganzen Welt das einzige ‚Gottträgervolk' ist, das im Namen eines neuen Gottes die Welt zu erneuen und zu erlösen kommt, und dem allein die Quellen des Lebens und des neuen Wortes anvertraut sind ... Wissen Sie, welches Volk das ist und wie sein Name lautet?«

»Nach Ihrem Gebaren zu urteilen, muß ich unbedingt und wohl so schnell wie möglich sagen, daß dieses Volk das russische sei.«

»Und schon lachen Sie! Oh, dieses Geschlecht!«

Schatoff krallte, außer sich, die Hand ins Haar.

»Beruhigen Sie sich, ich bitte Sie; im Gegenteil, ich habe sogar gerade etwas Derartiges erwartet.«

»Etwas Derartiges erwartet? Aber Ihnen selbst sind diese Worte nicht bekannt?«

»Sie sind mir durchaus bekannt; ich sehe nur zu gut, worauf Sie hinauswollen. Alles, was Sie da sagten, und sogar der Ausdruck ‚Gottträgervolk', ist nichts anderes als ein Auszug aus dem Schluß unseres Gesprächs, das wir vor zwei Jahren im Auslande hatten, kurz vor Ihrer Abreise nach Amerika ... Wenigstens soweit ich mich jetzt noch daran erinnern kann.«

»Aber das ist doch vom Anfang bis zum Ende *Ihr* Ausspruch, und nicht der meinige! Das sind Ihre eigenen Worte, und nicht nur ein Auszug aus unserem Gespräch! Und wie können Sie überhaupt sagen aus ‚unserem‘ Gespräch: es war da ein Lehrer, der ungeheure Worte lehrte, und es war da ein Schüler, der von den Toten auferstand. Ich war jener Schüler, und der Lehrer waren Sie.«

»Aber wenn ich mich recht entsinne, so geschah es gerade nach meinen Worten, daß Sie in jenen Bund eintraten und dann nach Amerika reisten.«

»Ja, und ich habe Ihnen darüber aus Amerika geschrieben; über alles habe ich Ihnen geschrieben. Ich konnte mich damals nicht sogleich blutend losreißen von allem, womit ich seit meiner Kindheit verwachsen war, von allen Hoffnungen, für die ich mich begeistert, und von allen Tränen meines Hasses ... Es ist schwer, die Götter zu wechseln. Ich glaubte Ihnen damals nicht, weil ich nicht glauben wollte, und klammerte mich zum letztenmal an diese Ausgußgrube ... Aber der Same blieb und begann zu wachsen. Im Ernst, sagen Sie im Ernst, Sie haben meinen Brief aus Amerika nicht zu Ende gelesen? Vielleicht haben Sie ihn überhaupt nicht gelesen?«

»Ich habe von diesem Brief drei Seiten gelesen, die beiden ersten und die letzte, und die anderen überflogen. Übrigens hatte ich immer vor ...«

»Ach, das ist ja unwichtig, lassen Sie es, zum Teufel damit!« winkte Schatoff ab. »Wenn Sie aber jetzt Ihren damaligen Worten über das Volk untreu geworden sind, wie haben Sie sie dann damals so ernst verkünden können? Das ist es, was mich jetzt bedrückt.«

»Ich habe auch damals nicht mit Ihnen gescherzt; indem ich Sie zu überzeugen suchte, bemühte ich mich vielleicht weit mehr um mich selbst als um Sie«, antwortete Stawrogin rätselhaft.

»Nicht gescherzt! In Amerika habe ich drei Monate auf Stroh gelegen neben einem ... Unglücklichen, und von dem erfuhr ich, daß Sie um dieselbe Zeit, als Sie in mein Herz Gott und die Heimat pflanzten, das Herz dieses anderen, dieses Fanatikers Kirilloff, mit Gift getränkt haben ... Sie haben Verdrehung und Lüge in ihm bestärkt und seinen Geist schließlich zur Raserei gebracht. Gehen Sie hin, sehen Sie ihn sich an, das ist nun Ihr Werk ... Aber Sie haben ihn ja gesehen.«

»Erstens möchte ich hierzu bemerken, daß mir Kirilloff soeben selbst gesagt hat, er sei glücklich und sei gut. Ihre Annahme, daß beides zur gleichen Zeit geschehen sei, ist beinahe richtig, aber was folgt denn daraus? Ich wiederhole, daß ich weder Sie noch ihn zu täuschen versucht habe.«

»Sie sind Atheist? Sie sind jetzt Atheist?«

»Ja.«

»Und damals?«

»Genau so wie jetzt.«

»Ich habe nicht für mich um Achtung gebeten, als ich dieses Gespräch begann. Das hätten Sie, bei Ihrem Verstande, wirklich verstehen können«, knurrte Schatoff ungehalten.

»Ich bin nicht bei Ihrem ersten Wort aufgestanden, habe nicht dieses Gespräch abgebrochen, bin nicht fortgegangen, sondern sitze noch immer hier und antworte gehorsam auf Ihre Fragen und ... Ihr Geschrei, also habe ich es doch Ihnen gegenüber an Achtung nicht fehlen lassen.«

Schatoff unterbrach ihn mit einer Handbewegung:

»Erinnern Sie sich Ihres Ausspruchs: ‚Ein Atheist kann nicht Russe sein' – ‚Ein Atheist hört sofort auf, Russe zu sein' – erinnern Sie sich?«

»Ja?« sagte Stawrogin in gleichsam fragendem Ton.

»Sie fragen? Sie haben es vergessen? Und doch ist es einer der richtigsten Hinweise auf eine der wichtigsten Besonderheiten des russischen Geistes, die Sie erraten haben. Nein, das haben Sie nicht vergessen können! Und ich werde Sie an noch etwas erinnern, – Sie sagten damals auch noch: ‚Wer nicht rechtgläubig ist, der kann nicht Russe sein' ...«

»Mir scheint, das ist ein Gedanke der Slawophilen.«

»Nein, die jetzigen Slawophilen würden sich von ihm lossagen. Heute ist ja alle Welt klüger geworden. *Sie* aber gingen damals noch weiter: Sie glaubten, daß der römische Katholizismus überhaupt nicht mehr Christentum sei; Sie behaupteten, daß der Christus, den Rom verkündet, der dritten Versuchung des Satans nicht widerstanden habe, und daß Rom, wenn es alle Welt lehrt, Christus könne ohne Erdenreich auf Erden nicht bestehen, damit den Antichrist verkünde und die ganze westliche Welt zugrunde gerichtet habe. Sie wiesen ausdrücklich darauf hin, daß, wenn Frankreich sich quält, daran einzig der Katholizismus die Schuld trage, denn Frankreich habe den stinkenden römischen Gott zwar verworfen, einen neuen Gott aber nicht zu finden vermocht. Ja, so haben Sie damals reden können! Ich habe jedes Wort behalten.«

»Wenn ich gläubig wäre, so würde ich zweifellos auch jetzt noch dasselbe wiederholen: ich habe nicht gelogen, als ich wie ein Gläubiger sprach«, sagte Stawrogin sehr ernst, »aber ich versichere Ihnen, daß diese Wiederholung meiner früheren Gedanken einen gar zu unangenehmen Eindruck auf mich macht. Könnten Sie nicht damit aufhören?«

»Wenn Sie gläubig wären?!« schrie Schatoff nahezu auf, ohne der Bitte auch nur die geringste Beachtung zu schenken. »Aber waren Sie es nicht, der zu mir sagte, wenn man Ihnen mathematisch bewiese, daß die Wahrheit nicht in Christus sei, Sie dennoch lieber mit Christus als mit der Wahrheit zurückblieben? Haben Sie das gesagt? Haben Sie das gesagt?«

»Aber erlauben Sie endlich auch mir zu fragen«, versetzte Stawrogin mit erhobener Stimme, »was Sie mit diesem unduldsamen und ... boshaften Examen eigentlich bezwekken?«

»Dieses Examen wird für immer vergehen, und Sie werden nie mehr daran erinnert werden.«

»Sie bestehen also immer noch darauf, daß wir uns außerhalb von Raum und Zeit befinden.«

»Schweigen Sie!« fuhr ihn Schatoff plötzlich an. »Ich bin

dumm und ungeschickt, aber mag mein Name im Lächerlichen untergehen – darauf kommt's nicht an! Aber ... werden Sie mir erlauben, hier vor Ihnen wenigstens Ihren größten Gedanken von damals zu wiederholen ... Oh, nur einige zehn Zeilen, nur die letzte Zusammenfassung?«

»Wiederholen Sie ... wenn es wirklich nur die Zusammenfassung ist ...«

Stawrogin wollte schon nach der Uhr sehen, bezwang sich aber und tat es nicht.

Schatoff bog abermals den Oberkörper vor und im Augenblick wollte er sogar schon wieder den Zeigefinger erheben.

»Kein einziges Volk«, begann er, als läse er es Zeile für Zeile ab, während er dabei unverändert fortfuhr, Stawrogin mit nahezu drohender Strenge anzusehen, »noch kein einziges Volk hat sich jemals nach den Grundsätzen der Wissenschaft und der Vernunft aufgebaut und eingerichtet; dafür hat es bisher noch kein einziges Beispiel gegeben, abgesehen von einem kurzen Versuch auf einen Augenblick, – der einmal aus Dummheit unternommen wurde. Der Sozialismus muß schon seinem Wesen nach Atheismus sein, da er ja gleich ausdrücklich, schon mit seinem ersten Satz verkündet, daß er eine atheistische Institution sei und die Absicht habe, sich ausschließlich nach den Grundsätzen der Wissenschaft und Vernunft aufzubauen und einzurichten. Vernunft aber und Wissenschaft haben im Leben der Völker stets, sowohl jetzt wie von jeher, seit dem Anfang aller Geschichte, nur eine dienende Aufgabe, eine Aufgabe zweiten Ranges erfüllt; und die werden sie auch bis zum Ende aller Geschichte erfüllen. Gestaltet aber und bewegt werden die Völker von einer ganz anderen Kraft, von einer befehlenden und sie beherrschenden Kraft, deren Ursprung jedoch unbekannt und unerklärlich bleibt. Es ist die Kraft des unstillbaren Wunsches, bis ans Ende zu gehen, die sich dabei gleichzeitig ständig des Endes erwehrt. Es ist die Kraft der fortwährenden und unermüdlichen Bejahung des eigenen Daseins und der Verneinung des Todes. Es ist der Geist des

Lebens, wie die Schrift sagt, der Strom des ‚lebendigen Wassers', mit dessen Versiegen die Apokalypse so unheimlich droht. Es ist das ästhetische Element, wie die Philosophen es nennen, oder das ethische Element, das dieselben Philosophen als identisch mit jenem erkennen. Ich nenne es am einfachsten: ‚das Suchen nach Gott'. Das ewige Ziel aller Regungen eines Volkes, jedes Volkes, und jedes besondere Ziel in jedem Abschnitt seines Daseins ist immer und einzig ein Suchen nach Gott, nach *seinem* Gott, unbedingt nach seinem eigenen, und der Glaube an ihn als an den einzig wahren. Gott ist die synthetische Persönlichkeit des gesamten Volkes, dieses von seinem Anfang bis zu seinem Ende genommen. Noch nie ist es vorgekommen, daß alle oder viele Völker einen gemeinsamen Gott gehabt hätten, sondern jedes Volk hat stets seinen besonderen gehabt. Es ist ein Anzeichen des Hinschwindens der Nationalitäten, wenn die Götter anfangen, allgemein zu werden. Sobald aber die Götter sich zu gemeinschaftlichen Göttern angleichen, dann sterben die Götter ab, und mit ihnen stirbt der Glaube an sie, und zugleich mit dem Glauben sterben auch die Völker selbst. Je stärker ein Volk ist, um so eigenartiger ist sein Gott. Es hat noch nie ein Volk ohne Religion gegeben, das heißt, ohne Vorstellung von Gut und Böse. Jedes Volk hat seine eigene Vorstellung von Gut und Böse und sein eigenes Gutes und Böses. Wenn bei vielen Völkern die Begriffe von Gut und Böse gemeingültig zu werden beginnen, dann beginnt das Aussterben der Völker, und der Unterschied selbst zwischen Gut und Böse beginnt sich zu verwischen und schwindet hin. Noch nie ist die Vernunft fähig gewesen, Gut und Böse zu erklären oder auch nur das Böse vom Guten abzugrenzen, sei es auch nur annähernd; im Gegenteil, immer hat sie Gut und Böse schmählich und kläglich – je nach Bedarf – miteinander verwechselt. Die Wissenschaft aber hat immer nur Antworten von einer Plumpheit wie Faustschläge gegeben. Und besonders hat sich darin die Halbwissenschaft ausgezeichnet, diese schrecklichste aller Geißeln der Menschheit, schlimmer als Pest, Hungersnot und Krieg, die bis zu unserem jetzigen Jahrhundert unbekannt war. Die Halbwissenschaft – die ist ein Despot, wie es bisher noch nie einen schlimmeren gegeben hat. Ein Despot, der seine eigenen Priester und Sklaven hat, ein Despot, vor dem sich alles in Liebe und mit einem Aberglauben beugt, der früher unvorstellbar gewesen wäre, einem Aberglauben, vor dem sogar die Wissenschaft selbst zittert und dem sie schmählicherweise auch noch beizupflichten bereit ist vor lauter Nachgiebigkeit. – Das alles sind Ihre eigenen Worte, Stawrogin, nur mit Ausnahme der Worte über die Halbwissenschaft; die sind von mir, da ich ja selbst nur Halbwissen bin und eben deshalb dieses ganz besonders hasse. An Ihren Gedanken aber und sogar an Ihren Sätzen habe ich nichts geändert, kein einziges Wort.«

»Mir scheint doch, daß es nicht so ganz ohne Änderung abgegangen ist«, bemerkte Stawrogin vorsichtig; »Sie haben es leidenschaftlich erfaßt und eben durch Ihre Leidenschaft verwandelt, ohne das selbst zu gewahren. Schon dies allein, daß Sie Gott bis zu einem bloßen Attribut der Nationalität herabgezogen haben ...«

Er begann auf einmal, diesen Schatoff mit einer gespannten und gleichsam separat prüfenden Aufmerksamkeit zu beobachten, und nicht einmal so sehr auf seine Worte zu achten, als vielmehr auf ihn selbst.

»Ich hätte Gott bis zu einem Attribut der Nationalität herabgezogen?« fuhr Schatoff auf. »Im Gegenteil, ich hebe das Volk bis zu Gott empor. Und ist es denn jemals anders gewesen? Das Volk – das ist doch der Körper Gottes. Jedes Volk ist ja doch nur so lange ein Volk, wie es noch seinen besonderen Gott hat und alle übrigen Götter auf Erden unbestechlich ablehnt, so lange es daran glaubt, daß es mit seinem Gott alle anderen Götter besiegen und aus der Welt vertreiben werde. Daran haben sie alle geglaubt, solange die Welt steht, alle großen Völker, wenigstens alle, die überhaupt erwähnt werden, alle, die einmal an der Spitze der Menschheit gestanden sind.

Gegen Tatsachen gibt es kein Vorgehen. Die Juden haben nur zu dem Zweck gelebt, um den wahren Gott zu erwarten, und haben der Welt den wahren Gott hinterlassen. Die Griechen vergötterten die Natur und vermachten der Welt ihre Religion, das heißt, Philosophie und Kunst. Rom vergötterte das Volk im Staate und hat den Völkern den Staat vermacht. Frankreich war im Verlauf seiner ganzen langen Geschichte lediglich die Verkörperung und Entwicklung der Idee des römischen Gottes, und wenn es schließlich seinen römischen Gott in den Abgrund gestürzt und sich dem Atheismus leidenschaftlich hingegeben hat, der bei ihnen vorläufig Sozialismus heißt, so ist das einzig und allein deshalb geschehen, weil der Atheismus immerhin gesünder ist als der römische Katholizismus. Wenn ein großes Volk nicht glaubt, daß in ihm *allein* die Wahrheit ist, (gerade in ihm allein und unbedingt die einzige Wahrheit), wenn es nicht glaubt, daß es ganz allein fähig und berufen sei, alle anderen mit seiner Wahrheit auferstehen zu lassen und zu erlösen, dann verwandelt es sich sogleich in ethnographisches Material und hört auf, ein großes Volk zu sein. Ein wahrhaft großes Volk kann sich niemals mit einer Rolle zweiten Ranges in der Menschheit zufriedengeben, oder selbst mit einer Rolle ersten Ranges, sondern es muß unbedingt und ausschließlich die erste Rolle beanspruchen. Ein Volk, das diesen Glauben an sich selbst einbüßt, ist bereits kein Volk mehr. Aber es gibt nur eine Wahrheit und folglich kann nur ein einziges Volk den wahren Gott haben, selbst wenn die übrigen Völker ihre eigenen und großen Götter verehren. Das einzige ‚Gottträgervolk' ist – das russische Volk, und ... und ... und sollten Sie mich wirklich für einen solchen Dummkopf halten, Stawrogin«, brüllte er plötzlich wütend, »daß ich nicht mehr zu unterscheiden vermag, ob diese Ihre Worte in diesem Augenblick altes, ausgelaugtes Gewäsch sind, das von allen Mühlen der moskauer Slawophilen ewig durch und durch gemahlen wird, oder ob es ein vollkommen neues Wort ist, das letzte Wort, das einzige Wort der Erneuerung und Auferstehung und ... und was geht mich in diesem Augenblick Ihr Lachen an! Was geht es mich an, daß Sie mich überhaupt nicht, überhaupt nicht verstehen, auch nicht ein Wort, auch nicht einen Ton! ... Oh, wie ich Ihr stolzes Lachen und Ihren stolzen Blick in diesem Augenblick verachte!«

Er sprang von seinem Platz auf, mit Schaum auf den Lippen.

»Im Gegenteil, Schatoff, im Gegenteil«, sagte Stawrogin außergewöhnlich ernst und verhalten, ohne sich von seinem Platz zu erheben, »im Gegenteil, Sie haben mit Ihren glühenden Worten viele ungemein starke Erinnerungen in mir wachgerufen. In Ihren Worten erkenne ich meine eigene Stimmung von damals, vor zwei Jahren, wieder, und jetzt werde ich Ihnen nicht mehr wie vorhin sagen, daß Sie meine damaligen Gedanken übertreiben. Es scheint mir sogar, daß sie von mir damals noch exklusiver, noch autokratischer geprägt wurden, und ich versichere Ihnen zum drittenmal, daß ich alles, was Sie jetzt vorgebracht haben, gar zu gern bestätigen würde, sogar bis aufs letzte Wort, aber ...«

»Aber Sie brauchen zuvor den Hasen?«

»Wa–as?«

»Das ist ja Ihr eigener gemeiner Ausdruck«, antwortete Schatoff höhnisch lachend und setzte sich wieder hin. »‚Um eine Hasensoße herzustellen, braucht man zuvor den Hasen, und um einen Glauben an Gott zu bewerkstelligen, muß zuvor Gott da sein‘, eben dies sollen Sie ja in Petersburg, wie berichtet wird, öfter bemerkt haben ... à la Nósdreff[44], der einen Hasen mit der Hand an den Hinterbeinen fangen wollte.«

»Nein, Nósdreff rühmte sich vielmehr, einen bereits so gefangen zu haben. Übrigens erlauben Sie mir, nun auch meinerseits Sie mit einer Frage zu inkommodieren, zumal ich jetzt, wie mir scheint, das volle Recht dazu haben dürfte. Sagen Sie mir: ist nun Ihr Hase schon gefangen oder läuft er noch umher?«

»Sie dürfen mich nicht mit solchen Worten danach fragen, fragen Sie mit anderen, mit anderen!« Schatoff zitterte plötzlich am ganzen Leibe.

»Wie Sie wünschen, also mit anderen.« Stawrogin sah ihn mit hartem Blick an. »Ich wollte nur hören: glauben Sie selbst an Gott oder nicht?«

»Ich glaube an Rußland, ich glaube an seine Rechtgläubigkeit ... Ich glaube an den Leib Christi ... Ich glaube, daß die neue Leibwerdung in Rußland geschehen wird ... Ich glaube ...«, stammelte Schatoff wie in Ekstase.

»Aber an Gott? An Gott?«

»Ich ... ich werde glauben ... an Gott.«

Kein einziger Muskel bewegte sich in Stawrogins Gesicht. Schatoff sah ihn mit Herausforderung geradezu flammend an, als hätte er ihn verbrennen wollen mit seinem Blick.

»Ich habe Ihnen doch nicht gesagt, daß ich überhaupt nicht glaube!« fauchte er schließlich, »ich gebe nur zur Kenntnis, daß ich ein unglückliches, langweiliges Buch bin und nichts weiter vorerst, vorerst ... Aber was liegt daran! Auf Sie kommt es an, nicht auf mich ... Ich bin ein unbegabter Mensch und kann nur mein Blut hingeben und weiter nichts, wie jeder unbegabte Mensch. So mag denn mein Blut auch fließen! Ich rede von Ihnen, ich habe zwei Jahre lang hier auf Sie gewartet ... Nur um Ihretwillen tanze ich seit einer halben Stunde hier nackt umher. Sie, Sie allein könnten diese Fahne erheben! ...«

Er sprach nicht zu Ende und wie in Verzweiflung stützte er, die Ellenbogen auf den Tisch gestemmt, den Kopf mit beiden Händen.

»Ich möchte, da Sie darauf zu sprechen gekommen sind, nur eines bemerken, als Kuriosität«, unterbrach Stawrogin auf einmal die Stille. »Warum wollen mir alle unbedingt irgend eine Fahne aufdrängen? Auch Pjotr Werchowenskij ist überzeugt, ich allein könnte ihre ‚Fahne erheben', wenigstens hat man mir diese Worte als eine von ihm getane Äußerung wiedergegeben. Er hat es sich in den Kopf gesetzt, ich könnte für sie die Rolle eines Stenka Rasin[45] spielen, dank ‚ungewöhnlicher Befähigung zum Verbrechen', wie er sich ausgedrückt haben soll.«

»Wie?« fragte Schatoff, »‚dank ungewöhnlicher Befähigung zum Verbrechen'?«

»Genau so.«

»Hm ... Ist es wahr, daß Sie« – Schatoff grinste boshaft –. »... daß Sie in Petersburg einem viehisch wollüstigen Geheimbunde angehört haben? Ist es wahr, daß der Marquis de Sade, wie Sie gesagt haben sollen, von Ihnen noch hätte lernen können? Ist es wahr, daß Sie Kinder zu sich gelockt und verdorben haben? Antworten Sie! Und unterstehen Sie sich nicht zu lügen!« schrie er plötzlich, ganz außer sich geratend. »Nikolai Stawrogin kann nicht lügen – vor Schatoff, der ihn ins Gesicht geschlagen hat! Reden Sie, sagen Sie alles, und wenn es wahr ist, werde ich Sie sofort erschlagen, unverzüglich, hier auf der Stelle!«

»Jene Worte habe ich gesagt, aber Kindern habe ich nichts angetan«, sagte Stawrogin schließlich, aber erst nach einem gar zu langen Schweigen. Er war erblaßt und seine Augen, die aufgeblitzt waren, brannten.

»Aber Sie haben es gesagt!« fuhr Schatoff herrisch fort, ohne seinen sprühenden Blick von ihm abzuwenden. »Und ist es wahr, daß Sie versichert haben, Sie wüßten keinen Schönheitsunterschied zwischen einer beliebigen wollüstigen, tierischen Extravaganz und gleichviel welch einer Heldentat, und wäre es selbst die Hingabe des Lebens für die Menschheit? Ist es wahr, daß Ihrer Ansicht nach an dem einen wie an dem anderen, dem entgegengesetzten Pol die gleiche Schönheit und der gleiche Genuß zu finden seien?«

»Auf so gestellte Fragen ist ein Antworten unmöglich ... ich will nicht antworten«, brummte Stawrogin vor sich hin, der jetzt sehr wohl hätte aufstehen und weggehen können und doch nicht aufstand und nicht wegging.

»Ich weiß es auch nicht, warum das Böse häßlich und das Gute schön ist, aber ich weiß, warum das Empfinden dieses

Unterschiedes bei solchen Herrschaften wie Stawrogin und seinesgleichen zu verblassen beginnt und verlorengeht«, ließ Schatoff, am ganzen Körper bebend, nicht von ihm ab. »Wissen Sie auch, warum Sie damals geheiratet haben, so schandbar und erniedrigend? Eben deshalb, weil sich hierbei die Schande, die Sie sich antaten, und die Sinnlosigkeit bis zum Genialen steigerten! Oh, Sie schlendern nicht bloß so am Rande des Abgrunds umher, Sie stürzen sich dreist kopfüber hinab. Sie haben sich trauen lassen aus Leidenschaft zur Grausamkeit, zur Qual, aus Leidenschaft zur Reue und zu Gewissensbissen, aus geistiger, seelischer Wollust. Hier waren Ihre Nerven schon wund, und es reizte Sie, den Schmerz der Wunde zu steigern ... Die Herausforderung an die gesunde Vernunft, die in dieser Trauung lag, war schon gar zu verführerisch! Ein ... *Stawrogin*! und eine häßliche, schwachsinnige, krüppelhafte Bettlerin! – Als Sie den Gouverneur ins Ohr bissen, haben Sie da nicht auch Wollust empfunden? Jawohl, Wollust? Sie müßig sich herumtreibender Herrensohn, war es denn nicht Wollust?«

»Sie sind Psychologe«, sagte Stawrogin, der immer blasser und blasser geworden war, »obschon Sie sich in den Gründen meiner Heirat teilweise irren ... Wer könnte Ihnen übrigens alle diese Kenntnisse vermittelt haben?« Er zwang sich zu einem Spottlächeln. »Doch nicht etwa Kirilloff? Aber der war ja gar nicht zugegen.«

»Sie sind ja ganz blaß geworden?«

»Was wollen Sie eigentlich von mir?« fragte Stawrogin, jetzt endlich gleichfalls mit erhobener Stimme. »Seit einer halben Stunde habe ich hier unter Ihren Peitschenhieben gesessen, jetzt könnten Sie mich doch wenigstens höflich weggehen lassen ... wenn Sie sich wirklich ohne jede bestimmte vernünftige Absicht in dieser Weise zu mir verhalten haben.«

»Vernünftige Absicht?«

»Zweifellos. Es wäre ihre Pflicht gewesen, mir mindestens diese Ihre Absicht schließlich mitzuteilen, zu sagen, was Sie damit bezwecken wollten. Ich habe die ganze Zeit darauf gewartet, daß Sie das tun würden, habe aber nichts als eine einzige rasende Wut zu sehen bekommen. Ich bitte Sie, mir die Hofpforte zu öffnen.«

Er stand auf, um das Zimmer zu verlassen. Schatoff stürzte ihm außer sich nach.

»Küssen Sie die Erde, tränken Sie sie mit Tränen, bitten Sie um Vergebung!« keuchte er, ihn an der Schulter pakkend.

»Schließlich habe ich Sie doch nicht erschlagen ... an jenem Vormittag ... sondern die Hände zurückgerissen ...«, sagte Stawrogin fast schmerzhaft, den Blick zu Boden gesenkt.

»So reden Sie doch, sprechen Sie alles aus! Sie sind hergekommen, um mich vor der Gefahr zu warnen, Sie ließen es zu, daß ich sprach, Sie wollen morgen Ihre Heirat öffentlich bekanntgeben! ... Sehe ich es denn nicht Ihrem Gesicht an, daß Sie mit irgendeinem neuen erschütternden Gedanken ringen ... Stawrogin, warum bin ich dazu verurteilt, bis in alle Ewigkeit an Sie zu glauben? Könnte ich denn je mit einem anderen so reden? Mir ist wohl Keuschheit eigen, aber ich habe mich meiner Nacktheit nicht geschämt, denn es war Stawrogin, mit dem ich sprach. Ich habe mich nicht gefürchtet, den großen Gedanken durch meine Berührung zu karikieren, denn es war Stawrogin, der mir zuhörte ... Werde ich denn nicht die Spuren Ihrer Füße küssen, wenn Sie fortgegangen sind? Ich kann nicht, ich kann Sie nicht aus meinem Herzen reißen, Nikolai Stawrogin!«

»Es tut mir leid, daß ich Sie nicht lieben kann, Schatoff«, sagte Stawrogin kalt.

»Ich weiß, daß Sie das nicht können, und ich weiß, daß Sie nicht lügen. Hören Sie, ich werde alles gutmachen: ich werde Ihnen den Hasen verschaffen!«

Stawrogin schwieg.

»Sie sind Atheist, weil Sie ein Herrensohn sind, der letzte Herrensohn. Sie haben den Sinn für den Unterschied zwischen Gut und Böse verloren, weil Sie aufgehört haben, Ihr Volk zu verstehen ... Es steigt eine neue Generation herauf, unmittelbar aus dem Herzen des Volkes, und niemand wird sie erkennen, weder Sie noch die Werchowenskijs, Vater und Sohn, noch ich, denn auch ich bin ein Herrensohn, ja, ich, der Sohn Ihres leibeigenen Dieners Páschka. Hören Sie, versuchen Sie, Gott durch Arbeit zu erringen; nur hierin liegt das Wesentliche, oder Sie werden wie eine eklige Schimmelschicht vergehen; erringen Sie ihn durch Arbeit.«

»Gott durch Arbeit? Durch was für eine Arbeit?«

»Durch Bauernarbeit. Gehen Sie, werfen Sie Ihren ganzen Reichtum hin ... Ah! Sie lachen, Sie fürchten wohl, es könnte auf einen Taschenspielertrick hinauslaufen, auf einen Selbstbetrug?«

Aber Stawrogin lachte nicht.

»Sie glauben, daß man Gott durch Arbeit erringen könne, und zwar gerade durch Bauernarbeit?« sprach er gleichsam nach, als überlege er, ja, als hätte er tatsächlich etwas Neues und Ernstes vernommen, worüber nachzudenken sich lohnte. »Übrigens«, sagte er, plötzlich auf einen anderen Gedanken übergehend, »Sie haben mich soeben daran erinnert: ich bin nämlich keineswegs reich, so daß ich fast nichts mehr hinzuwerfen hätte. Ich bin sogar kaum noch in der Lage, Marja Timofejewnas Zukunft sicherzustellen ... Und nun noch dies: ich wollte Sie bitten, wenn es Ihnen möglich ist, auch fernerhin Marja Timofejewna beizustehen, da doch nur Sie allein einen gewissen Einfluß auf ihren armen Verstand haben könnten. Ich sage das nur für alle Fälle.«

»Gut, gut! ...« Schatoff winkte mit der einen Hand ab, während er mit der anderen das Licht hielt. »Sie reden von Marja Timofejewna, ja, gut, das ist doch selbstverständlich ... Hören Sie, gehen Sie doch einmal zu Tíchon.«

»Zu wem?«

»Zu Tíchon. Er ist ein früherer Bischof, lebt jetzt hier krankheitshalber im Ruhestande, hier in unserem Jefímjeffschen Muttergottes-Kloster vor der Stadt.«

»Und was soll ich da?«

»Nichts weiter. Es gehen und fahren viele Leute zu ihm, zu Fuß und in Kutschen. Gehen Sie doch auch einmal zu ihm! Was macht es Ihnen denn aus? Warum denn nicht?«

»Ich höre das zum erstenmal und ... habe diese Sorte Menschen noch nie gesehen. Ich danke Ihnen, ich werde hingehen.«

»Hierher!« Schatoff beleuchtete die Treppe und geleitete ihn hinunter. Am Hoftor öffnete er das Pförtchen zur Straße und stieß es weit auf. »So, nun können Sie hinaus.«

»Ich werde nicht wieder zu Ihnen kommen, Schatoff«, sagte Stawrogin leise, indem er über die Schwelle trat.

Es war nach wie vor stockfinster und es regnete immer noch.

ZWEITES KAPITEL

DIE NACHT

Fortsetzung

I

Er ging die ganze Bogojáwlenskaja-Straße hinunter; schließlich führte der Weg leicht abwärts, seine Füße rutschten im aufgeweichten Boden, und auf einmal tat sich vor ihm ein breiter, nebliger, gleichsam leerer Raum auf: der Fluß. Die Häuser waren hier nur noch Hütten, die Straße verlor sich in einer Vielzahl winkeliger Gäßchen. Stawrogin ging eine ganze Weile an Zäunen entlang, ohne sich vom Flußufer zu entfernen, setzte aber standhaft seinen Weg fort, doch eigentlich ohne viel an ihn zu denken. Er war in Gedanken mit ganz anderem beschäftigt und blickte erstaunt um sich, als er, aus tiefem Sinnen erwachend, sich fast bereits in der Mitte unserer langen, nassen Floßbrücke fand. Keine Seele ringsum. Nichts rührte sich. Um so sonderbarer erschien es ihm da, als plötzlich, fast dicht an seinem Ellbogen, eine höflich-familiäre, übrigens ziemlich angenehme Stimme ertönte, in jenem süßlich skandierenden, leicht verschnörkelten Redefluß, mit dem bei uns gar zu zivilisierte Kleinbürger oder lockenhäuptige junge Kommis in besseren Kaufläden zu paradieren pflegen.

»Würden mir der gnädige Herr nicht erlauben, das Regenschirmchen ein wenig mitzubenützen?«

Und tatsächlich, eine Gestalt drückte sich unter seinen Schirm, oder tat wenigstens so, als wage sie es. Der Strolch ging neben ihm her und nahm beinahe „Fühlung mit dem Ellenbogen“, wie es bei den Soldaten heißt. Stawrogin verlangsamte den Schritt und beugte sich ein wenig vor, um sich den Unbekannten genauer anzusehen, soweit das in der

Dunkelheit möglich war: der Mensch war von kleiner Statur und machte den Eindruck eines verbummelten Kleinbürgers, schlecht und nicht warm gekleidet; auf dem krausen, zerzausten Haar saß schief eine nasse Tuchmütze mit halb abgerissenem Schirm. Er schien ein schwarzhaariger Mensch zu sein, mager und von dunkler Hautfarbe; seine Augen waren groß, ganz gewiß schwarz, mit dem starken Glanz und dem gelblichen Augapfel, wie ihn Zigeuner haben; das ließ sich auch in der Dunkelheit erraten. Er mochte gegen vierzig Jahre alt sein und war nicht betrunken.

»Du kennst mich?« fragte Stawrogin.

»Herr Stawrógin, Nikolai Wssévolodowitsch. Man hat Sie mir auf dem Bahnhof gezeigt, als der Zug angekommen war. Das war am vorvergangenen Sonntag. Abgesehen davon, daß man schon früher von Ihnen gehört hat.«

»Durch Pjotr Stepánowitsch? Du ... du bist der Zuchthäusler Fédjka?«

»Getauft hat man mich Fjódor Fjódorowitsch. Hab' bis auf den heutigen Tag noch meine leibliche Mutter in hiesiger Gegend, eine gottesfürchtige Greisin, geht schon ganz gebückt, betet Tag und Nacht für unsereinen, um doch nicht ganz umsonst ihre Zeit auf dem Ofenlager zu verlieren.«

»Du bist aus dem Zuchthaus entflohen?«

»Hab' halt mein Los umgetauscht und ihnen dort den ganzen Krempel hingeschmissen. Ich war ja auf Lebenszeit zur Zwangsarbeit verurteilt, und da war's denn schon absonderlich lang, das Ende abzuwarten.«

»Was treibst du hier?«

»Ja, so. Der Tag vergeht, die Nacht vergeht, die Zeit vergeht, und futsch geht alles ganz von selbst. Mein Onkel ist auch letzte Woche im hiesigen Gefängnis gestorben, wo er wegen gefälschter Banknoten saß. Da hab' ich denn, sozusagen als Gedächtnisfeierchen für ihn, mit zweimal zehn Steinen die Hunde traktiert, und das ist auch alles an Taten meinerseits bis eben jetzt. Außer, daß Pjotr Stepánowitsch mir einen hochfeinen Paß in Aussicht gestellt hat, der für ganz Rußland gelten soll, als was man nur will, zum Beispiel auch als Kaufmann, und so wart' ich denn jetzt auf seine Wohltat. ‚Denn', sagen sie – ich meine: er, Pjotr Stepanowitsch – ‚mein Papa hat dich im Englischen Klub seinerzeit im Kartenspiel verloren, ich aber', sagte er, ‚finde diese Unmenschlichkeit ungerecht.' Aber wie wäre es, wenn der gnädige Herr mir mit drei Rubelchen für 'n bissel Tee zum Erwärmen wohlwollten?«

»Du hast mir also hier aufgelauert; so etwas mag ich nicht. Auf wessen Anweisung hin hast du das getan?«

»Von einer Anweisung hab' ich nichts gehört, ich kenn' bloß auch Ihre Menschenfreundlichkeit, die ja aller Welt bekannt ist. Meine Einnahmen sind doch, das werden Sie sich ja selber denken können, Herr, so gut wie für 'n Büschel Heu ein Stich mit der Mistgabel. Am vor'gen Freitag hab' ich mir mal mit Pasteten den Bauch vollgeschlagen, wie nach dem Sprichwort Martýn mit Seife, aber danach hab' ich einen Tag nichts gegessen, den zweiten Tag gefastet und am dritten wieder nichts. Wasser ist ja im Fluß so viel man nur will, aber davon allein kann man im Bauch doch nur Karauschen züchten ... Na und so überhaupt, Euer Gnaden werden doch wohl von den Mildtätigen sein? Und ich hab' hier grad eine Gevatterin in der Näh', die mich erwartet, nur darf man sich nicht ohne Silberlinge zu ihr begeben.«

»Was hat dir denn Pjotr Stepanowitsch von mir versprochen?«

»Geradezu versprochen hat er mir eigentlich gar nichts, aber er hat so ungefähr durchblicken lassen, daß Euer Gnaden mich, nun ja, vielleicht mal brauchen könnten, wenn so ein Fall vorkommen sollte, aber zu was beispielsweise, das hat er nicht genau erklärt, denn Pjotr Stepanowitsch will wohl zunächst nur mal feststellen, ob ich nicht sozusagen Kosakengeduld habe, und Vertrauen hat er zu mir überhaupt keins.«

»Warum denn nicht?«

»Ja, Pjotr Stepánowitsch mag wohl ein ganz gelehrter Astrolom sein und sich in allen Planeten Gottes auskennen, aber auch er ist zu durchschauen. Ich rede zu Ihnen ganz aufrichtig, Euer Gnaden, wie vor Gott selber, denn ich hab' vieles gehört, was man so spricht von Ihnen. Pjotr Stepanowitsch ist nun mal einer von so 'ner Art; Ihr aber, gnädiger Herr, seid doch wohl eben ganz was Anderes. Wenn Pjotr Stepanowitsch einmal meint, der und der ist ein Schuft, so begnügt er sich damit, in ihm nur einen Schuft zu sehen, und nichts weiter in ihm auch nur zu ahnen. Oder heißt es: der ist ein Dummkopf, dann ist damit alles für ihn gesagt und er wird ewig nur diese eine Bezeichnung für ihn haben. Ich aber, ich bin vielleicht nur dienstags und mittwochs ein Dummkopf, am Donnerstag aber klüger als er selber. Da weiß er nun von mir, daß ich gerade große Sehnsucht nach einem Paß habe – denn in Rußland geht's nun mal nicht ohne so'n Dokument –, und schon glaubt er, er habe meine ganze Seele in der Hand! Ich will Ihnen was sagen, gnädiger Herr: für Pjotr Stepanowitsch ist das Leben furchtbar leicht, denn er denkt, die Menschen seien so, wie er sie sich selber vorstellt, und diese Vorstellung genügt ihm. Außerdem ist er noch geizig. 'n Knicker ... Nun bildet er sich ein, daß ich's nie wagen würde, mich direkt an Sie zu wenden, ohne seine Vermittlung, aber ich will Ihnen, gnädiger Herr, ganz aufrichtig sagen: dies ist schon die vierte Nacht, daß ich auf Euer Gnaden hier auf dieser Brücke gewartet habe, in dem Sinne, daß ich auch ohne ihn sozuzagen mit leisen Schritten meinen Weg finden kann. Es ist besser, denke ich, du verneigst dich vor 'nem Stiefel als vor'm Bastschuh.«

»Wer hat dir denn gesagt, daß ich in der Nacht über diese Brücke gehen werde?«

»Ja, das ist schon, muß ich gestehen, von anderer Seite ruchbar geworden, mehr infolge der Dummheit des Hauptmanns Lebädkin, denn der versteht doch schon gar nichts für sich zu behalten ... Also dann drei Rubelchen von Euer Gnaden für die drei Nächte, sozusagen als Entlohnung beispielsweise für die Langeweile? Und daß meine Kleider dabei quatschnaß geworden sind, davon schon ganz zu schweigen, da's doch immerhin kränkend ist.«

»Ich gehe jetzt nach links und du nach rechts; die Brücke ist zu Ende. Höre, Fjodor, ich lege Wert darauf, daß meine Worte ein für allemal verstanden werden: ich werde dir auch nicht eine Kopeke geben, und daß du mir in Zukunft weder auf der Brücke noch sonstwo in den Weg kommst; ich brauche dich nicht und werde dich niemals brauchen, wenn du aber nicht gehorchst, – binde ich dich und übergebe dich der Polizei. Jetzt – marsch!«

»Oje! Aber für die Unterhaltung schmeißen Sie mir doch wenigstens was, es war doch lustiger, in Gesellschaft zu gehen.«

»Pack dich!«

»Aber kennen Sie sich denn in dieser Gegend auch aus? Hier gehen doch die Gassen so kreuz und quer ... ich könnte den Weg zeigen, denn hier ist's doch, als hätte der Teufel die Vorstadt im Korb getragen, alles hat er durcheinander geschüttelt.«

»He! – Ich binde dich!« wandte sich Stawrogin drohend nach ihm um.

»Überlegen Sie es sich noch, gnädiger Herr, vielleicht doch? Wer wird denn ein Waisenkind lange kränken?«

»Du scheinst ja wahrhaftig auf dich zu bauen!«

»Ach, ich baue auf Euer Gnaden, nicht daß ich sonderlich auf mich baute!«

»Ich brauche dich nicht, habe ich dir schon gesagt!«

»Aber ich, gnädiger Herr, ich brauche doch Sie! Das ist es ja eben! Nun, dann werd' ich also warten, bis Sie zurückkommen.«

»Mein Wort: wenn ich dich antreffe, binde ich dich!«

»So werd' ich denn meinen Gurt schon bereithalten. Glück auf den Weg, gnädiger Herr! – haben doch immerhin mit dem Schirmchen 'ne Waise vor dem Regen beschützt; schon dafür allein werden wir zeitlebens dankbar sein.«

Er blieb zurück. Stawrogin ging besorgt weiter. Dieser

plötzlich vom Himmel herabgefallene Mensch war doch merkwürdig überzeugt davon, daß er ihn brauche, und hatte sich schon gar zu unverfroren beeilt, ihm das zu verstehen zu geben. Überhaupt schien man mit ihm nicht viel Umstände machen zu wollen. Aber es war doch auch möglich, daß der Strolch nicht alles gelogen hatte und ihm seine Dienste wirklich aus eigenem Antriebe anbot, und zwar mit Absicht ganz heimlich, hinter Pjotr Stepanowitschs Rücken; das aber war dann doch schon das Interessanteste daran.

II

Das Haus, auf das Stawrogin zuging, lag an einer öden, entlegenen Gasse buchstäblich am äußersten Rande der Vorstadt, zwischen niedrigen Zäunen, hinter denen sich Gemüsegärten hinzogen. Es war ein ganz einsam stehendes kleines Holzhaus, das gerade erst erbaut und von außen noch nicht mit Brettern verkleidet war. An einem der Fenster hatte man die Läden wohl absichtlich nicht geschlossen, denn auf dem Fensterbrett stand eine brennende Kerze – offenbar als Zeichen und Wegweiser gedacht für den spät erwarteten Gast. Schon von weitem, noch über dreißig Schritte vom Hause, erkannte Stawrogin auf der kleinen Treppe vor der Haustür die Gestalt eines Menschen von hohem Wuchs, wohl des Inhabers der Wohnung, der über dem Warten die Geduld verloren haben mochte, und herausgetreten war, um Ausschau zu halten nach dem Erwarteten. Da hörte er auch schon seine Stimme, voll Ungeduld und doch gleichsam zaghaft:

»Sind Sie es? Ja?«

»Ja, ich bin's«, antwortete Stawrogin, aber erst als er die Treppe erreicht hatte und den Schirm schloß.

»Endlich!« sagte der Hauptmann Lebädkin – denn er war es – und trat sehr geschäftig und dienstbeflissen hin und her. »Ihren Schirm, wenn ich bitten darf. Er ist sehr naß, ich werde ihn aufspannen und hier im Flur hinstellen. Bitte ... bitte einzutreten, hier, bitte schön!«

Die Tür aus dem Flur ins Wohnzimmer, in dem zwei Kerzen brannten, stand weit offen.

»Wenn Sie nicht selbst Ihr Kommen bestimmt angesagt hätten, so hätte ich es schon aufgegeben, Sie zu erwarten.«

»Viertel vor eins«, sagte Stawrogin, der ins Zimmer trat, nach einem Blick auf seine Uhr.

»Und dazu noch dieser Regen und eine so interessante Entfernung ... Eine Uhr habe ich nicht und vor den Fenstern nichts als Gemüsegärten, da – da bleibt man hinter den Ereignissen zurück ... aber das soll kein Vorwurf sein, denn das wage ich ja gar nicht, wage ich ja gar nicht, sondern nur so aus Ungeduld, wenn man sich die ganze Woche verzehrt ... um endlich erlöst zu werden von der Ungewißheit ...«

»Wie?«

»Um seinen Schicksalsspruch zu vernehmen, Nikolai Wssévolodowitsch.« Und mit einer Verbeugung auf das Sofa weisend, vor dem ein Tisch stand: »Bitte, nehmen Sie Platz!«

Stawrogin sah sich im Zimmer um: es war klein und niedrig. Die ganze Einrichtung bestand nur aus dem Notwendigsten: aus zwei einfachen neuen Holzstühlen, einem gleichfalls neuen, noch unüberzogenen Sofa mit hölzerner Lehne und ohne Seitenpolster, und zwei Tischen aus Lindenholz, von denen der zweite in der Ecke mit einem Tischtuch gedeckt und mit irgend welchen Dingen vollgestellt war, über die man eine blitzsaubere Serviette gebreitet hatte. Überhaupt schien man das ganze Zimmer überaus sauber gehalten zu haben. Der Hauptmann war nun schon an die acht Tage nüchtern. Sein Gesicht sah gelb und verfallen aus, der Blick war unruhig, neugierig und offenbar ratlos: man sah ihm an, daß er noch nicht wußte, in welch einem Ton er sprechen durfte und welcher schließlich der ratsamste war.

»Wie Sie sehen«, und mit pathetischer Geste wies er herum, »lebe ich wie ein Heiliger: Nüchternheit, Einsamkeit und Armut! – nach dem Gelübde der alten Ritter!«

»Sie glauben, die alten Ritter hätten ein solches Gelübde abgelegt?«

»Tja, vielleicht habe ich mich auch verhauen? O weh, für mich gibt es keine Entwicklung mehr! Alles verdorben! Glauben Sie mir, Nikolai Wssėwolodowitsch, hier bin ich zum erstenmal aufgewacht aus diesem Schandleben – kein Gläschen mehr, kein Tröpfchen! Habe jetzt einen Winkel – und sechs Tage lang genieße ich nun schon die Wohltat eines ruhigen Gewissens. Sogar die Wände riechen noch nach Harz, erinnern somit an die Natur. Aber was war ich bisher, was stellte ich vor?

„Ohne Obdach in der Nacht,
Tagsüber eine Hetze . . .“

wie sich ein genialer Dichter ausgedrückt hat! Aber . . . Sie sind ja so durchnäßt . . . Wollen Sie nicht ein Gläschen Tee?«

»Bemühen Sie sich nicht.«

»Der Ssamowár kocht seit acht Uhr abends, aber . . . da ist er nun ausgelöscht! . . . wie alles in der Welt! Und auch die Sonne, sagt man, wird einmal auslöschen, wenn sie an die Reihe kommt . . . Aber wenn Sie wollen, lasse ich ihn wieder zum Kochen bringen . . . Agafja schläft noch nicht.«

»Sagen Sie: Marja Timofejewna . . .«

»Hier, hier!« fiel ihm Lebädkin sofort flüsternd ins Wort. »Wenn Sie sie sehen wollen . . .?« und er wies auf die geschlossene Tür zum Nebenzimmer.

»Schläft sie nicht?«

»O nein, nein, wie sollte sie denn? Im Gegenteil, sie erwartet Sie schon seit dem Abend! . . . wie sie es vorhin erfuhr, begann sie gleich, Toilette zu machen«, – er wollte schon sarkastisch den Mund verziehen, unterließ es aber im Nu.

»Wie ist sie jetzt im allgemeinen?« fragte Stawrogin mit zusammengezogenen Brauen.

»Im allgemeinen? Ja, das geruhen Sie ja selbst zu wissen«, und er zuckte mitleidig mit den Schultern. »Jetzt . . . jetzt sitzt sie da und legt Karten . . .«

»Gut, nachher. Zuerst muß ich mit Ihnen zu einem Ende kommen.«

Stawrogin setzte sich auf einen Stuhl. Der Hauptmann wagte es nicht, sich auf das Sofa zu setzen, und so zog er denn schnell den anderen Stuhl herbei, setzte sich und war, leicht vorgebeugt, in zitternder Erwartung bereit, alles zu vernehmen.

»Was haben Sie denn dort auf dem Tisch unter der Serviette?« fragte Stawrogin, der plötzlich seine Aufmerksamkeit jenem Tisch zuwandte.

»Dort?« Lebädkin drehte sich sofort gleichfalls um. »Ja, das ist so von Ihren eigenen Gaben, in Gestalt, wie man zu sagen pflegt, in Gestalt von Salz und Brot ... in der neuen Wohnung ... und ich dachte auch an Ihren weiten Weg und die natürliche Müdigkeit«, er sah ihn fast bittend an und versuchte, unschuldig zu lächeln. Darauf erhob er sich, ging auf den Fußspitzen zum Tisch und entfernte ehrerbietig und vorsichtig die Serviette.

Er hatte einen ganzen Imbiß vorbereitet: geräucherten Schinken, Kalbfleisch, Sardinen, Käse, eine kleine, grüne Karaffe und eine lange Flasche Bordeaux – alles war ungemein sauber, mit Sachkenntnis und fast elegant geordnet.

»Das haben Sie selbst besorgt?«

»Jawohl. Schon gestern ... Marja Timofejewna ist ja in der Beziehung, wie Sie wissen, gleichgültig. Aber die Hauptsache: daß es von Ihren Spenden beschafft ist, also *Ihr* Eigentum ist ... da doch Sie hier der Hausherr sind, und nicht ich – ich bin ja doch nur so etwas wie Ihr Angestellter, wenn auch, wenn auch, Nikolai Wssewolodowitsch, wenn auch mein Geist noch unabhängig ist! Diesen meinen letzten Besitz werden Sie mir doch nicht nehmen wollen!« schloß er nahezu rührend.

»Hm! ... wie wär's, wenn Sie sich wieder setzen würden?«

»Ich bin da–ankbar, dankbar und unabhängig!« (Er setzte sich.) »Ach, Nikolai Wssewolodowitsch, in diesem Herzen hat sich so viel angesammelt, so viel, daß ich schon gar nicht mehr wußte, wie ich noch länger auf Sie warten sollte! Sehen Sie, Sie werden jetzt mein Schicksal entscheiden und ... auch das jener Unglücklichen, und dann ... dann wieder so, wie es früher war? Ich werde wieder meine Seele vor Ihnen ausschütten dürfen wie damals vor vier Jahren? Würdigten Sie mich doch dessen, mir zuzuhören, lasen meine Verse ... Mag man mich auch dort Ihren Falstaff genannt haben, nach Shakespeare, aber Sie haben doch so viel in meinem Leben bedeutet! ... Jetzt lebe ich wieder in großen Ängsten und erwarte nur von Ihnen Rat und Heil. Pjotr Stepanowitsch behandelt mich einfach schauderhaft!«

Stawrogin hörte ihm achtsam zu und beobachtete ihn eindringlich. Augenscheinlich befand sich Lebädkin, obschon er aufgehört hatte zu trinken, doch noch längst nicht in einem harmonischen Gemütszustande. In solchen langjährigen Trunkenbolden pflegt sich zu guter Letzt endgültig eine gewisse geistige Verworrenheit festzusetzen, eine nebelige Ungereimtheit und sprunghafte Unvernunft, wenn sie auch, nebenbei bemerkt, im Notfall es nicht schlechter als andere Leute verstehen, zu betrügen, zu überlisten und sich pfiffig durchzuschlängeln.

»Ich sehe, daß Sie sich in diesen viereinhalb Jahren nicht im geringsten verändert haben, Hauptmann«, sagte Stawrogin wie ein wenig freundlicher. »Da sieht man allerdings wieder einmal, daß die ganze zweite Hälfte des menschlichen Lebens sich gewöhnlich nur aus den in der ersten Hälfte angenommenen Gewohnheiten zusammensetzt.«

»Erhabene Worte! Sie lösen das Rätsel des Lebens!« rief der Hauptmann entzückt, halb aus Schlauheit mit gespielter, halb mit wirklich echter Begeisterung, denn er war ein großer Liebhaber guter Aussprüche. »Von allem, was Sie gesagt haben, Nikolai Wsséwolodowitsch, hab' ich eines ganz besonders behalten ... noch in Petersburg haben Sie's gesagt: ‚Man muß in der Tat ein großer Mensch sein, um selbst gegen die gesunde Vernunft standhalten zu können.' Sehen Sie!«

»Oder ebensogut auch ein Dummkopf.«

»So? Na, dann mein'twegen auch ein Dummkopf, nur haben Sie Ihr Lebelang mit scharfsinnigen Bemerkungen nur so um sich gestreut, die anderen aber? Mögen doch Liputin und Pjotr Stepanowitsch auch einmal etwas Ähnliches sagen! Oh, wenn Sie wüßten, wie grausam Pjotr Stepanowitsch mit mir umgegangen ist!«

»Aber Sie, Hauptmann, wie haben Sie sich denn benommen?«

»Ach, daß ich betrunken aussah und dazu noch die Unmenge meiner Feinde! Aber jetzt ist alles vorüber, alles, und ich erneuere mich, fahre aus der alten Haut wie eine Schlange. Wissen Sie auch, Nikolai Wssévolodowitsch, daß ich mein Testament mache, daß ich's schon aufgesetzt habe?«

»Das ist ja interessant. Was vermachen Sie denn? – und wem denn?«

»Dem Vaterlande, der Menschheit und den Studenten! Nikolai Wssévolodowitsch, ich habe einmal in einer Zeitung die Biographie eines Amerikaners gelesen. Er vermachte sein ganzes riesiges Vermögen den Fabriken und den positiven Wissenschaften, sein Skelett den Studenten der Universität seiner Stadt und seine Haut bestimmte er für eine Trommel, auf der man Tag und Nacht die amerikanische Nationalhymne trommeln sollte! Ach, wir sind ja Pygmäen im Vergleich mit dem Gedankenflug der nordamerikanischen Staaten! Rußland ist ja nur ein Spiel der Natur, aber nicht des Verstandes. Wenn ich's versuchen wollte, meine Haut, sagen wir, dem Akmolínskschen Infanterieregiment, in dem ich die Ehre hatte, meinen Dienst zu beginnen, mit der Bedingung zu vermachen, daß man aus ihr ein Trommelfell verfertige, auf dem dann täglich vor dem ganzen Regiment die russische Nationalhymne getrommelt werde – man hielte es sofort für Liberalismus und konfiszierte meine Haut! ... Darum habe ich mich denn mit den Studenten begnügt. Mein Skelett habe ich der Akademie vermacht, aber mit der Bedingung, einstweilen nur unter der Bedingung, daß sie auf die Stirn für alle ewigen Ewigkeiten ein Zettelchen kleben mit folgenden Worten: „Ein reuiger Freidenker." Jawohl!«

Der Hauptmann sprach mit Begeisterung und glaubte jetzt natürlich schon selbst an die Schönheit des amerikanischen Vermächtnisses, wenn er auch zu gleicher Zeit Stawrogin, bei dem er früher lange so quasi als Hofnarr schmarotzt hatte, aus schlauer Berechnung belustigen wollte. Dieser aber lächelte jetzt nicht einmal, sondern fragte vielmehr nur eigentümlich mißtrauisch:

»Sie beabsichtigen wohl, Ihr Testament noch bei Lebzeiten zu veröffentlichen und dafür eine Belohnung zu erhalten?«

»Und wenn dem so wäre, Nikolai Wssévolodowitsch, und wenn dem so wäre?« Lebädkin beäugte ihn vorsichtig. »Denn, was ist denn mein Los jetzt eigentlich? Selbst Verse schreibe ich nicht mehr, und früher haben doch sogar Sie sich an meinen kleinen Gedichten ergötzt, Nikolai Wssévolodowitsch, wissen Sie noch, beim Gelage? Aber aus ist's nun mit der Feder! Ich habe nur noch ein einziges Lied geschrieben, wie Gogol seine „Letzte Novelle", von der er, Sie wissen doch, aller Welt kund tat, sie habe sich aus seiner Seele „von selbst herausgesungen". So ist es auch mir ergangen: ich habe es herausgesungen, dieses mein letztes Gedicht, und damit basta!«

»Was ist denn das für ein Gedicht?«

»Tja, die Überschrift lautet: „Falls sie sich ein Bein mal bräche".«

»Wi–ie?«

Darauf hatte der Hauptmann nur gewartet. Zwar schätzte und bewunderte er seine Gedichte über alle Maßen, aber zugleich freute es ihn doch – wohl infolge einer gewissen spitzbübischen Zwiespältigkeit seiner Seele – wenn sie Stawrogin so amüsierten, daß er sich manchmal vor Lachen die Seiten halten mußte. Auf diese Weise erreichte er gewöhnlich zwei Ziele mit einem Mittel: ein poetisches und ein geschäftliches Ziel. Diesmal aber gab es noch ein drittes, ein ganz besonderes und äußerst heikles: der Hauptmann hoffte nämlich, als er das Gedicht heranzog, sich auf diese Manier am leichtesten in einem gewissen Punkte rechtfertigen zu können, und er hoffte dies um so mehr, als er aus einem bestimmten Grunde gerade in diesem Punkt seine Schuld für größer als in allen anderen Punkten hielt.

»„Falls sie sich ein Bein mal bräche“, das heißt, beim Reiten. Eine bloße Phantasie, Nikolai Wssèwolodowitsch, ein Traumbild, aber das Traumbild eines Dichters! Einmal, beim Spazierengehen, erblickte ich eine Reiterin, und da stellte ich mir die materialistische Frage: ‚Was würde dann geschehen?‘ – das heißt, in dem Falle, *wenn*! Die Sache ist doch klar: alle Kurmacher gehen sogleich wie die Krebse rückwärts, fort sind all die Heiratskandidaten, also – ‚wisch den Mund ab morgen früh‘ – wenn du das Nachsehen hast! Nur der Dichter bliebe ihr treu, nur er mit dem gebrochenen Herzen in der Brust! Nikolai Wssèwolodowitsch, sogar eine winzige Laus darf verliebt sein, denn kein Gesetz verbietet's ihr. Und doch fühlte sich die Dame gekränkt durch meinen Brief wie durch das Gedicht. Sogar Sie sollen sich geärgert haben, sagt man, – ist's wahr? Das wäre jammerschade, wollt's gar nicht glauben! Nun, sagen Sie doch selbst, wen konnte ich denn mit bloßer Einbildung beleidigen? Zudem war hierbei noch, mein Ehrenwort, Lipútin der eigentliche Anstifter: ‚Sende es ab, sende es ab, unbedingt, jeder Mensch hat das Recht, Briefe zu schreiben‘, sagte er – und so schickte ich's denn ab.«

»Sie haben sich, glaube ich, als Bräutigam angeboten?«

»Feinde, Feinde, nichts als Feinde! ...«

»Sagen Sie das Gedicht!« fiel ihm Stawrogin schroff ins Wort.

»Ein Traum, bloß ein Traum, sag' ich Ihnen.«

Aber er setzte sich doch in Positur, streckte den Arm aus und begann:

»Das schönste Weib brach sich ein Bein,
Doch ward es dadurch nur aparter,
Und doppelt liebte sie fortan
Der ohnehin in sie verliebte Dichtersmann ...«

»Genug!« Stawrogin winkte ab.

»Ich träume hauptsächlich von Petersburg!« rief Lebädkin, schnell auf ein anderes Gebiet überspringend, als wäre von Gedichten nie die Rede gewesen. »Ich denke an eine Auferstehung, ich träume von einer Wiedergeburt ... Mein Wohltäter! Darf ich darauf rechnen, daß Sie mir die Mittel zur Reise nicht verweigern werden? Ich hab' auf Sie die ganze Woche wie auf die Sonne gewartet!«

»Nein, darauf dürfen Sie nicht rechnen, entschuldigen Sie, aber mir ist fast nichts mehr verblieben. Und überhaupt, weshalb sollte ich Ihnen noch Geld geben? ...«

Stawrogin schien sich plötzlich zu ärgern. Kurz und trocken zählte er alle Vergehen des Hauptmanns auf: das unmäßige Trinken, die Lügengeschichten, Verschwendung des Geldes, das Marja Timofejewna gehörte, dann, daß er sie aus dem Kloster genommen hatte, die frechen Briefe mit der Drohung, das Geheimnis bekanntzumachen, die Geschichte mit Darja Pawlowna usw. usw. Der Hauptmann wogte geradezu hin und her, gestikulierte, wollte widersprechen, doch Stawrogin wies ihn jedesmal herrisch zur Ruhe.

»Und erlauben Sie«, bemerkte er zum Schluß, »Sie schreiben immer von einer ‚Familienschande'. Ich sehe darin keine Schande für Sie, daß Ihre Schwester mit Stawrogin legitim verheiratet ist.«

»Aber es war eine heimliche Heirat, Nikolai Wsséwolodowitsch, niemand weiß davon, so ist sie ein verhängnisvolles Geheimnis! Ich bekomme Geld von Ihnen, und plötzlich stellt man mir die Frage: Wofür bekommst du dieses Geld? Ich aber bin gebunden und kann nicht antworten, zum Schaden meiner Schwester – und zum Schaden meiner Familienehre!«

Der Hauptmann erhob bereits die Stimme: dieses Thema liebte er ganz besonders und baute fest auf diesen Trumpf. Aber wie hätte er auch ahnen sollen, welch eine niederschmetternde Überraschung ihn gerade in diesem Punkt erwartete! Ruhig und bestimmt, als ob es sich um die alltäglichste häusliche Angelegenheit handelte, teilte ihm Stawrogin mit, daß er die Absicht habe, in diesen Tagen, vielleicht morgen oder übermorgen, seine Heirat allgemein bekanntzumachen, sie »sowohl der Polizei wie der Gesellschaft« anzuzeigen, so daß denn die Frage der »Familienehre« damit endgültig erledigt sein werde und die der Subsidien gleichfalls.

Der Hauptmann riß die Augen auf, er begriff nicht einmal, was er da hörte; so mußte ihm denn alles noch einmal erklärt werden.

»Aber sie ist doch ... halb verrückt?«

»Ich werde schon die entsprechenden Anordnungen zu treffen wissen.«

»Aber ... was wird denn Ihre Frau Mutter ...?«

»Das steht ganz in ihrem Belieben.«

»Aber Sie werden doch Ihre Frau in Ihr Haus aufnehmen?«

»Sehr leicht möglich. Übrigens ist das schon ganz und gar nicht Ihre Sache, das geht Sie nicht das Geringste an.«

»Wieso soll mich das nichts angehen?« fuhr der Hauptmann auf. »Und ich?«

»Nun, Sie kommen doch selbstverständlich *nicht* ins Haus.«

»Aber ich bin doch ein Verwandter!«

»Für solche Verwandte dankt man. Und wozu soll ich Ihnen nun noch Geld geben, sagen Sie sich das doch selbst!«

»Nikolai Wssewolodowitsch, Nikolai Wssewolodowitsch, das ist ja ganz unmöglich, Sie werden sich das doch noch überlegen, Sie werden doch nicht selbst Hand an sich legen wollen ... was werden die Leute denken, was wird man in der vornehmen Welt dazu sagen?«

»Ich fürchte mich wohl sehr vor dieser eurer vornehmen Welt! Habe ich doch damals nach dem Gelage und einer Wette um Wein aus Laune Ihre Schwester geheiratet, und jetzt zeige ich es eben öffentlich an ... wenn es mir Spaß macht!«

Er warf das so eigentümlich gereizt hin, daß Lebädkin mit Schrecken fast schon daran zu glauben begann.

»Aber ich, was wird denn mit mir, die Hauptsache dabei bin doch ich! ... Sie scherzen vielleicht nur, Nikolai Wssé-wolodowitsch?«

»Nein, ich scherze nicht.«

»Das steht in Ihrem Belieben, nur ... nehmen Sie es nicht übel, Nikolai Wssewolodowitsch, aber ich glaube Ihnen nicht ... dann werde ich eine Bittschrift einreichen.«

»Sie sind furchtbar dumm, Hauptmann.«

»Meinetwegen, aber das ist doch das einzige, was mir übrigbleibt!« sagte der Hauptmann ganz wirr in seiner Benommenheit. »Früher gab man mir dort in den Winkeln für ihre Arbeit wenigstens ein Obdach, aber was soll denn jetzt aus mir werden, wenn Sie mich ganz aufgeben?«

»Aber Sie wollen doch nach Petersburg, um Ihre Karriere zu wechseln. Übrigens, ist es wahr, daß Sie, wie ich hörte, beabsichtigen, zu denunzieren – in der Hoffnung, begnadigt zu werden, wenn Sie die anderen anzeigen?«

Dem Hauptmann blieb der Mund offen, er riß die Augen auf und antwortete nichts.

»Hören Sie, Hauptmann«, begann plötzlich Stawrogin ungewöhnlich ernst und beugte sich ein wenig vor zum Tisch. Bis jetzt hatte er noch gewissermaßen zweideutig gesprochen, so daß Lebädkin, der sich nun einmal an die Rolle des Narren gewöhnt hatte, noch immer ein wenig im Zweifel war: ob sich sein Prinz Heinz in der Tat ärgerte oder ob er, als er von der Veröffentlichung seiner Heirat sprach, nur zu scherzen beliebte. Jetzt aber war der ungewöhnliche Ernst Stawrogins dermaßen überzeugend, daß dem Hauptmann auf einmal geradezu ein Frösteln über den Rücken lief. »Hören Sie zu, und sagen Sie die ganze Wahrheit, Lebädkin: haben Sie schon denunziert, oder noch nicht? Ist es Ihnen nicht schon gelungen, irgend etwas in der Hinsicht zu tun? Haben Sie nicht aus Dummheit schon irgendeinen Brief abgeschickt?«

»Nein, noch nicht, ich hab' auch nicht einmal daran gedacht«; der Hauptmann sah ihn an, ohne sich zu rühren.

»Nun, daß Sie daran noch nicht gedacht hätten, das stimmt nicht. Deswegen wollen Sie ja nach Petersburg. Aber wenn Sie noch nichts geschrieben haben, sollten Sie dann nicht hier über irgend etwas mit irgend jemandem geschwätzt haben? Sagen Sie die Wahrheit. Ich habe so etwas gehört.«

»In der Betrunkenheit mit Liputin. Liputin ist ein Verräter. Ich habe ihm nur mein Herz ausgeschüttet«, flüsterte der arme Hauptmann.

»Nun ja, das eine Herz dem anderen Herzen, ich weiß schon, aber man braucht doch nicht gleich blödsinnig zu sein. Wenn Sie den Gedanken hatten, so hätten Sie ihn für sich behalten sollen. Heutzutage schweigen kluge Leute und reden nicht.«

»Nikolai Wssévolodowitsch ...« – der Hauptmann erzitterte. »Sie selbst haben sich doch an nichts beteiligt, ich hab' doch nicht Sie ...«

»Das fehlte noch: Ihre eigene Milchkuh!«

»Nikolai Wssévolodowitsch, urteilen Sie doch selbst, urteilen Sie doch selbst! ...«

Und in der Verzweiflung begann er mit Tränen in den Augen zu erzählen, wie es ihm in diesen letzten vier Jahren ergangen war. Es war die törichte Geschichte eines hereingefallenen Dummkopfs, der sich in eine Sache eingemischt, die nicht für ihn geschaffen war und deren Gefährlichkeit er vor lauter Trinken und Bummelei fast bis zum letzten Augenblick noch nicht begriffen hatte. Er erzählte, er habe sich schon in Petersburg »einfach verleiten lassen, aus reiner Freundschaft, wie ein treuer Student, das heißt, ohne eigentlich Student zu sein«, verschiedene Blätter gleich dutzendweise in den Stiegenhäusern auszustreuen, oder durch die Türen, hinter die Klingelzüge zu stecken, oder wie Zeitungen in die Briefkästen, und wo sich nur eine Gelegenheit bot, im Theater zum Beispiel, in die Hüte oder Taschen zu befördern. Späterhin habe er auch Geld von ihnen bekommen, denn »was sind denn meine Einnahmen, Sie wissen doch selbst!« Kurz, in zwei ganzen Gouvernements hatte er in einzelnen Bezirken »allerlei Quatsch« verstreut.

»Oh, Nikolai Wssewolodowitsch«, rief er aus, »am meisten hat mich empört, daß diese Papierwische so ganz gegen alle bürgerlichen und besonders vaterländischen Gesetze waren! Da ist auf einmal gedruckt, sie sollen mit den Heugabeln kommen und nicht vergessen, daß, wer morgens arm auszieht, abends reich zurückkommen kann – stellen Sie sich doch nur so was vor! Ein Schauer faßt mich selber, und doch stopfe ich die Schandblätter überallhin. Oder plötzlich fünf, sechs Zeilen an ganz Rußland, so mir nichts, dir nichts, ganz einfach: „Schließt sofort die Kirchen, schafft Gott ab, die Ehe, das Erbrecht, greift zum Messer!“ – und das ist alles, und der Teufel weiß was sonst noch. Und gerade mit diesem Papierchen, dem fünfzeiligen, bin ich dann beinahe hereingefallen, im Regiment haben mich die Offiziere verbleut, aber dann – Gott gebe ihnen Gesundheit! – haben sie mich wieder laufen lassen. Nur im vorigen Jahr hat man mich beinahe wirklich geschnappt, wie ich Fünfzigrubelscheine französischer Herkunft an Korowájeff übergab. Aber Gott sei Dank, Korowájeff ertrank bald darauf in betrunkenem Zustande in einem Teich, und man konnte mir nichts nachweisen. Hier bei Wirginskij hatte er noch die Freiheit der sozialen Frau verkündet. Im Juni hab' ich wieder im ... schen Kreise alles Mögliche verbreitet. Die sagen, ich müsse bald wieder ... Pjotr Stepanowitsch gibt plötzlich zu verstehen, daß ich gehorchen muß, und droht mir einfach. Und wie hat er mich damals am Sonntag behandelt! Nikolai Wssewolodowitsch, ich bin bloß ‚ein Sklav', ein Wurm‘, aber *kein* Gott – nur dadurch unterscheide ich mich von Dershawin[46]. Doch was sind denn meine Einnahmen? Sie wissen ja selbst!«

Stawrogin hatte ihm aufmerksam zugehört.

»Vieles davon habe ich gar nicht gewußt«, sagte er; »mit Ihnen konnte selbstverständlich alles geschehen ... Hören Sie«, er dachte ein wenig nach, »wenn Sie wollen, so sagen

Sie ihnen – Sie wissen schon, wem – daß Liputin gelogen habe und daß Sie nur mich mit einer Denunziation hätten schrecken wollen, in der Annahme, auch ich sei kompromittiert ... um auf diese Weise mehr Geld aus mir herauszubekommen ... Verstanden?«

»Nikolai Wssévolodowitsch, Liebling, Täubchen, droht mir denn wirklich solch eine Gefahr? Ich habe ja nur auf Sie gewartet, um Sie das fragen zu können!«

Stawrogin lachte kurz auf.

»Nach Petersburg wird man Sie freilich nicht reisen lassen, selbst wenn ich Ihnen das Geld zur Reise geben wollte ... Übrigens, es ist Zeit, zu Marja Timoféjewna zu gehen.« Er erhob sich.

»Nikolai Wssewolodowitsch, aber wie wird das nun mit ihr, mit Marja Timofejewna?«

»So, wie ich gesagt habe.«

»Ist das wirklich wahr?«

»Sie glauben noch immer nicht?«

»Wollen Sie mich denn wirklich so liegen lassen, wie einen alten abgetragenen Stiefel?«

»Ich werde sehen«, meinte Stawrogin halb lachend. »Nun, lassen Sie mich durch ...«

»Wünschen Sie nicht, daß ich so lange auf die Treppe hinausgehe ... damit ich nicht unversehens etwas höre ... die Zimmerchen sind klein.«

»Das ist recht. Warten Sie ein wenig auf der Treppe. Nehmen Sie meinen Regenschirm.«

»Ihren Regenschirm, Ihren ... bin ich denn das wert?« fragte der Hauptmann wehleidig.

»Einen Schirm ist jeder wert.«

»Da haben Sie wieder mit einem Schlage prompt das Minimum der Menschenrechte umrissen ...«, sagte Lebädkin.

Aber er redete fast nur noch mechanisch; er war nach diesen neuen Mitteilungen doch gar zu bedrückt und völlig aus dem Konzept gebracht. Und trotzdem begann sich fast in demselben Augenblick, wo er auf der Treppe den Schirm über sich aufspannte, in seinem leichtsinnigen und gerissenen Schelmenkopf wieder der ihn stets beruhigende Gedanke zu regen und durchzudrücken, daß man ihn betrügen wolle und ihn belöge; wenn dem aber so war, dann fürchtete man wohl *ihn*, wozu also sollte *er* sich dann noch fürchten?

‚Wenn man lügt und mich hinters Licht führen will, wo steckt dann eigentlich der Haken?' krabbelte es in seinem Kopf herum. Die Bekanntmachung der Heirat, die angeblich bevorstehe, hielt er für absoluten Unsinn: ‚Aber weiß Gott: bei diesem Wundertäter ist ja schließlich nichts unmöglich – er lebt ja überhaupt nur zu dem Zweck, um die Menschen zu ärgern. Wie aber, wenn er Angst bekommen hat nach dem Affront vom Sonntag? Hm ... und noch so, wie nie zuvor? Da ist er nun hergeeilt, um zu versichern, daß er selbst alles bekanntmachen werde, aus Angst, ich könnte es sonst tun. Lebädkin, sieh dich vor, schieß keinen Bock! Hm! ... Und warum kommt er denn heimlich in der Nacht, wenn er's selbst bekannt machen will? Aber wenn er sich fürchtet, so fürchtet er sich jetzt, fürchtet gerade für diese paar Tage. Hm! ... paß auf, Lebädkin! ...'

»... schreckt mich mit Pjotr Stepánowitsch! Da kann einem allerdings angst und bange werden – gerade, was *das* betrifft! Hm ... weiß Gott! wahrhaftig angst und bange. Was plagte mich auch, diesem Liputin, solch einem ... Der Teufel mag wissen, was diese Beelzebuben im Sinne haben ... bin nie draus klug geworden. Haben sich jetzt wieder eingefunden, genau wie vor fünf Jahren ... Ja, wem hätt' ich's denn sagen sollen? ‚Haben Sie nicht aus Dummheit an jemanden geschrieben?' Hm! Also könnte man auch unter dem Anschein großer Dummheit schreiben? War das vielleicht gar ein Wink? ‚Deswegen wollen Sie ja nach Petersburg.' Der Schuft! Ich hab' bloß mal davon geträumt, er aber hat sogar meinen Traum schon erraten! Es ist ja, als ob er selber zur Reise nach Petersburg raten möchte. Hm! da gibt's nur zwei Möglichkeiten: entweder er fürchtet sich selber, weil er wieder was Schönes angerichtet hat, oder ...

oder er fürchtet selbst überhaupt nichts und schubst nur mich, damit ich sie alle da anzeige! Ach, Lebädkin, da kann einem ja wahrhaftig angst und bange werden! Wenn man dabei nur keinen Bock schießt! ...«

Und er kam dermaßen ins Nachdenken, daß er selbst das Lauschen vergaß. Übrigens war es auch nicht so einfach, etwas zu erlauschen; die einflügelige Tür zum anderen Zimmer war dick, und sie sprachen sehr leise; nur ab und zu waren undeutliche Laute zu vernehmen. Der Hauptmann gab es auf, spuckte aus vor Enttäuschung, und trat wieder hinaus auf die Treppe, um vor der Haustür zu pfeifen.

III

Márja Timoféjewnas Zimmer war fast zweimal so groß wie das erste, das der Hauptmann bewohnte. Alle Gegenstände der Einrichtung waren von derselben einfachsten Art; aber der Tisch vor dem Sofa war mit einem geblümten Paradetischtuch bedeckt; auf ihm brannte eine Lampe. Über den ganzen Fußboden hatte man einen schönen Teppich gebreitet, und die Bettstelle war durch einen grünen Vorhang, der sich durch das ganze Zimmer zog, abgesondert, und außerdem stand beim Tisch ein großer weicher Lehnstuhl, in den sich aber Marja Timofejewna niemals setzte. In der einen Ecke hing ganz wie in der alten Wohnung ein Heiligenbild, vor dem das Lämpchen brannte, und auf dem Tisch vor Marja Timofejewna lagen auch jetzt wieder die unentbehrlichen Sachen: ein Spiel Karten, ein kleiner Spiegel, das Liederbuch und auch wieder eine Semmel. Hinzugekommen waren nur zwei kleine Bücher mit bunten Bildern: das eine war eine für die Jugend zusammengestellte Auswahl von Begebenheiten aus einer populären Reisebeschreibung, das andere eine Sammlung einfacher, moralischer Erzählungen, vornehmlich Rittergeschichten, ein Buch für den Weihnachtstisch oder für Mädcheninstitute. Auch ein Album mit verschiedenen Photographien war da. Marja Timofejewna hatte allerdings auf den Gast gewartet, wie der Hauptmann bezeugen konnte, doch als Stawrogin eintrat, schlief sie halb liegend auf dem Sofa, mit dem Kopf auf einem harten Sofakissen. Der Gast schloß unhörbar die Tür hinter sich und begann, ohne sich von der Stelle zu rühren, die Schlafende zu betrachten.

Der Hauptmann hatte stark übertrieben, als er davon sprach, daß sie am Abend sogleich Toilette gemacht habe. Sie trug dasselbe unscheinbare dunkle Kleid wie am Sonntag bei Warwara Petrowna. Das Haar hatte sie im Nacken ebenso zu einem winzigen Knoten zusammengesteckt; der lange magere Hals war ebenso entblößt. Der schwarze Schal, den Warwara Petrowna ihr geschenkt hatte, lag sorgfältig zusammengelegt neben ihr auf dem Sofa. Sie war wie gewöhnlich ungeschickt weiß und rot geschminkt. Stawrogin stand noch keine halbe Minute lang da, als sie plötzlich, als hätte sie seinen Blick gefühlt, erwachte, die Augen aufschlug und sich schnell aus der halb liegenden Stellung aufrichtete. Doch offenbar ging auch im Gast etwas Sonderbares vor: er blieb auf demselben Fleck an der Tür stehen und rührte sich nicht; regungslos und mit durchdringendem Blick fuhr er fort, ihr wortlos und beharrlich ins Gesicht zu sehen. Vielleicht war dieser Blick übermäßig hart, vielleicht drückte sich in ihm Ekel aus oder sogar schadenfrohes Genießen ihres Schrecks – wenn das nicht Marja Timofejewna nach dem plötzlichen Erwachen nur so schien. Jedenfalls drückte sich im Gesicht der Armen auf einmal, nach fast minutenlanger Spannung, vollständiges Entsetzen aus: ein krampfartiges Zucken lief durch ihre Züge, sie erhob wie zur Abwehr ihre bebenden Hände, und plötzlich begann sie zu weinen, genau so wie ein erschrecktes Kind; noch ein Augenblick – und sie hätte geschrien. Aber der Gast kam zur Besinnung: in einer Sekunde veränderte sich sein ganzes Gesicht, und mit dem freundlichsten, liebenswürdigsten Lächeln trat er an den Tisch.

»Verzeihen Sie mir, ich habe Sie erschreckt, Marja Timofejewna, Sie schliefen, und ich bin so unbemerkt eingetreten«, sagte er und streckte ihr die Hand entgegen.

Der Klang der freundlichen Worte tat seine Wirkung: der Schreck verging, aber sie sah doch immer noch ängstlich aus und schien sich alle Mühe zu geben, etwas ihr Unverständliches zu begreifen. Fast furchtsam streckte sie ihm die Hand entgegen, und schließlich huschte auch ein schüchternes Lächeln um ihre Lippen.

»Guten Tag, Fürst«, flüsterte sie und sah ihn dabei ganz eigentümlich forschend an.

»Sie haben gewiß einen bösen Traum gehabt?« fragte er, noch liebenswürdiger, noch freundlicher lächelnd.

»Woher wissen Sie, daß mir gerade *davon* geträumt hat?«

Und plötzlich erbebte sie wieder, taumelte erschrocken zurück, erhob wie zur Abwehr den Arm, und wieder verzog sich ihr Gesicht, als schicke sie sich an, von neuem loszuweinen.

»Aber so beruhigen Sie sich doch! Warum fürchten Sie sich denn? Haben Sie mich wirklich nicht erkannt?« redete ihr Nikolai Wssewolodowitsch gut zu, aber diesmal konnte er sie lange nicht beruhigen.

Schweigend sah sie ihn an, und noch immer lag in ihrem fragenden Blick ein quälender Zweifel, irgendein schwerer Gedanke, den ihr armer Kopf nicht zu bewältigen vermochte. Dabei war es, als strenge sie sich krampfhaft an, irgend etwas zu Ende zu denken. Bald senkte sie die Augen, bald schlug sie sie plötzlich wieder auf und überflog ihn mit einem schnellen, umfassenden Blick. Endlich schien sie sich – zwar nicht beruhigt, aber doch wie zu etwas entschlossen zu haben.

»Bitte, setzen Sie sich neben mich, damit ich Sie nachher gut sehen kann«, sagte sie in ziemlich festem Ton, offenbar mit einer bestimmten und neuen Absicht. »Und jetzt seien Sie ganz unbesorgt, denn ich werde Sie nicht ansehen, sondern zu Boden schauen, und auch Sie sollen mich nicht ansehen, solange nicht, bis ich Sie selbst darum bitte. Setzen Sie sich nun!« schloß sie plötzlich sogar mit Ungeduld.

Die neue Empfindung bemächtigte sich ihrer sichtlich immer mehr.

Stawrogin setzte sich und wartete; ein Schweigen begann und dauerte ziemlich lange.

»Hm! Sonderbar kommt mir das alles vor«, murmelte sie auf einmal nahezu launisch. »Mich haben natürlich schlechte Träume verstimmt; nur ... warum mußten gerade Sie mir eben in dieser Gestalt im Traum erscheinen?«

»Lassen wir jetzt die Träume beiseite«, unterbrach er sie ungeduldig und sich ihr zuwendend, trotz des Verbotes, sie anzusehen, und vielleicht blitzte flüchtig wieder jener Ausdruck von vorhin in seinen Augen auf. Er sah, daß sie mehrmals und sogar sehr gern zu ihm aufblicken wollte, sich jedoch jedesmal bezwang und hartnäckig den Blick zu Boden gesenkt hielt.

»Hören Sie, Fürst«, begann sie plötzlich mit erhobener Stimme. »Hören Sie, Fürst ...«

»Warum wenden Sie sich von mir ab, warum sehen Sie mich nicht an, was soll diese ganze Komödie?« rief er gereizt, da ihm die Geduld riß.

Sie aber schien ihn überhaupt nicht zu hören.

»Hören Sie, Fürst«, wiederholte sie zum drittenmal mit fester Stimme und mit einer unangenehm geschäftigen Miene. »Als sie mir damals in der Karosse sagten, die Heirat werde jetzt bekanntgegeben werden, da erschrak ich schon gleich, weil dann das Geheimnis doch aufhören würde. Jetzt aber gefällt mir das schon gar nicht mehr ... Ich habe die ganze Zeit darüber nachgedacht, und sehe nun deutlich, daß ich nicht dazu tauge. Zu putzen würde ich mich schon verstehen, zu empfangen schließlich auch: als ob das wunder wie schwer wäre, zu einer Tasse Tee einzuladen, noch dazu, wenn man Diener in Livree hat! Aber immerhin, wenn man so von der Seite zusehen wird ... Ich habe damals, am Sonntagvormittag, vieles in jenem Hause eingesehen. Diese hübsche junge Dame hat mich die ganze Zeit angeschaut, besonders als Sie eintraten. Das waren doch Sie, der eintrat, nicht? Aber die Mutter der jungen Dame ist doch nur eine komische alte Gnädige. Mein Lebädkin hat sich auch ausgezeichnet. Um über ihn nicht lachen zu müssen, habe ich immer zur Zimmerdecke hinaufgeschaut, schön war sie dort bemalt! *Seine* Mutter aber müßte eigentlich Äbtissin sein. Ich fürchte mich vor ihr, obschon sie mir den schwarzen Schal geschenkt hat. Die Damen haben doch damals, was mich betrifft, alle nur Befremdung empfunden; das kränkt mich ja nicht weiter, nur saß ich dort so da und dachte bei mir: was bin ich denn für die hier für eine Verwandte? Ich weiß wohl, von einer Gräfin verlangt man nur seelische Eigenschaften – denn für das Wirtschaftliche hat sie doch viele Diener – und dann noch so ein bißchen gesellschaftliche Koketterie, da sie ja ausländische Gäste zu empfangen verstehen muß. Aber trotzdem, damals am Sonntag sahen sie mich so ganz ohne Vertrauen an, ganz hoffnungslos. Nur Dascha ist ein Engel. Ich fürchte sehr, daß sie *ihn* irgendwie mit einer unvorsichtigen Bemerkung über mich kränken könnten.«

Stawrogin verzog den Mund.

»Fürchten Sie nichts und machen Sie sich keine Sorgen«, sagte er.

»Aber das machte mir ja nichts aus, selbst wenn er sich meinetwegen ein wenig schämen sollte, denn es wäre doch immer mehr Mitleid als Schande dabei, denke ich – freilich, je nach dem, wie der Mensch selbst ist. Denn er weiß doch, daß eher ich sie bemitleiden kann als sie mich.«

»Sie haben sich wohl sehr gekränkt gefühlt, Marja Timofejewna, durch das Verhalten der Damen?«

»Wer, ich? Nein.« Sie lächelte gutmütig. »Nicht ein bißchen. Ich sah mir damals nur alle so an und dachte so bei mir: alle ärgert ihr euch, alle seid ihr entzweit; nicht einmal zusammenzukommen und von Herzen zu lachen verstehen sie. So viel Reichtum und dabei so wenig Fröhlichkeit – traurig fand ich das alles. Übrigens, jetzt tut mir schon niemand mehr leid, außer mir selbst.«

»Ich hörte, Sie hätten mit Ihrem Bruder während meiner Abwesenheit ein schweres Leben gehabt?«

»Wer hat Ihnen das gesagt? Unsinn! Jetzt ist es viel schwerer: jetzt sind die Träume schlecht, und schlecht sind die Träume deshalb geworden, weil Sie angekommen sind. Sie aber, fragt es sich, warum sind Sie denn hergekommen, sagen Sie das doch gefälligst!«

»Wollen Sie nicht wieder ins Kloster gehen?«

»So, das ahnte ich ja, daß man mir wieder das Kloster vorschlagen wird! Als ob euer Kloster da Gott weiß was für ein Wunderding wäre! Und warum soll ich denn wieder ins Kloster gehen, und womit soll ich denn jetzt noch dorthin? Jetzt bin ich doch schon ganz und gar allein! Es ist zu spät für mich, ein drittes Leben anzufangen.«

»Sie scheinen sich wegen irgend etwas sehr zu ärgern – fürchten Sie nicht schon, daß ich aufgehört haben könnte, Sie zu lieben?«

»Ach, um Sie kümmere ich mich überhaupt nicht. Ich fürchte nur für mich, daß ich selbst aufhören könnte, jemanden sehr zu lieben.«

Sie lächelte flüchtig wie aus nebensächlicher Geringschätzung.

»Ich werde wohl vor *ihm* in etwas sehr Großem schuldig sein«, fügte sie auf einmal wie für sich hinzu. »Nur weiß ich nicht, worin ich schuldig sein könnte, und das ist nun mein ganzes Unglück für alle Zeit. Immer und immer, diese ganzen fünf Jahre habe ich Tag und Nacht gebangt, daß ich in irgend etwas vor ihm schuldig sein könnte. Und da bete ich denn lange und bete und denke immer an meine große Schuld vor ihm. Und nun hat es sich auch richtig herausgestellt, daß ich wahr gefühlt habe.«

»Was hat sich herausgestellt?«

»Nur fürchte ich, ob da nicht etwas von *ihm* aus geschieht«, fuhr sie fort, ohne auf die Frage zu antworten, die sie überhaupt nicht vernommen hatte. »Und doch, wie könnte er sich denn mit solchen Leutchen zusammentun! Die Gräfin würde mich wohl gern verschlingen, obschon sie mich zu sich in ihre Karosse gesetzt hat. Alle sind sie an der Verschwörung beteiligt – sollte auch *er* es sein? Sollte auch er ein Verräter sein?« (Ihr Kinn und ihre Lippen begannen zu zittern.) »Hören Sie, haben Sie von Grischka Otrépjeff[47] gelesen, der in sieben Kathedralen verflucht ward?«

Stawrogin schwieg.

»Übrigens ja, jetzt werde ich mich zu Ihnen wenden und werde Sie ansehen«, entschloß sie sich plötzlich. »Wenden Sie sich auch mir zu und sehen Sie mich an, aber recht aufmerksam: ich will mich zum letztenmal überzeugen.«

»Ich sehe Sie schon lange an.«

»Hm!« sagte Marja Timofejewna und betrachtete ihn angestrengt.

»Viel dicker sind Sie geworden ...«

Sie wollte noch etwas sagen, doch plötzlich ergriff der frühere Schreck sie wieder und zum drittenmal fuhr sie mit geradezu entsetztem Gesicht zurück und hob dabei wieder wie zur Abwehr den Arm vor sich in die Höhe.

»Was haben Sie nur, was fehlt Ihnen?« rief Stawrogin nahezu wütend.

Aber der Schreck dauerte nur einen Augenblick; ihr Gesicht verzog sich zu einem sonderbaren, argwöhnischen, unangenehmen Lächeln.

»Ich bitte Sie, Fürst, stehen Sie auf und treten Sie ein!« sagte sie plötzlich mit fester Stimme in befehlendem Ton.

»Wie meinen Sie das? Eintreten? Wohin eintreten?«

»Diese ganzen fünf Jahre habe ich mir immer nur vorgestellt, wie das sein wird, wenn *Er* eintritt. Stehen Sie auf und gehen Sie ins andere Zimmer, durch die Tür. Und ich werde hier sitzen, als erwartete ich nichts, und werde ein Buch in die Hand nehmen. Und plötzlich treten Sie dann ein, nach fünf Jahren, und sind von der Reise zurückgekehrt. Ich möchte sehen, wie das sein wird.«

Stawrogin knirschte mit den Zähnen und murmelte etwas Unverständliches.

»Genug!« sagte er, indem er mit der flachen Hand auf den Tisch schlug. »Ich bitte Sie, Marja Timofejewna, mich jetzt anzuhören. Haben Sie die Güte, Ihre ganze Aufmerksamkeit zusammenzunehmen, wenn Sie es können. Sie sind doch nicht ganz verrückt!« entfuhr es ihm in der Gereiztheit. »Morgen werde ich unsere Heirat bekanntgeben. Sie werden nie in Palästen wohnen, finden Sie sich damit ab. Wollen Sie nun mit mir das ganze Leben verbringen, aber nur sehr weit von hier? Das wäre in der Schweiz, im Gebirge; dort gibt es einen Ort ... Beunruhigen Sie sich nicht, ich werde Sie niemals verlassen oder in eine Irrenanstalt stecken. Geld werde ich noch genug haben, um nicht betteln zu müssen. Sie werden ein Dienstmädchen haben; Sie werden keine einzige Arbeit zu verrichten brauchen. Alles, was Sie innerhalb der Grenzen des Möglichen wünschen, wird Ihnen beschafft werden. Sie werden beten und tun können, was Sie wollen, und gehen können, wohin Sie wollen. Ich werde Sie nicht anrühren. Und auch ich werde diesen Ort nie mehr verlassen. Wenn Sie wollen, werde ich das ganze Leben lang kein Wort mit Ihnen sprechen, oder, wenn Sie wollen, so erzählen Sie mir abends, wie damals in Petersburg in den Winkeln, Ihre kleinen Geschichten. Oder ich kann Ihnen auch vorlesen, wenn Sie zum Zuhören Lust haben. Aber dafür das ganze Leben so an einem einzigen Ort – und es ist ein düsterer Ort. Wollen Sie? Können Sie sich entschließen? Und werden Sie es auch nie bereuen, werden Sie mich nie peinigen mit Tränen und Verwünschungen?«

Sie hatte ihm mit ungewöhnlicher Wißbegier zugehört, darauf schwieg sie lange und dachte nach.

»Das kommt mir doch alles sehr unglaubwürdig vor«, sagte sie schließlich spöttisch und in wegwerfendem Ton. »Da soll ich nun womöglich noch vierzig Jahre in jenem Gebirge leben!«

Sie begann zu lachen.

»Nun, dann leben wir eben noch vierzig Jahre«, sagte er mit stark gerunzelter Stirn.

»Hm. Um keinen Preis fahre ich dorthin.«

»Nicht einmal mit mir?«

»Wer sind Sie denn eigentlich, daß ich mit Ihnen fahren sollte? Vierzig Jahre hintereinander mit ihm auf einem Berge sitzen – hört doch, womit er mir kommt! Was doch die Menschen heutzutage geduldig geworden sind! Aber nein, es kann doch nicht sein, daß ein Falke zum Uhu ward! Nicht so ist mein Fürst!« und sie erhob stolz und triumphierend den Kopf.

Da war es ihm, als ginge ihm plötzlich ein Licht auf.

»Warum nennen Sie mich Fürst und ... für wen halten Sie mich überhaupt?« fragte er schnell.

»Wie? Sind Sie denn kein Fürst?«

»Das bin ich nie gewesen.«

»Und das gestehen Sie mir noch, so einfach, so ganz offen, mir ins Gesicht, daß Sie kein Fürst sind?«

»Ich sage Ihnen doch, daß ich nie einer gewesen bin.«

»Mein Gott!« Sie schlug die Hände zusammen. »Alles habe ich *seinen* Feinden zugetraut, aber eine solche Dreistigkeit doch wirklich nicht! Lebt er überhaupt noch?« rief sie plötzlich außer sich und rückte auf ihn zu. »Hast du ihn umgebracht oder nicht, gestehe!«

»Für wen hältst du mich?« stieß er aufspringend hervor, mit Entsetzen im Gesicht; aber schon war sie nicht mehr einzuschüchtern, sie triumphierte bereits:

»Wer kann es denn wissen, was du sein könntest und woher du entsprungen bist! Nur mein Herz, mein Herz hat es gespürt, all diese fünf Jahre hat es die ganze Intrige gespürt! Und da sitze ich nun und wundere mich: was ist denn das für eine blinde Eule[48], die heute hier vorgefahren kommt? Nein, mein Bester, du bist ein schlechter Schauspieler, sogar ein schlechterer als Lebädkin. Bestelle der Gräfin meine ergebenste Empfehlung und richte ihr aus, sie solle doch einen schicken, der etwas gewandter ist als du. Hat sie dich gedungen, sag'? Sonst bist du wohl nur in ihrer Küche aus Gnade und Barmherzigkeit angestellt! Ich durchschaue ja euren ganzen Betrug, ich kenne euch alle, ohne Ausnahme!«

Er packte sie mit festem Griff am Arm, oberhalb des Ellbogens; sie lachte ihm ins Gesicht.

»Ähnlich bist du ihm, ja, sehr ähnlich, vielleicht bist du auch verwandt mit ihm, – schlaues Volk! Nur ist *meiner* ein lichter Falke und ein Fürst, du aber bist nur eine Eule und ein armseliger Kaufmann! Wenn *meiner* will, so beugt er sich vor Gott, will er aber nicht, so beugt er sich auch vor Gott nicht! Dich aber hat Schátuschka (der Gute, der Brave, mein liebster Schátuschka!) ins Gesicht geschlagen, wie Lebädkin erzählte. Und warum wurdest du damals so feig, als du hereinkamst? Vor wem erschrakst du denn? Wie ich es sah, dein gemeines Gesicht, als ich fiel und du mich auffingst – da kroch es mir wie ein Wurm ins Herz: das ist nicht *er*, denke nicht, nicht *er*! Würde sich doch mein Falke meiner nie vor einem vornehmen Fräulein geschämt haben! O Gott! Machte mich doch schon der Gedanke glücklich, in diesen ganzen fünf Jahren, daß mein Falke dort irgendwo hinter den Bergen lebt und umherfliegt und zur Sonne aufschaut ... Sag', Falscher, hast du viel dafür bekommen? Hast wohl für großes Geld eingewilligt? Ich hätte dir auch nicht einen Groschen gegeben! Hahaha! Hahaha! ...«

»Idiotin!« knirschte Stawrogin, der sie immer noch am Arm gepackt hielt.

»Fort, du Falscher von eigenen Gnaden!« rief sie plötzlich befehlend. »Ich bin meines Fürsten Frau und fürchte mich nicht vor deinem Messer!«

»Messer?«

»Ja, Messer! Du hast ein Messer in der Tasche. Du glaubtest wohl, ich schliefe, aber ich habe es gesehen: als du vorhin hereinkamst, zogst du ein Messer hervor!«

»Was hast du gesagt, Unselige, was träumst du für Träume!« schrie er sie an und stieß sie aus aller Kraft von sich, so daß sie mit dem Kopf und den Schultern sogar schmerzhaft an die Sofalehne schlug.

Er stürzte hinaus; sie aber sprang sofort auf und lief ihm hinkend und hüpfend nach, und erst auf der kleinen Treppe, wo sie von dem erschrockenen Lebädkin mit aller Gewalt zurückgehalten wurde, gelang es ihr noch, ihm kreischend und mit Gelächter durch die Finsternis nachzurufen:

»Grischka Ot–rep–jeff, sei ver–flucht!«

IV

Ein Messer, ein Messer!« wiederholte Stawrogin in unbändiger Wut immer wieder vor sich hin, während er breitschreitend in den Straßenschlamm und die Regenpfützen trat, ohne auf den Weg zu achten. Allerdings gab es Augenblicke, wo ihn eine gewaltige Lust anwandelte, in Lachen auszubrechen, laut, wie besessen zu lachen; aber aus irgendeinem Grunde bezwang er sich und unterdrückte das Lachen. Er kam erst wieder zur Besinnung, als er schon auf der Brücke war, gerade an der Stelle, wo ihn vorhin Fedjka angeredet hatte. Und dieser selbe Fedjka wartete hier auch jetzt, zog, als er Stawrogin erblickte, die Mütze, grinste heiter und begann sogleich keck und lustig loszuplaudern. Stawrogin ging zunächst unverändert weiter, ja, er achtete gar nicht darauf, vernahm nicht einmal, was der Strolch, der sich ihm wieder zugesellt hatte, da schwatzte. Auf einmal überraschte ihn der Gedanke, daß ihm dieser Zuchthäusler gerade in der Zeit gar nicht in den Sinn gekommen war, als er selbst innerlich in einem fort »Ein Messer, ein Messer!« gemurmelt hatte. Und plötzlich packte er den Strolch blitzschnell am Kragen und schleuderte ihn mit der ganzen in ihm angesammelten Wut aus aller Kraft zu Boden, daß der Kerl nur so auf die Bohlen krachte. Einen Augenblick gedachte dieser wohl, sich zu wehren, sagte sich aber sofort, daß er gegen einen solchen Gegner, noch dazu nach einem so unerwarteten Angriff, ungefähr wie ein Strohhalm unmöglich aufkommen konnte. Und so verharrte er denn, halb knieend zu Boden gedrückt, die Ellenbogen auf den Rücken gerissen, wie ihn Stawrogin hielt, lautlos und reglos, sogar ohne den geringsten Widerstand auch nur zu versuchen, und wartete als schlauer Kopf ruhig ab, was nun kommen werde. Ja, wahrscheinlich glaubte er überhaupt nicht an eine ernste Gefahr für sich.

Er täuschte sich nicht. Stawrogin hatte sich zwar schon mit der linken Hand den warmen Schal vom Hals gerissen, um seinen Gefangenen zu binden, doch plötzlich, Gott weiß weshalb, gab er es auf und stieß ihn nur von sich. Im Augenblick stand Fedjka auf den Füßen, wandte sich um, und ein kurzes, breites Schustermesser blitzte in seiner Hand.

»Fort das Messer! Steck es sofort ein! Sofort!« *befahl* Stawrogin mit ungeduldiger Geste, und das Messer verschwand ebenso schnell, wie es aufgetaucht war.

Stawrogin ging darauf wieder schweigend und ohne sich umzusehen weiter; aber der hartnäckige Kerl folgte ihm doch, jetzt freilich ohne zu schwatzen, vielmehr in respektvoller Entfernung, einen ganzen Schritt hinter ihm. So gingen sie über die ganze Brücke und kamen ans Ufer, wo Stawrogin diesmal nach links bog, in eine lange, öde Gasse, denn das war ein näherer Weg zur inneren Stadt als der über die Bogojáwlenskaja-Straße.

»Ist es wahr, daß du vor ein paar Tagen irgendwo im hiesigen Bezirk eine Kirche ausgeraubt hast, wie die Leute sagen?« fragte Stawrogin unvermittelt.

»Das heißt, eigentlich ging ich zuerst nur hin, um zu beten«, antwortete Fedjka gesetzt und höflich, und als ob nicht das Geringste vorgefallen wäre. Ja, nicht nur gesetzt, sondern geradezu würdevoll sagte er es, und von der früheren »freundschaftlichen« Familiarität war auch nicht eine Spur mehr zu bemerken. Er war in diesem Augenblick ganz wie ein ernster, sachlicher Mensch, den man zwar grundlos gekränkt hat, der aber auch Kränkungen zu vergessen versteht.

»Aber wie mich nun unser Herrgott hingeführt hatte und ich die Sachen sah«, fuhr er fort, »ach, du himmlischer Fingerzeig, dachte ich da! Nur von wegen meiner Verwaistheit ist ja das alles geschehen, denn in unserem Leben geht's nun mal gar nicht ohne Unterstützung. Und sehen Sie, gnädiger Herr, bei Gott, zu meinem eigenen Nachteil hat der Herr mich hingeführt, zur Strafe für meine Sünden: hab' für die Sachen im ganzen nur zwölf Rubel bekommen. Des heiligen Nikolai silbernes Kinnband aber habe ich fast umsonst dazugeben müssen: semiliert, sagte man.«

»Du hast vorher den Wächter erstochen?«

»Das heißt, wir haben's ja beide zusammen gemacht, der Wächter und ich, und dann erst, am Morgen, am Flüßchen, kam's zum Streit, wer den Sack tragen sollte. Da sündigte ich, erleichterte ihn um die Last des irdischen Lebens.«

»Erstich noch weiter, stiehl noch mehr!«

»Ganz dasselbe rät mir auch Pjotr Stepanowitsch, mit genau denselben Worten, da er mir selber nie was geben will, denn er ist halt geizig und hartherzig in Fragen wie Unterstützung. Außerdem, daß er an den himmlischen Schöpfer, der uns doch allesamt aus einem Erdenkloß gemacht hat, nich für eine Kopeke glaubt. Er sagt, alles hat die Natur gemacht, sogar jedes letzte Tier, und überdies begreift er schon ganz und gar nich, daß uns in unserem Leben ohne milde Unterstützung überhaupt nichts möglich ist. Fängst du ihm was zu erklären an, glotzt er wie ein Schaf ins Wasser; nur so wundern kannst du dich über ihn. Aber werden Sie es wohl glauben, gnädiger Herr, beim Hauptmann Lebädkin beispielsweise, wo Sie soeben besuchten, da kam's vor, als er noch vor Ihrer Ankunft bei Filippoff wohnte, daß die Tür die ganze Nacht unverschlossen steht, selbst schläft er vollgesoffen wie ein Fisch, und das Geld, das kullert nur so aus allen Taschen auf die Diele. 's kam vor, daß man's mit eigenen leibhaftigen Augen sah, denn nach unserer Meinung, daß man ohne milde Unterstützung was könnte, daran ist ja gar nich zu denken ...«

»Wie das, mit eigenen Augen? Bist du etwa in der Nacht hingegangen?«

»Vielleicht bin ich auch hingegangen, nur weiß das niemand.«

»Warum hast du ihn dann nicht erstochen?«

»Hab' erst nachgezählt und mich dann bedacht. So wußte ich denn, daß ich immer so an die hundertfünfzig Rubel erwischen könnte, aber warum soll ich denn das, wenn ich ganze tausendfünfhundert kriegen kann, wenn ich nur eben jetzt ein wenig warte? Denn Hauptmann Lebädkin hat immer sehr auf Sie gebaut, hab's mit meinen eigenen Ohren gehört, wenn er voll war, und es gibt hier überhaupt keine Schenke mehr, wo er nich dasselbe genau so wiederholt hat. Das hab' ich auch noch von anderen gehört, und so begann ich nun gleichfalls, meine ganze Hoffnung auf den gnädigen Herrn zu setzen. Ich bin wirklich zu Ihnen, gnädiger Herr, so aufrichtig, wie zu meinem Vater oder leiblichen Bruder, denn Pjotr Stepanowitsch wird darüber niemals was von mir zu hören bekommen und auch sonst keine einzige Seele. Also deshalb meine ich, der gnädige Herr könnte mir doch wirklich jetzt mit drei Rubelchen wohlwollen? Wenn der gnädige Herr mir nur klar zu verstehen geben wollte, damit ich dann die Wahrheit weiß, denn für unsereinen ist's nun einmal ohne milde Unterstützung ganz und gar unmöglich.«

Da lachte Stawrogin laut auf, zog aus der Tasche sein Portemonnaie, in dem an fünfzig Rubel in kleineren Scheinen waren, und warf einen Schein aus dem Paket ihm zu, dann noch einen, dann einen dritten, vierten, fünften. Fedjka fing sie in der Luft auf, sprang hin und her, die Banknoten flatterten, fielen in den Schlamm, immer gieriger griff er nach ihnen, und immer erregter stieß er dabei ein kurzes »Äch, Äch!« hervor. Schließlich schleuderte ihm Stawrogin aus voller Faust das ganze Geldpaket zu und bog, immer noch lachend, in eine Quergasse ein – diesmal allein. Der Strolch blieb zurück, rutschte fast auf den Knien im Schlamm herum und suchte nach den vom Wind verstreuten Geldscheinen, die in den Pfützen versanken, und noch eine ganze Stunde lang konnte man hören, wie er in der Dunkelheit sein kurzes »Äch, Äch!« hervorstieß.

DRITTES KAPITEL

DAS DUELL

I

Das beabsichtigte Duell fand am nächsten Tage um zwei Uhr mittags statt. Es war vor allem das unbezähmbare Verlangen Artémij Páwlowitsch Gagánoffs, sich um jeden Preis zu schlagen, das eine so schnelle Erledigung der Angelegenheit ermöglichte. Er konnte sich das Verhalten seines Gegners nicht erklären und raste bereits vor Ungeduld. Schon seit einem ganzen Monat beleidigte er ihn unausgesetzt, und noch immer war es ihm nicht gelungen, jenen um seine Geduld zu bringen und zu einer Forderung zu bewegen; diese aber mußte, so wünschte er es sich, unbedingt von seiten Stawrogins erfolgen, da er persönlich keinen unmittelbaren Anlaß dazu hatte. Seinen geheimen Beweggrund aber schämte er sich einzugestehen, nämlich seinen krankhaften Haß gegen Stawrogin wegen der Beleidigung, die dieser vor vier Jahren seiner Familie zugefügt hatte. Auch war er sich selbst der vollkommenen Unmöglichkeit einer solchen Begründung bewußt, besonders in Anbetracht der friedfertigen Entschuldigungen, die ihm Stawrogin bereits zweimal angeboten hatte. Er nahm im stillen an, Stawrogin sei ein ausgemachter Feigling; anders wußte er sich die Hinnahme der Ohrfeige von Schatoff nicht zu erklären. So hatte er sich denn zu guter Letzt entschlossen, jenen in seiner Grobheit unerhörten Brief abzusenden, der den Gegner zwingen sollte, von sich aus die Forderung zum Duell auszusprechen. Nach der Absendung des Briefes aber hatte Gagánoff in fieberhafter Ungeduld auf die Antwort zu warten begonnen, in schmerzhafter Spannung die Chancen erwogen, bald hoffend, bald verzweifelnd, und hatte sich dann noch am Abend für alle Fälle einen Sekundanten beschafft, und zwar seinen alten Freund und Schulkameraden Mawríkij Nikolájewitsch Drósdoff, den er als Menschen besonders hochschätzte. So kam es, daß Kirilloff, als er am nächsten Morgen um neun Uhr mit seinem Auftrag erschien, den Boden bereits vorbereitet fand. Alle Entschuldigungen und unerhörten Zugeständnisse Stawrogins wurden schon nach den ersten Worten sofort und mit ungewöhnlicher Heftigkeit zurückgewiesen. Mawríkij Nikolájewitsch, der erst am Vorabend vom Stand der Dinge unterrichtet worden war, öffnete den Mund vor Erstaunen über die fast unglaublichen Anerbietungen und wollte schon auf eine Versöhnung dringen, aber da bemerkte er, daß Gagánoff, der seine Absicht erriet, auf seinem Stuhl förmlich zu zittern begann, und so unterdrückte er denn seine Regung und sagte nichts. Hätte er dem Kameraden nicht schon sein Wort gegeben, so wäre er unverzüglich fortgegangen; er blieb nur in der einzigen Hoffnung, bei der Austragung der Sache doch noch irgendwie vermitteln zu können. Kirilloff überbrachte die Forderung; alle von Stawrogin aufgestellten Bedingungen wurden sofort buchstäblich und ohne die geringste Einwendung angenommen. Nur ein Zusatz wurde gewünscht, übrigens ein sehr rigoroser, und zwar: wenn die ersten Schüsse kein entscheidendes Ergebnis hätten, so sollten die Gegner sich ein zweites Mal gegenübertreten; wenn auch der zweite Kugelwechsel ergebnislos bliebe, dann ein drittes Mal. Kirilloff runzelte die Stirn und wollte den dritten Gang abhandeln, erreichte jedoch nichts, und so stimmte er denn zu, aber unter der Bedingung, daß höchstens drei Gänge zulässig sein sollten, doch »unter keinen Umständen vier«. Darin wurde ihm nachgegeben. So kam denn die Begegnung um zwei Uhr mittags in Brýkowo zustande, das heißt in einem vor der Stadt gelegenen Wäldchen zwischen Skworéschniki auf der einen und der Schpigúlinschen Fabrik auf der anderen Seite. Der Regen vom vorigen Tage hatte vollständig aufgehört, aber es war naß, feuchtkalt und windig. Niedrige, trübe, zerrissene Wolken zogen schnell am kalten Himmel dahin; die Bäume rauschten in tiefem Ton an- und abschwellend, mit wogenden Wipfeln und auf ihren Wurzeln knarrenden Stämmen; es war ein sehr trübseliger Tag.

Gagánoff und Mawríkij Nikolájewitsch kamen in einem eleganten zweispännigen Char à bancs, den Artémij Petrówitsch selbst lenkte, angefahren; bei ihnen befand sich ein Diener. Fast im gleichen Augenblick erschienen auch Stawrogin und Kírilloff, aber nicht in einem Wagen, sondern zu Pferde, gleichfalls in Begleitung eines berittenen Dieners. Kirilloff, der noch nie auf einem Pferde gesessen hatte, hielt sich mutig und steif im Sattel, in der rechten Hand den schweren Pistolenkasten, den er dem Diener nicht anvertrauen wollte; mit der linken Hand hielt er die Zügel, die er aus Unkenntnis fortwährend anzog und zu stramm hielt, was zur Folge hatte, daß das Pferd mit dem Kopf schlug und deutlich die Absicht bekundete, sich aufzubäumen, was übrigens den Reiter nicht im geringsten zu schrecken schien. Der argwöhnische Gagánoff, der dazu neigte, sich schon beim geringsten Anlaß und gleich tief beleidigt zu fühlen, faßte diese Ankunft hoch zu Roß als neue ihm angetane Beleidigung auf, und zwar in dem Sinne, daß die Gegner offenbar doch gar zu selbstsicher auf einen für sie günstigen Ausgang des Duells bauten, wenn sie es nicht für nötig hielten, einen Wagen für den eventuellen Transport eines Verwundeten zur Stelle zu haben. Als er aus seinem Char à bancs ausstieg, war er ganz gelb vor Ärger und fühlte, daß seine Hände zitterten, was er auch Mawríkij Nikolájewitsch mitteilte. Stawrogins Gruß – eine kurze Verbeugung – erwiderte er nicht, sondern wandte sich ab. Die Sekundanten warfen das Los: es traf Kirilloffs Pistolen. Die Barrieren wurden abgemessen, die Gegner aufgestellt, der Wagen und die Pferde mit den Dienern etwa dreihundert Schritte zurückgeschickt. Die Waffen wurden geladen und den Gegnern ausgehändigt.

Es ist schade, daß ich meine Erzählung schneller weiterführen muß und daher keine Zeit habe zu eingehenderer Schilderung; aber ganz ohne Bemerkungen geht es ja auch nicht. Mawríkij Nikolájewitsch war besorgt und traurig, Kirilloff dagegen vollkommen ruhig und gleichmütig, sehr genau in der Erfüllung aller Einzelheiten der von ihm übernommenen Pflicht, aber ohne die geringste Hast und fast wie ohne Interesse an dem bedeutsamen und nun schon so nahegerückten Ausgang der Sache. Stawrogin war ein wenig blasser als gewöhnlich, ziemlich leicht gekleidet, trug einen Überzieher und einen weißen Filzhut. Er schien sehr müde zu sein, zog dann und wann die Brauen zusammen und hielt es nicht im geringsten für der Mühe wert, seine üble Stimmung zu verbergen. Aber am auffälligsten von allen benahm sich in diesem Augenblick Artémij Páwlowitsch Gagánoff, so daß ich es wohl nicht unterlassen darf, über ihn ganz speziell noch ein paar Worte zu sagen.

II

Bisher hat sich uns keine Gelegenheit geboten, seines Äußeren Erwähnung zu tun. Er war ein hochgewachsener Mann, hellhäutig, wohlgenährt oder »satt«, wie das einfache Volk es nennt, das heißt, beinahe feist, mit hellblondem anliegenden Haar, ungefähr dreiunddreißig Jahre alt und, wie man vielleicht sagen kann, sogar mit hübschen Gesichtszügen. Er hatte mit dem Rang eines Obersten den Dienst quittiert, hätte er aber weitergedient, so würde er als General gewiß eine noch imposantere Erscheinung abgegeben haben, und es ist sehr möglich, daß er sich im Kriege als durchaus tüchtiger General erwiesen hätte.

Es darf um der Charakterisierung seiner Persönlichkeit willen nicht unerwähnt bleiben, daß der Hauptgrund seines Ausscheidens aus dem Dienst der ihn so lange und so qualvoll peinigende Gedanke an die Schande seiner Familie war, – die Schande infolge der Beleidigung, die Nikolai Stawrogin vor vier Jahren im Klub seinem Vater zugefügt hatte. Er hielt es vor seinem Gewissen für ehrlos, weiter im Dienst zu verbleiben, und war innerlich überzeugt, daß er das Regiment und die Kameraden schände, obschon keiner der Herren von dem Vorfall etwas wußte. Allerdings hatte er schon früher einmal die Absicht gehabt, den Dienst zu quittieren, schon lange vor jener Beleidigung, aus einem ganz anderen Grunde, hatte aber immer noch geschwankt. Wie seltsam es auch klingen mag, aber der erste Anlaß zu dieser Absicht oder, richtiger gesagt, die erste Herausforderung dieser Reaktion war für ihn das Manifest vom 19. Februar gewesen, das die Leibeigenschaft der Bauern aufhob[49]. Artémij Páwlowitsch, einer der reichsten Gutsbesitzer unseres Gouvernements, der durch dieses Manifest noch nicht einmal so viel verlor und außerdem die humanitären Gesichtspunkte der Reform einzusehen, ja fast auch ihre ökonomischen Vorteile zu begreifen vermochte, fühlte sich plötzlich nach dem Erscheinen des Manifestes gleichsam persönlich beleidigt. Es war etwas Unbewußtes, von der Art eines gewissen Gefühls, das aber um so stärker war, je unwillkürlicher er es empfand. Bis zum Tode seines Vaters hatte er sich übrigens nicht entschließen können, etwas Entscheidendes zu tun; aber in Petersburg war er durch seine »aristokratischen« Ansichten mit vielen bemerkenswerten Persönlichkeiten bekannt geworden, mit denen in Beziehung zu bleiben er sich eifrig bemühte. Er war ein insichgekehrter, verschlossener Mensch. Ein weiterer charakteristischer Zug: er gehörte zu jenen sonderbaren, aber in Rußland noch vorkommenden Edelleuten, die auf das Alter und die Reinheit ihres Adelsgeschlechts ungeheuren Wert legen und sich dafür gar zu ernsthaft interessieren. Zugleich aber konnte er die Geschichte Rußlands nicht ausstehen, und überhaupt hielt er die ganze russische Lebensweise zum Teil für eine Schweinerei. Schon in seiner Kindheit, als er noch auf der exklusiven, nur für die vornehmsten und reichsten Zöglinge bestimmten Kriegsschule war, auf der er die Ehre hatte, seine Ausbildung zu beginnen und abzuschließen, hatten sich in ihm gewisse poetische Ansichten verwurzelt: ihm gefielen Burgen, das mittelalterliche Leben, dessen ganzer opernhafte Teil, das Rittertum. Schon damals weinte er fast vor Scham, wenn er daran dachte, daß der Zar zur Zeit des moskowitischen Reiches einen russischen Bojaren körperlich hatte strafen dürfen[50], und er errötete, wenn er Vergleiche anstellte. Dieser störrisch unzugängliche, ungemein streng gesinnte Mensch, der seinen Dienst auffallend gut kannte und seine Obliegenheiten genauestens erfüllte, war in seiner Seele dennoch ein Illusionist. Man versicherte, er hätte in Versammlungen Ansprachen halten können und habe die Gabe des Wortes; einstweilen aber hatte er seine ganzen dreiunddreißig Lebensjahre lang nur still für sich geschwiegen. Selbst in jenem einflußreichen Petersburger Kreise, in dem er in letzter Zeit verkehrte, benahm er sich auffallend hochmütig. Da kam es zu der unverhofften Begegnung mit dem aus dem Ausland nach Petersburg zurückgekehrten Stawrogin, und seitdem war er wie toll, als hätte er schier den Verstand verloren. So war er denn auch jetzt, wo er vor der Barriere stand, von einer geradezu krankhaften Unruhe besessen: er fürchtete noch immer, das Duell könnte auf irgend eine Weise nicht zustande kommen, und selbst die kleinste Verzögerung ließ ihn erzittern. Sein Gesicht verkrampfte sich wie vor Schmerz, als Kirilloff, statt das Zeichen zum Beginn des Kampfes zu geben, auf einmal zu reden begann, allerdings nur die üblichen Sätze, was er auch sofort vorausschickte:

»Nur pro forma noch ein paar Worte: Jetzt, wo die Pistolen den Duellanten bereits ausgehändigt sind und nur noch das Kommando gegeben werden muß, ist die Frage fällig, ob es Ihnen nicht genehm wäre, sich im letzten Augenblick noch zu versöhnen? – Diese Frage zu stellen, ist Pflicht des Sekundanten.«

Und wie mit Fleiß begann nun auch noch Mawrikij Nikolájewitsch, der bisher geschwiegen hatte, aber schon seit dem letzten Abend wegen seiner Nachgiebigkeit oder gar Nachsicht heftig litt, den Beginn des Duells aufzuhalten, indem er den Vorschlag Kirilloffs sofort aufgriff:

»Ich schließe mich vollkommen dem Vorschlag Herrn Kirilloffs an ... die Ansicht, daß man sich an der Barriere nicht mehr versöhnen könne, ist ein Vorurteil, das den Franzosen zusagen mag ... Und, Verzeihung, ich sehe auch nicht ein, worin die Beleidigung bestehen soll, nehmen Sie es mir nicht übel, aber ich wollte das schon längst sagen ... denn es werden doch alle erdenklichen Entschuldigungen angeboten, nicht wahr?«

Er war dabei ganz rot geworden. Selten hatte er so viel und in solcher Erregung gesprochen.

»Ich bestätige nochmals meine Bereitschaft zu allen mir möglichen Entschuldigungen«, erklärte Stawrogin sofort mit auffallender Eilfertigkeit.

»Wie ist so etwas nur möglich!?« schrie Gagánoff außer sich, seinem Sekundanten zugewandt, und stampfte vor Wut mit dem Fuß auf. »Erklären Sie doch diesem Menschen« (er stieß dabei mit der Pistole in die Richtung, in der Stawrogin stand), »wenn Sie mein Sekundant und nicht mein Feind sind, Mawrikij Nikolájewitsch, daß solche Zugeständnisse die Beleidigung nur noch verstärken! Er scheint es für unmöglich zu halten, von mir beleidigt zu werden! ... Er hält es für keine Schande, vor mir von der Barriere zurückzutreten! Für wen hält er mich denn nach alledem, Ihrer Meinung nach ... und Sie sind noch mein Sekundant! Sie regen mich nur auf, damit ich nicht treffe!« Dazu stampfte er wieder mit dem Fuß auf, während ihm der Speichel von den Lippen spritzte.

»Die Unterhandlungen sind beendet. Ich bitte, auf das Kommando zu hören!« rief Kirilloff, so laut er konnte. »Eins! Zwei! Drei!«

Bei dem Worte »drei« gingen die Gegner aufeinander zu. Gaganoff erhob sofort die Pistole und beim fünften oder sechsten Schritt schoß er. Eine Sekunde lang blieb er stehen, und nachdem er sich überzeugt, daß er nicht getroffen hatte, ging er schnell zur Barriere vor. Auch Stawrogin trat vor, erhob die Pistole, aber ziemlich hoch, und schoß fast ohne zu zielen. Darauf zog er sein Taschentuch hervor und umwickelte damit den kleinen Finger seiner rechten Hand. Da erst bemerkten die anderen, daß Artémij Páwlowitsch doch nicht ganz gefehlt hatte, aber seine Kugel hatte den Finger nur gestreift, ohne den Knochen zu berühren; es war nur eine unbedeutende Schramme. Kirilloff erklärte sofort, daß das Duell, wenn die Gegner nicht befriedigt seien, seinen Fortgang nehme.

»Ich erkläre«, schrie Gaganoff heiser (die Kehle war ihm völlig ausgetrocknet), sich wieder nur an seinen Sekundanten wendend, »daß dieser Mensch« (wieder stieß er mit der Pistole in die Richtung, in der Stawrogin stand), »daß dieser Mensch absichtlich in die Luft geschossen hat ... mit Vorbedacht! ... Das ist eine neue Beleidigung! Er will das Duell unmöglich machen!«

»Ich habe das Recht zu schießen, wie ich will, vorausgesetzt, daß es nicht gegen die Regeln verstößt«, erklärte Stawrogin in festem Ton.

»Nein, das hat er nicht! Erklären Sie ihm das, erklären Sie es ihm doch!« schrie Gagánoff.

»Ich schließe mich ganz der Meinung Nikolai Wssévolodowitschs an«, versetzte Kirilloff.

»Warum schont er mich!?« raste Gaganoff, ohne auf die anderen zu hören. »Ich verachte seine Schonung ... Ich spucke darauf ... Ich ...«

»Ich gebe mein Wort, daß ich Sie durchaus nicht beleidigen wollte«, sagte Stawrogin ungeduldig. »Ich habe in die Luft geschossen, weil ich niemanden mehr töten will, gleichviel ob Sie oder einen anderen; aber das hat mit Ihnen persönlich nichts zu schaffen. Es ist wahr, ich halte mich nicht für beleidigt, und es tut mir leid, daß das Sie aufbringt. Ich erlaube aber keinem, mir in mein Recht dreinzureden.«

»Wenn er sich vor Blutvergießen fürchtet, so fragen Sie ihn doch, warum er mich überhaupt gefordert hat?« brüllte Gaganoff, sich immer noch ausschließlich an Mawrikij Nikolajewitsch wendend.

»Wie sollte man Sie denn nicht fordern?« mischte sich Kirilloff ein. »Sie wollten doch auf nichts hören, wie sollte man Sie denn loswerden?«

»Ich möchte nur bemerken«, sagte Mawrikij Nikolajewitsch, der angestrengt und qualvoll über die Sache nachdachte, »wenn der Gegner im voraus erklärt, er werde in die Luft schießen, so kann das Duell, meiner Meinung nach, allerdings nicht fortgesetzt werden ... aus Gründen des Anstands, die ... zu erklären sich wohl erübrigt.«

»Ich habe durchaus nicht gesagt, daß ich jedesmal in die Luft schießen werde!« rief Stawrogin, der nun doch die Geduld verlor. »Wie können Sie wissen, was ich im Sinne habe und wie ich zum zweitenmal schießen werde ... Ich mache das Duell keineswegs unmöglich.«

»Wenn dem so ist, kann das Duell seinen Fortgang nehmen«, wandte sich Mawrikij Nikolajewitsch an Gaganoff.

»Meine Herren, nehmen Sie Ihre Plätze ein!« kommandierte Kirilloff.

Sie stellten sich wieder auf, gingen wieder aufeinander zu, wieder fehlte Gaganoff und wieder schoß Stawrogin in die Luft. Übrigens waren diese Schüsse in die Luft doch zweifelhaft – es ließ sich über sie streiten: Stawrogin hätte sehr wohl behaupten können, daß er, ganz wie es sich gehört, auf den Gegner gezielt habe, wenn er nicht vorher selbst das Gegenteil angekündigt hätte, denn er richtete die Pistole nicht etwa gerade auf den Himmel oder auf einen Baumwipfel, sondern immerhin so, als ziele er auf den Gegner – wenn er auch tatsächlich einen halben Meter über dessen Hut zielte. Dieses zweite Mal hatte er sogar ein noch niedrigeres, noch täuschenderes Ziel genommen; aber Gaganoff wäre jetzt wohl überhaupt nicht mehr zu überzeugen gewesen.

»Wieder!« knirschte er ingrimmig. »Einerlei! Ich bin gefordert und werde von meinem Recht Gebrauch machen! Ich will zum drittenmal schießen ... unbedingt! ...«

»Dazu haben Sie das volle Recht«, schnitt ihm Kirilloff das Wort ab.

Mawrikij Nikolajewitsch sagte nichts. Zum drittenmal wurden sie aufgestellt, zum drittenmal wurde kommandiert. Diesmal schritt Gaganoff bis zur Barriere, und von dort, auf zwölf Schritt Distanz, begann er zu zielen. Doch seine Hand zitterte zu sehr, um richtig zielen zu können. Stawrogin stand mit gesenkter Pistole da und erwartete regungslos den Schuß des Gegners.

»Zu lange, zu lange gezielt!« rief Kirilloff schließlich ungestüm. »Schießen Sie! Schie–ßen Sie doch!«

Der Schuß ertönte, und diesmal riß die Kugel Stawrogins weißen Hut vom Kopfe. Gaganoff hatte gut gezielt, der Kopf des Hutes war ziemlich niedrig durchschossen; nur zwei Zentimeter niedriger, und alles wäre zu Ende gewesen. Kirilloff hob den Hut auf und reichte ihn Stawrogin.

»Schießen Sie, halten Sie den Gegner nicht hin!« rief Mawrikij Nikolajewitsch in ungewöhnlicher Erregung, als er sah, daß Stawrogin, der mit Kirilloff den Hut betrachtete, seinen dritten Schuß gleichsam vergessen zu haben schien.

Stawrogin zuckte zusammen, blickte auf Gaganoff, wandte sich dann zur Seite und schoß diesmal schon ohne jedes Zartgefühl einfach in den Wald hinein. Das Duell war beendet. Gaganoff stand da wie zerschmettert. Mawrikij Nikolajewitsch trat zu ihm und sprach etwas, doch er schien ihn gar nicht zu verstehen. Kirilloff zog den Hut, als er fortging, und nickte Mawrikij Nikolajewitsch zu; Stawrogin aber vergaß jetzt die Höflichkeit, die er vorhin bezeugt hatte; nach seinem letzten Schuß in den Wald drückte er Kirilloff die Pistole in die Hand und ging, ohne sich auch nur einmal zur Barriere zu wenden, schnell zu den Pferden. Sein Gesicht drückte Ärger aus; er schwieg. Auch Kirilloff schwieg. Sie bestiegen die Pferde und ritten im Galopp davon.

III

Warum schweigen Sie?« rief Stawrogin ungeduldig Kirilloff zu, als sie schon nicht mehr weit vom Hause entfernt waren.

»Was wollen Sie?« fragte dieser, fast vom Pferde rutschend, da es sich bäumte.

Stawrogin bezwang sich.

»Ich wollte ihn nicht beleidigen, diesen ... Dummkopf, und doch habe ich es wieder getan«, sagte er langsam.

»Ja, Sie haben ihn wieder beleidigt«, sagte Kirilloff trokken – »und dabei ist er gar kein Dummkopf.«

»Immerhin habe ich alles getan, was ich konnte.«

»Nein.«

»Was hätte ich denn tun sollen?«

»Nicht fordern.«

»Noch einen Schlag ins Gesicht hinnehmen?«

»Ja, selbst einen Schlag hinnehmen.«

»Ich fange an, nichts mehr zu verstehen!« sagte Stawrogin geärgert. »Warum erwartet man von mir, was man sonst von niemandem erwartet? Warum soll ich ertragen, was sonst niemand erträgt, und mir Bürden aufladen, die keiner tragen kann?«

»Ich glaubte, Sie suchen eine Bürde.«

»Ich? – suche eine Bürde?«

»Ja.«

»Sie ... haben das bemerkt?«

»Ja.«

»Ist das so bemerkbar?«

»Ja.«

Sie schwiegen. Stawrogin sah sehr besorgt, fast betroffen aus.

»Ich habe nur deshalb nicht auf ihn geschossen, weil ich nicht töten wollte, und das war alles, ich versichere Sie«, sagte er schnell und erregt, als wollte er sich rechtfertigen.

»Es wäre nicht nötig, zu beleidigen.«

»Was hätte man denn tun sollen?«

»Man hätte töten sollen.«

»Es tut Ihnen leid, daß ich ihn nicht erschossen habe?«

»Mir tut gar nichts leid. Ich glaubte, Sie wollten ihn wirklich erschießen. Sie wissen selbst nicht, was Sie suchen.«

»Ich suche eine Bürde«, lachte Stawrogin auf.

»Wenn Sie nicht Blut vergießen wollten, warum geben Sie sich dann selbst dazu her?«

»Wenn ich ihn nicht gefordert hätte, so wäre ich von ihm so erschlagen worden, ohne Duell.«

»Das ist nicht Ihre Sache. Vielleicht hätte er auch nicht erschlagen.«

»Sondern nur zugeschlagen?«

»Nicht Ihre Sache. Tragen Sie die Bürde. Sonst ist kein Verdienst dabei.«

»Ich pfeife auf Ihr Verdienst; danach suche ich bei niemandem.«

»Ich glaubte, Sie suchten«, schloß Kirilloff unglaublich kaltblütig.

Sie ritten auf den Hof.

»Wollen Sie zu mir kommen?« lud ihn Stawrogin ein.

»Nein, ich will nach Haus. Leben Sie wohl.«

Er stieg ab und nahm seinen Kasten unter den Arm.

»Aber wenigstens *Sie* ärgern sich doch nicht über mich?« fragte Stawrogin und hielt ihm die Hand hin.

»Nicht im geringsten!« Kirilloff kehrte sofort zurück, um ihm die Hand zu drücken. »Wenn mir meine Bürde leicht ist, so ist es, weil meine Natur so ist, und wenn Ihre Bürde für Sie vielleicht schwerer ist, so kommt das auch von Ihrer Natur. Sehr zu schämen braucht man sich deshalb nicht, nur ein wenig.«

»Ich weiß, daß ich ein nichtiger Charakter bin, aber ich dränge mich ja auch nicht unter die Starken.«

»Tun Sie's auch nicht; Sie sind kein starker Mensch. Kommen Sie wieder Tee trinken.«

Stawrogin ging stark verwirrt auf sein Zimmer.

IV

Er erfuhr sogleich von Alexei Jegórowitsch, daß Warwára Petrowna, die sich über den Spazierritt Nikolai Wssewolodowitschs – den ersten nach acht Tagen Krankheit – sehr gefreut hatte, sofort habe anspannen lassen und nun gleichfalls ausgefahren sei, »wie in früheren Tagen, um wieder frische Luft zu atmen, zumal sie es seit acht Tagen nicht mehr getan haben.«

»Ist sie allein gefahren oder mit Darja Pawlowna?« unterbrach Stawrogin den alten Diener hastig, und sein Gesicht verdüsterte sich sehr, als er hörte, daß Darja Pawlowna »wegen Unpäßlichkeit vorgezogen haben, nicht mitzufahren, und sich augenblicklich in ihren Zimmern befinden.«

»Höre, Alter«, sagte er, wie nach einem plötzlichen Entschluß, »paß auf sie heute den ganzen Tag gut auf, und wenn du bemerkst, daß sie zu mir kommen will, so halte sie zurück und sag ihr, daß ich sie nicht empfangen kann, wenigstens in diesen Tagen nicht ... daß ich sie darum bitten lasse ... und wenn es Zeit sein wird, werde ich sie selbst rufen lassen, – hörst du?«

»Ich werde es ausrichten«, sagte Alexei Jegorowitsch mit Kummer in der Stimme und senkte die Augen.

»Aber nicht eher, als bis du sicher bist und genau siehst, daß sie zu mir kommen will.«

»Sie können unbesorgt sein, es wird kein Versehen stattfinden. Durch mich sind auch bisher alle Besuche ermöglicht worden; sie haben sich immer an mich gewandt.«

»Ich weiß. Also nicht eher, als bis sie selbst kommt. Und jetzt bring mir Tee; wenn du kannst, möglichst schnell.«

Kaum hatte der Alte das Zimmer verlassen, als dieselbe Tür sich wieder öffnete und Darja Pawlowna auf der Schwelle erschien. Ihr Blick war ruhig, aber das Gesicht blaß.

»Wo kommen Sie her?« rief Stawrogin.

»Ich stand an der Tür und wartete, bis er hinausging, um dann einzutreten. Ich habe gehört, was Sie ihm auftrugen.

Als er fortging, versteckte ich mich hinter den Mauervorsprung rechts, so hat er mich nicht bemerkt.«

»Ich wollte schon lange mit Ihnen abbrechen, Dascha ... solange ... es noch Zeit ist. Ich konnte Sie heute nacht nicht empfangen, trotz Ihres Zettels. Ich wollte Ihnen selbst schreiben, aber ich verstehe nicht zu schreiben«, fügte er ärgerlich und sogar wie angeekelt hinzu.

»Auch ich habe bereits daran gedacht, daß wir abbrechen müssen. Warwara Petrowna argwöhnt schon zu sehr unsere Beziehungen.«

»So mag sie doch.«

»Sie soll sich nicht beunruhigen. Also bleibt es jetzt so bis zum Schluß?«

»Sie erwarten immer noch unbedingt einen Schluß?«

»Ja, ich bin überzeugt, daß er kommen wird.«

»Auf der Welt hat nichts einen Schluß.«

»Hier aber wird es einen Schluß geben. Rufen Sie mich dann, ich werde kommen. Und jetzt leben Sie wohl.«

»Und was für ein Schluß wird denn das sein?« fragte Stawrogin halb höhnelnd.

»Sie sind nicht verwundet und ... haben auch kein Blut vergossen?« fragte sie, ohne auf die Frage nach dem Schluß zu antworten.

»Es war so dumm; ich habe niemanden getötet, beruhigen Sie sich. Aber Sie werden ja heute noch alles von allen hören. Ich fühle mich nicht ganz wohl.«

»Ich gehe schon. Die Anzeige der Heirat wird heute nicht erfolgen?« fragte sie noch wie unschlüssig.

»Heute nicht; auch morgen nicht; ob übermorgen, das weiß ich noch nicht; vielleicht sterben wir alle, und das wäre das Beste. Lassen Sie mich, lassen Sie mich endlich allein.«

»Sie werden die andere nicht zugrunde richten ... die Unvernünftige?«

»Ich werde keine Unvernünftige zugrunde richten, weder die eine noch die andere, aber ich glaube, die Vernünftige richte ich zugrunde: ich bin so gemein, so erbärmlich, Dascha, daß ich Sie vielleicht wirklich rufen werde – ‚ganz zum Schluß', wie Sie sagen – und Sie werden dann, trotz Ihrer Vernunft, zu mir kommen. Warum richten Sie sich selbst zugrunde?«

»Ich weiß, daß zum Schluß nur ich allein bei Ihnen bleiben werde und ... ich warte darauf.«

»Wenn ich Sie aber zum Schluß nicht rufe und von Ihnen weglaufe?«

»Das ist unmöglich, Sie werden mich rufen.«

»Darin liegt viel Verachtung für mich.«

»Sie wissen, daß es nicht nur Verachtung ...«

»Also ist Verachtung immerhin dabei?«

»Ich habe mich falsch ausgedrückt. Gott ist mein Zeuge, wie sehr ich wünschte, Sie möchten meiner niemals bedürfen.«

»Die eine Phrase ist die andere wert. Auch ich wünschte, Sie nicht zugrunde zu richten.«

»Niemals und durch nichts werden Sie mich zugrunde richten können, und das wissen Sie selbst am besten«, sagte Darja Pawlowna schnell und überzeugt. »Wenn ich nicht zu Ihnen komme, dann werde ich barmherzige Schwester, Krankenpflegerin, oder werde als Bücherhausiererin die kleinen billigen Ausgaben des Neuen Testaments verkaufen. So habe ich es bereits beschlossen. Ich kann niemandes Weib sein; ich kann nicht in solchen Häusern leben wie dieses hier. Nicht das ist es, was ich will ... Sie wissen alles.«

»Nein, ich habe nie erfahren können, was Sie eigentlich wollen; ich glaube, Sie interessieren sich für mich, wie sich manche betagte Krankenwärterin aus irgendwelchen Gründen des einen Kranken mehr annimmt als der anderen, oder, ein noch besseres Beispiel, wie manche greisenhaften Betschwestern, die sich zu Beerdigungen auf den Friedhöfen einfinden, eine der etwas hübscheren Leichen den anderen vorziehen[51]. Warum sehen Sie mich so sonderbar an?«

»Sind Sie sehr krank?« fragte sie teilnehmend, während sie ihn dabei ganz eigentümlich nachdenklich und forschend ansah. »Gott! Und dieser Mensch will ohne mich auskommen!«

»Hören Sie, Dascha, ich sehe jetzt immer Gespenster. Heute nacht bot sich mir auf der Brücke ein kleiner Teufel an – erbot sich, Lebädkin und Marja Timofejewna zu ermorden, um meiner gesetzlichen Ehe ein Ende zu machen, und damit wäre dann die ganze Sache abgetan. Als Handgeld verlangte er nur drei Rubel, doch gab er deutlich zu verstehen, daß die Operation alles in allem nicht weniger als tausendfünfhundert kosten werde. Das nenne ich einen Teufel, der gut zu berechnen versteht! Der reinste Buchhalter! Hahaha!«

»Und Sie sind fest überzeugt, daß es ein Gespenst war?«

»O nein, das war schon durchaus kein Gespenst! Das war ganz einfach der entsprungene Zuchthäusler Fédjka, ein sibirischer Sträfling und Raubmörder. Doch das ist Nebensache. Aber was glauben Sie, daß ich getan habe? Ich habe ihm das ganze Geld aus meinem Portemonnaie hingeworfen, und er ist jetzt vollkommen überzeugt, daß ich ihm damit das Handgeld gezahlt habe!«

»Sie haben ihn in der Nacht getroffen und er hat Ihnen diesen Vorschlag gemacht? Ja, sehen Sie denn wirklich nicht, daß Sie von dem Netz jener Leute schon vollständig umstrickt sind?«

»Nun, mögen sie. Aber soll ich Ihnen sagen, was für eine Frage jetzt in Ihnen umgeht? – Ich sehe sie Ihren Augen an«, fügte er gereizt mit boshaftem Lächeln hinzu.

Dascha erschrak.

»Gar keine Frage! Und es gibt da überhaupt keinen Zweifel, schweigen Sie lieber!« rief sie erregt, die Frage gleichsam von sich fortscheuchend.

»Sie sind also überzeugt, daß ich nicht zu Fedjka in die Kneipe gehen werde?«

»O Gott!« Sie rang die Hände. »Warum quälen Sie mich so?«

»Nun, verzeihen Sie mir meinen dummen Scherz, offenbar

habe ich mir die schlechten Manieren von jenen angeeignet. Wissen Sie, seit dieser Nacht habe ich schreckliche Lust zu lachen, immer zu lachen, unaufhörlich, lange, viel zu lachen. Ich bin wie geladen mit Gelächter ... Hu! Mama ist angekommen; ich kenne den Hufschlag, mit dem ihr Gespann vor dem Portal anhält.«

Dascha ergriff seine Hand.

»Wird doch Gott Sie vor Ihrem Dämon beschützen und ... rufen Sie mich, rufen Sie mich bald!«

»Oh, was habe ich denn für einen Dämon! Das ist ja nur ein kleines, häßliches, skrofulöses Teufelchen, das sich erkältet und den Schnupfen hat, eines von den mißratenen. Aber Sie, Dascha, Sie wagen ja wieder nicht, etwas auszusprechen?«

Sie sah ihn mit schmerzlichem Vorwurf an und wandte sich zur Tür.

»Hören Sie«, rief er ihr mit boshaftem, verzerrtem Lächeln nach. »Wenn ... nun ja, mit einem Wort, *wenn* ... Sie verstehen schon, selbst wenn ich zu Fedjka in die Kneipe ginge ... und Sie nachher riefe – würden Sie dann auch noch kommen, selbst nach meinem Gang in die Kneipe?«

Sie ging hinaus, ohne sich umzuwenden und ohne zu antworten, das Gesicht in den Händen verbergend.

»Sie wird kommen, auch nach einem Gang in die Kneipe!« flüsterte er nach kurzem Nachdenken vor sich hin, und in seinem Gesicht drückte sich angewiderte Verachtung aus. »Krankenwärterin! Hm! ... Doch übrigens, vielleicht ist es gerade das, was ich brauche.«

VIERTES KAPITEL

ALLE IN ERWARTUNG

I

An dem Eindruck, den die schnell bekannt gewordene Geschichte dieses Duells in unserer ganzen vornehmen Gesellschaft machte, war das Merkwürdigste die Einmütigkeit, mit der sich jetzt alle beeilten, unbedingt für Nikolai Stawrogin Partei zu ergreifen. Selbst von seinen ehemaligen Feinden erklärten sich plötzlich viele mit aller Entschiedenheit für seine Freunde. Den Anstoß zu diesem überraschenden Umschwung der öffentlichen Meinung hatten ein paar sehr treffende Worte gegeben, die von einer bis dahin sehr zurückhaltend gewesenen Persönlichkeit laut ausgesprochen wurden und dadurch dem Ereignis mit einem Schlage eine Deutung gaben, die dem weit überwiegenden Teil unserer Gesellschaft ausnehmend interessant erschien. Zugetragen aber hatte sich dies alles folgendermaßen:

Gerade am nächsten Tage nach dem Duell feierte die Gemahlin des Adelsmarschalls unseres Gouvernements ihren Namenstag, und da fand sich natürlich die ganze höhere Gesellschaft bei ihr ein. Unter den Anwesenden befand sich auch, oder richtiger, präsidierte, als Gattin unseres neuen Gouverneurs, Júlia Micháilowna, die in Begleitung von Lisawéta Nikolájewna erschienen war. Lisa strahlte geradezu vor Schönheit und besonderer Lustigkeit, was freilich vielen unserer Damen dieses Mal sogleich doppelt verdächtig erschien. Beiläufig gesagt: an ihrer Verlobung mit Mawrikij Nikolajewitsch konnte nun schon keinerlei Zweifel mehr bestehen. Auf die scherzhafte Frage eines verabschiedeten, aber sehr angesehenen Generals, von dem gleich noch die Rede sein wird, gab Lisaweta Nikolájewna an diesem Abend selbst zu, daß sie verlobt sei. Und dennoch – wie sonderbar das auch erscheinen mag –: keine einzige von unseren Damen wollte an diese Verlobung glauben. Alle fuhren sie eigensinnig fort, von einem Roman zu munkeln, von einer hochwichtigen, aber geheimgehaltenen Familiengeschichte, die sich in der Schweiz abgespielt haben sollte, und zwar, wie man aus einem unbekannten Grunde wissen wollte, unbedingt unter Mitwirkung von Julia Michäilowna. Es ist wirklich schwer zu sagen, warum sich alle diese Gerüchte oder eigentlich sogar nur Phantasien so hartnäckig behaupten konnten, und warum immer wieder und unbedingt gerade Julia Michailowna in diese Geschichte hineingeflochten wurde. Sowie sie eintrat, wandten sich alle mit merkwürdig erwartungsvollen Blicken ihr zu. Es muß bemerkt werden, daß man von dem Duell, schon wegen der Kürze der seitdem verstrichenen Zeit, aber auch wegen gewisser Begleitumstände, an diesem Abend noch mit einiger Vorsicht und nicht laut sprach. Zudem wußte man noch nicht, wie sich die Behörden zu dem Vorfall stellen würden. Soweit bekannt war, hatte man die beiden Duellanten bis jetzt noch unbehelligt gelassen. Alle wußten zum Beispiel, daß Gagánoff schon am frühen Morgen dieses Tages auf sein Gut Dúchowo zurückgekehrt war, ohne irgend welchen Behinderungen ausgesetzt gewesen zu sein. Selbstredend warteten nun alle gespannt darauf, daß endlich jemand als erster laut davon zu sprechen anfinge und damit der allgemeinen Ungeduld sozusagen die Tür öffne. Dabei rechnete man namentlich auf den soeben erwähnten alten General, und richtig: man hatte sich nicht verrechnet.

Dieser General war eines der stattlichsten Mitglieder unseres Adelsklubs, als Gutsbesitzer nicht sehr reich, aber dafür ein Mann von vortrefflicher Denkart, und in Gesellschaft junger Damen ein unentwegter Kurmacher alter Art. Unter anderem liebte er es besonders, auf großen Versammlungen, sei es im Klub oder in der Gesellschaft, mit dem ganzen Gewicht seines Ranges auf einmal gerade darauf laut zu sprechen zu kommen, wovon alle erst nur vorsichtig zu flüstern wagen. Darin bestand gewissermaßen seine persönliche Rolle oder eigenste Aufgabe in unserer Gesellschaft. Dabei pflegte er beim Sprechen die Worte langsam und mit süßem Genuß zu dehnen, eine Angewohnheit, die er wahrscheinlich von den im Ausland umherreisenden Russen übernommen hatte, oder von den ehemals reichen russischen Grundbesitzern, die nach der Bauernreform verarmt waren. Stepán Trofímowitsch machte einmal sogar die Bemerkung, je mehr ein Gutsbesitzer heruntergekommen sei, um so süßlicher ziehe er die Worte in die Länge. Übrigens tat er das mitunter auch selbst, aber an sich selbst bemerkte er das nicht.

Der General sprach mit der Gelassenheit eines Menschen, der sich kompetent weiß. Abgesehen davon, daß er mit Gagánoff irgendwie weitläufig verwandt, jetzt allerdings entzweit war – ja, er prozessierte sogar mit ihm –, hatte er früher einmal selbst zwei Duelle gehabt und war wegen des einen, zum Gemeinen degradiert, an die Front im Kaukasus geschickt worden. Jemand erwähnte Warwara Petrowna, die bereits zum zweitenmal ausgefahren sei, »nach der Krankheit«, aber es war in der Hauptsache nicht von ihr die Rede, sondern von ihrem Schimmelgespann, dem herrlichen Viererzug eigener Stawroginscher Zucht. Da bemerkte der General, er habe heute den »jungen Stawrogin« zu Pferde gesehen ... Alle verstummten sofort. Der General schob gleichsam kauend die Lippen vor, spielte mit seiner goldenen, ihm hohen Orts geschenkten Tabaksdose und sagte schließlich langsam:

»Ich bedau–re, daß ich da–mals ... vor einigen Jahren ... nicht hier war ... Hielt mich gerade in Karlsbad auf. Hm ... Dieser junge Mann in–te–ressiert mich sehr. In – der – Tat. Es kursi–ierten ja danach die toll–sten Gerüchte über ihn. Hm ... Aber wie ... war – denn – das? Sollte es tatsäch–lich wahr sein, daß er nicht ganz, hm, zu–rechnungs–fähig gewesen sei? Mir kam so etwas zu Ohren ... Jetzt aber höre ich, ein Stu–dent habe ihn in Gegenwart seiner Kusinen beleidigt, und er soll vor ihm unter den Tisch gekrochen sein; und gestern höre ich von Stepán Wyssótzkij, daß Stawrogin sich mit diesem ... Gagá–noff duelliert habe. Und das ein–zig und allein in der chevaleres–ken Absicht, seine Stirn der Kugel eines ... Toll–gewordenen darzubieten, bloß um ihn loszuwerden. Hm. Das war in den zwanziger Jahren bei der Garde so Sitte. Verkehrt er übrigens hier bei jemandem?«

Der General verstummte, als erwarte er eine Antwort. Damit war für die allgemeine Ungeduld die Tür geöffnet.

»Das ist doch sehr einfach zu erklären!« sagte da plötzlich Julia Michailowna mit erhobener Stimme, gereizt dadurch, daß nach den Worten des Generals alle Blicke sich wie auf Kommando ihr zugewandt hatten. »Wie kann man sich darüber wundern, daß Stawrogin sich mit Gaganoff duelliert und mit dem Studenten nicht? Er konnte doch nicht seinen früheren Leibeigenen zum Duell fordern!«

Bemerkenswerte Worte! Ein einfacher, klarer Gedanke, auf den aber noch niemand verfallen war. So waren sie denn auch von entscheidender Wirkung. Alles Skandalöse und Kleinliche, der ganze anekdotenfrohe Klatsch war mit einem Schlage in den Hintergrund gedrängt; dafür trat etwas ganz Anderes hervor, etwas von weit größerer Bedeutung. Man sah auf einmal eine ganz neue Persönlichkeit, in der sich bisher alle geirrt hatten, einen Mann mit Ehrbegriffen von fast idealer Strenge. Tödlich beleidigt von einem Studenten, also von einem gebildeten und bereits nicht mehr leibeigenen Menschen, verachtet er die Beleidigung, weil der Beleidiger sein ehemaliger Leibeigener ist. Die Gesellschaft zerreißt sich den Mund über den Skandal, erfindet in ihrem Leichtsinn lächerliche Klatschgeschichten und blickt mit Verachtung auf den, der einen Schlag ins Gesicht erhalten hat; dieser aber verachtet auch das Urteil der Gesellschaft, die ja doch an das Niveau der ursprünglichen Begriffe gar nicht heranreicht, sich dabei aber ewig auf sie beruft.

»Und währenddessen sitzen wir hier herum, Iwán Alexándrowitsch, und philosophieren bloß über die richtigen Ehrbegriffe!« bemerkt in einer edlen Anwandlung von Selbstkritik ein alter Klubherr zu einem anderen.

»Ja, Pjotr Micháilowitsch, das ist es ja eben«, pflichtet ihm der andere mit Wonne bei, »und da schilt man nun so auf die heutige Jugend!«

»Aber, Iwán Alexándrowitsch, das hat doch nichts mit der Jugend in ihrer Gesamtheit zu tun!« mischt sich ein dritter ein. »Hier handelt es sich nicht um die Jugend im allgemeinen, sondern hier geht es um einen Stern! – nicht aber um einen beliebigen Einzelnen von der jungen Generation! So ist das zu verstehen!«

»Und eben das ist es ja, was wir brauchen; wir sind arm geworden an *Männern*!«

Das Wichtigste war nämlich hierbei, daß dieser »neue Mann« sich nicht nur als »unzweifelhafter Edelmann« erwiesen hatte, sondern obendrein noch einer der reichsten Grundbesitzer des Gouvernements war, und folglich sogleich als Stütze und Faktor in Betracht gezogen werden mußte. Ich habe übrigens auch schon früher die Stimmung unserer Grundbesitzer beiläufig erwähnt.

Man geriet sogar in Hitze:

»Und beachten Sie nicht nur dies, daß er den Studenten nicht gefordert hat«, hob ein anderer hervor, »er hat auch noch die Hände auf den Rücken gelegt, beachten Sie das, beachten Sie das ganz besonders, Exzellenz!«

»Und hat ihn auch nicht vor unser neues Zivilgericht geschleppt«, fügte wieder ein anderer hinzu.

»Ungeachtet dessen, daß dieses neue Gericht den Studenten für die *persönliche* Beleidigung eines Edelmannes zu einer Strafe von fünfzehn Rubeln verurteilt hätte, hehehe!«

»Nein, erlauben Sie, ich werde Ihnen gleich das ganze Geheimnis dieser neuen Gerichte erklären«, ereiferte sich ein dritter. »Hat jemand einen anderen bestohlen oder betrogen, und hat man ihn auf frischer Tat ertappt und überführt, – so laufe er nur schnell nach Hause, so lange er noch

Zeit hat, und schlage seine Mutter tot! Dann spricht man ihn im Nu von allem frei, und die Damen werden ihm noch mit ihren Batisttüchlein von der Tribüne zuwinken und Ovationen bereiten! Ehrenwort, so ist es doch!«

»Das stimmt! Darauf läuft es ja hinaus!«

Natürlich ging es auch diesmal nicht ohne Zutun der Phantasie. Man erinnerte sich wieder an die Beziehungen Stawrogins zum Grafen K., dessen strenger, isolierter Standpunkt den letzten Reformen gegenüber bekannt war. Bekannt war auch seine bedeutsame Tätigkeit, die erst in allerletzter Zeit einigermaßen behindert worden war. Und da stand es nun auf einmal für alle vollständig fest, daß Stawrogin mit einer der Töchter des Grafen K. verlobt sei, obgleich in Wirklichkeit auch nicht der geringste Anlaß zu einem solchen Gerücht vorhanden war. Was aber die früheren Gerüchte von irgendwelchen wundersamen Abenteuern in der Schweiz und Lisaweta Nikolájewna anbetraf, so erwähnten die Damen diese nun überhaupt nicht mehr. Hierzu sei bemerkt, daß Drosdoffs inzwischen schon alle von ihnen anfangs unterlassenen Besuche nachgeholt hatten. Nun fand man übereinstimmend, daß Lisaweta Nikolájewna ein junges Mädchen wie alle anderen sei, das sich mit seinen kranken Nerven nur »interessantmachen« wolle. Ihren Ohnmachtsanfall am Tage der Ankunft Nikolai Wsséwolodowitschs erklärte man jetzt einfach mit dem Schreck über das schändliche Benehmen des Studenten. Ja, man bemühte sich sogar, dasselbe Begebnis, dem man vorher unbedingt ein gewisses phantastisches Kolorit zu verleihen gesucht hatte, jetzt so prosaisch wie nur möglich zu erklären, und ein gewisses hinkendes Frauenzimmer vergaß man endgültig, man schämte sich jetzt, sich an sie noch zu erinnern. »Und wenn's auch hundert lahme Frauenzimmer wären! – wer ist denn nicht jung gewesen?« Man hob auch allgemein das respektvolle Verhalten Nikolai Wsséwolodowitschs zu seiner Mutter hervor, wußte an ihm noch allerhand Tugenden zu entdecken und sprach mit Wohlwollen von seinem Wissen, das er sich in diesen vier Jahren an deutschen Universitäten erworben hatte. Dagegen wurde das Verhalten Gagánoffs endgültig für taktlos erklärt und man zitierte das Sprichwort: „Die Eigenen erkennen die Eigenen nicht.“ Und Julia Michailowna wurde nun einstimmig »höhere Einsicht« zugesprochen.

So kam es denn, daß Stawrogin, als er endlich persönlich in der Gesellschaft erschien, durchweg mit dem naivsten Ernst empfangen wurde, und daß in allen Augen, die sich auf ihn richteten, die ungeduldigsten Erwartungen zu lesen waren. Er aber schwieg. Und auch weiterhin blieb er beim strengsten Schweigen, womit er natürlich alle weit mehr befriedigte, als wenn er noch so viel geredet hätte. Kurz, jetzt glückte ihm alles, er war in Mode gekommen. Innerhalb der Gesellschaft einer Gouvernementsstadt ist es nun so, daß, wer sich einmal in ihr gezeigt hat, sich nachher nicht mehr zurückziehen kann, und den Einladungen auszuweichen, sich abzusondern oder gar zu verbergen, ist vollends unmöglich. So begann denn auch Stawrogin wieder wie ehedem allen gesellschaftlichen Pflichten nachzukommen, und er tat es wieder mit allem ihm eigenen Taktgefühl. Man fand ihn nicht lustig, aber »der Mann hat wohl schon manches durchgemacht, ist ein anderer Mensch als die übrigen; er hat auch etwas, worüber nachzudenken sich lohnt«, hieß es nunmehr. Selbst sein Stolz und jene mäkelnde Unnahbarkeit, um derentwillen er vor vier Jahren bei uns so gehaßt worden war, wurden jetzt geachtet und gefielen offenbar.

Mehr als alle anderen triumphierte Warwára Petrówna. Ich kann nicht sagen, ob sie sich über den Zusammenbruch ihrer Zukunftsträumereien in bezug auf Lisaweta Nikolájewna sehr grämte. Sicherlich half ihr hierbei auch ihr Familienstolz. Sonderbar war nur eins: Warwára Petrówna glaubte plötzlich auch felsenfest, daß Nicolas tatsächlich beim Grafen K. »seine Wahl getroffen« habe, aber – und das war das Merkwürdigste dabei – auch sie glaubte es nur auf die Gerüchte hin, die ihr wie allen anderen der Wind zugetragen hatte; selbst aber ihren Sohn zu fragen, fürchtete sie sich. Ein paarmal konnte sie sich freilich nicht ganz beherrschen und machte ihm vorsichtig, wenn auch heiter, den Vorwurf, nicht ganz aufrichtig zu ihr zu sein. Nikolai Wssélolodowitsch lächelte und fuhr fort zu schweigen. So hielt sie denn sein Schweigen für eine Bestätigung. Und doch konnte sie bei alledem die Hinkende nie vergessen. Der Gedanke an diese lag ihr wie ein Stein auf dem Herzen, wie ein Alb, quälte sie mit seltsam gespenstischen Träumen und Vorahnungen, und das alles zusammen und gleichzeitig mit den Hoffnungen auf die Töchter des Grafen K. Aber davon wird noch später die Rede sein. Es versteht sich im übrigen von selbst, daß man sich in der Gesellschaft wieder mit außergewöhnlicher Zuvorkommenheit und Hochachtung zu Warwara Petrowna verhielt, aber sie nutzte das nicht weiter aus und ließ sich nur noch sehr selten sehen.

Indessen machte sie doch der Gouverneurin einen feierlichen Besuch. Natürlich war niemand von der schon erwähnten bedeutsamen Äußerung Julia Michailownas auf der Abendgesellschaft der Adelsmarschallin entzückter und bezauberter als Warwara Petrowna: diese Worte hatten viel Kummer von ihrem Herzen genommen und mit einem Schlage vieles von dem beseitigt, was seit jenem unseligen Sonntag sie so gequält hatte. »Ich habe diese Frau bisher verkannt!« sagte sie, und mit dem ihr eigenen Ungestüm erklärte sie auch Julia Michailowna sofort, daß sie gekommen sei, um ihr *zu danken.* Julia Michailowna fühlte sich geschmeichelt, wußte aber ihre Unabhängigkeit zu wahren. Sie begann zu jener Zeit bereits sehr, sich ihres Wertes bewußt zu werden, ja, vielleicht sogar sich ein wenig zu überschätzen. So erlaubte sie sich beispielsweise im Laufe des Gesprächs die Bemerkung, daß sie eigentlich noch nie etwas von der literarischen Tätigkeit und Gelehrsamkeit Stepan Trofimowitschs gehört habe.

»... Ich empfange natürlich den jungen Werchowénskij und begönnere ihn; er ist zuweilen etwas unbesonnen, aber er ist ja noch jung. Jedenfalls hat er solide Kenntnisse, und ist doch immerhin etwas anderes als irgendein verabschiedeter ehemaliger Kritiker.«

Warwara Petrowna beeilte sich sofort zu bemerken, daß Stepan Trofimowitsch niemals Kritiker gewesen, vielmehr sein ganzes Dichterleben in ihrem Hause zugebracht habe. Berühmt geworden aber sei er seinerzeit namentlich durch »die bewußten, der ganzen Welt ja nur zu gut bekannten *Umstände«*, die ihn zur Aufgabe seiner ursprünglich vorgesehenen offiziellen Tätigkeit gezwungen hätten, und neuerdings durch seine Studien auf dem Gebiet der spanischen Geschichte; auch bereite er eine Arbeit vor über die jetzigen Verhältnisse an den deutschen Universitäten und, wenn sie recht unterrichtet sei, auch etwas über die Dresdener Madonna. Kurz, Warwara Petrowna wollte in diesem Gespräch über Stepan Trofimowitsch auch nicht einen Schritt vor Julia Michailowna zurückweichen.

»Über die Dresdener Madonna? Sie meinen die Sixtinische? Chère Warwara Petrowna, ich habe zwei Stunden vor diesem Gemälde gesessen und bin schließlich enttäuscht weggegangen. Ich habe nichts verstanden und mich nur über die Menschen gewundert. Karmasínoff sagt auch, es sei schwer zu verstehen. Jetzt finden alle nichts daran, sowohl Russen wie Engländer. Diesen ganzen Ruhm haben ihm nur die altmodischen Klappergreise mit ihrem hochtrabenden Gerede angedichtet!«

»Und nun beginnt wohl eine neue Mode?«

»Ach, wissen Sie, ich glaube, daß man auch unsere heutige Jugend nicht mißachten sollte. Da wird nun geschrieen, sie seien Kommunisten, meiner Meinung nach aber sollte man sie mit Nachsicht behandeln und lieber warmhalten. Ich lese jetzt alles – alle Zeitungen, Kommunistisches, Naturwissenschaftliches –, ich beschaffe mir alles, denn, nicht wahr, man muß doch schließlich wissen, wo man lebt und mit wem man es zu tun hat. Man kann doch nicht das ganze Leben nur auf den Gipfeln seiner Phantasie zubringen! Ich habe aus allem meine Schlüsse gezogen und habe es mir zum Grundsatz gemacht, die Jugend zu protegieren und sie dadurch am Rande des Abgrunds zurückzuhalten. Glauben Sie mir, Warwara Petrowna, daß nur wir allein, die Gesellschaft, die Jugend durch unseren wohltätigen Einfluß und, wie gesagt, vor allem durch Freundlichkeit vor dem Abgrund zurückhalten können, in den sie vor der Unduldsamkeit all dieser Klappergreise hineintreibt. Übrigens freue ich mich, von Ihnen diese Auskunft über Stepan Trofimowitsch erhalten zu haben. Sie geben mir einen Gedanken ein: er könnte dann doch auf unserer Literarischen Matinee gleichfalls etwas vortragen? Sie wissen doch wohl, daß ich einen ganzen Festtag arrangiere, mit Hilfe einer Kollekte, zum Besten der armen Gouvernanten aus unserem Gouvernement. Die sind über ganz Rußland verstreut; allein schon aus unserem Kreise gibt es ihrer ganze sechs; außerdem noch zwei Telegraphistinnen und zwei, die die Akademie besuchen; viele würden das gleichfalls gern tun, haben aber nicht die Mittel dazu. Ach, das Los der russischen Frau ist doch wirklich entsetzlich, Warwára Petrówna! Die Frauenfrage ist jetzt schon zu einem Thema der Universitäten geworden, und es hat schon eine Sitzung des Reichsrats deswegen stattgefunden. In unserem sonderbaren Rußland kann man ja alles tun, was einem beliebt. Und darum, noch einmal sei es gesagt, könnten wir doch einfach mit Freundlichkeit und unmittelbarer warmer Teilnahme der ganzen Gesellschaft diese große, gemeinsame Sache auf den richtigen Weg lenken. O Gott, haben wir denn viele beispielgebende Menschen? Es gibt ja natürlich welche, aber die sind so verstreut! Also tun wir uns doch zusammen, und wir werden stärker sein! Wie gesagt, ich will den Festtag so arrangieren, daß zunächst eine Literarische Matinee stattfindet, dann folgt ein leichtes Frühstück, danach eine Pause, und am Abend desselben Tages gibt es einen Ball. Eigentlich wollten wir den Abend mit lebenden Bildern eröffnen, aber das würde doch wohl zu viele Unkosten verursachen, und deshalb sollen zur Unterhaltung des Publikums nur eine oder zwei Quadrillen von Masken getanzt werden, Masken in charakterisierenden Kostümen, die bestimmte literarische Richtungen darstellen. Diesen witzigen Vorschlag hat Karmasínoff gemacht. Er ist mir überhaupt in vielem sehr behilflich. Und wissen Sie, er wird bei uns zur Matinee sein letztes Werk vorlesen, das noch niemand kennt. Er will seine Feder jetzt niederlegen und nichts mehr schreiben. Dieser letzte Artikel ist sein Abschied vom Publikum. Ein entzückendes Sächelchen, unter dem Titel: „Merci". Allerdings ein französischer Titel, aber er findet das scherzhafter und sogar feiner. Ich auch; ja, eigentlich habe ich ihm diesen Titel vorgeschlagen. Ich denke nun, vielleicht könnte auch Stepan Trofimowitsch etwas vorlesen, wenn es nur etwas Kürzeres ist und ... nicht gerade gar zu gelehrt? Ich glaube, auch Pjotr Stepanowitsch und noch jemand werden etwas vortragen. Pjotr Stepanowitsch wird noch bei Ihnen vorsprechen und Ihnen das Programm mitteilen; oder gestatten Sie mir, daß ich es Ihnen selbst bringe!«

»Und Sie erlauben mir gewiß, auch mich in Ihre Liste einzutragen ... Ich werde Ihren Vorschlag Stepan Trofimowitsch mitteilen und ihn selbst darum bitten.«

Ganz bezaubert kehrte Warwara Petrowna nach Hause zurück; von jetzt ab stand sie unerschütterlich für Julia Michailowna ein, und aus irgendeinem Grunde schien sie sich über Stepan Trofimowitsch nun ernstlich zu ärgern. Er aber, der Arme, saß völlig ahnungslos zu Hause und wußte von nichts.

»Ich bin geradezu verliebt in sie! Ich begreife selbst nicht, wie ich diese Frau so habe verkennen können«, sagte sie zu Nikolai Wssévolodowitsch und dem gegen Abend auf einen Sprung erschienenen Pjotr Stepanowitsch.

»Aber Sie müssen sich mit dem Alten doch wieder aussöhnen«, versetzte dieser, »er ist ja ganz verzweifelt. Sie haben ihn ja förmlich in die Küche verwiesen. Gestern ist er Ihrem Wagen begegnet und hat Sie gegrüßt, Sie aber haben sich abgewandt. Wissen Sie, wir wollen ihn ein wenig herausstellen, ich habe sogar gewisse Absichten mit ihm, und er kann noch nützlich sein.«

»Oh, er wird ja jetzt auf der Matinee etwas vortragen.«

»Ich meine nicht nur das. Aber ich wollte ja heute sowieso auf einen Augenblick zu ihm, soll ich ihm das nicht gleich mitteilen?«

»Wenn Sie wollen. Oder nein ... ich weiß übrigens nicht, wie Sie das anstellen werden«, meinte sie unentschlossen. »Ich hatte schon selbst die Absicht, mich mit ihm auszusprechen, und wollte ihm Ort und Stunde angeben.« Ihr Gesicht verfinsterte sich sehr.

»Ach, wozu so viel Umstände, das ist doch nicht der Mühe wert. Ich werde es ihm einfach sagen.«

»Nun meinetwegen. Also sagen Sie es ihm ... Aber fügen Sie hinzu, daß ich ihm bestimmt den Tag noch angeben werde. Vergessen Sie das nicht, fügen Sie das unbedingt hinzu!«

Pjotr Stepanowitsch eilte sogleich, hämisch vor sich hingrinsend, davon. Überhaupt war er in dieser Zeit, soweit ich mich noch erinnern kann, eigentümlich boshaft gestimmt und erlaubte sich sogar ganz besonders gereizte Ausfälle, und das nahezu allen gegenüber. Merkwürdigerweise gingen aber alle mit Nachsicht darüber hinweg, ohne es ihm übelzunehmen. Überhaupt hatte sich über ihn die Meinung verbreitet, daß man ihn irgendwie anders beurteilen müsse. Ich will hier nur bemerken, daß ihn Stawrogins Duell in außergewöhnliche Wut versetzt hatte. Diese Nachricht hatte ihn vollkommen unvorbereitet getroffen: er sei geradezu grün geworden im Gesicht, als man ihm davon erzählte. Vielleicht litt hierbei auch sein Ehrgeiz: er erfuhr davon erst am nächsten Tage, als bereits allen alles bekannt war.

»Aber Sie hatten doch überhaupt nicht das Recht, sich zu duellieren!« flüsterte er Stawrogin zu, als er mit diesem erst am fünften Tage nach dem Duell zufällig im Klub zusammentraf.

Es ist bemerkenswert, daß sie sich in diesen fünf Tagen nirgends begegnet waren, obgleich Pjotr Stepanowitsch fast täglich bei Warwara Petrowna vorsprach.

Stawrogin blickte ihn schweigend und wie zerstreut an, als verstünde er gar nicht, wovon jener sprach, und ging weiter, ohne stehenzubleiben. Er ging gerade durch den großen Saal des Klubs zum Büfettraum.

»Sie sind auch zu Schatoff gegangen, Sie wollen Ihre Heirat mit Maria Timofejewna bekanntgeben«, flüsterte Pjotr Stepanowitsch, der ihm nachlief, und faßte ihn an der Schulter.

Da schüttelte Stawrogin plötzlich seine Hand ab und drehte sich schnell mit drohend gerunzelter Stirn nach ihm um. Pjotr Stepanowitsch sah ihn an und lächelte ein sonderbares langes Lächeln. Das Ganze dauerte nur einen Augenblick. Stawrogin ging allein weiter.

II

Von Warwara Petrowna begab sich Pjotr Stepanowitsch an jenem Abend schleunigst zu seinem »Alten«, und wenn er sich so beeilte, so tat er das vor allem aus Bosheit: um sich für eine Beleidigung, von der ich noch keine Ahnung hatte, zu rächen. Stepan Trofimowitsch hatte ihn nämlich bei seinem letzten Besuch, am Donnerstag der vorhergegangenen Woche, nach einem Streit, der übrigens von ihm selbst begonnen worden war, mit dem Stock hinausgejagt. Diese Tatsache hatte er mir damals verheimlicht; als aber jetzt Pjotr Stepanowitsch hereingeschwirrt kam, wieder mit seinem eigenen Hohnlächeln, das so naiv seinen Überlegenheitsdünkel bekundete, während sein unangenehm neugieriger Blick den Raum bis in jeden Winkel gleichsam absuchte, gab mir Stepan Trofimowitsch durch einen Wink gleich zu verstehen, ich solle das Zimmer nicht verlassen. So erfuhr ich denn, wie sie jetzt zueinander standen, denn diesmal hörte ich ihr ganzes Gespräch mit an.

Stepan Trofimowitsch saß halb liegend auf seiner Chaiselongue. Seit jenem Donnerstag war er abgemagert und hatte eine gelbliche Gesichtsfarbe bekommen. Pjotr Stepanowitsch setzte sich mit der familiärsten Ungeniertheit neben ihn und nahm weit mehr Platz ein auf der Chaiselongue, als es die Rücksicht auf den Vater erlaubt hätte. Stepan Trofimowitsch rückte wortlos und seine Würde wahrend zur Seite.

Auf dem Tisch lag ein aufgeschlagenes Buch. Es war der Roman »Was tun?«[52] Leider muß ich hier einen gewissen Kleinmut unseres Freundes eingestehen: der Gedanke, daß er noch einmal aus seiner Einsamkeit werde hervortreten und zur letzten Schlacht werde herausfordern müssen, hatte in seiner, der Versuchung erliegenden Phantasie mehr und mehr die Oberhand gewonnen. Ich erriet, daß er sich diesen Roman nur beschafft hatte und nun *studierte,* um bei dem mit Sicherheit zu erwartenden Zusammenstoß mit den »Schreiern« im voraus ihre Methode und ihre Argumente aus deren eigenem Katechismus kennen zu lernen, und, so vorbereitet, wollte er sie dann alle widerlegen und feierlich vor »ihr« über jene Gelbschnäbel triumphieren! Oh, wie quälte ihn dieses Buch! Ganz verzweifelt schleuderte er es manchmal hin, sprang von seinem Platz auf und begann, fast außer sich, im Zimmer auf und ab zu gehen.

»Ich gebe zu, daß die Grundidee des Verfassers richtig ist«, sagte er wie im Fieber zu mir, »aber eben deshalb ist es ja um so schrecklicher! Das ist ja unsere Idee, unsere eigenste Idee! Wir, wir waren die ersten, die sie angepflanzt, gehegt und gepflegt haben, den Boden vorbereitet ... ja und was könnten sie denn überhaupt selber Neues sagen, nach uns! Aber, mein Gott, wie ist das alles jetzt ausgedrückt, wie entstellt, wie verbalhornt!« rief er, mit den Fingerknöcheln auf das Buch klopfend. »Haben wir denn je solche Folgerungen gezogen, solche Ergebnisse erstrebt? Wer kann hier überhaupt noch den ursprünglichen Gedanken wiedererkennen?«

»Bildest dich?« fragte Pjotr Stepanowitsch halb schmunzelnd, nachdem er das Buch vom Tisch genommen und den Titel gelesen hatte. »War schon längst an der Zeit. Kann dir noch Besseres bringen, wenn du willst.«

Stepan Trofimowitsch wahrte wieder seine Würde und schwieg. Ich saß auf dem Sofa an der gegenüberliegenden Wand.

Pjotr Stepanowitsch erklärte schnell den Grund seines Besuches. Stepan Trofimowitsch war natürlich ganz unverhältnismäßig betroffen und hörte ihm mit einem Schrecken zu, der sich mit äußerstem Unwillen mischte.

»Und diese Julia Micháilowna nimmt ohne weiteres an, daß ich zu ihr kommen und dort vorlesen werde!«

»Das heißt, sieh mal, sie brauchen dich ja eigentlich überhaupt nicht. Im Gegenteil, es geschieht ja nur, um dir ihr Wohlwollen zu bezeugen und sich dadurch bei Warwara Petrowna einzuschmeicheln. Nun ja, und es versteht sich doch von selbst, daß du nicht wagen darfst, etwa abzusagen. Und wie mir scheint, bist du ja selber erpicht darauf«, warf er so nebenbei mit seinem zynischen Schmunzeln hin. »Ihr habt ja alle, ihr Klappergreise, 'ne höllische Ambition. Aber, hör' mal, du darfst ihnen natürlich nicht mit etwas gar zu Langweiligem kommen. Was hast du denn bereitliegen, etwas aus der spanischen Geschichte, wie? Also gib es mir mal so drei Tage zuvor, damit ich es durchsehe, sonst schläferst du uns am Ende noch alle ein.«

Die gar zu unverhüllte Grobheit seiner eiligst hingeworfenen Sticheleien war offenbar beabsichtigt. Er tat, als könne man mit Stepan Trofimowitsch überhaupt nicht in feinerer Sprache und mit weniger plumpen Worten reden. Stepan Trofimowitsch fuhr standhaft fort, die Beleidigungen zu überhören. Aber die mitgeteilten Tatsachen machten auf ihn einen zunehmend erschütternden Eindruck.

»Und sie selbst, *sie selbst* hat dies mir sagen lassen durch ... *Sie?«* fragte er erblassend und gleichsam Distanz suchend durch den Übergang zum Sie.

»Das heißt, sieh mal, sie will dir noch den Tag und den

Ort zu einer gegenseitigen Aussprache angeben. Das sind noch so die Überreste eurer Sentimentalitäten. Du hast zwanzig Jahre lang mit ihr kokettiert und ihr die lächerlichsten Manieren angewöhnt. Aber beruhige dich, jetzt hat das aufgehört; nun wiederholt sie stündlich, daß sie jetzt erst anfange, ‚klar zu sehen'. Ich habe ihr denn auch ohne Umschweife auseinandergesetzt, daß eure ganze Freundschaft weiter nichts als ein gegenseitiger Erguß von Spülicht gewesen ist. Sie hat mir vieles erzählt, mein Bester; pfui, was für ein Lakaienamt du bei ihr die ganze Zeit bekleidet hast! Selbst ich habe für dich erröten müssen.«

»Ich – ein Lakaienamt bekleidet?« rief Stepan Trofimowitsch, der nun doch nicht mehr an sich halten konnte.

»Sogar noch Schlimmeres als das; du warst einfach ein Schmarotzer, also ein freiwilliger Lakai. Zum Arbeiten zu faul, aber auf Geld haben wir Appetit. Auch sie begreift das jetzt. Haarsträubend, was sie mir von dir alles erzählt hat! Und was ich über deine Briefe an sie gelacht habe! Man schämt sich und ist angeekelt. Aber ihr seid ja alle, ihr Schmarotzer, so demoralisiert, so unglaublich demoralisiert! Im Almosenempfangen liegt doch etwas den Menschen für immer Demoralisierendes. Du bist ja der beste Beweis dafür!«

»Sie hat dir meine Briefe gezeigt?«

»Alle. Das heißt, wo denkst du hin, wer soll denn die alle durchlesen! Pfui Teufel, ich glaube, es sind über zweitausend Stück; jedenfalls hast du verboten viel Papier verschmiert ... Aber weißt du auch, Alter, ich glaube, es hat da zwischen euch einmal einen Augenblick gegeben, wo sie vielleicht sogar bereit gewesen wäre, dich zu heiraten? Dümmsterweise hast du's verpaßt! Ich meine natürlich: von deinem Standpunkt aus. Immerhin wär's doch besser gewesen als so wie jetzt, wo man dich beinah verkuppelt hat, wie einen Hofnarren zum Spaß, damit du für Geld ‚fremde Sünden' zudeckst!«

»Für Geld! Sie, *sie* ... kann doch nicht gesagt haben ...

‚für Geld‘!« stieß Stepan Trofimowitsch schmerzerfüllt hervor.

»Ja, was denn sonst? Was fällt dir denn ein? Unter diesem Gesichtswinkel habe ich dich doch noch verteidigt! Das ist doch deine einzige Entschuldigung. Sie hat jetzt selbst eingesehen, daß du Geld brauchtest, wie nun einmal jeder Mensch, und daß du, von diesem Standpunkt aus gesehen, schließlich sogar durchaus recht hattest. Ich habe ihr auch klar wie zweimal zwei bewiesen, daß ihr beide einander schön ausgenutzt habt, jeder auf seinen Vorteil bedacht: sie als Kapitalistin und du als ihr sentimentaler Hofnarr. Übrigens wegen des Geldes ärgert sie sich nicht weiter, obgleich du sie doch wirklich wie eine Ziege gemolken hast. Was sie jetzt erbost, ist nur, daß sie dir zwanzig Jahre lang geglaubt hat, daß sie sich von deinem *Anstand* hat betölpeln lassen und gezwungen worden ist, so lange zu lügen. Daß sie selbst auch gelogen hat, das wird sie nie eingestehen, aber gerade dafür wirst du doppelt büßen müssen. Ich verstehe nur nicht, wie du nicht hast begreifen können, daß es irgend einmal doch zu einer Abrechnung mit dir werde kommen müssen. Immerhin hattest du doch so etwas wie einigen Verstand. Ich habe ihr gestern geraten, dich in einem Armenhaus unterzubringen. Beruhige dich, in einem anständigen, wo es für dich nicht verletzend sein wird. Ich glaube, sie wird es auch tun. Erinnerst du dich noch deines letzten Briefes an mich, ins Gouvernement Ch . . ., vor etwa drei Wochen?«

»Den hast du ihr gezeigt?!« Stepan Trofimowitsch sprang auf vor Schreck.

»Aber selbstverständlich! Den als ersten. Denselben, in dem du schreibst, sie nutze dich aus, sie sei eifersüchtig auf dein Talent, na, und noch so allerlei über ‚fremde Sünden‘. Aber weißt du, das muß ich dir schon sagen, mein Bester, eingebildet bist du doch über alle Maßen! Was habe ich lachen müssen! Im übrigen sind ja deine Briefe mordslangweilig, du hast einen schauderhaften Stil. Ich habe sie oft gar nicht gelesen, und einer liegt bei mir noch immer uneröffnet umher; werde ihn dir morgen schicken. Aber dein letzter Brief, dein allerletzter, der ist ja einfach die Krone von allen! Wie ich gelacht habe, nein, wie ich gelacht habe!«

»Du Unmensch, du Un–mensch!« brüllte plötzlich Stepan Trofimowitsch außer sich.

»Pfui Teufel, mit dir kann man ja überhaupt nicht reden. Hör mal, du fühlst dich wohl wieder beleidigt wie vorigen Donnerstag?«

Stepan Trofimowitsch richtete sich drohend auf.

»Wie wagst du es, so zu mir zu sprechen?«

»Ja, wieso denn? Ich spreche doch einfach und klar.«

»Aber so sag mir doch, du Unmensch, bist du überhaupt mein Sohn oder bist du es nicht?«

»Das solltest du besser wissen als ich. Natürlich ist jeder Vater in diesem Punkt zur Blindheit geneigt ...«

»Schweig, schweig!« Stepan Trofimowitsch erzitterte am ganzen Leibe.

»Sieh mal, nun schreist und schimpfst du schon wieder, ganz wie vorigen Donnerstag, wo du schon deinen Stock erheben wolltest, aber inzwischen habe ich ja das Dokument gefunden. Habe aus Neugier den ganzen Abend den Koffer durchsucht. Allerdings habe ich keinerlei Beweise gefunden, kannst dich beruhigen. Es war nur ein kurzes Briefchen meiner Mutter an jenen Polenjüngling da. Aber nach ihrem Charakter zu urteilen ...«

»Noch ein Wort und ich werde dich ohrfeigen!«

»Sind das Menschen!« sagte Pjotr Stepanowitsch kopfschüttelnd, indem er sich auf einmal mir zuwandte: »Sehen Sie, so steht es nun zwischen uns schon seit Donnerstag. Es freut mich, daß diesmal wenigstens Sie dabei sind und urteilen können. Zuerst eine Tatsache: er macht es mir zum Vorwurf, daß ich so über meine Mutter spreche, aber war er es nicht selbst, der mich darauf gebracht hat? Hat er mich nicht in Petersburg, als ich noch Gymnasiast war, manchmal zweimal in der Nacht aufgeweckt, mich umarmt und wie ein altes Weib geflennt, und was meinen Sie, was er mir dann erzählt hat, so mitten in der Nacht? Nun, eben diese selben sittsamen Geschichten über meine Mutter! Er war ja der erste, von dem ich das hörte.«

»Oh, ich habe das damals doch nur in einem höheren Sinne getan! Oh, du hast mich nicht verstanden! Nichts, nichts hast du verstanden!«

»Immerhin war es von dir doch gemeiner als von mir, entschieden gemeiner, gib es nur zu. Denn sieh, wenn du willst, mir kann es ja einerlei sein. Wenn ich es von deinem Standpunkt aus ansehe. Von meinem Standpunkt aus – sei unbesorgt; ich mache meiner Mutter keinen Vorwurf. Bist du es, nun, dann bist du es, ist's der Pole, nun, dann ist es meinetwegen der Pole, mir ist es egal. Es ist nicht meine Schuld, daß es bei euch in Berlin ein so dummes Ende genommen hat. Aber hätte denn bei euch jemals etwas Gescheiteres herauskommen können? Seid ihr nun nach alledem nicht lächerliche Leute? Und kann es dir denn nicht egal sein, ob ich dein Sohn bin oder nicht bin? Hören Sie«, wandte er sich wieder mir zu, »er hat für mich in seinem ganzen Leben nicht einen einzigen Rubel ausgegeben, bis zu meinem sechzehnten Jahr hat er mich überhaupt nicht gekannt, darauf hat er mich hier ausgeplündert, und jetzt schreit er, sein Herz habe aber sein Lebelang um mich geschmerzt, und brüstet sich damit hier vor mir wie ein Schauspieler. Aber ich bin doch nicht Warwára Petrówna, ich bitte dich!«

Er stand auf und nahm seinen Hut.

»Ich – verfluche dich von nun an in meinem Namen!« rief Stepan Trofimowitsch, bleich wie der Tod, mit gegen ihn ausgestrecktem Arm.

»Ist es zu glauben, in was für eine Dummheit ein Mensch sich mitunter verrennt!« sagte Pjotr Stepanowitsch sogar wirklich verwundert. »Na, leb wohl, du Altertum, zu dir werde ich nie mehr zurückkehren. Den Entwurf des Vortrags schick mir möglichst bald, vergiß es nicht, und bemühe dich, wenn du kannst, ohne Albernheiten zu schreiben. Nur

Tatsachen, Tatsachen und nochmals Tatsachen, und die Hauptsache: so kurz wie möglich. Adieu.«

III

Übrigens spielten hierbei auch noch andere Absichten mit. Pjotr Stepanowitsch hatte in der Tat schon einen gewissen Plan im Sinn bei seinem Vorgehen gegen den Vater. Meiner Ansicht nach beabsichtigte er, den Alten einfach zur Verzweiflung zu bringen, um ihn auf diese Weise zu einem Ausbruch zu treiben, vielleicht zu einem Aufsehen erregenden Skandal, der die öffentliche Meinung nach einer ganz bestimmten Richtung hin beeinflussen sollte. Gerade derartiges erschien ihm für seine ferneren Ziele, von denen jedoch erst später die Rede sein soll, unbedingt erforderlich. In seinem Kopf hatte sich damals schon eine ganze Menge ähnlicher und miteinander in Zusammenhang stehender Pläne angesammelt, von denen freilich fast alle reichlich phantastisch waren. Außer Stepan Trofimowitsch hatte er noch einen anderen Märtyrer im Auge. Überhaupt hatte er deren nicht wenige, wie sich später herausstellte; aber auf diesen anderen Märtyrer rechnete er ganz besonders, und der war: Herr von Lembke in eigener Person.

Andréi Antónowitsch von Lembke gehörte zu jenem favorisierten (von der Natur favorisierten) Volksstamm, von dem man in Rußland nach den Angaben des Kalenders mehrere Hunderttausende zählt, die vielleicht selbst nicht wissen, daß sie in ihrer ganzen Masse einen streng organisierten Bund bei uns bilden. Und selbstverständlich ist dieser Bund nicht vorsätzlich zustandegekommen, nicht planmäßig organisiert, sondern besteht unter den Stammesangehörigen ganz von selbst, ohne Worte und ohne Vereinbarungen, als eine Art von moralischer Verpflichtung zu gegenseitigem Beistand aller Mitglieder ihres Volksstammes jederzeit und überall und unter gleichviel welchen Umständen.

Andréi Antónowitsch hatte die Ehre gehabt, in einer jener anspruchsvollen russischen Lehranstalten erzogen zu werden, die in der Regel nur die Söhne solcher Familien aufnehmen, die mit günstigen Beziehungen oder mit Reichtum versehen sind. Die Zöglinge dieses Instituts wurden fast unmittelbar nach Absolvierung ihrer Studien dazu ausersehen, recht ansehnliche Ämter in einem der Ressorts des Staatsdienstes zu übernehmen. Andréi Antónowitsch hatte einen Onkel, der Ingenieur-Oberstleutnant, und einen anderen Onkel, der Bäcker war; trotzdem war es ihm gelungen, sich in jenes bevorzugte Institut einzuschmuggeln, und siehe, er fand dort eine ganze Anzahl Stammesgenossen ähnlicher Herkunft vor. Er war ein lustiger Kamerad; im Lernen erwies er sich zwar als ziemlich stumpfsinnig, aber alle mochten ihn gern. Als später, in den oberen Klassen, viele seiner Mitschüler, meist Russen, schon über sehr bedeutsame Tagesfragen jener Zeit zu disputieren gelernt hatten – und dies in einem Ton, der keinen Zweifel zuließ, daß sie, sobald sie nur erst die Schule hinter sich gebracht hätten, sofort alle diese Probleme erledigen würden –, da fuhr Andréi Antónowitsch immer noch fort, sich mit den unschuldigsten Schülerstreichen zu befassen. Er brachte durch seine Einfälle, die allerdings keinesfalls schlau, sondern höchstens etwas derb waren, alle zum Lachen, und nur das war es, was er bezweckte. Wenn zum Beispiel der Lehrer während des Unterrichts eine Frage an ihn stellte, schneuzte er sich zunächst mit erstaunlichen Mißtönen, wodurch er sowohl die Kameraden als auch den Lehrer belustigte; oder er ahmte im gemeinsamen Schlafsaal in zynischer Pose ein lebendes Bild nach, bei allgemeinem Händeklatschen; oder er spielte einzig und allein auf seiner Nase (und recht geschickt) die Ouvertüre zu „Fra Diavolo". Er zeichnete sich auch eine Zeitlang durch absichtliche Nachlässigkeit in der Kleidung aus, da er es aus unbekannten Gründen für geistreich hielt, schlampig zu sein. Im letzten Schuljahr begann er zu dichten, und zwar in russischer Sprache, denn seine Muttersprache beherrschte er grammatisch nur sehr fehlerhaft, wie so viele Abkömmlinge seines Volksstammes in Rußland.

Diese Neigung zur Poesie hatte ihn dann mit einem griesgrämigen und durch irgend etwas gleichsam verschüchterten Klassenkameraden zusammengeführt, dem Sohn eines armen Generals, einem Russen, den man im Institut für einen zukünftigen großen Schriftsteller hielt. Dieser verhielt sich zu ihm gönnerhaft. Aber es traf sich, daß ungefähr im dritten Jahr nach der Absolvierung der Schule dieser mürrische Klassenkamerad, der inzwischen seine dienstliche Laufbahn um der russischen Literatur willen aufgegeben hatte und infolgedessen bereits in zerrissenen Stiefeln und in einem Sommerüberzieher im Spätherbst vor Kälte mit den Zähnen klapperte, eines Tages bei der Anitschkoff-Brücke seinen ehemaligen Protégé wiedersah, seinen »Lémbka«, wie man diesen auf der Schule allgemein genannt hatte. Auf den ersten Blick erkannte er ihn nicht einmal und blieb erstaunt stehen. Vor ihm stand ein tadellos gekleideter junger Mann mit wunderbar gepflegtem rötlichblondem Backenbart, mit einem Kneifer auf der Nase, in Lackstiefeln, nagelneuen Handschuhen, in einem weiten, vom besten Schneider gearbeiteten Überzieher und mit einer Aktenmappe unter dem Arm. Lembke begrüßte ihn sehr freundlich, gab ihm seine Adresse an und lud ihn sogar ein, ihn abends einmal zu besuchen. Es stellte sich bei der Gelegenheit heraus, daß er jetzt nicht mehr einfach der »Lembka« wie ehemals, sondern Herr von Lembke war. Trotzdem ging der Schulfreund zu ihm hin, vielleicht nur aus Bosheit. Auf der Treppe, die ziemlich häßlich und gar nicht nach einer Paradetreppe aussah, gleichwohl mit rotem Tuch belegt war, empfing ihn ein Portier mit der Frage, zu wem er zu gehen wünsche, worauf der Portier an einer Klingel zog, die oben hell ertönte. Doch statt der Reichtümer, die der Besuch vorzufinden erwartete, fand er seinen »Lembka« in einem der schmalen Nebenzimmerchen, das dunkel und altmodisch wirkte, durch einen großen dunkelgrünen Vorhang noch unterteilt und mit allerdings gepolsterten, aber schon ausgedienten Möbeln eingerichtet war; die schmalen, hohen Fenster hatten dunkelgrüne Rollvorhänge. Von Lembke wohnte nämlich bei einem General, mit dem er in sehr weitläufiger Verwandtschaft stand und der den jungen Mann in seiner Laufbahn förderte. Er empfing den Schulkameraden freundlich, benahm sich aber sonst ernst und mit gesellschaftlich geschulter Höflichkeit. Man sprach auch über Literatur, aber nur in annehmbaren Grenzen. Ein Diener in weißer Halsbinde servierte bläßlichen Tee und dazu hartes, rundes kleines Gebäck. Als der Schulfreund aus Bosheit um Selterwasser bat, wurde ihm dieses gebracht, aber mit einiger Verzögerung, und Lembke schien ein wenig betreten zu sein, als er den Diener nochmals herbeirief und ihm den Auftrag gab. Übrigens fragte er aus eigenem Antrieb den Gast, ob er nicht einen Imbiß zu sich nehmen wolle, und war sichtlich zufrieden, als dieser dankte und bald darauf wegging. Mit einem Wort: Lembke hatte begonnen, Karriere zu machen, und war bei einem stammverwandten, aber angesehenen General untergekommen, der ihn protegierte.

Damals hatte er sich gerade in die fünfte Tochter des Generals verliebt, und seine Gefühle schienen von ihr erwidert zu werden. Nichtsdestoweniger verheiratete man Amalie, als sich die Gelegenheit bot, mit einem alten deutschen Fabrikbesitzer, einem alten Freunde des alten Generals. Andréi Antónowitsch trauerte nicht allzusehr seiner Liebe nach, sondern klebte aus Pappe ein ganzes Theater zusammen. Der Vorhang hob sich, die Schauspieler traten auf und gestikulierten; in den Logen saß das Publikum; ein Mechanismus setzte das Orchester in Bewegung, die Musiker fuhren mit den Bögen über ihre Instrumente, der Kapellmeister fuchtelte mit einem Stäbchen und die im Parterre sitzenden Kavaliere und Offiziere klatschten in die Hände. Alles das war aus Pappe hergestellt, ausgedacht und ausgeführt von Andrei Antonowitsch von Lembke. Ein halbes Jahr lang hatte er an diesem Theater gearbeitet. Der General gab eigens hierfür eine kleine Abendgesellschaft, das Theater wurde hereingetragen und vorgeführt, und alle fünf Generalstöchter, einschließlich der neuvermählten Amalie und ihres Fabrikbesitzers, und viele junge Mädchen und Frauen mit ihren deutschen Ehegatten betrachteten das Theater eingehend und lobten es sehr; danach wurde getanzt. Lembke war überaus zufrieden und hatte den Verlust bald verschmerzt.

Die Jahre vergingen und seine Karriere »machte sich«, wie man zu sagen pflegt. Er bekleidete stets Ämter, die ihn in Sicht stellten, und unter Vorgesetzten, die gleicher Abstammung waren, und erreichte in verhältnismäßig jungen Jahren einen recht ansehnlichen Rang. Schon lange hatte er den Wunsch, sich zu verheiraten, und schon lange hatte er sich vorsichtig nach einer passenden Partie umgeschaut. Er versuchte auch zu schriftstellern und sandte heimlich, ohne Wissen seiner Vorgesetzten, eine Novelle an die Redaktion einer Zeitschrift, aber sie wurde nicht gedruckt. Da begann er wieder zu kleben, diesmal einen ganzen Eisenbahnzug, und wieder gelang ihm das Werk ganz vorzüglich: das Publikum kam aus dem Bahnhof, mit Koffern und Reisetaschen an der Hand, mit Kindern und Hunden, und stieg in die Waggons ein. Die Schaffner und Bahnbeamten gingen hin und her, ein Glöckchen ertönte, es folgte das Abfahrtssignal und der Zug setzte sich in Bewegung. Über diesem kniffliche Kunstwerk hatte er ein ganzes Jahr gesessen. Aber nun wurde es doch Zeit zu heiraten. Sein Bekanntenkreis war ziemlich groß, vornehmlich in der deutschen Welt; aber er verkehrte auch in russischen Sphären, selbstverständlich in denen seiner Vorgesetzten. Da fiel ihm schließlich, als er schon achtunddreißig Jahre zählte, eine kleine Erbschaft zu. Sein Onkel, der Bäcker, starb und hinterließ ihm testamentarisch dreizehntausend Rubel. Jetzt kam es darauf an, einen passenden Posten zu finden. Herr von Lembke war, ungeachtet des vielversprechenden Anlaufs in seiner dienstlichen Sphäre, eigentlich ein sehr anspruchsloser Mensch. Er würde sich gern mit irgend einem kleinen, jedoch bequemen und unabhängigen fiskalischen Pöstchen begnügt haben, wo er etwa nach eigenen Dispositionen fiskalisches Holz abzunehmen gehabt hätte, oder mit einem ähnlich süßen Pöstchen in dieser Richtung, um dann sein Lebelang zufrieden hierbei zu verbleiben. Aber da geschah es, daß, statt einer erhofften Minna oder Ernestine, plötzlich Julia Michailowna seinen Weg kreuzte, und die Fortsetzung seiner Laufbahn stieg sofort um einige Grade höher. Der bescheidene und rechtschaffene von Lembke fühlte nun selbst, daß auch er ehrgeizig zu sein vermochte.

Julia Michailowna besaß, nach der alten Einschätzung, zweihundert Leibeigene, und außerdem brachte sie als Mitgift den Wert großer Protektion in die Ehe. Andererseits war von Lembke ein schöner Mann, sie aber schon über vierzig Jahre alt. Es ist bemerkenswert, daß er sich ganz allmählich in sie verliebte und tatsächlich um so mehr, je mehr er sich selbst als Bräutigam zu fühlen begann. Am Morgen des Hochzeitstages übersandte er ihr ein selbstverfaßtes Gedicht. Ihr gefiel das alles sehr, sogar das Gedicht: vierzig Jahre sind kein Spaß. Bald darauf erhielt er einen höheren Rang und einen entsprechenden Orden, und danach wurde er zum Gouverneur unseres Gouvernements ernannt.

Schon während der Vorbereitungen zur Abreise zu uns begann Julia Michailowna emsig und sorgfältig an ihrem Gatten zu arbeiten. Ihrer Meinung nach war er nicht unbefähigt. Er verstand, in einen Salon einzutreten und sich zu präsentieren, verstand tiefsinnig zuzuhören und selbst zu schweigen, hatte sich eine gute Haltung und ein paar nette Manieren angewöhnt, konnte sogar eine Rede hersagen, verfügte sogar über einige Bruchstücke und Zipfelchen von Gedanken, wenn sie auch etwas kurz und unvermittelt wirkten, und hatte sich auch schon die Appretur des neuesten unerläßlichen Liberalismus zugelegt. Aber es beunruhigte sie doch, daß er irgendwie schon gar zu wenig aufnahmefähig war, und nach langjähriger angespannter Streberei jetzt ein immer ausgesprocheneres Ruhebedürfnis zu empfinden begann. Sie hätte gar zu gern ihren eigenen ganzen Ehrgeiz zu dem seinen gemacht, er aber begann plötzlich wieder zu kleben. Diesmal war es eine Kirche: der Pastor trat auf die Kanzel, um eine Predigt zu halten, die Gemeinde hörte mit andächtig gefalteten Händen zu, eine Dame wischte sich mit einem Tüchlein die Tränen ab, ein alter Mann schneuzte sich, und zum Schluß begann noch ein winziges Orgelwerk zu spielen, das er hierzu in der Schweiz bestellt und sich hatte schicken lassen, ohne die Kosten zu scheuen. Als Julia Michailowna von dieser neuen Arbeit erfuhr, verspürte sie so etwas wie einen bangen Schreck; sie nahm sie ihrem Mann kurzerhand weg und verschloß sie in einem Schubfach, zur Entschädigung aber erlaubte sie ihm, einen Roman zu schreiben, freilich nur unter der Bedingung, daß niemand davon erführe. Seit der Zeit aber begann sie, nur noch auf sich allein zu bauen. Das Unglück war dabei nur, daß sie mit reichlichem Leichtsinn vorging und keinen richtigen Maßstab hatte. Das Schicksal hatte sie doch schon gar zu lange in der Rolle einer alten Jungfer festgehalten. Jetzt blitzte eine Idee nach der anderen in ihrem ehrgeizigen und teilweise überempfindlich gewordenen Geist auf. Sie trug sich mit allerhand Absichten, sie wollte tatsächlich das Gouvernement regieren, träumte davon, alsbald der Mittelpunkt zu sein, umgeben von Anhängern, und sie legte sich eine bestimmte Tendenz zurecht. – Von Lembke selbst soll übrigens anfangs sogar ein wenig erschrocken gewesen sein, als er den Gouverneursposten erhielt, aber sein Beamteninstinkt fand dann doch bald heraus, daß er eigentlich gar keinen Grund hatte, sich vor der neuen Aufgabe zu fürchten. Die ersten zwei, drei Monate verliefen denn auch durchaus zufriedenstellend. Dann aber tauchte dieser Pjotr Stepanowitsch auf, und seitdem begann sich etwas Sonderbares zu begeben.

Die Sache war die, daß der junge Werchowénskij gleich von seinem ersten Erscheinen an eine entschiedene Respektlosigkeit vor dem Gouverneur bekundete und sich ihm gegenüber ganz sonderbare Rechte herausnahm. Julia Michailowna aber, die sonst doch immer so eifersüchtig das Ansehen ihres Gatten geachtet wissen wollte, tat plötzlich, als merke sie nichts davon; wenigstens maß sie dem keine Bedeutung bei. Der junge Mann wurde sozusagen zu ihrem Schützling, aß, trank und schlief sogar mitunter in ihrem Hause. Von Lembke suchte sich zwar des Ankömmlings zu erwehren, nannte ihn in Anwesenheit anderer »junger Mann«, klopfte ihm gönnerhaft auf die Schulter, doch konnte er ihm damit nicht im geringsten imponieren: Pjotr Stepanowitsch verhielt sich ihm gegenüber nach wie vor so, als nehme er ihn überhaupt nicht ernst, ja, als lache er ihm geradezu ins Gesicht, selbst wenn er anscheinend im Ernst sprach, und im übrigen nahm er sich sogar in Gegenwart fremder Menschen heraus, ihm die unglaublichsten Dinge zu sagen. Als von Lembke eines Tages nach Hause kam, fand er den jungen Mann uneingeladen in seinem Arbeitszimmer vor, auf dem Sofa schlafend. Er gab zur Erklärung, und zwar nicht etwa, um sich zu entschuldigen, sondern nur so obenhin, er habe ihm einen Besuch machen wollen, da er ihn aber nicht angetroffen, habe er sich »bei der Gelegenheit ausgeschlafen«. Von Lembke fühlte sich beleidigt und beschwerte sich abermals bei seiner Gattin; aber diese lachte ihn wegen seiner Empfindlichkeit nur aus und bemerkte dann schließlich stichelnd, daß er wohl selbst die Schuld daran trüge, wenn der junge Mann sich ihm gegenüber nicht comme il faut benehme; ihr gegenüber erlaube sich »dieser Junge« nie irgendwelche Familiaritäten, und im übrigen sei er »naiv und frisch«, wenn auch gewiß nicht »gesellschaftlich wohlerzogen«. Von Lembke maulte zwar, aber es gelang Julia Michailowna doch, sie wieder zu versöhnen. Pjotr Stepanowitsch bat nicht geradezu um Entschuldigung, sondern riß bloß einen derben Witz, den man unter anderen Umständen für eine neue Beleidigung hätte halten können, den man aber im vorliegenden Fall nachsichtig als Besserungsversprechen auffaßte. Der schwache Punkt in der Position Andréi Antónowitschs lag darin, daß er gleich zu Anfang ihrer Bekanntschaft einen Fehler gemacht, nämlich jenem von seinem Roman erzählt hatte. Im Glauben, einen temperamentvollen jungen Menschen mit literarischen Interessen und Sinn für Poesie vor sich zu haben, hatte er ihm gleich in den ersten Tagen ihrer Bekanntschaft, da er sich schon lange einen Zuhörer wünschte, eines Abends die beiden ersten Kapitel vorgelesen. Pjotr Stepanowitsch hatte zugehört, ohne zu verbergen, daß er sich langweilte, hatte unhöflich gegähnt, nicht ein einziges Mal etwas gelobt, aber beim Weggehen sich das Manuskript ausgebeten, um sich zu Hause in Muße ein Urteil darüber bilden zu können, und Andrei Antonowitsch hatte es ihm gegeben. Seit der Zeit konnte er es nun nicht mehr zurückerhalten, obschon Pjotr Stepanowitsch täglich vorsprach, aber auf die Frage nach dem Manuskript hatte er immer nur irgend eine lachende Ausrede zur Antwort, bis er zu guter Letzt erklärte, er habe es schon am selben Abend unterwegs auf der Straße verloren. Als Julia Michailowna davon erfuhr, ärgerte sie sich entsetzlich über ihren Mann.

»Hast du ihm womöglich auch von der Kirche etwas gesagt?« fuhr sie ordentlich erschrocken auf.

Von Lembke wurde seitdem immer nachdenklicher, aber das Nachdenken war für ihn schädlich und ihm daher von den Ärzten verboten worden. Abgesehen davon, daß es in der Verwaltung des Gouvernements nun viele Scherereien gab, wovon später die Rede sein wird, gab es hier noch einen besonderen Umstand, demzufolge diesmal sogar das Herz des Gatten litt, nicht nur das Selbstbewußtsein eines Machthabers allein. Als Andrei Antónowitsch seine Ehe einging, war er vollkommen überzeugt, daß es in seinem zukünftigen Eheleben Zusammenstöße, Streit, Zerwürfnisse überhaupt nicht geben könne. Diese Vorstellung hatte er Zeit seines Lebens gehegt, wenn er von Minna oder Ernestine träumte. Und jetzt fühlte er, daß häusliche Gewitter über seine Kräfte gingen. Endlich sprach sich Julia Michailowna offen mit ihm aus.

»Wozu ärgerst du dich? Beleidigen kann dich das doch überhaupt nicht«, sagte sie, »schon deswegen nicht, weil du doch dreimal einsichtiger bist als er und gesellschaftlich turmhoch über ihm stehst. In diesem Jungen stecken noch viele Überreste früherer freigeistiger Angewohnheiten, aber schließlich sind das meiner Meinung nach doch nur Ungezogenheiten. Nur kann man das nicht von heute auf morgen ändern, man muß schrittweise vorgehen. Wir müssen mit dieser Jugend schonend umgehen; ich versuche, mit Freundlichkeit auf sie einzuwirken und sie auf diese Weise am Rande des Abgrundes zurückzuhalten.«

»Aber er erlaubt sich doch, der Teufel weiß was alles daherzureden!« wandte von Lembke erregt ein. »Ich kann mich doch nicht tolerant dazu verhalten, wenn er in meiner Gegenwart vor allen Leuten behauptet, die Regierung fördere absichtlich den Branntweinkonsum, um das Volk zu vertieren und dadurch von einem Aufstande abzuhalten. Stelle dir doch nur meine Rolle vor, wenn ich vor den Ohren der ganzen Gesellschaft so etwas mit anhören muß!«

Als von Lembke das sagte, mußte er wieder an ein Gespräch denken, das er vor nicht langer Zeit mit Pjotr Stepanowitsch gehabt hatte. In der unschuldigen Absicht, diesen durch Liberalismus zu entwaffnen, hatte er ihm seine eigene geheime Sammlung von allen möglichen revolutionären Proklamationen gezeigt, sowohl russischen als ausländischen, die er seit achtzehnhundertneunundfünfzig mit Sorgfalt sammelte und aufbewahrte, aber nicht etwa aus geistigem Interesse, sondern einfach aus Neugier für ein Material, das ihm vielleicht einmal zustatten kommen konnte. Pjotr Stepanowitsch erriet sofort seine Absicht und sagte ganz ungeniert, daß in einer einzigen Zeile manch einer dieser Proklamationen mehr Sinn stecke als in manch einer ganzen Regierungskanzlei; »die Ihrige schließlich nicht ausgenommen«.

Von Lembke sah ihn groß an, wie vor den Kopf gestoßen.

»Aber bei uns ist das doch noch zu früh, viel zu früh!« sagte er fast beschwörend, indem er auf die Blätter wies.

»Nein, keineswegs zu früh; Sie fürchten sich doch davor, also ist es nicht zu früh.«

»Aber ich bitte Sie, hier ist zum Beispiel die Aufforderung, die Kirchen zu zerstören! . . .«

»Warum denn nicht? Sie sind doch ein kluger Mensch und glauben natürlich selbst nicht, und außerdem wissen Sie ja nur zu gut, daß Ihre Regierung die Religion bloß braucht, um das Volk dumm zu erhalten. Die Wahrheit ist anständiger als die Lüge.«

»Einverstanden, einverstanden, ich bin mit Ihnen vollkommen einverstanden, aber hier bei uns ist es doch noch zu früh . . .«, meinte von Lembke mit gerunzelter Stirn.

»Was sind Sie dann eigentlich für ein Regierungsvertreter, wenn Sie selbst damit einverstanden sind, daß man die Kirchen zerstöre und mit Keulen bewaffnet auf Petersburg losmarschiere, und nur in der Zeitfrage, wann das geschehen soll, anderer Meinung sind?«

So unhöflich festgelegt, fühlte von Lembke sich äußerst pikiert.

»Nein, so meinte ich das nicht, natürlich nicht so!« widersprach er, in seinem Selbstgefühl verletzt, und ließ sich, in Eifer geratend, immer weiter fortreißen. »Sie, als junger Mensch, der Sie dazu noch mit unseren Zielen gar nicht vertraut sein können, Sie befinden sich in einem gewaltigen Irrtum! Sehen Sie, mein lieber Pjotr Stepánowitsch, Sie nennen uns Vertreter der Regierung, Regierungsbeamte? Stimmt. Selbständige Beamte? Stimmt. Aber erlauben Sie mal, worin besteht denn unsere Tätigkeit? Auf uns ruht die Verantwortung, und letzten Endes dienen wir doch gleichfalls der gemeinsamen Sache, wie Sie, die junge Generation. Nur stützen wir das, woran Sie rütteln, wir halten zusammen, was Sie sprengen wollen, und was ohne uns nach verschiedenen Seiten hin auseinanderrennen würde. Wir sind durchaus nicht Ihre Feinde, durchaus nicht, wir sagen Ihnen sogar: geht nur voran, wirkt für den Fortschritt, rüttelt meinetwegen sogar, das heißt, an jenem Alten, das sowieso der Veränderung unterworfen ist; aber wir werden Sie, sobald es nötig wird, auch wieder in den notwendigen Grenzen zurückzuhalten wissen und Sie dadurch vor sich selber retten, denn ohne uns würden Sie Rußland doch nur auseinanderschütteln, indem Sie es um sein anständiges Aussehen bringen, unsere Aufgabe aber besteht ja eben darin, für dieses äußere Aussehen zu sorgen. Sehen Sie doch endlich ein, daß wir und Sie uns gegenseitig brauchen. In England sind sich die Whigs und Torys gleichfalls unentbehrlich. Nun ja: wir sind die Torys und Sie die Whigs, gerade so fasse ich das auf.«

Andréi Antónowitsch geriet sogar in Pathos. Er liebte es noch von Petersburg her, vernünftig und liberal zu reden, und hier gab es, was die Hauptsache war, keine unerwünschten Ohren. Pjotr Stepanowitsch schwieg und verhielt sich irgendwie ungewohnt ernsthaft. Das spornte den Redner noch mehr an.

»Wissen Sie auch, daß ich«, fuhr er daher fort, während er im Kabinett auf und ab schritt, »daß ich, der ‚Herr des Gouvernements‘, vor lauter Obliegenheiten keine einzige von ihnen richtig zu erfüllen vermag, und andererseits kann ich sagen, und es ist ebenso wahr, daß ich hier überhaupt nichts zu tun habe. Das ganze Geheimnis besteht darin, daß hier alles von den Ansichten der Regierung abhängt. Sollte die Regierung eines Tages meinethalben selbst die Republik ausrufen, sagen wir... ich meine ja nur so ... etwa aus Politik oder zur Besänftigung der Leidenschaften, und andererseits, parallel dem, die Amtsbefugnisse der Gouverneure erweitern, ihre Macht stärken, so werden wir, die Gouverneure, auch die Republik schlucken; was sage ich: Republik! – mit allem werden wir uns abfinden, alles, was Sie nur wollen, werden wir schlucken; ich wenigstens fühle, daß ich zu allem bereit bin ... Mit einem Wort, wenn die Regierung mir telegrafisch activité dévorante anbefiehlt, so werde ich auch sofort activité dévorante leisten. Ich habe es ihnen hier offen ins Gesicht gesagt: ‚Meine Herren, zur Herstellung des

Gleichgewichts und zum Gedeihen aller Institutionen des Gouvernements ist vor allem eines notwendig: die Erweiterung der Amtsbefugnisse des Gouverneurs.' Sehen Sie, es ist notwendig, daß alle diese Institutionen – gleichviel ob Landschaftsvertretung oder das Gerichtswesen betreffend – sozusagen ein Doppelleben führen, das heißt, es ist notwendig, daß sie da sind (ich gebe zu, daß man sie braucht), nun, und andererseits sollen sie auch wieder so gut wie gar nicht da sein. Immer je nach Ansicht der Regierung. So ergibt es sich denn ganz von selbst, daß, wenn diese Institutionen sich plötzlich als notwendig erweisen, sie sofort bei mir vorhanden sind; geht aber diese Notwendigkeit vorüber, so wird niemand sie bei mir finden. Sehen Sie, so verstehe ich die activité dévorante, und die ist nicht denkbar ohne Erweiterung der Amtsbefugnisse des Gouverneurs. Wir sprechen ja hier unter vier Augen. Ich habe in Petersburg auf die Notwendigkeit einer besonderen Schildwache vor dem Haus des Gouverneurs bereits hingewiesen. Jetzt warte ich auf die Antwort.«

»Sie brauchen zwei Schildwachen«, sagte Pjotr Stepanowitsch.

»Warum zwei?« von Lembke blieb vor ihm stehen.

»Ich meine nur, eine würde zu wenig sein, damit man Sie respektiere. Sie brauchen unbedingt zwei.«

Andrei Antonowitsch verzog das Gesicht.

»Sie ... Sie erlauben sich schon, Gott weiß was, Pjotr Stepanowitsch. Während Sie meine Gutmütigkeit ausnützen, sagen Sie mir Anzüglichkeiten und spielen sich auf als so eine Art bourru bienfaisant ...«

»Na, meinetwegen, wie Sie wollen«, brummte Pjotr Stepanowitsch undeutlich, »aber Sie bahnen uns doch nur den Weg und bereiten unseren Erfolg vor.«

»Das heißt ... wen meinen Sie mit ‚uns' und ... von was für einem Erfolg reden Sie?« von Lembke starrte ihn erstaunt an, aber eine Antwort erhielt er nicht.

Als Julia Michailowna den Bericht über dieses Gespräch vernahm, war sie sehr ungehalten.

»Aber ich kann doch deinen Favorit nicht wie einen Untergebenen behandeln«, verteidigte sich von Lembke. »Und noch dazu unter vier Augen ... Da habe ich vielleicht ein Wort zu viel gesagt ... aus gutem Herzen ...«

»Aus leider schon gar zu gutem! ... Ich habe gar nicht gewußt, daß du eine Sammlung von Flugschriften hast. Sei so gut und zeige sie mir.«

»Aber ... aber er hat sie sich für einen Tag ausgebeten.«

»Und Sie haben sie ihm gegeben!« ärgerte sich Julia Michailowna. »Was für eine Unüberlegtheit!«

»Ich werde sie sofort zurückholen lassen.«

»Er wird sie nicht hergeben.«

»Ich verlange es!« rief von Lembke empört und sprang sogar von seinem Platz auf. »Wer ist er, daß man sich vor ihm so fürchten muß, und wer bin ich, daß ich nichts mehr tun darf?«

»Setzen Sie sich bitte und regen Sie sich lieber nicht so auf«, versuchte Julia Michailowna seinen Zorn zu beschwichtigen. »Zunächst will ich den ersten Teil deiner Frage beantworten. Wer dieser Pjotr Stepanowitsch ist? Er ist mir vorzüglich empfohlen worden, ist begabt und sagt manchmal allerhand kluge Dinge. Karmasínoff versicherte mir, daß er fast überall seine Verbindungen habe und die petersburger und moskauer Jugend vollständig unter seinem Einfluß stehe. Wenn es mir nun gelingt, durch ihn alle heranzuziehen und um mich zu sammeln, so bewahre ich sie vor dem Verderben, indem ich ihrem Ehrgeiz einen neuen Weg weise. Er ist mir von ganzem Herzen ergeben und gehorcht mir in allen Dingen.«

»Aber während man sie da erst freundlich heranzieht, können sie ja inzwischen ... der Teufel weiß was alles anstiften! Freilich, ich verstehe ja, das ist eine Idee ...«, versuchte von Lembke sich etwas unklar zu verteidigen, »aber ... aber da höre ich, daß im -schen Bezirk schon wieder neue Flugblätter verbreitet worden sind.«

»Aber dieses Gerücht tauchte doch schon im Sommer auf!

Flugblätter, falsches Papiergeld und was nicht noch alles, dabei ist bis jetzt noch kein einziges Exemplar davon eingeliefert worden. Wer hat Ihnen denn das berichtet?«

»Blümer teilte es mir mit.«

»Ach, um Himmels willen, verschonen Sie mich doch bitte endlich mit Ihrem ewigen Blümer! Daß Sie auch wirklich nie aufhören können, mich an den zu erinnern!«

Julia Michailowna war so aufgebracht, daß sie fast keine Worte fand. Blümer war ein Beamter der Gouvernementskanzlei, den sie ganz besonders haßte. Davon später.

»Bitte, wie gesagt, beunruhige dich nicht wegen Werchowenskij«, schloß sie endlich das Gespräch. »Wenn er an irgendwelchen Dummheiten beteiligt wäre, so würde er mit dir und mir und uns allen hier ganz anders sprechen. Phraseure sind nicht gefährlich, und im übrigen kann ich dir nur sagen, wenn wirklich irgend etwas passieren sollte, so werde ich die erste sein, die durch ihn davon erfährt. Er ist mir fanatisch, wirklich fanatisch ergeben.«

Den Ereignissen vorgreifend, möchte ich hier bemerken, daß ohne Julia Michailownas Ehrgeiz und Selbstüberschätzung vielleicht all das gar nicht hätte geschehen können, was diese üblen Leutchen bei uns anzustiften vermochten. Für vieles ist sie verantwortlich!

FÜNFTES KAPITEL

VOR DEM FEST

I

Der Tag des Festes, das Julia Michailowna auf Subskription zum Besten der Gouvernanten unseres Gouvernements veranstalten wollte, war schon mehrmals angesagt und wieder verschoben worden. Um sie herum sah man mehrere Helfer sich unablässig betätigen, so vor allem Pjotr Stepanowitsch und jenen kleinen Subalternbeamten Lämschin, der eine Zeitlang auch Stepan Trofimowitschs Abende besucht hatte, dann plötzlich wegen seines Klavierspiels im Hause des Gouverneurs in Gnaden zugelassen worden war, und jetzt hauptsächlich als Laufbursche in Angelegenheiten des Festes Verwendung fand; hinzukam gelegentlich auch Liputin, den Julia Michailowna als Redakteur der geplanten unabhängigen Gouvernementszeitung vorgesehen hatte; ferner einige verheiratete Damen und junge Mädchen, und schließlich sogar Karmasínoff, der zwar nicht geschäftig herumlief, aber dafür laut und mit zufriedener Miene erklärte, daß er, sobald die Literarische Quadrille beginne, allen eine angenehme Überraschung bereiten werde. Die Zahl der Subskribenten und Spender übertraf alle Erwartungen, die gesamte auserwählte Gesellschaft unserer Stadt beteiligte sich daran; aber es wurden auch keineswegs „Auserwählte“ zugelassen, sofern sie nur mit Geld erschienen. Julia Michailowna meinte, daß man in gewissen Fällen die Mischung der Stände sogar fördern müsse, denn »wer sollte sonst die unteren Schichten aufklären?« Es bildete sich ein inoffizielles Hauskomitee, in welchem beschlossen wurde, daß das Fest einen demokratischen Charakter tragen solle. Die unverhältnismäßig große Einnahme aus der Subskription verlockte natürlich zu größeren Ausgaben: nun wollte man etwas Wunderbares bieten, und das war der Grund, weshalb das Fest immer wieder hinausgeschoben wurde. Man hatte sich auch noch nicht entschieden, wo am Abend der Ball stattfinden sollte: ob in dem sehr großen Hause der Adelsmarschallin, das diese für den Ball zur Verfügung stellte, oder bei Warwara Petrowna in Skworéschniki? Bis nach Skworéschniki wäre es freilich etwas weit gewesen, aber im Komitee waren viele der Meinung, dort würde es jedenfalls »freier« sein. Warwara Petrowna hätte viel darum gegeben, wenn man sich für ihren Saal entschieden hätte. Es ist schwer zu sagen, warum diese stolze Frau sich bei Julia Michailowna geradezu einschmeicheln wollte. Wahrscheinlich gefiel es ihr, daß diese ihrerseits Nikolai Wsséwolodowitsch so unendlich hochschätzte und von einer Liebenswürdigkeit zu ihm war, wie sonst zu keinem anderen. Ich will es nochmals erwähnen, daß Pjotr Stepanowitsch in dieser ganzen Zeit unentwegt fortfuhr, ein Gerücht, das er schon früher in der Stadt verbreitet hatte, im Hause des Gouverneurs durch geflüsterte Bemerkungen immer glaubwürdiger erscheinen zu lassen: daß nämlich Stawrogin ein Mensch sei, der in der geheimnisvollsten Welt die geheimnisvollsten Verbindungen habe, und daß er sich ganz gewiß mit einem bestimmten Auftrage hier aufhalte.

Es hatte damals eine merkwürdige Stimmung die Geister ergriffen. Besonders in der Damenwelt machte sich ein gewisser Leichtsinn bemerkbar, von dem man dabei nicht einmal behaupten konnte, daß er sich allmählich entwickelt hätte. Wie vom Winde hergeweht, hatten sich auf einmal einige überaus freie Anschauungen verbreitet. Es kam ein ausgelassenes, leichtsinniges Treiben auf, von dem ich nicht sagen kann, daß es immer angenehm gewesen wäre. Eine gewisse Unordnung in den Köpfen wurde Mode. Nachher, als alles vorüber war, schrieb man die Schuld Julia Michailowna zu, ihrem Kreis und ihrem Einfluß; aber so war es wohl nicht, daß von ihr allein alles ausgegangen wäre. Im Gegenteil, diejenigen hatten auch nicht unrecht, die anfangs geradezu darin wetteiferten, die neue Gouverneurin zu loben, weil sie die Gesellschaft zusammenzuführen verstehe und das Leben plötzlich heiterer geworden sei. Es kamen zwar ein paar kleine Skandale vor, mit denen übrigens Julia Michailowna nicht das Geringste zu schaffen hatte, aber damals lachten alle nur darüber und amüsierten sich, und niemand fühlte sich bewogen, Einhalt zu gebieten. Allerdings hielt eine nicht unbedeutende Gruppe stand, eine Gruppe von Personen, die ihre eigenen Ansichten über den damaligen Lauf der Dinge hatten; aber auch diese murrten damals noch nicht, manchmal lächelten sie sogar.

Ich erinnere mich, es hatte sich damals wie von selbst ein ziemlich weiter Kreis gebildet, dessen Mittelpunkt sich allerdings tatsächlich in Julia Michailownas Salon befand. In diesem intimen Kreise, der sie umdrängte, war es erlaubt – natürlich nur unter der Jugend – sich allerhand Streiche auszudenken, die mitunter recht ausgelassen waren, und »Einfälle« zu haben, wurde bald fast als Aufgabe betrachtet. Zu diesem Kreise gehörten auch einige sehr hübsche junge Damen. Man veranstaltete Picknicks, kleine Abendgesellschaften, und manchmal ritten und fuhren sie in ganzen Kavalkaden durch die Stadt. Man suchte Abenteuer oder führte sie sogar absichtlich herbei, einzig um nachher lustige Anekdoten erzählen zu können. Die übrigen Einwohner der Stadt wurden von ihnen als ausgemachte Dummköpfe behandelt. Diese nannten sie dafür »die Spötter« oder auch »die Lästerer«, weil sie in der Bekundung ihrer Respektlosigkeit durchaus nicht wählerisch waren. So begab es sich einmal, daß die Frau eines Leutnants unserer Garnison, eine noch sehr junge Brünette, sich auf einer kleinen Abendgesellschaft aus Leichtsinn an einem Kartenspiel beteiligte, in der Hoffnung, das Geld zu einer Mantille zu gewinnen, doch, statt zu gewinnen, fünfzehn Rubel verlor. Da sie sich vor ihrem Mann fürchtete und selbst kein Geld zum Bezahlen hatte, entschloß sie sich, eingedenk ihrer früheren Keckheit, gleich auf dieser Abendgesellschaft den Sohn unseres Bürgermeisters, einen abscheulichen, trotz seiner Jugend bereits ganz verlebten Burschen, heimlich um ein Darlehen zu bitten. Dieser schlug die Bitte nicht nur ab, sondern ging auch noch zu ihrem Mann, um ihm die Geschichte laut lachend zu erzählen. Der Leutnant, der wirklich nur von seinem Gehalt sparsamst lebte, brachte seine Gattin nach Hause und ließ dann seinen ganzen Zorn an ihr aus, ungeachtet ihres Jammers, ihrer Schreie und der kniefälligen Bitten um Verzeihung. Diese empörende Geschichte erregte überall in der Stadt nur Gelächter, und obschon die arme Leutnantsfrau nicht zu jener Gesellschaftsschicht gehörte, die Julia Michailowna umgab, so fuhr doch eine etwas überspannte, kühne Dame aus diesem Kreise, die mit der jungen Leutnantsfrau einigermaßen bekannt war, zu ihr hin und brachte sie einfach als Gast zu sich in ihr Haus. Hier bemächtigten sich der Entführten sogleich unsere mutwilligen Schelme, überhäuften sie mit Liebenswürdigkeiten und Geschenken und hielten sie an die vier Tage fest, ohne sie zu ihrem Mann zurückzulassen. Sie wohnte bei der kühnen Dame, fuhr mit ihr und der ganzen ausgelassenen Gesellschaft in der Stadt spazieren und nahm auch an deren sonstigen Vergnügungen und Tanzabenden teil. Man redete ihr zu, ihren Mann vor Gericht zu ziehen und es darauf ankommen zu lassen. Sie versicherten, sie würden sie alle unterstützen und als Zeugen auftreten. Der Mann schwieg, da er es nicht wagte, mit dieser Gesellschaft den Kampf aufzunehmen. Die arme Frau sah aber endlich ein, daß sie sich ins Unglück zu stürzen im Begriff war, und am vierten Tage entfloh sie in der Dämmerung ihren Beschützern und lief halbtot vor Angst zu ihrem Leutnant zurück. Es ist nie bekannt geworden, was sich danach zwischen den Eheleuten abgespielt hat; aber zwei Fensterläden des niedrigen Holzhäuschens, in dem der Leutnant wohnte, wurden vierzehn Tage lang nicht geöffnet. Als Julia Michailowna alles erfuhr, ärgerte sie sich nicht wenig über die ausgelassene Bande und war sehr unzufrieden mit jener kühnen Dame, obschon diese ihr die Leutnantsfrau gleich am

Tage der Entführung vorgestellt hatte. Übrigens geriet dieser Streich sehr bald in Vergessenheit.

Ein anderes Mal hatte bei einem kleinen Beamten, einem anscheinend achtbaren Familienvater, ein aus einem anderen Bezirk zu uns versetzter junger Mann, gleichfalls ein kleiner Beamter, sich um die Hand der Tochter, eines siebzehnjährigen, schönen, in der Stadt allgemein bekannten Mädchens beworben und sie auch erhalten. Aber auf einmal erfuhr man, daß der junge Ehemann in der Hochzeitsnacht mit seiner schönen jungen Frau sehr unhöflich umgegangen sei, aus Rache für seine geschändete Ehre. Lämschin, der beinahe Augenzeuge des Vorgangs gewesen war, da er sich auf der Hochzeit betrunken hatte und deshalb über Nacht im Hause geblieben war, lief schon am frühen Morgen mit der lustigen Nachricht bei allen herum. In kürzester Zeit versammelte sich ein Schar von ungefähr zehn Mann, alle zu Pferde – manche auf gemieteten Kosakenpferden, wie zum Beispiel Pjotr Stepanowitsch und Liputin, der sich damals trotz seiner schon graumelierten Haare fast an allen skandalösen Unternehmungen unserer leichtfertigen jungen Leute beteiligte –, um das junge Paar bei den am nächsten Tage obligatorischen Visiten abzufangen. Kaum hatten sie die Neuvermählten im Zweispänner erblickt, da umringte auch schon die ganze Kavalkade mit Hallo den Wagen, um nun das junge Paar den ganzen Vormittag von Haus zu Haus zu begleiten. Sie beleidigten zwar weiter niemanden, weder den jungen Ehemann, noch seine Frau, gingen auch nicht in die Häuser hinein, sondern warteten zu Pferde vor den Haustüren, aber es war immerhin ein richtiger Skandal. Die ganze Stadt sprach davon. Natürlich lachten alle. Aber diesmal ärgerte sich von Lembke ernstlich und hatte mit Julia Michailowna wieder eine lebhafte Auseinandersetzung. Auch Julia Michailowna war sehr aufgebracht über die »ungezognen Bengel« und gedachte bereits, ihnen ihr Haus zu verbieten. Aber schon am folgenden Tage verzieh sie ihnen allen auf Zureden von Pjotr Stepanowitsch und infolge einiger

Worte von Karmasínoff. Dieser fand den »Scherz« sogar recht witzig.

»Das paßt doch durchaus zu den hiesigen Bräuchen«, meinte er, »wenigstens ist es charakteristisch und ... mutig. Sie sehen doch, alle lachen, nur Sie allein sind empört.«

Aber es kamen auch andere Streiche vor, die bereits unentschuldbar waren und auch schon eine bestimmte Tendenz erkennen ließen.

In unserer Stadt erschien eine Bücherverkäuferin, die das Neue Testament in kleinen Bänden verkaufte, eine achtbare und nicht ungebildete Frau, obschon sie nur eine Kleinbürgerin war. Man wurde auf sie aufmerksam und sprach von ihr, weil in den Zeitungen der Residenzstädte erst kurz zuvor interessante Mitteilungen über diese »Evangelienverkäuferinnen« erschienen waren. Wieder war es derselbe Schelm Lämschin, der hier einen Streich verübte. Mit Hilfe eines Seminaristen, der auf seine Anstellung als Lehrer an einer Schule wartete und sich inzwischen müßig herumtrieb, steckte er der Bücherverkäuferin, indem er tat, als wolle er von ihr eines ihrer Bücher kaufen, heimlich ein ganzes Päckchen unanständiger ausländischer Photographien in den Büchersack, die, wie wir nachher erfuhren, ein hochangesehener alter Herr eigens zu diesem Zweck hergegeben hatte, ein Würdenträger – ich übergehe seinen Namen – mit einem hohen Orden am Halse, der, wie er selbst zu sagen pflegte, »ein gesundes Lachen und einen lustigen Spaß« liebte. Als nun die arme Frau bei unseren Kaufläden am Markt ihre Bücher aus dem Wachstuchsack hervorholte, da fielen auch die Photographien heraus. Es erhob sich zuerst ein Lachen, dann wurde gemurrt; die Gruppe vor ihrem Stand vergrößerte sich, man begann zu schimpfen und hätte die Frau wohl noch verprügelt, wenn die Polizei nicht rechtzeitig hinzugekommen wäre. Die Bücherverkäuferin wurde verhaftet und eingesperrt und erst am Abend wieder in Freiheit gesetzt und aus der Stadt geschafft. Aber sie wäre wohl noch lange in Haft geblieben, wenn nicht Mawríkij Nikolájewitsch Drósdoff, der mittlerweile die geheimen Einzelheiten dieser häßlichen Geschichte erfahren hatte, in seiner Empörung sofort die nötigen Schritte getan hätte, um die Unschuldige zu befreien, was ihm endlich gegen Abend auch gelang. Diesmal war nun Julia Michailowna fest entschlossen, Lämschin die Tür zu weisen, aber noch am selben Abend geschah es, daß ein ganzer Schwarm der jungen Leute ihn zu ihr führte und berichtete, er habe ein ganz besonderes Klavierstück komponiert, und man redete auf sie ein, daß sie dieses wenigstens noch anhören müsse. Die Komposition erwies sich in der Tat als amüsant und hatte den komischen Titel: „Der Französisch-Preußische Krieg". Sie begann mit den drohenden Klängen der Marseillaise:

„Qu'un sang impur abreuve nos sillons!"

Man hörte förmlich die hochtrabende Herausforderung, die Berauschung an künftigen Siegen. Doch plötzlich, gleichzeitig mit der meisterhaft variierten Melodie der Hymne, begann irgendwo unten, gleichsam in einem Winkel, aber eigentlich doch recht nah, ein dünnes, erbärmliches Stimmchen „O du lieber Augustin" zu singen. Die Marseillaise beachtet es gar nicht. Die Marseillaise ist berauscht von ihrer eigenen Größe und schwelgt auf den Höhen ihrer Trunkenheit. Aber der kleine Augustin wird kräftiger, Augustin wird immer dreister, und siehe da, die Melodie Augustins beginnt auf einmal ganz unverhofft mit der Melodie der Marseillaise zusammenzufallen. Die Marseillaise scheint ärgerlich zu werden; sie bemerkt endlich den kleinen Augustin, will ihn abschütteln, verjagen, wie eine zudringliche armselige Fliege, aber mein lieber Augustin hält sich fest. Mein lieber Augustin ist fröhlich und selbstbewußt, ist lustig und frech; die Marseillaise wird dagegen immer dümmer: schon verbirgt sie es nicht mehr, daß sie gereizt ist und sich beleidigt fühlt; das ist nun schon das Geheul der Entrüstung, das sind Tränen und Schwüre mit zum Himmel emporgeschleuderten Armen:

„Pas un pouce de notre terrain,
pas une pierre de nos forteresses!"

Aber da ist sie schon gezwungen, im gleichen Takt mit Augustin zu singen. Ihre Melodie geht irgendwie auf die dümmste Weise in die Melodie des Augustin über, sie beugt sich, sie erlischt. Nur zuweilen noch hört man, gleichsam durchbrechend, wieder „qu'un sang impur . . .", aber sofort wird auch das von Augustin mit kränkender Rücksichtslosigkeit überspielt und vom banalen Walzer erstickt. Sie ergibt sich vollends: das ist Jules Favre, der an Bismarcks Brust schluchzt und alles hingibt, alles . . . Aber nun wird Augustin wild: man hört heisere Befehle, spürt im Übermaß getrunkenes Bier, Raserei des Selbstlobes, Forderung von Milliarden, feinen Zigarren und Geiseln; Augustin wird zu einem einzigen wütenden Gebrüll . . . So endet der „Französisch-Preußische Krieg". Alles applaudiert, Julia Michailowna lächelt und sagt: »Wie soll man ihm nun nicht verzeihen?« Der Friede ist geschlossen. Der Schuft hatte wirklich ein gewisses Talent. Stepan Trofimowitsch versicherte mir einmal, daß selbst die größten Künstler sehr wohl die größten Schurken sein könnten, und daß eins das andere nicht ausschließe. Später tauchte allerdings das Gerücht auf, Lämschin habe diese Komposition von einem Bekannten, einem talentvollen, aber bescheidenen jungen Menschen gestohlen, der ihn auf der Durchreise besucht hatte und dessen Autorschaft noch nicht bekannt war; aber dies nur nebenbei. Dieser Taugenichts, der mehrere Jahre lang vor Stepan Trofimowitsch geschwänzelt hatte und bei dessen Abenden für den Freundeskreis als Beitrag zur Unterhaltung je nach Wunsch verschiedene Judentypen oder die Beichte eines tauben alten Weibes oder die Geburt eines Kindes vorgetragen hatte, der karikierte jetzt bei Julia Michailowna unter anderem zuweilen auch Stepan Trofimowitsch, und zwar unter dem Titel: „Ein Liberaler aus den vierziger Jahren". Alle krümmten sich vor Lachen, so daß es alsbald nicht mehr anging, ihn vor die Tür zu setzen: der Mensch war gar zu unentbehrlich geworden. Zudem bemühte er sich geradezu sklavisch um Pjotr Stepanowitschs Wohlwollen, der seinerseits um diese Zeit schon einen bis zur Unglaublichkeit starken Einfluß auf Julia Michailowna ausübte.

Ich würde von diesem Lumpen Lämschin gar nicht weiter reden, und er wäre es auch nicht wert, daß man sich mit ihm abgäbe, aber nun trug sich bei uns eine empörende Geschichte zu, an der er, wie man versicherte, gleichfalls beteiligt war, und diese Geschichte kann ich in meiner Chronik keinesfalls übergehen.

Eines Morgens verbreitete sich in der Stadt die Kunde von einer unverzeihlichen und abstoßenden Freveltat. Unmittelbar am Eingang zu unserem großen Marktplatz steht die älteste Kirche zur Geburt der Gottgebärerin, das sehenswürdigste Altertumsdenkmal in unserer altertümlichen Stadt. Neben dem Tor der Einfriedungsmauer dieser Kirche befindet sich seit ältester Zeit ein großes Bild der Mutter Gottes, das hinter einem Gitter in die Mauer eingefügt ist. Diese Ikone war nun in der Nacht beraubt worden: das Schutzglas war zerschlagen, das Gitter zerbrochen und aus der Krone und der metallenen Bekleidung des Muttergottesbildes waren mehrere Edelsteine und Perlen entwendet, ob sehr wertvolle, weiß ich nicht. Die Hauptsache aber war, daß man, abgesehen vom Diebstahl, noch einen sinnlosen Spott mit dem Frevel verbunden hatte: hinter dem zerschlagenen Schutzglas der Ikone fand man am Morgen, wie berichtet wurde, eine lebende Maus. Es ist jetzt, vier Monate nach dem Geschehnis, mit aller Bestimmtheit bekannt, daß das Verbrechen von dem Zuchthäusler Fedjka verübt worden ist, aber aus irgend einem Grunde wird jetzt hinzugefügt, daß auch Lämschin hierbei mitgewirkt habe. Damals sprach niemand von Lämschin, und man hatte auch nicht den geringsten Verdacht auf ihn, jetzt aber behaupten alle, daß er es gewesen sei, der damals die Maus hineingesteckt habe. Ich erinnere mich, daß unsere gesamte Obrigkeit zunächst etwas ratlos war. Das Volk drängte sich schon vom Morgen an am Ort des Verbrechens zusammen. Dauernd stand ein ganzer Haufe da, zwar nicht ein Gott weiß wie großer, aber immerhin wohl an die hundert Menschen. Die einen kamen, die anderen gingen. Die Herantretenden bekreuzten sich, küßten den Heiligenschrein; man begann Spenden zu geben, und es wurde eine Opferschale aufgestellt, daneben ein Mönch, und erst gegen drei Uhr nachmittags verfiel die Obrigkeit darauf, daß man dem Volk auch befehlen könne, nicht in einem Haufen stehen zu bleiben, sondern ein jeder solle, nachdem er gebetet, geküßt und seine Spende gegeben, wieder weitergehen. Auf Herrn von Lembke machte dieser unselige Vorfall einen furchtbaren Eindruck. Julia Michailowna soll sich nachträglich, wie man mir erzählte, dahin geäußert haben, daß sie schon seit diesem unseligen Morgen jene sonderbare Niedergeschlagenheit an ihrem Gatten zu bemerken angefangen habe, die bei ihm danach fast ununterbrochen fortdauerte bis zu seiner Abreise aus unserer Stadt, vor zwei Monaten, die krankheitshalber erfolgen mußte. Wie es scheint, hat sie ihn auch in der Schweiz noch nicht verlassen, wo er sich jetzt, nach seiner kurzen Tätigkeit in unserem Gouvernement, immer noch erholt.

Ich erinnere mich, daß ich an jenem Tage kurz nach zwölf Uhr mittags zum Marktplatz kam. Die Menge vor dem Eingang zur Kirche verhielt sich schweigsam und die Gesichter waren ernst und grämlich verschlossen. In einer Droschke kam ein Kaufmann angefahren, ein feister, mit gelblicher Gesichtsfarbe. Er stieg aus dem Wagen, verbeugte sich vor dem Muttergottesbilde bis zur Erde, küßte das Bild, spendete einen Rubel, stieg ächzend wieder in die Droschke und fuhr davon. Auch eine Kalesche fuhr vor, in der zwei unserer Damen saßen, in Begleitung zweier unserer mutwilligen Kavaliere. Die jungen Leute (von denen der eine schon nicht mehr ganz jung war) stiegen gleichfalls aus und drängten sich, das Volk ziemlich nonchalant zur Seite schiebend, bis zum Heiligenbilde durch. Beide behielten den Hut auf dem Kopf, und der eine setzte sich noch einen Zwicker auf die Nase. In der Menge wurde gemurrt, allerdings nicht laut, aber doch unfreundlich. Der Kühne mit dem

Zwicker entnahm seinem Portemonnaie, das prall mit Banknoten vollgestopft war, eine einzige kupferne Kopeke und warf sie in die Opferschale; darauf wandten sich beide lachend und laut redend wieder ihrer Kalesche zu. In diesem Augenblick war auch Lisaweta Nikolajewna, begleitet von Mawrikij Nikolajewitsch, herangeritten. Sie sprang vom Pferde, warf ihrem Begleiter, der auf ihre Weisung bei den Pferden zurückblieb, den Zügel zu und trat in eben dem Augenblick vor das Heiligenbild, als die kupferne Kopeke in die Opferschale geworfen wurde. Die Röte des Unwillens übergoß ihre Wangen; sie nahm sofort ihren Reithut ab, streifte die Handschuhe von den Händen, kniete vor dem Bilde einfach auf das schmutzige Trottoir nieder und verbeugte sich andächtig dreimal bis zur Erde. Darauf nestelte sie ihr Portemonnaie hervor, doch als sie in ihm nur Silbergeld fand, nahm sie sofort ihre Brillantohrringe ab und legte diese auf den Sammelteller.

»Das ist doch zulässig, ja? Edelsteine? Zur Ausschmückung der Umkleidung?« fragte sie erregt den Mönch.

»Gewiß«, sagte dieser. »Jede Spende ist eine gute Tat.«

Das Volk schwieg, ohne Mißfallen oder Beifall zu äußern. Lisaweta Nikolajewna bestieg in ihrem vom Knien beschmutzten Kleide das Pferd und ritt davon.

II

Zwei Tage nach dem soeben erzählten Ereignis begegnete ich ihr in einer zahlreichen Gesellschaft, die sich in drei Kaleschen, umgeben von einer ganzen Schar von Reitern, irgendwohin begab. Sie winkte mich mit der Hand heran, ließ den Wagen halten und verlangte von mir dringend, daß ich mich der Gesellschaft anschlösse. Im Wagen fand sich noch ein Platz für mich, und sie stellte mich lachend ihren Begleiterinnen vor, elegant gekleideten Damen, und erklärte mir, sie befänden sich alle auf einer außergewöhnlich interessanten Expedition. Sie lachte viel und schien überhaupt etwas übermäßig glücklich zu sein. In allerletzter Zeit hatte sich ihre Lustigkeit fast schon bis zur Ausgelassenheit gesteigert. Das Vorhaben erwies sich in der Tat als außergewöhnlich: man befand sich auf einem Ausflug über den Fluß zum Hause des Kaufmanns Ssewastiánoff, bei dem in einem Nebengebäude nun schon seit ungefähr zehn Jahren in Ruhe, Zufriedenheit und Behaglichkeit unser gottbegnadeter Prophet Ssemjónn Jákowlewitsch lebte, der nicht nur bei uns, sondern auch in den benachbarten Gouvernements und sogar in unseren beiden Hauptstädten bekannt war. Er wurde von aller Welt besucht, besonders von Zugereisten, denen es darum zu tun war, von ihm ein erleuchtendes Wort wie eine Art Gottesurteil zu vernehmen, ihm ihre Verehrung zu bezeigen und zum Dank eine Spende niederzulegen. Diese Spenden, die mitunter von nicht geringem Wert waren, wurden, wenn Ssemjónn Jákowlewitsch nicht auf der Stelle selbst über sie verfügte, frommerweise einem Gotteshause überwiesen und zwar vorzugsweise unserem Muttergottes-Kloster; eben deshalb war vom Kloster aus ständig ein Mönch Ssemjónn Jákowlewitsch zugewiesen. Alle erwarteten ein amüsantes Erlebnis. Keiner von dieser Gesellschaft hatte Ssemjónn Jákowlewitsch schon gesehen. Nur Lämschin war früher einmal bei ihm gewesen und beteuerte jetzt, jener habe den Befehl gegeben, ihn mit dem Besen hinauszujagen, und habe dann noch eigenhändig zwei große gekochte Kartoffeln ihm nachgeschleudert. Unter den Reitern bemerkte ich auch Pjotr Stepánowitsch, wiederum auf einem gemieteten Kosakenpferde, auf dem er in sehr schlechter Haltung saß, und Nikolai Stawrogin, gleichfalls zu Pferde. Dieser schloß sich bisweilen von den gesellschaftlichen Vergnügungen nicht aus und zeigte bei solchen Gelegenheiten immer, wie es sich gehörte, eine heitere Miene, sprach aber nach wie vor nur selten und nur wenig. Als unsere Expedition, noch bevor der Weg zum Fluß bergab führte, an einem städtischen Gasthaus vorüberkam, machte jemand die Bemerkung, daß sich hier in einem der Fremdenzimmer ein Gast erschossen habe, und jetzt warte man wohl auf das Erscheinen der Polizei. Sofort wurde der Gedanke ausgesprochen, daß man sich den Selbstmörder ansehen müßte. Der Einfall fand Zustimmung: unsere Damen hatten noch nie einen Selbstmörder gesehen. Ich erinnere mich, daß eine von ihnen sogleich offen und ungeniert erklärte: »Es ist einem ja alles schon so langweilig geworden, wozu sich da zieren bei der Wahl der Zerstreuung, wenn sie nur amüsant ist!« Nur wenige blieben draußen und warteten vor dem Eingang; die übrigen betraten in einem ganzen Schwarm den unsauberen Flur, und unter diesen erblickte ich zu meiner Verwunderung auch Lisaweta Nikolajewna. Das Zimmer des Selbstmörders stand offen, und natürlich wagte man nicht, uns den Eintritt zu verwehren. Der Selbstmörder war ein noch sehr junger Mensch, höchstens neunzehn Jahre alt, bestimmt nicht älter, von sehr hübschem Äußeren, mit dichtem blonden Haar, ovalem Gesicht, regelmäßigen Zügen und einer reinen, sehr schönen Stirn. Er war schon starr geworden, und sein zartes Antlitz sah aus, als wäre es aus Marmor gemeißelt. Auf dem Tisch lag ein von ihm geschriebener Zettel, man möge niemanden der Schuld an seinem Tode verdächtigen, er erschieße sich selbst, weil er vierhundert Rubel »verjubelt« habe. Das Wort verjubelt stand buchstäblich auf dem Zettel; in den vier Zeilen fanden sich drei orthographische Fehler. Neben der Leiche ächzte und klagte irgendein dicker Gutsbesitzer, anscheinend ein Bekannter, vielleicht ein ländlicher Nachbar der Familie, der in eigenen Geschäften nach der Stadt gekommen und zufällig im gleichen Gasthof abgestiegen war. Aus seinen Worten ging hervor, daß der Jüngling von seiner Familie, das heißt, von seiner verwitweten Mutter auf dem Lande, seinen Schwestern und Tanten zu einer Verwandten in der Stadt geschickt worden war, damit er unter der Anleitung dieser Verwandten verschiedene Einkäufe mache für die Aussteuer seiner ältesten Schwester, die bald heiraten sollte, und die Sachen dann nach Hause bringe.

Man hatte ihm diese vierhundert Rubel, die jahrzehntelang mühselig zusammengespart worden waren, stöhnend vor Angst und unter endlosen Ermahnungen anvertraut, und ihn mit Gebeten und Segenswünschen, ihn immer wieder bekreuzend, auf die Reise geschickt. Er sei bisher ein bescheidener und zuverlässiger Junge gewesen. Als er aber vor drei Tagen in die Stadt gekommen war, hatte er sich nicht zur Verwandten begeben, sondern war hier im Gasthof abgestiegen und sogleich in ein bestimmtes Restaurant gegangen, in der Hoffnung, dort irgendwo in einem Hinterzimmer entweder einen von auswärts zugereisten Bankhalter oder wenigstens ein Hazardspiel zu finden. Aber an diesem Abend wurde dort kein Hazardspiel gespielt, und ein Bankhalter war auch nicht zu finden. Erst gegen Mitternacht war er in sein Zimmer im Gasthof zurückgekehrt, hatte sich Champagner und Havannazigarren bringen lassen und ein Abendessen von sechs oder sieben Gängen bestellt. Aber der Champagner hatte ihn sofort berauscht und von den Zigarren war ihm schlecht geworden, sodaß er die aufgetragenen Speisen überhaupt nicht angerührt und sich fast in halber Bewußtlosigkeit schlafen gelegt hatte. Nach dem Erwachen am anderen Morgen hatte er sich, frisch wie ein Apfel, sogleich zu einer jenseits des Flusses in einer Vorstadt lagernden Zigeunerbande begeben, von der er tags zuvor im Hinterzimmer gehört hatte, und hatte sich zwei Tage lang im Gasthaus nicht blicken lassen. Erst gestern war er gegen fünf Uhr nachmittags betrunken zurückgekehrt, hatte sich sogleich hingelegt und bis zehn Uhr abends geschlafen. Nachdem er aufgewacht war, hatte er ein Kotelett, eine Flasche Château d'Yquem, Weintrauben, Papier, Tinte und die Rechnung verlangt. Niemand hatte an ihm etwas Besonderes bemerkt; er sei ruhig, still und freundlich gewesen. Wahrscheinlich hatte er sich schon um Mitternacht erschossen, wenn es auch merkwürdig war, daß niemand den Schuß gehört hatte, und erst jetzt am Vormittag, als nach vergeblichem Klopfen dort alles still blieb, hatte man um zwölf Uhr die Tür aufgebrochen. Die Flasche Château d'Yquem war nur zur Hälfte geleert, und auch von den Weintrauben hatte er kaum die Hälfte gegessen. Der Schuß aus einem kleinen dreiläufigen Revolver mußte genau das Herz getroffen haben. Es war nur sehr wenig Blut herausgeflossen; der Revolver war ihm aus der Hand gefallen und lag auf dem Teppich. Der junge Mann saß halb liegend in der Sofaecke. Der Tod mußte augenblicklich eingetreten sein. Von einem Todeskampf ließ sich im Gesicht nicht die geringste Spur bemerken; der Ausdruck war ruhig, beinah glücklich; nur daß er dabei doch nicht mehr lebte. Von unserer Gesellschaft betrachteten ihn alle mit gespannter Neugier. Überhaupt liegt ja in jedem Unglück eines anderen immer etwas, woran ein fremdes Auge sich ergötzt, – und das ist sogar bei jedem Menschen der Fall, wer er auch sei. Unsere Damen schwiegen während der Betrachtung, ihre Begleiter dagegen zeichneten sich durch scharfsinnige Bemerkungen und höhere Geistesgegenwart aus. Einer von ihnen meinte, dies sei doch schließlich der beste Ausgang gewesen und etwas Klügeres hätte sich der Junge überhaupt nicht ausdenken können; ein anderer zog daraus den Schluß, daß er zwar nur einen Augenblick, aber dafür einmal gut gelebt habe. Ein dritter platzte plötzlich mit der Frage heraus: warum bei uns das Sicherhängen und Sicherschießen neuerdings so häufig vorkomme, – ganz als wären die Menschen plötzlich von den Wurzeln abgesprungen, oder als wäre allen der Boden unter den Füßen weggerutscht? Der Klugschwätzer wurde unfreundlich angesehen. Dafür ließ es sich Lämschin einfallen, da er nun einmal seinen Ehrgeiz daransetzte, die Rolle des Unterhalters zu spielen, von den Weintrauben auf dem Teller ein Träubchen mit ein paar Beeren abzuzwicken, was nach ihm ein anderer lachend gleichfalls tat, und ein dritter streckte schon die Hand nach dem Château d'Yquem aus. Aber er mußte es unterlassen, denn in diesem Augenblick trat der Polizeimeister ein und ersuchte uns, »das Zimmer zu räumen«. Da alle bereits genug gesehen hatten, gingen sie sofort und ohne Widerspruch hinaus, obschon Lämschin gegen den Polizeimeister bereits aufsässig werden wollte wegen irgend etwas. Die allgemeine Heiterkeit, die muntere Unterhaltung und die Lachlust nahmen während der zweiten Hälfte der Fahrt an Lebhaftigkeit womöglich um das Doppelte zu.

Um Punkt ein Uhr mittags kamen wir bei Ssemjónn Jákowlewitsch an. Das Hoftor des ziemlich großen Kaufmannshauses stand weit offen und der Zugang zum Nebengebäude war unbehindert. Wir erfuhren sogleich, daß Ssemjónn Jákowlewitsch gerade zu Mittag zu essen geruhe, aber trotzdem Besuch empfange. Unsere ganze Schar trat zugleich ein. Das Zimmer, in dem der Gottesmann empfing und zu Mittag speiste, war recht geräumig, hatte drei Fenster und war durch ein Holzgitter bis zur Gürtelhöhe in zwei gleiche Hälften geteilt. Die gewöhnlichen Besucher blieben diesseits des Gitters, die Glücklichen dagegen, die der Gottesmann selbst bezeichnete, wurden durch ein Türchen im Gitter in seine Hälfte zugelassen, und er wies ihnen, wenn er wollte, Plätze an, sei es auf seinen alten Ledersesseln oder auf dem Sofa; er selbst aber blieb stets unveränderlich auf seinem abgewetzten Großvaterstuhl sitzen. Er war ein ziemlich großer, ein wenig aufgedunsener Mann mit gelblicher Hautfarbe, etwa fünfundfünfzigjährig, blond und glatzköpfig, mit dünnem Haar, glattrasiertem Gesicht und geschwollener rechter Backe, die seinen Mund wie etwas schief erscheinen ließ; neben dem linken Nasenflügel saß eine große Warze; die Augen waren klein und schmal und der Gesichtsausdruck ruhig, gesetzt, fast verschlafen. Er trug einen deutschen schwarzen Gehrock, aber keine Weste und keine Halsbinde. Unter seinem Gehrock schaute ein ziemlich grobes, aber sauberes weißes Hemd hervor; seine anscheinend kranken Füße steckten in Pantoffeln. Ich hörte, er sei früher Beamter gewesen und habe es bis zu einem gewissen Rang gebracht. Er hatte gerade eine Fischsuppe aus kleinen Fischen gegessen und machte sich nun an sein zweites Gericht: Kartoffeln in der Schale mit Salz. Anderes nahm er nie zu sich; er trank nur viel Tee, von dem er ein großer Liebhaber war. Um ihn herum waren dauernd drei Diener beschäftigt, die der Kaufmann für ihn hielt: einer von ihnen trug einen Frack, der zweite sah aus wie ein Kontordiener und der dritte wie ein Kirchendiener. Ferner war noch ein halbwüchsiger, sehr munterer Knabe da. Abgesehen von dieser Dienerschaft stand dort noch ein ehrwürdiger, grauhaariger, nur etwas gar zu wohlbeleibter Mönch mit einer Sammelbüchse. Auf einem der Tische siedete ein riesiger Ssamowár und stand ein Teebrett mit ungefähr zwei Dutzend Teegläsern. Auf einem anderen, gegenüberstehenden Tisch befanden sich die dargebrachten Gaben: mehrere Hüte Zucker und auch einzelne Pfunde Zucker, an Teepäckchen schätzungsweise zwei Pfund, außerdem ein Paar gestickte Pantoffeln, ein seidenes Halstuch, ein Stück Tuch, ein Ballen Leinwand und anderes mehr. Die Geldspenden wanderten fast alle in die Sammelbüchse des Mönchs. Das Zimmer war beinahe voll von Menschen – schon allein an Besuchern fanden wir fast ein Dutzend vor, von denen zwei bei Ssemjónn Jákowlewitsch in seiner Zimmerhälfte saßen, hinter dem Gitter; das waren ein ergrauter alter Wallfahrer, ein einfacher Mann aus dem Volk, und ein kleines, ausgemergeltes Mönchlein von auswärts, das manierlich und mit niedergeschlagenen Augen dasaß. Die übrigen Besucher standen alle diesseits des Gitters; auch sie gehörten zum größten Teil dem einfachen Volk an, außer einem dicken Kaufmann aus der nächsten Kreisstadt, in russischer Tracht, mit großem Bart, von dem man aber wußte, daß er ein sehr reicher Mann war; ferner einer bejahrten und bedürftigen adeligen Dame und einem Gutsbesitzer. Alle warteten auf ihr Glück, aber keiner wagte, ungefragt den Mund aufzutun. Ungefähr vier von ihnen warteten knieend, aber vor allen anderen zog der Gutsbesitzer die Aufmerksamkeit auf sich, ein dicker Mann von vielleicht fünfundvierzig Jahren, der unmittelbar vor dem Gitter kniete, am nächsten und an der sichtbarsten Stelle, und andächtig wartend auf einen wohlwollenden Blick oder ein Wort von Ssemjónn Jákowlewitsch. Er kniete bereits seit einer Stunde, jener aber beachtete ihn noch immer nicht.

Unsere Damen drängten sich, heiter und mokant tuschelnd, am Gitter zusammen. Alle anderen Besucher und die Knieenden wurden von ihnen verdrängt oder verdeckt, bis auf den Gutsbesitzer, der hartnäckig an der sichtbarsten Stelle am Gitter knien blieb, an dem er sich auch noch mit den Händen festhielt. Lachende und gierig interessierte Blicke richteten sich auf Ssemjónn Jákowlewitsch, ja, man musterte ihn sogar durch Lorgnons, Zwicker und Operngläser. Wenigstens Lämschin tat es durch ein Opernglas. Ssemjónn Jákowlewitsch warf aus seinen kleinen Augen nur einen ruhigen und trägen Blick über die ganze Schar.

»Liebäugelnde! Liebäugelnde!« geruhte er halblaut mit seiner heiseren Baßstimme leichthin auszurufen.

Die Unsrigen lachten alle auf: »Was heißt das: Liebäugelnde?« Aber Ssemjónn Jákowlewitsch versank in Schweigen und aß seine Pellkartoffeln weiter. Schließlich wischte er sich mit der Serviette den Mund, und nun wurde ihm Tee gereicht.

Den Tee pflegte er aber in der Regel nicht allein zu trinken, sondern ließ auch den Besuchern welchen reichen, nur bei weitem nicht jedem; gewöhnlich bezeichnete er selbst denjenigen, der beglückt werden sollte. Diese Anordnungen überraschten immer durch ihre Willkür. So befahl er manchmal, die Reichen und die Würdenträger übergehend, einem Bauern oder einem armseligen alten Frauchen den Tee zu reichen; ein anderes Mal überging er die armen Leute und ließ einem dicken, schwerreichen Kaufmann einschenken. Außerdem gab es unterschiedlichen Tee: die einen erhielten ihn mit Zucker, andere bekamen ein Stückchen Zucker zum Abbeißen dazu, und wieder andere erhielten ihn ganz ohne Zucker. Diesmal wurde das Mönchlein von auswärts mit gezuckertem Tee beglückt, und der alte Wallfahrer erhielt ein Glas Tee ohne Zucker. Der wohlbeleibte Mönch aber, der mit der Sammelbüchse aus unserem Kloster, bekam diesmal seltsamerweise überhaupt keinen Tee, während er sonst jeden Tag sein Glas erhalten hatte.

»Ssemjónn Jákowlewitsch, sagen Sie mir doch etwas, ich habe schon so lange Ihre Bekanntschaft zu machen gewünscht«, sagte in singendem Ton, lächelnd und die Augen ein wenig zusammenkneifend jene elegante Dame aus unserem Wagen, die kurz zuvor geäußert hatte, daß man sich bei der Wahl einer Zerstreuung doch nicht zu zieren brauche, wenn sie nur amüsant sei. Ssemjonn Jakowlewitsch sah sie nicht einmal an. Der knieende Gutsbesitzer seufzte laut und tief, und es klang, wie wenn ein großer Blasebalg angehoben und niedergedrückt worden wäre.

»Mit Zucker!« befahl plötzlich Ssemjonn Jakowlewitsch, auf den schwerreichen Kaufmann weisend. Dieser trat vor und stellte sich neben den knieenden Gutsbesitzer.

»Tu ihm noch Zucker hinein!« ordnete Ssemjonn Jakowlewitsch an, als der Tee schon eingeschenkt war; es wurde noch eine Portion hinzugetan.

»Noch mehr! Gib ihm noch mehr Zucker!« Der Tee wurde zum drittenmal und schließlich noch zum viertenmal gesüßt.

Ohne Widerspruch begann der Kaufmann seinen Sirup zu trinken.

»Allmächtiger Gott!« flüsterten die einfachen Leute und bekreuzten sich.

Der knieende Gutsbesitzer seufzte wieder laut und tief.

»Väterchen! Ssemjónn Jákowlewitsch!« rief auf einmal die bedürftige Dame, die von unserer Schar bis an die Wand zurückgedrängt worden war, mit wehleidiger Stimme, die aber zugleich dermaßen schrill klang, wie man es gar nicht für möglich gehalten hätte. »Eine ganze Stunde warte ich schon auf das Heil von dir, Liebster! Sprich doch zu mir Verlassenen, entscheide über mein Schicksal!«

»Frage sie«, sagte Ssemjonn Jakowlewitsch zum Kirchendiener, auf die Dame weisend. Der trat an das Gitter heran.

»Haben Sie ausgeführt, was Ihnen voriges Mal anbefohlen wurde?« fragte er die Witwe mit verhaltener Stimme.

»Was heißt da ausgeführt, Väterchen, was kann man da ausführen, wenn sie so zu einem sind!« erhob da die Witwe ein Klagegeschrei. »Menschenfresser sind sie, wollen mich beim Bezirksgericht verklagen, drohen mir mit dem Senat! So behandeln sie ihre eigene Mutter! ...«

»Gebt ihr den!« befahl Ssemjonn Jakowlewitsch und wies auf einen Zuckerhut. Der Knabe lief schnell zum Tisch, ergriff den Zuckerhut und schleppte ihn zur Witwe.

»Ach, Väterchen, groß ist deine Gnade! Aber wohin soll ich damit?« klagte die Witwe weiter.

»Noch, noch einen!« beschenkte er sie nochmals.

Ein zweiter Zuckerhut wurde zu ihr geschleppt und auf seinen weiteren Befehl noch ein dritter und ein vierter. Die Witwe war schon ganz mit Zuckerhüten umstellt. Der dicke Mönch seufzte niedergeschlagen; das hätte alles ins Kloster kommen können, wie es früher schon oft geschehen war.

»Aber wohin soll ich mit so viel?« jammerte jetzt schon die Witwe. »All das für mich allein – mir wird ja übel werden von so viel Zucker! ... Oder soll das irgend etwas bedeuten, Väterchen?«

»Siehst du denn das nicht?« sagte jemand von den Bauern.

»Noch, gib ihr noch ein Pfund!« Ssemjonn Jakowlewitsch hörte nicht auf, sie zu beschenken.

Auf dem Tisch stand noch ein ganzer Zuckerhut, da er aber befohlen hatte, ihr nur noch ein Pfund zu geben, so brachte man ihr auch nur noch ein Pfund Zucker.

»Herrgott! Herrgott!« seufzte das Volk und bekreuzte sich wieder. »Ein deutliches Gleichnis!«

»Versüßen Sie zuerst Ihr Herz mit Güte und Barmherzigkeit und dann kommen Sie wieder, um über Ihre eigenen Kinder zu klagen, über Ihr eigenes Fleisch und Bein – das wird es wohl sein, denke ich, was all dieser Zucker als Sinnbild bedeuten soll«, sagte leise, doch selbstzufrieden der dicke Mönch, der diesmal keinen Tee bekommen hatte, und der es nun in einer Anwandlung verletzter Eitelkeit auf sich nahm, die Handlungsweise zu deuten.

»Was fällt dir ein, was redest du da?« ärgerte sich auf einmal die Witwe. »Haben sie mich doch mit einer Wurfschlinge ins Feuer zerren wollen, als es bei Werchíschins brannte! Sie haben mir auch eine tote Katze in meine Truhe gelegt, sind überhaupt zu jeder Schandtat bereit ...«

»Jag' sie hinaus, jag' sie hinaus!« rief Ssemjonn Jakowlewitsch, wuchtig mit dem Arm die Tür weisend.

Der Kirchendiener und der Knabe kamen sofort in den vorderen Teil des Zimmers gerannt, der erstere nahm die Frau am Arm und führte sie hinaus, während sie sich in einem fort nach ihren Zuckerhüten, die der Knabe nachschleppte, umsah.

»Nimm einen wieder zurück!« befahl Ssemjonn Jakowlewitsch dem bei ihm gebliebenen Kontordiener, der ihnen denn auch sofort nachlief. Nach kurzer Zeit kamen alle drei mit dem einen Zuckerhut wieder zurück; so hatte die Witwe schließlich nur drei bekommen.

»Ssemjonn Jakowlewitsch«, ertönte plötzlich eine Stimme an der Tür, »ich habe im Traum einen Vogel gesehen, einen Häher, er stieg aus dem Wasser auf und flog ins Feuer. Was bedeutet das, Väterchen?«

»Frost!« sagte Ssemjonn Jakowlewitsch lakonisch.

»Ssemjonn Jakowlewitsch, warum antworten Sie mir denn gar nicht? Ich interessiere mich doch schon so lange für Sie!« begann wieder unsere Dame.

»Frage den!« Ssemjonn Jakowlewitsch wies, ohne sie zu beachten, auf den knieenden Gutsbesitzer.

Der dicke Mönch, dem der Befehl gegeben wurde, trat würdevoll zum Knieenden und fragte:

»Worin haben Sie gesündigt? War Ihnen nicht befohlen worden, etwas zu erfüllen?«

»Nicht zu schlagen, den Händen keine Freiheit zu geben!« sagte der Gutsbesitzer mit heiserer Stimme.

»Haben Sie das erfüllt?«

»Kann nicht! Die eigene Kraft überwältigt mich!«

»Jag' ihn, jag' ihn! Mit dem Besen, mit dem Besen!« rief

Ssemjonn Jakowlewitsch und fuchtelte wieder mit dem Arm zur Tür.

Der Gutsbesitzer sprang auf und lief, ohne auf den Besen zu warten, aus dem Zimmer.

»Hat ein Goldstück hier gelassen«, meldete der Mönch.

»Gib's dem!« Ssemjonn Jakowlewitsch wies mit dem Finger auf den schwerreichen Kaufmann.

Der reiche Kaufmann wagte nicht zu widersprechen und nahm das Geld.

»Das Gold zum Golde«, konnte der Mönch nicht unterlassen zu bemerken.

»Und diesem mit Zucker!« Ssemjonn Jakowlewitsch wies plötzlich auf Mawríkij Nikolájewitsch.

Der Diener goß den Tee ein und trat mit dem Glas aus Versehen zu dem Fant mit dem Klemmer.

»Dem Langen, dem Langen!« rief Ssemjonn Jakowlewitsch berichtigend.

Mawrikij Nikolajewitsch nahm das Glas, machte eine kurze militärische Halbverbeugung und begann zu trinken. Ich weiß nicht warum, aber die ganze Schar wieherte plötzlich vor Lachen über diese Verbeugung.

»Mawrikij Nikolajewitsch!« wandte sich Lisa hastig an ihn, »knien Sie bitte sofort auf demselben Platz nieder, auf dem dieser Herr kniete, der da fortlief!«

Mawrikij Nikolajewitsch sah sie verständnislos an.

»Ich bitte Sie, Sie werden mir ein großes Vergnügen bereiten! Hören Sie, Mawrikij Nikolajewitsch«, sprudelte es hastig, eigensinnig und erregt aus ihr hervor, »knien Sie unbedingt nieder, ich will unbedingt sehen, wie Sie knien! Wenn Sie das nicht tun – kommen Sie mir nie mehr unter die Augen! Ich will das unbedingt, unbedingt!...«

Warum sie das wollte? Ich weiß es nicht. Jedenfalls verlangte sie es hartnäckig, in unerbittlichem Ton, wie in einem Anfall von plötzlicher Raserei. Mawrikij Nikolajewitsch erklärte sich diese kapriziösen Ausbrüche, die sie in der letzten Zeit oft hatte, wie wir später sehen werden, mit dem Auflodern eines blinden, untergründigen Hasses auf ihn, dabei nicht etwa aus Bosheit – im Gegenteil, sie schätzte, liebte und achtete ihn, und das wußte er –, sondern aus irgendeinem eigentümlichen, unbewußten Haß, den sie manchmal einfach nicht in sich niederzuzwingen vermochte.

Mawrikij Nikolajewitsch gab schweigend sein Teeglas einem alten, hinter ihm stehenden Weiblein, ging dann auf das Türchen des Holzgitters zu, öffnete es, trat ohne Ssemjonn Jakowlewitschs Erlaubnis in dessen Zimmerhälfte und kniete, allen sichtbar, mitten im freien Raum nieder. Ich glaube, er war von dem Spott Lisas, noch dazu in Gegenwart so vieler Menschen, im Innersten seiner zartfühlenden, schlichten Seele verletzt. Vielleicht glaubte er auch, daß sie sich schämen werde, wenn sie seine Erniedrigung sah, die sie selbst so gewünscht hatte. Außer ihm hätte sich wohl sonst keiner entschlossen, eine Frau auf so naive und gewagte Weise zu strafen. Mit unerschütterlich ernstem Gesicht kniete er dort, groß und steif und – lächerlich. Doch niemand lachte; die Überraschung machte einen peinlichen Eindruck. Alle sahen Lisa an.

»Weihe, Weihe ...«, murmelte Ssemjonn Jakowlewitsch.

Lisa erblaßte plötzlich, schrie auf und stürzte zu ihm. Es war eine kurze, leidenschaftliche Szene: mit aller Kraft wollte sie Mawrikij Nikolajewitsch wieder emporreißen und zog ihn mit beiden Händen wie wahnsinnig am Arm.

»Stehen Sie auf, stehen Sie auf!« rief sie, wie völlig von Sinnen. »Stehen Sie sofort auf, sofort! Wie wagten Sie es niederzuknien!!«

Mawrikij Nikolajewitsch erhob sich. Sie umklammerte seine Arme oberhalb der Ellenbogen und sah ihm mit brennendem Blick ins Gesicht. Angst lag in ihren Augen.

»Liebäugelnde, Liebäugelnde!« sagte Ssemjonn Jakowlewitsch noch einmal.

Es gelang ihr schließlich, Mawrikij Nikolajewitsch wieder in die vordere Zimmerhälfte herüberzuziehen, aber unsere ganze Schar war unruhig geworden. Da wandte sich die Dame aus unserem Wagen, wahrscheinlich um von dem Eindruck dieses Zwischenfalls abzulenken, zum drittenmal an Ssemjonn Jakowlewitsch, diesmal mit schneidend heller Stimme und wieder mit ihrem gezierten Lächeln.

»Nun, Ssemjonn Jakowlewitsch, werden Sie mir denn wirklich nichts ‚verkünden'? Und ich habe doch so darauf gehofft!«

»Mit dem ... dir, mit dem ... dir!« fuhr er sie plötzlich grimmig an, mit einem gesellschaftlich ganz unmöglichen Wort, das er noch dazu erschreckend deutlich aussprach. Unsere Damen schrien auf vor Schreck und flohen entsetzt aus dem Zimmer, die Herren aber brachen in ein homerisches Gelächter aus. Und damit endete unser Besuch bei Ssemjonn Jakowlewitsch[53].

Und doch ereignete sich hierbei, wie man später zu erzählen wußte, ein überaus rätselhafter Vorfall, und ich gestehe, daß ich eigentlich nur seinetwegen von diesem ganzen Ausflug so ausführlich berichtet habe.

In dem Augenblick, als alle Hals über Kopf zur Tür und hinaus drängten, da sei, sagt man, Lisa, die von Mawrikij Nikolajewitsch gestützt wurde, im Gedränge an der Tür plötzlich mit Nikolai Wssewolodowitsch zusammengestoßen. Ich muß hinzufügen, daß die beiden, wenn sie sich auch seit jenem Sonntag und der Ohnmacht mehr als einmal in der Gesellschaft gesehen hatten, doch noch nie auf einander zugegangen waren, und auch noch kein Wort miteinander gesprochen hatten. Ich sah, wie sie beide, als sie in der Tür zusammentrafen, einen Augenblick stehenblieben und einander etwas sonderbar ansahen. Aber ich konnte in dem Gedränge schlecht sehen. Es wurde aber behauptet, und zwar ganz ernsthaft, daß Lisa, nach einem Blick in Stawrogins Gesicht, plötzlich die Hand erhoben und ihn unfehlbar geschlagen hätte, wenn es ihm nicht gelungen wäre, sich noch rechtzeitig abzuwenden. Vielleicht hatte ihr der Ausdruck seines Gesichts nicht gefallen oder irgend ein flüchtiges Lächeln seinerseits, besonders jetzt, nach einer solchen Episode mit Mawrikij Nikolajewitsch. Ich gestehe, daß ich selbst nichts gesehen habe, dagegen versicherten alle anderen, sie hätten es gesehen, obschon alle es in dem Getümmel bestimmt nicht hatten sehen können, sondern höchstens einige. Nur glaubte ich diesen Aussagen damals nicht. Ich erinnere mich jedoch, daß Stawrogin auf dem ganzen Heimwege etwas blaß aussah.

III

Am selben Tage und fast um dieselbe Zeit kam endlich auch das Wiedersehen zwischen Stepan Trofimowitsch und Warwara Petrowna zustande, das diese schon so lange vorgehabt und das sie ihrem ehemaligen Freunde auch schon lange angekündigt, aber aus einem unbestimmten Grunde immer wieder aufgeschoben hatte. Es fand in Skworéschniki statt.

Warwara Petrowna war, ganz erfüllt von Geschäftigkeit, nach ihrem unweit von der Stadt gelegenen Gut hinausgefahren: tags zuvor war endgültig beschlossen worden, daß das Fest im Hause des Adelsmarschalls stattfinden solle. Aber Warwara Petrowna hatte sich mit der ihr eigenen Schnelligkeit im Denken sofort gesagt, daß nach diesem Fest niemand sie daran hindern könne, ein eigenes Fest zu veranstalten, und zwar in Skworéschniki, und dazu von neuem die ganze Stadt einzuladen. Dann könnten ja alle selbst urteilen, welches Haus schöner war und wo man geschmackvoller zu empfangen und einen Ball zu geben verstand. Sie war überhaupt kaum wiederzuerkennen. Sie hatte sich gleichsam aus der früheren unnahbaren »hohen Dame« (der Ausdruck stammte von Stepan Trofimowitsch) in eine jener Durchschnittserscheinungen des gesellschaftlich besessenen Treibens verwandelt, die wir alle kennen. Übrigens ist es möglich, daß es nur diesen Anschein hatte.

Nachdem sie in dem unbewohnten Herrenhause eingetroffen war, begann sie sogleich alle Räume prüfend zu durchschreiten, diesmal in Begleitung des treuen alten Alexei Jegórowitsch und des geschickten Fómuschka, der schon vieles gesehen hatte und in Dekorationsfragen Spezialist war. Nun begannen die Überlegungen und Beratungen: was an Möbeln aus dem Stadthause herüberzuschaffen wäre; welche Kunstgegenstände und Gemälde; wo man sie aufstellen, wohin man sie hängen sollte; wie sich die Orangerie und die Blumen am passendsten verwenden ließen; wo neue Draperien angebracht, wo das Büfett hergerichtet werden könnte, und ob nicht vielleicht zwei ratsamer wären, und so weiter, und so weiter. Und da, mitten in diesen eifrigsten Erörterungen, fiel es ihr dann plötzlich ein, die Equipage zu Stepan Trofimowitsch zu schicken.

Dieser war ja schon längst auf das Wiedersehen vorbereitet und hatte täglich gerade so eine plötzliche Aufforderung erwartet. Als er sich in die Equipage setzte, bekreuzte er sich; jetzt mußte sich sein Schicksal entscheiden. Er fand seinen »Freund« im großen Saal auf einem kleinen, in einer Nische stehenden Sofa, vor sich ein Marmortischchen und Papier und Bleistift in den Händen; Fómuschka maß mit einem Zollstock die Höhe der Galerien und der Fenster, Warwara Petrowna aber notierte selbst die Zahlen und machte Randbemerkungen dazu. Ohne ihre Arbeit zu unterbrechen, nickte sie nur mit dem Kopf in der Richtung zu Stepan Trofimowitsch, und als dieser eine Begrüßung murmelte, reichte sie ihm flüchtig die Hand und wies, ohne ihn anzusehen, auf einen Platz neben dem Sofa.

»Ich saß und wartete wohl an die fünf Minuten und „bezwang mein Herz“«, erzählte er mir nachher. »Ich sah vor mir nicht mehr die Frau, die ich zwanzig Jahre lang gekannt hatte. Aber die feste Überzeugung, daß jetzt alles zu Ende sei, gab mir eine Kraft, die selbst sie in Erstaunen setzte. Mein Ehrenwort, sie war verwundert über meine Haltung in dieser letzten Stunde.«

Plötzlich legte Warwara Petrowna den Bleistift auf das

Marmortischchen und wandte sich hastig Stepan Trofimowitsch zu.

»Stepan Trofimowitsch, wir müssen jetzt sachlich miteinander reden. Ich bin überzeugt, daß Sie sich wieder Ihre üblichen hochtrabenden Worte und allerhand Redensarten zurechtgelegt haben, aber es ist wohl besser, wenn wir gleich zur Sache kommen, nicht wahr?«

In ihm krampfte sich etwas zusammen. Sie beeilte sich doch schon gar zu sehr, den Ton anzugeben, in dem sie nunmehr mit ihm zu reden gedachte. Was mochte nun noch weiter kommen?

»Warten Sie, schweigen Sie, lassen Sie mich zuerst sprechen, nachher können Sie reden«, fuhr sie schnell, fast sich überstürzend, fort, »obschon ich eigentlich nicht weiß, was Sie mir noch zu sagen hätten. Ihnen Ihre Pension auszuzahlen, halte ich für meine heilige Pflicht. Tausendzweihundert Rubel jährlich bis an Ihr Lebensende. Aber was rede ich da von ‚heiliger Pflicht'; sagen wir einfach ‚Vereinbarung', das wird weitaus realistischer sein, nicht wahr? Wenn Sie wollen, können wir es schriftlich festsetzen. Für den Fall, daß ich früher sterben sollte, habe ich schon besondere Anordungen getroffen. Außerdem haben Sie von mir noch die Wohnung, Dienstboten und den gesamten Unterhalt. Rechnen wir das in Geld um, so macht das ungefähr tausendfünfhundert Rubel aus, nicht wahr? Ich füge noch dreihundert Rubel für Nebenausgaben hinzu, dann sind es volle dreitausend Rubel im Jahr. Werden Sie damit auskommen? Ich meine, es ist nicht wenig. In Ausnahmefällen werde ich übrigens – nun, Sie wissen ja. Also nehmen Sie das Geld, schikken Sie mir meine Dienstboten zurück und leben Sie für sich, wo Sie wollen, in Petersburg, in Moskau, im Auslande, oder meinetwegen auch hier, aber nur nicht mehr bei mir. Verstehen Sie?«

»Vor nicht langer Zeit wurde ebenso kategorisch und ebenso eilig von denselben Lippen eine andere Forderung an mich gestellt«, sagte Stepan Trofimowitsch langsam, traurig und daher sehr deutlich die Worte setzend. »Ich fügte mich ... und tanzte Ihnen zu Gefallen so, wie Sie es wollten. Oui, la comparaison peut être permise. C'était comme un petit cosak du Don, qui sautait sur sa propre tombe. Jetzt ...«

»Einen Augenblick, Stepan Trofimowitsch. Sie sind furchtbar wortreich. Sie haben nicht getanzt, aber Sie erschienen bei mir mit einer neuen Halsbinde, mit hellen Handschuhen, pomadisiert und parfümiert. Ich kann Sie versichern, daß Sie selbst die größte Lust hatten zu heiraten; das stand auf Ihrem Gesicht geschrieben, und Sie können mir glauben, dieser Ausdruck war sehr wenig geschmackvoll. Wenn ich Ihnen das damals nicht gleich gesagt habe, so geschah es nur, um Sie nicht zu verletzen. Aber Sie wollten selbst heiraten, trotz der Schändlichkeiten, die Sie über mich und Ihre Braut in vertraulichen Briefen geschrieben hatten. Jetzt handelt es sich um etwas ganz Anderes. Und was soll hierbei der cosaque du Don, der auf Ihrem angeblichen Grabe tanzt? Ich verstehe diesen Vergleich nicht. Im Gegenteil, sterben Sie nicht, sondern leben Sie; leben Sie so angenehm wie möglich; ich werde mich sehr freuen, wenn Sie gut leben.«

»Im Armenhaus?«

»Im Armenhaus? Mit einem Einkommen von dreitausend Rubeln im Jahr geht man nicht ins Armenhaus. Ach so, ich erinnere mich!« – sie lächelte flüchtig – »Pjotr Stepanowitsch hat einmal im Scherz tatsächlich etwas von einem Armenhaus gesagt, aber ... nun ja, jenes Armenhaus, von dem da die Rede war, ist allerdings ein besonderes ‚Armenhaus', das in Erwägung zu ziehen sich wohl lohnte. Das ist für die achtenswertesten Personen bestimmt, es wohnen dort Obersten, die den Dienst quittiert haben, und jetzt will selbst ein General hinziehen. Wenn Sie mit Ihrem Jahreseinkommen dort eintreten wollten, so fänden Sie Ruhe, Behaglichkeit, Bedienung. Sie könnten sich mit den Wissenschaften beschäftigen und hätten jederzeit die Möglichkeit, eine Partie Preference zu spielen ...«

»Passons.«

»Passons?« Warwara Petrowna fühlte sich verletzt und richtete sich steifer auf. »In dem Falle ist alles gesagt. Sie sind nun informiert. Von jetzt ab leben wir vollständig getrennt, jeder für sich.«

»Und das ist alles? Alles, was von zwanzig Jahren übriggeblieben ist? Ihr letztes Abschiedswort?«

»Sie haben eine schreckliche Vorliebe für pathetische Ausrufe, Stepan Trofimowitsch. Heutzutage ist das gar nicht mehr Mode. Man redet jetzt geradezu grob, aber dafür einfach. Und ewig kommen Sie mir mit diesen zwanzig Jahren! Zwanzig Jahre beiderseitiger Selbstsucht und sonst nichts! Jeder Ihrer Briefe an mich ist ja gar nicht an mich geschrieben, sondern für die Nachwelt bestimmt. Sie sind ein Stilist, aber kein Freund, und Freundschaft ist ja nur ein hochgepriesenes Wort, in Wirklichkeit aber ist es: ein wechselseitiger Erguß von Spülicht.«

»Gott, wieviel fremde Worte! Lauter gut eingelernte Lektionen! Also auch Ihnen haben jene Leutchen schon ihre Uniform übergestreift! Auch Sie sind vergnügt, auch Sie sonnen sich! Chère, chère, für welch ein Linsengericht haben Sie jenen Ihre Freiheit verkauft!«

»Ich bin kein Papagei, um fremde Worte nachzusprechen«, brauste Warwara Petrowna auf. »Seien Sie versichert, daß sich in mir eigene Worte zur Genüge angesammelt haben. Was aber haben Sie in diesen zwanzig Jahren für mich getan? Nicht einmal die Bücher haben Sie mich lesen lassen, die ich für Sie kommen ließ, und die heute noch unaufgeschnitten wären, wenn der Buchbinder es nicht getan hätte. Was haben Sie mir zu lesen gegeben, wenn ich Sie in den ersten Jahren immer wieder um eine Anleitung bat? Immer nur Capefigue und Capefigue[54]. Sie waren sogar auf meine geistige Entwicklung eifersüchtig und Sie trafen Maßnahmen dagegen. Und dabei lacht doch alle Welt schon über Sie. Ich muß gestehen, daß ich Sie immer nur für einen Kritiker und weiter nichts gehalten habe. Als ich Ihnen auf der Reise nach Petersburg meine Absicht mitteilte, eine Zeitschrift herauszugeben und ihr mein ganzes Leben zu widmen, da sahen Sie sogleich ironisch auf mich herab und wurden auf einmal furchtbar hochmütig.«

»Das verhielt sich doch nicht so, nicht so ... wir befürchteten Verfolgung ...«

»Doch, es verhielt sich genau so, wie ich sage, und eine Verfolgung hatten Sie in Petersburg überhaupt nicht zu befürchten. Sie erinnern sich wohl noch, wie Sie danach im Februar, als sich die Kunde von bevorstehenden Maßnahmen verbreitete, plötzlich ganz erschrocken zu mir gestürzt kamen und von mir verlangten, ich solle Ihnen sogleich ein schriftliches Beweisstück geben, in Gestalt eines Briefes, aus dem hervorginge, daß die geplante Zeitschrift Sie nichts anginge, daß die jungen Leute nur zu mir kämen, nicht zu Ihnen, und daß Sie nur ein Hauslehrer seien, der im Hause wohnen geblieben sei, weil er noch nicht sein ganzes Gehalt ausgezahlt bekommen habe, so war es doch? Erinnern Sie sich noch daran? Sie haben sich tatsächlich Ihr Leben lang bewunderswert ausgezeichnet, Stepan Trofimowitsch.«

»Das war nur ein Augenblick des Kleinmuts, ein paar Worte unter vier Augen ...«, rief er schmerzlich aus, »aber soll denn wirklich, wirklich wegen solcher kleinlichen Eindrücke nun alles zerrissen sein? Ist es möglich, daß von diesen langen Jahren nichts anderes zwischen uns verblieben ist?«

»Sie verstehen sich aufs Berechnen; Sie wollen es immer so hinstellen, daß ich noch in Ihrer Schuld bleibe. Als Sie aus dem Auslande zurückkehrten, sahen Sie auf mich hochmütig herab und ließen mich nicht einmal zu Wort kommen, und als ich selbst hinfuhr und Ihnen nachher von dem Eindruck erzählen wollte, den die Madonna auf mich gemacht hatte, da hörten Sie nicht lange zu und begannen, hochmütig in Ihre Halsbinde zu lächeln, ganz als ob ich nicht ebenso Empfindungen haben könnte wie Sie.«

»Das wird sicher anders gewesen sein, wahrscheinlich ganz anders ... J'ai oublié.«

»Nein, das war ganz genau so, und dabei war da gar kein Grund, vor mir so wichtig zu tun, denn das war ja alles Unsinn und nur die Einbildung Ihrer Phantasie. Heutzutage begeistert sich niemand, niemand mehr für die Sixtinische Madonna, außer den unbelehrbaren Klappergreisen. Das ist bewiesen.«

»Sogar schon bewiesen?«

»Sie ist überhaupt zu nichts zu gebrauchen. Dieses Kännchen hier ist nützlich, weil man Wasser hineingießen kann, dieser Bleistift ist nützlich, weil man mit ihm alles aufschreiben kann, dort aber ist es nur ein gemaltes Frauengesicht, das allen wirklichen Gesichtern in der Natur nachsteht. Versuchen Sie, einen Apfel zu malen und legen Sie neben das Bild einen wirklichen Apfel – welchen werden Sie dann nehmen? Ich bin sicher, daß Sie nicht lange schwanken werden. Da sehen Sie, was von allen Ihren Theorien übrigbleibt, kaum daß der erste Lichtstrahl der freien Forschung sie beleuchtet hat.«

»So, so.«

»Sie lächeln ironisch. Aber was haben Sie mir zum Beispiel über das Almosengeben gesagt? Und doch ist das Gefühl, das man beim Almosengeben empfindet, ein hochmütiger, ein unmoralischer Genuß, wie das Vergnügen des Reichen an seinem Reichtum, an seiner Macht, und an dem Vergleich seiner eigenen Bedeutung mit der des Armen. Das Almosengeben verdirbt sowohl den Gebenden wie den Empfangenden, und überdies erfüllt es noch nicht einmal seinen Zweck, denn es beseitigt nicht die Armut, sondern vermehrt nur die Bettler. Alle faulen Menschen, die nicht arbeiten wollen, drängen sich um die Spender, wie die Spieler um den Spieltisch, in der Hoffnung zu gewinnen. Dabei reichen die paar armseligen Groschen, die ihnen hingeworfen werden, nicht einmal für den hundertsten Teil ihrer Bedürfnisse aus. Haben Sie in Ihrem Leben schon viele Almosen verteilt? Vielleicht achtmal Zehnkopekenmünzen, alles in allem. Denken Sie mal nach. Machen Sie sich die Mühe, sich zu erinnern, wann

Sie zum letztenmal ein Almosen gegeben haben. Das wird wohl schon an die zwei, wenn nicht an die vier Jahre her sein. Sie reden bloß große Worte, die Tat aber behindern Sie nur. Ja, das Almosengeben müßte auch schon im jetzigen Staat gesetzlich verboten werden. Im neuaufzubauenden Staat wird es Arme überhaupt nicht mehr geben.«

»Oh, welch eine Eruption fremder Worte! Also sind Sie schon beim Neuaufbau des Staates angelangt? Sie Unglückliche, möge Gott Ihnen beistehen!«

»Ja, auch bis dahin bin ich gelangt, Stepan Trofimowitsch. Sie haben ja so sorgfältig alle neuen Ideen vor mir verborgen gehalten, die jetzt schon aller Welt bekannt sind, und Sie haben das einzig aus Eifersucht getan, um mir gegenüber Ihre Überlegenheit zu bewahren. Jetzt ist mir sogar diese Julia um hundert Werst voraus. Aber jetzt bin auch ich sehend geworden. Ich habe Sie verteidigt, Stepan Trofimowitsch, soviel ich nur konnte; es werden Ihnen buchstäblich von allen Vorwürfe gemacht.«

»Genug!« Er stand auf. »Genug! Und was könnte ich Ihnen jetzt noch wünschen? Doch nicht Reue?«

»Setzen Sie sich noch auf einen Augenblick, Stepan Trofimowitsch. Ich möchte Sie noch etwas fragen. Es ist Ihnen die Aufforderung übermittelt worden, auf der Literarischen Matinee etwas vorzulesen. Das ist durch meine Vermittlung geschehen. Sagen Sie, was gedenken Sie nun vorzulesen?«

»Gerade über dieses Ideal der Menschheit, über diese Königin der Königinnen, die Sixtinische Madonna, die Ihrer Meinung nach weder ein Kännchen noch einen Bleistift wert ist, werde ich meinen Vortrag halten.«

»Wie, also nichts Historisches?« wunderte sich Warwara Petrowna enttäuscht. »Aber dann wird man Ihnen ja gar nicht zuhören wollen. Und ewig kommen Sie einem mit dieser Madonna! Was haben Sie denn davon, wenn Sie alle damit einschläfern? Seien Sie versichert, Stepan Trofimowitsch, daß ich das nur in Ihrem Interesse sage. Es wäre doch eine ganz andere Sache, wenn Sie eine kurze, aber unterhaltende Geschichte aus dem mittelalterlichen Hofleben wählten, etwa aus der spanischen Geschichte. Oder sagen wir, eine amüsante Anekdote, die Sie dann noch mit eigenen Zutaten und geistreichen Aperçus ausschmücken könnten. Im Mittelalter gab es doch so prunkvolle Hofhaltungen, mit allerhand Damen und Vergiftungen. Karmasínoff meint, daß es doch sonderbar zugehen müßte, wenn man nicht einmal in der spanischen Geschichte etwas Interessantes fände, das sich zum Vorlesen eignete.«

»Karmasínoff, dieser ausgeleierte Dummkopf, sucht für mich ein Thema!«

»Karmasinoff, dieser nahezu staatsmännische Kopf! Sie drücken sich doch schon etwas gar zu unvorsichtig aus, Stepan Trofimowitsch.«

»Ihr Karmasinoff, der sich schon längst völlig ausgeschrieben hat, ist jetzt nur noch ein altes verbittertes Weib! Chère, chère, seit wann haben Sie sich denn von jenen schon so unterjochen lassen, o Gott!«

»Ich kann ihn auch jetzt nicht leiden, wegen seiner Wichtigtuerei; aber seinen Verstand werde ich gerechterweise doch anerkennen. Ich wiederhole, ich habe Sie verteidigt soviel ich nur konnte. Aber warum wollen Sie sich denn unbedingt als lächerlich und langweilig erweisen? Im Gegenteil, treten Sie mit einem würdevollen Lächeln auf das Podium, als der Repräsentant einer vergangenen Epoche, und erzählen Sie mit all Ihrem Charme und Witz drei kleine Geschichten, und erzählen Sie sie so, wie nur Sie so etwas manchmal zu erzählen verstehen. Mögen Sie meinethalben ein alter Mann sein, mögen Sie auch noch einer Zeit angehören, die sich überlebt hat, mögen Sie schließlich vor jenen rückständig erscheinen; aber Sie können das ja in einem Vorwort selbst lächelnd einräumen, und alle werden dann sehen, daß Sie ein lieber, guter, geistreicher Mensch sind, ein Bruchstück noch der alten Zeit ... Kurz, ein Mensch vom alten Schrot und Korn, und doch so weit vorgeschritten, daß er den ganzen Unfug gewisser Anschauungen, denen er bisher selbst gefrönt hat, nunmehr objektiv und richtig zu beurteilen vermag. Nun, tun Sie mir doch den Gefallen, ich bitte Sie darum!«

»Chère, genug! Bitten Sie mich nicht darum, ich kann es nicht tun. Ich werde über die Madonna lesen, aber ich werde damit einen Sturm erregen, der entweder sie alle zu Boden wirft oder mich allein vernichten wird!«

»Bestimmt nur Sie allein, Stepan Trofimowitsch.«

»Dann ist das eben mein Los. Ich werde von jenem gemeinen Knecht reden, von jenem stinkenden und verderbten Pöbelkerl, der als erster die Leiter hinaufklettert mit der Schere in der Hand, um das göttliche Antlitz des großen Ideals zu zerfetzen, im Namen der Gleichheit, des Neides und ... der Verdauung. Möge mein Fluch durch die Welt donnern und dann, dann ...«

»Ins Irrenhaus?«

»Vielleicht. Aber in jedem Fall, ob ich nun besiegt werde oder siege, in jedem Fall werde ich noch am Abend desselben Tages meine Reisetasche nehmen, meinen armseligen Quersack, und werde alle meine Habseligkeiten verlassen, alle Ihre Geschenke, alle Pensionen und Versprechungen weiterer Wohltaten, und werde zu Fuß davongehen, um bei irgendeinem Kaufmann als Hauslehrer mein Leben zu beenden oder hinter einem Zaun Hungers zu sterben. Weiter habe ich nichts mehr zu sagen! Alea jacta est!«

Er erhob sich von neuem.

»Ich habe es ja gewußt«, sagte Warwara Pertrowna mit blitzenden Augen, indem sie gleichfalls aufstand, »schon seit Jahren gewußt, daß Sie nur noch zu dem Zweck leben, um zu guter Letzt mich und mein Haus durch Verleumdung zu schänden! Was wollen Sie mit der Hauslehrerstelle bei einem Kaufmann oder mit dem Tod hinterm Zaun sagen? Das ist Bosheit, Verleumdung, nichts weiter!«

»Sie haben mich immer verachtet; aber ich werde wie ein Ritter enden, treu meiner Dame, denn Ihre Meinung ist mir immer teurer gewesen als alles andere. Von jetzt ab werde ich nichts mehr annehmen, sondern ich verehre ohne Eigennutz.«

»Was für Dummheiten!«

»Sie haben mich immer nicht geachtet. Ich weiß, ich habe unendlich viele Schwächen. Ja, es ist wahr: ich habe Sie ausgenutzt, auf Ihre Kosten gelebt, – in der Sprache des Nihilismus ausgedrückt. Aber das Ausnutzen ist niemals das höhere Prinzip meines Handelns gewesen. Das ist nur so ... ganz von selbst geschehen, ich weiß nicht, wie ... Ich habe nur immer geglaubt, daß es zwischen uns etwas Höheres gibt als das Essen, und – niemals, niemals bin ich ein Lump gewesen, dem es auf Vorteile ankam! Nun will ich mich also auf den Weg begeben, um die Sache wieder gutzumachen! Auf einen späten Weg; draußen ist Spätherbst, Nebel liegt auf den Feldern, der kalte Reif des Alters bedeckt meinen künftigen Pfad, und der Wind singt das Lied vom nahen Grabe ... Aber ich gehe, ich gehe ja schon meinen neuen Weg! Und ich gehe –

„Ganz erfüllt von reiner Liebe,
Treu dem süßen Traum ...“

Oh, lebt wohl, meine Träume! Zwanzig Jahre! Alea jacta est!«

Seine Wangen waren auf einmal naß von Tränen, die sich durchgebrochen hatten; er griff schnell nach seinem Hut.

»Ich verstehe kein Latein«, sagte Warwara Petrowna, die sich krampfhaft zusammennahm.

Wer weiß, vielleicht wollte sie gleichfalls in Tränen ausbrechen, aber ihr Unwille und ihr Eigensinn gewannen noch einmal die Oberhand.

»Ich weiß nur eins«, sagte sie, »daß das nur mutwillige Reden sind. Nie werden Sie es fertigbringen, Ihre Drohungen auszuführen, aus denen so viel Egoismus spricht. Sie werden nirgendwohin weggehen, zu gar keinem Kaufmann, sondern werden seelenruhig in meiner Obhut weiterleben, Ihre Pension erhalten und dienstags Ihre unmöglichen Freunde bei sich empfangen. Leben Sie wohl, Stepan Trofimowitsch.«

»Alea jacta est!« Er verbeugte sich tief vor ihr und kehrte, halbtot vor Erregung, nach Hause zurück ...

SECHSTES KAPITEL

PJOTR STEPANOWITSCH IN TÄTIGKEIT

I

Der Tag, an dem die Literarische Matinee und der Ball stattfinden sollten, war nun endgültig festgesetzt, aber Herr von Lembke wurde immer trübseliger und nachdenklicher. Er war neuerdings ganz erfüllt von sonderbaren und unheilkündenden Vorahnungen, und das beunruhigte Julia Michailowna doch sehr. Gewiß, es war nicht alles im Gouvernement in bestem Zustande. Unser früherer gutherziger Gouverneur hatte die Verwaltung nicht gerade in tadelloser Ordnung hinterlassen; zur Zeit drohte die Cholera, die immer näher rückte; an manchen Orten nahmen Viehseuchen überhand; den ganzen Sommer über hatten in Städten und Dörfern Feuersbrünste gewütet, und unterm Volk gewann das törichte Gemurre von absichtlich umhergeschickten Brandstiftern mehr und mehr an Boden. Fälle von Raub und Diebstahl hatten sich im Vergleich zu früheren Jahren um das Doppelte vermehrt. Aber das alles wäre selbstverständlich noch nicht gar so außergewöhnlich gewesen, wenn Andrei Antónowitsch von Lembke nicht noch andere, gewichtigere Sorgen gehabt hätte, die ihm nun die Ruhe seiner bisher so glücklichen und zufriedenen Seele raubten.

Was Julia Michailowna am meisten befremdete, war der Umstand, daß ihr Lembke mit jedem Tage schweigsamer und seltsamerweise auch verschlossener wurde. Aber was konnte er denn überhaupt zu verbergen haben, das war die Frage! Allerdings widersprach er ihr nur selten und größtenteils fügte er sich vollkommen ihren Wünschen. So waren zum Beispiel nur auf ihre beharrliche Forderung hin zwei oder drei sehr gewagte, wenn nicht gar gesetzwidrige Maßnahmen getroffen worden, die nur die Erweiterung und Verstärkung der Amtsbefugnisse des Gouverneurs bezweckten. Zu demselben Zweck war mehrmals eine unselige Nachsicht geübt worden, indem zum Beispiel Leute, die verdient hätten, vor Gericht gestellt und nach Sibirien verschickt zu werden, einzig auf ihr Verlangen hin zu einer Auszeichnung vorgeschlagen wurden. Auf eine gewisse Art von Beschwerden und Anfragen wurde nun grundsätzlich überhaupt nicht mehr reagiert. Das kam jedoch erst später an den Tag. Lembke unterschrieb nicht nur alles, was Julia Michailowna von ihm verlangte, sondern dachte nicht einmal darüber nach, ob die Beteiligung seiner Gemahlin an seinen eigenen amtlichen Obliegenheiten in manchen Fällen nicht zu weit ging. Dafür aber begann er ab und zu wegen »absoluter Lappalien« plötzlich den Widerspenstigen zu spielen und Julia Michailowna dadurch in Erstaunen zu versetzen. Natürlich ist es ja verständlich, daß er nach Tagen des Gehorsams das Bedürfnis empfand, sich durch Augenblicke der Rebellion zu entschädigen. Bedauerlicherweise war es aber Julia Michailowna nicht gegeben, ungeachtet all ihres Scharfsinns, diese edle Regung eines edlen Charakters nach Gebühr zu würdigen. Leider hatte sie gerade jetzt für derlei Dinge keine Zeit übrig, und daraus erwuchsen viele Mißverständnisse.

Es steht mir nicht zu, gewisse Dinge zu beurteilen, ganz abgesehen davon, daß ich manches gar nicht zu erzählen verstünde. Auch über administrative Fehler kann ich mir kein Urteil erlauben, und so werde ich denn das ganze Gebiet der Verwaltungsangelegenheiten hier völlig beiseite lassen. Als ich meine Chronik begann, war es mir um ganz andere Aufgaben zu tun. Außerdem wird vieles durch die gerichtliche Untersuchung, die jetzt in unserem Gouvernement begonnen hat, aufgeklärt werden, man braucht nur noch ein wenig zu warten. Aber einige Erläuterungen werde ich indes doch nicht umgehen können.

Ich komme auf Julia Michailowna zurück. Die arme Dame (sie tut mir aufrichtig leid) hätte alles, was sie erstrebte und begehrte (Ruhm und was damit zusammenhängt), gewiß auch ohne diese heftige und exzentrische Tätigkeit erreichen können, durch die sie sich bei uns schon gleich vom ersten Tage an hervorzutun suchte. Doch ob es nun an einem Übermaß an dichterischer Phantasie in ihr lag, oder an den langen und traurigen Mißerfolgen in ihrer ersten Jugend, jedenfalls begann sie sich sogleich nach dem Umschwung in ihrem Schicksal schon gar zu sehr als besonders Berufene, wenn nicht gar schon Gesalbte zu fühlen, über deren »Haupt das Flammenzünglein erschienen«, aber gerade an diesem Zünglein haperte es; denn schließlich ist es doch kein Chignon, der jeden Frauenkopf zieren kann. Jedoch von dieser Wahrheit ist eine Frau am schwersten zu überzeugen; im Gegenteil: wer sie in ihren Ansichten bestärkte, der hatte Erfolg bei ihr, und so befleißigte man sich schier um die Wette, ihr nach dem Munde zu reden. Die Arme wurde im Handumdrehen zum Spielball der verschiedensten Einflüsse, während sie sich gleichzeitig für durchaus selbständig hielt. Viele geschickte Schmeichler wußten sich alsbald ihre Gutmütigkeit zunutze zu machen und in der kurzen Zeit, wo sie bei uns Gouverneurin war, ihr Schäfchen ins Trockene zu bringen. Und was war das doch im Grunde für ein Mischmasch, was sie als ihre selbständige Ansicht vertrat! Ihr gefielen sowohl der Großgrundbesitz, das aristokratische Element und die Erweiterung der Gouverneursbefugnisse als auch das demokratische Element und die neuen Einrichtungen; ebenso die straffe Disziplin der alten Ordnung und zugleich Freidenkerei und soziale Ideechen; desgleichen der strenge Ton des aristokratischen Salons, wie auch die oft schon wirtshausmäßige Ungezwungenheit der sie umgebenden jeunesse dorée. Sie träumte davon, »glücklich zu machen« und Unvereinbares zu vereinen, oder richtiger: alle und alles in schwärmerischer Verehrung um ihre eigene Person zu versammeln. Sie hatte auch ihre Lieblinge; Pjotr Stepanowitsch, der sich unter anderem auch der plattesten Schmeicheleien bediente, gefiel ihr sehr. Aber er gefiel ihr auch noch aus einem anderen Grunde, der mehr als wunderlich war und die arme Dame am besten charakterisierte: sie hoffte nämlich die ganze Zeit, er werde sie über eine große politische Verschwörung informieren! Wie schwer es auch sein mag, sich das vorzustellen, aber es verhielt sich wirklich so. Aus irgendeinem Grunde hatte sich in ihr der Glaube festgesetzt, gerade in unserem Gouvernement werde eine Verschwörung gegen die Regierung vorbereitet. Und Pjotr Stepanowitsch verstand es vorzüglich, mit seinem Schweigen in gewissen, und seinen Andeutungen in anderen Fällen sie in diesem sonderbaren Glauben noch zu bestärken. Von ihm aber hatte sie die Vorstellung, er stehe mit allem, was es in Rußland an Revolutionärem gebe, in Verbindung, und gleichzeitig sei er ihr persönlich bis zur Vergötterung ergeben. Die Aufdeckung der Verschwörung, der Dank aus Petersburg, die danach in Aussicht stehende Karriere, die Einwirkung auf die Jugend durch »Freundlichkeit«, um sie am Rande des Abgrundes zurückzuhalten – alle diese Vorstellungen vertrugen sich mit einander wunderbar in ihrem phantasievollen Kopf! Hatte sie denn nicht schon Pjotr Stepanowitsch gerettet und bekehrt (davon war sie, Gott weiß weshalb, unerschütterlich überzeugt), also werde sie auch die anderen retten. Keiner, kein einziger von ihnen werde zugrunde gehen, sie werde sie alle retten; sie werde sie zu sortieren wissen; und dementsprechend über sie berichten; sie werde nur mit dem Ziel der höheren Gerechtigkeit vor Augen handeln, und vielleicht werde sogar die Geschichte und der gesamte russische Liberalismus ihren Namen noch segnen; aber die Verschwörung werde dennoch aufgedeckt werden. Und so würden denn alle Vorteile zusammenkommen.

Zunächst aber war es doch nötig, daß Andrei Antónowitsch wenigstens zum Fest hin etwas heiterer wurde. Man mußte ihn von seinem Trübsinn ablenken und beruhigen. Zu diesem Zweck kommandierte sie Pjotr Stepanowitsch zu ihm, in der Hoffnung, daß dieser durch irgend ein ihm bekanntes Beruhigungsmittel die Schwermut ihres Gatten verscheuchen könnte. Vielleicht konnte er ihm sogar irgendwelche Mitteilungen machen, und das wären dann doch schon Nachrichten sozusagen aus erster Hand. Jedenfalls verließ sie sich vollkommen auf seine Geschicklichkeit. Pjotr Stepanowitsch war schon lange nicht mehr in Herrn von Lembkes Arbeitszimmer gewesen. Er schwirrte jetzt gerade in einem Augenblick zu ihm hinein, als der Patient sich in einer ganz besonders gespannten und reizbaren Verfassung befand.

II

Es gab da ein frappierendes Zusammentreffen von Tatsachen, das Herr von Lembke sich schon gar nicht mehr zu erklären wußte. In einer kleinen Kreisstadt (in derselben, wo Pjotr Stepanowitsch unlängst mit Offizieren gezecht hatte) war einem Unterleutnant von seinem nächsten Vorgesetzten ein Verweis erteilt worden. Vor der ganzen Kompagnie. Der erst vor kurzem aus Petersburg eingetroffene Unterleutnant war ein noch sehr junger Mensch, immer schweigsam und finster, mit selbstbewußter Miene, dabei aber klein von Wuchs, dick und rotbackig. Er ertrug den Verweis nicht und warf sich plötzlich mit einem unwahrscheinlichen Aufkreischen, über das sich die ganze Kompagnie wunderte, und mit absonderlich gesenktem Kopf auf seinen Kommandeur, versetzte ihm einen Stoß und biß ihn aus aller Kraft in die Schulter, daß man ihn nur mit Mühe losreißen vermochte. Zweifellos war der Mensch verrückt geworden. Wenigstens stellte es sich nun heraus, daß er in der letzten Zeit schon mehrmals durch die unglaublichsten Sonderbarkeiten aufgefallen war. So hieß es unter anderem, er habe in seiner Wohnung zwei Heiligenbilder der Wirtsleute hinausgeworfen und eins davon zuvor noch mit dem Beil zerhackt; in seinem Zimmer aber habe er auf drei Gestellen von der Form kirchlicher Lesepulte drei Bücher aufgestellt, und zwar die Werke von Vogt, Moleschott und Büchner[55], und vor jedem der Pulte habe er wächserne

Kirchenkerzen angezündet. Aus der Menge der bei ihm gefundenen Bücher konnte man schließen, daß er ein belesener Mensch war. Hätte er fünfzigtausend Franken gehabt, so wäre er vielleicht auch nach den Marquesasinseln gereist, wie jener »Kadett«, von dem Alexander Herzen in einer seiner Schriften mit so köstlichem Humor berichtet. Als dieser Unterleutnant festgenommen wurde, fand man in seinen Taschen und in seiner Wohnung einen ganzen Stoß der tollsten Proklamationen.

Nun, an sich waren diese Blätter ja nichts Neues und meiner Ansicht nach keineswegs besorgniserregend. Man hatte ihrer schon so viele gesehen. Zudem waren es nicht einmal neue Proklamationen: genau die gleichen waren, wie man später hörte, erst unlängst im Gouvernement Ch... verbreitet worden, und Liputin, der vor etwa anderthalb Monaten in jenen Kreis und auch in ein benachbartes Gouvernement gereist war, versicherte, er habe dort schon damals dieselben Blätter gesehen. Was aber unserem Andrei Antonowitsch am meisten zu denken gab, das war der Umstand, daß der Verwalter der Schpigúlinschen Fabrik gerade zu derselben Zeit zwei oder drei Pakete Proklamationen der Polizei zugestellt hatte, die in der Nacht auf den Fabrikhof geworfen worden waren, und diese Proklamationen stimmten Wort für Wort mit jenen überein, die man bei dem Unterleutnant gefunden hatte. Die Pakete waren noch nicht einmal aufgemacht, also hatte von den Arbeitern noch keiner etwas lesen können. Eine solche Art der Verbreitung war ja reichlich einfältig, aber Andrei Antonowitsch geriet in ein angestrengtes Grübeln. Die Sache erschien ihm als ein unangenehm komplizierter Fall.

In dieser Schpigúlinschen Fabrik hatte gerade jene sogenannte „Schpigulinsche Affäre" begonnen, die bei uns so viel Staub aufwirbelte und über die selbst die petersburger und moskauer Zeitungen mit vielerei Varianten berichteten. Etwa drei Wochen zuvor war dort ein Arbeiter an der asiatischen Cholera erkrankt und gestorben; danach waren noch ein paar andere erkrankt. In der Stadt bekamen es alle mit der Angst, da die Cholera nun offenbar aus dem Nachbargouvernement im Anrücken war. Ich bemerke hierzu, daß bei uns nach Möglichkeit zufriedenstellende sanitäre Vorkehrungen getroffen worden waren, um dem ungebetenen Gast entgegenzutreten. Allein die Fabrik der Gebrüder Schpigulin – die Besitzer waren Millionäre und verfügten über Beziehungen – wurde hierbei irgendwie geschickt übergangen. Aber da erhob sich plötzlich ein allgemeines Geschrei, gerade dort sei ja der Herd und das Treibbeet der Krankheit zu finden, denn in der Fabrik selbst und besonders in den Unterkunftshäusern für die Arbeiter herrsche eine so alteingesessene Unsauberkeit, daß die Cholera, auch wenn sie nicht schon verbreitet wäre, dort geradezu von selbst entstehen müßte. Natürlich wurden nun sofort die nötigen Anordnungen getroffen, und Andrei Antonowitsch bestand energisch auf ihrer unverzüglichen Durchführung. Die Fabrik wurde drei Wochen lang gereinigt, aber kaum war das geschehen, da schlossen die Schpigulins ihre Fabrik – warum, wußte eigentlich niemand. Der eine Bruder lebte ständig in Petersburg, und der andere war nach der befohlenen Fabrikreinigung nach Moskau abgereist. Der bevollmächtigte Verwalter schritt zur Entlassung der Arbeiter, wobei er sie, wie sich nachher herausstellte, unverschämt betrog. Die Arbeiter begannen zu murren, verlangten eine gerechte Entlohnung und gingen mit ihrem Anliegen aus Dummheit zur Polizei, übrigens ohne großes Geschrei und ohne sich dabei besonders aufzuregen. Und gerade in dieser Zeit waren die Pakete mit den Flugschriften auf dem Hof der Fabrik gefunden und vom Verwalter dem Gouverneur zugestellt worden.

Pjotr Stepanowitsch schwirrte in Herrn von Lembkes Arbeitszimmer herein ohne jede Anmeldung, eben wie ein guter Freund und Vertrauter des Hauses und jetzt auch noch als Abgesandter von Julia Michailowna. Als Herr von Lembke ihn erblickte, machte er ein finsteres Gesicht und blieb abweisend am Tisch stehen. Bis dahin war er im Zimmer auf und ab gegangen und hatte sich mit seinem Kanzleibeamten Blümer unter vier Augen über irgend etwas beraten. Diesen Blümer, der, nebenbei bemerkt, ein sehr ungelenker und mürrischer Deutscher war, hatte er trotz Julia Michailownas heftigster Opposition aus Petersburg mitgebracht. Der Kanzleibeamte trat nach Pjotr Stepanowitschs Erscheinen zur Tür, ging aber nicht hinaus. Pjotr Stepanowitsch schien es sogar, daß er mit seinem Vorgesetzten einen vielsagenden Blick austauschte.

»Oho, da habe ich Sie mal ertappt, Sie geheimnisvolles Oberhaupt!« rief Pjotr Stepanowitsch lachend aus und legte schnell die flache Hand auf eine Proklamation, die auf dem Tisch lag. »Die soll wohl Ihre Sammlung vergrößern, wie?«

Von Lembke wurde feuerrot. Es ging plötzlich wie ein Zerren durch sein Gesicht.

»Lassen Sie, lassen Sie das sofort!« fuhr er ihn an, erbebend vor Zorn. »Und unterstehen Sie sich nicht, mein Herr ...«

»Was haben Sie nur? Sie scheinen sich ja zu ärgern?«

»Gestatten Sie, mein Herr, Sie darauf aufmerksam zu machen, daß ich Ihr sans façon hinfort nicht mehr dulden werde und Sie ersuche, nicht zu vergessen, daß ...«

»Pfui Teufel! Er ärgert sich ja tatsächlich!«

»Schweigen Sie!« Von Lembke stampfte mit dem Fuß auf. »Und erdreisten Sie sich nicht ...«

Gott mag wissen, wozu es noch gekommen wäre, denn zu seinem Zorn gab es leider noch einen gewissen anderen Grund, den sich freilich weder Pjotr Stepanowitsch noch selbst Julia Michailowna auch nur hätten träumen lassen. Der unglückliche Andrei Antonowitsch hatte sich in seiner geistigen Zerrüttung seit ein paar Tagen schon so weit verloren, daß er im stillen seiner Frau wegen auf Pjotr Stepanowitsch eifersüchtig geworden war und deshalb in einsamen Stunden, besonders nachts, äußerst unangenehme Augenblicke zu überwinden hatte.

»Und ich dachte, daß ein Mensch, der einem zweimal bis nach Mitternacht seinen Roman vorliest und einen unter vier Augen um ein offenes Urteil bittet, daß dieser Mensch sich dann wenigstens für seine Person vom Rahmen des offiziellen Verkehrs bereits freigemacht hat ... Julia Michailowna empfängt mich ohne Umstände, wie soll man sich da auskennen?« sagte Pjotr Stepanowitsch sogar mit einer gewissen Würde. »Hier haben Sie übrigens auch Ihren Roman«, und damit legte er ein großes, gewichtiges, stark zusammengerolltes Manuskript, das in blaues Papier fest eingewickelt war, auf den Tisch.

Lembke wurde rot und wußte nichts zu sagen.

»Wo haben Sie es denn gefunden?« fragte er vorsichtig, in einem Zustrom von Freude, den er nicht zurückdrängen konnte, aber er stemmte sich noch aus aller Kraft gegen ihn, um sich nichts anmerken zu lassen.

»Ja, denken Sie sich, so zusammengerollt, wie es da ist, war es hinter die Kommode gefallen. Ich muß es wohl gleich damals, als ich heimkam, irgendwie nachlässig auf die Kommode geworfen haben. Erst vorgestern wurde es beim Dielenscheuern gefunden. Aber war das eine Arbeit, die Sie mir da aufgepackt haben!«

Lembke schlug die Augen nieder und machte ein strenges Gesicht.

»Zwei Nächte habe ich wegen Euer Gnaden nicht geschlafen. Vorgestern fand man es, da behielt ich es denn noch, um es ganz durchzulesen. Tagsüber habe ich keine Zeit, also mußte ich es in der Nacht tun. Na, und – kann nichts dafür: bin unzufrieden damit. Nicht mein Geschmack. Aber das ist ja egal, ich bin kein Kritiker, befasse mich nicht damit; nur, wissen Sie, losreißen konnte ich mich doch nicht davon, obschon ich unzufrieden war! Das vierte und fünfte Kapitel, die ... die sind doch ... weiß der Teufel, was die eigentlich sind! Und mit wieviel Komik Sie das vollgestopft haben, was habe ich gelacht! Und wie wunderbar Sie es verstehen, etwas lächerlich zu machen sans que cela paraisse! Na, und dann das neunte Kapitel und das zehnte, wo nur von Liebe die Rede ist, das, nun ja, geht mich nichts an; aber es ist immerhin effektvoll; nach dem Brief von Igrénjeff wollte ich beinah schon zu heulen anfangen, obschon Sie ihn doch so raffiniert skizziert haben ... Wissen sie, es nimmt sich ja alles sehr gefühlvoll aus, aber gleichzeitig wollen Sie doch zu verstehen geben, daß der Mann in lauter falschen Tönen redet, wenn ich Sie richtig verstanden habe? Nicht wahr? Ich hab's mir ja gleich so gedacht! Nun, aber für den Schluß könnte ich Sie einfach verprügeln! Was ist denn das für ein Vorbild, das Sie da hinstellen? Das ist doch die ewigalte Vergötterung des Familienglücks nebst Vermehrung der Kinder wie des Kapitals, siehe: ‚Und nun begannen sie, geruhsam zu leben und ihren Wohlstand zu mehren'! – ich bitte Sie! Zuerst bezaubern Sie den Leser geradezu, denn selbst ich habe mich nicht losreißen können, aber desto gemeiner ist dann doch solch ein Schluß! Der Leser bleibt genau so dumm, wie er war. Man hätte doch kluge Leute ihm einiges erklären lassen sollen, Sie aber ... Na, genug davon, und jetzt adieu! Ärgern Sie sich nächstens nicht wieder. Ich kam eigentlich, um Ihnen ein paar notwendige Worte zu sagen, aber Sie sind ja heute so eigentümlich ...«

Inzwischen hatte von Lembke seinen Roman genommen, ihn im eichenen Bücherschrank eingeschlossen und zugleich Blümer einen Wink gegeben, daß er das Zimmer verlassen solle, was dieser denn auch mit langem Gesicht trübselig tat.

»Ich bin heute keineswegs eigentümlich, es sind nur ... die vielen Unannehmlichkeiten«, murmelte Herr von Lembke, die Stirn runzelnd, aber schon ohne Zorn, und setzte sich an den Tisch. »Bitte, nehmen Sie Platz und sagen Sie Ihre paar Worte. Ich habe Sie lange nicht mehr gesehen, Pjotr Stepanowitsch, nur fliegen Sie hinfort nicht immer so hastig ins Zimmer ... mitten in der Arbeit ist diese Ihre Art mitunter ...«

»Was diese meine Art betrifft ...«

»Ich weiß, ich weiß, Sie tun es ja nicht mit Absicht, aber manchmal, und gerade bei so vielfachen Sorgen ... Sie verstehen schon ... Setzen Sie sich, bitte.«

Pjotr Stepanowitsch setzte sich schwungvoll auf das Sofa hin und zog im Nu die Füße unter das Möbelstück.

III

Was sind denn das für vielfache Sorgen? Doch nicht etwa jene Lappalien dort?« Er wies mit einer Kopfbewegung auf die Proklamation. »Von solchen Wischen kann ich Ihnen so viele verschaffen, wie Sie nur wollen. Ich habe deren Bekanntschaft schon im Gouvernement Ch ... gemacht.«

»Das heißt, wohl damals, als Sie sich dort aufhielten?«

»Nun, natürlich nicht in meiner Abwesenheit. Und dann gab es noch eine mit einer Vignette: mit einem Beil oben. Erlauben Sie« (er nahm das Blatt in die Hand); »na ja, hier ist ja auch ein Beil; natürlich, das ist ja das gleiche Flugblatt, genau das gleiche!«

»Ja, mit einem Beil. Sehen Sie hier: ein Beil.«

»Was, haben Sie etwa Angst bekommen vor dem Beil?«

»Wieso, nein, nicht vor dem Beil ... und ich habe durchaus keine Angst bekommen; aber die Sache ist die ... daß diese Sache noch mit gewissen Umständen verquickt ist.«

»Mit was für Umständen? Meinen Sie etwa dies, daß man die Ihnen von der Fabrik zugestellt hat? Hehe! Aber wissen Sie auch, daß in dieser Fabrik die Arbeiter bald selbst Proklamationen verfassen werden?«

»Wieso?« Von Lembke sah ihn streng an.

»Ja, so. Behalten Sie sie im Auge. Sie sind ein zu weicher Mensch, Andrei Antonowitsch; Sie schreiben Romane. Hier aber müßte man noch auf die alte Weise verfahren.«

»Wie das – auf die alte Weise? Sollen das Ratschläge sein? Die Fabrik ist doch gereinigt worden. Ich befahl es, und sie wurde gereinigt!«

»Und die Arbeiter rebellieren. Übers Knie legen müßte man die Kerls, mal auspeitschen, und die Sache wäre erledigt.«

»Sie rebellieren? Ausgeschlossen! Ich habe doch den Befehl erteilt, und die Fabrik ist gereinigt worden.«

»Ach, Andrei Antonowitsch, Sie sind nun einmal doch ein gar zu weicher Mensch!«

»Ich? Nun, erstens bin ich durchaus nicht so furchtbar weich, und zweitens ...« – Von Lembke fühlte sich wieder pikiert. Eigentlich kostete ihn die Unterhaltung mit dem jungen Mann fast schon zu viel Selbstüberwindung, aber die Wißbegier, ob jener nicht doch etwas Aufschlußreiches werde verlauten lassen, hielt ihn davon ab, Schluß zu machen.

»A–ah! wieder eine alte Bekannte!« unterbrach ihn Pjotr Stepanowitsch, und zog unter einem Briefbeschwerer ein anderes Blatt hervor, das gleichfalls wie eine Flugschrift aussah, offenbar im Ausland gedruckt, aber in Versen abgefaßt war. »Na, die kenne ich ja auswendig, das ist doch sicher „Die lichte Gestalt“! Lassen Sie mal sehen! Na, natürlich! Das ist sie ja! Diese Gestalt habe ich ja schon im Ausland kennengelernt. Wo haben Sie denn die aufgestöbert?«

»Sie sagen, Sie hätten sie schon im Ausland gesehen?« horchte Herr von Lembke auf.

»Und ob! Schon vor vier Monaten oder gar vor fünf.«

»Was Sie nicht alles im Ausland gesehen haben«, bemerkte von Lembke, während sein Blick auf einmal subtil zu jenem hinüberstach.

Pjotr Stepanowitsch faltete, ohne hinzuhören, das Blatt auseinander und begann laut das Gedicht zu lesen:

»... „Die lichte Gestalt

Von Geburt kein Edelmann,
Wuchs er unterm Volk heran;
Doch verfolgt vom Zorn des Zaren
Und der Mißgunst der Bojaren,
Weihte er sich selbst der Not,

Stets bereit zum Opfertod
Auf der Folter bei den Henkern,
Unerschrocken, gleich den Denkern,
Um dem Volk das Heil zu künden:
Von der Bruderschaft der Menschen,
Ihrer Gleichheit und der Freiheit!

Häscher fingen ihn alsbald.
Doch er floh in fremdes Land
(aus des Zaren Kasematte,
wo man Peitschen, Zangen hatte),
Um von dort aus hier zu schüren,
Und die Wirkung war zu spüren,
Denn das Volk begann zu warten
Und zu murren ob des harten
Schicksales, doch siehe da:
‚Gleichheit, Freiheit, sie sind nah!'
Also sagt's euch der Student,
Hört es jetzt bis nach Taschkent!

Und so wartete auf ihn
Jedermann im ganzen Land,
Um die Erbherr'n und alsdann
Selbst das Zar'tum zu vernichten!
Hört und kommt und laßt uns richten!
Hört auf des Studenten Wort:
Allem Frevel alter Zeiten
– Kirchen, Ehen und Familien –
Laßt uns nun ein End' bereiten!
Denn das Hab und Gut der Welt,
Land, Besitz und alles Geld,
Soll alsdann Gemeingut werden
In dem neuen Reich auf Erden!"

Das hat man wohl bei jenem Unterleutnant gefunden, nicht?« fragte Pjotr Stepanowitsch.

»Wie, Sie kennen auch jenen Unterleutnant?«

»Wie denn nicht! Ich habe doch mit ihm zwei Tage lang dort gekneipt. Der mußte unbedingt mal überschnappen, das war vorauszusehen.«

»Vielleicht war das bei ihm gar nicht Irrsinn.«

»Meinen Sie das etwa deshalb, weil er zu beißen anfing?«

»Aber erlauben Sie: wenn Sie dieses Gedicht im Ausland gesehen haben, und nachher findet man es hier bei diesem Offizier ...«

»Na, und? Das scheint ja zum Kombinieren herauszufordern! Sie, Andrei Antonowitsch, Sie scheinen mich, wie ich sehe, examinieren zu wollen? Sehen Sie«, begann er auf einmal mit einem an ihm ganz ungewohnten Ernst, »über das, was ich im Ausland zu sehen bekam, habe ich nach meiner Rückkehr zuständigen Orts schon Auskunft gegeben, und meine Erklärungen sind als befriedigend befunden worden. Andernfalls hätte ich ja auch diese liebe Stadt hier gar nicht mit meinem Besuch beglücken können. Ich bin also der Ansicht, daß meine Angelegenheiten in diesem Sinne erledigt sind und ich weiter niemandem Rechenschaft schuldig bin. Und erledigt sind sie nicht etwa deswegen, weil ich ein Denunziant wäre, sondern weil ich gar nicht anders handeln konnte. Diejenigen, die an Julia Michailowna über mich geschrieben haben, kennen die Sachlage, und haben mich ihr als ehrenhaften Menschen empfohlen ... Na, aber zum Teufel damit! Ich bin nämlich eigentlich in einer ernsten Angelegenheit zu Ihnen gekommen, und es ist gut, daß Sie diesen Ihren Schornsteinfeger hinausgeschickt haben. Es ist eine für mich sehr wichtige Sache, Andrei Antonowitsch. Ich hätte eine sehr große Bitte an Sie.«

»Eine Bitte? Hm ... bitte schön, ich bin bereit, Sie anzuhören, und ich muß gestehen, daß ich einigermaßen gespannt bin. Überhaupt muß ich sagen, Sie setzen mich heute nicht wenig in Erstaunen, Pjotr Stepanowitsch.«

Von Lembke war merklich erregt. Pjotr Stepanowitsch schlug ein Bein über das andere.

»In Petersburg«, begann er, »war ich in betreff vieler Dinge ganz offenherzig, aber über manches oder zum Beispiel über dieses hier« (er tippte mit dem Finger auf die „Lichte Gestalt“) »habe ich geschwiegen, erstens weil es nicht der Mühe wert war, davon zu reden, und zweitens, weil ich nur darüber Auskunft gab, wonach ich gefragt wurde. Ich liebe es nicht, in diesem Sinne vorzugreifen; darin sehe ich auch den Unterschied zwischen einem Schurken und einem ehrlichen Menschen, den ganz einfach die Umstände überrumpelt haben. Nun ja, das mag nebenbei gesagt sein. Jetzt aber ... jetzt, wo diese Dummköpfe ... nun eben, ich meine, da es jetzt doch schon herausgekommen ist, sich bereits in Ihren Händen befindet und sich vor Ihnen nicht mehr wird verbergen können – denn Sie sind doch ein Mensch mit Augen im Kopf, es ist gar nicht so leicht, Sie im voraus richtig einzuschätzen – diese Dummköpfe aber inzwischen so weitermachen, da wollte ich, wie gesagt ... da wollte ich ... nun ja ... da bin ich eben zu Ihnen gekommen, um Sie zu bitten, einen Menschen zu retten, einen ebensolchen Dummkopf oder meinethalben Verrückten ... in Anbetracht seiner Jugend, des vielen Unglücks, das er bisher gehabt hat, und im Vertrauen auf Ihre Humanität ... zum Kuckuck, Sie wollen doch nicht nur in den von Ihnen verfaßten Romanen so human sein!« unterbrach er plötzlich mit plumpem Sarkasmus und wie gereizt vor lauter Ungeduld seine verworrene Rede.

Kurz, man sah einen ehrlichen, offenherzigen Menschen vor sich, der bloß ungeschickt und unpolitisch vorging, und das wohl aus gar zu viel humanem Empfinden und vielleicht auch einem Übermaß an Zartgefühl oder Rücksichtnahme auf andere, vor allem aber einen Menschen von beschränktem Verstande, wie von Lembke sofort mit außerordentlichem Feingefühl feststellte, und wie er ihn eigentlich immer schon eingeschätzt hatte, besonders in der letzten Woche, wenn er, allein in seinem Arbeitszimmer, namentlich nachts, ihn in heimlichen Selbstgesprächen wegen seines unerklärlichen Ansehens bei Julia Michailowna gewaltig beschimpft und heruntergerissen hatte.

»Für wen bitten Sie denn und was wollen Sie mit alledem sagen?« erkundigte er sich würdevoll, bemüht, seine Neugier sich nicht anmerken zu lassen.

»Für ... ja das ... zum Teufel, ich kann doch nichts dafür, daß ich Vertrauen zu Ihnen habe! Ob ich will oder nicht, ich halte Sie nun einmal für einen durch und durch anständigen Menschen und vor allem für einen vernünftigen Mann ... das heißt für einen, der imstande ist zu begreifen ... ach, zum Henker ...«

Der Arme verstand sich augenscheinlich nicht recht auszudrücken und wußte sich nicht zu helfen.

»Sie verstehen doch«, fuhr er fort, »Sie sehen doch ein, daß ich, wenn ich Ihnen seinen Namen nenne, ihn damit sozusagen ausliefere, an Sie ausliefere, nicht wahr? Nicht wahr?«

»Aber wie soll ich denn erraten, für wen Sie bitten, wenn Sie sich nicht entschließen können, seinen Namen auszusprechen?«

»Ach, eben das ist es ja! Sie stellen einem mit Ihrer Logik immer ein Bein, zum Teufel ... Nun ja ... Also diese „lichte Gestalt", dieser „Student" ist – Schatoff ... So, nun wissen Sie alles!«

»Schatoff? Das heißt, wieso Schatoff?«

»Schatoff, das ist jener „Student", von dem dort die Rede ist, in diesem Gedicht! Er lebt jetzt hier; ein ehemaliger Leibeigener. Derselbe, der neulich die Ohrfeige gegeben hat, Sie wissen doch!«

»Ich weiß, ich weiß!« Lembke kniff die Augen zusammen. »Aber erlauben Sie, worin besteht denn eigentlich seine Schuld und vor allen Dingen: wegen welcher Vergehen wollen Sie denn Fürsprache für ihn einlegen?«

»Aber ich bitte Sie doch, ihn zu retten! – verstehen Sie das denn nicht? Ich kenne ihn ja schon seit acht Jahren! Ich kann doch vielleicht sein Freund gewesen sein!« Die Sache regte Pjotr Stepanowitsch doch furchtbar auf. »Nun ja, ich bin natürlich nicht verpflichtet, Ihnen Rechenschaft über Früheres zu geben«, meinte er wegwerfend, »das ist ja alles so belanglos, es sind ja nur dreieinhalb Menschen, und mit denen im Ausland sind es im ganzen nicht einmal zehn, aber die Hauptsache, ich hoffte auf Ihre Humanität, auf Ihren Verstand. Sie verstehen mich doch, und Sie werden die Sache dann schon selber so darstellen, wie sie wirklich ist, und nicht als Gott weiß was! – vielmehr als dumme Phantasie eines verdrehten Menschen ... infolge seines Unglücks im Leben, beachten Sie das wohl, infolge der vielen Unglücksfälle, die er erlitten hat, und nicht als weiß der Teufel was für eine politische Verschwörung! ...«

Pjotr Stepanowitsch geriet vor Eifer fast außer Atem.

»Hm ... Ich sehe, daß er der Schuldige ist in der Verbreitung der Proklamationen mit dem Beil«, resümierte von Lembke mit großartig überlegener Würde. »Aber erlauben Sie, wenn er allein es ist, wie konnte er sie dann hier und zugleich in der Provinz verstreuen und sogar im Gouvernement Ch ...? Und schließlich die erste Frage: Wo hat er sie überhaupt hergenommen?«

»Aber ich sage Ihnen doch, daß es im ganzen vielleicht fünf Menschen sind, na, sagen wir, zehn – wie soll ich es wissen!«

»Sie wissen es nicht?«

»Ja, zum Henker, woher soll ich es denn wissen?«

»Aber Sie wußten doch, daß Schatoff einer von ihnen ist?«

»Ach!« Pjotr Stepanowitsch winkte resigniert mit der Hand ab, als sei gegen den erdrückenden Scharfsinn des anderen doch kein Aufkommen. »Na, gut, hören Sie, ich werde Ihnen die ganze Wahrheit sagen: von den Proklamationen weiß ich nichts, das heißt, so gut wie nichts – zum Teufel, Sie verstehen doch, was ‚nichts' bedeutet? ... Nun, versteht sich, hier ist es der eine Unterleutnanat, nun, und Schatoff, nun, und vielleicht noch irgend jemand, na – aber das ist auch alles! Nicht der Rede wert! ... Einfach kläglich!

... Ich aber bin zu Ihnen gekommen, um Sie nur für Schatoff zu bitten, man muß ihn retten, denn dieses Gedicht da – ist ja von ihm, ist sein eigenes Machwerk und im Ausland von ihm selbst gedruckt. So, das ist alles, was ich genau weiß, aber von den Proklamationen weiß ich so gut wie gar nichts!«

»Wenn das Gedicht von ihm verfaßt ist, so werden wohl auch die Proklamationen von ihm verfaßt sein. Aber welche Tatsachen veranlassen Sie denn, Herrn Schatoff zu verdächtigen?«

Pjotr Stepanowitsch riß seine Brieftasche hervor, wie ein Mensch, der schon nahe daran ist, aus der Haut zu fahren, und warf einen Zettel auf den Tisch.

»Da haben Sie die Tatsachen!« rief er.

Von Lembke faltete den Zettel auseinander und sah, daß er vor etwa einem halben Jahr aus unserer Stadt geschrieben worden war; er enthielt nur die kurze Mitteilung:

»Die „Lichte Gestalt“ kann ich hier nicht drucken, und überhaupt kann ich nichts tun. Drucken Sie im Auslande.

Iw. Schatoff.«

Von Lembke blickte auf zu Pjotr Stepanowitsch und glotzte ihn an. Warwara Petrowna hatte recht mit ihrer Bemerkung, daß sein Blick an den eines Hammels erinnere, besonders manchmal.

»Sehen Sie«, begann Pjotr Stepanowitsch ungeduldig, »das bedeutet, daß er dieses Gedicht vor einem halben Jahr hier geschrieben hat. Er konnte es aber nicht hier drucken lassen, na, sagen wir, in irgendeiner geheimen Druckerei – und darum bittet er, es im Auslande zu drucken ... Das ist doch klar, sollte ich meinen?«

»Ja, das ist natürlich klar, aber *wen* bittet er denn darum? Das ist, wie Sie sehen, durchaus noch nicht klar«, bemerkte von Lembke mit verschmitztester Ironie.

»Aber Kirilloff doch! Der Brief ist doch an Kirilloff ins Ausland geschrieben ... Wußten Sie das etwa nicht? Ärgerlich an der ganzen Sache ist ja nur, daß Sie sich vor mir vielleicht nur verstellen und selbst schon lange von diesem Gedicht wissen, na, und auch alles andere! Wie ist es denn auf Ihren Tisch gekommen? Wenn Sie es überhaupt zu erwischen verstanden haben! – wozu foltern Sie mich dann noch mit Ihren Fragen, wenn's so ist?«

Er wischte sich aufgebracht mit dem Taschentuch den Schweiß von der Stirn.

»Vielleicht ist mir auch einiges bekannt ...«, bemerkte Herr von Lembke, geschickt ausweichend, »aber wer ist denn dieser Kirilloff?«

»Das ist doch der Ingenieur, der vor kurzem hergezogen ist. War Stawrogins Sekundant. Einfach ein Maniak, total verrückt. Ihr Unterleutnant hatte vielleicht wirklich nur einen Tobsuchtsanfall, als er biß, na, aber dieser, ich sage Ihnen, der ist schon längst fürs Tollhaus reif – dafür garantiere ich. Ach, Andrei Antonowitsch, wenn die Regierung nur wüßte, was das da durch die Bank für Leutchen sind, sie würde ja keinen Finger rühren. Allesamt reif fürs Irrenhaus. Hab mich in der Schweiz und auf den Kongressen an ihnen satt gesehen, übersatt!«

»Sie meinen, dort, von wo aus man die Bewegung bei uns leitet?«

»Ja, wer leitet denn? Dreieinhalb Menschen! Wenn man sie ansieht, sage ich Ihnen, kann man bloß Lust zum Gähnen bekommen. Und was ist denn das für eine ‚Bewegung bei uns'? Etwa die Verbreitung von Proklamationen? Aber wer verbreitet sie denn? Tobsüchtige Unterleutnants und zwei bis drei Studenten! Sie sind doch ein kluger Mensch, da stelle ich Ihnen nun eine Frage: warum schließen sich nicht etwas bedeutendere Menschen der Sache an, warum immer nur Studenten und Jünglinge von zweiundzwanzig Jahren? Und wie viele gibt es denn selbst von solchen? Man läßt sie wohl von einer Million geübter Spürhunde suchen, aber wie viele hat man denn bisher erwischt? Sieben Mann! Ich sage Ihnen ja, nur Lust zum Gähnen kann man bekommen.«

Von Lembke hörte ihm aufmerksam zu, aber mit einem Ausdruck, der gleichsam mit dem Sprichwort sagte: »Eine Nachtigall machst du mit Fabeln nicht satt.«

»Erlauben Sie, einstweilen – Sie behaupten, daß der Brief ins Ausland geschrieben ist; hier ist aber keine Adresse; woher wissen Sie es denn, daß der Brief an Kirilloff gerichtet ist? und schließlich überhaupt ins Ausland und ... und ... daß er wirklich von Herrn Schatoff geschrieben ist?«

»So verschaffen Sie sich doch sofort Schatoffs Handschrift und vergleichen Sie! In Ihrer Kanzlei wird sich bestimmt irgendeine Unterschrift von ihm finden. Und was Kirilloff betrifft, so hat er mir doch selbst den Brief gezeigt. Gleich damals, als er ihn bekam.«

»Also haben Sie wohl auch selbst ...«

»Nun ja, versteht sich doch, daß ich auch selbst ...! Als ob man mir dort wenig gezeigt hätte! Nun, und dieses Gedicht, heißt es, soll der verstorbene Herzen persönlich für Schatoff geschrieben haben, als der sich noch im Ausland herumtrieb, angeblich zum Andenken an ihre Begegnung, als Lob, als Empfehlung gewissermaßen, na, hol's der Teufel ... und Schatoff verbreitet es nun unter der Jugend, sozusagen: ‚Seht, das ist Herzens eigene Meinung über mich'!«

»Tje – tje – tje!« schnalzte von Lembke, gleichsam endlich begreifend, »das meine ich ja auch: Proklamationen – das versteht man noch, aber Gedichte!?«

»Ja, wie sollten Sie es denn nicht verstehen! Und der Teufel weiß, wozu ich Ihnen eigentlich das alles noch überflüssigerweise ausgeplaudert habe! Hören Sie, geben Sie mir Schatoff, und dann meinetwegen zum Henker mit den anderen allen, selbst mit Kirilloff, der sich jetzt gleichfalls im Filippoffschen Hause, in dem auch Schatoff wohnt, einquartiert hat und versteckt hält. Die lieben mich nicht, weil ich zurückgekehrt bin ... Aber versprechen Sie mir, Schatoff zu schonen, und ich präsentiere Ihnen alle die anderen auf einem Tablett. Ich werde Ihnen noch nützlich sein können, Andrei Antonowitsch. Ich schätze diese ganze traurige Bande auf neun Mann, oder na, sagen wir zehn. Ich beobachte sie noch, spüre ihnen nach, auf eigene Faust. Drei kennen wir schon: Schatoff, Kirilloff und jenen Unterleutnant. Die anderen entdecke ich erst ... übrigens: ich bin nicht gerade kurzsichtig. Das ist ganz wie im Gouvernement Ch. ...: zwei Studenten wurden dort mit Proklamationen ergriffen, ein Gymnasiast, zwei zwanzigjährige Edelleute, ein Lehrer und ein sechzigjähriger verabschiedeter Major, der vom Suff schon ganz verblödet war, und das war alles, glauben Sie mir, das war alles! Man wunderte sich nicht wenig, daß das alles war. Aber ich brauche sechs Tage. Ich habe schon meine Berechnung gemacht: sechs Tage und nicht früher! Wenn Sie irgendein Ergebnis haben wollen – lassen Sie sie in diesen sechs Tagen ganz und gar ungeschoren, und ich binde sie Ihnen in ein Bündel zusammen! Rühren Sie sich jedoch früher, so fliegt das ganze Nest aus! Aber versprechen Sie mir dafür Schatoff, ich bitte ja nur für Schatoff ... Wissen Sie, am besten wäre es, wenn Sie ihn insgeheim und freundschaftlich zu sich kommen ließen, sagen wir meinetwegen, hierher in Ihr Arbeitszimmer, und dann, wissen Sie: den Vorhang vor ihm aufgezogen, und ein bißchen gefragt! Er wird sich Ihnen bestimmt sofort zu Füßen werfen und in Tränen ausbrechen. Er ist ein nervöser, unglücklicher Mensch. Seine Frau hat ein Verhältnis mit Stawrogin. Seien Sie gut zu ihm, und er wird Ihnen alles selbst erzählen. Aber ich brauche noch sechs Tage Zeit, wie gesagt ... Und vor allen Dingen, vor allen Dingen sagen Sie Julia Michailowna keine Silbe davon! Es muß ein Geheimnis bleiben. Können Sie das versprechen?«

»Wie?« von Lembke riß die Augen auf. »Haben Sie ihr denn nicht schon selbst alles ... enthüllt?«

»Ihr? Behüte und bewahre! Ach, Andrei Antonowitsch! Sehen Sie mal, ich schätze ja Julia Michailownas Freundschaft unendlich, und sie überhaupt ... na, und so weiter ... aber ich werde mich doch nicht so verhauen! Ich widerspreche ihr nie, denn ihr zu widersprechen – das wissen Sie ja selbst – ist gefährlich. Ich kann vor ihr wohl mal dieses oder jenes Wörtchen fallen lassen, weil sie das gern hat, aber daß ich ihr, wie jetzt Ihnen, Namen genannt hätte, oder so etwas – wo denken Sie hin! ... Warum wende ich mich denn an Sie? Weil Sie immerhin ein Mann sind, ein ernster Mensch, mit uralten, ein- für allemal feststehenden Erfahrungen im Staatsdienst. Sie haben doch manches gesehen. Ihnen wird ja schon nach den Petersburger Beispielen jeder Schritt, der in solchen Angelegenheiten zu unternehmen ist, bekannt sein, nehme ich an. Sollte ich aber ihr zum Beispiel auch nur zwei Namen nennen, wie würde sie das gleich austrommeln ... Sie will doch von hier aus Petersburg in Erstaunen versetzen. Nein, dazu ist sie zu hitzig, wissen Sie.«

»Ja, sie hat etwas von dieser Ungeduld ...«, murmelte von Lembke nicht ganz ohne Genugtuung, während es ihn zu gleicher Zeit doch sehr ärgerte, daß dieser Flegel es anscheinend ganz unbekümmert wagte, sich so frei über Julia Michailowna zu äußern.

Pjotr Stepanowitsch dagegen schien das noch zu wenig zu sein, er glaubte, seinen »Lembka« mit weiteren Schmeicheleien einsalben zu müssen, um ihn ganz zu besiegen und endgültig einfangen zu können.

»Das ist es: zuviel Ungeduld!« griff er das Wort auf. »Mag sie meinetwegen, sagen wir, eine geniale Frau sein, eine literarische Frau, aber – die Spatzen jagt sie uns auseinander! Keine sechs Stunden hielte sie es aus, von sechs Tagen schon ganz zu schweigen. Ach, Andrei Antonowitsch, laden Sie nicht eine Frist von sechs Tagen auf ein Weib! Sie müssen mir doch einige Erfahrung zugestehen, ich meine – in diesen Dingen. Ich weiß da manches, und Sie wissen ja selbst, daß es so ist. Ich bitte Sie um diese sechs Tage nicht zum Spaß, sondern einzig um der Sache willen.«

»Ich habe gehört ...«, von Lembke konnte sich nicht recht entschließen, seinen Gedanken offen auszusprechen, »ich habe gehört, daß Sie nach Ihrer Rückkehr zuständigen Orts gewisse ... Erklärungen abgegeben hätten ... in etwa als ... eine Art Reuebekenntnis?«

»Na ja, was hat man nicht alles!«

»Gewiß, gewiß, und ich will auch weiter gar nichts Näheres ... Aber es hat mir immer geschienen, als hätten Sie hier bisher in einem ganz anderen Stil gesprochen, zum Beispiel über den christlichen Glauben, über die gesellschaftlichen Einrichtungen und schließlich auch über die Regierung ...«

»Na, ich habe gewiß nicht wenig gesprochen. Auch jetzt spreche ich noch so, nur muß man diese Gedanken nicht so durchführen, wie jene Dummköpfe es wollen. Das ist es. Was ist denn damit getan, wenn einer einen in die Schulter beißt? Sie waren ja selbst mit mir einverstanden in diesen Dingen, nur sagten Sie, es sei noch zu früh.«

»Ich war eigentlich nicht in diesen Dingen mit Ihnen einverstanden, und auch mit dem ‚zu früh' meinte ich etwas anderes.«

»Dann ist also jedes Ihrer Worte um die Ecke herum zu verstehen, hehe! Sie sind wirklich ein vorsichtiger Mensch!« bemerkte Pjotr Stepanowitsch plötzlich sehr heiter. »Hören Sie, Teuerster, ich mußte Sie doch erst ein wenig kennenlernen, na, und da habe ich denn zu diesem Zweck eben in meinem Stile gesprochen. Das habe ich nicht nur mit Ihnen allein so gemacht, sondern mit vielen. Vielleicht wollte ich erst nur Ihren Charakter kennenlernen.«

»Wozu denn meinen Charakter?«

»Tja, wie soll ich es denn wissen, wozu!« (er lachte wieder). »Sehen Sie mal, lieber und hochverehrter Andrei Antonowitsch, Sie sind schlau, aber *dazu* ist es noch nicht gekommen und wird es auch bestimmt nicht kommen, Sie verstehen doch? Vielleicht verstehen Sie mich wirklich? Wenn ich auch dort zuständigen Orts Erklärungen abgegeben habe, nachdem ich aus dem Auslande zurückgekehrt war, und ich weiß wirklich nicht, warum ein Mensch mit gewissen Überzeugungen nicht zum Vorteil dieser seiner aufrichtigen Überzeugungen handeln sollte ... so hat mir *dort* doch niemand etwas über Ihren Charakter gesagt, und ich habe mir *dort* noch gar keine Pflichten aufladen lassen. Sie begreifen doch: ich hätte ebensogut nicht Ihnen als erstem zwei Namen zu nennen brauchen, sondern einfach dahin, na, Sie verstehen schon – einen Wink geben können, ich meine, dahin, wo ich die ersten Erklärungen abgab; und wenn es mir um die Finanzen zu tun wäre, oder um sonst einen Vorteil, so wäre das meinerseits keine Berechnung gewesen, denn dankbar wird man jetzt bloß Ihnen sein, nicht mir. Aber ich tue es, wie gesagt, nur wegen Schatoff«, sagte Pjotr Stepanowitsch mit merkbarem Edelmut, »nur für Schatoff, aus alter Freundschaft ... Na, aber dann, wenn Sie *dorthin* schreiben, dann könnten Sie mich meinetwegen auch ein bißchen loben, wenn Sie wollen ... werde nicht widersprechen, hehe! ... Aber jetzt adieu, hab schon verboten lange hier gesessen, und eigentlich sollte man überhaupt nicht so viel schwatzen!« fügte er nicht unzufrieden hinzu und erhob sich vom Sofa.

»Im Gegenteil, es freut mich sehr, daß diese Angelegenheit sozusagen ihre Aufklärung findet.« Von Lembke erhob sich gleichfalls und zwar mit sehr liebenswürdiger Miene, augenscheinlich noch unter dem Eindruck der letzten Worte. »Mit Dank nehme ich Ihre Hilfe an, und seien Sie versichert, daß ich die Bemerkung über Ihren Eifer ...«

»Sechs Tage, nur sechs Tage Frist, das ist die Hauptsache und alles, was ich brauche, und daß Sie sich in diesen sechs Tagen nicht rühren!«

»Nun gut. Einverstanden.«

»Selbstverständlich will ich Ihnen ja nicht die Hände binden, wie sollte ich das auch wagen! Sie können doch gar nicht etwa nicht beobachten lassen. Nur: schrecken Sie das Nest nicht vor der Zeit auf! Das ist es, worin ich mich jetzt ganz auf Ihre Klugheit und Ihre Erfahrung verlasse! Sie haben wohl schon eine Menge Ihrer eigenen Spürhunde und Schnupperer in Bereitschaft, hehe!« platzte lustig und leichtsinnig (eben wie ein junger Mensch) Pjotr Stepanowitsch heraus.

»So schlimm ist es nun gerade nicht«, sagte von Lembke

ausweichend, doch angenehm berührt. »Das ist ein Vorurteil der Jugend, die immer alles vorbereitet glaubt ... Aber, à propos, noch ein Wort: wenn dieser Kirilloff Stawrogins Sekundant war, so muß doch auch Herr Stawrogin in diesem Falle ...«

»Wieso Stawrogin?«

»Ich meine, wenn Sie so befreundet sind?«

»Oh, nein, nein, nein! Diesmal haben Sie fehlgeschossen, wenn Sie auch sonst schlau sind! Aber Sie setzen mich geradezu in Erstaunen! Denn ich glaubte doch, daß Sie in betreff dieser Dinge unterrichtet seien ... Hm ... Stawrogin – das ist das vollkommenste Gegenteil, das heißt, das vollkommenste! ... Avis au lecteur.«

»In der Tat? Ist's möglich?« fragte von Lembke ungläubig. »Mir hat nur Julia Michailowna mitgeteilt, daß nach den Nachrichten, die sie aus Petersburg erhalten hat, Stawrogin sozusagen ein Mensch mit einigen Instuktionen ...«

»Ich weiß nichts, nichts, nichts, keine Ahnung. Adieu. Avis au lecteur!« wich Pjotr Stepanowitsch plötzlich und nur zu offensichtlich allen weiteren Fragen aus und schwirrte schon zur Tür.

»Erlauben Sie, Pjotr Stepanowitsch, erlauben Sie, noch einen Augenblick!« rief ihn von Lembke zurück. »Noch ein Wort, und dann halte ich Sie nicht mehr auf.« Er nahm aus einem Schubfach einen Brief heraus.

»Sehen Sie, dies hier ist noch so ein Exemplar, das in diese Kategorie gehört. Und hiermit beweise ich Ihnen, daß ich das größte Vertrauen zu Ihnen habe. Was sagen Sie zu diesem Brief?«

Es war ein sonderbarer Brief: ohne Unterschrift, an Herrn von Lembke adressiert, und gestern erst hatte er ihn erhalten. Pjotr Stepanowitsch las zu seinem größten Ärger folgendes:

»Exzellenz!

Da Sie das Ihrem Range nach sind. Hiermit erstatte ich Anzeige von geplanten Attentaten auf das Leben hoher

Würdenträger und des Vaterlandes; denn dazu führt es zweifellos. Ich habe selbst vielerlei jahrelang ausgestreut. Auch Gottlosigkeit ist dabei. Es wird ein Aufstand vorbereitet, und Proklamationen gibt es zu Tausenden, und jeder werden hundert Mann mit heraushängender Zunge nachlaufen, wenn die Regierung sie nicht vorher einzieht, denn man verspricht viel und das einfache Volk ist dumm. Und hinzu kommt noch der Schnaps. Das Volk, das die Schuldigen nicht kennt, wird diese wie jene verderben. Ich aber fürchte sowohl diese wie jene, und bereue, woran ich gar nicht teilgenommen, denn meine Verhätnisse sind einmal so. Wenn Sie wollen, daß ich Anzeige erstatte zur Rettung des Vaterlandes und ebenso der Kirchen und Heiligenbilder, so kann das nur ich allein. Aber mit der Bedingung, daß man mir Begnadigung aus der Dritten Abteilung telegraphisch zusagt, sofort und nur mir allein von allen; die anderen können es dann ausbaden. Stellen Sie jeden Abend um sieben Uhr ins Fenster der Loge des Portiers eine Kerze als Signal. Sehe ich dieses, so werde ich glauben und komme dann, um die barmherzige Hand aus Petersburg zu küssen, aber mit der Bedingung, daß ich eine Pension erhalte, denn wovon soll ich sonst leben? Sie werden es nicht zu bereuen brauchen, denn für Sie kommt dabei ein Orden heraus. Aber vorsichtig muß man sein, sonst drehen sie einem den Hals um!

Euer Exzellenz verzweifelter Mensch
fällt vor Euer Exzellenz auf die Knie
als reuiger Freidenker Inkognito.«

Von Lembke erwähnte noch, daß man den Brief gestern in der Loge des Portiers gefunden habe.

»Was halten Sie davon?« fragte Pjotr Stepanowitsch beinahe grob.

»Ich würde annehmen, daß das ein Schmähbrief ist ... ein anonymer, zum Spott ...«

»Höchstwahrscheinlich wird es auch so sein. Sie kann man wirklich nicht so leicht hinters Licht führen.«

»Und vor allen Dingen deshalb, weil er so dumm ist.«

»Haben Sie hier sonst noch irgendwelche Schmähbriefe bekommen?«

»Ja, zweimal, und beide anonym.«

»Na, versteht sich doch von selbst, daß die sich nicht unterzeichnen werden! – Derselbe Stil? Dieselbe Handschrift?«

»Nein, in anderem Stil und mit anderer Handschrift.«

»Und ebenso blöd wie dieser?«

»Ja, auch närrisch, und wissen Sie ... sehr gemeine Briefe.«

»Na, wenn Sie schon welche bekommen haben, so wird es jetzt wohl derselbe Absender sein.«

»Und vor allen Dingen, weil die Briefe so dumm sind. Diese Leute sind doch gebildet und würden schon so dumm nicht schreiben.«

»Natürlich, versteht sich.«

»Aber wie, wenn nun wirklich jemand etwas anzeigen will?«

»Das ist sehr unwahrscheinlich«, schnitt Pjotr Stepanowitsch trocken ab. »Was soll denn das Telegramm aus der Dritten Abteilung bedeuten? und die Pension? Es ist ja sonnenklar, daß es eine Anulkung ist!«

»Ja ... natürlich«, von Lembke war ein wenig beschämt.

»Wissen Sie was! Überlassen Sie den Brief mir. Ich werde Ihnen sofort den Verfasser herausfinden. Früher noch als die anderen.«

»Nehmen Sie ihn«, sagte von Lembke, doch erst nach einigem Schwanken.

»Haben Sie ihn schon jemandem gezeigt?«

»Nein, bewahre! Niemandem!«

»Auch nicht Julia Michailowna?«

»Da sei Gott vor! und ums Himmels willen, zeigen Sie ihn ihr auch nicht!« rief von Lembke erschrocken. »Er würde sie so aufregen ... und sie würde sich furchtbar über mich ärgern.«

»Natürlich, verstehe schon! Sie würde sagen, daß Sie selbst daran schuld sind, wenn man Ihnen so was zu schreiben wagt. Man kennt doch Weiberlogik. Na, aber jetzt leben Sie wohl. Vielleicht kann ich Ihnen schon in drei Tagen den Verfasser nennen. Aber vergessen Sie nur unsere Abmachung nicht!«

IV

Pjotr Stepanowitsch war vielleicht gar kein dummer Mensch, aber Fedjka, der Zuchthäusler, hatte ihn richtig charakterisiert mit der Bemerkung, er mache sich von einem Menschen eine bestimmte Vorstellung und glaube dann, der andere sei wirklich so, wie er ihn sich denke.

Pjotr Stepanowitsch verließ Herrn von Lembke in der festen Überzeugung, daß er ihn für wenigstens sechs Tage beruhigt habe, und diese Frist brauchte er allermindestens. Seine Berechnung war aber falsch, und zwar, weil er sich Herrn von Lembke von allem Anfang an und gleich für immer als vollkommen beschränkten Menschen vorgestellt hatte.

Herr von Lembke war, wie jeder qualvoll argwöhnische Mensch, wenn er von einem Zustand der Unsicherheit erlöst wurde, im ersten Augenblick stets von größter und freudigster Vertrauensseligkeit. Die neue Wendung der Dinge erschien ihm nun zunächst in ziemlich erfreulichem Licht, trotz der etlichen neu eingetretenen Verwicklungen, die Achtsamkeit erheischten. Wenigstens waren seine alten Zweifel jetzt abgetan. Überdies hatten ihn die letzten Tage so müde gemacht, er fühlte sich so gequält und so hilflos, daß seine Seele sich unwillkürlich nach Ruhe sehnte. Leider kam gerade jetzt diese Unruhe wieder über ihn. Das lange Leben in Petersburg hatte in seiner Seele unverwischbare Spuren hinterlassen. Die offizielle und sogar die geheime Geschichte der „neuen Generation“ war ihm ziemlich bekannt – er war doch ein wißbegieriger Mensch und hatte Proklamationen gesammelt –, aber begriffen hatte er noch nie ein Wort von dieser ganzen Geschichte. Jetzt stand er da wie in einem Walde verirrt: mit allen Instinkten spürte er, daß in Pjotr Stepanowitschs Worten etwas schier Unmögliches enthalten war, irgend etwas außerhalb aller Formen und Konventionen — »wenn auch übrigens der Teufel wissen mag, was in dieser ‚neuen Generation' alles möglich ist und überhaupt ... wie sie das alles machen!« dachte er bei sich und verlor sich in Erwägungen.

Da steckte zum Unglück wieder Blümer seinen Kopf zur Tür herein. Die ganze Zeit während der Anwesenheit Pjotr Stepanowitschs hatte er in der Nähe gewartet. Dieser Blümer war mit Herrn von Lembke sogar verwandt, wenn auch allerdings nur weitläufig, doch diese Verwandtschaft wurde sorgfältig und ängstlich geheimgehalten. Ich bitte den Leser um Entschuldigung, daß ich hier über diese unbedeutende Persönlichkeit wenigstens ein paar Worte einfüge. Blümer gehörte als Mensch zu der sonderbaren Abart der »unglücklichen« oder erfolglosen Deutschen — jedoch nicht infolge seiner tatsächlich großen Talentlosigkeit, sondern einfach Gott weiß weshalb. Diese erfolglosen Deutschen sind keine Mythe, sondern sind wirklich vorhanden, sogar in Rußland, und haben ihren besonderen Typ. Herr von Lembke hatte für diesen Blümer von jeher ein geradezu rührendes Mitgefühl und verschaffte ihm, wo er nur konnte und natürlich im Verhältnis zu seinen eigenen Fortschritten, immer bessere Stellen in seinem Ressort; doch Blümer hatte nirgends Glück. Bald wurde die von ihm bekleidete Stelle abgeschafft, bald bekam er einen neuen Vorgesetzten, und einmal hätte man ihn beinahe mit anderen zusammen vors Gericht gebracht. Er war gewissenhaft, jedoch leider irgendwie so, daß es schon übertrieben war, zwecklos gewissenhaft, und außerdem ewig mürrisch, was ihm überall schadete; dazu rothaarig, groß, ein wenig krumm, wehmütig, sogar gefühlvoll, und bei all seiner Unterwürfigkeit doch eigensinnig und halsstarrig wie ein Stier, freilich immer am unrechten Ort und zur unrechten Zeit. An Lembke hing er nebst seiner Frau und seinen zahllosen Kindern mit einer langjährigen und ehrfürchtigen, treuen und ergebenen Anhänglichkeit. Außer Lembke gab es keinen Menschen, der ihn je auch nur gemocht hatte. Julia Michailowna hatte ihn sofort mit aller Entschiedenheit abgelehnt, doch verabschieden konnte sie ihn nicht, weil der Widerstand ihres Mannes in diesem Punkt nicht zu brechen war. Ja, dieser Blümer war die Ursache ihres ersten ehelichen Streites gewesen, und zwar gleich in den ersten süßen Tagen nach der Hochzeit, als sie plötzlich das kränkende Geheimnis dieser neuen Verwandtschaft erfahren hatte. Es half auch nichts, daß ihr Gatte flehend, mit gefalteten Händen, auf sie einredete und ihr gefühlvoll Blümers ganze Lebensgeschichte erzählte, sowie die Geschichte ihrer Freundschaft von Kindheit an: Julia Michailowna hielt sich für unwiderruflich blamiert und versuchte sogar mit Ohnmachtsanfällen, ihren Willen durchzusetzen. Doch von Lembke wich trotzdem nicht einen Schritt von seinem Standpunkt und erklärte nur, daß er seinen Blümer um keinen Preis von sich entfernen werde, so daß sie sich schließlich ehrlich über ihn wunderte und sich gezwungen sah, diesen Blümer zu dulden. Es wurde nur beschlossen, die Verwandtschaft mit ihm noch sorgfältiger als bisher geheimzuhalten, wenn das überhaupt möglich war, und sogar seinen Ruf- und Vatersnamen durch andere zu ersetzen, denn auch Blümer hieß sonderbarerweise Andrei Antonowitsch. Hier bei uns verkehrte Blümer mit keinem Menschen, außer mit einem deutschen Apotheker, hatte auch bei niemandem Besuch gemacht und, seiner Gewohnheit getreu, zurückgezogen und sparsam gelebt. Ihm waren auch die literarischen Sünden von Lembkes bekannt, denn er war es, der den Zuhörer abgeben mußte, wenn von Lembke seinen Roman vorlesen wollte, was er natürlich nur mit aller Vorsicht und bei verschlossenen Türen tat: dann saß Blümer an die sechs Stunden wie ein Pfosten da, schwitzte und strengte sich krampfkaft an, nicht einzuschlafen, sondern wach zu bleiben und zu lächeln. Kam er dann nach Hause, so seufzte er zusammen mit seiner langbeinigen und hageren

Frau über die unselige Vorliebe ihres Wohltäters für die russische Literatur.

Andrei Antonowitsch litt geradezu, als er den eintretenden Blümer erblickte.

»Ich bitte dich, Blümer, laß mich jetzt in Ruhe«, begann er erregt und schnell, sichtlich bemüht, eine Fortsetzung des Gespräches, das Pjotr Stepanowitsch unterbrochen hatte, zu vermeiden.

»Man kann das ja auf die schonendste Weise machen. Sie haben doch die Vollmacht«, bestand Blümer ehrerbietig, aber hartnäckig auf dem Seinen, und näherte sich schrittweite und mit krummem Rücken immer mehr dem Schreibtisch.

»Blümer, du bist mir wirklich in einem Grade zugetan und in deinem Amt so diensteifrig, daß mir schon angst und bange wird, wenn ich dich nur erblicke!«

»Sie machen immer scharfsinnige Bemerkungen, aber dann lassen Sie sich von dem Vergnügen an dem Gesagten ruhig einschläfern. Damit schaden Sie sich selbst.«

»Blümer, ich habe mich soeben überzeugt, daß diese Sache sich ganz anders verhält, ganz anders!«

»Doch nicht aus den Worten dieses falschen, lasterhaften jungen Menschen, den Sie selbst verdächtigen? Er hat Sie glücklich mit falschem Lob Ihres schriftstellerischen Talents geblendet.«

»Blümer, du ahnst ja nichts! Dein Projekt ist eine Absurdität, sage ich dir. Wir werden nichts finden, es wird sich nur ein gewaltiges Geschrei erheben und dann Gelächter und dann Julia Michailowna ...«

»Wir werden bestimmt alles finden, was wir suchen«, Blümer schritt fest auf ihn zu, die rechte Hand aufs Herz gepreßt. »Wir können die Durchsuchung seiner Wohnung ganz früh am Morgen vornehmen, und ganz plötzlich, ohne alle Vorbereitungen, mit aller Schonung seiner Person, und dabei streng nach der Vorschrift des Gesetzes. Die jungen Leute, Lämschin und Telätnikoff, versichern felsenfest, daß wir bei ihm alles Gewünschte finden werden. Die beiden haben ihn früher oft besucht. Für Herrn Werchowénskij ist hier niemand sehr zu haben, und die Generalin Stawrogina hat ihm formell ihre Wohltaten für die Zukunft gekündigt, und jeder ehrliche Mensch, wenn es solch einen in dieser rohen Stadt überhaupt gibt, ist überzeugt, daß dort immer die Quelle des Unglaubens und der sozialen Lehren gewesen ist. Er besitzt alle verbotenen Bücher, sämtliche Werke von Herzen, Ryléjeffs „Dumy"[56] ... Ich habe mir schon auf alle Fälle ein Verzeichnis seiner Bücher ...«

»Gott, diese Bücher hat heute doch schon ein jeder! Wie naiv du bist, mein armer Blümer!«

»Und eine Menge Proklamationen«, fuhr Blümer fort, ohne die Bemerkung zu beachten. »Wir werden auf diese Weise bestimmt auf die Spur der neuen Proklamationen kommen. Dieser junge Werchowenskij kommt mir ungemein, ungemein verdächtig vor.«

»Aber du verwechselst ja den Vater mit dem Sohn! Sie vertragen sich durchaus nicht. Der Sohn macht sich ganz ungeniert lustig über den Vater!«

»Das ist doch nur Verstellung, nur Maske!«

»Blümer, du hast dir wohl geschworen, mich zu Tode zu quälen! Denk doch ein bißchen nach! Er ist doch hier in der Stadt immerhin eine geachtete Persönlichkeit. Er war Professor, er ist überall bekannt, und wenn er zu schreien anfängt, wird es gleich alle Welt wissen, und dann beginnt das Witzeln über uns, und dann gelingt uns nichts mehr ... und bedenke doch nur, was wird Julia Michailowna sagen ...«

Blümer kam immer näher und hörte auf keinen Einwand.

»Er war nur Dozent und weiter nichts, nur Dozent, und ist dem Titel nach nur Kollegienassessor außer Dienst.« Blümer schlug sich mit der Hand gegen die Brust. »Keinen einzigen Orden hat er, und zum Staatsdienst ist er überhaupt nicht herangekommen, weil man seine Absichten gegen die Regierung kannte. Er stand im geheimen unter polizeilicher Aufsicht und steht wohl zweifellos auch jetzt noch darunter. In Anbetracht der beginnenden Unordnungen sind Sie geradezu verpflichtet zu tun, was ich Ihnen riet. Sie aber lassen eine Möglichkeit, sich auszuzeichnen, wieder vorübergehen! Sehen dem Hauptschuldigen einfach durch die Finger!«

»Julia Michailowna! Sch–scher dich zum ...«, rief plötzlich von Lembke, der die Stimme seiner Frau im Nebenzimmer gehört hatte.

Blümer zuckte zusammen, ergab sich aber nicht.

»So erlauben Sie doch, erlauben Sie doch«, er trat immer näher und preßte jetzt schon beide Hände an die Brust.

»Sch–scher dich, pack dich!« knirschte Andrei Antonowitsch. »Mach, was du willst ... Nachher! ... O Gott!«

Die Portiere wurde zur Seite geschlagen, und Julia Michailowna erschien. Als sie Blümer erblickte, blieb sie stehen und musterte ihn hochmütig und beleidigend vom Kopf bis zu den Füßen, als wäre schon seine bloße Anwesenheit kränkend für sie. Blümer machte stumm eine tiefe, ehrerbietige Verbeugung vor ihr und ging dann, noch krumm vor Ehrerbietung, auf den Fußspitzen zur Tür.

War es nun, daß er die letzten Worte von Lembkes für die Erlaubnis nahm, so zu handeln, wie er wollte, oder tat er es von sich aus unrechterweise, jedoch in der festen Überzeugung, seinem Wohltäter zu einem Orden zu verhelfen – das mag dahingestellt bleiben. Jedenfalls erwuchs, wie wir weiterhin sehen werden, aus diesem Gespräch des Vorgesetzten mit seinem Untergebenen etwas ganz Unvorhergesehenes, das viele zum Lachen reizte, als es bekannt wurde, aber Julia Michailownas hellen Zorn erregte. Von Lembke dagegen wurde dadurch in der bedrohlichsten Zeit in die bedauernswerteste Unentschlossenheit versetzt.

V

Für Pjotr Stepanowitsch war es ein mühevoller Tag. Nachdem er von Lembke verlassen hatte, begab er sich schnell zur Bogojáwlenskaja Straße, doch als er unterwegs in der Býkoff Straße an dem Hause vorüberkam, in dem Karmasínoff wohnte, blieb er plötzlich stehen, lächelte und trat ins Haus. Man öffnete ihm mit einem: »Der Herr werden schon erwartet ...«, was Pjotr Stepanowitsch sehr bemerkenswert erschien, denn er hatte durchaus nicht gesagt, daß er kommen werde.

Der große Schriftsteller erwartete ihn in der Tat, und sogar schon seit drei Tagen, denn vor vier Tagen hatte er ihm das Manuskript seines „Merci" (seinen Abschiedsgruß ans Publikum, den er auf der Literarischen Matinee zum Besten armer Gouvernanten vorzulesen gedachte) eingehändigt. Er hatte es aus Liebenswürdigkeit getan, in der Überzeugung, dem jungen Manne außerordentlich zu schmeicheln, wenn er ihm das bedeutsame Werk schon vorher zeigte. Pjotr Stepanowitsch hatte schon längst begriffen, daß dieser eitle, verwöhnte und für Nichterwählte so beleidigend unnahbare Herr, dieser »staatsmännische Kopf« einfach seine Gunst suchte, und dies sogar mit großer Beflissenheit. Ich glaube, der junge Mann hatte es schließlich erraten, daß Karmasínoff ihn, wenn auch vielleicht nicht für den erklärten Führer alles dessen hielt, was in ganz Rußland heimlich revolutionär war, so doch wenigstens für einen, der in alle Geheimnisse der russischen Revolution eingeweiht war und zweifellos großen Einfluß auf die Jugend besaß. Die Gedanken dieses »klügsten Menschen in Rußland« interessierten Pjotr Stepanowitsch, doch bisher hatte er aus gewissen Gründen eine Aussprache vermieden.

Der große Schriftsteller wohnte im Hause seiner Schwester, der Frau eines Kammerherrn und Gutsbesitzers, die, ebenso wie ihr Mann, den berühmten Verwandten geradezu vergötterte. Leider traf es sich so, daß sie bei seinem jetzigen Besuch zu ihrem großen Bedauern gerade in Moskau weilten, so daß denn eine alte Dame, eine arme Verwandte des Kammerherrn, die schon lange im Hause wohnte und die Wirtschaft überwachte, die Ehre hatte, Karmasinoff zu empfangen und aufzunehmen. Seit seiner Ankunft gingen alle im Hause auf den Fußspitzen. Die alte Dame berichtete fast täglich nach Moskau, wie Karmasinoff geschlafen und was er gegessen hatte, und einmal, als er nach einem Diner beim Stadthaupt einen Löffel voll einer gewissen Medizin hatte einnehmen müssen, wurde von ihr hierüber sogar telegraphisch Bericht erstattet. Sie wagte auch nur selten, das Zimmer zu betreten, in dem er sich gerade aufhielt, obschon er sich ihr gegenüber höflich verhielt, allerdings ein wenig trocken, und mit ihr nur das unbedingt Notwendige sprach. Als Pjotr Stepanowitsch bei ihm eintrat, traf er ihn gerade bei seinem Vormittagsfrühstück an, das aus einem Kotelett und einem halben Glase Rotwein bestand. Pjotr Stepanowitsch war auch früher schon mehrmals bei ihm gewesen und immer hatte er ihn bei diesem Zwölfuhrfrühstück angetroffen, das er in seiner Gegenwart ruhig beendete, ohne ihm je etwas anzubieten. Nach dem üblichen Kotelett wurde noch ein Täßchen Kaffee serviert. Der Diener der abwesenden Herrschaft war in Frack und weißen Handschuhen und trug weiche unhörbare Stiefel.

»A–ah!« rief Karmasinoff aus und erhob sich vom Sofa, während er sich den Mund mit der Serviette betupfte, und tat mit dem Ausdruck reinster Freude, als wolle er Pjotr Stepanowitsch auf die Wange küssen – die charakteristische Angewohnheit der Russen, wenn sie schon gar zu berühmt sind.

Pjotr Stepanowitsch wußte aber bereits von früher, daß Karmasinoff bei diesem bei ihm üblichen Kuß nur die Wange hinzuhalten pflegte, also machte er es diesmal ebenso: und so legten sich denn beide Wangen flach aneinander. Karmasinoff tat, als hätte er nichts bemerkt, setzte sich wieder auf sein Sofa und lud seinen Gast ein, ihm gegenüber auf einem Lehnstuhl Platz zu nehmen, was dieser auch sofort mit seiner ganzen Nonchalance tat.

»Sie wollen doch nicht ... Wollen Sie nicht mit mir frühstücken?« fragte Karmasinoff ganz gegen seine Gewohnheit, doch selbstverständlich in der Annahme, eine höflich ablehnende Antwort zu erhalten.

Pjotr Stepanowitsch aber wünschte sofort zu frühstücken. Ein Schatten beleidigten Erstaunens glitt über das Gesicht des Hausherrn, doch nur auf einen Augenblick: nervös klingelte er darauf nach dem Diener und erhob, trotz seiner guten Erziehung, launisch die Stimme, als er ein zweites Frühstück bestellte.

»Wollen Sie denn ein Kotelett oder Kaffee?« erkundigte er sich bei seinem Gast.

»Beides, und bestellen Sie auch noch Wein dazu, ich bin unterwegs hungrig geworden«, sagte Pjotr Stepanowitsch seelenruhig und betrachtete eingehend Karmasinoffs Kostüm. Es bestand aus einer Art von Hausjackett oder Jäckchen, jedenfalls war es wattiert, mit Perlmutterknöpfen versehen und sehr kurz, was sich zu seinem runden Bäuchlein und den prall gerundeten Teilen am Anfang seiner Beine wenig gut ausnahm, aber der Geschmack ist ja verschieden. Über seine Knie hatte er bis auf den Fußboden ein kariertes wollenes Plaid gebreitet, obgleich es im Zimmer warm war.

»Krank etwa?« fragte Pjotr Stepanowitsch.

»Nein, nicht krank, aber ich fürchte, krank zu werden – in diesem Klima«, antwortet Karmasinoff mit seiner näselnden Stimme, wobei er übrigens jeden Satz liebevoll skandierend sprach, mit selbstgefällig vornehmem Lispeln. »Ich erwartete Sie schon gestern.«

»Wieso? Ich hatte doch nicht versprochen zu kommen.«

»Aber Sie haben doch mein Manuskript! Sie ... Haben Sie es gelesen?«

»Manuskript? Was für eines?«

Karmasinoff wunderte sich maßlos.

»Aber Sie haben es doch wenigstens mitgebracht?« rief er plötzlich so aufgeregt, daß er sogar im Essen innehielt und mit aufgerissenen Augen sein Gegenüber anstarrte.

»Ach so, Sie sprechen von Ihrem „Bonjour", oder wie hieß es doch ...?«

»„Merci".«

»Na, bleibt sich gleich. Habe es ganz vergessen und noch kein Wort gelesen. Keine Zeit. Wirklich, ich weiß nicht, in den Taschen ist das Ding nicht mehr. Na, es wird sich schon finden ...«

»Nein, verzeihen Sie, ich sende lieber sofort zu Ihnen! Es könnte verlorengehen, man könnte es stehlen!«

»Ach wo! wer braucht denn so was! Warum regen Sie sich denn überhaupt auf? Sie haben doch, wie mir Julia Michailowna sagte, immer mehrere Abschriften, eine im Auslande beim Notar, eine in Petersburg, eine in Moskau, und eine deponieren Sie womöglich noch auf der Bank.«

»Aber Moskau kann doch abbrennen, mitsamt meinem Manuskript! Nein, ich werde doch lieber sofort zu Ihnen senden ...«

»Halt, hier ist es ja!« Pjotr Stepanowitsch zog aus der hinteren Rocktasche das Manuskript hervor. »Ein wenig zerknittert. Denken Sie sich, so wie ich es damals von Ihnen bekam, so hat es die ganze Zeit mit meinem Schnupftuch in der Tasche gesteckt. Hatte es völlig vergessen.«

Karmasinoff griff gierig nach seinem Manuskript, besah es von allen Seiten, zählte die Blätter nach und legte es dann fast ehrfürchtig neben sich auf ein kleines Tischchen, doch so, daß er es ständig im Auge behalten konnte.

»Sie pflegen wohl nicht viel zu lesen?« konnte er sich schließlich nicht enthalten zu fragen.

»Nein, nicht sehr viel.«

»Und von russischer Belletristik – wohl überhaupt nichts?«

»Von russischer Belletristik? Warten Sie mal, ich glaube, ich habe einmal so etwas gelesen ... „Unterwegs" ... oder „Auf dem Wege" ... oder „Am Kreuzweg", oder so ähnlich, hab's vergessen. Es ist lange her. Ich las es vor etwa fünf Jahren. Habe keine Zeit.«

Ein kurzes Schweigen trat ein.

»Als ich herkam, versicherte ich allen, Sie seien ein ungewöhnlich kluger Mensch, und jetzt scheinen ja auch alle von Ihnen entzückt zu sein.«

»Danke«, sagte Pjotr Stepanowitsch ruhig.

Der Diener brachte das Frühstück, und Pjotr Stepanowitsch machte sich mit gutem Appetit an das Kotelett, aß es im Nu auf, stürzte den Wein hinunter und trank den Kaffee.

‚Dieser Flegel', dachte Karmasinoff bei sich, indem er ihn von der Seite betrachtete und dabei noch den letzten Bissen von seinem eigenen Teller aß und das letzte Schlückchen trank, ‚dieser Flegel hat gewiß sofort die Stichelei in meinen Worten begriffen ... und das Manuskript wird er bestimmt mit Spannung gelesen haben, also lügt er jetzt, um sich den Anschein zu geben, als ob ... Oder sollte er doch nicht lügen, sondern einfach aufrichtig dumm sein? Ich habe es eigentlich gern, wenn ein genialer Mensch ein wenig dumm ist. Aber ist er für jene Leute nicht gar so etwas wie ein Genie? ... Übrigens hol' ihn der Teufel!'

Er erhob sich vom Sofa und begann, aus einer Ecke des Zimmers in die andere zu gehen, um sich Bewegung zu machen, was er nach dem Frühstück stets zu tun pflegte.

»Reisen Sie bald zurück?« fragte Pjotr Stepanowitsch aus dem Lehnstuhl und rauchte eine Zigarette an.

»Ich bin eigentlich hergekommen, um mein Gut zu verkaufen, und hänge nun von meinem Verwalter ab.«

»Na, eigentlich sind Sie doch hergekommen, weil Sie dort den Ausbruch von Epidemien nach dem Kriege befürchteten?«

»N–nein, nicht eigentlich deshalb«, sagte Karmasinoff, die Worte großmütig skandierend, und fuhr fort, durch das Zimmer zu spazieren, wobei er bei jeder Umkehr in der Ecke munter mit dem rechten Beinchen ausschritt, fast wie ein wenig anhopsend. »Ich beabsichtige in der Tat, so lange wie nur möglich zu leben«, sagte er mit einem Lächeln, das nicht ganz ohne Bosheit war. »Im russischen Herrenstand ist etwas, das den Menschen schnell abnutzt, in jeder Beziehung. Ich aber möchte mich so spät wie möglich abnutzen und werde deshalb auch in Bälde endgültig ins Ausland übersiedeln. Dort ist auch das Klima besser, und das ganze Gebäude ist aus Stein, und alles steht fester. Für meine Lebenszeit wird Europa wohl noch vorhalten, denke ich. Was meinen Sie?«

»Wie soll ich das wissen!«

»Hm ... Wenn dort wirklich einmal Babylon kracht, und sein Fall wird groß sein – darin stimme ich vollkommen mit Ihnen überein, obgleich ich denke, daß es für meine Lebenszeit noch vorhalten wird –, so ist doch bei uns in Rußland überhaupt nichts vorhanden, das zusammenstürzen könnte, vergleichsweise gesprochen. Bei uns werden keine Steine fallen, sondern alles wird sich in Schlamm auflösen. Das heilige Rußland kann am wenigsten von allem in der Welt irgendeinen Widerstand leisten. Das einfache Volk hält zur Not noch irgendwie mit dem russischen Gott stand; aber selbst der russische Gott hat sich ja nach den letzten Erfahrungen als äußerst unzuverlässig erwiesen. Sogar gegen die Bauernreform hat er kaum standzuhalten vermocht; jedenfalls hat er arg gewackelt. Und dazu kommen jetzt noch die Eisenbahnen, und dann ... Nein, an den russischen Gott glaube ich schon gar nicht.«

»Aber an den europäischen?«

»Ich glaube an keinen einzigen. Man hat mich bei der russischen Jugend verleumdet. Ich habe stets jede ihrer Handlungen nachfühlen können. Man hat mir hier auch diese Proklamationen gezeigt. Man steht diesen Flugblättern allgemein verständnislos gegenüber, denn die Form schreckt ab; doch von ihrer Macht sind alle überzeugt, wenn sie sich auch selbst noch nicht dessen bewußt sind. Hier fällt alles schon längst, und alle wissen auch schon lange, daß nichts da ist, wonach man greifen oder woran man sich festhalten könnte. Ich bin schon deswegen vom Erfolg dieser geheimnisvollen Propaganda überzeugt, weil Rußland jetzt auf der ganzen Welt im wahrsten Sinne des Wortes derjenige Ort ist, wo alles geschehen könnte, ohne den geringsten Widerstand zu finden. Ich verstehe nur zu gut, warum wohlhabende Russen jetzt alle ins Ausland strömen und warum sie das von Jahr zu Jahr in größerem Umfang tun. Das geschieht einfach instinktiv. Wenn das Schiff sinkt, sind die Ratten die ersten, die es verlassen. Das heilige Rußland ist ein hölzernes Land, ein bettelarmes und ... gefährliches Land, ein Land eitler Habenichtse in seinen höchsten Schichten, das in seiner überwältigenden Mehrzahl aber in Hütten auf Hühnerbeinen hockt. Dieses Land wird froh sein über jede Möglichkeit einer Rettung aus dieser Lage, man brauchte sie ihm nur klarzumachen. Nur die Regierung will noch Widerstand leisten, aber sie fuchtelt ja mit ihrer Keule im Dunkeln umher und trifft ihre eigenen Leute. Hier ist alles schon verurteilt und dem Untergang geweiht. Rußland hat so, wie es jetzt ist, keine Zukunft. Ich bin Deutscher geworden und rechne mir das zur Ehre an.«

»Nein, sagen Sie mir lieber, Sie kamen doch auf die Proklamationen zu sprechen ... reden Sie doch weiter; was halten Sie von ihnen?«

»Sie werden von allen gefürchtet, folglich sind sie eine Macht. Sie decken den Betrug offen auf und bezeugen, daß man sich bei uns an nichts festhalten und sich auf nichts stützen kann. Sie reden laut, wo alle schweigen. Und wodurch sie am meisten wirken (trotz der Unzulänglichkeit ihrer Form), das ist diese bisher unerhörte Kühnheit, der Wahrheit geradeaus ins Gesicht zu sehen. Diese Fähigkeit, der Wahrheit gerade ins Gesicht zu sehen, ist einzig und allein dem russischen Stamm eigen. Nein, in Europa ist man noch nicht so mutig: dort ist ein steinernes Reich, dort gibt es noch etwas, worauf man sich stützen kann. Soviel ich sehe, und soviel ich zu beurteilen vermag, besteht der ganze Kern der russischen revolutionären Idee in der Verneinung der Ehre. Es gefällt mir, daß das so dreist und furchtlos ausgesprochen wird. Nein, in Europa hat man dafür noch kein Verständnis, bei uns aber wird man sich gerade darauf stürzen. Für den russischen

Menschen ist Ehre nur eine überflüssige Last. Und das ist sie für ihn auch immer gewesen, in seiner ganzen Geschichte. Mit dem offen verkündeten „Recht auf Ehrlosigkeit" wird man ihn am ehesten mitreißen können. Ich gehöre ja noch zur alten Generation und, ich muß gestehen, ich bin noch für die Ehre, aber doch nur aus Gewohnheit. Mir gefallen bloß die alten Formen, wenn auch vielleicht aus Kleinmut – aber man muß doch irgendwie sein Zeitalter zu Ende leben.«

Er brach plötzlich ab.

‚Da rede ich und rede', dachte er bei sich, ‚er aber schweigt und beobachtet mich. Er ist nur gekommen, damit ich ganz offen die Frage an ihn stelle. Gut, er kann sie haben!'

»Julia Michailowna hat mich gebeten«, sagte plötzlich Pjotr Stepanowitsch, »irgendwie auf schlaue Weise herauszubekommen, was das für eine Überraschung ist, die Sie für übermorgen, zum Ball, vorbereiten?«

»Ja, das wird wirklich eine Überraschung sein; ich werde in der Tat in Erstaunen setzen«, sagte Karmasinoff wichtig, »aber ich werde Ihnen das Geheimnis nicht verraten.«

Pjotr Stepanowitsch bestand nicht weiter darauf.

»Hier soll ein gewisser Schatoff leben«, erkundigte sich plötzlich der große Schriftsteller, »und denken Sie sich, ich habe ihn noch nie zu sehen bekommen.«

»Ein tadelloser Mensch. Warum fragen Sie?«

»Nur so, er soll über gewisse Dinge besonderer Ansicht sein. Das ist doch derselbe, der Stawrogin ins Gesicht geschlagen hat?«

»Ja.«

»Und Stawrogin – wie denken Sie über den?«

»Ich weiß nicht; irgend so ein Schürzenjäger.«

Karmasinoff haßte Stawrogin, weil dieser die Gewohnheit hatte, ihn überhaupt nicht zu beachten.

»Diesen Schürzenjäger wird man wohl – wenn sich jemals das verwirklicht, was die Proklamationen ankünden – wahrscheinlich als ersten an einen Ast knüpfen«, meinte Karmasinoff kichernd.

»Vielleicht auch schon früher«, sagte plötzlich Pjotr Stepanowitsch.

»So gehört es sich auch«, stimmte ihm Karmasinoff bei, aber jetzt schon nicht mehr lachend, sondern fast übertrieben ernst.

»Das haben Sie schon einmal gesagt, und wissen Sie, ich habe es ihm wiedererzählt.«

»Wie, haben Sie das wirklich getan?« fragte Karmasinoff, nun wieder lachend.

»Ja. Und er sagte darauf, wenn man ihn an einen Ast knüpfen solle, so würde es für Sie genügen, wenn man Sie einmal ordentlich verdrösche, aber nicht etwa bloß, um Ihr Ehrgefühl zu beleidigen, sondern physisch schmerzhaft, wie man etwa einen Bauernkerl zu verdreschen pflegt.«

Pjotr Stepanowitsch nahm seinen Hut und erhob sich. Karmasinoff streckte ihm zum Abschied beide Hände entgegen.

»Aber wie«, fragte er plötzlich mit seinem sonst kreischenden, doch jetzt honigsüßen Stimmchen und in einem ganz besonderen Tonfall, während er ihn immer noch an beiden Händen hielt, ». . . wie, wenn nun einmal alledem bestimmt ist, verwirklicht zu werden . . . alledem, was man beabsichtigt, so . . . wann könnte denn das wohl geschehen?«

»Wie soll ich denn das wissen?« fragte Pjotr Stepanowitsch einigermaßen grob.

Sie sahen sich gegenseitig aufmerksam in die Augen.

»Ungefähr? Annähernd?« flötete Karmasinoff noch süßer.

»Ihr Gut zu verkaufen, werden Sie noch Zeit haben, und sich selbst zu retten, werden Sie auch noch Zeit haben«, brummte Pjotr Stepanowitsch noch barscher.

Sie sahen sich unverwandt, sahen sich noch aufmerksamer an.

Eine Minute lang herrschte Schweigen.

Plötzlich sagte Pjotr Stepanowitsch:

»Anfang Mai nächsten Jahres wird es beginnen, und zu Mariä Schutz und Fürbitte im Oktober wird es beendet sein.«

»Ich danke Ihnen aufrichtig!« sagte mit von Dankbarkeit durchdrungener Stimme Karmasinoff und drückte ihm beide Hände.

‚Wirst noch Zeit haben, Ratte, das Schiff zu verlassen!' dachte Pjotr Stepanowitsch, als er auf die Straße hinaus trat. ‚Aber wenn sogar dieser ‚geradezu staatsmännische Kopf' sich so überzeugt schon nach Tag und Stunde erkundigt und so ehrerbietig für die erhaltene Auskunft dankt, dann dürfen wir doch wahrlich nicht mehr an uns zweifeln.' (Er lächelte seltsam.) ‚Hm ... Aber er ist doch unter ihnen wirklich nicht dumm und ... aber alles in allem doch nur eine auswandernde Ratte; eine solche wird nicht denunzieren.' –

Er eilte in die Bogojawlenskaja-Straße zum Filipoffschen Hause.

VI

Pjotr Stepanowitsch ging zuerst zu Kirilloff. Der war wie gewöhnlich allein zu Hause und turnte gerade, d. h. er drehte, breitbeinig mitten im Zimmer stehend, die Arme nach einer besonderen Methode durch die Luft. Auf dem Fußboden lag ein Ball; vom Tisch war der Morgentee noch nicht abgeräumt. Pjotr Stepanowitsch blieb eine ganze Weile auf der Türschwelle stehen.

»Sie sorgen aber einstweilen nicht wenig für Ihre Gesundheit«, sagte er laut und lustig, ins Zimmer eintretend. »Was für ein famoser Ball! Ei der Teufel, wie der springt! Auch zur Gymnastik?«

Kirilloff, der in Hemdsärmeln war, zog den Rock an.

»Ja, auch zur Gesundheit«, sagte er trocken. »Setzen Sie sich.«

»Ich bin nur auf einen Augenblick gekommen. Aber, na, setzen kann ich mich schon. Doch Gesundheit hin, Gesundheit her – ich wollte nur an die Abmachung erinnern. Unsere Frist nähert sich in gewissem Sinne ihrem Ende«, schloß er mit einer ungeschickten Ausrede.

»Was für eine Abmachung?«

»Wieso, was für eine Abmachung?« rief Pjotr Stepanowitsch aufhorchend, fast erschrocken.

»Das ist keine Abmachung und keine Pflicht, ich habe mich mit nichts gebunden, Sie irren sich.«

»Hören Sie, aber das geht doch nicht so!« Pjotr Stepanowitsch sprang sogar vom Stuhl auf.

»Mein eigener Wille.«

»Wie, was?«

»Derselbe Wille.«

»Das heißt, wie ist denn das zu verstehen?! Bedeutet das, daß Sie noch denselben Willen haben?«

»Ja, das bedeutet das. Nur eine Abmachung war nicht dabei und ist nie gewesen, und ich habe mich mit nichts gebunden. Es war nur mein Wille und ist auch jetzt nur mein Wille.«

Kirilloff sprach schroff und widerwillig.

»Na, schön, dann meinetwegen bloß Ihr Wille, wenn dieser Wille sich nur nicht ändert!« Pjotr Stepanowitsch setzte sich wieder, augenscheinlich befriedigt. »Sie ärgern sich über Worte. In der letzten Zeit sind Sie ganz besonders reizbar geworden. Darum habe ich es auch vermieden, Sie zu besuchen. War übrigens immer überzeugt, daß Sie nicht treulos sein würden.«

»Ich mag Sie gar nicht, aber Sie können ganz überzeugt sein! Wenn ich auch Treue, Untreue nicht anerkenne.«

»Aber wissen Sie, einstweilen ...« Pjotr Stepanowitsch regte sich doch wieder auf, »man muß doch vernünftig darüber reden, damit keine Mißverständnisse entstehen. Die ganze Sache verlangt eben Bestimmtheit. Sie aber haben mich wirklich stutzig gemacht. Darf ich sprechen?«

»Sprechen Sie«, sagte Kirilloff, blickte ihn aber nicht an, sondern sah in die Ecke.

»Sie hatten schon längst beschlossen, sich das Leben zu

nehmen ... das heißt, Sie hatten so eine Idee. Habe ich mich richtig ausgedrückt? Habe ich keinen Fehler gemacht?«

»Ich habe auch jetzt dieselbe Idee.«

»Vorzüglich. Vergessen Sie aber nicht, daß niemand Sie dazu gezwungen hat.«

»Das fehlte noch! Wie dumm Sie sprechen!«

»Gut, gut. Ich gebe zu, daß ich mich sehr töricht ausgedrückt habe. Es wäre ja auch zweifellos sehr dumm gewesen, einen Menschen dazu zwingen zu wollen. Ich fahre also fort: Sie waren ein Mitglied des Verbandes – noch zur Zeit seiner alten Organisation – und vertrauten sich damals einem anderen Mitglied dieser Gesellschaft an.«

»Ich habe mich gar nicht anvertraut, ich habe einfach gesagt.«

»Gut. Schon. Wäre ja auch lächerlich, sich einem anderen ‚anzuvertrauen', als ob es eine Beichte wäre! Sie haben also einfach gesagt! – na, wunderschön.«

»Nein, gar nicht wunderschön, denn Sie reden nur drum herum. Ich bin Ihnen gar keine Rechenschaft schuldig, und meine Gedanken können Sie gar nicht verstehen. Ich will mir das Leben nehmen, weil ich solch einen Gedanken habe, weil ich keine Angst vor dem Tode will, weil ... weil Sie davon gar nichts zu wissen brauchen ... Was wollen Sie? Tee trinken? Er ist kalt. Warten Sie, ich werde ihnen ein anderes Glas geben.«

Pjotr Stepanowitsch hatte nach der Teekanne gegriffen und suchte ein leeres Trinkgefäß. Kirilloff stand auf, ging zum Schrank und brachte ihm ein reines Glas.

»Ich habe soeben bei Karmasinoff gefrühstückt«, bemerkte der Gast, »darauf hörte ich zu, wie er redete und da wurde mir heiß; dann lief ich hierher und jetzt habe ich schrecklichen Durst.«

»Trinken Sie. Kalter Tee ist gut.«

Kirilloff setzte sich wieder auf seinen Stuhl und starrte von neuem in die Ecke.

»In der Gesellschaft entstand der Gedanke«, fuhr er in

demselben Ton fort, »daß ich damit nützlich sein könnte, wenn ich mich töte: Wenn Sie hier allerhand angestiftet haben und man die Schuldigen sucht, so erschieße ich mich plötzlich und hinterlasse einen Brief, daß ich allein alles getan habe, so daß man Sie ein Jahr lang nicht verdächtigen wird.«

»Wenn auch nur ein paar Tage lang nicht; auch ein Tag ist schon kostbar!«

»Gut. In diesem Sinne wurde mir gesagt, daß ich, wenn ich will, warten soll. Ich sagte, ich werde warten, bis man mir den Zeitpunkt von der Gesellschaft aus sagt, weil mir doch alles egal ist.«

»Ja, aber erinnern Sie sich, Sie verpflichteten sich noch, diesen letzten Brief vor dem Tode nicht anders als mit mir zusammen abzufassen, und daß Sie, wenn Sie in Rußland angekommen sein würden, zu meiner ... na, mit einem Worte, zu meiner Verfügung stehen, das heißt, versteht sich, nur in dieser einen Beziehung ... In allen anderen sind Sie natürlich vollkommen frei«, fügte Pjotr Stepanowitsch fast liebenswürdig hinzu.

»Ich habe mich nicht verpflichtet, war nur einverstanden, weil es mir egal ist.«

»Vorzüglich, vorzüglich, ich habe nicht die geringste Absicht, Ihre Eigenliebe zu verletzen, aber ...«

»Hier ist gar keine Eigenliebe.«

»Aber erinnern Sie sich, daß für Sie hundertzwanzig Taler zur Reise zusammengebracht wurden, daß Sie somit Geld genommen haben.«

»Aber nein!« fuhr Kirilloff empört auf. »Das Geld hatte damit nichts zu tun. Dafür nimmt man kein Geld.«

»Zuweilen tut man es doch.«

»Sie lügen! Ich habe brieflich aus Petersburg alles erklärt, und in Petersburg habe ich Ihnen hundertundzwanzig Taler zurückgezahlt, Ihnen in die Hand ... und die sind dorthin zurückgesandt, wenn Sie sie nicht bei sich behalten haben.«

»Gut, gut, ich will über nichts streiten, sie sind zurückgesandt. Die Hauptsache ist ja nur, daß Sie noch dieselben Gedanken und Absichten haben wie früher.«

»Dieselben. Wenn Sie kommen und sagen: ‚jetzt‘, werde ich alles erfüllen. Wie – wird es sehr bald sein?«

»In nicht mehr vielen Tagen ... Aber vergessen Sie nicht: den Brief verfassen wir beide zusammen, noch in derselben Nacht.«

»Meinetwegen auch am Tage. Sie sagten, ich muß die Proklamationen auf mich nehmen?«

»Und noch einiges.«

»Ich werde nicht alles auf mich nehmen.«

»Was werden Sie denn nicht auf sich nehmen?« Pjotr Stepanowitsch erschrak wieder.

»Was ich nicht will. Genug jetzt. Ich mag nicht mehr davon sprechen.«

Pjotr Stepanowitsch bezwang sich und änderte das Thema.

»Ich will jetzt von etwas anderem reden«, schickte er voraus, »werden Sie heute abend zu den Unsrigen kommen? Wirginskij feiert seinen Namenstag, und unter diesem Vorwand versammelt man sich.«

»Nein, ich will nicht.«

»Nun, tun Sie uns schon den Gefallen und kommen Sie! Es ist unbedingt nötig. Man muß Eindruck machen mit der Zahl wie mit den Gesichtern ... Sie aber haben so ein ... nun, kurzum, Sie haben ein fatales Gesicht.«

»Finden Sie?« Kirilloff lachte. »Gut, ich komme; aber nicht wegen des Gesichts. Wann?«

»Oh, vielleicht schon etwas früher, so um halb sieben. Und wissen Sie, Sie können hereinkommen, sich setzen und mit keinem einzigen ein Wort sprechen, wie viele da auch sein mögen. Aber hören Sie: vergessen Sie nicht, Papier und Bleistift mitzunehmen.«

»Wozu das?«

»Aber Ihnen ist doch alles egal, und das ist nun einmal meine besondere Bitte. Sie brauchen also nur dazusitzen, mit niemandem zu sprechen, zuzuhören und hin und wieder so etwas wie Notizen zu machen, na, zeichnen Sie meinetwegen.«

»Welch ein Unsinn. Wozu?«

»Aber wenn Ihnen doch alles ganz egal ist? Sie sagen doch selbst immer, daß Ihnen alles egal sei.«

»Nein, wozu?«

»Na, weil ein bestimmtes Mitglied des Bundes, der Revisor, sich in Moskau niedergelassen hat, und ich habe einigen gesagt, daß er vielleicht erscheinen werde. Die werden dann denken, Sie seien dieser Revisor. Und da Sie schon seit drei Wochen hier sind, so wird man sich noch mehr wundern.«

»Albernheiten. Sie haben ja überhaupt keinen Revisor in Moskau ...«

»Na, meinetwegen nicht, hol ihn der Teufel, aber was macht denn Ihnen das aus? Sie sind doch immerhin auch ein Mitglied des Bundes.«

»Sagen Sie ihnen meinetwegen, daß ich der Revisor sei, ich werde dasitzen und schweigen, aber Papier und Bleistift will ich nicht.«

»Ja, warum denn nicht?«

»Weil ich nicht will.«

Pjotr Stepanowitsch ärgerte sich dermaßen, daß er ganz fahl im Gesicht wurde, bezwang sich aber wieder; er stand auf und nahm seinen Hut.

»Und *jener* – ist er bei Ihnen?« fragte er plötzlich halblaut.

»Ja.«

»Das ist gut. Ich werde ihn bald wieder fortschaffen, beunruhigen Sie sich nicht.«

»Ich beunruhige mich ja gar nicht. Er ist nur nachts hier. Die Alte ist im Krankenhaus. Die Schwiegertochter ist gestorben; ich bin zwei Tage allein. Ich habe ihm eine Stelle im Zaun gezeigt, wo sich ein Brett herausnehmen läßt; dort kriecht er durch, und niemand sieht ihn.«

»Ich werde ihn schon bald fortschaffen.«

»Er sagte, er habe viele Stellen, wo er übernachten kann.«

»Das lügt er, man sucht ihn, hier aber ist er noch unauffällig. Lassen Sie sich denn mit ihm in Gespräche ein?«

»Ja, die ganze Nacht. Er schimpft sehr auf Sie. Ich lese ihm in der Nacht aus der Offenbarung Johannis vor. Dazu Tee. Er hört aufmerksam zu; sogar sehr aufmerksam; die ganze Nacht.«

»Zum Teufel, Sie bekehren ihn mir noch zum Christentum!«

»Er ist auch so schon Christ. Seien Sie unbesorgt, er wird schon erstechen. Wen wollen Sie denn umbringen lassen?«

»Nein, ich habe ihn nicht zu dem Zweck ... ich brauche ihn zu etwas anderem ... Aber Schatoff, weiß der etwas von Fedjka?«

»Ich spreche nicht mit Schatoff, ich sehe ihn auch gar nicht.«

»Der ist wohl böse auf Sie, wie?«

»Nein, wir sind nicht böse, wir wenden uns nur ab. Haben zu lange in Amerika nebeneinander gelegen.«

»Ich werde jetzt gleich zu ihm gehen.«

»Wie Sie wollen.«

»Vielleicht komme ich mit Stawrogin auf einen Augenblick auch zu Ihnen, auf dem Rückwege von *dort,* so gegen zehn Uhr.«

»Kommen Sie.«

»Ich muß über Wichtiges mit ihm sprechen ... Wissen Sie was, schenken Sie mir Ihren Ball – wozu brauchen Sie ihn jetzt noch? Ich möchte ihn gleichfalls zur Gymnastik benutzen. Übrigens kann ich ihn ja auch bezahlen, wenn Sie wollen.«

»Nehmen Sie ihn so.«

Pjotr Stepanowitsch steckte den Ball in die hintere Rocktasche.

»Aber gegen Stawrogin werde ich Ihnen nichts geben«, sagte Kirilloff plötzlich leise, während er den Gast hinausließ.

Der sah ihn erstaunt an, sagte aber nichts.

Die letzten Worte Kirilloffs verwirrten Pjotr Stepanowitsch nicht wenig; er begriff sie nur noch nicht ganz, denn jetzt mußte er sich, auf dem Wege zu Schatoff, alle Mühe geben, sein unzufriedenes Gesicht in ein freundliches zu verwandeln. Schatoff war zu Hause und lag, da er sich nicht wohlfühlte, auf dem Bett, war aber angekleidet.

»Das ist aber ein Pech!« rief Pjotr Stepanowitsch von der Tür aus. »Sind Sie ernstlich krank?«

Der liebenswürdige Ausdruck seines Gesichtes verschwand plötzlich: etwas Böses blitzte in seinen Augen auf.

»Durchaus nicht«, rief Schatoff, nervös aufspringend. »Ich bin keineswegs krank, habe nur ein wenig Kopfschmerzen.«

Er war sogar sichtlich befangen, denn das plötzliche Erscheinen gerade dieses Menschen erschreckte ihn.

»Ich komme zu Ihnen in einer Angelegenheit, zu der Kranksein nicht paßt«, begann Pjotr Stepanowitsch schnell und gewissermaßen gebieterisch. »Erlauben Sie, daß ich mich setze«, (er setzte sich auf einen Stuhl) »und Sie, setzen Sie sich nur wieder auf Ihr Bett, wie zuvor. Heute werden sich die Unsrigen bei Wirginskij versammeln, er feiert seinen Namenstag, und das dient als Vorwand. Aber es ist schon alles vorgesehen, damit sich keine anderen Gäste einfinden. Ich werde mit Nikolai Stawrogin hinkommen. Selbstverständlich würde ich Sie jetzt nicht dorthin ziehen, da ich ja Ihre jetzigen Anschauungen kenne ... das heißt, ich meine – um Sie nicht zu reizen, und nicht etwa, weil wir von Ihnen angezeigt zu werden fürchten. Aber leider hat es sich so gemacht, daß Sie hinkommen müssen. Sie werden dort diejenigen treffen, mit denen wir dann endgültig beraten können, wie es für Sie möglich wäre, aus dem Verbande auszuscheiden, und wem Sie das abgeben sollen, was Sie von uns noch besitzen. Wir machen es ganz unauffällig: ich werde Sie in eine Ecke führen, denn es sind dort auch Menschen, die davon nichts zu wissen brauchen. Ich muß gestehen, ich habe Ihretwegen meine Zunge gehörig anstrengen müssen, glaube aber, daß sie jetzt vollkommen einverstanden sind,

Sie freizugeben, versteht sich, unter der Bedingung, daß Sie die Druckmaschine und alle Papiere abliefern. Dann sind Sie frei und können gehen, wohin sie wollen, nach allen vier Himmelsrichtungen.«

Schatoff hörte ihm finster und böse zu. Sein nervöser Schreck von vorhin war vollständig vergangen.

»Ich erkenne diese Pflicht, weiß der Teufel wem dort Rechenschaft zu geben, nicht an«, sagte er schroff. »Niemand kann mich ‚freigeben'.«

»Das ist doch wohl nicht ganz so. Man hat Ihnen vieles anvertraut. Sie hatten nicht das Recht, so abzubrechen. Und schließlich haben Sie sich niemals klar darüber ausgesprochen, so daß die Gesellschaft nicht wußte, wie Sie nun eigentlich zu ihr standen.«

»Als ich herkam, habe ich es Ihnen von hier aus klar und deutlich geschrieben.«

»Nein, nicht klar und deutlich«, bestritt Pjotr Stepanowitsch ruhig. »Ich schickte Ihnen zum Beispiel „Die lichte Gestalt", damit Sie das Gedicht drucken und die Exemplare hier irgendwo bei sich aufbewahren, bis man sie von Ihnen abverlangte. Dazu noch zwei Proklamationen. Sie schickten alles mit einem zweideutigen Brief zurück, der eigentlich nichts sagte.«

»Ich habe mich offen und unzweideutig geweigert, es zu drucken.«

»Nein, nicht unzweideutig. Sie schrieben: ‚Ich kann nicht', aber Sie sagten nicht, warum Sie nicht können. ‚Ich kann nicht', heißt nicht ‚ich will nicht'. Man konnte also denken, daß Sie einfach aus materiellen Gründen nicht können. So hat man es denn auch aufgefaßt: daß Sie immerhin einverstanden seien, in dem Verbande zu bleiben und man Ihnen wieder etwas anvertrauen könne, wodurch man sich gegebenenfalls bloßgestellt sähe. Einige sagen, daß Sie uns offenbar haben betrügen wollen, um zu denunzieren, sobald Sie irgendeine wichtigere Mitteilung erhielten. Ich habe Sie natürlich verteidigt, wie ich nur konnte, und zeigte Ihre briefliche Antwort vor, jene zwei Zeilen, als ein Dokument zu Ihrer Rechtfertigung. Aber ich mußte selbst zugeben, als ich den Brief dann nochmals las, daß er wirklich nicht eindeutig ist und leicht irreführen kann.«

»Sie haben diesen Brief so sorgfältig aufbewahrt?«

»Da ist doch nichts dabei, daß ich ihn aufbewahrt habe. Ich habe ihn auch jetzt noch.«

»Eh, machen Sie doch damit, was Sie wollen, zum Teufel! ...« schrie Schatoff ihn zornig an. »Mögen doch Ihre Dummköpfe meinetwegen glauben, daß ich denunziert habe, was geht das mich an! Ich möchte bloß sehen, was Sie mir anhaben können!«

»Man würde Sie sich notieren und beim ersten Erfolg der Revolution aufknüpfen.«

»Das heißt wohl dann, wenn Ihr die Macht ergriffen und Rußland besiegt haben werdet?«

»Lachen Sie lieber nicht. Ich wiederhole, daß ich Sie verteidigt habe. Aber wie dem auch sei, ich würde Ihnen doch raten, heute hinzukommen. Wozu so viele unnütze Worte aus irgendeinem falschen Stolz? Ist es nicht besser, friedlich auseinanderzugehen? Jedenfalls werden Sie doch das Gestell, die Presse, den Kasten mit den Lettern und die alten Drucksachen zurückgeben müssen, und gerade darüber wollen wir sprechen.«

»Ich werde kommen«, brummte Schatoff endlich, nachdenklich den Kopf gesenkt.

Pjotr Stepanowitsch beobachtete ihn heimlich von seinem Platz aus.

»Wird Stawrogin dort sein?« fragte Schatoff plötzlich und erhob den Kopf.

»Unbedingt.«

»Haha!«

Wieder schwiegen sie. Schatoff lächelte verächtlich und gereizt.

»Und diese Ihre erbärmliche „Lichte Gestalt", die ich hier nicht drucken wollte – ist die jetzt gedruckt?«

»Ja, sie ist gedruckt.«

»Gimnasístoff versichert, Herzen habe sie Ihnen persönlich ins Album geschrieben?«

»Ja, Herzen persönlich.«

Wieder schwiegen sie eine lange Zeit. Endlich stand Schatoff von seinem Bett auf.

»Gehen Sie fort von mir, ich mag nicht mit Ihnen zusammensein.«

»Ich gehe schon«, sagte Pjotr Stepanowitsch, beinahe lustig und erhob sich schnell. »Nur noch ein Wort: Kirilloff scheint jetzt ganz allein im Flügel zu wohnen, ohne Aufwartefrau?«

»Ja, ganz allein. Gehen Sie, ich ertrage es nicht, mit Ihnen in einem Zimmer zu sein.«

,Na, du bist ja jetzt gerade richtig!' dachte Pjotr Stepanowitsch heiter, als er auf der Straße war. ,Wirst ja heute abend gut vorbereitet sein, und gerade so brauche ich dich, besser könnte ich's gar nicht wünschen, gar nicht wünschen! Der russische Gott scheint ja selbst noch nachzuhelfen!'

VII

Es ist anzunehmen, daß ihm an diesem vielgeschäftigen Tage alles gut gelang, denn als er am Abend um Punkt sechs Uhr bei Nikolai Stawrogin erschien, drückte sich auf seinem Gesicht volle Zufriedenheit aus. Man ließ ihn jedoch nicht sofort vor, da Stawrogin gerade Besuch hatte: Mawríkij Nikolájewitsch Drósdoff war bei ihm, in seinem Arbeitszimmer. Diese Nachricht machte Pjotr Stepanowitsch sofort besorgt. Er setzte sich dicht neben die Tür hin, um zu warten, bis der Gast das Zimmer verließ. Die Stimmen der beiden konnte er hören, doch die Worte ließen sich nicht unterscheiden. Der Besuch Drosdoffs dauerte nicht lange; bald vernahm er das Geräusch von fortgeschobenen Stühlen, eine laute, scharfe Stimme, und dann öffnete sich auch schon die Tür und Mawríkij Nikolájewitsch trat mit vollkommen bleichem Gesicht heraus. Er ging schnell an Pjotr Stepanowitsch vorüber, ohne ihn zu bemerken.

Ich kann einen ausführlichen Bericht über dieses äußerst kurze Zusammensein der beiden „Nebenbuhler" hier nicht umgehen – über diesen Besuch, den man unter den vorliegenden Umständen für ganz unmöglich halten müßte, und der doch tatsächlich stattfand.

Dieser Besuch verlief folgendermaßen:

Nikolai Wssewolodowitsch hatte sich nach dem Essen in seinem Arbeitszimmer auf der Chaiselongue ausgestreckt und war halb eingeschlummert, als plötzlich der alte Diener Alexei Jegórowitsch eintrat und den unerwarteten Besuch Mawrikij Nikolajewitsch Drosdoffs anmeldete. Als Stawrogin diesen Namen hörte, sprang er sogar auf vor Überraschung und wollte es zuerst gar nicht glauben. Aber dann zuckte kurz ein Lächeln um seine Lippen – ein Lächeln hochmütigen Triumphes und zu gleicher Zeit wie einer verständnislosen, mißtrauischen Verwunderung. Den eintretenden Mawrikij Nikolajewitsch machte dieses Lächeln, wie es schien, stutzig, wenigstens blieb er plötzlich mitten im Zimmer stehen, als sei er unentschlossen: sollte er weitergehen oder umkehren? Doch Stawrogins Miene hatte sich bereits wieder verändert, und er trat dem Gast sogar entgegen. Mawrikij Nikolajewitsch übersah freilich die entgegengestreckte Hand, zog einen Stuhl heran und setzte sich, ohne ein Wort zu sagen, noch bevor ihn Stawrogin dazu aufgefordert hatte. Dieser setzte sich darauf ihm gegenüber auf das Sofa, und während er seinen Gast aufmerksam betrachtete, schwieg er und wartete.

»Wenn es Ihnen möglich ist, so heiraten Sie Lisawéta Nikolájewna«, sagte plötzlich Mawrikij Nikolajewitsch, und zwar so, daß man, was das Merkwürdigste war, aus der Stimme, der Intonation überhaupt nicht heraushören konnte, was das nun war: eine Bitte, eine Empfehlung, eine Abtretung oder ein Befehl.

Stawrogin fuhr fort zu schweigen. Doch Drosdoff schien bereits alles gesagt zu haben, was er sagen wollte, und sah jetzt, in Erwartung einer Antwort, starr vor sich hin.

»Wenn ich mich nicht irre (was mir jetzt ausgeschlossen erscheint), so ist Lisawéta Nikolájewna schon mit Ihnen verlobt«, sagte Stawrogin endlich.

»Ja, sie hat sich mit mir verlobt«, bestätigte fest und deutlich Mawrikij Nikolajewitsch.

»Sie ... haben sich entzweit ... Verzeihen Sie, Mawrikij Nikolajewitsch ...«

»Nein, sie ‚liebt und achtet' mich, nach ihren eigenen Worten. Und ihre Worte gehen mir über alles.«

»Daran ist selbstredend nicht zu zweifeln.«

»Aber damit Sie es wissen: selbst wenn sie zur Trauung mit mir schon in der Kirche vor dem Altar stünde und Sie sie riefen, so würde sie doch mich und alle verlassen und zu Ihnen gehen.«

»Von der Trauung weg ...?«

»Ja, und selbst nach der Trauung.«

»Täuschen Sie sich da nicht?«

»Nein. Unter ihrem beständigen Haß, dem aufrichtigsten und stärksten Haß, den sie für Sie empfindet, lodert doch jeden Augenblick ihre Liebe hervor und ... ihr Wahnsinn ... die größte, die maßloseste Liebe und – wie gesagt: ihr Wahnsinn! Andererseits aber, aus der Liebe, die sie für mich empfindet, gleichfalls aufrichtig empfindet, bricht immer und immer wieder der Haß, der allergrößte Haß hervor. Ich hätte mir früher alle diese ... Metamorphosen überhaupt nicht vorstellen können.«

»Mich wundert nur, wie Sie so einfach über Lisaweta Nikolajewnas Hand verfügen können? Haben Sie ein Recht dazu? Oder sind Sie von ihr bevollmächtigt?«

Mawrikij Nikolajewitschs Gesicht verfinsterte sich und er senkte auf einen Augenblick den Kopf.

»Das sind doch Ihrerseits nur Worte«, sagte er dann mit einem Mal, »rachsüchtige und triumphierende Worte. Ich bin überzeugt, daß Sie das Nichtausgesprochene sehr wohl verstehen. Und ist denn hier Platz für kleinliche Eitelkeit? Ist das noch zu wenig Genugtuung für Sie? Muß man denn wirklich alles noch weitschweifig erklären, auch noch den Punkt aufs i setzen? Nun gut, dann werde ich auch noch den Punkt aufs i setzen, wenn Sie meine Erniedrigung so wünschen. Ein Recht dazu habe ich nicht; eine Bevollmächtigung ist doch ausgeschlossen; Lisaweta Nikolajewna weiß überhaupt nichts davon, ihr Verlobter aber hat den letzten Verstand verloren und ist fürs Irrenhaus reif und obendrein – obendrein kommt er noch selbst her, um Ihnen das mitzuteilen. Auf der ganzen Welt können nur Sie allein sie wirklich glücklich machen, und nur ich allein kann sie unglücklich machen. Sie wollen sie niemandem abtreten, Sie verfolgen sie, aber, ich weiß nicht warum, Sie heiraten sie nicht. Liegt hier ein Liebeszwist vor, der schon im Ausland stattgefunden hat, und müßte man, um ihn beilegen zu können, etwa – mich ausstreichen, so tun Sie es. Sie ist gar zu unglücklich, und das kann ich nicht ertragen. Meine Worte sind keine Erlaubnis, keine Vorschrift, und darum ist hierbei auch nichts, was Ihr Selbstgefühl verletzen könnte. Wenn Sie meinen Platz am Altar einnehmen wollten, so könnten Sie das ohne jegliche Erlaubnis meinerseits tun, und ich hätte dann natürlich keinen Anlaß, mit diesem Wahnsinn zu Ihnen zu kommen. Um so weniger, als unsere Hochzeit nach meinem jetzigen Schritt sowieso unmöglich geworden ist. Ich kann sie doch nicht zum Altar führen, wenn ich mich wie ein Schuft benommen habe? Das, was ich jetzt hier tue, und daß ich sie an *Sie,* an ihren vielleicht unversöhnlichsten Feind, verrate, das ist meiner Ansicht nach eine solche Gemeinheit ... die ich selbstverständlich nie verwinden werde.«

»Sie werden sich erschießen, wenn man uns traut?«

»Nein, erst viel später. Warum soll ich mit meinem Blut ihr Hochzeitskleid beflecken? Vielleicht werde ich mich auch überhaupt nicht erschießen, weder jetzt noch später.«

»Mit diesem Nachsatz wollen Sie mich wohl beruhigen?«

»*Sie* beruhigen? Was macht es *Ihnen* denn aus, ob ein Tropfen Blut mehr vergossen wird?«

Er erbleichte und seine Augen begannen zu brennen. Sie schwiegen beide eine Zeitlang.

»Verzeihen Sie mir die an Sie gestellten Fragen«, begann Stawrogin von neuem. »Zu einigen hatte ich durchaus kein Recht, doch um so mehr habe ich das Recht, glaube ich, zu einer anderen Frage: Sagen Sie mir, welche Tatsachen Sie veranlassen, auf meine Gefühle zu Lisaweta Nikolajewna in diesem Sinne zu schließen? Ich meine, auf einen solchen Grad dieser Gefühle, daß die Überzeugung von der Richtigkeit Ihrer Schlüsse Ihnen erlauben konnte, zu mir zu kommen ... und einen solchen Vorschlag zu riskieren?«

»Wie?« Mawrikij Nikolajewitsch zuckte sogar ein wenig zusammen. »Haben Sie denn nicht um sie geworben? Werben Sie denn jetzt nicht um sie und wollen Sie es auch gar nicht tun?«

»Über meine Gefühle zu dieser oder jener Frau vermag ich nicht laut zu einem Dritten zu sprechen, zu wem es auch sei, außer einzig und allein zu dieser Frau selbst. Verzeihen Sie, aber so ist nun einmal meine eigentümliche Veranlagung. Doch dafür werde ich Ihnen die ganze Wahrheit sagen: ich bin bereits verheiratet, und so ist es mir schon nicht mehr möglich, zu heiraten oder mich zu ‚bewerben'.«

Mawrikij Nikolajewitsch fuhr förmlich zurück vor Bestürzung und starrte Stawrogin eine Weile unbeweglich ins Gesicht.

»Denken Sie sich ... daran habe ich wirklich nicht gedacht«, murmelte er endlich. »Sie sagten damals, an jenem Vormittag, Sie seien nicht verheiratet ... und so glaubte ich natürlich, Sie wären wirklich unverheiratet ...«

Er erblaßte unheimlich. Plötzlich schlug er aus aller Kraft mit der Faust auf den Tisch.

»Wenn Sie nach einem solchen Geständnis Lisaweta Nikolajewna nicht in Ruhe lassen und sie ins Unglück bringen, so werde ich Sie mit einem Knüppel totschlagen, wie einen Hund am Zaun!«

Damit sprang er auf und verließ das Zimmer. Pjotr Stepanowitsch lief schnell hinein – fand aber den Hausherrn in einer von ihm völlig unerwarteten Gemütsverfassung.

»Ah, da sind Sie!« rief Stawrogin und lachte auf – lachte, wie es schien, nur über die Erscheinung Pjotr Stepanowitschs, der mit so maßlos neugierigem Gesicht hereinschwirrte.

»Haben Sie an der Tür gehorcht? Warten Sie, warum sind Sie jetzt eigentlich gekommen? Habe ich Ihnen nicht irgend etwas versprochen ... Ach, richtig! ich weiß schon: zu den „Unsrigen"! – Gehen wir! Freut mich sehr, Sie hätten sich wirklich nichts Besseres für diesen Augenblick ausdenken können!«

Er holte seinen Hut, und sie verließen sogleich das Haus.

»Sie lachen schon im voraus, weil Sie die „Unsrigen" zu sehen bekommen werden?« fragte Pjotr Stepanowitsch lustig scharwenzelnd, indem er bald versuchte, neben seinem Begleiter auf dem schmalen Ziegeltrottoir zu gehen, bald wiederum auf der Fahrstraße lief und geradezu in den Schmutz des Rinnsteins trat, denn Stawrogin bemerkte es gar nicht, daß er in der Mitte des Fußsteigs ging und folglich den ganzen Platz mit seiner Person einnahm.

»Ich lache durchaus nicht«, antwortete Stawrogin laut und heiter. »Ich bin im Gegenteil überzeugt, daß Sie dort die ernstesten Leute versammelt haben.«

»Die ‚todernsten Dummköpfe', wie Sie sich einmal auszudrücken beliebten.«

»Es gibt nichts Erheiternderes als manch einen todernsten Dummkopf.«

»Ah, Sie denken an Mawrikij Nikolajewitsch! Ich bin überzeugt, daß er zu Ihnen gekommen ist, um seine Braut abzutreten – wie? Dazu habe ich ihn indirekt inspiriert, wie Sie sich denken können. Und wenn er sie nicht abtreten will, dann nehmen wir sie ihm eigenmächtig weg – wie?«

Pjotr Stepanowitsch wußte natürlich, was er wagte, wenn

er sich solche Reden erlaubte; doch lieber wagte er schon alles, als daß er die Ungewißheit noch länger ertrug. Nikolai Wssewolodowitsch aber lachte nur auf.

»Und Sie beabsichtigen immer noch, mir zu helfen?« fragte er.

»Sobald Sie nur rufen. Aber wissen Sie auch, daß es noch einen anderen, sogar viel besseren Weg gibt.«

»Ich kenne Ihren anderen Weg.«

»Aber nein, der ist vorläufig noch ein Geheimnis. Nur vergessen Sie nicht, daß das Geheimnis Geld kostet.«

»Ich weiß auch, wieviel es kostet«, brummte Stawrogin vor sich hin, bezwang sich aber sofort und verstummte.

»Wieviel? Wie? Was sagten Sie?« horchte Pjotr Stepanowitsch auf.

»Ich sagte: der Teufel hole Sie mitsamt Ihrem Geheimnis! Sagen Sie mir lieber, wen alles Sie dorthin beordert haben. Ich weiß, daß wir zur Feier eines Namenstages hingehen, aber wen wird man dort eigentlich antreffen?«

»Oh, alle möglichen Leute! Sogar Kirilloff hat zugesagt.«

»Lauter Mitglieder von Gruppen?«

»Teufel noch eins, Sie beeilen sich aber! Hier hat sich noch nicht einmal eine einzige Gruppe gebildet.«

»Wie haben Sie dann so viele Proklamationen verbreiten können?«

»Dort werden im ganzen nur vier Mitglieder der Gruppe sein. Die übrigen bespionieren sich mittlerweile um die Wette und teilen mir alles mit. Wirklich vielversprechendes Volk! Das ist alles nur Material, das man erst organisieren muß, und dann kann man wieder verschwinden. Aber Sie haben ja selbst das Statut verfaßt. Da brauche ich Ihnen doch nichts mehr zu erklären.«

»Nun, wie geht es? Schwer? Woran hapert es? Was ist mißglückt?«

»Wie es geht? Wie man es sich leichter gar nicht wünschen kann. Warten Sie, ich werde Sie zum Lachen bringen! Also, das erste, das ungeheuer wirkt – das ist die Montur. Es gibt nichts, das eine größere Zugkraft hätte als diese. Ich denke mir absichtlich Titel und Ämter aus: habe da Sekretäre, geheime Kundschafter, Kassierer, Vorsitzende, Registratoren, deren Gehilfen und so weiter – das gefällt ungemein und wirkt vorzüglich. Darauf folgt, als zweite Triebkraft, die Sentimentalität, versteht sich. Wissen Sie, der Sozialismus verbreitet sich ja bei uns hauptsächlich infolge der Sentimentalität der Leute. Nur eins ist hier ein wahrer Jammer – das sind diese beißenden Unterleutnants. Vor denen ist man nie sicher. Dann kommen die echten Spitzbuben. Nun, das ist ein guter Schlag, zuweilen ungemein vorteilhaft, nur muß man viel Zeit auf sie verwenden: die verlangen ununterbrochene Aufsicht. Na, und dann natürlich die Hauptkraft – der Zement, der alles zusammenhält –, das ist die Scheu, eine eigene Meinung zu haben. Ich sag' Ihnen, das ist mir mal eine Kraft! Wer das nur so eingerichtet haben mag? – welcher ‚liebe Kerl' uns da so nett vorgearbeitet hat, daß auch wirklich kein einziger eigener Gedanke in irgendeinem der Köpfe verblieben ist! Sie halten ja selbständiges Denken geradezu für eine Schande.«

»Wenn es so ist, wozu geben Sie sich dann noch mit so was ab?«

»Aber ich bitte Sie, wenn es doch so einfach ist sie einzustecken! Sie liegen da und sperren vor jedem den Mund auf, wie soll man sie da nicht mausen und mitgehen lassen! Sie tun ja, als ob Sie nicht ernsthaft daran glauben könnten, daß ein Erfolg möglich sei? Ach, der Glaube wäre schon da, was nottut, ist aber das Wollen. Ja, gerade mit solchen Leuten ist der Erfolg möglich. Ich sage Ihnen, so einer geht mir auch ins Feuer, man braucht ihn nur anzuschreien, er sei nicht fortschrittlich genug. Die Dummköpfe werfen mir übrigens vor, ich hätte sie hier alle mit dem Zentralkomitee und den ‚zahllosen Verzweigungen' beschwindelt. Auch Sie haben mir ja mal diesen Vorwurf gemacht, aber wie kann denn hier von Beschwindeln die Rede sein: das Zentralkomitee sind doch – ich und Sie, und an Verzweigungen werden alsbald so viele vorhanden sein, wie man sich nur wünscht.«

»Und durchweg solches Pack!«

»Nur Material. Auch dies wird zustatten kommen.«

»Und Sie rechnen immer noch auf mich?«

»Sie sind der Anführer, Sie sind die Kraft; ich werde Ihnen nur zur Seite stehen, als Sekretär. Und dann, wissen Sie, setzen wir uns „in die Barke, und die Ruder sind aus Ahornholz, und die Segel sind aus Seidenzeug, und am Steuer sitzt das schöne Mädchen, die lichte Lisaweta Nikolajewna" ... oder weiß der Teufel wie das da im alten Volkslied heißt ...«

»Und schon sind Sie stecken geblieben!« lachte Stawrogin. »Nein, ich werde Ihnen einen besseren Kehrreim zum Märchen verraten. Sie zählen an den Fingern her, aus welchen Kräften sich die Gruppen zusammensetzen und was sie bindet? Aber diese ganze Rangordnung, der Beamtengeist und die Sentimentalität – die sind ja meinetwegen auch ein guter Kleister, aber es gibt doch einen noch weit besseren: bereden Sie mal vier Mitglieder, dem fünften den Garaus zu machen, unter dem Vorwand, daß er denunzieren wolle, und Sie werden sie alle mit dem vergossenen Blut wie mit einem Strick zu einem Bündel zusammenbinden. Dann werden sie alle zu Ihren Sklaven werden und nie mehr wagen, widerspenstig zu sein oder Rechenschaft zu verlangen. Hahaha!«

‚Also so bist du ... na warte ... diese Worte wirst du mir bezahlen müssen', dachte Pjotr Stepanowitsch bei sich, ‚und zwar noch heute abend.'

So oder fast so mußte Pjotr Stepanowitsch bei sich denken. Übrigens näherten sie sich schon dem Hause Wirginskijs.

»Sie haben mich natürlich für irgendein großes Tier ausgegeben mit Beziehungen zur *Internationale*, für einen Revisor?« fragte plötzlich Stawrogin.

»Nein, nicht für einen Revisor; den Revisor wird ein anderer spielen. Aber Sie sind einer der Gründer, der Anordner aus dem Auslande, dem die wichtigsten Geheimnisse bekannt sind – das ist Ihre Rolle. Sie werden natürlich reden?«

»Wie kommen Sie darauf?«

»Sie sind jetzt verpflichtet zu reden.«

Stawrogin blieb vor Verwunderung sogar mitten auf der Straße stehen, nicht weit von einer Laterne. Pjotr Stepanowitsch hielt frech und ruhig seinen Blick aus. Stawrogin spie aus und ging weiter.

»Werden Sie denn reden?« fragte er plötzlich Pjotr Stepanowitsch.

»Nein, ich werde lieber zuhören, wenn Sie reden.«

»Der Teufel hole Sie! ... Aber Sie geben mir wirklich eine Idee!«

»Was für eine?« Pjotr Stepanowitsch horchte sofort auf.

»Ich werde dort meinetwegen reden, aber dafür werde ich Sie dann nachher verprügeln, aber gründlich.«

»Apropos, ich habe vorhin Karmasinoff gesagt, Sie hätten einmal über ihn geäußert, daß man ihm kräftig Ruten geben müßte, und zwar nicht um der Unehre willen, sondern einfach, wie man einen Bauern drischt, schmerzhaft.«

»Aber das habe ich doch nie gesagt, haha!«

»Macht nichts. Se non è vero.«

»Nun, dann danke ich Ihnen, danke Ihnen aufrichtig.«

»Aber wissen Sie, was dieser Karmasinoff noch sagte? Daß unsere Lehre im Grunde genommen die Verneinung der Ehre sei und daß man mit dem öffentlichen Recht auf Ehrlosigkeit einen Russen am leichtesten ködern könne.«

»Aber das ist ja eine ausgezeichnete Bemerkung! Das sind ja goldene Worte!« rief Stawrogin aus. »Damit hat er wirklich den Nagel auf den Kopf getroffen! Das Recht auf Ehrlosigkeit – aber dann laufen ja alle zu uns über, kein einziger bliebe dort! Übrigens hören Sie, Werchowenskij, sind Sie nicht von der höheren Polizei?«

»Wer solche Fragen im Sinn hat, der spricht sie nicht aus.«

»Verstehe, aber wir sind ja jetzt unter uns.«

»Nein, vorläufig noch nicht von der höheren Polizei. Genug davon, wir sind schon angelangt. Machen Sie jetzt Ihr Gesicht zurecht, Stawrogin. Ich tue das auch jedesmal, bevor ich bei denen erscheine. Nur etwas mehr düsteren Ernst, und das ist alles, weiter ist nichts nötig; sehr einfache Sache.«

SIEBENTES KAPITEL

BEI DEN UNSRIGEN

I

Wirginskij wohnte in seinem eigenen Hause, oder richtiger, im Hause seiner Frau, in der Murawjínaja-Straße. Es war ein einstöckiges hölzernes Einfamilienhaus, in dem es keine anderen Mieter oder Untermieter gab. Unter dem Anschein einer Geburtstagsfeier des Hausherrn hatten sich etwa fünfzehn Gäste versammelt; aber diese kleine Abendgesellschaft glich doch den sonst an Namenstagen in der Provinz üblichen in keiner Hinsicht. Das Ehepaar Wirginskij hatte sich schon beim Beginn seines Zusammenlebens ein für allemal darüber geeinigt, daß es ausgesprochen dumm sei, an Geburts- oder Namenstagen Gäste einzuladen, zumal an solchen Tagen auch »gar kein Grund zur Freude vorliege«. Und schon in ein paar Jahren hatten sie es fertiggebracht, nunmehr ganz abseits von jeder Gesellschaft zu leben. Er, Wirginskij, der doch ein Mensch mit Fähigkeiten und durchaus kein »armer Irgendwer« war, wurde aber allgemein, und Gott weiß weshalb, als ein etwas sonderbarer Kauz betrachtet, der die Einsamkeit liebe und überdies »in überlegenem Tonfall« rede. Frau Wirginskaja aber stand, da sie den Hebammenberuf ausübte, schon allein deswegen auf der gesellschaftlichen Rangleiter tiefer als alle anderen, sogar tiefer als die Frau des Popen, ungeachtet dessen, daß ihr Mann Offiziersrang besaß. Allein von einer ihrem Beruf geziemenden Bescheidenheit war an ihr auch nicht eine Spur zu bemerken. Und nach dem überaus dummen und unverzeihlich offenkundigen Verhältnis, das sie mit irgend einem hier aufgetauchten Lumpen, der sich »Hauptmann« Lebädkin nannte, aus Grundsatz eingegangen war, hatten sich selbst die nachsichtigsten unter unseren Damen mit deutlicher

Nichtachtung von ihr abgewandt. Aber Madame Wirginskaja hatte getan, als wäre ihr das sehr recht und als wünschte sie es selber so. Merkwürdigerweise wandten sich aber auch unsere strengdenkenden Damen, sobald sie sich in interessanten Umständen befanden, nach Möglichkeit und unter Umgehung der drei anderen Hebammen unserer Stadt gerade an Arína Próchorowna (so hieß Frau Wirginskaja mit ihrem Vornamen und Patronýmikum). Sogar zu den Gutsbesitzersfrauen im Nachbarkreise wurde sie gerufen, so allgemein bekannt waren ihre Kenntnisse und so groß war das Vertrauen zu ihrem Glück und ihrer Geschicklichkeit in kritischen Fällen. So war es denn mit der Zeit ganz von selbst dahin gekommen, daß sie nur noch in den reichsten Häusern ihre Praxis ausübte; denn Geld liebte sie bis zur Habgier. Nachdem sie aber ihre Macht erkannt hatte, tat sie auch ihrem Charakter keinen Zwang mehr an und benahm sich denkbar ungeniert. Vielleicht tat sie es sogar mit Absicht, daß sie bei ihren Beistandsleistungen in den vornehmsten Häusern die nervenschwachen Gebärerinnen durch irgend eine unerhörte nihilistische Mißachtung der Anstandsregeln oder womöglich durch krassen Spott über »alles Heilige« erschreckte, und daß sie dies gerade in den Augenblicken tat, wo das »Heilige« am dringendsten um Hilfe angerufen wurde. Unser Stabsarzt Rósanoff, der auch Geburtshelfer war, beteuerte, er habe es selbst miterlebt, wie einmal, als die Kreißende in ihrer Qual aufschreiend den allmächtigen Namen Gottes anrief, gerade so eine freidenkerische Auslassung Arína Próchorownas, »so plötzlich wie ein Flintenschuß«, die Kranke dermaßen erschreckt habe, daß die Geburt im Augenblick erfolgt sei. Übrigens vergaß Arína Próchorowna, wenn sie sonst auch Nihilistin war, doch nie gewisse gesellschaftliche Sitten, ja sogar die ältesten und abergläubischsten Bräuche waren ihr recht, wenn diese ihr etwas einbringen konnten. So hätte sie zum Beispiel um keinen Preis die Taufe des unter ihrem Beistand geborenen Kindes versäumt: dann erschien sie unfehlbar in einem grünen Seidenkleide mit einer Schleppe und frisierte ihr Haar zu einem Wulst von Locken und Löckchen, während sie sich zu jeder anderen Zeit mit Wonne in ihrer Schlampigkeit gehen ließ. Und wenn sie auch während der Vollziehung des Sakraments der Taufe stets die »unverschämteste Miene« zur Schau trug, so daß die Geistlichen und die Kirchendiener verlegen wurden, so trug sie doch nach der heiligen Handlung eigenhändig den Champagner herum (nur zu *dem* Zweck pflegte sie ja zu erscheinen und sich aufzuputzen), und dann hätte es einer nur versuchen sollen, ihr, nachdem er einen Pokal genommen, nicht das übliche Taufschmausgeld hinzulegen!

Die Gäste, die sich diesmal bei Wirginskij versammelt hatten (fast nur Männer), wirkten merkwürdig unverbunden, wie vom Zufall zusammengeworfen, und doch alle wie in Erwartung von etwas Besonderem. Es gab keinen Imbiß, und es waren auch keine Spielkarten zu sehen. In der Mitte des großen Gastzimmers, das mit sehr alten hellblauen Tapeten austapeziert war, hatte man zwei Tische zusammengerückt und mit einem großen Tischtuch, das übrigens nicht mehr ganz sauber war, bedeckt, und auf ihnen siedeten zwei Ssamowáre. Ein riesiges Teebrett mit fünfundzwanzig Teegläsern und ein flacher Korb mit gewöhnlichem Weißbrot, das in unzählige gleichgroße Stücke geschnitten war, wie für die Zöglinge in Knaben- oder Mädchenpensionaten, nahmen das eine Ende des Tisches ein. Der Tee wurde von der Schwester der Hausfrau eingeschenkt, einem dreißigjährigen Fräulein, ohne Augenbrauen und mit weißblonden Wimpern, einem meist schweigsamen und giftigen Wesen, das aber die neuen Ansichten teilte, und vor dem Wirginskij selbst in seinem Familienleben beträchtliche Angst hatte. Es waren im ganzen nur drei Damen anwesend: die Hausfrau, ihre augenbrauenlose Schwester und eine junge Schwester Wirginskijs, ein Fräulein Wirgínskaja, die soeben erst aus Petersburg eingetroffen war. Arína Próchorowna (Wirginskijs Frau), eine stattliche Dame von ungefähr siebenundzwanzig Jahren, die an sich ganz hübsch, nur ein wenig zerzaust aussah, saß in einem wollenen Alltagskleide von grünlicher Farbe am Tisch und ließ, keineswegs schüchtern, ihre Augen über die Gäste gleiten, als wolle sie sich beeilen, den Gästen mit ihrem Blick zu sagen: »Seht, wie ich mich vor gar nichts fürchte!« Wirginskijs junge Schwester, gleichfalls hübsch, Studentin und Nihilistin, nur klein von Wuchs, prall und rundlich wie ein Ball und rotbackig, hatte sich – halbwegs noch in ihren Reisekleidern – neben Arina Prochorowna gesetzt, hielt eine Papierrolle in der Hand und betrachtete die Gäste mit ungeduldig umherhuschenden Blicken. Wirginskij fühlte sich an diesem Abend nicht ganz gesund, war aber aufgestanden, um sich in einem Lehnstuhl an den Teetisch zu setzen. Auch die Gäste saßen alle, und aus dieser ehrbaren Plazierung auf Stühlen rings um den großen Tisch herum war zu erahnen, daß es sich um eine Sitzung handeln sollte. Offensichtlich warteten alle auf etwas und führten, nur um die Zeit des Wartens auszufüllen, zwar laute, aber doch spürbar nur nebensächliche Gespräche. Als Stawrogin und Werchowenskij erschienen, verstummten plötzlich alle.

Aber ich werde mir wohl die Zeit nehmen müssen, um eines klareren Überblickes willen einige Erläuterungen vorauszuschicken.

Ich glaube, alle diese Herrschaften hatten sich damals tatsächlich in der angenehmen Hoffnung eingefunden, etwas besonders Interessantes zu hören zu bekommen, zumal auch schon die Art der vorläufigen Benachrichtigung auf so etwas schließen ließ. Sie repräsentierten die Blüte des grellrotesten Liberalismus in unserer alten Stadt und waren von Wirginskij mit aller Sorgfalt für diese »Sitzung« ausgesucht worden. Ich muß auch noch bemerken, daß einige von ihnen (übrigens doch nur sehr wenige) ihn vorher noch nie besucht hatten. Natürlich hatte die Mehrzahl der Gäste keine klare Vorstellung davon, wozu man sie »benachrichtigte«. Freilich wurde Pjotr Stepanowitsch damals von ihnen allen für einen aus dem Auslande hergereisten Emissär gehalten, der mit

Vollmachten versehen worden war; diese Vorstellung hatte sich bei ihnen merkwürdigerweise gleich auf den ersten Anhieb festgesetzt und schmeichelte ihnen natürlich. Dabei gab es aber in dem Häuflein Bürger, das sich hier angeblich zur Feier eines Namenstags versammelt hatte, doch bereits ein paar, denen schon ganz bestimmte Vorschläge gemacht worden waren. Es war Pjotr Werchowenskij doch bald gelungen, bei uns auch so eine „Fünfergruppe" zu bilden, wie sie von ihm in Moskau gegründet worden war, und außerdem noch eine, wie es sich jetzt herausgestellt hat, in unserer nächsten Kreisstadt unter den Offizieren. Es heißt sogar, er habe auch noch eine Fünfergruppe im Gouvernement Ch... zustande gebracht. Die fünf Auserwählten aus unserer Stadt saßen jetzt gleichfalls an dem gemeinsamen Tisch und verstanden es vorzüglich, sich den Anschein ganz gewöhnlicher Menschen zu geben, so daß niemand sie hätte herauskennen können. Es waren das – da dies jetzt kein Geheimnis mehr ist – erstens Liputin, sodann Wirginskij, dann der langohrige Schigaljóff (ein Bruder der Frau Wirginskaja), ferner Lämschin und schließlich ein gewisser Tolkatschénko, – ein sonderbarer Mensch, etwa schon vierzig Jahre alt, und bekannt wegen seiner umfangreichen Studien am Volk, hauptsächlich an Spitzbuben und Banditen, der absichtlich zu diesem Zweck (freilich nicht gerade ausschließlich zu diesem Zweck) in die Schenken ging und auch unter uns durch schlechte Kleidung, Schmierstiefeln, durch Zukneifen eines Auges, um Schlauheit zu markieren, und volkstümliche Redensarten Eindruck zu machen suchte. Vor längerer Zeit hatte Lämschin ihn ein- oder zweimal auch zu Stepan Trofimowitschs Abenden mitgenommen, aber dort hatte er keinen Anklang gefunden. In der Stadt erschien er nur von Zeit zu Zeit, vornehmlich wenn er unbeschäftigt war, denn er war bei der Eisenbahn angestellt. Diese fünf Mann hatten sich zu ihrer „Fünfergruppe" zusammengetan in dem innigen Glauben, sie sei nur eine unter Hunderten und Tausenden ebensolcher „Fünfergruppen", die über ganz

Rußland verstreut wären, und die alle, wie man glaubte, von einer übergeordneten geheimen, aber allmächtigen „Zentrale“ abhingen, die wiederum ihrerseits mit der in Europa vorbereiteten Weltrevolution organisch verbunden sei. Nur muß ich zu meinem Bedauern gleich eingestehen, daß sich sogar schon damals Uneinigkeit zwischen ihnen bemerkbar zu machen begann. Die Sache war nämlich die, daß sie, die schon seit dem Frühjahr Pjotr Werchowenskij erwarteten, der ihnen zuerst von Tolkatschenko und dann von dem eigens früher hergereisten Schigaljóff angekündigt worden war, nun, als er endlich erschien, sofort alle, in Erwartung unerhörter Wunderdinge und ohne die geringste Überprüfung oder Kritik, bereits auf seine bloße Aufforderung hin zu so einer Fünfergruppe zusammengetreten waren; kaum aber war das geschehen, da fühlten sie sich sogleich alle gewissermaßen gekränkt, und zwar, wie ich vermute, eben dadurch gekränkt, daß sie so schnell eingewilligt hatten. Selbstverständlich hatten sie den gewagten Schritt aus einem Gefühl hochherziger Scham getan, damit man ihnen nicht nachsagen könne, sie hätten es nicht gewagt. Immerhin hätte aber Pjotr Werchowenskij ihren edlen Mut doch würdigen und ihnen zur Belohnung wenigstens irgend eines der wichtigsten Histörchen mitteilen müssen. Aber Werchowenskij schien auch nicht einmal daran zu denken, ihre wohlberechtigte Neugier zu befriedigen, und erzählte ihnen nichts Unnötiges. Überhaupt behandelte er sie mit merkwürdiger Strenge und sogar mit Nichtachtung. Das reizte sie entschieden, und das eine Mitglied dieser Fünfergruppe, Schigaljóff, begann bereits, die anderen dazu aufzuhetzen, von ihm »Rechenschaft zu fordern«, aber natürlich nicht jetzt bei Wirginskij, wo sich außer ihnen noch so viele Außenseiter versammelt hatten.

Was nun diese Außenseiter anbetrifft, so habe ich den Verdacht, daß die oben genannten Mitglieder der ersten „Fünf“ an diesem Abend geneigt waren, unter den Gästen Wirginskijs auch Mitglieder anderer, ihnen noch unbekannter „Fünfergruppen“ zu vermuten, die hier in der Stadt von demselben Werchowenskij nach derselben geheimen Organisation gegründet worden seien, so daß denn schließlich fast alle Anwesenden einander beargwöhnten und ein jeder sich zu den anderen bald so, bald so verhielt, was denn zu guter Letzt der ganzen Versammlung ein eigentümlich konfuses und zum Teil sogar unwirklich-romanhaftes Aussehen verlieh. Übrigens waren auch Menschen zugegen, die außerhalb jedes Verdachts standen. So zum Beispiel ein im Dienst stehender Major, ein naher Verwandter Wirginskijs, ein völlig unschuldiger Mensch, den man auch gar nicht eingeladen hatte, der aber von selbst gekommen war, um zum Namenstag zu gratulieren, weshalb man denn nicht umhin konnte, ihn zu empfangen. Aber der Hausherr war seinetwegen unbesorgt, denn der Major »würde keineswegs denunzieren«: trotz all seiner Dummheit hatte dieser sich sein Lebelang mit Vorliebe an solchen Orten eingefunden, wo extrem Liberale verkehrten; er selbst sympathisierte zwar nicht mit ihnen, hörte aber doch gar zu gern zu. Und dazu war er noch von früher her selbst ein wenig kompromittiert: in seiner Jugend hatte es sich einmal so ergeben, daß ganze Stapel der von Herzen im Ausland herausgegebenen Zeitschrift „Die Glocke“ und verschiedene Flugblätter durch seine Hände gegangen waren, und wenn er auch selbst nicht einmal hineinzuschauen gewagt hatte, so hätte er doch die Weigerung, sie aus Gefälligkeit zu übermitteln, für eine ausgesprochene Gemeinheit gehalten – und solche Menschen gibt es unter Russen sogar noch bis auf den heutigen Tag. Die übrigen Gäste gehörten entweder zu dem Typ des durch Unterdrückung zu Galle gewordenen edlen Ehrgeizes oder zum Typ des im ersten edelsten Aufschwung gleich lichterloh brennenden Jugendmuts. Zu jenem gehörten zwei oder drei Lehrer, von denen einer lahm war, schon ungefähr fünfundvierzigjährig, Lehrer am Gymnasium, ein sehr giftiger und auffallend eitler Mensch, und zwei oder drei Offiziere. Zu letzterem gehörte ein ganz junger Artillerist, der erst in diesen Tagen von einer Kriegsschule gekommen war, ein schweigsamer Jüngling, der in der Stadt noch keine Bekanntschaft gemacht hatte und nun plötzlich bei Wirginskij am Tisch saß, mit einem Bleistift in der Hand, und, fast ohne sich am Gespräch zu beteiligen, fortwährend irgendwelche Notizen in sein Taschenbuch kritzelte. Alle sahen das, aber alle bemühten sich aus irgendeinem Grunde so zu tun, als bemerkten sie es nicht. Ferner war hier noch jener stellenlose Seminarist anwesend, der mit Lämschin zusammen der Evangelienverkäuferin die schändlichen Photographien in den Sack gesteckt hatte, ein stämmiger Bursche mit ungeniertem, aber zugleich doch auch mißtrauischem Benehmen, einem ewig alles besser wissenden Lächeln und dem überlegenen Gehaben der siegenden Vollkommenheit, die für ihn in seiner eigenen Person verkörpert war. Auch der Sohn unseres Stadthauptes war, ich weiß nicht weshalb, zugegen, eben jener widerliche frühverlebte Lotterbube, den ich schon einmal erwähnt habe, als ich den Vorfall mit der kleinen Leutnantsfrau erzählte. Der schwieg aber den ganzen Abend. Und schließlich als letzter saß dort noch ein Gymnasiast, ein sehr hitziger, aufbrausender Jüngling von etwa achtzehn Jahren, der mit der finsteren Miene eines in seiner Würde gekränkten jungen Mannes dasaß und augenscheinlich unter seinen achtzehn Jahren litt. Dieses Bürschchen war schon Vorsitzender einer selbständigen Verschwörergruppe, die sich in der obersten Klasse des Gymnasiums gebildet hatte, wie sich das in der Folge zum allgemeinen Erstaunen herausstellte. Beinahe hätte ich Schatoff vergessen: der hatte auch hier am unteren Ende des Tisches Platz genommen, seinen Stuhl ein wenig aus der Reihe zurückgerückt, blickte zu Boden, schwieg finster, lehnte Tee und Brot ab und legte die ganze Zeit die Mütze nicht aus der Hand, als hätte er damit zu verstehen geben wollen, daß er hier nicht Gast sei, sondern in einer geschäftlichen Angelegenheit habe kommen müssen, und daß er, sobald es ihm paßte, aufstehen und weggehen werde. Nicht weit von ihm hatte sich auch Kirilloff hingesetzt, der sich gleichfalls sehr schweigsam verhielt; aber der sah nicht zu Boden, sondern schaute im Gegenteil unablenkbar jedem, der sprach, gerade ins Gesicht, mit seinem unbeweglichen, glanzlosen Blick, und hörte alles ohne die geringste Erregung oder Verwunderung an. Einige von den Gästen, die ihn noch nie gesehen hatten, betrachteten ihn verstohlen und nachdenklich. Es ist bis heute ungewiß, ob Frau Wirginskaja von der neugegründeten Fünfergruppe etwas wußte. Ich nehme an, daß sie durch ihren Mann über alles unterrichtet war. Die Studentin hatte natürlich von alledem keine Ahnung, doch dafür war sie mit ihrer eigenen Sorge beschäftigt: sie beabsichtigte, nur einen oder zwei Tage bei ihnen zu Gast zu bleiben und dann weiter und weiter zu reisen, durch alle Universitätsstädte, um »Teilnahme an den Leiden der armen Studenten zu erwecken und zum Protest aufzurufen«. Sie führte einige hundert Exemplare eines lithographierten Aufrufs mit sich, den sie, wenn ich nicht irre, selbst verfaßt hatte. Merkwürdigerweise begann der Gymnasiast die Studentin schon vom ersten Blick an zu hassen, und zwar gleich bis aufs Blut, obschon er sie hier zum erstenmal im Leben sah, und sie erwiderte diesen Haß in genau demselben Maße. Der Major war ihr leiblicher Onkel, der sie vor zehn Jahren zum letztenmal gesehen hatte. Als Stawrogin und Werchowenskij eintraten, waren ihre Wangen so rot wie Preißelbeeren: sie hatte mit dem Onkel gerade aufs heftigste über die Frauenfrage gestritten.

II

Werchowenskij warf sich auffallend ungeniert auf einen Stuhl am oberen Tischende, fast ohne jemanden zu grüßen. Er sah mißgestimmt und sogar hochmütig aus. Stawrogin grüßte höflich, aber wiewohl man nur auf die beiden gewartet hatte, taten doch alle wie auf Kommando, als ob sie sie kaum beachteten. Nur die Hausfrau wandte sich, kaum daß sie Platz genommen hatten, in strengem Ton an Stawrogin.

»Stawrogin, wollen Sie Tee?«

»Sehr gern«, antwortete dieser.

»Für Stawrogin Tee!« befahl sie der Schwester, die das Einschenken besorgte. »Und Sie? Wollen Sie auch welchen?« wandte sie sich an Werchowenskij.

»Aber natürlich, nur her damit, wer wird denn Gäste erst noch danach fragen! Und geben Sie auch Sahne dazu, denn bei Ihnen ist ja der Tee immer so ein fades Gebräu, und dabei gilt es noch, einen Namenstag zu feiern!«

»Wie, auch Sie finden das Feiern von Namenstagen richtig?« fragte die Studentin lachend. »Wir haben soeben darüber gesprochen.«

»Abgedroschen!« brummte der Gymnasiast vom anderen Tischende her.

»Was soll abgedroschen sein? Vorurteile abzulegen, ist keinesfalls abgedroschen, und sollten es auch die unschuldigsten sein, sondern leider ist das, zur allgemeinen Schande sei es gesagt, selbst heute noch neu«, versetzte die Studentin blitzschnell und mit einem heftigen Ruck nach vorn auf ihrem Stuhl, fast als wolle sie aufspringen. »Und außerdem gibt es gar keine unschuldigen Vorurteile«, fügte sie wie mit verstocktem Ingrimm hinzu.

»Ich wollte nur bemerken«, begann der Gymnasiast sich furchtbar aufzuregen, »daß Vorurteile, wenn sie auch ein altes Übel sind, das man natürlich ausrotten muß, – daß aber, was das Feiern von Namenstagen betrifft, alle Welt schon weiß, daß das eine Dummheit ist und ein viel zu abgedroschenes Thema, als daß man zu solchen Erörterungen noch weiterhin kostbare Zeit vergeuden solle, die ohnehin schon von aller Welt vergeudet worden ist, während man seinen Scharfsinn auf weit dringendere Fragen konzentrieren müßte ...«

»Was ist das für ein endloser Satz! – das ist ja nicht mehr zu verstehen!« fiel ihm die Studentin ins Wort.

»Mir scheint, daß ein jeder das Recht hat, seine Meinung

zu äußern, genau so wie jeder andere, und wenn ich meine Meinung zu äußern wünsche, wie es ja andere gleichfalls tun, so ...«

»Niemand nimmt Ihnen das Recht, Ihre Meinung zu äußern«, unterbrach ihn nun schon die Hausfrau selbst und in ziemlich scharfem Ton, »man bittet Sie nur, nicht so unklar zu sprechen, denn so kann Sie ja wirklich fast niemand verstehen.«

»Indessen – erlauben Sie mir, das zu bemerken – Sie behandeln mich entschieden mit Nichtachtung! Wenn ich meinen Gedanken nicht zu Ende sprechen konnte, so kam das nicht daher, daß ich keinen Gedanken hatte, sondern eher daher, daß ich viel zu viele Gedanken habe ...«, stieß der Gymnasiast fast in Verzweiflung hervor und geriet nun endgültig in Verwirrung.

»Wenn Sie nicht zu sprechen verstehen, so schweigen Sie lieber«, trumpfte ihn die Studentin nun noch ab.

Das war zuviel: der Gymnasiast sprang sogar von seinem Stuhl auf.

»Ich wollte nur zur Kenntnis geben«, rief er laut, glühend rot vor Scham, und er fürchtete sich, jemanden anzusehen, »daß Sie sich lediglich deshalb mit Ihrem Verstand hervortun wollen, weil Herr Stawrogin gekommen ist, – damit Sie's wissen!«

»Ihr Gedanke ist schmutzig und unsittlich und beweist nur die ganze Nichtigkeit Ihrer geistigen Entwicklung. Ich bitte, sich nicht mehr an mich zu wenden«, knatterte sofort die Antwort der Studentin.

»Stawrogin«, begann die Hausfrau, »bevor Sie kamen, stritt man sich hier über die Familienrechte – besonders dieser Offizier tat sich hervor« (sie deutete mit einer Kopfbewegung auf den Major hin, den Verwandten ihres Mannes). »Ich will Sie natürlich nicht mit diesem alten Unsinn behelligen, der doch schon längst erledigt ist. Aber woher haben diese Familienrechte und -pflichten überhaupt entstehen können, ich meine, im Sinne dieser Vorurteile, zu denen sie mit der Zeit ausgeartet sind? Das ist die Frage. Wie denken Sie darüber?«

»Wie, bitte? – woher sie haben entstehen können?« fragte Stawrogin zurück.

»Das heißt, das ist so zu verstehen: wir wissen zum Beispiel, daß das Vorurteil vom Dasein eines Gottes durch solche Naturerscheinungen wie Donner und Blitz hervorgerufen worden ist«, ereiferte sich sofort wieder die Studentin, indem sie Stawrogin mit den Augen gleichsam ansprang. »Jetzt weiß man doch schon zur Genüge, daß die Urmenschheit, die vor Donner und Blitz erschrak, den unsichtbaren Feind zum Gott erhob, da sie ihre eigene Machtlosigkeit vor ihm fühlte. Aber wie ist das Vorurteil von der Familie entstanden? Und wie ist überhaupt die Familie entstanden?«

»Das ist doch wohl nicht dasselbe . . .«, versuchte die Hausfrau einzuwenden.

»Ich fürchte, die Antwort auf eine solche Frage dürfte unschicklich sein«, antwortete Stawrogin.

»Wieso?« fragte die Studentin, wieder vorprellend.

Aber schon ließ sich aus der Lehrergruppe leises Lachen vernehmen, das sogleich am anderen Tischende bei Lämschin und dem Gymnasiasten seinen Widerhall fand, worauf der Major plötzlich rauh und laut loslachte.

»Sie sollten Vaudevilles schreiben«, sagte die Hausfrau zu Stawrogin.

»Das macht Ihnen wirklich keine Ehre, Herr – ich weiß nicht, wie Sie heißen«, sagte die Studentin schroff und mit entschiedenem Unwillen zu Stawrogin.

»Du aber solltest nicht so vorwitzig sein!« schalt der Major. »Du bist ein junges Fräulein, du hast dich sittsam zu benehmen; du aber benimmst dich ja, als hättest du dich auf eine Nadel gesetzt.«

»Belieben Sie doch gefälligst zu schweigen, und ich ersuche Sie, sich nicht so familiär mit Ihren abscheulichen Vergleichen an mich zu wenden. Ich sehe Sie heute zum erstenmal und ich will von einer Verwandtschaft mit Ihnen nichts wissen.«

»Aber ich bin doch dein leiblicher Onkel, ich habe dich doch, als du noch ein Säugling warst, auf diesen meinen Armen umhergeschleppt!«

»Was geht es mich an, was Sie damals alles umhergeschleppt haben. Ich habe Sie jedenfalls nicht darum gebeten, mein unhöflicher Herr Major, also muß es Ihnen selbst wohl Spaß gemacht haben, mich auf dem Arm zu tragen. Und gestatten Sie mir noch die Bemerkung, daß Sie gar kein Recht haben, mich zu duzen, es sei denn als Bürgerin, sonst aber untersage ich Ihnen das ein für allemal.«

»So sind sie nun alle!« Der Major schlug mit der Faust auf den Tisch und wandte sich an Stawrogin, der ihm gegenüber saß. »Nein, mit Verlaub! Ich liebe gewiß den Liberalismus und die moderne Einstellung, und ich liebe es auch, klugen Gesprächen zuzuhören, aber – wohlgemerkt: von Männern! Von Frauen jedoch, von diesen da, von diesen modernen Flattervögeln, – nein, Verzeihung, aber das ist schon so mein wunder Punkt! Du, jetzt halt dich einmal still!« herrschte er die Studentin an, die sich kaum noch zurückhalten konnte. »Ich will auch einmal zu Wort kommen! Jetzt bin ich der Gekränkte!«

»Sie stören nur die andern und selbst verstehen Sie doch nichts zu sagen«, bemerkte halblaut die Hausfrau in ihrem Verdruß.

»Nein, ich werde das schon zu sagen verstehen, was ich sagen will«, ereiferte sich der Major und wandte sich wieder an Stawrogin. »Ich rechne auf Sie, Herr Stawrogin, als auf einen neu Hinzugekommenen, wiewohl ich nicht die Ehre habe, mit Ihnen bekannt zu sein, aber ich hoffe, daß Sie mir beistimmen werden. Ohne Männer wären die Frauen einfach verloren, wie die Fliegen – das ist meine Meinung. Und diese ihre ganze Frauenfrage ist nichts weiter als Mangel an Originalität. Ich sage Ihnen, diese ganze Frauenfrage haben nur die Männer für sie ausgedacht, haben sich das einfach aus purer Dummheit selber auf den Hals geladen – ich danke bloß Gott, daß ich nicht verheiratet bin! Nicht die geringste Abwechslung gibt's bei ihnen, nicht einmal ein einfaches Stickmuster können Sie sich ausdenken, auch das müssen die Männer für sie tun! Sehen Sie, da habe ich sie seinerzeit auf dem Arm getragen, habe mit ihr, als sie zehn Jahre alt war, Mazurka getanzt – heute kommt sie an, und wie ich ihr entgegenfliege, um sie abzuküssen, da erklärt sie mir schon nach dem zweiten Wort, daß es einen Gott überhaupt nicht gebe. Wenn sie es doch wenigstens nach dem dritten getan hätte, aber nein, sie muß es schon nach dem zweiten tun, so eilig hat sie's! Nun schön, angenommen, kluge Leute glauben nicht an Gott, das soll ja bloß vom Verstande abhängen, aber du, du Göre, sage ich zu ihr, was verstehst du denn unter Gott? Dich hat das doch wieder nur ein Student gelehrt, hätte er dich aber die Lämpchen vor den Heiligenbildern anzünden gelehrt, so würdest du eben die Lämpchen anzünden!«

»Das ist ja alles nicht wahr, was Sie da sagen. Sie sind ein sehr boshafter Mensch. Ich aber habe Ihnen vorhin bloß Ihren geistigen Bankrott beweisen wollen«, sagte die Studentin nachlässig, als wäre es im Grunde unter ihrer Würde, mit einem solchen Menschen noch weiter zu diskutieren. »Ich habe Ihnen vorhin gesagt, daß man uns nach dem Katechismus lehrt: „Ehre Vater und Mutter, damit es dir wohlergehe und du lange lebest auf Erden." Das steht in den Zehn Geboten. Wenn Gott es für nötig hielt, für Liebe eine Belohnung zu versprechen, so ist meines Erachtens dieser euer Gott einfach unmoralisch. Das war es, was ich Ihnen vorhin auseinandersetzte, und durchaus nicht nach dem zweiten Wort, sondern einfach, weil Sie auf Ihre Verwandtenrechte pochten. Was kann ich dafür, daß Sie so schwer von Begriff sind und mich bis jetzt noch nicht verstanden haben? Das kränkt Sie nun und Sie ärgern sich: das ist die ganze Lösung des Rätsels von Ihnen und Ihrer Generation.«

»Närrin!« sagte der Major.

»Und Sie sind ein Narr.«

»Schimpfe nur!«

»Aber erlauben Sie, Kapitón Maxímowitsch, Sie haben mir doch selbst gesagt, Sie glaubten nicht an Gott«, rief Liputin mit krähender Stimme vom anderen Tischende.

»Was hat das damit zu tun, was ich von mir gesagt habe, ich – ich bin doch eine ganz andere Sache! Ich – nun ja, vielleicht glaube ich doch, nur glaube ich nicht so ganz. Aber wenn ich auch nicht ganz glaube, so werde ich doch nicht sagen, daß man Gott erschießen müsse. Ich habe schon damals, als ich noch Husar war, über Gott nachgedacht. Es heißt sonst wohl in allen Liedern, daß ein Husar bloß trinke und durchgehe, schön, ich habe vielleicht auch getrunken, aber werden Sie es mir glauben, mitunter sprang ich nachts einfach aus dem Bett, kniete bloß in Socken vor dem Heiligenbild nieder und schlug ein Kreuz über das andere, damit Gott mir Glauben schicke, denn selbst damals ließ mir die Frage keine Ruh: Gibt es einen Gott oder gibt es keinen? Dermaßen bitter ist mir das geworden! Morgens, natürlich, da wird man abgelenkt, und der Glaube kommt einem wieder abhanden, wie ich denn überhaupt die Beobachtung gemacht habe, daß tagsüber der Glaube immer ein wenig schwindet.«

»Gibt es denn bei Ihnen kein Kartenspiel?« fragte Werchowenskij, sich zur Hausfrau wendend, und gähnte ungeniert.

»Ich kann Ihnen diese Frage nur zu gut, nur zu gut nachfühlen!« beteuerte die Studentin eifrig, die vor Entrüstung über die Worte des Majors ganz rot geworden war.

»Man verliert bloß kostbare Zeit, wenn man so leerem Geschwätz zuhört«, sagte die Hausfrau scharf und blickte ihren Mann bedeutsam an.

Die Studentin straffte sich sofort und schickte sich an, eine Rede zu halten.

»Ich bin hergekommen, um der Versammlung Mitteilung zu machen von den Leiden und dem Protest der Studenten, und da die Zeit über unmoralischen Gesprächen vergeudet wird ...«

»Es gibt weder etwas Moralisches noch etwas Unmoralisches auf der Welt!« fiel ihr der Gymnasiast sogleich ins Wort, kaum daß er sah, daß die Studentin mit einer Rede beginnen wollte.

»Das habe ich, mein Herr Gymnasiast, schon viel früher gewußt als Sie das aufgeschnappt haben.«

»Und ich behaupte«, versetzte dieser geradezu wutschnaubend, »daß Sie ein Kind sind, das aus Petersburg hergekommen ist, um uns über Dinge aufzuklären, die wir schon längst selber wissen. Daß das Gebot „Du sollst deinen Vater und deine Mutter ehren“ und so weiter, das Sie nicht einmal richtig aufzusagen verstanden, ein unmoralisches Gebot ist, das weiß doch schon seit Belinskij ganz Rußland!«

»Wird denn das nie ein Ende nehmen?« fragte Madame Wirginskaja entschlossen ihren Mann.

Als Hausfrau schämte sie sich wegen der nichtigen Redereien, besonders nachdem sie manch ein Lächeln und sogar eine gewisse Verwunderung bei den zum erstenmal eingeladenen Gästen bemerkt hatte.

»Meine Herren«, sagte auf einmal Wirginskij mit erhobener Stimme, »falls jemand von Ihnen etwas zu sagen hat, was mehr zur Sache gehört, oder falls jemand etwas mitzuteilen wünscht, so würde ich vorschlagen, ohne weiteren Zeitverlust damit zu beginnen.«

»Darf ich mir eine Frage gestatten«, begann hierauf mit sanfter Stimme der lahme Lehrer, der bisher nur geschwiegen und mit besonderem Anstand dagesessen hatte, »ich wüßte gern, ob hier eine gewisse Sitzung stattfinden soll, oder ob wir nur eine Versammlung von gewöhnlichen Sterblichen sind, die zu Besuch gekommen sind? Ich frage mehr um der Ordnung willen und um nicht im Ungewissen zu verbleiben.«

Die »kifflige« Frage machte Eindruck; alle schauten einander an, als ob jeder vom anderen die Antwort erwarte, und plötzlich richteten alle, wie auf ein Kommando, ihre Blicke auf Werchowenskij und Stawrogin.

»Ich schlage vor, über die Antwort einfach abzustimmen. Die Frage ist: „Halten wir eine Sitzung oder nicht?“« sagte Frau Wirginskaja.

»Ich bin mit diesem Vorschlag durchaus einverstanden«, erklärte Liputin, »obschon er etwas unbestimmt ist.«

»Auch ich bin einverstanden!« »Ich auch!« ließen sich noch andere Stimmen vernehmen.

»Ich denke gleichfalls, daß das mehr Ordnung schaffen wird«, meinte Wirginskij.

»Also bitte die Stimmen abzugeben!« rief die Hausfrau. »Lämschin, bitte, setzen Sie sich ans Klavier. Sie können auch von dort aus Ihre Stimme abgeben, sobald wir soweit sind.«

»Schon wieder!« rief Lämschin aus, »ich dächte, ich habe nachgerade genug getrommelt.«

»Ich bitte Sie dringend, setzen Sie sich hin und spielen Sie; wollen Sie denn nicht der Sache nützlich sein?«

»Aber ich versichere Sie, Arína Próchorowna, es fällt doch draußen keinem Menschen ein, hier zu horchen! Das sehen Sie nur in Ihrer Phantasie. Außerdem sind ja auch die Fenster zu hoch, und wer würde denn hier überhaupt etwas verstehen, selbst wenn er horchte?«

»Wir verstehen ja selbst nicht einmal, um was es sich handelt«, brummte eine Stimme.

»Und ich sage Ihnen, daß Vorsicht immer angebracht ist. Für den Fall, daß es Spione gibt«, wandte sie sich erklärend an Werchowenskij, »soll man draußen hören, daß wir einen Namenstag feiern, und daß musiziert wird.«

»Zum Teufel!« fluchte Lämschin, setzte sich aber doch ans Klavier und begann blindlings, fast mit den Fäusten auf die Tasten hämmernd, einen Walzer herunterzuleiern.

»Ich schlage vor, daß alle, die eine Sitzung wünschen, die rechte Hand erheben«, beantragte Frau Wirginskaja.

Einige erhoben die rechte Hand, andere nicht. Einige erhoben sie und senkten sie wieder. Oder sie senkten sie und erhoben sie von neuem.

»Pfui, zum Henker, daraus werde nun einer klug!« rief einer der Offiziere.

»Auch ich werde nicht daraus klug«, rief ein anderer.

»Nein, das ist so zu verstehen«, rief eine dritte Stimme, »wenn „Ja", dann die Hand in die Höhe.«

»Aber was bedeutet denn „Ja"?«

»„Ja" bedeutet: Sitzung.«

»Nein, es bedeutet: keine Sitzung.«

»Ich habe für die Sitzung votiert!« rief der Gymnasiast Frau Wirginskaja zu.

»Warum haben Sie dann die Hand nicht in die Höhe gehoben?«

»Ich habe die ganze Zeit auf Sie geschaut: Sie hoben sie nicht, also hob ich sie auch nicht!«

»Wie dumm von Ihnen! Ich habe es doch nur deswegen nicht getan, weil ich es war, die die Abstimmung vorschlug. Meine Herren, ich schlage nochmals eine Abstimmung vor, diesmal einfacher: wer eine Sitzung will, der bleibe sitzen und hebe keine Hand in die Höhe, wer aber nicht will, der hebe die rechte Hand in die Höhe.«

»Wer *nicht* will?« fragte der Gymnasiast noch einmal.

»Ach, Sie stellen sich wohl mit Absicht so?« fuhr ihn Frau Wirginskaja zornig an.

»Nein, erlauben Sie, wer *nicht* will, oder wer da will, das muß schon genauer vereinbart werden!« ließen sich mehrere Stimmen vernehmen.

»Wer nicht will, *nicht* will!«

»Nun schön, aber was soll man denn jetzt tun, die Hand erheben oder nicht erheben, wenn man *nicht* will?« rief ein Offizier.

»Ach ja, an eine Konstitution ist bei uns vorerst noch nicht zu denken!« bemerkte der Major.

»Herr Lämschin, haben Sie die Güte, Sie hämmern ja dermaßen, daß niemand etwas verstehen kann«, versuchte der lahme Lehrer zu Wort zu kommen.

»Ja, bei Gott, Arina Próchorowna, es horcht doch wahrhaftig kein Mensch weit und breit!« rief Lämschin aufspringend. »Und ich mag auch nicht mehr spielen! Ich bin als Gast zu Ihnen gekommen und nicht als Musikant!«

»Meine Herren, ich mache einen anderen Vorschlag«, übertönte Wirginskijs Stimme die anderen. »Antworten Sie mündlich: halten wir eine Sitzung oder nicht?«

»Eine Sitzung! ... Sitzung! Sitzung!« ertönte es von allen Seiten.

»Gut, dann brauchen wir nicht mehr abzustimmen. Sind Sie damit einverstanden, meine Herren, oder soll doch noch votiert werden?«

»Nicht nötig, nicht nötig, wir haben schon verstanden!«

»Vielleicht will aber jemand keine Sitzung?«

»Nein, nein, wir wollen alle!«

»Aber was denn für eine Sitzung?« fragte eine Stimme. Sie erhielt keine Antwort.

»Man muß einen Präsidenten wählen!« riefen mehrere Stimmen zugleich.

»Den Hausherrn, selbstverständlich den Hausherrn!«

»Meine Herren, wenn es sich so verhält«, begann der erwählte Wirginskij, »dann wiederhole ich meinen Vorschlag: sollte jemand von Ihnen etwas mehr zur Sache Gehörendes zu sagen oder irgend etwas mitzuteilen haben, so bitte ich, ohne Zeitverlust damit zu beginnen.«

Allgemeines Schweigen. Wieder wandten sich die Blicke aller Stawrogin und Werchowenskij zu.

»Werchowenskij, hätten Sie nicht eine Erklärung abzugeben?« fragte ihn die Hausfrau ohne Umschweife.

»Nicht, daß ich wüßte«, sagte dieser gleichmütig und lehnte sich gähnend auf seinem Stuhl zurück. »Übrigens, ich würde gern einen Kognak trinken.«

»Stawrogin, wollen Sie nicht?«

»Nein danke, ich trinke nicht.«

»Ich meinte, ob Sie nicht reden wollen? – ich sprach nicht vom Kognak.«

»Reden? Worüber? Nein, das ist nicht meine Absicht.«

»Sie werden gleich den Kognak bekommen«, sagte sie zu Werchowenskij.

Die Studentin erhob sich. Inzwischen hatte sie schon mehrmals den Ansatz dazu gemacht.

»Ich bin gekommen, um von den Leiden der unglücklichen Studenten zu berichten und zum Protest aufzurufen ...«

Aber sie kam nicht weiter: am anderen Ende des Tisches erschien ein neuer Konkurrent, und alle Blicke flogen sofort diesem zu. Der langohrige Schigaljóff hatte sich mit finsterer, mürrischer Miene langsam von seinem Platz erhoben und legte nun melancholisch ein dickes und mit außergewöhnlich kleiner Schrift vollgeschriebenes Heft vor sich hin auf den Tisch. Er setzte sich nicht wieder, blieb stehen und schwieg. Die meisten schauten bestürzt auf das dicke Heft, aber Liputin, Wirginskij und der lahme Lehrer waren mit irgendetwas augenscheinlich sehr zufrieden.

»Ich bitte ums Wort«, sagte Schigaljóff mürrisch, aber entschlossen.

»Herr Schigaljóff hat das Wort«, gewährte Wirginskij.

Der Redner setzte sich, schwieg etwa eine halbe Minute lang und begann dann in überlegenem Ton:

»Meine Herrschaften! ...«

»Da ist der Kognak!« sagte in dem Augenblick die Verwandte, die das Einschenken des Tees besorgt hatte und inzwischen nach dem Kognak gegangen war, verdrossen und mit sichtlicher Verachtung, indem sie vor Werchowenskij die Flasche und das Gläschen hinstellte, die sie beide einfach in der Hand gebracht hatte, ohne Tablett und ohne Teller.

Der unterbrochene Redner hielt würdevoll inne.

»Fahren Sie nur fort, ich höre nicht zu«, rief Werchowenskij über den Tisch und schenkte sich den Kognak ein.

»Meine Herrschaften, indem ich Ihre Aufmerksamkeit in Anspruch nehme«, begann Schigaljoff von neuem, »und Sie, wie Sie später sehen werden, in einem Punkte von erstklassiger Wichtigkeit um Ihre Hilfe bitte, muß ich zuvor einige Worte zur Einleitung sagen.«

»Arina Próchorowna, haben Sie hier vielleicht eine Schere?«

»Wozu brauchen Sie denn jetzt eine Schere?« Sie sah ihn verwundert mit großen Augen an.

»Hab mir die Nägel zu schneiden vergessen; schon seit drei Tagen wollte ich's immer wieder tun«, erwiderte er, gelassen seine langen und ungeputzten Nägel betrachtend.

Arina Prochorowna wurde feuerrot vor Ärger, aber der Studentin schien irgend etwas daran gleichsam zu gefallen.

»Ich glaube, ich habe vorhin hier irgendwo auf einem Fensterbrett eine Schere gesehen«, sagte sie, erhob sich, um die Schere zu suchen, und kam mit ihr sogleich wieder zurück.

Pjotr Stepanowitsch sah sie nicht einmal an, nahm die Schere und begann sich mit seinen Fingernägeln zu befassen. Arina Prochorowna sagte sich, das müsse unter Realisten wohl so Sitte sein, und schämte sich ihrer Empfindlichkeit. Die Versammlung tauschte schweigend Blicke aus. Der lahme Lehrer beobachtete Werchowenskij böse und angewidert.

Schigaljoff fuhr fort:

»Nachdem ich meine Energie zunächst der Erforschung des Problems der sozialen Verfassung jener zukünftigen Gesellschaft gewidmet hatte, die die gegenwärtige Gesellschaft ablösen wird, bin ich zu der Überzeugung gelangt, daß *alle* Entwerfer sozialer Systeme – seit den ältesten Zeiten bis zu unserem eintausendachthundertund ... siebzigsten Jahre – bloß Träumer, Märchenerzähler und Dummköpfe gewesen sind, die sich selbst widersprachen, und die sowohl von der Naturwissenschaft als auch von jenem wunderlichen Tier, das Mensch genannt wird, so gut wie überhaupt nichts begriffen haben. Plato, Rousseau, Fourier sind Säulen aus Aluminium, all das taugt vielleicht für Spatzen, aber nicht für die menschliche Gesellschaft. Da nun die zukünftige Gesellschaftsform jetzt unbedingt festgelegt werden muß, gerade jetzt, wo wir uns alle endlich anschicken zu handeln, um nachher nicht mehr nachdenken zu müssen, so schlage ich denn mein eigenes System der Welteinrichtung vor. Hier ist es!« und er schlug mit der Hand auf sein dickes Heft. »Ich wollte der Versammlung mein Buch in einer nach Möglichkeit gekürzten Form darlegen; aber ich sehe, daß ich noch eine Menge mündlicher Erklärungen werde hinzufügen müssen, und daher wird die ganze Darlegung mindestens zehn Abende erfordern, nach der Zahl der Kapitel meines Buches.« (Man hörte lachen.) »Außerdem erkläre ich im voraus, daß mein System in seinem Aufbau nicht beendet ist.« (Wieder Lachen.) »Ich habe mich in meinen eigenen Argumenten verwickelt, und mein Schlußergebnis steht in diametralem Widerspruch zur anfänglichen Idee. Nachdem ich von unbeschränkter Freiheit ausgegangen bin, komme ich zum Schluß zu unbeschränktem Despotismus. Allein, ich muß hinzufügen, daß es außer meiner Lösung des Problems der sozialen Formel eine andere Lösung überhaupt nicht geben kann.«

Das Gelächter war lauter und lauter geworden, aber es lachten vorwiegend die jüngeren und sozusagen wenig eingeweihten Gäste. Auf dem Gesicht der Hausfrau, Liputins und des lahmen Lehrers drückte sich einiger Unwille aus.

»Wenn schon Sie selbst es nicht fertiggebracht haben, Ihr System zu einem Abschluß zu bringen, und darüber in Verzweiflung geraten sind, was sollen dann wir damit noch anfangen?« bemerkte vorsichtig einer der Offiziere.

»Sie haben recht, Herr aktiver Offizier«, wandte sich Schigaljoff bissig an ihn, »und vor allen Dingen darin, daß Sie das Wort „Verzweiflung“ gebrauchten. Ja, ich bin bei der Verzweiflung angelangt; nichtsdestoweniger ist alles, was in meinem Buch dargelegt worden ist, nicht zu ändern, und einen anderen Ausweg gibt es nicht; keiner wird etwas anderes ersinnen können. Und deshalb beeile ich mich, ohne Zeit zu verlieren, die ganze Gesellschaft aufzufordern, nach Anhören meines Buches an zehn Abenden ihre Meinung zu äußern. Wenn aber die Mitglieder mich nicht anhören wollen, dann ist es besser, wir gehen alle gleich auseinander, – die Männer, um sich im Staatsdienst zu betätigen, die

Frauen in ihre Küchen –, weil ihnen, wenn sie mein Buch ablehnen, doch nichts anderes übrigbleibt. Es gibt ü–ber– haupt keine andere Wahl! Lassen Sie sich jedoch die Zeit entgehen, so benachteiligen Sie sich dadurch nur, da Sie dann später doch unfehlbar zum ewig Alten werden zurückkehren müssen.«

Man wurde ein wenig unruhig: »Was ist mit ihm los? ... Wie? ... Etwa übergeschnappt ...?« hörte man flüstern.

»Das heißt also, daß es sich jetzt nur noch um Schigaljóffs Verzweiflung handelt«, folgerte Lämschin, »und die Tagesfrage nur lauten kann: hat er das Recht, verzweifelt zu sein, oder hat er es nicht?«

»Schigaljóffs Verzweiflung ist eine rein persönliche Frage«, erklärte der Gymnasiast.

»Ich beantrage, darüber abzustimmen, inwieweit Schigaljoffs Verzweiflung die gemeinsame Sache angeht, und ferner auch noch darüber: ob es sich wohl lohnt oder nicht lohnt, seine Darlegung anzuhören«, schlug amüsiert einer von den Offizieren vor.

»Hier handelt es sich nicht darum«, mischte sich schließlich der Lahme ein. Er sprach eigentlich immer mit einer Art von spöttischem Lächeln, so daß es schwer zu unterscheiden war, ob er aufrichtig sprach oder ob er nur scherzte. »Hier, meine Herrschaften, handelt es sich um etwas ganz Anderes. Herr Schigaljoff hat sich der Aufgabe, vor die er sich gestellt sah, mit größtem Ernst gewidmet und ist dabei sehr bescheiden. Ich kenne sein Werk. Er schlägt darin als endgültige Lösung des Problems die Teilung der Menschheit in zwei ungleiche Teile vor. Der kleinere Teil, ungefähr nur ein Zehntel der Menschheit, erhält allein persönliche Freiheit und das unbeschränkte Recht über die übrigen neun Zehntel. Diese neun Zehntel der Menschheit aber sollen ihre Persönlichkeit vollkommen einbüßen und zu einer Art Herde werden, und bei unbegrenztem Gehorsam mittels einer Reihe von Umwandlungen die uranfängliche Unschuld wieder gewinnen, so etwa den Zustand im ursprünglichen Paradies, obschon sie übrigens auch arbeiten werden. Die Maßnahmen, die der Verfasser vorschlägt, um den neun Zehnteln der Menschheit den Willen zu nehmen und sie durch umbildende Erziehung ganzer Generationen in eine Herde zu verwandeln, sind überaus interessant, sind auf naturwissenschaftlichen Tatsachen aufgebaut und sind streng logisch. Man kann sich wohl mit einigen seiner Folgerungen nicht einverstanden erklären, allein an der Klugheit und den Kenntnissen des Verfassers zu zweifeln, dürfte kaum möglich sein. Es ist schade, daß seine Forderung von zehn Abenden mit den Umständen völlig unvereinbar ist, andernfalls bekämen wir viel Interessantes zu hören.«

»Meinen Sie das wirklich im Ernst?« fragte Frau Wirginskaja fast aufgebracht den Lahmen. »Weil dieser Mensch nicht weiß, was er mit den Menschen anfangen soll, und darum neun Zehntel von ihnen zu Sklaven machen will? Ich habe ihn schon lange im Verdacht gehabt, daß ihm so etwas zuzutrauen wäre!«

»Reden Sie von Ihrem Bruder?« fragte der Lahme.

»Verwandtschaft? Was soll das? Oder wollen Sie sich über mich lustig machen?«

»Und dazu noch für die Aristokraten arbeiten und ihnen wie Göttern gehorchen, – das ist eine Gemeinheit!« rief die Studentin empört.

»Was ich vorschlage, ist nicht eine Gemeinheit, sondern ist ein Paradies, ein irdisches Paradies, und ein anderes ist hier auf Erden überhaupt nicht möglich«, schloß Schigaljoff in autoritärem Ton.

»Ich aber würde«, übertönte Lämschins Stimme die anderen, »an Stelle von so einem Paradies lieber diese ganzen neun Zehntel der Menschheit nehmen und einfach in die Luft sprengen, wenn man schon mit ihnen nichts anzufangen weiß, und würde nur ein Häufchen gebildeter Leute übriglassen, die dann eben nach den Lehren der Wissenschaft herrlich zu leben beginnen könnten!«

»So kann nur ein Narr reden!« fuhr die Studentin auf.

»Er ist ein Narr, aber nützlich«, raunte ihr Frau Wirginskaja zu.

»Und vielleicht wäre das die beste Lösung der Aufgabe!« wandte sich Schigaljoff lebhaft Lämschin zu; »Sie wissen natürlich nicht einmal, was für ein tiefer Gedanke das ist, den auszusprechen Ihnen gelungen ist, Herr lustiger Mensch! Da aber Ihr Vorschlag kaum durchzuführen wäre, so muß man sich eben mit dem irdischen Paradies begnügen, wenn es schon einmal so benannt worden ist.«

»Das ist nun doch schon weidlicher Unsinn!« entfuhr es gleichsam unwillkürlich Werchowenskij, der übrigens vollkommen gleichmütig und ohne aufzublicken fortfuhr, seine Nägel zu beschneiden.

»Warum soll es denn Unsinn sein?« griff sofort der lahme Lehrer die Bemerkung auf, als hätte er nur auf das erste Wort von Werchowenskij gewartet, um ihn angreifen zu können. »Warum denn unbedingt Unsinn? Herr Schigaljoff ist in manchem geradezu ein Fanatiker der Menschenliebe, und erinnern Sie sich nur, daß sich bei Fourier, besonders bei Cabet und sogar bei Proudhon selbst eine Menge der despotischsten und phantastischsten Lösungsversuche für diese Frage findet. Herr Schigaljoff hat vielleicht noch am nüchternsten von ihnen allen die Sache angefaßt. Ich versichere Sie, daß es nach der Lektüre seines Buches fast unmöglich ist, in einigen Punkten anderer Meinung zu sein. Er hat sich vielleicht weniger als alle anderen von der Realität entfernt, und sein irdisches Paradies ist beinahe das wirkliche Paradies, eben jenes, über dessen Verlust die Menschheit seufzt, – wenn wir schon annehmen wollen, daß es dieses wirklich einmal gegeben habe.«

»Ich konnte mir ja denken, daß ich mir da was auf den Hals lade«, brummte Werchowenskij wieder nachlässig.

»Erlauben Sie«, ereiferte sich der Lahme immer mehr und mehr, »solche Erörterungen und Gespräche über die zukünftige soziale Einrichtung sind doch nahezu die dringendste Notwendigkeit für alle denkenden Menschen unserer

Zeit. Alexander Herzen hat sich sein Leben lang einzig und allein darum gesorgt, und Belinskij und seine Freunde haben, wie ich aus zuverlässiger Quelle weiß, ganze Abende damit verbracht, daß sie im voraus selbst über die kleinsten Einzelheiten der zukünftigen sozialen Gesellschaft debattierten, ja, sozusagen über deren Küchenfragen stritten.«

»Und manche verlieren darüber sogar den Verstand«, bemerkte auf einmal der Major.

»Immerhin kann man sich so doch zu irgendeinem Ergebnis durchringen, und das ist, denke ich, jedenfalls besser, als wie die Diktatoren dazusitzen und kein Wort zu sagen«, stichelte gehässig Liputin, der jetzt endlich zu wagen schien, Werchowenskij anzugreifen.

»Ich habe nicht zu Schigaljoffs Ausführungen gesagt, daß sie Unsinn seien«, brummte Werchowenskij. »Sehen Sie, meine Herrschaften«, – er blickte kurz auf – »meiner Meinung nach sind alle diese Bücher, sei es von Fourier oder Cabet, alle diese Schriften über „Das Recht auf Arbeit", der Schigalewismus – all das erinnert an Romane, von denen man ja hunderttausend schreiben kann. Ein ästhetischer Zeitvertreib. Ich begreife ja, daß Sie sich hier in der Einsamkeit langweilen, und da stürzt man sich denn auf das Schreibpapier.«

»Erlauben Sie«, der Lahme rückte sich nervös auf seinem Stuhl zurecht, »wenn wir auch Provinzler sind und natürlich allein schon deswegen bedauernswert erscheinen, so wissen wir doch, daß sich auf der Welt vorerst noch nichts derartig Neues zugetragen hat, daß wir darüber weinen müßten, es nicht bemerkt zu haben. Da fordert man uns nun auf, durch verschiedene zugesteckte Flugblättchen ausländischen Fabrikats, uns zusammenzutun und geheime Gruppen zu bilden, einzig zu dem Zweck, die allgemeine Zerstörung vorzubereiten, und dies mit der Begründung, daß die Welt durch teilweises Herumdoktern doch nicht mehr zu heilen sei, schnitte man aber in radikalem Vorgehen hundert Millionen Köpfe ab, so könne man nach einer solchen Erleichterung sicherer über den Graben springen. Ein herrlicher Gedanke, zweifellos, aber mit der Wirklichkeit mindestens ebenso unvereinbar, wie es auch der „Schigalewismus" ist, über den Sie sich soeben noch so geringschätzig äußerten.«

»Na ja, aber ich bin doch nicht zum Räsonieren hergekommen«, verschnappte sich Werchowenskij gleichsam mit einem bedeutsamen Wort, tat aber dabei, als hätte er das selbst gar nicht bemerkt, und zog ruhig ein Licht näher zu sich heran, um es heller zu haben.

»Schade, wirklich sehr schade, daß Sie nicht zu Erörterungen hergekommen sind, und desgleichen, daß Sie gerade jetzt mit Ihrer Toilette beschäftigt sind.«

»Was hat das mit meiner Toilette zu tun?«

»Die Idee, hundert Millionen Köpfe abzuschlagen, ist ebenso schwer zu verwirklichen wie die Umgestaltung der Welt durch Propaganda. Vielleicht sogar noch schwerer, besonders wenn es in Rußland geschehen soll«, wagte sich Liputin wieder vor.

»Man scheint jetzt allgemein auf Rußland zu hoffen«, bemerkte der eine Offizier.

»Ja, auch wir haben davon gehört, daß man jetzt in der Beziehung auf Rußland hofft«, griff der Lahme die Bemerkung auf. »Es ist uns bekannt, daß auf unser herrliches Vaterland ein geheimnisvoller Index hinweist, wie auf das Land, das zur Ausführung der großen Aufgabe am meisten befähigt sei. Nur bedenken Sie einmal dies: im Fall einer allmählichen Lösung der Aufgabe durch Propaganda hätte zum Beispiel ich persönlich immerhin etwas zu gewinnen, nun, wenn auch nur angenehme Unterhaltung, und von den Vorgesetzten könnte ich sogar eine Rangerhöhung erhalten für meine in der sozialen Sache geleisteten Dienste. Im zweiten Fall dagegen, bei der schnellen Lösung der Aufgabe durch das Abschlagen von hundert Millionen Köpfen – was hätte ich da für eine Belohnung zu erwarten? Fange ich an, dafür Propaganda zu machen, so schneidet man mir womöglich noch die Zunge ab.«

»Ihnen wird man sie bestimmt abschneiden«, sagte Werchowenskij.

»Sehen Sie wohl! Da man aber selbst unter den günstigsten Umständen eine solche Metzelei in fünfzig Jahren, oder meinetwegen auch nur in dreißig, nicht beenden könnte – denn das sind doch keine Lämmer, die sich protestlos den Hals abschneiden lassen –, so meine ich: sollte es da nicht ratsamer sein, seine Habseligkeiten zusammenzupacken und über stille Meere irgendwohin nach stillen Inseln auszuwandern und dort ungestört in Ruhe seine Augen zu schließen? Glauben Sie mir«, rief er lauter und klopfte bedeutsam mit dem Finger an den Tischrand, »mit einer solchen Propaganda werden Sie nur allgemeine Auswanderung hervorrufen und nichts weiter!«

Er schloß sichtlich triumphierend. Er war bei uns bekannt als kluger Kopf. Liputin lächelte schadenfroh, Wirginskij hörte etwas niedergeschlagen zu, alle übrigen folgten dem Streit mit größter Aufmerksamkeit, besonders die Damen und die Offiziere. Alle begriffen, daß der Agent für das Abschlagen von hundert Millionen Köpfen an die Wand gedrückt war, und warteten nun ab, zu welchem Ergebnis das führen werde.

»Das haben Sie übrigens ganz gut gesagt«, brummte womöglich noch gleichmütiger als vorher, ja, beinahe schon gelangweilt, Werchowenskij. »Auszuwandern, das ist ein guter Gedanke. Aber da sich trotz all der offensichtlichen Nachteile, die Sie ja schon vorausfühlen, doch mit jedem Tag mehr Soldaten oder Kämpfer für die gemeinsame Sache melden, so wird man auch ohne Sie auskommen. Hier, mein Bester, ist eine neue Religion im Anmarsch, um die alte zu ersetzen, eben deshalb stellen sich ja auch so viele Soldaten ein, und es geht hier um eine große Sache. Sie aber, wandern Sie nur aus! Und wissen Sie, ich möchte Ihnen raten, doch lieber nach Dresden zu gehen, und nicht nach den stillen Inseln. Erstens ist das eine Stadt, in der es noch nie eine Epidemie gegeben hat, und da Sie doch ein geistig entwickelter Mensch sind, so fürchten Sie sich gewiß vor dem Tode; zweitens liegt sie nicht weit von der russischen Grenze, so daß man dort schneller die Einkünfte aus dem liebenswürdigen Vaterlande erhalten kann; drittens hat sie in ihren Mauern eine Menge sogenannter Kunstschätze, Sie aber sind doch ein ästhetisch interessierter Mensch, ein ehemaliger Lehrer der Literatur, wenn ich nicht irre; nun und schließlich hat sie noch ihre eigene kleine Schweiz, in Taschenformat, – das aber ist doch für die poetische Inspiration sehr zuträglich, zumal Sie doch sicher zu dichten pflegen. Mit einem Wort, ein Schatz in einer Schnupftabaksdose.«

Die Gäste wurden unruhig; besonders die Offiziere. Noch ein Augenblick, so schien es, und alle hätten zugleich zu sprechen begonnen. Aber der Lahme biß sofort nach dem Köder:

»Nein, ich habe doch durchaus noch nicht gesagt, daß ich die gemeinsame Sache im Stich lassen wolle! Das sollte man auseinanderhalten ...«

»Wieso, würden Sie denn in eine Fünfergruppe eintreten, wenn ich Sie dazu aufforderte?« warf Werchowenskij plötzlich die Frage hin und legte die Schere auf den Tisch.

Alle zuckten gleichsam zusammen. Der rätselhafte Mensch hatte sich gar zu plötzlich demaskiert. Sogar das Wort „Fünfergruppe" hatte er offen ausgesprochen.

»Jeder, der sich als Ehrenmann fühlt, wird sich von der gemeinsamen Sache nicht abwenden«, versuchte der Lahme auszuweichen, »aber ...«

»Nein, bitte sehr, hier gilt kein Aber«, unterbrach ihn Werchowenskij gebieterisch und schroff. »Ich erkläre hiermit, meine Herrschaften, daß ich eine eindeutige offene Antwort haben muß. Ich weiß sehr wohl, daß ich, der ich hierhergekommen bin und Sie alle selbst zusammengerufen habe, Ihnen Erklärungen schuldig bin.« (Wieder ein unerwarteter Aufschluß.) »Wie aber soll ich Erklärungen abgeben, bevor ich weiß, welcher Art Ihre Gesinnung ist? Unter Vermeidung von Gesprächen – denn wir wollen doch nicht wieder dreißig Jahre lang schwatzen, wie man bisher schon dreißig

Jahre lang geschwatzt hat –, frage ich Sie, was Ihnen lieber ist: der langsame Weg, der darin besteht, daß man soziale Romane schreibt und kanzleimäßig das Menschengeschick auf tausend Jahre vorausregistriert auf dem Papier, während der Despotismus derweil die gebratenen Stücke schluckt, die Ihnen von selbst in den Mund fliegen wollen und die sie an Ihrem Munde vorüberfliegen lassen; oder sind Sie für die schnelle Entscheidung, gleichviel worin sie bestehe, die aber auf jeden Fall die Hände freimacht und der Menschheit den Spielraum geben wird, sich selbst sozial einzurichten, und zwar bereits in der Wirklichkeit und nicht bloß auf dem Papier? Da schreit man nun: ‚Aber hundert Millionen Köpfe!' Das ist vielleicht nur eine Metapher, aber wozu denn davor zurückschrecken, wenn der Despotismus während der langsamen Träumereien auf dem Papier in irgendwelchen hundert Jahren nicht bloß hundert, sondern fünfhundert Millionen Köpfe frißt? Und bedenken Sie auch noch dies, daß ein unheilbar Kranker sowieso nicht geheilt werden kann, mag man ihm auch noch so schöne papierene Rezepte verschreiben; ja, es besteht sogar die Gefahr, daß er, wenn sein Absterben sich gar zu sehr in die Länge zieht, dermaßen in Fäulnis übergeht, daß er auch uns ansteckt und alle frischen Kräfte, auf die wir jetzt noch rechnen können, verdirbt, sodaß wir schließlich alle zugrunde gehen. Ich gebe ja gern zu, daß liberal und beredt zu schwätzen überaus angenehm ist, handeln aber – einigermaßen angreift ... Nun ja, übrigens verstehe ich nicht zu reden; ich bin mit bestimmten Mitteilungen hergekommen und darum bitte ich jetzt die verehrte Versammlung, nicht etwa abzustimmen, nein, sondern einfach und ohne Umschweife zu sagen, was Sie lustiger fänden: einen Schildkrötengang im Sumpf oder mit Volldampf durch den Sumpf hindurch?«

»Ich erkläre mich unbedingt für Volldampf!« rief der Gymnasiast begeistert.

»Ich auch!« rief Lämschin.

»Vor eine solche Wahl gestellt, besteht natürlich kein

Zweifel, was zu wählen ist«, murmelte einer der Offiziere. Nach ihm stimmte noch jemand bei und dann noch jemand.

Am meisten frappierte es alle, daß Werchowenskij mit »Mitteilungen« hergekommen sei und offenbar die Absicht hatte, sogleich zu reden.

»Meine Herrschaften, ich sehe, daß fast alle sich im Sinne der Proklamationen entscheiden«, sagte er, während sein Blick die Anwesenden überflog.

»Alle, alle!« riefen die meisten.

»Ich muß gestehen, daß ich eigentlich mehr für eine humane Lösung wäre«, sagte der Major, »da aber schon alle dafür stimmen, so halte auch ich mit.«

»Es scheint also, daß auch Sie keinen Widerspruch erheben?« wandte sich Werchowenskij an den lahmen Lehrer.

»Ich kann nicht sagen, daß ich gerade ...«, erwiderte dieser zögernd und wurde ein wenig rot, »aber wenn ich mich jetzt den anderen anschließe, so tue ich es nur, um nicht störend zu wirken ...«

»Da haben wir's! Aber so seid ihr ja alle! Seid wohl bereit, ein halbes Jahr lang um der liberalen Schönrednerei willen zu streiten, und endet dann damit, daß ihr euch bloß ‚den anderen anschließt'! Meine Herrschaften, so denken Sie doch erst einmal nach und überlegen Sie, ob es auch wahr ist, daß Sie alle bereit sind?«

(Wozu bereit? Die Frage war unbestimmt, aber unsagbar verlockend.)

»Aber gewiß! ... alle! ... selbstverständlich! ...« ertönten Versicherungen.

Übrigens blickten alle einander an.

»Aber vielleicht wird es Sie nachher verdrießen und kränken, daß Sie so schnell zugestimmt haben? Das ist doch bei Ihnen fast immer der Fall.«

Man geriet in Erregung – in verschiedenem Sinne –, in starke Erregung. Der Lahme stieß von neuem auf Werchowenskij vor:

»Erlauben Sie einstweilen, Sie darauf aufmerksam zu

machen, daß Antworten auf solche Fragen gewisse Vorbedingungen zur Voraussetzung haben. Wenn wir auch unsere Zustimmung gegeben haben, so bitte ich doch, nicht zu vergessen, daß diese Frage, die hier in so sonderbarer Weise gestellt wurde ...«

»Inwiefern in sonderbarer Weise?«

»Insofern, als solche Fragen sonst nicht so gestellt werden.«

»Dann belehren Sie mich bitte, wie. Aber wissen Sie, ich war ja schon im voraus überzeugt, daß gerade *Sie* sich als erster gekränkt fühlen würden.«

»Sie haben uns die Zustimmung zu sofortigem Handeln zwar entlockt, aber welch ein Recht hatten Sie eigentlich zu solchem Vorgehen? Welche Vollmacht haben Sie denn überhaupt, um solche Fragen zu stellen?«

»Warum ist es Ihnen denn nicht früher eingefallen, danach zu fragen! Warum haben Sie denn geantwortet? Erst nachdem das Wort gefallen ist, kommt man zur Besinnung.«

»Mir scheint, daß die leichtsinnige Unvorsichtigkeit Ihrer Hauptfrage einem den Verdacht nahelegt, daß Sie überhaupt keine Vollmacht haben, noch irgend welche Rechte, sondern nur aus persönlicher Neugier sondieren wollten.«

»Ja, wovon reden Sie denn, wovon reden Sie?« rief da plötzlich Werchowenskij, als fühle er sich auf einmal sehr beunruhigt.

»Ich rede davon, daß *Affiliationen,* gleichviel was für welche, mindestens unter vier Augen vorgenommen werden, und nicht in einer unbekannten Gesellschaft von zwanzig Personen!« platzte der Lahme mit dem gefährlichen Wort heraus. Damit hatte er nun alles ausgesprochen, aber er war auch schon gar zu gereizt.

Werchowenskij wandte sich sofort mit vorzüglich gespielter Aufregung an die Anwesenden.

»Meine Herrschaften, ich halte es für meine Pflicht, Ihnen allen zu erklären, daß dies ganze Geplänkel nur leeres Geschwätz war und unser Gespräch zu weit gegangen ist. Ich habe noch so gut wie keinen affiliiert, und niemand hat das

Recht, von mir zu sagen, ich täte es, sondern wir haben hier einfach über Meinungen gesprochen. Nicht wahr? Aber wie dem auch sei«, wandte er sich wieder an den Lahmen, »jedenfalls haben Sie mich in große Unruhe versetzt. Ich hätte nie gedacht, daß man hier über solche fast unschuldigen Dinge nur unter vier Augen sprechen darf. Oder befürchten Sie eine Denunziation? Wäre es denn überhaupt möglich, daß sich unter uns ein Denunziant befände?«

Eine außergewöhnliche Aufregung setzte ein; alle begannen zu sprechen.

»Meine Herrschaften, selbst wenn es so wäre«, fuhr Werchowenskij fort, »so bin doch ich derjenige, der sich am meisten kompromittiert hat, und darum schlage ich vor, zunächst eine Frage zu beantworten, versteht sich, nur wenn Sie wollen. Es steht bei Ihrem vollkommen freien Willen.«

»Was für eine Frage? Was für eine Frage?« riefen alle durcheinander.

»Eben eine Frage, durch deren Beantwortung klargestellt werden würde: ob wir zusammenbleiben sollen oder ob wir besser tun, wenn wir schweigend unsere Hüte nehmen und auseinandergehen, ein jeder seines Weges.«

»Die Frage, die Frage!?«

»Wenn ein jeder von uns um einen beabsichtigten politischen Mord Bescheid wüßte, würde er dann hingehen und Anzeige erstatten, auch wenn er alle Folgen voraussieht, oder würde er zu Haus bleiben und die Ereignisse abwarten? Hierüber kann man verschiedener Ansicht sein. Die Antwort auf diese Frage wird klarstellen, ob wir auseinandergehen oder zusammenbleiben sollen, und wenn letzteres, dann gewiß nicht nur für diesen einen Abend. Gestatten Sie, daß ich mich mit dieser Frage an Sie als ersten wende«, wandte er sich an den Lahmen.

»Warum denn an mich als ersten?«

»Weil von Ihnen diese ganze Auseinandersetzung heraufbeschworen worden ist. Tun Sie mir den Gefallen und weichen Sie nicht aus. Ausflüchte sind hier nicht am Platz. Aber natürlich, ganz wie Sie wollen; Sie haben Ihren freien Willen, wie gesagt.«

»Entschuldigen Sie, aber eine solche Frage ist geradezu beleidigend.«

»Ich muß schon bitten, etwas deutlicher zu sein.«

»Ich bin noch nie Agent der Geheimpolizei gewesen«, versuchte dieser erst recht auszuweichen.

»Haben Sie die Güte, bestimmter zu antworten. Halten Sie uns nicht auf.«

Der Lahme wurde so wütend, daß er überhaupt aufhörte zu antworten. Schweigend sah er mit bösem Blick durch die Brillengläser unverwandt den Peiniger an.

»Ja oder nein? Würden Sie denunzieren oder nicht?« schrie ihn Werchowenskij an.

»Selbstverständlich werde ich *nicht* denunzieren!« schrie der Lahme doppelt so laut zurück.

»Und keiner wird anzeigen, kein einziger, das ist doch selbstverständlich! ... lächerlich! ... so etwas! ...« waren viele Stimmen zu hören.

»Erlauben Sie, daß ich mich jetzt an Sie wende, Herr Major, würden Sie anzeigen, ja oder nein?« fuhr Werchowenskij fort. »Beachten Sie, daß ich mich mit Absicht an Sie wende.«

»Ich denunziere nicht.«

»Nun, aber wenn Sie wüßten, daß irgend jemand einen anderen erschlagen und berauben will, einen gewöhnlichen Sterblichen, dann würden Sie es doch anzeigen, vorher melden?«

»Natürlich, aber das wäre doch ein ziviler Fall, hier aber handelte es sich um eine politische Denunziation. Ich bin kein Agent der Geheimpolizei.«

»Aber das ist hier doch keiner! Unnütze Frage!« ließen sich wieder Stimmen vernehmen. »Alle haben wir hier die gleiche Antwort! Hier gibt es keine Denunzianten!«

»Warum steht dieser Herr dort auf?« rief plötzlich die Studentin.

»Das ist Schatoff! Warum sind Sie aufgestanden, Schatoff?« rief die Hausfrau erregt.

Schatoff hatte sich tatsächlich erhoben; er stand da, die Mütze in der Hand, und sah Werchowenskij an. Er schien ihm etwas sagen zu wollen, aber noch zu schwanken. Sein Gesicht war blaß und zornig, aber er hielt stand, bezwang sich, sagte kein Wort und ging stumm aus dem Zimmer.

»Schatoff, das ist doch für Sie nicht vorteilhaft!« rief ihm Werchowenskij rätselhaft nach.

»Dafür ist es für dich vorteilhaft, für den Spion und Schurken!« schrie ihm Schatoff von der Tür aus zu und verließ vollends das Zimmer.

Wieder erhoben sich alle Stimmen durcheinander.

»Da haben wir jetzt die Probe!« rief jemand.

»Hat genützt!« rief eine andere Stimme.

»Hat sie nicht zu spät genützt?« fragte eine dritte.

»Wer hat ihn eingeladen? – Wer hat ihn zugelassen? – Was ist das für ein Mensch? Wer ist dieser Schatoff? – Wird er denunzieren? ... wird er nicht? ...« schwirrte es von Fragen.

»Wenn er ein Denunziant wäre, so hätte er sich verstellt, so aber hat er auf die ganze Sache nur gespuckt und ist einfach weggegangen«, bemerkte jemand.

»Da steht auch Stawrogin auf! Stawrogin hat auch noch nicht die Frage beantwortet!« rief wieder die Studentin.

Stawrogin war in der Tat aufgestanden, und fast zugleich mit ihm hatte sich am anderen Tischende auch Kirilloff erhoben.

»Ich bitte Sie, Herr Stawrogin«, wandte sich die Hausfrau nervös an ihn, »wir haben uns hier alle zu der Frage geäußert, und Sie wollen nun wortlos weggehen?«

»Ich sehe keine Notwendigkeit, auf eine Frage zu antworten, die nur Sie interessiert«, antwortete Stawrogin halblaut.

»Aber wir haben uns hier ausgesetzt, und Sie nicht!« schrien ein paar Stimmen.

»Was geht das mich an, daß Sie sich kompromittiert haben?« versetzte Stawrogin lachend, aber seine Augen blitzten.

»Wieso geht das Sie nichts an? Wieso nicht?« wurde hier und da gerufen. Viele sprangen von den Stühlen auf.

»Erlauben Sie, meine Herrschaften, erlauben Sie«, rief lauter als alle der Lahme, »auch Herr Werchowenskij hat ja noch nicht auf die Frage geantwortet, sondern sie bloß gestellt!«

Diese Feststellung machte einen erstaunlichen Eindruck. Alle sahen einander an. Stawrogin lachte laut auf, dem Lahmen ins Gesicht, und verließ das Zimmer, gefolgt von Kirilloff. Werchowenskij lief beiden sofort ins Vorzimmer nach.

»Was fällt Ihnen ein, was tun Sie mir an!« flüsterte er erregt, Stawrogins Hand umklammernd und sie krampfhaft drückend. Der entriß sie ihm schweigend.

»Gehen Sie jetzt zu Kirilloff, ich komme gleich nach ... Ich muß unbedingt, unbedingt mit Ihnen sprechen! ...«

»Ich aber nicht mit Ihnen!« schnitt ihm Stawrogin kurz das Wort ab.

»Stawrogin wird bei mir sein«, entschied Kirilloff. »Stawrogin, Sie müssen doch. Ich werde Ihnen dort zeigen, warum.«

Sie gingen hinaus.

ACHTES KAPITEL

ZARÉWITSCH IWÁN

Sie gingen hinaus. Pjotr Stepanowitsch gedachte zunächst noch, ins Gastzimmer zur »Sitzung« zurückzukehren, um das Chaos zu beschwichtigen, aber wahrscheinlich überlegte er es sich anders: daß es jetzt für ihn nicht mehr auf diese Versammlung ankam, und so lief er denn schon zwei Minuten später auf der Straße den Fortgegangenen nach. Während des Laufens erinnerte er sich einer Quergasse, durch die er ein gutes Stück Weges abschneiden konnte. Er bog in sie ein, durchlief sie, fast bis über die Knöchel im Schlamm versinkend, und gelangte auf diese Weise zum Filippoffschen Hause fast in demselben Augenblick, als Stawrogin und Kirilloff durch die Hofpforte traten.

»Sie sind schon hier?« bemerkte Kirilloff. »Das ist gut. Kommen Sie.«

»Wie, Sie sagten doch, daß Sie jetzt ganz allein in Ihrer Wohnung leben?« fragte Stawrogin, als er im Flur an einem bereits hergerichteten Ssamowar, der schon zu summen begann, vorüberging.

»Sie werden gleich sehen, mit wem ich hier hause«, murmelte Kirilloff. »Treten Sie ein.«

Kaum waren sie eingetreten, da zog Werchowenskij schon den anonymen Brief, den er sich von Herrn von Lembke ausgebeten hatte, aus der Tasche und legte ihn vor Stawrogin auf den Tisch. Sie setzten sich alle drei. Stawrogin las den Brief schweigend durch.

»Nun?« fragte er.

»Dieser Schuft wird bestimmt das tun, wozu er sich erboten hat«, erklärte Werchowenskij. »Da Sie ihn doch in der Hand haben, so sagen Sie gefälligst, wie man mit ihm verfahren soll. Ich kann Sie versichern, daß er vielleicht schon morgen zu Lembke geht.«

»So mag er doch gehen.«

»Wieso, mag er doch? Besonders, wenn man das verhüten kann?«

»Sie irren sich, er ist keineswegs abhängig von mir. Und außerdem geht mich das ja nichts an; mir droht er doch mit nichts, bloß Ihnen.«

»Und auch Ihnen.«

»Ich glaube nicht.«

»Aber andere könnten Sie nicht verschonen wollen, begreifen Sie denn das wirklich nicht? Hören Sie, Stawrogin, das ist doch nur ein Spiel mit Worten. Tut Ihnen denn wirklich das Geld leid?«

»Ist denn hierbei überhaupt Geld nötig?«

»Unbedingt, und zwar etwa zweitausend oder minimum tausendfünfhundert Rubel. Geben Sie mir die Summe morgen oder besser heute noch, und ich schiebe ihn Ihnen morgen gegen Abend ab nach Petersburg, wohin er ja so gern möchte. Wenn Sie wollen, zugleich mit Marja Timofejewna, – beachten Sie das wohl.«

Es fiel an ihm eine gewisse Zerfahrenheit auf, wie eine vollkommene Verwirrung; er sprach gewissermaßen unvorsichtig, stieß unbedachte Worte hervor.

Stawrogin betrachtete ihn mit Verwunderung.

»Ich habe gar keinen Grund, Marja Timofejewna wegzuschicken«, sagte er.

»Vielleicht *wollen* Sie es nicht einmal?« fragte Pjotr Stepanowitsch ironisch.

»Vielleicht will ich es nicht einmal.«

»Kurzum: wird das Geld zur Stelle sein oder wird es nicht zur Stelle sein?« fuhr er Stawrogin plötzlich in gereizter Ungeduld an, in einem Ton gleichsam herrischen Zorns.

Dieser besah ihn sich mit ernstem Gesicht.

»Das Geld wird nicht zur Stelle sein.«

»Ei, Stawrogin! Sie wissen offenbar etwas Bestimmtes oder haben bereits etwas getan! Sie ... spielen ein hohes Spiel!«

Sein Gesicht verzerrte sich, seine Mundwinkel zuckten, und plötzlich brach er in ein merkwürdig grundloses, im Augenblick völlig unangebrachtes Lachen aus.

»Sie haben doch erst kürzlich von Ihrem Vater das Geld für das Gut erhalten«, bemerkte Stawrogin ruhig. »Meine Mutter hat ja die sechs- oder achttausend Rubel, die Sie von Stepan Trofimowitsch noch erwarteten, an Sie persönlich ausgezahlt. Also können Sie doch die Anderthalbtausend von Ihrem eigenen Gelde nehmen. Ich habe es schließlich satt, immer für andere zu zahlen, und ich habe es bereits so oft getan, daß es nachgerade kränkend für mich wird ...«, schloß er mit einem unwillkürlichen Lächeln zu seinen eigenen Worten.

»Ah, Sie beginnen zu scherzen ...«

Stawrogin erhob sich, und sofort sprang auch Werchowenskij auf und stellte sich mechanisch mit dem Rücken zur Tür, wie um den Ausgang zu versperren. Stawrogin machte schon eine Bewegung, um ihn von der Tür wegzustoßen und hinauszugehen, hielt aber plötzlich inne.

»Ich werde Ihnen Schatoff nicht abtreten«, sagte er.

Pjotr Stepanowitsch zuckte zusammen; sie sahen einander an.

»Ich habe Ihnen heute unterwegs gesagt, wozu Sie Schatoffs Blut brauchen.« Stawrogins Augen blitzten auf. »Mit diesem Blut wollen Sie Ihre Gruppe zusammenschweißen. Vorhin haben Sie Schatoff überaus geschickt hinausmanövriert: Sie wußten nur zu gut, daß er nicht großartig sagen würde: ‚Ich werde nicht denunzieren', vor Ihnen aber zahm zu tun für unter seiner Würde hält. Aber wozu in aller Welt brauchen Sie denn auf einmal mich, gerade mich? Seit der Begegnung im Ausland drängen Sie sich mir auf und lassen nicht von mir ab. Was Sie mir bisher zur Erklärung Ihres Verhaltens gesagt haben, ist doch nur bare Phantasterei. Dabei wollen Sie, daß ich, indem ich Lebädkin tausendfünfhundert Rubel einhändige, damit Ihrem Fedjka das Zeichen gebe, ihn zu ermorden. Ich weiß, Sie denken, es wäre mir recht, wenn zugleich auch meine Frau ermordet werden würde. Und wenn Sie mich durch das Verbrechen gefesselt haben, dann, so meinen Sie, würden Sie mich natürlich in Ihrer Macht haben, so ist es doch? Wozu aber wollen Sie diese Macht? Zu welch einer Teufelei in aller Welt brauchen Sie mich auf einmal? Ich sage Ihnen ein für allemal: machen Sie doch Ihre Augen auf und sehen Sie schärfer zu, ob ich überhaupt ein Mensch bin, wie Sie sie benötigen, und lassen Sie mich dann in Ruh!«

»Fedjka ist selbst zu Ihnen gekommen?« fragte Werchowenskij mit verhaltenem Atem.

»Ja, er ist selbst zu mir gekommen; sein Preis ist gleichfalls tausendfünfhundert ... Da! – er kann es ja gleich bestätigen, da steht er ja ...«, rief Stawrogin, mit der Hand zur Tür hinweisend.

Pjotr Stepanowitsch wandte sich blitzschnell um. Aus dem Dunkel des Korridors war eine neue Gestalt an der Tür erschienen, – Fedjka, im Halbpelz, aber ohne Mütze, wie ein Hausgenosse. Er stand da und grinste, so daß man seine gleichmäßigen weißen Zähne sah. Die schwarzen Augen mit dem gelben Zigeunerglanz des Augapfels huschten vorsichtig im Zimmer umher und beobachteten zugleich die Herren. Er schien irgend etwas nicht zu verstehen; offenbar hatte ihn Kirilloff soeben herbeigewinkt, und an diesen wandte sich sein fragender Blick. Er stand an der Schwelle, wollte aber nicht eintreten.

»Er ist hier wohl in Bereitschaft gehalten worden, damit er unseren Handel mit anhöre oder gar das Geld in der Hand sehe, – so war es wohl gemeint?« fragte Stawrogin und ging, ohne die Antwort abzuwarten, hinaus.

Werchowenskij, der ihn schon am Hoftor einholte, war fast wie in einem Zustande der Raserei.

»Halt!« schrie er, »keinen Schritt weiter!« und ergriff ihn am Ellbogen.

Stawrogin wollte seinen Arm losreißen, aber es gelang ihm nicht. Da ergriff ihn die Wut: er packte Werchowenskij mit der linken Hand bei den Haaren, schleuderte ihn aus aller Kraft zu Boden und trat hinaus auf die Straße. Er war noch keine dreißig Schritte gegangen, als jener ihn wieder einholte.

»Versöhnen wir uns, versöhnen wir uns«, versuchte er in bebendem Flüsterton ihn krampfhaft zu beschwören.

Stawrogin zuckte mit den Achseln, blieb aber nicht stehen und wandte sich nicht um.

»Hören Sie, ich werde Ihnen morgen noch Lisawéta Nikolájewna zuführen, wollen Sie? Nein? Warum antworten Sie denn nicht? Sagen Sie, was Sie verlangen, und ich werde es tun. Hören Sie: ich werde Ihnen Schatoff abtreten, wollen Sie?«

»Dann ist es also wahr, daß Sie ihn ermorden wollten?« fuhr Stawrogin auf.

»Aber wozu brauchen Sie denn Schatoff? Wozu denn überhaupt?« hastete der Rasende atemlos weiter in seinem Wortgesprudel, indem er Stawrogin bald in den Weg, bald wieder neben ihm her lief, dabei immer wieder nach seinem Ellbogen tastend, wahrscheinlich, ohne sich dessen bewußt zu sein. »Hören Sie: ich trete ihn Ihnen ab, aber versöhnen wir uns! Ihr Konto ist groß, aber ... versöhnen wir uns!«

Stawrogin sah ihn schließlich an und war betroffen. Das war nicht mehr derselbe Blick, nicht mehr dieselbe Stimme wie sonst oder wie noch soeben dort im Zimmer; das war fast auch ein ganz anderes Gesicht, das er da vor sich sah. Und auch der Ton der Stimme war ein ganz anderer: Werchowenskij flehte, beschwor. Das war ein Mensch, dem man das Teuerste nimmt oder schon weggenommen hat, und der noch nicht zur Besinnung gekommen ist.

»Was ist mit Ihnen geschehen?« stieß Stawrogin unwillkürlich hervor.

Werchowenskij antwortete nicht und lief immer noch neben ihm her und sah mit demselben flehenden und doch gleichzeitig unnachgiebigen Blick zu ihm auf.

»Versöhnen wir uns!« flüsterte er noch einmal. »Hören

Sie, ich habe wie Fedjka ein Messer im Stiefel bereit, aber trotzdem will ich mich mit Ihnen versöhnen.«

»Aber zum Teufel noch einmal, was wollen Sie von mir, schließlich und endlich! Wozu brauchen Sie denn gerade mich?!« rief Stawrogin in hellem Zorn, trotz seiner ganzen Verwunderung. »Was steckt denn für ein Geheimnis dahinter? Bin ich denn zu einem Talisman für Sie geworden?«

»Hören Sie, wir werden einen Aufstand erregen«, flüsterte jener schnell und wie im Fieber. »Sie glauben nicht, daß wir das können? Wir werden, sag' ich Ihnen, einen Aufruhr zustandebringen, daß alles aus den Fugen geht. Karmasínoff hat recht, wenn er sagt, daß nichts da ist, woran man sich festhalten könnte. Karmasinoff ist sehr klug. Nur noch zehn solcher Gruppen in ganz Rußland und ich bin nicht zu fangen.«

»Und lauter ebensolche Dummköpfe!« entfuhr es Stawrogin wider Willen.

»Oh, seien Sie selbst etwas dümmer, Stawrogin, seien Sie selbst etwas dümmer! Wissen Sie, Sie sind doch auch gar nicht so klug, daß man Ihnen dies noch wünschen müßte. Sie fürchten sich nur, Sie glauben nicht, das Ausmaß schreckt Sie. Und warum sollen sie Dummköpfe sein? Sie sind gar nicht mal solche Dummköpfe. Heutzutage hat niemand seinen eigenen Verstand. Heutzutage gibt es furchtbar wenig selbständig denkende Köpfe. Wirginskij ist ein außergewöhnlich reiner Mensch, zehnmal reiner als solche wie wir; übrigens, mag er dabei bleiben. Liputin ist ein Spitzbube, aber ich kenne an ihm einen bestimmten schwachen Punkt. Es gibt keinen Spitzbuben, der nicht seinen eigenen schwachen Punkt hätte. Nur Lämschin allein ist ohne solchen Punkt, aber dafür habe ich ihn ganz in der Hand. Noch ein paar solcher Gruppen, und ich habe überall Pässe und Geld – beachten Sie schon das allein! Was das allein schon ausmacht! Und dazu sichere Verstecke. Mögen Sie dann suchen! Die eine Gruppe reißen sie heraus, und auf die andere setzen sie sich ahnungslos. Wir wiegeln auf, wir bringen es zu

Unruhen überall im Land ... Glauben Sie denn wirklich nicht, daß wir zwei dazu vollkommen genügen?«

»Nehmen Sie sich dazu Schigaljóff, mich aber lassen Sie in Ruh ...«

»Schigaljóff ist ein genialer Mensch! Wissen Sie auch, daß er ein Genie ist à la Fourier, aber kühner als Fourier, stärker als Fourier! Ich werde sein Werk noch studieren. Er hat die ‚Gleichheit' erdacht!«

‚Er hat offenbar Fieber und phantasiert. Es muß ihm etwas ganz Besonderes widerfahren sein', dachte Stawrogin, indem er ihn noch einmal ansah. Sie gingen, ohne stehen zu bleiben.

»In seinem Manuskript ist das wunderbar«, fuhr Werchowenskij fort, »daß er die Spionage einbezieht. Bei ihm beaufsichtigt jedes Mitglied der Gesellschaft jedes andere und ist zur Anzeige verpflichtet. Jeder gehört allen und alle jedem. Alle sind Sklaven und in der Sklaverei einander gleich. In extremen Fällen wird mit falschen Aussagen und Mord vorgegangen, aber die Hauptsache ist die Gleichheit. Die erste Folge davon wird sein, daß das Niveau der Bildung, der Wissenschaften und der Talente sinkt. Ein hohes Niveau der Wissenschaften und Talente ist nur höher Begabten zugänglich, aber höher Begabte brauchen wir nicht! Höher Begabte haben immer die Macht an sich gerissen und sind Despoten gewesen. Höher Begabte können gar nicht umhin, Despoten zu sein, und stets haben sie mehr demoralisiert als Nutzen gebracht; man verjagt sie deshalb oder richtet sie hin. Cicero wird die Zunge ausgeschnitten, Kopernikus werden die Augen ausgestochen, Shakespeare wird gesteinigt, das ist Schigalewismus! Sklaven müssen gleich sein: ohne Despotismus hat es noch nie weder Freiheit noch Gleichheit gegeben, in einer Herde aber muß Gleichheit herrschen, und das ist eben Schigalewismus! Hahaha! Sie wundern sich? Ich bin für den Schigalewismus!«

Stawrogin bemühte sich, seinen Schritt zu beschleunigen, um schneller nach Haus zu kommen. ‚Wenn dieser Mensch betrunken sein sollte, wo hat er sich dann inzwischen betrinken können?‘ fuhr es ihm durch den Kopf. ‚Sollte wirklich der Kognak dazu genügt haben?‘

»Hören Sie, Stawrogin: Berge einzuebnen, das ist ein guter Gedanke, nicht etwa ein lächerlicher. Ich bin für Schigaljóff! Wir brauchen keine Bildung, wir haben genug Wissenschaft! Auch ohne Wissenschaft reicht das Material für tausend Jahre, aber was unbedingt eingeführt werden muß, das ist Gehorsam. Nur an einem ist Mangel in der Welt, an Gehorsam. Durst nach Bildung ist bereits ein aristokratischer Trieb. Kaum ist Familie oder Liebe da, so stellt sich auch schon der Wunsch nach Eigentum ein. Wir bringen ihn um, diesen Wunsch: wir verbreiten Trunksucht, Klatsch, Anzeigerei; wir verbreiten unerhörte Demoralisation; jedes Genie wird schon in der Kindheit ausgelöscht. Alles wird auf einen Nenner gebracht, um der vollständigen Gleichheit willen. ‚Wir haben ein Handwerk erlernt und sind ehrliche Leute, das genügt uns‘, das war vor kurzem die Antwort englischer Arbeiter. ‚Notwendig ist nur das Notwendige‘, das wird von nun an der Wahlspruch des Erdballs sein. Aber ab und zu muß es auch so etwas wie einen Krampf geben; dafür werden wir schon sorgen, wir Regenten. Sklaven müssen Regenten haben. Vollkommener Gehorsam, vollkommene Unpersönlichkeit, aber alle dreißig Jahre einmal sieht Schigaljoff auch eine Konvulsion vor, eine Art Erschütterung, und dann fangen auf einmal alle an, einander aufzufressen, bis zu einer gewissen Grenze natürlich, einzig damit es ihnen nicht zu langweilig werde. Langeweile ist eine aristokratische Empfindung; im Schigalewismus wird es keine Wünsche geben. Wünsche und Leiden für uns, für die Sklaven aber Schigalewismus.«

»Sich selbst schließen Sie aus?« entschlüpfte es Stawrogin wieder ungewollt.

»Und Sie. Wissen Sie, anfangs dachte ich daran, die Welt dem Papst zu übergeben. Mag er allein zu Fuß und barfüßig herauskommen und sich dem Pöbel zeigen, sozusagen: ‚Seht, wie weit man mich gebracht hat!' – und alles wird ihm zuströmen, selbst das Heer. Der Papst oben, wir um ihn herum und unter uns die Schigaljoffsche Herde. Dazu wäre nur erforderlich, daß sich die Internationale mit dem Papst einverstanden erklärte; was sie auch tun wird. Das alte Männlein selbst wird natürlich sofort einverstanden sein. Es wird ihm ja auch gar kein anderer Ausweg übrigbleiben, behalten Sie meine Worte, hahaha! – Dumm etwa? Sagen Sie, ist das dumm oder nicht dumm?«

»Genug davon!« brummte Stawrogin ärgerlich.

»Gut, genug davon! Hören Sie, ich habe den Papst fallen lassen! Zum Teufel mit dem Papst! Und der Teufel hole auch den Schigalewismus! Wir brauchen das, was *heute* die Gemüter erregt, die aktuelle Wut, und nicht den Schigalewismus, denn der ist eine Juwelierarbeit. Ist ein Ideal, kommt erst in der Zukunft in Frage. Schigaljóff ist ein feiner Juwelier und dumm wie jeder Philanthrop. Zunächst tut grobe Arbeit not, Schigaljoff aber verachtet die grobe Arbeit. Hören Sie: der Papst mag im Westen regieren, bei uns aber, bei uns – Sie!«

»Lassen Sie mich in Ruh, Sie sind ja betrunken!« brummte Stawrogin und beschleunigte seine Schritte.

»Stawrogin, Sie sind schön!« begann Pjotr Stepanowitsch wie in einem Rausch. »Wissen Sie es auch selbst, daß Sie schön sind? Das ist ja das Kostbarste an Ihnen, daß Sie sich manchmal gar nicht dessen bewußt sind. Oh, ich habe Sie studiert! Wie oft habe ich Sie heimlich, aus einem Winkel, ganz unbemerkt beobachtet! In Ihnen ist sogar Aufrichtigkeit und ist echte Naivität vorhanden, wissen Sie das auch? Ja, noch, noch sind die vorhanden! Sie leiden gewiß unter dieser Aufrichtigkeit, und leiden aufrichtig. Und ich, ich liebe Schönheit. Ich bin Nihilist, aber ich liebe Schönheit. Lieben denn Nihilisten das Schöne etwa nicht? Die lieben doch bloß Abgötter nicht, ich aber, nun, ich liebe einen Abgott! Sie ... Sie sind mein Abgott! Sie beleidigen keinen, und doch werden Sie von allen gehaßt; Sie verhalten sich zu allen wie zu Standesgenossen, und doch werden Sie von allen gefürchtet, das ist gut. An Sie wird niemand herantreten, um Sie auf die Schulter zu klopfen. Sie sind ein unheimlicher Aristokrat. Wenn ein Aristokrat sich zu Demokraten gesellt, ist er bezaubernd! Ihnen macht es nichts aus, ein Leben zu opfern, sei es Ihr eigenes, sei es ein fremdes Leben. Sie sind genau die Gestalt, die nötig ist. Und ich, ich brauche gerade so eine, wie Sie sind. Außer Ihnen wüßte ich keinen. Sie sind der geborene Anführer, Sie sind die Sonne, und ich bin Ihr Wurm ...«

Und plötzlich küßte er ihm die Hand. Kalt lief es Stawrogin über den Rücken, und erschrocken entriß er ihm seine Hand. Sie blieben stehen.

»Wahnsinniger!« flüsterte Stawrogin.

»Vielleicht deliriere ich, vielleicht deliriere ich«, fiel dieser hastig ein, »aber ich habe den ersten Schritt ersonnen. Niemals wird ein Schigaljóff darauf verfallen, mit welchem ersten Schritt man anfangen muß. Es gibt viele Schigaljóffs! Aber nur ein Einziger, ein Einziger in ganz Rußland hat den ersten Schritt erfunden und weiß, wie er zu machen ist. Dieser Mensch bin ich. Warum sehen Sie mich so an? Ich brauche aber Sie dazu, Sie, ohne Sie bin ich eine Null. Ohne Sie bin ich eine Fliege, eine Idee in verkorkter Flasche, bin ein Kolumbus ohne Amerika!«

Stawrogin stand und sah unverwandt in Werchowenskijs irre Augen.

»Hören Sie zu, wir stiften zuerst nur Unruhen im Land«, redete dieser wie gehetzt weiter, während er immer wieder Stawrogins linken Ärmel anfaßte. »Ich habe Ihnen schon gesagt: wir dringen unmittelbar ins Volk ein. Wissen Sie auch, daß wir auch jetzt schon furchtbar stark sind? Zu uns gehören nicht nur die, die da brandstiften und morden, oder klassische Schüsse abfeuern oder in Schultern beißen. Solche stören nur. Ohne Disziplin ist mir überhaupt nichts möglich. Ich bin doch ein Spitzbube, aber kein Sozialist, haha! Hören Sie zu, ich habe sie bereits alle zusammengezählt: der Lehrer, der sich mit den Schulkindern über ihren Gott und über ihre Wiege lustig macht, ist schon unser. Der Advokat, der den gebildeten Mörder damit verteidigt, daß dieser geistig entwickelter sei als seine Opfer und daher, um sich Geld zu verschaffen, nicht umhin konnte, zu morden, ist schon unser. Die Schuljungen, die einen Bauern totschlagen, nur um das Gefühl kennen zu lernen, das man dabei empfindet, sind unser. Die Geschworenen, die alle Verbrecher ohne Ausnahme freisprechen, sind unser. Der Staatsanwalt, der bei der Gerichtsverhandlung davor zittert, er könnte nicht liberal genug erscheinen, ist unser, unser. Unser sind Beamte und Literaten, oh, unser sind viele, unglaublich viele, und sie wissen es selbst nicht einmal, daß sie unser sind. Auf der anderen Seite hat der Gehorsam der ewigen Schüler und Dummköpfe den höchsten Grad erreicht; bei denen aber, die sie leiten und belehren sollten, ist offenbar die Gallenblase geplatzt. Überall eine Hoffart von unvorstellbarem Ausmaß, tierische, unerhörte Begierde ... Wissen Sie, wissen Sie auch, wie viele wir schon allein mit fertigen Ideechen einfangen? Als ich Rußland verließ, wütete hier gerade die These Littrés, nach der Verbrechen Wahnsinn sei; ich kehre zurück, und schon ist Verbrechen nicht mehr Wahnsinn, sondern geradezu die gesunde Vernunft selbst, beinahe eine Pflicht oder zum mindesten ein edler Protest. Sozusagen: ‚Wie soll denn ein geistig entwickelter Mensch nicht morden, wenn er doch Geld braucht?' – Aber das sind vorerst nur so kleine Beeren. Der russische Gott hat vor dem billigen Fusel schon den Rückzug angetreten. Das Volk ist betrunken, die Mütter sind betrunken, die Kinder sind betrunken, die Kirchen sind leer, und an den Gerichtshöfen heißt es: ‚Zweihundert Rutenhiebe, oder schlepp einen Eimer Schnaps herbei.' Oh, lassen Sie nur diese Generation noch heranwachsen! Es ist nur schade, daß wir keine Zeit haben zu warten, sonst könnte man sie noch betrunkener werden lassen! Ach, und schade, daß es noch keine Proletarier gibt! Aber es wird, es wird sie schon geben, dazu trägt ja alles bei ...«

»Schade ist es auch, daß wir zu verdummen anfangen«, brummte Stawrogin und setzte seinen Weg fort.

»Hören Sie, ich habe selbst ein sechsjähriges Kind gesehen, das seine betrunkene Mutter nach Hause führte, und die beschimpfte es dafür mit garstigen Worten. Glauben Sie, daß mich das gefreut hat? Bekommen wir es in die Hand, so werden wir es vielleicht auch gesund machen ... falls nötig, treiben wir es auf vierzig Jahre in die Wüste hinaus ... Aber eine oder zwei Generationen mit Sittenverderbnis sind vorerst unbedingt erforderlich, – mit unerhörter, niederträchtiger Sittenverderbnis, in der sich der Mensch in nichts als einen widerlichen, feigen, grausamen, selbstsüchtigen Abschaum verwandelt – gerade das ist es, was jetzt nötig ist! Und dann noch etwas ‚frischvergossenes Blut', damit er sich daran gewöhnt. Warum lachen Sie? Ich widerspreche mir durchaus nicht. Ich widerspreche nur den Philanthropen und dem Schigalewismus, nicht mir! Ich bin ein Spitzbube, aber kein Sozialist. Hahaha! Schade nur, daß wir so wenig Zeit haben. Ich habe Karmasinoff versprochen, im Mai zu beginnen und zu Mariä Fürbitte zu beenden. Schnell – wie? Haha! Wissen Sie, was ich Ihnen sagen werde, Stawrogin: im russischen Volk hat es bisher noch keinen Zynismus gegeben, obschon es mit schmutzigen Wörtern geschimpft hat. Wissen Sie auch, daß dieser leibeigene Sklave sich selbst mehr geachtet hat, als Karmasinoff sich achtet? Man hat ihn geprügelt, aber er hat seine Götter verteidigt, während Karmasinoff das nicht tut.«

»Nun, Werchowenskij, ich höre Sie zum erstenmal so offen reden, und ich tue es mit Verwunderung«, versetzte Nikolai Wssêwolodowitsch zögernd. »Sie sind also wirklich kein Sozialist, sondern irgend so ein politischer ... Streber?«

»Ein Spitzbube, ein Spitzbube. Macht Ihnen das Sorge, was ich bin? Ich werde Ihnen gleich sagen, was ich bin, dahin steuere ich ja schon die ganze Zeit. Ich habe Ihnen doch nicht grundlos die Hand geküßt. Aber zuerst muß sich auch im Volk der Glaube verbreiten, daß wir wissen, was wir wollen, die anderen aber nur ‚mit der Keule fuchteln und ihre eigenen Leute treffen'. Ach, wenn wir nur mehr Zeit hätten! Der einzige Jammer ist ja bloß, daß wir keine Zeit haben. Hören Sie zu: wir predigen zunächst Zerstörung ... warum, warum nur ist dieses Ideechen so bezaubernd! Aber es tut not, tut not, zunächst die Gelenke zu lockern. Wir gehen mit Brandstiftungen vor ... Wir verbreiten Legenden ... Hierbei wird uns jedes einzelne schäbige „Grüppchen" zustatten kommen. Ich kann Ihnen unter eben diesen Gruppenleutchen Jäger ausfindig machen, die zu jedem Schuß bereit sind und obendrein noch für die Ehre ewig dankbar bleiben. Nun, und dann – dann setzt die Unruhe ein und der Aufruhr bricht aus! Ein Schaukeln hebt an und gerät in Schwung, wie's die Welt noch nie gesehen hat ... Verfinstern wird sich ganz Rußland wie in nächtlichem Nebel, aufweinen wird die Erde nach den alten Göttern ... Nun, und dann, dann bringen wir ... Wen?«

»Wen denn?«

»Den ... Zaréwitsch Iwán.«

»We–en?«

»Den Zaréwitsch Iwán; Sie, Sie!«

Stawrogin dachte einen Augenblick nach.

»Einen Pseudo-Zaréwitsch? – als Thronprätendenten?« fragte er plötzlich und schaute in tiefster Verwunderung den Verzückten an. »Ah, also das ist letzten Endes Ihr Plan!«

»Wir sagen zuerst: ‚Er verbirgt sich'«, flüsterte leise wie ein Liebesgeständnis Werchowenskij, der in der Tat wie betrunken war. »Wissen Sie auch, was dieses Sätzchen besagt: ‚Er verbirgt sich'? – Aber er wird erscheinen, wird erscheinen! ... Wir werden eine bessere Legende verbreiten, als es die der Skopzen-Sekte ist[57]. Er ist da, aber noch hat ihn niemand gesehen. Oh, was für eine Legende man in Umlauf bringen kann! Und die Hauptsache: eine neue Kraft ist im Anmarsch. Gerade die aber tut not, gerade danach sehnt man sich ja jammernd! Was bringt denn der Sozialismus: die alten Kräfte hat er zerstört, neue aber nicht herbeigeschafft.

Hier dagegen ist eine Kraft im Anmarsch, und noch dazu was für eine! Eine noch nie dagewesene! Wir brauchen doch nur für ein einziges Mal den Hebel in die Hand zu bekommen, um die Erde umzuwenden. Alles wird sich erheben!«

»So haben Sie im Ernst auf mich gerechnet?« fragte Stawrogin mit boshaftem Hohn.

»Warum lachen Sie, und noch dazu so boshaft? Schrecken Sie mich nicht. Ich bin jetzt wie ein Kind, man könnte mich zu Tode erschrecken, schon allein mit so einem Lächeln. Hören Sie zu, ich werde Sie niemandem zeigen, niemandem: so muß es sein. Er ist da, aber niemand hat ihn gesehen, er verbirgt sich. Oder wissen Sie, man könnte Sie sogar zeigen, aber von Hunderttausend zum Beispiel nur je einem. Und über das ganze Land hin wird es dann heißen: ‚Man hat ihn gesehen, hat ihn gesehen!' Auch den Iwán Filíppowitsch, ihren Gott Zebaoth, haben doch die Leute von der Geißler-Sekte gesehen, wie er in einem Wagen gen Himmel fuhr, haben es mit ‚eigenen' Augen gesehen. Sie aber sind nicht irgend ein Iwan Filippowitsch; Sie sind schön, sind stolz, wirken wie ein Gott, der nichts für sich selbst begehrt, stehen im Glorienschein des Opfers, ein ‚sich Verbergender'. Das Wichtigste ist die Legende! Sie werden sie besiegen, Sie werden sie nur einmal anschauen, und schon werden sie alle besiegt sein. Er bringt eine neue Wahrheit und ‚verbirgt sich'. Und dann setzen wir zwei bis drei Salomonische Urteile in Umlauf. Wir haben ja die Gruppen, die „Fünfer" – brauchen keine Zeitungen! Wenn von zehntausend Bitten nur eine erfüllt wird, dann werden alle gläubig mit ihren Bitten kommen. In jedem Bezirk wird jeder Bauer vom Hörensagen wissen, daß es da irgendwo einen hohlen Baumstamm gebe, in den man die Bittgesuche hineintun solle. Und das ganze Land jauchzt auf: ‚Ein neues gerechtes Gesetz kommt zu uns!' und das Meer gerät ins Wogen, und die Schaubude stürzt ein, und dann ist's an uns, zu überlegen, wie wir einen steinernen Bau errichten können. Zum ersten

Mal! Denn aufbauen werden *wir*, nur wir, wir ganz allein!«

»Wahnwitz!« sagte Stawrogin.

»Warum, warum wollen Sie nicht? Fürchten Sie sich? Eben deshalb habe ich mir doch gerade Sie erwählt, weil Sie nichts fürchten. Oder finden Sie den Plan etwa unvernünftig? Aber ich bin doch vorerst noch Kolumbus ohne Amerika, – ist denn Kolumbus ohne Amerika vernünftig?«

Stawrogin schwieg. Inzwischen waren sie beim Stawroginschen Hause angelangt und blieben vor dem Portal stehen.

»Hören Sie«, sagte Werchowenskij, sich nach Möglichkeit seinem Ohr nähernd, »ich arrangiere es Ihnen ohne Geld; die Sache mit Marja Timofejewna wird morgen erledigt ... ohne Geld, und morgen noch bringe ich Lisa zu Ihnen. Wollen Sie Lisa haben, morgen noch?«

‚Sollte er wirklich verrückt geworden sein?' fragte sich Stawrogin und lächelte unwillkürlich. Die Haustür ging auf.

»Stawrogin, ist Amerika unser?« Werchowenskij griff zum letztenmal nach Stawrogins Arm.

»Wozu?« fragte ernst und streng Nikolai Wssewolodowitsch.

»Keine Lust also! – das konnte ich mir ja denken!« stieß jener knirschend in einem Anfall rasender Wut hervor. »Aber das lügen Sie ja, Sie erbärmlicher, raffinierter, brüchiger Herrensohn, ich glaube Ihnen nicht: Sie möchten schon, haben sogar einen Wolfshunger danach! ... Begreifen Sie doch, daß Ihre Rechnung jetzt schon allzu groß ist, und wie soll ich denn auf Sie verzichten! Es gibt hierfür auf Erden keinen zweiten wie Sie! Ich habe mir Ihre Aufgabe schon im Auslande ausgedacht, – ausgedacht, indem ich Sie vor Augen hatte. Hätte ich Sie nicht aus dem Winkel beobachtet, wäre mir auch nichts in den Sinn gekommen! ...«

Stawrogin stieg, ohne zu antworten, die Treppe hinauf.

»Stawrogin!« rief ihm Werchowenskij nach, »ich gebe Ihnen noch einen Tag Bedenkzeit ... nun, zwei ... nun, meinethalben drei! ... Mehr als drei kann ich nicht, dann aber – Ihre Antwort!«

NEUNTES KAPITEL

BEI TICHON

I

In dieser Nacht schlief Stawrogin nicht. Er saß die ganze Nacht auf dem Sofa. Oft war sein starrender Blick auf einen Punkt in der Ecke bei der Kommode gerichtet. Die ganze Nacht brannte die Lampe bei ihm. Gegen sieben Uhr morgens nickte er sitzend ein, und als um halb zehn Uhr Alexei Jegórowitsch pünktlich nach der ein für allemal eingeführten Regel mit dem Morgenkaffee eintrat und ihn dadurch weckte, da schien er, als er die Augen aufschlug, unangenehm überrascht zu sein: daß er so lange hatte schlafen können und daß es schon so spät war. Hastig trank er den Kaffee, hastig kleidete er sich an und eilte hinaus. Auf die vorsichtige Frage von Alexei Jegórowitsch nach irgendwelchen Befehlen, gab er keine Antwort. Auf der Straße ging er wie in tiefer Versonnenheit, den Blick zu Boden gesenkt. Wenn er auf Augenblicke den Kopf hob, schien ihn eine unbestimmte, jedoch heftige Unruhe zu ergreifen. Nicht weit vom Hause stieß er bei einer Straßenkreuzung auf einen Trupp vorüberziehender Männer, vielleicht einige fünfzig Mann; sie gingen ruhig, so gut wie schweigend, in beabsichtigter Ordnung. Bei einem kleinen Laden, wo er einen Augenblick warten mußte, sagte jemand, das wären »die Schpigúlinschen« – die Arbeiter aus der Fabrik der Gebrüder Schpigúlin. Er schenkte ihnen kaum irgendwelche Beachtung. Gegen halb elf Uhr erreichte er im Randgebiet der Stadt, am Fluß, das Tor unseres Jefímjeffschen Muttergottesklosters. Hier erst war es, als erinnere er sich plötzlich an etwas, er blieb stehen, griff hastig und erregt in seine Seitentasche, fühlte, daß etwas da war, und – lächelte flüchtig. Im Vorhof befragte er den ersten ihm begegnenden Klosterdiener nach dem Weg zum Bischof Tichon, der sich hier im Kloster zur Ruhe gesetzt hatte. Der Klosterdiener begann sich mehrmals zu verbeugen und übernahm sofort die Führung. Bei der kleinen Treppe aber am einen Ende des langen zweistöckigen Hauptgebäudes begegnete ihnen zufällig ein dicker und grauhaariger Mönch, der dem kleinen Klosterdiener gebieterisch und gewandt die Führung des Gastes wegschnappte. Der Mönch führte ihn durch einen langen, schmalen Gang, wobei er sich gleichfalls fortgesetzt verneigte (obschon er zu dick war, um sich tief zu verbeugen, und daher nur häufig und ruckweise den Kopf neigte) und immer wieder bat, die Güte zu haben, ihm zu folgen, obgleich Stawrogin ihm ja ohnehin folgte. Der Mönch stellte allerhand belanglose Fragen und kam auf den Abt zu sprechen; da er jedoch keine einzige Antwort erhielt, wurde er immer ehrerbietiger. Stawrogin bemerkte, daß man ihn hier zu kennen schien, obschon er, soweit er sich erinnern konnte, nur in seiner Kindheit hier gewesen war. Als sie ganz am Ende des Ganges die letzte Tür erreichten, öffnete der Mönch sie mit einer gleichsam selbstbewußten Handbewegung, erkundigte sich beim herbeieilenden Zellendiener in vertraulichem Ton, ob man eintreten dürfe, und stieß, sogar ohne die Antwort abzuwarten, die Tür weit auf, um mit einer Verbeugung den »teuren« Gast an sich vorüber eintreten zu lassen; nachdem er aber seinen Führerlohn erhalten hatte, verschwand er blitzschnell, fast im Laufschritt. Stawrogin trat in ein nicht großes Zimmer, und beinahe im selben Augenblick erschien in der Tür zum Nebenzimmer ein langer, hagerer Mensch von schätzungsweise fünfundfünfzig Jahren, in einem einfachen Hausrock und von etwas krankem Aussehen, mit einem unbestimmten Lächeln im Gesicht und einem sonderbaren, gleichsam schüchternen Blick. Das war jener Tichon, von dem Stawrogin zum erstenmal durch Schatoff gehört und über den er seither kaum viel Wesentlicheres hatte erfahren können.

Diese Auskünfte waren sehr verschiedenartig und zum

Teil sogar widerspruchsvoll gewesen, hatten aber doch das gemeinsam, daß sowohl Tichons Anhänger als auch seine Gegner (es gab auch solche) sich in einer Hinsicht nicht eingehender über ihn äußern zu wollen schienen, die Gegner wahrscheinlich aus Mißachtung, die Anhänger – und sogar die überzeugtesten – aus einer Art Zaghaftigkeit, als ob sie etwas hätten vertuschen wollen, wohl irgend eine seiner Schwächen, vielleicht etwas wie Unvernunft, aber zugleich Hellsichtigkeit, wie sie vom Volk den Gottesnarren nachgesagt wird. Stawrogin hatte erfahren, daß Tichon schon seit etwa sechs Jahren im Kloster lebe, und daß nicht nur Leute aus dem einfachsten Volk, sondern auch die vornehmsten Persönlichkeiten zu ihm kämen, ja, daß er sogar im fernen Petersburg glühende Verehrer, und vor allem Verehrerinnen besäße. Dagegen hörte er im Klub von einem würdevollen alten Herrn, einem frommen Kirchengänger, nebenbei bemerkt, daß »dieser Tichon« nahezu verrückt, jedenfalls ein vollkommen unbegabter Mensch und zweifellos zeitweilig »ein Trinker« sei. Hier möchte ich gleich von mir aus bemerken, wenn ich damit auch vorgreife, daß die letzte Bemerkung barer Unsinn ist; Tichon litt nur seit jeher an chronischem Rheumatismus in den Beinen und von Zeit zu Zeit an nervösen Anfällen, die ihn krampfartig überfielen. Ferner erfuhr Stawrogin nur noch dies, daß der hier in völliger Zurückgezogenheit lebende Bischof es nicht verstanden hätte – sei es aus Charakterschwäche, oder sei es aus »unverzeihlicher, mit seinem hohen Rang nicht vereinbarer Zerstreutheit« –, sich im Kloster selbst besondere Verehrung zu erwerben. Man sprach auch davon, daß der Abt unseres Klosters, der sich in der Ausübung seiner amtlichen Pflichten als rauher und strenger Mensch erwies und überdies als Gelehrter bekannt war, sich mit einer gewissen Feindseligkeit zu ihm verhielt und ihn sogar (nicht offen ins Gesicht, sondern indirekt) eines nachlässigen Lebenswandels und nahezu der Ketzerei beschuldigte. Das Verhalten der Klosterbruderschaft aber zum kranken Würdenträger war, wenn auch nicht ausgesprochen nachlässig, so doch im Grunde sozusagen familiär. Die zwei Zimmer, die Tichons Klause bildeten, waren gleichfalls etwas sonderbar eingerichtet. Neben alten, plumpen Möbeln mit abgewetztem Lederbezug standen einige Kostbarkeiten: ein üppiger, großer Polsterstuhl, ein großer, schön gearbeiteter Schreibtisch, ein eleganter Bücherschrank mit Schnitzereien, Tischchen, Etageren, selbstverständlich lauter geschenkte Sachen. Neben einem kostbaren Bucharateppich lagen dicke, aus Lindenbast gewebte Matten. An den Wänden hingen »weltliche« und mythologische Stiche, aber in der Ecke befand sich ein großer Heiligenschrein mit in Gold und Silber schimmernden Heiligenbildern, von denen das eine uralt war und Reliquien enthielt. Auch seine Bibliothek sei, so erzählte man, schon gar zu verschiedenartig und gegensätzlich zusammengestellt: neben den Werken der großen Heiligen und Verkünder des Christentums ständen »Werke für das Theater und womöglich auch noch Schlimmeres«.

Nach den ersten Begrüßungsworten, die von beiden Seiten seltsamerweise mit deutlicher Befangenheit, hastig und kaum verständlich, gewechselt wurden, führte Tichon den Gast in sein Arbeitszimmer, wies ihm den Platz auf dem Diwan an, vor dem ein Tisch stand, und setzte sich selbst in einen geflochtenen Lehnstuhl am Tisch. Stawrogin war immer noch merkwürdig zerstreut, wie infolge einer inneren, ihn schier erdrückenden Erregung. Es war fast, als habe er sich zu etwas Außergewöhnlichem und Unwiderruflichem entschlossen, das ihm aber zugleich fast unmöglich war. Er sah sich eine Zeitlang im Zimmer um, offensichtlich ohne das Betrachtete zu sehen; er dachte, und wußte dabei selbst nicht, was er dachte. Ihn weckte schließlich die Stille, und es schien ihm plötzlich, daß Tichon schamhaft die Augen niedergeschlagen habe, und dies noch dazu mit einem ganz unnötigen, komischen Lächeln. Das erregte augenblicklich Widerwillen in ihm; er wollte aufstehen und weggehen, um so mehr, als Tichon, seiner Meinung nach, entschieden betrunken war. Aber da schlug jener die Augen auf und sah ihn an, mit einem so festen und gedankenvollen Blick, aber zugleich auch mit einem so unerwarteten und rätselhaften Ausdruck, daß er beinahe zusammenfuhr. Und nun war es ihm auf einmal, als wisse Tichon bereits, weshalb er gekommen war, als sei er schon benachrichtigt worden (wiewohl kein Mensch auf der ganzen Welt von diesem Anlaß etwas wissen konnte), und daß Tichon, wenn er nicht als erster davon zu sprechen anfing, dies nur unterließ, um ihn zu schonen, aus Scheu vor der Demütigung des Gastes.

»Sie kennen mich?« stieß er plötzlich abrupt hervor. »Ich weiß nicht, habe ich mich vorgestellt beim Eintreten oder nicht? Ich bin so zerstreut ...«

»Sie haben sich nicht vorgestellt, aber ich hatte schon einmal das Vergnügen, vor vier Jahren, Sie hier im Kloster zu sehen ... zufällig.«

Tichon sprach ohne jede Eile und in gleichmäßigem Ton, mit einer weichen Stimme, und die Worte wurden von ihm klar und deutlich ausgesprochen.

»Aber ich bin vor vier Jahren gar nicht in diesem Kloster gewesen«, entgegnete Stawrogin sogar gewissermaßen grob, »ich bin nur als kleines Kind hier gewesen, als Sie überhaupt noch nicht hergezogen waren.«

»Vielleicht haben Sie es vergessen«, bemerkte Tichon vorsichtig und ohne Nachdruck.

»Nein, ich habe es nicht vergessen; und es wäre ja lächerlich, wenn ich mich nicht mehr erinnerte«, beharrte Stawrogin wieder gleichsam übertrieben heftig auf seiner Aussage. »Vielleicht haben Sie von mir gehört und sich danach eine Vorstellung von mir gemacht, – daher dann der Irrtum, wenn Sie glauben, mich hier gesehen zu haben.«

Tichon schwieg. Jetzt erst bemerkte Stawrogin das zuweilen über Tichons Gesicht laufende nervöse Zucken, ein Kennzeichen des erwähnten langjährigen Nervenleidens.

»Ich sehe nur, daß Sie heute nicht wohl sind«, sagte er, »da wäre es, scheint mir, besser, ich ginge wieder.«

Und er war sogar schon im Begriff aufzustehen.

»Ja, ich habe seit gestern starke Schmerzen in den Beinen und habe in der Nacht wenig geschlafen ...«

Tichon hielt inne. Sein Gast verfiel von neuem und ganz plötzlich wieder in jene unbestimmbare Nachdenklichkeit wie vorhin. Das Schweigen hielt lange an, wohl an die zwei Minuten.

»Sie haben mich beobachtet?« fragte Stawrogin auf einmal erregt und mißtrauisch.

»Ich habe Sie betrachtet und mir die Gesichtszüge Ihrer Mutter vergegenwärtigt. Bei aller äußeren Unähnlichkeit besteht doch viel innere, geistige Ähnlichkeit.«

»Überhaupt keine Ähnlichkeit, besonders keine geistige! Auch nicht die ge–ring–ste Ähnlichkeit!« Wieder regte sich Stawrogin ganz unnötigerweise auf und sprach überhaupt mit übertriebener Hartnäckigkeit, ohne selbst zu wissen warum. »Sie sagen das nur so ... aus Mitleid ... da Sie mich so sehen, aber das ist ja alles Unsinn!« brach es aus ihm plötzlich hervor. »Aber wie! – kommt denn meine Mutter überhaupt zu Ihnen?«

»Ja, manchmal.«

»Das wußte ich nicht. Das habe ich von ihr nie gehört. Kommt sie oft?«

»Fast in jedem Monat einmal; und auch öfter.«

»Davon habe ich nie, nie etwas gehört. Nicht gehört. – Aber Sie ... Sie haben dann natürlich von ihr gehört, daß ich verrückt sei?« fuhr er plötzlich fort.

»Nein, das gerade nicht. Übrigens habe ich auch von dieser Vermutung gehört, aber von anderen.«

»Sie müssen demnach ein sehr gutes Gedächtnis haben, wenn Sie sich an solche Narrenpossen noch erinnern können. Und haben Sie auch von der Ohrfeige gehört?«

»Ja, einiges.«

»Das heißt natürlich: alles. Sie müssen unendlich viel Muße haben! – Auch über das Duell?«

»Ja, auch über das Duell.«

»Sie hören ja hier unheimlich viel! Hier sind Zeitungen wirklich überflüssig. Hat Schatoff Sie auf mich vorbereitet, wie?«

»Nein. Ich kenne allerdings Herrn Schatoff, aber ich habe ihn schon lange nicht mehr gesehen.«

»Hm ... Was haben Sie denn da für eine Landkarte? Was sehe ich! – die Karte vom letzten Kriegsschauplatz. Wozu brauchen Sie die?«

»Ich habe die Karte mit dem Text verglichen. Das Buch hier ist eine ausgezeichnete Darstellung.«

»Zeigen Sie her ... Ja, die scheint wirklich nicht übel zu sein ... Aber es ist doch eine merkwürdige Lektüre für Sie.«

Er hatte das Buch zu sich herangezogen und flüchtig hineingeschaut. Es war eine umfangreiche und talentvolle Darlegung der Umstände und Verhältnisse des letzten Deutsch-Französischen Krieges, allerdings nicht so sehr in kriegswissenschaftlicher, als vielmehr in rein literarischer Hinsicht. Nachdem er das Buch angeschaut hatte, stieß er es plötzlich ungeduldig fort.

»Ich weiß wirklich nicht, wozu ich eigentlich hergekommen bin«, sagte er fahrig und widerwillig, wobei er Tichon gerade in die Augen sah, ganz als erwarte er von ihm eine Antwort.

»Sie scheinen auch nicht gerade gesund zu sein?«

»Ja, ich weiß.«

Und plötzlich begann er, übrigens sprunghaft, in kurzen, wie abgehackten Sätzen, so daß manches schwer zu verstehen war, zu berichten: daß er, namentlich nachts, an einer Art von Halluzinationen leide, er sähe manchmal oder spüre neben sich irgend ein bösartiges Wesen, das spöttisch sei und »mit Verstand begabt«, und es erscheine »in verschiedenen Gestalten« und sei von »verschiedenem Charakter, aber es ist doch ein und dasselbe, und ich werde wütend« ...

Wild und verwirrend waren diese Bekenntnisse und hörten sich tatsächlich an, als kämen sie von einem Verrückten. Aber dabei sprach Stawrogin mit einer so merkwürdigen Offenheit, wie sie an ihm gewiß noch nie jemand erlebt hatte, mit einer solchen Treuherzigkeit, wie sie ihm überhaupt nicht eigen war, daß es den Anschein hatte, als sei in ihm plötzlich und unversehens der frühere Mensch vollkommen verschwunden. Er schämte sich nicht im geringsten, jene Furcht sehen zu lassen, mit der er von seinem Gespenst sprach. Aber das alles währte nur Augenblicke und verschwand ebenso plötzlich, wie es gekommen war.

»Das ist natürlich alles Unsinn«, sagte er, sich plötzlich fassend, schnell und geniert ärgerlich. »Ich werde zu einem Arzt gehen.«

»Tun Sie das unbedingt«, pflichtete ihm Tichon bei.

»Sie sagen das so überzeugt ... Haben Sie denn schon solche gesehen, wie ich, mit solchen Erscheinungen?«

»Doch, aber sehr selten. Eigentlich erinnere ich mich nur an einen einzigen solchen Fall in meinem Leben, an einen aktiven Offizier nach dem Verlust seiner Frau, seiner unersetzlichen Lebensgefährtin. Von einem anderen weiß ich nur vom Hörensagen. Beide wurden im Ausland geheilt ... Und leiden Sie schon lange daran?«

»Ungefähr seit einem Jahr, aber das ist ja alles Unsinn. Ich werde zu einem Arzt gehen ... Aber das ist ja doch nur Unsinn, ein furchtbarer Unsinn! Ich bin es selbst in verschiedenen Gestalten und weiter nichts. Da ich soeben diese ... Phrase hinzugefügt habe, werden Sie bestimmt denken, ich zweifelte noch immer und sei doch nicht völlig überzeugt, daß ich es sei und nicht in Wirklichkeit der Teufel?«

Tichon sah ihn fragend an.

»Und ... Sie sehen ihn tatsächlich?« fragte er, das heißt, er hielt jeden Zweifel daran fern, daß dies fraglos eine täuschende und krankhafte Halluzination sei, »sehen Sie denn wirklich irgendeine Gestalt?«

»Es wundert mich, daß Sie das noch extra fragen, nachdem ich Ihnen doch schon gesagt habe, daß ich sie sehe!« Stawrogin wurde mit jedem Wort wieder gereizter. »Natürlich sehe ich ihn, sehe ihn so, wie ich Sie sehe ... aber manchmal sehe ich und bin nicht überzeugt, daß ich sehe, obschon ich wirklich sehe ... und manchmal weiß ich nicht, was wirklich ist: ich oder er ... Unsinn ist das alles! Aber können Sie denn die Annahme überhaupt nicht zulassen, daß es wirklich der Teufel sein könnte?« fragte er lachend und gar zu schnell zum spöttischen Ton übergehend, »das würde doch Ihrer Profession weit eher entsprechen?«

»Es dürfte wahrscheinlicher sein, daß es sich hierbei nur um Krankheit handelt, obwohl ...«

»Obwohl was?«

»Zweifellos gibt es Teufel, aber die Vorstellung von ihnen kann eine sehr verschiedenartige sein.«

»Sie schlagen jetzt wieder die Augen nieder«, fiel Stawrogin mit gereiztem Spott ein, »da Sie sich für mich schämen, weil ich an den Teufel glaube, aber unter dem Anschein, selbst nicht an ihn zu glauben, hinterlistig Sie vor die Frage stelle: Gibt es ihn wirklich oder gibt es ihn nicht?«

Tichon lächelte unbestimmt.

»Und wissen Sie, es steht Ihnen gar nicht, die Augen niederzuschlagen: es ist unnatürlich, lächerlich und affektiert, und um Ihnen in der Grobheit Genüge zu tun, sage ich Ihnen im Ernst und frech ins Gesicht: ich glaube an den Teufel, glaube kanonisch, an einen persönlichen Teufel, und nicht an eine Allegorie, und ich brauche niemanden danach auszufragen, da haben Sie alles! Sie sind jetzt wohl furchtbar froh ...«

Er begann nervös, unnatürlich zu lachen. Tichon sah ihn forschend an, mit einem weichen und gleichsam ein wenig schüchternen Blick.

»Glauben Sie an Gott?« warf ihm Stawrogin plötzlich die Frage hin.

»Ja, ich glaube.«

»Es steht doch geschrieben, wenn du glaubst und dem

Berge befiehlst, und so weiter ... Übrigens, Unsinn. Aber ich bin doch begierig zu erfahren: könnten Sie den Berg versetzen?«

»Wenn Gott es befiehlt, werde ich es können«, sagte Tichon leise und zurückhaltend, indem er wieder den Blick zu senken begann.

»Nun, das ist so gut wie wenn Gott es selbst täte. Nein, Sie, Sie allein, als Belohnung für Ihren Glauben an Gott?«

»Vielleicht werde ich es auch nicht können.«

»‚Vielleicht'? Das ist nicht übel. Warum zweifeln Sie denn noch?«

»Weil mein Glaube unvollkommen ist.«

»Wie? *Ihr* Glaube unvollkommen? Sie glauben dann also doch nicht vollkommen?«

»Ja ... vielleicht doch nicht vollkommen.«

»Nein, das hätte ich bei Ihrem Anblick niemals gedacht.« Stawrogin sah ihn auf einmal mit ehrlichem Erstaunen an, das schlecht zum spöttischen Ton seiner vorangegangenen Fragen paßte.

»Nun ja! Wenigstens glauben Sie also doch an das Bergeversetzenkönnen, allerdings nur mit Gottes Hilfe, und das ist ja schon nicht wenig. Sie haben zum mindesten den Willen zum Glauben. Und den Berg fassen Sie buchstäblich auf. Ein gutes Prinzip. Ich habe bemerkt, daß die Häupter unserer Priesterkaste stark zum Luthertum hinneigen. Das ist immerhin mehr als das ‚très peu' eines Erzbischofs, das allerdings unter dem Zwang des Säbels gesprochen wurde. Sie sind natürlich auch Christ?«

Stawrogin sprach schnell, die Worte sprudelten bald ernsthaft, bald spöttisch hervor.

»Deines Kreuzes, Herr, werde ich mich nicht schämen«, sagte Tichon fast flüsternd, in einem seltsam leidenschaftlichen Geflüster, und er neigte den Kopf noch tiefer. Seine Mundwinkel begannen nervös und schnell zu zucken.

»Aber kann man denn an den Teufel glauben, wenn man an Gott überhaupt nicht glaubt?« fragte Stawrogin lachend.

»Oh, durchaus, das findet man ja auf Schritt und Tritt«, antwortete Tichon aufblickend, und er lächelte gleichfalls.

»Und ich bin überzeugt, daß Sie einen solchen Glauben immerhin achtbarer finden als völligen Unglauben ... Oh, Pope!« meinte Stawrogin auflachend. Tichon lächelte ihm wieder zu.

»Im Gegenteil, vollständiger Atheismus ist achtbarer als weltliche Gleichgültigkeit«, fügte er heiter und treuherzig hinzu.

»Oho, also so sind Sie?«

»Ein vollständiger Atheist steht auf der vorletzten Stufe zum vollständigsten Glauben (ob er nun auch die höchste betritt oder nicht, gleichviel); der Gleichgültige jedoch hat überhaupt keinen Glauben, außer einer üblen Furcht.«

»Aber dann sind Sie ja ... Sie haben doch die Apokalypse gelesen?«

»Ja.«

»Erinnern Sie sich der Stelle: „Und dem Engel der Gemeine zu Laodicea schreibe ..."?«

»Ja, ich weiß. Herrliche Worte.«

»Herrliche? Das ist doch ein sonderbarer Ausdruck für einen Bischof, und überhaupt scheinen Sie ein Sonderling zu sein ... wo haben Sie hier das Buch?« Stawrogin blickte, sich seltsam beeilend und erregt, suchend über den Tisch, »ich möchte Ihnen das vorlesen ... Sie haben doch auch eine neurussische Ausgabe?«

»Ich kenne, ich kenne die Stelle, kenne sie sehr gut«, sagte Tichon.

»Kennen Sie sie auswendig? Lassen Sie hören! ...«

Er senkte schnell den Blick zu Boden, stützte sich mit den Handflächen auf die Knie und schickte sich ungeduldig an zuzuhören. Tichon wußte die Stelle auswendig, Wort für Wort:

»„Und dem Engel der Gemeine zu Laodicea schreibe: Das sagt Amen, der treue und wahrhaftige Zeuge, der Anfang der Kreatur Gottes. Ich weiß deine Werke, daß du weder kalt noch heiß bist. Ach, daß du kalt oder heiß wärest! Weil du aber lau bist und weder kalt noch heiß, werde ich dich ausspeien aus meinem Munde. Du sprichst: Ich bin reich und habe gar satt und bedarf nichts! und weißt nicht, daß du bist elend und jämmerlich, arm, blind und bloß . . .“«

»Genug!« unterbrach Stawrogin, »das ist für die Mittelschicht, für die Gleichgültigen, nicht wahr? Wissen Sie, ich liebe Sie sehr.«

»Und ich Sie«, gab Tichon halblaut zur Antwort.

Stawrogin schwieg; und plötzlich versank er wieder in die frühere Nachdenklichkeit. Das geschah wie anfallweise, nun schon zum drittenmal. Ja, auch das »ich liebe Sie« hatte er fast wie in einem Anfall gesagt, oder wenigstens ganz unerwartet für ihn selbst.

Es verging eine ganze Weile.

»Ärgere dich nicht«, flüsterte Tichon, ihn kaum-kaum mit der Fingerspitze am Ellbogen berührend, als getraue er sich eigentlich nicht . . .

Stawrogin zuckte zusammen und runzelte zornig die Brauen.

»Woher wußten Sie, daß ich mich ärgerte?« fragte er hastig.

Tichon wollte etwas sagen, aber schon fiel ihm Stawrogin in unerklärlicher Erregung ins Wort:

»Warum nahmen Sie an, daß ich mich unbedingt ärgern müßte? Ja, ich ärgerte mich, Sie haben recht, und gerade deswegen, weil ich zu Ihnen gesagt hatte: ‚ich liebe Sie‘. Sie haben recht, aber Sie sind ein roher Zyniker, Ihre Auffassung von der menschlichen Natur ist erniedrigend. Es hätte sich ja gar kein Ärger einzustellen brauchen, wenn nur der Mensch ein anderer gewesen wäre, und nicht ich . . . Übrigens handelt es sich hier nicht um den Menschen, sondern um mich. Immerhin sind Sie ein Sonderling und ein Gottesnarr . . .«

Er geriet in wachsende Gereiztheit, und er wurde, was sehr merkwürdig war, zügellos bei der Wahl seiner Worte.

»Hören Sie, ich mag keine Spione und Psychologen, wenigstens nicht solche, die sich in meine Seele eindrängen wollen. Ich rufe niemanden herein, ich brauche niemandes Hilfe, ich verstehe es, allein mit mir auszukommen. Sie denken wohl, ich fürchte Sie?« fragte er mit erhobener Stimme und warf herausfordernd den Kopf in den Nacken. »Sie sind vollkommen überzeugt, daß ich gekommen sei, um Ihnen ein ‚furchtbares' Geheimnis zu enthüllen, und Sie warten darauf mit der ganzen Klausnerneugier, deren Sie fähig sind? Nun, dann nehmen Sie zur Kenntnis, daß ich Ihnen nichts enthüllen werde, keinerlei Geheimnis, denn ich brauche Sie überhaupt nicht ...«

Tichon blickte ihm fest ins Gesicht.

»Es hat Sie betroffen gemacht, daß das Lamm den Kalten lieber hat als den bloß Lauen«, sagte er, »Sie wollen nicht *bloß* lau sein. Ich fühle, daß ein außergewöhnlicher, vielleicht furchtbarer Entschluß in einem Ringkampf mit Ihnen steht. Wenn es so ist, dann beschwöre ich Sie, quälen Sie sich nicht und sagen Sie alles, womit Sie gekommen sind.«

»Und Sie wissen so genau, daß ich mit etwas Bestimmtem zu Ihnen gekommen bin?«

»Ich ... habe es aus dem Gesicht erraten«, flüsterte Tichon, die Augen niederschlagend.

Stawrogin war ein wenig bleich, seine Hände zitterten leicht. Ein paar Sekunden lang sah er reglos und schweigend Tichon an, wie sich endgültig entscheidend. Schließlich zog er aus der Seitentasche seines Rockes ein dünnes Päckchen bedruckter Blätter und legte es auf den Tisch.

»Hier, diese Blätter sind dazu bestimmt, veröffentlicht zu werden«, sagte er mit etwas stockender Stimme. »Wenn auch nur *ein* Mensch sie liest, so werde ich, damit Sie es wissen, sie nicht mehr geheimhalten, dann werden alle sie lesen. So ist es beschlossen. Ich brauche weiter keinen Rat, denn ich habe meinen Entschluß schon gefaßt. Aber lesen Sie das durch ... während des Lesens sagen Sie nichts, aber nachher – sagen Sie alles ...«

»Soll ich wirklich lesen?« fragte Tichon unentschlossen.

»Lesen Sie; ich bin schon lange ruhig.«

»Nein, ohne Brille geht es nicht, es ist ein kleiner, ausländischer Druck.«

»Hier ist die Brille.« Stawrogin reichte sie ihm vom Tisch und lehnte sich in den Diwan zurück. Tichon vertiefte sich ins Lesen.

II

Es war tatsächlich ausländischer Druck – ungefähr dreißig bedruckte und zusammengeheftete Blätter von gewöhnlichem Briefpapier kleineren Formats. Sie waren vermutlich in einer der russischen Druckereien im Auslande heimlich gedruckt worden und so glichen sie auf den ersten Blick einer Proklamation. Die Überschrift lautete: »Von Stawrogin.«

Ich übernehme dieses Dokument wortgetreu in meine Chronik. Es ist anzunehmen, daß es jetzt bereits vielen bekannt ist. Ich habe mir nur erlaubt, die orthographischen Fehler zu verbessern, die ziemlich zahlreich waren und mich einigermaßen überraschten, denn der Verfasser war immerhin ein gebildeter Mensch und sogar sehr belesen (natürlich relativ genommen). Den Stil habe ich jedoch völlig unverändert gelassen, trotz mancher Steifheiten und sogar Unklarheiten. Jedenfalls sieht man sofort, daß der Verfasser vor allem kein Schriftsteller ist.

Ich möchte mir auch noch eine Bemerkung erlauben, obgleich ich damit vorgreife. Dieses Dokument ist meiner Ansicht nach ein Werk der Krankheit, ein Werk des Teufels, der sich dieses Herrn bemächtigt hat. Es ist, wie wenn ein Leidender, der einen brennenden Schmerz auszuhalten hat, sich auf seiner Bettstatt hin und her wirft, um eine Lage ausfindig zu machen, die ihm wenigstens momentan Erleichterung verschaffte. Oder nicht einmal Erleichterung, sondern bloß eine Abwechslung, sei es auch nur auf einen Augenblick, die den alten Schmerz durch einen anderen ersetzte. Und hierbei kommt es selbstverständlich nicht auf die Schönheit oder Vernünftigkeit der Lage an. Der Grundgedanke des Dokuments ist: das schreckliche, ungeheuchelte Bedürfnis einer Strafe, das Verlangen nach einem Kreuz, einer öffentlichen Hinrichtung. Und dieses Bedürfnis eines Kreuzes immerhin in einem Menschen, der nicht an das Kreuz glaubt – »aber schon das allein macht eine Idee aus«, wie sich Stepan Trofimowitsch einmal in einem übrigens ganz anderen Fall ausdrückte.

Und andererseits ist dieses ganze Dokument zugleich etwas ungestüm Verwegenes und Herausforderndes, wenn es auch anscheinend in einer anderen Absicht geschrieben worden ist. Der Verfasser erklärt, er habe es geschrieben, weil er anders »nicht gekonnt« habe, weil er dazu »gezwungen« gewesen sei, und das ist ziemlich glaubwürdig: er wäre froh, diesem Kelch auszuweichen, wenn er es könnte, aber er hat es, wie es scheint, tatsächlich nicht gekonnt, und so hat er denn die erstbeste Gelegenheit zu neuer Gewalttätigkeit ergriffen. Ja, ein Kranker wälzt sich auf seiner Bettstatt und will die eine Qual durch eine andere ersetzen, und da ist ihm der Kampf mit der Gesellschaft als die erträglichste Lage erschienen, und so wirft er ihr denn die Herausforderung hin. In der Tat, schon in dem Ereignis an und für sich, daß ein solches Dokument überhaupt entstehen konnte, ist etwas, was eine neue, unerwartete und respektlose Herausforderung der Gesellschaft gefühlsmäßig ankündigt. Hier ist es, als wollte man nur schneller auf irgend einen Feind stoßen ...

Aber wer weiß, vielleicht ist alles das – das heißt, die Blätter mitsamt der vorgesehenen Veröffentlichung – wiederum nichts anderes als dasselbe gebissene Gouverneursohr nur in anderer Gestalt? Warum das selbst mir jetzt in den Sinn kommt, nachdem doch schon so vieles seine Erklärung gefunden hat, – das verstehe ich selbst nicht. Ich will auch weiter keine Beweise anführen und behaupte durchaus nicht, daß das Dokument gefälscht sei, das heißt, vollkommen frei erfunden und nur komponiert. Am wahrscheinlichsten ist, daß man die Wahrheit irgendwo in der Mitte suchen muß ... Aber nun habe ich doch schon gar zu weit vorgegriffen; es ist richtiger, sich dem Dokument selbst zuzuwenden. Und Tichon las folgendes:

Von Stawrogin.

Ich, Nikolai Stawrogin, Offizier außer Dienst, lebte im Jahre 186* in Petersburg. Ich führte ein ausschweifendes Leben, das mir kein Vergnügen machte.

Ich hatte damals eine Zeitlang drei Wohnungen. In einer lebte ich selbst, möbliert, mit Beköstigung und Bedienung, wo sich damals auch Marie Lebädkina befand, heute meine legitime Frau. Die anderen Wohnungen mietete ich damals monatlich für meine Abenteuer: in einer empfing ich eine in mich verliebte Dame, in der anderen ihre Zofe. Ich war eine Zeitlang sehr mit dem Plan beschäftigt, die beiden so anzuführen, daß sich Herrin und Zofe bei mir treffen sollten. Ich kannte sie beide und versprach mir von dieser Überraschung viel Spaß.

Vorsichtig traf ich Vorbereitungen für dieses Zusammentreffen und war daher gezwungen, häufiger die eine der beiden Wohnungen, welche sich in einem großen Hause in der Goróchowaja-Straße befand, aufzusuchen. Ich hatte mir hier, im vierten Stock, bei russischen Kleinbürgern nur ein Zimmer gemietet. Diese selbst wohnten im Nebenzimmer, um so näher, als die Verbindungstür meist aufstand, was auch ganz meinem Wunsch entsprach. Der Mann war in irgendeinem Büro angestellt und war von morgens bis in die Nacht abwesend. Die Frau, ein Weib von vierzig Jahren, schneiderte aus irgendwelchen alten Sachen neue zusammen und war auch häufig außer Hause, um die fertige Arbeit abzuliefern. Ich blieb allein mit ihrer Tochter, welche äußerlich noch ganz Kind war. Man nannte sie Matrjóscha. Die Mutter liebte sie, schlug sie jedoch häufig und beschimpfte sie auf ordinäre Weiberart oft fürchterlich. Dieses Mädchen bediente mich und besorgte das Zimmer. Ich muß gestehen, daß ich die Hausnummer vergessen habe. Durch eine Anfrage erfuhr ich, daß das alte Haus abgerissen worden ist, und daß sich jetzt an der Stelle von zwei oder drei alten Häusern ein sehr großes neues erhebt. Die Namen meiner Wirtsleute habe ich auch vergessen (vielleicht habe ich sie auch schon damals nicht gewußt). Ich weiß nur noch, daß man die Frau Stepanída nannte, ich glaube, Michailowna. An ihn erinnere ich mich nicht. Ich glaube, daß Nachforschungen und Ermittlungen bei der Petersburger Polizei das Auffinden von Spuren ermöglichen würden. Die Wohnung befand sich im Hof, in der Ecke. Alles spielte sich im Juni ab. Das Haus hatte einen hellblauen Anstrich.

Eines Tages verschwand mein kleines Federmesser, welches ich gar nicht brauchte und das nur herumlag, vom Tisch. Ich sagte es der Wirtin, wobei ich nicht im entferntesten daran dachte, daß sie die Tochter schlagen würde. Sie hatte sich mit dem Mädchen gerade gezankt wegen Verschwindens irgendeines Lappens, im Glauben, daß dieses den Lappen verloren hätte, ja, sie hatte es sogar an den Haaren gerissen. Wie sich dann der Lappen unter dem Tischtuch fand, äußerte das Mädchen kein Wort des Vorwurfs und sah schweigend vor sich hin. Ich bemerkte das, und jetzt fiel mir zum erstenmal das Gesicht des Mädchens auf, bisher war es nur undeutlich an mir vorbeigehuscht.

Es war blondhaarig und sommersprossig, ein gewöhnliches Gesicht, aber sehr viel Kindliches und Stilles, außergewöhnlich Stilles darin. Der Mutter mißfiel, daß die Tochter ihr für die unnötigen Schläge keine Vorwürfe machte, und sie drohte ihr mit der Faust, schlug sie jedoch nicht. Da kam ihr nun mein verlorenes Federmesser gerade recht. Tatsächlich war außer uns dreien niemand anwesend, nur das Mädchen kam zu mir ins Zimmer. Das Weib war wütend, weil sie zum erstenmal ungerecht geschlagen hatte, lief zum Besen, riß aus ihm Ruten heraus und schlug in meinem Beisein das Mädchen bis aufs Blut, obwohl es schon zwölf Jahre zählte. Matrjóscha schrie nicht, wahrscheinlich weil ich dabei war, aber bei jedem Schlag schluchzte sie sonderbar auf. Nachher schluchzte sie noch eine ganze Stunde lang.

Aber vorher war folgendes geschehen: Im selben Augenblick, als die Wirtin zum Besen rannte, um Ruten herauszureißen, fand ich das Federmesser auf meinem Bett, wohin es irgendwie vom Tisch gefallen sein mußte. Mir fuhr gleich der Gedanke durch den Kopf, nichts zu sagen, damit sie geschlagen werde. Ich entschloß mich im Nu; in solchen Augenblicken bin ich atemlos. Aber ich beabsichtige, alles ausführlicher zu erzählen, damit gar nichts verheimlicht bleibe.

Jede außergewöhnlich schimpfliche, schrecklich erniedrigende, niederträchtige und vor allem lächerliche Lage, in die ich während meines Lebens gekommen bin, hat außer einer maßlosen Wut ein unglaubliches Lustgefühl in mir ausgelöst. Das gleiche trat auch ein in den Momenten einer Schandtat oder einer Lebensgefahr.

Wenn ich gestohlen hätte, so wäre ich im Augenblick der Tat durch das Bewußtsein meiner Niedertracht wie berauscht gewesen. Nicht, daß ich die Niedertracht geliebt hätte (hier war mein Urteil durchaus gesund), aber dieser Rauschzustand infolge des quälenden Bewußtseins der Gemeinheit, der gefiel mir. Auch jedesmal im Duell, wenn ich auf den Schuß meines Gegners wartete, überwältigte mich dieses rasende, schimpfliche Gefühl, einmal sogar außergewöhnlich stark. Ich bekenne, daß ich häufig selbst Gelegenheiten suchte, um diese Empfindung auszukosten, die alle anderen in mir an Stärke übertraf. Wenn ich eine Ohrfeige bekam (und ich habe zwei in meinem Leben bekommen), so überwältigte mich, ungeachtet der furchtbaren Wut, dieselbe Empfindung. Wenn man dann seinen Zorn beherrscht, so ist das Lustgefühl unsagbar. Ich habe mit niemandem darüber gesprochen, nicht einmal andeutungsweise, und verheimlichte es als etwas Schimpfliches, Schändliches. Dagegen als ich einmal in einer Schenke in Petersburg arg verprügelt wurde – man schleifte mich an den Haaren – hatte ich dieses Gefühl nicht, hatte nur eine unglaubliche Wut, ich war nicht betrunken und prügelte mich nur mit den anderen. Aber wenn mich im Auslande derselbe französische Vicomte, der mich ohrfeigte und dem ich dafür die Kinnlade wegschoß, zu Boden geworfen und an den Haaren gezogen hätte, dann hätte ich diese rauschartige Empfindung gehabt, hätte vielleicht nicht einmal Zorn verspürt. So schien es mir damals.

Ich habe das alles jetzt erzählt, damit jeder erfahre, daß diese Empfindung mich niemals völlig beherrschte, daß ich dabei stets mein volles Bewußtsein behielt (ja, dieses Bewußtsein war ja der Antrieb zu alledem!). Und wenn diese Empfindung mich auch bis zur Unbesonnenheit, ja, sozusagen bis zur Tollheit trieb, so ging das doch niemals bis zur Selbstvergessenheit. Sie entflammte sich in mir, gleichzeitig aber beherrschte ich sie so vollständig, daß ich sie in höchster Glut erhalten konnte. Ich bin überzeugt, daß ich mein ganzes Leben als Mönch hätte verbringen können, obwohl mir eine tierische Sinnlichkeit angeboren ist, welche ich immer wieder aufpeitschte. Wenn ich will, bin ich stets Herr meiner selbst. So sei es festgestellt, daß ich mich weder durch meine Umgebung noch durch Krankheiten entschuldigen will und die Verantwortung meiner Verbrechen voll und ganz auf mich nehme.

Die Züchtigung nahm ein Ende, ich steckte das Federmesser in die Westentasche und ging, ohne ein Wort zu sagen, aus dem Hause. Ich ging weit fort und warf das Messer auf die Straße, damit niemand jemals etwas davon erführe. Dann wartete ich zwei Tage. Das Mädchen hatte sich ausgeweint und wurde dann noch schweigsamer; ich bin überzeugt, daß es gegen mich keinen Zorn hatte. Übrigens war sicherlich auch einige Scham dabei, da sie in meinem Beisein derart bestraft worden war. Aus dieser Scham heraus gab sie, nach Kinderart, wohl sich allein die Schuld.

Und damals, in diesen zwei Tagen, stellte ich mir einmal die Frage, ob ich imstande wäre, alles aufzugeben und meinen Vorsatz nicht auszuführen, und ich fühlte augenblicklich, daß ich es könnte, jeden Augenblick, zu jeder Zeit. Ungefähr um dieselbe Zeit wollte ich mich umbringen aus dem krankhaften Gefühl völliger Teilnahmslosigkeit; ich weiß eigentlich nicht warum. In diesen zwei, drei Tagen (da unbedingt gewartet werden mußte, bis das Mädchen alles vergaß) verübte ich, wohl um mich von den unaufhörlichen Wahnvorstellungen zu befreien oder nur zum Spaß, in meiner Pension einen Diebstahl. Das war der einzige Diebstahl in meinem Leben.

Es wohnten dort viele Leute. Unter anderen lebte dort ein Beamter mit Familie in zwei kleinen möblierten Zimmern. Vierzigjährig und nicht dumm, sah er ganz anständig aus, war aber arm. Ich kam mit ihm nicht zusammen, und er mied den Kreis, der mich damals umgab. Er hatte gerade sein Gehalt von fünfunddreißig Rubeln bekommen. Ich wurde darauf gebracht, weil ich damals tatsächlich Geld brauchte (obwohl ich es vier Tage später durch die Post erhielt), so daß ich wie aus Not stahl, und nicht zum Scherz. Getan wurde es frech und offenkundig: ich ging einfach in sein Zimmer, als er mit Frau und Kindern im andern Stübchen zu Mittag aß. Hier, neben der Tür auf dem Stuhl, lag zusammengefaltet seine Interimsuniform. Mir kam dieser Gedanke plötzlich, schon auf dem Gang. Ich schob die Hand in die Tasche und zog den Geldbeutel heraus. Der Beamte hatte jedoch das Geräusch gehört und sah aus dem Nebenstübchen herein. Er bemerkte sogar etwas, aber da er nicht alles gesehen, glaubte er sich zu täuschen. Ich sagte, daß ich im Vorübergehen eingetreten wäre, um einen Blick auf seine Wanduhr zu werfen. »Sie steht ja!« antwortete er, und ich ging hinaus.

Damals trank ich viel, und in meinem Zimmer saß eine ganze Bande, unter anderen auch Lebädkin. Den Geldbeutel mit dem Kleingeld warf ich fort, die Scheine behielt ich. Es waren zweiunddreißig Rubel, drei rote und zwei gelbe Scheine.

Ich wechselte sofort den einen roten Schein und schickte nach Sekt, dann schickte ich noch einen roten, schließlich den dritten. Nach vier Stunden, es war schon Abend, erwartete mich der Beamte auf dem Gang.

»Sie, Herr Stawrogin, als Sie vorhin vorsprachen, haben Sie da nicht versehentlich die Uniform vom Stuhl gestreift ... Sie lag bei der Tür?«

»Nein, ich erinnere mich nicht, hat denn bei Ihnen eine Uniform gelegen?«

»Ja, sie lag dort.«

»Auf dem Boden?«

»Zuerst auf dem Stuhl, dann auf dem Boden.«

»Haben Sie sie denn aufgehoben?«

»Ja.«

»Nun, was wünschen Sie dann noch?«

»Ja, wenn es so ist, dann nichts ...«

Seinen Verdacht auszusprechen, wagte er nicht, nicht einmal irgend einen aus der Pension zu verdächtigen – so feige sind diese Leute. Übrigens war ich in der Pension sehr gefürchtet und angesehen. Es machte mir Spaß, mit ihm Blicke zu wechseln, täglich zweimal auf dem Gang. Dann wurde es langweilig.

Nach drei Tagen kehrte ich in die Goróchowaja zurück. Die Mutter machte sich mit einem Bündel auf den Weg, irgendwohin, der Vater war, selbstverständlich, abwesend. So blieb ich mit Matrjóscha allein. Die Fenster standen auf. Im Hause wohnten nur Handwerker, und tagsüber erschallte aus allen Etagen das Klopfen der Hämmer oder Gesang. Wir hielten uns seit ein Uhr hier auf. Matrjoscha saß auf einem Bänkchen in ihrer Ecke, mit dem Rücken zu mir, und hantierte mit einer Nadel. Plötzlich fing sie an, ganz leise zu singen, wie sie das zuweilen tat. Ich sah auf meine Uhr, es war zwei. Mein Herz hämmerte. Ich erhob mich und schlich mich zu ihr. An den Fenstern standen viele Geranienstöcke, und die Sonne schien grell herein. Ich setzte mich still neben sie auf den Boden. Sie erschrak zuerst unglaublich, fuhr zusammen und sprang auf. Ich nahm ihre Hand und küßte sie sanft, drückte sie wieder auf das Bänkchen und sah ihr in die Augen. Daß ich ihre Hand geküßt hatte, bereitete ihr einen kindlichen Spaß, der aber nur einen Augenblick währte, dann sprang sie wieder hastig auf in einer solchen Angst, daß ihr Gesicht zuckte. Mit vor Furcht unbeweglichen Augen starrte sie mich an, der Mund verzog sich zum Weinen, aber trotz allem schrie sie nicht. Ich küßte ihr wieder die Hand und nahm sie auf den Schoß. Sie stemmte sich gegen mich, wollte aufstehen und lächelte wie aus Scham, aber es war ein unaufrichtiges Lächeln. Das Gesicht war schamrot. Wie betrunken flüsterte ich dauernd etwas zu ihr hin. Schließlich geschah etwas Sonderbares, das ich niemals vergessen werde und das mich in Erstaunen setzte: das Mädchen umhalste mich auf einmal und gab mir leidenschaftliche Küsse. Sein Gesicht war in Verzückung. Es fehlte nicht viel, so wäre ich aufgestanden und weggegangen – solch ein Mitleid empfand ich plötzlich mit dem kleinen Geschöpf.

Als alles zu Ende war, war sie verwirrt. Ich versuchte es nicht, sie zu täuschen, und liebkoste sie nicht mehr. Schüchtern lächelnd sah sie mich an. Ihr Gesicht erschien mir plötzlich dumm. Ihre Verwirrung stieg von Augenblick zu Augenblick. Schließlich bedeckte sie das Gesicht mit den Händen und stellte sich unbeweglich, mit dem Gesicht zur Wand, in eine Ecke. Ich fürchtete, daß sie wieder, wie vorhin, erschrecken würde, und entfernte mich schweigend.

Ich glaube, daß ihr der ganze Vorgang durchaus als grenzenlose Unanständigkeit erscheinen mußte, daß sie eine tödliche Angst auszustehen hatte. Trotz aller Schimpfworte und Gespräche, die sie seit frühester Kindheit anhören mußte, bin ich fest überzeugt, daß sie noch gar nichts begriff. Sicherlich glaubte sie schließlich, daß sie ein unglaubliches, todwürdiges Verbrechen begangen hätte, daß sie »Gott getötet« habe.

In dieser Nacht hatte ich die Prügelei in der Schenke, die ich bereits flüchtig erwähnt habe. Ich erwachte jedoch morgens in meinem Zimmer, Lebädkin hatte mich nach Hause gebracht. Der erste Gedanke beim Erwachen war: Hat sie es erzählt oder nicht? Einen Augenblick überfiel mich eine wirkliche, wenn auch noch keine sehr heftige Angst. Ich war diesen Morgen sehr vergnügt und war zu allen furchtbar liebenswürdig, so daß die ganze Bande mit mir äußerst zufrieden war. Aber ich verließ sie und ging in die Goróchowaja. Ich traf sie schon unten im Hausflur. Sie kam aus dem Laden, wohin sie nach Zichorie geschickt worden war. Als sie mich erblickte, lief sie in furchtbarer Angst die Treppe hinauf. Die Mutter prügelte sie schon, als ich anlangte, weil sie »fratzenschneidend« in die Wohnung gestürmt war, wodurch auch die wahre Ursache ihres Schreckens unentdeckt blieb. Es war also bisher alles ruhig. Sie verschwand irgendwohin und ließ sich, solange ich blieb, nicht mehr sehen. Ich blieb eine Stunde und ging dann fort.

Gegen Abend verspürte ich wieder die Angst, jedoch schon ungleich stärker. Natürlich, ich konnte leugnen, aber man konnte mich überführen, mir drohte der Kerker. Ich habe niemals Angst gehabt und habe, außer in diesem Fall, niemals, weder vorher noch nachher etwas gefürchtet. Und Sibirien schon gar nicht, obwohl ich einmal Ursache dazu gehabt hätte. Aber diesmal war ich erschreckt und hatte tatsächlich, ich weiß nicht warum, zum erstenmal in meinem Leben Angst, ein äußerst quälendes Gefühl. Außerdem haßte ich sie am Abend auf meinem Zimmer so stark, daß ich den Entschluß faßte, sie umzubringen. Der Haß erwachte bei der Erinnerung an ihr Lächeln. Ich fühlte Verachtung, einen unglaublichen Ekel, wenn ich daran dachte, wie sie nach all dem in den Winkel geflüchtet war und sich die Hände vorgehalten hatte; mich packte eine unerklärliche Raserei, dann folgte ein Frostgefühl. Als ich gegen Morgen Fieber hatte, überkam mich wieder die Angst, aber jetzt so heftig, daß ich mir eine größere Qual nicht vorstellen konnte. Ich haßte das Mädchen nicht mehr, wenigstens war es kein Paroxysmus wie abends zuvor. Ich machte die Erfahrung, daß eine heftige Angst jegliche Haß- und Rachegefühle erstickt.

Ich erwachte gesund gegen Mittag und wunderte mich sogar über meine gestrigen Gefühle. Ich war jedoch schlechter Laune und war, ungeachtet meines Abscheus, gezwungen, in die Goróchowaja zu gehen. Ich erinnere mich, in dem Augenblick den heftigen Wunsch nach einem ernstlichen Streit mit irgend jemand gehabt zu haben. Aber in der Gorochowaja angekommen, traf ich in meinem Zimmer Nina Ssawéljewna, jene Zofe, welche mich schon seit ein Uhr erwartete. Ich liebte dieses Mädchen gar nicht, so daß sie wohl meinen Zorn über den unerbetenen Besuch fürchtete. Aber plötzlich freute ich mich über sie. Sie war nicht häßlich, war aber bescheiden und hatte Manieren, welche der Kleinbürger schätzt, so daß meine Wirtin sie schon lange mir gegenüber gelobt hatte. Ich fand sie beide beim Kaffee, die Wirtin höchst erfreut über das angenehme Geplauder. In einem Winkel des Zimmerchens bemerkte ich Matrjoscha. Sie stand unbeweglich und sah auf die Mutter und den Gast. Als ich eintrat, versteckte sie sich nicht wie damals, und lief auch nicht weg. Mir schien sie nur sehr abgemagert und fiebrig. Ich liebkoste Nina und schloß die Tür zur Wirtin, was ich schon lange nicht mehr getan hatte, so daß Nina sehr befriedigt fortging. Ich führte sie selbst hinaus und kam zwei Tage nicht in die Goróchowaja. Ich war es überdrüssig. Ich beschloß, allem ein Ende zu machen, die Wohnungen zu kündigen und zu verreisen.

Als ich jedoch hinging, um zu kündigen, fand ich die Wirtin in Aufregung und Kummer: Matrjoscha war schon den dritten Tag krank, fieberte jede Nacht und phantasierte. Natürlich fragte ich, worüber sie phantasiere (wir sprachen in meinem Zimmer im Flüsterton). Sie flüsterte zurück, sie rede »Fürchterliches«, sie sage, sie habe »Gott getötet«. Ich bot ihr an, auf meine Kosten den Arzt zu holen, aber sie wollte nicht. »Wenn Gott will, wird es auch so vorübergehen, sie liegt ja nicht immer, tagsüber steht sie auf, eben ist sie in den Laden gelaufen.« Ich wollte Matrjoscha allein treffen, und da die Wirtin sagte, daß sie gegen fünf in die Stadt müßte, so beschloß ich, gegen Abend wiederzukommen.

Ich aß im Wirtshaus zu Mittag. Genau um ein Viertel nach fünf kehrte ich zurück. Ich öffnete wie immer mit meinem Schlüssel. Außer Matrjoscha war niemand da. Sie lag in der Kammer hinter dem Schirm auf dem Bett der Mutter, und ich bemerkte, daß sie hinausspähte; ich stellte mich jedoch, als ob ich nichts gesehen hätte. Alle Fenster standen auf. Die Luft war warm, sogar heiß. Ich ging umher, dann setzte ich mich auf den Diwan. Ich erinnere mich an alles, an jede Kleinigkeit. Es bereitete mir ein aufrichtiges Vergnügen, nicht mit Matrjoscha zu sprechen, sie zu quälen, ich weiß nicht warum. Ich wartete eine ganze Stunde, dann sprang sie selbst plötzlich hinter dem Schirm hervor. Ich hörte, wie ihre Füße den Boden berührten, als sie aus dem Bett sprang, dann ziemlich rasche Schritte, und sie stand auf der Schwelle zu meinem Zimmer. Sie stand und blickte schweigend. Ich war so gemein, daß mein Herz vor Freude zitterte, weil ich standhaft geblieben war und gewartet hatte, bis sie zuerst herauskam. Seitdem ich sie damals zuletzt in der Nähe gesehen hatte, war sie wirklich furchtbar zusammengefallen. Das Gesicht war welk, und der Kopf glühte wohl. Die Augen wurden groß und sahen starr auf mich, in stumpfer Neugier, wie es mir zuerst schien.

Ich saß, sah und rührte mich nicht. Und plötzlich erwachte wieder der Haß in mir. Ich bemerkte aber schnell, daß sie sich durchaus nicht vor mir ängstigte, daß sie eher im Delirium war. Aber auch das war nicht der Fall. Auf einmal schüttelte sie den Kopf, wie man es sehr naiven und primitiven Menschen gegenüber zum Zeichen des Vorwurfs tut, und plötzlich erhob sie ihre kleine Faust gegen mich und drohte mir von dort aus. Im ersten Moment erschien mir diese Bewegung spaßig, dann aber konnte ich sie nicht länger ertragen. In ihrem Gesicht stand eine für ein Kind undenkbare Verzweiflung. So stand sie da, ballte drohend ihr Fäustchen und schüttelte vorwurfsvoll den Kopf. Ich stand auf und ging angstvoll auf sie zu, sprach vorsichtig auf sie ein, leise und freundlich, sah aber bald, daß sie mich gar nicht begriff. Dann schlug sie plötzlich heftig die Hände vors Gesicht wie damals, entfernte sich und stellte sich mit dem Rücken zu mir ans Fenster. Ich ging in mein Zimmer zurück und setzte mich auch ans Fenster. Es ist mir unbegreiflich, warum ich damals nicht wegging, sondern dablieb, wie auf etwas wartend. Bald hörte ich wieder ihre eiligen Schritte, sie ging durch die Tür auf die hölzerne Galerie, welche auch einen Zugang von der Treppe hatte. Ich schlich sofort zu meiner Tür, öffnete sie und sah gerade noch, wie Matrjoscha in der winzigen Rumpelkammer, welche neben einem andern Ort lag, verschwand.

Eine neugierige Frage fuhr mir plötzlich durch den Kopf. Ich begreife immer noch nicht, warum sie mir damals zuerst so plötzlich kam. Ich schloß die Tür und setzte mich wieder ans Fenster. Natürlich konnte man diesem flüchtigen Gedanken noch nicht trauen – »aber immerhin« . . . (Ich weiß noch alles, und das Herz hämmerte.)

Nach einer Weile sah ich auf die Uhr und merkte mir ganz genau die Zeit. Wozu ich das nötig hatte, weiß ich nicht, aber ich war imstande, das zu tun und wollte mir überhaupt in diesem Augenblick alles einprägen. So daß mir das damals Beobachtete noch heute gegenwärtig ist, ich sehe es, als ob es heute wäre. Der Abend nahte. Über mir summte eine Fliege und setzte sich mir immer aufs Gesicht. Ich fing sie, hielt sie zwischen den Fingern und ließ sie zum Fenster hinaus. In den Hof unten fuhr sehr laut ein Wagen. In der Ecke des Hofs sang ein Handwerker, ein Schneider, am Fenster sehr laut (und schon lange) ein Lied. Er saß über der Arbeit, und ich konnte ihn sehen. Ich dachte, daß, da mir niemand begegnet war, als ich durch das Tor kam und die Treppe hinaufstieg, – daß es natürlich unnötig wäre, hier gesehen zu werden oder jemand auf dem Rückweg zu treffen. Ich rückte daher vorsichtig meinen Stuhl vom Fenster weg, so daß die Einwohner mich nicht sehen konnten. Ich nahm ein Buch, warf es wieder hin und sah auf eine winzige rote Spinne auf einem Geranienblatt und verfiel in Träumerei. Ich erinnere mich an alles bis zum letzten Augenblick.

Plötzlich sah ich nach der Uhr. Seit ihrem Weggang waren zwanzig Minuten verstrichen. Die Vermutung wurde zur Wahrscheinlichkeit. Aber ich beschloß, noch genau eine Viertelstunde zu warten. Mir kam der Gedanke, daß sie zurückgekommen sei und ich es vielleicht überhört hätte; aber das konnte nicht sein. Es herrschte eine Todesstille, ich konnte das Summen jeder Fliege hören. Plötzlich schlug mein Herz schneller. Ich sah auf die Uhr: noch drei Minuten; ich wartete noch so lange, obwohl mein Herz zum Zerspringen klopfte. Dann erhob ich mich, setzte den Hut auf, knöpfte den Mantel zu und sah umher, nach möglichen Spuren meiner Anwesenheit. Den Stuhl schob ich näher zum Fenster, wie er früher gestanden hatte. Schließlich öffnete ich leise die Tür, verschloß sie mit meinem Schlüssel und ging zur Rumpelkammer. Die Tür war angelehnt, aber nicht verschlossen; ich wußte, daß sie nicht verschließbar war, wollte aber nicht öffnen, sondern erhob mich auf die Fußspitzen und sah durch die Ritze. In dem Augenblick fiel mir ein, daß ich, wie ich dort im Zimmer am Fenster gesessen, auf die rote Spinne gesehen und geträumt hatte, – daß ich mir da schon vorgestellt hatte, wie ich mich auf die Fußspitzen erheben und mein Auge an diese Ritze halten würde. Ich führe diese Einzelheiten an, um zu beweisen, wie sehr ich meine geistigen Kräfte beherrschte, und daß ich für alles verantwortlich bin. Ich sah lange durch den Spalt, weil es dort dunkel war, jedoch nicht völlig, so daß ich schließlich das erblickte, was ich sehen mußte ...

Endlich beschloß ich wegzugehen. Ich traf niemand auf der Treppe. Nach drei Stunden saßen wir alle in der Pension in Hemdärmeln, tranken Tee und spielten mit alten Karten, Lebädkin trug Gedichte vor. Sie erzählten viel und wie absichtlich nicht dumm, wie sonst meistens, sondern lustig und witzig. Kirilloff war auch anwesend. Niemand trank, obwohl eine Flasche Rum auf dem Tische stand, nur Lebädkin langte zu.

Próchor Máloff bemerkte: »Wenn Stawrogin zufrieden ist und keine Grillen fängt, dann sind sie alle lustig und sprechen vernünftig.« Das fiel mir schon damals auf, folglich war ich zufrieden, fröhlich und fing keine Grillen. Das war äußerlich. Aber ich war mir bewußt, in meiner Freude über die Befreiung ein niedriger, gemeiner Feigling zu sein; ich wußte, ich würde niemals mehr ein anständiger Mensch.

Aber schon um elf kam die Tochter vom Hausmeister gelaufen, um mir von der Wirtin in der Goróchowaja die Nachricht zu bringen, daß Matrjoscha sich erhängt hatte. Ich ging mit dem Mädchen und sah, daß die Wirtin selbst nicht wußte, warum sie nach mir geschickt hatte, sie schrie und tobte, viel Volk war da und Polizei. Ich stand einige Zeit und entfernte mich dann wieder.

Mich belästigte man die ganze Zeit fast gar nicht, allerdings wurden die nötigen Fragen an mich gestellt. Aber außer den Tatsachen, daß das Mädchen krank gewesen wäre und phantasiert hätte, so daß ich von mir aus den Arzt auf meine Kosten angeboten hätte, gab ich nichts an. Daß ich am Abend gekommen war, wußte ja niemand.

Eine Woche lang ging ich nicht hin. Ich ging, als sie schon längst beerdigt war, hin, um meine Wohnung aufzugeben. Die Wirtin weinte noch immer, beschäftigte sich aber schon wie früher mit ihren Lappen und ihrer Näherei. »Wegen Ihres Messers habe ich sie so hart bestraft«, sagte sie zu mir, jedoch ohne einen besonderen Vorwurf. Unter dem Vorwand, daß ich in diesem Zimmer unmöglich Nina Ssawéljewna empfangen könnte, rechnete ich ab. Beim Abschied lobte sie Nina Ssawéljewna noch einmal. Im Weggehen schenkte ich ihr fünf Rubel.

Vor allem hatte ich vor dem Leben einen tiefel Ekel. Als die Gefahr vorüber war, hätte ich das Vorkommnis in der

Goróchowaja vollständig vergessen, wie alles Damalige, wenn ich mich nicht einige Zeit mit Wut an meine Angst erinnert hätte.

Ich ließ meine Wut aus, wo es mir nur möglich war. Damals kam ich auf den Gedanken, mein Leben auf eine möglichst ekelhafte Art zu enden. Schon seit einem Jahr dachte ich daran, mich zu erschießen, aber es ergab sich etwas noch Besseres.

Einmal sah ich mir die lahme Márja Timoféjewna Lebädkina an, welche dort in den Winkeln aushalf und damals noch nicht verrückt, sondern nur eine gewöhnliche Närrin war. Sie war heimlich sinnlos in mich verliebt (was die unseren in Erfahrung gebracht hatten), und ich beschloß plötzlich, sie zu heiraten. Der Gedanke an die Hochzeit eines Stawrogin mit einem solchen traurigen Geschöpf ließ meine Nerven vibrieren. Etwas Schauerlicheres war nicht auszudenken. Aber auf jeden Fall heiratete ich nicht nur wegen »einer Wette um Wein nach einem betrunkenen Mittagessen«. Trauzeugen waren Kirilloff und Pjotr Werchowenskij, damals zufällig in Petersburg, schließlich Lebädkin und Próchor Máloff (inzwischen gestorben). Sonst wußte niemand davon, und diese hatten Schweigen gelobt. Dieses Schweigen erschien mir von jeher als eine Gemeinheit, aber bisher ist es bewahrt worden, obwohl ich die Absicht hatte, es zu brechen. Jetzt aber tue ich es zugleich mit allem andern.

Nach der Trauung reiste ich zu meiner Mutter in die Provinz, um mich zu zerstreuen. In unserer Stadt glaubte man, ich sei verrückt, eine unausrottbare Vorstellung, die mir sicherlich sehr schadet, was ich später erklären werde. Dann reiste ich ins Ausland und blieb dort vier Jahre.

Ich war im Osten auf dem Athos, hörte dort stehend einen achtstündigen Nachtgottesdienst; ich war in Ägypten, lebte in der Schweiz, kam sogar nach Island, besuchte ein Jahr lang die Vorlesungen in Göttingen. Im letzten Jahr verkehrte ich viel in einer vornehmen russischen Familie in Paris und mit zwei russischen Damen in der Schweiz. In Frankfurt fiel mir vor zwei Jahren im Vorbeigehen in der Auslage eines Bücherladens unter anderen Photographien das kleine Bild eines Mädchens in die Augen, welches, obwohl in prächtigen Kleidern, doch auffallend Matrjóscha glich. Ich kaufte das Bildchen sofort und legte es im Hotel auf den Kamin. Hier lag es eine Woche unberührt, ich habe es nicht angesehen. Bei der Abreise vergaß ich es mitzunehmen.

Dies erwähne ich, um zu beweisen, bis zu welchem Grade ich Herr meiner Erinnerungen und wie gleichgültig ich ihnen gegenüber geworden war.

Ich schüttelte sie alle von mir ab, und gehorsam wichen sie zurück, verschwanden, sobald ich nur wollte. Mir waren von jeher Erinnerungen langweilig, und niemals konnte ich mich über Vergangenes unterhalten, wie es beinahe alle tun, um so mehr, als mir die Vergangenheit wie alles, was mich selbst betraf, verhaßt war. Was nun Matrjoscha anbelangt, so hatte ich sogar ihr Bildchen auf dem Kamin vergessen. Im Frühling vor einem Jahr, auf einer Reise durch Deutschland, fuhr ich aus Zerstreutheit an der Station, wo ich umzusteigen hatte, vorbei und gelangte so auf eine andere Strecke. Man ließ mich an der nächsten Station aussteigen; es war um drei Uhr nachmittags, ein schöner Tag. Es war ein winziges deutsches Städtchen. Man wies mich zu einem Gasthof. Ich mußte warten. Der nächste Zug ging um elf Uhr nachts. Ich war sogar mit meinem Abenteuer ganz zufrieden, da ich es nicht eilig hatte. Der Gasthof war klein und armselig, lag aber ganz im Grünen, umgeben von Blumenbeeten. Ich erhielt ein enges Zimmerchen. Ich aß gut, und da ich in der Nacht durchgereist war, schlief ich nach der Reise um vier Uhr nachmittags fest ein.

Ich hatte einen ganz erstaunlichen Traum, weil ich etwas Ähnliches nie gesehen hatte. In der Dresdner Galerie hängt ein Bild von Claude Lorrain, im Katalog ist es, glaube ich, als „Acis und Galatea“ bezeichnet; ich nannte es aber immer „Das goldene Zeitalter“, warum weiß ich nicht. Ich hatte es schon früher gesehen, es war mir jedoch noch vor drei

Tagen auf der Durchreise aufgefallen. Ich war sogar absichtlich hingegangen, um es anzusehen, vielleicht war ich nur seinetwegen nach Dresden gefahren. Eben dieses Bild erschien mir nun im Traum, aber nicht als Bild, sondern als eine von mir miterlebte Begebenheit.

Es war eine kleine Bucht im griechischen Archipel: blaue, schmeichelnde Wellen, Inseln und Felsen, blühende Ufer, zauberische Fernsicht, liebliche, untergehende Sonne – mit Worten läßt sich das nicht beschreiben. Hier dachte sich der Europäer seine Wiege, hier spielten die ersten Szenen der Mythologie, hier war sein irdisches Paradies ... Hier lebten wunderschöne Menschen. Sie erwachten und schliefen glücklich, unschuldig wieder ein; ihre fröhlichen Lieder erklangen in den Hainen, der gewaltige Überschuß gesunder Kräfte ging auf in Liebe und herzlicher Freude. Die Sonne übergoß mit ihren Strahlen die Inseln und das Meer und hatte Freude an ihren herrlichen Kindern. Ein wunderlicher Traum, ein schöner Irrtum! Ein Traum, ein Wahn, unglaubwürdiger als alle anderen, dem aber seit jeher die ganze Menschheit alle ihre Kräfte hingegeben, für den sie alles geopfert, für den ihre Propheten sich töten, sich kreuzigen ließen, ohne den die Völker nicht leben, ja, nicht einmal sterben wollten. Diese Empfindung erlebte ich gleichsam im Traum. Was mir eigentlich träumte, weiß ich nicht, aber die Felsen, das Meer, die schrägen Strahlen der untergehenden Sonne, all das lebte in mir, als ich erwachte, die Augen aufschlug, welche zum erstenmal in meinem Leben naß waren von strömenden Tränen. Die Empfindung eines ungeahnten Glücks erfüllte mein Herz bis zum Schmerzgefühl. Es war Abend geworden. Die untergehende Sonne warf durch das Grün der auf dem Fensterbrett stehenden Blumen ein ganzes Bündel schräger Strahlen, ich lag umflutet von Sonnenlicht. Ich schloß schnell die Augen, wie um mir den Traum zurückzurufen, aber plötzlich, mitten im hellen, hellen Licht, sah ich einen winzigen Punkt. Dieser Punkt nahm Gestalt an, und plötzlich sah ich ganz deutlich eine winzige rote Spinne. Auf einmal sah ich sie auf dem Geranienblatt, damals in den flutenden Strahlen der untergehenden Sonne. Es durchfuhr mich etwas, ich erhob mich und setzte mich aufs Bett ...

(So war das, was ich damals erlebte!)

Ich sah sie vor mir (oh, nicht im Wachen! Wenn es nur eine wirkliche Vision gewesen wäre!), ich sah Matrjoscha, eingefallen und mit fiebrigen Augen, genau so wie damals vor mir auf der Schwelle, und sie schüttelte den Kopf, erhob ihre winzige Faust gegen mich. Niemals noch hatte ich eine solche Qual verspürt! Die klägliche Verzweiflung des hilflosen unentwickelten Geschöpfes, welches mir drohte (womit? O Gott, was konnte es mir denn tun!), aber, natürlich, allein sich selbst beschuldigte! Ich saß bis in die Nacht hinein, unbeweglich und vergaß die Zeit. Sind das Gewissensbisse oder Reue, ich weiß es nicht und kann es auch jetzt nicht sagen. Aber mir ist nur diese eine Gestalt unerträglich, nämlich sie auf der Schwelle mit erhobenem, mir drohendem Fäustchen, nur ihr damaliges Aussehen, nur dieser einzige damalige Augenblick, nur dieses Kopfschütteln. Gerade das kann ich nicht ertragen, weil es mir beinahe tagtäglich erscheint. Es erscheint nicht von selbst, ich selbst rufe es und kann es nicht lassen, obwohl ich nicht mit ihm leben kann. Oh, wenn ich sie nur einmal im Wachen sähe, wenn auch nur als Halluzination!

Warum weckt nicht eine einzige andere Erinnerung ähnliches in mir, und es gab doch in meinem Leben Dinge, die von den Menschen vielleicht noch viel härter verurteilt werden würden? Ist es nur der Haß, aber auch der hervorgerufen durch meine jetzige Lage? Früher konnte ich doch alles kaltblütig vergessen und abschütteln.

Ich zog beinahe dieses ganze Jahr umher und versuchte zu arbeiten. Ich weiß, ich könnte Matrjóscha fernhalten, wenn ich nur wollte. Ich bin durchaus Herr meines Willens wie früher. Aber das ist es eben, daß ich es nie gewollt habe, selbst jetzt nicht will und nicht wollen werde. So wird es bleiben bis zu meinem Wahnsinn.

Vor zwei Monaten erlitt ich in der Schweiz einen Anfall derselben Leidenschaft, begleitet von einem der rasenden Ausbrüche, wie ich sie nur im Anfang gehabt habe. Ich hatte den wütenden Wunsch nach einer neuen Schandtat, nämlich nach Bigamie (ich bin schon verheiratet), aber ich floh, auf den Rat eines andern Mädchens, welchem ich mich beinahe ganz offenbarte, sogar daß ich jene, die ich begehrte, nicht liebe, und daß ich niemals jemanden lieben könne. – Außerdem hätte mich dieses neue Verbrechen durchaus nicht von Matrjoscha befreit.

So beschloß ich, diese Blätter drucken zu lassen und sie in dreihundert Exemplaren nach Rußland zu bringen. Zur gegebenen Zeit werde ich sie der Polizei und der örtlichen Behörde übersenden, gleichzeitig schicke ich sie an alle Zeitungen mit der Bitte um Veröffentlichung, und an alle meine vielen Bekannten in Petersburg und in Rußland. Ebenso werden sie übersetzt im Auslande erscheinen. Ich weiß, daß ich vielleicht strafrechtlich nicht, wenigstens nicht beträchtlich, belästigt werden kann; ich selbst zeuge gegen mich und habe keinen Ankläger; außerdem keine, oder doch nur äußerst wenige Beweise. Endlich der eingewurzelte Glaube an meine Verrücktheit und sicherlich die Bemühungen meiner Verwandtschaft, welche diesen Glauben benutzen und jede mir gefährliche strafrechtliche Verfolgung im Keime ersticken werden. Diese Angaben mache ich, um zu beweisen, daß ich in vollem Besitz meiner Geisteskräfte bin und meine Lage richtig beurteilen kann. Für mich bleiben die, welche alles wissen und auf mich starren werden und ich auf sie. Ich will, daß alle mich anstarren. Ob mir das helfen wird – ich weiß es nicht. Ich greife danach wie zum äußersten Mittel.

Ich wiederhole: wenn bei der Petersburger Polizei richtig nachgeforscht würde, so ließe sich was finden. Die Kleinbürger leben vielleicht jetzt noch in Petersburg. Das Haus werden sie natürlich kennen. Es war hellblau. Ich aber werde nicht verreisen und werde mich eine Zeitlang (ein Jahr oder zwei) immer in Skworeschniki, dem Gute meiner Mutter, aufhalten. Wo immer man nach mir verlangt, ich komme überall hin.

Nikolai Stawrogin

III

Das Lesen dauerte wohl eine Stunde. Tichon las langsam, vielleicht las er einige Stellen mehrmals. Stawrogin saß die ganze Zeit schweigend und unbeweglich. Sonderbar, daß der ungeduldige, zerstreute, fast abwesende Zug, der den ganzen Morgen auf seinem Gesicht lag, beinahe verschwand und der Ruhe und einer gewissen Aufrichtigkeit wich, wodurch er beinahe Würde gewann. Tichon nahm die Brille ab, zögerte, hob endlich den Blick und begann vorsichtig:

»Könnte man an diesem Schriftstück einige Verbesserungen vornehmen?«

»Warum? Ich habe aufrichtig geschrieben«, entgegnete Stawrogin.

»Einiges im Stil ...«

»Ich vergaß Ihnen zu sagen«, sagte er schnell und heftig und beugte sich ganz vor, »daß alle Ihre Worte umsonst sind; ich werde meine Absicht nicht aufgeben; raten Sie mir nicht ab. Ich veröffentliche es.«

»Sie haben das vorhin nicht vergessen zu sagen ...«

»Ganz gleich«, unterbrach ihn Stawrogin heftig, »wie stichhaltig Ihre Einwendungen auch sein mögen, ich werde meinen Entschluß nicht aufgeben. Mit dieser ungeschickten oder geschickten Redensart – denken Sie, was Sie wollen – beabsichtige ich durchaus nicht, sofort Ihren Widerspruch herauszufordern und mich überzeugen zu lassen.«

»Ich könnte Ihnen auch gar nicht widersprechen, und erst recht nicht Sie überreden, Ihre Absicht aufzugeben. Dieser Gedanke ist gewaltig – tiefer könnte auch ein Christ nicht fühlen. Noch weiter, über ein so erstaunliches Wagnis hinaus, kann die Reue nicht gehen, wenn nur ...«

»Wenn nur was?«

»Wenn es nur eine wirkliche Reue wäre, ein wirklich christlicher Gedanke.«

»Ich bin aufrichtig gewesen.«

»Sie wollen sich nur schlechter machen, schlechter als Ihr Herz fühlt ...« Tichon wurde kühner, das „Dokument" hatte augenscheinlich einen starken Eindruck gemacht.

»Mich ‚machen'? Ich wiederhole Ihnen, ich ‚mache' nichts. Ich spiele keine Rolle.«

Tichon schlug rasch die Augen nieder.

»Dieses Schriftstück entspringt dem Bedürfnis eines tödlich verwundeten Herzens, verstehe ich recht?« sagte er beharrlich und mit ungewöhnlicher Wärme. »Ja, das ist Reue, das ist das natürliche Bedürfnis des Herzens, welches gesiegt hat. Sie sind auf dem richtigen Wege, einem ganz unerhörten Weg. Aber Sie hassen und verachten schon im voraus alle die, welche das hier Geschriebene lesen werden, und fordern sie zum Kampf heraus. Wenn Sie sich nicht schämen, ein Verbrechen zu bekennen, warum schämen Sie sich der Reue?«

»Schäme ich mich?«

»Sie schämen sich und fürchten sich!«

»Ich mich fürchten?«

»Ja, tödlich. Sie sagen wohl, ‚mögen sie mich anstarren', aber Sie selbst, wie werden Sie auf die anderen blicken? In Ihrer Erklärung werden einzelne Stellen durch die Sprache unterstrichen. Sie liebäugeln mit Ihrem Seelenleben und greifen nach jeder Geringfügigkeit, nur um den Leser durch Ihre Gefühllosigkeit in Erstaunen zu setzen, eine Gefühllosigkeit, zu welcher Sie gar nicht fähig sind. Ist das etwas anderes als die anmaßende Haltung eines Schuldigen vor seinem Richter?«

»Wieso denn Anmaßung? Ich habe mich ja jedes Urteils begeben.«

Tichon schwieg. Seine bleichen Wangen röteten sich sogar.

»Lassen wir das«, sagte Stawrogin scharf, »gestatten Sie, daß ich jetzt meinerseits eine Frage an Sie richte: Schon fünf

Minuten lang sprechen wir nun hiervon (er deutete auf die Blätter) und ich bemerke an Ihnen weder Ekel noch Scham ... Sie scheinen nicht sehr empfindlich ...«

Er sprach nicht weiter.

»Ich werde nichts vor Ihnen verbergen: mich hat die große überschüssige Kraft, die größtenteils in Gemeinheit aufging, entsetzt. Was nun das Verbrechen selbst betrifft, so sündigen viele auf dieselbe Art, sie leben aber mit ihrem Gewissen in Ruhe und Frieden, sie halten das für notwendige Jugendtorheiten. Ja, es gibt Greise, die so sündigen und sogar Freude und Gefallen daran haben. Mit diesen Scheußlichkeiten ist die ganze Welt angefüllt. Sie haben jedoch den Abgrund in einer Stärke empfunden, die sehr selten anzutreffen ist.«

»Nun werden Sie mich vielleicht noch wegen dieser Blätter verehren?« fragte Stawrogin spöttisch.

»Darauf gebe ich keine Antwort. Aber ein größeres und schrecklicheres Verbrechen als Ihre Tat an dem kleinen Mädchen gibt es natürlich nicht und kann es auch nicht geben.«

»Lassen wir doch dieses Abwägen. Ich leide vielleicht gar nicht so sehr, wie ich es hier beschrieben habe, und vielleicht habe ich wirklich vieles über mich zusammengelogen«, fügte er unerwartet hinzu.

Tichon schwieg wieder.

»Aber jenes andere Mädchen«, fing Tichon wieder an, »die junge Dame, mit der Sie in der Schweiz gebrochen haben, darf ich fragen, wo die sich jetzt aufhält?«

»Hier.«

Wieder Schweigen.

»Ich habe vielleicht, Ihnen gegenüber, stark über mich gelogen«, wiederholte Stawrogin beharrlich. »Übrigens, was ist denn dabei, wenn ich Sie durch die Roheit meiner Beichte reize, da Sie ja schon diese Aufreizung empfunden haben. Ich zwinge Sie nur, mich noch mehr zu verabscheuen, das ist alles. Dann wird mir wohl leichter sein.«

»Das heißt, Ihre Bosheit weckt Gegenbosheit, und im

Haß werden Sie Erleichterung fühlen, anstatt Mitleid anzunehmen.«

»Sie haben recht. Wissen Sie«, – er begann plötzlich zu lachen – »vielleicht wird man mich einen Jesuiten und einen frommen Mucker nennen, auf Grund dieser Blätter. Hahaha! Nicht wahr?«

»Natürlich, unbedingt wird eine solche Wirkung ausgelöst werden. Und ... werden Sie Ihre Absicht bald ausführen?«

»Heute, morgen, übermorgen, was weiß ich? Nur sehr bald. Sie haben recht, gerade so wird es sein, daß ich ganz unerwartet veröffentlichen werde, und zwar in einem rachegierigen, haßwütigen Augenblick, wenn ich sie alle am stärksten verabscheuen werde.«

»Antworten Sie auf eine Frage, ganz ehrlich und nur mir allein, mir ganz allein«, sprach Tichon in einem ganz anderen Ton. »Wenn Ihnen nun jemand dieses hier« (Tichon zeigte auf die Blätter) »verzeihen würde, nicht einer von denen, die Sie lieben oder fürchten, aber wenn nun ein Unbekannter, ein Mensch, den Sie nie kennen werden, wenn der in seinem Innern, beim Lesen Ihrer schrecklichen Beichte, Ihnen verzeihen würde, wäre dieser Gedanke eine Erleichterung für Sie, oder wäre es Ihnen gleich?«

»Es wäre eine Erleichterung«, sagte Stawrogin halblaut. »Wenn Sie mir verzeihen würden, wäre es eine große Erleichterung«, setzte er hinzu und senkte den Blick.

»Wie auch Sie mir«, flüsterte Tichon eindringlich.

»Welch unschöne Demut! Wissen Sie, diese mönchischen Redensarten sind geschmacklos. Ich sage Ihnen die ganze Wahrheit: Ich wünschte, daß Sie mir verziehen, auch ein Zweiter, ein Dritter, aber all die anderen – die sollen mich lieber lassen. Aber eben darum wünsche ich, es nur in Demut zu ertragen ...«

»Aber das allgemeine Mitleid mit Ihnen, könnten Sie das nicht mit derselben Demut ertragen?«

»Vielleicht könnte ich das nicht. Warum fragen Sie ...?«

»Ich empfinde den hohen Grad Ihrer Ehrlichkeit und habe

natürlich selbst insofern die Schuld, als ich es nicht verstehe, Vertrauen zu erwecken. Ich weiß, das ist mein großer Fehler«, sagte Tichon ehrlich und herzlich und sah Stawrogin in die Augen. »Es ist nur, weil ich mich um Sie ängstige«, fügte er hinzu, »— vor Ihnen gähnt ein fast bodenloser Abgrund.«

»Ich könnte es nicht aushalten? Ich ihren Haß nicht ertragen, meinen Sie?« fuhr Stawrogin auf.

»Nicht allein ihren Haß.«

»Was denn noch?«

»Ihren Spott!« kam es ganz leise und wie wider Willen über Tichons Lippen.

Stawrogin wurde verwirrt, Unruhe verriet sich auf seinem Gesicht.

»Ich habe das geahnt«, sagte er, »folglich muß ich Ihnen beim Lesen meines „Dokuments" sehr lächerlich vorgekommen sein. Beunruhigen Sie sich nicht, regen Sie sich nicht auf, das habe ich erwartet.«

»Das Entsetzen wird allgemein sein, natürlich mehr geheuchelt als ehrlich. Die Leute fürchten *nur* das, was ihre persönlichen Interessen bedroht. Ich spreche nicht von den ehrlichen Seelen: diese werden vor sich selbst erschrecken und sich selbst beschuldigen, aber die sind nicht zu spüren, weil sie schweigen. Der Spott jedoch wird allgemein sein.«

»Ich wundere mich, wie schlecht Sie von den Menschen denken, wie niedrig«, sagte Stawrogin erbittert.

»Ach, glauben Sie mir, ich habe nach mir geurteilt, nicht nach den Menschen!« rief Tichon.

»Wirklich? Ist denn wirklich etwas in Ihrer Seele, das sich hier an meinem Elend ergötzt?«

»Wer weiß, vielleicht. Oh, es ist möglich!«

»Genug. Zeigen Sie mir, was in meiner Schrift lächerlich ist. Ich weiß es selbst, aber ich will, daß Sie mit dem Finger darauf deuten. Nehmen Sie keine Rücksicht, sagen Sie es mit der ganzen Aufrichtigkeit, deren Sie fähig sind. Und ich sage Ihnen wieder, Sie sind ein schrecklicher Sonderling!«

»Sogar die Äußerung dieser heftigsten Reue hat etwas

Lächerliches. Oh, glauben Sie nicht dem, was Sie nicht überwinden!« rief er plötzlich beinahe verzückt. »Aber, auch diese Form wird siegen« (er zeigte auf die Blätter), »wenn sie nur aufrichtig und ehrlich ist. Es hat immer damit geendet, daß das allerschimpflichste Kreuz zu großem Ruhm und großer Kraft wurde, wenn nur die Tat aus wahrer Demut geschah. Vielleicht wird Ihnen sogar noch in diesem Leben Trost zuteil!«

»So finden Sie vielleicht nur diese Form lächerlich?« beharrte Stawrogin.

»Auch den Inhalt. Die Häßlichkeit tötet«, flüsterte Tichon, die Augen niederschlagend.

»Die Häßlichkeit! Welche Häßlichkeit?«

»Des Verbrechens. Es gibt wirklich häßliche Verbrechen. Welcher Art die Verbrechen auch wären, je mehr Blut, desto mehr Entsetzen, desto eindrucksvoller, sozusagen bildhafter sind sie. Aber es gibt auch schändliche, gemeine Verbrechen, jenseits des Entsetzens, sozusagen schon gar zu geschmacklose ...«

Tichon sprach nicht weiter.

»Das heißt«, fuhr Stawrogin aufgeregt fort, »Sie finden es lächerlich, wie ich die Hand des schmutzigen kleinen Mädchens küßte ... Ich verstehe Sie sehr gut, und nur darum verzweifeln Sie an mir, weil es häßlich, ekelhaft, nein, nicht weil es ekelhaft, sondern weil es beschämend und lächerlich ist. Und Sie glauben, daß ich vor allem das nicht ertragen werde?«

Tichon schwieg.

»Ich verstehe jetzt Ihre Frage, ob die Dame aus der Schweiz hier sei.«

»Sie sind nicht vorbereitet, nicht gefestigt«, flüsterte Tichon schüchtern und sah zu Boden, »wurzellos. Sie glauben nicht.«

»Hören Sie, Vater Tichon: ich will mir selbst verzeihen, das ist mein Ziel, mein einziges Ziel«, sagte Stawrogin plötzlich mit einer heimlichen Begeisterung in den Augen.

»Ich weiß, daß nur dann die Erscheinung verschwinden wird. Darum suche ich ja unendliches Leid, suche es selbst. Bringen Sie mich nicht davon ab, sonst versinke ich in Schlechtigkeit.«

Diese Offenheit kam so unerwartet, daß Tichon aufstand.

»Wenn Sie glauben, daß Sie sich werden verzeihen können, und daß Sie diese Verzeihung in dieser Welt durch Leiden werden erlangen können, wenn Sie Ihrem Glauben ein solches Ziel setzen, dann glauben Sie ja an alles!« rief Tichon begeistert aus. »Wie konnten Sie sagen, Sie glaubten nicht an Gott?«

Stawrogin gab keine Antwort.

»Diesen Unglauben wird Gott Ihnen verzeihen, weil Sie den Heiligen Geist ehren, ohne ihn zu kennen.«

»Übrigens, wird Christus verzeihen?« fragte Stawrogin, mit gezwungenem Lächeln und in verändertem Ton; es lag ein leiser Hohn in seiner Frage. »Es steht doch geschrieben: „Verführet Ihr eins dieser Kleinen“ ... Erinnern Sie sich? Das Evangelium kennt keine größere Sünde ... Der langen Rede kurzer Sinn ist der, daß Ihnen ein Skandal sehr unerwünscht wäre, und Sie stellen mir eine Falle, guter Vater Tichon«, sagte Stawrogin nachlässig und verdrießlich und machte Anstalten, sich zu erheben, »noch kürzer gesagt, Sie wollen, ich soll zahm werden, vielleicht mich verheiraten und mein Leben als hiesiges Klubmitglied beschließen; und natürlich soll ich an den Festtagen Ihr Kloster besuchen. Nicht wahr? Übrigens, Sie als Seelenkundiger ahnen vielleicht, daß alles so sein wird, es handelt sich nur darum, mich aus Anstand hier noch ein bißchen zu überreden, da ich ja selbst danach dürste, nicht wahr!«

Sein Lachen klang geborsten.

»Nein, ich habe etwas anderes für Sie!« fuhr Tichon mit Wärme fort, — er schenkte dem Lachen und der Bemerkung Stawrogins nicht die geringste Beachtung.

»Ich kenne einen Staretz, nicht hier, aber nicht weit von hier, einen Einsiedler und Mönch, von einer solchen christlichen Weisheit, wie sie uns beiden unbegreiflich ist. Er wird meine Bitte erhören. Ich werde ihm von Ihnen erzählen. Gehen Sie zu ihm und dienen Sie ihm, fünf Jahre, sieben Jahre, solange Sie es nachher für nötig befinden. Geben Sie sich das Gelübde, und mit diesem großen Opfer werden Sie alles erkaufen, wonach Sie dürstet, und sogar das, was Sie nicht erwarten, weil Sie jetzt noch nicht ahnen können, was Sie erhalten werden.«

Stawrogin hörte aufmerksam zu.

»Sie schlagen mir vor, als Mönch in jenes Kloster einzutreten?«

»Sie brauchen ja nicht ins Kloster einzutreten, brauchen keine Tonsur, nur als Laienbruder, das ist möglich, man kann dabei sogar ganz in der Welt leben ...«

»Lassen Sie das, Vater Tichon«, unterbrach ihn Stawrogin mit Widerwillen und erhob sich vom Diwan. Auch Tichon erhob sich.

»Was ist Ihnen?« rief er plötzlich, beinahe erschreckt auf Tichon starrend. Dieser stand vor ihm, die Arme mit den zusammengelegten Handflächen von sich streckend; ein krankhaftes Zucken wie vor Schreck lief über sein Gesicht.

»Was haben Sie? Was ist Ihnen?« wiederholte Stawrogin und eilte zu ihm, um ihn zu stützen. Er glaubte, Tichon werde gleich hinfallen.

»Ich sehe ... ich sehe, ganz deutlich«, rief Tichon mit einer zu Herzen gehenden Stimme und in tiefstem Schmerz, »niemals standen Sie, armer, verlorener Jüngling, so dicht vor einer neuen, noch gräßlicheren Missetat wie jetzt im Augenblick!«

»Beruhigen Sie sich!« bat ihn Stawrogin, ernstlich besorgt. »Ich schiebe es vielleicht noch auf ... Sie haben recht ...«

»Nein, nicht nach der Veröffentlichung, sondern schon vorher, einen Tag, ja, vielleicht eine Stunde vor dem großen Schritt stürzen Sie in ein neues Verbrechen wie in das Ende. Und nur darum allein begehen Sie es, um die Veröffentlichung der Blätter zu verhindern.«

Stawrogin erzitterte vor Wut und beinahe vor Schreck.
»Verdammter Psychologe!« stammelte er plötzlich in Raserei und verließ, ohne sich umzublicken, die Zelle.

ZEHNTES KAPITEL

WIE STEPAN TROFIMOWITSCH »BESCHLAGNAHMT« WURDE

Inzwischen geschah bei uns etwas, das mich zunächst nur in Erstaunen versetzte, Stepan Trofimowitsch aber erschütterte. Um acht Uhr morgens kam, von ihm geschickt, seine Nastássja zu mir gelaufen mit der Nachricht, ihr Herr sei »beschlagnahmt« worden. Anfangs konnte ich aus ihren Reden überhaupt nicht klug werden; schließlich brachte ich doch soviel aus ihr heraus, daß Beamte in der Frühe zu ihm gekommen waren und »Papiere beschlagnahmt« hatten, ein Soldat aber hatte diese »zu einem Bündel zusammengebunden und auf einer Schubkarre weggefahren«. Das war ja eine tolle Neuigkeit. Ich eilte unverzüglich zu ihm.

Ich fand ihn in einer wunderlichen Verfassung vor: er war verstört und sehr erregt, hatte aber gleichzeitig etwas unzweifelhaft Triumphierendes in seinem Mienenspiel. Auf dem Tisch mitten im Zimmer siedete der Ssamowár, und daneben stand ein volles Glas Tee, das noch nicht angerührt und wohl vergessen worden war. Stepan Trofimowitsch wanderte müßig hin und her und um den Tisch herum, wanderte auch bis in alle Ecken seiner Zimmer, ohne sich freilich über seine Bewegungen Rechenschaft zu geben. Er trug noch seine mollige rosarote Hausjacke, aber als er mich erblickte, beeilte er sich sofort, Weste und Rock anzuziehen, was er sonst nie getan hatte, wenn einer seiner nahen Bekannten ihn in dieser Hausjacke antraf. Er ergriff sofort erregt und mit Wärme meine Hand.

»Enfin un ami!« (Er holte Atem bis in die Tiefe der Brust.) »Cher, ich habe nur zu Ihnen allein geschickt, und sonst weiß niemand davon. Ich muß Nastássja sagen, daß sie die Tür zusperre und keinen hereinlasse, außer natürlich *jene*, falls sie ... Vous comprenez?«

Er sah mich dabei beunruhigt an, als erwarte er eine Antwort. Natürlich beeilte ich mich, ihn nach dem Vorgefallenen auszufragen, und so erfuhr ich denn mit Not und Mühe, aus seiner unzusammenhängenden Schilderung, nach vielen Unterbrechungen und unnötigen Einschaltungen, daß um sieben Uhr morgens »plötzlich« ein Gouvernementsbeamter bei ihm erschienen sei ...

»Pardon, j'ai oublié son nom. Il n'est pas du pays, aber ich glaube, Lembke hat ihn mitgebracht, quelque chose de bête et d'allemand dans la physiognomie. Il s'appelle Rosenthal.«

»Rosenthal? Hieß er nicht Blümer?«

»Blümer? Ja, richtig, Blümer hieß er. Vous le connaissez? Quelque chose d'hébété et de très content dans la figure, pourtant très sévère, raide et sérieux. Ein Polizeimensch, aber einer von jenen, die stets gehorchen, je m'y connais. Ich schlief noch, und stellen Sie sich vor, er bat mich, meine Bücher und Manuskripte ‚ansehen' zu dürfen, oui, je m'en souviens, il a employé ce mot. Er hat mich nicht arretiert, sondern hat nur einige Bücher mitgenommen ... Il se tenait à distance, und als er versuchte, mir sein Erscheinen zu erklären, da machte er ein Gesicht, als ob ich ... enfin il avait l'air de croire que je tomberai sur lui immédiatement et que je commencerai à le battre comme plâtre. Tous ces gens du bas étage sont comme ça, wenn sie es mit einem anständigen Menschen zu tun haben. Selbstverständlich begriff ich sofort, was los war. Voilà vingt ans que je m'y prépare! Ich schloß vor ihm alle Schubfächer auf und übergab ihm alle Schlüssel; ich übergab sie selbst, ich habe ihm alles persönlich übergeben. J'étais digne et calme. Von den Büchern nahm er die ausländische Ausgabe Herzens, ein gebundenes Exemplar der „Glocke", vier Abschriften meiner Dichtung et enfin tout ça. Dann noch Papiere und Briefe et quelques unes de mes ébauches historiques, critiques et politiques. Das alles haben sie dann mitgenommen. Nastássja sagt, der Soldat habe es auf eine Schubkarre geladen, mit einer Schürze zugedeckt und fortgeschafft. Oui, c'est cela: mit einer Schürze zugedeckt.«

Das war ja Wahnsinn. Wer hätte hier etwas begreifen können? Ich suchte Wesentlicheres aus ihm herauszubekommen. War Blümer ganz allein erschienen, oder waren, außer dem Soldaten, noch andere mit ihm gekommen? In wessen Auftrag? Mit welchem Recht? Wie hatte er, Blümer, so etwas wagen können? Womit hatte er es erklärt?

»Il était seul, bien seul, übrigens war noch jemand dans l'antichambre, oui, je m'en souviens, et puis ... Übrigens, ich glaube, es war außerdem noch jemand da, und im Vorzimmer stand eine Wache. Man muß Nastássja fragen. Die hat das alles besser gesehen. J'étais surexcité, voyez-vous Il parlait, il parlait ... un tas de choses; übrigens, nein, er sprach sehr wenig, ich war es eigentlich, der immer sprach ... Ich habe ihm mein ganzes Leben erzählt, natürlich nur unter diesem Gesichtswinkel ... J'étais surexcité, mais digne, je vous l'assure. Ich fürchte übrigens, daß ich, ich glaube wenigstens, in Tränen ausgebrochen bin. Die Schubkarre haben sie sich vom Krämer nebenan geholt ...«

»Aber wie hat sich das alles nur zutragen können! So sprechen Sie doch um Gottes willen etwas genauer, Stepan Trofimowitsch. Das klingt ja alles wie ein Traum, was Sie da erzählen!«

»Cher, ich bin auch selbst noch wie im Traum ... Savez-vous! Il a prononcé le nom de Teliatnikoff, und ich glaube, gerade dieser war es, der sich im Vorzimmer versteckt hielt. Ja, da fällt mir ein, er schlug einen Zeugen vor, und ich glaube, eben diesen Dmítrij Mítritsch ... qui me doit encore quinze roubles de Whist, soit dit en passant. Enfin, je n'ai pas trop compris. Aber ich war noch schlauer als sie, und was geht mich Dmitrij Mitritsch an! Ich habe, glaube ich, sehr gebeten, daß niemand etwas davon erfahre, sehr gebeten, sehr, fürchte sogar, daß ich mich erniedrigt habe, comment croyez-vous? Enfin il a consenti ... Nein, warten Sie, da fällt mir ein, das war er selbst, der darum bat, denn er sei nur gekommen, um sich einiges ‚anzusehen', wie er sagte, et rien de plus, und weiter nichts ... und daß, falls man nichts findet, auch nichts weiter geschehen werde. So haben wir denn alles en amis beendet, et je suis tout-à-fait content.«

»Aber ich bitte Sie, er hat Ihnen doch einfach die in solchen Fällen üblichen Bürgen angeboten, und Sie – Sie haben ihn noch selbst davon abgebracht!« rief ich in freundschaftlichem Unwillen.

»Nein, es ist schon besser so, ohne Bürgen. Und wozu einen Skandal provozieren? Lieber solange es noch geht en amis ... Sie wissen doch, wenn man in der Stadt erfährt ... mes ennemis ... et puis à quoi bon ce procureur, ce cochon de notre procureur, qui deux fois m'a manqué de politesse et qu'on a rossé à plaisir l'autre année chez cette charmante et belle Natália Páwlowna, quand il se cacha dans son boudoir. Et puis, mon ami, widersprechen Sie mir nicht und entmutigen Sie mich nicht, ich bitte Sie, denn es gibt nichts Unerträglicheres, als wenn ein Mensch schon unglücklich ist und ihm dann hundert Freunde sofort noch erklären, wie dumm er gehandelt hat. Setzen Sie sich und trinken Sie Tee. Ich muß gestehen, ich bin sehr müde geworden ... sollte ich mich nicht hinlegen und eine Essigkompresse machen? Was meinen Sie?«

»Aber selbstverständlich«, sagte ich, »und noch besser wäre eine mit Eis. Sie sehen doch recht angegriffen und ganz blaß aus, und Ihre Hände zittern. Legen Sie sich hin, erholen Sie sich und sprechen Sie vorläufig nicht. Ich werde mich zu Ihnen setzen und warten. Und nachher können Sie mir dann alles erzählen.«

Er konnte sich nicht entschließen, sich hinzulegen, ich aber bestand darauf. Nastassja brachte Essig in einer Tasse, ich feuchtete ein Handtuch damit an, das ich ihm dann auf den Kopf legte. Darauf stieg Nastassja auf einen Stuhl und schickte sich zu meiner nicht geringen Verwunderung an, in der Ecke vor dem Heiligenbilde das Lämpchen anzuzünden. Noch nie hatte ich früher ein Lämpchen bei ihm gesehen, und nun war plötzlich eins da und wurde sogar auch angezündet.

»Das habe ich vorhin angeordnet, gleich nachdem sie fortgegangen waren«, sagte Stepan Trofimowitsch leise zu mir und sah mich dabei schlau an, »quand on a de ces choses là dans sa chambre et qu'on vient vous arrêter, so macht das unbedingt einen guten Eindruck, und die müssen dann doch aussagen, daß sie gesehen haben . . .«

Als Nastassja mit dem Lämpchen fertig war, ging sie zur Tür, blieb aber dort stehen, legte mitleidig die rechte Hand an die Wange und begann, ihn mit bekümmertem Blick anzusehen.

»Éloignez-la unter irgendeinem Vorwand«, winkte er mir vom Diwan zu. »Ich kann dieses russische Mitleid nicht ausstehen, et puis ça m'embête.«

Aber sie ging schon von selbst hinaus. Es fiel mir auf, daß er immer wieder zur Türe blickte und zum Vorzimmer hinhorchte.

»Il faut être prêt, voyez-vous« (er sah mich dabei bedeutungsvoll an), »chaque moment können sie kommen, einen festnehmen und – hüitt – futsch ist ein Mensch!«

»Herrgott! Wer kann kommen? Wer kann Sie festnehmen?«

»Voyez-vous, mon cher, ich habe ihn ganz offen gefragt, als er schon fortgehen wollte, was man jetzt mit mir zu tun gedenke?«

»Hätten Sie doch lieber gleich gefragt, wohin man Sie verschicken wolle!« rief ich mit dem gleichen Unwillen, wie kurz zuvor.

»Das meinte ich ja auch damit, aber er ging fort und sagte nichts. Voyez-vous: was die Wäsche anbetrifft, die Kleider, die warmen Kleider besonders, ich glaube, das kann man schon mitnehmen, denke ich, aber vielleicht schicken sie einen auch im Soldatenmantel fort. Ich habe jedoch fünfunddreißig Rubel«, (er senkte plötzlich die Stimme und blickte ängstlich nach der Tür, durch die Nastassja hinausgegangen war) »heimlich durch die Westentasche, die ich ein bißchen aufgeschnitten habe, in die Weste hineingesteckt, sehen Sie hier, fühlen Sie ... Ich glaube, die Weste werden Sie mir doch nicht ausziehen, u–und zum Schein habe ich in mein Portemonnaie sieben Rubel getan, sozusagen: ‚Das ist alles, was ich habe.' Und hier im Tisch ist noch Kleingeld und Kupfergeld, so daß sie gar nicht auf den Gedanken kommen werden, daß ich noch Geld versteckt habe. Sie werden glauben, das sei wirklich alles. Denn Gott mag wissen, wo ich die nächste Nacht zubringen werde.«

Mir sank der Kopf auf die Brust über solchen Unsinn. So, wie er es wiedergab, konnte man doch weder einen Menschen verhaften, noch Haussuchungen vornehmen. Daß er sich irgendwie täuschte, auch über das, was geschehen war, daran zweifelte ich jetzt nicht mehr. Allerdings hatte man ihm (nach seinen eigenen Worten) ein gesetzmäßigeres Vorgehen zugedacht, er aber war »noch schlauer« gewesen und hatte das selbst verhindert ... Freilich geschah das damals noch kurz vor den neuen diesbezüglichen Gesetzen ... und freilich durfte früher, das heißt bis noch vor kurzem, der Gouverneur in äußersten Fällen ... Aber was konnte denn hier für ein äußerster Fall vorliegen? Das war es, was mich aus der ganzen Sache nicht klug werden ließ.

»Es ist bestimmt ein Telegramm aus Petersburg gekommen«, sagte plötzlich Stepan Trofimowitsch.

»Ein Telegramm? Ihretwegen? Weil Sie Herzens Bücher besitzen? Oder gar wegen Ihres Poems? Sie scheinen ja wirklich schon zu spinnen! – Warum sollte man Sie denn deshalb arretieren?«

Ich war richtig erbost. Er schnitt ein Gesicht und fühlte sich offenbar verletzt, aber nicht durch meinen Ausruf, sondern durch meine Annahme, daß überhaupt kein Grund vorhanden sei, ihn für gefährlich zu halten.

»Wer kann das wissen, in unserer Zeit, wofür man einen arretieren kann?« murmelte er rätselhaft.

Ein toller, verrückter Gedanke fuhr mir da plötzlich durch den Sinn.

»Stepan Trofimowitsch, sagen Sie mir jetzt einmal wie einem Freunde«, rief ich, »wie einem aufrichtigen, treuen Freunde, ich werde Sie nicht verraten: gehören Sie nicht irgendeinem geheimen Verbande an?«

Und da antwortete er mir zu meiner Verwunderung keineswegs sicher und bestimmt, ob er zu solch einem geheimen Verbande gehörte oder nicht gehörte.

»Ja, voyez-vous, es kommt darauf an, wie man's nimmt. Voyez-vous ...«

»Wie man was ‚nimmt'?«

»Wenn man immer mit dem ganzen Herzen für den Fortschritt gewesen ist, und ... wer kann denn sicher sein? Du glaubst, daß du zu nichts gehörst, und siehe da, auf einmal gehörst du doch zu irgend etwas.«

»Wie ist das möglich, hier handelt es sich doch nur um Ja oder Nein?«

»Cela date de Pétersbourg, als wir beide dort die Zeitschrift gründen wollten. Da steckt die Wurzel. Wir konnten damals gerade noch entschlüpfen und man vergaß uns; jetzt aber haben sie sich wieder an uns erinnert. Cher, cher, kennen Sie mich denn nicht!«, rief er plötzlich krankhaft erregt. »Man wird uns festnehmen, in einen Bauernschlitten setzen und dann: marsch nach Sibirien fürs ganze Leben! Oder man vergißt uns in einer Kasematte!«

Und plötzlich brach er in heiße, heiße Tränen aus. Die Tränen strömten ihm nur so aus den Augen, und er schluchzte, schluchzte in sein seidenes Taschentuch wie in einem Krampf, ungefähr fünf Minuten lang. Mir war, als bäume sich etwas auf in meinem Herzen. Dieser Mensch, der zwanzig Jahre lang unser Prophet, Prediger, Unterweiser, Patriarch, unser »Dichter«, unser Kúkolnik gewesen war, der sich so hoch und überlegen über uns allen zu halten verstanden hatte, und dem wir so von Herzen ergeben gewesen waren, was wir uns zur Ehre anrechneten – der schluchzte jetzt plötzlich, weinte wie ein ganz kleiner, unartig gewesener Knabe in Erwartung der Rute, nach der der Lehrer gegangen ist. Er begann mir schrecklich leid zu tun. An die ihn abholende „Kibítka“, das Reisefuhrwerk mit bogenförmigem Verdeck, glaubte er offenbar ebenso selbstverständlich wie daran, daß ich neben ihm saß, und er erwartete sie noch an diesem Vormittag, sofort, in jedem Augenblick, und das nur, weil er Werke von Alexander Herzen besessen und irgendeine eigene Dichtung geschrieben hatte! Eine so absolute, so vollkommene Unkenntnis der alltäglichen Wirklichkeit war rührend und gleichzeitig doch auch widerlich.

Endlich hörte er auf zu weinen, erhob sich vom Sofa und begann wieder im Zimmer auf und ab zu gehen, wobei er das Gespräch mit mir fortsetzte, aber alle Augenblicke zum Fenster hinaussah oder hinhorchte, ob nicht jemand ins Vorzimmer trat. Die Fortsetzung unseres Gespächs war recht zusammenhanglos. Alle meine Beteuerungen und Beruhigungsversuche sprangen von ihm ab wie Erbsen von der Wand. Er hörte kaum zu, hatte aber doch das dringende Bedürfnis, daß jemand beruhigend zu ihm sprach, und zwar ohne Unterlaß sprach. Ich sah bald ein, daß er jetzt ohne mich nicht auskommen konnte, mich jedenfalls um keinen Preis jetzt von sich fortlassen würde. So blieb ich denn bei ihm, und wir verbrachten ungefähr zwei Stunden miteinander.

Im Laufe des Gesprächs erwähnte er plötzlich, daß Blümer unter anderem auch zwei Proklamationen, die er bei ihm irgendwo gefunden hatte, mitgenommen habe.

»Proklamationen!?« Ich erschrak dummerweise. »Haben Sie denn ...«

»Ach, man hat mir einmal zehn Stück ins Haus geworfen«, anwortete er ärgerlich. (Er sprach bald ungehalten und hochmütig mit mir, bald wieder kläglich und verzagend.) »Aber acht hatte ich schon vertan, und so hat Blümer nur noch zwei gefunden.«

Und plötzlich wurde er rot vor Unwillen.

»Vous me mettez avec ces gens-là! Sie halten es also für möglich, daß ich zu diesen Schuften, diesen heimlichen Zusteckern gehören könnte, zu solchen, wie mein Söhnchen

Pjotr Stepanowitsch einer ist, avec ces esprits-forts de la lâcheté! O Gott!«

»Halt! – sollte man Sie nicht vielleicht irgendwie verwechselt haben ... Übrigens, Unsinn, nein, das ist doch nicht möglich!« überlegte ich.

»Savez-vous«, entriß es sich ihm plötzlich, »ich fühle zuweilen, que je ferai là-bas quelque esclandre. Oh, gehen Sie nicht fort, lassen Sie mich nicht allein! Ma carrière est finie aujourd'hui, je le sens. Ich ... wissen Sie, ich werde mich vielleicht auch auf jemanden stürzen und beißen, wie jener Unterleutnant ...«

Er sah mich ganz sonderbar an, mit einem erschrockenen Blick, der aber zu gleicher Zeit anscheinend auch selbst Furcht einflößen wollte. Tatsächlich ärgerte er sich über irgendwen oder irgend etwas immer mehr, und zwar um so mehr, je länger die „Kibitka“ auf sich warten ließ.

Plötzlich warf Nastassja, die aus der Küche ins Vorzimmer gegangen war, dort einen Kleiderständer um. Stepan Trofimowitsch fuhr erschrocken auf und erstarrte; als sich dann aber die Sache aufklärte, da schrie er sie an vor Wut und jagte sie, mit den Füßen trampelnd, wieder zurück in ihre Küche.

Nach einer Weile blickte er mich verzweifelt an und murmelte:

»Ich bin verloren! Cher«, – er setzte sich plötzlich neben mich und sah mir traurig, unsagbar traurig, doch mit unverwandtem Blick in die Augen. »Cher, ich fürchte ja nicht Sibirien, ich schwöre es Ihnen, oh, je vous jure« (sogar Tränen traten ihm in die Augen), »ich fürchte etwas anderes ...«

Ich erriet sofort an seiner Miene, daß er mir endlich etwas Besonderes anvertrauen wollte, was auszusprechen er sich also die ganze Zeit nicht getraut hatte.

»Ich fürchte die Schande«, flüsterte er schließlich geheimnisvoll.

»Was für eine Schande? Aber im Gegenteil! Glauben Sie mir doch, Stepan Trofimowitsch, die ganze Geschichte wird noch heute ihre Aufklärung finden und zu Ihren Gunsten enden ...«

»Sind Sie so überzeugt, daß man mir verzeihen wird?«

»Was reden Sie von verzeihen! Was für Worte Sie da wieder gebrauchen! Was haben Sie denn verbrochen? Ich versichere Ihnen doch, Sie haben nichts Verbotenes getan!«

»Qu'en savez-vous ... mein ganzes Leben war ... Cher ... Man wird sich an alles erinnern ... Und wenn sie nichts finden, dann ist es *um so schlimmer!*« fügte er plötzlich überraschend hinzu.

»Was soll dann um so schlimmer sein?«

»Um so schlimmer ist es dann für mich!«

»Das verstehe ich nicht.«

»Mein Freund, mein Freund, nun, meinetwegen Sibirien, oder nach Archangelsk, Verlust aller Rechte – kommt man um, dann kommt man um! Aber ... ich fürchte das andere ...« (wieder Geflüster, angstvolle Augen und Geheimtuerei).

»Aber was denn, was?«

»Sie werden mich auspeitschen!« flüsterte er und sah mich wie verloren an.

»Wer wird Sie auspeitschen? Wo? Warum?« rief ich erschrocken, denn ich glaubte schon, er beginne den Verstand zu verlieren.

»Wo? Nun, dort ... wo das gemacht wird.«

»Ja, wo wird denn das gemacht?«

»Ach, cher«, flüsterte er mir ganz nah ins Ohr, »plötzlich versinkt unter einem ein Stück Fußboden und man fällt bis zur Brust in eine Öffnung ... Das weiß doch alle Welt ...«

»Fabeln!« rief ich erratend, »das sind doch nur alte Fabeln! Haben Sie denn wirklich bis jetzt an so etwas geglaubt?« Ich begann zu lachen.

»Fabeln? So ganz grundlos entstehen solche Fabeln doch nicht. Ich habe es mir schon zehntausendmal in der Phantasie vorgestellt!«

»Aber warum gerade Sie? Sie haben doch nichts getan!«

»Um so schlimmer, sie werden einsehen, daß ich nichts getan habe, und prügeln dann erst recht!«

»Und Sie sind überzeugt, daß man Sie zu dem Zweck nach Petersburg bringen wird?«

»Mein Freund, ich habe schon gesagt, mir tut nichts mehr leid, ma carrière est finie. Seit jener Stunde in Skworéschniki, als sie von mir Abschied nahm, tut es mir um mein Leben nicht mehr leid ... aber die Schande, die Schande, que dira-t-elle, wenn sie es erfährt?«

Verzweifelt sah er mich an und – der Arme! – errötete über und über. Ich schlug gleichfalls die Augen nieder.

»Sie wird nichts erfahren, denn man wird Ihnen nichts antun. Es ist mir, als ob ich zum erstenmal mit Ihnen spräche, Stepan Trofimowitsch, dermaßen haben Sie mich heute in Erstaunen versetzt.«

»Mein Freund, das ist doch keine Furcht. Nun, mögen sie mir meinetwegen auch verzeihen, mich sogar wieder herbringen und mir auch sonst nichts antun – aber gerade hier bin ich ja dann verloren! Elle me soupçonnera toute sa vie ... mich, mich, den Dichter, den Denker, den Menschen, den sie zweiundzwanzig Jahre lang verehrt hat!«

»Wird ihr gar nicht einfallen.«

»Es wird, es wird!« flüsterte er in tiefer Überzeugung. »Wir haben beide mehrmals darüber gesprochen, in Petersburg, bevor wir fortfuhren, als wir beide flüchteten. Elle me soupçonnera toute sa vie ... und wie sie überzeugen? Es wird alles so unwahrscheinlich klingen. Ja, und wer wird mir denn hier in der Stadt glauben? C'est invraisemblable ... Et puis les femmes ... Sie wird sich freuen. Sie wird zwar sehr betrübt sein, sogar aufrichtig betrübt sein, wie ein treuer Freund, aber, im geheimen – wird sie sich freuen ... Ich gebe ihr eine Waffe gegen mich fürs ganze Leben. Oh, vernichtet ist es jetzt, mein ganzes Leben! Zwanzig Jahre ein so großes Glück mit ihr ... und nun dies!«

Er bedeckte sein Gesicht mit beiden Händen.

»Stepan Trofimowitsch, sollten Sie nicht Warwara Petrowna sofort von dem Vorgefallenen benachrichtigen?« schlug ich vor.

»Gott soll mich davor bewahren!« – er fuhr zusammen und sprang sogar auf. »Auf keinen Fall, niemals, nach dem, was in Skworéschniki gesagt worden ist, nie–mals!«

Seine Augen blitzten plötzlich.

Wir verbrachten so noch eine gute Stunde, glaube ich, und warteten immer noch auf irgend etwas – das war schon zu einer fixen Idee geworden. Er legte sich wieder hin, schloß sogar die Augen und lag ungefähr zwanzig Minuten ganz still, ohne ein Wort zu sprechen, so daß ich bereits glaubte, er sei eingeschlafen. Plötzlich aber erhob er sich jäh, riß das Handtuch vom Kopf, sprang vom Diwan auf und stürzte zum Spiegel, um sich sofort eine neue weiße Krawatte umzubinden, rief mit Donnerstimme Nastassja herbei und befahl ihr, ihm den Überzieher, den neuen Hut und den Stock zu bringen.

»Ich kann's nicht mehr aushalten«, sagte er, »ich kann nicht, ich kann nicht! ... Ich gehe selbst!«

»Wohin?« Auch ich sprang auf.

»Zu Lembke. Cher, ich muß, es ist meine Pflicht! Ja, meine Pflicht. Ich bin ein Bürger und ein Mensch, aber kein Strohhalm, ich habe Rechte, ich will mein Recht ... Ich habe zwanzig Jahre lang meine Rechte nicht mehr gefordert, ich habe sie mein ganzes Leben lang unverzeihlich ignoriert ... aber jetzt werde ich sie fordern! Er muß mir alles sagen, alles! Er hat gewiß ein Telegramm erhalten. Er darf mich nicht quälen ... oder er soll mich sofort verhaften! Verhaften! Verhaften!«

Er schrie die letzten Worte mit einer Stimme, die sich überschlug, und stampfte mit den Füßen.

»Ich kann Ihnen nur beistimmen«, sagte ich absichtlich so ruhig wie möglich, obgleich ich sehr in Sorge um ihn war. »Das ist wirklich besser, als in einer solchen Spannung stillzusitzen. Nur Ihre Stimmung kann ich nicht loben. Sehen Sie doch im Spiegel, wie Sie aussehen. Wie können Sie denn so zu Lembke gehen? Il faut être digne et calme avec Lembke. Man könnte Ihnen jetzt wirklich zutrauen, daß Sie sich dort auf jemanden stürzen und ihn beißen werden!«

»Ich liefere mich selbst aus! Ich gehe freiwillig in den Rachen des Löwen ...«

»Ich gehe natürlich mit Ihnen.«

»Anderes habe ich von Ihnen auch nicht erwartet. Ich nehme Ihr Opfer an, als Opfer eines treuen Freundes, aber nur bis zum Hause, nur bis zum Hause: denn Sie dürfen nicht, Sie haben nicht das Recht, sich noch weiter mit mir zu kompromittieren. Oh, croyez-moi, je serai calme! In diesem Augenblick fühle ich mich à la hauteur de tout ce qu'il y a de plus sacré ...«

»Ich werde mit Ihnen vielleicht auch ins Haus gehen«, unterbrach ich ihn. »Gestern hat mich nämlich dieses dumme Komitee durch Wyssótzkij benachrichtigt, daß man morgen zum Fest auf mich rechne: als Anordner, oder wie sie das nennen ... ich soll einer von den sechs jungen Herren sein, die auf die Bedienung aufzupassen, den Damen den Hof zu machen, den Gästen die Plätze aufzusuchen und eine weißrote Schleife an der linken Schulter zu tragen haben. Ich wollte zuerst ablehnen, – aber warum soll ich jetzt nicht zum Gouverneur gehen, unter dem Vorwande, die Angelegenheit mit Julia Michailowna selbst besprechen zu wollen? So gehen wir denn beide zusammen hinein.«

Er hörte zu und nickte nur mit dem Kopf, doch wahrscheinlich hatte er nichts verstanden.

Wir standen schon an der Tür.

»Cher«, sagte er plötzlich und streckte die Hand zu der Ecke aus, in der das Lämpchen vor der Ikone brannte, »cher, ich habe nie an das da geglaubt, aber ... lassen Sie mich, lassen Sie mich!« (Er bekreuzte sich.) »Allons!«

‚Ist recht so', dachte ich bei mir, als ich nach ihm aus dem Hause trat, ‚unterwegs wird noch die frische Luft gut tun, wir werden uns beruhigen, wieder nach Hause kommen und uns schlafen legen ...'

Ich hatte aber die Rechnung ohne den Wirt gemacht. Gerade unterwegs geschah etwas, das ihn noch mehr erschüttern sollte und ihn endgültig vorwärts trieb ... so daß ich, ich muß gestehen, eine solche Kühnheit, wie er sie plötzlich an diesem Vormittag zeigte, von unserm Freunde gar nicht erwartet hätte. Mein armer Freund! Mein guter, lieber Freund!

ELFTES KAPITEL

DIE FLIBÚSTIER. DER VERHÄNGNISVOLLE VORMITTAG

I

Das Ereignis, auf das wir unterwegs stießen, ist gleichfalls zu den erstaunlichen Vorkommnissen zu zählen. Aber ich werde auch dies ausführlicher und in der richtigen Reihenfolge erzählen müssen.

Ungefähr eine Stunde vor unserem Aufbruch, das heißt, bevor wir, Stepan Trofimowitsch und ich, das Haus verließen, war, von vielen neugierig betrachtet, eine Schar von Menschen, Arbeitern der Schpigúlinschen Fabrik, etwa siebzig Mann oder vielleicht auch mehr, durch die Stadt gezogen. Sie waren anständig, nahezu schweigend und absichtlich in guter Ordnung gegangen. Nachher ist nun behauptet worden, diese siebzig Mann seien von allen Schpigulinschen Arbeitern, deren Zahl sich auf etwa neunhundert belief, gewählt und als Abgesandte beauftragt gewesen, zum Gouverneur zu gehen und bei diesem, infolge der Abwesenheit der Fabrikbesitzer, ihr Recht zu suchen gegen den Verwalter der Fabrik, der bei der Entlassung und Abrechnung der Arbeiter sie alle schamlos betrogen hatte – eine Tatsache, die jetzt keinem Zweifel mehr unterliegt. Andere bestreiten bei uns noch bis auf den heutigen Tag, daß es sich um Abgesandte gehandelt habe, da siebzig Mann für so eine Abordnung viel zu viel gewesen wären, und sie meinen, der Haufe habe einfach aus den am meisten Geschädigten bestanden, die auf diese Weise für sich selbst hätten bitten wollen, so daß von einem allgemeinen »Arbeiteraufstand«, von dem später so viel Aufhebens gemacht worden ist, gar nicht die Rede sein könne. Wieder andere vertreten jetzt verwegen die Ansicht, diese siebzig Mann seien nicht gewöhnliche

Meuterer gewesen, sondern unbedingt politische Rebellen, das heißt, Heißsporne von Haus aus, die nun noch von den heimlich verbreiteten Flugblättern aufgehetzt worden wären. Mit einem Wort, ob hierbei fremder Einfluß oder Aufhetzerei mitgewirkt haben, ist bis heute noch nicht mit Sicherheit festgestellt. Was nun meine eigene Meinung betrifft, so glaube ich, daß die Arbeiter die zugesteckten Flugblätter überhaupt nicht gelesen haben, und selbst wenn sie sie gelesen hätten, so hätten sie doch kein Wort davon verstanden, und das schon aus dem einen Grunde, weil die Verfasser derselben, bei aller Kraßheit ihrer Ausdrucksweise, doch äußerst unklar schreiben. Da aber die Fabrikarbeiter bei der Abrechnung in der Tat schändlich betrogen worden waren, die Polizei jedoch, an die sie sich zuerst wandten, sich nicht mit ihrer Klage befassen wollte, was war da naheliegender als der Gedanke, selbst in hellem Haufen zum Gouverneur zu ziehen, wenn möglich gar mit einer Aufschrift an der Spitze des Zuges, sich wohlanständig vor seinem Portal aufzustellen und, sowie er erschien, gleich alle Mann hoch auf die Knie zu fallen und ihn wie die Vorsehung selber um Rat und Hilfe einstimmig anzurufen? Meiner Ansicht nach bedurfte es hierzu weder einer Meuterei noch Abgesandter, denn dies ist schon ein uraltes, historisch bewährtes Mittel: das russische Volk hat von jeher ein Gespräch »mit dem General selber« bevorzugt, und zwar schon um des damit verbundenen Vergnügens willen und selbst mit Hintansetzung des Ergebnisses so eines Gesprächs.

Und deshalb bin ich denn auch überzeugt, obschon ich weiß, daß Pjotr Stepanowitsch, Liputin, vielleicht sonst noch jemand, vielleicht sogar auch Fedjka schon vorher unter den Fabrikarbeitern heimlich Kontakt gesucht haben (hierfür gibt es tatsächlich ziemlich sichere Indizien), und daß sie mit ihnen gesprochen haben – aber gewiß nicht mit mehr als zwei, drei, nun, sagen wir mit fünf Arbeitern, wenigstens versuchsweise –, so bin ich doch überzeugt, daß diese

Gespräche ohne Erfolg geblieben sind. Was aber die Meuterei oder den »Aufstand« betrifft, so werden die Fabrikleute, selbst wenn sie von ihrer Propaganda etwas verstanden haben sollten, doch bestimmt nicht lange zugehört haben, da ihnen dieses Mittel reichlich dumm und vollkommen ungeeignet erscheinen mußte. Eine andere Sache ist es mit Fedjka: diesem scheint es allerdings geglückt zu sein, besser als Pjotr Stepanowitsch, mit Arbeitern in vertrauliche Beziehung zu treten, denn an den Brandstiftungen in der Stadt, die in der übernächsten Nacht begannen, sind, wie man jetzt bestimmt weiß, im Bunde mit Fedjka noch zwei Fabrikarbeiter beteiligt gewesen. Und rechnet man dazu noch drei andere ehemalige Arbeiter, die einen Monat später im nächsten Bezirk verhaftet wurden, weil sie ebenfalls Feuer angelegt und geraubt hatten, so waren es im ganzen eben doch nur diese fünf von der Schpigúlinschen Fabrik, die Fedjka zu unmittelbarem Eingreifen und Tun zu verleiten vermocht hatte, denn von den übrigen ist nichts Derartiges zu hören gewesen.

Aber wie dem auch sein mochte, jedenfalls durchzogen die siebzig oder mehr Arbeiter die Stadt und gelangten in geschlossener Schar auf den freien Platz vor dem Wohnsitz des Gouverneurs, wo sie sich in aller Ordnung und schweigend aufstellten. Dann blickten sie mit offenem Munde auf das Portal und begannen zu warten. Wie man mir erzählte, hätten sie sofort nach der Aufstellung die Mützen abgenommen, also ungefähr eine halbe Stunde vor der Rückkehr des Herrn Gouverneurs, der ausgerechnet in diesem Augenblick nicht anwesend war. Die Polizei zeigte sich natürlich sofort: zuerst nur in einzelnen Vertretern, dann aber in möglichst vollzähligem Aufgebot. Man ging streng und drohend vor und befahl auseinanderzugehen. Die Arbeiter aber standen da und rührten sich nicht, wie eine Herde Schafe, die am Hoftor angelangt ist, und antworteten nur lakonisch, sie seien »zum General selber« gekommen – kurz, man begegnete fester Entschlossenheit. Das rabiate Anschreien hörte auf; statt dessen machte sich schnell Nachdenklichkeit bemerkbar; dem folgten geflüsterte geheimnisvolle Anordnungen und strenge, geschäftige Sorge, die die höheren Polizeibeamten die Augenbrauen zusammenziehen ließ. Der Polizeimeister zog es vor, die Rückkehr Herrn von Lembkes abzuwarten. Unsinnig ist das Gerücht, er, der Polizeimeister, sei mit seinem Dreigespann in gestrecktem Galopp angesaust gekommen und habe schon vom Wagen aus Prügel anbefohlen. Allerdings pflegte er bei uns in seiner leichten Droschke mit dem gelben Hintergestell gar zu gern durch die Stadt zu »sausen«, und wenn die Seitenpferde seiner Troika zum Entzücken aller Kaufleute der Ladenstraße[58] in »immer tolleren Galopp« verfielen, dann erhob er sich im Wagen und stand aufrecht in seiner ganzen Größe da, wobei er sich an einem eigens zu diesem Zweck am Kutschbock angebrachten Riemen festhielt, und streckte den rechten Arm aus, wie man das oft an Denkmälern sieht, und überschaute auf diese Weise die Stadt. Aber im vorliegenden Fall befahl er keine Prügelstrafe, und wenn er auch beim Herabspringen vom Wagen nicht ohne einen Kraftausdruck auskam, so geschah das doch nur zur Unterstützung seiner Popularität. Noch unsinniger ist die Behauptung, es seien Soldaten mit aufgepflanztem Bajonett herbeigeholt worden, und außerdem habe man telegraphisch Artillerie und Kosaken irgendwoher angefordert: das sind Märchen, an die auch deren Erfinder jetzt selbst nicht mehr glauben. Unsinn ist ferner, daß man die Wassertonnen der Feuerwehr herbeigeschafft habe, um das Volk mit Wasserstrahlen auseinander zu jagen. Aber es hatte ja nur unser Iljá Iljítsch im Eifer des Augenblicks hervorgestoßen, es solle ihm »niemand trocken davonkommen«, und daraus ist dann wahrscheinlich das Gerücht vom Einsatz der Feuerwehrspritze entstanden, das damals auch in die Berichte der Residenzblätter überging. Der glaubwürdigste Bericht dürfte wohl der sein, daß man die Arbeiter vorerst nur mit allen verfügbaren Polizisten umstellte, und unverzüglich Herrn von Lembke einen expressen Boten nachsandte, den Polizeikommissar des Ersten Reviers, der denn auch sofort mit der Troika des Polizeimeisters nach Skworéschniki jagte, da man nur wußte, daß Herr von Lembke vor einer halben Stunde in seiner Kutsche dorthin gefahren war...

Aber ich muß gestehen, daß eine Frage für mich doch noch ungeklärt bleibt: wie war es möglich, daß eine so harmlose, das heißt ganz gewöhnliche Schar von Bittstellern – wenn auch siebzig Mann hoch – so ohne weiteres und gleich vom ersten Augenblick an als ein politischer Aufstand hingestellt werden konnte, der womöglich die Grundfesten des Staates zu erschüttern drohe? Warum dachte auch Lembke selbst an nichts anderes, als er zwanzig Minuten nach der Absendung des Polizeioffiziers eintraf? Ich möchte annehmen (aber das ist wieder nur meine persönliche Ansicht), daß Iljá Iljítsch, unserem Polizeimeister, der mit dem Verwalter der Fabrik durch gemeinsames Gevatterstehen verwandt geworden war[59], sogar vorteilhaft erscheinen mußte, die Bittsteller dem Gouverneur in diesem Sinne zu präsentieren, und zwar hauptsächlich, um ihn von einer richtigen Untersuchung der Sache abzulenken; und auf diesen Gedanken hatte ihn kein anderer als Herr von Lembke selbst gebracht. In den zwei letzten Tagen hatte er mit ihm zwei geheime und ganz besondere Unterredungen gehabt, die übrigens zwar sehr unklar gewesen waren, aber unseren Ilja Iljitsch doch hatten merken lassen, wie fest sein Vorgesetzter an die Gefährlichkeit der Proklamationen glaubte, sowie an die Aufhetzung der Schpigulinschen Arbeiter durch irgendwen zu einem sozialistischen Aufstand, und daß diese Idee sich so fest in ihm eingenistet hatte, daß er es womöglich bedauern würde, wenn sich die angebliche Aufhetzung als Unsinn erwiese. »Er will sich wohl vor den Instanzen in Petersburg auszeichnen«, dachte unser schlauer Ilja Iljitsch bei sich, als er von Herrn von Lembke herauskam. »Nun gut, mir soll's recht sein. Werde danach vorkommendenfalls zu handeln wissen.«

Ich bin aber überzeugt, daß der arme Andrei Antonowitsch von Lembke um alles in der Welt keinen Aufstand wünschte, nicht einmal um der persönlichen Auszeichnung willen. Er war ein überaus pflichttreuer Beamter, der bis zu seiner Verheiratung in aller Unschuld dahingelebt hatte. Und was konnte er denn dafür, daß statt des geruhsamen Postens in der Verwaltung harmlosen fiskalischen Holzes und eines ebenso harmlosen Minchens als Eheweib auf einmal eine vierzigjährige Fürstentochter ihn zu sich emporgehoben hatte? Ich weiß aus so gut wie sicherster Quelle, daß gerade von diesem verhängnisvollen Vormittag an die ersten deutlichen Anzeichen jenes Zustandes sich bemerkbar zu machen begannen, der den armen Andrei Antónowitsch in jene besondere Anstalt in der Schweiz gebracht hat, wo er jetzt angeblich wieder zu Kräften kommt. Gibt man aber einmal zu, daß sich von diesem Vormittage an deutliche Symptome einer *gewissen* Krankheit bemerkbar gemacht haben, dann ist es meiner Meinung nach zulässig anzunehmen, daß auch am Vorabend dieses Tages ähnliche Anzeichen, wenn auch nicht so eindeutige, schon wahrzunehmen sein konnten. Ich weiß zudem dank vertraulichsten Mitteilungen (nun, nehmen Sie meinetwegen an, Julia Michailowna hätte mir später, aber nicht mehr triumphierend, sondern *fast* schon bereuend – denn eine Frau wird nie *vollkommen* bereuen –, einen Bruchteil dieser Geschichte selbst erzählt) – ich weiß also, daß in der Nacht vorher Andrei Antonowitsch noch sehr spät, zwischen zwei und drei Uhr morgens, zu seiner Gemahlin gekommen war, sie aufgeweckt und von ihr verlangt hatte, »sein Ultimatum« anzuhören. Die Forderung war in dermaßen bestimmtem Ton gestellt worden, daß Julia Michailowna sich gezwungen sah, sich tatsächlich zu erheben, unwillig und mit ihren Papilloten im Haar, und, nachdem sie auf ihrer Couchette Platz genommen, ihn anzuhören, wenn auch mit einem sarkastischen Lächeln, aber immerhin anzuhören. In dieser Nacht begriff sie zum erstenmal, wie weit es mit ihrem Andrei Antonowitsch schon gekommen war – und sie erschrak. Nun hätte sie eigentlich auch zur Besinnung kommen und nachgeben sollen, sie aber verheimlichte ihren Schreck auch vor sich selbst und bockte noch eigensinniger als zuvor. Sie hatte (wie wohl jede Ehefrau) ihre eigene Methode, ihren Gatten zu behandeln, eine Methode, die von ihr schon wiederholt erprobt worden war und die ihn rasend machte. Diese Methode Julia Michailownas bestand in einem Stillschweigen aus spürbarer Verachtung, das eine Stunde, zwei, drei Stunden andauerte, mitunter aber auch vierundzwanzig Stunden oder gar drei Tage lang; – in einem Stillschweigen um jeden Preis, und sie schwieg weiter zu allem, was immer er sagen oder tun mochte, sie hätte auch dann geschwiegen, wenn er sich angeschickt hätte, sich aus dem Fenster des dritten Stockwerkes hinabzustürzen, – eine Methode, die für einen gefühlvollen Menschen unerträglich ist! Wollte sie ihn nun für seine in den letzten Tagen begangenen Fehler und für seinen eifersüchtigen Neid als Oberhaupt des Gouvernements auf ihre administrativen Fähigkeiten strafen? – oder zürnte sie ihm wegen seiner Kritik an der Art, wie sie mit diesen Vertretern der müßigen Jugend und mit unserer gesamten Gesellschaft umging, einer Kritik ohne jedes Verständnis für ihre feingesponnenen, weitvorausschauenden politischen Absichten? – oder ärgerte sie gar seine blöde und sinnlose Eifersucht auf Pjotr Stepanowitsch? – kurz, wie dem auch sein mochte, jedenfalls wollte sie auch jetzt nicht nachgeben, sogar ungeachtet dessen, daß es schon drei Uhr nachts war und Andrei Antonowitsch sich in einer von ihr noch nie gesehenen Aufregung befand. Während er außer sich auf den Teppichen ihres Boudoirs auf und ab und nach allen Richtungen umherwanderte, setzte er ihr alles auseinander, alles, freilich ohne jeden Zusammenhang, aber dafür auch *alles*, was in ihm kochte, denn das »überschreite schon alle Grenzen«. Er begann damit, daß alle ihn zum besten hielten und ihn »an der Nase führten«. – »Was schert mich der Ausdruck«, schrie er sofort, da er ihr Lächeln bemerkte, »genasführt werden, das mag nicht wörtlich zu nehmen sein, aber...

aber wahr ist es doch! . . .« »Nein, meine Gnädigste, jetzt ist der Augenblick gekommen! Merken Sie sich gefälligst, daß jetzt weder Ihr Spott noch die Mittel weiblicher Koketterie am Platze sind. Wir befinden uns jetzt nicht im Boudoir einer Zierdame, sondern sind gleichsam zwei abstrakte Wesen auf . . . auf einem Luftballon, die sich begegnen, um einander die Wahrheit zu sagen.« (Er verhaspelte sich natürlich ein wenig, da er nicht immer gleich die richtige Form fand für seine im übrigen ganz richtigen Gedanken.) »Sie, ja, Sie, meine Gnädigste, Sie sind es, die mich aus meinem früheren Dasein herausgerissen haben, nur um Ihretwillen habe ich diesen Posten angenommen, nur um Ihrem Ehrgeiz Genüge zu tun . . . Sie lächeln sarkastisch? Triumphieren Sie nicht, jedenfalls nicht zu früh! Wissen Sie auch, Gnädigste, daß ich den Aufgaben dieses Amtes hier durchaus gewachsen wäre, und nicht nur den Aufgaben dieses einen Amtes, ich würde auch noch mit zehn weiteren fertig werden, denn ich besitze Fähigkeiten; aber mit Ihnen, Gnädigste, mit Ihnen zusammen ist das unmöglich, denn neben Ihnen habe ich keine Fähigkeiten mehr! Zwei Mittelpunkte kann es nicht geben, Sie aber haben zwei zustande gebracht: einen bei mir und den anderen bei sich in Ihrem Salon, zwei Zentren der Machthaberschaft, Gnädigste, aber das erlaube ich nicht, das erlaube ich nicht, das erlaube ich nicht!! Im Dienst wie in der Ehe ist nur ein Zentrum möglich, zwei aber sind ein Ding der Unmöglichkeit . . .« »Und was ist Ihr Dank?« rief er weiter aus. »Unsere Ehe hat nur darin bestanden, daß Sie mir die ganze Zeit täglich, stündlich zu verstehen gaben, ich sei unwichtig, beschränkt und sei sogar ein niedrig denkender Mensch, und daß ich die ganze Zeit schmählicherweise gezwungen war, Ihnen zu beweisen, daß ich durchaus nicht unbedeutend und keineswegs beschränkt bin, und daß ich alle Welt durch meine Anständigkeit in Erstaunen setze. Ist das nun nicht erniedrigend, sowohl für Sie wie für mich? Jawohl!« schrie er und begann vor Wut mit den Füßen auf den Teppich zu trampeln, so daß Julia Michailowna sich genötigt sah, zur Wahrung ihrer Würde eine steifere Haltung anzunehmen. Da wurde er schnell wieder sanfter, aber dafür geriet er nun ins Gefühlsvolle, bis er sich schließlich vor die Brust zu schlagen und zu schluchzen begann (ja, zu schluchzen), wohl an die fünf Minuten lang, wobei er infolge des tiefen Schweigens, in das sich Julia Michailowna hüllte, mehr und mehr außer sich geriet ... und auf einmal das Falscheste tat, was er tun konnte: sich gewissermaßen verschnappend gestand, daß er ihretwegen auf Pjotr Stepanowitsch eifersüchtig sei. Sowie er aber dann merkte, daß er eine furchtbare Dummheit begangen hatte, da steigerte sich seine Wut bis zur Raserei. Er schrie, er »werde es nicht dulden, daß man Gott verleugne«; er werde ihren »unbarmherzigen Salon, der Gott nicht anerkennt, in alle Winde auseinanderjagen«; als Oberhaupt eines Gouvernements sei er sogar verpflichtet, an Gott zu glauben, »und folglich gehört sich das auch für meine Frau!« und er werde diesen jungen Leuten hinfort nichts mehr nachsehen. »Und Sie, meine Gnädigste, gerade Sie sollten sich schon um der eigenen Würde willen in erster Linie um Ihren Mann kümmern und für seine Klugheit einstehen, selbst wenn er nur schlechte Fähigkeiten hätte (ich aber habe durchaus keine schlechten Fähigkeiten!), statt dessen sind gerade Sie daran schuld, daß man mich hier mißachtet; gerade Sie haben hier allen diese Geringschätzung meiner Person beigebracht! ...« Er schrie, er werde die ganze Frauenfrage ausrotten, er werde diesen üblen Geruch, diesen Geist, der schon einen Stich hat, ausräuchern und dieses alberne Fest auf Subskription für die Gouvernanten (der Teufel hole sie allesamt!) morgen noch verbieten und auseinandertreiben, die erstbeste Gouvernante aber, die ihm in den Weg komme, werde er gleich morgen früh aus dem Gouvernement hinausbefördern lassen – »von Kosaken!« »Jawohl! Mit Absicht, mit Absicht!« schrie er. »Wissen Sie auch, wissen Sie auch, daß Ihre Taugenichtse neuerdings hier in der Fabrik die Leute aufwiegeln, und daß ich darüber informiert bin? Wissen Sie auch, daß diese selben Taugenichtse absichtlich Proklamationen verbreiten, ab-sicht-lich!? Wissen Sie auch, daß mir die Namen von vieren dieser Schufte bekannt sind, und daß ich den Verstand verliere, endgültig, endgültig den Verstand verliere!!! ...« Hier aber unterbrach Julia Michailowna plötzlich ihr Schweigen und erklärte in strengem Ton, sie sei selbst schon längst informiert über die verbrecherischen Absichten, aber das seien doch nur Dummheiten, die er viel zu ernst nähme, und was die unartigen Jungen beträfe, so kenne sie nicht nur vier Namen, sondern alle (das log sie freilich); im übrigen aber habe sie nicht die Absicht, deswegen den Verstand zu verlieren; im Gegenteil, sie baue jetzt mehr denn je auf ihren Verstand und hoffe sehr, ihr großes Ziel zu erreichen, das heißt, alles zu einem harmonischen Abschluß zu führen: sich der jungen Leute anzunehmen, sie zu ermuntern, aber auch zur Einsicht zu bringen, ihnen plötzlich und überraschend mitzuteilen, daß alle ihre Absichten bereits bekannt seien, und ihnen dann den Ausblick auf ganz andere, neue Aufgaben und auf eine vernünftige und weit erfreulichere Tätigkeit zu eröffnen. Oh, man kann sich vorstellen, wie das alles in einem solchen Augenblick auf Andrei Antonowitsch wirken mußte! Als er erfuhr, daß Pjotr Stepanowitsch ihn wieder übertölpelt und ihn in so grober Weise zum besten gehabt, daß er ihr weit mehr enthüllt hatte als ihm, und noch dazu viel früher, und schließlich, daß vielleicht eben dieser Pjotr Stepanowitsch der Hauptanstifter aller dieser verbrecherischen Absichten war, – da geriet er geradezu außer Rand und Band. »So wisse denn, du einfältiges, aber boshaftes Frauenzimmer«, schrie er, gleichsam mit einem Mal alle Ketten sprengend, »wisse denn, daß ich deinen unwürdigen Liebhaber unverzüglich verhaften, in Ketten legen und in eine Kasematte werfen lassen werde, oder ... oder, weiß Gott, ich springe vor deinen Augen sofort aus dem Fenster!« Auf diese Tirade aber antwortete Julia Michailowna, fahl vor Ärger, mit einem hellen, endlosen Gelächter, einem Gelächter mit Läufen und Übergängen, genau, aber genau so wie im französischen Theaterstück die für hunderttausend Francs zu einem Gastspiel engagierte Pariser Schauspielerin in der Rolle der Koketten ihrem Mann ins Gesicht zu lachen pflegt, wenn dieser es wagt, sie der Untreue zu verdächtigen. Von Lembke stürzte auch schon zum Fenster, plötzlich aber blieb er wie angewurzelt stehen, preßte die Fäuste auf die Brust und maß, leichenblaß im Gesicht, mit unheilkündendem Blick die Lachende: »Weißt du, weißt du, Julia«, keuchte er atemlos, mit beschwörender Stimme, »weißt du, daß auch ich imstande bin, etwas zu tun?« Aber nach dem neuen, noch stärkeren Gelächter, das diesen seinen Worten folgte, biß er die Zähne zusammen, stöhnte auf und stürzte – nicht zum Fenster hin, sondern zu seiner Frau, indem er die Faust erhob! Aber er ließ die Faust nicht auf sie niedersausen, nein, dreimal nein; statt dessen – verschwand er selbst im nächsten Augenblick. Ohne die Beine unter sich zu spüren, stürzte er taumelnd in sein Arbeitszimmer, wo er sich, so wie er war, in den Kleidern auf das für ihn hergerichtete Bett warf, mit dem Gesicht nach unten, und sich krampfhaft in die Decke wickelte, die er sich auch noch über den Kopf zog. So lag er zwei Stunden lang – ohne Schlaf, ohne Gedanken, mit einem Stein auf dem Herzen und mit stumpfer, unbeweglicher Verzweiflung in der Seele. Hin und wieder erschauerte er am ganzen Körper unter einem quälenden Schüttelfrost. Es fielen ihm allerhand unzusammenhängende Sachen ein, die mit seiner gegenwärtigen Lage nichts zu tun hatten: so dachte er zum Beispiel an eine alte Wanduhr, die er vor fünfzehn Jahren in Petersburg besessen hatte, und von der der Minutenzeiger abgefallen war; dann an den lustigen Beamten Millebois, und wie sie beide einmal im Alexanderpark einen Sperling gefangen und danach in ein durch den ganzen Park schallendes Lachen ausgebrochen waren, als ihnen plötzlich einfiel, daß der eine von ihnen doch schon Kollegienassessor war. Ich glaube, er schlief erst gegen sieben Uhr morgens ein, ohne es selbst zu merken, und schlief mit Genuß und mit herrlichen Träumen.

Erst gegen zehn Uhr erwachte er, begann sich zu besinnen, und plötzlich sprang er wild auf: jäh fiel ihm alles wieder ein, und seine Hand griff nach der Stirn. Vom Frühstück wollte er nichts wissen, noch von Blümer, noch vom Polizeimeister, noch von dem Beamten, der gekommen war, um daran zu erinnern, daß die Mitglieder der und der Versammlung an diesem Vormittag darauf warteten, daß er den Vorsitz übernehme; er ließ niemanden vor, hörte gar nicht hin und schien auch gar nichts verstehen zu wollen, sondern eilte wie von Sinnen nach der anderen Hälfte, den Gemächern seiner Frau. Dort aber sagte ihm Ssofja Antrópowna, eine adelige alte Dame, die schon lange bei Julia Michailowna lebte, diese sei schon um zehn Uhr mit einer ganzen Gesellschaft in drei Equipagen zu Warwára Petrówna Stawrógina nach Skworeschniki gefahren, um dort die Säle zu besichtigen, da man das zweite Fest, das in zwei Wochen stattfinden solle, dort zu arrangieren beabsichtige, und die heutige Besichtigung sei schon vor drei Tagen mit Warwara Petrowna verabredet worden. Bestürzt kehrte Andrei Antonowitsch in sein Arbeitszimmer zurück, und gab dann ungestüm den Befehl, die Pferde anzuschirren. Kaum hielt er es aus, so lange zu warten, bis der Wagen vorfuhr. Seine Seele sehnte sich nach Julia Michailowna, – nur sehen wollte er sie, nur fünf Minuten bei ihr sein; vielleicht werde sie ihn bemerken, ihm einen Blick zuwerfen, ihm zulächeln wie früher, ihm verzeihen – o–oh! »Wo bleibt denn der Wagen?« Mechanisch schlug er ein dickes Buch auf, das auf dem Tisch lag (es kam vor, daß er mitunter so das Schicksal befragte, indem er aufs Geratewohl ein Buch aufschlug und dann auf der rechten Seite die ersten drei Zeilen las). Diesmal fiel sein Blick auf den Satz: »Tout est pour le mieux dans le meilleur des mondes possibles.« Voltaire, *Candide*. Er spuckte wütend aus und eilte die Treppe hinab zum vorfahrenden Wagen. »Nach Skworeschniki!« befahl er. Der Kutscher erzählte nachher, der Herr habe ihn die ganze Zeit zu schnellster Fahrt angetrieben, aber kaum sei das Herrenhaus von Skworeschniki in Sicht gekommen, da habe er plötzlich befohlen, umzukehren und wieder nach der Stadt zurückzufahren. »Schneller, bitte, schneller!« habe er auch dann noch gerufen. Kurz vor dem Stadtwall, so erzählte der Kutscher, »befahl der Herr, wieder anzuhalten, stieg dann aus und ging von der Landstraße aufs Feld; ich dachte, wegen irgend eines Bedürfnisses; er aber blieb mitten im Feld stehen und besah sich ein paar Blümchen, und das tat er eine ganze Weile, und das war doch recht wunderlich, sodaß ich gar nicht mehr wußte, was ich denken sollte.« Ich erinnere mich noch an das Wetter an jenem Vormittag: es war ein kalter und klarer, aber windiger Septembertag; vor Andrei Antonowitsch, der den Weg verlassen hatte, lag die herbe Landschaft der kahlen Felder, von denen das Getreide schon längst fortgeschafft war; der jaulende Herbstwind schaukelte hier und da die noch verbliebenen armseligen Stengel vergilbter Feldblumen... Wollte er vielleicht sich und sein Schicksal mit den kümmerlichen, von herbstlichen Nachtfrösten schon arg mitgenommenen Blümchen vergleichen? Das glaube ich nicht. Ich bin sogar überzeugt, daß Lembke das nicht wollte, und daß er an die Feldblumen gar nicht gedacht hat, trotz der Aussage des Kutschers und des Polizeikommissars vom Ersten Revier, der in diesem Augenblick im Wagen des Polizeimeisters herbeigejagt kam und später versicherte, er habe den Gouverneur tatsächlich mit einem Sträußchen vergilbter Feldblumen in der Hand unterwegs angetroffen. Dieser Polizeioffizier, Wassílij Iwánowitsch Flibústjeroff mit Namen, ein für administrative Tätigkeit begeisterter Beamter, war erst seit kurzem in unserer Stadt, doch hatte er sich durch seinen unmäßigen Diensteifer, seine Angriffslust auf allen Gebieten der Exekutive und seinen angeborenen unnüchternen Zustand schon allgemein bekannt gemacht. Kaum hatte er den Gouverneur erblickt, als er sofort aus dem Wagen sprang, und ohne sich beim Anblick der merkwürdigen Beschäftigung seines Chefs mit dem irren Blick bei selbstbewußter Miene überhaupt etwas zu denken, schmetterte er ihm die Meldung ins Gesicht, daß in der Stadt »Unruhen ausgebrochen« seien.

»Wie? Was?« Andrei Antonowitsch maß ihn mit strenger Miene, doch ohne jedes Erstaunen oder ein Anzeichen einer Erinnerung an seinen Wagen und den Kutscher, fragte genau so, wie er in seinem Kabinett zu fragen pflegte.

»Polizeikommissar des Ersten Reviers Flibustjeroff, Exzellenz. Ich habe zu melden, daß in der Stadt Unruhen ausgebrochen sind.«

»Flibús-ti-er?« wiederholte Andrei Antonowitsch langsam, wie nachsinnend.

»Jawohl, Exzellenz. Die Schpigúlinschen rebellieren.«

»Die Schpigulinschen! ...«

Bei diesem Namen schien ihm etwas wieder einzufallen, als erinnere er sich ... Er fuhr sogar leicht zusammen und hob den Zeigefinger bis an die Stirn. »Die Schpigulinschen!« Schweigend und immer noch wie nachsinnend ging er ohne Eile zum Wagen zurück, stieg ein und befahl, nach der Stadt zu fahren. Der Polizeikommissar fuhr in dem Wagen, in dem er gekommen war, hinter ihm her.

Ich kann mir vorstellen, daß Herrn von Lembke unterwegs viele sehr interessante Dinge zu vielerlei Themen, wenn auch unklar, durch den Kopf gegangen sind, aber es ist wohl kaum anzunehmen, daß er sich eine klare Vorstellung von dem Geschehenen gemacht oder einen bestimmten Vorsatz gefaßt hatte, als sein Wagen auf dem Platz vor dem Gouvernementsgebäude anlangte. Sowie er aber die Schar der »Rebellen«, die sich dort in schnurgerader Front aufgestellt hatte und in fester Haltung dastand, die Reihe der Polizisten um sie herum und den machtlosen (vielleicht auch absichtlich machtlosen) Polizeimeister erblickte und dazu die allgemeine auf ihn gerichtete Erwartung sah, da strömte ihm alles Blut zum Herzen. Bleich stieg er aus dem Wagen.

»Mützen ab!« sagte er kaum hörbar, ohne Atem. »Auf die Knie!« schrie er dann plötzlich geradezu kreischend, überraschend für alle, besonders wohl für ihn selbst. Und vielleicht war es gerade dieser überraschende Ausruf, der die ganze weitere Entwicklung der Sache zur Folge hatte. Es war wie auf den Rutschbergen in der Fastnachtswoche: ist es denn überhaupt möglich, daß ein Schlitten, der oben bereits hinabzusausen beginnt, mitten auf dem Berge stehenbliebe? Wie zu seinem eigenen Unglück hatte sich Andrei Antonowitsch sein Leben lang durch sein maßvolles Wesen ausgezeichnet, hatte niemals jemanden angeschrien, nie im Zorn mit den Füßen gestampft; gerade für solche Menschen ist es dann um so gefährlicher, wenn es einmal geschieht, daß ihr Schlitten sich aus irgend einem Grunde plötzlich oben losreißt. Alles begann sich zu drehen vor seinen Augen.

»Flibústier!« schrie er auf einmal noch kreischender, noch sinnloser, und seine Stimme brach plötzlich ab. Er stand da und wußte selbst noch nicht, *was* er tun werde, aber er wußte und spürte mit jeder Fiber, *daß* er unbedingt und sofort etwas tun werde.

»Herrgott!« hörte man in der Schar murmeln. Ein junger Bursche bekreuzte sich; drei, vier Leute wollten tatsächlich schon niederknien, aber da schob sich die ganze Reihe wie eine Front ein paar Schritte vor, und auf einmal begannen sie alle zugleich zu sprechen: »Exzellenz ... Herr General ... es war ausgemacht, daß wir für vierzig Kopeken ... der Verwalter ... kannst du nicht ein Wort einlegen ...« usw., usw. Es war aus dem Durcheinander nicht klug zu werden.

Ach, und der arme Andrei Antonowitsch begriff auch nichts und hielt immer noch die Feldblümchen in der Hand. An den Aufstand glaubte er jetzt ebenso, wie Stepan Trofimowitsch an das Gefährt mit dem runden Verdeck, das ihn nach Sibirien bringen werde. Und zwischen den ihn anglotzenden »Rebellen« glaubte er nun noch den sie »aufwiegelnden« Pjotr Stepanowitsch umherhuschen zu sehen, diesen unseligen Pjotr Stepanowitsch, der ihn seit dem gestrigen Abend keinen Augenblick verlassen hatte, eben diesen ihm so verhaßten Pjotr Stepanowitsch ...

»Auspeitschen!« rief er auf einmal noch überraschender als zuvor.

Totenstille trat ein.

So hat es begonnen, wenigstens soweit mir nach zuverlässigen Aussagen manches bekannt geworden ist und soweit ich mir anderes selbst zu erklären vermag. Die weiteren Begebenheiten sind schon weit weniger verbürgt, und auch ich vermag mir einiges nicht recht zu deuten. Indessen gibt es noch ein paar Tatsachen.

Vor allen Dingen erschienen die Ruten schon gar zu geschwind; offenbar waren sie während der Wartezeit vom ahnungsvollen Polizeimeister schon herbeigeschafft worden. Übrigens wurden doch nur zwei, höchstens drei, aber bestimmt nicht mehr, bestraft. Rein erfunden ist es, daß alle oder mindestens die Hälfte der Arbeiter ausgepeitscht worden seien. Nicht wahr ist gleichfalls, daß man eine vorübergehende arme, aber adlige Dame ergriffen und sofort ebenso ausgepeitscht habe; dabei habe ich selbst in einer der Petersburger Zeitungen den Bericht hierüber gelesen. Bei uns wußten viele von einer Awdótja Petrówna Tarapýgina zu erzählen, einer Insassin des Armenhauses am Friedhof, die auf dem Heimwege von einem Besuch in der Stadt über den Platz habe gehen wollen, sich aus verständlicher Neugier durch die Zuschauer gedrängt, und als sie sah, was da geschah, »Solch eine Schmach!« ausgerufen und dazu ausgespien habe. Und dafür, so hieß es, habe man sie sofort festgenommen und ebenfalls »eines Besseren belehrt«. Über diesen Fall wurde nicht nur in den Zeitungen geschrieben, sondern man begann bei uns in der Stadt im ersten Eifer sogar Spenden für sie zu sammeln. Auch ich habe zwanzig Kopeken gezeichnet. Und was geschah? Es stellte sich heraus, daß es eine Armenhausinsassin Namens Tarapýgina bei uns überhaupt nicht gab, noch jemals gegeben hat! Daraufhin bin ich dann persönlich ins Armenhaus am Friedhof gegangen, um mich zu erkundigen: dort hat man von einer Frau Tarapygina nie etwas gehört; ja, man fühlte sich dort sogar sehr gekränkt, als ich berichtete, was in der Stadt erzählt werde. Diese Geschichte von der überhaupt nicht existierenden Awdótja Petrówna erzähle ich hier eigentlich nur deswegen, weil sich mit Stepan Trofimowitsch beinah dasselbe zugetragen hat wie mit ihr (d. h. falls jene Geschichte nicht völlig frei erfunden gewesen wäre). Ja, es ist sogar möglich, daß dieses ganze unanständige Gerücht von ihm heraufbeschworen worden ist, oder richtiger, daß aus einem kleinen Wortwechsel zwischen ihm und einem Polizeioffizier nach und nach vom Hörensagen diese Geschichte von der Tarapygina entstanden ist. Vor allem begreife ich nicht, wie er mir hat entschlüpfen können, als wir kaum erst auf dem Platz vor dem Gouvernementsgebäude anlangten. Ich hatte sowieso die Absicht gehabt – in der Vorahnung von nichts Gutem –, ihn um den Platz herum direkt zum Portal zu führen, aber da wurde ich selbst neugierig und blieb nur auf einen Augenblick stehen, um mich beim ersten besten nach der Ursache des Gedränges zu erkundigen, und da war denn Stepan Trofimowitsch auf einmal nicht mehr neben mir. Instinktiv begann ich ihn sofort an der gefährlichsten Stelle zu suchen, denn mir war doch, als spürte ich, daß auch sein Schlitten auf der Kuppe nicht mehr feststand. Und tatsächlich fand ich ihn unmittelbar am Brennpunkt des Ereignisses. Ich erinnere mich, daß ich ihn am Arm ergriff; aber still und stolz sah er mich mit einer Miene unermeßlicher Überlegenheit an.

»Cher«, sagte er mit einer Stimme, in der etwas wie eine angezupfte Saite mitbebte, »wenn man schon öffentlich hier auf dem Platz in Gegenwart von uns allen so ungeniert verfährt, was kann man dann noch von *dem dort* erwarten ... wenn er mal selbständig handeln dürfte?«

Und er wies, zitternd vor Empörung und Verlangen herauszufordern, wie ein öffentlich Anklagender mit dem vorgestreckten Zeigefinger auf den zwei Schritte vor uns stehenden und uns glotzäugig anstarrenden Flibustjeroff.

»Dem dort?« schrie jener sofort los, und es wurde ihm

wohl rot vor den Augen. »Was für einem ‚dem dort'; was soll das heißen? Und wer bist denn du?« Und mit geballter Faust trat er auf uns zu. »Wer bist du?« brüllte er wild, bis zur Tollwut erregt vor Diensteifer und Dünkel (dabei kannte er Stepan Trofimowitsch von Ansehen sehr gut). Wahrscheinlich hätte er ihn schon im nächsten Augenblick am Kragen gepackt, aber zum Glück wandte von Lembke auf das Gebrüll hin den Kopf und sah verwundert, doch aufmerksam Stepan Trofimowitsch an, als dächte er nach, und plötzlich winkte er ungeduldig mit der Hand ab. Flibustjeroff verstummte sofort und stand stramm. Ich zog meinen Freund schnell aus dem Gedränge. Übrigens hatte er vielleicht auch selbst schon den Wunsch, sich zurückzuziehen.

»Gehen wir nach Hause, sofort«, drängte ich in sehr bestimmtem Ton. »Wenn man uns nicht eine Tracht Prügel versetzt hat, so haben wir das nur Lembke zu verdanken.«

»Gehen Sie, mein Freund. Es war unrecht von mir, Sie durch mich in Gefahr zu bringen. Sie haben noch eine Zukunft vor sich und eine Karriere auf Ihrem Gebiet, ich aber – mon heure a sonné.«

Festen Schritts stieg er die Stufen zum Portal des Gouvernementsgebäudes hinan. Der Portier kannte mich; ich sagte ihm, daß wir beide zu Julia Michailowna wollten. Im Empfangssaal setzten wir uns hin und begannen zu warten. Ich wollte meinen Freund nicht verlassen, hielt es aber für überflüssig, noch etwas zu ihm zu sagen. Er hatte das Aussehen eines Menschen, der sich gewissermaßen dem sicheren Tod fürs Vaterland geweiht hat. Wir hatten uns nicht nebeneinander gesetzt, sondern jeder an einer anderen Wand, ich in der Nähe der Eingangstür, er mir weit gegenüber. Sein Kopf war nachdenklich gesenkt, und seine beiden Hände stützten sich leicht auf seinen Stock. Den breitkrempigen Hut hielt er in der linken Hand. So saßen wir an die zehn Minuten und warteten.

II

Plötzlich trat von Lembke, in Begleitung des Polizeimeisters, mit schnellen Schritten ein, blickte uns nur zerstreut an und wollte, ohne uns weiter zu beachten, nach rechts in sein Arbeitszimmer gehen, doch schon stand Stepan Trofimowitsch vor ihm und verlegte ihm den Weg. Die hohe Gestalt, die ganze so anders als die anderen wirkende Erscheinung Stepan Trofimowitschs machte augenscheinlich Eindruck; Lembke blieb stehen.

»Wer ist das?« murmelte er verwundert. Doch wandte er den Kopf nicht zum Polizeimeister, sondern fuhr dabei fort, Stepan Trofimowitsch zu betrachten.

»Kollegienassessor Stepan Trofimowitsch Werchowenskij, Exzellenz«, antwortete Stepan Trofimowitsch mit einer würdevoll gemessenen Neigung des Kopfes.

Seine Exzellenz fuhr fort, ihn anzusehen, doch übrigens mit einem ziemlich stumpfen Blick.

»In welcher Angelegenheit?« fragte er mit der bekannten Kürze der höheren Vorgesetzten, verdrossen, ungeduldig sein Ohr Stepan Trofimowitsch zuwendend, den er wohl für einen gewöhnlichen Bittsteller hielt, der irgendeine schriftliche Eingabe einreichen wollte.

»Ein Beamter hat heute im Namen Eurer Exzellenz eine Haussuchung bei mir vorgenommen; ich wünschte deshalb ...«

»Der Name, der Name?« fragte von Lembke ungeduldig, aber doch aufhorchend, wie wenn ihm plötzlich etwas einfiele.

Stepan Trofimowitsch nannte zum zweitenmal und noch würdevoller seinen Namen.

»A–a–ah! Das ist ... das ist jenes Freidenkernest ... Mein Herr, Sie haben sich in einer solchen Weise ... Sie sind Professor? Professor?«

»Ich hatte früher einmal die Ehre, an der ... er Universität der Jugend einige Kollegien zu halten ...«

»Der Ju-gend?« von Lembke schrak sichtlich zusammen, wenn er auch – darauf könnte ich wetten – kaum begriff, worum es sich hier handelte, und vielleicht nicht einmal, mit wem er eigentlich sprach.

»Das, mein Herr, das lasse ich nicht zu!« rief er plötzlich furchtbar aufgebracht. »Ich dulde keine Jugend! Das kommt alles von den Proklamationen. Das ist ein Angriff auf die Gesellschaft, mein Herr, ein Angriff zur See! Das ist Piraterie! Flibustierei! ... Um was wollten Sie bitten?«

»Im Gegenteil, Ihre Frau Gemahlin hat mich gebeten, morgen auf dem Fest vorzulesen. Ich habe nicht die Absicht, hier um etwas zu bitten. Ich bin gekommen, um mein Recht zu suchen ...«

»Auf dem Fest? Das Fest wird nicht stattfinden! Ich untersage euer Fest! Kollegien? Kollegien?« schrie Lembke wütend.

»Ich möchte Sie sehr bitten, ein wenig höflicher mit mir zu sprechen, Exzellenz, und mich nicht anzuschreien wie einen Schuljungen.«

»Sie ... vielleicht begreifen Sie, mit wem Sie sprechen?« fragte Lembke, rot anlaufend.

»Vollkommen, Exzellenz.«

»Ich beschütze mit meiner Person die Gesellschaft, Sie aber wollen sie zerstören! ... Zerstö-ren! Sie ... Übrigens, ich erinnere mich jetzt ..., waren Sie nicht Erzieher im Hause der Generalin Stawrogina?«

»Ja, ich war ... Erzieher ... im Hause der Generalin Stawrogina.«

»Und im Laufe von zwanzig Jahren sind Sie das Treibbeet alles dessen gewesen, was jetzt ausgebrochen ist ... aller Früchte ... Ich glaube, ich habe Sie soeben auf dem Platz gesehen. Nehmen Sie sich in acht, mein Herr, nehmen Sie sich in acht! Ihre Gedankenrichtung ist uns bekannt! Seien Sie überzeugt, daß ich das nicht aus dem Auge lasse! Ich kann Ihre Kollegien nicht gestatten, mein Herr, ich kann nicht! Mit solchen Bitten wenden Sie sich nicht an mich!«

Und von Lembke wollte wieder weitergehen in sein Arbeitszimmer.

»Ich wiederhole, daß Sie sich irren, Exzellenz: es ist Ihre Frau Gemahlin, die mich gebeten hat – nicht ein Kolleg zu lesen, sondern morgen auf dem Fest etwas Literarisches vorzutragen. Doch jetzt werde ich selbst darauf verzichten. Meine gehorsamste Bitte ist nur, falls möglich, mir zu erklären: warum man heute bei mir eine Haussuchung vorgenommen hat? Man hat mir einige Bücher und Papiere genommen, mir teure Privatbriefe, und auf einer Schiebkarre durch die Stadt ...«

»Wer hat das getan?« fuhr Lembke, plötzlich ganz zur Besinnung kommend, auf und wandte sich hastig zum Polizeimeister.

In diesem Augenblick erschien in einer Tür die lange, krumme Gestalt Blümers. »Eben dieser Beamte dort war es, Exzellenz.« Stepan Trofimowitsch, der den Eintretenden sofort bemerkt hatte, wies auf ihn hin.

Blümer trat mit zwar schuldbewußtem, doch durchaus nicht nachgiebigem Ausdruck näher.

»Vous ne faites que des bêtises!«, warf ihm von Lembke ärgerlich zu, und plötzlich verwandelte er sich vollständig, als käme er erst jetzt völlig zu sich.

»Entschuldigen Sie ...«, sagte er ungewöhnlich verlegen zu Stepan Trofimowitsch und wurde dabei auffallend rot, »das war alles wahrscheinlich nur ein Mißverständnis, nur ein Versehen ... nur ein Versehen!«

»Exzellenz«, bemerkte Stepan Trofimowitsch, »in meiner Jugend war ich einmal Augenzeuge eines charakteristischen Vorfalls. Im Foyer eines Theaters trat irgend jemand auf einen Herrn zu und gab ihm vor dem ganzen Publikum eine schallende Ohrfeige. Gleich darauf bemerkte er, daß der Herr, dem er die Ohrfeige gegeben hatte, durchaus nicht derjenige war, dem er sie hatte geben wollen, sondern ihm nur ähnlich sah, und geärgert sagte er – dabei eilig, ganz wie ein Mensch, der keine Zeit zu verlieren hat – genau dieselben Worte, die Exzellenz soeben mir zu sagen beliebten: ‚Entschuldigen Sie ... ich habe mich geirrt, das war ein Versehen, nur ein Versehen!‘ Und als der Beleidigte darauf immer noch gekränkt war und seiner Empörung Ausdruck gab, da sagte er schließlich ärgerlich: ‚Aber ich versichere Ihnen doch, daß das nur ein Versehen war, was schreien Sie hier denn noch‘!«

»Das ... das ist natürlich sehr komisch ...«, sagte von Lembke und verzog seinen Mund zu einem Lächeln. »Aber ... aber sehen Sie denn nicht, wie unglücklich ich selbst bin?«

Er schrie es beinahe heraus und ... und wollte schon, glaube ich, das Gesicht mit den Händen bedecken.

Dieser unerwartete gequälte Ausruf, dieses erstickte Schluchzen in der Stimme machten einen unerträglichen Eindruck. Es war wohl der Augenblick des ersten Erwachens, des ersten klaren Erkennens alles dessen, was seit dem vergangenen Tage geschehen war – und gleich darauf vollständige, erniedrigende, sich ergebende Verzweiflung; wer weiß, vielleicht wäre er schon im nächsten Augenblick in ein durch den ganzen Saal hörbares Schluchzen ausgebrochen. Stepan Trofimowitsch sah ihn zuerst erschrocken an, dann senkte er plötzlich den Kopf und sagte mit einer tief mitfühlenden Stimme:

»Exzellenz, beunruhigen Sie sich weiter nicht wegen meiner kleinlichen Klage, und befehlen Sie nur, daß mir meine Bücher und Briefe zurückgegeben werden ...«

Er wurde unterbrochen. Gerade in diesem Augenblick kehrte Julia Michailowna mit der ganzen sie begleitenden Gesellschaft geräuschvoll zurück. Aber das Weitere möchte ich nun doch möglichst ausführlich wiedergeben.

III

Das erste war, daß sich sämtliche Insassen der drei Equipagen fast alle zugleich in den Saal drängten. Eigentlich ging man in Julia Michailownas Gemächer unmittelbar vom Vestibül aus nach links; diesmal aber nahmen alle den Weg durch den Saal – und zwar, wie ich annehme, eben deshalb, weil sich Stepan Trofimowitsch hier befand und weil Julia Michailowna über alles, was ihm zugestoßen war, wie auch über die Vorgänge mit den Schpigulinschen Arbeitern, bereits bei der Einfahrt in die Stadt unterrichtet worden war. Das hatte Lämschin getan. Dieser war zur Strafe für irgend eine neue Untat nicht mitgenommen worden, und so war er, dem alles sogleich zu Ohren gekommen war und der den Aufmarsch der Arbeiter selbst gesehen hatte, schnell auf einem gemieteten Kosakenklepper in hämischer Schadenfreude den Ausflüglern auf dem Wege nach Skworeschniki entgegen geritten, um sie als erster mit den fröhlichen Nachrichten zu überraschen.

Ich nehme an, daß Julia Michailowna trotz ihrer ganzen Selbstsicherheit doch einigermaßen bestürzt gewesen sein wird, als sie so erstaunliche Neuigkeiten vernehmen mußte; aber wohl nur im ersten Augenblick. Die politische Seite der Frage konnte sie nicht weiter beunruhigen: Pjotr Stepanowitsch hatte ihr schon etwa viermal mit allem Nachdruck erklärt, daß man die Schpigulinschen Frechlinge alle durch die Bank auspeitschen müßte; Pjotr Stepanowitsch war aber für sie seit einiger Zeit tatsächlich zu einer bedeutenden Autorität geworden. »Aber ... jedenfalls wird er mir dafür büßen müssen«, wird sie wohl bei sich gedacht haben, wobei dieses »er« sich natürlich auf ihren Mann bezog. Hier sei nebenbei bemerkt, daß Pjotr Stepanowitsch diesmal an dem allgemeinen Ausflug wie absichtlich nicht teilgenommen hatte und seit dem frühesten Morgen nirgendwo gesehen worden war. Bei dieser Gelegenheit möchte ich auch noch erwähnen, daß Warwara Petrowna nach dem Empfang der

Gäste in Skworeschniki mit ihnen in die Stadt zurückgekehrt war (in Julia Michailownas Wagen), um an der letzten Sitzung des Festkomitees teilzunehmen. Natürlich mußten die von Lämschin über Stepan Trofimowitsch mitgeteilten Nachrichten auch sie interessieren und sie vielleicht sogar aufregen.

Die Heimzahlung, die Julia Michailowna sich vorgenommen hatte, ihrem Mann zuteil werden zu lassen, begann unverzüglich. Ach, er fühlte das schon beim ersten Blick auf seine schöne Frau. Mit offener Miene und dem bezauberndsten Lächeln ging sie schnell auf Stepan Trofimowitsch zu, streckte ihm ihre elegant behandschuhte Hand entgegen und überschüttete ihn mit den schmeichelhaftesten Begrüßungsworten – als ob sie an diesem ganzen Vormittag keine andere Sorge gehabt hätte, als nur schnell heimzukehren, um Stepan Trofimowitsch ihre Freude darüber auszudrücken, daß sie ihn endlich bei sich begrüßen durfte. Die Haussuchung am frühen Morgen wurde von ihr mit keiner Silbe berührt, als wüßte sie davon noch nicht das Geringste. Kein Wort an ihren Mann, kein Blick nach der Seite, wo er stand, als wenn er gar nicht anwesend gewesen wäre. Und das war noch nicht alles, sondern sie nahm Stepan Trofimowitsch gleichsam für sich in Beschlag und führte ihn alsbald einfach weg in ihren Salon, als ob er mit Lembke überhaupt keine Auseinandersetzung gehabt hätte, oder als ob es sich ja gar nicht verlohne, eine Unterredung mit ihm zu Ende zu führen. Wie schon gesagt, ich glaube doch, daß Julia Michailowna, trotz ihrer gesellschaftlichen Sicherheit, in diesem Fall wieder einen großen Fehler beging. Und hierbei half ihr dann noch Karmasinoff (der diesmal auf ihre besondere Bitte hin an der Fahrt teilgenommen und auf diese Weise Warwara Petrowna doch noch – wenn auch indirekt – seinen Besuch gemacht hatte, worüber diese aus kleinmütiger Eitelkeit ganz entzückt war). Schon von der Tür aus (er trat später ein als die anderen) rief er, kaum daß er Stepan Trofimowitsch erblickte, sogleich aufs lebhafteste, obschon er damit Julia Michailowna unterbrach:

»Wieviel Jahre, wieviel Lenze! Endlich ... excellent ami!«

Und er trippelte mit offenen Armen auf ihn zu, um ihn an sich zu drücken und ihm hierbei selbstverständlich nur seine Backe hinzuhalten, und der verwirrte Stepan Trofimowitsch sah sich genötigt, sie zu küssen.

»Cher«, sagte er zu mir am Abend, als er über alles an diesem Tage Erlebte mit mir sprach, »in jenem Augenblick dachte ich: Wer von uns beiden ist nun der Gemeinere? Er, der mich umarmt, um mich sogleich zu ducken, oder ich, der ich ihn samt seiner Backe verachte und dennoch küsse, obschon ich mich doch hätte abwenden können ... Pfui!«

»Nun, erzählen Sie, erzählen Sie alles, was Sie inzwischen erlebt haben!« sagte Karmasinoff in seiner manirierten Sprechweise, gleichsam lispelnd und kauend zugleich, als ob es möglich wäre, ein Menschenleben während ganzer fünfundzwanzig Jahre so ohne weiteres zusammenzufassen und zu erzählen. Aber diese dümmliche Oberflächlichkeit gehört nun einmal zum »guten Ton« des gesellschaftlichen Umgangs.

»Sie erinnern sich wohl, daß wir uns zum letzten Mal in Moskau gesehen haben, bei dem Diner zu Ehren Granowskijs, und seitdem sind vierundzwanzig Jahre vergangen ...« begann Stepan Trofimowitsch sehr sachlich (also keineswegs im Umgangston der höheren Gesellschaft).

»Ce cher homme«, fiel ihm Karmasinoff mit seiner kreischenden Stimme familiär ins Wort und tätschelte schon gar zu freundschaftlich seine Schulter, »– aber führen Sie uns doch schneller zu sich hinüber, Julia Michailowna! Dort kann er sich dann hinsetzen und uns alles schön erzählen.«

»Dabei bin ich mit diesem überempfindlichen weibischen Mannsbild nie wirklich befreundet gewesen!« fuhr am selben Abend Stepan Trofimowitsch fort, sich bei mir zu beklagen, um seinen Ingrimm loszuwerden. »Damals waren wir fast noch Jünglinge und schon damals begann ich, ihn zu hassen ... ganz wie er mich, selbstverständlich ...«

Julia Michailownas Salon füllte sich schnell. Warwara Petrowna befand sich in einer besonders gespannten Gemütsverfassung, wenn sie sich auch alle Mühe gab, gleichmütig zu erscheinen; ein paarmal bemerkte ich den feindseligen Blick, mit dem sie Karmasinoff streifte, und manchen zornigen Blick auf Stepan Trofimowitsch – zornig schon im voraus, zornig aus Eifersucht, aus Liebe: hätte Stepan Trofimowitsch jetzt irgend einen Fehler gemacht und dadurch Karmasinoff die Möglichkeit gegeben, ihn vor allen Anwesenden auszustechen, ich glaube, sie wäre aufgesprungen und hätte ihn womöglich geschlagen.

Ich habe vergessen zu erwähnen, daß auch Lisa anwesend war, und noch nie hatte ich sie fröhlicher, sorgloser, glücklicher gesehen. Selbstverständlich war auch Mawrikij Nikolajewitsch zugegen. Außerdem bemerkte ich in der Schar der jungen Damen und Herren, die Julia Michailownas ständiges Gefolge waren – unter diesen lockeren und halblockeren jungen Leuten, von denen Zuchtlosigkeit für Lustigkeit und billiger Zynismus für Intelligenz gehalten wurde – noch ein paar neue Erscheinungen: einen zugereisten, auffallend scharwenzelnden Polen, einen deutschen Doktor (einen gesunden, schon älteren Mann, der alle Augenblicke laut und mit Genuß über seine eigenen Witze lachte) und schließlich irgend ein noch sehr junges Fürstchen aus Petersburg, das sich wie ein Automat in Menschengestalt bewegte, aber die Würde eines Staatsmannes zur Schau trug, und dessen Kragen von unwahrscheinlicher Höhe war. Julia Michailowna schien aber gerade diesen Gast besonders zu schätzen und seinetwegen sogar in Sorge zu sein wegen des mitunter freieren Tones in ihrem Salon ...

»Cher monsieur Karmazinoff«, begann Stepan Trofimowitsch, der in eleganter Haltung, wie für ein Bildnis, auf einem der Sofas Platz genommen hatte und auf einmal nicht schlechter als Karmasinoff die Worte maniriert skandierte, »cher monsieur Karmazinoff, das Leben eines Menschen, der noch aus unserer früheren Zeit stammt, muß sich wohl, zumal wenn er gewissen Überzeugungen treubleibt, selbst in einer Zwischenzeit von fünfundzwanzig Jahren, eintönig ausnehmen . . .«

Der Deutsche lachte laut auf, kollernd, fast als hätte er wiehern wollen, wahrscheinlich in dem Glauben, Stepan Trofimowitsch habe etwas überaus Komisches gesagt. Dieser sah sich mit ostentativem Befremden nach ihm um, was aber auf jenen gar keinen Eindruck machte. Auch der junge Fürst wandte sich mitsamt seinem hohen Kragen nach dem Lachenden um und setzte sogar den Zwicker auf, aber ohne jede Spur von Neugier oder Interesse im Gesicht.

». . . muß sich wohl eintönig ausnehmen«, wiederholte Stepan Trofimowitsch absichtlich langsam und sehr deutlich. »So verhält es sich auch mit meinem Leben in diesem ganzen Vierteljahrhundert, et comme on trouve partout plus de moines que de raison – und da ich damit vollkommen übereinstimme, so scheint es, daß ich in diesen fünfundzwanzig Jahren . . .«

»C'est charmant, les moines«, flüsterte Julia Michailowna der neben ihr sitzenden Warwara Petrowna zu.

Warwara Petrowna antwortete ihr darauf mit einem stolzen Blick.

Karmasinoff aber ertrug den guten Eindruck der französischen Phrase nicht und fiel ihm daher schnell ins Wort:

»Was mich betrifft, so bin ich in der Beziehung vollkommen beruhigt und sitze jetzt schon das siebente Jahr in Karlsruhe. Ja, als im vorigen Jahr der Stadtrat dortselbst beschloß, eine neue Kanalisation durchzuführen, da fühlte ich in meinem Herzen, daß diese Karlsruher Kanalisationsfrage mir teurer und lieber war als die gesamten Fragen meines lieben Vaterlandes . . . wenigstens für die Zeit der hiesigen sogenannten Reformen.«

»Ich sehe mich gezwungen, einzugestehen, daß ich Ihnen das nachfühlen kann, wenn auch mein Herz dagegen spricht«, sagte Stepan Trofimowitsch halb aufseufzend und senkte vielsagend den Kopf.

Julia Michailowna triumphierte: das Gespräch wurde sowohl tief wie tendenziös.

»Also Rohre für die Abwässer?« erkundigte sich der Doktor laut.

»Auch das, Doktor, auch das, und ich habe damals selbst mitgeholfen, das Projekt auszuarbeiten.«

Der Doktor lachte wieder kollernd auf. Nun begannen auch die anderen zu lachen, doch lachten sie jetzt schon dem Deutschen offen ins Gesicht, was dieser aber gar nicht gewahrte – im Gegenteil, er schien sogar sehr vergnügt darüber zu sein, daß alle mitlachten.

»Gestatten Sie, Ihnen einmal *nicht* beizustimmen, Karmasinoff«, beeilte sich Julia Michailowna zu bemerken. »Ich habe sonst nichts gegen Karlsruhe, aber ich weiß, Sie lieben es, Ihre Zuhörer zu mystifizieren, und diesmal glauben wir Ihnen nicht. Welcher russische Schriftsteller hat so viele neuzeitliche und echt russische Typen geschaffen, ist so vielen neuzeitlichen und echt russischen Fragen auf den Grund gegangen und hat so richtig jene Hauptmomente unserer Zeit erkannt, die den Typ des heute wirkenden Menschen bestimmen, wie gerade Sie? Nur Sie allein von allen! So, und nun versuchen Sie noch, uns Ihre Gleichgültigkeit gegen das Vaterland und Ihr ungeheueres Interesse für die Karlsruher Kanalisationsangelegenheit glauben zu machen! Haha!«

»Ich habe allerdings«, begann Karmasinoff geziert, »in der Gestalt Pogósheffs alle Fehler der Slawophilen aufgezeigt und in der Nikodímoffs alle Fehler der Westler ...«

»Als ob das wirklich schon *alle* wären!« flüsterte Lämschin ganz leise seinem Nachbar zu.

»... aber das tue ich nur so nebenbei, nur um die lästige Zeit irgendwie totzuschlagen und ... um alle diese zudringlichen Anforderungen und Erwartungen meiner Landsleute zu befriedigen.«

»Es wird Ihnen wohl schon bekannt sein, Stepan Trofimowitsch«, fuhr Julia Michailowna ganz begeistert fort, »daß wir morgen das Vergnügen haben werden, etwas Wundervolles zu hören ... eine von den letzten und schönsten Inspirationen Ssemjónn Jegórowitschs – sein „Merci". Er kündet in dieser Arbeit an, daß er künftig nichts mehr schreiben werde, unter keiner Bedingung, um keinen Preis, selbst dann nicht, wenn ein Engel vom Himmel käme und ihn bäte, den unwiderruflichen Entschluß aufzugeben. Mit einem Wort, er legt jetzt die Feder für immer aus der Hand. Und dieses graziöse „Merci" ist an das Publikum gerichtet, ist sein Dank für die unermüdliche Begeisterung, mit der es so viele Jahre lang seine treue Arbeit für den russischen Gedanken begleitet hat.«

Julia Michailowna war auf der Höhe der Seligkeit.

»Ja, ich verabschiede mich; ich sage mein „Merci" und reise dann weg, und dort ... in Karlsruhe ... werde ich meine Augen schließen«, bemerkte Karmasinoff, den das Mitleid mit sich selbst mehr und mehr ergriff.

Wie so viele unserer großen Schriftsteller (und wir haben ja so viele »große Schriftsteller«!) konnte er Lobsprüche nicht gleichmütig hinnehmen, sondern wurde ungeachtet seines ganzen Scharfsinnes sofort weich. Aber ich denke, das ist am Ende verzeihlich. Erzählt man doch, daß einer von unseren Shakespeares in einem Privatgespräch ganz offen gesagt haben soll: »Ja, wir *großen Männer*, wir« usw., und zwar ohne daß es ihm selbst aufgefallen wäre.

»Ja, dort in Karlsruhe schließe ich dann für immer meine Augen. Uns großen Männern bleibt ja, nachdem wir unser Werk getan, nichts anderes übrig, als schnell die Augen zu schließen, ohne noch lange auf Dank zu warten. Darum werde auch ich es so machen.«

»Geben Sie mir Ihre Adresse, damit ich nach Karlsruhe zu Ihrem Grabe pilgern kann!« rief der Deutsche und begann wieder selbst als erster laut darüber zu lachen.

»Jetzt kann man auch Leichen mit der Eisenbahn befördern«, sagte plötzlich einer der unbedeutenderen jungen Herren.

Lämschin stieß vor Vergnügen geradezu einen Juchzer aus.

Julia Michailowna zog, peinlich berührt, die Brauen zusammen.

In diesem Augenblick trat Nikolai Stawrogin ein.

»Und mir hat man gesagt, Sie wären verhaftet und aufs Polizeibüro gebracht worden?« sagte er laut, sich gleich an Stepan Trofimowitsch wendend.

»Nein, es war im Ganzen nur ein ... *büro*kratischer Zwischenfall«, versuchte Stepan Trofimowitsch lächelnd mit einem Wortspiel darüber hinwegzugehen.

»Aber ich hoffe doch, daß er nicht den geringsten Einfluß auf meine Bitte haben wird«, griff Julia Michailowna sofort in das Gespräch ein. »Ich hoffe so sehr, Sie werden sich durch diesen unseligen Mißgriff, den ich mir noch gar nicht erklären kann, nicht umstimmen lassen, und nicht unsere schönsten Erwartungen enttäuschen, uns nicht des Genusses berauben, Ihren Vortrag auf der Matinee zu hören?«

»Ich weiß nicht ... ich bin jetzt ... eigentlich ...«

»Glauben Sie mir, Warwara Petrowna, ich bin so unglücklich ... denken Sie nur, gerade jetzt, wo ich mich am meisten darauf freute, einen der bemerkenswertesten und unabhängigsten russischen Geister endlich persönlich kennenzulernen, äußert Stepan Trofimowitsch plötzlich die Absicht, sich von uns zurückzuziehen!«

»Das Lob ist ja so laut, daß ich es wohl nicht hören soll«, bemerkte Stepan Trofimowitsch, jedes Wort markant aussprechend, »aber ich glaube nun einmal nicht, daß meine unwichtige Person morgen für Ihr Fest so unbedingt vonnöten sei. Übrigens bin ich ...«

»Aber Sie verwöhnen ihn mir ja unerhört!« rief plötzlich Pjotr Stepanowitsch, schnell ins Zimmer schwirrend, dazwischen. »Kaum habe ich ihn an die Leine genommen, da: eines Morgens Haussuchung, Arrest, die Polizei packt ihn am Kragen, und nun verhätscheln ihn die Damen im Salon unseres Stadtgewaltigen! Na, in ihm muß ja jetzt jeder Knochen vor Entzücken einfach singen! Ein solches Benefiz hat er sich wohl nicht mal träumen lassen! Ich kann mir ja denken, wie er jetzt die Sozialisten zu denunzieren anfangen wird!«

»Das ist ausgeschlossen, Pjotr Stepanowitsch! Der Sozialismus ist ein viel zu großer Gedanke, als daß Stepan Trofimowitsch das nicht auch einsähe«, verteidigte Julia Michailowna den letzteren energisch.

»Der Gedanke ist zwar groß, doch seine Verkünder sind das nicht immer, mais brisons là, mon cher«, sagte Stepan Trofimowitsch, sich mit schöner weltmännischer Sicherheit vom Platz erhebend, zu seinem Sohn.

Da geschah plötzlich etwas völlig Unerwartetes.

Auch Herr von Lembke war den anderen gefolgt und befand sich gleichfalls schon seit einiger Zeit im Salon, doch sonderbarerweise tat man allgemein, als bemerke man ihn nicht, obgleich gewiß alle gesehen hatten, wie er eingetreten war. Aber Julia Michailowna fuhr nun einmal eigensinnig fort, ihrem Vorsatz getreu, ihn zu ignorieren. Er war nicht weit von der Tür stehen geblieben und hatte bisher finster, mit strenger Miene dem Gespräch zugehört. Als jetzt die Bemerkungen über die Vorfälle des Morgens fielen, wurde er unruhig, sah plötzlich starr den jungen Fürsten an, dessen überhoher Kragen wohl seinen Verdacht erregte. Da schlug die Stimme des hereinschwirrenden Pjotr Stepanowitsch an sein Ohr: er zuckte heftig zusammen – und kaum hatte Stepan Trofimowitsch seine Sentenz über die Sozialisten ausgesprochen, als von Lembke schon schnurstracks auf ihn zutrat, ohne es zu beachten, daß er dabei Lämschin, der im Wege stand, zur Seite stieß. Lämschin sprang natürlich sofort mit gemachtem und übertriebenem Erstaunen zur Seite, rieb sich mit verwundertem Gesicht den Arm und tat, als habe von Lembke ihn wirklich furchtbar verletzt.

»Genug!« rief dieser, indem er energisch die Hand des erschrockenen Stepan Trofimowitsch ergriff und sie mit aller Kraft in der seinen drückte. »Genug, über die Flibustier unserer Zeit ist das Urteil schon gefällt. Kein Wort weiter! Ich habe schon Vorkehrungen getroffen ...«

Er sprach es laut und schloß in scharfem Ton. Der Eindruck seiner Worte war ein äußerst peinlicher. Alle fühlten etwas Unheilvolles in der Luft. Ich sah, wie Julia Michailowna erbleichte. Aber dieser Eindruck wurde durch einen dummen Zufall überspielt. Nachdem Lembke das von den Vorkehrungen gesagt hatte, wandte er sich schroff um und schritt schnell zur Tür, doch kurz bevor er sie erreichte, stolperte er über einen Teppich, klappte mit dem Oberkörper nach vorn und wäre beinahe gefallen. Einen Augenblick stand er dann stumm da, blickte auf die Stelle, wo er gestolpert war, sagte laut: »Abändern!« und verließ das Zimmer. Julia Michailowna erhob sich sofort und ging ihm eilig nach. Kaum hatte sie das Zimmer verlassen, da sprach und tuschelte schon alles durcheinander, so daß es schwer war, etwas zu verstehen. Die einen sagten, er sei »nervös« und »überarbeitet«; andere wollten gehört haben, daß er gewissen Anfällen ausgesetzt sei; die dritten tippten heimlich mit dem Finger an die Stirn, und in einer Ecke, im Kreise der Jugend, hielt Lämschin sogar zwei Finger wie Hörnchen an die Stirn. Ja, man machte Andeutungen, munkelte von Familienszenen – doch sprach man davon selbstverständlich nicht laut, sondern nur flüsternd. Jedenfalls dachte niemand daran, jetzt fortzugehen; und vorläufig wartete man. Ich weiß nicht, was Julia Michailowna inzwischen hatte ausrichten können, doch schon nach ungefähr fünf Minuten kam sie zurück, und man merkte es ihr an, daß sie sich sehr zusammennahm, um ruhig zu erscheinen. Sie antwortete ausweichend, sagte, Adrei Antonowitsch sei ein wenig erregt, aber das habe nichts auf sich, das wiederhole sich bei ihm schon von Kindheit an, sie müsse das ja am besten wissen, und selbstredend werde das Fest morgen ihn wieder erheitern. Darauf richtete sie noch ein paar schmeichelhafte Worte an Stepan Trofimowitsch, jedoch nur um der gesellschaftlichen Form willen, und dann forderte sie mit erhobener Stimme die Mitglieder des Komitees auf, jetzt sofort mit der Sitzung zu beginnen. Nun erst begannen die anderen aufzubrechen; aber die beklagenswerten Vorfälle dieses verhängnisvollen Tages waren noch nicht zu Ende ...

Schon in dem Augenblick, als Nikolai Stawrogin eintrat, hatte ich bemerkt, daß Lisa ihn schnell und forschend ansah und dann lange den Blick nicht von ihm abwandte, so lange nicht, daß es bereits auffiel. Ich sah, wie Mawrikij Nikolajewitsch, der hinter ihrem Stuhl stand, sich niederbeugte, wie um ihr etwas zu sagen, doch plötzlich seine Absicht wieder aufgab und sich schnell aufrichtete, worauf er mit schuldbewußtem Blick die Anwesenden überflog. Auch Nikolai Stawrogin erregte einige Neugier: sein Gesicht war blasser als sonst und sein Blick auffallend zerstreut. (Ich wußte damals nicht, daß er kaum eine Stunde vorher Tichon verlassen hatte.) Nachdem er beim Eintreten seine Frage an Stepan Trofimowitsch gerichtet hatte, vergaß er ihn gleich wieder – ja, ich glaube, er vergaß sogar, zur Hausfrau zu treten. Lisa sah er kein einziges Mal an, doch nicht etwa, weil er es nicht wollte, sondern weil er, wie ich mit Sicherheit behaupten kann, auch sie nicht bemerkte. Und nun, in der Stille, die Julia Michailownas Aufforderung an die Mitglieder des Komitees folgte, hörten wir plötzlich Lisas helle, absichtlich laute Stimme:

»Nikolai Wssèwolodowitsch, mir schreibt hier irgendein Hauptmann, der sich für Ihren Verwandten ausgibt, für den Bruder Ihrer Frau, ein Hauptmann namens Lebädkin, fortwährend unziemliche Briefe, in denen er sich über Sie beklagt und sich bereit erklärt, Geheimnisse, die Sie betreffen, mir mitzuteilen. Wenn Sie tatsächlich sein Verwandter sind, so verbieten Sie ihm doch derlei Beleidigungen und befreien Sie mich von diesen Belästigungen.«

Eine ungeheure Herausforderung lag in diesen Worten, und das begriffen alle. Die Beschuldigung lag auf der Hand, wenn sie auch für sie selbst vielleicht ganz überraschend kam. Es war, wie wenn ein Mensch die Augen zukneift, die Zähne zusammenbeißt und sich vom Dach hinabstürzt.

Aber die Antwort Nikolai Stawrogins war noch sonderbarer. Vor allem war schon das seltsam, daß er durchaus nicht erstaunt oder erschrocken zu sein schien und Lisa bis zum Schluß mit der ruhigsten Aufmerksamkeit anhörte. Weder Verwirrung noch Zorn drückte sich auf seinem Gesicht aus. Und einfach, fest, sogar mit voller Bereitwilligkeit, antwortete er auf die verhängnisvolle Frage:

»Ja, ich habe das Unglück, mit diesem Menschen verwandt zu sein. Ich bin der Gatte seiner Schwester, der geborenen Lebädkina, jetzt schon seit fast fünf Jahren. Seien Sie versichert, daß ich ihm Ihre Forderungen in kürzester Zeit ausrichten werde, und ich verbürge mich dafür, daß er Sie hinfort nicht mehr belästigen wird.«

Nie werde ich das Entsetzen vergessen, das sich in Warwara Petrownas Gesicht ausdrückte. Wie von Sinnen erhob sie sich von ihrem Stuhl und streckte langsam wie zur Abwehr die rechte Hand vor sich aus. Nikolai Wssévolodowitsch sah sie an, sah Lisa an, die Zuschauer, und plötzlich lächelte er mit grenzenlosem Hochmut; und wortlos, ohne sich zu beeilen, verließ er den Salon. Alle sahen, wie Lisa vom Diwan aufsprang, kaum daß Stawrogin sich zur Tür wandte, und bereits eine Bewegung machte, um ihm nachzueilen, doch schon im nächsten Augenblick kam sie zur Besinnung und lief nicht, sondern ging still und leise, gleichfalls ohne ein Wort zu sagen und ohne jemanden anzusehen, hinaus, natürlich in Begleitung Mawrikij Nikolajewitschs, der sofort an ihrer Seite war ...

Von der Aufregung und dem Gerede an diesem Abend in der Stadt schweige ich lieber. Warwara Petrowna hatte sich in ihrem Stadthause eingeschlossen, und Nikolai Wssévolodowitsch war, wie man zu berichten wußte, ohne die Mutter gesehen zu haben, nach Skworeschniki gefahren. Stepan Trofimowitsch bat mich am Abend, zu »cette chère amie« zu gehen und anzufragen, ob er nicht zu ihr kommen dürfe. Ich wurde aber nicht empfangen. Er war maßlos erschüttert und weinte sogar. »Solch eine Ehe! Solch eine Ehe! Solch ein Schrecken in der Familie!« wiederholte er immer wieder.

Aber zwischendurch gedachte er doch auch Karmasinoffs und schimpfte furchtbar über ihn. Zu dem Vortrag, den er auf der Literarischen Matinee am nächsten Tag halten wollte, bereitete er sich eifrig vor, und – o künstlerische Natur! – tat es vor dem Spiegel. Und er suchte alle geistreichen Bemerkungen und alle Bonmots zusammen, die er je im Leben gemacht und die er in einem besonderen Heftchen notiert hatte, um sie nun in seinen Vortrag über die Sixtinische Madonna hineinzuflechten.

»Mein Freund, ich tue das ja nur im Interesse der großen Idee«, sagte er zu mir, offenbar um sich zu rechtfertigen. »Cher ami, ich habe mich nach fünfundzwanzigjährigem Stillsitzen plötzlich von meinem Platz gerissen und bin losgefahren, wohin – das weiß ich nicht, aber ich bin losgefahren ...«

Dritter Teil

ERSTES KAPITEL

DAS FEST. DIE MATINEE

I

Das Fest fand statt, ungeachtet aller Bedenken, die der vorhergegangene »Schpigulinsche« Tag erregt hatte. Ja, ich glaube, selbst wenn Lembke in der dazwischenliegenden Nacht gestorben wäre, hätte das Fest an diesem Vormittag dennoch seinen Anfang genommen – eine so außergewöhnliche Bedeutung legte ihm Julia Michailowna bei. Zum Unglück verblieb sie bis zum letzten Augenblick in ihrer Verblendung und hatte gar kein Verständnis für die wirkliche Stimmung der Gesellschaft. Zu guter Letzt glaubte doch niemand mehr, daß der festliche Tag ohne irgendein ungeheures Ereignis vorübergehen werde, oder ohne eine »Entscheidung«, wie sich manche ausdrückten, indem sie sich schon im voraus die Hände rieben. Viele bemühten sich allerdings, eine möglichst finstere Miene und politische Besorgnis zur Schau zu tragen; aber im allgemeinen pflegt doch jeder gesellschaftliche skandalöse Tumult den Russen über alle Maßen zu belustigen. Freilich kam bei uns noch etwas unvergleichlich Ernsteres hinzu, als es bloße Skandalsucht gewesen wäre: es herrschte eine allgemeine Gereiztheit, etwas unerbittlich Böses; anscheinend hatten alle alles bis zum schrecklichsten Überdruß satt. Es hatte sich ein eigentümlich unklarer Zynismus eingenistet, ein gewaltsamer Zynismus, zu dem man sich gleichsam zwang. Nur die Damen waren sich über ihre Gefühle im klaren, wenn auch nur in einem Punkt, und zwar: in einem hilflosen Haß gegen Julia Michailowna. In diesem Punkt stimmten alle verschiedenen Richtungen unserer Damenwelt überein. Sie aber, die Ärmste, ahnte nichts davon und war noch bis zur letzten Stunde überzeugt, daß sie »umschwärmt« und alle Welt ihr »fanatisch ergeben« sei.

Ich habe schon einmal erwähnt, daß in unserer Stadt mittlerweile verschiedene sonderbare und befremdliche Gestalten aufgetaucht waren. In derart unruhigen Zeiten des Schwankens oder in Zeiten eines Übergangs finden sich immer und überall solche Leutchen ein. Ich rede nicht von den sogenannten »Anführern«, die stets allen voran (das ist ihre wichtigste Sorge, daß es allen voran geschieht) zu einem freilich sehr oft allerdümmsten, aber immerhin mehr oder weniger bestimmten Ziel eilen. Nein, ich rede nur von dem Gesindel selbst, als Begleiterscheinung. In jeder Übergangszeit pflegt nun dieses Gesindel, das ja in jeder Gesellschaft zu finden ist, sich zu erheben, und zwar nicht nur ohne ein Ziel, sondern sogar ohne eine Spur von einem Gedanken, indem es bloß Unruhe und Ungeduld mit aller Kraft zum Ausdruck bringt. Indes pflegt dieses Gesindel, ohne sich dessen bewußt zu werden, fast immer unter das Kommando jenes kleinen Häufchens der »Anführer« zu geraten, die mit einem bestimmten Ziel handeln, und jenes Häufchen lenkt dann diesen ganzen Kehricht, wohin es ihm gefällt, wenn es nur nicht selber aus vollkommenen Idioten besteht, was übrigens manchmal auch vorkommt. Jetzt, wo alles schon vorüber ist, sagt man bei uns, die Internationale habe Pjotr Stepanowitsch gelenkt, dieser aber wiederum Julia Michailowna, von der dann nach seinem Kommando alle möglichen Leute dirigiert worden seien. Und jetzt wundern sich unsere solidesten Köpfe über sich selbst: wie hatten sie damals nur so versagen, so ihre Pflicht verabsäumen können? Doch worin nun eigentlich die Unruhe unserer Zeit bestand oder wovon und zu was es einen Übergang bei uns gab — das weiß ich nicht, und ich denke, das vermag niemand zu sagen ... oder höchstens ein paar neutrale Beobachter. Indessen war es nicht zu leugnen, daß plötzlich die erbärmlichsten Leutchen ein gewisses Übergewicht bekamen, sich u. a. erlaubten, alles Heilige laut zu kritisieren, während sie früher nicht einmal gewagt hätten, auch nur den Mund aufzutun; und die angesehensten Leute, die bis dahin in so wohltuender Weise die Oberhand gehabt hatten, begannen plötzlich, jenen Leuten zuzuhören und selber zu schweigen; manche aber fingen schon beim Zuhören an, schmählicherweise verstohlen in sich hineinzulachen. Irgendwelche Lämschins, Telätnikoffs, kleine Gutsbesitzer à la Gogols Tentétnikoff, einheimische Schmutznasen Radischtscheffs, wehleidig, aber hochmütig lächelnde Jüdchen, billige Lachbrüder, zugereiste Fremde, Dichter mit Großstadtrichtung und Dichter, die sich statt durch Richtung oder Talent durch Wamse und Schmierstiefel auszeichneten; Majore und Obersten, die sich über die Sinnlosigkeit ihres Berufs lustig machten und für einen Rubel mehr Gehalt sofort bereit waren, ihren Degen abzulegen und sich als Sekretäre in die Eisenbahnverwaltung zu drücken; Generale, die es vorzogen, Advokaten zu werden, gerissene Vermittler, sich entwickelnde Krämer, unzählige Seminaristen, Frauen, die die Frauenfrage personifizierten – all das bekam bei uns das Übergewicht. Und über wen? Über den Klub, über ehrenwerte Würdenträger, über Generale mit Stelzfüßen, über unsere strengsten und unnahbarsten Damen der Gesellschaft. Wenn schon eine Warwara Petrowna (bis zu der Katastrophe mit ihrem Sohn) sich derartig von diesem ganzen Pack ausnutzen und lenken ließ, so ist den anderen unserer Minerven ihre damalige Dummheit, die sich so betölpeln ließ, zum Teil doch wohl zu verzeihen. Heute sieht man in alledem, wie ich schon erwähnte, die Auswirkung der Machenschaften der *Internationale.* Diese Ansicht hat sich so festgesetzt, daß man zugereisten Fremden die Vorgänge nur noch in diesem Sinne erklärt. Und noch kürzlich hat der Ratsherr Kúbrikoff, ein Mann von zweiundsechzig Jahren und mit dem Stanislausorden am Halse, unaufgefordert und in überzeugtem Tone erklärt, daß er ganze drei Monate lang unzweifelhaft unter dem Einfluß der Internationale gestanden habe. Als man ihn jedoch, bei aller Achtung, die man seinem Alter und seinen Verdiensten schuldig ist, bat, sich näher zu erklären, da konnte er allerdings keinerlei Belege dafür anführen, außer dem einen, daß er es »mit allen

Sinnen so empfunden« habe, aber nichtsdestoweniger blieb er durchaus überzeugt bei seiner Behauptung, so daß man schließlich nicht weiter nach Begründungen in ihn drang.

Ich sage nochmals: eine kleine Gruppe Vorsichtiger, die sich schon gleich zu Anfang abgesondert hatte, hielt sich dennoch abseits, und zwar womöglich hinter verschlossenen Türen. Aber welches Türschloß hält dem Naturgesetz stand? Auch in den vorsichtigsten Familien wachsen genau so wie in allen anderen Töchter heran, die ab und zu ein bischen tanzen wollen. Nun, und so kam es denn, daß auch alle diese Abgesonderten sich zu guter Letzt gleichfalls in die Liste für das Fest zum Besten der Gouvernanten eintrugen. Der Ball sollte ja so glänzend, so unvergleichlich werden; man erzählte Wunderdinge, sprach von zugereisten Fürsten mit Lorgnetten, von den zehn Anordnern, lauter jungen Kavalieren, die eine Bandschleife an der linken Schulter tragen sollten, und von erwarteten führenden Persönlichkeiten aus Petersburg. Manche wußten zu berichten, daß Karmasinoff zur Erhöhung der Einnahme eingewilligt habe, sein „Merci“ im Kostüm einer Gouvernante vorzulesen, und daß die „Quadrille der Literatur“ gleichfalls in Kostümen getanzt werden und jedes Kostüm eine bestimmte literarische Richtung darstellen solle; und zu guter Letzt werde in einem besonderen Kostüm der „ehrliche russische Gedanke“ – an sich schon eine vollkommene Neuheit – auftreten und tanzen. Wie sollte man da seinen Namen nicht auf die Liste setzen? Und so trugen sich denn alle ein.

II

Das Fest war nach dem Programm in zwei Teile geteilt: zunächst sollte die Literarische Matinee stattfinden, von zwölf bis vier, der Ball aber sollte erst abends um zehn Uhr beginnen und dann die ganze Nacht dauern. Doch gerade in dieser Teilung des Festes lagen schon die Keime zur Unzufriedenheit und Unordnung. Vor allem konnte sich auf dieser Grundlage das Gerücht verbreiten, daß es nach der Literarischen Matinee, oder in einer zu diesem Zweck vorgesehenen Pause, ein Frühstück geben werde, selbstredend unentgeltlich, und zwar ein Frühstück mit Champagner. Der hohe Preis der Eintrittskarten (die Karte kostete drei Rubel) verlieh diesem Gerücht etwas durchaus Glaubwürdiges, was zu seiner Verbreitung nicht wenig beitrug. »Hätte ich denn sonst für nichts und wieder nichts subskribiert? Für das Fest sind ja ganze vierundzwanzig Stunden in Aussicht genommen, da bekommt ein Mensch doch Hunger; also ernährt einen dann auch!« So philosophierte man ganz allgemein bei uns. Ich muß aber gestehen, daß Julia Michailowna in ihrem Leichtsinn diesem unseligen Gerücht selbst Vorschub geleistet hatte. Schon vor einem Monat hatte sie, in der ersten Begeisterung für ihren großen Plan, jedem ersten besten von ihrem Fest erzählt; und daß auf diesem Fest Reden und Toaste gehalten werden würden, hatte sie sogar in eine der Petersburger Zeitungen lanciert. Gerade diese Toaste hatten es ihr damals angetan: wollte sie doch selbst eine Rede halten, die sie im stillen denn auch schon auszuarbeiten begann. Diese Rede sollte unser Hauptziel erklären und unsere Fahne entfalten (was für eine Fahne – ich möchte wetten, daß die Arme es nicht einmal zu einem Entwurf einer solchen Ansprache gebracht hat), und sollte dann als Zuschrift in die Zeitungen der Hauptstadt gelangen, die höchsten Vorgesetzten zugleich rühren und begeistern, um schließlich in alle Gouvernements zu flattern und überall Bewunderung wie Nachahmung zu finden. Doch zu Toasten gehört nun einmal Champagner, und da man Champagner doch nicht gut auf nüchternen Magen trinken kann, so war selbstredend ein Frühstück Voraussetzung. Später aber, als sich dank ihrer Bemühungen schon ein Komitee gebildet hatte und man sich ernstlich an die Sache machte, war ihr sogleich klar und überzeugend bewiesen worden, daß, wenn man an ein richtiges »Festessen« dachte, für die Gouvernanten nur eine sehr geringe Summe verbliebe, selbst bei einer noch so hohen Einnahme. Die Frage war somit: entweder ein Fest im Stile Belsazars, mit Reden und einigen neunzig Rubeln für die armen Gouvernanten, oder die Beschaffung einer ansehnlichen Summe durch ein Fest, das man sozusagen nur um der Form willen veranstaltete. Übrigens wollte das Komitee damit allen hochfliegenden Plänen zunächst nur einen Dämpfer aufsetzen, denn man war ja selbst keineswegs nur für das eine oder das andere, sondern man hatte sich eine dritte Möglichkeit ausgedacht, die sowohl versöhnend wie vernünftig war, nämlich ein in jeder Hinsicht sehr anständiges Fest, jedoch ohne Champagner, und folglich als Ergebnis einen recht annehmbaren Betrag für die Gouvernanten. Aber darauf ging Julia Michailowna nicht ein; ihr Charakter verachtete den kleinbürgerlichen Mittelweg. Und so beschloß sie sofort, daß, wenn das erste Projekt sich nicht verwirklichen ließ, man sich für das andere Extrem entscheiden müsse: also nur für eine kolossale Einnahme, deren Höhe aber den Neid aller anderen Gouvernements zu erwecken habe.

»Das Publikum muß doch endlich einsehen«, schloß Julia Michailowna ihre temperamentvolle Erklärung auf dieser Sitzung des Komitees, »daß die Erreichung allgemeinmenschlicher Ziele unvergleichlich erhabener ist als kurze leibliche Genüsse, daß das Fest im Grunde nur die Verkündung einer großen Idee ist, und deshalb muß es sich mit einem so ökonomisch wie nur möglich veranstalteten kleinen deutschen Ball begnügen, der mehr sinnbildlich zu verstehen ist, wenn es nun einmal ohne so einen unausstehlichen Ball nicht geht!« – so sehr war er ihr plötzlich verhaßt.

Schließlich war es aber dem Komitee doch gelungen, sie zu besänftigen. So hatte man denn u. a. die „Quadrille der Literatur“ und ähnliche ästhetische Scherze als Ersatz für leibliche Genüsse in Vorschlag gebracht. Und auf eben dieser Sitzung hatte dann auch Karmasinoff endgültig eingewilligt, sein „Merci“ vorzutragen (bis dahin hatte er alle mittels ausweichender Antworten in quälender Ungewißheit belassen), um dadurch sogar jeden Gedanken an Essen und Trinken in unserem unenthaltsamen Publikum schon im voraus zu ersticken. Auf diese Weise hatte dann der Ball wiederum eine großartige Anziehungskraft erhalten, wenn auch eine von ganz anderer Art. Um jedoch nicht völlig dem Irdischen zu entschweben, beschloß man, zu Anfang des Balles Tee mit Zitrone und kleinem runden Gebäck zu reichen, darauf Mandelmilch und Limonade, und zum Schluß sogar noch Gefrorenes – aber sonst nichts weiter. Für diejenigen jedoch, die immer und überall Hunger und besonders Durst zu verspüren pflegen, wollte man am Ende der Zimmerflucht ein Büfett errichten, das Prochórytsch (der Oberkoch im Klub) übernehmen sollte. Natürlich mußte für die verabfolgten Speisen und Getränke bezahlt werden, was gleich am Eingang auf einem besonderen Plakat dem Publikum mitzuteilen war. Während der Matinee sollte das Büfett unbedingt geschlossen bleiben, damit auch nicht das geringste Geräusch den Vortrag störe, obgleich man für das Büfett einen Raum vorsah, der fünf Zimmer vom weißen Saal entfernt war, in dem Karmasinoff sein „Merci" vorzutragen eingewilligt hatte. Merkwürdigerweise wurde diesem Ereignis, dem Vortrag dieses „Merci", wie mir scheint, von dem Komitee eine schon gar zu übertriebene Bedeutung beigelegt, und das taten sogar die nüchternsten Leute. Von den poetischen Naturen aber hatte z. B. die Gattin des Adelsmarschalls Karmasinoff schon mitgeteilt, daß sie sogleich nach dem Vortrag an der Wand ihres Weißen Saales eine Marmortafel anbringen lassen werde, auf der mit goldenen Lettern die Erinnerung an das Ereignis verewigt werden solle, daß in dem und dem Jahre, an dem und dem Tage hier in diesem Saal der große russische und europäische Schriftsteller, seine Feder niederlegend, persönlich sein „Merci" gesprochen und somit zum erstenmal vom russischen Publikum, in der Gestalt der Vertreter unserer Stadt, Abschied genommen habe. Und daß schon abends auf dem Ball, also kaum fünf

Stunden nach dem Vortrag, alle diese Gedächtnistafel würden lesen können. Wie ich genau weiß, war es vor allen anderen gerade Karmasinoff gewesen, der verlangt hatte, daß das Büfett während der Matinee, wenn er las, unter keiner Bedingung geöffnet werde, trotz der Einwände etlicher Komiteemitglieder, daß ein solches Ansinnen sich mit unseren Landesbräuchen nicht ganz in Übereinstimmung befinde.

So lagen die Dinge in Wirklichkeit, während man in der Stadt immer noch an ein Festmahl im Stile Belsazars glaubte, d. h. an unentgeltliches Essen und Trinken auf Kosten des Komitees. Daran glaubte man bis zur letzten Stunde. Selbst die jungen Damen träumten nur noch von Unmengen von Konfekt und eingemachten süßen Früchten und darüber hinaus noch von etwas bisher Niedagewesenem. Man wußte, daß die Sammlung ungeheuer reich ausgefallen war, daß die ganze Stadt sich eifrigst zum Fest vorbereitete, daß sogar aus der Umgegend viele kommen würden, und daß bei diesem Andrang die Eintrittskarten nicht ausreichten. Bekannt war gleichfalls, daß außer der Einnahme durch den Verkauf der Eintrittskarten noch bedeutende Schenkungen gemacht worden waren: Warwara Petrowna beispielsweise hatte für ihre Eintrittskarte dreihundert Rubel gezahlt und zur Ausschmückung des Saales fast alle Blumen und Blattpflanzen aus ihren Gewächshäusern zur Verfügung gestellt. Die Gattin des Adelsmarschalls (ein Mitglied des Komitees) stellte das Haus und die Beleuchtung, der Klub die Musikkapelle, die Bedienung und den Koch. Hinzu kamen noch andere Schenkungen, wenn auch nicht so bedeutende, weshalb denn auch das Komitee schon den Gedanken erwog, den Preis für die Eintrittskarte von drei Rubeln auf zwei Rubel herabzusetzen. Man hatte nämlich zu Anfang tatsächlich befürchtet, es vermöchten doch nicht alle jungen Damen drei Rubel dafür auszugeben, und hatte deshalb in Erwägung gezogen, ob man nicht Familienkarten ausgeben sollte, wobei man besonders an die Familien dachte, in denen es viele Töchter gab. Aber diese Befürchtung erwies sich als überflüssig; im

Gegenteil, gerade die Töchter erschienen vollzählig. Selbst die ärmsten Beamten führten ihre sämtlichen Töchter heran, und es war ja klar, daß es ihnen auch im Traum nicht eingefallen wäre, ihren Namen auf die Liste zu setzen, wenn sie keine Töchter gehabt hätten. Ja, ein armseliger kleiner Sekretär erschien mit ganzen sieben Töchtern, dazu noch die Frau und eine Nichte, und jede von ihnen hielt eine Eintrittskarte zu drei Rubel in der Hand. Man kann sich also vorstellen, was für eine Revolution das in der Stadt abgab! Man bedenke bloß das Eine, daß die Teilung des Festes zweierlei verschiedene Toiletten für jede Dame verlangte: ein Kleid für die Literarische Matinee und ein Ballkleid für den Abend. Man bedenke, was das für manche Verhältnisse bedeutete! Wie sich später herausstellte, hatten denn auch viele aus den mittleren Ständen zu diesem Tage so ziemlich alles versetzt, was sie besaßen, sogar ihre Bettwäsche, ja, manche hatten womöglich auch noch ihre Matratzen zu den Juden getragen, von denen sich, wie hierfür vorgesehen, seit nun schon zwei Jahren erschreckend viele in unserer Stadt festgesetzt haben und denen nun der Zuzug weiterer Juden in zunehmendem Maße folgt. Fast alle Beamten hatten ihr Monatsgehalt vorausgenommen und von den Gutsbesitzern hatten manche sogar ihr notwendigstes Vieh verkauft, und all das nur, um ihre Damen als Marquisen und Komtessen auf den Ball zu führen, und damit keine der anderen nachstehe. Die Toiletten waren diesmal von einer bei uns noch nie gesehenen Pracht. Schon zwei Wochen vor dem Fest war die ganze Stadt voll von Familienanekdoten, die von unseren jungen Spottvögeln mit Vergnügen am »Hofe« Julia Michailownas zum besten gegeben wurden. Bald folgten Karikaturen, die ganze Familien aufs Korn nahmen. Ich habe selbst etliche dieser Spottzeichnungen in Julia Michailownas Album gesehen. All das kam aber selbstredend auch denen zu Ohren, die den Stoff zu diesen Anekdoten und Karikaturen abgaben – und das war wohl der Grund, wie mir scheint, weshalb sich in vielen Familien gerade in der letzten Zeit ein solcher

Haß gegen Julia Michailowna aufspeicherte. Ich rede nicht von heute: jetzt schimpfen natürlich alle über sie und können nur noch zähneknirschend an diese Zeit zurückdenken. Nein, schon damals war es vorauszusehen, daß, wenn der Ball nicht geradezu glänzend ausfiel und das Komitee auch nur den geringsten Anlaß zur Unzufriedenheit gab, der Ausbruch des allgemeinen Unwillens ein ungeheuerer werden würde. Und eben deshalb erwartete denn im geheimen wohl ein jeder einen Skandal; wenn aber ein Skandal schon so erwartet wurde, wie hätte er dann noch ausbleiben können?

Um punkt zwölf Uhr begann das Orchester mit klingendem Spiel. Da ich zu den Festordnern gehörte, das heißt einer von den zehn »jungen Kavalieren mit der Bandschleife an der Schulter« war, so blieb ich Augenzeuge aller Ereignisse dieses blamablen Tages. Das Fest begann mit einem furchtbaren Gedränge am Eingang. Wie es kam, daß alles schon vom ersten Schritt an fehlschlug oder versagte, wie zum Beispiel die Polizei? Dem eigentlichen Publikum kann ich keinen Vorwurf machen: die Familienväter waren es nicht, die die Drängerei hervorriefen, im Gegenteil, man sagt sogar, sie seien schon auf der Straße ein wenig scheu geworden, als sie den für unsere Stadt ungewöhnlichen Andrang erblickten und dazu diese ungeduldige Menge, die das Haus förmlich belagerte und sich geradezu hineinwälzte, statt ruhig einzutreten. Dabei fuhren unausgesetzt Equipagen vor, die schließlich die ganze Straße versperrten. Im übrigen bin ich heute überzeugt, daß manche Leute, die eigentlich zum abscheulichsten Pöbel unserer Stadt gehörten, von Lämschin und Liputin, die gleichfalls Festordner waren (und vielleicht von noch jemandem), einfach ohne Eintrittskarten eingeführt wurden. Wenigstens erschienen auch vollkommen unbekannte Personen, die aus Kreisstädten oder Gott weiß woher angereist waren. Diese Burschen begannen nun, kaum daß sie den Saal betreten hatten, sogleich und merkwürdig übereinstimmend (ganz als wären sie instruiert worden) nach dem Büfett zu fragen, und als sie erfuhren, daß es jetzt noch kein Büfett gab, da fingen sie sofort und ohne jeden Anstand mit einer bei uns bisher unerhörten Frechheit zu schimpfen an. Allerdings waren einige von ihnen bereits angeheitert erschienen. Viele waren zunächst verblüfft durch die nie geschaute Pracht des Saales, verstummten im ersten Augenblick und sahen sich nur mit offenem Munde die Herrlichkeit an. Freilich war dieser weiße Saal in seinem heute sogenannten »alten Stil« wirklich imposant: riesengroß, zwei Stockwerke hoch, mit entsprechender Deckenmalerei und reicher Vergoldung, mit Galerien, eingelassenen Spiegeln, roten Vorhängen zwischen weißen Wänden und Marmorstatuen (gleichviel was für welchen, aber immerhin Statuen), mit den gleichfalls aus der napoleonischen Zeit stammenden schweren Möbeln in weiß und gold, und mit rotem Samt überzogener Polsterung. An diesem Tage befand sich an einem Ende des Saales eine Tribüne für die Vortragenden, und der ganze Saal war, wie das Parkett eines Theaters, mit Stühlen in dichten Reihen vollgestellt, ausgenommen nur die breiten Durchgänge für das Publikum. Doch schon nach den ersten Augenblicken der Bewunderung und des Schweigens begannen die sinnlosesten Fragen und Bemerkungen. »Vielleicht wollen wir gar keine Vorträge ... Wir haben unser Geld gezahlt ... Man hat das Publikum unverschämt betrogen ... Wir, nicht Lembkes, sind hier die Herren! ...« Kurz, es war, als habe man sie nur zu diesem Zweck hereingelassen. Unter anderem erinnere ich mich besonders eines Zwischenfalls, bei dem sich der fremde junge Fürst – der mit dem hohen steifen Kragen und dem Aussehen einer Holzpuppe – auszeichnete. Auf Julia Michailownas dringende Bitte hin hatte auch er schließlich eingewilligt, die Bandschleife an seine linke Schulter zu stecken und mit uns zusammen Festordner zu werden. Tags zuvor, an eben jenem denkwürdigen Vormittage, hatte ich ihn in Julia Michailownas Salon zum erstenmal gesehen. Nun zeigte es sich, daß diese hochgewachsene stumme Gliederpuppe wenn auch nicht zu reden, so doch auf ihre Art zu handeln verstand. Als nämlich ein riesiger, pockennarbiger verabschiedeter Hauptmann, unterstützt von einem ganzen Haufen ihm nachdrängender fragwürdiger Gestalten, dem jungen Fürsten auf den Leib rückte und immer wieder fragte, wo man hier zum Büfett komme, da gab dieser nur einem Polizisten einen Wink, und der angetrunkene Ruhestörer wurde ungeachtet seiner Proteste und seines Schimpfens einfach aus dem Saal entfernt. Inzwischen begann auch schon das »eigentliche« Publikum zu erscheinen und zog sich in drei langen Reihen durch die drei Durchgänge zwischen den Stuhlreihen zu den Plätzen hin. Das schlechtere Element im Hintergrunde wurde kleinlauter und beruhigte sich nach und nach, aber das Publikum, selbst das »beste«, sah doch beunruhigt und befremdet aus; manche Damen aber schauten entschieden ängstlich drein.

Schließlich hatten alle Platz genommen; nun verstummte auch die Musik. Man schnaubte sich, man sah sich um ... Kurz, man wartete mit schon gar zu feierlicher Miene – was bereits an und für sich ein schlechtes Zeichen ist. Doch »die Lembkes« erschienen noch immer nicht. Seiden, Samt und Brillanten glänzten und funkelten auf allen Seiten; Wohlgeruch verbreitete sich in der Luft. Die Herren trugen alle ihre Orden auf der Brust, die Militärs und die Beamten waren selbstredend in Galauniform. Endlich erschien auch die Gattin des Adelsmarschalls mit Lisa. Noch nie war Lisa so blendend schön gewesen wie an diesem Tage und noch nie in so prachtvoller Toilette. Ihre Haare lagen in Locken, ihre Augen glänzten, in ihrem Gesicht strahlte ein Lächeln. Wie man sah, machte sie auf alle einen großen Eindruck. Man steckte die Köpfe zusammen und tuschelte. Jemand meinte, ihre Augen hätten, als sie in den Saal trat, Stawrogin gesucht. Doch weder Stawrogin noch seine Mutter waren erschienen. Damals begriff ich den Ausdruck ihres Gesichts nicht: warum war so viel Glück, Freude, Energie und Kraft in diesem Gesicht? Ich dachte an den Vorfall des vorhergegangenen Tages und stand verständnislos vor einem Rätsel.

Doch Lembkes erschienen noch immer nicht. Das war bereits ein Fehler. Später erfuhr ich, daß Julia Michailowna bis zum letzten Augenblick auf Pjotr Stepanowitsch gewartet hatte. Ohne Pjotr Stepanowitsch konnte sie nun einmal nichts mehr unternehmen, wenn sie sich das auch nie eingestand. Nebenbei bemerkt, hatte Pjotr Stepanowitsch auf der letzten Komiteesitzung es abgelehnt, ein Festordnerband zu tragen, und damit Julia Michailowna sogar bis zu Tränen gekränkt. Zu ihrer Verwunderung, und bald schon zu ihrer größten Bestürzung (dies sei schon im voraus erwähnt), blieb Pjotr Stepanowitsch den ganzen Tag über verschwunden, und zur Literarischen Matinee erschien er einfach überhaupt nicht, so daß ihn bis zum Abend niemand zu sehen bekam.

Inzwischen wurde das Publikum immer ungeduldiger. Auch auf der Tribüne erschien niemand. In den letzten Reihen begann man grundlos zu applaudieren wie im Theater, wenn man zu lange auf den Beginn der Vorstellung warten muß. Die älteren Herren und Damen wurden unmutig: »Lembkes tun ja wirklich schon gar zu vornehm«, hieß es. Selbst unter dem besseren Publikum begann man törichterweise zu flüstern, das Fest werde vielleicht doch nicht stattfinden, und Lembke sei vielleicht wirklich ernstlich erkrankt, usw., usw. Aber Gott sei Dank, endlich erschienen sie doch: er führte sie am Arm. Ich gestehe, daß auch ich schon befürchtet hatte, sie würden nicht kommen. Nun versanken alle Märchen, und die Wirklichkeit trat in ihr Recht. Das Publikum atmete gewissermaßen auf. Zudem schien Lembke selbst bei voller Gesundheit zu sein, wenigstens hatten alle, wie ich mich erinnere, diesen Eindruck, und man kann sich ja vorstellen, wie viele Blicke sich ihm zuwandten. Zur Charakterisierung der Lage möchte ich bemerken, daß es in unserer höheren Gesellschaft bisher nur sehr wenige gegeben hatte, die annahmen, daß Lembke irgendwie geisteskrank sein könnte; seine Amtshandlungen fand man ganz normal, sogar einschließlich seines Vorgehens gegen die Arbeiter auf dem Platz, das man durchaus guthieß. »Das wäre von Anfang an das Richtige gewesen«, sagten die Würdenträger, »sonst beginnen sie immer mit der Philanthropie, bis sie schließlich doch bei der Strenge enden, ohne zu wissen, daß gerade diese zur Philanthropie als erstes nötig ist.« So urteilte man wenigstens im Klub und man verurteilte eigentlich nur, daß er sich hierbei etwas hitzig gezeigt hatte. »So etwas muß man mit aller Kaltblütigkeit machen«, hieß es, »aber er ist ja noch neu im Amt«, meinten die Sachverständigen.

Mit besonderer Neugier richteten sich die Blicke auf Julia Michailowna. Man wird von mir gewiß nicht verlangen, daß ich bis in alle Einzelheiten weiß, was am Tage vorher zwischen ihr und Lembke noch geschehen war: das ist und bleibt ein Geheimnis, ein Frauengeheimnis. Ich weiß nur eins: daß sie am Abend in das Arbeitszimmer Andrei Antonowitschs gegangen und bis weit nach Mitternacht bei ihm geblieben war. Jedenfalls hatte Andrei Antonowitsch sich beruhigt, und es war ihm ausdrücklich vergeben worden. Das Ehepaar hatte sich ausgesprochen, alles sollte vergessen sein ... und als von Lembke am Ende seiner weitläufigen Erklärungen dennoch auf die Knie fiel, gequält von der entsetzlichen Erinnerung, daß er zu guter Letzt die Hand gegen sie erhoben hatte, da hatten die schönen Händchen und schließlich auch die Lippen seiner Gattin den glühenden Erguß der Reue dieses ritterlich zartfühlenden, doch nun von Rührung überwältigten Mannes wunderbar zu beschwichtigen gewußt.

Jetzt sahen alle in ihrem Gesicht eitel Glück. Mit offener Miene, in einer prachtvollen Toilette schritt sie am Arm ihres Gemahls durch den mittleren Gang. Offenbar war sie auf der Höhe ihrer Wünsche: das Fest, das Ziel und die Krönung ihrer ganzen Politik, war verwirklicht. Bei ihren Plätzen – in der ersten Reihe vor der Tribüne – angelangt, blieben beide Lembkes stehen, grüßten und erwiderten die Grüße nach allen Seiten. Sie wurden sofort umringt. Die Adelsmarschallin schritt auf sie zu ... Doch da passierte ein garstiges Mißverständnis: das Orchester, das bisher geschwiegen hatte, schmetterte plötzlich mir nichts, dir nichts einen Tusch in den Saal – nicht etwa irgendeinen Marsch oder sonst ein Stück, sondern einfach einen Tusch, wie im Klub, wenn dort bei einem offiziellen Diner ein Hoch ausgebracht wurde. Heute weiß ich, daß Lämschin dahintersteckte, der gleichfalls zu den Festordnern gehörte und als solcher diesen Tusch angeblich zu Ehren der erschienenen Lembkes anbefohlen hatte. Natürlich konnte er sich immer noch damit entschuldigen, daß er es aus Dummheit oder aus Übereifer getan habe... Doch ach, damals wußte ich noch nicht, daß jene an Entschuldigungen schon gar nicht mehr dachten und mit diesem Tage alles beenden zu können glaubten. Zur Erhöhung der Peinlichkeit der Situation, die im Publikum teils Befremden, teils ein gewisses Lächeln hervorrief, wurde plötzlich im Hintergrunde des Saales, oben auf der Galerie, Hurra! geschrien, gleichfalls wie Lembkes zu Ehren. Der Stimmen waren zwar nur wenige, aber ich muß gestehen, sie hörten doch nicht so bald auf. Julia Michailowna schoß das Blut in die Wangen, ihre Augen flammten. Lembke blieb vor seinem Platz kerzengerade stehen und übersah, sich zu den Ruhestörern umwendend, mit majestätischem und strengem Blick den Saal... Man redete ihm aber schnell zu, sich doch nur zu setzen. Mit Schrecken bemerkte ich auf seinem Gesicht dasselbe gefährliche Lächeln, mit dem er tags zuvor im Salon seiner Gemahlin Stepan Trofimowitsch angesehen hatte, bevor er auf ihn zutrat. Wie mir schien, nahm sein Gesicht auch jetzt einen gewissermaßen unheilvollen Ausdruck an, und, was das Schlimmste dabei war, einen gleichzeitig lächerlichen: den Ausdruck eines Gatten, der sich schließlich – also sei es denn! – zum Opfer bringt, nur um den höheren Zielen und Zwecken seiner Gattin zu dienen... Julia Michailowna winkte mich schnell zu sich heran und flüsterte mir zu, ich solle sofort zu Karmasinoff eilen und ihn beschwören, unverzüglich zu beginnen, doch kaum hatte ich mich umgewandt, um hinauszueilen, da geschah schon eine zweite

Schändlichkeit, eine noch viel größere als die erste. Auf der Tribüne, auf der leeren Tribüne, wohin alle Blicke und alle Erwartungen sich wandten und auf der man zunächst nur einen Sessel und einen Tisch und auf letzterem ein Glas Wasser auf silbernem Tablett sah – auf dieser selben leeren Tribüne erschien plötzlich die große Gestalt des »Hauptmanns« Lebädkin im Frack und mit weißer Halsbinde. Ich war so bestürzt, daß ich nicht recht zu sehen glaubte. Anscheinend wurde der Hauptmann selbst etwas verlegen und blieb hinten auf der Tribüne stehen. Da ertönte plötzlich aus dem Publikum ein erstaunter Ausruf: »Lebädkin! du?« – und die dumme, rote Fratze des Hauptmanns (er war vollkommen betrunken) verzog sich zu einem breiten, stumpfsinnigen Grinsen. Er hob die Hand, rieb sich die Stirn, schüttelte plötzlich seinen zottigen Kopf und trat, wie auf einmal zu allem entschlossen, zwei Schritte vor und – brach plötzlich prustend in Lachen aus, nicht in ein lautes, sondern in ein gedämpft gluckerndes, langes, seliges Lachen, von dem die ganze schwere Masse seines Körpers in gallertiges Schaukeln geriet und die Äuglein sich zusammenzogen. Bei diesem Anblick begann fast die Hälfte des Publikums zu lachen, in den hinteren Reihen klatschte man Beifall. Der ernste Teil des Publikums dagegen wechselte finstere Blicke; aber das währte alles kaum länger als eine halbe Minute. Da eilten schon Liputin (mit der Festordnerschleife) und zwei Diener herbei; sie faßten den Hauptmann vorsichtig unter den Armen und Liputin flüsterte ihm etwas zu. Lebädkin sah ihn unwirsch an, brummte aber schließlich: »Nun denn, wenn's so ist!« machte eine wuchtig abwinkende Handbewegung, worauf er dem Publikum seine mächtige Rückseite zuwandte und mitsamt seinen Begleitern verschwand. Doch schon einen Augenblick später erschien Liputin wieder auf der Tribüne. Auf seinen Lippen lag sein süßestes Lächeln, wenn es auch immer noch, wie stets bei ihm, an eine Mischung von Essig und Zucker gemahnte, und in der Hand hielt er ein Blatt Papier. Mit kleinen, schnellen Schritten trat er vor.

»Meine Herrschaften«, begann er, sich an das Publikum wendend, »durch Unachtsamkeit ist ein komisches Mißverständnis entstanden, das aber schon beseitigt ist. Hoffnungsvoll habe nunmehr ich den Auftrag übernommen, und zugleich die ehrerbietigste Bitte eines unserer hiesigen Dichter ... Durchdrungen, wie er ist, von dem humanen und hohen Ziel ... ungeachtet seines äußeren Zustandes ... von demselben Ziel, das uns alle hier vereinigt hat ... die Tränen der armen gebildeten Mädchen unseres Gouvernements abzuwischen, ... würde dieser Herr, das heißt ... ich meine, dieser unser einheimische Dichter ... obzwar er sein Inkognito gewahrt zu sehen wünscht ... würde er, wie gesagt, dennoch sehr wünschen, daß seine Dichtung vor Beginn des Balles vorgetragen werde ... das heißt, ich wollte vielmehr sagen: vor Beginn der literarischen Vorträge. Obzwar nun besagtes Gedicht im Programm nicht vorgesehen ist ... da es uns erst vor einer halben Stunde zugestellt worden ist ... aber es will *uns«* (wen meinte er damit? Ich gebe diese zerhackte und unklare Rede wortwörtlich wieder) »dennoch scheinen, daß es, im Hinblick auf die Naivität des Gefühls, die mit Humor verbunden ist, daß ... wie gesagt, daß das Gedicht dennoch vorgetragen zu werden verdiente, das heißt, nicht als etwas Ernstzunehmendes, sondern bloß als etwas zum Feste Passendes ... ich meine, zu der Idee ... zumal es ja nur ein paar Zeilen sind ... wozu ich nunmehr um die Erlaubnis des hochverehrten Publikums gebeten haben wollte.«

»Vorlesen!« dröhnte eine Stimme aus den letzten Reihen.

»So soll ich es vorlesen?«

»Jawohl! Lesen! Vorlesen! Lesen!« riefen jetzt schon viele Stimmen.

»Also denn – mit Erlaubnis des verehrten Publikums ...« Liputin verbeugte sich und lächelte wieder sein zuckersüßestes Lächeln.

Aber es war doch, als könne er sich trotzdem nicht entschließen, und wie mir schien, war er sogar richtig aufgeregt.

Bei aller Frechheit, die solche Leute wie Liputin besitzen, werden sie manchmal doch unsicher. Übrigens wäre ein Seminarist von heute gewiß nicht unsicher geworden, aber Liputin gehörte ja schließlich doch noch zur alten Generation.

»Ich schicke voraus, oder vielmehr, ich habe die Ehre, Sie darauf aufmerksam zu machen, daß dieses Gedicht keine Ode ist, wie sie früher zu Festen verfaßt wurden, sondern es ist sozusagen eher ein Scherz, jedoch unstreitig ein gefühlvoller, der überdies mit spielerischer Heiterkeit verbunden ist und dabei sozusagen die realste Wirklichkeit zum Gegenstande hat ...«

»Lesen! Lies doch! Nur los!«

Liputin faltete sein Papier auseinander. Natürlich kam niemand mehr dazu, den Vortrag zu verhindern. Zudem trug auch Liputin das Band eines Festordners an der Schulter, und so deklamierte er denn mit heller Stimme drauflos.

»Unserer einheimischen Gouvernante zum Gouvernantenfest, von einem Dichter gewidmet:

Lebe *hoch!* O Gouvernante!
Freue dich und jubiliere,
Denn jetzt bleibst du nicht nur Tante,
Oh, sei stolz und triumphiere!«

»Das hat ja Lebädkin gemacht!« »Das ist ja ein echter Lebädkin!« ertönten aus den hinteren Reihen des Saales mehrere Stimmen. Man lachte, aber doch nur hier und da, manche klatschten sogar Beifall.

»Feministin oder sonst was!
— Schrecklich ist's, wenn man bedenkt,
Wie du früher dich gequält hast,
Und dich nutzlos angestrengt!«

»Hurra! Hurra!« unterbrach man wieder in den letzten Reihen.

»Lehren, hieß es, dumme Gören
Manch französisches Gedicht,
Doch die wollten dich nicht hören,
Wie das nun mal Kinderpflicht.

Ja, so war's, so ist's gewesen,
Doch das laß begraben sein.
Der Reformen großer Besen
Führt 'ne andre Wertung ein ...«

»Bra-avoooo!«

»Also hör: seit dem Betriebe
Der Reformen — jetzt gib acht! —
Wird die Freiheit und die Liebe
Einzig noch vom Geld gemacht ...«

»Stimmt! Bravooo! Hurra!«

»Ja, mein Fräulein, sie ist bitter,
Diese Wahrheit — nämelich:
Auch der allergrößte Ritter
Nimmt nicht ohne Mitgift dich!«

»Stimmt! stimmt! Das ist der wahre Realismus! Ohne Mitgift keinen Schritt!«

»Drum: da wir nun tanzend spenden
Eine Mitgift für das Weib,
Die wir dir dann übersenden
Zu 'nem bessren Zeitvertreib —
Feministin oder sonst was
(Bleibst doch stets vom selben Holz):
Mit 'ner Mitgift bist du etwas,
Spuck auf alles und sei stolz!«

Ich muß gestehen, ich traute meinen Ohren nicht. Das war eine so erklärte Gemeinheit, daß die Möglichkeit, Liputin etwa mit Dummheit zu entschuldigen, von vornherein ganz ausgeschlossen erschien. Und gerade Liputin war doch alles andere eher als dumm. Die Absicht, die dahinter steckte, war klar, wenigstens für mich: hier sollte Unordnung geschaffen werden, und man schien es damit sehr eilig zu haben. Einzelne Verse dieses blödsinnigen Gedichts, wie zum Beispiel der letzte, waren so abgefeimt, daß keine Dummheit sie fertiggebracht hätte. Übrigens schien Liputin selbst zu fühlen, daß er doch ein zu starkes Stück auf sich genommen hatte: nach Vollbringung seiner Heldentat geriet er in eine solche Befangenheit ob seiner eigenen Frechheit, daß er nicht einmal die Tribüne verließ, sondern stehen blieb und sich offenbar selbst nicht klar darüber war, ob er noch etwas hinzusetzen sollte oder nicht. Er hatte gewiß angenommen, daß die Sache anders ausgehen werde; aber selbst das Häufchen der Unanständigen, die während der Herausforderung applaudiert hatten, wurde auf einmal still, ganz als wären sie nachträglich auch erschrocken über ihren Mut. Dummerweise hatten viele von ihnen das ganze Gedicht pathetisch aufgefaßt, das heißt gar nicht als Pasquill verstanden, sondern als »reale Wahrheit« über die Lage der Gouvernanten, als eine Reimerei mit fortschrittlicher Tendenz. Aber die übertriebene Ungeniertheit der Ausdrucksweise machte schließlich auch sie stutzig. Was jedoch das gesamte Publikum anbelangt, so war der ganze Saal nicht nur peinlich berührt, sondern offensichtlich beleidigt. Ich irre mich nicht, wenn ich so die allgemeine Empfindung kennzeichne. Julia Michailowna gestand später, sie sei einer Ohnmacht nahe gewesen. Einer der ehrwürdigsten alten Herren unserer Stadt erhob sich, reichte seiner Gattin den Arm und verließ mit ihr, begleitet von den beunruhigten Blicken des Publikums, den Saal. Und wer weiß, vielleicht hätte dieses Beispiel auch noch andere nach sich gezogen, wenn nicht gerade in diesem Augenblick Karmasinoff auf der Tribüne erschienen wäre, in Frack und weißer Binde. In der Hand hielt er ein Heftchen. Julia Michailowna sah ihn wie erlöst an, als wäre er ihr Retter . . .

Ich war aber schon hinter den Kulissen: ich mußte unter allen Umständen mit Liputin sprechen.

»Das haben Sie absichtlich getan!« fuhr ich ihn empört an und packte ihn am Arm.

»Bei Gott, ich habe mir gar nichts dabei gedacht«, log er und spielte den Unglücklichen. »Die Verse hatte man mir soeben erst gebracht, ich dachte, es wäre ein lustiger Scherz . . .«

»Das haben Sie gewiß nicht gedacht! Halten Sie denn wirklich diesen Blödsinn in Knüttelversen für einen Scherz?!«

»Ja, gewiß.«

»Das lügen Sie einfach! Und man hat Ihnen diese Verse ganz bestimmt nicht erst vorhin gebracht! Sie, Sie selbst haben diese Reime zusammen mit Lebädkin geschmiedet, vielleicht noch gestern abend, damit es nur ja zum Skandal komme! Die letzte Strophe war schon sicher von Ihnen. Und warum erschien denn Lebädkin im Frack? Schon daraus geht hervor, daß alles von Ihnen vorbereitet war: das Gedicht hätte er wohl selber vortragen sollen, nach Ihrer Absicht, wenn er sich nur nicht wieder betrunken hätte!«

Liputin sah mich kalt und ironisch an.

»Und was geht das Sie an?« fragte er mich plötzlich mit sonderbarer Ruhe.

»Wie soll mich das nichts angehen? Sie tragen doch gleichfalls das Festordnerband... Wo ist Pjotr Stepanowitsch?«

»Ich weiß nicht, hier irgendwo. Wozu fragen Sie nach ihm?«

»Wozu? – weil ich jetzt alles durchschaue! Es ist einfach eine Verschwörung gegen Julia Michailowna, – um das Fest in einen Skandal zu verwandeln...«

Liputin sah mich wieder von der Seite an.

»Ja, und was geht das Sie an?« fragte er nochmals, lächelte, zuckte mit den Achseln und ging davon.

Mich überlief es kalt. So gingen denn alle meine Vorahnungen schon in Erfüllung. Und ich hatte immer noch gehofft, mich getäuscht zu haben! Was sollte ich tun? Ich hätte mich gern mit Stepan Trofimowitsch beraten, aber der stand vor dem Spiegel und probierte auf verschiedene Arten zu lächeln; zwischendurch blickte er immer wieder auf ein Blatt Papier, auf dem er sich seine Notizen gemacht hatte. Er sollte gleich nach Karmasinoff an die Reihe kommen und war jetzt nicht imstande, mit mir ein Gespräch zu führen. Sollte ich zu Julia Michailowna eilen? Aber dazu war es noch zu früh: sie mußte eine noch weit nachhaltigere Lehre bekommen, um von der Überzeugung, alle Welt sei ihr »fanatisch ergeben«, geheilt zu werden. Sie hätte mir doch nicht geglaubt und mich nur für einen Gespensterseher gehalten. Ja, und was konnte selbst sie jetzt noch tun? ‚Ach', dachte ich, ‚was geht das schließlich mich an, ich nehme meine Schleife von der Schulter und gehe nach Hause, sobald es losgeht.' (Ich dachte wirklich diese Worte: ‚sobald es losgeht', ich erinnere mich noch genau.)

Aber jetzt mußte ich doch vor allen Dingen Karmasinoff hören. Als ich noch ein letztes Mal hinter die Kulissen sah, bemerkte ich, daß sich dort eine Menge mir ganz unbekannter Leute angesammelt hatte, darunter sogar Frauen. Dieses »hinter den Kulissen« war ein recht enger Raum, der zum Publikum hin durch einen Vorhang vollkommen abgesondert und nach rückwärts über einen Korridor mit den anderen Räumen verbunden war. Hier warteten die Vortragenden, bis sie an die Reihe kamen. Aber in diesem Augenblick setzte mich besonders einer in Erstaunen, der Nächstfolgende nach Stepan Trofimowitsch. Der war auch so etwas wie ein Professor (ich weiß auch heute noch nicht genau, was er war), der sich freiwillig aus irgendeiner Lehranstalt wegen irgendwelcher Studentengeschichten entfernt hatte und aus irgendeinem Grunde erst vor ein paar Tagen in unserer Stadt aufgetaucht war. Auch ihn hatte man Julia Michailowna empfohlen, und sie hatte ihn fast mit Ehrfurcht empfangen. Ich weiß jetzt, daß er vor dem Fest nur an einem Abend bei ihr eingeladen gewesen war, während des ganzen Abends geschwiegen und nur hin und wieder mokant zum Ton und zu den Scherzen der anderen Gäste, Julia Michailownas Suite, gelächelt, und auf alle durch sein hochmütiges und zugleich bis zur Schreckhaftigkeit empfindliches Wesen einen unangenehmen Eindruck gemacht hatte. Julia Michailowna hatte ihn selbst darum gebeten, auf dem Fest zum Besten der Gouvernanten irgend etwas vorzutragen. In diesem Augenblick ging er aus einer Ecke in die andere, ganz wie Stepan Trofimowitsch, flüsterte auch vor sich hin, sah aber dabei zu

Boden und nicht in den Spiegel. Zwar probierte er nicht zu lächeln, aber er lachte von Zeit zu Zeit grimmig in sich hinein. Es war klar, daß man auch mit ihm nicht sprechen durfte. Er war klein von Wuchs, etwa vierzig Jahre alt, kahlköpfig, mit einem ergrauenden Bärtchen. Gekleidet war er anständig. Am merkwürdigsten an ihm war, daß er bei jeder Wendung, die er machte, seine rechte Faust erhob, sie über seinem Haupt schüttelte und dann plötzlich niedersausen ließ, als wolle er einen Gegner kurz und klein schlagen. Und diese Bewegung wiederholte er immer wieder. Mir wurde bang zumut. Ich machte mich schleunigst davon, um, wie gesagt, Karmasinoff zu hören.

III

Im Saale lag wieder etwas in der Luft, das nicht ganz geheuer war. Ich erkläre im voraus: ich verbeuge mich ehrfurchtsvoll vor der Größe eines Genies; aber warum benehmen sich diese unsere Herren Genies am Ende ihrer ruhmvollen Jahre mitunter genau so wie kleine Knaben? Selbst wenn man ein Karmasinoff war und mit der Würde von fünf Kammerherren auftrat, wie konnte er nur ein Publikum wie das unsrige mit einem solchen Vortrag eine ganze Stunde lang fesseln wollen? Ich habe überhaupt die Beobachtung gemacht, daß selbst ein Erzgenie bei einer öffentlichen, leichtverständlichen literarischen Vorlesung das Publikum nur knapp zwanzig Minuten lang mit seiner eigenen Person ungestraft beschäftigen kann. Gewiß, das Auftreten des großen Genies Karmasinoff wurde überaus ehrerbietig begrüßt: sogar die strengsten alten Herren gaben Wohlwollen und Interesse und die Damen sogar ein gewisses Entzücken zu erkennen. Allerdings fiel der Begrüßungsapplaus etwas kurz aus und war gleichsam nicht ganz einmütig, oder wie teilweise unsicher. Dafür gab es in den hinteren Reihen keinen einzigen Ausfall ... bis zu dem

Augenblick, wo Herr Karmasinoff zu sprechen begann, aber auch dann geschah eigentlich nichts besonders Schlimmes, sondern anscheinend nur so eine Art von kleinem Mißverständnis. Ich habe schon früher erwähnt, daß er eine sehr kreischende, nahezu weiblich hohe Stimme hatte und überdies die hochvornehme, maniriert skandierende Sprechweise bevorzugte. Kaum hatte er nun die ersten paar Worte gesprochen, als sich plötzlich jemand erlaubte, laut aufzulachen, – wahrscheinlich irgendein unerfahrener Dummkopf, der noch nichts von der vornehmen Welt gesehen hatte und obendrein eine angeborene Lachlust besaß. Aber das war gewiß nicht als Demonstration zu bewerten: im Gegenteil, der Dummkopf wurde sofort durch Zischen zur Ruhe gewiesen, und es war im Nu alles still. Aber da erklärte nun Herr Karmasinoff, geziert und skandierend, daß er »ursprünglich um keinen Preis habe vorlesen wollen« (als ob diese Erklärung sehr nötig gewesen wäre!). Es gebe, sagte er, »Zeilen, die so unmittelbar aus dem Herzen fließen«, daß man sie nicht aussprechen dürfe, und etwas so Heiliges dürfe man erst recht nicht der Öffentlichkeit preisgeben (ja, warum tat er das dann?). Aber da man ihn nun einmal so gebeten habe, so tue er es doch, und obgleich er seine Feder für immer niedergelegt und sich geschworen habe, nichts mehr zu schreiben, und weil das nun einmal beschlossene Sache sei, so habe er dieses Abschiedsopus doch noch geschrieben; und obgleich er sich gelobt, nie etwas öffentlich vorzulesen, niemals und unter keiner Bedingung, so werde er denn jetzt einmal eine Ausnahme machen und, so sei es denn, dieses letzte Opus einem Publikum persönlich vorlesen und so weiter, und so weiter noch allerhand in dieser Art.

Das wäre jedoch alles noch nicht so schlimm gewesen, und wer kennt denn schließlich nicht die Vorreden der Autoren? Ich will aber zugeben, daß bei der geringen literarischen Erfahrung unseres Publikums und der Reizbarkeit der hinteren Reihen auch das schon aufreizend wirken konnte. Nun wohl: wäre es unter diesen Umständen nicht weit besser gewesen, er hätte eine kurze Novelle vorgetragen oder ein kleines Geschichtchen von der Art, wie er sie früher manchmal schrieb – zwar gedrechselt und geziert, aber mitunter doch ganz amüsant? Damit wäre alles gerettet gewesen. Aber es hat wohl nicht sein sollen. Und so begann denn die Litanei! O Gott, was hatte er da alles zusammengetragen! Ich bin überzeugt, daß selbst ein Großstadtpublikum schließlich wie betäubt dagesessen hätte, nicht bloß ein Publikum wie unseres. Man denke sich das gezierteste und müßigste Geschwätz in einer Länge von fast zwei Druckbogen; und das trug dieser Herr zum Überfluß – bei aller Wehmut – mit einer gewissen Herablassung vor, als wenn er eine Gnade erwiese, und schon darin lag etwas nahezu Beleidigendes für unser Publikum. Das Thema ... Aber wer konnte denn daraus klug werden, aus diesem Thema! Das war gewissermaßen ein Bericht über irgendwelche Eindrücke, untermischt mit irgendwelchen Erinnerungen. Doch Eindrücke wovon? Erinnerungen an was? – Wie sehr auch unsere besten Köpfe während der ganzen ersten Hälfte des Vortrages die Stirn in Falten legten – sie konnten's doch nicht bewältigen, so daß sie die zweite Hälfte bloß aus Höflichkeit anhörten. Nun ja, es war da viel von Liebe die Rede, von der Liebe des Genies zu einer Person, aber ich muß gestehen, das wirkte einigermaßen peinlich. Es paßte irgendwie nicht recht zu dem kleinen, dicken Figürchen des genialen Schriftstellers (wenigstens für mein Empfinden), daß er von seinem ersten Kuß sprach ... Und zudem sollten diese Küsse, was wiederum verletzend wirkte, durchaus ganz anders geküßt worden sein, als von der ganzen übrigen Menschheit, und dazu noch unter ganz besonderen Nebenumständen. Bei Karmasinoffs erstem Kuß wuchs ringsum Ginster (unbedingt gerade Ginster, oder wenigstens irgend so ein Kraut, von dem man sich erst nach einem botanischen Handbuch eine Vorstellung machen kann). Der Himmel aber hatte unterdessen einen unbedingt violetten Farbton, den natürlich noch nie zuvor ein Sterblicher bemerkt hat, obschon ihn alle zwar gesehen haben, sogar schon mehrfach, doch ihn wahrzunehmen hatte eben bisher noch kein einziger verstanden. »Nun aber seht« – so ungefähr wirkte Karmasinoffs Art – »ich allein habe diesen Farbton zum erstenmal wahrgenommen und beschreibe ihn jetzt euch Tölpeln wie eine ganz bekannte Sache!« Der Baum dagegen, unter dem das interessante Paar Platz genommen, war durchaus orangefarben. Der Ort, wo sie saßen, lag irgendwo in Deutschland. Plötzlich sahen sie Pompejus oder Cassius am Vorabend einer Schlacht, und ein Schauer der Begeisterung durchdrang sie sofort alle beide. Dann begann eine Nixe im Gebüsch zu zirpen, und im Röhricht spielte plötzlich Gluck auf der Geige. Das Stück, das er vortrug, wurde en toutes lettres genannt, doch blieb es trotzdem uns allen unbekannt, sodaß man in einem Musiklexikon nachschlagen müßte. Währenddessen aber stieg ein Nebel auf und ballte sich und ballte sich, und ballte sich so, daß er alsbald eher Millionen von Kissen glich als einem Nebel. Plötzlich aber verschwand alles, und das große Genie begibt sich an einem Wintertage bei Tauwetter über das Eis der Wolga. Zweieinhalb Seiten Übergang; und dennoch kommt er nicht hinüber, sondern fällt in ein Loch im Eise. Das Genie sinkt, versinkt – Sie meinen, es ertrinkt? Nein, es denkt auch nicht einmal daran: es fiel überhaupt nur deshalb in die Wuhne, um in dem Augenblick, als es schon bis über die Nase im Wasser versank und bereits zu schlucken begann, plötzlich ein Eisstückchen zu erblicken, ein winziges Eiskörnchen von der Größe einer kleinen Erbse, aber so rein und klar »wie eine gefrorene Träne«. In diesem Eisperlchen spiegelte sich dann Deutschland oder richtiger der Himmel Deutschlands, und das Spiel der Regenbogenfarben in diesem Eisperlchen erinnerte ihn an just die Träne, die, »weißt du noch, aus deinem Auge rann, als wir unter dem smaragdenen Baume saßen und du freudig ausriefst: ‚Es gibt kein Verbrechen!' – ‚Ja', sagte ich unter Tränen, ‚doch wenn es so ist, dann gibt es auch keine Gerechten.' Wir schluchzten auf und nahmen Abschied voneinander.« Sie ging an einen Meeresstrand, und er begab sich in eine Höhle tief unter der Erde: er steigt also hinab und hinab, drei Jahre lang steigt er genau unter dem Moskauer Ssuchareffturm hinab, bis er plötzlich mitten im Innern der Erde ein Lämpchen findet und vor diesem Lämpchen einen Asketen. Der Asket betet. Das Genie drückt die Stirn an ein kleines vergittertes Fensterchen. Und plötzlich vernimmt es einen Seufzer. Sie glauben, der Asket habe geseufzt? Weit gefehlt! Das Genie wird doch nicht einen Asketen beachten! Nein, das war nur so ein Seufzer, doch dieser Seufzer erinnerte ihn an *ihren* ersten Seufzer, vor siebenunddreißig Jahren, »als wir, weißt du noch, in Deutschland unter dem achatenen Baume saßen und du zu mir sprachst: ‚Wozu lieben? Sieh, ringsum blüht es ockergelb und ich liebe, doch das Gelb wird aufhören zu blühen und ich werde aufhören zu lieben.'« Dann ballte sich wieder ein Nebel zusammen, Ernst Amadeus Hoffmann erschien, eine Nixe flötete eine Melodie von Chopin, und plötzlich tauchte aus dem Nebel über den Dächern Roms, einen Lorbeerkranz im Haar, Ancus Marcius auf. »Ein Schauer der Ekstase lief uns über den Rükken, und wir trennten uns auf ewig« usw. usw.

Mit einem Wort, wenn ich es vielleicht auch nicht richtig wiedergebe oder es überhaupt nicht wiederzugeben verstehe, so war doch der Sinn des Geschwätzes gerade von dieser Art. Und dann: was ist das doch für eine schmähliche Sucht in unseren großen Geistern, literarische Zitate und Redewendungen im »höheren« Stil anzubringen! Der große europäische Philosoph, der große Gelehrte, Erfinder, der mühevoll Schaffende und Märtyrer – alle diese sich Mühenden und Beladenen sind für unser großes russisches Genie entschieden nur so eine Art Köche in seiner Küche. Er ist der Herr, sie aber erscheinen vor ihm mit der Schlafmütze in der Hand und warten auf seine Befehle. Allerdings spöttelt er hochmütig auch über Rußland, und überhaupt ist ihm nichts so angenehm, wie den Bankrott Rußlands in jeder Hinsicht vor den großen Geistern Europas wieder einmal festzustellen. Doch was ihn selbst betrifft – oh, mit Verlaub, er selbst hat sich über diese großen Geister Europas natürlich schon längst emporgeschwungen: für ihn sind sie bloß Material zu seinen Wortspielen. Er nimmt eine Idee, die nicht in seinem Kopf entstanden ist, verknüpft sie mit ihrer Antithese, und die Sentenz ist fertig. Es gibt Verbrechen, es gibt kein Verbrechen; es gibt keine Wahrheit, also gibt es auch keine Gerechten; Atheismus, Darwinismus, Moskauer Glokken ... Doch wehe, er glaubt schon nicht mehr an die Moskauer Glocken. Rom, Lorbeeren ... Aber er glaubt nicht einmal mehr an Lorbeeren ... Hier ein unerläßlicher Anfall von Byron'schem Weltschmerz, dort eine Heine'sche Grimasse, dann wiederum Anklänge an Petschorin[60] – und so ging das fort und fort, wie eine in Schwung geratene Maschine ... »Übrigens, so lobt mich doch, lobt mich doch, denn das liebe Ich über alles! Und ich sage es ja nur so, daß ich die Feder für immer aus der Hand lege; nein, wartet nur und ihr werdet meiner noch dreihundertmal überdrüssig werden, werdet noch müde werden, mich zu lesen ...«

Natürlich konnte das kein gutes Ende nehmen; das Schlimme war aber, daß er, Karmasinoff, selbst den Anlaß gab zum Beginn der weiteren Entwicklung. Schon lange hatte im Saale ein Räuspern, Hüsteln, Schnauben begonnen, ein Hin- und Herrücken auf den Stühlen und Husten, kurz, es gab alle die bekannten Lebenszeichen, die stets einzusetzen pflegen, wenn bei einer literarischen Veranstaltung der Vortragende, wer er auch sei – ja, selbst wenn er das größte Genie ist –, die Aufmerksamkeit des Publikums länger als zwanzig Minuten in Anspruch nimmt. Aber der geniale Schriftsteller merkte nichts davon. Er fuhr fort zu lispeln und zu skandieren, ohne das Publikum überhaupt einer Beachtung zu würdigen, so daß schließlich eine allgemeine Verständnislosigkeit Platz griff. Und da nun geschah es, daß aus einer der hinteren Reihen sich plötzlich eine einsame, doch laute Stimme vernehmen ließ:

»Gott, was für ein Unsinn!«

Das war irgend jemandem wohl ganz unfreiwillig entschlüpft und gewiß – davon bin ich überzeugt – ohne jede Absicht einer Demonstration. Ein Mensch war einfach müde geworden. Doch Herr Karmasinoff brach sofort ab, blickte spöttisch aufs Publikum, und plötzlich fragte er mit derselben affektierten Aussprache und der Miene eines verletzten Kammerherrn:

»Mir scheint, meine Herrschaften, Sie sind des Zuhörens bereits überdrüssig?«

Gerade hiermit aber beging er einen unverzeihlichen Fehler: daß er überhaupt ein Gespräch anknüpfte! Denn mit dieser Frage forderte er doch eine Antwort heraus, gab er jedem beliebigen aus dem Gesindel der hinteren Reihen die Möglichkeit, ja, das Recht, nun gleichfalls laut im Saale zu reden, während man anderenfalls, wenn diese Frage und Unterbrechung nicht erfolgt wäre, sich zwar noch weiter geschneuzt und geschneuzt, aber schließlich doch alles bis zum Ende angehört hätte... Oder erwartete er vielleicht als Antwort auf seine Frage stürmischen Beifall? Der blieb jedenfalls vollständig aus; im Gegenteil: alle waren gleichsam erschrocken, zogen sich in sich selbst zurück und verhielten sich ganz still.

»Sie haben Ancus Marcius überhaupt nie gesehen, das sind lauter stilistische Phrasen!« ertönte plötzlich eine gereizte, vor Verbissenheit schon überreizte Stimme.

»Natürlich nicht!« stimmte sofort eine andere Stimme bei. »Heutzutage gibt's keine Gespenster mehr, es gibt nur noch Naturwissenschaften. Befassen Sie sich lieber mit diesen!«

»Meine Herrschaften, nichts habe ich weniger erwartet als solche Einwendungen«, sagte Karmasinoff, in der Tat maßlos verwundert. – Dem großen Genie war in Karlsruhe das Vaterland völlig fremd geworden.

»In unserem Jahrhundert ist es eine Schande, solchen Schwindel vorzutragen! – gleich dem von den drei Walfischen, auf denen die Welt ruhen soll!«[61] schmetterte plötzlich eine Jungfrau in den Saal. »Zudem haben Sie, Karmasinoff, überhaupt nicht in das Innere der Erde zu einem

Asketen hinabsteigen können. Und wer redet denn jetzt noch von Asketen!«

»Meine Herrschaften, am meisten wundert mich, daß das so ernst genommen wird. Übrigens ... übrigens ... Sie haben vollkommen recht. Niemand achtet die realistische Wirklichkeit mehr als ich ...«

Er lächelte zwar ironisch, war aber doch merklich sehr betroffen. Der Ausdruck seines Gesichtes sagte indessen geradezu wörtlich: »Ich bin doch gar nicht so einer wie ihr glaubt, ich bin doch ganz eurer Meinung, nur lobt mich, lobt mich mehr, lobt mich soviel wie möglich, denn das liebe ich über alles ...«

»Meine Herrschaften«, rief er schließlich, aber nun schon durchaus verloren, »ich sehe, daß mein armes Poemchen hier deplaziert war. Ja, und auch ich selbst bin hier, wie mir scheint, deplaziert.«

»Er hat auf eine Krähe gezielt, aber eine Kuh getroffen!«[62] rief nun bereits mit lautester Stimme irgendein Esel in den Saal, wahrscheinlich ein Angeheiterter. Aber diesen Ausruf hätte man schon unter gar keinen Umständen beachten sollen.

Schon ließ sich respektloses Lachen vernehmen.

»Eine Kuh, sagen Sie?« griff dagegen Karmasinoff das Sprichwort sofort auf. Seine Stimme wurde immer kreischender. »Bezüglich des Vergleichs mit Krähen und Kühen erlaube ich mir keine Äußerung, meine Herrschaften. Ich achte sogar *jedes* Publikum doch allzusehr, um mir Vergleiche, und seien es auch ganz unschuldige, zu erlauben. Aber ich dachte ...«

»Ach, mein Herr, Sie sollten doch lieber nicht gar so ...«, fiel ihm jemand aus den letzten Reihen ins Wort.

»... aber ich dachte, daß ich, da ich nun meine Feder für immer aus der Hand lege und Abschied nehme von meinem Leser, wenigstens bis zum Ende angehört werden würde ...«

»Ja, aber ja, wir wollen Sie doch auch anhören, wir wollen doch ...«, ertönten ein paar endlich mutig gewordene Stimmen aus den ersten Reihen.

»Lesen Sie, lesen Sie!« fielen mehrere enthusiastische Damenstimmen ein, und schließlich ertönte auch ein Applaus, freilich nur ein dünner, spärlicher.

Karmasinoff lächelte schief und erhob sich von seinem Platz.

»Glauben Sie uns, Karmasinoff, wir alle halten es doch für eine Ehre«, konnte sich selbst die Adelsmarschallin nicht enthalten zu versichern.

»Herr Karmasinoff«, erklang plötzlich eine junge, frische Stimme aus der Tiefe des Saales. Es war die Stimme eines sehr jungen Lehrers von der Kreisschule, eines stillen, anständigen und prächtigen Menschen, der noch nicht lange Zeit bei uns weilte. Er war jetzt sogar aufgestanden von seinem Platz. »Herr Karmasinoff, wenn ich das Glück gehabt hätte, so zu lieben, wie Sie es uns beschreiben, so hätte ich davon wirklich nicht in einem Aufsatz gesprochen, der zum öffentlichen Vorlesen bestimmt war ...«

Dabei wurde er über und über rot.

»Meine Herren«, rief Karmasinoff, »ich habe nichts mehr hinzuzufügen! Ich übergehe den Schluß und entferne mich. Erlauben Sie mir nur noch, mich mit den letzten Zeilen zu verabschieden!«

Und ohne sich noch einmal hinzusetzen, begann er sogleich: »Ja, mein Freund und Zuhörer, lebe wohl! – lebe wohl, mein Leser, ich bestehe nicht einmal so sehr darauf, daß wir als Freunde scheiden. In der Tat, wozu dich belästigen? Schilt, wenn du willst, schilt, wenn es dir Vergnügen macht! Aber mich deucht, es wäre besser, wir vergäßen einander für immer. Und selbst wenn Sie alle, meine Zuhörer, plötzlich so freundlich wären, mich auf den Knien und mit Tränen in den Augen zu bitten: ‚Schreib weiter, Karmasinoff, schreibe weiter für uns, für das Vaterland, für die Nachwelt, für die Lorbeerkränze!' so würde ich Ihnen auch dann noch antworten, selbstredend mit allem Dank: ‚Nein, wir haben uns schon genug miteinander abgegeben, liebe Kompatrioten, merci! Es ist Zeit, daß wir uns trennen! Merci, merci, merci'!«

Karmasinoff verbeugte sich zeremoniell und begab sich ganz rot im Gesicht, als hätte man ihn gekocht, hinter die Kulissen.

»Niemand wird auf die Knie fallen; was für eine eitle Phantasie!« rief ihm eine Stimme nach.

»Was für eine Eigenliebe!«

»Aber das ist doch nur Humor«, glaubte jemand, vernünftig beschwichtigend, erklären zu müssen.

»Nein, verschonen Sie uns bitte mit solchem Humor.«

»Das war einfach eine Anmaßung, meine Herrschaften!«

»Na, wenigstens hat er endlich Schluß gemacht!«

»Das war aber eine Langeweile! – daß Gott erbarm'!«

Aber alle diese unhöflichen Ausrufe der letzten Reihen (aber doch nicht nur der letzten) wurden übertont von dem Applaus des anderen Publikums. Man rief Karmasinoff hervor. Einige Damen, an der Spitze Julia Michailowna und die Adelsmarschallin, versammelten sich vor der Tribüne. In den Händen hielt Julia Michailowna ein weißes Samtkissen, auf dem ein prachtvoller Lorbeerkranz in einem zweiten Kranz aus frischen Rosen lag.

»Lorbeer!« rief Karmasinoff mit einem feinen, etwas boshaften Lächeln. »Ich bin natürlich gerührt und ich nehme diesen im voraus geflochtenen Kranz, der noch nicht verwelkt ist, mit aufrichtigem Danke an; aber ich versichere Sie, Mesdames, ich bin plötzlich so weit Realist geworden, daß ich Lorbeeren heutzutage in den Händen eines Kochs besser aufgehoben fände als in den meinigen ...«

»Ja, ein Koch ist auch nützlicher!« rief der Seminarist, der auch auf der „Sitzung" bei Wirginskij gewesen war.

Die Ordnung wurde gestört. In vielen Reihen sprang man auf, um die Zeremonie der Überreichung des Lorbeerkranzes besser sehen zu können.

»Ich würde jetzt für einen Koch noch drei Rubel zuzahlen«, ertönte eine laute Stimme.

»Ich gleichfalls!«

»Ich auch!«

»Gibt es denn hier wirklich kein Büfett?«

»Meine Herrschaften, das ist doch einfach ein Betrug . . .«

Immerhin bewahrten die Ruhestörer noch einigen Respekt vor unseren Honoratioren, aber auch vor dem anwesenden Polizeikommissar. Ungefähr zehn Minuten nachher hatten sie sich denn auch alle wieder gesetzt. Aber die ursprüngliche Ordnung war doch nicht mehr vorhanden. Und in diesem Anfangsstadium eines drohenden Tumults mußte nun der arme Stepan Trofimowitsch auftreten . . .

IV

Ich war inzwischen doch noch zu ihm hinter die Kulissen geeilt, um ihn in aller Hast, ganz außer mir, zu warnen: da meiner Ansicht nach alles schon verloren sei, wäre das Beste, was er tun könne, überhaupt nicht aufzutreten und sofort nach Hause zu fahren, ein Unwohlsein vorzuschützen, meinethalben seine Cholerine, und auch ich würde meine Festordnerschleife ablegen und mit ihm davongehen. Er war gerade schon im Begriff, auf die Tribüne zu gehen, blieb nun plötzlich stehen, maß mich hochmütig vom Kopf bis zu den Füßen und fragte mit geradezu feierlichem Ernst:

»Wie kommen Sie dazu, mein Herr, mich einer so niedrigen Handlungsweise für fähig zu halten?«

Ich trat zurück. Ich war fest überzeugt, daß er ohne Katastrophe von dort nicht zurückkehren werde. Während ich noch in völliger Verzagtheit dastand, fiel mir wieder die Gestalt des hergereisten Professors auf, der nach Stepan Trofimowitsch auftreten sollte und der vorhin beim Memorieren so oft die Faust erhoben hatte, um sie dann wuchtig niedersausen zu lassen. Er ging immer noch auf und ab, in sich versunken und vor sich hinmurmelnd, mit einem heimtückischen, aber triumphierenden Lächeln im Gesicht. Ich trat ganz ohne besondere Absicht auf ihn zu (ich weiß nicht, wer mich wieder ritt!).

»Wissen Sie«, sagte ich, »erfahrungsgemäß vermag kein Publikum länger als zwanzig Minuten aufmerksam zuzuhören. Selbst bei den größten Zelebritäten hält es keine halbe Stunde durch . . .«

Er blieb plötzlich stehen, fixierte mich gleichsam mit verhaltener Wut über diese Beleidigung, und ein unermeßlicher Hochmut sprach aus seinem Gesicht:

»Seien Sie unbesorgt«, warf er dann verächtlich hin und ging an mir vorüber.

In diesem Augenblick ertönte im Saal die Stimme Stepan Trofimowitschs.

‚Ach, daß euch alle der . . .!' dachte ich und eilte in den Saal.

Stepan Trofimowitsch hatte sich schon in den Sessel gesetzt, während die Unordnung im Saal noch andauerte. Aus den ersten Reihen empfingen ihn nicht gerade wohlwollende Blicke. (Im Klub hatte man ihn in der letzten Zeit nicht mehr besonders gemocht und weit weniger geschätzt als früher.) Übrigens war es schon ein Glück, daß nicht gezischt wurde. Mich hatte seit dem gestrigen Tage die fixe Idee verfolgt, er werde sofort ausgepfiffen werden, sobald man seiner nur ansichtig wird. Indessen wurde er infolge der erst noch abklingenden Unruhe nicht einmal sofort bemerkt. Und worauf konnte denn dieser Mensch hoffen, wenn man sich schon zu Karmasinoff so verhalten hatte? Er war blaß; seit zehn Jahren war er nicht mehr vor einem Publikum aufgetreten. Aus seiner Erregung und aus allen sonstigen, mir an ihm so gut bekannten Anzeichen begriff ich sofort, daß er sein Erscheinen auf dieser Tribüne als etwas wie eine Entscheidung seines Schicksals oder etwas Ähnliches ansah. Und gerade das war es ja, was mich um ihn bangen ließ. Teuer war mir dieser Mensch. Wie wurde mir aber zumut, als er den Mund auftat und ich seinen ersten Satz vernahm!

»Meine Damen und Herren!« stieß er plötzlich hervor, wie zu allem entschlossen, und doch mit einer Stimme, die vor innerer Erregung gleichsam keinen Atem hatte. »Meine

Damen und Herren! Noch heute morgen lag vor mir eines dieser gesetzwidrigen Blätter, die hier neuerdings heimlich verbreitet werden, und zum hundertstenmal legte ich mir die Frage vor: ‚Worin besteht ihr Geheimnis?'«

Der ganze Saal war mit einem Schlage still geworden, alle Blicke wandten sich ihm zu, manche sichtlich erschrocken. Man muß es ihm lassen, er hatte schon mit dem ersten Satz das Interesse zu fesseln verstanden. Selbst von hinter den Kulissen lugten Köpfe hervor; Liputin und Lämschin lauschten geradezu gierig. Julia Michailowna rief mich mit einem Wink der Hand wieder zu sich:

»Halten Sie ihn auf, um Gottes willen, halten Sie ihn um jeden Preis auf!« flüsterte sie mir in größter Aufregung zu.

Ich hob nur ratlos die Schultern; war es denn überhaupt möglich, einen Menschen, der sich so *zum letzten Kampf entschlossen* hatte, noch aufzuhalten? Ach, und ich verstand ihn ja nur zu gut.

»Aha, von den Proklamationen!« tuschelte man im Publikum; wie eine Woge ging es durch den ganzen Saal.

»Meine Damen und Herren, ich habe dieses Rätsel gelöst. Das ganze Geheimnis ihrer Wirkung liegt in ihrer Dummheit!« (Seine Augen flammten auf.) »Ja, meine Damen und Herren, wäre das eine absichtliche Dummstellerei, eine aus Berechnung vorgespielte Dummheit, – oh, dann wäre das sogar genial! Aber man muß ihren Verfassern Gerechtigkeit widerfahren lassen: es ist da nichts vorgespielt. Es ist vielmehr die nackteste, naivste, die kurzsichtigste Dummheit selbst, – c'est la bêtise dans son essence la plus pure, quelque chose comme un simple chimique. Wäre das alles ein wenig klüger ausgedrückt, so würde ein jeder sofort die ganze Armseligkeit dieser billigen Dummheit erkennen. So dagegen stutzt man verwundert; niemand mag glauben, daß es wirklich so erstklassig dumm sei. ‚Es ist doch nicht möglich, daß *nichts* weiter dahinterstecke', sagt sich ein jeder, und man sucht nach dem geheimen Sinn, glaubt an ein Geheimnis und versucht zwischen den Zeilen zu lesen.

Damit aber ist die Wirkung schon gesichert! Oh, noch nie hat die Dummheit eine so pompöse Belohnung erhalten, obschon sie sie so oft verdient hätte ... Denn, en paranthèse, die Dummheit wie das höchste Genie sind innerhalb der Geschicke der Menschheit beide von gleichem Nutzen.«

»Sentenzen der vierziger Jahre!« hörte man eine übrigens recht bescheidene Stimme sagen, aber danach war es mit der Ruhe zu Ende: alles rief durcheinander und lärmte los.

»Meine Herren, Hurra! Ich schlage vor, einen Toast auf die Dummheit auszubringen!« rief Stepan Trofimowitsch, nun schon in fanatischer Einsatzbereitschaft den ganzen Saal herausfordernd.

Ich lief zu ihm und tat, als wollte ich nur Wasser ins Glas gießen.

»Stepan Trofimowitsch, lassen Sie davon ab, Julia Michailowna bittet Sie inständig ...«, flüsterte ich schnell.

»Nein, lassen *Sie* von *mir* ab, Sie müßiger junger Mann!« rief er mir mit lauter Stimme zu.

Ich zog mich zurück.

»Messieurs!« fuhr er fort, »wozu die Aufregung, warum dieses Geschrei des Unwillens, das ich höre? Ich bin ja mit dem Olivenzweig gekommen. Ich bringe das letzte Wort – denn in dieser Sache habe ich das letzte Wort – und wir können uns versöhnen.«

»Fort mit ihm!« schrien die einen.

»Ruhig! laßt doch hören, laßt ihn zu Ende sprechen!« riefen die anderen.

Besonders regte sich der junge Lehrer auf, der, nachdem er einmal zu sprechen gewagt hatte, sich nun anscheinend nicht mehr zurückhalten konnte.

»Messieurs, das letzte Wort in dieser Sache ist: Allverzeihen. Ich, ein alter Mann aus einer schon vergangenen Zeit, ich erkläre feierlich, daß der Geist des Lebens heute noch ebenso weht wie früher, und die lebendige Kraft auch in der heute jungen Generation nicht versiegt ist. Der Enthusiasmus unserer jetzigen Jugend ist noch ebenso rein und licht, wie er es zu meiner Zeit war. Es ist nur eines geschehen: die Ziele haben sich geändert, die eine Schönheit ward durch eine andere ersetzt! Das ganze Mißverständnis liegt nur darin, was ist schöner: Shakespeare oder ein paar Stiefel, Raffael oder ein Petroleur?«[63]

»Das ist eine Denunziation!« brummten manche.

»Das sind kompromittierende Fragen!«

»Agent-provocateur!«

»Ich aber erkläre«, überschrie sich Stepan Trofimowitsch geradezu, wie auf dem Gipfel der Verwegenheit, »ich aber erkläre«, schrie er, um sich Gehör zu verschaffen, »daß Shakespeare und Raffael höher stehen als die Bauernbefreiung, höher als die Nationalität, höher als der Sozialismus, höher als die junge Generation, höher als die Chemie, höher fast als die ganze Menschheit, denn sie sind schon die Frucht, die greifbar wirkliche Frucht der ganzen Menschheit und vielleicht die höchste Frucht, die es überhaupt geben kann! Eine bereits verwirklichte Schönheitsform, ohne deren Verwirklichung ich das Leben vielleicht überhaupt nicht akzeptieren würde . . . O Gott!« rief er aus und rang die Hände, »vor zehn Jahren habe ich in Petersburg gleichfalls von einer Tribüne aus dasselbe, mit denselben Worten ins Publikum gerufen, und genau so wie jetzt haben sie nichts davon verstanden, haben gelacht und gezischt, wie auch jetzt wieder! Ihr kurzen Menschlein, woran fehlt es euch denn, daß ihr das nicht verstehen könnt? Wißt ihr denn nicht, wißt ihr denn nicht, daß ohne den Engländer die Menschheit noch leben könnte, auch ohne Deutschland, ohne den russischen Menschen schon ohne weiteres, auch ohne die Wissenschaft, auch ohne Brot, nur ohne Schönheit, nur ohne Schönheit könnte sie nicht leben, denn da gäbe es überhaupt nichts mehr zu tun auf der Welt! Hierin liegt das ganze Geheimnis, liegt die ganze Weltgeschichte! Selbst die Wissenschaft könnte ohne Schönheit nicht einen Augenblick bestehen – wißt ihr das auch, ihr Lacher –, alles würde sich in Hamitentum verwandeln, in Pöbel, nichts mehr würdet ihr erfinden, nicht einmal einen Nagel! ... Ich bleibe dabei! Ich gebe nicht nach!« schrie er ungereimt zum Schluß und schlug aus aller Kraft mit der Faust auf den Tisch.

Aber während er so ohne Ordnung sprunghaft und unvernünftig eiferte, wurde die Ordnung im Saal aufgegeben. Viele waren aufgesprungen, manche drängten sich nach vorn, näher zur Tribüne. Nur geschah das alles weit schneller, als ich es erzähle, und man kam gar nicht mehr dazu, Maßregeln dagegen zu ergreifen. Vielleicht wollte man das auch nicht.

»Ihr habt gut reden, ihr verwöhnten Sonntagskinder vor euren vollen Tischen!« brüllte unmittelbar an der Tribüne zähnefletschend jener Seminarist zu Stepan Trofimowitsch hinauf.

Der bemerkte es und trat sofort bis an den äußersten Rand vor.

»Habe nicht ich, nicht ich soeben noch gesagt, daß der Enthusiasmus unserer jungen Generation ebenso rein und licht ist, wie er es früher war, und daß sie nur deshalb ins Verderben geht, weil sie sich über die Formen des Schönen nicht klar ist? Ist euch das zu wenig? Und wenn ihr bedenkt, daß ein gebeugter und beleidigter Vater das sagt, ist es dann, – o ihr kurzen Menschlein! – ist es dann überhaupt möglich, noch unparteiischer über den Ansichten zu stehen und ruhiger zu urteilen ...? Undankbare ... ungerechte Menschen ... warum, warum wollt ihr nicht Frieden schließen! ...«

Und plötzlich brach er in hysterisches Schluchzen aus. Er wischte sich mit den Fingern die herabrinnenden Tränen weg. Brust und Schultern bebten vor Schluchzen ... Er vergaß alles um sich her.

Ein entschiedener Schreck ergriff das Publikum, fast alle erhoben sich von ihren Plätzen. Auch Julia Michailowna erhob sich schnell und suchte ihren Mann von seinem Sessel in die Höhe zu ziehen. Nun gab es keinen Halt mehr.

»Stepan Trofimowitsch!« brüllte triumphierend der Seminarist. »Hier in der Stadt und in der Umgegend treibt sich jetzt ein entsprungener Zuchthäusler herum, Fedjka mit

Namen. Er stiehlt überall, und vor nicht langer Zeit hat er einen neuen Mord verübt. Gestatten Sie die Frage: wenn Sie ihn vor fünfzehn Jahren nicht zur Begleichung einer Kartenschuld als Rekruten verkauft hätten, das heißt mit anderen Worten: wenn Sie ihn nicht im Kartenspiel verspielt hätten, wäre er dann auch ins Zuchthaus geraten? Hätte er dann auch Menschen ermordet im Kampf ums Dasein? Was sagen Sie dazu, Herr Ästhetiker?«

Ich verzichte darauf, die nun folgende Szene zu beschreiben. Zunächst ertönte ein rasender Applaus. Es applaudierten natürlich nicht alle, vielleicht nur der fünfte Teil des Saales, aber der applaudierte dafür auch wie wahnsinnig. Der Rest des Publikums strömte zum Ausgang, der applaudierende Teil dagegen zur Tribüne hin, und so entstand ein allgemeines Gewühl. Damen schrien auf, junge Mädchen weinten und wollten nach Hause. Lembke stand noch immer an seinem Platz und sah drohend um sich. Julia Michailowna verlor zum erstenmal in ihrem Leben völlig den Kopf. Stepan Trofimowitsch schien von den Worten des Seminaristen zuerst völlig zerschmettert zu sein; doch plötzlich erhob er beide Arme, streckte sie zum Publikum hin vor und rief:

»Ich schüttle den Staub von meinen Füßen und verfluche ... Das ist das Ende ... das Ende ...«

Er wandte sich um und eilte mit großen und drohenden Gesten hinter die Kulissen.

»Er hat die Gesellschaft beleidigt! ... Werchowenskij! ... Herauskommen!« brüllten die Rasenden. Und schon wollte man hinter ihm herstürzen, ihn einholen, was in diesem Augenblick schwer zu verhindern gewesen wäre – aber siehe da! nun sollte noch die letzte Katastrophe wie eine Bombe in die Versammlung einschlagen! Der dritte Vortragende, jener Maniak, der hinter den Kulissen hin- und hergeschritten war und in einem fort die Faust geschüttelt hatte, erschien plötzlich auf der Tribüne.

Er hatte entschieden das Aussehen eines Verrückten. Mit breitem, triumphierendem Lächeln, voll von unermeßlichem

Selbstvertrauen betrachtete er den aufgeregten Saal, und es schien ihn nicht im geringsten zu verwirren, daß er vor solchem Publikum reden sollte, vielmehr schien er an der Unordnung sogar seine Freude zu haben, und zwar so offensichtlich, daß gerade das die allgemeine Aufmerksamkeit auf ihn lenkte.

»Wer ist denn das?« hörte man fragen. »Was will denn der noch? Still! Sst! Was will er sagen?«

»Meine Herrschaften!« begann dieser Mensch, ganz am vordersten Rande der Tribüne stehend, schreiend laut und fast mit einer ebenso weibisch kreischenden Stimme, wie Karmasinoff sie hatte, nur lauter und ohne das aristokratische Lispeln und Skandieren.

»Meine Herrschaften! Vor zwanzig Jahren, am Vorabend unseres Krieges mit dem halben Europa, war Rußland das Ideal aller Staats- und Geheimräte![64] Die Literatur stand im Dienst der Zensur! An den Universitäten lehrte man exerzieren! Das Heer wurde zum Ballett! Das Volk aber bezahlte stur und stumm Abgaben, schwieg und schmachtete unter der Knute der Leibeigenschaft! Patriotismus wurde zum Geschäft: man erpreßte von Lebenden und von Toten! Die, die nicht Schmiergelder nahmen, galten für revolutionär, denn sie störten die Harmonie! Die Birkenwälder wurden rasiert, um mit ihrer Hilfe die Ordnung aufrechtzuerhalten. Europa zitterte... Aber in Rußland hatte es in dem ganzen sinnlosen Jahrtausend seiner Existenz noch niemals elender ausgesehen! Rußland war nur noch eine einzige Schmach und weiter nichts!« Und mit einer wüsten Bewegung erhob er die Faust, schüttelte sie drohend über seinem Haupt und ließ sie dann grimmig niedersausen, als wollte er mit einem einzigen Schlage einen unsichtbaren Gegner zerschmettern.

Ein unbändiges Gebrüll erhob sich von allen Seiten. Ohrenbetäubender Applaus erschütterte den Saal. Es applaudierte beinahe schon die Hälfte der Anwesenden. Die Harmlosesten wurden mitgerissen: Rußland wurde öffentlich geschmäht, entehrt, vor dem ganzen Publikum heruntergerissen – wie sollte man da nicht brüllen vor Entzücken?

»Das ist's! ... Der weiß es! ... Der hat recht! Hurra! ... Das ist besser als Ästhetik! ...«

Enthusiastisch fuhr der Maniak in seiner Rede fort: »Seit der Zeit sind zwanzig Jahre vergangen! Die Universitäten sind geöffnet und haben sich vermehrt. Die Lektien über den Paradeschritt in den Hörsälen sind zur Legende geworden. An Offizieren im Heer fehlt es jetzt zu Tausenden. Die Eisenbahnen haben alles Kapital verschlungen und Rußland wie mit einem Spinngewebe überzogen, so daß man in etwa fünfzehn Jahren vielleicht auch wirklich irgendwohin wird reisen können. Die Brücken brennen nur selten, aber die Städte brennen in der Saison der Feuersbrünste der Reihe nach ordnungsmäßig nieder. Auf den Gerichten werden salomonische Urteile gefällt, aber die Geschworenen müssen im Kampf ums Dasein Schweigegelder annehmen, um nicht Hungers zu sterben. Die befreiten Leibeigenen peitschen sich jetzt gegenseitig aus, an Stelle der Gutsbesitzer, die es früher taten! Meere und Ozeane von Schnaps werden getrunken, damit das Budget zustande kommt, und in Nowgorod hat man vor der alten und unnützen Sophienkirche eine kolossale bronzene Kugel aufgestellt und feierlich enthüllt als Denkmal der tausendjährigen Unordnung und Sinnlosigkeit, die wir jetzt glücklich hinter uns haben! Europa aber ärgert sich und fühlt sich von neuem beunruhigt ... Fünfzehn Jahre der Reformen! Und doch ist Rußland noch niemals, nicht einmal in den groteskesten Zeiten seines ganzen unsinnigen Bestehens, zu solch einer ...«

Seine letzten Worte wurden schon vom Gebrüll der Menge verschlungen und waren nicht mehr zu verstehen. Man sah nur noch, wie er wieder die Faust erhob und sie dann erneut triumphierend niedersausen ließ. Der Jubel überstieg bereits alle Grenzen. Man schrie, man heulte, man klatschte unbändig in die Hände. Sogar einzelne Damen riefen: »Genug! Noch Besseres können Sie gar nicht mehr sagen!« Man war wie betrunken. Oben auf der Tribüne aber stand der Redner, überschaute alle und schmolz gleichsam in seinem Triumphgefühl. Ich sah flüchtig, wie Lembke in unbeschreiblicher Aufregung irgend jemanden auf irgend etwas hinwies. Julia Michailowna, die kreidebleich neben ihm stand, redete hastig auf den jungen Fürsten ein, der schnell zu ihr geeilt war ... Aber in diesem Augenblick kam eine ganze Schar von etwa sechs mehr oder weniger amtlichen Herren aus den Kulissen auf die Bühne gestürzt, um sich auf den Redner zu werfen und ihn hinter die Kulissen zu schaffen. Ich verstehe nicht, wie er sich losreißen konnte, aber jedenfalls glückte es ihm, und wieder sprang er bis an den Rand der Tribüne vor, und es gelang ihm auch noch, die erhobene Faust schüttelnd, so laut er nur konnte, in den Saal zu schreien:

»Aber noch nie ist Rußland bis zu solch einer ...«

Aber da wurde er schon von neuem weggeschleppt. Sogleich stürmten aus dem Saal etwa fünfzehn Mann vor, um ihn zu befreien, aber nicht über die Tribüne hinweg, sondern seitlich an der Tribüne vorüber, wobei sie eine leichte Barriere zerbrachen, sodaß diese schließlich auch umfiel ... Ich sah dann noch, daß plötzlich – ich traute meinen Augen nicht – die Studentin (Wirginskijs Schwester) auf der Tribüne stand. Sie hielt dieselbe Papierrolle in der Hand, war ebenso gekleidet, ebenso rundlich, doch diesmal begleitet von zwei oder drei Gesinnungsgenossinnen und zwei oder drei Genossen, und unter diesen befand sich auch ihr Todfeind, der Gymnasiast. Ich vernahm sogar noch ihre ersten Worte:

»Ich bin gekommen, um Ihnen von den Leiden der unglücklichen Studenten zu erzählen und Sie alle zum Protest aufzurufen!« ...

Aber da lief ich schon hinaus. Mein Festordnerband steckte ich in die Tasche und durch einen mir bekannten hinteren Ausgang gelangte ich aus dem Hause und auf die Straße. Mein erster Weg war natürlich zu Stepan Trofimowitsch.

ZWEITES KAPITEL

DAS ENDE DES FESTES

I

Er empfing mich nicht. Er hatte sich eingeschlossen und schrieb. Auf mein Klopfen und Rufen hin antwortete er mir nur durch die verschlossene Tür:

»Mein Freund, ich habe mit allem abgeschlossen, wer kann noch mehr von mir verlangen?«

»Sie haben mit gar nichts abgeschlossen, Sie haben nur das Ihre dazu beigetragen, daß alles zusammenbrach! Im Ernst, Stepan Trofimowitsch, und ohne Phrasen: machen Sie die Tür auf, man muß Vorkehrungen treffen. Die können schließlich noch zu Ihnen kommen, um Sie zu beleidigen ...«

Ich hielt mich für berechtigt, besonders streng mit ihm zu reden, möglichst in befehlendem Ton. Vor allem fürchtete ich, daß er irgendeine Torheit begehen könnte. Aber zu meinem Erstaunen stieß ich bei ihm auf feste Entschlossenheit.

»Wenn Sie mich nur nicht als erster beleidigen wollten. Ich danke Ihnen für alles Gewesene, aber ich muß Ihnen wiederholen, daß ich mit allen Menschen abgeschlossen habe, mit den guten wie mit den bösen. Ich schreibe soeben einen Brief an Dárja Páwlowna, die ich unverzeihlicherweise bisher ganz vergessen hatte. Morgen bringen Sie ihr dann den Brief, wenn Sie so freundlich sein wollen. Für heute aber sage ich Ihnen nur: „Merci".«

»Stepan Trofimowitsch, ich versichere Ihnen, daß die Sache ernster ist, als Sie glauben. Oder glauben Sie vielleicht, daß Sie dort jemanden zerschmettert haben? Ach, doch nur sich selbst, wie ein leeres Glas!« (Oh, ich war roh und unhöflich; heute ist mir das eine schmerzliche Erinnerung!) »An Darja Pawlowna zu schreiben, haben Sie nicht den geringsten Grund ... und was wollen Sie denn jetzt ohne mich unternehmen? Was wissen Sie denn vom praktischen Leben? Sicher haben Sie jetzt irgendeine besondere Absicht! Was haben Sie vor, Stepan Trofimowitsch? Sie werden sich bloß noch einmal blamieren, wenn Sie wieder etwas planen ...«

Er stand auf und kam zur Tür.

»Sie haben noch nicht lange mit diesen Leuten verkehrt, und doch haben Sie deren Sprache und Ton schon angenommen. Dieu vous pardonne, mon ami, et Dieu vous garde. Aber ich habe in Ihnen immer einen gewissen inneren Anstand wahrgenommen, und so hoffe ich, daß Sie noch zur Besinnung kommen werden – après le temps natürlich, wie wir alle, wir russischen Menschen. Was Ihre Bemerkung über meine Unkenntnis des praktischen Lebens betrifft, so möchte ich Sie an eine erst kürzlich von mir ausgesprochene Bemerkung erinnnern, daß sich bei uns in Rußland unzählige Menschen mit Vorliebe damit beschäftigen, mit größtem Wuteifer und der lästigen Zudringlichkeit von Fliegen im Sommer, über das unpraktische Wesen anderer Leute herzufallen, und allen und jedem den Vorwurf zu machen, er sei ‚unpraktisch', nur sich selbst machen sie ihn nie. Cher, bedenken Sie, daß ich erregt bin, und quälen Sie mich nicht. Noch einmal Dank für alles, und scheiden wir voneinander wie Karmasinoff vom Publikum – das heißt, vergessen wir uns gegenseitig so großmütig wie möglich. Das war von ihm übrigens nur eine Finte, daß er seine alten Leser so inständig bat, ihn zu vergessen. Quant à moi, so bin ich nicht so selbstsüchtig und verlasse mich vor allem auf die Jugendkraft Ihres noch unangefochtenen Herzens: wozu sollten Sie sich lange eines nutzlosen Greises erinnern? Darum, mein Freund, ‚leben Sie mehr', wie mir Nastassja zu meinem letzten Namenstage wünschte (ces pauvres gens ont quelque fois des mots charmants et pleins de philosophie). Ich wünsche Ihnen nicht *viel* Glück – das wird bald langweilig; aber ich wünsche Ihnen auch kein Unglück, sondern sage nur wie der

Volksmund ganz einfach: ‚Leben Sie mehr' und versuchen Sie irgendwie, sich nicht zu grämen. Diesen vergeblichen Wunsch füge ich noch von mir aus hinzu. Und nun leben Sie wohl. Im Ernst gesagt: leben Sie wohl. – Bleiben Sie nicht an meiner Tür, ich werde nicht aufmachen.«

Er ging auch tatsächlich fort von der Tür, und ich konnte nun nichts weiter erreichen. Trotz der von ihm zugegebenen »Erregtheit« hatte er ruhig, in gleichmäßigem Tonfall, aber eindringlich gesprochen, offenbar bestrebt, mich zu beeindrucken. Natürlich war er mir ein wenig gram und rächte sich nun indirekt, vielleicht wegen der gestrigen Furcht vor der „Kibitka" und dem »Versinken« zwecks Auspeitschung. Die vor dem Publikum auf der Tribüne vergossenen Tränen aber hatten ihn, und das wußte er, trotz seines teilweisen Sieges in eine etwas komische Lage versetzt. Nun war aber gewiß kein Mensch gerade um die Schönheit und Strenge der äußeren Formen – selbst im Verkehr mit seinen Freunden – so besorgt wie Stepan Trofimowitsch. Oh, ich mache ihm keinen Vorwurf! Damals aber war es eben diese Erwägung, daß ein Mensch, der ‚trotz aller Erschütterung' dieser gewissen Pedanterie und diesem Sarkasmus treu blieb, doch wohl nicht so erschüttert sein konnte, um nun geneigt zu sein, etwas Tragisches oder Außergewöhnliches zu unternehmen, was mich beruhigte. Ja, so dachte ich damals bei mir, aber, o Gott, wie täuschte ich mich! Ich ließ doch gar zu vieles außer acht ...

Hier möchte ich nun, obgleich ich damit den Ereignissen vorgreife, einige Zeilen aus dem Anfang des Briefes mitteilen, den Darja Pawlowna am anderen Tage tatsächlich erhielt.

»Mon enfant! Meine Hand zittert, aber ich habe mit allem abgeschlossen. Sie waren nicht zugegen bei meinem letzten Zusammenstoß mit den Menschen, bei diesem ‚Vortrag', und Sie taten recht. Aber man wird Ihnen erzählen, daß in unserem an Charakteren verarmten Rußland ein herzhafter Mensch sich erhoben und trotz der tödlichen Bedrohungen, die ihn umbrandeten, diesen kleinen Dummköpfen die Wahrheit gesagt hat, das heißt: daß sie dumme Närrchen sind. Oh, ce sont des pauvres petits vauriens et rien de plus, des petits Närrchen – voilà le mot! Der Würfel ist gefallen. Ich verlasse diese Stadt für immer und ich weiß nicht, wohin ich meinen Fuß setzen werde. Alle, die ich liebte, haben sich von mir abgewandt. Nur Sie, Sie reines, kindliches Wesen, Sie sanftes Geschöpf, dessen Schicksal sich beinahe mit dem meinen vereinigt hätte nach dem Willen eines kapriziösen und herrschsüchtigen Frauenherzens, Sie, die vielleicht mit Verachtung auf mich sehen, seit ich am Vorabend unserer nicht zustande gekommenen Heirat meine kleinmütigen Tränen vergossen habe, – Sie, die in mir gewiß nichts anderes sehen können als einen lächerlichen Menschen, nur Sie, oh, nur Sie grüße ich noch! Nur Ihnen noch diesen letzten Schrei meines Herzens, Ihnen meine letzte Pflicht, Ihnen allein! Kann ich Sie doch nicht auf ewig so verlassen mit der Vorstellung von mir als einem undankbaren, unwissenden, selbstsüchtigen Toren, wie mich Ihnen wohl täglich ein undankbares und grausames Herz schildert, ein Herz, das ich – o Schmerz! – nicht vergessen kann ...«

Und so weiter, und so weiter. Der Brief war auf Bogen großen Formats geschrieben und vier Seiten lang ...

... Ich pochte noch dreimal mit der Faust an die Tür, nachdem er mit den Worten, er werde nicht aufmachen, ins Zimmer zurückgegangen war. Dann rief ich ihm zu, daß er heute noch dreimal Nastassja zu mir schicken werde mit der Bitte, zu ihm zu kommen, aber dann werde das gleichfalls vergeblich sein. Damit verließ ich ihn und eilte zu Julia Michailowna.

II

Hier sollte ich Zeuge einer empörenden Szene werden: die arme Frau wurde ins Gesicht belogen, und ich konnte nichts dagegen tun. In der Tat, was hätte ich ihr denn sagen können? Ich war inzwischen schon einigermaßen zur Besinnung gekommen und hatte eingesehen, daß ich nur gewisse Empfindungen, argwöhnische Vorgefühle, einen unklaren Verdacht hatte, aber weiter auch nichts, keinen einzigen Beweis. Ich fand sie in Tränen vor, in einem nahezu schon hysterischen Zustand, unter Eau de Cologne-Kompressen, dazwischen Schlückchen Wasser aus einem Glase trinkend. Vor ihr standen Pjotr Stepanowitsch, der ununterbrochen redete, und der junge Fürst, der ununterbrochen schwieg, als hätte man ihm mit einem Schloß den Mund zugesperrt. Unter Tränen und mit erregten Ausrufen warf sie Pjotr Stepanowitsch vor, er habe sie treulos »im Stich gelassen«. Was mich sofort stutzig machte, war, daß sie den ganzen Mißerfolg, die ganze Blamage dieses Vormittags, mit einem Wort: alles nun einzig und allein der Abwesenheit Pjotr Stepanowitschs zuschrieb.

An ihm aber fiel mir eine merkwürdige Veränderung auf: er war anscheinend schon gar zu sehr mit anderen Gedanken beschäftigt, mit einer Sorge offenbar, und war beinahe andauernd ernst. Sonst schien er ja nie ernst sein zu können, immer hatte er gelacht, selbst wenn er sich ärgerte, und er ärgerte sich oft. Oh, er war auch jetzt wütend, sprach grob, nachlässig, schlecht gelaunt und ungeduldig. Er versicherte, er habe die ganze Zeit mit Kopfschmerzen und Übelkeit bei Gaganoff gelegen, zu dem er zufällig am frühen Morgen gegangen wäre. Ach, die arme Frau wollte sich doch so gern weiter betrügen lassen! Die wichtigste Frage, die bei meiner Ankunft gerade zur Diskussion stand, war: ob der Ball, das heißt die ganze zweite Hälfte des Festes, doch noch stattfinden oder überhaupt nicht stattfinden solle? Julia Michailowna wollte um keinen Preis einwilligen, »nach den

Beleidigungen von vorhin« auf dem Ball zu erscheinen; mit anderen Worten: sie wollte dazu gezwungen werden, und zwar gerade von ihm, Pjotr Stepanowitsch. Sie hörte noch immer auf ihn wie auf ein Orakel, und wenn er jetzt weggegangen wäre, hätte sie sich wahrscheinlich sogleich krank ins Bett gelegt. Aber wegzugehen war gar nicht seine Absicht: er selbst wollte ja unbedingt, daß der Ball heute stattfinde und daß Julia Michailowna unbedingt auf ihm erscheine.

»Wozu denn da weinen! Müssen Sie denn durchaus eine Szene machen, um an anderen Ihren Ärger auszulassen? Na, dann lassen Sie ihn an mir aus, aber etwas schneller, denn die Zeit vergeht und wir müssen doch zu einem Entschluß kommen. Ist die Matinee schiefgegangen, so machen wir es mit dem Ball wieder gut. Auch der Fürst ist dieser Meinung. Tja, wenn der Fürst nicht dagewesen wäre, was hätte die Sache dann erst für ein Ende genommen!«

Daß dies auch die Meinung des Fürsten sei, war nun freilich nicht ganz richtig. (Dieser war nämlich zunächst nur dafür, daß der Ball unter allen Umständen stattfand, nicht aber dafür, daß Julia Michailowna auf ihm erschien.) Aber nach zwei oder drei solchen Berufungen auf seine Meinung, gab er schließlich durch gewisse Brummlaute seine Zustimmung zu erkennen.

Mich setzte auch schon die außergewöhnliche Unhöflichkeit des Tons, den Pjotr Stepanowitsch sich erlaubte, in Erstaunen. Oh, mit Entrüstung weise ich den erbärmlichen Klatsch zurück, der sich nachher verbreitete, demzufolge zwischen Julia Michailowna und Pjotr Stepanowitsch irgendwelche Beziehungen bestanden hätten. Es hat nichts derartiges gegeben und es hätte auch gar nichts geben können. Seine Macht über sie hatte er nur dadurch gewonnen, daß er auf alle ihre Träume, auf die Gesellschaft wie auf das Ministerium Einfluß zu gewinnen, sofort und mit allem Eifer eingegangen war, ihre Pläne begutachtet und selbst welche für sie entworfen, sie mit simpelster Schmeichelei verwöhnt und sie vom Kopf bis zu den Füßen umstrickt hatte und ihr so unentbehrlich geworden war wie die Luft zum Atmen.

Als sie mich erblickte, rief sie sofort mit blitzenden Augen:

»Da! – fragen Sie ihn! Auch er ist die ganze Zeit nicht von meiner Seite gewichen, ganz wie der Fürst! Und Sie, bitte, sagen Sie doch«, wandte sie sich an mich, »ist es denn nicht klar, daß das alles eine Verschwörung war, eine niedrige, listige Verabredung, um mit allen Mitteln mir und Andrei Antonowitsch nach Möglichkeit zu schaden? Oh, das war alles verabredet! Sie gingen planmäßig vor! Dahinter steckt eine Partei, eine ganze Partei!«

»Na, ein bissel weit vorbeigeschossen, wie immer. Ewig eine Dichtung im Kopf. Ich bin übrigens froh über die Zeugenschaft des Herrn ...« (er tat, als habe er meinen Namen vergessen), »er wird uns seine Auffassung der Sache sagen.«

»Meine Auffassung«, beeilte ich mich zu erklären, »stimmt in allem mit der Ansicht Julia Michailownas überein. Daß eine Verabredung vorlag, das ist doch wohl klar. Ich bringe Ihnen hier meine Bandschleife zurück, Julia Michailowna. Ob der Ball stattfindet oder nicht, das ist natürlich nicht meine Sache, da nicht ich darüber zu entscheiden habe, aber meine Rolle als Festordner ist jedenfalls beendet. Verzeihen Sie meine Eile, aber ich kann nicht gegen die gesunde Vernunft handeln und gegen meine Überzeugung.«

»Da hören Sie es, da hören Sie es!« rief sie und schlug die Hände zusammen.

»Ich höre ja schon ... und was ich dazu zu sagen habe, ist nur dies«, sagte Pjotr Stepanowitsch, sich an mich wendend. »Ich bin jetzt überzeugt, daß Sie alle irgend etwas gegessen haben müssen, wovon Sie alle krank geworden sind. Meiner Ansicht nach ist gar nichts geschehen, so gut wie gar nichts, was nicht auch früher schon bei solchen Festen vorgekommen ist und was nicht jederzeit hier vorkommen könnte. Was für eine Verabredung sollte denn das gewesen sein? Es sind da ein paar scheußliche Dummheiten passiert, unschönes Versagen, aber wo ist denn da eine Verschwörung zu finden? Und gar eine gegen Julia Michailowna, ausgerechnet gegen die, die alle diese Wildlinge verwöhnt, beschützt, protegiert und alle ihre dummen Jugendstreiche mit unverzeihlicher Nachsicht verziehen hat? Julia Michailowna! Was habe ich Ihnen den ganzen Monat unaufhörlich gepredigt? Wovor habe ich Sie gewarnt? Wozu, wozu in aller Welt brauchten Sie denn diese Menschen? Wozu war's nötig, sich mit solchen Leutchen abzugeben! Weshalb? Zu welchem Zweck? Um eine Vereinigung der Gesellschaft herbeizuführen? Ja, lassen sich die denn überhaupt vereinigen! – ich bitte Sie!«

»Wann haben Sie mich gewarnt? Im Gegenteil, Sie haben es gutgeheißen, Sie verlangten es geradezu ... Ich gestehe, Sie setzten mich in Erstaunen ... Sie, Sie selbst haben mir doch viele sonderbare Leute zugeführt ...«

»Im Gegenteil, ich habe mich mit Ihnen wegen dieser Leute herumgestritten, aber nicht sie gutgeheißen! ... Zugeführt? – ja, etliche, aber doch erst in letzter Zeit, als sie schon zu Dutzenden von selbst herbeiströmten, um in dieser „Literarischen Quadrille" mitzuwirken, denn ohne dieses Pack wäre sie ja nicht aufzuziehen gewesen. Aber ich möchte wetten, daß heute gerade dieses Gesindel ein paar Dutzend ebensolcher Kerle ohne Eintrittskarten hereingeschmuggelt hat!«

»Das dürfte stimmen«, bemerkte ich.

»Sehen Sie, schon müssen Sie mir recht geben. Und erinnern Sie sich doch nur, was für ein Ton hier in der letzten Zeit eingerissen war, ich meine, in der ganzen Stadt! Unverschämtheit und Frechheit waren obenauf, und Skandale folgten einander mit Pauken und Trompeten. Und wer begünstigte dieses Treiben? Wer deckte das alles mit seiner Autorität? Wer hat hier alle irre gemacht? Wer hat hier alle Spießer erbittert? Sind doch in Ihrem Album alle hiesigen Familiengeheimnisse reproduziert! Und haben nicht Sie Ihre Stegreifdichter und Karikaturisten verhätschelt? Haben Sie sich nicht sogar von einem Lämschin die Hand küssen lassen?

Und hat nicht in Ihrer Gegenwart ein Seminarist einen Staatsrat beschimpfen dürfen und der Tochter des Staatsrats mit seinen Schmierstiefeln das Kleid beschmutzt? Warum wundern Sie sich nun noch, daß das Publikum Ihnen jetzt nicht gerade freundlich gesinnt ist?«

»Aber das haben doch alles Sie, Sie selbst ... O Gott!«

»Nein, ich habe Sie immer nur gewarnt! Worüber hätten wir uns denn sonst die ganze Zeit gestritten?«

»Aber Sie lügen mir ja ins Gesicht!«

»Nun ja, das macht Ihnen ja weiter nichts aus, so etwas zu sagen. Sie haben jetzt ein Opfer nötig, an dem Sie Ihren Ärger auslassen können – da komme ich Ihnen gerade recht; also schön, bitte. Das habe ich schon einmal gesagt. Ich werde mich jetzt lieber an Sie wenden, Herr ...« (Er konnte sich offenbar noch immer nicht auf meinen Namen besinnen.) »Zählen wir's doch an den Fingern ab: ich behaupte, daß es außer der Liputingeschichte keine einzige Verabredung oder ‚Verschwörung' gegeben hat, kei-ne ein-zige! Das werde ich Ihnen sogleich beweisen, aber analysieren wir zuerst einmal diesen Liputin. Er trat auf mit dem Gedicht des Dummkopfs Lebädkin, – ist das nun Ihrer Ansicht nach der Beweis einer Verschwörung? Ja, verstehen Sie denn nicht, daß er dieses Gedicht vielleicht sogar für einen geistreichen Scherz hat halten können? Im Ernst, im Ernst: für einen geistreichen Scherz! Er ist einfach aufgetreten, um das Publikum zu erheitern und zum Lachen zu bringen, und in erster Linie die Protektrice Julia Michailowna! Und das ist alles! Sie glauben's nicht? Aber war das denn nicht ein Scherz in genau demselben Ton, der hier schon den ganzen letzten Monat geherrscht hat? Und wenn Sie wollen, daß ich offen rede: bei Gott, unter anderen Umständen hätte man ihn vielleicht auch glatt durchgehen lassen! Der Scherz war meinethalben derb, na, sagen wir, war vielleicht ein starkes Stück, aber an sich doch schließlich nicht ohne Witz, nicht ohne Witz!«

»Wie! Sie halten Liputins Vorgehen auch noch für witzig?« fuhr Julia Michailowna in schrecklicher Empörung auf, » – einen solchen Blödsinn, eine solche Taktlosigkeit, eine solche Niedertracht und Gemeinheit, diesen verabredeten Anschlag! Oh, Sie reden absichtlich so! Dann gibt es keine andere Erklärung: dann sind Sie selbst mit jenen im Bunde!«

»Na ja, was denn sonst! Ich saß doch hinter den Kulissen, habe von dort aus die ganze Maschinerie dirigiert. – Wenn *ich* an einer Verschwörung beteiligt gewesen wäre, dann – das könnten Sie sich doch selber sagen – dann wäre es nicht bei einem Liputin allein geblieben! Folglich steckte ich wohl Ihrer Meinung nach auch hinter meinem Papachen, absichtlich, damit er nur ja einen solchen Skandal heraufbeschwöre? Ja, nun sagen Sie mal: wer ist denn jetzt daran schuld, daß man auch Papachen zu einem Vortrag zuließ? Wer hat Ihnen noch gestern davon abgeraten, noch gestern, gestern?!«

»Oh, hier il avait tant d'esprit, und ich rechnete so auf ihn! Und dazu seine guten Manieren! Ich dachte: er und Karmasinoff ... und nun statt dessen! ...«

»Tja, und nun statt dessen! Aber ungeachtet seines ‚tant d'esprit', hat Papachen alles verpfuscht. Und da ich das voraussah, hätte ich, als Mitglied einer erwiesenen Verschwörung gegen Ihr Fest, Ihnen doch wohl nicht abgeraten, den Ziegenbock zum Gärtner zu machen, ist's nicht so? Indessen habe ich Ihnen tatsächlich abgeraten, habe noch gestern gewarnt, und zwar, weil ich schon so 'ne Vorahnung hatte, wie das ausgehen werde. Natürlich habe ich nicht alle Details vorausgesehen, das wäre ja auch gar nicht möglich gewesen, denn er hat doch sicher selbst nicht gewußt, womit er im nächsten Augenblick herausplatzen wird. So'n nervöser Alter ist doch überhaupt kein normaler Mensch mehr! Aber die Sache läßt sich noch retten: schicken Sie gleich morgen zur Genugtuung des Publikums zwei Ärzte zu ihm, die sich auf administrative Anordnung hin, aber natürlich mit allen Honneurs, nach seinem Gesundheitszustand zu erkundigen haben, oder schon heute, und dann geradewegs in eine Kaltwasserheilanstalt mit ihm. Wenigstens werden dann alle lachen und einsehen, daß man keine Ursache hat, sich gekränkt zu fühlen. Ich kann ja noch heute auf dem Ball unter der Hand ein paar diesbezügliche Erklärungen abgeben, da ich ja der Sohn bin. Eine andere Sache ist es mit Karmasinoff, der hat sich schön als grüner Esel entpuppt und sein Elaborat eine ganze Stunde lang vorskandiert – mit dem also stecke ich Ihrer Ansicht nach doch zweifellos unter einer Decke! Der hat mich sicher ausdrücklich gebeten, beim Verderben des Festes mithelfen zu dürfen, um Julia Michailowna zu schaden!«

»Oh, Karmasinoff, quelle honte! Ich verging, ich verging vor Scham über unser Publikum!«

»Na, ich wäre nicht vergangen, sondern hätte lieber ihm das Gehen beigebracht. Das Publikum hatte ja recht. Und wer ist nun an Karmasinoff schuld? Habe etwa ich Ihnen diesen aufgedrängt? Habe ich bei seiner Vergötterung mitgeholfen? Doch zum Teufel mit ihm! Aber nun der dritte, der Maniak, der Politiker! Das war schon eine andere Nummer! Auf den sind wir schon alle hereingefallen, nicht bloß etwa meine Verschwörerbande!«

»Ach, reden Sie nicht davon, das ist schrecklich, schrecklich! Daran bin ich, ich allein schuld!«

»Tja, freilich, aber in diesem Fall muß ich Sie doch verteidigen. So etwas kann niemand voraussehen – und wer, zum Teufel, kennt sich denn heute unter diesen ‚Aufrichtigen' überhaupt noch aus? Vor so einem ist man selbst in Petersburg nicht sicher. Er war Ihnen doch empfohlen! und wie noch! Sehen Sie nun nicht ein, daß Sie jetzt sogar verpflichtet sind, auf dem Ball zu erscheinen? Man weiß doch, daß Sie es waren, die ihn auf die Tribüne brachte: darum müssen Sie nun öffentlich zu erkennen geben, daß Sie sich mit ihm nicht solidarisch fühlen, daß der Kerl schon in den Händen der Polizei ist und daß man Sie auf unerklärliche Weise betrogen hat. Sie müssen es mit Unwillen kundgeben, daß Sie das Opfer eines Verrückten gewesen sind. Denn daß der Kerl verrückt ist, sieht doch ein jeder! Ich kann diese Beißenden nicht ausstehen. Freilich rede ich selber manchmal noch schärfer, aber ich tu's doch nicht von der Tribüne aus! Und da reden nun noch die Leute wie absichtlich gerade jetzt von dem Senator!«

»Von was für einem Senator? Wer redet ...?«

»Tja, was weiß ich! Aber wie, Julia Michailowna, haben Sie denn noch nichts von einem Senator gehört?«

»Einem Senator? Nein!«

»Ja, sehen Sie, man erzählt sich, daß irgendein Senator hierher kommen werde, und daß man Sie von Petersburg aus absetzen wolle. Ich habe es von vielen gehört.«

»Auch ich habe so etwas gehört«, bestätigte ich.

»Wer hat das gesagt?« fuhr Julia Michailowna auf, und das Blut schoß ihr ins Gesicht.

»Wer das zuerst gesagt hat? ... Wie soll ich das wissen. Vielleicht ist es nur ein Gerücht. Aber man hört so reden. Besonders gestern sprach man davon. Alle tun so ernst dabei, obgleich man gar nicht recht klug daraus werden kann. Natürlich: die bißchen Klügeren und Kompetenteren, die reden ja nicht davon, aber auch von diesen hören manche aufmerksam zu.«

»Was für eine Niedertracht! Und ... was für eine Dummheit!«

»Na, wie gesagt, und schon deshalb müssen Sie erscheinen, um diesen Dummköpfen ...«

»Ich sehe ein, ja, ich fühle es jetzt selbst, daß ich verpflichtet bin ... aber wie, wenn mich eine neue Schande erwartet? Und wenn der Ball am Ende gar nicht zustande kommt? Keiner wird kommen, keiner, keiner! Sie werden sehen!«

»Ach, Unsinn! Die und nicht kommen! Und die Kleider, die schon genäht worden sind, und die Balltoiletten der Töchter? Da soll einer Sie noch für eine Frau halten, wenn Sie das befürchten! Wo bleibt da die Menschenkenntnis!«

»Die Adelsmarschallin wird bestimmt, bestimmt nicht erscheinen!«

»Zum ... ja, was ist denn passiert, daß sie nicht erscheinen sollte?« rief er plötzlich ganz wütend vor Ungeduld.

»Eine Entehrung, eine Blamage – das ist passiert. Ich weiß nicht genau, was geschehen ist, aber jedenfalls etwas, wonach ich unmöglich hingehen kann.«

»So! Und warum denn nicht? Was können Sie denn schließlich dafür? Wie kommen Sie dazu, die Schuld sich zuzuschreiben? Ist denn nicht viel eher das Publikum selbst an allem schuld, eure Honoratioren, eure Familienväter? Deren Pflicht wäre es doch vor allem gewesen, die Lümmel und die Herumtreiber im Zaum zu halten, – denn nur um solche handelte es sich doch, nicht etwa um ernstere Leute. In keiner Gesellschaft und überhaupt nirgendwo kann die Polizei allein für alles einstehen. Bei uns aber verlangt jeder, der eintritt, daß hinter ihm ein Polizist stehe und ihn beschütze. Sie begreifen nicht, daß jede Gesellschaft sich selbst beschützen muß. Aber was machen bei uns die Herren Familienväter und Honoratioren samt Frauen und Töchtern in solchen Fällen? Sie schweigen und sind pikiert! Spielen die Gekränkten! Nicht einmal diese Bengel von Störenfrieden im Zaum zu halten, verstehen sie, selbst dazu reicht ihre gesellschaftliche Initiative nicht aus!«

»Ach, das ist nur zu wahr! Sie schweigen, sind pikiert und ... schauen sich um!«

»Und wenn das wahr ist, dann müssen Sie das auch unverzüglich sagen, laut, stolz und streng. Es gilt jetzt zu zeigen, daß Sie nicht besiegt sind. Gerade diesen alten Herren und Müttern. Oh, Sie werden das schon zu machen verstehen, Sie haben das Talent dazu, wenn der Kopf klar ist. Sie werden sie alle um sich herum versammeln und dann laut Ihre Meinung äußern, laut. Und danach schicken wir einen Bericht an die Petersburger Zeitungen, an „Die Stimme“ und an die „Börsennachrichten“. Warten Sie, ich werde das selbst in die Hand nehmen und Ihnen alles arrangieren. Natürlich muß besser aufgepaßt werden, das Büfett ist im Auge zu behalten. Wir müssen den Fürsten bitten, den

Herrn da bitten ... Sie dürfen uns doch jetzt nicht im Stich lassen, monsieur, jetzt, wo es gilt, alles von neuem anzufangen. Und dann müssen Sie erscheinen, am Arm Andrei Antonowitschs. Wie geht es ihm übrigens?«

»Oh, wie ungerecht, wie falsch, wie beleidigend haben Sie immer über diesen engelhaften Menschen geurteilt!« rief Julia Michailowna in einem plötzlichen Gefühlsausbruch und fast unter Tränen aus, indem sie ihr Taschentuch an die Augen führte.

Diese Wendung kam für Pjotr Stepanowitsch so unerwartet, daß er im Augenblick nicht wußte, was er sagen sollte.

»Aber ich bitte Sie, ich ... ja, wieso denn! ... ich habe doch immer ...«

»Nein, niemals, niemals, niemals haben Sie ihm Gerechtigkeit widerfahren lassen!«

»Eine Frau kann man doch nie auskennen!« brummte Pjotr Stepanowitsch mit einem eigentümlich schiefen Lächeln.

»Er ist der anständigste, zartfühlendste, engelhafteste Mensch! Der gütigste von allen!«

»Aber ... ich bitte Sie, ich ... wieso, ich habe doch immer – namentlich was seine Güte anbetrifft ... habe ich ihm doch immer ...«

»Nein, niemals! Aber lassen wir das. Ich bin schlecht für ihn eingetreten. Und vorhin hat diese Jesuitin, die Adelsmarschallin, auch einige sarkastische Bemerkungen wegen gestern fallen lassen.«

»Oh, der ist es jetzt nicht mehr um Gestriges zu tun, die hat von heute genug! Aber weshalb beunruhigt Sie das, daß sie nicht auf den Ball kommen wird? Denn natürlich wird sie nicht kommen, nachdem sie selbst in einen solchen Skandal verwickelt worden ist! Möglich, daß sie nicht schuld ist, aber die Reputation ist doch hin: schmutzige Hände.«

»Was heißt das? ... ich verstehe nicht – warum schmutzige Hände?« Julia Michailowna sah ihn verständnislos an.

»Das heißt, ich will ja nichts behaupten, aber die ganze

Stadt läutet es schon aus, daß gerade sie sie zusammengebracht habe.«

»Wen? Wen zusammengebracht?«

»Ja, wissen Sie es denn noch nicht?« rief er mit vorzüglich gespieltem Erstaunen. »Stawrogin und Lisaweta Nikolajewna!«

»Wie? Was?« riefen wir alle.

»Ja, wissen Sie denn wirklich noch nichts? Na, hören Sie mal! Aber es hat sich doch inzwischen eine ganze Romantragödie abgespielt! – Es hat Lisaweta Nikolajewna beliebt, sich unmittelbar aus der Equipage der Adelsmarschallin in die Equipage Stawrogins hinüberzusetzen und – wie es in Romanen heißt – ‚mit diesem letzteren' nach Skworeschniki zu entschlüpfen, mitten am hellichten Tage. Erst vor einer Stunde, noch nicht einmal einer Stunde.«

Wir erstarrten. Natürlich bestürmten wir ihn mit weiteren Fragen, doch obschon er selbst »zufällig« Augenzeuge gewesen sein wollte, konnte er zu unserer Verwunderung von den näheren Umständen nichts ausführlich erzählen. Geschehen war es angeblich folgendermaßen: Als die Adelsmarschallin nach der Matinee Lisa und Mawrikij Nikolajewitsch in ihrer Equipage heimbrachte und der Wagen vor dem Hause von Lisas Mutter (die immer noch krank war) hielt, da wartete nicht weit, ungefähr fünfundzwanzig Schritt von der Vorfahrt, etwas abseits eine andere Equipage. Und kaum war Lisa vor der Treppe ausgestiegen – da sei sie sofort zu jener Equipage geeilt; der Schlag habe sich geöffnet, sei zugeklappt; Lisa habe Mawrikij Nikolajewitsch nur noch zugerufen: »Lassen Sie mich!« – und die Equipage sei in voller Karriere davongefahren nach Skworeschniki. Auf unsere hastigen Fragen: War das eine Verabredung? Wer saß in jener Equipage? – antwortete Pjotr Stepanowitsch, das wisse er nicht; aber zweifellos sei das wohl abgekartet gewesen, doch Stawrogin habe er in der Equipage nicht gesehen; vielleicht saß nur der Kammerdiener im Wagen, der alte Alexei Jegorytsch. Auf die Frage: »Wie kam es denn, daß Sie gerade zugegen waren? Und woher wissen Sie, daß die Equipage nach Skworeschniki gefahren ist?« – antwortete er, daß er Augenzeuge gewesen sei, weil er gerade vorüberging, und als er Lisa erblickte, sei er sogar zu jener Equipage geeilt (und dennoch wollte er nicht gesehen haben, wer in der Equipage saß, ein so neugieriger Mensch wie er!), Mawrikij Nikolajewitsch aber sei ihr nicht nur nicht nachgejagt mit dem anderen Gefährt, sondern habe nicht einmal versucht, Lisa zurückzuhalten, ja, er habe noch eigenhändig die Adelsmarschallin festgehalten, die mit lauter Stimme geschrien habe: »Sie fährt zu Stawrogin! zu Stawrogin!«

Da aber riß mir die Geduld und ich schrie, toll vor Wut, Pjotr Stepanowitsch ins Gesicht:

»Das hast du, Lump, alles arrangiert! Nur dazu hast du auch den ganzen Vormittag gebraucht! Du hast Stawrogin geholfen, du hast in der Equipage gewartet, du hast sie einsteigen lassen, du, du, du! ... Julia Michailowna, dieser Mensch ist Ihr Feind, er wird auch Sie ins Verderben stürzen! Nehmen Sie sich in acht vor ihm!«

Und ich stürzte Hals über Kopf hinaus.

Noch heute begreife ich nicht und wundere mich, wie ich ihm das damals so ins Gesicht schreien konnte. Aber ich hatte den Zusammenhang erraten: es war fast alles tatsächlich so geschehen, wie ich es ihm dort ins Gesicht schrie, aber das stellte sich erst später heraus. Das Entscheidende war wohl die gar zu offenkundige Unnatürlichkeit der Art, wie er die Nachricht mitteilte. Er hatte sie nicht sofort erzählt als erste und außergewöhnliche Neuigkeit, sondern hatte getan, als wüßten wir sie bereits, als hätten wir sie schon von anderen hören können – was doch in dieser kurzen Zeit ganz unmöglich gewesen wäre. Und selbst wenn uns diese Kunde schon zu Ohren gekommen wäre, so hätten wir doch nicht so lange darüber geschwiegen, bis er davon anfing. Auch konnte er gleichfalls wegen der Kürze der Zeit unmöglich schon gehört haben, daß »die ganze Stadt« der Adelsmarschallin eine Schuld daran zuschrieb oder sonst etwas »ausläutete«. Zudem hatte er, als er uns Auskunft gab, etwa zweimal ganz eigentümlich, gewissermaßen zynisch und leichtfertig, gelächelt, wahrscheinlich in dem Glauben, daß er uns Dummköpfe schon vollkommen überzeugt habe. Aber jetzt war es mir nicht mehr um ihn und seine Entlarvung zu tun; da ich ihm die wichtigste Tatsache doch glaubte, lief ich geradezu außer mir von Julia Michailowna weg. Diese Katastrophe traf mich mitten ins Herz. Ich hätte weinen mögen vor Schmerz, ja, vielleicht weinte ich auch wirklich. Ich wußte nicht und konnte nicht überlegen, was jetzt zu tun wäre. So eilte ich denn zunächst zu Stepan Trofimowitsch, aber der ärgerliche Mensch machte wieder nicht auf. Nastassja versicherte ehrfurchtsvoll flüsternd, daß er sich schlafen gelegt habe, doch ich glaubte ihr das nicht. Im Hause Lisas erfuhr ich einiges von den Dienstboten; sie bestätigten die Flucht, wußten aber selbst nichts Näheres. Im Hause herrschte große Unruhe; die kranke gnädige Frau hatte einen Ohnmachtsanfall nach dem anderen, und Mawrikij Nikolajewitsch war bei ihr. Es erschien mir unmöglich, Mawrikij Nikolajewitsch herausbitten zu lassen. Bezüglich Pjotr Stepanowitschs sagte man mir auf meine Frage, daß er in den letzten Tagen allerdings sehr oft ins Haus gekommen sei, manchmal sogar zweimal am Tage. Die Dienstboten waren traurig und sprachen von Lisa mit einer gewissen ganz besonderen Ehrerbietung; sie wurde von ihnen geliebt. Daß sie verloren, rettungslos verloren war – daran zweifelte ich nicht, aber die psychologische Seite der Tat konnte ich entschieden nicht begreifen, besonders nicht nach der Szene zwischen Lisa und Stawrogin am vergangenen Tage bei Julia Michailowna. Mich in der Stadt bei schadenfrohen Bekannten zu erkundigen, unter denen die Nachricht sich jetzt natürlich schon verbreitete, erschien mir widerlich, ja, und für Lisa auch erniedrigend. Doch sonderbar war, daß ich zu Darja Pawlowna ging, wo ich übrigens nicht empfangen wurde (im Stawroginschen Hause wurde seit dem vergangenen Tage niemand empfangen); ich weiß auch nicht, was ich ihr hätte sagen mögen und wozu ich dorthin eilte. Von dort begab ich mich zu ihrem Bruder. Schatoff hörte mich finster und schweigend an. Erwähnen muß ich, daß ich ihn in einer so düsteren Stimmung antraf wie noch nie zuvor; er war wie ganz in Gedanken vertieft und hörte mich an, als müßte er sich dazu überwinden. Er sagte so gut wie nichts und begann in seiner Dachstube auf und ab zu gehen aus einer Ecke in die andere, wobei er lauter als sonst mit den Stiefeln auftrat. Als ich die Treppe bereits hinuntergegangen war, rief er mir plötzlich nach, ich solle doch bei Liputin vorsprechen: »Dort werden Sie alles erfahren.« Zu Liputin ging ich nicht, aber nachdem ich schon weit gegangen war, kehrte ich wieder um und ging zu Schatoff zurück, und nachdem ich seine Tür halb aufgemacht, fragte ich lakonisch und ohne alle Erklärungen: ob er nicht heute noch zu Marja Timofejewna gehen könnte? Als Antwort darauf begann Schatoff zu schimpfen, und ich ging weg. Ich füge hier gleich hinzu, um es nicht zu vergessen, daß er noch an demselben Abend tatsächlich nach jener äußersten Vorstadt zu Marja Timofejewna ging, die er seit längerer Zeit nicht mehr gesehen hatte. Er fand sie soweit bei guter Gesundheit und in heiterer Stimmung, Lebädkin dagegen in schwerer Betrunkenheit schlafend auf dem Sofa im ersten Zimmer. Das war um neun Uhr abends. Das sagte er mir bereits am folgenden Tage, als wir uns in Eile auf der Straße begegneten. Gegen zehn Uhr abends aber entschloß ich mich doch noch, auf den Ball zu gehen, freilich nicht mehr als »Festordner« (meine Bandschleife war ja auch bei Julia Michailowna geblieben), sondern nur aus unbestimmter Neugier: ich wollte hören (ohne zu fragen), wie man im allgemeinen über alle diese Vorfälle sprach. Und dann wollte ich auch Julia Michailowna sehen, wenn auch nur von ferne. Ich machte mir Vorwürfe und bereute es sehr, daß ich so ohne weiteres von ihr weggelaufen war.

III

Diese ganze Nacht mit ihren fast absurden Ereignissen und mit der furchtbaren »Katastrophe« gegen Morgen kommt mir noch immer wie ein gräßlicher Traum oder Albdruck vor und ist – wenigstens für mich – der schwierigste Teil meiner Chronik. Ich kam zwar etwas spät auf den Ball, aber immerhin noch rechtzeitig, um sein Ende mitzuerleben – so früh war es ihm bestimmt, sein Ende zu finden. Die Uhr ging schon auf elf, als ich an der Vorfahrt des Hauses der Adelsmarschallin anlangte. Derselbe Weiße Saal, in dem die literarischen Vorträge stattgefunden hatten, war bereits, trotz der kurzen Zwischenzeit, ausgeräumt und in den Haupttanzsaal, wie man annahm, für die ganze Stadt verwandelt worden. Aber wie schlimm meine Befürchtungen nach dem Verlauf der Matinee für den Ball auch waren, eine solche Wirkung hatte ich doch nicht vorausgesehen: aus den höheren Gesellschaftskreisen hatte sich auch nicht eine einzige Familie eingefunden; selbst die Beamten von auch nur einiger Bedeutung fehlten alle; das aber war doch schon ein äußerst bedeutsames Symptom. Was nun die Damen und jungen Mädchen betrifft, so erwiesen sich Pjotr Stepanowitschs Berechnungen (jetzt war seine Hinterlist schon offenkundig) als im höchsten Grade falsch: es waren nur äußerst wenige erschienen; auf vier Herren kam vielleicht eine Dame, und was waren das für Damen! »Irgendwelche« Frauen von Oberoffizieren gewöhnlicher Linienregimenter, von Postbeamten und anderen beamteten kleinen Leuten, drei Frauen von Ärzten mit ihren Töchtern, zwei bis drei Gutsbesitzerinnen (von den ärmeren dieses Standes), die sieben Töchter und die eine Nichte jenes Sekretärs, den ich gelegentlich schon erwähnte, Kaufmannsfrauen – war das die Gesellschaft, die Julia Michailowna vorzufinden erwartet hatte? Selbst von den Kaufleuten war fast die Hälfte ferngeblieben. Was nun die Männer anbelangt, so bildeten sie trotz der geschlossenen Abwesenheit unserer ganzen Notabilität dennoch eine dichte Masse, aber diese Masse machte einen zweideutigen, Mißtrauen erweckenden Eindruck. Natürlich gab es da auch ein paar überaus stille und ehrenwerte Offiziere mit ihren Frauen, ein paar gehorsamste Familienväter, wie zum Beispiel jener selbe Sekretär und Vater seiner sieben Töchter. Doch alle diese stillen bescheideneren Leutchen waren sozusagen nur »in Ermangelung einer anderen Möglichkeit« gekommen, wie sich einer dieser Herren ausdrückte. Andererseits aber hatte sich die Menge der kecken Persönlichkeiten im Vergleich zum Vormittag anscheinend noch vermehrt und desgleichen die Anzahl solcher, die offenbar ohne Eintrittskarten hereingelassen worden waren – welchen Verdacht Pjotr Stepanowitsch und ich bereits am Nachmittag ausgesprochen hatten. Vorläufig saßen sie alle noch im Büfettraum, und zwar begaben sie sich, wenn sie erschienen, sofort geradenwegs dorthin wie zu einem verabredeten Sammelplatz. Wenigstens hatte ich diesen Eindruck. Das Büfett befand sich ganz am Ende der Zimmerflucht in einem geräumigen Saal, wo Prochórytsch sich mit sämtlichen Verlockungen der Klubküche etabliert und eine verführerische Ausstellung aller Imbisse und Getränke aufgebaut hatte. Hier fielen mir Gestalten auf, die in nahezu zerrissenen Röcken, wenigstens in höchst zweifelhaften, gar zu wenig ballmäßigen Anzügen erschienen waren; dazu waren sie augenscheinlich nur mit größter Mühe und selbstredend nur für kurze Zeit nüchtern gemacht worden, Leute, die man Gott weiß wo aufgetrieben hatte, jedenfalls keine Einheimischen, sondern Hergereiste aus anderen Städten. Es war mir natürlich bekannt, daß vom Komitee nach Julia Michailownas Idee beschlossen worden war, den Ball nach durchaus demokratischen Grundsätzen zu veranstalten, »ohne selbst Kleinbürgern den Zutritt zu verweigern, falls es geschehen sollte, daß jemand dieses Standes eine Eintrittskarte erwirbt«. Diese Worte hatte sie in ihrem Komitee dreist aussprechen können, denn sie durfte überzeugt sein, daß es von den ausnahmslos armen Kleinbürgern unserer Stadt auch nicht einem in den Sinn kommen würde, für drei Rubel eine Eintrittskarte zu lösen. Nichtsdestoweniger erschien es mir doch sehr bedenklich, daß man diese finsteren Leute in den schäbigen Röcken überhaupt hatte hereinlassen können, selbst wenn das Komitee noch so demokratisch gesinnt war. Aber wer hatte sie denn jetzt hereingelassen und zu welchem Zweck schließlich? Liputin und Lämschin waren ihres Amtes als Festordner bereits enthoben (was sie jedoch nicht hinderte, auf dem Ball anwesend zu sein, zumal sie auch zu den in der „Quadrille der Literatur" Mitwirkenden gehörten); doch an die Stelle Liputins war jetzt zu meiner Verwunderung jener selbe Seminarist getreten, der durch seinen Zusammenstoß mit Stepan Trofimowitsch mehr als alles andere den »Skandal der Matinee« heraufbeschworen hatte, und Lämschin wurde gar ersetzt durch – Pjotr Stepanowitsch in eigener Person. Was konnte man in diesem Falle noch erwarten?

Ich versuchte, von den Gesprächen einiges aufzufangen. Manche Aussprüche überraschten durch ihre Ungereimtheit. So wurde zum Beispiel in einer Gruppe behauptet, diese ganze Geschichte mit Stawrogin und Lisa sei von Julia Michailowna vorbereitet worden, und sie habe sich von Stawrogin Geld dafür zahlen lassen. Man nannte sogar die Summe. Man behauptete, selbst das ganze Fest sei von ihr zu diesem Zweck veranstaltet worden, und eben deshalb sei auch die halbe Stadt nicht gekommen, nachdem man erfahren, um was es sich handelte; Lembke aber sei dadurch so erschüttert worden, daß diese Erschütterung seinen Verstand »zerrüttet« habe, und nun »führe« sie ihn als Verrückten umher. – Hierzu gab es viel Gelächter, sowohl lautes, offenes Lachen wie gemeines und lautloses Feixen, hinter dem sich eigene Gedanken verbargen. Auch der Ball wurde von allen fürchterlich kritisiert, und auf Julia Michailowna wurde bereits ganz ungeniert geschimpft. Überhaupt war dieses ganze Geschwätz mehr ein bruchstückhaftes, halbbetrunkenes, ruheloses Durcheinander ohne Ernst und Ordnung, so daß es schwer hielt, sich daraus einen Vers zu machen oder etwas Bestimmtes daraus zu folgern. In demselben Büfettsaal hatten sich auch viele harmlos lustige Leute niedergelassen, sogar einige Damen von der Sorte, die man mit nichts in Erstaunen setzen oder einschüchtern kann, äußerst liebenswürdige und lustige Geschöpfe, meist jene erwähnten Offiziersfrauen mit ihren Männern. Sie hatten in Gruppen an mehreren Tischchen Platz genommen und tranken vergnügt Tee. Der Büfettsaal wurde zum behaglichen Landungsplatz für nahezu die Hälfte des erschienenen Publikums. Und dieses ganze hier versammelte Publikum mußte doch bald, wenn die Quadrille der Literatur begann, voll Neugier auf einmal in den Tanzsaal fluten. Es war beinahe unheimlich, sich das auch nur vorzustellen.

Inzwischen hatte man im Weißen Saale dank der Mitwirkung des jungen Fürsten drei magere Quadrillen zustande gebracht. Die jungen Damen tanzten also, und die Eltern sahen zu und freuten sich. Doch selbst von diesen ehrenwerten Familienhäuptern begannen schon viele heimlich zu überlegen, wie sie sich, nachdem die Töchter ihr Vergnügen gehabt, zeitiger entfernen könnten, und nicht erst dann, »wenn's wieder anfängt«. Daß es aber unfehlbar wieder »anfangen« werde, davon waren entschieden alle überzeugt.

Julia Michailownas Gemütszustand zu schildern, wäre mir wohl kaum möglich. Ich kam dort nicht dazu, mit ihr zu sprechen, obschon ich öfter in ihrer Nähe war. Auf meine Verbeugung beim Eintritt dankte sie nicht, da sie mich nicht bemerkte (sie hat mich tatsächlich nicht bemerkt). Ihr Gesicht hatte den Ausdruck einer Leidenden, ihr Blick war hochmütig und voll Verachtung, aber unstet und erregt. Sie beherrschte sich mit sichtlicher Qual – aber wozu eigentlich und für wen? Sie hätte unbedingt den Ball verlassen und vor allen Dingen ihren Gatten heimbringen sollen, aber sie blieb! Dabei konnte man es schon ihrem Gesicht ansehen, daß die Augen ihr nun »endlich aufgegangen« waren und daß sie auf nichts mehr hoffte. Sie rief auch nicht ein einziges Mal

Pjotr Stepanowitsch zu sich (der ging ihr auch, glaube ich, schon selbst aus dem Wege; ich sah ihn im Büfettraum, er war übertrieben lustig). Aber sie blieb doch auf dem Ball und ließ ihren Mann keinen Augenblick von ihrer Seite. Oh, sie hätte noch vorhin am Nachmittag jede Anspielung auf seinen Gesundheitszustand mit aufrichtiger Empörung zurückgewiesen. Jetzt aber mußten ihr auch in der Beziehung die Augen endlich aufgegangen sein. Mir wenigstens war es schon auf den ersten Blick klar, daß sein Zustand sich im Vergleich zum Vormittag verschlimmert hatte. Er schien sich in einem Zustand der Selbstvergessenheit zu befinden und sich gar nicht dessen bewußt zu sein, wo er war. Hin und wieder richtete er seinen Blick plötzlich mit ganz unerwarteter Strenge auf den einen oder anderen, zweimal zum Beispiel auch auf mich. Einmal begann er zu sprechen, begann laut und wichtig, sprach aber den Satz nicht zu Ende, wodurch er einen bescheidenen alten Beamten, der zufällig in seiner Nähe stand, geradezu erschreckte. Doch selbst dieser Teil des Publikums, das im Weißen Saal anwesend war, selbst die Bescheidenen und Scheuen, gingen finster und ängstlich Julia Michailowna aus dem Wege, obschon sie gleichzeitig äußerst sonderbare Blicke auf ihren Gemahl warfen, Blicke, deren Beharrlichkeit und Offenheit mit der sonstigen Schüchternheit dieser Leute gar zu wenig übereinstimmten.

»Sehen Sie, gerade dieses Benehmen war es, was mich plötzlich wie ein Stich ins Herz traf, und ich begann endlich zu erraten, wie es um Andrei Antonowitsch stand«, sagte Julia Michailowna später einmal zu mir.

Ja, wieder war sie die Schuldige! Wahrscheinlich hatte sie sich am Nachmittag, als nach meiner Flucht aus ihrem Hause auf Pjotr Stepanowitschs Zureden hin beschlossen worden war, daß der Ball stattfinden und sie auf ihm erscheinen solle, – wahrscheinlich hatte sie sich dann wieder in das Arbeitszimmer ihres Gatten begeben, zu ihrem Andrei Antonowitsch, den, wie sie meinte, nur der Skandal der Matinee »erschüttert« hatte, und dort wird sie wohl wieder alle ihre Zaubermittel angewandt haben, um ihn zum Mitgehen zu bewegen. Wie groß mußte demnach ihre Qual jetzt sein! Und dennoch blieb sie auf dem Ball! War es nun ihr Stolz, der sie trotz aller Pein auf ihrem Platz auszuharren zwang, oder hatte sie bereits den Kopf verloren – ich weiß es nicht. Jedenfalls versuchte sie in geradezu erniedrigender Weise und mit freundlichem Lächeln (bei ihrem Hochmut!) einzelne Damen in ein Gespräch zu ziehen, aber die wurden sofort unsicher, antworteten mißtrauisch und einsilbig mit einem »Ja, gewiß!« oder »Nein, gnädige Frau!« und gingen ihr sichtlich scheu aus dem Wege.

Von den unbestrittenen Würdenträgern unserer Stadt befand sich nur ein einziger auf diesem Ball – jener selbe hochangesehene General a. D., von dem ich schon einmal erzählt habe: der bei der Adelsmarschallin nach dem Duell zwischen Stawrogin und Gaganoff (seiner alten Gewohnheit getreu, »gerade davon laut zu sprechen, wovon alle nur heimlich zu flüstern wagen«) der allgemeinen Ungeduld die Tür geöffnet hatte. Jetzt spazierte er würdevoll durch alle Säle, beobachtete und hörte zu und bemühte sich, durch seine Miene recht offenkundig zu zeigen, daß er nur so, nur um die Sitten zu beobachten, also mehr Studien halber als um eines reinen Vergnügens willen, gekommen sei. Er endete damit, daß er sich ganz und gar Julia Michailowna zugesellte und nicht einen Schritt von ihr wich, sichtlich bestrebt, sie zu ermutigen und zu beruhigen. Gewiß war er ein Mensch von großer Herzensgüte, sehr vornehm und bereits so alt, daß man von ihm sogar Mitleid hinnehmen konnte. Aber sich selbst eingestehen zu müssen, daß dieser alte Schwätzer sie, Julia Michailowna, zu bemitleiden und fast unter seine Fittiche zu nehmen wagte, indem er sehr wohl begriff, daß er ihr mit seiner Anwesenheit eine Ehre erwies, das muß für sie doch sehr peinlich gewesen sein. Der General aber hielt unentwegt stand und schwatzte ohne Unterlaß.

»Hm, man sagt, keine Stadt könne bestehen ohne sieben Gerechte ... sieben, glaub' ich, müssen es sein, entsin-ne mich nicht mehr genau der vor-schriftsmäßigen Zahl. Ich weiß nicht, wie viele von diesen sieben ... unzwei-felhaft Gerechten unserer Stadt ... die Ehre haben, auf Ihrem Ball anwesend zu sein, doch was mich betrifft, so beginne ich trotz der Anwesenheit derselben mich nicht außer-halb jeder Gefahr zu empfinden. Vous me pardonnerez, charmante dame, n'est-ce pas? Ich spreche natürlich alle-gorisch; ich begab mich vorhin zum Büfett, bin aber froh, mit heiler Haut wieder heraus-ge-kommen zu sein ... Unser unschätzbarer Prochórytsch ist dort nicht an seinem Platz, und es sieht so aus, als ob zum Morgen hin sein ganzes Proviantlager mit stürmender Hand genommen sein werde. Übrigens amü-siert es mich. Ich warte nur noch auf diese „Quadrille der Li-te-ratur", dann aber ins Bett. Verzeihen Sie das schon einem alten Podagristen, muß mich früh hinlegen. Aber auch Ihnen würde ich raten, „in die Federchen zu gehen", wie man aux enfants zu sagen pflegt ... Ich bin ja eigentlich nur wegen der jungen Schönheiten gekommen ... die ich natürlich nirgendwo in solcher Voll-zähligkeit antreffen könnte wie hier ... Alle von jenseits des Flusses, und dorthin pflege ich nicht zu fahren. Die Frau eines Leutnants ... ich glaube, von den Jägern ... ist sogar wirklich hübsch ... hm, in der Tat ... und das weiß sie auch selbst. Ich hab' mich mit dem schalkhaften Persönchen unterhalten; schlagfertig und ... so, nun ja. Nun und die jungen Mädchen sind frisch ... Ja; aber das ist auch alles. Außer der Frische nichts. Übrigens, amüsant. Wenigstens für mich. Es gibt da Knöspchen ... nur die Lippen ein wenig dick. Überhaupt ist in der russischen Schönheit der Frauenantlitze wenig von jener Regelmäßigkeit vorhanden und ... und ein bißchen läuft sie doch auf einen Pfannkuchen hinaus ... Vous me pardonnerez, n'est-ce pas ... übrigens immer bei gleichzeitig schönen Augen ... lachenden Augen. Diese Knöspchen sind so in den ersten zwei Jahren ihrer Jugend be-zau-bernd, sogar drei Jahre lang ... dann aber, nun ja, dann werden sie unwiderruflich dick ... wodurch sie in ihren Männern jenen traurigen Indif-ferentismus erzeugen, der die Entwicklung der Frauenfrage so überaus begünstigt ... vorausgesetzt, daß ich diese Frauenfrage richtig verstehe ... Hm! Der Saal ist nicht übel; die Räume schön geschmückt. Es hätte schlechter sein können. Die Musik könnte sogar sehr viel schlechter sein ... ich sage nicht: ‚sollte'. Ein übler Eindruck, daß überhaupt wenig Damen vorhanden sind. Die Toiletten übergehe ich. Schlimm ist, daß dieser dort in den grauen Beinkleidern sich so unverhüllt zu cancanieren erlaubt. Ich würde es verzeihen, wenn es von ihm aus Freude geschehe, und zumal er ein hiesiger Apotheker ist ... aber um elf ist es immer-hin noch zu früh, selbst für einen Apothe-ker ... Dort im Büfettsaal begannen zwei sich zu prügeln und wurden nicht hinausbefördert. Um elf aber müssen Raufbolde [illegible] werden, gleichviel welcher Art die Sitten des Publikums sonst sind ... ich will nicht sagen, um drei Uhr morgens, dann muß man der öffentlichen Meinung schon eine Konzession machen – vorausgesetzt, daß dieser Ball die dritte Morgenstunde überhaupt erlebt ... Warwara Petrowna aber hat doch nicht Wort gehalten, und ihre Blumen sind nicht eingetroffen. Hm! Die hat jetzt an anderes zu denken als an Blumen. Pauvre mère! Und die arme Lisa – Sie haben doch schon gehört? Man sagt, eine geheimnisvolle Geschichte und ... und wieder ist dieser Stawrogin in der Arena ... Hm! Ich müßte nun doch ins Bett ... Meine Nase will schon von sich aus einnicken. Aber wann wird denn eigentlich diese „Quadrille der Li-te-ratur" beginnen?«

Endlich begann auch die Literarische Quadrille. Wenn in der letzten Zeit irgendwo in der Stadt das Gespräch auf den bevorstehenden Ball gekommen war, dann hatte man bereits nach den ersten Worten unfehlbar von dieser „Quadrille der Literatur" gesprochen, und da sich niemand eine Vorstellung von dieser Aufführung machen konnte, so erregte sie natürlich übermäßige Neugier. Das aber war schon an sich die größte Gefahr für einen Erfolg, und – wie groß war daher die Enttäuschung!

Eine Seitentür des Weißen Saales, die bis dahin geschlossen war, wurde geöffnet, und plötzlich erschienen ein paar Masken im Saal. Das Publikum drängte sich sofort gierig um sie herum. Im Augenblick verbreitete sich die Kunde bis zum Büfett, und schon stürzte, wälzte sich von dort der ganze Menschenschwarm bis auf den letzten Mann zum Weißen Saal, in den er wie eine Flutwelle einbrach. Die Masken begannen sich zum Tanz aufzustellen. Es gelang mir noch, mich bis zu den ersten Reihen durchzudrängen, und ich blieb dicht hinter Lembkes und dem alten General stehen. Da tauchte plötzlich Pjotr Stepanowitsch flink neben Julia Michailowna auf, nachdem er sich ihr bis dahin gar nicht gezeigt hatte.

»Ich sitze die ganze Zeit am Büfett und beobachte«, flüsterte er ihr mit der Miene eines schuldbewußten Schulbuben zu, die er übrigens absichtlich annahm, um sie noch mehr aufzubringen.

Sie wurde feuerrot vor Zorn.

»Wenn Sie mich doch wenigstens jetzt nicht mehr betrügen wollten, Sie unverschämter Mensch!« entfuhr es ihr fast mit lauter Stimme, so daß es die Umstehenden hörten.

Pjotr Stepanowitsch schlüpfte äußerst zufrieden mit sich selbst wieder flink davon.

Es wäre schwer, sich eine armseligere, billigere, noch talentlosere und fadere Allegorie vorzustellen, als es diese „Quadrille der Literatur" war. Und gewiß hätte man für unser Publikum nichts Ungeeigneteres ersinnen können als diese Allegorie; dabei hieß es, Karmasinoff habe sie erdacht. Freilich, in Szene gesetzt hatte sie Liputin, nach Beratungen mit dem lahmen Lehrer (mit demselben, der an jenem Abend auch bei Wirginskij war). Aber die Idee stammte doch von Karmasinoff, und man sagte, er habe sogar selbst mitwirken, sich maskieren und eine besondere, selbständige Rolle übernehmen wollen. Die Quadrille bestand aus sechs kläglichen Maskenpaaren, ja, eigentlich waren es nicht einmal richtige Masken, denn die Maskerade bestand nur darin, daß sie sich etwa einen künstlichen Bart oder sonst einen billigen Blödsinn angeklebt hatten. Da war zum Beispiel ein älterer Herr, nicht groß von Wuchs, im Frack – also genau so angezogen, wie alle Herren auf einem Ball erscheinen –, mit einem ehrwürdigen grauen Bart (der Bart war allerdings nur angeklebt, und darin bestand die ganze Maskierung). Dieser Herr strampelte, trippelte und tänzelte mit biederem Gesichtsausdruck fast nur auf einer Stelle umher, ohne sich recht vom Fleck zu bewegen. Dazu brachte er mit gemäßigtem, doch schon heißer gewordenem Baßstimmchen allerhand Laute hervor. Diese Heiserkeit der Stimme aber sollte eine unserer bekannten Tageszeitungen gerade besonders charakterisieren[65]. Dieser Maske vis-à-vis tanzten zwei Riesen X und Z, und zwar waren diese Buchstaben an ihren Frack angeheftet, aber was dieses X und dieses Z bedeuten sollten, das blieb unaufgeklärt. „Der ehrliche russische Gedanke“ wurde dargestellt von einem Herrn in mittleren Jahren mit einer Brille, im Frack, in Handschuhen und – in Fußfesseln (es waren richtige eiserne Fußfesseln, wie sie Strafgefangenen angelegt werden). Unter dem Arm trug dieser „Gedanke“ eine Mappe mit irgendwelchen Akten. Aus seiner Fracktasche schaute ein entsiegelter, aus dem Auslande gekommener Brief hervor, der die Ehrlichkeit des »ehrlichen russischen Gedankens« allen denen, die seine Ehrlichkeit bezweifelten, verbürgen sollte. Dies alles wurde von den Festordnern bereits mündlich erklärt, denn lesen konnte man den aus der Tasche hervorlugenden Brief natürlich nicht. In der erhobenen rechten Hand hielt der »ehrliche russische Gedanke« ein Champagnerglas, ganz als wollte er einen Toast ausbringen. Zu beiden Seiten dieses Gedankens und in einer Reihe mit ihm tanzten zwei Nihilistinnen mit kurz geschnittenem Haar, ihm gegenüber aber tanzte ein gleichfalls schon älterer Herr im Frack, mit einem schweren Knüppel in der Hand: diese Gestalt sollte eine gefürchtete, nicht in Petersburg erscheinende Zeitschrift darstellen. Der Knüppel aber sollte wohl sagen: »Wenn ich mal zuschlage, bleibt von meinem Feinde nur noch ein nasses Fleckchen übrig.«

Doch ungeachtet seines Knüppels konnte er auf keine Weise den durch die Brillengläser beharrlich auf ihn gerichteten Blick des »ehrlichen russischen Gedankens« ertragen, weshalb er sich alle Mühe gab, nach links oder rechts diesem Blick auszuweichen, und jedesmal, wenn es zum pas de deux kam, drehte, wand, kringelte er sich förmlich und wußte nicht, wohin er sehen sollte – so sehr quälte ihn wahrscheinlich das Gewissen ... Aber wer kann sich schließlich an alle diese erklügelten Einfälle erinnern! Alles war von dieser Art, so daß ich mich zu guter Letzt qualvoll zu schämen begann. Und siehe, genau dieselbe Empfindung gleichsam eines Schamgefühls spiegelte sich auch in allen übrigen Gesichtern des Publikums wieder, sogar in den mürrischsten Physiognomien aus dem Büfettraum. Eine Zeitlang schwiegen alle und sahen nur mit verdrossener Verständnislosigkeit zu. Wenn ein Mensch sich schämt, fängt er gewöhnlich an sich zu ärgern und ist dann zum Zynismus geneigt. Allmählich aber begann ein Geknurre:

»Was soll das denn eigentlich bedeuten?« brummte in einer Gruppe jemand von denen, die das Büfett belagert hatten.

»Irgend 'nen Blödsinn.«

»Das soll doch etwas Literarisches sein. Das Blatt der Liberalen, „Die Stimme", wird kritisiert.«

»Was geht das mich an!«

In einer anderen Gruppe:

»Diese Esel!«

»Nein, nicht sie sind die Esel, sondern die Esel sind wir.«

»Warum bist du denn ein Esel?«

»Nein, ich bin kein Esel, aber ...«

»Na, wenn selbst du kein Esel bist, dann bin ich schon lange keiner!«

In einer dritten Gruppe:

»Mit einem Tritt sie alle hinauswerfen und dann hole sie der Teufel!«

»... den ganzen Saal ausfegen ...«

In einer vierten:

»Daß diese Lembkes sich nicht schämen zuzusehen!«

»Warum sollen sie sich denn schämen? Du schämst dich doch auch nicht?«

»Doch, ich schäme mich schon, er aber ist der Gouverneur!«

»Ja, und du bist nur ein Schwein ...«

»In meinem ganzen Leben habe ich noch nie einen so geschmacklosen Ball erlebt«, sagte eine Dame gehässig in nächster Nähe von Julia Michailowna, sichtlich mit dem Wunsch, gehört zu werden.

Diese Dame – eine üppige und geschminkte Frau von etwa vierzig Jahren, in einem grellfarbenen Seidenkleide – war in der Stadt zwar allen Leuten bekannt, doch wurde sie in keinem Hause empfangen. Sie war die Witwe eines Staatsrates, der ihr ein hölzernes Wohnhaus und eine karge Pension hinterlassen hatte, aber sie lebte gut und hielt sich sogar eigene Pferde. Vor etwa zwei Monaten hatte sie als erste von allen Damen bei Julia Michailowna ihre Visite machen wollen, war aber von dieser nicht empfangen worden.

»Und das war ja auch wirklich vorauszusehen«, fügte sie hinzu, indem sie Julia Michailowna frech in die Augen sah.

»Wenn es vorauszusehen war, warum sind Sie dann erschienen?« konnte sich Julia Michailowna plötzlich nicht enthalten zu entgegnen.

»Ach, aber doch wirklich nur aus Gutgläubigkeit!« versetzte jene Dame sofort schlagfertig und im Augenblick ungemein belebt (sie hätte gar zu gern einen Wortwechsel angeknüpft), aber der alte General trat sofort zwischen die beiden.

»Chère dame«, sagte er, indem er sich zu Julia Michailowna neigte, »wenn ich einen Rat geben dürfte, so wäre es der, jetzt heimzufahren. Wir behindern die Gesellschaft nur, ohne uns wird man sich vortrefflich amüsieren. Sie haben alles getan, was nötig war, haben den Ball eröffnet, nun und ... jetzt überlassen Sie die Leute sich selbst ... Zumal auch Andrei Antonowitsch sich an–schei–nend nicht wohl fühlt . . . Ich meine, damit ihm hier nicht noch ein Unglück zustoße . . .«

Es war aber bereits zu spät.

Herr von Lembke hatte schon die ganze Zeit die Tänzer der Quadrille mit einer gewissen ungehaltenen Verständnislosigkeit betrachtet, als aber die ersten kritischen Bemerkungen im Publikum laut wurden, begann er sich sogleich unruhig umzuschauen. Da fielen ihm offenbar zum erstenmal auch einzelne Gestalten aus dem Büfettraum auf; sein Blick drückte das größte Befremden aus. Plötzlich erscholl lautes Gelächter über eines der in der Quadrille produzierten Stückchen: der Herausgeber der »gefürchteten, aber nicht in Petersburg erscheinenden Zeitschrift«, der mit dem Knüppel in der Hand tanzte, empfand wohl endgültig, daß er die Brillengläser des »ehrlichen russischen Gedankens« nicht mehr zu ertragen vermochte, und da er nicht wußte, wie er ihnen ausweichen sollte, begann er plötzlich, in der letzten Tour, den Brillengläsern verkehrt, das heißt auf den Händen, mit den Beinen in der Luft, entgegenzugehen, was gleichzeitig die bekannte Entstellungsmanier der »gefürchteten, aber nicht in Petersburg erscheinenden Zeitschrift« veranschaulichen sollte, die unter Umständen selbst die gesunde Vernunft auf den Kopf stellte. Da nur Lämschin auf den Händen zu gehen verstand, hatte er es übernommen, den Herausgeber mit dem Knüppel zu mimen. Julia Michailowna hatte nicht das Geringste davon gewußt, daß jemand auf den Händen gehen werde. »Das hatte man mir verheimlicht, absichtlich verheimlicht!« sagte sie später immer wieder, als sie in ihrer Verzweiflung und Empörung mir alles erzählte. Das Gelächter der Menge wurde natürlich nicht von der sinnbildlichen Darstellung hervorgerufen, an deren Bedeutung man überhaupt nicht dachte, sondern galt einfach dem Anblick eines auf den Händen gehenden Menschen in einem Frack, dessen Schöße nun selbstredend umgeklappt herabhingen.

Lembke brauste auf und erbebte vor Erregung.

»Der Nichtswürdige!« schrie er, indem er auf Lämschin wies. »Man ergreife den Spitzbuben! Umkehren! Umkehren auf die Füße ... der Kopf ... damit der Kopf nach oben ... oben!«

Lämschin sprang wieder auf die Füße. Das Gelächter verstärkte sich.

»Hinausjagen alle Spitzbuben, die da lachen!« befahl plötzlich Lembke.

Die Menge begann zu murren und zu johlen.

»So geht das denn doch nicht, Exzellenz.«

»Das Publikum darf man nicht beschimpfen.«

»Bist selbst ein Narr!« tönte es irgendwoher aus einer ferneren Ecke.

»Die Flibus–ti–er!« rief jemand vom entgegengesetzten Ende des Saales.

Lembke drehte sich bei diesem Ruf hastig nach dieser Seite hin um und wurde ganz bleich. Dann verzogen sich seine Lippen zu einem stumpfsinnigen Lächeln, als habe er plötzlich etwas begriffen, als erinnere er sich an etwas.

»Meine Herren ...« Angstvoll wandte sich Julia Michailowna an die näherrückende Menge, während sie gleichzeitig ihren Mann mit sich fortzuziehen suchte, »entschuldigen Sie Andrei Antonowitsch, meine Herren, Andrei Antonowitsch fühlt sich nicht wohl ... er ist krank ... entschuldigen Sie ... verzeihen Sie ihm, meine Herren!«

Ich hörte es mit eigenen Ohren, wie sie »verzeihen Sie ihm« sagte. Die Szene spielte sich sehr schnell ab. Aber ich weiß noch genau, daß schon in diesem Augenblick ein Teil des Publikums wegdrängte zum Ausgang des Saales, gleichsam erschrocken, und zwar geschah das gerade nach diesen Worten Julia Michailownas. Ich erinnere mich sogar noch eines hysterischen weiblichen Ausrufs halb unter Tränen:

»Ach, wieder ist's ganz wie am Vormittag!«

Und plötzlich, mitten in dieses bereits beginnende Gedränge, schlug auf einmal wieder eine Bombe ein, also tatsächlich »ganz wie am Vormittag«:

»Es brennt! Die ganze Vorstadt überm Fluß brennt!«

Ich erinnere mich nur nicht, wo dieser schreckliche Ruf zuerst erscholl: ob in den Sälen oder ob jemand aus dem Vestibül, vom Eingang, wenn ich mich nicht irre, hereingestürzt kam. Jedenfalls entstand sofort ein solches Durcheinander, daß ich nicht einmal versuchen will, es zu schildern. Von diesem Publikum, das sich zum Ball noch eingefunden hatte, stammte mehr als die Hälfte aus eben jener Vorstadt: es waren zumeist die Besitzer der dortigen hölzernen Häuser oder deren Einwohner. Man stürzte zu den Fenstern, im Nu waren die Vorhänge zur Seite gezogen, die Stores heruntergerissen. Die Vorstadt lohte. Freilich, der Brand begann erst, aber es lohte schon an drei ganz verschiedenen Stellen – und gerade das war das Erschreckendste.

»Brandstiftung!« – »Die Schpigulinschen!« brüllte man im Gedränge.

Ich habe noch ein paar überaus charakteristische Ausrufe behalten:

»Hat doch mein Herz das vorausgefühlt, daß sie brandstiften werden, das hat es die ganzen letzten Tage vorausgefühlt!«

»Die Schpigulinschen, die Schpigulinschen, wer denn sonst!«

»Man hat uns absichtlich hier versammelt, um dort derweil brandstiften zu können!«

Diesen letzten, wunderlichsten Schrei stieß eine Frauenstimme aus; es war der unbedachte, der unwillkürliche Schrei einer Koróbotschka,[66] die ihr Hab und Gut brennen sieht. Alles stürzte zum Ausgang. Das Gequetsche und Gedränge im Vorraum beim Suchen nach den Pelzen, Tüchern und Umhängen, das Gekreisch erschreckter Frauen und das Weinen der Töchter werde ich nicht weiter beschreiben. Es ist kaum anzunehmen, daß hierbei direkt gestohlen wurde, aber es ist schließlich kein Wunder, daß bei einem solchen Durcheinander manche ohne ihre Überkleider, die nicht zu finden waren, wegfuhren, worüber noch lange nachher in der

Stadt vieles erzählt wurde, natürlich mit Erdichtungen und Übertreibungen. Lembke und Julia Michailowna wurden in der Tür von der Menge nahezu erdrückt.

»Alle zurückhalten! Nicht einen hinauslassen!« brüllte plötzlich Lembke, indem er drohend die Hand gegen die Andrängenden ausstreckte. »Alle einzeln strengstens durchsuchen, sofort!«

Die Antwort darauf war aus dem Saal ein Hagel von kräftigen Schimpfwörtern.

»Andrei Antonowitsch! Andrei Antonowitsch!« rief Julia Michailowna in vollständiger Verzweiflung.

»Als erste verhaften!« schrie dieser und wies streng mit dem Finger auf sie. »Als erste durchsuchen! Der Ball war inszeniert zum Zweck der Brandstiftung

Sie stieß einen Schrei aus und fiel in Ohnmacht (oh, dieser Ohnmachtsanfall war natürlich schon ein echter). Ich, der Fürst und der General stürzten zur Hilfe herbei; auch andere halfen uns in diesem schweren Augenblick, sogar einige von den Damen. Wir trugen die Unglückliche aus dieser Hölle zu ihrer Equipage; sie kam erst unterwegs, kurz vor ihrem Hause, zu sich, und ihr erstes war, daß sie wieder nach Andrei Antonowitsch rief. Nach dem Zusammenbruch aller ihrer Phantastereien verblieb ihr als Einziges nur noch ihr Andrei Antonowitsch. Es wurde sofort nach dem Doktor geschickt. Ich wartete eine ganze Stunde bei ihr, der Fürst gleichfalls; der General wollte in einer Anwandlung von Großmut (obgleich ihm der Schreck arg in die Glieder gefahren war) die ganze Nacht »am Bette der Unglücklichen« verbringen, schlief aber schon nach zehn Minuten, noch bevor der Arzt erschien, im Saal auf einem Lehnstuhl ein, wo wir ihn dann auch so weiterschlafen ließen.

Dem Polizeimeister, der vom Ball zur Brandstätte eilte, gelang es noch, Andrei Antonowitsch gleich nach uns hinauszuführen, und er wollte ihn zu Julia Michailowna in den Wagen setzen, indem er aus allen Kräften Seiner Exzellenz zuredete, »der Ruhe zu pflegen«. Ich verstehe nicht, warum er das nicht durchsetzte. Natürlich wollte Andrei Antonowitsch von Ruhe nichts wissen und strebte mit Gewalt zur Brandstätte; aber das war doch kein vernünftiger Grund nachzugeben. So endete es denn damit, daß der Polizeimeister ihn noch in seinem eigenen Wagen zur Brandstätte brachte. Später erzählte er, Lembke habe unterwegs die ganze Zeit gestikuliert und »solche Einfälle als Befehle hervorgestoßen, daß es wegen ihrer Ungewöhnlichkeit unmöglich war, sie auszuführen«. So ist denn nachher auch rapportiert worden: daß Seine Exzellenz sich zu der Zeit infolge der »Plötzlichkeit des Schrecks« bereits im Fieberdelirium befunden habe.

Es erübrigt sich wohl, zu erzählen, wie der Ball endete. Einige Dutzend Taugenichtse und sogar ein paar Damen blieben in den Sälen. Die Polizei war nicht mehr da. Das Orchester mußte spielen, denn die Musikanten, die weggehen wollten, wurden verprügelt. Zum Morgen hin war »Prochorytschs ganzes Proviantlager« vertilgt, man soff bis zur Bewußtlosigkeit, tanzte den Kamárinskij ohne Zensur, besudelte die Räume; und erst bei Morgengrauen langte ein Teil dieser Bande vollkommen betrunken auf dem erlöschenden Brandplatz an – zu neuen Unruhen ... Die andere Hälfte blieb und schlief gleich dort in den Sälen in steif besoffenem Zustande, mit allen Folgen eines solchen auf den Samtsofas und auf dem Fußboden. Am nächsten Morgen wurden sie – das war das erste, was man tun konnte – an den Beinen hervorgezogen und auf die Straße hinausgeschleift. Und damit endete das Fest zum Besten der Gouvernanten unseres Gouvernements.

IV

Die Feuersbrunst erschreckte unser Publikum vom anderen Flußufer gerade dadurch am meisten, daß es sich hierbei um eine offenkundige Brandstiftung handelte. Beachtenswert ist, daß schon nach dem ersten Schrei »Wir brennen« sofort auch geschrien wurde, »die Schpigulinschen« seien die Brandstifter. Jetzt hat es sich bereits mit aller Sicherheit herausgestellt, daß in der Tat drei »Schpigulinsche« an der Brandstiftung beteiligt waren, aber doch nur drei, nicht mehr; alle anderen Arbeiter der Fabrik wurden vollkommen freigesprochen, sowohl von der öffentlichen Meinung wie vom Gericht. Außer diesen drei Mittätern (von denen einer bald gefangen wurde und alles gestand, während man der beiden anderen bis heute noch nicht habhaft geworden ist), war zweifellos auch der sogenannte »Zuchthäusler-Fedjka« an der Brandstiftung beteiligt. Das ist aber auch alles, was man bisher über die Entstehung des Brandes sicher weiß, die Vermutungen sind eine Sache für sich. Was nun diese Drei zu dieser Tat bewogen hat, ob sie von jemandem dazu angestiftet worden sind oder nicht – diese Fragen sind selbst heute noch schwer zu beantworten.

Das Feuer verbreitete sich infolge des starken Windes, da die Vorstadt dort überm Fluß nur aus hölzernen Häusern bestand, sowie infolge der Brandstiftung an drei verschiedenen Stellen mit unglaublicher Schnelligkeit und Gewalt. (Übrigens ging der Brand genau genommen doch nur von zwei Stellen aus, denn an der dritten Stelle gelang es, das Feuer fast gleich nach seinem Ausbruch zu ersticken, wovon später noch die Rede sein wird.) Aber in den Berichten der Residenzblätter wurde unser Unglück doch stark vergrößert: was niederbrannte, war nicht mehr (ja, vielleicht sogar noch weniger) als ungefähr der vierte Teil der ganzen Vorstadt überm Fluß. Unsere Feuerwehr, deren Mannschaft im Verhältnis zur Ausdehnung der Stadt und der Einwohnerzahl nur ein schwaches Häuflein ist, verrichtete ihre Aufgabe doch sehr geschickt und mit großer Hingabe. Dennoch hätte sie wohl kaum des Brandes Herr werden können, selbst bei einmütiger Unterstützung von seiten der Bevölkerung, wenn der Wind sich nicht gedreht und kurz vor Morgengrauen plötzlich ganz gelegt hätte.

Als ich kaum eine Stunde nach der Flucht vom Ball am anderen Ufer anlangte, tobte das Feuer bereits mit größter Wucht. Die ganze Straße, die dem Fluß parallel läuft, lohte. Es war taghell. Das Bild, das die Brandstätte bot, werde ich nicht weiter beschreiben: wer kennt es in Rußland nicht? In den Quergassen neben der brennenden Hauptstraße war ein ungeheures Hasten und Drängen: da vorauszusehen war, daß das Feuer dorthin auch noch kommen werde, schleppten die Einwohner ihr Hab und Gut hinaus, gingen aber vorläufig doch noch nicht weg von ihren Häusern und saßen wartend auf ihren hinausgeschafften Kästen und Federbetten, ein jeder vor seinen Fenstern. Ein Teil der männlichen Einwohnerschaft verrichtete schwere Arbeit: da wurden erbarmungslos Zäune gefällt, wurden sogar ganze Hütten abgetragen, die nahe dem Feuer und unter dem Winde standen. Aus dem Schlaf geweckte kleine Kinder weinten, und Weiber, die ihr Gerümpel schon herausgeschleppt hatten, jammerten und heulten. Andere, die mit dem Herausschaffen noch nicht fertig waren, schafften inzwischen schweigend und energisch noch weiter heraus, was sie besaßen. Funken und fliegende Feuerbrände sprühten weit mit dem Winde; man löschte sie nach Möglichkeit. Auf dem Brandplatz selbst drängten sich die Zuschauer, die aus allen Ecken und Enden der Stadt herbeigelaufen waren. Manche halfen löschen, andere gafften nur so als Liebhaber. Ein großes Feuer in der Nacht macht immer einen erregenden und die Lebenslust anspornenden Eindruck; diese Erfahrung hat zur Erfindung der künstlichen Feuerwerke geführt; nur daß bei diesen das Feuerspiel in schönen Linien und Formen verläuft und im Zuschauer, da er sich selbst vollkommen außer Gefahr weiß, eine fröhliche und beschwingte Empfindung wie nach einem Glase Champagner erweckt. Etwas anderes ist ein wirklicher Brand: hierbei erzeugen der Schrecken und das doch immer vorhandene Gefühl einer gewissen persönlichen Gefahr im Zuschauer (selbstredend nicht im Bewohner des brennenden Hauses), neben dem erwähnten beschwingenden Eindruck eines nächtlichen Feuers, eine Art Erschütterung oder Auflockerung der Seele und wirken wie eine Herausforderung auf seine eigenen Zerstörerinstinkte, die sich, ach! in jeder Seele verbergen, selbst in der Seele des sanftmütigsten Familienmenschen und Titularrats ... Diese dunkle Empfindung hat fast immer etwas Berauschendes. »Ich weiß wirklich nicht, ob man eine Feuersbrunst ohne ein gewisses Vergnügen mitansehen kann?« Das sagte einmal wortwörtlich Stepan Trofimowitsch zu mir, als wir von einem nächtlichen Brande, dessen Zuschauer er ganz zufällig geworden war, heimgingen – noch unter dem ersten Eindruck des Anblicks. Natürlich würde sich der nämliche Liebhaber nächtlicher Feuersbrünste auch selbst ins Feuer stürzen, um aus den Flammen ein Kind oder eine Greisin zu retten; aber das ist doch schon ein ganz anderes Kapitel.

Ich schob mich hinter anderen Neugierigen durch das Gedränge und kam so, ohne zu fragen, zur wichtigsten und gefährlichsten Stelle, wo ich endlich Lembke erblickte. Ich suchte ihn im Auftrage von Julia Michailowna. Er befand sich in einer wunderlichen und ganz ungewöhnlichen Lage. Er stand auf einem niedergerissenen Bretterzaun; links von ihm, keine dreißig Schritt weit, ragte das schwarze Gerüst eines schon fast ganz ausgebrannten zweistöckigen hölzernen Hauses empor, mit Löchern statt der Fenster in beiden Stockwerken, mit eingestürztem Dach und mit immer noch leckenden Feuerzungen an den verkohlten Balken. Im Hintergrunde des Hofes, etwa zwanzig Schritt von diesem Hause, begann gerade ein gleichfalls zweistöckiges Nebengebäude zu brennen, und um dieses mühte sich aus allen Kräften die Feuerwehr. Rechts von Lembke wurde ein ziemlich großes hölzernes Gebäude, das zwar noch nicht brannte, aber schon mehrmals Feuer gefangen hatte, von der Feuerwehr und anderen Helfern zu retten gesucht, obschon es zweifellos nicht zu retten war. Lembke schrie und gestikulierte – er stand mit dem Gesicht zu jenem Nebengebäude auf dem Hof – und gab Befehle, die niemand ausführte. Ich dachte schon, daß man ihn hier ganz sich selbst überlassen und sich von ihm völlig zurückgezogen habe. Wenigstens fiel es mir auf, daß die dichte und aus Menschen sehr verschiedenen Standes bestehende Menge – es waren auch Herren darunter und sogar der Oberpriester unserer Kathedralkirche – seinen Ausrufen wohl neugierig und verwundert zuhörte, jedoch niemand mit ihm sprach oder den Versuch machte, ihn wegzuführen. Lembke, der bleich, doch mit blitzenden Augen dastand, stieß allerdings die sonderbarsten Worte hervor; zum Überfluß war er noch ohne Hut, den er schon längst verloren hatte.

»Alles Brandstiftung! Das ist Nihilismus! Wenn hier etwas brennt, so ist das der Nihilismus!« vernahm ich von ihm mit Schrecken, und wenn das auch schon vorauszusehen gewesen war, so hat doch die greifbare Wirklichkeit immer etwas Erschütterndes.

»Exzellenz«, – neben ihm stand plötzlich ein Revierschutzmann – »wenn Exzellenz geruhen wollten, sich jetzt lieber zu Hause zu erholen ... Denn hier ist doch schon das bloße Dastehen gefährlich, Exzellenz.«

Dieser Polizeimann war, wie ich später erfuhr, vom Polizeimeister absichtlich zu Andrei Antonowitsch abkommandiert worden, mit dem Auftrage, auf ihn acht zu geben und nach Möglichkeit zu versuchen, ihn nach Hause zu bringen, im Falle einer Gefahr aber, wenn nötig, sogar Gewalt anzuwenden – ein Auftrag, der ersichtlich über die Kraft des Beauftragten ging.

»Die Tränen der Abgebrannten werden sie trocknen, aber die Stadt werden sie niederbrennen. Das sind alles die vier Schufte, vier und ein halber! Man verhafte den Schurken! Er schleicht sich in die Ehre der Familien ein. Zum Anzünden der Häuser hat man die Gouvernanten benutzt. Das ist gemein, gemein! Ach, was tut der dort!« rief er plötzlich, als er auf dem Dach des nun bereits brennenden Nebengebäudes einen Feuerwehrmann erblickte, unter dem das Dach schon durchgebrannt war und um den ringsum Flammen hervorschlugen. »Holt ihn herunter, er wird durch's Dach fallen, er wird anbrennen, löscht ihn... Was tut er dort?«

»Er löscht selbst, Exzellenz.«

»Das ist unwahrscheinlich. Die Feuersbrunst ist in den Gehirnen, nicht auf den Dächern der Häuser. Man soll ihn herunterholen und alles liegen lassen! Lieber liegen lassen, lieber liegen lassen! Mag es selbst irgendwie!... Ach, wer weint dort noch? Eine Alte! Eine Alte schreit, warum hat man die Alte vergessen?«

Tatsächlich: im unteren Stockwerk dieses bereits brennenden Nebenhauses schrie ein altes Weib, eine achtzigjährige Verwandte des Kaufmanns, dem das Haus gehörte. Aber man hatte sie dort nicht vergessen, sondern sie war selbst in das Haus zurückgekehrt, solange das noch möglich war, mit der wahnwitzigen Absicht, aus ihrer Kammer an der Ecke des Hauses ihr Federbett zu retten. Fast erstickend im Rauch und schreiend vor Hitze, denn die Flammen hatten die Kammer nun schon erreicht, mühte sie sich, mit ihren altersschwachen Armen das Pfühl durch den Fensterrahmen, dessen Glasscheibe herausgeschlagen war, hindurchzuzwängen. Lembke stürzte zu ihr, um ihr zu helfen. Alle sahen, wie er zum Fenster lief, einen Zipfel des Pfühls ergriff und es mit aller Gewalt durch das Fenster zu ziehen suchte. Da wollte es das Unglück, daß in eben diesem Augenblick ein herausgebrochenes Brett vom Dach herabfiel und den Helfer traf; es erschlug ihn nicht, da nur das eine Ende ihn am Halse streifte. Aber damit war die Laufbahn Andrei Antonowitschs eigentlich beendet, wenigstens bei uns; der Schlag warf ihn um, und er blieb bewußtlos liegen.

Endlich brach ein trübes, düsteres Morgengrauen an. Der Brand begann in sich zusammenzusinken; nach dem Winde trat plötzlich Windstille ein, und danach begann es leise, langsam wie durch ein feines Sieb zu regnen. Ich war schon in einer anderen Gegend dieser Vorstadt, weit von jener Stelle, wo Lembke hingefallen war, und hier hörte ich unter den Leuten sehr sonderbare Gespräche. Eine seltsame Tatsache stellte sich heraus: ganz am Rande der Vorstadt, hinter Gemüsegärten auf freiem Platz, über fünfzig Schritte weit von den nächsten Gebäuden, stand ein erst kürzlich erbautes kleines hölzernes Wohnhaus, und dieses entlegene Haus hatte fast zu allererst zu brennen begonnen. Selbst wenn es lichterloh gebrannt hätte, so hätte es bei seiner einsamen Lage kein einziges der anderen Häuser dieser Vorstadt in Brand stecken können, und umgekehrt: auch wenn die ganze Vorstadt auf dieser Seite des Flusses niedergebrannt wäre, so hätte einzig dieses Haus verschont bleiben können, sogar bei einem Winde gleichviel aus welcher Richtung. Also mußte es selbständig und für sich allein in Brand geraten sein und folglich nicht ohne besondere Ursache. Doch die Hauptsache war, daß man ihm zum Niederbrennen keine Zeit gelassen hatte, und daß in seinem Innern dann sonderbare Dinge entdeckt worden waren. Der Besitzer dieses neuerbauten Hauses, ein Kleinbürger, der in der nächsten Siedlung wohnte, war sogleich bei Ausbruch des Feuers herbeigeeilt und hatte noch rechtzeitig den Brand ersticken können, indem er mit Hilfe der Nachbarn den in Brand gesteckten Holzvorrat für den Winter, dessen Stapel an der einen Seitenwand des Hauses stand, auseinanderriß und löschte.

In diesem Hause aber hatten Mieter gewohnt: der in der Stadt wohlbekannte »Hauptmann« Lebädkin mit seiner Schwester und einer schon älteren Dienstmagd. Und eben diese drei Einwohner, der Hauptmann, seine Schwester und die Magd, waren, als man in das Haus eindrang, ermordet und augenscheinlich beraubt vorgefunden worden. (Hierher hatte sich der Polizeimeister vom Brandplatz begeben, kurz bevor Lembke das Pfühl zu retten versuchte.) Bei Morgengrauen hatte sich das Gerücht von der Untat schon verbreitet, und eine ungeheure Menge der verschiedensten Menschen, darunter sogar viele der soeben Abgebrannten, strömte zu diesem abgelegenen neuen Hause. Es war schwer, näher zu gelangen, so groß war dort das Gedränge. Man erzählte mir sogleich, daß man den Hauptmann mit durchschnittener Kehle, angekleidet auf der Schlafbank liegend, gefunden habe. Wahrscheinlich sei er wieder steif betrunken gewesen, und man habe ihn wohl nur so hingeschlachtet, ohne daß er überhaupt zum Aufwachen gekommen wäre; Blut aber sei aus ihm so viel geflossen »wie aus einem Ochsen«. Seine Schwester Marja Timofejewna dagegen sei von Messerstichen »ganz zerstochen« und habe an der Tür auf dem Fußboden gelegen; demnach müsse man annehmen, daß sie mit dem Mörder schon im Wachen gerungen und sich wohl wie rasend gewehrt habe. Der Dienstmagd, die anscheinend gleichfalls vorher erwacht war, sei der Schädel eingeschlagen worden.

Wie der Besitzer des Hauses erzählte, sei der »Hauptmann« noch am Morgen dieses Tages betrunken zu ihm gekommen, habe geprahlt und viel Geld gezeigt, an die zweihundert Rubel. Die alte, abgenutzte grüne Brieftasche des Hauptmanns fand man leer auf dem Boden liegen; aber Marja Timofejewnas Koffer war unangerührt, ebenso die silberne Verzierung des Heiligenbildes. Desgleichen fand man alles, was der Hauptmann an Kleidern besessen, vollzählig vor. Daraus ersah man, daß der Dieb sich beeilt hatte und jedenfalls ein Mensch gewesen sein mußte, der den Hauptmann und seine Gewohnheiten gut kannte, es nur auf das bare Geld abgesehen hatte und wußte, wo dieses sich befand. Hätte der Besitzer des Hauses den Brand nicht sofort bemerkt, so hätte der angezündete Holzstapel sicher das Haus in Brand gesteckt, »vor den verkohlten Leichen aber wäre man schwerlich hinter den wahren Sachverhalt gekommen«.

So wurde der Tatbestand wiedergegeben. Hinzu kam dann noch ein Bericht: daß der eigentliche Mieter dieses Hauses der Herr Stawrogin sei, Nikolai Wssèwolodowitsch, der einzige Sohn der Generalin Stawrógina. Er sei sogar persönlich gekommen, um die Wohnung zu mieten, habe noch sehr zugeredet, denn der Besitzer habe sie gar nicht vermieten, sondern hier eine Schenke einrichten wollen, aber Nikolai Wssèwolodowitsch habe auf den Preis nicht geachtet und die Miete gleich für ein halbes Jahr vorausbezahlt.

»Hinter dieser Brandstiftung steckt eine besondere Absicht«, hörte man in der Menge sagen.

Aber die Mehrzahl schwieg. Die Gesichter waren finster, aber eine große, sichtbare Empörung war eigentlich nicht wahrzunehmen. Nur erzählte man sich ringsum noch mehr Geschichten von dem Herrn Stawrogin. So sprach man unter anderem auch davon, daß die Ermordete seine Frau war, gestern aber habe er aus einem der ersten Häuser der Stadt, aus dem der Generalin Drósdowa, die Tochter der Generalin, »auf unehrenhafte Weise« zu sich entführt, und daß man eine Klage über ihn nach Petersburg einreichen werde. Daß aber seine Frau nun ermordet worden war, das sei doch, wie man sieht, nur deshalb geschehen, damit er frei werde und jetzt die Drósdowa heiraten könne.

Skworéschniki war nicht weiter als nur zwei und eine halbe Werst entfernt, und ich erinnere mich noch, mir kam der Gedanke: sollte ich nicht dorthin Nachricht schicken? Übrigens ist es mir nicht aufgefallen, daß jemand die Menge besonders aufgehetzt hätte, das muß ich schon der Wahrheit gemäß sagen, wenn mir auch flüchtig zwei oder drei Visagen aus der Schar der »Büfettbelagerer« auffielen, die gegen Morgen auf der Brandstätte erschienen, und die ich sofort wiedererkannte. Besonders erinnerlich ist mir jedoch ein hagerer, großer Bursche, ein Kleinbürger, mit ausgemergeltem Gesicht und krausem Haar, dazu wie mit Ruß geschwärzt – ein Schlosser, wie ich später erfuhr. Er war nicht betrunken, war aber, im Gegensatz zu der finster dastehenden Menge, wie außer sich. Er wandte sich immer wieder an das ringsum stehende Volk, aber ich erinnere mich nicht mehr aller seiner stockend hervorgestoßenen Worte. Was er zusammenhängend hervorbrachte, war nicht länger als: »Ja, aber wie denn, Brüder, wie ist denn das? Bleibt es nun dabei und wird da nichts geschehen?« und dazu gestikulierte er mit den Armen.

DRITTES KAPITEL

EIN BEENDETER ROMAN

I

Aus dem großen Saal des Herrenhauses von Skworéschniki (demselben Saal, wo die letzte Zusammenkunft von Warwara Petrowna und Stepan Trofimowitsch stattgefunden hatte) war die Feuersbrunst ganz deutlich zu sehen. Bei Tagesgrauen, zwischen fünf und sechs Uhr morgens, stand dort, rechts am letzten Fenster des Saales, Lisa und sah starr in den verloschenden Feuerschein des Brandes. Sie war allein. Sie trug dasselbe Kleid, in dem sie auf dem Fest erschienen war, ein duftiges, zartgrünes Gewand, von Spitzen überrieselt, jetzt aber schon zerknittert und in der Hast unordentlich angezogen. Als sie plötzlich bemerkte, daß es über der Brust nicht richtig geschlossen war, errötete sie und hakte es schnell zu, raffte ihr rotes Tuch vom Lehnstuhl auf, das sie gestern beim Eintreten dorthin geworfen hatte, und schlang es sich um den Hals. Ihr prachtvolles Haar fiel in aufgelösten Locken auf ihre rechte Schulter. Ihr Gesicht sah müde aus, besorgt, aber ihre Augen brannten unter den zusammengezogenen Brauen. Sie trat wieder ans Fenster und drückte ihre heiße Stirn an die kalte Scheibe. Die Tür öffnete sich, und Nikolai Wssewolodowitsch trat ein.

»Ich habe einen Diener zu Pferde hingeschickt«, sagte er, »in zehn Minuten werden wir alles wissen. Die Leute sagen, ein Teil der Vorstadt sei niedergebrannt. Das Feuer soll um Mitternacht ausgebrochen sein; jetzt ist es schon am Erlöschen.«

Er ging nicht bis ans Fenster heran, sondern blieb drei Schritte hinter ihr stehen; sie wandte sich nicht nach ihm um.

»Nach dem Kalender müßte es schon seit einer Stunde hell sein, und dabei ist es fast noch so dunkel wie in der Nacht«, sagte sie ärgerlich.

»Die Kalender lügen alle«, bemerkte er mit einem schon gewollt liebenswürdigen Lächeln, schämte sich aber dessen sofort und beeilte sich hinzuzufügen: »Nach dem Kalender zu leben ist langweilig, Lisa.«

Und verstummte endgültig, unwillig über sich selbst wegen der neuen faden Bemerkung; Lisa lächelte mokant.

»Sie sind ja in einer so niedergeschlagenen Stimmung, daß Sie nicht einmal die richtigen Worte zu einem Gespräch mit mir finden. Aber beruhigen Sie sich, Sie haben diese Bemerkung sehr zur rechten Zeit gemacht: ich lebe nämlich immer nach dem Kalender, jeder meiner Schritte ist nach dem Kalender berechnet. Sie wundern sich?«

Sie wandte sich schnell vom Fenster ab und setzte sich in einen Sessel.

»Bitte, setzen Sie sich gleichfalls. Wir haben nicht mehr viel Zeit zum Zusammensein, und ich möchte alles sagen, was ich sagen mag... Warum sollten nicht auch Sie alles sagen, was Sie sagen mögen?«

Nikolai Wssewolodowitsch setzte sich neben sie und griff sachte, beinah furchtsam nach ihrer Hand.

»Was bedeutet diese Sprache, Lisa? Woher plötzlich dieser Ton? Was heißt das: ‚Wir haben nicht mehr viel Zeit zum Zusammensein'? Das ist nun schon der zweite rätselhafte Satz in dieser halben Stunde, seit du aufgewacht bist.«

»Sie fangen an, meine rätselhaften Aussprüche zu zählen?« fragte sie lachend. »Aber erinnern Sie sich, daß ich mich gestern, als ich eintrat, Ihnen als eine Tote vorstellte? Das haben Sie wohl für nötig befunden zu vergessen. Zu vergessen oder zu überhören.«

»Ich erinnere mich nicht, Lisa. Warum als Tote? Man muß leben...«

»Und Sie verstummen? Ihnen ist ja die Beredsamkeit ganz abhanden gekommen. Ich habe meine Stunde auf der Welt durchlebt, und das genügt. Erinnern Sie sich noch an Christofór Iwánowitsch?«

»Nein, ich erinnere mich nicht«, sagte er stirnrunzelnd.

»Nicht an Christofór Iwánowitsch? In Lausanne? Er verdroß Sie doch zu guter Letzt so entsetzlich. Er öffnete die Tür und sagte immer: ‚Ich komme nur auf einen Augenblick‘, und dann blieb er den ganzen Tag. Ich möchte es nicht wie Christofór Iwánowitsch machen und den ganzen Tag bleiben.«

Ein schmerzhafter Eindruck spiegelte sich in seinem Gesicht wieder.

»Lisa, diese gewaltsame Sprache ist peinvoll für mich. Diese Grimasse kostet Sie selbst zu viel. Wozu das? Warum?«

Seine Augen begannen zu brennen.

»Lisa«, rief er, »ich schwöre: ich liebe dich jetzt mehr als gestern, als du zu mir kamst!«

»Was für ein sonderbarer [illegible]! Wozu hier dieses Gestern und Heute und das Vergleichen der Maße?«

»Du wirst mich nicht verlassen«, fuhr er fast in Verzweiflung fort, »wir werden zusammen verreisen, heute noch, nicht wahr? Nicht wahr?«

»Au, drücken Sie meine Hand nicht so schmerzhaft! Wohin sollen wir denn zusammen und heute noch verreisen? Irgendwohin, um wieder ‚aufzuerstehen‘? Nein, genug der Versuche ... und das geht mir auch zu langsam; und ich bin auch nicht fähig dazu; das ist zu hoch für mich. Wenn schon verreisen, dann nach Moskau und dort Visiten machen und selbst Besuch empfangen – das ist mein Ideal, das wissen Sie doch; ich habe es Ihnen ja schon in der Schweiz nicht verheimlicht, wie ich beschaffen bin. Da es uns aber unmöglich ist, nach Moskau zu reisen und dort Visiten zu machen, weil Sie verheiratet sind, so ist es zwecklos, davon zu reden.«

»Lisa! Was war denn das gestern?«

»Es war das, was es war.«

»Das ist unmöglich! Das ist grausam!«

»Was tut’s denn, daß es grausam ist? Und wenn es grausam ist, müssen Sie es eben ertragen ...«

»Sie rächen sich an mir für die gestrige Phantasie ...« murmelte er, böse lächelnd.

Lisa flammte auf.

»Was für ein niedriger Gedanke!«

»Warum schenkten Sie mir dann ... ‚so viel Glück'? Habe ich ein Recht, das zu erfahren?«

»Nein, Sie müssen sich schon irgendwie ohne Rechte behelfen; krönen Sie die Niedrigkeit Ihrer Vermutung nicht noch mit einer Dummheit. Heute will Ihnen nichts gelingen. Übrigens, fürchten Sie nicht gar die Meinung der Welt, und daß man Sie für dieses ‚so viel Glück' verurteilen wird? Oh, wenn es das ist, so regen Sie sich um Gottes willen nicht auf. Sie haben ja in diesem Fall nicht die geringste Veranlassung gegeben und sind niemandem Verantwortung schuldig. Als ich gestern Ihre Tür öffnete, da wußten Sie ja nicht einmal, wer da eintrat. Es war eben nur meine Phantasie, um Ihren Ausdruck zu gebrauchen, und nichts weiter. Sie können allen dreist und siegesbewußt in die Augen blicken!«

»Deine Worte, dein Hohn, jetzt schon seit einer ganzen Stunde, bringen die Kälte des Grauens über mich. Dieses ‚Glück', von dem du so gehässig sprichst, kostet mich ... alles. Kann ich dich denn jetzt verlieren? Ich schwöre dir: ich liebte dich gestern weniger. Warum nimmst du mir denn heute alles wieder? Weißt du auch, was sie mich gekostet hat, diese neue Hoffnung? Ich habe sie mit einem Menschenleben bezahlt!«

»Mit dem eigenen oder dem anderer?«

Er stand hastig auf.

»Was soll das bedeuten?« fragte er und sah sie starr an.

»Haben Sie sie mit Ihrem oder mit meinem Leben bezahlt? Das war es, was ich damit fragen wollte. Oder haben Sie jetzt völlig aufgehört, mich zu verstehen?« fragte Lisa, heiß errötend. »Warum sind Sie so plötzlich aufgesprungen? Warum sehen Sie mich so sonderbar an? Sie erschrecken mich. Wovor fürchten Sie sich denn immer? Ich habe es schon die ganze Zeit gemerkt, daß Sie etwas fürchten, gerade jetzt, gerade in diesem Augenblick ... Mein Gott, wie blaß Sie werden!«

»Wenn du etwas weißt, Lisa, ich schwöre dir, *ich* weiß nichts ... und habe soeben überhaupt nicht *davon* gesprochen, als ich sagte, daß ich es mit einem Leben bezahlt hätte ...«

»Ich ... verstehe Sie gar nicht«, sagte sie, ängstlich stokkend.

Da erschien schließlich ein langsames, nachdenkliches Lächeln auf seinen Lippen. Er setzte sich still wieder hin, stützte die Ellbogen auf die Knie und bedeckte das Gesicht mit den Händen.

»Ein böser Traum und Fieberreden. Wir haben von zwei ganz verschiedenen Dingen gesprochen.«

»Ich weiß überhaupt nicht, wovon Sie gesprochen haben... Haben Sie denn gestern wirklich nicht gewußt, daß ich heute von Ihnen gehen würde? Wußten Sie das wirklich nicht? Lügen Sie nicht! Sagen Sie, wußten Sie es oder wußten Sie es nicht?«

»Ich wußte es ...«, sagte er leise.

»Nun also, was wollen Sie dann noch: Sie wußten es und nahmen den ‚Augenblick'. Wozu nun diese Abrechnungen?«

»Sage mir die ganze Wahrheit«, rief er in tiefer Qual: »als du gestern meine Tür aufmachtest, wußtest du es selbst, daß du sie nur auf eine Stunde aufmachtest?«

Sie sah ihn voll Haß an.

»Es ist doch wahr, daß selbst der ernsteste Mensch die sonderbarsten Fragen stellen kann. Und warum beunruhigen Sie sich denn so? Sollte es wirklich aus Eigenliebe geschehen, weil eine Frau Sie zuerst verläßt und nicht Sie die Frau? Wissen Sie, Nikolai Wssewolodowitsch, seit ich bei Ihnen bin, merke ich unter anderem, daß Sie furchtbar großmütig zu mir sind, und gerade das kann ich von Ihnen nicht ertragen.«

Er erhob sich und ging ein paar Schritte durchs Zimmer.

»Gut, mag das nun so enden müssen ... Aber wie hat das alles nur geschehen können?«

»Auch eine Sorge! Und überdies wissen Sie das ja selbst,

als hätten Sie es an den Fingern abgezählt, und begreifen es besser als alle anderen auf der Welt und haben selbst darauf gerechnet. Ich bin ein gnädiges Fräulein, mein Herz ist in der Oper erzogen, damit hat es angefangen, das ist die ganze Lösung des Rätsels.«

»Nein.«

»Darin liegt nichts, was Ihre Eitelkeit verletzen könnte, und es ist einfach die Wahrheit. Es begann mit einem schönen Augenblick, den ich nicht ertrug. Vorgestern, als ich Sie vor aller Welt ‚bloßstellte' und Sie mir so ritterlich antworteten, fuhr ich nach Hause und sagte mir, daß Sie mich gemieden hatten, weil Sie verheiratet waren, und nicht aus Verachtung, was ich als Dame der Gesellschaft am meisten fürchtete. Ich begriff, daß Sie mich, mich Unsinnige, beschützten, indem Sie mich mieden. Sie sehen, daß ich Ihre Großmut zu schätzen weiß. Da sprang dann Pjotr Stepanowitsch für Sie ein und erklärte mir alles. Er offenbarte mir, daß Sie sich mit einem großen Gedanken trügen, der Sie uneins mit sich mache, und vor dem er und ich nichts seien, aber daß ich Ihnen dennoch ‚im Wege' stände. Und sich zählte er immer mit dazu; er wollte unbedingt, daß wir uns zu dritt zusammentäten, und er sprach noch die phantastischsten Dinge, sprach von einer großen Barke mit Rudern aus Ahornholz, von der in irgendeinem alten russischen Liede die Rede ist. Ich lobte ihn, sagte ihm, er sei ein Dichter, und er nahm das für die barste Münze. Da ich aber auch ohnedies schon längst wußte, daß ich nur für einen Augenblick ausreiche, so entschloß ich mich rasch. Nun, und das ist alles, aber jetzt genug davon, und bitte keine weiteren Erklärungen mehr! Sonst geraten wir womöglich noch in Streit. Wie gesagt, fürchten Sie niemanden, ich nehme alles auf mich. Ich bin schlecht, kapriziös, ich habe mich von der opernhaften Barke verführen lassen, ich bin eine junge Dame der Gesellschaft . . . Aber wissen Sie, ich habe bei alledem dennoch gedacht, daß Sie mich Wunder wie sehr liebten. Verachten Sie nicht die Törin und lachen Sie nicht über dieses Tränlein, das jetzt fiel. Ich weine doch so gern ‚aus Mitleid mit mir selbst'. Nun, genug, genug. Ich bin zu allem unfähig, und Sie sind zu allem unfähig; zwei Nasenstüber beiderseits, finden wir uns also damit ab. Wenigstens braucht so die Eitelkeit nicht zu leiden.«

»Ein Traum und Wahn!« rief Nikolai Wssewolodowitsch, der händeringend auf und ab ging. »Lisa, du Ärmste, was hast du dir angetan?«

»Hab' mich am Licht verbrannt, weiter nichts. Wie, Sie weinen doch nicht etwa auch? Benehmen Sie sich doch anstandshalber schicklicher, seien Sie gefühlloser ...«

»Warum, warum bist du zu mir gekommen?«

»Aber begreifen Sie denn noch immer nicht, in welch eine komische Lage Sie sich vor dem Urteil der Welt mit solchen Fragen selbst bringen?«

»Warum hast du dich zugrunde gerichtet, so ungeheuerlich und töricht, und was soll jetzt geschehen?«

»Und das ist Stawrogin, der ‚blutrünstige Stawrogin', wie eine hiesige Dame, die in Sie verliebt ist, Sie zu nennen pflegt! Hören Sie, ich habe es Ihnen doch schon gesagt: ich habe mein Leben auf eine einzige Stunde gesetzt und bin jetzt ruhig. Tun Sie dasselbe auch mit Ihrem Leben ... übrigens, wozu sollten Sie das, Sie werden noch soviele verschiedene ‚Stunden' und ‚Augenblicke' erleben.«

»Ebensoviele wie du; ich gebe dir mein heiliges Wort: nicht eine Stunde mehr als du!«

Er ging immer noch auf und ab und sah ihren schnellen durchdringenden Blick nicht, in dem plötzlich gleichsam Hoffnung aufleuchtete. Aber dieser Lichtstrahl erlosch im selben Augenblick.

»Wenn du wüßtest, *was es mich kostet,* dir jetzt nicht alles aufrichtig sagen zu können, Lisa, wenn ich dir doch nur dies enthüllen könnte ...«

»Enthüllen? Sie wollen mir irgend etwas enthüllen? Gott bewahre mich vor Ihren Enthüllungen!« unterbrach sie ihn fast mit Schrecken.

Er blieb stehen und wartete voll Unruhe.

»Ich muß Ihnen gestehen, in mir hat sich schon damals, schon in der Schweiz, der Gedanke festgesetzt, daß Sie etwas Entsetzliches auf der Seele haben müssen, etwas Schmutziges und Blutiges, und ... gleichzeitig etwas, das Sie furchtbar lächerlich macht ... Hüten Sie sich, mir das zu enthüllen, wenn es so ist; ich würde Sie verspotten. Ich würde über Sie lachen solange Sie leben ... Oh, Sie erbleichen wieder? Ich werde ja nicht, ich werde nicht ... ich gehe gleich fort.« Und sie erhob sich schnell mit einer angeekelten und verachtenden Bewegung.

»Quäle mich, richte mich hin, schütte allen Zorn über mich aus!« rief er in Verzweiflung. »Du hast das volle Recht dazu! Ich wußte, daß ich dich nicht liebe, und richtete dich zugrunde. Ja, ich ‚nahm den Augenblick', ich nahm ihn an: ich hatte noch eine Hoffnung ... schon lange ... eine letzte ... Ich konnte dem Licht nicht widerstehen, das plötzlich mein Herz erhellte, als du, du selbst, gestern bei mir eintratst, allein, als erste. Ich begann auf einmal zu glauben ... Vielleicht glaube ich auch jetzt noch ...«

»Eine so edle Aufrichtigkeit bezahle ich Ihnen mit gleichem: ich will nicht Ihre barmherzige Schwester sein. Selbst wenn ich vielleicht wirklich Krankenpflegerin werden sollte, wenn ich nicht heute noch zur rechten Zeit zu sterben verstehe; aber wenn ich das auch würde, so ginge ich doch nicht zu Ihnen, obschon Sie natürlich jedem Bein- oder Armlosen gleichwertig sind. Es war mir doch schon immer so, als ob Sie mich an irgendeinen Ort bringen würden, wo eine böse Riesenspinne von Menschengröße sitzt, und dort würden wir unser Lebelang auf diese Spinne sehen und uns vor ihr fürchten. Und darüber würde dann unsere gegenseitige Liebe vergehen. Wenden Sie sich an Dáschenka; die wird mit Ihnen gehen, wohin Sie wollen.«

»Sie konnten es auch jetzt nicht unterlassen, sie zu erwähnen?«

»Das arme Hündchen! Grüßen Sie sie von mir. Weiß sie

es, daß Sie sie schon damals in der Schweiz für Ihr Alter bestimmten? Welche Vorsorge! Welch eine Voraussicht! – Ach! Wer ist da?«

In der Tiefe des Saales wurde eine Tür ein wenig geöffnet: ein Kopf schob sich durch und zog sich schnell wieder zurück.

»Bist du es, Alexei Jegórytsch?« fragte Stawrogin.

»Nein, ich bin es nur«, sagte Pjotr Stepanowitsch, der sich nun von neuem und diesmal gleich bis zur Hälfte durch die Tür schob. »Guten Tag, Lisaweta Nikolajewna; auf alle Fälle wünsche ich einen guten Morgen. Wußte ich's doch, daß ich Sie beide in diesem Saal antreffen würde. – Ich bin wirklich nur auf einen Augenblick gekommen, Nikolai Wssewolodowitsch. – bin um jeden Preis hergeeilt, nur auf ein paar Worte ... die allernotwendigsten ... nur ein paar Wörtchen!«

Stawrogin ging zur Tür, aber nach drei Schritten kehrte er zu Lisa zurück.

»Wenn du jetzt gleich etwas erfahren wirst, Lisa, so wisse: ich bin schuld daran!«

Sie fuhr schreckhaft zusammen und sah ihn lange an; er ging eilig hinaus.

II

Das Zimmer, aus dem Pjotr Stepanowitsch in den Saal hineingeschaut hatte, war ein großes ovales Vorzimmer. Bis zu seinem Erscheinen hatte der alte Diener Alexei Jegorytsch hier gesessen, den hatte er aber jetzt weggeschickt.

Nikolai Wssewolodowitsch schloß die Saaltür hinter sich und blieb in Erwartung stehen. Pjotr Stepanowitsch sah ihn mit einem schnellen Blick prüfend an.

»Nun?«

»Das heißt, wenn Sie es schon wissen sollten«, begann Pjotr Stepanowitsch eilig und als wolle er mit den Augen

Stawrogin in die Seele springen, »so ist selbstverständlich niemand von uns schuld daran, besonders nicht Sie, denn es ist nur ein zufälliges Zusammentreffen... eine Reihe von Zufällen... mit einem Wort, juridisch kann man Ihnen nichts anhaben, und ich bin nur hergesaust, um Sie zu benachrichtigen.«

»Sie sind verbrannt? Ermordet?«

»Ermordet, aber nicht verbrannt, das ist eben das Dumme! Aber ich gebe Ihnen mein Ehrenwort, ich bin nicht schuld daran! Das heißt, wenn Sie die ganze Wahrheit wissen wollen: sehen Sie, ich hatte wirklich einmal den Gedanken – Sie selbst haben ihn mir eingegeben, nicht im Ernst natürlich, Sie neckten mich ja nur damit, (denn Sie werden doch nicht im Ernst so etwas eingeben) – ich hätte mich aber niemals zur Ausführung entschlossen, um nichts in der Welt, nicht für hundert Rubel – denn es spränge ja gar kein Vorteil dabei heraus, gar keiner, das heißt für mich, für mich...« (Er überhastete sich furchtbar und sprach wie eine Plappermühle): »Aber nun hören Sie zu, was für ein Zusammentreffen von Umständen jetzt hinzukommt: ich gab ihm also von meinem Gelde (wohlgemerkt, nur von meinem, von Ihrem war nicht ein Rubel dabei, und das wissen Sie ja selbst, was die Hauptsache ist), ich gab also diesem versoffenen Blödian Lebädkin zweihundertunddreißig Rubel, vorgestern noch am Abend – hören Sie wohl: vorgestern, und nicht erst gestern nach der Matinee, beachten Sie das, das ist ein sehr wichtiges Zusammentreffen, denn ich wußte damals doch noch nicht bestimmt, ob Lisawéta Nikolájewna zu Ihnen fahren würde oder nicht; – gab ihm von meinem Gelde einzig deshalb, weil Sie sich an eben dem Tage so hervorgetan und den Einfall gehabt hatten, Ihr Geheimnis allen mitzuteilen. Nun, darauf will ich nicht weiter eingehen... das ist Ihre Sache... Ritter, und so weiter... aber ich muß doch gestehen, ich war so verwundert, als hätte ich einen Schlag mit einer Keule vor die Stirn bekommen. Aber da mich diese Tragödien schon sozusagen ,über die Maßen' langweilen, – und ich sage das, wohlgemerkt, im Ernst, wenn ich mich auch biblisch ausdrücke –, da nun das alles meinen Plänen schließlich schadet, so schwor ich mir, die Lebädkins, was es auch koste und ohne Ihr Wissen, nach Petersburg fortzuschaffen, zumal er ja selbst unbedingt dorthin wollte. Nur einen Fehler habe ich da vielleicht begangen: ich gab ihm das Geld in Ihrem Namen; war das nun ein Fehler oder nicht? Vielleicht war es auch kein Fehler, was meinen Sie? Aber hören Sie jetzt, hören Sie, wohin das alles geführt hat ...«

Im Eifer der Rede war er Stawrogin immer näher gerückt und wollte ihn schließlich am Rockaufschlag anfassen (vielleicht, bei Gott, mit Absicht). Stawrogin schlug ihm mit einem heftigen Schlag die Hand herunter.

»Wie ... was haben Sie denn ... na, schon gut, bloß ... so können Sie einem ja die Hand brechen ... Die Hauptsache ist nun, was daraus alles entstanden ist ...«, schnatterte er schon wieder weiter, ohne sich über den Schlag überhaupt zu wundern. »Am Abend gebe ich ihm das Geld, damit er sich mit seiner Schwester am nächsten Morgen in aller Frühe davonmache; beauftrage noch dazu den Schuft Liputin, ihn selbst aufzupacken und zu expedieren. Aber der Schuft Liputin wollte zuvor noch mit dem Publikum seinen dummen Schulbubenstreich machen – Sie haben wohl schon davon gehört? – auf der Matinee! Nun hören Sie, hören Sie doch: beide saufen zusammen und schmieden dabei ein Gedicht, das zur Hälfte von Liputin stammt. Darauf, am Sonntagmorgen, zieht er dem andern einen Frack an, mir aber versichert er, er habe ihn schon mit dem Frühzug fortgeschafft, während er ihn in Wirklichkeit in einem Hinterstübchen versteckt hält, um ihn nachher im gegebenen Moment auf die Tribüne zu schubsen. Lebädkin aber gelingt es inzwischen irgendwie, sich wieder vollständig zu betrinken, was nicht vorgesehen war. Darauf folgt der bekannte Skandal, Lebädkin wird steifbetrunken nach Hause geschafft, Liputin nimmt heimlich die zweihundert Rubel aus seiner

Brieftasche wieder an sich und läßt ihm nur die kleineren Geldscheine. Unglücklicherweise aber hatte Lebädkin, wie sich herausstellte, schon am Morgen diese zweihundert Rubel aus der Tasche hervorgeholt, damit geprahlt und sie in einer Umgebung gezeigt, wo man das besser nicht tut. Da aber Fedjka nur darauf wartete – er hatte bei Kirilloff etwas davon gehört (erinnern Sie sich noch Ihrer Anspielung?) – so entschloß er sich, die Gelegenheit zu benutzen. Und damit haben Sie wahrheitsgemäß den ganzen Sachverhalt. Ich bin aber doch froh, daß Fedjka wenigstens das Geld nicht vorgefunden hat – dabei hat der Spitzbube eigentlich auf tausend Rubel gerechnet! Er hat sich beeilt, aber das Feuer scheint ihn dann selbst erschreckt zu haben ... Glauben Sie mir, diese Feuersbrunst wirkte auf mich wie ein Schlag mit einem Holzscheit über den Kopf. Das ist ja ... der Teufel weiß, was das ist! Das ist eine solche Eigenmächtigkeit ... Sehen Sie, ich werde Ihnen, da ich soviel von Ihnen erwarte, nichts verheimlichen: nun ja, ich habe schon lange selber diese Idee, mit Brandstiftungen vorzugehen, erwogen. Das ist so populär, so vertraut; aber ich habe das immer für die kritische Stunde aufbewahrt, für den großen, gewaltigen Augenblick, wenn wir uns alle erheben und ... Und da haben sie das jetzt plötzlich eigenmächtig und ohne Befehl getan, und das noch zu einer Zeit, wo man sich ganz stillhalten muß und nur hinter vorgehaltener Hand atmen darf! Nein, das ist eine solche Eigenmächtigkeit! ... Ich weiß ja noch nichts Näheres darüber: man spricht von zwei Arbeitern aus der Schpigulinschen Fabrik ... wenn aber von den *Unsrigen* jemand dabei war, wenn auch nur einer seine Hand dabei im Spiel hatte, um für sich hierbei etwas zu gewinnen, – dann wehe ihm! Da sehen Sie, wohin das führt, wenn man die Zügel auch nur ein bißchen locker läßt! Nein, dieses demokratische Gesindel mit seinen „Fünfern" ist, das sehe ich, eine schlechte Stütze; was hier nottut, das ist ein einziger großartiger, götzenhafter, despotischer Wille, einer, der sich nicht auf etwas Zufälliges und außerhalb Stehendes stützt ...

Dann werden auch die „Fünfer“ vor lauter Folgsamkeit den Schwanz einklemmen und als Sklaven bei Bedarf von Nutzen sein. Aber auf jeden Fall wird man, auch wenn man jetzt dort in alle Welt ausposaunt, Stawrogin habe sich von seiner Frau befreien wollen, und deshalb habe die Stadt niederbrennen müssen, so wird man doch ...«

»Also wird das schon ausposaunt?«

»Das heißt, eigentlich durchaus noch nicht, und ich muß gestehen, ich habe bis jetzt noch so gut wie nichts gehört, aber mit dem Volk ist ja nichts anzufangen, besonders nicht mit den Abgebrannten. Und dann heißt es: vox populi vox Dei. Braucht man denn viel Zeit dazu, um selbst das dümmste Gerücht vom Wind ausbreiten zu lassen? ... Aber im Grunde haben Sie doch nichts zu befürchten. Juristisch stehen Sie völlig schuldlos da, vor Ihrem Gewissen gleichfalls. Denn Sie wollten das doch nicht? Sie wollten das doch nicht? Beweise gibt es keine, nur zufälliges Zusammentreffen ... Es sei denn, daß Fedjka sich Ihrer damaligen unvorsichtigen Worte bei Kirilloff erinnerte (wozu haben Sie sie damals auch ausgesprochen?), aber das beweist doch nichts. Und mit Fedjka machen wir kurzen Prozeß. Ich werde ihn gleich heute entsprechend ...«

»Und die Leichen sind gar nicht verbrannt?«

»Nein: diese Kanaille hat nichts so zu machen verstanden, wie es sich gehört. Aber es freut mich wenigstens, daß Sie so ruhig sind ... denn wenn Sie daran auch gar keine Schuld tragen, nicht mal in Gedanken, so ist es doch immerhin ... Und dabei müssen Sie doch selbst zugeben, daß das alles sehr schön Ihre Angelegenheiten in Ordnung bringt: Sie sind nun plötzlich ein freier Witwer und können sofort das schönste Mädchen mit einem riesigen Vermögen heiraten – ein Mädchen, das noch dazu schon in Ihren Händen ist. Sehen Sie, was ein einfaches, plumpes Zusammentreffen von Umständen alles bewirken kann, nicht wahr?«

»Sie wollen mir drohen, Sie Dummkopf?«

»Nun, schon gut, schon gut, warum gleich Dummkopf, und

was ist das für ein Ton? Sie sollten sich lieber freuen, Sie aber ... Ich bin hergesaust, um Sie schnellstens zu benachrichtigen ... Und womit sollte ich Ihnen drohen? Und was finge ich denn mit Ihnen an, wenn Sie nur infolge einer Drohung ...! Ich brauche Ihren freien guten Willen, aber kein Mitmachen bloß aus Furcht. Sie sind das Licht und die Sonne ... Ich bin es, der zutiefst vor Ihnen zittert, nicht Sie brauchen sich vor mir zu fürchten! Ich bin doch kein Mawríkij Nikolájewitsch ... Stellen Sie sich vor, ich rase hierher in einer Droschke – und wen sehe ich? – Mawrikij Nikolajewitsch! An Ihrem Gartenzaun, ganz am Ende des Gartens – im Mantel, völlig durchnäßt, er muß die ganze Nacht dort gewartet haben! Allerhand! – nicht? Wie weit die Menschen doch den Verstand verlieren können!«

»Mawrikij Nikolajewitsch? Ist das wahr?«

»Es ist wahr, es ist wahr. Steht am Gartenzaun. Von hier – na, so dreihundert Schritte von hier, schätzungsweise. Ich wollte möglichst unerkannt vorübersausen, aber er hat mich doch gesehen. Sie wußten es nicht? Dann freut es mich sehr, daß ich nicht vergessen habe, es Ihnen mitzuteilen. Sehen Sie, so einer ist am gefährlichsten, wenn er einen Revolver bei sich hat, und schließlich so eine ganze Nacht, die Nässe, die Erregung, und dann – wie ist denn seine Lage jetzt, haha! Was meinen Sie, worauf er dort wartet?«

»Er wartet natürlich auf Lisaweta Nikolajewna.«

»So–o? Ja, warum sollte sie denn zu ihm hinausgehen? Und ... bei diesem Regen ... Ist das ein Esel! ...«

»Sie wird sogleich zu ihm hinausgehen.«

»Wa–as? Das ist mir mal eine Neuigkeit! Also ... Aber hören Sie, jetzt hat sich die Situation doch vollkommen geändert: wozu braucht sie jetzt noch den Mawrikij? Sie sind doch jetzt ein freier Witwer und können sie schon morgen heiraten? Weiß sie noch nichts? Dann überlassen Sie es mir, ich werde gleich alles in Ordnung bringen. Wo ist sie, man muß ihr doch auch eine Freude machen!«

»Eine Freude?«

»Sie fragen noch! Gehen wir.«

»Und Sie glauben, daß sie vor diesen Leichen nichts errät?« fragte Stawrogin, indem er ihn mit halb zugekniffenen Augen ansah.

»Natürlich nicht«, versetzte Pjotr Stepanowitsch, den Dummen spielend, »denn juridisch ... Ach, Sie! Und wenn sie es auch erriete! Von den Weibern wird das alles so schnell abgetan, – Sie kennen die Weiber noch nicht! Außerdem *muß* sie Sie ganz einfach heiraten, denn sie hat sich doch nun mal kompromittiert, ganz abgesehen davon, daß ich ihr von der „Barke" schon allerhand erzählt habe, und da habe ich gesehen, daß man gerade mit so etwas Eindruck auf sie macht – da sieht man gleich, von welchem Kaliber das Mädchen ist. Beruhigen Sie sich, sie wird über diese paar Leichen mit Hopsassa hinweggehen, – um so mehr, als Sie ja doch tatsächlich ganz unschuldig, vollständig unschuldig sind, nicht wahr? Sie wird die Erinnerung an diese Leichen nur aufbewahren, um erst so vom zweiten Jahr der Ehe an damit zu sticheln. Jedes Weib, das zum Altar geht, rächt sich so an ihrem Mann, aber was dann sein wird ... was wieder übers Jahr sein wird? Hahaha!«

»Wenn Sie in einem Wagen hergekommen sind, dann fahren Sie mit ihr sofort zu Mawrikij Nikolajewitsch. Sie hat mir soeben gesagt, daß sie mich nicht ausstehen kann und von mir weggehen wird, da wird sie selbstverständlich von mir keinen Wagen annehmen.«

»Aber was soll denn das bedeuten? Ist das ihr Ernst? Will sie wirklich fort? Was hat denn das veranlassen können?« Pjotr Stepanowitsch sah ihn mit ziemlich dummem Gesicht an.

»Sie hat es irgendwie erraten in dieser Nacht, daß ich sie gar nicht liebe ... was sie natürlich immer schon gewußt hat.«

»Ja, aber wie – lieben Sie sie denn etwa nicht?« fragte Pjotr Stepanowitsch mit einer Miene grenzenlosen Erstaunens. »Aber wenn dem so ist, warum haben Sie sie dann gestern, als sie hereinkam, bei sich behalten und ihr als anständiger Mensch nicht gleich gesagt, daß Sie sie nicht lieben? Das ist doch eine schreckliche Gemeinheit von Ihnen, und wie stehe ich denn jetzt vor ihr da?«

Stawrogin begann auf einmal zu lachen.

»Ich lache über meinen Affen«, fügte er sofort erläuternd hinzu.

»Ah! Sie haben's durchschaut, daß ich den Bajazzo spiele!« Pjotr Stepanowitsch lachte sogleich überaus vergnügt mit. »Ich hab's ja nur getan, um Sie zu amüsieren! Stellen Sie sich vor, ich hab's doch schon im Augenblick, wie Sie aus der Tür traten, Ihrem Gesicht angesehen, daß es bei Ihnen ‚Unglück' gegeben hat. Vielleicht sogar einen vollständigen Mißerfolg, wie? Nun, ich möchte schwören«, rief er, sich vor Entzücken fast verschluckend beim Lachen und Sprechen zugleich, »daß Sie die ganze Nacht im Saal nebeneinander auf Stühlen gesessen, über höchste sittliche Probleme sich gestritten und so die ganze kostbare Zeit verbracht haben ... Doch, verzeihen Sie, verzeihen Sie, was geht das mich an! Ich wußte ja schon gestern, daß es bei Ihnen mit einer Dummheit enden würde. Ich habe sie Ihnen ja überhaupt nur hergebracht, um Ihnen ein Vergnügen zu verschaffen, und um Ihnen zu beweisen, daß Sie es mit mir nicht langweilig haben werden; dreihundertmal kann ich Ihnen noch mit so was dienen. Ich bin überhaupt gern den Menschen gefällig. Und wenn Sie sie also jetzt nicht brauchen können, worauf ich ja rechnete, dann – nun ja, dann bin ich hierhergefahren, um ...«

»So haben Sie sie also nur zu meinem Vergnügen hergebracht?«

»Wozu denn sonst?«

»Und nicht, um mich dazu zu bringen, meine Frau zu ermorden?«

»So–o, ja, haben Sie sie denn ermordet? Was für ein tragischer Mensch Sie sind!«

»Gleichviel, Sie haben sie ermordet.«

»Wieso denn ich? Aber ich sagte Ihnen doch schon, ich bin daran überhaupt nicht beteiligt. Indessen, Sie fangen an, mich zu beunruhigen....«

»Fahren Sie fort. Sie sagten: ‚Wenn Sie sie also jetzt nicht brauchen können, dann' ...«

»Dann überlassen Sie sie mir, selbstverständlich! Ich werde sie glänzend mit Mawrikij Nikolajewitsch verheiraten, den nicht etwa *ich* unten am Gartenzaun aufgestellt habe – setzen Sie sich nicht auch das noch in den Kopf! Ich fürchte ihn jetzt sogar. Da sagen Sie nun, ich solle sie in meinem Wagen ... aber ich bin doch vorhin selbst nur so vorübergeflitzt ... wahrhaftig, wenn er nun einen Revolver bei sich hat? ... Nur gut, daß ich auch meinen mitgenommen habe! Da ist er« (er zog einen Revolver aus der Tasche, zeigte ihn, steckte ihn aber sofort wieder ein), »ich habe ihn wegen des weiten Weges zu mir gesteckt ... Übrigens, ich werde Ihnen das alles im Augenblick in Ordnung bringen: es wird ihr gerade jetzt wegen Mawrikij am Herzchen nagen ... jedenfalls müßte es so sein ... und wissen Sie, bei Gott, sie tut mir sogar ein wenig leid! Bringe ich sie wieder mit Mawrikij zusammen, so wird sie von Stund an nur an Sie denken, Sie verhimmeln und ihn schelten – das Weiberherz! Nun, Sie lachen schon wieder? Es freut mich sehr, daß Sie so heiter geworden sind. Nun, also – gehen wir! Ich fange sogleich von Mawrikij an, von denen aber ... den Toten ... wissen Sie, sollte man jetzt nicht lieber darüber schweigen? Sie wird es ja später sowieso erfahren.«

Plötzlich stand Lisa in der Tür.

»Was werde ich erfahren? Wer ist tot? Was sagten Sie von Mawrikij Nikolajewitsch?«

»Ah! Sie haben gelauscht?«

»Was sagten Sie von Mawrikij Nikolajewitsch? Ist er tot?«

»Ah! so haben Sie doch nicht richtig verstanden! Beruhigen Sie sich, Mawrikij Nikolajewitsch lebt und ist gesund, wovon Sie sich im Augenblick werden überzeugen können, denn er steht hier am Wege, am Gartenzaun ... und steht dort, glaube ich, schon die ganze Nacht, durchnäßt, im Mantel ... Ich fuhr an ihm vorüber, er hat mich gesehen.«

»Das ist nicht wahr. Sie sagten ‚tot'... Wer ist tot?«

»Umgebracht sind nur meine Frau, ihr Bruder Lebädkin und die Aufwärterin«, sagte Stawrogin mit fester Stimme.

Lisa fuhr zusammen und erbleichte unheimlich.

»Ein ganz verrückter Zufall, Lisaweta Nikolajewna, der dümmste Fall von einem Raubmord«, trommelte sofort wieder Pjotr Stepanowitsch los – »ein Räuber, der den Brand benutzen wollte: der Dummkopf Lebädkin hatte allzu offen sein Geld gezeigt ... das wollte dann Fedjka, ein entsprungener Zuchthäusler, ausnutzen ... Ich bin mit der Nachricht sofort hierher geeilt ... ich war wie von einem Stein getroffen, wie Sie sich denken können, und Stawrogin war denn auch so erschüttert, als ich ihm das Geschehene mitteilte, daß er sich kaum auf den Beinen halten konnte. Wir berieten uns gerade: ob man es Ihnen jetzt gleich sagen sollte oder noch nicht?«

»Nikolai Wssewolodowitsch, sagt er die Wahrheit?« brachte Lisa kaum hörbar hervor.

»Nein, er sagt die Unwahrheit.«

»Wie, die Unwahrheit?« fuhr Pjotr Stepanowitsch erschrocken auf. »Was soll nun das wieder heißen?«

»Mein Gott, ich verliere den Verstand!« schrie Lisa auf.

»Begreifen Sie doch, daß der Mensch ja wahnsinnig ist!« suchte Pjotr Stepanowitsch alles zu überschreien, »denn immerhin, es ist doch nun mal seine Frau, die man erschlagen hat! Sehen Sie doch, wie bleich er ist ... Er war doch die ganze Nacht mit Ihnen zusammen, hat Sie keinen Augenblick verlassen, wie könnte ihn da jemand überhaupt verdächtigen?!«

»Nikolai Wssewolodowitsch, sagen Sie mir wie vor Gott, ob Sie schuldig sind oder nicht, und ich, ich schwöre Ihnen, ich werde Ihrem Wort glauben wie dem Worte Gottes, und werde Ihnen bis ans Ende der Welt folgen, oh, bis ans Ende der Welt! Folgen wie ein Hündchen ...«

»Was quälen Sie sie, warum, wozu, Sie phantastischer Kopf!« rief Pjotr Stepanowitsch wütend. »Lisaweta Nikolajewna, hören Sie mich an, Wort für Wort, und zerstampfen Sie mich meinetwegen in einem Mörser, wenn ich nicht die Wahrheit sage: er ist vollkommen schuldlos, im Gegenteil, er ist doch selbst wie erschlagen und deliriert, das sehen Sie doch. Ihn trifft überhaupt keine Schuld, überhaupt keine, nicht einmal mit einem Gedanken hat er sich schuldig gemacht! ... Das Ganze ist nur das Werk von Räubern, die man in einer Woche dingfest gemacht haben wird und die man knuten wird ... Die Täter sind der Zuchthäusler Fedjka und Schpigulinsche Arbeiter, das sagt schon die ganze Stadt, und deshalb sage ich es auch.«

»Ist es so? Ist es so?« Am ganzen Körper zitternd erwartete Lisa ihren Urteilsspruch.

»Ich habe nicht gemordet und ich war dagegen, aber ich wußte, daß man sie umbringen wollte, und habe nichts getan, um die Mörder zurückzuhalten. Gehen Sie von mir fort, Lisa«, murmelte Stawrogin und ging in den Saal.

Lisa bedeckte das Gesicht mit den Händen und verließ das Haus. Pjotr Stepanowitsch wollte ihr schon nacheilen, kehrte aber sofort wieder um und ging in den Saal zu Stawrogin.

»Also so sind Sie? So sind Sie? Also nichts fürchten Sie?« stieß er knirschend, wie irrsinnig vor Wut, unzusammenhängend hervor, murmelnd, kaum Worte findend, mit Schaum vor dem Munde.

Stawrogin stand mitten im Saal und erwiderte kein Wort. Er griff mit der linken Hand in sein Haar und lächelte blicklos. Pjotr Stepanowitsch riß ihn heftig am Ärmel.

»Sie haben wohl schon alles aufgegeben? Was? Also darauf haben Sie es angelegt? Alle geben Sie preis und selbst gehen Sie ins Kloster oder zum Teufel ... Aber ich werde Ihnen sowieso den Garaus machen, mögen Sie mich auch nicht fürchten!«

»Ach, Sie sind es, der hier schnattert?« Stawrogin bemerkte und erkannte ihn jetzt erst. Und plötzlich, wie erwachend, rief er: »Laufen Sie, laufen Sie ihr nach, lassen Sie einen Wagen anspannen, lassen Sie sie nicht allein... Laufen Sie, laufen Sie doch! Bringen Sie sie nach Haus, damit es niemand erfährt, und damit sie nicht dorthin geht... zu den Leichen... den Leichen... Setzen Sie sie mit Gewalt in den Wagen... Alexei Jegórytsch! Alexei Jegórytsch!«

»Still, schreien Sie nicht! Sie ist jetzt schon in Mawrikijs Armen... Mawrikij wird sich nicht in Ihren Wagen setzen. So bleiben Sie doch hier! Das hier ist wichtiger als der Wagen!«

Er riß wieder den Revolver hervor. Stawrogin sah ihn ernst an.

»Nun was, erschießen Sie mich«, sagte er leise, beinahe versöhnlich.

»Pfui Teufel, was für eine Lüge ein Mensch sich aufladen kann!« Pjotr Stepanowitsch erzitterte förmlich. »Bei Gott, ja, man sollte Sie erschießen! Wahrlich, sie mußte ja einfach auf Sie spucken!... Was können Sie denn noch für eine tragende Barke sein, Sie alter, morscher Kahn, der nur noch zum Abbruch taugt!... Ja, wenn Sie sich doch wenigstens aus Bosheit, wenigstens aus Bosheit jetzt aufrafften und aufwachten! Ach! Dann ist Ihnen wohl schon alles gleich, wenn Sie bereits selber um eine Kugel vor die Stirn bitten?«

Stawrogin lächelte seltsam.

»Wenn Sie nicht solch ein Narr wären, so würde ich jetzt vielleicht „ja" sagen... Wenn Sie nur ein bißchen klüger wären...«

»Gut, mag ich ein Narr sein, aber ich will nicht, daß Sie, die wichtigere Hälfte meines Ich, auch ein Narr sind! Verstehen Sie mich doch!«

Stawrogin verstand ihn, vielleicht konnte nur er allein ihn verstehen. War doch Schatoff erstaunt gewesen, als Stawrogin ihm gesagt hatte, daß in Pjotr Stepanowitsch »Enthusiasmus« vorhanden sei.

»Scheren Sie sich jetzt von mir zum Teufel, bis morgen

werde ich vielleicht irgend was aus mir herauspressen. Kommen Sie morgen wieder.«

»Ja? Ja?«

»Was weiß ich! ... Scheren Sie sich zum Teufel, zum Teufel!«

Und er verließ den Saal.

‚Wer weiß, vielleicht ist es so noch besser', dachte Pjotr Stepanowitsch bei sich und steckte den Revolver wieder ein.

III

Er eilte hinaus, um Lisaweta Nikolajewna einzuholen. Sie war noch nicht weit weggegangen und erst nur einige Schritte vom Hause entfernt. Alexei Jegórytsch hatte sie zurückzuhalten versucht und folgte ihr auch jetzt, einen Schritt hinter ihr, im Frack, in ehrerbietig vorgebeugter Haltung, und ohne Hut. Er beschwor sie unablässig, doch auf die Equipage zu warten; der Alte war ganz erschrocken und den Tränen nahe.

»Geh zurück, der Herr wünscht Tee, und es ist niemand da zum Servieren«, damit stieß Pjotr Stepanowitsch den Alten beiseite, ergriff ohne weiteres Lisaweta Nikolajewnas Hand und legte sie auf seinen Arm.

Die riß ihre Hand nicht zurück, aber wahrscheinlich war sie noch gar nicht zur Besinnung gekommen und noch ganz geistesabwesend.

»Erstens haben Sie den falschen Weg eingeschlagen«, begann Pjotr Stepanowitsch auf sie einzureden, »wir müssen hierhin, und nicht am Park entlang, und zweitens ist es ganz unmöglich, zu Fuß zu gehen, denn bis zu Ihrem Hause sind es gute drei Werst, Sie aber haben nicht einmal einen Mantel an. Wenn Sie nur einen Augenblick warten wollten. Ich bin mit einer leichten Droschke hergekommen, die wartet dort auf dem Hof, ich werde sie sofort vorfahren lassen, Sie hineinsetzen und nach Hause bringen, so daß niemand es sieht.«

»Wie gut Sie sind ...«, sagte Lisa freundlich.

»Aber ich bitte Sie, in einem solchen Fall würde doch jeder humane Mensch an meiner Stelle ebenso ...«

Lisa sah ihn an und war erstaunt.

»Ach, mein Gott, und ich dachte, daß immer noch der Alte bei mir ist.«

»Hören Sie mal, es freut mich sehr, daß Sie es so ruhig auffassen, denn alles das ist doch nur ein fürchterliches Vorurteil. Wenn wir schon offen reden, wäre es dann nicht vernünftiger, ich befehle dem Alten, sofort die Equipage anspannen zu lassen? Das dauert höchstens zehn Minuten, und wir gehen jetzt zurück und warten so lange unter dem Portal, wie?«

»Ich möchte vorher ... wo sind diese Ermordeten?«

»So! Was ist das nun wieder für eine Phantasie! Das hab' ich doch schon befürchtet ... Nein, diesen Quark wollen wir lieber hübsch beiseite lassen; und da ist auch nichts für Sie zu sehen.«

»Ich weiß, wo sie sind, ich kenne dieses Haus.«

»Ach, was hat denn das auf sich, daß Sie es kennen! Ich bitte Sie, jetzt im Regen, im Nebel ... (Da habe ich mir ja eine schöne heilige Pflicht aufgeladen! ...) Hören Sie, Lisaweta Nikolajewna, eins von beiden: entweder fahren Sie mit mir in der Droschke, dann warten Sie hier und gehen keinen Schritt weiter, denn nach etwa zwanzig Schritten würde uns Mawríkij Nikolájewitsch unfehlbar sehen ...«

»Mawrikij Nikolajewitsch! Wo? Wo ist er?«

»Nun, wenn Sie aber mit ihm gehen wollen, so kann ich Sie meinethalben noch ein Stückchen weiterführen und Ihnen zeigen, wo er ist; ich selbst aber mache dann schon meinen gehorsamsten Diener, denn ich habe keine Lust, ihm jetzt näher zu kommen.«

»Er wartet auf mich, o Gott!« Sie blieb plötzlich stehen, und heiße Röte stieg ihr ins Gesicht.

»Aber ich bitte Sie, wenn er ein Mensch ohne Vorurteile ist! Wissen Sie, Lisawéta Nikolájewna, das ist ja alles nicht meine Sache; ich bin ja dabei ganz unbeteiligt, das wissen Sie selbst. Aber ich will doch Ihr Bestes ... Wenn es nun mit unserer „Barke" nichts ist, wenn es sich herausgestellt hat, daß sie nur noch ein alter verfaulter Kahn ist, der nur noch zum Abbruch taugt ...«

»Ach, wunderbar!« rief Lisa.

»Wunderbar, sagen Sie, aber dabei fließen Ihnen die Tränen über die Wangen. Hier tut Mut not. Die Frau soll dem Mann in nichts nachstehen. In unserem Zeitalter, wo die Frau ... pfui Teufel!« (Pjotr Stepanowitsch hätte beinahe ausgespuckt.) »Und die Hauptsache, nichts bedauern: vielleicht wird sich alles gerade so zum Besten kehren. Mawrikij Nikolajewitsch ist ein Mensch ... mit einem Wort, ein gefühlvoller Mensch, wenn auch nicht gesprächig, was übrigens nichts auf sich hat, vorausgesetzt, daß er nur ein vorurteilsfreier Mensch ist ...«

»Wunderbar!« Lisa begann krampfhaft zu lachen.

»Ach nun, zum Teufel ... Lisaweta Nikolajewna«, sagte Pjotr Stepanowitsch plötzlich pikiert, »ich rede doch nur in Ihrem Interesse ... denn was geht das schließlich mich an? Ich war Ihnen gestern zu Diensten, habe getan, was Sie selbst wollten, und heute ... Obacht! – von hier aus kann man Mawrikij Nikolajewitsch schon sehen, dort steht er und sieht uns nicht ... Haben Sie „Pólinka Sachs" gelesen, Lisaweta Nikolajewna?«

»Was ist das?«

»Das ist eine Novelle. Ich habe sie als Student mal gelesen ... Da wird erzählt, wie ein sehr wohlhabender Beamter seine Frau wegen ihrer Untreue in seinem Landhaus einsperrt ...[67] Ah, nun, zum Teufel damit, das ist ja egal! Sie werden sehen, daß Mawrikij Nikolajewitsch Ihnen, noch bevor Sie zu Hause ankommen, einen Heiratsantrag macht. Er sieht uns noch nicht.«

»Ach, möge er uns auch nicht sehen!« rief Lisa plötzlich in großer Angst. – »Gehen wir fort, gehen wir fort! In den Wald, aufs Feld!« Und sie lief zurück.

»Aber Lisaweta Nikolajewna, das ist doch so kleinmütig!« rief Pjotr Stepanowitsch hinter ihr drein und lief ihr nach. »Und warum wollen Sie denn nicht, daß er Sie sieht? Im Gegenteil, blicken Sie ihm offen und stolz in die Augen ... Wenn Sie etwa deswegen ... ich meine, wegen der ... Jungfernschaft ... so ist das doch das größte Vorurteil von allen, ist doch eine solche Rückständigkeit ... Aber wohin wollen Sie denn, wohin? Teufel, da läuft sie nun ... Kehren wir doch lieber zu Stawrogin zurück und nehmen wir meine Droschke! ... Aber wohin laufen Sie denn? Dort ist doch nur freies Feld, und ... So! – da ist sie nun gefallen!«

Er blieb stehen. Lisa war wie ein Vogel davongeflogen, ohne zu wissen, wohin, und Pjotr Stepanowitsch war schon auf fünfzig Schritte zurückgeblieben. Da stolperte sie über einen kleinen Erdhöcker und fiel.

Im selben Augenblick hörte er hinter sich einen kurzen Schrei: das war Mawrikij Nikolajewitsch, der sie jetzt plötzlich erblickt und fallen gesehen hatte und im Augenblick schon quer über das Feld zu ihr lief.

Pjotr Stepanowitsch zog sich blitzschnell zum Hof des Herrenhauses zurück, um sich ohne Zeitverlust in seine Droschke zu setzen.

Mawrikij Nikolajewitsch aber stand schon, angstvoll erschrocken, neben Lisa, half ihr aufstehen und hielt, über sie gebeugt, ihre Hand in seinen Händen. Das Unglaubliche, Unmögliche, das in dieser Bewegung lag, erschütterte ihn so, daß ihm Tränen über das Gesicht rannen. Er hatte sie erblickt, wie sie, die er so andächtig verehrte, wie wahnsinnig über das Feld lief, und das zu dieser Stunde, bei solchem Wetter, bloß im Kleide, im duftigen Kleide von gestern, das jetzt zerdrückt und vom Fall beschmutzt war, nahm hastig seinen Mantel ab und legte ihn mit zitternden Händen um ihre Schultern. Plötzlich schrak er auf: er hatte gefühlt, wie sie mit ihren Lippen seine Hand berührte.

»Lisa«, rief er aus, »ich verstehe ja nicht, nur ... stoßen Sie mich nicht von sich!«

»Oh, nein, nein, kommen Sie nur schnell weg von hier, verlassen Sie mich nicht!« Und sie ergriff ihn selbst bei der Hand und zog ihn mit sich fort. »Mawrikij Nikolajewitsch«, flüsterte sie plötzlich mit ängstlich gedämpfter Stimme. »Dort tat ich die ganze Zeit sehr tapfer, aber hier fürchte ich mich vor dem Tod. Ich werde sterben, werde bald sterben, aber ich fürchte, ich fürchte mich vor dem Sterben ...«, flüsterte sie, indem sie krampfhaft seine Hand umklammerte.

»Wenn doch irgend jemand ...« Verzweifelt hielt er Ausschau nach allen Seiten. »Wenn doch jemand vorbeiführe! ... Sie werden nasse Füße bekommen, Sie ... werden die Vernunft verlieren!«

»Tut nichts, tut nichts«, sprach sie ihm ermutigend zu, »so ist's recht, wenn Sie bei mir sind, fürchte ich mich weniger, geben Sie mir Ihren Arm, führen Sie mich ... Wohin gehen wir jetzt? – nach Hause? Nein, ich will zuerst die Leichen sehen! Die Leute sagen, man habe seine Frau ermordet, er aber sagt, er habe sie selbst ermordet; aber das ist doch nicht wahr, das ist doch nicht wahr? Ich möchte selbst die Ermordeten sehen ... die für mich ... ihretwegen hat er diese Nacht aufgehört, mich zu lieben ... Ich werde sie sehen und alles erfahren. Schnell, schnell, ich kenne dieses Haus ... es hat dort gebrannt ... Mawrikij Nikolajewitsch, mein Freund, verzeihen Sie mir nicht, der Ehrlosen! Warum sollten Sie mir verzeihen? Warum weinen Sie? Geben Sie mir eine Ohrfeige und schlagen Sie mich tot, gleich hier auf dem Felde, wie einen Hund!«

»Niemand hat jetzt Ihr Richter zu sein«, sagte Mawrikij Nikolajewitsch fest, »möge Gott Ihnen verzeihen, ich aber darf am wenigsten von allen Ihr Richter sein!«

Wollte man aber ihr weiteres Gespräch wiedergeben, so würde es sich wunderlich ausnehmen. Dabei gingen sie Hand in Hand eilig weiter, hastend, beide wie nur halb bei Sinnen, immer geradeaus in der Richtung zur Brandstätte. Mawrikij Nikolajewitsch wollte noch immer nicht die Hoffnung aufgeben, irgendwo wenigstens einen Bauernwagen zu erspähen, aber ringsum blieb alles still und leer. Ein feiner, dünner Nebelregen verschleierte die ganze Landschaft, verschlang jeden Abglanz und jede Schattierung und verwandelte alles in eine einzige bleifarben dunstige unterschiedslose Umgebung. Es war schon längst Tag, aber es schien immer noch nicht hell werden zu wollen. Und auf einmal tauchte in diesem rauchig dicken, kalten Nebel eine Gestalt auf, die sich seltsam und unbegreiflich ausnahm, und die ihnen entgegenkam. Indem ich mir das jetzt vorstelle, denke ich bei mir, daß ich wohl meinen Augen nicht getraut hätte, wenn ich an Lisaweta Nikolajewnas Stelle gewesen wäre; sie aber stieß einen Freudenschrei aus und erkannte den sich nähernden Menschen sofort. Es war Stepan Trofimowitsch. Wie er fortgegangen war, auf welche Weise die erklügelte Idee seiner Flucht sich hatte verwirklichen lassen – davon später. Hier will ich nur erwähnen, daß er an diesem Morgen bereits fieberte, aber selbst die Krankheit konnte ihn nicht zurückhalten; tapfer stapfte er auf dem nassen Wege dahin; offenbar hatte er sich sein Unternehmen so gut überlegt, wie er das bei seiner Unerfahrenheit in allem außerhalb seiner Studierstubenwelt allein und ohne jede Beratung überhaupt zustandebringen konnte.

Seine Kleidung war richtig einer »Reise zu Fuß« angepaßt, das heißt, er trug einen Stadtmantel mit Ärmeln, der aber mit einem breiten Gürtel aus Lackleder und mit einer Schnalle gegürtet war; dazu hohe neue Schaftstiefel, in deren Schäfte er die Beinkleider hineingesteckt hatte. Wahrscheinlich hatte er sich einen »Wanderer« schon lange so vorgestellt, und den Gürtel und die Stiefel mit den hohen, glänzenden Husarenschäften, in denen er nicht recht zu gehen verstand, schon vor ein paar Tagen beschafft. Ein breitkrempiger Hut, ein wollener, fest um den Hals gewickelter Schal, ein Stock in der rechten Hand und in der linken eine erstaunlich kleine, aber übermäßig vollgestopfte Reisetasche vervollständigten seine Ausrüstung. Überdies trug er in der rechten Hand außer dem Stock einen aufgespannten Regenschirm. Diese drei Gegenstände – der Regenschirm, der Stock und die Reisetasche – waren schon während der ersten Werst sehr unbequem zu tragen gewesen, von der zweiten Werst an aber wurden sie auch noch schwer.

»Sind Sie das wirklich?« rief Lisa und betrachtete ihn mit bekümmerter Verwunderung, die ihrem ersten unwillkürlichen Freudenausbruch folgte.

»Lise!« rief nun auch Stepan Trofimowitsch sie erkennend aus und stürzte, wie ein aufgeschreckter Fiebernder, noch halb benommen auf sie zu. »Chère, chère, ist es möglich, daß auch Sie ... bei diesem Nebel? Sehen Sie dort: den roten Widerschein? Vous êtes malheureuse, n'est-ce pas? Ich sehe es, ich sehe es, Sie brauchen nichts zu erzählen, aber fragen Sie auch mich nicht aus. Nous sommes tous malheureux, mais il faut les pardonner tous. Pardonnons, Lise, und wir werden für unser ganzes Leben frei sein. Um sich mit der Welt abzufinden und völlig frei zu werden, il faut pardonner, pardonner et pardonner!«

»Aber warum knien Sie denn vor mir nieder?«

»Weil ich, indem ich von der Welt Abschied nehme, in Ihrem Bilde auch von meinem ganzen vergangenen Leben Abschied nehmen möchte!« Er brach in Tränen aus und führte ihre beiden Hände an seine tränennassen Augen. »Ich knie jetzt vor allem, was schön war in meinem Leben, und ich küsse es und danke ihm! Jetzt habe ich mich in zwei Hälften zerspalten: dort – der wahnwitzige Tor, der davon träumte, in den Himmel emporzufahren, vingt-deux ans! Hier – der niedergebeugte und durchfrorene Greis, nur noch ein Hauslehrer ... chez ce marchand, s'il existe pourtant ce marchand ... Aber wie durchnäßt Sie sind, Lise!« rief er plötzlich, wieder aufstehend, da er fühlte, daß auch seine Knie auf der nassen Erde feucht wurden, »und wie ist das möglich, daß Sie hier sind, in einem solchen Kleide? ... und zu Fuß, und auf freiem Felde ... Sie weinen? Vous êtes malheureuse? Ja, richtig, ich habe doch etwas gehört ... Aber woher kommen Sie denn jetzt?« stellte er mit ängstlicher Miene immer hastiger seine Fragen und blickte mit wachsender Verwunderung immer wieder Mawrikij Nikolajewitsch an; »mais savez-vous l'heure qu'il est?«

»Sagen Sie, Stepan Trofimowitsch, haben Sie dort etwas von Ermordeten gehört ... Ist es wahr? Ist es wahr?«

»Diese Menschen! Ich habe die Brandröte ihrer Taten die ganze Nacht am Himmel gesehen. Ihr Tun konnte ja zu nichts anderem führen ...« (Seine Augen flammten wieder auf.) »Ich bin auf der Flucht aus einem Fiebertraum, ich laufe, um Rußland zu suchen, existe-t-elle, la Russie? Bah, c'est vous, cher capitaine! Ich habe nie daran gezweifelt, daß ich Ihnen irgendwo bei einer hochherzigen Tat begegnen würde ... Aber nehmen Sie meinen Schirm und ... warum denn ausgerechnet zu Fuß? Um Gottes willen, nehmen Sie doch wenigstens meinen Schirm, ich werde mir ja sowieso irgendwo einen Wagen mieten. Ich aber gehe doch nur deswegen zu Fuß, weil Stasie (ich meine Nastassja) die ganze Straße wachgeschrien hätte, wenn sie erfahren hätte, daß ich davonführe; so bin ich denn möglichst incognito weggeschlichen. Ich weiß nicht recht, wie es sich damit verhält, aber in der „Stimme" schreiben sie jetzt von überall vorkommenden Überfällen; aber es ist doch nicht möglich, denke ich, daß in dem Augenblick, wo ich auf die Landstraße hinauskomme, gleich ein Räuber dasteht? Chère Lise, sagten Sie nicht soeben, es sei jemand ermordet worden? Oh, mon Dieu, es wird Ihnen schlecht?«

»Gehen wir, gehen wir!« rief Lisa wieder in hysterischer Erregung und zog Mawrikij Nikolajewitsch mit sich fort. »Warten Sie, Stepan Trofimowitsch« – sie kehrte im Augenblick zu ihm zurück –, »warten Sie, Sie Ärmster, ich möchte Sie vorher noch bekreuzen. Vielleicht wäre es besser, Sie zu binden, aber ich will Sie doch lieber bekreuzen ... Und bitte beten auch Sie manchmal für ‚die arme Lisa' – nur so, ab und zu, ein bißchen, ohne sich allzu sehr anzustrengen. Mawrikij Nikolajewitsch, geben Sie diesem Kinde seinen Regenschirm zurück, geben Sie ihn ihm wieder, unbedingt!

So ... Aber gehen wir! Gehen wir!« drängte sie erregt wieder weiter zur Brandstätte.

Sie langten vor dem Unglückshause gerade in dem Augenblick an, als die dicht zusammengedrängte Menge vor dem Hause schon genug über Stawrogin gehört hatte, sowie darüber, wie vorteilhaft es für ihn sei, daß seine Frau nun ermordet worden war. Aber gleichwohl – ich sage das nochmals –, die weit überwiegende Mehrzahl fuhr fort, schweigend und regungslos zuzuhören. Nur ein paar betrunkene Schreihälse ereiferten sich und einige zum Jähzorn neigende Leute, von der Art jenes Kleinbürgers, der heftig gestikulierte. Alle kannten ihn als einen eigentlich sogar stillen Menschen, aber wenn ihn plötzlich etwas erschütterte, dann riß sich in ihm gleichsam etwas los und er wußte dann selber nicht, wohin er vorstürmte. Wann und wie Lisa und Mawrikij Nikolajewitsch hier anlangten, habe ich nicht gesehen. Zuerst erblickte ich auf einmal, erstarrend vor Staunen, Lisa, ziemlich weit von mir inmitten der Menge, aber Mawrikij Nikolajewitsch habe ich anfangs überhaupt nicht gesehen. Ich glaube, das war in einem Augenblick, als er wegen des Gedränges ein paar Schritte hinter ihr zurückgeblieben war, oder als man ihn von ihr weggedrängt hatte. Lisa, die sich blindlings durch die Menge drängte, ohne etwas um sich herum zu sehen oder zu beachten, wie eine Kranke im Delirium, wie eine aus dem Krankenhaus Entlaufene, mußte natürlich nur zu bald die allgemeine Aufmerksamkeit auf sich ziehen: man begann laut über sie zu reden – und auf einmal erhob sich ein Toben. Da schrie jemand: »Das ist die Stawróginsche!« Und von der anderen Seite hörte man: »Sie morden nicht nur, sie wollen sich die Bescherung auch noch ansehen!« Plötzlich sah ich, wie sich hinter ihr, über ihrem Kopf, ein Arm erhob und auf sie niedersauste; Lisa fiel hin. Mawrikij Nikolajewitsch stieß einen furchtbaren Schrei aus, wollte ihr zu Hilfe kommen, und mit aller Gewalt den Menschen zur Seite stoßen, der zwischen ihm und Lisa stand. Aber in demselben Augenblick umfaßte ihn von hinten jener Kleinbürger mit beiden Armen. Eine Zeitlang war es unmöglich, bei der entstandenen Rauferei etwas zu unterscheiden. Wahrscheinlich hatte Lisa sich erhoben, aber da traf sie ein zweiter Schlag und sie fiel wieder hin. Auf einmal trat die Menge auseinander und es bildete sich ein kleiner freier Kreis um die Daliegende, und über sie beugte sich der blutende Mawrikij Nikolajewitsch, der, irrsinnig vor Schmerz, schrie und weinte und die Hände rang. Ich erinnere mich nicht genau der Einzelheiten und was sich weiter abspielte; ich erinnere mich nur, daß Lisa auf einmal weggetragen wurde. Ich lief hinter ihr her; sie war noch am Leben und vielleicht war sie sogar noch bei Bewußtsein. Aus der Menge wurden der Kleinbürger und drei Mann verhaftet. Diese drei bestreiten bis heute, sich an der Untat beteiligt zu haben, und beteuern immer wieder, sie seien irrtümlicherweise ergriffen worden; vielleicht haben sie recht. Der Kleinbürger ist zwar durch alle Zeugenaussagen unbestreitbar der Mittäterschaft überführt, aber als ein Mensch ohne klaren Verstand vermag er selbst nicht zu erklären, wie es geschehen ist. Auch ich habe als Augenzeuge – wenn auch nur als ein Augenzeuge aus einiger Entfernung – meine Aussage zu Protokoll geben müssen. Ich erklärte, das Ganze sei im höchsten Grade zufällig geschehen, durch Menschen, die vielleicht wohl aufgehetzt waren, aber ratlos und betrunken sozusagen den Halt schon verloren hatten und kaum wußten, was sie taten. Und dieser Ansicht bin ich auch heute noch.

VIERTES KAPITEL

DER LETZTE BESCHLUSS

I

Am Vormittag dieses Tages ist Pjotr Stepanowitsch von vielen gesehen worden; und die, die ihn gesehen oder auch mit ihm gesprochen haben, erinnern sich, daß er sich in einem überaus angeregten Zustand befunden habe.

Gegen zwei Uhr erschien er auch bei Gagánoff, der erst am Vorabend von seinem Landgut in die Stadt gekommen war, und in dessen Stadthaus sich eine Menge von Besuchern eingefunden hatte, die viel und heftig über die jüngsten Ereignisse sprachen. Pjotr Stepanowitsch redete mehr als alle anderen und erreichte, daß man ihm zuzuhören begann. Man hatte ihn bei uns immer für einen »geschwätzigen Studenten mit einem Loch im Kopf« oder mit einer locker sitzenden Schraube gehalten, jetzt aber sprach er über Julia Michailowna, und das war bei dem allgemeinen Durcheinander ein fesselndes Thema. In seiner Eigenschaft als ihr in der letzten Zeit intimster Vertrauter wußte er über sie viele ganz neue und überraschende Einzelheiten mitzuteilen; ganz ohne jede Absicht (und natürlich nur aus leichtsinniger Unvorsichtigkeit) gab er mehrere ihrer privaten Äußerungen über einige stadtbekannte Persönlichkeiten wieder, womit er sofort manche Eigenliebe verletzte. Es nahm sich freilich in seiner Wiedergabe alles etwas unklar und wirr aus, wie eben bei einem nicht gerade schlauen Menschen, der sich aber als ehrliche Haut in die qualvolle Notwendigkeit versetzt sieht, einen ganzen Berg von angesammelten Mißverständnissen aufzuklären, und der nun in seiner Einfalt und Ungeschicklichkeit selbst nicht weiß, womit er anfangen und womit er die Sache beenden soll. Es wirkte daher auch nur unvorsichtig, als er sich zwischendurch die Bemerkung entschlüpfen ließ, Julia Michailowna habe um das ganze Ehegeheimnis Stawrogins gewußt und sie, sie selbst habe die ganze Intrige geleitet. Sie habe auch ihn, Pjotr Stepanowitsch, in diese Sache hineingezogen, da er ja selbst in diese unglückliche Lisa verliebt gewesen sei, und danach habe man ihn so geschickt »irregeführt«, daß er Lisa *beinahe* selbst in einem Wagen zu Stawrogin hingebracht habe.

»Ja, jawohl, meine Herren, Sie haben jetzt gut lachen, aber wenn ich nur gewußt hätte, wenn ich's nur gewußt hätte, womit das alles enden würde!« schloß er sein Gerede.

Auf verschiedene erregte Fragen nach Stawrogin erklärte er unumwunden, daß seiner Meinung nach die ganze Katastrophe mit den Lebädkins bloß ein reiner Zufall sei: schuld an ihr sei einzig und allein Lebädkin selbst, da er das erhaltene Geld offen in den Kneipen gezeigt hatte. Das setzte er ganz besonders gut auseinander.

Einer der Zuhörer bemerkte darauf, daß er sich vergeblich »verstelle«, daß er im Hause Julia Michailownas gegessen, getrunken und fast schon geschlafen habe, nun aber sie als erster verleumde – was doch wohl nicht gerade so schön sei, wie er zu glauben scheine.

Doch Pjotr Stepanowitsch verteidigte sich sofort:

»Ich habe nicht deswegen dort gegessen und getrunken, weil ich kein Geld für meine Kost ausgeben wollte, und ich kann auch nichts dafür, daß man mich immer eingeladen hat. Im übrigen erlauben Sie mir wohl, selbst darüber zu urteilen, wieviel Dankbarkeit ich dafür jemandem schuldig bin.«

Der Eindruck, den er hinterließ, fiel im allgemeinen zu seinen Gunsten aus: »Mag er auch nicht von weit her sein, aber was kann er denn für Julia Michailownas Dummheiten? Im Gegenteil, jetzt stellt es sich ja heraus, daß er sie noch zurückgehalten hat ...«

Plötzlich, noch während er bei Gaganoff war, bald nach zwei Uhr, kam die Nachricht, daß Stawrogin, über den so viel geredet wurde, mit dem Mittagszug nach Petersburg abgereist sei. Diese Kunde überraschte nicht wenig und erregte neue Dispute; viele runzelten die Stirn. Pjotr Stepanowitsch war so betroffen, daß, wie man erzählt, sein ganzes Gesicht sich verzerrte und er sonderbarerweise ausrief: »Wie hat man ihn denn weglassen können?« Und er verließ sogleich die Gesellschaft. Aber man hat ihn an diesem Tage noch in drei oder vier anderen Häusern gesehen.

In der Dämmerstunde gelang es ihm endlich, wenn auch erst nach größter Mühe, zu Julia Michailowna, die ihn um keinen Preis empfangen wollte, vorzudringen. Von dieser ihrer Begegnung erfuhr ich erst drei Wochen später, und zwar von Julia Michailowna selbst – es war kurz vor ihrer Abreise nach Petersburg. Sie teilte mir allerdings nichts Näheres mit, sondern bemerkte nur andauernd, er habe sie damals »maßlos in Erstaunen versetzt«. Ich nehme an, daß er ihr einfach gedroht hat, sie als Helfershelferin anzuzeigen, wenn es ihr einfiele, über irgend etwas zu »reden«. Die Notwendigkeit aber, sie einzuschüchtern, war mit seinen damaligen Absichten, die sie natürlich nicht kannte, eng verbunden, und erst später, nach fünf Tagen, erriet sie, warum er ihrer Verschwiegenheit nicht getraut und sich vor neuen Ausbrüchen ihres Unwillens so sehr gefürchtet hatte.

Es war gegen acht Uhr abends und schon ganz dunkel, als am Rande der Stadt in der Fomingasse, in einem kleinen, schiefen Häuschen, in dem der Fähnrich Erkel wohnte, die *Unsrigen* sich wieder versammelten. Diese Zusammenkunft der „Fünf“ war von Pjotr Stepanowitsch selbst angesagt worden, er aber, der präsidieren sollte, verspätete sich unverzeihlich: die Fünf warteten schon über eine Stunde auf ihn. Der junge Erkel war derselbe Fähnrich, der an jenem Abend bei Wirginskij die ganze Zeit mit einem Bleistift in der Hand und einem Notizbuch vor sich stumm dagesessen hatte. Er war erst vor kurzem bei uns eingetroffen, hatte sich in dieser stillen Sackgasse am Rande der Stadt bei zwei alten Schwestern aus dem Kleinbürgerstande eingemietet und sollte schon bald wieder abreisen. Bei ihm nun war es wohl am unauffälligsten, sich zu versammeln. Dieser sonderbare Junge zeichnete sich durch eine ganz außergewöhnliche Schweigsamkeit aus: er konnte zehn Abende in lustiger Gesellschaft und bei den ungewöhnlichsten Gesprächen zubringen, ohne selbst ein Wort zu sagen, und bloß mit seinen großen Kinderaugen aufmerksam die Sprechenden beobachten und ihnen zuhören. Er hatte ein sehr hübsches und anscheinend sogar kluges Gesicht. Zur „Fünf" gehörte er nicht; aber die anderen nahmen an, daß er irgendwoher irgendwelche besonderen Aufträge rein exekutiver Art erhalten habe. Jetzt weiß man, daß er überhaupt keine Aufträge gehabt hat und vermutlich nicht einmal seine Lage begriff. Er verehrte nur abgöttisch Pjotr Stepanowitsch, den er erst vor kurzem kennen gelernt hatte. Wäre er mit einem vorzeitig verkommenen Ungeheuer von Menschen zusammengetroffen und hätte dieser ihn unter irgend einem sozialromantischen Vorwande überredet, eine Räuberbande zu gründen und zur Kraftprobe einen erstbesten Bauern zu ermorden und zu bestehlen – er wäre unbedingt hingegangen und hätte es gehorsam getan. Er hatte noch irgendwo eine kranke Mutter, der er die Hälfte seines kargen Gehalts schickte, – wie muß die diesen Blondkopf ihres Einzigen geküßt, wie um ihn gezittert, wie für ihn gebetet haben! Ich erzähle nur deshalb so viel von ihm, weil er mir so leid tut.

Die Versammelten waren sehr erregt. Die Ereignisse der letzten Nacht hatten sie doch betroffen gemacht, und ich glaube, ihnen war sogar recht bange geworden. Der simple, wenn auch systematisch vorbereitete Skandal, an dem sie bis jetzt so eifrig Anteil genommen, hatte sich plötzlich auf eine für sie ganz unerwartete Weise entladen. Die nächtliche Feuersbrunst, die Ermordung der Lebädkins, der Ausbruch der Volkswut, der Lisa zum Opfer gefallen war, das waren lauter Überraschungen, die sie in ihrem Programm nicht vorgesehen hatten. Erregt warfen sie der sie lenkenden Hand Despotismus und Unaufrichtigkeit vor, und, während sie nun auf Pjotr Stepanowitsch warteten, redeten sie sich so in Hitze, daß sie zu guter Letzt beschlossen, endgültig eine kategorische Erklärung von ihm zu verlangen; sollte er aber auch diesmal, wie das schon geschehen war, eine Antwort umgehen wollen, so wollte man die „Fünf“ einfach auflösen und an ihrer Stelle einen neuen geheimen Verband zur »Propaganda der Idee« gründen – dann aber von sich aus und auf den Grundsätzen der Gleichberechtigung und der Demokratie. Liputin, Schigaljóff und der Volkskenner unterstützten den Gedanken besonders. Lämschin schwieg, sah aber einverstanden aus. Wirginskij war noch unentschlossen und wollte erst noch Pjotr Stepanowitsch anhören. Und so kam denn der Beschluß zustande, nach dem man zuerst Pjotr Stepanowitsch noch einmal vernehmen wollte. Dieser aber kam noch immer nicht; eine solche Vernachlässigung trug entschieden nicht zur Beruhigung der Gemüter bei. Erkel schwieg natürlich und besorgte bloß den Tee, den er persönlich von den beiden Schwestern in Gläsern auf einem Tablett brachte, da er das Dienstmädchen nicht hereinlassen und auch den Ssamowar nicht im Zimmer aufstellen lassen wollte.

Pjotr Stepanowitsch erschien erst um halb neun. Er trat mit schnellen Schritten an den runden Tisch vor dem Sofa, an dem die Gesellschaft Platz genommen hatte, behielt die Mütze in der Hand und dankte für Tee. Er sah böse, streng und hochmütig aus. Offenbar hatte er den Gesichtern sofort angemerkt, daß man »rebellierte«.

»Bevor ich meinen Mund aufmache, bringen Sie Ihre Sachen vor. Sie scheinen ja so was zu beabsichtigen«, bemerkte er mit einem bösen Spottlächeln, während sein Blick über die Physiognomien glitt.

Da begann Liputin »im Namen aller« und erklärte mit einer Stimme, der man das Gekränktsein anhörte, daß man, wenn man so fortfahren wollte, um seinen eigenen Kopf spielte. Oh, nicht daß sie sich fürchteten, nein, durchaus nicht, und sie seien sogar zu allem bereit, jedoch nur für die gemeinsame Sache! (Bewegung und Zustimmung der anderen.) Darum sollte man aber aufrichtig zu ihnen sein, damit sie im voraus Bescheid wüßten, denn »wohin soll das sonst führen?« (Wieder zustimmende Bewegung und ein paar dumpfe Kehllaute.) So zu handeln sei aber erniedrigend und gefährlich ... nicht daß man sich fürchte, wie gesagt, aber wenn nur ein einziger handeln wolle und die anderen bloß gehorchen müßten, so könne zum Beispiel dieser eine lügen und die anderen fielen dann alle »wie die Tölpel herein«. (Zurufe: »Ja, ja!« Allgemeine Zustimmung.)

»Zum Teufel, was wollen Sie denn eigentlich?«

»Was für eine Beziehung haben die Intrigen des Herrn Stawrogin zu der allgemeinen Sache?« brauste Liputin auf. »Mag er da meinetwegen auf irgendeine geheimnisvolle Weise zur Zentrale gehören – wenn nur diese phantastische Zentrale überhaupt existiert! –, aber das wollen wir gar nicht wissen! Und inzwischen wird ein Mord begangen, die Polizei aufgeweckt – und nach dem Faden kann man bis zum Knäuel gehen.«

»Sie werden mit diesem Stawrogin noch hereinfallen, und wir gleichfalls«, fügte der Volkskenner hinzu.

»Und ganz ohne Gewinn für die gemeinsame Sache«, schloß Wirginskij wehmütig.

»Was für ein Unsinn! Dieser Mord ist ein Zufall, von Fedjka begangen, um zu rauben.«

»Hm! Jedenfalls ein merkwürdiges Zusammentreffen«, meinte Liputin, ein Gesicht schneidend.

»Aber wenn Sie es hören wollen, so sind gerade Sie daran schuld.«

»Wieso ich?«

»Ja, gerade Sie. Erstens haben Sie, Liputin, sich selbst an dieser Intrige beteiligt, und zweitens, die Hauptsache, Ihnen war befohlen, Lebädkin fortzuschaffen, und das Geld dazu hatten Sie schon erhalten; – was aber taten Sie? Wenn Sie ihn fortgeschafft hätten, wäre nichts passiert.«

»Was? Aber waren denn *Sie* es nicht, der die Idee aussprach, daß es nicht übel wäre, wenn man ihn das Gedicht vortragen ließe?«

»Eine Idee ist kein Befehl. Der Befehl war: fortschaffen.«

»Befehl! Ein etwas sonderbarer Ausdruck ... Nein, im Gegenteil, Sie befahlen ja gerade, das Fortschaffen aufzuschieben.«

»Sie irren sich und haben nichts als Dummheit und Eigenmächtigkeit bewiesen. Der Mord aber ist Fedjkas Sache, und der hat ihn aus keinem anderen Grunde begangen als dem, zu rauben. Sie hören bloß, was man so redet, und schon glauben Sie alles aufs Wort! Haben ja einfach Angst bekommen! Stawrogin ist nicht so dumm, und der Beweis: er ist heute um zwölf Uhr mittags nach einer Aussprache mit dem Vizegouverneur fortgefahren; wenn etwas nicht klar gewesen wäre, so hätte man ihn nicht am hellichten Tage nach Petersburg abreisen lassen.«

»Aber wir behaupten ja gar nicht, daß Herr Stawrogin selber gemordet habe!« versetzte Liputin bissig und schon ohne Zurückhaltung. »Er hat sogar überhaupt nichts davon wissen können, ganz so wie ich; Sie aber wissen ganz genau, daß ich von nichts wußte, wenn ich auch gleichzeitig wie ein Schaf von selbst in den Kochkessel gekollert bin.«

»Wen beschuldigen Sie denn?« fragte Pjotr Stepanowitsch und sah ihn finster an.

»Eben diejenigen, die es für nötig halten, Städte in Brand zu stecken.«

»Das Dümmste ist dabei, daß Sie sich herauszureden suchen. Übrigens, wollen Sie nicht gefälligst dies hier durchlesen und weitergeben. Nur so zur Kenntnisnahme.«

Mit diesen Worten zog er Lebädkins anonymen Brief an Lembke aus der Tasche und reichte ihn Liputin. Der las den Brief augenscheinlich staunend durch und reichte ihn dann nachdenklich dem nächsten. Der Brief machte schnell die Runde um den Tisch.

»Ist das aber auch wirklich Lebädkins Handschrift?« erkundigte sich Schigaljóff.

»Ja, es ist seine Handschrift«, bestätigten Liputin und Tolkatschénko (der Volkskenner).

»Ich zeigte ihn nur zur Kenntnisnahme, und da ich weiß, daß Sie sich Lebädkins Tod so zu Herzen nehmen«, sagte Pjotr Stepanowitsch, indem er den Brief wieder in Empfang nahm. »Auf diese Weise hat uns nun Fedjka vollkommen zufällig von einem sehr gefährlichen Menschen befreit. So kann einem manchmal der *Zufall* zustatten kommen! Lehrreich, nicht wahr?«

Die Mitglieder der Fünfergruppe wechselten unter einander schnelle Blicke.

»Jetzt aber, meine Herren, ist die Reihe an mir, Fragen zu stellen«, sagte Pjotr Stepanowitsch, und nahm eine steifere Haltung an. »Gestatten Sie die Frage, wie Sie dazu kommen, die Stadt ohne Erlaubnis in Brand zu stecken?«

»Wa–as! Was heißt das? Wir, wir sollen die Stadt in Brand gesteckt haben? Der Kerl ist wohl verrückt!« ertönten erregte Ausrufe in der Runde.

»Ich verstehe ja, Sie waren schon zu sehr in Schwung geraten«, fuhr Pjotr Stepanowitsch unbeirrt fort, »aber so etwas ist doch nicht mehr irgend ein Skandälchen mit Julia Michailowna. Ich habe Sie, meine Herren, hier versammelt, um Ihnen die Größe der Gefahr zu zeigen, einer Gefahr, die Sie sich so dumm auf den Hals geladen haben und die jetzt außer Ihnen noch gar zu viel anderes bedroht.«

»Erlauben Sie, wir wollten gerade Sie auf diesen Grad von Despotismus und Überheblichkeit, mit denen man hinter dem Rücken der Mitglieder eine so ernste und zugleich so sonderbare Maßregel getroffen hat, aufmerksam machen«, sagte fast ungehalten der bis dahin schweigsame Wirginskij.

»Sie leugnen also? Ich aber behaupte, daß Sie die Stadt in Brand gesteckt haben, Sie allein, meine Herren, und sonst niemand. Meine Herren, leugnen Sie es nicht, ich bin genau unterrichtet. Mit Ihrer eigenmächtigen Handlung haben Sie sogar die gemeinsame Sache der Gefahr ausgesetzt. Sie sind hier nur ein einziger kleiner Knoten in einem riesigen Netz und sind der Zentrale blinden Gehorsam schuldig. Währenddessen haben aber drei von Ihnen die Schpigulinschen Arbeiter zur Brandstiftung überredet, ohne dazu auch nur die geringste Instruktion zu haben.«

»Welche drei? Wer das? Welche drei von uns?«

»Vorgestern haben Sie, Tolkatschénko, zwischen drei und vier Uhr nachts Fomka Sawjäloff in der Kneipe „Zum Vergißmeinnicht" zur Brandstiftung beredet.«

»Aber hören Sie mal!« rief dieser aufspringend. »Ich habe ihm kaum ein Wort gesagt, ja, und selbst das nur ganz absichtslos, nur so, weil man ihn mit den anderen am Morgen ausgepeitscht hatte! Und ich ließ es gleich wieder bleiben, da ich sah, daß er doch zu betrunken war. Hätten Sie mich jetzt nicht daran erinnert, so würde ich es überhaupt ganz vergessen haben! Von diesem einen Worte konnte doch kein Brand entstehen!«

»Sie reden wie einer, der sich darüber wundert, daß von einem einzigen kleinen Funken eine ganze Pulverfabrik in die Luft geflogen ist.«

»Ich habe es ihm in einer Ecke und nur ins Ohr gesagt ... Wie haben Sie das überhaupt erfahren können?« fragte plötzlich Tolkatschenko, der inzwischen überlegt hatte.

»Ich saß dort unterm Tisch. Beunruhigen Sie sich nicht, meine Herren, ich kenne jeden Ihrer Schritte. Sie belieben ironisch zu lächeln, Herr Liputin? Ich weiß aber, zum Beispiel, daß Sie vorvorgestern um Mitternacht in Ihrem Schlafzimmer, als Sie sich zu Bett legten, Ihre Frau gekniffen haben.«

Liputin blieb der Mund offen und er wurde blaß.

(Später stellte es sich heraus, daß Pjotr Stepanowitsch von dieser nächtlichen Heldentat Liputins durch dessen Magd Agáfja, der er von Anfang an für Spionage Geld gezahlt hatte, unterrichtet worden war.)

»Dürfte ich eine Tatsache konstatieren?« fragte plötzlich Schigaljóff, sich vom Stuhl erhebend.

»Konstatieren Sie.«

Schigaljóff setzte sich wieder und sammelte seine Gedanken.

»Soweit ich verstanden habe, und man kann ja da gar nichts mißverstehen, haben Sie selbst in der ersten Zeit und später noch einmal äußerst beredt – wenn auch gar zu theoretisch – von Rußland ein Bild entworfen, nach dem es von einem unbegrenzten Netz von Fünfergruppen bedeckt sei. Jede der tätigen Gruppen hat, indem sie Proselyten macht und sich ins Endlose verzweigt, die Aufgabe, durch systematisch Mißbräuche aufdeckende Propaganda das Ansehen der Regierung und ihrer örtlichen Vertreter zu untergraben, in den Dörfern Ratlosigkeit, Zynismus, Skandale und volle Glaubenslosigkeit um jeden Preis zu verbreiten, was dann alles die Sehnsucht nach einem besseren Zustande hervorrufen soll, und schließlich mit Brandstiftungen, als dem volkstümlichsten Mittel, das Land im vorgeschriebenen Moment, falls nötig, sogar in Verzweiflung zu stürzen. Sind das Ihre Worte, die buchstäblich zu behalten ich mich bemüht habe? Ist das Ihr Programm, das Sie in der Eigenschaft eines vom Zentralkomitee Bevollmächtigten uns mitgeteilt haben? – eines zentralen, aber für uns bis jetzt vollkommen unbekannten und nahezu phantastischen Komitees?«

»Allerdings, nur könnten Sie sich kürzer fassen.«

»Ein jeder hat das Recht, so zu sprechen, wie es seine Art und Weise ist. Indem Sie uns zu verstehen gaben, daß es solcher einzelnen Knotenpunkte eines großen Netzes, das bereits ganz Rußland bedecke, schon zu Hunderten gebe, und indem Sie die Voraussetzung entwickelten, daß, falls jede Gruppe ihre Sache erfolgreich mache, ganz Rußland zum festgesetzten Termin, auf das Signal ...«

»Ach, zum Teufel, auch ohne Sie hat man schon genug zu tun!« fiel ihm Pjotr Stepanowitsch ungeduldig ins Wort und bewegte sich auf seinem Sessel.

»Gut, ich werde mich kürzer fassen und nur noch eine Frage stellen: wir haben doch schon mehrere Skandale hier gehabt, wir haben die Unzufriedenheit der Bevölkerung gesehen, wir waren anwesend und beteiligten uns an der Bloßstellung der hiesigen Administration und, endlich, sahen wir mit eigenen Augen den Brand. Womit sind Sie nun unzufrieden? Ist das nicht Ihr Programm? Und was können Sie uns denn vorwerfen?«

»Ihre Eigenmächtigkeit!« schrie Pjotr Stepanowitsch jähzornig. »Solange ich hier bin, haben Sie nicht das Recht, ohne meine Erlaubnis zu handeln. Basta! Jetzt ist die Anzeige bereits fertig und vielleicht morgen oder heute nacht schon wird man Sie alle verhaften. Da haben Sie es jetzt! Ich weiß es genau.«

Jetzt sperrten schon alle den Mund auf.

»Man wird Sie nicht nur als Brandstifter verhaften, sondern als „Fünf"! Dem Denunzianten ist das ganze Geheimnis des Netzes bekannt. Sehen Sie jetzt, was Sie da angerichtet haben!«

»Bestimmt Stawrogin!« rief Liputin plötzlich.

»Was ... wieso Stawrogin?« Pjotr Stepanowitsch stockte gleichsam. »Unsinn!« Er faßte sich sofort wieder, »es ist Schatoff! Ich nehme an, Sie wissen es jetzt schon alle, daß Schatoff seinerzeit auch zu uns gehörte. Ich muß Ihnen mitteilen, daß ich ihn von Personen, denen er vertraute, habe beobachten lassen und zu meinem Erstaunen erfahren mußte, daß ihm sogar die ganze weitere Einrichtung des Netzes kein Geheimnis ist, und daß er ... mit einem Wort, alles weiß. Um sich nun von der Anklage wegen früherer Beteiligung zu befreien, will er jetzt alle anzeigen. Bis gestern schwankte er vielleicht noch, und ich schonte ihn. Jetzt aber haben Sie ihm mit dieser Brandstiftung den letzten Stoß versetzt: jetzt ist er erschüttert, aufgebracht, entschlossen. Morgen werden wir alle verhaftet ... als Brandstifter und politische Verbrecher.«

»Ist das sicher? ... Wie kann Schatoff das wissen? ...«

Die Aufregung war unbeschreiblich.

»Alles ist vollkommen sicher. Ich habe nicht das Recht, Ihnen die Wege, auf denen ich alles erfahren habe, mitzuteilen, aber vorerst kann ich nur dies für Sie tun: durch einen Menschen kann ich auf Schatoff so weit einwirken, daß er, ohne Verdacht zu schöpfen, die Denunziation noch aufschiebt, aber nur auf vierundzwanzig Stunden. Länger geht es nicht. Und so können Sie sich noch bis übermorgen früh sicher fühlen.«

Alle schwiegen.

»Könnte man ihn nicht selbst vorher zum Teufel schikken!« rief da als erster Tolkatschénko.

»Hätte man schon längst tun sollen!« rief Lämschin und schlug mit der Faust auf den Tisch.

»Aber wie ließe sich das machen?« brummte Liputin.

Pjotr Stepanowitsch griff sofort diese Frage auf und setzte seinen Plan auseinander. Der bestand darin, Schatoff zur Abgabe der versteckten Setzmaschine an den einsamen Ort zu locken, wo sie vergraben war, morgen bei Anbruch der Nacht, und dann – »dort schon das Nötige zu tun«. Pjotr Stepanowitsch erging sich in vielen wesentlichen Einzelheiten, die ich jetzt übergehe, und setzte noch einmal umständlich das unklare Verhalten Schatoffs zur Zentrale auseinander, das dem Leser bereits bekannt ist.

»Das stimmt wohl alles«, bemerkte Liputin etwas unsicher, »aber wenn nun wieder ... ein neuer Fall von derselben Art ... ob das nicht doch zu sehr auffallen und die Leute stutzig machen wird?«

»Zweifellos«, bestätigte Pjotr Stepanowitsch, »aber auch das ist vorgesehen. Wir haben ein Mittel, den Verdacht vollständig abzulenken.«

Und mit der gleichen Ausführlichkeit wie vorhin erzählte er von Kirilloff, von dessen Absicht, sich zu erschießen, und daß er versprochen habe, mit dem Selbstmord bis zu einer bestimmten Zeit zu warten, und obendrein noch einen Brief zu hinterlassen, in dem er alles auf sich nähme, was man ihm in die Feder diktierte.

»Seine feste Absicht, sich das Leben zu nehmen – sie ist philosophisch begründet, doch meiner Meinung nach einfach verrückt –, wurde *dort* bekannt«, fuhr Pjotr Stepanowitsch fort zu erklären. »*Dort* aber verliert man weder ein Haar noch ein Stäubchen umsonst, alles wird zum Nutzen der gemeinsamen Sache verwandt. Da man den Nutzen, den er damit bringen konnte, sofort einsah und sich überzeugte, daß sein Vorsatz unerschütterlich war, so gab man ihm das Geld zur Rückreise nach Rußland (aus irgendeinem Grunde wollte er nur in Rußland sterben), gab ihm einen Auftrag, den zu erfüllen er auf sich nahm (was er auch getan hat), und außerdem verpflichtete man ihn zu dem besagten Versprechen, sich erst dann zu erschießen, wenn man ihm ‚das Signal' dazu geben würde. Er versprach alles. Und nicht zu vergessen, daß er aus ganz besonderen Gründen der Sache angehört und selbst wünscht, ihr nützlich zu sein. Mehr darf ich Ihnen nicht mitteilen. Morgen, *nach Schatoff*, werde ich ihm den Brief diktieren, und daß er Schatoff umgebracht habe. Das wird sehr glaubhaft erscheinen: sie waren beide Freunde, fuhren zusammen nach Amerika, dort haben sie sich entzweit, und das wird alles im Brief erklärt werden ... und ... und ich glaube, je nach den Umständen, wird man ihm vielleicht noch einiges diktieren können, zum Beispiel, was die Proklamationen betrifft, und vielleicht teilweise auch die Brandstiftung. Übrigens, darüber werde ich noch nachdenken. Beruhigen Sie sich, er hat keine Vorurteile: er unterschreibt alles.«

Trotzdem wurden einige Zweifel laut. Die Geschichte erschien doch zu phantastisch. Von Kirilloff hatten alle schon mehr oder weniger gehört. Liputin natürlich am meisten.

»Plötzlich kann er es sich aber anders überlegen und nicht mehr wollen«, sagte Schigaljóff, »denn so oder so, wie man's auch nimmt, er ist nun einmal verrückt, also kann man da gar nicht sicher sein.«

»Seien Sie unbesorgt, er wird wollen«, schnitt Pjotr Stepanowitsch kurz ab. »Nach jener Abmachung bin ich verpflichtet, ihn am Vorabend zu benachrichtigen, also heute noch. Ich würde vorschlagen, daß Liputin mit mir zu ihm geht und sich selbst überzeugt und Ihnen dann mitteilt – er kann ja von dort hierher zurückkehren –, ob ich die Wahrheit gesagt habe oder nicht. Übrigens«, brach er plötzlich ab, maßlos gereizt und hochmütig, als ob er diesen Leutchen schon zuviel Ehre angetan hätte, wenn er sich in dieser Weise mit ihnen abgab, »übrigens machen Sie, was Sie wollen. Wenn Sie sich nicht entschließen, so ist der Bund zerrissen – und zwar einzig wegen Ihres Ungehorsams und Verrats. So sind wir denn von diesem Augenblick an getrennt – ein jeder für sich. Doch vergessen Sie nicht, daß Sie sich in diesem Fall, außer der Schatoffschen Anzeige und deren Folgen, noch eine andere kleine Unannehmlichkeit zuziehen, die Ihnen bei der Gründung Ihrer Gruppe deutlich und unmißverständlich erklärt wurde, wessen Sie sich wohl noch erinnern werden. Was mich betrifft, meine Herren, so fürchte ich Sie nicht gerade sonderlich ... Aber denken Sie nur nicht, daß ich mich mit Ihnen gar so eng verbunden fühlte ... Übrigens, das ist ja gleichgültig.«

»Nein, wir sind ja bereit, uns zu entschließen«, erklärte Lämschin.

»Einen anderen Ausweg gibt es nicht«, murmelte Tolkatschenko, »und wenn Liputin uns das von Kirilloff bestätigt, so ...«

»Ich bin dagegen! Ich protestiere mit allem, was mir heilig ist, gegen einen solchen blutigen Entschluß!« rief Wirginskij, plötzlich aufstehend.

»Aber?« fragte Pjotr Stepanowitsch.

»Was ‚aber'?«

»Sie sagten ‚aber' ... und ich warte.«

»Ich glaube, ich sagte nicht ‚aber' ... Ich wollte nur sagen, daß, wenn man sich dazu entschließt, so ...«

»So?«

Wirginskij verstummte.

»Ich denke, man kann sich über die eigene Lebensgefahr hinwegsetzen«, sagte plötzlich Erkel, der jetzt zum erstenmal den Mund auftat, »wenn das aber der gemeinsamen Sache schaden kann, dann, so denke ich, darf man sich nicht mehr über die eigene Lebensgefahr hinwegsetzen ...«

Er verwirrte sich und wurde rot. Wie beschäftigt auch ein jeder mit sich selbst war, sie blickten ihn doch alle erstaunt an: dermaßen unerwartet kam es, daß auch er einmal sprach.

»Ich bin für die gemeinsame Sache«, sagte Wirginskij leise.

Alle erhoben sich von den Plätzen. Es wurde beschlossen, einander am nächsten Tage um die Mittagszeit noch einmal zu benachrichtigen, ohne daß sich alle zu versammeln brauchten, und dann alles endgültig festzusetzen. Die Stelle, wo die Setzmaschine vergraben war, wurde mitgeteilt, und jedem seine Rolle und seine besondere Aufgabe eingeschärft. Darauf begaben sich Liputin und Pjotr Stepanowitsch, ohne Zeit zu verlieren, zu Kirilloff.

II

Daß Schatoff denunzieren wolle, daran glaubten sie alle ohne weiteres; aber auch daran, daß Pjotr Stepanowitsch mit ihnen wie mit Bauern auf dem Schachbrett spiele, glaubten sie ebenso. Und dennoch wußten sie alle, daß sie trotzdem am nächsten Tage vollzählig am angegebenen Platz erscheinen würden, und daß Schatoffs Schicksal besiegelt war. Sie hatten das Gefühl, wie Fliegen plötzlich in das Netz einer riesigen Spinne geraten zu sein; sie waren alle erbost, aber sie zitterten vor Angst.

Pjotr Stepanowitsch hatte ihnen zweifellos unrecht getan; es wäre alles viel harmonischer und *leichter* gewesen, wenn er daran gedacht hätte, die Wirklichkeit wenigstens ein bißchen zu verschönern. Anstatt die bevorstehende Tat in einem anständigen Licht darzustellen, etwa als eine altrömisch-staatsbürgerliche Pflicht oder etwas Ähnliches, hatte er sie nichts als plumpe Angst und die Gefahr für ihre eigene Haut sehen lassen, was doch schon geradezu unhöflich war. Natürlich: alles ist nur Kampf ums Dasein, und ein anderes Prinzip gibt es ja überhaupt nicht, das weiß doch ein jeder; aber trotzdem ... immerhin ...

Aber Pjotr Stepanowitsch hatte jetzt keine Zeit, die alten Römer heraufzubeschwören; er war selbst aus dem Geleise geworfen. Die Flucht Stawrogins hatte ihn zunächst vollständig aus der Fassung gebracht und niedergedrückt. Daß Stawrogin vor seiner Abreise eine Unterredung mit dem Vizegouverneur gehabt habe, hatte er ihnen einfach vorgelogen; das war es ja gerade, daß jener abgereist war, ohne mit einer Menschenseele, nicht einmal mit seiner Mutter, gesprochen zu haben; und es war ja auch wirklich merkwürdig, daß man ihn so ganz unbehelligt gelassen hatte. (Späterhin mußte sich unsere Stadtobrigkeit deswegen besonders verantworten.) Pjotr Stepanowitsch hatte sich inzwischen die ganze Zeit nach Näherem erkundigt, aber vorerst nichts erfahren können, und noch nie war er innerlich so aufgeregt gewesen. Und wie hätte, wie hätte er denn auch so plötzlich auf Stawrogin einfach verzichten können! Das war der Grund, weshalb er mit den Mitgliedern der „Fünf" nun nicht besonders rücksichtsvoll zu verfahren vermochte. Dazu banden sie ihm jetzt noch die Hände: er hatte schon beschlossen, unverzüglich Stawrogin nachzureisen, und nun hielt ihn Schatoff hier zurück, mußte er auf alle Fälle diese fünf endgültig zusammenbinden. »Ich kann sie doch nicht umsonst aus der Hand lassen, vielleicht können sie mir noch sehr zustatten kommen.« So ungefähr wird er wohl bei sich gedacht haben, nehme ich an.

Was Schatoff anbetraf, so war er tatsächlich überzeugt, daß dieser denunzieren werde. Was er den bei Erkel Versammelten über die Anzeige gesagt hatte, war natürlich erlogen, denn nie hatte er etwas Derartiges gesehen oder von seinen Spionen gehört; aber für ihn stand es nun einmal fest, daß Schatoff denunzieren werde. Und jetzt glaubte er, daß Schatoff die letzten Geschehnisse – Lisas Tod, Marja Timofejewnas Ermordung – unter keinen Umständen unerschüttert hinnehmen und sich folglich gerade jetzt endlich zur Anzeige entschließen werde. Wer weiß, vielleicht hatte er auch einigen Anlaß zu einer solchen Vermutung. Bekannt ist jetzt auch, daß er Schatoff persönlich haßte; es hatte früher einmal einen Streit zwischen ihnen gegeben, und Pjotr Stepanowitsch verzieh nie eine Beleidigung. Ich bin sogar überzeugt, daß gerade dieses Persönliche das Hauptmotiv für ihn war.

Die Bürgersteige aus Ziegelsteinen sind hier in unserer Stadt sehr schmal, aber Pjotr Stepanowitsch schritt unbekümmert gerade in der Mitte des Trottoirs, ohne auf Liputin zu achten oder Rücksicht zu nehmen, der nun neben ihm keinen Platz hatte und entweder einen Schritt hinter ihm herlaufen, oder, wenn er des Gesprächs wegen neben ihm gehen wollte, im Schlamm der Fahrstraße traben mußte. Plötzlich erinnerte sich Pjotr Stepanowitsch, wie er selbst vor ein paar Tagen so auf der Fahrstraße gelaufen war, um mit Stawrogin, der ganz so wie er jetzt mitten auf dem Bürgersteig ging, Schritt halten und sprechen zu können. Ihm fiel der ganze Weg zu Wirginskij ein, und eine rasende Wut benahm ihm den Atem.

Doch auch Liputin verging der Atem vor Wut ob dieser beleidigenden Unhöflichkeit. Mochte Pjotr Stepanowitsch mit den anderen umgehen, wie er wollte, aber mit ihm? Er, Liputin, *wußte* doch mehr als die übrigen der „Fünf", er stand der Sache doch am nächsten, war am tiefsten eingeweiht und hatte doch bisher, wenn auch nur indirekt, ununterbrochen bei allem mitgewirkt! Oh, er wußte, daß Pjotr Stepanowitsch ihn sogar schon jetzt vernichten konnte, wenn es ihm darauf ankam, sagen wir, in einem *äußersten Fall.* Aber er haßte ihn schon lange, und nicht wegen dieser Gefahr, sondern wegen seines anmaßend-hochmütigen Verhaltens. Und jetzt, wo man sich zu einer solchen Sache entschließen mußte, erboste er sich über diese Umgangsart mehr als alle die anderen zusammen. Doch ach, trotzdem wußte er, daß er morgen bestimmt als erster »wie ein Sklave« zur Stelle sein und womöglich noch die anderen herbeischleppen werde, und wenn er jetzt, noch vor dem morgigen Tage, diesen Pjotr Stepanowitsch hätte umbringen können, ohne sich zu gefährden, so hätte er das gewiß ohne weiteres getan.

In seine Empfindungen versunken, schwieg er und trottete hinter seinem Peiniger her, der ihn ganz vergessen zu haben schien. Da blieb dieser plötzlich auf einer unserer belebtesten Straßen stehen und trat in ein Gasthaus.

»Wohin denn?« rief Liputin aufbrausend. »Das ist doch ein Gasthaus!«

»Ich will ein Beefsteak essen.«

»Ich bitte Sie! ... aber hier ist es doch allezeit vollgepfropft!«

»Macht nichts.«

»Aber ... wir verspäten uns! Es ist schon gleich zehn.«

»Zu dem da kann man nie zu spät kommen.«

»Aber ich komme dann doch zu spät! Die warten doch dort auf meine Rückkehr.«

»Na, mögen sie doch. Es wäre nur dumm von Ihnen, wenn Sie zu jenen noch hingingen. Dank der Schererei mit Ihnen habe ich heute noch nicht zu Mittag gespeist. Und je später wir zu Kirilloff kommen, um so besser.«

Pjotr Stepanowitsch wünschte in einem besonderen Zimmer zu speisen. Liputin setzte sich geärgert und gekränkt in einen Sessel und sah zu, wie er aß. Es verging eine gute halbe Stunde. Pjotr Stepanowitsch beeilte sich nicht, aß mit großem Appetit, klingelte und verlangte anderen Senf, darauf Bier und sprach die ganze Zeit über kein Wort. Er war tief nachdenklich. Er konnte tatsächlich beides zugleich: mit Appetit essen und tief nachdenklich sein. Liputins Haß steigerte sich schließlich so weit, daß er nicht mehr fähig war, seine Blicke von ihm loszureißen. Das war fast schon eine Art Nervenkrampf. Er begleitete jedes Stückchen Fleisch vom Teller bis zum Munde, und er haßte Pjotr Stepanowitsch sogar schon dafür, wie er den Mund aufmachte, wie er kaute, wie er die saftigeren Bissen sich schmecken ließ, ja, er haßte schließlich das Beefsteak selbst. Zum Schluß begann sich alles vor seinen Augen zu verwirren; dazu im Kopf ein leises Schwindelgefühl; heiß und kalt lief es ihm abwechselnd über den Rücken.

»Sie haben nichts zu tun, lesen Sie dies«, sagte plötzlich Pjotr Stepanowitsch und warf ihm ein Blatt Papier zu.

Liputin rückte näher zum Licht. Das Papier war mit einer kleinen unleserlichen Handschrift eng beschrieben und in jeder Zeile korrigiert. Als er mit dem Entziffern fertig war, bemerkte er, daß Pjotr Stepanowitsch schon bezahlt hatte und sich anschickte aufzubrechen. Draußen auf dem Trottoir reichte Liputin ihm das Blatt wieder hin.

»Heben Sie es bei sich auf; ich werde Ihnen später sagen, zu welchem Zweck. Übrigens, wie finden Sie es?«

Liputin erbebte geradezu. Kurzatmig stieß er hervor:

»Ich finde ... eine solche Proklamation ... ist nichts weiter als ein einziger lächerlicher Blödsinn!«

Seine Wut brach durch; es war ihm, als werde er plötzlich hochgerissen und durch die Luft getrieben.

»Wenn wir uns entschließen«, schnaufte er, innerlich zitternd, »solche Proklamationen zu verbreiten, so erreichen wir nur, daß man uns wegen unserer Dummheit und Unkenntnis der wahren Verhältnisse einfach verachten wird!«

»Hm! Ich denke darüber anders«, meinte Pjotr Stepanowitsch, fest weiterschreitend.

»Ich aber so! Sollten Sie das wirklich selbst verfaßt haben?«

»Das geht Sie nichts an.«

»Ich glaube auch, daß das jämmerliche Gedicht „Die lichte Gestalt", diese erbärmlichste Reimerei, die es überhaupt geben kann, nie und nimmer von Herzen selbst verfaßt worden ist!«

»Sie faseln; das Gedicht ist gut.«

»Ich wundere mich zum Beispiel auch darüber«, fuhr Liputin fort, immer noch wie durch die Luft getrieben und sich nur an seinem Denken festhaltend, »wie man uns überhaupt anempfehlen kann, so vorzugehen, daß alles zusammenkrache. In Europa mag das ein natürlicher Wunsch sein, daß alles Alte zusammenstürze, denn dort gibt es ein Proletariat, bei uns hier aber ist das alles erst nur eine Liebhaberei, und meiner Meinung nach streuen wir bloß Sand in die Augen.«

»Ich dachte, Sie wären Fourierist.«

»Bei Fourier steht etwas Anderes, etwas ganz Anderes.«

»Ich weiß, daß da Unsinn steht.«

»Nein, bei Fourier steht kein Unsinn ... Entschuldigen Sie schon, aber ich kann es nicht glauben, daß im Mai der Aufstand beginnen werde!«

Liputin knöpfte sogar seinen Mantel auf, dermaßen heiß war ihm auf einmal.

»Na, genug davon. Jetzt aber, damit ich es nicht vergesse« – Pjotr Stepanowitsch ging erstaunlich kaltblütig auf ein anderes Thema über – »dieses Blatt werden Sie eigenhändig setzen und drucken. Schatoffs Setzmaschine graben wir aus, und morgen noch nehmen Sie sie zu sich. In möglichst kurzer Zeit setzen Sie und drucken Sie so viele Exemplare davon wie nur möglich, und dann werden wir sie den ganzen Winter über verbreiten. Die Mittel werden Ihnen angewiesen werden. So viele Exemplare wie nur möglich! Man wird sich von verschiedenen Stellen an Sie wenden.«

»Nein, erlauben Sie schon, das übernehme ich nicht; ich kann nicht eine solche ... Ich lehne es ab!«

»Und werden es doch übernehmen. Ich handle nach der Instruktion der Zentrale, und Sie haben zu gehorchen.«

»Ich glaube aber, daß unsere ausländischen Zentren die russische Wirklichkeit vergessen und jeden Kontakt mit ihr eingebüßt haben, und darum einfach phantasieren ... Ich glaube sogar, daß statt der vielen Hunderte von „Fünfer"-Gruppen in Rußland wir allein die einzige sind, und ein Netz überhaupt nicht existiert!« keuchte Liputin schließlich hervor.

»Um so verächtlicher sind Sie ja dann, wenn Sie, ohne an die Sache zu glauben, ihr doch nachgelaufen sind ... und jetzt noch mir nachlaufen wie ein armseliger Köter.«

»Nein, ich laufe nicht nach! Wir haben das volle Recht, zurückzutreten und einen neuen Bund zu gründen.«

»R–rrrüpel!« donnerte plötzlich Pjotr Stepanowitsch drohend und mit aufblitzenden Augen.

Beide standen sich eine Weile gegenüber. Dann wandte sich Pjotr Stepanowitsch ab und setzte selbstbewußt seinen Weg fort.

Wie ein Blitz zuckte es durch Liputins Kopf:

‚Ich kehre um und gehe zurück. Wenn ich jetzt nicht umkehre, so werde ich nie mehr umkehren.‘

So dachte er genau zehn Schritte lang, beim elften aber flammte in ihm ein neuer und toller Gedanke auf: er kehrte nicht um und ging nicht zurück.

Sie näherten sich bereits dem Filippoffschen Hause, doch noch bevor sie es erreichten, bogen sie in ein Quergäßchen ein, oder richtiger gesagt: sie folgten einem kaum sichtbaren Fußpfad an einem Zaun entlang, auf der steilen Böschung eines Grabens, wo die Füße stellenweise keinen sicheren Halt fanden und man sich am Zaun festhalten mußte. Im dunkelsten Winkel des alten, wackeligen Zauns nahm Pjotr Stepanowitsch ein Brett heraus und kroch dann selbst schnell durch die Öffnung. Liputin wunderte sich, kroch aber trotzdem nach. Darauf lehnten sie das Brett wieder so an, wie es vorher gestanden hatte. Das war dasselbe geheime Schlupfloch, durch das Fedjka sich nachts zu Kirilloff stahl.

»Schatoff darf es nicht wissen, daß wir hier sind«, flüsterte Pjotr Stepanowitsch Liputin in strengem Ton zu.

III

Kirilloff saß wie gewöhnlich um diese Zeit auf seinem Ledersofa beim Tee. Er stand nicht auf, um den Eintretenden entgegenzugehen, warf nur erschrocken den Oberkörper vor und sah ihnen erregt entgegen.

»Sie irren sich nicht«, sagte Pjotr Stepanowitsch, »ich komme eben deswegen ...«

»Heute?«

»Nein, nein, morgen ... ungefähr um dieselbe Zeit.«

Pjotr Stepanowitsch setzte sich schnell an den Tisch und

betrachtete mit einiger Unruhe den aufgeschreckten Kirilloff. Der beruhigte sich aber schon wieder und sah dann aus wie immer.

»Sehen Sie, diese da wollen es durchaus nicht glauben. Es ärgert Sie doch nicht, daß ich Liputin mitgebracht habe?«

»Heute nicht, aber morgen will ich allein sein.«

»Aber nicht früher, als bis ich gekommen bin, und dann in meiner Gegenwart.«

»Ich würde lieber nicht in Ihrer Gegenwart.«

»Sie erinnern sich doch noch, daß Sie versprochen haben, alles zu schreiben und zu unterzeichnen, was ich Ihnen diktieren werde?«

»Mir ist alles einerlei. Aber werden Sie jetzt lange bleiben?«

»Ich muß einen gewissen Menschen treffen und bis dahin ungefähr eine halbe Stunde hier bleiben, dann gehe ich, aber diese halbe Stunde bleibe ich noch.«

Kirilloff schwieg. Liputin hatte sich inzwischen etwas abseits unter dem Bilde des Bischofs auf einen Stuhl gesetzt. Der tolle Gedanke von vorhin bemächtigte sich seiner mehr und mehr. Kirilloff beachtete ihn fast gar nicht. Liputin kannte die Theorie Kirilloffs schon von früher und hatte sie immer verlacht, jetzt aber schwieg er und sah sich finster im Zimmer um.

»Ich würde ganz gern Tee trinken«, sagte Pjotr Stepanowitsch. »Ich habe soeben ein Beefsteak gegessen und rechnete darauf, bei Ihnen Tee zu bekommen.«

»Trinken Sie, wenn Sie mögen.«

»Früher boten Sie ihn selbst an«, bemerkte Pjotr Stepanowitsch säuerlich.

»Das ist egal. Auch Liputin kann trinken.«

»Danke, ich ... kann nicht.«

»Kann nicht oder will nicht?« fragte Pjotr Stepanowitsch, indem er sich schnell zu ihm umdrehte.

»Ich werde doch bei ihm nicht noch anfangen, Tee zu trinken«, lehnte Liputin bedeutsam ab.

Pjotr Stepanowitsch zog die Brauen zusammen.

»Das riecht nach Mystizismus. Der Teufel soll aus euch allen klug werden, was ihr für Menschen seid!«

Niemand antwortete ihm. Sie schwiegen eine ganze Weile.

»Aber das Eine weiß ich«, fuhr er plötzlich in scharfem Ton fort, »daß kein einziges Vorurteil auch nur einen von uns abhalten kann, seine Pflicht zu erfüllen.«

»Stawrogin ist abgereist?« fragte Kirilloff.

»Ja.«

»Da hat er gut daran getan.«

Pjotr Stepanowitschs Augen blitzten schon auf, aber er bezwang sich.

»Mir kann's gleich sein, was Sie denken, wenn nur ein jeder sein Wort hält.«

»Ich werde mein Wort halten.«

»Übrigens, ich war immer überzeugt, daß Sie als unabhängiger und fortgeschrittener Mensch Ihre Pflicht erfüllen würden.«

»Sie aber sind lächerlich.«

»Meinetwegen. Es freut mich, daß ich Sie erheitere. Es freut mich immer, wenn ich mit irgend etwas gefällig sein kann.«

»Sie wollen sehr, daß ich mich erschieße, und fürchten doch, daß ich plötzlich nicht will?«

»Das heißt, sehen Sie mal, Sie haben ja selbst Ihren Plan mit unserer Tätigkeit verbunden. Da wir nun mit Ihrer Absicht gerechnet haben, so ist schon verschiedenes unternommen worden, so daß Sie jetzt auf keine Weise mehr zurücktreten können, da Sie uns sonst hineinlegen würden.«

»Nur nichts von Pflicht.«

»Verstehe, verstehe, es ist also nur Ihr eigner freier Wille, und wir haben unsererseits überhaupt kein Recht. Einverstanden. Wenn nur dieser Ihr freier Wille die Tat ausführt.«

»Und ich werde alle Ihre Gemeinheiten auf mich nehmen müssen?«

»Hören Sie, Kirilloff, haben Sie vielleicht plötzlich Angst

bekommen? Wenn Sie zurücktreten wollen, so sagen Sie es bitte gleich.«

»Ich habe keine Angst bekommen.«

»Ich meinte nur, weil Sie etwas viel fragen.«

»Werden Sie bald fortgehen?«

»Sie fragen schon wieder?«

Kirilloff betrachtete ihn mit Verachtung.

»Sehen Sie«, fuhr Pjotr Stepanowitsch fort, während er sich immer mehr ärgerte und beunruhigte und nicht den richtigen Ton fand, »Sie wollen, daß ich fortgehe, um sich in völliger Einsamkeit sammeln zu können, aber das sind gefährliche Anzeichen, für Sie, für Sie vor allem. Sie wollen viel nachdenken. Meiner Meinung nach wäre es besser, nicht nachzudenken, sondern es einfach zu tun. Und deshalb beunruhigen Sie mich nun wirklich.«

»Mir ist nur sehr zuwider, daß in jenem Augenblick so was Widriges wie Sie bei mir sein wird.«

»Ach, das ist doch schon ganz egal. Ich kann ja schließlich auch hinausgehen und mich so lange draußen vor die Haustür stellen. Wenn Sie im Sterben so wenig gleichmütig sind, so ... ist das doch sehr gefährlich. Ich werde also vor der Haustür stehen, und Sie können meinetwegen annehmen, daß ich nichts begreife und ein unermeßlich tief unter Ihnen stehender Mensch sei.«

»Nein, nicht unermeßlich; Sie haben Fähigkeiten, aber für sehr vieles geht Ihnen das Verständnis ab, weil Sie ein niedrigstehender Mensch sind.«

»Freut mich, freut mich. Wie gesagt, es freut mich immer, wenn ich gefällig sein kann, sei es durch Ablenkung, Zerstreuung ... in einem solchen Augenblick.«

»Sie können nichts einsehen.«

»Das heißt, ich ... jedenfalls höre ich mit Hochachtung zu.«

»Sie können nichts überwinden. Sie können jetzt nicht einmal Ihre kleinliche Wut verbergen, obgleich es für Sie doch unvorteilhaft ist, sie zu zeigen. Sie werden mich noch wütend machen, und ich werde plötzlich noch ein halbes Jahr Zeit haben wollen.«

Pjotr Stepanowitsch sah nach der Uhr.

»Ich habe von Ihrer Theorie nie etwas begriffen, aber ich weiß, daß Sie sie nicht für uns erdacht haben, folglich werden Sie Ihr Vorhaben auch ohne uns und nicht um unseretwillen ausführen. Ich weiß auch, daß nicht Sie die Idee verschlungen haben, sondern die Idee hat Sie verschlungen, also werden Sie auch nichts aufschieben können.«

»Wie? Die Idee hat mich verschlungen?«

»Ja.«

»Und nicht ich die Idee? Das ist gut gesagt. Sie haben einen kleinen Verstand. Nur wollen Sie mich damit bloß necken, ich aber bin stolz darauf.«

»Wunderbar, sehr schön so. Gerade so gehört es sich, daß Sie stolz darauf sind.«

»Genug; Sie haben ausgetrunken, gehen Sie jetzt.«

»Zum Teufel, da wird man wohl müssen.« Pjotr Stepanowitsch erhob sich. »Aber es ist immerhin noch zu früh. Hören Sie, Kirilloff, werde ich den Betreffenden (Sie verstehen?) jetzt schon bei der Metzgerin antreffen? Oder hat die auch nur so Sprüche gemacht?«

»Sie werden ihn nicht antreffen, denn er ist hier und nicht dort.«

»Wieso hier? Zum Teufel, wo?«

»Er sitzt in der Küche, ißt und trinkt.«

»Wie wagt der Kerl! ...« Pjotr Stepanowitsch lief rot an vor Zorn. »Er hatte dort zu warten ... Unsinn! Er hat weder einen Paß noch Geld.«

»Weiß nicht. Er ist gekommen, um sich zu verabschieden; er ist eingekleidet und reisefertig. Er geht weg und kommt nicht wieder. Er sagt, Sie seien ein Gauner, und will nicht auf Ihr Geld warten.«

»Ach so? Er fürchtet wohl, daß ich ... Nun ja, ich kann ihn auch jetzt ... Wo ist er? In der Küche?«

Kirilloff öffnete eine Seitentür zu einem kleinen, dunklen

Durchgangszimmer, aus dem drei Stufen in die Küche hinabführten. Von der Küche war, gleich bei der Tür, durch eine Bretterwand eine Kammer abgeteilt, in der gewöhnlich das Bett des Dienstmädchens stand. Hier saß nun in der Ecke unter den Heiligenbildern Fedjka vor einem unbedeckten Brettertisch, auf dem eine Halbliterflasche Branntwein, Brot auf einem Teller und in einer irdenen Schüssel ein kaltes Stück Rindfleisch und Kartoffeln standen. Er aß mit Behagen und schien schon halb betrunken zu sein, saß aber in kurzem Schafpelz da und war offenbar vollkommen reisefertig. Hinter der Bretterwand, in der Küche, summte schon der Ssamowár, jedoch nicht für Fedjka; vielmehr hatte Fedjka selbst gefälligerweise den Ssamowar hergerichtet und die Holzkohlen zur Glut angeblasen, wie er das nun schon seit einer Woche oder länger jeden Abend für seinen Alexei Nílytsch getan, »da der Herr sehr daran gewöhnt sind, nachts immerzu Tee zu trinken.« Ich vermute stark, daß das Rindfleisch und die Kartoffeln, da keine Köchin im Hause war, von Kirilloff selbst schon am Morgen für Fedjka gebraten worden waren.

»Was ist dir eingefallen?« rief Pjotr Stepanowitsch und stürzte die Stufen hinunter. »Warum hast du nicht dort auf mich gewartet, wo man es dir befohlen hat?«

Und zornig schlug er mit der Faust auf den Brettertisch.

Fedjka nahm eine würdevollere Haltung an.

»Du, wart ein bißchen, Pjotr Stepanowitsch, wart ein bißchen«, sagte er, fast stutzerhaft deutlich die Worte aussprechend, »du mußt als erste Pflicht verstehen, daß du hier auf vornehmem Besuch bei Herrn Kiriloff bist, bei Alexei Nilytsch, bei dem du dessen Stiefel putzen kannst, denn er ist vor dir ein gebildeter Verstand, du aber bist nur ein – Pfui!«

Und er spie stutzerhaft zur Seite, das heißt, er tat nur so, ohne Speichel, um seine Verachtung zu bezeugen. Man sah ihm Hochmut, Entschlossenheit und ein gewisses, höchst gefährliches, trügerisch ruhiges Klugredenwollen an – bis zum ersten Ausbruch. Doch Pjotr Stepanowitsch nahm sich schon keine Zeit mehr, auf die Gefahr zu achten, und das vertrug sich schließlich auch nicht mit seiner Auffassung der Dinge. Die Ereignisse und Mißerfolge dieses Tages hatten ihn zudem schon um jede Geduld gebracht und verwirrt ... Liputin, der oberhalb der drei Stufen stehen blieb, sah neugierig aus dem dunklen Raum in die Kammer hinab.

»Willst du oder willst du nicht einen richtigen Paß haben und gutes Geld zur Fahrt, wohin man dir gesagt hat? Ja oder nein?«

»Siehst du, Pjotr Stepanowitsch, du hast mich von Anfang an betrogen, und darum bist du vor mir der reine Gauner. Bist grad soviel wie eine verfluchte Menschenlaus, damit du's weißt, wofür ich dich halte. Du hast mir für unschuldiges Blut viel Geld versprochen, und für Herrn Stawrogin hast du einen Eid geschworen, und dabei war nichts dahinter, außer einzig deiner Unehrlichkeit und Unbescheidenheit. Ich habe, auf mein Wort, auch nicht soviel bekommen, von tausendfünfhundert schon gar keine Rede; dir aber hat Herr Stawrogin neulich so um die Ohren gewischt, daß auch wir das schon wissen. Jetzt drohst du mir von neuem und versprichst mir Geld, aber wofür – darüber schweigst du. Ich aber denke so bei mir: du schickst mich nach Petersburg, um dich in deiner Bosheit an Herrn Stawrogin, Nikolai Wssėwolodowitsch, ganz gleich wie zu rächen, und hoffst dabei auf meine Leichtgläubigkeit. Und somit gehst du als der Hauptmörder aus allem hervor. Und weißt du auch, was du mit diesem einen Punkte schon verdient hast, daß du an Gott selbst, den wahrhaftigen Schöpfer, wegen deiner Verdorbenheit nicht mehr glaubst? Das ist schon ebensogut wie Heide sein, stehst also auf einer Stufe mit Tatar oder Mordwine. Herr Kirilloff, Alexei Nilytsch, der ein großer Philosoph ist, hat dir schon mehrmals den wahren Gott, den heiligen Schöpfer aller Dinge erklärt, und desgleichen die ganze Schöpfung der Erde wie alle zukünftigen Geschicke und die Verwandlung aller Kreatur und allen Gewürms nach dem Buch der Apokalypse. Du aber bist wie ein unverständiges Götzenbild und verharrst in Taubheit und Stummheit, und hast dazu auch den Fähnrich Erkeleff gebracht, ganz wie der leibhaftige Bösewicht und Verführer, der da heißt Atheist...«

»Ach du, besoffene Fratze! Beraubst selbst Heiligenbilder und willst jetzt noch Gott verkünden!«

»Ja, siehst du, Pjotr Stepanowitsch, ich sage dir ganz aufrichtig, das stimmt schon, daß ich sie beraubt habe, aber ich habe bloß ein einziges Perlchen 'rausgenommen, und was kannst du wissen, vielleicht hat sich meine reuige Träne in demselben Augenblick im Schmelzofen des Allerhöchsten in akkurat so eine Perle verwandelt, zum Ausgleich für irgendein Unrecht, das mir widerfahren ist, da ich doch ganz und gar verlassen bin auf der Welt und nicht einmal mein tägliches Obdach habe. Weißt du auch aus den Büchern, daß einmal in alten Zeiten ein Kaufmann mit ganz genau so einem Tränenseufzer und Gebet wie ich aus dem Heiligenschein der allerheiligsten Muttergottes eine Perle stibitzt und dann später kniefällig vor allem Volk das ganze Geld der Gottesmutter zu Füßen gelegt hat, und daß ihn da die heilige Mutter-Fürsprecherin mit ihrem Schleier gesegnet hat, daselbst vor allem Volk, so daß es schon damals als ein Wunder anerkannt wurde und von der Obrigkeit der Befehl erging, alles buchstäblich in die Reichsbücher einzutragen. Du aber hast eine Maus hineingesteckt, also hast du das Heiligtum Gottes verhöhnt. Und wenn du nicht mein angestammter Herr wärst, den ich auf meinen Armen getragen habe, als ich noch ein Junge war, so würde ich dich jetzt, so wie du da bist, mit eins totschlagen, ohne hier anders vom Fleck zu gehen!«

Pjotr Stepanowitsch geriet in maßlosen Zorn.

»Sprich, bist du heute mit Stawrogin zusammengekommen?«

»Untersteh dich bloß nicht, mich verhören zu wollen. Herr Stawrogin steht in dieser Sache nur in Verwunderung vor dir da und hat sich nicht mal mit 'nem Wunsch dran beteiligt, was aber von einer Anordnung oder Geld, davon schon ganz zu geschweigen. Du hast mich rundherum frech belogen!«

»Das Geld bekommst du, und die Zweitausend bekommst du auch, in Petersburg, am angegebenen Ort, alles auf einmal, und wirst noch mehr bekommen.«

»Du, mein Bester, du lügst nur wieder, und es ist für mich lächerlich zu sehen, was für ein leichtgläubiger Verstand du bist. Herr Stawrogin steht vor dir wie auf einer hohen Leiter, und du kläffst nur von unten wie ein dummer Köter, während er von oben auf dich auch nur zu spucken schon für eine große Ehre für dich halten würde.«

»Aber weißt du auch, du Kanaille«, rief Pjotr Stepanowitsch, nun schon rasend vor Wut, »daß ich dich nicht einen Schritt von hier lasse und dich sofort der Polizei übergebe!«

Fedjka sprang auf; seine Augen blitzten vor Jähzorn. Pjotr Stepanowitsch riß seinen Revolver hervor. Und nun kam es zu einem kurzen widerlichen Auftritt: noch bevor Pjotr Stepanowitsch zielen konnte, hatte Fedjka sich schon im Nu geduckt, gedreht, und schlug ihn aus voller Kraft auf die Backe. Und schon im selben Augenblick klatschte der zweite furchtbare Schlag, dann der dritte, der vierte, immer auf die Backen. Pjotr Stepanowitsch stand wie duselig da, seine Augen stierten, er murmelte etwas, und plötzlich fiel er längelang hin.

»Da habt ihr ihn, nehmt ihn jetzt!« rief Fedjka mit einer kurzen Siegergeste, ergriff seine Mütze, zog schnell unter der Bank ein Bündel hervor und – war verschwunden.

Pjotr Stepanowitsch röchelte bewußtlos. Liputin dachte schon, es hätte einen Totschlag gegeben. Kirilloff lief im Nu in die Küche hinunter.

»Mit Wasser muß man ihn . . .!« rief er.

Er schöpfte hastig mit einem Blechgefäß Wasser aus dem Eimer, kam schnell zum Liegenden und goß es ihm über den Kopf. Pjotr Stepanowitsch bewegte sich, erhob den

Kopf, setzte sich langsam auf und blickte verständnislos vor sich hin.

»Nun, wie steht es?« fragte Kirilloff.

Pjotr Stepanowitsch sah ihn unbeweglich an, aber noch ohne ihn zu erkennen. Da bemerkte er aber Liputin, der aus dem dunklen Raum hervorgetreten war, und sein Gesicht verzog sich zu seinem gewohnten häßlichen Grinsen. Plötzlich griff er schnell nach dem auf dem Boden liegenden Revolver und sprang auf.

»Wenn es Ihnen morgen einfallen sollte, fortzulaufen ... wie der Schuft Stawrogin«, schrie er in wildem Ausbruch Kirilloff an, kreidebleich, die Worte stockend und unklar hervorstoßend, »so hänge ich Sie ... auch am anderen Ende der Welt ... wie eine Fliege auf ... zermalme Sie ... verstanden!«

Und er zielte mit dem erhobenen Revolver gerade auf Kirilloffs Stirn; doch fast in derselben Sekunde besann er sich schon, riß seine Hand zurück, steckte den Revolver in die Tasche und stürzte, ohne ein Wort zu sagen, aus dem Hause. Liputin lief ihm nach. Sie krochen wieder durch das Schlupfloch im Zaun und gingen, wie sie gekommen waren, sich am Zaun festhaltend, auf der Grabenböschung dahin. Auf dem Fußpfad des Quergäßchens ging Pjotr Stepanowitsch so schnell, daß Liputin ihm kaum nachkommen konnte. Bei der nächsten Straßenkreuzung blieb er plötzlich stehen.

»Nun?« sagte er, indem er sich herausfordernd nach Liputin umwandte.

Liputin dachte an den Revolver und zitterte noch am ganzen Leibe vom soeben Miterlebten; aber die Antwort kam ihm plötzlich wie von selbst und unaufhaltsam über die Lippen:

»Ich glaube ... ich glaube, daß der Student keineswegs mit solcher Ungeduld ‚bis nach Taschkent' erwartet wird.«

»Haben Sie gesehen, was Fedjka in der Küche trank?«

»Was er trank? Branntwein trank er.«

»Nun, so mögen Sie denn wissen, daß er zum letztenmal

in seinem Leben Branntwein getrunken hat. Ich empfehle, dieses für fernere Erwägungen zu behalten. Jetzt aber scheren Sie sich zum Teufel, bis morgen sind Sie weiter nicht nötig ... Nur – denken Sie an mich: keine Dummheiten gemacht!«

Liputin hetzte Hals über Kopf nach Haus.

IV

Liputin hatte sich schon vor langer Zeit einen Paß auf einen fremden Namen beschafft. Es ist eigentlich eine sonderbare Vorstellung, daß dieses akkurate Menschlein, dieser kleinliche Familientyrann und vor allem Beamte (wenn er auch Fourierist war), daß dieser Kapitalist und Prozentnehmer schon vor langer Zeit auf den phantastischen Gedanken hatte verfallen können, sich auf alle Fälle so einen Paß zu verschaffen, um mit seiner Hilfe ins Ausland zu entschlüpfen, *wenn* ... Er gab also doch die Möglichkeit eines solchen »Wenn« zu, obschon er gewiß nicht hätte formulieren können, was er unter diesem »Wenn« verstand ...

Jetzt aber hatte es sich plötzlich selbst formuliert, und noch dazu auf die unerwartetste Weise. Jener tolle Gedanke, mit dem er bei Kirilloff eingetreten war, nachdem er Pjotr Stepanowitschs »R–rrüpel« eingesteckt hatte, bestand darin, morgen noch, womöglich vor Sonnenaufgang, alles im Stich zu lassen und sich ins Ausland zu expatriieren! Wer nicht glauben will, daß so phantastische Dinge in unserer alltäglichen Wirklichkeit geschehen, der möge sich die Lebensgeschichten unserer gegenwärtigen Emigranten im Ausland einmal näher ansehen. Kein einziger von ihnen hat eine vernünftigere Flucht aus realistischeren Gründen hinter sich. Immer war es die gleiche ungezügelte Herrschaft der Hirngespinste und nichts weiter.

Als Liputin zu Hause anlangte, war das erste, was er tat, daß er seine Reisetasche hervorholte und zu packen begann. Seine Hauptsorge war das Geld, wieviel und wie er es retten könnte. Jawohl: »retten«, denn seiner Meinung nach durfte er auch nicht eine Stunde länger säumen und mußte er schon bei Sonnenaufgang unterwegs sein. Auch wußte er noch nicht recht, wo er am besten in den Zug einsteigen sollte; schließlich entschloß er sich, irgendwo auf der zweiten oder dritten Station einzusteigen, bis dorthin aber zu Fuß zu laufen. So plagte er sich denn mit seinem Reisegepäck herum, einen ganzen Wirbelsturm von Gedanken im Kopf, und – plötzlich warf er alles hin, sank mit einem tiefen Stöhnen auf seinen Diwan und streckte sich auf ihm aus.

Er fühlte deutlich, und plötzlich erkannte er ganz klar, daß er flüchten, nun ja, daß er wirklich flüchten werde, daß er aber die Frage, ob er vor oder nach Schatoff flüchten sollte, jetzt gleich zu beantworten schon vollkommen außerstande war. Er empfand sich nur noch als einen plumpen willenlosen Körper, eine passive Masse, die bereits von einer fremden unheimlichen Kraft gelenkt wurde, und er fühlte, daß er, obschon er einen Auslandspaß besaß und ohne weiteres *»vor* Schatoff« flüchten konnte (nur deshalb hatte er sich doch so beeilt), daß er trotzdem nicht *»vor* Schatoff«, sondern unbedingt erst *»nach* Schatoff« flüchten werde, und daß das schon beschlossen, unterschrieben und besiegelt war. In unerträglicher Qual, abwechselnd zitternd und sich über sich selbst wundernd, stöhnend und vergehend vor Angst, erlebte er doch noch, ohne selbst recht zu wissen wie, in seinem verriegelten Zimmer auf dem Diwan liegend, den nächsten Morgen. Und dann erst erhielt er den ersehnten entscheidenden Stoß, der seinem schwankenden Entschluß plötzlich die endgültige Richtung gab. Es war schon elf Uhr, als er die Tür seines Zimmers aufschloß und hinaustrat. Und das erste, was er von den Seinigen erfuhr, war, daß der Räuber und entsprungene Zuchthäusler Fedjka, der alle in Schrecken versetzt, Kirchen beraubt und neuerdings gemordet und Häuser in Brand gesteckt hatte, daß Fedjka, der berüchtigte Fedjka, den unsere Polizei schon lange verfolgte und immer noch nicht hatte finden können, früh morgens, sieben Werst von der Stadt, wo der Weg nach Sachárjino von der großen Landstraße abzweigt, erschlagen gefunden worden war. Die ganze Stadt wußte es bereits. Liputin stürzte aus dem Hause, um Näheres darüber zu erfahren. Er hörte, daß man Fedjka, der nach allen Anzeichen beraubt worden war, mit zerschmettertem Schädel gefunden, und daß die Polizei auf Grund einiger Anhaltspunkte den Schpigulinschen Arbeiter Fómka, mit dem Fedjka bei Lebädkins zweifellos zusammen gemordet und angezündet hatte, für den Mörder hielt. Offenbar waren die beiden unterwegs in Streit geraten wegen der von Fedjka bei Lebädkin sicherlich geraubten und wohl unterschlagenen großen Summe Geldes, die er mit Fomka, wie man annahm, noch nicht geteilt hatte ... Liputin lief auch noch zu dem Hause, wo Pjotr Stepanowitsch wohnte, und erfuhr dort an der Hintertreppe heimlich, daß der junge Herr, der zwar erst gegen ein Uhr nachts nach Hause gekommen sei, doch seelenruhig bis acht Uhr morgens in seinem Bett geschlafen habe. Augenscheinlich war also an dem plötzlichen Tode Fedjkas nichts Ungewöhnliches, zumal ja Banditen meistens ein solches Ende nehmen; aber das Übereinstimmen der verhängnisvollen Worte, daß Fedjka »zum letztenmal in seinem Leben Branntwein getrunken habe«, mit der prompt eingetroffenen Erfüllung der Vorhersage, war doch so bedeutsam, daß Liputin plötzlich aufhörte, unschlüssig zu sein. Der Stoß von außen war erfolgt; ihm war, als sei ein Stein auf ihn draufgefallen, der ihn nun für immer zu Boden drücke. Als er nach Haus zurückkam, stieß er schweigend seine Reisetasche mit einem Fußtritt unter den Diwan, und am Abend war er zur festgesetzten Stunde der erste an dem für das Zusammentreffen mit Schatoff angegebenen Ort, freilich immer noch mit dem Paß in der Tasche.

FÜNFTES KAPITEL

EINE REISENDE

I

Die Katastrophe mit Lisa und der Tod Marja Timofejewnas hatten auf Schatoff einen erschütternden und schier erdrückenden Eindruck gemacht. Ich erwähnte bereits, daß ich ihn an diesem Montagmorgen bei einer Begegnung auf der Straße kurz sprechen konnte: er erschien mir ganz verstört. Er sagte unter anderem, daß er am Sonntagabend gegen neun Uhr (also drei Stunden vor dem Ausbruch des Brandes) Marja Timofejewna besucht hatte. Jetzt am Morgen war er hingegangen, um die Leichen zu sehen, aber soviel ich weiß, hat er an diesem Vormittag nirgendwo irgendwelche Aussagen gemacht. Indes, je mehr der Tag vorrückte und besonders gegen Abend, wurde die Qual in seiner Brust zu einem wahren Sturm und... und – ich glaube, ich kann das mit Bestimmtheit sagen – es kam in der Dämmerung ein Augenblick, wo er schon aufstehen, hingehen und – alles aufdecken wollte. Was er mit »alles« meinte, das wußte er genau. Natürlich hätte er damit nichts erreicht, sondern nur sich selbst ausgeliefert. Er besaß ja keinerlei Beweise, die die soeben verübte Untat hätten aufklären können, seine vagen Mutmaßungen aber, und mehr hatte er ja nicht vorzulegen, konnten doch nur für ihn allein völlig überzeugend sein. Aber er war bereit, sich selbst ins Verderben zu stürzen, wenn er nur »die Schurken zermalmen« könnte, wie er sich ausdrückte.

Pjotr Stepanowitsch hatte diesen heftigen Antrieb in ihm richtig vorausgeahnt und genau gewußt, wieviel er wagte, wenn er sein neues furchtbares Vorhaben auf den nächsten Tag verschob. Hierbei war seinerseits wie gewöhnlich sein großes Selbstvertrauen mit im Spiel und seine Verachtung für alle diese »Leutchen« und besonders für Schatoff. Er verachtete Schatoff schon lange wegen seiner »sentimentalen Borniertheit«, wie er sich schon im Auslande über ihn geäußert hatte, und er traute sich selbstbewußt zu, mit einem so unschlauen Menschen schon fertig zu werden, das heißt: er würde ihn diesen ganzen Tag über beobachten lassen und ihm bei der ersten Gefahr den Weg verlegen. Indessen war das, was »die Schurken« noch für eine kurze Zeit rettete, ein vollkommen unerwarteter, von ihnen überhaupt nicht vorhergesehener Umstand ...

Gegen acht Uhr abends (also um dieselbe Zeit, als die „Unsrigen" sich bei Erkel versammelt hatten, auf Pjotr Stepanowitsch warteten, unwillig wurden und in Erregung gerieten) lag Schatoff mit Kopfschmerzen und leichtem Schüttelfrost im Dunkeln ausgestreckt auf seinem Bett; er quälte sich mit Bedenken und Unentschlossenheit, ärgerte sich, entschloß sich, konnte sich aber immer nicht endgültig entschließen und fühlte fluchend im voraus, daß das alles doch zu nichts führen werde. Allmählich überkam ihn für Augenblicke ein leichter Schlaf, und er verfiel in einen Zustand, der einem Albdruck ähnlich war. Ihm träumte, er sei auf seinem Bett mit Stricken gebunden, am ganzen Leibe verschnürt und könne sich nicht rühren, dabei aber ertönten im ganzen Hause furchtbare Schläge an den Zaun, an die Hofpforte, an seine Tür, an das Nebengebäude, in dem Kirilloff wohnte, so daß das ganze Haus davon zittere, und eine ferne, bekannte, aber für ihn quälende Stimme rufe kläglich nach ihm. Er erwachte plötzlich und richtete sich halb auf. Zu seiner Verwunderung dauerten die Schläge gegen die Hofpforte an, und wenn sie auch lange nicht so stark waren, wie er sie im Traum gehört hatte, so wurde doch immerhin schnell und hartnäckig an die Pforte gepocht, die sonderbare und »quälende« Stimme aber, die jetzt gar nicht kläglich, sondern ganz im Gegenteil ungeduldig und gereizt klang, war immer noch unten an der Hofpforte zu hören, und dazwischen noch eine andere, ruhigere und gewöhnlichere Stimme. Er sprang auf vom Bett, öffnete das Luftfenster und steckte den Kopf hinaus.

»Wer ist da?« rief er hinunter, buchstäblich erstarrend vor Schreck.

»Wenn Sie Schatoff sind«, wurde ihm von unten in scharfem und festem Ton geantwortet, »dann erklären Sie bitte offen und ehrlich, ob Sie bereit sind oder nicht, mich hereinzulassen?«

Er hatte sich nicht geirrt: diese Stimme hatte er doch sofort erkannt!

»Marie! ... Bist du es?«

»Ja, gewiß bin ich es, Márja Schátowa, und ich versichere Sie, daß ich den Droschkenkutscher keinen Augenblick länger aufhalten kann.«

»Sofort ... ich will nur erst Licht ...«, rief Schatoff mit schwacher Stimme zurück. Dann suchte er hastig nach den Streichhölzern. Die Streichhölzer waren, wie gewöhnlich in solchen Fällen, nicht zu finden. Er stieß auch noch den Leuchter mit der Kerze um, die zu Boden fielen, und als von unten wieder die ungeduldige Stimme zu hören war, da ließ er alles liegen und lief Hals über Kopf seine steile Treppe hinunter, um das Pförtchen zu öffnen.

»Tun Sie mir den Gefallen und halten Sie solange die Reisetasche, bis ich mit diesem Dickschädel hier abgerechnet habe.« Damit empfing ihn unten Frau Márja Schátowa, indem sie ihm eine ziemlich leichte, billige Handtasche aus Segeltuch, mit Messingnägelchen verziert, ein Dresdener Fabrikat, aufdrängte. Sie selbst aber wandte sich gereizt an den Droschkenkutscher.

»Seien Sie versichert, daß Sie zuviel verlangen. Wenn Sie mich unnötigerweise eine ganze Stunde zuviel durch diese schmutzigen Straßen gefahren haben, so ist das nur Ihre Schuld, denn folglich haben Sie selbst nicht gewußt, wo diese dumme Straße und dieses verdrehte Haus liegen. Hier, nehmen Sie gefälligst Ihre dreißig Kopeken und verlassen Sie sich darauf, daß Sie mehr nicht bekommen werden.«

»Ach, meine liebe Gnädige, Sie haben doch selber zuerst von der Wosnessénskajastraße gesprochen, diese hier aber ist doch die Bogojáwlenskaja! Die Wosnessénskaja ist ja meilenweit von hier! Haben umsonst meinen Wallach in Schweiß gebracht.«

»Wosnessénskaja, Bogojáwlenskaja – alle diese blöden Straßennamen[68] sollten Sie als hiesiger Einwohner besser auseinanderhalten können als ich; und außerdem sind Sie im Unrecht: ich habe Ihnen zuerst nur gesagt, daß ich zum Filippoffschen Hause wolle, und Sie versicherten, Sie wüßten, wo das sei. Wenn Sie wollen, können Sie mich morgen beim Friedensrichter verklagen, jetzt aber bitte ich Sie, mich in Ruhe zu lassen.«

»Da, da haben Sie noch fünf Kopeken!« sagte Schatoff, der hastig ein Fünfkopekenstück aus der Tasche holte und es dem Kutscher gab.

»Aber ich bitte Sie, unterlassen Sie das gefälligst!« brauste Madame Schátowa auf, aber der Kutscher brachte seinen Wallach schon in Gang und Schatoff, der ihre Hand erfaßt hatte, zog sie zur Pforte.

»Schnell, Marie, schnell ... das sind doch nur Belanglosigkeiten und – wie naß du geworden bist! Vorsicht, hier geht's hinauf – schade, daß ich kein Licht habe –, die Treppe ist steil, halte dich fest, fester ... so ... Und hier ist meine Stube. Verzeih, daß ich ohne Licht ... Ich werde sofort ...«

Er hob im Dunkeln den Leuchter vom Boden auf, aber die Streichholzschachtel ließ sich noch längere Zeit nicht finden. Frau Schátowa stand wartend mitten im Zimmer, schwieg und rührte sich nicht.

»Gott sei Dank, endlich!« rief Schatoff freudig und machte Licht. Márja Schátowa sah sich flüchtig den Wohnraum an.

»Man hat mir zwar schon gesagt, daß Sie schlecht wohnten, aber so habe ich es mir doch nicht vorgestellt«, sagte sie widerwillig und ging zum Bett.

»Ach, bin ich müde!« Sie setzte sich erschöpft auf das harte Bett. »Bitte, stellen Sie die Tasche hin und setzen Sie sich auf einen Stuhl. Oder wie Sie wollen. Sie stechen mir so in die Augen, wenn Sie vor mir stehen. Ich bin nur für kurze Zeit zu Ihnen gekommen, bis ich Arbeit gefunden habe, denn ich kenne mich hier nicht aus, und mein Geld ist zu Ende. Aber wenn ich Ihnen lästig bin, dann tun Sie mir den Gefallen, ich bitte nochmals darum, und sagen Sie das gleich, wie es sich für einen ehrlichen Menschen gehört. Ich kann morgen immer noch etwas verkaufen und in einem Gasthof bezahlen, nur müßten Sie mich selbst hinführen ... Ach, ich bin jetzt bloß müde!«

Schatoff begann am ganzen Leibe zu zittern.

»Nicht doch, Marie, das ist doch gar nicht nötig! In was für einen Gasthof? Wozu das, wozu?« und flehend faltete er die Hände.

»Nun, wenn es ohne Gasthof geht ... aber die Sachlage muß doch immerhin klargelegt werden. Sie werden sich wohl noch erinnern, Schatoff, daß wir in Genf zwei Wochen und einige Tage als Ehepaar gelebt haben, vor ... nun ist das schon drei Jahre her, daß wir uns getrennt haben, übrigens ohne besonderen Streit. Aber denken Sie bloß nicht, daß ich zurückgekehrt sei, um irgend eine der früheren Dummheiten aufs neue anzufangen. Ich bin zurückgekehrt, um Arbeit zu suchen, und wenn ich geradeswegs hierher, in diese Stadt, gekommen bin, so nur deshalb, weil mir alles gleichgültig ist. Ich bin nicht gekommen, um etwas zu bereuen, tun Sie mir den Gefallen und bilden Sie sich nicht noch so eine Dummheit ein!«

»Oh, Marie! Das brauchst du doch gar nicht zu sagen, das ist doch ganz unnötig!« stammelte Schatoff undeutlich.

»Nun, wenn es so ist, wenn Sie geistig so weit fortgeschritten sind, daß Sie das verstehen können, dann erlaube ich mir hinzuzufügen, daß ich, wenn ich mich jetzt unmittelbar an Sie gewandt habe und in Ihre Wohnung gekommen bin, dies zum Teil deshalb getan habe, weil ich Sie immer für einen Menschen gehalten habe, der bei weitem kein Schuft, sondern besser ist als die anderen ... Schurken!«

Ihre Augen blitzten auf. Offenbar hatte sie von irgend welchen »Schurken« so manches erlitten.

»Und bitte seien Sie überzeugt, daß ich mich ganz und gar nicht über Sie lustig machen wollte, als ich soeben sagte, Sie seien ein guter, ein weit besserer Mensch. Ich habe es offen ausgesprochen, nicht nur so um der Beschönigung willen gesagt, die ich nicht ausstehen kann. Aber das ist ja alles Unsinn. Ich habe immer gehofft, daß Sie vernünftig genug sein würden, um nicht lästig zu werden... Ach, genug davon, ich bin so müde!«

Und sie sah ihn mit einem langen, gequälten, müden Blick an. Schatoff stand fünf Schritte weit von ihr im Zimmer und hörte schüchtern zu, hörte aber gleichsam wie neubelebt, mit einem bei ihm noch nie dagewesenen Leuchten im Gesicht, was sie sagte. Dieser starke und rauhe Mensch, der immer widerborstig, wie mit gesträubtem Fell wirkte, war auf einmal ganz weich und wie von innen erhellt. In seiner Seele begann etwas ganz Außergewöhnliches, völlig Unerwartetes zu schwingen. Drei Jahre Trennung, drei Jahre aufgelöster Ehe hatten in seinem Herzen nichts zu verdrängen vermocht. Und vielleicht hatte er in diesen drei Jahren Tag für Tag an sie gedacht, an dieses teure Wesen, das einmal zu ihm gesagt hatte, daß es ihn »liebe«. Da ich Schatoff gekannt habe, kann ich mit Bestimmtheit sagen, daß er sich nicht einmal davon zu träumen erlaubt hätte, daß jemals ein Weib auch zu ihm sagen könnte, es »liebe« ihn. Er war keusch und schamhaft bis zur wunderlichsten Menschenscheu, hielt sich für ein schreckliches Scheusal, haßte sein Gesicht und seinen Charakter und verglich sich in seiner Selbstkritik geradezu mit irgend so einer Mißgeburt, die man allenfalls auf Jahrmärkten herumschleppen und zeigen dürfe. Infolge dieser Einstellung schätzte er Ehrlichkeit am höchsten, und für seine Überzeugungen setzte er sich bis zum Fanatismus ein, war finster, stolz, jähzornig und wortkarg.

Und nun war dieses einzige Wesen, das ihn zwei Wochen lang geliebt hatte (daran hatte er doch immer, immer geglaubt!), dieses Wesen, das er nach wie vor hoch über sich stellte, trotz seines vollkommen nüchternen Wissens um ihre Verirrungen; – das Wesen, dem er alles, wirklich *alles* verzeihen konnte (das stand für ihn einfach außer Frage, ja, eher kam es bei ihm noch umgekehrt heraus: daß, im Gegenteil, er vor ihr in allem und ganz allein der Schuldige war), diese Frau, diese Márja Schátowa, war plötzlich wieder bei ihm, in seiner Wohnung ... Das war beinah unfaßbar! Er war dermaßen überrumpelt, in diesem Ereignis lag für ihn so viel von irgend etwas Furchtbarem und doch zugleich so viel Glück, daß er natürlich gar nicht recht zur Besinnung kommen konnte, vielleicht aber auch gar nicht kommen wollte, ja, sich davor fürchtete. Das war doch ein Traum. Aber als sie ihn mit diesem gequälten Blick ansah, da begriff er plötzlich, daß dieses so geliebte Wesen litt, vielleicht unter einer schweren Kränkung. Bei diesem Gedanken setzte sein Herzschlag aus. Voll Schmerz betrachtete er ihre Gesichtszüge: aus diesem müden Frauenantlitz war der Schimmer der ersten Jugendblüte schon entschwunden. Sie war gewiß immer noch schön, – in seinen Augen noch genau so wie früher eine Schönheit. (In Wirklichkeit war sie eine Frau von ungefähr fünfundzwanzig Jahren, ziemlich kräftig gebaut, von mehr als Mittelgröße – etwas größer als Schatoff – mit reichem, dunkelblondem Haar, blassem, ovalem Gesicht und großen dunklen Augen, in denen jetzt ein fiebriger Glanz lag.) Aber an die Stelle ihrer leichtsinnigen, naiven und gutmütigen früheren Energie, die er so gut gekannt hatte, war jetzt verdrossene Reizbarkeit, Enttäuschtsein, wenn nicht gar Zynismus getreten, an den sie sich noch nicht gewöhnt hatte und der sie selbst bedrückte, da er ihr gar nicht lag. Aber Schatoff sah vor allem, daß sie krank war. Und trotz seiner ganzen Angst vor ihr, ging er plötzlich auf sie zu und erfaßte ihre beiden Hände:

»Marie ... weißt du ... du bist vielleicht sehr müde, um Gottes willen, sei nicht böse ... Wenn du dich doch überreden ließest, zum Beispiel, Tee zu trinken, wie? Tee würde dir doch gut tun, was meinst du? Wenn du dich nur überreden ließest! . . .«

»Was ist da noch zu überreden, natürlich bin ich einverstanden! Was für ein Kind Sie doch immer noch sind! Ganz wie früher. Wenn Sie Tee haben, geben Sie mir welchen. Wie eng es hier bei Ihnen ist! Wie kalt!«

»Oh, ich werde sofort Holz . . . ja, Holz . . . ich habe Holz!« Schatoff schickte sich sogleich geschäftig an, alles für sie zu tun, »aber das Holz . . . das heißt . . . übrigens auch den Tee . . . im Augenblick«, – und wie in verzweifelter Entschlossenheit, die in einer Geste zum Ausdruck kam, griff er nach seiner Mütze.

»Wo wollen Sie denn hin? Sie haben wohl keinen Tee?«

»Gleich, gleich . . . sofort wird alles da sein . . . ich . . .« Er nahm seinen Revolver vom Bücherbrett. »Ich werde diesen Revolver verkaufen . . . oder versetzen . . .«

»Was für Dummheiten, und wie lange das dauern wird! Nehmen Sie hier mein Geld, wenn Sie nichts haben, hier sind noch achtzig Kopeken, glaub ich; das ist alles. Bei Ihnen ist es ja wie in einem Irrenhause.«

»Nicht nötig, nicht nötig, dein Geld; ich werde sofort, im Augenblick . . . ich werde ohne Revolver . . .«

Und er lief geradewegs zu Kirilloff.

Das war etwa zwei Stunden vor Pjotr Stepanowitschs und Liputins Besuch bei diesem. Schatoff und Kirilloff sahen sich, obwohl sie auf demselben Hof wohnten, fast nie, und auch wenn sie sich zufällig einmal trafen, so grüßten sie sich weder, noch sprachen sie ein Wort miteinander: sie hatten in Amerika zu lange »nebeneinander gelegen«.

»Kirilloff, Sie haben doch immer Tee: können Sie mir Tee und einen Ssamowar leihen?«

Kirilloff, der in seinem Zimmer wieder auf und ab ging (gewöhnlich die ganze Nacht aus einer Ecke in die andere), blieb plötzlich stehen und sah aufmerksam Schatoff an, jedoch ohne besondere Verwunderung, obgleich dieser ganz unerwartet hereingestürzt war.

»Tee ist da. Zucker auch. Ein Ssamowar auch. Aber der ist nicht nötig, der Tee ist heiß. Setzen Sie sich und trinken Sie einfach.«

»Kirilloff, wir haben in Amerika nebeneinander gelegen ... Meine Frau ist zu mir gekommen ... Ich ... Geben Sie mir Tee ... und ich brauche auch den Ssamowar.«

»Wenn die Frau, dann brauchen Sie einen Ssamowar. Aber den Ssamowar später. Ich habe zwei. Jetzt nehmen Sie die Teekanne vom Tisch. Heiß, ganz heiß. Nehmen Sie alles, nehmen Sie Zucker, den ganzen. Brot ... Brot ist viel da, nehmen Sie alles. Habe auch Kalbsbraten. Geld einen Rubel.«

»Gib mir, Freund, ich gebe es dir morgen wieder! Ach, Kirilloff!«

»Ist das die Frau, die in der Schweiz war? Das ist gut. Und das, daß Sie so hergerannt sind, ist auch gut.«

»Kirilloff!« rief Schatoff, der die Teekanne in den Arm klemmte und in die Hände die Teller mit Zucker und Brot nahm: »Wenn Sie ... wenn Sie sich doch von Ihren schrecklichen Phantasien lossagen und Ihren atheistischen Wahn lassen könnten ... was wären Sie dann für ein Mensch, Kirilloff!«

»Man sieht, Sie lieben Ihre Frau auch nach der Schweiz. Das ist gut, falls nach der Schweiz. Wenn Sie noch Tee brauchen, kommen Sie wieder. Kommen Sie die ganze Nacht, ich schlafe nicht. Der Ssamowar wird heiß sein. Nehmen Sie den Rubel; da ist er. Gehen Sie zur Frau, ich werde hier bleiben und an Sie und Ihre Frau denken.«

Marja Schatowa schien mit der Schnelligkeit, mit der Schatoff alles besorgt hatte, zufrieden zu sein und machte sich gierig an den Tee; aber den Ssamowar zu holen, war nicht nötig: sie trank nur eine halbe Tasse, und aß nur ein kleines Stückchen Brot. Für den von Kirilloff angebotenen Kalbsbraten dankte sie gereizt und mit Widerwillen.

»Du bist krank, Marie, das ist alles so krankhaft an dir ...«, bemerkte Schatoff schüchtern, und ebenso schüchtern bemühte er sich, sie zu bedienen.

»Natürlich bin ich krank; bitte, setzen Sie sich. Wo haben Sie den Tee herbekommen, da Sie keinen hatten?«

Schatoff erzählte ihr obenhin und kurz von Kirilloff. Sie hatte schon einiges über ihn gehört.

»Ich weiß, daß er verrückt ist; bitte, sprechen wir von was anderem; als ob es nicht genug Toren gäbe! So waren Sie in Amerika? Ich habe davon gehört, Sie haben von dort geschrieben.«

»Ja, ich . . . ich habe nach Paris geschrieben.«

»Genug, und bitte von was anderem. Sie sind aus Überzeugung Slawophile?«

»Ich . . . das heißt, ich bin eigentlich nicht . . . Infolge der Unmöglichkeit, Russe zu sein, bin ich Slawophile geworden«, sagte er gezwungen lächelnd, mit der Schwerfälligkeit eines Menschen, der zur unrechten Zeit und nur mit genauer Not ein Bonmot zustande bringt.

»Sind Sie denn nicht Russe?«

»Nein, ich bin nicht Russe.«

»Nun, das sind lauter Dummheiten. Setzen Sie sich doch endlich, ich bitte Sie. Was laufen Sie immer hin und her? Sie denken, ich phantasiere? Vielleicht werde ich das auch noch tun. Sie sagen, es gebe hier nur Sie und ihn im Hause?«

»Ja, nur wir zwei . . . und unten wohnte . . .«

»Und lauter so Kluge! Wer wohnte unten? Sie sagten ‚unten'?«

»Jetzt nicht mehr . . .«

»Was, ‚jetzt nicht mehr'? Ich will es wissen.«

»Ich wollte nur sagen, daß jetzt nur wir zwei hier wohnen, unten aber wohnten früher Lebädkins . . .«

»Das sind die, die man heute nacht ermordet hat?« fuhr sie plötzlich auf. »Ich hörte davon. Als ich ankam, hörte ich gleich davon. Und dann hat es gebrannt?«

»Ja, Marie, ja, und vielleicht begehe ich jetzt eine furchtbare Gemeinheit, wenn ich diese Schufte ungestraft lasse . . .«

Er stand wieder auf und schritt wie ein Verzweifelnder mit erhobenen Armen durch das Zimmer.

Aber Marie verstand ihn nicht ganz. Sie war zu zerstreut. Sie fragte mehr, als daß sie zuhörte.

»Ja, schöne Sachen spielen sich hier bei euch ab. Ach, wie das alles gemein ist! Was für Schufte sie alle sind! Aber so setzen Sie sich doch endlich einmal, ich bitte Sie! – oh, wie Sie mich reizen!«

Und erschöpft senkte sie den Kopf auf das Kissen.

»Marie, ich werde ja nicht... Wenn du dich vielleicht ein wenig hinlegen würdest, Marie?«

Sie antwortete nicht und schloß nur übermüdet die Augen. Ihr bleiches Gesicht sah in diesem Augenblick wie das einer Toten aus. Sie schlief fast sofort ein. Schatoff sah sich im Zimmer um, setzte das Licht fester in den Leuchter, sah noch einmal unruhig auf ihr Antlitz, preßte die Hände fest vor sich zusammen und ging dann leise auf den Fußspitzen aus dem Zimmer in den Treppenflur. Dort stellte er sich mit dem Gesicht in eine Ecke, stützte die Stirn an die Wand und stand so reglos vielleicht zehn Minuten lang. Er hätte wohl noch länger so gestanden, doch plötzlich vernahm er unten auf der Treppe leise, vorsichtige Schritte.

Jemand stieg die Treppe herauf.

Schatoff erinnerte sich, daß er vergessen hatte, das Pförtchen zuzuschließen.

»Wer da?« fragte er verhalten.

Der Unbekannte stieg langsam höher, ohne zu antworten. Als er oben angelangt war, blieb er stehen. Ihn zu erkennen, war in der Dunkelheit unmöglich. Plötzlich hörte man die vorsichtige Frage:

»Iwan Schatoff?«

Schatoff nannte seinen Namen und streckte schnell den Arm aus, um dem Fremden den Weg zu verlegen; dieser aber griff nach seiner Hand und – in derselben Sekunde fuhr Schatoff zusammen, als hätte er ein Reptil berührt.

»Bleiben Sie hier stehen«, flüsterte er schnell, »kommen Sie nicht herein, ich kann Sie jetzt nicht empfangen. Meine Frau ist zurückgekehrt. Ich bringe das Licht hierher.«

Als er mit dem Licht zurückkam, sah er einen jungen Fähnrich vor sich stehen, dessen Namen er nicht kannte, dessen Gesicht er aber schon einmal irgendwo gesehen haben mußte.

»Erkel«, stellte sich der Jüngling vor. »Sie haben mich bei Wirginskij gesehen.«

»Ich erinnere mich; Sie saßen dort und machten Notizen. Hören Sie«, brauste Schatoff plötzlich auf, wild und wütend auf den Jüngling zuschreitend, wenn er auch die Stimme immer noch dämpfte. »Sie haben beim Händedruck ein Zeichen gemacht. Wissen Sie, daß ich auf alle diese Zeichen einfach spucke! Ich erkenne sie nicht an . . . will sie nicht . . . Ich könnte Sie gleich die Treppe hinunterwerfen, wissen Sie das auch . . . !«

»Nein, das weiß ich gar nicht, und ich verstehe auch nicht, warum Sie sich so ärgern«, antwortete der Besucher sanft und fast gutmütig. »Ich soll Ihnen nur etwas ausrichten, und darum bin ich noch heute gekommen, um nicht unnütz Zeit zu verlieren. Sie haben eine Druckmaschine, die nicht Ihnen gehört und über deren Verbleib Sie Rechenschaft geben müssen, wie Sie wohl selbst wissen werden. Man hat mich nun beauftragt, von Ihnen zu verlangen, diese Druckmaschine morgen um Punkt sieben Uhr abends Liputin zu übergeben. Und außerdem hat man mich beauftragt, Ihnen mitzuteilen, daß man danach nichts mehr von Ihnen verlangen werde.«

»Nichts mehr? Hat man das ausdrücklich –?«

»Nicht das Geringste. Ihre Bitte wird erfüllt, und Sie sind von jetzt ab für immer ausgeschieden. Dieses Ihnen mitzuteilen, hat man mich, wie gesagt, beauftragt.«

»Wer hat Sie beauftragt?«

»Die, die mir das Zeichen mitteilten.«

»Kommen Sie aus dem Auslande?«

»Das . . . das kann Ihnen, glaube ich, gleichgültig sein.«

»Zum Teufel! Aber warum sind Sie nicht früher gekommen, wenn Sie beauftragt waren?«

»Ich hatte gewisse Instruktionen zu befolgen und war nicht allein.«

»Verstehe, verstehe schon, Sie waren nicht allein. Ach... Teufel! Aber warum ist denn Liputin nicht selbst gekommen?«

Der Fähnrich überhörte die Frage.

»So werde ich denn morgen um sechs zu Ihnen kommen und wir gehen dann zu Fuß – dorthin. Außer uns dreien wird niemand dort sein.«

»Kommt Werchowenskij nicht hin?«

»Nein. Werchowenskij reist morgen vormittag mit dem Elfuhrzuge ab.«

»Dachte ich es mir doch!« murmelte Schatoff wutknirschend und schlug sich mit der Faust aufs Knie. »Macht sich aus dem Staube, die Kanaille!«

Er dachte einen Augenblick erregt nach. Erkel sah ihn aufmerksam an, schwieg und wartete.

»Wie wollen Sie denn die ganze Setzmaschine wegschaffen? So etwas kann man doch nicht einfach ausgraben und in der Hand forttragen.«

»Das ist auch gar nicht nötig. Sie zeigen uns nur die Stelle, und wir überzeugen uns, ob sie wirklich dort vergraben ist. Wir wissen doch nur im allgemeinen, wo der Ort ist, aber nicht genau, an welcher Stelle. Haben Sie sonst jemandem die Stelle gezeigt?«

Schatoff sah ihn an.

»Und Sie, Sie, solch ein halber Knabe noch – solch ein dummer kleiner Knabe –, auch Sie sind mit dem Kopf in diese Falle gekrochen, wie ein richtiges Schaf? Aber was! – die brauchen ja gerade solch junges Blut! Nun, gehen Sie! A-ach! dieser Schuft! dieser! – Er hat euch alle betrogen und nun macht er sich selbst aus dem Staube!«

Erkel sah ihn klar und ruhig an, schien ihn aber nicht zu verstehen.

»Werchowenskij geflohen! Also richtig geflohen!« knirschte Schatoff voll Ingrimm.

»Aber er ist ja noch hier, er ist ja noch gar nicht abgereist. Er wird erst morgen abreisen«, bemerkte Erkel weich und beschwichtigend. »Ich forderte ihn ausdrücklich auf, als Zeuge bei der Übergabe zugegen zu sein; an ihn ging auch meine ganze Instruktion« (plauderte er als junger, unerfahrener Knabe aus). »Aber er willigte leider nicht ein, und dabei sagte er dann, daß er in diesen Tagen abreisen müsse; er scheint es auch wirklich sehr eilig zu haben.«

Schatoff blickte noch einmal mitleidig auf den naiven armen Jungen und schlug dann mit der Hand durch die Luft, als wollte er sagen: »Lohnt es sich denn, sie zu bedauern!«

»Gut, ich komme«, sagte er plötzlich kurz, »aber gehen Sie jetzt weg von hier; marsch!«

»Also ich werde Sie morgen um Punkt sechs abholen«, sagte Erkel nochmals, grüßte dann höflich und stieg, ohne sich zu beeilen, die Treppe hinunter.

»Kleiner Dummkopf!« konnte sich Schatoff nicht enthalten, ihm nachzurufen.

»Wie, bitte?« fragte der andere schon von unten zurück.

»Nichts, gehen Sie nur!«

»Ich dachte, Sie hätten noch etwas gesagt.«

II

Erkel war nur insofern ein »kleiner Dummkopf«, als der Hauptverstand in seinem Kopf fehlte, eben der, auf den es ankommt, sozusagen der Kopf im Kopfe; von dem kleineren, dem untergeordneten Verstande jedoch hatte er eine ganze Menge, sogar so viel, daß es schon an Schlauheit grenzte. Fanatisch, kindlich der »gemeinsamen Sache« ergeben – im Grunde genommen diesem Pjotr Werchowenskij –, hatte Erkel den Auftrag genau nach der Instruktion ausgeführt, die ihm am Abend zuvor auf der Versammlung der „Unsrigen" nach der Verteilung der Rollen für den nächsten Tag erteilt worden war. Pjotr Stepanowitsch hatte an diesem Abend, nachdem er Erkel die Rolle des Abgesandten zugewiesen, noch Zeit gefunden, mit ihm ungefähr zehn Minuten lang abseits zu sprechen. Die Aufgabe der ausführenden Organe, das heißt das Ausführen von Befehlen, ist nun einmal das eigenste Bedürfnis solcher flach angelegten, mit geringer Urteilskraft ausgestatteten Naturen, die es daher ewig danach verlangt, sich einem fremden Willen unterzuordnen, – oh, selbstverständlich nicht anders als immer nur um einer »gemeinsamen« oder »großen« Sache willen. Aber auch diese Bedingung ist schließlich nebensächlich, denn die kleinen Fanatiker vom Schlage Erkels können sich das Einer-Idee-dienen überhaupt nicht anders vorstellen, als indem sie die Idee mit der Person, die nach ihrer Vorstellung diese Idee zum Ausdruck bringt, in einen Topf zusammengießen. Erkel, der gefühlvolle, freundliche und gutherzige Erkel, war vielleicht der gefühlloseste der Mörder, die über Schatoff herfallen sollten, und ohne jeglichen persönlichen Haß, ohne mit der Wimper zu zucken, wäre er jederzeit imstande gewesen, bei dessen Ermordung dabei zu sein. Es war ihm zum Beispiel befohlen worden, bei der Ausführung seines Auftrages an Schatoff unter anderem auch dessen Umgebung heimlich zu besichtigen, und als ihn nun Schatoff auf dem oberen Treppenvorplatz empfing und in der Erregung die Bemerkung fallen ließ, höchstwahrscheinlich ohne es selbst zu beachten, seine Frau sei zurückgekehrt und befinde sich im Zimmer, da reichte Erkels instinktive Schlauheit aus, um ihn sofort davon abzuhalten, auch nur die geringste Neugier zu zeigen, obschon in seinem Kopf der Gedanke aufblitzte, daß dieser neue Umstand, die Rückkehr von Schatoffs Frau, für das Gelingen ihres Vorhabens von großer Bedeutung sein könne ...

Und so war es in der Tat: es war einzig und allein diese Rückkehr, die die »Schurken« vor der Ausführung von Schatoffs Absicht bewahrte, und ihnen zugleich auch noch half, »ihn loszuwerden« ... Erstens versetzte diese plötzliche

Ankunft Schatoff in eine Aufregung, die seine Gedanken aus ihrem Geleise warf, und nahm ihm seinen sonstigen Scharfblick wie auch seine Vorsicht. Ein Denken an seine persönliche Sicherheit kam ihm jetzt, wo er mit so ganz Anderem beschäftigt war, am allerwenigsten in den Sinn. Im Gegenteil, die Nachricht, daß Pjotr Werchowenskij am nächsten Tage abreisen, also fliehen werde, wurde von ihm sofort bereitwilligst für richtig gehalten: Das stimmte so ganz mit seinen Mutmaßungen überein! Ins Zimmer zurückgekehrt, setzte er sich wieder in eine Ecke, stützte die Ellbogen auf die Knie und vergrub das Gesicht in den Händen. Bittere Gedanken quälten ihn ...

Und dann erhob er von neuem den Kopf, stand auf und schlich leise auf den Fußspitzen zu ihr, um sie zu betrachten.

»Herrgott! Bis morgen wird bestimmt eine Influenza zum Ausbruch kommen, oder vielleicht ist es jetzt schon so weit! Natürlich hat sie sich erkältet. Sie ist doch an dieses schreckliche Klima gar nicht mehr gewöhnt, und dazu noch die Reise im Waggon dritter Klasse, ringsum Sturm und Regen, und dabei hat sie nur einen so leichten Umhang an, gar kein richtig warmes Kleidungsstück ... Und so sollte ich sie nun hier zurücklassen, so allein, ohne jede Hilfe verlassen! Und ihre Reisetasche, ihre Reisetasche, wie klein, wie leicht die ist, nicht einmal richtig vollgepackt, wohl nur zehn Pfund schwer! Die Arme, wie erschöpft sie ist, wieviel sie durchgemacht haben muß! Sie ist stolz, darum klagt sie nicht. Aber gereizt, gereizt ist sie! Das kommt vom Kranksein: selbst ein Engel wird reizbar, wenn er krank ist. Wie trocken, wie heiß ihre Stirn jetzt sein muß, was für Schatten unter den Augen und ... und wie schön doch dieses ovale Gesicht ist und dieses herrliche Haar, wie ...«

Und er wandte schnell die Augen ab, schlich schnell wieder weg, wie erschrocken schon bei dem bloßen Gedanken, er könnte in ihr noch etwas anderes sehen, als ein unglückliches, zerquältes Geschöpf, dem man helfen mußte. –

»– was haben denn irgendwelche *Hoffnungen* hier zu

suchen! Oh, wie niedrig, wie gemein der Mensch doch ist!« Und er schlich wieder in seine Ecke, setzte sich wieder hin, vergrub wieder das Gesicht in den Händen und begann wieder zu sinnen, zu träumen, sich zu erinnern ... und wieder wollten sich Hoffnungen einschleichen.

»‚Ach, bin ich müde!'« fiel ihm ihr Ausruf ein, ihre schwache, wehe Stimme. »Herrgott! Wie soll ich sie denn jetzt verlassen, und sie hat im ganzen achtzig Kopeken! Gleich hielt sie ihr Beutelchen hin, wie alt, wie klein es war! ... ist hergekommen, um hier Arbeit, um eine Stellung zu suchen, – was weiß sie denn von diesen Stellungen, was wissen sie denn dort alle von Rußland? Das ist doch bei ihnen wie bei eigensinnigen Kindern, alles Phantasie, eigene Einbildung; und dann ärgert sie sich, die Arme, warum Rußland nicht ihren ausländischen Illusionen gleicht! Oh, ihr Unglücklichen, oh, ihr Schuldlosen ... Aber es ist hier wirklich kalt!«

Und er erinnerte sich, daß sie über Kälte geklagt und er versprochen hatte, einzuheizen.

»Holz ist da, das könnte ich hereinholen, wenn ich sie dadurch nur nicht aufwecke. Es wird schon gehen. Aber was wird nun mit dem Kalbsbraten? Sie wird aufwachen und dann vielleicht doch etwas essen wollen ... Nun, das sehen wir dann schon; Kirilloff schläft ja die ganze Nacht nicht. Aber womit könnte ich sie nur warm zudecken, sie schläft so fest, aber es ist doch kalt hier, sie wird bestimmt frieren, ja, frieren!«

Und er trat leise nochmals zu ihr, um sie zu betrachten; ihr Kleid hatte sich ein wenig verschoben, und ihr rechter Fuß und die Wade waren bis zum Knie nicht bedeckt. Schatoff sah schnell weg, beinah erschrocken, zog schnell seinen warmen Überzieher aus und breitete ihn, bemüht, nichts zu sehen, über die unbedeckte Stelle. Er selbst blieb in seinem dünnen alten Rock.

Das vorsichtige Anheizen des Ofens, das leise Gehen auf den Fußspitzen, das Betrachten der Schlafenden, das Sinnen in der Ecke und dann wieder das Betrachten der Schlafenden nahmen viel Zeit in Anspruch. Und schließlich waren darüber zwei bis drei Stunden vergangen. In eben dieser Zeit waren Werchowenskij und Liputin auf dem Schleichwege zu Kirilloff gekommen und hatten ihn auf demselben Wege schon wieder verlassen. Endlich schlummerte auch Schatoff in seiner Ecke ein. Da stöhnte sie plötzlich: sie erwachte und rief ihn. Er sprang wie ein Verbrecher auf.

»Marie! Ich war eingeschlafen ... sei nicht bös, Marie. Ach, was für ein Taugenichts ich bin, Marie!«

Sie hatte sich aufgestützt, sah sich erstaunt um, als ob sie noch gar nicht recht begreifen könne, wo sie sich befand, doch plötzlich fuhr sie unwillig, zornig auf.

»Ich habe Ihr Bett eingenommen, ich bin vor Müdigkeit einfach so eingeschlafen ... Warum haben Sie das zugelassen? Warum haben Sie mich nicht sofort geweckt? Wie haben Sie sich unterstanden, anzunehmen, daß ich Ihnen zur Last fallen wolle?«

»Wie hätte ich dich denn aufwecken dürfen, Marie?«

»Aber natürlich! Es wäre sogar Ihre Pflicht gewesen! Für Sie ist hier kein zweites Bett, und ich habe Ihr Bett eingenommen. Sie hätten mich nicht in diese falsche Situation bringen dürfen. Oder glauben Sie, daß ich hergekommen sei, um Ihre Wohltaten zu genießen? Sie werden sofort Ihr Bett einnehmen, und ich werde mich in der Ecke auf ein paar Stühlen hinlegen ...«

»Marie, ich habe hier gar nicht soviel Stühle, und es ist auch nichts da, was ich drauflegen könnte.«

»Nun, dann lege ich mich einfach auf den Fußboden. Sie müßten ja sonst selbst auf dem Fußboden schlafen. Ich will mich auf den Fußboden legen, sofort, sofort!«

Sie erhob sich und wollte einen Schritt vorwärts gehen, doch plötzlich schien ein unerträglicher, krampfartiger Schmerz ihr alle Kraft und alle Entschlossenheit zu nehmen, und sie sank laut aufstöhnend aufs Bett zurück. Schatoff lief erschrocken zu ihr, und Marie, die ihr Gesicht im Kissen verbarg, ergriff seine Hand und preßte und bog sie in ihren Händen wie in einem Krampf.

So verging eine ganze Weile.

»Marie, Liebling, wenn es nötig ist, hier gibt es einen Doktor Frenzel, ich kenne ihn, sogar sehr gut ... Ich könnte zu ihm laufen. Was meinst du?«

»Unsinn!«

»Wieso Unsinn? Sage, Marie, was tut dir denn weh? ... Sonst könnte man auch einen heißen Umschlag machen ... vielleicht auf den Magen, zum Beispiel ... Das verstehe ich auch ohne Doktor ... oder ein Senfpflaster ...«

»Wa-as?« fragte sie verwundert und sah ihn, den Kopf leicht erhebend, erschrocken an.

»Das heißt, was denn, Marie?« fragte Schatoff, der sie nicht verstand. »Wonach fragst du? O Gott, ich rede vielleicht wirklich Unsinn! Marie, verzeih, aber ich kann nichts verstehen ...«

»Ach, hören Sie auf, das geht Sie auch nichts an ... Das zu verstehen ... wäre ja auch nur komisch!« und sie lachte bitter. »Erzählen Sie mir irgend etwas. Gehen Sie im Zimmer herum und sprechen Sie. Stehen Sie nicht bei mir und sehen Sie mich nicht an, darum bitte ich Sie ganz besonders schon zum fünfhundertstenmal!«

Schatoff begann auf und ab zu gehen, sah zu Boden und nahm sich krampfhaft zusammen, um nicht zu ihr hinzusehen.

»Hier – sei nicht böse, Marie, ich flehe dich an –, es gibt hier Kalbsbraten, nicht weit, und Tee ... Du hast vorhin so wenig gegessen ...«

Sie winkte angewidert und ärgerlich mit der Hand ab.

Schatoff biß sich in Verzweiflung auf die Lippe.

»Hören Sie: ich habe die Absicht, hier in der Stadt eine Buchbinderei zu eröffnen, nach vernünftigen genossenschaftlichen Grundsätzen. Da Sie hier leben und die Verhältnisse kennen, so sagen Sie mir, was Sie dazu meinen: wird es sich lohnen oder nicht?«

»Ach, Marie, bei uns liest man doch keine Bücher. Und es gibt hier ja auch gar keine. Wie soll er sich denn da Bücher einbinden lassen?«

»Wer?«

»Der hiesige Leser und überhaupt der hiesige Einwohner, Marie.«

»So reden Sie doch verständlicher! Denn was heißt sonst: ‚er'! – wer aber mit diesem ‚er' gemeint ist, bleibt unbekannt. Sie kennen sich wohl in der Grammatik nicht mehr aus.«

»Das liegt doch im Geist der Sprache, Marie«, murmelte Schatoff.

»Ach, hören Sie mir bloß mit Ihrem Geist auf, das hab ich von Ihnen schon bis zum Überdruß gehört. Warum würde denn der hiesige Einwohner oder Leser Bücher nicht binden lassen?«

»Weil ein Buch lesen und ein Buch binden lassen zwei ganz verschiedene Entwicklungsstufen bedeuten, und der Unterschied ist riesengroß. Zuerst lernt er allmählich lesen, im Lauf von Jahrhunderten natürlich, aber mit dem Buch selbst geht er noch unachtsam um, läßt es umherliegen, da er es für eine unwichtige Sache hält. Das Bindenlassen aber bedeutet schon das Buch achten, bedeutet, daß er nicht nur das Lesen lieben gelernt hat, sondern auch als eine große Sache anerkennt. Bis zu dieser Entwicklungsstufe ist Rußland noch gar nicht herangewachsen. In Europa ist man schon lange so weit, Bücher binden zu lassen.«

»Das ist, wenn auch pedantisch, so doch wenigstens nicht dumm gesagt und erinnert mich an die Zeit vor drei Jahren. Sie konnten zuweilen ganz geistreich sein, vor drei Jahren.«

Sie warf das ebenso widerwillig hin wie alle ihre vorhergegangenen launischen Äußerungen.

»Marie, Marie«, wandte sich Schatoff ihr gerührt zu, »oh, Marie! Wenn du wüßtest, was alles in diesen drei Jahren vergangen und versunken ist! Ich habe nachher gehört, daß du mich angeblich verachtet haben sollst, weil ich meine

Überzeugungen geändert habe. Aber wovon habe ich mich denn abgewandt? Doch nur von den Feinden des lebendigen Lebens, von veralteten sogenannten Liberalen, die sich vor geistiger Unabhängigkeit fürchten, von Lakaien des Denkens, Feinden der Persönlichkeit und der Freiheit, von den altersschwachen Anpreisern der Kadaver und stinkenden Verwesung! Was steht denn hinter ihnen? – doch nur Greisenhaftigkeit, goldene Mittelmäßigkeit, die spießbürgerlichste, erbärmlichste Unbegabtheit, neidische Gleichheit, Gleichheit ohne eigenes Verdienst, ohne persönlichen Rang, eine Gleichheit, wie ein Lakai sie sich denkt oder ein Franzose sie sich siebzehnhundertdreiundneunzig vorstellte ... Und was das Schlimmste ist: überall Schurken, Schurken und Schurken!«

»Ja, Schurken gibt es viele«, sagte sie kurz und spürbar schmerzhaft. Sie lag ausgestreckt auf dem Bett, regungslos und als fürchte sie sich davor, sich zu bewegen; den Kopf hatte sie auf das Kissen zurücksinken lassen, ein wenig seitwärts, und ihr müder, aber heißer Blick sah zur Decke hinauf. Ihr Gesicht war bleich, die Lippen trocken und heiß.

»Du siehst das ein, Marie, du siehst das ein!« rief Schatoff. Sie wollte eine verneinende Kopfbewegung machen, aber plötzlich wiederholte sich bei ihr der frühere Krampfanfall. Wieder verbarg sie das Gesicht im Kissen und wieder preßte sie krampfhaft die Hand Schatoffs, der, außer sich vor Schreck, zu ihr geeilt war.

»Marie ... Marie! Aber das ist vielleicht etwas furchtbar Ernstes, Marie!«

»Schweigen Sie ... Ich will nicht, will nicht«, rief sie nahezu wütend und drehte den Kopf wieder mit dem Gesicht nach oben. »Unterstehen Sie sich nicht, mich so anzusehen, mit Ihrem Mitleid! Gehen Sie im Zimmer auf und ab und reden Sie, reden Sie etwas ...«

Ratlos begann Schatoff wieder umherzuwandern und irgend etwas zu stammeln.

»Womit beschäftigen Sie sich hier?« fragte sie, ihn mit gereizter Ungeduld unterbrechend.

»Ich arbeite bei einem Kaufmann im Kontor. Wenn es mir darauf ankäme, Marie, könnte ich hier eine ganze Menge Geld verdienen.«

»Um so besser für Sie ...«

»Ach, fasse das nur nicht irgendwie so auf, Marie ... ich habe es ganz ohne Absicht gesagt ...«

»Und was tun Sie denn sonst noch? Was predigen Sie jetzt? Sie können doch vom Predigen nicht lassen; das gehört nun schon zu Ihrem Charakter!«

»Ich predige Gott, Marie.«

»An den Sie selbst nicht glauben. Diese Idee habe ich nie begreifen können.«

»Lassen wir das jetzt, Marie; davon können wir später mal sprechen.«

»Was war das hier für eine Marja Timofejewna?«

»Auch darüber später mal, Marie.«

»Ich verbitte mir solche Bemerkungen! Ist es wahr, daß dieser Tod ein Verbrechen ... dieser Leute ist?«

»Zweifellos«, preßte Schatoff zwischen den Zähnen hervor.

Marie erhob plötzlich den Kopf und rief krankhaft erregt:

»Wagen Sie es nie mehr, davon zu sprechen, wagen Sie es nie mehr, nie mehr!«

Und wieder fiel sie zurück, wieder übermannt von einem krampfartigen Schmerz. Das war nun schon der dritte Anfall, aber diesmal wurde ihr Stöhnen lauter, verwandelte sich in ein Schreien.

»Oh, Sie unerträglicher Mensch! Oh, Sie unausstehlicher Mensch!« Sie warf sich hin und her, jetzt schon ohne sich beherrschen zu wollen, und stieß den sich über sie beugenden Schatoff zurück.

»Marie, ich werde alles tun, was du willst ... ich werde umhergehen, sprechen ...«

»Ja, sehen Sie denn wirklich nicht, was begonnen hat?«

»Was hat begonnen, Marie?«

»Ach, wie soll ich es wissen! Was verstehe ich denn davon

... Oh, ich Verfluchte! Oh, möge schon im voraus alles verflucht sein!«

»Marie, wenn du nur sagen wolltest, was begonnen hat ... denn sonst ... wie soll ich denn sonst etwas verstehen?«

»Sie sind ein abstrakter, unnützer Schwätzer. Oh, möge alles auf der Welt verflucht sein!«

»Marie! Marie!«

Er dachte in allem Ernst, sie werde irrsinnig.

Da richtete sie sich plötzlich halb auf und sah ihn mit furchtbarer, krankhafter, ihr Gesicht entstellender Wut an:

»Sehen Sie denn noch immer nicht, daß ich mich in Geburtswehen quäle? Mag es im voraus verflucht sein, dieses Kind!«

»Marie«, rief Schatoff, der jetzt endlich begriff, um was es sich handelte, »Marie ... Warum hast du das nicht gleich gesagt?« Er besann sich sofort und schon im nächsten Augenblick griff er mit energischer Entschlossenheit nach seiner Mütze.

»Wußte ich es denn, als ich hier eintrat? Wäre ich denn sonst zu Ihnen gekommen? Man hatte mir gesagt: erst in zehn Tagen! Aber wohin gehen Sie denn, wohin wollen Sie, unterstehen Sie sich nicht!«

»Ich hole eine Hebamme! Ich verkaufe den Revolver; zuerst muß jetzt Geld her!«

»Nicht doch! Unterstehen Sie sich nicht, eine Hebamme zu holen, nur einfach ein Weib, eine alte Frau, im Portemonnaie sind noch achtzig Kopeken ... Die Bauernweiber gebären doch ohne Hebammen ... Und verrecke ich, um so besser ...«

»Die Hebamme schaffe ich herbei und eine alte Frau gleichfalls. Aber wie, wie kann ich dich jetzt allein lassen, Marie!«

Er sagte sich aber, daß es doch besser sei, sie jetzt allein zu lassen, trotz ihrer Verzweiflung, als sie später ohne Hilfe zu sehen, und so lief er denn, ohne auf ihr Stöhnen und ihre zornigen Ausrufe zu hören, im Vertrauen auf seine Beine, wie gehetzt die Treppe hinunter.

III

Ganz zuerst lief er zu Kirilloff. Es war schon gegen ein Uhr nachts. Kirilloff stand mitten im Zimmer.

»Kirilloff, meine Frau kommt nieder!«

»Das heißt, was wollen Sie damit sagen?«

»Sie gebiert, sie bekommt ein Kind!«

»Hören Sie ... täuschen Sie sich auch nicht?«

»Nein, nein, die Wehen haben schon begonnen. Ich brauche sofort eine alte Frau, irgend ein Weib, unbedingt sofort ... Ist eine hier bei Ihnen zu haben? Sie hatten hier doch viele alte Weiber ...«

»Leider verstehe ich nicht niederzukommen«, sagte Kirilloff ernst und nachdenklich, »das heißt, nicht ich selbst, aber wie man's machen muß, daß man niederkommt ... oder ... Nein, das verstehe ich schon nicht auszudrücken.«

»Sie wollen wohl sagen, daß Sie bei einer Geburt nicht zu helfen verstehen; aber davon ist ja gar nicht die Rede; ich bitte Sie ja nur um ein altes Weib, eine Pflegerin, eine Magd!«

»Eine alte Frau kann ich zu Ihnen schicken, aber wohl nicht so schnell. Wenn Sie wollen, kann ich inzwischen statt ihrer ...«

»O nein, unmöglich; aber ich laufe jetzt zu Frau Wirginskaja, der Hebamme!«

»Gräßliches Frauenzimmer!«

»Oja, Kirilloff, gewiß, aber sie ist die beste in ihrem Fach! Gewiß, ich weiß, das wird nun alles ohne Ehrfurcht geschehen, ohne Freude, verdrossen und mit Schmähreden und Gotteslästerung – bei einem so großen Mysterium, wie es das Erscheinen eines neuen Geschöpfes ist! ... Oh, sie verflucht es schon jetzt! ...«

»Wenn Sie wollen, kann ich ...«

»Nein, nein, aber während ich hinlaufe (oh, ich werde die Wirginskaja schon herbeischleppen!), könnten Sie hin und wieder zu meiner Treppe gehen und heimlich hinaufhorchen, aber gehen Sie ja nicht hinauf, Sie würden sie erschrecken, hören Sie, und daß Sie ja nicht hineingehen, horchen Sie bloß so ... für den Fall, daß etwas Schlimmes ... Nur wenn etwas Äußerstes eintreten sollte, dann können Sie hineingehen.«

»Verstehe. Geld noch einen Rubel. Dort liegt er. Ich wollte morgen ein Huhn, jetzt will ich nicht mehr. Laufen Sie schnell, laufen Sie so schnell Sie können. Den Ssamowar habe ich die ganze Nacht.«

Kirilloff wußte nichts von den Absichten gegen Schatoff, auch früher hatte er nie etwas von der Größe der diesem drohenden Gefahr gewußt. Er hatte nur gehört, daß Schatoff irgendwelche alten Verrechnungen mit »jenen Leuten« noch abzuschließen habe, obschon er, Kirilloff, in dieser Sache zum Teil sogar den Mittelsmann gespielt hatte durch gewisse Instruktionen aus dem Auslande (übrigens nur ganz unverfängliche Mitteilungen, denn Kirilloff hatte sich nie näher mit ihnen befaßt). In der letzten Zeit aber hatte er alles aufgegeben, keinen Auftrag ausgeführt, sich von allem zurückgezogen, besonders von der »gemeinsamen Sache«, und sich ganz dem spekulativen Leben hingegeben. Pjotr Werchowenskij hatte nun zwar auf der Sitzung bei Erkel nur deshalb Liputin aufgefordert, zu Kirilloff mitzukommen, damit er sich überzeuge, daß Kirilloff den »Fall Schatoff« tatsächlich auf sich nehmen werde, hatte aber dann im Gespräch mit Kirilloff kein Wort über Schatoff verloren, ja, ihn nicht einmal erwähnt, wahrscheinlich weil er das für politisch ungeschickt und Kirilloff sogar für unzuverlässig hielt. So hatte er denn diesen Teil der ganzen Angelegenheit auf den folgenden Tag verschoben, wenn die Tat bereits geschehen war und Kirilloff alles schon einerlei sein werde; wenigstens urteilte Pjotr Stepanowitsch so über Kirilloff. Es war allerdings auch Liputin aufgefallen, daß Schatoff von ihm mit keiner Silbe erwähnt worden war, ungeachtet des Versprechens, aber Liputin war nun schon viel zu aufgeregt, um dagegen zu protestieren.

Schatoff lief wie der Wind nach der Murawjínaja-Straße, indem er den weiten Weg verwünschte, der ihm in dieser Nacht endlos erschien.

Bei Wirginskijs mußte er lange klopfen: alle schliefen schon längst. Aber Schatoff begann aus voller Kraft und ohne jede Rücksicht an einen Fensterladen zu hämmern. Der Kettenhund auf dem Hof schlug sofort an, riß an seiner Kette und tobte los mit wütendem Gebell. Die Hofhunde der ganzen Straße fielen ein und bellten mit; es entstand ein Heidenlärm.

»Warum klopfen Sie und was wünschen Sie?« war endlich unmittelbar am Fenster Wirginskijs gedämpfte Stimme zu vernehmen, deren Sanftheit in gar keinem Verhältnis zum Radau der Störung stand.

Der Fensterladen wurde ein wenig aufgemacht und gleich darauf auch das Luftfenster.

»Wer ist da? Wer ist der Bandit?« kreischte wütend eine Weiberstimme, die Stimme der alten Jungfer, der Schwägerin Wirginskijs, deren Ton schon durchaus der Größe der Ruhestörung entsprach.

»Ich bin Schatoff, meine Frau ist zu mir zurückgekehrt und wird gleich niederkommen . . .«

»So mag sie doch, scheren Sie sich zum Kuckuck!«

»Ich bin gekommen, um Arína Próchorowna zu holen, ich gehe ohne Arina Prochorowna nicht weg!«

»Sie kann doch nicht zu einem jeden gehen! Nachts ist eine besondere Praxis . . . Scheren Sie sich weg zur Makschéjewa und hüten Sie sich, hier noch weiterzulärmen!« zeterte die erboste Weiberstimme. Man konnte hören, wie Wirginskij sie zu beschwichtigen suchte, aber die alte Jungfer stieß ihn zurück und ließ sich nicht verdrängen.

»Ich gehe nicht eher weg!« schrie Schatoff wieder.

»Warten Sie, warten Sie doch!« rief endlich Wirginskij, dem es schließlich gelang, sich gegen die alte Jungfer durchzusetzen, »ich bitte Sie, Schatoff, warten Sie noch fünf Minuten, ich werde Arina Prochorowna wecken, nur bitte klopfen Sie nicht mehr und schreien Sie bitte nicht ... Oh, wie schrecklich das alles ist!«

Nach fünf endlosen Minuten erschien Arina Prochorowna.

»Ihre Frau ist bei Ihnen eingetroffen?« vernahm Schatoff ihre Stimme, und zu seiner Verwunderung klang sie gar nicht böse, sondern nur wie gewöhnlich herrisch, aber in einem anderen Tonfall verstand Arina Prochorowna ja überhaupt nicht zu sprechen.

»Ja, meine Frau, und sie ist im Begriff, niederzukommen.«

»Marja Ignátjewna?«

»Ja, Marja Ignátjewna. Natürlich Marja Ignátjewna!«

Es folgte ein Schweigen. Schatoff wartete. Im Hause wurde geflüstert.

»Ist sie schon vor langer Zeit angekommen?« fragte Frau Wirginskaja weiter.

»Heute abend um acht. Bitte könnten Sie nicht schneller kommen ...«

Wieder war Getuschel zu vernehmen, wieder schien man zu beraten.

»Hören Sie, irren Sie sich wirklich nicht? Hat sie Sie selbst nach mir geschickt?«

»Nein, sie hat mich nicht nach Ihnen geschickt, sie will nur irgend ein Weib, eine einfache Frau haben, um mich nicht mit Ausgaben zu belasten, aber seien Sie unbesorgt, ich werde alles bezahlen.«

»Gut, ich komme, gleichviel ob Sie bezahlen oder nicht. Ich habe Marja Ignatjewnas selbständiges Denken immer zu schätzen gewußt, wenn sie sich meiner vielleicht auch nicht mehr erinnert. Haben Sie wenigstens die notwendigsten Sachen schon beschafft?«

»Nein, ich habe noch nichts beschafft, aber es wird alles, alles, alles gleich zur Stelle sein! ... Also Sie kommen? ...«

Damit lief Schatoff auch schon fort; diesmal zu Lämschin.

‚Es gibt doch auch in diesen Leuten noch Großmut.' dachte Schatoff unterwegs. ‚Die Überzeugungen und der Mensch – das sind, wie mir scheint, in vielem doch zwei verschiedene

Dinge. Vielleicht habe ich ihnen in manchem Unrecht getan! ... Das ist dann meine Schuld ... vor ihnen ... Aber so werden doch alle zu Trägern einer Schuld, alle, und ... wenn doch nur alle das einsehen würden! ...‘

Bei Lämschin brauchte er nicht lange zu klopfen; zu seiner Überraschung wurde hier im Augenblick das Luftfenster von Lämschin selbst geöffnet, der barfuß und nur im Nachtzeug aus dem Bett gesprungen war und den Kopf in die Nacht hinaussteckte, ungeachtet dessen, daß er sich so einen Schnupfen zu holen riskierte; und er war doch sonst in der Hinsicht sehr vorsichtig und stets um seine Gesundheit besorgt. Daß er aber jetzt so hellhörig und so flink am Fenster war, hatte seinen besonderen Grund: Lämschin hatte nämlich nach der Sitzung bei Erkel überhaupt noch nicht einschlafen können und die halbe Nacht nur so gezittert vor Aufregung; ihm stand immer der Besuch gewisser ungeladener und schon höchst unerwünschter Gäste vor Augen. Die Nachricht von Schatoffs bevorstehender Denunziation quälte ihn am meisten ... Und da wurde nun plötzlich, ausgerechnet jetzt, so furchtbar laut ans Fenster geklopft!

Als er Schatoff erblickte, erschrak er dermaßen, daß er das Luftfenster sofort wieder zuschlug, zum Bett zurücklief und unter die Decke schlüpfte. Schatoff begann wütend zu klopfen und zu rufen.

»Wie dürfen Sie so schreien und klopfen mitten in der Nacht?« rief Lämschin drohend, aber dabei vergehend vor Angst, als er sich nach mindestens zwei Minuten entschlossen hatte, das Luftfenster wieder zu öffnen, und sich nun endlich überzeugte, daß Schatoff allein gekommen war.

»Hier haben Sie Ihren Revolver, nehmen Sie ihn zurück und geben Sie mir fünfzehn Rubel wieder.«

»Was soll das heißen, sind Sie besoffen? Das ist ja Räuberei! Ich werde mich noch erkälten! Warten Sie, ich nehme mir schnell ein Plaid um.«

»Geben Sie sofort die fünfzehn Rubel her. Oder ich klopfe und schreie weiter und schlage Ihnen das Fenster ein!«

»Aber ich werde die Polizei rufen, und man wird Sie verhaften und ins Loch einsperren!«

»Ach, und ich bin wohl stumm, wie? Als ob ich nicht auch die Polizei rufen könnte! Wer hat die mehr zu fürchten, Sie oder ich?«

»Wie können Sie nur einen so gemeinen Standpunkt einnehmen ... Ich weiß, worauf Sie anspielen ... Warten Sie, warten Sie um Gottes willen, klopfen Sie nicht mehr! Ich bitte Sie, wer hat denn Geld bei sich mitten in der Nacht? Nun, wozu brauchen Sie denn jetzt Geld, wenn Sie nicht betrunken sind?«

»Meine Frau ist zu mir zurückgekehrt. Ich habe Ihnen schon zehn Rubel nachgelassen, habe kein einziges Mal geschossen; nehmen Sie den Revolver zurück! ... sofort!«

Lämschin streckte mechanisch die Hand aus dem Luftfenster und nahm den Revolver entgegen; einen Augenblick zögerte er, als wüßte er nicht, was tun, und plötzlich steckte er geschwind den Kopf zum Fenster hinaus und stotterte, ohne selbst zu wissen, wie er dazu kam, und mit einem Schauer im Rücken:

»Das ... das lügen Sie ja, zu Ihnen ist gar keine Frau zurückgekehrt, Sie ... Sie wollen nur fliehen, um sich aus dem Staube zu machen!«

»Sie Schafskopf, wozu brauche ich zu fliehen? Das ist ja nur euer Pjotr Werchowenskij, der sich aus dem Staube macht, aber nicht ich. Ich war soeben bei der Hebamme Wirginskaja, und sie willigte sofort ein, zu mir zu kommen, um meiner Frau bei der Entbindung beizustehen ... Erkundigen Sie sich bei ihr. Die Wehen haben schon begonnen, meine Frau quält sich; ich brauche Geld; geben Sie das Geld her!«

Ein ganzes Feuerwerk von Gedanken sprühte sogleich in dem behende kombinierenden Kopf Lämschins auf. Mit einem Schlage nahm jetzt alles eine andere Wendung, wie er zu sehen glaubte, aber die Angst ließ ihn noch nicht zu ruhigem Überlegen kommen.

»Ja, aber ... wie ist denn das ... Sie leben doch gar nicht mit Ihrer Frau zusammen?«

»Für solche Fragen werde ich Ihnen noch den Schädel einschlagen!«

»Ach, mein Gott, verzeihen Sie, ich verstehe ja schon, aber ich war nur so verdutzt ... Aber ich begreife, ich begreife ja. Nur ... nur ... Ja, wird denn Arina Prochorowna wirklich kommen? Sie sagten soeben, sie habe schon eingewilligt ... Wissen Sie, das ist doch wohl nicht wahr. Sehen Sie, sehen Sie, sehen Sie, wie Sie die Unwahrheit sagen auf Schritt und Tritt!«

»Sie sitzt jetzt bestimmt schon bei meiner Frau; halten Sie mich nicht auf, ich kann nichts dafür, daß Sie dumm sind.«

»Das ist nicht wahr, ich bin gar nicht dumm. Entschuldigen Sie, aber es ist mir wirklich unmöglich ...«

Und er wollte schon, ganz aus der Fassung gebracht, wieder das Luftfenster schließen, aber Schatoff brüllte ihn derart an, daß er im Nu wieder den Kopf herausstreckte.

»Aber das ist doch schon einfach ein ... ein Anschlag auf meine Person! Was wollen Sie denn eigentlich von mir, was, was denn, formulieren Sie es doch! Und dazu noch, dazu noch obendrein mitten in einer solchen Nacht!«

»Fünfzehn Rubel verlange ich, Schafskopf!«

»Aber ich ... ich will den Revolver vielleicht gar nicht zurücknehmen! Sie haben gar nicht das Recht, so was zu verlangen. Sie haben das Ding gekauft, und damit ist die Sache erledigt, und Sie haben weiter gar kein Recht! Eine solche Summe kann ich nachts überhaupt nicht auszahlen! Wo soll ich solch eine Summe hernehmen in der Nacht?«

»Du hast immer Geld bei dir zu Hause; ich habe dir zehn Rubel nachgelassen, aber du bist ja bekannt als Schacherjude.«

»Kommen Sie übermorgen, hören Sie, übermorgen, Punkt zwölf Uhr, und ich gebe Ihnen alles auf einmal, alles, ist's so recht?«

Schatoff begann wieder unbändig an den Fensterrahmen zu schlagen.

»Du gibst jetzt sofort zehn Rubel her und morgen bei Tagesanbruch die weiteren fünf!«

»Nein, übermorgen früh fünf, aber morgen kann ich bei Gott nicht! Kommen Sie morgen lieber gar nicht her, morgen lieber gar nicht her!«

»Zehn Rubel sofort, sag ich; o Schuft!«

»Aber warum schimpfen Sie denn so? Warten Sie, ich muß doch erst Licht machen. Sie haben den Kitt von den Scheiben losgeschlagen ... Wer schimpft denn so in der Nacht? Hier!« Und er reichte einen Geldschein durch das Luftfenster.

Schatoff nahm ihn, – es war nur ein Fünfrubelschein.

»Das sind ja nur fünf!«

»Bei Gott, mehr kann ich nicht, und wenn Sie mich schlachten, ich kann nicht, übermorgen werde ich alles geben können, aber jetzt kann ich nichts mehr geben.«

»Ich gehe nicht eher fort!« brüllte Schatoff.

»Na, also dann nehmen Sie noch dies! Hier, hier ist noch Geld, sehen Sie, hier ist noch welches, aber mehr gebe ich nicht. Schreien Sie sich meinetwegen die Kehle kaputt, ich geb' nicht mehr; tun Sie, was Sie wollen, aber ich geb' nicht mehr, geb' nicht, geb' nicht!«

Er war außer sich, war in Verzweiflung, in Schweiß. Die beiden Geldscheine, die er noch gegeben hatte, waren nur Einrubelscheine. Im Ganzen hatte Schatoff sieben Rubel bekommen.

»Daß dich der Teufel hole! Ich komme morgen! Und ich verhaue dich, Lämschin, wenn du die acht Rubel nicht bereit hast!«

‚Und morgen bin ich einfach nicht zu Hause, Dummkopf.' dachte Lämschin blitzschnell bei sich.

»Warten Sie, warten Sie, Schatoff!« schrie er plötzlich laut dem schon Davonlaufenden nach. »Warten Sie, kommen Sie zurück! – Sagen Sie bitte, ist es wirklich wahr, was

Sie gesagt haben: daß Ihre Frau zu Ihnen zurückgekehrt ist?«

»Esel!« Schatoff spuckte aus und lief, so schnell er konnte, nach Haus.

IV

Ich muß hier erwähnen, daß Arina Prochorowna nichts von den Absichten wußte, die auszuführen in der Sitzung bei Erkel beschlossen worden war. Wirginskij war ganz erschüttert und verstört heimgekehrt und hatte ihr den gefaßten Beschluß nicht mitzuteilen gewagt, hatte sich aber doch nicht enthalten können, ihr wenigstens einen Teil anzuvertrauen, nämlich das, was Werchowenskij ihnen dort über Schatoffs bevorstehende Denunziation gesagt hatte; zugleich aber hatte er erklärt, daß er diese Nachricht doch nicht für unbedingt glaubhaft halte. Arina Prochorowna war nichtsdestoweniger heftig erschrocken. Nur aus diesem Grunde hatte sie sich, als Schatoff angerannt kam, um sie zu seiner Frau zu rufen, sofort entschlossen, trotz ihrer Müdigkeit (sie hatte sich schon die ganze letzte Nacht mit einer Gebärenden abgeplagt) zu ihm zu gehen. Wie sie sagte, sei sie immer schon überzeugt gewesen, daß »so ein Nichtsnutz wie dieser Schatoff« fähig wäre, »eine soziale Gemeinheit zu begehen«; aber die Ankunft von Marja Ignátjewna gab ihr den Anstoß, die Angelegenheit von einem ganz anderen Standpunkt aus zu betrachten. Schatoffs Bangen, der verzweifelte Ton seiner Bitten, sein Flehen geradezu um Hilfe bezeugten doch wohl einen »Umschwung in den Gefühlen des Verräters«: ein Mensch, der entschlossen war, sogar sich selbst ins Verderben zu stürzen, nur um andere zu vernichten, würde doch wohl anders aussehen und in einem anderen Ton reden, als Schatoff jetzt aussah und sprach. Kurz, Arina Prochorowna beschloß, sich alles mit eigenen Augen aus der Nähe anzusehen. Auf Wirginskij wirkte ihre Entschlossenheit unsagbar erleichternd – als hätte man ihm einen Druck »von zwei Zentnern von der Brust genommen«! Es begann sich in ihm sogar Hoffnung zu regen: Schatoffs ganzes Aussehen schien ihm mit Werchowenskijs Mutmaßung vollkommen unvereinbar zu sein.

Schatoff hatte sich nicht getäuscht: als er zurückkam, fand er Arina Prochorowna schon bei Marie vor. Sie war soeben erst angefahren gekommen, hatte den unten an der Treppe Wacht haltenden Kirilloff mit Hohn davongejagt und hatte sich auch schon mit Marie bekannt gemacht, von der sie aber nicht als frühere Bekannte anerkannt wurde. Angetroffen hatte sie sie »in der garstigsten Verfassung«, das heißt: böse, gereizt und »in kleinmütigster Verzweiflung«, aber schon in irgend welchen fünf Minuten hatte sie Maries sämtliche Einwendungen mit Glanz besiegt.

»Was leiern Sie da, daß Sie keine teure Hebamme haben wollen?« sagte sie gerade in dem Augenblick, als Schatoff eintrat, »das ist doch der größte Unsinn, die verkehrtesten Gedanken, infolge Ihrer unnormalen Situation. Mit irgend einer alten Frau als Helferin oder gar einer aus dem Volk hätten Sie fünfzig Chancen, daß es schlecht ausgeht; und danach gibt es dann mehr Scherereien und Ausgaben, als wenn Sie eine teure Accoucheuse nehmen. Und woher wissen Sie überhaupt, ob ich eine teure Accoucheuse bin? Sie können später bezahlen, und von Ihnen werde ich schon nicht zuviel verlangen, aber ich garantiere für eine gute Entbindung; bei mir werden Sie bestimmt nicht sterben, das ist bei mir noch nie vorgekommen. Und das Kind bringe ich Ihnen gleich morgen noch im Kinderasyl unter; und später geben wir es aufs Land zum Aufziehen, womit die Sache dann abgetan ist. Und Sie selbst werden sich erholen, sich an eine vernünftige Arbeit machen, und in kürzester Zeit können Sie dann Schatoff die Unterkunft und die Auslagen vergüten, die überhaupt nicht so groß sein werden ...«

»Ach, nicht das ... Aber ich habe kein Recht, ihn zu belasten ...«

»Das sind sehr vernünftige Gefühle, die man bei einer

Staatsbürgerin wohl auch voraussetzen kann, aber glauben Sie mir doch: Schatoff wird überhaupt keine nennenswerten Auslagen haben, wenn er sich nur ein wenig aus einem phantasievollen Herrn in einen Menschen mit *richtigen* Ideen verwandeln wollte. Er brauchte bloß keine Dummheiten zu machen, nicht gleich loszutrommeln und mit heraushängender Zunge durch die Stadt zu rennen. Wenn man ihn nicht stramm festhält, wird er uns bis zum Morgen womöglich noch alle hiesigen Ärzte herbeischleppen; hat er doch in meiner Straße alle Hofhunde zum Kläffen gebracht. Ärzte brauchen wir nicht, ich habe schon gesagt, daß ich für alles einstehe. Ein altes Weib kann man meinetwegen noch zur Bedienung annehmen, das kostet auch weiter nicht viel. Übrigens kann er sich auch selbst nützlich machen; er braucht doch nicht nur zu Dummheiten zu taugen. Arme hat er, Beine hat er, kann also nach der Apotheke laufen, ohne Ihre Gefühle deshalb gleich mit einer Wohltat zu belasten. Aber was, zum Teufel, heißt hier ‚Wohltat'! Hat er Sie denn nicht in diese Lage gebracht? Hat er Sie nicht mit jener Familie entzweit, wo Sie als Gouvernante in Stellung waren, um der egoistischen Absicht willen, Sie dann heiraten zu können? Wir haben doch auch manches gehört ... Übrigens ist er vorhin wie ein Wahnsinniger zu mir gerannt gekommen und hat ein Geschrei erhoben, daß die ganze Straße es gehört hat. Ich will mich wahrhaftig niemandem aufdrängen und bin einzig Ihretwegen gekommen, aus Prinzip, weil wir Gleichgesinnten doch alle zu Solidarität verpflichtet sind. Das habe ich ihm auch gleich erklärt, noch bevor ich mich anschickte, das Haus zu verlassen. Wenn ich aber Ihrer Meinung nach hier überflüssig bin, dann sagen Sie es nur und leben Sie wohl. Daß bloß kein Unglück daraus entstehe, das so leicht zu verhüten wäre.«

Und sie stand sogar schon vom Stuhl auf.

Marie war aber so hilflos, litt physisch dermaßen und – um die Wahrheit zu sagen – fürchtete sich so entsetzlich vor dem, was ihr bevorstand, daß sie es nicht wagte, sie weggehen zu lassen. Aber diese Frau war ihr jetzt auf einmal verhaßt: die sprach ja gar nicht davon, gar nicht davon, was jetzt in Maries Seele vorging! Doch die soeben vernommene Möglichkeit, in den Händen einer ungeübten Helferin zu sterben, ließ Marie den Widerwillen überwinden. Dafür wurde sie von nun an Schatoff gegenüber noch anspruchsvoller, noch rücksichtsloser. Das ging schließlich so weit, daß sie ihm nicht nur verbot, sie anzusehen, sondern ihm auch noch befahl, mit dauernd abgewandtem Gesicht dazustehen. Ihre Schmerzen wurden peinvoller. Ihre Verwünschungen und selbst Schimpfworte wurden immer hemmungsloser.

»Ach, was da! Wir schicken ihn einfach hinaus«, entschied Arina Prochorowna kurz entschlossen. »Mit seinem Gesicht erschreckt er Sie nur: bleich ist er wie ein Toter! Was haben denn Sie zu fürchten, Sie komischer Mensch? Ist das eine Komödie!«

Schatoff erwiderte nichts; er nahm sich vor, nichts zu entgegnen.

»Was habe ich schon dumme Väter in solchen Fällen gesehen. Die verlieren nun einmal glattweg den Verstand. Aber die waren wenigstens ...«

»Hören Sie auf oder verlassen Sie mich, damit ich endlich verrecke! Kein Wort mehr! Ich will es nicht, ich will es nicht!« befahl Marie schreiend.

»Da kann man ja überhaupt nichts mehr sagen, wenn Sie so die Vernunft verlieren; nur so kann ich mir Ihr Verhalten erklären. Aber ich muß doch wenigstens über das Sachliche sprechen: sagen Sie, was haben Sie schon vorbereitet? Antworten Sie, Schatoff, Ihre Frau hat jetzt keinen Sinn dafür.«

»Sagen Sie, bitte, was denn eigentlich nötig ist.«

»Also ist nichts vorbereitet.«

Sie zählte alles unbedingt Nötige auf, und man muß ihr die Gerechtigkeit widerfahren lassen, daß sie sich wirklich auf das Allernotwendigste beschränkte, was selbst bei den Ärmsten nicht entbehrt werden kann. Einzelnes fand sich in Schatoffs Besitz. Marie zog einen kleinen Schlüssel hervor und reichte ihn ihm, damit er ihrer Reisetasche etwas entnehme. Da aber seine Hände zitterten, so dauerte es etwas länger, bis er das ihm unbekannte Schloß aufschließen konnte. Marie geriet außer sich vor Ungeduld, als aber Arina Prochorowna ihm helfen und ihm den Schlüssel aus der Hand nehmen wollte, da erlaubte sie wieder unter keiner Bedingung, daß diese ihre Tasche anrühre, und bestand mit kindisch eigensinnigem Schreien und Weinen darauf, daß nur Schatoff allein die Tasche aufschließe.

Nach anderen Sachen wollte er zu Kirilloff hinüberlaufen, aber kaum hatte er das Zimmer verlassen, da begann sie ihn schon wie rasend zurückzurufen, und sie beruhigte sich erst, als Schatoff, der sofort wieder von der Treppe zurückkehrte, ihr auseinandersetzte, warum er nach dem Notwendigen nur auf ein paar Minuten weggehen wolle und daß er selbstverständlich gleich wieder da sein werde.

»Na, Ihnen etwas recht zu machen, ist aber schwer, meine Gnädigste«, meinte Arina Prochorowna lachend. »Bald soll er mit dem Gesicht zur Wand stehen und darf es nicht wagen, Sie anzusehen, bald darf er nicht einmal auf einen Augenblick weggehen, sonst fangen Sie an zu weinen. Ein solches Verhalten müßte ihn ja schließlich auf einen bestimmten Gedanken bringen. Na, na, seien Sie nur nicht so störrisch, reiben Sie sich nicht so fest die verweinten Augen, ich spaße doch nur.«

»Er darf sich überhaupt nichts denken!«

»Tatata, wenn er nicht wie ein Bock in Sie verliebt wäre, würde er sich doch nicht für Sie die Seele aus dem Leibe rennen und mit seinem Krachschlagen alle Hofhunde zur Raserei bringen! Bei mir hat er fast den Fensterrahmen herausgeschlagen.«

V

Als Schatoff zu Kirilloff kam, ging dieser in seinem Zimmer immer noch auf und ab, war aber so zerstreut, daß er die Ankunft von Schatoffs Frau einfach vergessen hatte und ihn anhörte, ohne ihn zu verstehen.

»Ach ja«, erinnerte er sich dann plötzlich, und es war, als risse er sich mit Mühe und nur auf einen Augenblick von einem Ideengang los, der ihn ganz und gar gefangengenommen hatte, »ja ... eine Alte ... Eine Frau oder eine Alte? Warten Sie mal: eine Frau *und* eine Alte, war es nicht so? Ich erinnere mich; ja, ich war dort. Die Alte wird kommen, nur nicht gleich. Nehmen Sie das Kissen. Noch etwas? Ja ... Warten Sie mal ... kommt das bei Ihnen auch vor, Schatoff, daß Sie manchmal Augenblicke der ewigen Harmonie erleben?«

»Wissen Sie, Kirilloff, das geht nicht so weiter! Sie müssen sich wieder angewöhnen, in der Nacht zu schlafen.«

Jetzt erst erwachte Kirilloff, kam gleichsam zu sich, und – merkwürdig – mit einemmal sprach er viel richtiger, als er sonst zu sprechen pflegte, und auch zusammenhängender; offenbar hatte er diesen Gedankengang schon öfter zu formulieren versucht und vielleicht sogar aufgeschrieben:

»Es gibt Sekunden, es sind im ganzen nur fünf oder sechs auf einmal, und plötzlich fühlt man die Gegenwart der ewigen Harmonie, der vollkommen erreichten. Das ist nicht irdisch; ich rede nicht davon, ob es himmlisch ist, sondern ich will nur sagen, daß ein Mensch in irdischer Gestalt das nicht aushalten kann. Man muß sich physisch verändern oder sterben. Dieses Gefühl ist klar und unbestreitbar. Als ob man plötzlich die ganze Natur empfände, und plötzlich sagt man: ja, es ist richtig. Gott hat, als er die Welt schuf, am Abend jedes Schöpfungstages gesagt: ‚Ja, es ist richtig, es ist gut.' Das ... das ist nicht ein Ergriffensein, sondern nur ... einfach Freude. Man hat auch nichts zu verzeihen, da es schon nichts mehr gibt, was zu verzeihen wäre. Man kann auch nicht sagen, man liebe, oh, – das ist etwas Höheres als Liebe! Das Furchtbarste ist, daß es so schrecklich klar ist und eine solche Freude. Wenn das länger als fünf Sekunden dauerte ... würde die Seele es nicht aushalten und müßte vergehen. In diesen fünf Sekunden durchlebe ich das Leben, und ich würde für sie mein ganzes Leben hingeben, denn sie sind das wert. Um zehn Sekunden aushalten zu können, müßte man sich physisch verändern. Ich denke, der Mensch sollte aufhören, Kinder zu zeugen. Wozu noch Kinder, wozu noch Entwicklung, wenn das Ziel erreicht ist? Im Evangelium ist gesagt, daß man in der Auferstehung nicht zeugen und gebären werde, sondern sein werde wie Engel Gottes. Ein Fingerzeig. Ihre Frau gebiert?«

»Kirilloff, kommt das oft über Sie?«

»In drei Tagen einmal, in einer Woche einmal.«

»Leiden Sie nicht an Epilepsie?«

»Nein.«

»Dann werden Sie sie noch bekommen. Sehen Sie sich vor, Kirilloff, ich habe gehört, daß die Fallsucht gerade mit solchen Zuständen beginne. Mir hat ein Epileptiker Wort für Wort so wie Sie den Zustand vor dem Anfall geschildert; auch er gab fünf Sekunden als Zeitdauer an und sagte, länger als fünf Sekunden könnte man es nicht aushalten. Erinnern Sie sich an Mohammeds Krug, der nicht Zeit hatte, auszufließen, während der Prophet auf seinem Pferde das Paradies umflog. Der Krug: das sind die gleichen fünf Sekunden; und das Paradies, das erinnert doch sehr an Ihre Harmonie, und Mohammed war Epileptiker. Nehmen Sie sich in acht, Kirilloff, daß Sie nicht die Fallsucht bekommen!«

»Die käme zu spät«, meinte Kirilloff mit einem stillen Lächeln.

VI

Die Nacht verging. Schatoff wurde fortgeschickt, gescholten, zurückgerufen. Maries Angstzustand steigerte sich bis zum höchsten Grad einer Angst um ihr Leben. Sie schrie, sie wolle leben, »unbedingt, unbedingt!« und wolle nicht sterben, »nicht sterben, nicht sterben!« wiederholte sie immer wieder. Wäre Arina Prochorowna nicht dagewesen, so wäre es sehr schlimm gewesen. Allmählich gewann diese jedoch die Herrschaft über ihre Patientin, bis Marie schließlich wie ein Kind jedem ihrer Worte, jedem Anruf gehorchte. Arina Prochorowna behandelte sie mit Strenge, nicht mit Freundlichkeit, verrichtete aber ihre Aufgabe meisterhaft. Es begann zu tagen. Arina Prochorowna ließ es sich auf einmal einfallen, zur Erheiterung zu erzählen, Schatoff sei vorhin auf den Treppenvorplatz hinausgegangen, um zu Gott zu beten, und sie begann darüber zu lachen. Marie lachte mit, versuchte es wenigstens, aber es klang bitter, höhnisch und als ob ihr von diesem Lachen leichter würde.

Schließlich wurde Schatoff endgültig hinausgeschickt. Ein feuchter, kalter Morgen brach an. Er stützte wieder die Stirn an die Flurwand, an derselben Stelle, wo er auch schon am Abend gestanden hatte, als Erkel zu ihm kam. Er zitterte am ganzen Körper, fürchtete sich zu denken, aber sein Denken heftete sich an alles vor seinem Geist Erscheinende, wie es im Traum zu geschehen pflegt. Träumereien zogen ihn immer wieder mit sich fort, rissen aber fortwährend ab wie mürbe Fäden.

Aus dem Zimmer drang endlich nicht mehr Gestöhn, sondern es waren bereits schreckliche, geradezu tierische Schreie zu hören, unerträgliche, unmögliche. Er wollte sich die Ohren zuhalten, konnte es aber nicht, und sank auf die Knie, unbewußt immer nur stammelnd: »Marie! Marie!« Und dann – endlich – war auf einmal ein anderer Schrei zu vernehmen, ein neuer Schrei, der Schatoff zusammenfahren und von den Knien aufspringen ließ, das Geschrei eines neugeborenen Kindes, eines noch schwachen, kurzatmigen Stimmchens. Er bekreuzte sich und stürzte ins Zimmer. In Arina Prochorownas Händen schrie und bewegte sich mit winzigen Händchen und Füßchen ein kleines, rotes, runzliges Wesen, das erschreckend hilflos und wie ein Stäubchen vom erstbesten Windstoß abhängig war, aber doch schrie und sich kundgab, als hätte es gleichfalls irgend ein ganz großes Recht auf das Leben . . .

Marie lag wie bewußtlos da, aber schon nach kurzer Zeit schlug sie die Augen auf und sah sonderbar, ganz sonderbar Schatoff an: das war ein gleichsam ganz neuartiger Blick. Was an ihm nun eigentlich das Neue war, das vermochte er sich noch nicht zu erklären, aber bisher hatte er an ihr, soweit er sich erinnern konnte, noch nie einen solchen Blick wahrgenommen.

»Ein Knabe? Ein Knabe?« fragte sie Arina Prochorowna mit schwacher Stimme.

»Jawohl! Ein Bub!« rief diese zur Antwort, während sie das Kleine wickelte.

Als sie damit fertig war und sich anschickte, das Kindchen zwischen zwei Kissen quer auf das Bett zu legen, gab sie es Schatoff auf einen Augenblick zum Halten. Marie, die das bemerkt hatte, versuchte ihm gleichsam ganz heimlich, und als fürchte sie sich vor Arina Prochorowna, einen Wink zu geben. Er verstand sie sofort und trug das Neugeborene zu ihr, damit sie es sehen könne.

»Wie . . . reizend er ist . . .«, flüsterte sie lächelnd mit matter Stimme.

»Nein, was der aber für ein Gesicht macht!« rief bei Schatoffs Anblick die triumphierende Arina Prochorowna und brach in heiteres Lachen aus. »So etwas habe ich noch nie gesehen!«

»Lachen Sie nur zu, Arina Prochorowna . . . Das ist doch eine große Freude«, stammelte Schatoff mit einfältig seligem Gesichtsausdruck: nach den paar Worten, die Marie über das Kind gesagt hatte, strahlte er über das ganze Gesicht.

»Ach, was ist denn das da für eine so große Freude?« scherzte Arina Prochorowna, während sie geschäftig aufräumte, sich selbst zurechtmachte und wie ein Pferd arbeitete.

»Es ist das Mysterium des Erscheinens eines neuen Wesens, das große und unerklärliche Geheimnis, Arina Prochorowna, und es ist schade, daß Sie dafür kein Verständnis haben!«

Schatoff murmelte das so vor sich hin, bruchstückweise, wie benommen und doch begeistert. Es war, als woge etwas in seinem Kopf hin und her und entströme seiner Seele von selbst, ohne seinen Willen.

»Es waren zwei, und auf einmal ist da ein dritter Mensch, ein neuer Geist, wie aus einem Guß, in sich vollendet, wie ihn Menschenhand nimmer erschaffen kann; ein neues Denken und eine neue Liebe ... geradezu unheimlich ... Und es gibt nichts Höheres auf der Welt!«

»Der redet was zusammen! Das ist doch einfach eine Weiterentwicklung des Organismus, und weiter ist nichts dabei, nichts von Geheimnissen«, sagte Arina Prochorowna aufrichtig belustigt und mit heiterem Lachen. »So wäre ja jede Fliege ein Geheimnis. Aber jetzt will ich Ihnen etwas sagen: überflüssige Menschen sollten lieber nicht geboren werden. Schmiedet zuerst alles so um, daß sie nicht mehr überflüssig sind, dann könnt ihr sie in die Welt setzen. Denn sonst – da muß man ihn nun übermorgen ins Kinderasyl schleppen ... Übrigens ist das auch ganz recht so.«

»Niemals werde ich ihn von mir fort in ein Kinderasyl geben!« sagte Schatoff, den Blick zu Boden gesenkt, mit fester Stimme.

»Sie adoptieren ihn?«

»Er *ist* mein Sohn.«

»Natürlich, er heißt ja Schatoff, nach dem Gesetz ist er ein Schatoff, und Sie haben keine Ursache, sich als Wohltäter des Menschengeschlechts aufzuspielen. Ohne Phrasen geht's ja nicht. Na ja, schon gut, aber nun hören Sie, meine Herrschaften, ich muß nämlich jetzt gehen«, schloß sie, indem sie sich bereits zum Heimweg fertig machte; »es wird Zeit für mich. Ich werde am Vormittag wiederkommen und auch gegen Abend, wenn es nötig sein sollte; jetzt aber muß ich, da hier alles so überaus glücklich vonstatten gegangen ist, auch nach den anderen sehen, die schon lange auf mich warten. Sie haben dort irgendwo eine alte Frau sitzen, Schatoff, das ist ja ganz schön und gut, aber deshalb können auch Sie sich immer noch nützlich machen, als liebes Männchen; bleiben Sie bei ihr sitzen, für den Fall, daß etwas nötig wäre, und verlassen Sie sie ja nicht! Marja Ignatjewna wird sie ja jetzt wohl nicht mehr wegjagen... na, na, ich scherze ja nur...«

Bei der Hofpforte, wohin Schatoff sie begleitete, fügte sie noch für ihn allein hinzu:

»Sie haben mich für mein ganzes Leben erheitert! Geld nehme ich von Ihnen nicht; ich werde noch im Schlaf lachen müssen. Etwas Komischeres als Sie in dieser Nacht habe ich noch nie gesehen.«

Sie ging vollkommen zufrieden fort. Nach Schatoffs Aussehen und allen seinen Worten war es für sie klar wie das Sonnenlicht, daß dieser Mensch »jetzt in der Rolle des Vaters aufgeht und zum Waschlappen geworden ist«, an ein Denunzieren also überhaupt nicht denken werde. So eilte sie denn, obgleich die Wohnung einer anderen Patientin am Wege lag, zuerst nach Haus, um diese Beobachtungen ihrem Mann zur Beruhigung mitzuteilen.

»Marie, sie hat angeordnet, daß du versuchen sollst, nicht gleich einzuschlafen, wenn das auch, fürchte ich, sehr schwer ist...«, begann Schatoff schüchtern. »Ich werde mich hier ans Fenster setzen und auf dich acht geben, ist dir das recht?«

Und er setzte sich hinter dem Kopfende des Bettes so ans Fenster, daß sie ihn auf keine Weise sehen konnte. Aber es verging knapp eine Minute, da rief sie ihn schon wieder und bat gereizt, ihr das Kissen zurechtzurücken. Er versuchte es vorsichtig. Sie sah böse zur Wand.

»Nicht so, ach, nicht so... Was für ungeschickte Hände!«

Schatoff bemühte sich, es besser zu machen.

»Beugen Sie sich zu mir«, sagte sie plötzlich in seltsamem Ton und gab sich die größte Mühe, ihn nicht anzusehen. Er zuckte erschrocken zusammen, doch beugte er sich gehorsam zu ihr nieder.

»Noch ... nicht so ... näher«, und plötzlich umschlang ihr linker Arm ungestüm seinen Hals, und er fühlte ihren starken, feuchten Kuß auf seiner Stirn.

»Marie!«

Ihre Lippen bebten, sie suchte sich zu beherrschen, doch plötzlich richtete sie sich halb auf und sagte mit funkelnden Augen:

»Nikolai Stawrogin ist ein Schuft!«

Und kraftlos, wie niedergemäht, fiel sie mit dem Gesicht aufs Kissen, und während sie krampfhaft schluchzte, umklammerte sie Schatoffs Hand fest mit ihrer Hand.

Von diesem Augenblick an ließ sie ihn nicht mehr von sich; sie verlangte von ihm, daß er dicht bei ihr, am Kopfende des Bettes, sitzen bliebe. Sprechen konnte sie nur wenig, aber sie sah ihn an und lächelte ihm zu wie eine Glückselige. Sie schien plötzlich ganz unklug, eine ganze Törin geworden zu sein. Alles war jetzt gleichsam verwandelt. Schatoff weinte bald wie ein kleiner Knabe, bald sprach er Gott weiß wovon, sprach wild, wie benommen, aber begeistert; er küßte ihre Hände, und sie hörte ihm wie verzückt zu, vielleicht ohne zu verstehen, was er sprach; sie spielte zärtlich mit ihrer matten Hand in seinem Haar, streichelte es und schien es zu bewundern. Er erzählte ihr von Kirilloff, erzählte davon, daß sie beide jetzt »für immer ein neues Leben« beginnen würden, sprach von Gott und davon, daß alle Menschen gut seien ... Und in der Begeisterung holten sie dann wieder das Kindchen hervor, um es zu betrachten.

»Marie«, rief er, als er das Kindchen in den Armen hielt, »nun hat das ein Ende, das mit den alten Phantastereien, der ganzen alten Schmach und der Verwesung! Wollen wir uns jetzt auf den neuen Weg durcharbeiten, wir drei zusammen, ja, ja! ... Ach so: wie wollen wir ihn denn nennen, Marie?«

»Ihn? Wie wir ihn nennen wollen?« fragte sie verwundert, und plötzlich drückte sich in ihrem Gesicht ein unsagbarer Schmerz aus.

Sie erhob die Hände, blickte Schatoff vorwurfsvoll an und warf sich dann aufschluchzend wieder auf das Kissen zurück.

»Marie, was hast du?« rief er erschrocken und bang.

»Und Sie konnten ... konnten ... Oh, Sie Undankbarer!«

»Marie, verzeih mir, Marie ... Ich habe ja nur gefragt, wie wir ihn nennen sollen. Ich weiß nicht ...«

»Iwán soll er heißen, Iwán!« rief sie, ihr glühendes, tränenüberströmtes Gesicht wieder erhebend. »Haben Sie denn wirklich an irgendeinen anderen furchtbaren Namen denken können!?«

»Marie, um Gottes willen, beruhige dich! Oh, wie nervös du bist!«

»Das ist eine neue Roheit, daß Sie das den Nerven zuschreiben! Ich könnte wetten, wenn ich gesagt hätte, ihn ... mit jenem anderen schrecklichen Namen zu nennen, so wären Sie sofort einverstanden gewesen, hätten es nicht einmal bemerkt! Oh, ihr Undankbaren, ihr Niedrigen, alle, alle!«

Nach einer Minute versöhnten sie sich natürlich wieder. Schatoff redete ihr schließlich zu einzuschlafen. Sie tat es denn auch, doch gab sie seine Hand auch jetzt noch nicht frei, wachte oft auf und blickte ihn an, ganz als hätte sie gefürchtet, er könnte fortgehen wollen, worauf sie dann von neuem einschlief.

Kirilloff schickte die Alte, »um zu gratulieren«, und sandte zugleich heißen Tee, frisch gebratene Koteletts und Bouillon mit Weißbrot »für Márja Ignátjewna«. Die Kranke trank gierig die Bouillon aus und zwang auch Schatoff, eins von den Koteletts zu essen, worauf die Alte das Kind von neuem wickelte.

Die Zeit verging. Schatoff schlief endlich gleichfalls ein, mit dem Kopf auf ihr Kissen gebeugt, todmüde. So fand sie

Arína Próchorowna, die richtig ihr Wort hielt und wiederkam. Lachend weckte sie die beiden auf, sprach mit Marie über das Nötige, besah das Kindchen und verbot Schatoff wieder strengstens, die Kranke zu verlassen. Darauf ging sie nach einem Witz über das »Ehepaar«, in dem eine Nuance Verachtung und Überlegenheitsdünkel lag, ebenso befriedigt fort wie das erstemal.

Es war schon wieder ganz dunkel, als Schatoff aufwachte. Er zündete schnell das Licht an und eilte hinaus, um die alte Frau zu holen; aber kaum war er auf die Treppe getreten, als er bestürzt leise, gemächliche Schritte eines ihm entgegen Heraufsteigenden vernahm. Es war Erkel.

»Ich kann Sie nicht ins Zimmer lassen!« flüsterte Schatoff, erfaßte hastig seine Hand und zog ihn mit sich nach unten zur Hofpforte. »Warten Sie hier, ich komme gleich, ich hatte Sie vollständig vergessen. Oh, daß Sie sich wieder in Erinnerung bringen!«

Er beeilte sich dermaßen, daß er nicht einmal zu Kirilloff hineinging, sondern nur die Alte herausrief. Marie geriet in Verzweiflung darüber, daß er »auch nur daran denken« konnte, sie allein zu lassen!

»Dafür ist es der allerletzte Schritt!« rief er begeistert. »Dann kommt der neue Weg, und niemals, niemals mehr werden wir dann noch an den alten Schrecken zurückdenken!«

Es gelang ihm schließlich, sie irgendwie zu beruhigen. Er versprach ausdrücklich, um neun Uhr wieder zurück zu sein. Darauf küßte er sie fest, küßte das Kindchen und lief dann schnell nach unten zu Erkel.

Sie begaben sich nach Skworeschniki in den Stawroginschen Park, wo Schatoff vor anderthalb Jahren an einer einsamen Stelle am Rande des Parkes, wo schon der Fichtenwald begann, die ihm anvertraute Setzmaschine vergraben hatte. Es war eine verwilderte, abgelegene Stelle, die weit vom Herrenhause lag. Von der Bogojáwlenskaja-Straße war sie ungefähr eine Stunde entfernt.

»Sollen wir denn den ganzen Weg zu Fuß gehen? Ich nehme eine Droschke.«

»Ich bitte Sie dringend, keine Droschke zu nehmen«, hielt ihn Erkel davon ab. »Man hat das ausdrücklich verlangt. Der Droschkenkutscher wäre sonst auch ein Zeuge.«

»Zum Henker! ... Na, dann meinetwegen, wenn ich's nur loswerde, nur loswerde!«

Sie gingen sehr schnell.

»Erkel, Sie junger Knabe!« rief Schatoff plötzlich und blieb stehen, »sind Sie in Ihrem Leben schon einmal glücklich gewesen?«

»Sie sind jetzt offenbar sehr glücklich«, stellte Erkel mit Interesse fest.

SECHSTES KAPITEL

DIE MÜHEVOLLE NACHT

I

Wirginskij hatte im Lauf des Tages gute zwei Stunden darauf verwandt, bei den anderen der Fünfergruppe vorzusprechen, um ihnen mitzuteilen, daß Schatoff bestimmt nicht denunzieren werde, da seine Frau zu ihm zurückgekehrt sei und ein Kind bekommen habe; und »da man doch das Menschenherz kennt«, sei es unmöglich, jetzt noch anzunehmen, daß er in diesem Augenblick gefährlich werden könne. Aber zu seiner Bestürzung hatte er von den anderen, außer Erkel und Lämschin, keinen zu Hause angetroffen. Erkel hatte ihn schweigend angehört und ihm dabei mit klarem Blick in die Augen geschaut; auf die direkte Frage jedoch, ob er nun noch um sechs Uhr zu Schatoff gehen werde, um ihn abzuholen, hatte er mit dem unbefangensten Lächeln geantwortet, daß er »selbstverständlich hingehen werde«.

Lämschin lag, allem Anschein nach wirklich und sogar ernstlich krank, im Bett, hatte sich in die Decke fest eingewickelt und sie auch noch über den Kopf gezogen. Als Wirginskij eintrat, erschrak er sehr, und kaum daß dieser zu reden anfing, begann er plötzlich mit beiden Händen unter der Decke hervor abzuwinken und flehentlich zu bitten, ihn in Ruhe zu lassen. Allein, die Ausführungen über Schatoff hörte er doch an; aber die Nachricht, daß Wirginskij von den anderen keinen zu Hause angetroffen habe, machte aus irgendeinem Grunde einen starken Eindruck auf ihn: er war ganz bestürzt. Es stellte sich heraus, daß er über Fedjkas Tod schon unterrichtet war (durch Liputin), und über diesen Fall nun seinerseits noch einiges überstürzt und sprunghaft berichten konnte, womit er nun wiederum Wirginskij in Bestürzung versetzte. Auf die offene Frage Wirginskijs, ob man nun noch hingehen müsse, begann er plötzlich wieder flehentlich zu bitten, wieder mit beiden Händen abwinkend, man möge ihn nur ja »in Ruh lassen!« und das ginge ihn nichts an und er wisse nichts davon.

Als Wirginskij nach Hause zurückkehrte, befand er sich in starker Erregung und tiefer Niedergeschlagenheit; es bedrückte ihn auch sehr, daß er die ganze Angelegenheit vor seiner Familie geheimhalten mußte; er hatte sich so daran gewöhnt, seiner Frau alles mitzuteilen, und wenn jetzt nicht ein ganz neuer Gedanke, ein gewisser versöhnender Plan für das weitere Vorgehen in seinem fiebernden Gehirn aufgeflammt wäre, so hätte er sich vielleicht ebenso wie Lämschin zu Bett legen müssen. Aber dieser neue Gedanke stärkte ihn, ja, tat noch mehr als das, und Wirginskij erwartete bald geradezu mit Ungeduld die festgesetzte Stunde und brach sogar früher, als es nötig gewesen wäre, zu dem verabredeten Treffpunkt auf.

Das war ein sehr düsterer Ort ganz am Ende des riesigen Parks von Skworéschniki. Ich bin später absichtlich hingegangen, um mir die Stelle anzusehen; wie unheimlich muß sie erst noch an jenem rauhen, dunklen Herbstabend gewirkt haben. Hier begann bereits der alte Bannforst; die riesigen hundertjährigen Fichtenstämme hoben sich nur als dunkle, undeutlich wahrnehmbare Stellen von der übrigen Finsternis ab. Es war so dunkel, daß man fast schon auf zwei Schritt einander nicht mehr erkennen konnte, aber Pjotr Stepanowitsch, Liputin und zuletzt auch Erkel brachten Laternen mit. Ich weiß nicht, von wem und zu welchem Zweck hier irgendwann mal vor langer Zeit aus großen, unbehauenen Steinen eine ziemlich lächerlich aussehende Grotte erbaut worden war. Der Tisch und die Bänke im Innern der Grotte waren schon längst verfault und auseinandergefallen. Ungefähr zweihundert Schritte rechts von dieser Grotte endete der dritte Teich des Parkes. Diese drei Teiche, die unmittelbar am Herrenhause begannen, zogen sich, einer nach dem anderen, über mehr als eine Werst weit hin, bis ganz zum Ende des Parks. Es war kaum anzunehmen, daß irgend ein Lärm, ein Schrei oder selbst ein Schuß im Stawroginschen Herrenhause gehört werden konnte. Nach der Abreise von Nikolai Wssewolodowitsch tags zuvor und nach Alexei Jegórytschs Rückkehr in die Stadt, waren hier im Gutsgebäude höchstens fünf oder sechs Leute zurückgeblieben, lauter mehr oder weniger sozusagen invalide Haushüter. Jedenfalls konnte man fast mit Sicherheit darauf rechnen, daß, selbst wenn einer von diesen hier zurückgebliebenen Dienstboten ein Geschrei oder Hilferufe hören sollte, diese wohl nur Furcht erregen, aber keinen von ihnen veranlassen würden, zur Hilfeleistung den warmen Ofen zu verlassen oder sich vom warmen Lager zu erheben.

Zwanzig Minuten nach sechs hatten sich bereits alle – außer Erkel, der zu Schatoff abkommandiert worden war – an der verabredeten Stelle eingefunden. Pjotr Stepanowitsch ließ diesmal nicht auf sich warten; er kam mit Tolkatschénko. Tolkatschénko machte ein finsteres, sorgenvolles Gesicht; seine ganze vorgespiegelte frechprahlerische Forschheit war verschwunden. Er wich kaum noch einen Schritt von Pjotr Stepanowitschs Seite und schien ihm auf einmal grenzenlos ergeben zu sein: er flüsterte ihm alle Augenblicke geschäftig etwas zu, worauf jener ihm kaum antwortete oder nur ärgerlich irgend etwas brummte, um ihn loszuwerden.

Schigaljóff und Wirginskij waren sogar etwas früher eingetroffen als Pjotr Stepanowitsch, und bei dessen Erscheinen traten sie sogleich ein paar Schritte zur Seite, in tiefem und unverhüllt vorsätzlichem Schweigen. Pjotr Stepanowitsch hob die Laterne in die Höhe und betrachtete sie mit ungenierter und beleidigender Aufmerksamkeit. ‚Die wollen noch reden', zuckte es ihm durch den Kopf.

»Ist Lämschin nicht da?« fragte er Wirginskij. »Wer hat gesagt, daß er krank sei?«

»Ich bin hier«, meldete sich Lämschin, indem er plötzlich hinter einem Baum hervortrat. Er war in einem warmen

Paletot und hatte überdies ein Plaid umgenommen, darin sich so fest eingewickelt, daß es selbst mit einer Laterne schwer war, sein Gesicht zu erkennen.

»Also fehlt nur noch Liputin?«

Da trat Liputin schweigend aus der Grotte. Pjotr Stepanowitsch hob wieder die Laterne in die Höhe.

»Warum haben Sie sich dorthin verkrochen, warum sind Sie nicht gleich herausgekommen?«

»Ich nehme an, daß wir alle immer noch das Recht haben ... uns frei zu bewegen«, brummte Liputin, übrigens wahrscheinlich ohne selbst klar zu wissen, was er zum Ausdruck bringen wollte.

»Meine Herren!« begann Pjotr Stepanowitsch mit erhobener Stimme und gab so zum erstenmal den bisherigen halben Flüsterton auf, was Eindruck machte. »Sie verstehen, hoffe ich, daß wir hier nichts mehr breitzutreten haben. Gestern ist alles gesagt und durchgekaut worden, klar und deutlich. Aber vielleicht will jemand, wie ich an den Gesichtern sehe, noch irgend eine Erklärung abgeben; in dem Fall bitte ich, sich zu beeilen. Hol's der Teufel, wir haben wenig Zeit, Erkel kann ihn jeden Augenblick herbringen ...«

»Er wird ihn bestimmt herbringen«, flocht Tolkatschenko, wer weiß wozu, ein.

»Wenn ich nicht irre, so wird zuerst die Übergabe der Druckmaschine stattfinden?« erkundigte sich Liputin, wieder, als verstehe er selbst nicht, wozu er diese Frage stellte.

»Selbstverständlich, wozu denn die Sachen verlieren!« versetzte Pjotr Stepanowitsch und hob wieder die Laterne bis zur Höhe von Liputins Gesicht. »Aber wir sind doch gestern übereingekommen, daß die Übernahme nicht buchstäblich zu erfolgen braucht. Er soll Ihnen nur genau die Stelle zeigen, wo er sie vergraben hat; das Ausgraben können wir später selbst besorgen. Ich weiß nur, daß sie hier irgendwo zehn Schritte von einer Ecke dieser Grotte vergraben ist ... Aber, hol's der Teufel, wie haben Sie denn das vergessen können, Liputin? Es wurde doch gestern verabredet, daß Sie ihm zuerst allein entgegengehen und wir erst nachher herauskommen ... Sonderbar, daß Sie noch solche Fragen stellen, oder taten Sie es nur so?«

Liputin schwieg mit finsterem Gesicht.

Alle schwiegen. Zu hören war nur der Wind, der durch die Wipfel der hohen Fichten strich.

»Ich hoffe jedoch, meine Herren, daß ein jeder von Ihnen seine Pflicht tun wird«, schloß Pjotr Stepanowitsch kurz und ungeduldig.

»Ich weiß, daß Schatoffs Frau zu ihm gekommen ist und ein Kind geboren hat«, begann auf einmal Wirginskij zu sprechen, aufgeregt, sich überhastend, kaum fähig, die Worte hervorzubringen, gestikulierend. »Und da man doch das Menschenherz kennt ... kann man überzeugt sein, daß er jetzt nicht denunzieren wird ... weil er jetzt glücklich ist ... Deshalb war ich heute schon bei allen, habe sie aber nicht angetroffen ... und deshalb ist jetzt vielleicht überhaupt nichts mehr nötig ...«

Er hielt inne, aber nur, weil er nach Atem ringen mußte.

»Wenn Sie, Herr Wirginskij, plötzlich glücklich geworden wären« – Pjotr Stepanowitsch schritt auf ihn zu –, »würden Sie dann eine ... nicht eine Denunziation, davon kann hierbei nicht die Rede sein, sondern die wagemutige Großtat eines Staatsbürgers, die Sie schon vor dem Beginn Ihres persönlichen Glücks beschlossen hatten und die Sie für Ihre Pflicht und Schuldigkeit hielten, wirklich aufschieben, bloß weil Sie damit sich selbst in Gefahr begäben und Ihr Glück verlören?«

»Nein, ich würde sie nicht aufschieben! Um keinen Preis würde ich sie aufschieben!« versicherte mit einem schrecklich tölpelhaften Übereifer Wirginskij, der wieder bebend ins Gestikulieren geriet.

»Sie würden also lieber wieder unglücklich als in Ihren eigenen Augen ein Schuft werden wollen?«

»Ja, ja ... Ich würde sogar ganz im Gegenteil ... ich würde lieber ein vollkommener Schuft sein wollen ... das heißt nein ... keineswegs ein Schuft, sondern im Gegenteil, lieber vollkommen unglücklich sein wollen als ein Schuft!«

»Nun, so lassen Sie es sich denn gesagt sein und merken Sie es sich, daß Schatoff diese Denunzation aus tiefster Überzeugung für seine Großtat als Staatsbürger hält, und der Beweis dafür ist, daß er sich doch selbst damit in Gefahr begibt und der Regierung ausliefert, – wenn man ihm auch für die Denunziation natürlich vieles verzeihen wird. So einer wird sich schon durch nichts von seinem Vorhaben abbringen lassen. Den wird auch kein Glück besiegen; schon am nächsten Tag würde er zur Besinnung kommen, sich Vorwürfe machen, hingehen und es tun. Außerdem kann ich keinerlei Glück darin erblicken, daß die Frau nach drei Jahren zu ihm zurückgekehrt ist, um Stawrogins Kind zu gebären.«

»Aber es hat doch noch niemand seine Anzeige gesehen«, bemerkte auf einmal Schigaljóff mit Nachdruck.

»*Ich* habe sie gesehen«, rief Pjotr Stepanowitsch wütend, »sie ist fertig und dieses ganze Gerede hier ist nichts weiter als maßlos dumm, meine Herren!«

»Ich aber«, brauste plötzlich Wirginskij auf, »ich protestiere ... ich protestiere mit aller Gewalt ... Ich will ... Hören Sie zu, was ich will: ich will, daß wir, wenn er kommt, alle vortreten und ihn fragen: wenn es wahr ist, so soll er es bereuen, und wenn er sein Ehrenwort gibt, so soll man ihn wieder freilassen. Auf jeden Fall aber: zuerst ein Verhör, und das Urteil erst nach dem Verhör. Wie es sich gehört. Und nicht so, daß wir uns alle verstecken und ihn dann überfallen!«

»Auf ein Ehrenwort hin die ganze gemeinsame Sache aufs Spiel setzen – das ist doch schon der Gipfel der Dummheit! Hol's der Teufel, meine Herren, begreifen Sie denn nicht, wie dumm das jetzt ist! Und was ist das für eine Rolle, die Sie im Augenblick der Gefahr spielen wollen?«

»Ich protestiere, ich protestiere ...«, wiederholte Wirginskij in einem fort.

»Schreien Sie wenigstens nicht, wir können sonst das Signal nicht hören. Schatoff, meine Herren... (Der Teufel hole es, wie dumm das jetzt ist!) Ich habe Ihnen doch schon gesagt, daß Schatoff Slawophile ist, das heißt soviel wie einer der dümmsten Menschen... Übrigens, zum Teufel, das ist jetzt egal und für uns unwichtig! Sie bringen mich nur aus dem Konzept!... Schatoff, meine Herren, war ein verbitterter Mensch, und da er immerhin zum Bunde gehörte, gleichviel ob gern oder ungern, so hoffte ich immer noch und bis zum letzten Augenblick, daß man ihn zu Gunsten der gemeinsamen Sache einmal werde einsetzen können, und zwar gerade als verbitterten Menschen. Ich habe ihn gehegt und geschont, trotz der eindeutigsten Vorschriften... Ich habe ihn noch hundertmal mehr geschont, als er es wert war! Er aber endete damit, daß er seine Anzeige verfaßte, und nun – ach, zum Teufel damit!... Aber jetzt wage nur einer, sich drücken zu wollen! Kein einziger von Ihnen hat das Recht, die gemeinsame Sache zu verlassen! Sie können ihn meinethalben alle vorher noch abküssen, wenn Sie wollen, aber die gemeinsame Sache im Vertrauen auf ein Ehrenwort preiszugeben, dazu haben Sie nicht das geringste Recht! So können nur Schweine handeln oder solche, die von der Regierung bestochen sind!«

»Wer soll denn hier von der Regierung bestochen sein?« warf Liputin die Frage dazwischen.

»Sie vielleicht. Es wäre schon besser, wenn Sie den Mund hielten, Liputin. Sie reden ja doch nur aus Angewohnheit. Bestochen, meine Herren, sind alle diejenigen, die im Augenblick der Gefahr feig werden. Aus Angst findet sich immer ein Dummkopf, der im letzten Augenblick hinläuft und losschreit: ‚Ach, verzeiht mir, und ich werde euch alle anderen ausliefern!‘ Aber Sie müssen wissen, meine Herren, daß man Sie jetzt für keinerlei Denunziation mehr begnadigen wird. Und selbst wenn man gerichtlich eine Milderung der Strafe um zwei Grade bewilligte, nach Sibirien ginge es dennoch mit jedem von Ihnen. Und abgesehen davon, würden Sie auch einem gewissen anderen Schwert nicht entrinnen. Und dieses Schwert ist noch beträchtlich schärfer als das der Regierung.«

Pjotr Stepanowitsch war wütend und sagte bereits Überflüssiges. Da trat Schigaljoff entschlossen mit drei festen Schritten auf ihn zu.

»Seit dem gestrigen Abend habe ich über die Sache nachgedacht«, begann er, sicher in seiner Überzeugung und methodisch wie immer (und ich nehme an, daß er selbst dann, wenn die Erde unter ihm eingestürzt wäre, weder den Ton noch eine Silbe seiner methodischen Darlegung geändert hätte); »und nach reiflicher Überlegung bin ich zu der Überzeugung gelangt, daß der beabsichtigte Mord nicht nur eine Vergeudung der kostbaren Zeit bedeutet, die zu weit wesentlicheren und naherliegenden Aufgaben verwandt werden könnte, sondern sich überdies als ein verderbliches Abweichen vom normalen Wege erweist, das der Sache immer an meisten geschadet und ihre Erfolge um Jahrzehnte verzögert hat, indem es die Sache dem Einfluß leichtsinniger und vornehmlich politischer Menschen, statt reiner Sozialisten, unterstellt. Ich bin einzig und allein zu dem Zweck hergekommen, um gegen das beabsichtigte Vorhaben offen zu protestieren, zur allgemeinen Belehrung, und danach mich dem bevorstehenden Augenblick, den Sie, ich weiß nicht warum, den Augenblick der Gefahr nannten, zu entziehen. Ich entferne mich nicht aus Furcht vor dieser Gefahr und nicht aus Sensibilität für Schatoff, den zu küssen ich gewiß nicht vorhabe, sondern ausschließlich deshalb, weil diese ganze Sache vom Anfang bis zum Ende Punkt für Punkt meinem Programm widerspricht. Was aber die Befürchtung einer Anzeige meinerseits oder einer Bestechung vonseiten der Regierung anbelangt, so können Sie vollkommen beruhigt sein: ich werde nicht denunzieren.«

Er drehte sich um und ging weg.

»Teufel, er wird ihnen begegnen und Schatoff warnen!« rief Pjotr Stepanowitsch und zog seinen Revolver hervor.

Man hörte das Knacken des Hahnes.

»Sie können versichert sein«, sagte Schigaljoff, sich ruhig noch einmal zurückwendend, »daß ich, wenn ich Schatoff unterwegs begegnen sollte, ihn vielleicht noch grüßen werde, aber ihn zu warnen, das ist nicht meine Sache.«

»Aber wissen Sie auch, Herr Fourier, daß Sie das teuer zu stehen kommen kann?«

»Ich bitte Sie, sich das zu merken, daß ich kein Fourier bin. Wenn Sie mich mit diesem süßlichen, abstrakten Salbader verwechseln, so beweisen Sie damit nur, daß Ihnen mein Manuskript vollkommen unbekannt ist, obschon Sie es in Ihren Händen gehabt haben. Was aber die Drohung mit Ihrer Rache anlangt, so kann ich Ihnen nur sagen, daß Sie ganz umsonst den Hahn gespannt haben; in diesem Augenblick ist das für Sie durchaus unvorteilhaft. Sollten Sie mir aber für morgen oder übermorgen drohen wollen, so brächte Ihnen die Ausführung, außer unnützer Mühe, doch keinen Gewinn: mich können Sie zwar erschießen, aber früher oder später werden Sie doch mein System übernehmen müssen. Adieu.«

In diesem Augenblick ertönte in einer Entfernung von ungefähr zweihundert Schritten aus dem Park, von der Seite des Teiches her, ein Pfiff. Liputin antwortete, wie tags zuvor verabredet worden war, sofort gleichfalls mit einem Pfiff (zu diesem Zweck hatte er sich schon am Morgen ein Kinderpfeifchen aus gebranntem Ton für eine Kopeke auf dem Markt gekauft, da er sich auf seinen Mund allein mit seinen Zahnlücken im Gebiß nicht ganz verlassen konnte).

Erkel hatte Schatoff schon vorher mitgeteilt, daß er mit Liputin einen Pfiff austauschen werde, so daß bei diesem keinerlei Argwohn aufkommen konnte.

»Seien Sie unbesorgt, ich werde von hier aus zur Seite und um sie herumgehen, sie werden mich gar nicht bemerken«, flüsterte Schigaljoff eindringlich und ging darauf ohne Eile, ohne seinen Schritt zu beschleunigen, endgültig durch den dunklen Park nach Hause.

Heute ist es bereits bis in die kleinsten Einzelheiten bekannt, wie diese schreckliche Tat geschah. Zuerst trat Liputin unmittelbar bei der Grotte den beiden, Erkel und Schatoff, entgegen; Schatoff grüßte ihn nicht und reichte ihm auch nicht die Hand, sondern sagte sofort eilig und laut:

»Nun, wo haben Sie denn hier einen Spaten, und haben Sie nicht noch eine zweite Laterne? Sie brauchen doch hier nichts zu befürchten, hier ist ja so gut wie keine Menschenseele in der Nähe; wir könnten auch mit Kanonen schießen, in Skworeschniki würde es doch niemand hören! – Das ist übrigens hier, gerade hier, genau an dieser Stelle ...«

Und er stampfte mit dem Fuß auf die Erde, tatsächlich genau zehn Schritte von der hinteren Ecke der Grotte zum Walde hin. In eben diesem Augenblick stürzte sich Tolkatschenko, hinter einem Baum hervorspringend, von hinten auf ihn, während Erkel ihn gleichfalls hinterrücks an den Ellbogen packte. Liputin fiel von vorn über ihn her. Alle drei zusammen warfen sie ihn sofort um und drückten ihn auf die Erde nieder. Nun erst lief Pjotr Stepanowitsch mit seinem Revolver herbei. Es wird erzählt, Schatoff habe gerade noch Zeit gehabt, den Kopf zu ihm hinzuwenden, ihn zu erblicken und zu erkennen. Drei Laternen beleuchteten die Szene. Schatoff stieß plötzlich einen kurzen, verzweifelten Schrei aus; aber zu weiteren Schreien ließ man ihm keine Zeit: Pjotr Stepanowitsch setzte ihm den Revolver von vorn genau und sicher mitten auf die Stirn, fest und senkrecht, und – drückte ab. Der Schuß muß gar nicht sehr laut gewesen sein, jedenfalls hat ihn in Skworeschniki niemand gehört. Gehört hat ihn natürlich Schigaljóff, der wohl kaum dreihundert Schritte weggegangen war; gehört hat er auch den Schrei, wie den Schuß, aber nach seiner eigenen späteren Aussage habe er sich nicht umgewandt und sei nicht einmal stehengeblieben. Der Tod muß fast augenblicklich eingetreten sein. Die volle Geistesgegenwart – wenn auch nicht Kaltblütigkeit, wie ich annehme – behielt nur Pjotr Stepanowitsch. Niederhockend durchsuchte er eilig, aber mit fester Hand, die Taschen des Ermordeten. Geld fand sich nicht (Marja Ignatjewnas Beutelchen war unter ihrem Kopfkissen geblieben); nur ein paar nichtssagende Zettelchen zog er hervor: einen Kontorzettel, ein Notizblatt mit dem Titel eines Buches und eine alte ausländische Gasthausrechnung, die sich, Gott weiß wozu, zwei Jahre lang in seiner Tasche erhalten hatte. Diese Zettel steckte Pjotr Stepanowitsch in seine eigene Tasche, und als er plötzlich bemerkte, daß alle die Leiche umstanden, sie ansahen und nichts taten, begann er wütend und unhöflich zu schimpfen und sie anzutreiben. Tolkatschenko und Erkel liefen sogleich, sich nun wieder besinnend, in die Grotte und brachten schnell zwei Steine herbei, jeder etwa zwanzig Pfund schwer, die sie schon am Morgen dort versteckt und vorbereitet, das heißt, fest und haltbar mit Stricken umbunden hatten. Da vorgesehen war, den Leichnam im nächsten (dem dritten) Teich zu versenken, so mußten ihm diese Steine an den Hals und an die Füße gebunden werden. Das Anbinden besorgte Pjotr Stepanowitsch, Tolkatschenko und Erkel hielten sie nur und reichten sie ihm, einer nach dem anderen, hin. Erkel gab ihm seinen Stein zuerst, und während Pjotr Stepanowitsch murrend und schimpfend die Füße des Leichnams mit einem Strick zusammenschnürte und an ihnen den ersten Stein anband, hielt Tolkatschenko seinen schweren Stein diese ganze ziemlich lange Zeit über an den Schnüren senkrecht in der Luft, wobei er sich mit dem ganzen Oberkörper stark und fast wie ehrerbietig nach vorn beugte, um ihn auf den ersten Wink unverzüglich hinreichen zu können, und verfiel überhaupt nicht darauf, die schwere Last inzwischen auf die Erde zu setzen. Als endlich beide Steine angebunden waren und Pjotr Stepanowitsch sich aus seiner Hockstellung erhob und aufrichtete, um zunächst die Gesichter der Anwesenden zu überprüfen, da trug sich auf einmal etwas ganz Sonderbares zu, etwas, was niemand erwartet hätte und was nun alle in Verwunderung versetzte.

Wie schon erwähnt, standen, außer Tolkatschenko und

Erkel, die übrigen alle nur da und taten nichts. Wirginskij war, als die anderen sich auf Schatoff gestürzt hatten, wohl auch herbeigelaufen, hatte aber Schatoff nicht angerührt und auch nicht geholfen, ihn festzuhalten. Lämschin war aber erst nach dem Schuß unter den anderen aufgetaucht. Danach waren sie alle während der ganzen Schererei mit dem Leichnam, die wohl gute zehn Minuten in Anspruch nahm, nur dabei gewesen, aber als hätten sie einen Teil ihres Bewußtseins eingebüßt. Sie standen beieinander am Leichnam und schienen – noch vor jeder Unruhe und Aufregung – zunächst gleichsam nichts weiter als einzig Verwunderung zu empfinden. Liputin stand ganz vorn, dicht bei dem Leichnam. Wirginskij stand hinter ihm und schaute ihm über die Schulter mit einer eigentümlichen Art von Neugier und wie aus ihm nebensächlichem Interesse, und dabei hob er sich sogar auf die Fußspitzen, um besser sehen zu können. Lämschin aber versteckte sich hinter Wirginskij und lugte nur selten und furchtsam hinter diesem hervor, worauf er sich dann gleich wieder versteckte. Als nun die Steine angebunden waren und Pjotr Stepanowitsch sich aufrichtete, begann Wirginskij auf einmal am ganzen Körper zu zittern, schlug die Hände zusammen und rief kummervoll mit lauter Stimme:

»Das ist doch nicht das, nicht das! Nein, das ist doch überhaupt nicht das!«

Er hätte vielleicht noch etwas hinzugefügt zu seinem so verspäteten Ausruf, aber Lämschin ließ ihn nicht dazu kommen: plötzlich umklammerte er ihn von hinten und preßte und quetschte ihn aus aller Kraft zusammen und schrie dabei gellend mit einer ganz unwahrscheinlichen Stimme. Es kommt vor, daß ein Mensch zum Beispiel im Augenblick eines heftigen Erschreckens plötzlich wie nicht mit seiner eigenen Stimme aufschreit, sondern mit einer, deren Vorhandensein man in ihm nie für möglich gehalten hätte, und das kann mitunter sogar sehr unheimlich sein. Lämschin schrie nicht mit einer menschlichen, sondern wie mit einer tierischen Stimme. Wie in einem krampfartigen Anfall umklammerte er Wirginskij mit seinen Armen von hinten her und quetschte ihn mit aller Gewalt immer noch mehr zusammen, schrie ohne Unterlaß, schrie ohne Atem zu schöpfen, schrie immer nur ein und denselben Ton, während ihm die Augen hervorquollen und der Mund unvorstellbar weit aufgerissen blieb, und dazu trampelte er mit den Beinen so zitterschnell, als hätte er mit ihnen einen Trommelwirbel auf dem Erdboden schlagen wollen. Wirginskij erschrak dermaßen, daß er selbst sofort wie ein Wahnsinniger losschrie und sich mit einer so grimmigen Wut, wie man sie einem Wirginskj nie im Leben zugetraut hätte, aus Lämschins Umklammerung zu befreien suchte, ihn nach hinten zurückstieß, auf ihn einschlug und ihn kratzte, so weit er mit den Armen nach rückwärts nur langen konnte. Erkel kam ihm zu Hilfe, und diesem gelang es schließlich, Lämschin von ihm loszureißen. Doch kaum war Wirginskij entsetzt gleich auf zehn Schritte weggesprungen, da stürzte sich Lämschin, der nun Pjotr Stepanowitsch vor sich erblickte, plötzlich mit neuem Gekreisch auf diesen, stolperte jedoch über die vor dessen Füßen liegende Leiche und riß Pjotr Stepanowitsch im Fall mit sich zu Boden. Er umklammerte ihn aber so fest und drückte seinen Kopf so krampfhaft an dessen Brust, daß weder Pjotr Stepanowitsch selbst, noch Tolkatschenko und Liputin ihn gleich wegreißen konnten. Pjotr Stepanowitsch schrie, fluchte, schlug ihn mit den Fäusten auf den Kopf; endlich gelang es ihm irgendwie, sich zu befreien; im Augenblick riß er seinen Revolver hervor und richtete ihn gerade auf den offenen Mund des immer noch schreienden Lämschin, den nun schon Tolkatschenko, Erkel und Liputin an den Armen festhielten; aber Lämschin schrie immer weiter, selbst trotz des auf ihn gerichteten Revolvers. Bis schließlich Erkel, der schnell sein Taschentuch zusammengeballt hatte, ihm dieses geschickt in den Rachen schleuderte, so daß das Geschrei ganz von selbst abbrach. Tolkatschenko band ihm sofort mit einem übriggebliebenen Stück von den Stricken die Hände zusammen.

»Das ist doch sehr sonderbar«, sagte Pjotr Stepanowitsch,

der in beunruhigter Verwunderung den Verrücktgewordenen betrachtete.

Er war sichtlich betroffen.

»Ich hatte ihn ganz anders eingeschätzt«, fügte er nachdenklich hinzu.

Vorläufig übergab man ihn Erkel. Man mußte sich mit der Fortschaffung der Leiche beeilen: es war so viel geschrien worden, daß es doch jemand gehört haben konnte. Tolkatschenko und Pjotr Stepanowitsch nahmen die Laternen und hoben den Leichnam an den Schultern auf, Liputin und Wirginskij faßten ihn an den Beinen, und so wurde er dann getragen. Mit den beiden Steinen war die Last sehr schwer, die Entfernung aber betrug über zweihundert Schritte. Der Stärkste von ihnen war Tolkatschenko. Er gab wohl den Rat, Schritt zu halten, aber niemand antwortete ihm, und so ging man denn, wie es sich gerade traf. Pjotr Stepanowitsch ging rechts und trug, ganz niedergebeugt, auf seiner Schulter den Kopf des Toten, wobei er noch mit der linken Hand den Stein von unten hielt. Da Tolkatschenko während der ganzen ersten Hälfte des Weges nicht darauf verfiel, den Stein gleichfalls zu stützen, so schrie ihm Pjotr Stepanowitsch dies schließlich mit einem Schimpfwort zu. Der Anschrei war kurz und einmalig; schweigend trugen sie weiter; und man war fast schon am Teich angelangt, als plötzlich Wirginskij, der unter der Last ganz tief gebeugt und wie völlig erschöpft von ihrer Schwere ging, wieder mit lauter, aber nun schon schluchzender Stimme ausrief:

»Das ist ja nicht das, nein, nein, das ist ja gar nicht das!«

Die Stelle, wo dieser dritte, ziemlich große Teich aufhört, zu dem man den Toten trug, war die einsamste und abgelegenste des ganzen Parks, wohin kaum je ein Mensch kam, besonders nicht um diese späte Jahreszeit. Der Teich ist dort am Ufer vergrast. Sie stellten die Laternen nieder, schwenkten die Leiche einmal hin und her und warfen sie ins Wasser. Ein dumpfhohler Laut erscholl und klang lange nach. Pjotr Stepanowitsch hob die Laterne in die Höhe und alle reckten neugierig die Hälse, um zu sehen, wie der Körper versank, aber es war schon nichts mehr zu sehen: die Leiche mit den beiden Steinen war sogleich untergegangen. Die dicken Wellenringe, die sich über die Oberfläche des Teiches ausbreiteten, erstarben bald. Die Tat war vollbracht.

»Meine Herren«, wandte sich Pjotr Stepanowitsch an alle, »jetzt werden wir auseinandergehen. Zweifellos müssen Sie nunmehr jenen freien Stolz empfinden, der mit der Erfüllung einer freien Pflicht verknüpft ist. Sollten Sie vielleicht bedauerlicherweise für solche Gefühle momentan zu erregt sein, so werden Sie sie zweifellos morgen empfinden, wenn es schon eine Schande wäre, sie nicht zu empfinden. Die schmähliche Aufregung Lämschins will ich als eine Art Fieberdelirium auffassen, zumal er ja tatsächlich seit dem Morgen krank sein soll. Ihnen aber, Wirginskij, wird schon der erste Augenblick freien Nachdenkens beweisen, daß man im Interesse der allgemeinen Sache unmöglich auf ein Ehrenwort eingehen konnte, sondern einzig und allein so handeln mußte, wie wir es getan haben. Die Zukunft wird Ihnen zeigen, daß Schatoffs Denunziation von ihm schon vorbereitet war. Ich bin bereit, auch Ihre Ausrufe zu vergessen. Eine Gefahr für uns ist vorerst nicht vorauszusehen. Es wird niemandem einfallen, irgendeinen von Ihnen zu verdächtigen, vorausgesetzt natürlich, daß Sie sich zu benehmen wissen. So hängt denn die Hauptsache ganz von Ihnen ab und von Ihrer Überzeugung, richtig gehandelt zu haben – eine Überzeugung, die, wie ich hoffe, sich schon morgen in Ihnen befestigen wird. Eben darum – unter anderem – haben Sie sich ja auch zu einer geschlossenen Organisation, zu einem freien Bund Gleichgesinnter zusammengetan, um für die gemeinsame Sache im gegebenen Moment die Energie miteinander zu teilen, und, wenn es nötig ist, einer den anderen zu beobachten und zu überwachen. Jeder von Ihnen ist zu einer geistigen Rechenschaft verpflichtet. Sie sind dazu berufen, ein altersschwaches und im Stillstand langsam zu stinken anfangendes Dasein zu erneuern. Das sollen Sie stets zu Ihrer Aufmunterung vor Augen haben. Ihre ganze Aufgabe besteht vorläufig nur darin, darauf hinzuwirken, daß alles zusammenstürzt, sowohl der Staat als auch seine Moral. Übrigbleiben werden nur wir, die wir uns schon dazu vorbestimmt und vorbereitet haben, die Macht in unsere Hände zu nehmen. Die Klugen ziehen wir zu uns herüber, und auf den Dummen reiten wir. Das braucht Sie nicht verlegen zu machen. Im übrigen muß man die ganze junge Generation erst einmal anders erziehen, um sie der Freiheit würdig zu machen. Noch viele Tausend Schatoffs stehen uns bevor. Wir organisieren uns, um die ganze Richtung in die Hand zu bekommen; da wäre es dumm, alles, was müßig daliegt und das Maul aufsperrt, nicht mitzunehmen. Ich begebe mich jetzt sofort zu Kirilloff, und zum Morgen hin werde ich von ihm besagtes Dokument erhalten, in dem er vor dem Tode in einer an die Regierung gerichteten Erklärung alles auf sich nimmt. Nichts kann wahrscheinlicher sein als diese Kombination. Erstens stand er mit Schatoff auf feindschaftlichem Fuß: sie haben zusammen in Amerika gelebt, also haben sie Zeit gehabt, sich zu überwerfen. Man weiß, daß Schatoff seine Überzeugungen geändert hat; folglich ist ihre Feindschaft wegen dieser Überzeugungen entstanden. Hierzu käme noch die Furcht vor einer Denunziation. Das wird auch alles so geschrieben werden. Zum Schluß wird noch erwähnt, daß Fedjka in Kirilloffs Wohnung geschlafen hat. Das alles wird jeden Verdacht von Ihnen entfernen, denn es wird die Schafsköpfe auf eine ganz andere Spur hetzen. Morgen, meine Herren, werden wir uns nicht sehen: ich muß auf ganz kurze Zeit in den nächsten Kreis fahren. Aber übermorgen werden sie meine weiteren Mitteilungen erhalten. Ich möchte Ihnen eigentlich raten, morgen zu Hause zu bleiben. Jetzt aber gehen wir alle je zwei zusammen auf verschiedenen Wegen zurück. Sie, Tolkatschénko, bitte ich, sich Lämschins anzunehmen und ihn nach Hause zu bringen. Sie können ihm alles auseinandersetzen und ihm vor allen Dingen erklären, daß er mit seinem

Kleinmut in erster Linie sich selbst schadet. Ihrem Schwager Schigaljoff, Herr Wirginskij, ganz wie auch Ihnen, will ich nicht mißtrauen. Er wird nicht denunzieren. Es bleibt nur, sein Verhalten zu bedauern. Übrigens hat er ja noch nicht gesagt, daß er aus dem Verbande austreten wolle. Das letzte Wort ist also noch nicht gesprochen. Doch jetzt schnell, meine Herren; wenn jene auch Schafsköpfe sind, so kann doch Vorsicht immerhin nicht schaden ...«

Wirginskij ging mit Erkel in die Stadt zurück. Letzterer trat noch, bevor er Lämschin Tolkatschénko übergab, mit diesem zu Pjotr Stepanowitsch und sagte, daß Lämschin sich besonnen habe, bereue, um Verzeihung bitte und sogar selbst nicht mehr wisse, was eigentlich vorhin mit ihm geschehen sei. Pjotr Stepanowitsch ging allein fort: er wählte den längsten Weg, auf der anderen Seite der Teiche, am Rande des Parks entlang. Zu seiner Verwunderung kam ihm, als er schon die Hälfte des Weges zurückgelegt hatte, plötzlich Liputin nachgerannt.

»Pjotr Stepanowitsch, aber Lämschin wird doch denunzieren!«

»Nein, er wird zur Besinnung kommen und sich sagen, daß er dann als erster nach Sibirien käme. Jetzt wird niemand mehr denunzieren. Auch Sie nicht.«

»Aber Sie?«

»Zweifellos werde ich Sie alle verschwinden lassen, sobald Sie sich nur einfallen ließen, etwas verraten zu wollen, und das wissen Sie. Aber Sie werden nicht denunzieren. Sind Sie mir deshalb zwei Werst nachgelaufen?«

»Pjotr Stepanowitsch, Pjotr Stepanowitsch, aber wir werden uns doch vielleicht nie mehr sehen!«

»Wie kommen Sie darauf?«

»Sagen Sie mir nur eines!«

»Nun, was denn? Übrigens wünsche ich, daß Sie sich packen.«

»Nur eine einzige Antwort, aber daß sie auch richtig sei: sind wir die einzige „Fünf" auf der Welt, oder ist es wirklich wahr, daß es einige Hundert solcher „Fünfer"-Gruppen gibt? Ich frage von geistiger Warte aus, Pjotr Stepanowitsch!«

»Das sehe ich schon Ihrem Außersichsein an. Aber wissen Sie auch, daß Sie noch weit gefährlicher sind als Lämschin?«

»Ich weiß, ich weiß, aber – die Antwort, Ihre Antwort!«

»Sie dummer Mensch! Jetzt könnte es Ihnen, denke ich, doch schon ganz gleichgültig sein, ob es eine oder tausend sind.«

»Also *eine* einzige! Ich wußte es ja!« rief Liputin. »Ich habe es ja die ganze Zeit gewußt, daß es nur eine ist, die ganze Zeit ...«

Und ohne eine andere Antwort abzuwarten, kehrte er um und verschwand schnell in der Dunkelheit.

Pjotr Stepanowitsch dachte ein wenig nach.

»Nein, keiner wird denunzieren«, murmelte er dann überzeugt vor sich hin, »aber die „Fünf" muß eine Gruppe bleiben und gehorchen, oder ich werde sie ... Aber schließlich, was sind das doch für Jämmerlinge!«

II

Werchowenskij ging zuerst zu sich nach Hause und packte sorgfältig, ohne sich im geringsten zu beeilen, seinen Reisekoffer. Um sechs Uhr morgens ging ein Sonderzug. Dieser frühe Sonderzug fuhr nur einmal in der Woche und war erst kürzlich eingesetzt worden, zunächst nur probeweise. Pjotr Stepanowitsch hatte den „Unsrigen" zwar gesagt, er werde nur auf kurze Zeit in den nächsten Kreis fahren, aber, wie sich später herausstellen sollte, hatte er doch ganz andere Absichten. Als er mit dem Einpacken fertig war, rechnete er mit seiner Wirtin ab, die von ihm schon vorher benachrichtigt worden war, und fuhr dann mit einer Droschke zu Erkel, der nicht weit vom Bahnhof wohnte. Und dann erst, gegen ein Uhr nachts, begab er sich zu Kirilloff, und zwar wieder über Fedjkas geheimen Schlupfweg durch den Zaun.

Pjotr Stepanowitschs Stimmung war schauderhaft. Abgesehen von verschiedenen anderen, für ihn sehr wichtigen Unannehmlichkeiten (er hatte noch immer nichts über Stawrogin erfahren können), soll er, wie verlautet, noch im Laufe des Tages von irgendwoher (am wahrscheinlichsten wohl aus Petersburg) eine geheime Mitteilung erhalten haben, nach der ihm schon in nächster Zeit eine gewisse Gefahr drohe.

Natürlich erzählt man sich jetzt bei uns viele Geschichten und Einzelheiten über diese ganze Zeit, doch wieviel mag davon wahr sein? Das Nähere werden wohl nur die wissen, die sich von Amts wegen mit der ganzen Angelegenheit beschäftigen mußten. Ich für meinen Teil nehme denn auch nur nach meinen eigenen Erwägungen an, daß Pjotr Stepanowitsch außer in unserer Stadt noch andere Verbindungen hat haben können, und in dem Fall ist es allerdings sehr leicht möglich, daß man ihm jetzt auf der Spur war. Ja, ich bin sogar trotz des zynischen und schrecklichen Zweifels selbst in Liputin überzeugt, daß Pjotr Stepanowitsch noch zwei, drei andere „Fünfer"-Gruppen gegründet hatte, zum Beispiel in den beiden Hauptstädten; oder wenn es auch vielleicht nicht durchweg „Fünfer"-Gruppen waren, so konnte er doch geheime Verbindungen und Beziehungen zu allen möglichen Menschen unterhalten haben, vielleicht sogar überaus kuriose. Nicht später als drei Tage nach seiner Abreise erhielt unsere Stadtobrigkeit aus Petersburg denn auch tatsächlich den Befehl, ihn zu verhaften: für welche Vergehen, ob für die bei uns begangenen oder andere – das weiß ich nicht. Dieser Befehl traf hier gerade im richtigen Augenblick ein, um den peinlichen Eindruck einer nahezu mystischen Angst zu verstärken, die plötzlich unsere Obrigkeit sowohl als unsere bisher so hartnäckig leichtsinnige Gesellschaft ergriff, als mit einemmal die geheimnisvolle und bedeutsame Ermordung des Studenten Schatoff und dazu noch die sie begleitenden so rätselhaften Umstände bekannt wurden, – dieser Mord, der das Maß der bei uns begangenen Unverantwortlichkeiten mit einem Schlage voll machte. Aber der Befehl kam zu spät: Pjotr Stepanowitsch befand sich in dem Augenblick bereits in Petersburg, natürlich unter fremdem Namen, und nachdem er Wind davon bekommen, um was es sich handelte, entwischte er im Nu ins Ausland ... Übrigens habe ich hiermit doch schon gar zu weit vorgegriffen.

Als Werchowenskij bei Kirilloff eintrat, sah er böse und zanksüchtig aus: es war, als ob er Kirilloff außer der Hauptsache noch ganz persönlich etwas antun, seinen Ärger an ihm auslassen oder sich an ihm für irgend etwas noch ganz besonders rächen wollte.

Kirilloff war über sein Erscheinen gleichsam erfreut; man sah, daß er schon furchtbar lange und in qualvoller Spannung auf ihn gewartet hatte. Sein Gesicht war blasser als gewöhnlich, der Blick der dunklen Augen starr und unbeweglich.

»Ich dachte schon, Sie kommen nicht«, sagte er mit schleppender Stimme von der Sofaecke aus, in der er übrigens sitzenblieb, ohne seinen Gast zu begrüßen.

Pjotr Stepanowitsch blieb vor ihm stehen und musterte zunächst, bevor er ein Wort sprach, prüfend Kirilloffs Gesicht.

»Also alles in Ordnung und wir treten von unserem Vorhaben nicht zurück, das ist brav!« sagte er mit beleidigend gönnerhaftem Lächeln. »Nun, und daß ich etwas spät gekommen bin«, fügte er mit gemeiner Scherzhaftigkeit hinzu, »darüber hätten Sie sich ja nicht zu beklagen: ich habe Ihnen doch somit drei Stunden geschenkt.«

»Ich will von Ihnen gar keine überflüssigen Stunden geschenkt haben, und überhaupt kannst du mir nichts schenken ... Dummkopf!«

»Was?« Pjotr Stepanowitsch wollte schon auffahren, beherrschte sich aber sofort. »Das ist mir mal eine Empfindlichkeit! Ach so, wir sind wohl aufgebracht?« fragte er scharf, immer noch mit demselben beleidigenden Hochmut. »In so einem Augenblick wäre Ruhe mehr am Platz. Am besten wäre es aber, sich für Kolumbus zu halten und auf mich wie auf eine Maus, die einen überhaupt nicht beleidigen kann, herabzusehen. Das habe ich Ihnen schon gestern empfohlen.«

»Ich will nicht auf dich wie auf eine Maus sehen.«

»Was soll das? – ein Kompliment? ... Hm, auch der Tee ist kalt – also alles drunter und drüber. Nein, das sieht mir hier nach Unzuverlässigkeit aus. Ah! aber was sehe ich denn dort auf dem Fensterbrett?« (Er ging hin.) »Wahrhaftig – ein gekochtes Huhn mit Reis! ... Warum ist es bis jetzt noch nicht angeschnitten? Wir befanden uns also in einer Gemütsverfassung, die selbst ein Huhn ...«

»Ich habe gegessen, und das ist nicht Ihre Sache. Schweigen Sie!«

»Oh, natürlich, und zudem ist das an sich ja auch ganz gleichgültig. Bloß mir ist es jetzt nicht gleichgültig, denn, denken Sie sich, ich habe heute so gut wie gar nicht zu Mittag gespeist und darum, wenn jetzt dieses Huhn, wie ich annehme, nicht mehr nötig ist – wie?«

»Essen Sie, wenn Sie können.«

»Ei, danke, und dann nachher noch Tee.«

Er setzte sich geschwind an den Tisch, am anderen Ende des Sofas, und machte sich mit ungewöhnlicher Gier ans Essen; doch gleichzeitig beobachtete er jeden Augenblick sein Opfer. Kirilloff sah ihm mit bösem Widerwillen regungslos zu, wie außerstande, seinen Blick von ihm loszureißen.

»Einstweilen« – Pjotr Stepanowitsch sah plötzlich auf, fuhr aber fort zu essen – »wie steht es denn damit? Also, wir treten nicht zurück, wie? Und das Schreiben?«

»Ich habe in dieser Nacht festgestellt, daß es mir einerlei ist. Werde schreiben. Die Proklamationen?«

»Ja, auch die Proklamationen. Übrigens, ich werde Ihnen diktieren. Ihnen ist es doch ganz gleich. Könnte denn der Inhalt Sie in diesem Augenblick wirklich noch beunruhigen?«

»Das geht dich nichts an.«

»Natürlich nicht. Übrigens ... im ganzen nur ein paar Zeilen: daß Sie mit Schatoff die Proklamationen verbreitet haben, unter anderem auch mit Fedjkas Beihilfe, der sich hier in Ihrer Wohnung verborgen hat. Dieser letzte Punkt über Fedjka und die Wohnung ist sehr wichtig, sogar der allerwichtigste. Sehen Sie, ich bin ganz aufrichtig zu Ihnen.«

»Mit Schatoff? Warum mit Schatoff? Um keinen Preis schreibe ich etwas über Schatoff.«

»Das fehlte noch, was macht Ihnen denn das aus? Schaden können Sie ihm ja doch nicht mehr.«

»Seine Frau ist zu ihm gekommen. Sie wachte auf und schickte zu mir fragen, wo er ist?«

»Sie hat zu Ihnen geschickt, um zu erfahren, wo er ist? Hm... das ist nicht... Dann könnte sie ja wieder schicken ... Hören Sie, niemand darf erfahren, daß ich hier bin...«

Pjotr Stepanowitsch wurde unruhig.

»Sie wird nichts erfahren, schläft wieder. Die Hebamme ist bei ihr, Arina Wirginskaja.«

»Schön, schön, und... sie wird es auch nicht hören, denke ich? Wissen Sie, wäre es nicht besser, die Haustür abzuschließen?«

»Wird nichts hören. Und wenn Schatoff kommt, verstecke ich Sie ins andere Zimmer.«

»Schatoff wird nicht kommen; und Sie werden schreiben, daß Sie sich mit ihm wegen Verrats und geplanter Denunziation überworfen haben... heute abend... und die Ursache seines Todes sind.«

»Er ist tot!« stieß Kirilloff aufspringend hervor.

»Heute gegen acht Uhr abends, oder richtiger, gestern gegen acht Uhr abends, denn jetzt ist es ja schon ein Uhr.«

»Du hast ihn ermordet!... Und ich habe das gestern vorausgesehn!«

»Wäre auch was gewesen, das nicht vorauszusehen! Hier, sehen Sie, mit diesem Revolver!« (Er zog seinen Revolver aus der Tasche, anscheinend nur um ihn zu zeigen, aber er steckte ihn nicht wieder zurück in die Tasche, sondern behielt ihn in der rechten Hand, wie in Bereitschaft.) »Sie sind doch ein sonderbarer Mensch, Kirilloff, Sie wußten ja schon längst, daß es mit diesem dummen Kerl gerade ein solches Ende nehmen mußte. Was ist denn hier noch vorauszusehen? Ich habe es Ihnen schon mehrmals förmlich in den Mund gelegt. Schatoff bereitete eine Anzeige vor: ich beobachtete ihn; man konnte ihn auf keine Weise so lassen. Ja, und auch Sie hatten doch den Auftrag, auf ihn aufzupassen: Sie haben mir doch selbst noch vor drei Wochen ...«

»Schweig! Das hast du ihm dafür, daß er dir in Genf ins Gesicht gespuckt hat!«

»Auch dafür, und auch noch für anderes. Für vieles andere; übrigens ohne jede Bosheit meinerseits. Warum da aufspringen? Wozu Posen annehmen? Oho! Also so sind wir!«

Er sprang auf und erhob seinen Revolver. Kirilloff hatte nämlich seinen Revolver, der schon seit dem Morgen geladen war, vom Fensterbrett genommen. Pjotr Stepanowitsch stellte sich in Positur und zielte auf Kirilloff. Der lachte höhnisch auf:

»Gesteh nur, Schurke, du hast deinen Revolver nur darum hervorgeholt, weil du dachtest, daß ich dich erschieße... Aber ich werde dich nicht erschießen... obgleich... obgleich...«

Und wieder erhob er seinen Revolver und zielte auf Pjotr Stepanowitsch, wie außerstande, auf das Vergnügen zu verzichten: sich vorzustellen, wie das wäre, wenn er Pjotr Stepanowitsch jetzt mit einem Schuß niederstrecken würde. Pjotr Stepanowitsch wartete immer noch in Positur, wartete bis zum letzten Augenblick, wartete mit gespanntem Hahn, wobei er doch riskierte, selbst zuerst eine Kugel in die Stirn zu bekommen: diesem »Maniak«, wie er Kirilloff kurzweg nannte, war alles zuzutrauen. Aber dieser »Maniak« ließ schließlich die Hand sinken, atemlos und zitternd und unfähig zu sprechen.

»Sie haben gespielt, nun und jetzt ist es genug«, sagte Pjotr Stepanowitsch und senkte gleichfalls seinen Revolver. »Ich wußte es ja, daß Sie nur spielten. Nur, wissen Sie, Sie riskierten doch viel: ich hätte abdrücken können.«

Und er setzte sich ziemlich ruhig wieder auf das Sofa und goß sich – übrigens doch mit ein wenig zitternder Hand – Tee ein. Kirilloff legte den Revolver auf den Tisch und begann im Zimmer auf und ab zu gehen.

»Ich werde nicht schreiben, daß ich Schatoff getötet habe, und ... ich werde jetzt überhaupt nichts schreiben. Es wird kein Schreiben geben!«

»Nicht?«

»Nein.«

»Welch eine Gemeinheit und was für eine Dummheit!« Pjotr Stepanowitsch wurde vor Wut ganz fahl im Gesicht. »Aber ich habe ja schon so etwas geahnt. Wissen Sie auch, daß ich mich nicht überrumpeln lasse! Aber – wie Sie wollen! Wenn ich Sie mit Gewalt zwingen könnte, so würde ich es tun. Sie sind übrigens ein Schuft«, – er verlor immer mehr seine Selbstbeherrschung –, »Sie haben sich damals von uns Geld geliehen und uns dafür Langes und Breites versprochen ... Nur werde ich Sie doch nicht ganz ohne Resultat verlassen, werde wenigstens sehen, wie Sie sich jetzt selbst die Kugel durch den Kopf jagen.«

»Ich will, daß du jetzt sofort hinausgehst.« Kirilloff blieb entschlossen vor ihm stehen.

»Nein, das tue ich auf keinen Fall«, lehnte Pjotr Stepanowitsch ab und ergriff wieder seinen Revolver. »Jetzt kann Ihnen ja aus Wut und Bosheit einfallen, alles aufzuschieben und morgen noch hinzugehen und zu denunzieren, um wieder Geld zu erhalten: dafür wird doch gezahlt. Hol' Sie der Teufel, solche Kerle wie Sie sind zu allem fähig! Aber beunruhigen Sie sich nicht, ich habe alles vorgesehen: ich werde nicht eher fortgehen, als bis ich Ihnen mit diesem Revolver gleichfalls den Schädel zerschmettert habe, wie dem Schuft Schatoff. Wenn Sie selbst zu feige werden und es aufschieben wollen! Hol Sie der Teufel!«

»Du willst wohl unbedingt auch mein Blut sehen?«

»Nicht aus Bosheit, begreifen Sie das doch; mir persönlich ist's doch gleichgültig. Ich will es nur, um für unsere Sache ruhig sein zu können. Daß man sich auf einen Menschen nicht verlassen kann, sehen Sie doch selbst. Ich verstehe nichts davon, was Sie da ... – ich meine, warum Sie sich umbringen wollen. Nicht ich habe diese Phantasie für Sie ausgedacht, sondern Sie selbst, und mitgeteilt haben Sie Ihre Ideen zuerst nicht mir, sondern den anderen ausländischen Gliedern. Und vergessen Sie nicht, daß niemand es aus Ihnen herausgezogen hat, es kannte Sie ja auch niemand, sondern Sie selbst sind gekommen und haben Ihre Gedanken mitgeteilt – aus Sentimentalität wahrscheinlich. Wer ist jetzt daran schuld, wenn damals daraufhin ein Plan für gewisse Taten hier in der Stadt entworfen wurde, und die Hauptsache: mit Ihrer Einwilligung und auf Ihren Vorschlag hin (vergessen Sie das nicht: auf Ihren Vorschlag hin!). Schon deshalb denke ich, daß Sie die Sache jetzt nicht mehr im Stich lassen dürfen. Sie haben sich so benommen, daß Sie schon zuviel wissen. Wenn Sie nun Furcht bekommen haben und morgen hingehen, um zu denunzieren, wird das für uns dann vorteilhaft sein, oder nicht, was meinen Sie? Nein, Sie haben sich verpflichtet, haben Ihr Wort gegeben, haben Geld genommen. Das können Sie alles unmöglich leugnen.«

Pjotr Stepanowitsch ereiferte sich mächtig, aber Kirilloff hörte ihm schon längst nicht mehr zu, sondern schritt wieder in Gedanken versunken auf und ab.

»Schatoff tut mir leid«, sagte er endlich und blieb wieder vor Pjotr Stepanowitsch stehen.

»Aber mir tut er ja auch lei ...«

»Schweig, Schurke!« brüllte Kirilloff wild auf und machte eine furchtbare und unzweideutige Bewegung. »Ich schlage dich tot!«

»Nun, nun, nun, schon gut, ich habe gelogen; ich gebe selber zu, es tut mir um ihn nicht ein bißchen leid; nun, schon gut!« Pjotr Stepanowitsch war vorsichtshalber aufgesprungen und hielt den Arm wie zum Schutz erhoben.

Kirilloff wandte sich plötzlich still von ihm ab und begann von neuem durch das Zimmer zu schreiten.

»Ich werde es nicht aufschieben; gerade jetzt will ich mich umbringen: alle sind solche Schufte!«

»Nun, sehen Sie, das ist doch ein Gedanke! Selbstverständlich sind alle Schufte, und da es einen anständigen Menschen auf der Welt anekelt, so ...«

»Dummkopf, ich bin genau so ein Schuft wie du, wie alle, aber kein anständiger. Einen anständigen hat es noch nirgendwo gegeben.«

»Na, endlich also erraten! Haben Sie denn wirklich bis jetzt noch nicht begriffen, Kirilloff, Sie mit Ihrem Verstande, daß alle ein und dieselben sind, daß es weder bessere noch schlechtere Menschen gibt, sondern nur klügere und dümmere, und daß, wenn alle Schufte sind (was, nebenbei bemerkt, Unsinn ist), folglich niemand ein Nichtschuft zu sein braucht?«

»Ah! Und du lachst wirklich nicht?« fragte ihn Kirilloff mit einer gewissen Verwunderung. »Du sprichst mit Eifer und einfach ... Haben denn auch solche wie du Überzeugungen?«

»Kirilloff, ich habe nie verstehen können, warum Sie sich töten wollen. Ich weiß nur, daß Sie es aus Überzeugung ... aus fester Überzeugung wollen. Aber wenn Sie das Bedürfnis fühlen, sich sozusagen auszusprechen, so stehe ich zu Ihrer Verfügung ... Nur muß man die Zeit im Auge behalten ...«

»Wie spät ist es denn?«

»Oho, Punkt zwei«, sagte Pjotr Stepanowitsch, nach einem Blick auf seine Uhr, und er zündete sich eine Zigarette an.

‚Ich glaube, ich werde doch noch mit ihm übereinkommen können', dachte er bei sich.

»Ich habe dir nichts zu sagen«, brummte Kirilloff.

»Ich erinnere mich noch, daß da irgend etwas von Gott dabei war ... Sie haben es mir doch einmal erklärt, oder sogar zweimal ... Wenn Sie sich erschießen, so werden Sie Gott, so war es doch, wenn ich mich nicht täusche?«

»Ja, ich werde Gott.«

Pjotr Stepanowitsch lächelte nicht einmal, er wartete; Kirilloff fixierte ihn mit einem subtilen Blick.

»Sie sind ein politischer Betrüger und Intrigant, Sie wollen mich auf die Philosophie hinüberleiten und in Begeisterung bringen, und eine Versöhnung mit mir machen, um den Ärger zu vertreiben, und wenn ich mich versöhne, dann den Brief erbitten, daß ich Schatoff getötet habe.«

Pjotr Stepanowitsch antwortete mit fast natürlicher Offenherzigkeit.

»Nun, mag ich das auch gedacht haben. Nur – ist Ihnen denn das in diesen letzten Augenblicken nicht ganz gleichgültig, Kirilloff? Worüber zanken wir uns überhaupt, sagen Sie doch bitte selbst: Sie sind solch ein Mensch, und ich bin wieder solch ein Mensch, nun, und was liegt denn daran? Und beide noch dazu ...«

»Schufte.«

»Gut, meinetwegen auch Schufte. Sie wissen doch, daß das nur Worte sind.«

»Ich habe mein ganzes Leben lang nicht gewollt, daß es nur Worte sind. Ich habe auch nur deswegen gelebt, weil ich das immer nicht wollte. Ich will auch jetzt jeden Tag, daß es nicht nur Worte sind.«

»Nun ja, ein jeder sucht, wo er es besser hätte. Ein Fisch ... das heißt, ein jeder sucht den ihm zusagenden Komfort; und das ist alles. Außerordentlich lange schon bekannt.«

»Komfort, sagst du?«

»Ach, lohnt es sich denn, sich um Worte zu streiten?«

»Nein, das hast du gut gesagt; meinetwegen: Komfort. Gott ist unentbehrlich und darum muß er sein.«

»Nun, schön.«

»Aber ich weiß, daß es ihn nicht gibt und nicht geben kann.«

»Das ist schon richtiger.«

»Begreifst du denn wirklich nicht, daß ein Mensch mit zwei solchen Gedanken nicht leben bleiben kann?«

»Sich also erschießen muß?«

»Begreifst du denn wirklich nicht, daß man sich schon allein deswegen erschießen kann? Du kannst es nicht begreifen, daß solch ein Mensch sein kann, ein einziger Mensch von allen euren tausend Millionen, einer, der nicht will und es nicht erträgt.«

»Ich verstehe nur, daß Sie, wie's scheint, schwanken ... Das aber ist sehr schlimm.«

»Auch Stawrogin ist von einer Idee verschlungen«, sagte Kirilloff, die Bemerkung überhörend, und schritt finster durch das Zimmer.

»Wie?« Pjotr Stepanowitsch spitzte die Ohren, »von was für einer Idee? Hat er Ihnen selbst irgend etwas gesagt?«

»Nein, ich habe selbst erraten: Stawrogin, wenn er glaubt, so glaubt er nicht, daß er glaubt. Wenn er aber nicht glaubt, so glaubt er nicht, daß er nicht glaubt.«

»Nun, Stawrogin hat noch etwas Anderes, etwas Gescheiteres als das ...«, brummte Pjotr Stepanowitsch streitsüchtig, während er beunruhigt die neue Wendung des Gesprächs verfolgte und den blassen Kirilloff beobachtete.

‚Zum Teufel, scheint sich doch nicht erschießen zu wollen', dachte Pjotr Stepanowitsch bei sich; ‚hab's ja immer schon so kommen sehen; es war nur die Ausflucht eines verrannten Gehirns und nichts weiter. So ein Lumpenpack, diese Kerls, wahrhaftig!'

»Du bist der Letzte, der bei mir ist: ich möchte nicht im bösen von dir scheiden«, sagte Kiriloff auf einmal vertrauensvoll, wie in einer Stimmung des Schenkenwollens.

Pjotr Stepanowitsch antwortete nicht sofort. ‚Der Teufel werd' draus klug, was das nun wieder bedeuten soll?' dachte er von neuem.

»Glauben Sie mir, Kirilloff, ich habe persönlich nie etwas gegen Sie gehabt, als Menschen, und ich habe immer ...«

»Du bist ein Schuft und bist ein Pseudoverstand. Aber ich bin ganz dasselbe wie du und erschieße mich, du aber bleibst am Leben.«

»Sie wollen damit wohl sagen, ich sei so geringwertig, daß ich leben bleiben wolle.«

Er war sich noch nicht klar darüber, ob es vorteilhaft oder unvorteilhaft sei, ein solches Gespräch in einem solchen Augenblick fortzusetzen, und er entschied sich dafür, sich »den Umständen anzupassen«. Aber der Ton der Überlegenheit und der stets unverhohlenen Verachtung Kirilloffs für ihn hatte ihn auch früher schon immer gereizt, jetzt aber reizte er ihn aus irgend einem Grunde noch mehr als früher. Vielleicht geschah das deshalb, weil Kirilloff, dem es jetzt doch bevorstand, in knapp einer Stunde zu sterben (denn das behielt Pjotr Stepanowitsch trotz allem fest im Auge), ihm jetzt gewissermaßen nur noch als ein halber Mensch erschien, jedenfalls als etwas, dem man Hochmut schon unter gar keinen Umständen gestatten dürfe.

»Sie wollen wohl, wie's scheint, damit vor mir großtun, daß Sie sich erschießen werden?«

»Ich habe mich immer darüber gewundert, daß alle leben bleiben«, sagte Kirilloff, ohne seine Bemerkung zu vernehmen.

»Hm! Gesetzt, das wäre eine Idee, aber ...«

»Affe, du stimmst mir bei, um mich zu gewinnen. Schweig lieber, verstehen kannst du ja doch nichts davon. Wenn es Gott nicht gibt, so bin ich Gott.«

»Sehen Sie, diesen Punkt habe ich bei Ihnen nie begreifen können: warum sind Sie dann Gott?«

»Wenn es Gott gibt, so ist aller Wille sein, und ohne seinen Willen kann ich dann nichts tun. Wenn es ihn aber nicht gibt, so ist aller Wille mein, und ich bin verpflichtet, eigenmächtigen Willen zu beweisen.«

»Eigenmächtigen Willen? Aber warum denn verpflichtet?«

»Darum, weil dann aller Wille mein geworden ist. Wird denn wirklich kein einziger auf dem ganzen Planeten es wagen, sobald er mit Gott ein Ende gemacht und an seinen Eigenwillen zu glauben angefangen hat, – es wagen, diesen seinen Eigenwillen zu beweisen, seine Eigenmächtigkeit gerade im umfassendsten Punkt zu dokumentieren? Das ist so, wie wenn ein armer Mensch, dem eine Erbschaft zugefallen ist, erschrickt und nicht wagt, zum Geldsack zu gehen, weil er sich für nicht stark genug hält, zu besitzen. Ich will meinen eigenmächtigen Willen bezeugen. Mag ich auch der einzige sein, aber ich tue es.«

»Tun Sie's nur.«

»Ich bin verpflichtet, mich zu erschießen, weil der wichtigste, erschöpfendste Punkt meines Eigenwillens ist, mich selbst zu töten.«

»Aber Sie sind doch nicht der einzige, der sich selbst tötet: es gibt viele Selbstmörder.«

»Mit einer Ursache – ja. Aber ganz ohne alle Ursache und nur um der Eigenmächtigkeit willen – ich allein.«

‚Wird sich nicht erschießen', zuckte es wieder durch Pjotr Stepanowitschs Gedanken.

»Wissen Sie was«, bemerkte er gereizt, »ich würde an Ihrer Stelle, um Eigenmächtigkeit zu bekunden, irgend einen anderen töten, aber nicht mich selbst. Könnten sich damit noch nützlich machen. Ich würde Ihnen sagen wen, wenn Sie nicht davor erschrecken. Dann brauchten Sie sich heute meinetwegen noch nicht zu erschießen. Man könnte übereinkommen.«

»Einen anderen zu töten, das würde gleich der niedrigste Punkt meiner Eigenmächtigkeit sein, und hierin bist du ganz enthalten. Ich bin nicht du: ich will den höchsten Punkt und töte mich.«

‚Endlich von selbst darauf gekommen', knurrte Pjotr Stepanowitsch böse in sich hinein.

»Ich bin verpflichtet, meinen Unglauben zu dokumentieren«, sprach Kirilloff weiter, durch das Zimmer schreitend. »Für mich ist nichts höher als die Idee, daß es Gott nicht gibt. Für mich spricht die ganze Menschheitsgeschichte. Der Mensch hat bisher nichts anderes getan, als sich einen Gott auszudenken, um leben zu können, ohne sich selbst umzubringen. Darin besteht die ganze Weltgeschichte bis auf den heutigen Tag. Nur ich allein in der ganzen Weltgeschichte habe mir zum erstenmal Gott nicht ausdenken wollen. Mag man das ein für allemal erfahren.«

‚Wird sich nicht erschießen', dachte Pjotr Stepanowitsch wieder beunruhigt.

»Wer soll es denn erfahren?« fragte er, um ihn aufzuhetzen. »Hier sind nur ich und Sie; Liputin etwa?«

»Alle sollen es erfahren; alle werden es erfahren. Es gibt nichts Geheimes, das nicht offenbar wird. Das hat *Er* gesagt.«

Und er wies in fiebernder Ekstase auf das Bild des Erlösers, vor dem das Lämpchen brannte. Pjotr Stepanowitsch wurde endgültig wütend.

»An ihn glauben Sie also immer noch, und haben auch noch das Lämpchen angezündet! Tun Sie das womöglich ‚für alle Fälle'?«

Der andere schwieg.

»Wissen Sie, meiner Meinung nach glauben Sie womöglich noch mehr als ein Pope.«

»An wen? An *Ihn*? Höre«, sagte Kirilloff, blieb stehen und sah mit starrem, verzücktem Blick geradeaus. »Hör' zu und vernimm eine große Idee: Es war einmal ein Tag auf Erden, und mitten auf der Erde standen drei Kreuze. Einer von den Gekreuzigten glaubte so, daß er zum anderen sagte: ‚Heute noch wirst du mit mir im Paradiese sein.' Der Tag verging, beide starben, gingen hin und fanden weder Paradies noch Auferstehung. Das Gesagte ging nicht in Erfüllung. Höre: Dieser Mensch war der Höchste auf der ganzen Erde, war die Verkörperung dessen, wozu sie zu leben hatte. Der ganze Planet mit allem, was auf ihm ist, ist ohne diesen Menschen – nichts als Wahnsinn. Es war weder vor noch nach Ihm einer Seinesgleichen da, überhaupt niemals, daß es geradezu zum Wunder wird. Eben darin besteht das Wunder, daß es einen ebensolchen vorher nicht gegeben hat, noch nachher jemals geben wird. Aber wenn dem so ist, wenn die Naturgesetze auch diesen Einmaligen nicht verschont, mit ihrem eigenen Wunderwerk kein Erbarmen gehabt haben und auch Ihn gezwungen haben, inmitten der Lüge zu leben und für Lüge zu sterben, dann ist folglich der ganze Planet Lüge und beruht auf Lüge und dummer Verhöhnung. Demnach sind dann auch die Gesetze selbst des Planeten Lüge und eines Teufels Vaudeville. Wozu also leben, antworte, wenn du ein Mensch bist?«

»Das ist die Kehrseite. Mir scheint, es haben sich hier bei Ihnen zwei ganz verschiedene Ursachen miteinander vermischt; das aber ist doch ein sehr unverläßliches Symptom. Aber erlauben Sie, wie ist's denn, wenn Sie nun Gott sind? Wenn die Lüge zu Ende ist und Sie es erraten haben, daß die ganze Lüge nur daher kam, daß es den früheren Gott gab?«

»Endlich hast du es begriffen!« rief Kirilloff begeistert aus. »Also ist es doch zu verstehen, wenn selbst so einer wie du es begriffen hat! Siehst du jetzt ein, daß die ganze Erlösung für alle darin liegt, daß man allen diesen Gedanken beweist, seine Richtigkeit bezeugt! Wer aber wird das tun? Ich! Ich verstehe nicht, wie bisher ein Atheist wissen konnte, daß es keinen Gott gibt, und sich doch nicht sofort selbst tötete? Erkennen, daß es keinen Gott gibt, und nicht im selben Augenblick erkennen, daß man dadurch selbst Gott geworden ist, das ist doch ein Widersinn, sonst müßte man sich unbedingt selbst töten. – Wenn du das erkannt hast, bist du Kaiser und brauchst dich nicht mehr selbst zu töten, sondern lebst dann in der allergrößten Glorie. Aber einer, eben derjenige, der der erste ist, der das erkennt, der muß sich unbedingt selbst töten, denn wer macht sonst den Anfang und erbringt den Beweis? Also werde ich mich selbst unbedingt töten, um den Anfang zu machen, und zu beweisen. Ich bin erst noch unfreiwillig Gott und bin unglücklich, denn ich bin *verpflichtet*, autonomen Willen zu bezeugen. Alle sind unglücklich, denn alle fürchten sich, die Eigenmacht ihres Willens zu bekunden. Eben deshalb ist der Mensch bisher so unglücklich und arm gewesen, weil er sich gefürchtet hat, seinen Willen von eigenen Gnaden im

Hauptpunkt in Anspruch zu nehmen und durchzusetzen, weil er nur so drumherum um die Hauptsache, nur so am Rande Eigenwilligkeiten beging, wie ein unartiger Schuljunge seine Streiche verübt. Ich bin furchtbar unglücklich, denn ich habe furchtbare Angst. Die Angst ist der Fluch des Menschen ... Aber ich werde dennoch meinen eigenmächtigen Willen beweisen, ich bin verpflichtet, daran zu glauben, daß ich nicht glaube. Ich werde den Anfang machen und es durchführen, ich werde die Tür aufstoßen. Und werde erlösen. Nur dies allein wird alle Menschen erlösen und schon in der nächsten Generation physisch umgestalten; denn in der jetzigen physischen Gestalt vermag der Mensch, soweit ich das erwogen habe, ohne den früheren Gott überhaupt nicht zu existieren. Drei Jahre lang habe ich nach dem Attribut meiner Göttlichkeit gesucht und habe gefunden: Das Attribut meiner Göttlichkeit ist mein autonomer Wille! Das ist alles, wodurch ich im wichtigsten Punkt meine Nichtunterwürfigkeit bezeugen kann und meine neue furchtbare Freiheit. Denn sie ist maßlos furchtbar. Ich töte mich, um meine Nichtunterwürfigkeit zu zeigen und meine neue furchtbare Freiheit.«

Sein Gesicht war unnatürlich blaß, sein Blick unerträglich starr. Er war wie im Fieber. Pjotr Stepanowitsch dachte schon, er werde sogleich umfallen.

»Gib die Feder!« rief Kirilloff plötzlich ganz unerwartet, aber wie in entschiedener Begeisterung, »diktiere, ich unterschreibe alles. Auch daß ich Schatoff getötet, unterschreibe ich. Diktiere, so lange es mir lachhaft ist! Ich fürchte die Gedanken der anmaßenden Sklaven nicht! Du wirst selbst sehen, daß alles Geheime offenbar wird! Du aber wirst zerdrückt werden ... Ich aber glaube! Glaube!«

Pjotr Stepanowitsch schnellte empor, reichte ihm im Nu Tinte und Papier und begann sofort, um den Augenblick auszunutzen, zu diktieren, zitternd vor Bangen um das Gelingen.

»Ich, Alexei Kirilloff, erkläre hiermit ...«

»Halt! So will ich nicht! Erkläre wem?«

Kirilloff bebte wie in einem Anfall von Schüttelfrost. Dieser Anfang einer abzugebenden Erklärung und irgendein besonderer plötzlicher Gedanke in bezug auf diese Erklärung schienen ihn auf einmal völlig zu verschlingen, als zeige sich ihm plötzlich ein Ausweg, dem sich sein müdgequälter Geist, wenigstens für einen winzigen Augenblick, ungestüm zuwandte.

»Erkläre wem? Ich will wissen: wem?«

»Ach, niemandem, allen, dem ersten, der es liest! Wozu so eine Festsetzung? Der ganzen Welt!«

»Der ganzen Welt? Bravo! Und nichts von Reue sagen. Ich will nichts bereuen müssen; und ich will auch nicht an die Obrigkeit.«

»Aber nein doch, das ist ja gar nicht nötig, der Teufel hole die Obrigkeit! Aber so schreiben Sie doch, wenn es Ihnen ernst damit ist!...«, schrie Pjotr Stepanowitsch ihn in hysterischer Nervosität an.

»Halt! Ich will zuerst noch oben eine Fratze mit herausgestreckter Zunge hinzeichnen.«

»Ach was, Unsinn!« Pjotr Stepanowitsch erboste sich und wurde heftig. »Das kann man auch ohne Zeichnung ausdrücken, einfach durch den Ton.«

»Durch den Ton? Das ist gut. Ja, durch den Ton, den Ton! Diktier mir mit so einem Ton!«

»Ich, Alexei Kirilloff«, diktierte Pjotr Stepanowitsch mit fester und befehlender Stimme, über Kirilloffs Schulter gebeugt und jeden Buchstaben, den dieser mit seiner vor Aufregung zitternden Hand schrieb, verfolgend, »ich ... Kirilloff ... erkläre hiermit, daß ich heute, am ... ten Oktober, gegen acht Uhr abends, den Studenten Schatoff im Park getötet habe, und zwar für seinen Verrat und die Denunziation betreffend die Proklamationen und Fedjka, der bei uns beiden im Filipoffschen Hause zehn Tage gewohnt und genächtigt hat. Ich töte mich heute selbst mit einem Revolver, aber nicht deswegen, weil ich etwa Reue empfände und mich fürchtete, sondern weil ich schon im Auslande den Vorsatz gefaßt habe, meinem Leben ein Ende zu machen.«

»Ist das alles?« fragte Kirilloff erstaunt und unwillig.

»Kein Wort weiter!« versetzte Pjotr Stepanowitsch mit einer abschließenden Handbewegung und suchte ihm das Schriftstück zu entreißen.

»Halt!« rief Kirilloff und legte seine Hand fest auf das Blatt. »Halt! Unsinn! Ich will noch sagen, mit wem erschlagen. Aber wozu Fedjka? Und die Brandstiftung? Ich will alles und will sie noch beschimpfen ... mit dem Ton, dem Ton!«

»Genug, Kirilloff, ich versichere Ihnen, das genügt vollkommen!« flehte Pjotr Stepanowitsch geradezu, denn er zitterte davor, Kirilloff könnte das Blatt zerreißen. »Damit die es glauben, muß es möglichst dunkel gehalten sein, gerade so, gerade nur ein paar Andeutungen! Man muß nur ein Eckchen der Wahrheit zeigen, nur soviel, damit sie anbeißen, und sich auf die falsche Spur locken lassen. Die werden sich dann schon selbst weit mehr vorlügen, als wir es könnten, und sich selbst werden sie natürlich weit mehr glauben als uns, und das ist doch gerade das Beste, das Allerbeste! Geben Sie her, es ist wunderbar so; geben Sie, geben Sie her!«

Und er bemühte sich immer noch, ihm das Blatt zu entwenden, es ihm unter der Hand wegzuziehen. Kirilloff hörte mit weit aufgerissenen Augen wohl zu, schien sogar das Gehörte begreifen zu wollen, hatte aber anscheinend schon aufgehört, etwas zu verstehen.

»Zum Teufel!« entfuhr es plötzlich wütend Pjotr Stepanowitsch, »er hat ja noch gar nicht unterschrieben! Was starren Sie denn so, unterschreiben Sie doch!«

»Ich will ausschimpfen ...«, murmelte Kirilloff, nahm aber doch die Feder und unterschrieb. »Ich will ausschimpfen ...«

»Schreiben Sie meinetwegen noch: „Vive la république!" und damit ist's dann genug.«

»Bravo!« brüllte Kirilloff fast auf vor Entzücken. „Vive la république démocratique, sociale et universelle ou la mort!“ ... Nein, nein, nicht so, besser: „Liberté, égalité, fraternité ou la mort.“ Das ist noch besser, noch besser«, und er schrieb es mit Wonne unter seinen Namenszug.

»Genug jetzt, wirklich genug!« wiederholte Pjotr Stepanowitsch.

»Halt, noch etwas ... Ich ... weißt du, ich werde noch einmal französisch unterschreiben: „de Kirilloff, gentilhomme russe et citoyen du monde“. Hahahahaha!« lachte er laut auf. »Nein, nein, nein, halt, habe das Allerbeste gefunden, heureka: „gentilhomme séminariste russe et citoyen du monde civilisé!“ Das ist noch besser als alles and ...«, und er sprang jäh auf vom Sofa, und plötzlich nahm er mit einem schnellen Griff seinen Revolver vom Fensterbrett, stürzte in das andere Zimmer und machte die Tür hinter sich fest zu.

Pjotr Stepanowitsch stand eine ganze Weile nachdenklich da und blickte nach der Tür hin.

‚Wenn er jetzt sofort ... dann ist's schon möglich, daß er abdrückt, fängt er aber an zu denken ... dann wird nichts draus.‘

Vorerst nahm er das Blatt in die Hand, setzte sich wieder hin und sah das Geschriebene noch einmal durch. Der Wortlaut der Erklärung gefiel ihm auch jetzt.

‚Was ist denn vorläufig erforderlich? Daß man sie für einige Zeit ganz wirr macht und damit von der richtigen Spur ablenkt. Im Park? In der Stadt gibt es keinen Park. Aber sie werden schon von selbst darauf kommen, daß es sich um den Park von Skworéschniki handelt. Bevor sie aber darauf verfallen, vergeht Zeit, während sie suchen, vergeht wieder Zeit, und finden sie die Leiche, dann sehen sie, daß die Angabe hier richtig ist; folglich dürfte auch alles weitere richtig sein, auch das über Fedjka Gesagte. Was aber bedeutet Fedjka? Fedjka bedeutet die Brandstiftung, Fedjka bedeutet die Ermordung der Lebädkins. Folglich ist alles von hier, aus dem Filipoffschen Hause, angestiftet worden;

sie aber haben nichts davon bemerkt, haben überhaupt nichts gesehen – schon das allein wird sie vollends wirr machen! Auf die Unsrigen werden sie überhaupt nicht verfallen. Es dreht sich also um Schatoff und Kirilloff, Fedjka und Lebädkin; warum sie einander umgebracht haben, das wird für sie dann noch so eine nette kleine Rätselfrage zum Zeitvertreib sein. Aber zum Teufel, wo bleibt denn der Schuß! ...'

Pjotr Stepanowitsch hatte die ganze Zeit, obschon er las und sich über die Fassung der Erklärung freute, doch gleichzeitig jeden Augenblick in peinvoller Spannung auf den Schuß gewartet und – auf einmal wurde er wütend. Erregt blickte er auf die Uhr; es war schon reichlich spät; und es mochte schon zehn Minuten her sein, daß Kirilloff hinausgelaufen war ... Er ergriff das Licht und ging zur Tür des Nebenzimmers, in dem sich Kirilloff befand. An der Tür sah er plötzlich und kam es ihm zum Bewußtsein, daß die Kerze schon ganz heruntergebrannt war und in vielleicht zwanzig Minuten auslöschen werde, eine andere aber war nicht da. Vorsichtig umfaßte er mit der Hand die Klinke und horchte: es war kein einziger Laut zu vernehmen. Plötzlich öffnete er die Tür und hob das Licht in die Höhe: da brüllte etwas auf und stürzte auf ihn zu. Hastig schlug er die Tür zu und stemmte sich aus aller Kraft gegen sie, aber schon war alles verstummt – und wieder Totenstille.

Lange stand er unentschlossen da, mit dem Licht in der Hand. In jener Sekunde nach dem Aufstoßen der Tür hatte er nur sehr wenig und auch das nur undeutlich sehen können, aber er erinnerte sich doch an das flüchtig gesehene Gesicht Kirilloffs, der am anderen Ende des Zimmers am Fenster gestanden hatte, und der tierischen Wut, mit der er zur Tür gestürzt war. Pjotr Stepanowitsch fuhr zusammen, stellte schnell das Licht auf den Tisch zurück und schlüpfte geschwind auf den Fußspitzen zur Seite in die günstigste Ecke, so daß er, falls Kirilloff die Tür aufstieß und mit dem Revolver zum Tisch hin zielte, noch vor Kirilloff hätte zielen und abdrücken können.

Daß Kirilloff jetzt noch den Selbstmord begehen werde, daran glaubte Pjotr Stepanowitsch schon gar nicht mehr.

‚Er stand im Zimmer und dachte offenbar nach', fegte es von nun an wie ein Wirbelwind Pjotr Stepanowitsch durch den Kopf. ‚Dazu noch das dunkle, gruselige Zimmer ... Er brüllte auf und stürzte zur Tür ... dafür gibt's zwei mögliche Erklärungen: entweder störte ich ihn gerade in dem Augenblick, als er den Hahn abdrücken wollte, oder ... oder er stand da und überlegte, wie er mich töten könnte. Ja, das wird's gewesen sein, er überlegte ... Er weiß, daß ich nicht vorher weggehe ... nicht weggehe, ohne ihn tot gesehen zu haben, daß ich ihn töten werde, wenn er selbst zu feige dazu ist, – folglich muß er mich zuerst töten, damit nicht ich ihn töte ... Und wieder, wieder bleibt dort alles still! ... Einfach gruselig, wenn man sich vorstellt: plötzlich stößt er die Tür auf ... Die Schweinerei ist ja bloß, daß er an Gott glaubt, sogar fester als ein Pope ... Wird sich nicht erschießen! ... um keinen Preis! ... Solcher, die ‚von selbst dahinterkommen', gibt es jetzt viele, vermehren sich rapid ... Lumpenpack! Zum Teufel, die Kerze, die Kerze! In einer Viertelstunde ist sie zu Ende gebrannt, spätestens ... Muß Schluß machen; muß unbedingt, was es auch koste, Schluß machen ... Nun ja, umbringen kann man ihn ja jetzt ohne weiteres ... nach diesem Schriftstück wird niemand darauf verfallen, daß ich ihn umgelegt haben könnte. Man müßte ihn nur so auf dem Fußboden zurechtrücken, mit dem abgeschossenen Revolver in der Hand, daß ein jeder unbedingt annehmen muß, er habe es selbst ... Ach, Teufel, aber wie ihn nun vor den Lauf kriegen? Wenn ich die Tür aufmache, wird er sich ja wieder auf mich stürzen und früher abdrücken als ich. Teufel, nein, er wird natürlich nicht treffen ... Immerhin ...'

So quälte er sich ab, vor Spannnung zitternd, angesichts der Unaufschiebbarkeit der Ausführung des Vorhabens einerseits und der eigenen Unentschlossenheit andererseits. Schließlich nahm er wieder den Leuchter vom Tisch und trat leise zur Tür, wobei er den Revolver hob und den Hahn spannte, dann mit der linken Hand, in der er den Leuchter hielt, die Türklinke niederdrückte, um die Tür zu öffnen. Aber der Versuch mißlang: die Klinke entglitt dem Druck, es erfolgte ein lautes Wiedereinschnappen des Schlosses, ein knackendes Schnalzen, aber die Tür ging nicht auf. ‚Er wird sofort auf mich schießen!' dachte Pjotr Stepanowitsch in derselben Sekunde, riß die Tür auf, erhob das Licht und streckte den Revolver vor; aber es erfolgte kein Schuß ... auch kein Schrei ... Im Zimmer war kein Mensch.

Er fuhr zusammen. Das Zimmer war kein Durchgangsraum, einen anderen Ausgang hatte es nicht, aus ihm zu entfliehen, war unmöglich. Er hob das Licht noch höher und blickte noch aufmerksamer hinein: es war niemand da. Halblaut rief er einmal »Kirilloff« und dann noch einmal etwas lauter; niemand antwortete.

‚Sollte er wirklich durch das Fenster entwischt sein?'

Tatsächlich war an einem der Fenster das Luftfenster offen.

‚Unsinn, durchs Luftfenster kann er doch nicht durch!'

Pjotr Stepanowitsch ging durch das ganze Zimmer geradeaus zum Fenster hin. ‚Nein, das ist doch unmöglich!' Plötzlich fuhr er blitzschnell herum, und etwas ganz Ungewöhnliches ließ ihn erbeben.

An der dem Fenster gegenüberliegenden Wand stand rechts von der Tür ein Schrank. Rechts von diesem Schrank, in der Ecke zwischen dem Schrank und der anderen Wand, stand Kirilloff und stand dort in einer furchtbar sonderbaren Haltung: regungslos, stramm aufgerichtet, die Hände militärisch an der Hosennaht, mit erhobenem Kopf, den Hinterkopf und Rücken fest an die Wand gedrückt, anscheinend um sich zu verbergen und unsichtbar zu machen. Offenbar wollte er sich dort verstecken, und doch war das irgendwie nicht glaubhaft. Pjotr Stepanowitsch stand diesem vom Schrank halbverdeckten Winkel ein wenig schräg gegenüber und konnte daher nur die vorragenden Teile der Gestalt sehen. Er konnte sich aber nicht entschließen, ein paar Schritte nach rechts zu treten, um die ganze Gestalt Kirilloffs zu erblicken und das Rätsel zu lösen. Sein Herz begann stark zu pochen ... Und auf einmal erfaßte ihn eine rasende Wut: er riß sich vom Fleck weg und stürzte schreiend und laut trampelnd auf die furchtbare Stelle los.

Kaum aber stand er dicht davor, als er wie angeschmiedet stehen blieb, von noch größerem Schreck gelähmt. Vor allem frappierte es ihn, daß die Gestalt sich trotz seines Geschreis und wütenden Anlaufs überhaupt nicht bewegte, nicht einmal zuckte, auch nicht mit einem einzigen Muskel, als wäre sie versteinert oder eine Wachsfigur. Die Blässe des Gesichts war unnatürlich, die schwarzen Augen waren starr auf irgendeinen Punkt in weiter Ferne gerichtet. Pjotr Stepanowitsch fuhr mit dem Licht von oben nach unten und wieder nach oben, erpicht darauf, dieses Gesicht in verschiedener Beleuchtung zu betrachten. Plötzlich gewahrte er, daß Kirilloff zwar geradeaus in die Luft blickte, ihn aber trotzdem seitlich sah und vielleicht sogar beobachtete. Da kam ihm der Gedanke, die Flamme der Kerze »diesem Schurken« ans Gesicht zu halten, es anzubrennen, um zu sehen, was dieser dann tun werde. Auf einmal aber kam es ihm so vor, als ob Kirilloffs Kinn sich bewege und über die Lippen ein Spottlächeln husche, ganz als hätte dieser seinen Gedanken bereits erraten. Er erbebte und, außer sich, ohne sich seiner selbst bewußt zu sein, packte er ihn fest an der Schulter.

Da geschah aber etwas dermaßen Abscheuliches, und zwar so blitzschnell, daß Pjotr Stepanowitsch sich nachher in seiner Erinnerung selbst nicht mehr zurechtfand. Kaum hatte er Kirilloff berührt, als dieser seinen Kopf plötzlich gleichsam fallen ließ und mit dem Kopf selbst ihm das Licht aus der Hand schlug; der Leuchter flog mit metallischem Geklirr zu Boden und das Licht erlosch. Im selben Augenblick verspürte er einen infamen Schmerz im kleinen Finger seiner linken Hand. Pjotr Stepanowitsch schrie auf und, soweit er sich später noch erinnern konnte, schlug er außer sich

Kirilloff, der ihn angefallen und ihn in den Finger gebissen hatte, dreimal aus aller Kraft mit dem Revolver auf den Kopf. Es gelang ihm endlich doch, den Finger aus den Zähnen zu reißen, und dann stürzte er Hals über Kopf davon, um aus der Wohnung, dem Hause hinauszukommen, so schnell er in der Dunkelheit nur konnte. Ihm nach aber drangen aus dem Zimmer die grauenvollen Schreie:

»Sofort, sofort, sofort, sofort! . . .«

Wohl an die zehnmal. Er aber lief immer noch weiter durch die Dunkelheit, tappte schon im Flur nach der Ausgangstür, als plötzlich ein lauter Schuß erschallte. Da erst blieb er stehen, im Flur, im Dunkeln, und überlegte wohl gute fünf Minuten lang; schließlich kehrte er wieder um und ging in die Wohnung zurück. Vor allen Dingen mußte er Licht machen, die Kerze wiederhaben. – Man mußte also rechts vom Schrank auf dem Fußboden den ihm aus der Hand geschlagenen Leuchter suchen; aber womit dann den Lichtstumpf anzünden? Er hatte nichts bei sich. Da tauchte in seinem Kopf eine dunkle Erinnerung auf: er entsann sich, gestern abend, als er in die Küche gestürzt war, um über Fedjka herzufallen, dort auf einem Wandbrett in der Küchenecke eine große rote Streichholzschachtel flüchtig bemerkt zu haben. Tastend wandte er sich nach links zur Küchentür, fand sie, durchschritt den Vorraum und stieg die drei Stufen hinunter. Und richtig: auf dem Wandbrett, gerade an der Stelle, an die er sich soeben erinnert hatte, ertastete er in der Dunkelheit eine volle, noch nicht angebrochene Streichholzschachtel. Ohne Licht zu machen, kehrte er eilig nach oben zurück, und erst beim Schrank, an derselben Stelle, wo er den ihn beißenden Kirilloff mit dem Revolver auf den Kopf geschlagen hatte, fiel ihm plötzlich sein gebissener Finger ein, und in derselben Sekunde fühlte er in ihm einen beinah unerträglichen Schmerz. Er biß die Zähne zusammen, zündete mühsam den kleinen Lichtstumpf an, setzte ihn wieder in den Leuchter und sah sich im Zimmer um: bei dem Fenster, dessen Luftfenster offen stand, lag, mit den Füßen nach der rechten Zimmerecke zu, der tote Körper Kirilloffs. Er hatte sich in die rechte Schläfe geschossen, und die Kugel hatte oben an der linken Seite des Kopfes die Schädeldecke wieder durchschlagen. Blut- und Hirnspritzer waren zu sehen. Der Revolver war in der auf den Fußboden gesunkenen Hand des Selbstmörders geblieben. Der Tod mußte sofort eingetreten sein. Nachdem Pjotr Stepanowitsch alles mit größter Umsicht und Genauigkeit überprüft hatte, richtete er sich auf und ging auf den Fußspitzen aus dem Zimmer, machte die Tür zu, stellte das Licht auf den Tisch im ersten Zimmer, überlegte und beschloß, es nicht auszulöschen, da durch diesen Lichtstumpf im Leuchter doch kein Brand entstehen konnte. Er warf noch einen Blick auf das Schriftstück, das auf dem Tisch lag, lächelte mechanisch und verließ dann erst, aus irgendeinem Grunde immer noch leise auf den Fußspitzen gehend, die Wohnung und das Haus. Wieder schlüpfte er durch Fedjkas geheimes Schlupfloch hindurch und verschloß es hinter sich wieder sorgfältig mit dem Brett aus dem Zaun.

III

Pünktlich zehn Minuten vor sechs Uhr morgens gingen Pjotr Stepanowitsch und Erkel auf dem Bahnhof an dem diesmal ziemlich langen Zuge auf und ab. Pjotr Stepanowitsch reiste ab, Erkel aber mußte nun Abschied von ihm nehmen. Das Gepäck war schon aufgegeben, die Reisetasche in einem Waggon zweiter Klasse auf den ausgewählten Platz gelegt. Das erste Glockenzeichen war schon ertönt, man wartete auf das zweite. Pjotr Stepanowitsch sah sich offen nach allen Seiten um und beobachtete die in die Waggons einsteigenden Reisenden. Nahe Bekannte waren nicht zu sehen; nur zweimal grüßte er mit einem Kopfnicken, – einen Kaufmann, den er nur ganz flüchtig kannte, und einen jungen Landgeistlichen, der nur zwei Stationen weit zu seiner Gemeinde fuhr. Erkel wollte allem Anschein nach in diesen letzten Minuten von etwas Wichtigerem reden, obschon er vielleicht selbst nicht wußte, wovon eigentlich; aber er wagte immer nicht, davon anzufangen. Es kam ihm die ganze Zeit so vor, als ob Pjotr Stepanowitsch ihn als lästig empfinde, und ungeduldig auf die übrigen Glockenzeichen warte.

»Sie sehen so offen alle Menschen an«, bemerkte er etwas schüchtern, wie wenn er warnen wollte.

»Warum denn nicht? Noch darf ich mich nicht verstecken. Dazu ist es noch zu früh. Machen Sie sich keine Sorgen. Wenn nur der Teufel diesen Liputin nicht herschickt, das Einzige, was ich befürchte; sobald der etwas wittert, kommt er angerannt.«

»Pjotr Stepanowitsch, die sind doch nicht zuverlässig«, entschloß sich Erkel, es auszusprechen.

»Liputin?«

»Alle, Pjotr Stepanowitsch.«

»Unsinn, jetzt sind sie alle durch das gestern Getane gebunden. Kein einziger wird Verrat begehen. Wer wird denn in sein offenes Verderben rennen, wenn er nicht den Verstand verliert?«

»Aber sie verlieren doch schon den Verstand, Pjotr Stepanowitsch!«

Dieser Gedanke war offenbar auch Pjotr Stepanowitsch schon in den Kopf gekommen, und deshalb ärgerte ihn diese Bemerkung Erkels um so mehr.

»Fangen Sie auch schon an, feige zu werden, Erkel? Ich habe mich auf Sie mehr verlassen als auf die übrigen alle zusammen. Ich habe ja jetzt gesehen, was ein jeder wert ist. Teilen Sie ihnen heute noch alles mündlich mit, ich vertraue sie Ihnen ausdrücklich an. Gehen Sie jetzt gleich noch in den Morgenstunden zu jedem von ihnen. Meine schriftliche Instruktion können Sie ihnen morgen oder übermorgen vorlesen, wenn sie versammelt sind, und vorausgesetzt, daß sie fähig sind zuzuhören ... aber glauben Sie mir: die werden schon morgen so weit sein, denn sie werden vor Angst nicht aus noch ein wissen, und das wird sie gehorsam machen und weich wie Wachs, zum Kneten nach Belieben ... Die Hauptsache ist jetzt, daß Sie selbst nicht den Mut verlieren ...«

»Ach, Pjotr Stepanowitsch, es wäre wirklich besser, wenn Sie nicht verreisten!«

»Aber ich verreise doch nur auf ein paar Tage; ich komme ja gleich wieder zurück.«

»Pjotr Stepanowitsch«, sagte Erkel vorsichtig, aber mit fester Stimme, »und selbst wenn Sie nach Petersburg reisten ... Ich verstehe doch, daß Sie nur das tun, was für die gemeinsame Sache notwendig ist.«

»Geringeres habe ich von Ihnen auch nicht erwartet, Erkel. Wenn Sie denn schon erraten haben, daß ich nach Petersburg fahre, so werden Sie auch einsehen, daß ich denen dort gestern, in einem solchen Augenblick, nicht gleich sagen konnte, daß ich in der Tat so weit verreise, es hätte sie erschreckt. Sie haben ja selbst gesehen, wie sie dort alle waren. Aber Sie verstehen doch, daß ich es um der Sache willen, um der großen und wichtigen Sache willen, um der gemeinsamen Sache willen tun muß, und nicht etwa, um mich aus dem Staube zu machen, wie irgend so ein Liputin annimmt.«

»Aber ich verstehe es doch ohne weiteres, Pjotr Stepanowitsch, und selbst wenn Sie ins Ausland müßten, so würde ich auch das verstehen; ich sehe doch ein, daß Sie Ihre Person für die Sache erhalten müssen, denn Sie sind alles, wir aber sind nichts. Ich verstehe das sehr gut, Pjotr Stepanowitsch.«

Dem armen Jungen bebte sogar die Stimme.

»Ich danke Ihnen, Erkel ... Au, Sie haben meinen verletzten Finger berührt« (Erkel hatte ihm ungeschickt die Hand gedrückt; der verletzte Finger war sorgfältig bandagiert und mit schwarzem Taffet umwickelt). »Aber ich sage Ihnen nochmals und ausdrücklich, daß ich in Petersburg nur ein wenig schnuppern will und vielleicht sogar nur vierundzwanzig Stunden dort bleibe, und dann komme ich sogleich wieder hierher zurück. Nach meiner Rückkehr werde ich mich zum Schein auf dem Lande bei Gagánoff niederlassen. Sollten die anderen irgend eine Gefahr befürchten, so werde ich als erster zur Stelle sein und diese Gefahr mit ihnen teilen. Sollte ich aber in Petersburg aufgehalten werden, so werde ich Sie das sofort wissen lassen ... auf dem bekannten Wege, und Sie teilen es dann den anderen mit.«

Das zweite Glockenzeichen ertönte.

»Ah, also nur noch fünf Minuten bis zur Abfahrt. Wissen Sie, ich möchte nicht, daß die hiesige Fünfergruppe auseinanderfällt. Ich für meine Person habe keine Furcht, um mich brauchen Sie sich keine Sorgen zu machen; solcher Knoten im allgemeinen Netz habe ich genug und brauche nicht um jeden einzelnen zu bangen; aber ein Knoten mehr ist immerhin ein Knoten mehr und könnte nicht schaden. Übrigens mache ich mir Ihretwegen keine Sorgen, obschon ich Sie so gut wie allein mit diesen Mißgeburten hier zurücklasse: haben Sie keine Furcht, die werden nicht denunzieren, werden es bestimmt nicht wagen ... A–ah, auch Sie fahren heute?« rief er plötzlich mit einer ganz anderen, heiteren Stimme einem sehr jungen Menschen zu, der fröhlich auf ihn zutrat, um ihn zu begrüßen. »Ich wußte gar nicht, daß Sie auch vorhatten, mit dem Sonderzug abzureisen. Wohin denn, zur Mama?«

Die Mutter des jungen Mannes war die reichste Großgrundbesitzerin des Nachbargouvernements; der junge Mensch war ein entfernter Verwandter von Julia Micháilowna und hatte sich seit ungefähr zwei Wochen besuchsweise in unserer Stadt aufgehalten.

»Nein, ich fahre weiter, nach R ... Acht Stunden Eisenbahnfahrt stehen mir bevor. Und Sie? – nach Petersburg?« fragte der junge Mensch lachend.

»Wie kommen Sie darauf, daß ich so mir nichts, dir nichts ausgerechnet bis nach Petersburg reisen soll?« fragte Pjotr Stepanowitsch mit noch offenerem Lachen.

Der junge Mann drohte ihm mit einem Finger seiner behandschuhten Hand.

»Na ja, wenn Sie's schon durchschaut haben«, flüsterte ihm Pjotr Stepanowitsch geheimnisvoll zu, »ich fahre mit Briefen von Julia Michailowna hin und muß dort bei drei, vier Persönlichkeiten vorsprechen, Sie können sich schon denken, bei was für welchen, – die von mir aus der Teufel holen könnte, wenn ich offen reden soll. Eine ganz verflixte Aufgabe!«

»Aber sagen Sie doch bloß, warum ist sie denn auf einmal so ängstlich geworden?« fragte, nun gleichfalls flüsternd, der junge Mann. »Gestern hat sie nicht einmal mich empfangen, aber meiner Meinung nach hat sie doch gar keine Ursache, für ihren Mann etwas Unangenehmes zu befürchten; im Gegenteil, er ist doch auf dem Brandplatz durch sein persönliches Eingreifen noch so eindrucksvoll zu Schaden gekommen, hat doch sozusagen sein Leben eingesetzt ...«

»Na ja doch, aber versuchen Sie, ihr das klarzumachen«, versetzte Pjotr Stepanowitsch lachend. »Offenbar fürchtet sie, unter uns gesagt, daß von hier aus bereits dorthin berichtet worden ist ... das heißt, von Seiten gewisser Herren ... Mit einem Wort, die Hauptsache ist jetzt Stawrogin, oder eigentlich Fürst K ... Ach, kurzum, das ist noch eine ganze Geschichte für sich; ich kann Ihnen ja unterwegs noch einiges davon mitteilen – übrigens nur soweit es die Ritterlichkeit erlaubt ... Ein Verwandter von mir, Fähnrich Erkel, aus der Kreisstadt.«

Der junge Mann blickte Erkel von der Seite an und berührte seinen Hut. Erkel grüßte militärisch.

»Ach, wissen Sie, Werchowénskij, acht Stunden im Waggon ist ein furchtbares Los. Mit uns fährt hier in der ersten Klasse noch Oberst Berestóff, ein urkomischer Kauz, mein Gutsnachbar; verheiratet mit einer Gárina (née de Garine), und wissen Sie, ein sehr anständiger Kerl. Hat sogar Ideen. Hier hat er sich nur zwei Tage aufgehalten. Ein leidenschaftlicher Kartenspieler, nebenbei; spielt mit Vorliebe Jeraläsch; sollte man da nicht ein Spielchen machen? Einen vierten Mann habe ich auch schon gefunden: Pripúchloff, ein Kaufmann mit so 'nem Bart, aus dem Gouvernement T. . ., ein Millionär, das heißt, ein wirklicher Millionär, sage ich Ihnen . . . Ich mache Sie bekannt, ein hochamüsanter Geldsack, wir werden aus dem Lachen nicht herauskommen.«

»Oh, Jeraläsch spiele ich mit dem größten Vergnügen, und besonders auf der Reise, aber ich fahre zweiter Klasse.«

»Ach was, reden Sie nicht, das ist doch kein Grund! Sie setzen sich zu uns. Ich werde sofort Ihre Übersiedlung in die erste Klasse anordnen. Der Zugführer gehorcht mir. Was haben Sie, einen sac de voyage? ein Plaid?«

»Wunderbar, gehen wir!«

Und Pjotr Stepanowitsch nahm seine Reisetasche, sein Plaid und sein Buch und siedelte sogleich mit der größten Bereitwilligkeit in die erste Klasse über. Erkel war ihm dabei behilflich. Das dritte Glockenzeichen ertönte.

»Nun, Erkel«, sagte Pjotr Stepanowitsch eilig und reichte ihm mit sichtlich anderweitig gefesseltem Interesse zum letztenmal die Hand bereits aus dem Coupéfenster, »ich werde also mit ihnen Karten spielen.«

»Aber wozu mir das noch erklären, Pjotr Stepanowitsch, ich verstehe doch schon; ich verstehe alles, Pjotr Stepanowitsch!«

»Also dann auf ein glückliches . . .«, und schon wandte er sich ab vom Fenster auf den Anruf des jungen Menschen, der ihn mit den Partnern bekanntmachen wollte. Und schon sah Erkel seinen Pjotr Stepanowitsch nie mehr wieder!

Sehr traurig kehrte er nach Hause zurück. Nicht, daß es ihn beängstigt hätte, daß Pjotr Stepanowitsch sie so plötzlich verließ, aber . . . aber er hatte sich so schnell von ihm abgewandt, als dieser junge Laffe ihn rief und . . . er hätte ihm doch etwas anderes sagen können, als diese nicht zu Ende gesprochene Abschiedsredensart „Also dann auf ein glückliches", oder . . . oder wenn er doch wenigstens die Hand etwas fester gedrückt hätte.

Gerade dieses Letzte war das Wichtigste. Und schon begann noch etwas anderes an seinem armen Herzchen zu nagen, etwas, das er selbst noch gar nicht begriff, etwas, das mit dem gestrigen Abend verbunden war.

SIEBENTES KAPITEL

STEPÁN TROFÍMOWITSCHS LETZTE WANDERSCHAFT

I

Ich bin überzeugt, daß es Stepan Trofimowitsch sehr bang zumut wurde, als der Zeitpunkt für die Ausführung seines wahnsinnigen Vorhabens heranrückte. Ich bin überzeugt, daß er unter dieser Furcht sehr gelitten hat, namentlich in der letzten Nacht vor dem Aufbruch, in jener furchtbaren Nacht. Nastássja wußte nachher nur zu berichten, daß er erst spät zu Bett gegangen sei und dann geschlafen habe. Aber letzteres beweist doch nichts; auch zum Tode Verurteilte sollen doch, wie man bezeugt, auch in der Nacht vor der Hinrichtung noch sehr fest schlafen. Obschon er das Haus erst nach Tagesanbruch verließ, also zu einer Zeit, wo ein nervöser Mensch sich immer einigermaßen ermutigt fühlt (der Major, Wirginskijs Verwandter, hörte ja sogar auf, an Gott zu glauben, sobald die Nacht vorüber war), so bin ich doch überzeugt, daß er sich vorher nie ohne Grauen hat vorstellen können, wie denn das sein könnte, wenn er sich auf einmal so ganz allein auf der großen Landstraße und in einer solchen Lage sehen werde? Natürlich hat eine gewisse Tollkühnheit in seinem ganzen Denken und Empfinden für ihn selbst zunächst wahrscheinlich die Wirkung gehabt, die volle Wucht jenes schrecklichen Gefühls des plötzlichen Alleinseins abzuschwächen, das ihn sonst wohl unfehlbar gepackt hätte, kaum daß er Stasie und sein zwanzigjähriges warmes Nest verlassen hatte. Doch gleichviel: auch wenn er alle Schrecknisse, die seiner nur harren konnten, klar und deutlich vorausgesehen hätte, so wäre er dennoch auf die große Landstraße hinausgegangen und hätte seinen Weg auf ihr fortgesetzt! Es war doch ein gewisser Stolz dabei ausschlaggebend und etwas ihn Begeisterndes, trotz allem, trotz allem. Oh, er hätte ja auf Warwara Petrownas wunderbares Angebot eingehen und von ihren Almosen üppig leben können, »comme un gewöhnlicher Schmarotzer«! Er aber nahm die Gnade nicht an und blieb nicht in der alten Abhängigkeit. Und so ist *er* es denn, er selbst, der sie verläßt, und der die »Fahne der großen Idee« erhebt und hinzieht auf der großen Landstraße, um für die Idee zu sterben! Gerade so und nicht anders mußte er es empfinden; gerade so mußte seine Handlungsweise ihm selbst erscheinen.

Und noch eine andere Frage habe ich mir wiederholt vorgelegt: warum ging er denn gerade zu Fuß fort, buchstäblich zu Fuß, warum fuhr er nicht in einem Wagen davon? Anfangs erklärte ich mir das mit seiner fünfzigjährigen Unerfahrenheit in praktischen Dingen und mit einer phantastischen Ideenverirrung unter dem Einfluß eines starken Gefühls. Es schien mir, daß der Gedanke an den Reiseschein mit der Berechtigung zum Mieten von Postpferden (selbst wenn die Pferde mit Glöckchen am Geschirr versehen waren) ihm doch viel zu banal und prosaisch erscheinen mußte; dagegen war ein Wegziehen zu Fuß wie ein Wanderer oder Wallfahrer, wenn auch mit dem Regenschirm in der Hand, doch etwas weit Schöneres und sozusagen eine wehertuende Rache aus noch größerer Liebe. – Heute freilich, wo schon alles zu Ende ist, nehme ich an, daß dieser ganze Aufbruch sich damals viel einfacher abgespielt hat: erstens fürchtete er sich wohl, eine Postkutsche zu bestellen, weil Warwara Petrowna das hätte erfahren und ihn mit Gewalt zurückhalten können – was sie bestimmt auch getan hätte –, er aber hätte sich ihr selbstverständlich wieder gefügt, und dann hätte er für immer Abschied nehmen müssen von der großen Idee. Und zweitens: um einen Reiseschein zu erhalten, mußte man doch mindestens wissen, wohin man fahren wollte. Aber gerade das war ja seine größte Qual in diesemAugenblick: daß er um keinen Preis einen bestimmten Ort hätte wählen und angeben können. Denn sobald er sich für irgend eine Stadt entschieden hätte, mußte ihm sein ganzes Vorhaben auch in seinen eigenen Augen sofort dumm und unmöglich erscheinen; dafür hatte er ein sehr starkes instinktives Vorgefühl. Denn, nicht wahr, warum sollte es ausgerechnet diese Stadt sein, warum nicht eine andere? Und was sollte er dort tun? Ce marchand suchen? Aber was für einen marchand? Und damit stand vor einem schon wieder diese andere, diese allerschrecklichste Frage. Im Grunde gab es für ihn nichts Schrecklicheres als ce marchand, den zu suchen er sich so Hals über Kopf auf den Weg gemacht hatte, und den zu finden er – das ist wohl selbstverständlich – in Wirklichkeit am allermeisten fürchtete. Nein, dann schon lieber die große Landstraße, einfach auf die große Landstraße hinausgehen und dann einfach weiter wandern, immer weiter, und an nichts denken, so lange wie nur möglich nicht denken. Die große Landstraße, das war etwas Langes, Langes, dessen Ende nicht abzusehen ist, ganz wie das Menschenleben, ganz wie der Menschentraum. In der großen Landstraße steckt eine Idee; aber im Reiseschein, was steckt denn da für eine Idee? Der Reiseschein ist das Ende der Idee ... Also: Vive la grande route! – und dann wie Gott will!

Nach dem plötzlichen und unverhofften Zusammentreffen mit Lisa, von dem ich schon erzählt habe, setzte er seine Wanderschaft in noch größerer Selbstvergessenheit fort. Die große Landstraße führt in einer Entfernung von ungefähr einer halben Werst an Skworeschniki vorüber, und so sonderbar das auch war, aber er bemerkte es anfangs gar nicht, daß er nun doch auf die große Landstraße hinausgekommen war. Klar zu denken oder auch nur die Dinge mit Bewußtsein zu sehen, war für ihn in diesem Augenblick unerträglich. Der feine Regen hörte bald auf, bald setzte er wieder ein; aber er bemerkte auch den Regen nicht. Und ebensowenig bemerkte er, daß er sich die Reisetasche über die Schulter geworfen hatte und daß ihm dadurch das Gehen bedeutend leichter wurde. So hatte er ungefähr schon eine ganze Werst oder anderthalb zurückgelegt, als er auf einmal stehen blieb und sich umschaute. Die alte, schwarze, von Radspuren durchfurchte Landstraße zog sich zwischen ihren beiderseits gepflanzten Weidenbäumen wie ein endloses Band vor ihm hin; rechts die leere Fläche längst abgeernteter Getreidefelder; links Gestrüpp und hinter diesem ein Wäldchen. Und in der Ferne, ganz fern, die kaum wahrnehmbare Linie des Eisenbahndammes und auf ihr das Rauchwölkchen eines Zuges, von dem aber kein Laut mehr zu hören war. Eine gewisse Verzagtheit überkam Stepan Trofimowitsch, aber nur für einen Augenblick. Er seufzte grundlos einmal auf, stellte seine Reisetasche an den Stamm einer Weide und setzte sich darauf, um sich auszuruhen. Beim Hinsetzen fühlte er, daß ihn ein Frostschauer überlief; er nahm sein Plaid um und wickelte sich ein; bei der Gelegenheit wurde er auch des leichten Regens gewahr, und so spannte er den Schirm über sich auf. So saß er ziemlich lange da, schob zuweilen die Lippen vor oder hin und her und hielt krampfhaft den Griff des Regenschirms umklammert. Verschiedene Bilder zogen in fieberhaftem Reigen an ihm vorüber, eines das andere immer schnell aus seinem Bewußtsein verdrängend.

‚Lise, Lise', dachte er, ‚und mit ihr ce Maurice . . . Sonderbare Menschen . . . Aber was war das dort für eine merkwürdige Feuersbrunst, und wovon sprachen sie eigentlich, und wer ist da ermordet? Ich glaube, Stasie wird noch nichts gemerkt haben und wartet noch mit dem Kaffee auf mich . . . Im Kartenspiel? Habe ich denn Menschen am Kartentisch verspielt? Hm! Bei uns in Rußland ist doch zur Zeit der sogenannten Leibeigenschaft . . . Ach, mein Gott, aber Fedjka?'

Der Schreck fuhr ihm durch alle Glieder und wie aufgescheucht blickte er sich ängstlich um.

‚Wenn nun dieser Fedjka hier irgendwo hinter einem Busch sitzt? Man sagt doch, er habe hier irgendwo eine ganze Räuberbande an der großen Landstraße? O Gott, ich werde dann ... Ich werde ihm dann die ganze Wahrheit sagen, daß ich schuldig bin ... und daß ich *zehn Jahre lang* um ihn gelitten habe, mich mehr um ihn gegrämt habe, als er dort unter den Soldaten auszustehen gehabt, und ... und ich werde ihm mein Portemonnaie geben. Hm! j'ai en tout quarante roubles; il prendra les roubles; et il me tuera tout de même.'

Vor Angst klappte er – Gott weiß warum – den Schirm zusammen und legte ihn neben sich hin. In der Ferne, auf der Landstraße von der Stadt her kommend, bemerkte er ein Gefährt: beunruhigt sah er ihm entgegen und versuchte zu unterscheiden, was es war.

,Grace à Dieu, es ist ein Bauernwagen, und ... er fährt Schritt. Das kann nichts Gefährliches sein. Diese hiesigen halbverhungerten Pferdchen ... Ich habe schon immer gesagt, daß die Rasse ... Übrigens nein, das war Pjotr Iljitsch, der im Klub einmal von der Rasse sprach, und er verlor damals die Partie gegen mich ... oder nein, die Partie blieb remis et puis ... aber was ist denn da hinten? ... Wie es scheint, sitzt ein Weib auf dem Wagen. Ein Weib und ein Mann – cela commence à être rassurant. Das Weib sitzt hinten und der Mann vorn – c'est très rassurant. Hinten am Wagen ist eine Kuh an den Hörnern angebunden, c'est rassurant au plus haut degré ...'

Der Wagen kam näher; es war ein recht guter, festgebauter Bauernwagen. Das Weib saß auf einem prall vollgestopften Sack, der Bauer vorn auf dem Wagenrand; seine Beine baumelten nach der Wegseite, auf der Stepan Trofimowitsch saß, über den Wagenrand herab. Hinter dem Wagen trottete tatsächlich eine rote Kuh, die mit einem Strick um die Hörner an den Wagen gebunden war. Der Mann und das Weib starrten mit aufgerissenen Augen auf Stepán Trofímowitsch, und dieser sah sie genau so an, aber als er sie schon gute zwanzig Schritte hatte vorüberziehen lassen, stand er plötzlich hastig auf und suchte sie einzuholen. In der Nachbarschaft des Wagens schien es ihm natürlicherweise bedeutend sicherer zu sein; doch kaum hatte er den Wagen erreicht, da hatte er alles schon wieder vergessen und versank bereits von neuem in die Unruhe seiner Gedankenfetzen und Vorstellungen. Er ging einfach nebenher und merkte natürlich überhaupt nicht, daß er für den Mann und das Weib mittlerweile zum rätselhaftesten und interessantesten Schaustück geworden war, das man jemals auf der großen Landstraße angetroffen hatte.

»Sie, was sind Sie denn für einer, von welchem Stande denn eigentlich, wenn es nicht ungehörig ist, danach zu fragen?« sprach ihn schließlich das junge Weiberl, das seine Neugier nicht mehr bezwingen konnte, freundlich an, in einem Augenblick, als Stepan Trofimowitsch in seiner Zerstreutheit zufällig gerade sie ansah.

Sie war vielleicht siebenundzwanzig Jahre alt, kräftig gebaut, mit dunklen Augenbrauen, frischer Gesichtsfarbe und freundlich lächelnden roten Lippen, zwischen denen gleichmäßige weiße Zähne zu sehen waren.

»Sie ... Sie wenden sich an mich?« stotterte Stepan Trofimowitsch mit bekümmerter Verwunderung.

»Wird wohl einer von den Kaufleuten sein«, meinte der Mann mit einer gewissen Selbstsicherheit. Er war ein großer Mann von ungefähr vierzig Jahren, mit einem breiten, klugen Gesicht und einem rötlichblonden Vollbart.

»Nein, ich gehöre nicht gerade zu den Kaufleuten, ich ... ich ... moi c'est autre chose«, wehrte Stepan Trofimowitsch, so gut es ging, die Frage ab und blieb auf alle Fälle ein wenig zurück, so daß er jetzt neben der Kuh ging.

»Muß wohl zu den Herrschaften gehören«, urteilte der Mann, nachdem er die nichtrussischen Worte vernommen hatte, und zog einmal an der Leine, um sein Pferd aufzumuntern.

»Ja, das mein' ich auch, denn es sieht doch grad' so aus, als ob der Herr auf 'n Spaziergang gehen, – oder nicht?« bemerkte das Weiberl wieder neugierig.

»Sie ... Sie fragen das mich?«

»Die Ausländer, die herkommen, die fahren doch immer mit der Eisenbahn dort drüben, aber so das Fremdländische an Ihnen, auch die Stiefel . . .«

»Die Stiefel sind Militärstiefel«, stellte selbstzufrieden und bedeutsam der Mann fest.

»Nein, ich . . . ich gehöre eigentlich auch nicht zum Militär, ich . . .«

,Was das doch für ein neugieriges Weibchen ist', dachte Stepan Trofimowitsch ärgerlich bei sich, ,und wie kritisch sie mich mustern . . . mais enfin . . . Jedenfalls ist es doch sonderbar, daß ich vor ihnen gleichsam schuldbewußt dastehe, und dabei habe ich ihnen doch wirklich nichts angetan.'

Das Weiberl beriet sich flüsternd mit dem Mann.

»Wenn der Herr es nicht für ungut nehmen will, so könnten wir ihn ja mitfahren lassen, wenn es ihm nur recht ist.«

Stepan Trofimowitsch wachte plötzlich gleichsam auf.

»Ja, ja, meine Freunde, ich bin mit Vergnügen bereit dazu, denn ich bin sehr müde geworden, nur . . . wie komme ich denn dort hinauf?«

,Wie sonderbar', dachte er bei sich, ,daß ich so lange hier neben dieser Kuh gegangen und gar nicht darauf verfallen bin, sie schon früher darum zu bitten, mich auf dem Wagen mitfahren zu lassen . . . Dieses sogenannte „wirkliche Leben" hat doch etwas überaus Charakteristisches an sich.'

Allein der Mann hielt das Pferd noch immer nicht an.

»Wohin wollen Sie denn?« erkundigte er sich mit einigem Mißtrauen.

Stepan Trofimowitsch begriff die Frage nicht sofort.

»Wohl nach Chátowo?«

»Zu Chátoff? Nein, nicht gerade zu Chatoff . . . Ich bin mit ihm nicht gerade bekannt; obschon ich von ihm gehört habe.«

»Nein, ich meine doch, nach dem Dorf Chátowo, dem Kirchdorf, gute neun Werst von hier.«

»Ein Kirchdorf? C'est charmant, deshalb war's mir doch, als hätte ich den Namen schon gehört . . .«

Stepan Trofimowitsch ging immer noch, und man machte noch keine Miene, ihn aufsitzen zu lassen. Da kam ihm plötzlich ein genialer Einfall.

»Sie denken vielleicht, ich sei ... Ich habe meinen Paß bei mir und ich ... ich bin Professor, das heißt, wenn Sie wollen, Lehrer ... aber kein gewöhnlicher Lehrer, sondern ein ... höherer Lehrer. Oui, c'est comme ça qu'on peut traduire ... Ich werde Ihnen dafür eine Flasche Branntwein kaufen.«

»Einen halben Rubel müssen wir schon verlangen, Herr, der Weg dorthin ist schlecht.«

»Und anders ginge es doch nicht ohne Nachteil für uns«, flocht das Weiberl ein.

»Einen halben Rubel? Also gut, einen halben Rubel. C'est encore mieux, j'ai en tout quarante roubles, mais ...«

Der Mann hielt an, und Stepan Trofimowitsch wurde mit vereinten Kräften auf den Wagen hinaufgezogen und dort neben das Weib auf den Sack gesetzt. Die Gedanken wirbelten in seinem Kopf nach wie vor. Mitunter hatte er selbst die Empfindung, daß er eigentümlich zerstreut sei und gar nicht an das denke, woran er denken müßte, und er wunderte sich darüber. Diese Erkenntnis seiner krankhaften Schwäche im Denken bedrückte ihn in manchen Augenblikken sehr und wurde von ihm sogar als kränkend empfunden.

»Das ... warum ist denn die Kuh da hinten?« fragte er auf einmal von selbst das junge Weib.

»Ach, du mein'! Hat denn der Herr noch nie eine Kuh hinten angebunden gesehn?« fragte das Weib lachend.

»Haben sie in der Stadt gekauft«, mischte sich der Mann ein. »Unser eigenes Vieh ist schon im Frühjahr krepiert. An der Seuche. Bei uns sind ringsum alle Höfe heimgesucht worden, alle, nicht mal die Hälfte von allem Vieh hat's überlebt. Da ist nichts zu machen, heul' so viel du willst ...«

Und er versetzte dem Pferdchen, das in einer tiefen Radspur beinahe stecken blieb, wieder einen aufmunternden Schlag.

»Ja, das kommt bei uns vor in Rußland ... und überhaupt sind wir Russen ... nun ja, das kommt vor ...« Stepan Trofimowitsch vergaß, den Satz zu beenden.

»Wenn Sie nun Lehrer sind, was wollen Sie dann in Chátowo? Oder wollen Sie noch weiter?«

»Ich ... das heißt, eigentlich will ich nicht weiter ... C'est à dire, ich will zu einem Kaufmann.«

»Dann also wohl weiter nach Spássoff?«

»Ja, ja, ganz recht, nach Spassoff. Übrigens ist das ja einerlei.«

»Wenn Sie nach Spassoff wollen, und zu Fuß, dann würden Sie ja in Ihren schönen Stiefelchen eine ganze Woche brauchen«, sagte das Weiblein wieder lachend.

»Ja, ja, aber auch das ist ja einerlei, mes amis, wirklich einerlei«, brach Stepan Trofimowitsch ungeduldig das Gespräch ab.

‚Gräßlich neugierige Leute; aber das Weibchen drückt sich übrigens besser aus als der Mann, und ich bemerke, daß sich die Ausdrucksweise des Bauernstandes seit der Aufhebung der Leibeigenschaft ein wenig geändert hat und ... und was geht es *mich* an, ob ich nun nach Spassoff fahre oder nicht nach Spassoff? Übrigens bezahle ich ihnen doch die Fahrt; wozu sind sie nun noch so zudringlich?‘

»Wenn man nach Spassoff will, muß man mit dem Dampfschiff fahren, über den See«, setzte der Mann das Gespräch doch noch fort.

»Ja, das ist wahr«, bestätigte das Weibchen mit großer Lebhaftigkeit, »denn wenn man mit Pferden am Ufer entlangfährt, macht man einen Umweg von guten dreißig Werst!«

»Gut vierzig Werst«, meinte der Mann.

»Und morgen gegen zwei Uhr kommt grad das Dampfschiff nach Ustjewo!« wußte das Weibchen noch mitzuteilen.

Aber Stepan Trofimowitsch schwieg nun hartnäckig. Da verstummten denn auch der Mann und das Weiblein. Hin und wieder zog der Mann aufmunternd die Leine an; das Weibchen wechselte mit ihm ab und zu kurze Bemerkungen.

Stepan Trofimowitsch schlummerte ein. Er war furchtbar erstaunt, als das Weiblein ihn lachend anstieß und er sich auf einmal in einem ziemlich großen Dorf vor der Tür eines dreifenstrigen Bauernhauses sah.

»Eingeschlafen, Herr?«

»Was ist das? Wo ... wo bin ich denn? Ach ja! Nun ... einerlei«, sagte Stepan Trofimowitsch aufseufzend und schickte sich an, vom Wagen herabzuklettern.

Er schaute traurig um sich; sonderbar und gleichsam furchtbar fremd erschien ihm das Aussehen eines Dorfes.

»Ach, und den halben Rubel, den habe ich ja ganz vergessen!« wandte er sich mit einer völlig unbegründeten Hast an den Mann, der ihn hergefahren hatte; offenbar fürchtete er sich schon, sich von ihnen zu trennen.

»Kann man in der Stube abmachen, bitt' schön«, sagte der Mann, der ihn mit einer Geste zum Eintreten aufforderte.

»Hier ist es gut!« versuchte das Weiberl ihn zu ermuntern.

Stepan Trofimowitsch trat auf die wacklige Treppe vor der Haustür.

»Aber wie ist das nur möglich«, flüsterte er in tiefer und ängstlicher Verständnislosigkeit, ging aber doch in das Bauernhaus hinein. ‚Elle l'a voulu', fuhr es ihm wie ein Stich durchs Herz, und wieder vergaß er plötzlich alles, vergaß selbst das, daß er ein Bauernhaus betrat.

Es war ein helles, ziemlich sauberes Bauernhaus mit drei Fenstern und zwei Stuben; aber es war eigentlich keine Herberge, sondern nur eine Art Absteigehaus, wo aus alter Gewohnheit vorüberfahrende Bekannte einkehrten. Stepan Trofimowitsch schritt ohne die geringste Verwirrung durch die Stube zur Gastecke, vergaß zu grüßen, setzte sich dort hin und versank in Gedanken. Das angenehme Gefühl der Wärme nach dreistündiger feuchter Kälte ergoß sich ungemein wohlig über seinen Körper. Selbst das leichte Frösteln, das ihm ab und zu kurz über den Rücken lief, das sich vor einer Influenza bei sehr nervösen Menschen immer einzustellen pflegt, wenn sie plötzlich aus der Kälte in die Wärme kommen, wurde von ihm auf einmal als seltsam angenehm empfunden. Er erhob den Kopf, und der leckere Duft heißer Pfannkuchen, die die Wirtin am Ofen briet, kitzelte seinen Geruchsinn. Mit einem kindlichen Lächeln bog er sich zur Wirtin hin und erkundigte sich plötzlich wißbegierig:

»Ja, was ist denn das? Sind das Pfannkuchen? mais... c'est charmant!«

»Wollen der Herr vielleicht welche?« bot ihm die Wirtin sogleich und höflich an.

»Natürlich will ich, selbstverständlich will ich, und... ich würde Sie auch noch um Tee bitten«, erwiderte Stepan Trofimowitsch, fast wie neubelebt.

»Ach, das Ssamowárchen aufstellen? Aber gern, im Augenblick!«

Auf einem großen Teller mit breitem dunkelblauen Muster erschienen sogleich die Pfannkuchen, wie nur die Bauern allein sie zu bereiten verstehen, halb aus Weizenmehl, ganz dünn und mit zerlassener frischer Butter übergossen, die schmackhaftesten Pfannkuchen, die es gibt! Stepan Trofimowitsch kostete sie mit Hochgenuß.

»Wie schmackhaft sie sind, und wieviel Butter! Und wenn ich jetzt noch un doigt d'eau de vie bekommen könnte...«

»Der Herr will wohl ein Schnäpschen dazu?«

»Eben das, eben das, nur ein kleines Gläschen, un tout petit rien.«

»Für fünf Kopeken vielleicht?«

»Für fünf, für fünf, für fünf, un tout petit rien«, nickte Stepan Trofimowitsch mit seligem Lächeln.

Bittet man einen einfachen Menschen aus dem Volk, etwas für einen zu tun, so wird er, wenn er kann und will, gern zu allem bereit sein, was in seinen Kräften steht; bittet man ihn aber, ein Schnäpschen für einen zu besorgen, so verwandelt sich die gewöhnliche ruhige Bereitwilligkeit sofort in einen geschäftigen, freudigen Diensteifer, ja, fast in eine verwandtschaftlich wohlwollende Fürsorge für den Besteller. Und wenn auch derjenige, der das Schnäpschen besorgt, genau weiß, daß man den Schnaps ganz allein trinken wird und er nicht einen Tropfen davon erhält, so scheint er doch gleichsam einen Teil des Genusses, den man beim Trinken haben wird, im voraus mitzuempfinden . . . In kaum drei bis vier Minuten (die Schenke war nur ein paar Schritte vom Hause entfernt) stand bereits vor Stepan Trofimowitsch eine Achtelflasche auf dem Tisch und daneben ein großes grünliches Schnapsglas.

»Und das alles soll für mich sein?« fragte er höchst verwundert. ‚Ich habe zwar immer Schnaps im Hause gehabt, aber nie gewußt, daß man so viel davon für nur fünf Kopeken bekommt!‘

Er goß das Glas voll, erhob sich und schritt mit einer gewissen Feierlichkeit durch die ganze Stube zu der anderen Ecke, wo seine Reisegefährtin Platz genommen hatte, das junge Weib mit den dunklen Augenbrauen, das ihm unterwegs mit den vielen Fragen so lästig geworden war. Das Weibchen wurde verlegen und sträubte sich gegen das Angebot, aber nachdem es alles gesagt hatte, was der Anstand in solchen Fällen verlangt, stand es schließlich auf, nahm das Glas und trank höflich in drei Schlückchen, wie Frauen zu trinken pflegen, den Branntwein aus, worauf es, das Gesicht zu einem schrecklichen Schmerzensausdruck wegen des scharfen Weines verziehend, das Glas mit einer ehrerbietigen Verbeugung Stepan Trofimowitsch zurückreichte. Er erwiderte die Verbeugung würdevoll und kehrte mit geradezu stolzer Miene an seinen Tisch zurück.

Das war von ihm aus alles wie auf Grund einer plötzlichen Eingebung geschehen; noch eine Sekunde zuvor hatte er nicht gewußt, daß er hingehen und der jungen Bäuerin das Glas Branntwein anbieten werde.

‚Ich verstehe es tadellos, tadellos, mit dem einfachen Volk umzugehen, und das habe ich ihnen immer schon gesagt‘, dachte er selbstzufrieden, während er sich den Rest des Branntweins eingoß, der ihn, wenn auch kein volles Glas übriggeblieben war, doch belebend erwärmte und ihm sogar ein wenig zu Kopf stieg.

‚Je suis malade tout à fait, mais ce n'est pas trop mauvais d'être malade.'

»Wünschen Sie nicht, eins davon zu kaufen?« ließ sich neben ihm eine leise Frauenstimme vernehmen.

Er schaute auf und erblickte zu seiner Überraschung eine Dame vor sich – une dame et elle en avait l'air –, eine Dame von über dreißig Jahren, von sehr bescheidenem Aussehen, städtisch gekleidet, in einem dunklen Kleide und mit einem großen grauen Tuch um die Schultern. In ihrem Gesicht lag etwas sehr Angenehmes, das Stepan Trofimowitsch sofort ungemein gefiel. Sie war soeben erst in die Stube zurückgekehrt, in der ihre Sachen noch auf der Bank lagen, gerade neben dem Platz, den Stepan Trofimowitsch eingenommen hatte, unter anderem ein Portefeuille, das er, wie er sich jetzt erinnerte, bei seinem Eintritt neugierig betrachtet hatte, und eine nicht sehr große Tasche aus Wachstuch. Aus eben dieser Tasche hatte sie jetzt zwei hübsch gebundene kleine Bücher mit eingepreßtem Kreuz auf dem Deckel hervorgeholt, die sie nun Stepan Trofimowitsch hinhielt.

»Eh ... mais je crois que c'est l'Evangile? Mit dem größten Vergnügen ... Ah, ich verstehe ... Vous êtes ce qu'on appelle eine Bücherverkäuferin? Ich habe wiederholt davon gelesen ... Fünfzig Kopeken?«

»Fündunddreißig Kopeken der Band«, antwortete die Bücherfrau.

»Mit dem größten Vergnügen. Je n'ai rien contre l'Evangile, et ... Ich habe es schon längst wieder einmal lesen wollen ...«

Und im selben Augenblick kam es ihm zum Bewußtsein, daß er das Neue Testament seit mindestens dreißig Jahren nicht mehr gelesen hatte und sich nur seit der Lektüre von Renans „Vie de Jésus" vor etwa sieben Jahren einiger Stellen erinnerte. Da er kein kleines Geld mehr hatte, zog er seine vier Zehnrubelscheine hervor, – alles, was er besaß.

Die Wirtin erbot sich, einen Schein zu wechseln, und jetzt erst bemerkte er, sich umschauend, daß sich eine ganze Anzahl von Menschen in der Stube angesammelt hatte, und daß sie ihn alle wahrscheinlich schon lange beobachteten und wahrscheinlich auch über ihn sprachen. Es wurde aber auch über die Feuersbrunst in der Stadt gesprochen, von der der Besitzer des Wagens und der Kuh am meisten zu berichten wußte, da er ja soeben erst aus der Stadt zurückgekehrt war. Es war auch von Brandstiftung die Rede und von den Arbeitern der Schpigulinschen Fabrik.

‚Zu mir hat er kein Wort über den Brand gesagt, als er mich herfuhr; sonst aber redete er doch von allem Möglichen', dachte Stepan Trofimowitsch flüchtig.

»Väterchen, Stepan Trofimowitsch, gnädiger Herr, sind Sie es denn wirklich selbst, den ich sehe! Ach, du lieber Gott, das ist aber unverhofft!... Erkennen Sie mich denn gar nicht?« rief auf einmal ein kleiner, bejahrter Mann, der mit seinem glattrasierten Gesicht, in einem Mantel mit breitem, zurückgeschlagenem Kragen wie ein altmodischer herrschaftlicher Diener aussah. Stepan Trofimowitsch erschrak, als er seinen Namen rufen hörte.

»Entschuldigen Sie«, murmelte er, »ich kann mich Ihrer nicht mehr recht erinnern...«

»Haben mich vergessen, der Herr! Ach ja; ich bin doch Aníssim, Aníssim Iwánoff. Ich stand doch im Dienst bei dem verstorbenen Herrn Gagánoff und habe Sie, gnädiger Herr, wer weiß wie oft mit Warwára Petrówna bei der seligen Awdótja Ssergéjewna gesehen. Ich bin auch oft mit Büchern von ihr zu Ihnen geschickt worden, und zweimal hab ich Ihnen auch Petersburger Konfekt von ihr gebracht...«

»Ach, ja, richtig, jetzt erinnere ich mich deiner, Anissim«, versetzte Stepan Trofimowitsch lächelnd. »Und jetzt lebst du hier?«

»Nein, ich lebe jetzt in der Nähe von Spassoff, beim Kloster W..., in der Ansiedlung beim Kloster, bei Márfa

Ssergéjewna, der Schwester der seligen Awdótja Ssergéjewna, vielleicht erinnern sich der Herr noch ihrer: sie fuhr zu einem Ball, und beim Heraushüpfen aus dem Wagen brach sie sich das Bein. Jetzt lebt sie in der Nähe des Klosters und ich bin bei ihr geblieben; jetzt aber fahre ich, wie Sie sehen, nach der Gouvernementsstadt, um meine Angehörigen zu besuchen ...«

»Nun ja, nun ja.«

»Hab ich mich aber gefreut, als ich den Herrn sah! Der gnädige Herr sind doch immer so freundlich zu mir gewesen«, fuhr Anissim mit seligem Lächeln fort. »Aber wohin fährt denn der gnädige Herr jetzt, und dazu noch so ganz allein? ... Sind doch früher, mein' ich, niemals allein gereist?«

Stepan Trofimowitsch wagte ihn vor schreckhafter Scheu kaum anzusehen.

»Fahren der gnädige Herr nicht am Ende zu uns, nach Spassoff?«

»Ja, ich fahre nach Spassoff. Il me semble que tout le monde va à Spassoff ...«

»Vielleicht gar zu Fjódor Matwéjewitsch selber? Ach, wie der sich aber freuen wird! Der hat doch den gnädigen Herrn immer schon so geschätzt, und auch jetzt noch spricht er oft vom gnädigen Herrn ...«

»Jaja, ich fahre auch zu Fjódor Matwéjewitsch.«

»Das wird wohl so sein, das wird wohl so sein. Die Bauern hier wundern sich, weil man den gnädigen Herrn unterwegs zu Fuß angetroffen hat, auf der Landstraße. Aber die sind eben doch nur dummes Volk.«

»Ich ... Ich habe das ... weißt du, Anissim, ich habe gewettet, wie die Engländer das zuweilen machen, daß ich es zu Fuß schaffen könne, und da habe ich ...«

Schweiß trat ihm auf der Stirn und an den Schläfen hervor.

»Das wird wohl so sein, das wird wohl so sein ...«, meinte ohrenspitzend Anissim, der mit wahrhaft unbarmherziger Neugier zuhörte. Aber Stepan Trofimowitsch hielt dem auf die Dauer nicht stand. Er geriet in eine so hilflose Verlegenheit, daß er schon aufstehen wollte, um aus dem Hause zu laufen. Aber da wurde der Ssamowar gebracht, und in demselben Augenblick kehrte auch die Verkäuferin der Evangelienbändchen zurück, die inzwischen weggegangen war. Wie ein Mensch, der sich an seinen Lebensretter wendet, so wandte er sich jetzt an die Frau mit der Bitte, mit ihm Tee zu trinken. Da trat Anissim zurück und verließ bald darauf die Stube.

In der Tat hatten sich unter den Bauern gewisse Bedenken eingestellt: »Was ist das für ein Mensch? Ist zu Fuß auf der Landstraße aufgelesen worden, sagt, er sei Lehrer, gekleidet ist er fast wie ein Ausländer, reden tut er wie ein kleines Kind, antwortet unklar, ganz als ob er jemandem davongelaufen wäre, und hat Geld bei sich!« Kurz, es dauerte nicht lange und man begann zu erwägen, ob man nicht die Polizei benachrichtigen solle, »zumal es doch in der Stadt nicht ganz ruhig sein soll«. Da kam Anissim gerade zur rechten Zeit in den Flur und beruhigte schnell die Gemüter. Nachdem er die Stube verlassen hatte, teilte er allen im Flur Versammelten und jedem, der es hören wollte, mit, daß Stepan Trofimowitsch nicht bloß so etwas wie ein Lehrer, sondern »selber ein großer Gelehrter« sei, der sich mit hohen Wissenschaften befasse, und früher sei er selbst ein hiesiger Gutsbesitzer gewesen, aber nun lebe er schon seit zweiundzwanzig Jahren bei der hochadeligen Vollgeneralin Stawrógina als das Oberhaupt im Hause, und in der ganzen Stadt sei er bei allen hoch angesehen. Im Adelsklub habe er an manchen Abenden Fünfzig- und Hundertrubelscheine verspielt, und dem Titel nach sei er »Rat«, was ebensoviel besagen wolle wie ein Oberstleutnant, also nur etwas weniger als ein voller Oberst. Und daß er Geld bei sich habe, das habe doch nichts auf sich, da er durch die Vollgeneralin Stawrógina über soviel verfüge, daß es gar nicht abzuzählen sei, und so weiter, und so weiter.

‚Mais c'est une dame et très comme il faut', dachte inzwischen Stepan Trofimowitsch, der sich von Anissims Überfall zu erholen begann, während er mit angenehmer Neugier seine neue Nachbarin auf der Bank betrachtete, die übrigens wie das Volk den Tee aus der Untertasse trank und dazu von einem Stückchen Hutzucker zu jedem Schluck Tee etwas abbiß. »Ce petit morceau de sucre, ce n'est rien ... Sie hat etwas Vornehmes und Selbständiges an sich und gleichzeitig etwas Ruhiges. Le comme il faut tout pur, nur ein wenig wie von einer anderen Art.«

Er erfuhr bald von ihr, daß sie Ssófja Matwéjewna Ulítina heiße und eigentlich in K ... wohne, wo sie eine verwitwete Schwester habe, aus dem Kleinbürgerstande; auch sie selbst sei Witwe, da ihr Mann, der für längeren Dienst vom Feldwebel zum Unterleutnant befördert worden war, bei Sebastopol gefallen sei.

»Aber Sie sind ja noch so jung, vous n'avez pas trente ans.«

»Vierunddreißig«, sagte Ssofja Matwéjewna lächelnd.

»Wie, Sie sprechen auch Französisch?«

»Ein wenig; ich habe nachher vier Jahre in einem vornehmen Hause gelebt, und dort habe ich einiges von den Kindern gelernt.«

Sie erzählte ferner, sie sei im Alter von achtzehn Jahren Witwe geworden, sei danach eine Zeitlang als Krankenschwester in Sebastopol geblieben, darauf habe sie verschiedene Stellungen innegehabt, jetzt aber ziehe sie umher und verkaufe diese kleinen Bände, die das Neue Testament enthielten.

»Mais, mon Dieu, sind Sie es vielleicht, mit der unlängst in unserer Stadt eine sonderbare, sogar sehr sonderbare Geschichte passiert ist?«

Sie wurde rot; es stellte sich heraus, daß tatsächlich sie die Leidtragende gewesen war.

»Ces vauriens, ces malheureux!« begann Stepan Trofimowitsch mit einer Stimme, die vor Unwillen bebte; die widerliche und schmachvolle Erinnerung preßte ihm das Herz schmerzhaft zusammen. Für eine Weile verlor er sich gleichsam in Gedanken.

‚Ah, sie ist schon wieder weggegangen', dachte er erstaunt, als er wieder zur Besinnung kam und bemerkte, daß sie nicht mehr neben ihm saß. ‚Sie geht immer wieder fort und scheint um irgend etwas in Sorge zu sein; ich glaube, sie ist sogar aufgeregt ... Bah, je deviens égoïste!'

Als er nach einiger Zeit aufsah, erblickte er wieder Aníssim, diesmal aber mit einer geradezu bedrohlichen Gefolgschaft. Die halbe Stube war voll von Bauern, die offenbar Anissim herbeigeholt hatte. Da waren außer Anissim vor allem der Hausbesitzer und der Besitzer der Kuh, der ihn hergefahren hatte, ferner zwei andere Kerle (wie sich herausstellte, Fuhrleute) und außerdem noch ein kleiner halbbetrunkener Mensch, der wie ein Bauer gekleidet war, aber keinen Bart trug, und mit seinem glattrasierten Gesicht eher wie ein durch Suff heruntergekommener Kleinbürger aussah und mehr als alle anderen redete. Und sie alle stritten sich um ihn, um Stepan Trofimowitsch. Der Besitzer der Kuh versicherte in einem fort, daß im Wagen längs dem Ufer ein Umweg von gut vierzig Werst zu machen sei, und daß man deshalb unbedingt mit dem Dampfschiff fahren müsse. Der halbbetrunkene Kleinbürger dagegen und der Hauswirt widersprachen ihm heftig:

»Darum, daß wenn du, mein Bruderherz, seine Hochwohlgeboren auch versicherst, daß es über'n See näher ist, so hast du recht; aber in der jetzigen Jahreszeit wird doch der Dampfer vielleicht gar nicht mehr in Ústjewo anlegen.«

»Doch, doch, noch eine ganze Woche lang wird er dort anlegen!« ereiferte sich Anissim noch mehr als die anderen.

»Schön, das meinst du wohl so! Aber darauf ist doch kein Verlaß, denn so spät im Jahr kommt er doch ganz unregelmäßig, und mitunter kannst du in Ústjewo drei Tage lang auf ihn warten!«

»Morgen wird er sicher kommen, morgen gegen zwei Uhr

mittags. Und in Spássoff werden Euer Gnaden dann noch pünktlich vor dem Abend eintreffen!« ereiferte sich Anissim über die Maßen.

»Mais qu'est-ce qu'il a cet homme?« fragte nahezu zitternd Stepan Trofimowitsch, der mit Bangen der Entscheidung über seine Weiterreise entgegensah.

Nun traten aber auch die Fuhrleute vor und wollten den Preis festsetzen; bis Ústjewo verlangten sie drei Rubel. Die anderen schrieen, das sei nicht zu viel, das sei der übliche Preis, und von hier bis nach Ustjewo habe die Fahrt den ganzen Sommer über so viel gekostet.

»Aber ... hier ist es doch auch sehr angenehm ... Und ich will ja gar nicht ...«, versuchte sich Stepan Trofimowitsch gegen den Willen der anderen zu wehren.

»Gewiß, Euer Gnaden, das ist wohl so, aber bei uns in Spassoff ist es doch jetzt unvergleichlich schöner, und was wird sich erst Fjódor Matwéjewitsch über den Besuch freuen!« fiel ihm Anissim ganz begeistert ins Wort.

»Mon Dieu, mes amis, das kommt mir alles so überraschend ...«

Endlich kehrte Ssófja Matwéjewna zurück. Aber sie setzte sich ganz traurig und wie zerschlagen auf ihren Platz.

»Nun habe ich schon keine Aussicht mehr, nach Spássoff zu kommen!« sagte sie ganz niedergeschlagen zur Wirtin.

»Wie, auch Sie wollen nach Spassoff?« fragte Stepan Trofimowitsch aufhorchend.

Es stellte sich heraus, daß eine Gutsbesitzerin, Nadéschda Jegórowna Sswetlízyna, ihr gestern gesagt hatte, sie solle sie im Dorf Chátowo erwarten, da sie dort durchfahren und sie dann nach Spassoff mitnehmen werde. Nun aber traf diese Nadéschda Jegórowna noch immer nicht ein.

»Was soll ich jetzt bloß anfangen?« fragte Ssofja Matwejewna ratlos.

»Mais, ma chère et nouvelle amie, ich kann Sie doch ebensogut wie diese Gutsbesitzerin nach diesem ... wie heißt es doch gleich? ... nach diesem Dorf mitnehmen, wohin ich den Wagen schon gemietet habe, und morgen sind wir dann beide in Spassoff ...«

»Ja, fahren Sie denn auch nach Spassoff?«

»Mais que faire, et je suis enchanté! – Und ich würde Sie mit Freuden hinbringen. Sehen Sie, die wollen doch alle, daß ich hinfahre, und ich habe ja auch schon einen ... Wen von euch habe ich denn nun engagiert?« wandte sich Stepan Trofinowitsch lebhaft an die Fuhrleute, plötzlich sehr damit einverstanden, nach Spassoff zu fahren.

Eine Viertelstunde später setzten sie sich bereits in einen verdeckten Wagen: er ungemein angeregt und vollkommen zufrieden, sie neben ihm mit ihrer Wachstuchtasche und einem dankbaren Lächeln. Anissim war ihnen beim Einsteigen behilflich.

»Glückliche Reise, gnädiger Herr!« rief er, mitten im eifrigsten Bemühen, alles richtig und bequem herzurichten. »Was habe ich mich doch gefreut, den Herrn wiederzusehen!«

»Adieu, adieu, mein Freund, adieu, leb' wohl!«

»Und Sie werden nun Fjódor Matwéjewitsch wiedersehen ...«

»Ja, mein Freund, ja ... Fjódor Petrówitsch ... aber nun leb schon wohl.«

II

Sehen Sie, mein Freund – Sie erlauben mir doch, mich Ihren Freund zu nennen, n'est-ce pas?« begann Stepan Trofimowitsch eilig, kaum daß sich der Wagen in Bewegung gesetzt hatte. »Sehen Sie, ich ... J'aime le peuple, c'est indispensable, mais il me semble, que je ne l'avais jamais vu de près. Stasie... cela va sans dire qu'elle est aussie du peuple... mais le vrai peuple, das heißt, das wirkliche Volk, das man auf der großen Landstraße antrifft, das kümmert sich, wie mir scheint, um überhaupt nichts anderes als einzig darum, wohin ich nun eigentlich reise ... Aber lassen wir die Kränkungen beiseite. Mir ist zwar, als käme ich etwas zu sehr ins Reden, aber das kommt wohl nur, denke ich, von der Eile.«

»Ich fürchte, Sie sind nicht ganz gesund«, meinte Ssofja Matwejewna, die ihn prüfend, wenn auch respektvoll, betrachtete.

»Nein, nein, man muß sich nur ein wenig fester einwikkeln, und überhaupt ... Der Wind ist etwas frisch, sogar sehr frisch, aber ... denken wir nicht daran. Ich wollte eigentlich ... ja, das ist die Hauptsache, ich wollte eigentlich von etwas ganz Anderem reden. Chère et incomparable amie, mir ist so, als wäre ich nahezu glücklich, und schuld daran sind – Sie. Für mich ist es unvorteilhaft, glücklich zu sein, weil ich dann sofort bereit bin, allen meinen Feinden zu vergeben ...«

»Aber das ist doch sehr gut.«

»Nicht immer, chère innocente. L'Evangile ... Voyez-vous, désormais nous le prêcherons ensemble, und ich werde mit Vergnügen diese Ihre netten kleinen Büchlein verkaufen. Ja, ich fühle, daß das vielleicht sogar eine Idee sein könnte, quelque chose de très nouveau dans ce genre. Das Volk ist religiös, c'est admis, aber es kennt das Evangelium noch nicht. Ich werde es ihm auslegen ... Bei so einer mündlichen Auslegung kann man ja dann die Fehler dieses bemerkenswerten Buches korrigieren, dieses Buches, zu dem ich mich mit größter Hochachtung zu verhalten bereit bin. Ich werde auch auf der großen Landstraße nützlich sein können. Ich bin immer nützlich gewesen. Das habe ich *ihnen* auch immer gesagt, et à cette chère ingrate ... Oh, vergeben wir, vergeben wir, laßt uns vor allen Dingen vergeben, allen und immer vergeben ... Und laßt uns hoffen, daß auch uns vergeben werden wird. Ja, denn alle sind und jeder einzelne ist vor dem anderen schuldig. Alle sind schuldig! ...«

»Da haben Sie, glaub ich, etwas sehr Schönes gesagt«, wagte Ssofja Matwejewna ehrerbietig zu bemerken.

»Ja, ja ... Ich fühle es selbst, daß ich sehr gut spreche.

Ich werde sehr schöne Reden halten, aber was wollte ich doch hauptsächlich sagen? Ich komme immer davon ab und kann mich dann nicht mehr erinnern ... Ja, wollen Sie mir erlauben, mich nicht mehr von Ihnen zu trennen? Ich fühle, daß Ihr Blick und ... ich bin sogar erstaunt über Ihre Manieren: Sie sind so schlicht, Sie sprechen mitunter wie das einfache Volk, Sie gießen Ihren Tee in die Untertasse ... und beißen dazu von diesem gräßlichen Zuckerstück ab; aber sonst ... ist in Ihnen etwas Bezauberndes, und ich sehe in Ihren Zügen ... Oh, erröten Sie nicht und fürchten Sie sich nicht vor mir als einem Mann! Chère et incomparable, pour moi une femme c'est tout! Ich kann gar nicht anders als nur neben einer Frau leben, aber eben nur neben ihr ... Das heißt, ich wollte sagen ... ich habe mich soeben wohl entsetzlich, entsetzlich versprochen ... Aber ich kann mich nicht mehr darauf besinnen, was ich sagen wollte. Oh, selig ist der, dem Gott immer eine Frau schickt, und ... und ich glaube sogar, daß ich gewissermaßen begeistert bin. Auch in der großen Landstraße liegt eine höhere Idee! Ja, das, das war es, was ich sagen wollte, über die höhere Idee, jetzt ist es mir wieder eingefallen, vorhin aber konnte ich mich nicht mehr darauf besinnen. Aber warum haben sie uns in diesen Wagen gedrängt und weitergefahren? Dort war es doch sehr schön, hier aber – cela devient trop froid. A propos, j'ai en tout quarante roubles et voici cet argent, nehmen Sie es, nehmen Sie es an sich, ich verstehe damit nicht umzugehen, ich werde es verlieren, man wird es mir wegnehmen, und ... Ich glaube, ich würde ganz gern ein wenig schlafen ... es dreht sich da irgend etwas in meinem Kopf. Ja, so, es dreht sich, dreht sich, dreht sich. Oh, wie gut Sie sind, womit decken Sie mich denn zu?«

»Sie haben bestimmt eine richtige Influenza erwischt, und ich habe Sie nur mit meiner Decke zugedeckt, aber das Geld, das möchte ich doch lieber nicht ...«

»Oh, um Gottes willen, n'en parlons plus, parce que cela me fait mal; oh, wie gut Sie sind!«

Er hörte auf einmal überraschend schnell zu reden auf und versank ebenso schnell in einen fieberhaften, mit leichtem Frösteln verbundenen Schlaf.

Der Landweg, auf dem sie die siebzehn Werst bis Ustjewo zurückzulegen hatten, war recht uneben, und die Federn des Wagens schwächten kaum die gewaltigen Stöße ab. Stepan Trofimowitsch wachte häufig auf, erhob dann schnell den Kopf von dem kleinen Kissen, das Ssofja Matwéjewna ihm als Nackenstütze untergeschoben hatte, ergriff sie bei der Hand und vergewisserte sich ängstlich: »Sind Sie noch hier?« als hätte er die ganze Zeit gefürchtet, sie könnte weggehen und ihn allein lassen. Auch versicherte er ihr, ihm träume von so etwas wie einem aufgerissenen Rachen mit Zähnen, und das sei ihm sehr zuwider. Ssofja Matwéjewna war in großer Unruhe um ihn.

Der Kutscher fuhr sie unmittelbar vor ein großes Bauernhaus, das vier Fenster zur Straße und auf dem Hof noch etliche bewohnte Anbauten hatte. Stepan Trofimowitsch, der im Augenblick der Ankunft gerade aufwachte, beeilte sich hineinzugehen und begab sich ohne weiteres in die zweite, die größte und beste Stube des Hauses. Sein verschlafenes Gesicht nahm einen ungemein geschäftigen Ausdruck an. Der Wirtin, einem hochgewachsenen, kräftigen Weibe von ungefähr vierzig Jahren, das fast schwarzes Haar und auf der Oberlippe einen dunklen Flaum, ja, fast einen Schnurrbart hatte, erklärte er sogleich, er beanspruche diese ganze Stube für sich allein, und daß sie ihm »keinen Menschen hier hereinlasse und die Türe zuschließe, parce que nous avons à parler. Oui, j'ai beaucoup à vous dire, chère amie. – Ich bezahle Ihnen alles, ich bezahle, bezahle!« rief er erregt, herrisch der Wirtin abwinkend.

Obschon er sich sehr beeilte, war es doch, als könne sich seine Zunge nur schwerfällig bewegen. Die Wirtin hörte ihn unfreundlich an, schwieg aber vorerst, als sei sie einverstanden, aber in diesem Schweigen lag doch etwas, das irgendwie bedrohlich wirkte.

Er aber bemerkte nichts davon und verlangte ungestüm (er hatte es furchtbar eilig), sie solle weggehen und sofort, so schnell wie möglich, das Mittagessen auftragen, »unverzüglich, ohne jede Saumseligkeit!«

Da aber konnte sich das Weib mit dem Schnurrbart doch nicht mehr beherrschen.

»Das ist hier kein Wirtshaus für den Herrn, wir liefern kein Mittagessen für die Durchreisenden. Wir können wohl mal Krebse kochen oder einen Ssamowar aufstellen, aber weiter gibt es bei uns nichts. Frische Fische wird's erst morgen geben.«

Allein, Stepan Trofimowitsch duldete keinen Widerspruch und wiederholte in zorniger Ungeduld: »Ich bezahle es ja nur schnell, nur schnell!« Endlich einigte man sich: es blieb bei Fischsuppe und einem gebratenen Huhn; die Wirtin erklärte zwar, es gäbe im ganzen Dorf kein Huhn zu kaufen, willigte aber schließlich doch ein, eins suchen zu gehen, wenn sie es auch mit einer Miene tat, als erwiese sie damit eine außergewöhnliche Gefälligkeit.

Kaum war sie hinausgegangen, als Stepan Trofimowitsch sich im Nu auf das Sofa setzte und Ssofja Matwéjewna nötigte, neben ihm Platz zu nehmen. Es gab in der Stube sowohl ein Sofa als auch Lehnstühle, aber von unschöner Form. Überhaupt machte diese ganze ziemlich große Stube (mit der niedrigen Scheidewand, hinter der das Bett stand), mit den gelben, alten, rissigen Tapeten, schauderhaften mythologischen Lithographien an den Wänden, einer langen Reihe von Heiligenbildern und einem Heiligenschrein aus Messing in der vorderen Ecke einen unschönen Eindruck, eben durch diese Mischung von städtischem und altbäuerischem Mobiliar. Aber Stepan Trofimowitsch warf nicht einmal einen Blick auf diese ganze Ausstattung und sah auch nicht durch das Fenster auf den großen, endlosen See, der kaum dreißig Schritte vom Hause begann.

»Endlich sind wir allein, wir werden keinen Menschen hereinlassen! Ich will Ihnen alles erzählen, von Anfang an.«

Aber Ssofja Matwéjewna fiel ihm in nicht geringer Unruhe ins Wort:

»Wissen Sie auch, Stepan Trofimowitsch...«

»Comment, vous savez déjà mon nom?« fragte er mit freudigem Lächeln.

»Ich hörte vorhin, wie Aníssim Iwánowitsch Sie anredete, als Sie mit ihm sprachen. Aber ich möchte mir erlauben, Sie meinerseits auf etwas aufmerksam zu machen...«

Und sie flüsterte ihm, ängstlich nach der geschlossenen Tür blickend, möglichst leise zu, damit kein möglicher Horcher sie höre, daß es hier in diesem Dorf ein wahrer Jammer sei. Die hiesigen Einwohner seien wohl von Hause aus Fischer, aber ihre Haupteinnahme sei doch, daß sie in jedem Sommer von den Reisenden, die hier auf das Dampfschiff warteten, so viel Geld verlangten, wie ihnen gerade einfiel. Das Dorf liege nicht an der großen Landstraße und der Landweg, der hierher abzweige, ende hier, und die Reisenden kämen nur deswegen hergefahren, weil das Dampfschiff hier anlege; wenn aber das Wetter nur ein bißchen ungünstiger sei, dann komme das Dampfschiff gar nicht her, dann sammelten sich die Reisenden von mehreren Tagen hier an und alsbald seien alle Hütten im Dorf besetzt, und darauf warteten hier die Einheimischen nur, weil sie dann für alles und jedes den dreifachen Preis fordern könnten; der Wirt dieses Hauses sei besonders stolz und hochmütig, denn für die hiesigen Verhältnisse sei er schon gar zu reich, und schon ein einziges seiner Netze koste tausend Rubel.

Stepan Trofimowitsch schaute geradezu vorwurfsvoll in das außergewöhnlich belebte Gesicht Ssofja Matwéjewnas und machte wiederholt eine Geste, wie um sie in ihrem Redefluß aufzuhalten. Sie aber ließ sich nicht unterbrechen und setzte es durch, alles zu Ende zu erzählen; nach ihren Worten hatte sie schon im Sommer »mit einer hochvornehmen Dame aus der Stadt« ihre Erfahrungen hierselbst gemacht: sie hatten ganze zwei Tage auf das Dampfschiff warten und hier auch übernachten müssen, und dabei hatten sie so viel auszustehen gehabt, daß sie sich schon vor der bloßen Erinnerung daran fürchte.

»Und nun haben Sie, Stepan Trofimowitsch, dieses Zimmer für sich allein zu beanspruchen beliebt ... Ich sage es ja nur, um zu warnen ... Dort im anderen Zimmer sind schon Reisende, ein älterer Herr und ein junger Mann und noch eine Dame mit Kindern, und bis morgen zwei Uhr wird das ganze Haus voll Menschen sein, denn das Dampfschiff ist doch schon zwei Tage lang nicht gekommen, also wird es morgen bestimmt kommen. Und so werden denn die Wirtsleute für das besondere Zimmer und auch dafür, daß Sie von ihnen ein Mittagessen verlangt haben, und für die durch Sie allen übrigen Reisenden angetane Kränkung von Ihnen einen Preis fordern, der selbst in den Hauptstädten unerhört wäre!«

Er aber litt inzwischen, litt aufrichtig.

»Assez, mon enfant, assez, ich beschwöre Sie, lassen Sie das jetzt, nous avons notre argent et après – après le bon Dieu. Und ich wundere mich sogar, daß Sie bei der Höhe Ihrer Ansichten ... Assez, assez, vous me tourmentez«, wehrte er in krankhafter Gereiztheit diese Sorgen ab. »Vor uns liegt unsere ganze Zukunft, und Sie ... Sie wollen mir Angst machen vor der Zukunft ...«

Und er begann sofort, ihr seine ganze Lebensgeschichte auseinanderzusetzen, wobei er sich dermaßen beeilte, daß es anfangs sogar schwer fiel, ihn zu verstehen. Die Geschichte war sehr lang. Man brachte die Fischsuppe, man brachte das Huhn, schließlich brachte man auch den Ssamowar, er aber sprach immer noch ... Es hörte sich alles etwas sonderbar und krankhaft an, aber er war ja auch richtig krank. Das war eine plötzlich übermäßig gesteigerte Anspannung seiner Geisteskräfte, die natürlich – und das sah Ssofja Matwéjewna schon während seiner ganzen Erzählung bekümmert voraus – alsbald in ein außergewöhnliches Nachlassen der Kräfte in seinem bereits erschütterten Organismus umschlagen mußte.

Er begann beinahe mit seiner frühesten Kindheit, als er noch »mit leichter Brust durch die Felder lief«; nach einer Stunde war er erst bei seinen beiden Ehen und seinem Berliner Leben angelangt. Ich habe übrigens nicht die Absicht, darüber zu spotten. Es handelte sich für ihn dabei tatsächlich um etwas Höheres und, um den neuesten Modeausdruck zu gebrauchen, nahezu um einen Kampf ums Dasein. Er sah jetzt diejenige vor sich, die er sich für seinen weiteren Weg in die Zukunft bereits auserwählt hatte, und er beeilte sich, sie sozusagen einzuweihen. Seine Genialität durfte für sie nicht mehr ein Geheimnis bleiben ... Es ist möglich, daß er Ssofja Matwéjewnas Vorzüge vor sich selbst stark vergrößerte, aber er hatte sie nun schon erwählt. Ohne eine Frau war für ihn das Dasein nicht möglich. Er sah es ja selbst ganz klar schon ihrem Gesicht an, daß sie ihn fast überhaupt nicht verstand, sogar das Wichtigste nicht verstand. Aber ...

‚Ce n'est rien, nous attendrons, und vorläufig wird sie es mit dem Ahnungsvermögen verstehen können ...' dachte er bei sich.

»Mein Freund, ich brauche ja von Ihnen einzig und allein Ihr Herz!« rief er aus, seine Erzählung unterbrechend, »und diesen lieben, bezaubernden Blick, mit dem Sie mich jetzt ansehen. Oh, erröten Sie nicht! Ich habe Ihnen doch schon gesagt ...«

Für die arme, in die Rolle der Zuhörerin geratene Ssofja Matwéjewna wurde das meiste erst dann nebelig-unklar, als die Erzählung in eine richtige Dissertation überging über das Thema: wie ihn noch nie jemand habe verstehen können und »wie bei uns in Rußland die Talente untergehen«. – Das sei dann alles »wohl sehr gescheit, aber schon zu hoch für mich« gewesen, berichtete sie später mit einiger Wehmut. Sie hörte ihm mit sichtlicher Anstrengung zu, wobei sie die Augen ein wenig aufriß. Als aber Stepan Trofimowitsch mit Humor ironisch-boshaft wurde und sich in witzigsten Sticheleien über unsere »Avantgardisten und herrschenden

Größen« erging, da versuchte sie zwar in ihrer Ratlosigkeit auf sein Lachen mit einem Lächeln einzugehen, versuchte das sogar zweimal, nur mißriet ihr das schlechter, als wenn sie geweint hätte, so daß Stepan Trofimowitsch zu guter Letzt sogar selbst verlegen wurde und mit um so größerer Verve und Bitterkeit über die Nihilisten und die »neuen Menschen« herzuziehen begann. Damit aber erschreckte er sie geradezu, und sie atmete erst wieder auf – allerdings viel zu früh, da sich die Hoffnung als trügerisch erwies –, als nun endlich die eigentliche Liebesgeschichte begann. Eine Frau bleibt doch immer Frau, mag sie auch Nonne sein. So lächelte sie denn, schüttelte den Kopf, errötete stark und schlug die Augen nieder, wodurch sie Stepan Trofimowitsch dermaßen in Entzücken und Begeisterung versetzte, daß er manches sogar noch hinzulog. Warwara Petrowna wurde in seiner Schilderung zu einer reizenden Brünetten (»die Petersburg und sehr viele andere Residenzen Europas entzückte«), ihr Mann aber war »bei Sebastopol gefallen, durchbohrt von einer Kugel«, der er sich einzig deshalb ausgesetzt, weil er sich ihrer Liebe nicht würdig fühlte und sie dem Rivalen abtreten wollte, eben ihm, Stepan Trofimowitsch.

»Oh, werden Sie nicht verlegen, meine stille, meine sanfte Christin!« rief er Ssofja Matwejewna zu, beinahe selbst schon daran glaubend, was er ihr erzählte, »das war etwas Höheres, was uns verband, etwas so Zartes, daß wir uns beide unser Lebelang niemals darüber ausgesprochen haben.«

Als Ursache einer solchen Lage der Dinge erschien dann im weiteren Verlauf der Erzählung eine Blondine (wenn damit nicht Darja Pawlowna gemeint war, so wüßte ich wirklich nicht, an wen er sonst noch gedacht haben könnte). Diese Blondine hatte alles der Brünetten zu verdanken, denn sie war als entfernte Verwandte in deren Hause aufgewachsen. Als aber die Brünette die Liebe der Blondine zu Stepan Trofimowitsch bemerkte, da zog sie sich in sich selbst zurück. Aber auch die Blondine bemerkte ihrerseits die Liebe der Brünetten zu Stepan Trofimowitsch und zog sich gleichfalls in sich selbst zurück. Und so schwiegen sie denn alle drei, vergehend vor sich gegenseitig überbietender Großmut, schwiegen ganze zwanzig Jahre lang, alle drei in sich selbst zurückgezogen.

»Oh, was war das für eine Leidenschaft, was war das für eine Liebe!« rief er aus, schluchzend vor aufrichtigster Gefühlstrunkenheit. Er habe »die volle Blüte ihrer Schönheit« gesehen (der Brünetten), habe mit schmerzzerrissenem Herzen tagtäglich gesehen, wie sie an ihm vorüberging »als schäme sie sich ihrer vollerblühten Schönheit«. (Einmal versprach er sich und sagte: »als schäme sie sich ihrer Fülle«.) Schließlich aber habe er diesen ganzen zwanzigjährigen Fiebertraum von sich geworfen und sei davongelaufen. »Vingt ans!« Und da sitze er nun auf der großen Landstraße ...

Darauf folgte dann – wahrscheinlich in einem Zustand noch größerer fiebriger Benommenheit – der Versuch einer Erklärung dessen, was die heutige »so unverhoffte und so schicksalhafte Begegnung« mit ihr, Ssofja Matwéjewna, für sie beide und »nunmehr für alle Ewigkeit« zu bedeuten habe.

Aber nun stand Ssofja Matwejewna doch auf vom Sofa, natürlich in schrecklicher Geniertheit, und da er auch noch vor ihr auf die Knie zu fallen versuchte, brach sie in Tränen aus vor Verlegenheit. Die Dämmerung wurde dunkler: sie hatten beide in dem verschlossenen Zimmer schon mehrere Stunden verbracht ...

»Nein, jetzt lassen Sie mich schon lieber ins andere Zimmer gehen«, stammelte sie, »sonst denken sich die Leute noch wer weiß was!«

Sie riß sich endlich los; er ließ sie gehen, nachdem er ihr versprochen hatte, sogleich zu Bett zu gehen und zu schlafen. Beim Abschied klagte er noch über starke Kopfschmerzen. Ssofja Matwejewna hatte schon bei der Ankunft ihre Sachen und die Wachstuchtasche mit den Büchern in der ersten Stube untergebracht, wo sie mit den anderen zusammen zu übernachten beabsichtigte; aber es war ihr nicht beschieden, sich ausruhen zu können.

In der Nacht bekam Stepan Trofimowitsch den üblichen, mir und allen seinen Freunden so wohlbekannten Anfall von Cholerine, der ja bei ihm der gewöhnliche Ausgang aller nervösen Spannungen und moralischen Erschütterungen war. Die arme Ssofja Matwejewna kam die ganze Nacht nicht zum Schlafen. Da sie bei der Wartung des Kranken häufig durch die vordere Stube hinausgehen und auf demselben Wege zurückkehren mußte, so störte sie die dort Schlafenden, die alsbald zu murren begannen; und als sie gegen Morgen den Ssamowar aufstellen wollte, da begannen sie alle, und die Hauswirtin erst recht, auch noch zu schimpfen.

Stepan Trofimowitsch war während der ganzen Zeit des Anfalls nur bei halbem Bewußtsein, manchmal kam es ihm so vor, als werde ein Ssamowar aufgestellt, als gebe man ihm etwas zu trinken (Himbeersaft), als wärme man ihm mit irgendetwas den Leib, die Brust. Aber er fühlte doch fast jeden Augenblick, daß *sie* hier bei ihm war, daß sie es war, die ging und kam, ihm aus dem Bett half und ihn wieder zudeckte im Bett. Gegen drei Uhr morgens wurde ihm besser: er setzte sich auf, ließ die Beine über den Bettrand baumeln, und auf einmal, ohne sich etwas dabei zu denken, fiel er vor ihr auf den Fußboden. Das war schon nicht mehr der Kniefall von vorhin am Sofa; er fiel ihr einfach zu Füßen und küßte den Saum ihres Kleides ...

»Um Himmels willen, nicht doch ... Das bin ich ja gar nicht wert«, stammelte sie, während sie ihn wieder aufs Bett zu heben versuchte.

»Meine Retterin«, hauchte er, andächtig die Hände vor ihr faltend. »Vous êtes noble comme une marquise! Ich ... ich bin ein Nichtswürdiger! Oh, ich bin mein Lebelang ein Ehrloser gewesen ...«

»Beruhigen Sie sich doch!« flehte Ssofja Matwejewna.

»Ich habe Ihnen vorhin alles vorgelogen, aus Ruhmsucht, aus Prahlerei, um der größeren Pracht willen, aus müßiger Schwatzhaftigkeit ... alles, alles, bis aufs letzte Wort, o Nichtswürdiger, Nichtswürdiger!«

So ging denn der Anfall von Cholerine in einen anderen Anfall über, in den einer hysterischen Selbstverdammung. Ich habe von diesen Anfällen schon früher, bei Gelegenheit der Reuebriefe an Warwara Petrowna, gesprochen. Plötzlich erinnerte er sich an Lisa und an das Zusammentreffen mit ihr frühmorgens ...

»Das war so schrecklich, und ... da war bestimmt ein Unglück geschehen, ich aber habe nicht danach gefragt, mich gar nicht erkundigt! Ich dachte nur an mich! Aber was ist denn mit ihr geschehen, wissen Sie nicht, was mit ihr geschehen ist?« fragte er Ssofja Matwejewna in beschwörender Angst.

Gleich darauf schwor er, daß er nicht »untreu« werden könne, daß er »zu ihr« zurückkehren müsse (d. h. zu Warwara Petrowna).

»Wir wollen zum Portal ihres Hauses gehen« (nun meinte er damit wieder sich und Ssofja Matwejewna), »jeden Tag, wenn sie sich in ihren Wagen setzt, um vormittags ihre Spazierfahrt zu machen, und wir wollen ganz still nur zusehen ... Oh, ich will, ich will, daß sie mich auch auf die andere Wange schlage, mit Wonne will ich das! Ich werde ihr auch meine andere Wange hinhalten, comme dans votre livre! Jetzt, erst jetzt habe ich begriffen, was das heißt: die andere Backe ... hinhalten. Früher habe ich das niemals verstanden!«

Für Ssofja Matwejewna brachen nun zwei furchtbare Tage an; auch jetzt noch überläuft sie ein Zittern, wenn sie an diese sorgenvollen Stunden zurückdenkt. Stepan Trofimowitschs Krankheitszustand verschlimmerte sich ernstlich, so daß er gar nicht mehr imstande war, die Reise mit dem Dampfschiff fortzusetzen, das diesmal pünktlich um zwei Uhr eintraf; sie aber brachte es nicht über sich, ihn allein zurückzulassen, und so gab sie gleichfalls ihre Reise nach Spassoff auf. Wie sie später berichtete, habe er sich über die Nachricht, daß das Dampfschiff schon wieder weitergefahren sei, sogar sehr gefreut.

»Nun, das ist ja herrlich, das ist ja wunderbar«, murmelte er, im Bett liegend. »Ich fürchtete schon die ganze Zeit, daß wir weiterfahren müßten. Hier ist es so schön, hier ist es am besten ... Sie werden mich doch nicht verlassen? O nein, Sie haben mich ja nicht verlassen!«

Indessen aber war es »hier« durchaus nicht so schön. Von den Schwierigkeiten, die sie zu überwinden hatte, wollte er nichts wissen; sein Kopf war nur mit Phantasien angefüllt. Seine Krankheit hielt er für etwas schnell Vorübergehendes, für ein Lappalie, und dachte überhaupt nicht an sie, sondern dachte nur daran, wie sie hingehen und »diese kleinen Bücher« verkaufen würden. Er bat sie, ihm aus dem Evangelium vorzulesen.

»Es ist schon lange her, daß ich es gelesen habe ... im Original. Aber, nicht wahr, es könnte mich doch jemand nach diesem oder jenem fragen, und dann könnte ich vielleicht nicht die richtige Auskunft geben; man muß sich doch einigermaßen vorbereiten.«

Sie setzte sich an sein Bett und schlug das Buch auf.

»Sie lesen vorzüglich«, unterbrach er sie schon nach der ersten Zeile. »Ich sehe schon, ich sehe, daß ich mich nicht getäuscht habe!« fügte er unklar, aber ganz entzückt hinzu. Und überhaupt war er die ganze Zeit in einem gehobenen Gemütszustand, als wäre er von allem entzückt. Sie las ihm die Bergpredigt vor.

»Assez, assez, mon enfant, genug ... Meinen Sie wirklich, daß *das* noch nicht genügt?«

Und er schloß ermattet die Augen. Er war wohl sehr schwach, aber das Bewußtsein verlor er noch nicht. Ssofja Matwéjewna wollte sich schon erheben, da sie annahm, er wolle einschlafen. Aber er hielt sie zurück.

»Mein Freund«, sagte er, »ich habe mein Leben lang gelogen. Selbst dann, wenn ich die Wahrheit sagte. Ich habe nie um der Wahrheit willen geredet, sondern nur um meinetwillen; das habe ich auch früher schon gewußt, aber erst jetzt sehe ich das ein ... Oh, wo sind jene Freunde, die ich mit meiner Freundschaft mein ganzes Leben lang gekränkt habe? Und sie alle, sie alle! Savez-vous, vielleicht lüge ich auch jetzt; bestimmt lüge ich auch jetzt. Die Hauptsache ist dabei, daß ich mir selbst glaube, wenn ich lüge. Das Allerschwerste im Leben ist doch, zu leben und nicht zu lügen ... und ... und an die eigene Lüge nicht zu glauben, ja, ja, gerade das! Aber warten Sie, über all das später ... Wir werden zusammen ... zusammen!« schloß er enthusiastisch.

»Stepan Trofimowitsch«, begann Ssofja Matwéjewna zaghaft, »sollte man nicht in die Stadt nach einem Arzt schikken?«

Er war maßlos erstaunt.

»Wozu? Est-ce que je suis si malade? Mais rien de sérieux. Und wozu brauchen wir fremde Leute? Dann wird man es noch erfahren, daß ich hier bin, und – was dann? Nein, nein, keine fremden Leute, nur wir beide zusammen, zusammen!«

»Wissen Sie«, sagte er nach kurzem Schweigen, »lesen Sie mir noch etwas vor, schlagen Sie auf gut Glück das Buch auf und lesen Sie das, worauf Ihr Blick zuerst fällt.«

Ssofja Matwejewna schlug das Buch auf und wollte beginnen ...

»Wo es sich von selbst aufschlägt, wo es sich von selbst aufschlägt«, wiederholte er.

»‚Und dem Engel der Gemeine zu Laodicea schreibe' ...«

»Was ist das? Woraus? Woraus ist das?«

»Das ist aus der Apokalypse.«

»Oh, je m'en souviens, oui, l'Apocalypse. Lisez, lisez, ich möchte aus dem Buch über unsere Zukunft etwas hören; ich möchte wissen, was dabei herauskommt, beginnen Sie wieder mit dem Engel, dem Engel ...«

»‚Und dem Engel der Gemeine zu Laodicea schreibe: Das sagt Amen, der treue und wahrhaftige Zeuge, der Anfang der Kreatur Gottes. Ich weiß deine Werke; du bist weder kalt oder heiß; oh, wenn du kalt oder heiß wärest! Weil du aber lau bist, und weder kalt noch heiß, werde ich dich ausspeien aus meinem Munde. Denn du sprichst: Ich bin reich und habe gar satt und bedarf nichts, und weißt nicht, daß du bist elend und jämmerlich, arm, blind und bloß'.«

»Das ... und das steht in Ihrem Buch!« rief er erregt, sich mit sprühenden Augen vom Kopfkissen aufstützend, »diese großartige Stelle habe ich nie gekannt! Haben Sie es gehört: ihm ist der Kalte lieber, der Kalte, als der Laue, *nur* Laue! Oh, ich werde ihnen das auslegen! Nur verlassen Sie mich nicht, lassen Sie mich nicht allein! Wir werden es ihnen beweisen, beweisen, werden sie überzeugen!«

»Aber ich bleibe ja bei Ihnen, Stepan Trofimowitsch, beruhigen Sie sich, ich werde Sie nie verlassen!« versicherte sie, indem sie seine Hand ergriff, sie warm in ihren Händen und Herz drückte und ihn mit Tränen in den Augen ansah. (»Er tat mir in diesem Augenblick schon gar zu leid«, gestand sie uns später.)

Seine Lippen begannen gleichsam konvulsivisch zu zucken.

»Aber wie bleibt es nun damit, Stepan Trofimowitsch, soll man nicht doch jemanden von Ihren Bekannten oder vielleicht Ihre Verwandten benachrichtigen?«

Aber da erschrak er schon dermaßen, daß sie es bald bereute, ihn nochmals danach gefragt zu haben. Zitternd und bebend flehte er sie an, niemanden zu rufen und nichts zu unternehmen. Sie mußte ihm versprechen, nichts dergleichen zu tun, und immer wieder sagte er: »Niemanden, niemanden! Wir bleiben ganz allein, et nous partirons ensemble.«

Schlimm war auch das, daß die Wirtsleute gleichfalls unruhig wurden, und sich ungehalten an Ssofja Matwejewna wandten. Sie bezahlte ihnen, was zu bezahlen war, und wußte es so einzurichten, daß man noch weiteres Geld bei ihr sah; damit beruhigte sie sie für einige Zeit; aber der Hauswirt wollte Stepan Trofimowitschs Paß sehen. Der Kranke wies mit einem hochmütigen Lächeln auf seine kleine Reisetasche, in der Ssofja Matwejewna dann auch die Verfügung über seine Entlassung oder etwas Ähnliches fand, die er die ganze Zeit für einen vollauf genügenden Ausweis gehalten hatte. Der Wirt aber war damit noch nicht zufriedengestellt und sagte, man müsse den Kranken gleichviel wohin wegschaffen, denn sein Haus sei kein Krankenhaus, und wenn der Kranke sterbe, könne das noch Gott weiß was nach sich ziehen, jedenfalls Scherereien für ihn, den Hauswirt. Ssofja Matwejewna fragte ihn nun nach einem Arzt, aber da stellte es sich heraus, daß, wenn man nach der Stadt schicken wollte, dies doch sehr teuer käme, woraufhin sie dann jeden Gedanken an einen Arzt aufgeben mußte. Sie kehrte bekümmert zu ihrem Kranken zurück. Stepan Trofimowitsch wurde immer schwächer und schwächer.

»Jetzt lesen Sie mir noch eine Stelle vor ... die von den Schweinen«, sagte er auf einmal.

»Wo-von?« fragte Ssofja Matwejewna ganz entsetzt.

»Von den Schweinen ... Das steht auch darin ... ces cochons ... ich erinnere mich, die Teufel fuhren in die Schweine und sie ertranken alle. Lesen Sie mir das unbedingt vor; nachher werde ich Ihnen sagen, wozu. Ich möchte es wortwörtlich hören ... wortwörtlich.«

Ssofja Matwejewna kannte das Neue Testament gut und fand sogleich bei Lukas, Kapitel 8, 32–37, eben jene Stelle, die ich als Motto dieser meiner Chronik vorangestellt habe. Ich führe sie hier noch einmal an:

„Es war aber daselbst eine große Herde Säue an der Weide auf dem Berge. Und sie baten ihn, daß er ihnen erlaube, in dieselben zu fahren. Und er erlaubte es ihnen.

Da fuhren die Teufel aus von dem Menschen und fuhren in die Säue; und die Herde stürzte sich von dem Abhang in den See, und ersoff.

Da aber die Hirten sahen, was da geschah, flohen sie und verkündigten's in der Stadt und in den Dörfern. Da gingen sie hinaus, zu sehen, was da geschehen war, und kamen zu Jesus, und fanden den Menschen, von welchem die Teufel ausgefahren waren, sitzend zu den Füßen Jesu, bekleidet und vernünftig, und sie erschraken.

Und die es gesehen hatten, verkündigten's ihnen, wie der Besessene war gesund geworden."

»Mein Freund«, sagte Stepan Trofimowitsch in großer Erregung, »savez-vous, diese wundervolle und ... außergewöhnliche Stelle ist mir mein Leben lang ein Stein des Anstoßes gewesen ... dans ce livre ... so daß mir diese Stelle noch von meiner Kindheit her im Gedächtnis geblieben ist. Jetzt aber ist mir ein Gedanke gekommen; une comparaison. Es kommen mir jetzt auf einmal furchtbar viele neue Gedanken ... Sehen Sie: das ist genau so wie in unserem Rußland. Diese Teufel, die aus dem Kranken hervorkommen und in die Säue fahren, das sind alle die schlechten Säfte, alle diese Miasmen und aller Schmutz, eben alle Teufel und kleinen Teufelchen, die sich in unserem großen und geliebten Kranken, in unserem Rußland, angesammelt haben, und das schon seit Jahrhunderten, seit Jahrhunderten! Oui, in diesem Rußland, que j'aimais toujours. Aber ein großer Gedanke und ein großer Wille werden es von oben her segnen, ganz wie jenen vernunftlosen Besessenen, und alle diese Teufel, diese ganze Unsauberkeit und Gemeinheit, die sich auf der Oberfläche angesammelt haben und in Fäulnis übergehen, werden ausgestoßen werden, und sie werden noch selbst darum bitten, in die Säue fahren zu dürfen. Ja, und vielleicht sind sie schon in diese gefahren! Das sind wir, wir und jene, und Petruscha ... et les autres avec lui, und ich vielleicht als der erste an der Spitze, und wir werden uns, wir Vernunftlosen und Tobsüchtigen, vom Abhang ins Meer stürzen und alle ertrinken, und dorthin gehören wir auch, denn das ist doch alles, wozu wir fähig sind. Der Kranke aber wird gesunden und sich „zu Füßen Jesu" setzen ... und alle werden ihn mit Verwunderung schauen ... Meine Liebe, vous comprendrez après, aber das regt mich jetzt zu sehr auf ... Vous comprendrez après ... Nous comprendrons ensemble.«

Er begann zu phantasieren und schließlich verlor er das Bewußtsein. So verging der ganze folgende Tag. Ssofja Matwéjewna saß an seinem Bett und weinte und kam schon die dritte Nacht kaum zum Schlafen. Sie vermied es nach Möglichkeit, den Wirtsleuten vor die Augen zu kommen, denn sie ahnte schon, daß diese bereits im Begriff waren, etwas gegen den Kranken zu unternehmen. Die Erlösung kam erst am dritten Tage.

Am Morgen kam Stepan Trofimowitsch zu sich, erkannte sie und streckte ihr die Hand entgegen. Sie bekreuzte sich mit neuer Hoffnung. Er wollte aus dem Fenster sehen.

»Tiens, un lac«, sagte er, »ach, Gott, und ich habe ihn noch gar nicht gesehen . . .«

In diesem Augenblick rollte eine große Equipage vor das Bauernhaus, hielt vor der Tür, und im Hause erhob sich ein geschäftiges Hin und Her.

III

Es war Warwára Petrówna in eigener Person, die mit einem Viererzug in ihrer viersitzigen Equipage mit zwei Dienern und Darja Pawlowna angefahren kam. Dieses Wunder war sehr einfach zu erklären: der vor Neugier schier vergehende Aníssim war in der Stadt gleich am folgenden Tage in das Haus der Warwara Petrowna gegangen und hatte dort der Dienerschaft erzählt, daß er unterwegs Stepan Trofimowitsch in einem Dorf begegnet sei, nachdem ihn Bauern auf der großen Landstraße allein und zu Fuß angetroffen hatten, und aus diesem Dorf sei er über Ústjewo nach Spassoff weitergefahren, aber nicht mehr allein, sondern in Begleitung einer Ssofja Matwéjewna. Da nun Warwara Petrowna sich ihrerseits über die Flucht ihres Freundes schon furchtbar aufgeregt und überall nach ihm zu fragen und zu forschen befohlen hatte, so war ihr sofort über Anissim Meldung erstattet worden. Nachdem sie ihn persönlich angehört und sich vor allem eingehend über die Abreise nach Ustjewo in einem Wagen mit irgend einer Ssofja Matwejewna hatte berichten lassen, hatte sie sich sofort reisefertig gemacht und war ihm auf frischer Spur nach Ústjewo nachgefahren. Von seiner Erkrankung wußte sie noch nichts.

Ihre strenge und ans Befehlen gewohnte Stimme machte Eindruck; selbst die Wirtsleute wurden kleinlaut. Sie ließ hier nur anhalten, um zu fragen und sich zu erkundigen, da sie annahm, daß Stepan Trofimowitsch schon längst in Spassoff sei; als sie nun erfuhr, daß er noch hier war und krank zu Bett lag, stieg sie sofort aus und trat erregt in das Bauernhaus.

»Nun, wo ist er denn hier? Ah, das bist du!« rief sie, als sie Ssofja Matwejewna, die gerade in diesem Augenblick aus dem Krankenzimmer trat, in der Tür erblickte. »Ich sehe es schon deinem schamlosen Gesicht an, daß du es bist. Hinaus, Schändliche! Daß mir sofort keine Spur mehr von ihr im Hause bleibe! Jagt sie hinaus, – geh! sonst lasse ich dich für immer ins Gefängnis stecken! Bewacht sie mir solange in einem anderen Hause. Sie hat ja schon einmal im Gefängnis gesessen, kann also wieder hinein. Und du, Hauswirt«, wandte sie sich herrisch an diesen, »daß du mir keinen anderen Menschen hereinläßt, solange ich hier bin. Ich bin die Generalin Stawrógina und nehme das ganze Haus für mich in Beschlag. Du aber, mein Liebchen, du wirst mir noch Rede stehen!«

Die bekannte Stimme wirkte erschütternd auf Stepan Trofimowitsch. Er begann zu zittern. Aber da kam sie schon ins Zimmer und trat hinter die Halbwand an sein Bett. Ihre Augen funkelten. Sie stieß mit dem Fuß den Stuhl ans Bett, setzte sich, großartig zurückgelehnt, und rief Dascha unwillig zu.

»Geh vorläufig hinaus. Kannst bei den Wirtsleuten bleiben. Was ist das plötzlich für eine Neugier? Und die Tür zieh hinter dir etwas fester zu.«

Eine ganze Weile fixierte sie dann schweigend und wie mit einem Raubtierblick sein erschrockenes Gesicht.

»Nun, wie geht es Ihnen denn, Stepan Trofimowitsch? Wie war denn der Spaziergang?« brach es dann plötzlich mit grimmiger Ironie aus ihr hervor.

»Chère«, stotterte Stepan Trofimowitsch, noch unfähig,

sich zu sammeln, »ich habe das russische wirkliche Leben kennengelernt... Et je prêcherai l'Evangile...«

»Oh, Sie schamloser, undankbarer Mensch!« rief sie zornig aus und schlug die Hände zusammen. »Nicht genug damit, daß Sie mich so bloßstellen, Sie mußten auch noch dieses Verhältnis anknüpfen... Oh, Sie alter, schamloser Wüstling!«

»Chère...«

Seine Stimme versagte, er konnte nichts mehr hervorbringen; er sah sie nur entsetzt aus weitaufgerissenen Augen an.

»Was ist das für eine?«

»C'est un ange... C'était plus qu'un ange pour moi, sie hat die ganze Nacht... Oh, schreien Sie sie nicht an, erschrecken Sie sie nicht, chère, chère...«

Warwara Petrowna sprang plötzlich vom Stuhl auf, der polternd umfiel, und angstvoll rief sie: »Wasser, Wasser!« Er kam zwar bald wieder zu sich, aber sie zitterte immer noch vor Schreck und Angst um ihn und blickte, selbst ganz erblaßt, in sein entstelltes Gesicht: jetzt erst begriff sie, wie ernst sein Zustand war.

»Darja«, flüsterte sie schnell dieser zu, »schicke sofort nach dem Arzt, nach Doktor Salzfisch! Jegórytsch soll ihn so schnell wie möglich herbringen; er soll hier Pferde mieten und in der Stadt einen anderen Wagen nehmen. Damit er noch vor der Nacht mit Salzfisch wieder hier ist!«

Dascha eilte hinaus, um den Auftrag auszuführen. Stepan Trofimowitsch hatte immer noch denselben erschrockenen Blick aus weitgeöffneten Augen. Seine weißgewordenen Lippen bebten.

»Warte nur einen Augenblick, Stepan Trofimowitsch, Liebling; sie wird gleich wieder hier sein!« redete sie ihm zu wie einem kleinen Kinde. »Gedulde dich, so gedulde dich doch, sieh, Darja wird gleich zurückkommen und... Ach, mein Gott, Wirtin, Wirtin, so komm du doch wenigstens her, Mütterchen!«

Und in ihrer Ungeduld lief sie selbst zur Wirtin.

»Sofort, sofort soll *jene* wieder zurückkommen! Laß sie sofort zurückholen, sofort!«

Zum Glück war Ssofja Matwejewna mit ihrem Wachstuchsack und ihrem Reisebündel soeben erst aus dem Hoftor getreten. Sie wurde zurückgeholt. Sie war aber so verängstigt, daß ihre Hände und Knie zitterten. Warwara Petrowna packte sie am Arm wie der Geier ein Hühnchen und zog sie ungestüm zu Stepan Trofimowitsch.

»Hier, hier haben Sie sie wieder! Ich habe sie doch noch nicht aufgefressen! Sie aber dachten wohl schon, ich hätte sie gleich umgebracht!«

Stepan Trofimowitsch ergriff Warwara Petrownas Hand, führte sie an seine Augen und brach in Tränen aus. Ein schmerzliches Schluchzen schüttelte ihn wie ein Krampf.

»Beruhige dich, beruhige dich doch, mein Liebling, reg' dich nicht auf, Väterchen! Ach, mein Gott, so be-ru-hi-gen Sie sich doch endlich!« rief sie unbeherrscht. »Oh, Sie Peiniger, Sie Peiniger, Sie mein ewiger Peiniger!«

Stepan Trofimowitsch sah schließlich auf und wandte sich Ssofja Matwejewna zu: »Meine Liebe«, stammelte er, »gehen Sie ein Weilchen ins andere Zimmer . . . ich habe hier noch etwas zu sagen . . .«

Ssofja Matwejewna beeilte sich sofort hinauszugehen.

»Chère . . . Chère . . .« – er rang nach Atem.

»Sprechen Sie noch nicht, Stepan Trofimowitsch, warten Sie noch ein wenig, bis Sie sich erholt haben. Hier ist Wasser. Aber so war-ten Sie doch noch!«

Sie setzte sich wieder auf den Stuhl. Stepan Trofimowitsch hielt sie krampfhaft an der Hand fest. Sie ließ ihn noch lange nicht sprechen. Da zog er ihre Hand an die Lippen und küßte sie immer wieder. Sie biß die Zähne zusammen und blickte irgendwohin in einen Winkel.

»Je vous aimais!« brach es aus ihm endlich hervor: Nie hatte sie von ihm ein solches Wort gehört und in einem solchen Ton gesagt.

»Hm!« war ihre Antwort.

»Je vous aimais toute ma vie ... vingt ans!«

Sie schwieg immer noch – zwei, drei Minuten lang.

»Als aber Dascha in Aussicht stand, da erschien man parfümiert ...«, sagte sie auf einmal unheimlich flüsternd. Stepan Trofimowitsch erstarrte wie gebannt.

»... und mit einer neuen Halsbinde ...«

Wieder ein Schweigen, ungefähr zwei Minuten lang.

»Und die Zigarre, wissen Sie noch?«

»Mein Freund«, stammelte er, von Schrecken erfaßt.

»Die Zigarre, am Abend, am Fenster ... der Mond schien ... nach den Stunden im Park ... in Skworéschniki? Entsinnst du dich, erinnerst du dich?« und sie sprang jäh auf, ergriff sein Kissen an den beiden oberen Ecken und schüttelte es mitsamt seinem Kopf. »Entsinnst du dich, du leerer, leerer, ehrloser, kleinmütiger, ewig, ewig leerer Mensch!« zischelte sie nahezu in ihrem ingrimmigen Geflüster, indem sie sich Gewalt antat, um nicht zu schreien. Dann ließ sie von ihm ab, sank auf ihren Stuhl zurück und verbarg ihr Gesicht in den Händen. »Genug!« sagte sie kurz, sich wieder aufrichtend. »Zwanzig Jahre sind dahingegangen, die bringt man nicht wieder zurück; dumm war auch ich.«

»Je vous aimais«, – er legte beschwörend die Hände zusammen.

»Wozu kommst du mir jetzt mit deinem ‚aimais' und ‚aimais'! Hör auf damit!« rief sie wieder auffahrend »Und wenn Sie jetzt nicht sofort einschlafen, so werde ich ... Sie brauchen Ruhe; schlafen Sie, schlafen Sie sofort ein, schließen Sie die Augen. Ach, mein Gott, vielleicht will er frühstücken? Was möchten Sie haben? Was darf er essen? Ach Gott, wo ist denn *jene?* Wo ist jene?«

Sie wollte schon wieder das ganze Haus in Bewegung setzen. Aber Stepan Trofimowitsch flüsterte mit schwacher Stimme, er wolle jetzt allerdings ein wenig schlafen, une heure, und dann – un bouillon, un thé ... »enfin je suis si heureux«. Er lag ganz still, und es sah wirklich so aus, als sei er am Einschlafen (wahrscheinlich stellte er sich nur so). Warwara Petrowna wartete noch eine kleine Weile und verließ dann auf den Fußspitzen den halbabgesonderten Schlafraum.

Im anderen Zimmer setzte sie sich hin, jagte die Wirtsleute einfach hinaus und befahl Dascha, *jene* zu ihr hereinzuführen. Es begann ein ernstes Verhör.

»Also erzähle mir jetzt, meine Liebe, alle Einzelheiten; setze dich hierher, so. Nun?«

»Ich traf Stepan Trofimowitsch . . .«

»Halt. Warte. Schweig. Ich sage dir im voraus, daß ich dich, wenn du mir etwas vorlügst oder verschweigst, noch aus deinem Grabe wieder heraufholen werde. Nun?«

»Ich traf Stepan Trofimowitsch . . ., wie ich gerade nach Chátowo gekommen war . . .«, begann Ssofja Matwejewna, fast atemlos vor Angst.

»Halt, sei still, warte noch ein wenig; was trommelst du gleich los? Zuerst sage mir, was du selbst für ein Vogel bist?«

Ssofja Matwéjewna begann nun so gut sie konnte, übrigens möglichst kurz, von sich zu berichten, wobei sie mit Sebastopol anfing. Warwara Petrowna hörte schweigend zu, saß steif auf ihrem Stuhl und sah der Erzählerin streng und unverwandt gerade in die Augen.

»Warum bist du so verschüchtert? Warum schaust du zu Boden? Ich mag solche, die mir offen in die Augen sehen und sich nicht scheuen, mit mir zu streiten. Fahre fort.«

Jene erzählte vom Anfang der Begegnung, von den Büchern, erzählte, wie Stepan Trofimowitsch der Bäuerin den Schnaps angeboten hatte . . .

»So ist's recht, so ist's recht, vergiß nichts, erzähle alles ganz genau«, sagte Warwara Petrowna ermunternd. Ssofja Matwejewna erzählte also weiter, wie sie dann hierher nach Ústjewo gefahren waren und wie Stepan Trofimowitsch immerfort geredet habe, denn er sei »schon ganz krank« gewesen, und hier habe er dann sein ganzes Leben von Anfang an und sogar mehrere Stunden lang erzählt.

»Gib das wieder.«

Ssofja Matwejewna stockte plötzlich und schaute hilflos drein.

»Hiervon verstehe ich schon gar nichts mehr wiederzugeben«, stotterte sie, dem Weinen nahe. »Ich habe auch fast nichts davon verstanden.«

»Das lügst du! Du kannst gar nicht nichts davon verstanden haben.«

»Von einer brünetten vornehmen Dame war da die Rede«, sagte Ssofja Matwejewna zögernd und errötete entsetzlich, als ihr auffiel, wie wenig Warwara Petrowna mit ihrem blonden Haar der geschilderten brünetten Schönheit glich.

»Von einer brünetten –? Was erzählte er denn von der? So sprich doch!«

»Er ... er erzählte, wie diese vornehme Dame schon sehr in ihn verliebt gewesen sei, ihr Lebelang, volle zwanzig Jahre; aber sie habe sich immer nicht erlaubt, ihm das zu gestehen, und habe sich vor ihm geschämt, denn sie war schon gar zu dick ...«

»Der Dummkopf!« sagte Warwara Petrowna nachdenklich, doch überzeugt und kurz vor sich hin.

Ssofja Matwejewna war nun wirklich schon am Weinen.

»Davon verstehe ich schon nichts mehr richtig zu erzählen, denn ich war selbst in großer Sorge um ihn und hätte es wohl auch gar nicht verstehen können, da er doch ein so kluger Mann ist ...«

»Über seine Klugheit zu urteilen, steht nicht so einer Krähe zu, wie du eine bist. Hat er dir einen Heiratsantrag gemacht?«

Die Erzählerin begann zu zittern.

»Hat er sich in dich verliebt? – Sprich!« herrschte Warwara Petrowna sie an. »Hat er um dich angehalten?«

»Beinah hörte es sich wirklich so an«, brachte sie aufschluchzend hervor. »Nur habe ich das gar nicht so aufgefaßt, weil er doch fieberte und krank war«, schloß sie mit fester Stimme und sah auf.

»Wie heißt du?«

»Ssofja Matwejewna.«

»Nun, so wisse denn, Ssofja Matwéjewna, daß dieser Mensch das kläglichste, nichtigste Menschlein ist ... Mein Gott, mein Gott, jetzt hältst du mich wohl für eine Nichtswürdige?«

Die riß die Augen auf.

»Für eine Nichtswürdige, für eine Tyrannin? Die sein Leben verdorben hat?«

»Wie wäre denn das möglich, wo Sie doch selbst weinen?«

Tatsächlich standen Warwara Petrowna Tränen in den Augen.

»Nun, setz dich, setz dich wieder hin, brauchst nicht zu erschrecken, nicht bange zu sein. Schau mir noch einmal in die Augen, ganz offen! Warum wirst du rot? Dascha, komm her, sieh sie dir an: was meinst du, hat sie ein reines Herz? ...«

Und zu Ssofja Matwejewnas Verwunderung, vielleicht aber zu ihrem noch größeren Schreck, tätschelte sie ihr plötzlich die Wange.

»Schade nur, daß sie etwas dumm ist. Dümmer als es deinen Jahren ansteht. Gut, meine Liebe, ich werde mich deiner annehmen. Ich sehe schon, daß das alles Unsinn war. Bleibe solange hier in der Nähe, man wird dir hier ein Zimmer mieten, – die Kost und alles übrige bekommst du von mir ... bis ich dich rufen lasse.«

Ssofja Matwejewna wollte erschrocken einwenden, daß sie keine Zeit habe und weiterwandern müsse.

»Wohin? Deine Bücher kaufe ich dir alle ab, und du bleibst hier. Schweig. Keine Ausreden. Du hättest ihn doch, wenn ich nicht gekommen wäre, auch nicht verlassen?«

»Um keinen Preis hätte ich ihn verlassen«, sagte Ssofja Matwejewna leise, aber mit fester Stimme, und wischte sich die Tränen ab.

Doktor Salzfisch traf erst spät in der Nacht ein. Er war ein überaus achtbarer alter kleiner Herr und ein recht erfahrener Praktiker, der erst unlängst infolge eines ambitiösen Streites mit der ihm vorgesetzten Behörde seinen offiziellen Posten verloren hatte. Und von dem Augenblick an hatte Warwara Petrowna begonnen, ihn aus allen Kräften zu protegieren. Er untersuchte den Kranken sorgfältig, stellte verschiedene Fragen und berichtete danach Warwara Petrowna vorsichtig, daß der Zustand des Patienten infolge einer hinzugetretenen Komplikation sehr bedenklich sei und daß man sich »auf das Schlimmste gefaßt machen« müsse. Warwara Petrowna, die es sich in zwanzig Jahren vollkommen abgewöhnt hatte, noch daran zu glauben, irgend etwas, das von Stepan Trofimowitsch persönlich ausging, könne ernst zu nehmen oder gar entscheidend sein, war tief erschüttert und wurde sogar ganz blaß.

»Ist denn wirklich gar keine Hoffnung mehr?«

»Das ist nicht gesagt, denn Hoffnung ist ja nie ausgeschlossen, aber ...«

Warwara Petrowna wachte die ganze Nacht am Bett des Kranken und konnte kaum den Morgen erwarten. Als Stepan Trofimowitsch die Augen aufschlug und zu sich kam (er war die ganze Zeit bei Bewußtsein, wurde nur von Stunde zu Stunde schwächer), trat sie entschlossen mit ihrem Anliegen an ihn heran.

»Stepan Trofimowitsch, man muß auf alles bedacht sein. Ich habe den Priester herbitten lassen. Sie haben eine Pflicht zu erfüllen ...«

Da sie seine religiösen Überzeugungen kannte, fürchtete sie sehr eine Weigerung seinerseits. Er aber sah sie nur erstaunt an.

»Unsinn, Unsinn!« rief sie erregt, denn sie glaubte schon, er wolle sich widersetzen. »Jetzt ist keine Zeit mehr zu Kindereien. Genug der Albernheiten!«

»Aber ... bin ich denn wirklich schon so krank?«

Nachdenklich willigte er ein. Zu meiner nicht geringen Überraschung erfuhr ich später von Warwara Petrowna, daß der Gedanke an den Tod ihn gar nicht erschreckt habe. Vielleicht glaubte er einfach nicht an den Ernst der Krankheit, die er wohl nur für eine vorübergehende Erkältung hielt.

Er beichtete und kommunizierte sehr bereitwillig. Alle, auch Ssofja Matwejewna, auch die Diener kamen, um ihn zum Empfang der heiligen Sakramente zu beglückwünschen. Alle ohne Ausnahme weinten verhalten, als sie sein abgezehrtes, müde lächelndes Gesicht sahen und die blutleeren, zuckenden Lippen.

»Oui, mes amis, und es wundert mich nur, daß Sie alle ... so besorgt sind. Morgen werde ich wahrscheinlich aufstehen, und wir ... fahren dann ... Toute cette cérémonie ... der ich natürlich alle gebührende Achtung entgegenbringe ... war doch ...«

»Ich möchte Sie bitten, Väterchen, noch nicht fortzugehen«, hielt Warwara Petrowna den Priester schnell zurück, der sein Ornat schon abgelegt hatte. »Könnten Sie nicht, sobald der Tee gebracht wird, mit ihm noch über das Gotteswort sprechen, um seinen Glauben zu stärken?«

Das tat der Priester denn auch; alle saßen oder standen in der Nähe des Krankenbettes.

»In unserer sündhaften Zeit«, führte er in singendem Ton aus, die Teetasse in der Hand, »ist der Glaube an den Allerhöchsten die einzige Zuflucht des Menschengeschlechts in allen Kümmernissen und Versuchungen des Lebens, gleichwie die zuversichtliche Hoffnung auf die ewige Seligkeit, die den Gerechten verheißen ist ...«

Stepan Trofimowitsch schien auf einmal neu aufzuleben; ein feines Lächeln huschte über seine Lippen.

»Mon père, je vous remercie, et vous êtes bien bon, mais ...«

»Was ist da noch für ein ,mais', da gibt es einfach kein ,mais'!« fiel ihm Warwara Petrowna aufspringend ins Wort. »Väterchen«, wandte sie sich wieder an den Popen, »das ... das ist so ein Mensch, so ein Mensch ... in einer Stunde wird man ihn von neuem beichten lassen müssen! Sehen Sie, solch ein Mensch ist das!«

Stepan Trofimowitsch lächelte nachsichtig.

»Meine Freunde«, sagte er, »Gott ist für mich schon deshalb unentbehrlich, weil er das einzige Wesen ist, das man ewig lieben kann ...«

Ob er nun in der Tat gläubig geworden war, oder ob die eindrucksvolle Zeremonie der Vollziehung des Sakraments ihn ergriffen und die künstlerische Empfänglichkeit seiner Natur angeregt hatte – jedenfalls hat er noch mit fester Stimme und, wie man mir sagte, auch mit echtem Gefühl einige Gedanken ausgesprochen, die zu manchen seiner früheren Überzeugungen in direktem Widerspruch standen.

»Meine Unsterblichkeit ist schon deswegen ein Ding der Notwendigkeit, weil Gott doch nicht das Unrecht wird begehen wollen, das Feuer der Liebe, das nun einmal in meinem Herzen zu Ihm entbrannt ist, ganz auszulöschen. Und was ist kostbarer als Liebe? Liebe steht höher als das Sein; Liebe ist die Krone des Seins; wie sollte da das Leben ihr nicht untertan sein? Wenn ich Ihn lieben gelernt habe, und diese meine Liebe mir eine Freude ist – wie wäre es dann möglich, daß Er mich und meine Freude wieder auslöschte und uns in Nichts verwandelte? Wenn es einen Gott gibt, so bin auch ich unsterblich! Voilà ma profession de foi.«

»Es gibt einen Gott, Stepan Trofimowitsch, ich versichere Ihnen, es gibt einen Gott«, rief Warwara Petrowna in beschwörendem Ton, »lassen Sie doch endlich Ihre Dummheiten, geben Sie die doch wenigstens einmal im Leben auf!« (Sie hatte seine ‚profession de foi' wohl nicht recht verstanden.)

»Mein Freund«, sagte er mit wachsender Begeisterung, wenn auch seine Stimme oft versagte, »mein Freund, als ich begriff ... diese andere hingehaltene Backe, da ... begriff ich im selben Augenblick ... noch manches. J'ai menti toute ma vie, mein ganzes, ganzes Leben lang! Ich würde gern ... übrigens, morgen ... morgen werden wir alle wegfahren ...«

Warwara Petrowna weinte. Er suchte jemanden mit den Augen.

»Hier ist sie, hier ist sie!« rief Warwara Petrowna schnell

und zog Ssofja Matwejewna an der Hand zu ihm hin. Er lächelte gerührt.

»Oh, ich würde sehr gern wieder leben wollen!« rief er mit einem ungewöhnlichen Zustrom von Kraft. »Jede Minute, jeder Augenblick des Lebens müssen für den Menschen eine Seligkeit sein ... müssen, müssen es unbedingt! Es ist Menschenpflicht, es selbst so einzurichten; das ist das Gebot für den Menschen, ein ... geheimes, aber unbedingt vorhandenes Gesetz .. Oh, ich würde gern Petrúscha wiedersehen ... und sie alle ... und Schatoff!«

Ich muß hier bemerken, daß sie noch nichts über Schatoff wußten, weder Darja Pawlowna, noch Warwara Petrowna, noch selbst Dr. Salzfisch, der als letzter aus der Stadt gekommen war.

Stepan Trofimowitsch regte sich krankhafterweise mehr und mehr auf, weit über seine Kräfte.

»Allein schon der immerwährende Gedanke, daß es etwas unendlich Gerechteres und Glücklicheres gibt als mich, erfüllt auch schon mein ganzes Wesen mit beispielloser Ergriffenheit und ... Herrlichkeit ... Oh, und das, wer ich auch sei, was ich auch getan haben mag! Es ist für den Menschen weit notwendiger als das eigene Glück ... zu wissen und jeden Augenblick daran zu glauben, daß es irgendwo schon ein vollkommenes und ruhiges Glück für alle und für alles gibt ... Das ganze Gesetz des menschlichen Seins besteht nur darin, daß der Mensch sich immer vor etwas unermeßlich Großem beugen kann. Wollte man aber den Menschen das unermeßlich Große nehmen, so würden sie nicht mehr leben wollen und in Verzweiflung sterben. Das Unermeßliche und Unendliche ist für den Menschen ebenso notwendig, wie dieser kleine Planet, auf dem er lebt ... Meine Freunde, alle, alle: es lebe der Große Gedanke! Der ewige, unermeßliche Gedanke! Jeder Mensch, wer er auch sei, muß sich davor beugen, daß es den Großen Gedanken gibt. Selbst der dümmste Mensch braucht unbedingt wenigstens irgend etwas Großes. Petrúscha ... Oh, wie gern ich sie alle wiedersehen würde! Sie wissen nicht, wissen nicht, daß auch in ihnen immer derselbe ewige Große Gedanke enthalten ist!«

Doktor Salzfisch war bei der Zeremonie nicht zugegen gewesen. Als er jetzt eintrat, war er entsetzt; er trieb sofort die ganze Versammlung auseinander und bestand darauf, daß man den Kranken nicht aufregen dürfe.

Stepan Trofimowitsch verschied erst am dritten Tage, nachdem er die letzte Zeit bereits in vollkommener Bewußtlosigkeit gelegen hatte. Es war wie ein stilles Erlöschen eines zu Ende brennenden Lichts.

Warwara Petrowna, die noch in Ústjewo das Totenamt für ihn halten ließ, überführte den Körper ihres armen Freundes nach Skworéschniki. Sein Grab auf dem die Dorfkirche umgebenden Friedhof ist bereits mit einer Marmorplatte bedeckt. Das Einmeißeln der Inschrift und das Aufstellen eines Gitters wurden bis zum Frühjahr verschoben.

Warwara Petrownas Abwesenheit aus der Stadt dauerte im ganzen etwa acht Tage. Mit ihr zusammen, neben ihr in der Equipage sitzend, kam auch Ssofja Matwéjewna an, die sich nun, wie es scheint, endgültig bei ihr niedergelassen hat. Ich möchte noch bemerken, daß Warwara Petrowna sofort, nachdem Stepan Trofimowitsch das Bewußtsein verloren hatte (also noch an demselben Vormittage), Ssofja Matwéjewna unverzüglich wieder aus dem Hause entfernt und den Kranken ganz allein bis zum Ende gepflegt hat; kaum aber war er verschieden, da ließ sie sie sogleich wieder zu sich rufen. Das Anerbieten (richtiger: der Befehl) Warwara Petrownas, für immer nach Skworéschniki zu ziehen, erschreckte die arme Ssofja Matwejewna sehr, aber ihre Einwendungen wollte Warwara Petrowna gar nicht anhören.

»Alles Unsinn! Ich werde selbst mit dir zusammen die Evangelien verkaufen gehen. Ich habe doch jetzt niemanden mehr auf der Welt.«

»Sie haben doch noch Ihren Sohn«, bemerkte Dr. Salzfisch.

»Ich habe keinen Sohn!« versetzte Warwara Petrowna kurz, und – das war wie eine Voraussage.

ACHTES KAPITEL
DER SCHLUSS

I

Alle die begangenen Schandtaten und Verbrechen wurden erstaunlich schnell bekannt, weit schneller, als es nach Pjotr Stepanowitschs Berechnung hätte möglich sein sollen. Es begann damit, daß die unglückliche Márja Ignátjewna in der Nacht, in der ihr Mann ermordet worden war, sehr früh, noch vor Tagesgrauen, aufwachte, nach ihm hintastete und in unbeschreibliche Aufregung geriet, als sie ihn nicht bei sich, weder am Bett, noch im Zimmer sah. Nur die von Arína Próchorowna angenommene Wärterin übernachtete bei ihr. Diese vermochte aber nicht, die Aufgeregte zu beruhigen, und wußte schließlich nichts anderes zu tun, als beim ersten Morgengrauen zu Arína Próchorowna zu laufen, nachdem sie ihrer Pflegebefohlenen versichert hatte, Wirginskijs wüßten bestimmt, wo Schatoff geblieben sei, und wann er zurückkehren werde.

Währenddessen befand sich auch Arína Próchorowna in nicht geringer Sorge: sie wußte bereits durch ihren Mann von der nächtlichen Tat im Park von Skworéschniki. Wirginskij war erst gegen elf Uhr heimgekehrt, in einer schrecklichen Verfassung, und die war ihm auch anzusehen. Die Hände ringend hatte er sich auf das Bett geworfen, um das Gesicht in den Kissen zu vergraben, und hatte unter konvulsivischem Schluchzen und bebend immer nur die Worte wiederholt: »Das ist doch nicht das, nicht das, das ist ja gar nicht das!« Selbstverständlich hatte er damit geendet, daß er der ihm mit Fragen zusetzenden Arína Próchorowna alles gestand, übrigens doch nur ihr allein von der ganzen Familie. Arina Prochorowna hatte ihn im Bett gelassen und ihm strengstens eingeschärft, daß er, falls er heulen wolle, dann ins Kissen heulen solle, damit es die anderen nicht hörten, und daß er ein Esel wäre, wenn er sich am nächsten Tag etwas anmerken ließe. Sie selbst hatte sich die Sachlage schnell überlegt und sich unverzüglich daran gemacht, für alle Fälle Vorkehrungen zu treffen: alle unerwünschten Papiere, Schriften, Bücher, vielleicht sogar Proklamationen konnte sie teils noch beiseite schaffen, teils spurlos vernichten. Nach weiterem Nachdenken hatte sie sich gesagt, daß sie selbst, ihre Schwester, die Tante, die Studentin und vielleicht sogar ihr langohriger Bruder Schigaljóff eigentlich nicht das Schlimmste zu erwarten hätten. Als dann gegen Morgen die Wärterin zu ihr gelaufen kam und sie zu Márja Ignátjewna rief, verlor sie weiter keinen Augenblick und ging sofort zu ihrer Patientin. Übrigens wollte sie sich auch selbst so bald wie möglich davon überzeugen, wie es sich damit verhielt, was ihr Mann in der Nacht in seinem verstörten und halb irrsinnigen Geflüster, wie in Fieberdelirien, von den Versicherungen Pjotr Stepanówitschs mitgeteilt hatte: daß Kirilloff im Interesse der gemeinsamen Sache alles auf sich nehmen und sich erschießen werde.

Aber sie kam bereits zu spät. Marja Ignatjewna hatte es, nachdem sie die Wärterin zu Arina Prochorowna geschickt, nicht lange allein ausgehalten, war aufgestanden, hatte sich ein paar Kleidungsstücke, was ihr gerade in die Hand kam, angezogen, wie es scheint, ganz leichte, für diese Jahreszeit völlig ungenügende Sachen, und war selbst zu Kirilloff in das Nebengebäude gegangen, da er, wie sie meinte, ihr am ehesten werde sagen können, wo ihr Mann geblieben war. Man kann sich vorstellen, wie das auf die Wöchnerin wirken mußte, was sie dort zu sehen bekam. Merkwürdigerweise hat sie dabei das von Kirilloff hinterlassene Schriftstück, das offen und an sichtbarster Stelle auf dem Tisch lag, gar nicht gelesen; offenbar hat sie es in ihrem Schreck gar nicht bemerkt. Sie eilte in ihr Zimmer zurück, ergriff das Kind und lief mit ihm aus dem Hause auf die Straße. Der Morgen war feucht, die Luft grau von Nebel. Kein Mensch war in dieser abgelegenen Straße zu sehen. Sie lief und lief, atemlos, lief immer weiter über den feuchtkalten Boden, und schließlich begann sie, an die Häuser zu klopfen. Im ersten Hause wurde ihr nicht aufgemacht; auch beim zweiten dauerte es ihr zu lange, und so lief sie in ihrer Ungeduld weiter und begann an die Tür des dritten Hauses zu pochen. Das war das Haus unseres Kaufmanns Títoff. Hier rief sie nicht geringe Bestürzung hervor: sie schrie und beteuerte in unzusammenhängenden Sätzen, man habe ihren Mann, Schatoff, ermordet. Titoffs wußten, wer Schatoff war, und sie kannten zum Teil auch seine Lebensgeschichte: sie erschraken nicht wenig, als sie von ihr hörten, daß sie erst tags zuvor niedergekommen war, und jetzt in so leichter Kleidung mit dem kaum eingehüllten Kindchen in den Armen an einem so kalten Morgen auf der Straße umherlief. Zuerst glaubte man, sie phantasiere im Fieber, um so mehr, als man aus ihren Worten nicht klug werden konnte, wer nun eigentlich ermordet worden war: Kirilloff oder ihr Mann? Als sie merkte, daß man ihr nicht glaubte, wollte sie weiterlaufen, aber da hielt man sie mit Gewalt zurück, und wie berichtet wird, habe sie sich verzweifelt gewehrt und geschrien. Jedenfalls ging man zu Kirilloff, um nachzusehen, was mit ihm geschehen sei, und so wußte denn schon nach zwei Stunden die ganze Stadt von dem Selbstmord Kirilloffs und dem Schreiben, das er hinterlassen hatte. Die Polizei erschien bei der Wöchnerin, die noch bei Bewußtsein war; und eben hierbei stellte es sich dann heraus, daß sie Kirilloffs Schreiben gar nicht gelesen hatte; wieso sie aber darauf gekommen war, daß auch ihr Mann tot sei, auf diese Frage konnte man von ihr keine vernünftige Antwort erhalten. Sie schrie immer nur, wenn jener ermordet sei, dann sei auch ihr Mann ermordet, denn: »sie waren zusammen, zusammen!« Gegen Mittag verlor sie das Bewußtsein; sie kam nicht wieder zu sich und verschied am übernächsten Tage. Das erkältete Kind starb noch vor ihr.

Arína Próchorowna hatte sich, als sie bei Schatoffs weder

die junge Mutter noch das Kind vorfand, sofort gesagt, daß etwas Schlimmes geschehen sein müsse, und hatte schon nach Hause zurückeilen wollen, aber an der Hofpforte war sie stehen geblieben und hatte die Wärterin zu Herrn Kiriloff geschickt, damit sie sich bei diesem erkundige, ob Marja Ignatjewna vielleicht bei ihm sei oder ob er etwas von ihr wisse. Die Wärterin kam mit lautem Geschrei, das weithin zu hören war, zurückgelaufen. Arina Prochorowna brachte sie aber mit dem bekannten Argument: »Wenn du was sagst, wird der Verdacht auf dich fallen!« sofort zum Schweigen und schlüpfte selbst schnell hinaus aus dem Hofpförtchen.

Selbstverständlich wurde sie, da sie ja Schatoffs Frau entbunden hatte, noch am selben Vormittag von der Polizei vernommen, aber man erfuhr nicht viel von ihr. Sie berichtete sehr sachlich und kaltblütig, was sie selbst bei Schatoff gesehen und gehört hatte, aber vom stattgefundenen tragischen Ereignis erklärte sie, nichts Näheres zu wissen, noch es überhaupt verstehen zu können.

Man wird sich wohl denken können, wie groß die Aufregung in der Stadt war. Wieder »eine Geschichte«, wieder ein Mord! Und jetzt kam noch etwas Anderes hinzu: es war nun klar, daß es also doch eine geheime Verschwörerbande gab, revolutionäre Brandstifter, Aufrührer und Mörder. Lisas schrecklicher Tod, die Ermordung der Frau Nikolai Stawrogins, Stawrogin selbst, die Brandstiftung, der Ball zum Besten der Gouvernanten, die ganze Zügellosigkeit, die in Julia Michailownas Umgebung geherrscht hatte: das erschien nun alles in einem Zusammenhang! Sogar in dem plötzlichen Verschwinden Stepan Trofimowitschs wollte man unbedingt etwas Geheimnisvolles sehen. Viel, sehr viel wurde heimlich über Stawrogin getuschelt. Gegen Abend dieses Tages erfuhr man auch von Pjotr Stepanowitschs Abwesenheit, und seltsamerweise wurde darüber am allerwenigsten gesprochen. Am meisten aber sprach man an diesem Tage von einem »Senator«. Beim Filippoffschen Hause stand den ganzen Vormittag eine ansehnliche Volksmenge.

Die Behörde wurde durch Kirilloffs Schreiben tatsächlich irregeführt. Man glaubte an die Ermordung Schatoffs durch Kirilloff und an den Selbstmord des »Mörders«. Übrigens glückte die Irreführung doch nicht in jeder Hinsicht. Das Wort »Park« zum Beipsiel, das sich ohne nähere Ortsangabe in dem Schreiben fand, war für keinen ein Rätsel, wie Pjotr Stepanowitsch erwartet hatte. Die Polizei jagte vielmehr sofort nach Skworeschniki, und zwar nicht nur deshalb, weil es einen anderen Park weder in der Stadt noch in deren näherem Umkreis gab, sondern gewissermaßen schon aus Instinkt, da doch alle Schrecken der letzten Tage teils mittelbar, teils unmittelbar mit Skworéschniki verbunden waren. (Ich muß hier bemerken, daß Warwára Petrówna schon am frühen Morgen dieses Tages und ohne das Geringste zu wissen, aus ihrem Stadthause auf die Suche nach Stepan Trofimowitsch weggefahren war.) Schatoffs Leiche wurde auf Grund etlicher Spuren noch an demselben Tage gegen Abend im Teich entdeckt: an der Stelle, wo der Mord stattgefunden hatte, war Schatoffs Mütze gefunden worden, die die Mörder aus erstaunlich mangelhafter Umsicht dort vergessen hatten. Und von dort aus ließen sich dann deutliche Spuren bis zur Fundstelle verfolgen. Dieser Umstand sowie einige ärztliche Feststellungen bei der Leichenschau legten sogleich den Verdacht nahe, daß Kirilloff unbedingt Helfershelfer gehabt haben müsse. Man vermutete zunächst eine »Schatoff-Kirilloff'sche Geheime Gesellschaft«, die mit den Proklamationen in Zusammenhang stehen konnte. Wer aber waren diese Leute? Von den „Unsrigen", den Mitgliedern der Fünfergruppe, ahnte man an diesem Tage noch nicht das Geringste. Man stellte fest, daß Kirilloff so zurückgezogen und einsam gelebt hatte, daß der überall so eifrig gesuchte Fedjka gerade in dieser Zeit völlig unbemerkt bei Kirilloff hatte logieren können, wie das in jenem Schreiben angegeben war... Der Hauptkummer aber blieb, daß man aus dem ganzen Wirrwarr der Tatsachen nichts Allgemeines und den Zusammenhang Erklärendes herausfinden konnte. Und es ist ganz unmöglich abzusehen, zu welchen abenteuerlichen Schlußfolgerungen und zu welch einer Anarchie des Denkens unsere bis zur Panik aufgeschreckte Gesellschaft noch gelangt wäre, wenn man nicht plötzlich, schon am anderen Tage, den ganzen wahren Sachverhalt erfahren hätte: durch Lämschin.

Der hielt es nicht aus. Es geschah mit ihm das, was selbst Pjotr Stepanowitsch zum Schluß schon zu befürchten begonnen hatte. Lämschin war der Obhut Tolkatschénkos anvertraut worden, hatte den nächsten Tag, anscheinend ganz brav und still, im Bett verbracht, wo er mit dem Gesicht zur Wand lag; er hatte kein Wort gesagt, kaum geantwortet, wenn man zu ihm sprach. So hatte er denn auch nichts von dem erfahren, was in der Stadt inzwischen geschehen war. Tolkatschénko aber, der sich schon genau informiert hatte, ließ es sich gegen Abend dieses ersten Tages einfallen, den ihm von Pjotr Stepanowitsch ausdrücklich gegebenen Auftrag, Lämschin zu bewachen, einfach abzuschütteln und sich aus der Stadt in den nächsten Kreis zu begeben, das heißt: einfach davonzulaufen. Wahrlich, Erkel hatte schon recht mit seiner Bemerkung, sie hätten doch bereits alle den Verstand verloren. Hier mag gleich erwähnt sein, daß auch Liputin an eben diesem Tage aus der Stadt verschwand, und zwar schon am Morgen. Aber das erfuhr man erst am Abend des zweiten Tages, als die Polizei in seinem Hause erschien und dort nur die über die Abwesenheit des Gatten und Vaters erschrockene und vor Angst schweigend zitternde Familie vorfand. Aber ich fahre fort, über Lämschin zu berichten.

Kaum war er allein geblieben (Erkel, der ihn besucht hatte, war im Vertrauen auf Tolkatschenkos Pflichtbewußtsein schon vorher zu sich nach Hause gegangen), als er sogleich aus dem Hause lief und natürlich sehr bald die ganze Lage der Dinge erfuhr. Ohne in seine Wohnung zurückzukehren, begann er gleichfalls blindlings davonzulaufen. Allein, die Nacht war dunkel und sein Vorhaben so grausig und mühevoll, daß er, nachdem er schon zwei oder drei

Straßen durcheilt hatte, doch umkehrte und heimging und sich für die ganze Nacht einschloß. Wahrscheinlich hat er dann gegen Morgen einen Selbstmordversuch unternommen, der ihm jedoch mißglückte. So saß er denn in dem verschlossenen Zimmer bis zum Mittag des nächsten Tages, und – plötzlich lief er schnurstracks zur Polizei. Man sagt, er sei dort auf den Knien herumgerutscht, habe geschluchzt und gejammert, habe den Fußboden geküßt und geschrien, er sei nicht würdig, auch nur die Stiefel der vor ihm stehenden hohen Beamten zu küssen. Man suchte ihn zu beruhigen und war sogar sehr freundlich zu ihm. Man sagt, das Verhör habe sich durch ganze drei Stunden hingezogen. Er deckte alles auf, alles, erzählte auch die geringsten Nebensachen, erzählte alles, was er wußte, alle Einzelheiten, er griff vor, überhastete sich mit seinen Geständnissen, und mischte noch alles mögliche Unnötige hinein, ohne danach gefragt zu sein. Es stellte sich heraus, daß er eine Menge wußte und den Sachverhalt auch ganz anschaulich darzulegen verstand: die Tragödie mit Schatoff und Kirilloff, die Feuersbrunst, die Ermordung der Lebädkins usw. traten als das Unwichtigere mehr in den Hintergrund. In den Vordergrund aber traten Pjotr Stepanowitsch, der Geheimbund, seine Organisation, die Fünfergruppen, das Netz. Auf die Frage, warum denn so viele Menschen ermordet, so viele Skandale und Schändlichkeiten inszeniert worden seien, antwortete er mit eilfertigem Eifer: »Zur systematischen Erschütterung der Grundfesten und zur systematischen Zersetzung der ganzen Gesellschaft und alles bisher Bestehenden: um alle zu entmutigen und aus allem einen einzigen großen Wirrwarr zu machen, und wenn dann die auf diese Weise zerrüttete Gesellschaft krank, matt, zynisch und ungläubig geworden ist, sich aber unendlich nach einem leitenden Gedanken und nach Selbsterhaltung zu sehnen beginnt, – sie dann mit einem Mal selbst in die Hand zu nehmen, indem man die Fahne des Aufstands erhebt und sich im übrigen auf das weitverzweigte Netz der „Fünfergruppen" stützt, die inzwischen ihrerseits alle nicht müßig gewesen sind, Jünger geworben und praktisch alle Möglichkeiten geprüft und alle schwachen Stellen des Gegners ausfindig gemacht haben, so daß man genau weiß, wo er am besten zu fassen ist.« Er schloß mit der Mitteilung, daß hier in unserer Stadt von Pjotr Stepanowitsch nur der erste Versuch einer solchen systematisch hervorgerufenen Unordnung gemacht worden sei, sozusagen eine Art Prüfung des Programms für das weitere Vorgehen nicht nur dieser, sondern auch aller übrigen Fünfergruppen. Letzteres sei aber schon seine (Lämschins) eigene Auslegung oder Vermutung, und man möge ihm das »jedenfalls anrechnen und auch gebührend hervorheben, bis zu welchem Grade er offen und ehrlich den Sachverhalt klarlege, und daß er folglich der Behörde auch in Zukunft noch gute Dienste werde leisten können«. Auf die direkte Frage, ob es viele Fünfergruppen gebe, antwortete er, es gäbe ihrer eine unendliche Menge, ganz Rußland sei wie von einem Netz bedeckt, und obschon er keine Beweise dafür anführte, so war das doch, wie ich glaube, seine vollkommen aufrichtige Überzeugung. Er konnte nur ein im Auslande gedrucktes Programm der Geheimen Gesellschaft vorweisen und ein »Projekt der Entwicklung des Systems unseres weiteren Vorgehens«, das zwar nur im Unreinen entworfen, aber dafür von Pjotr Stepanowitschs eigener Hand geschrieben war. Es stellte sich heraus, daß Lämschin den ganzen langen Satz von der »Erschütterung der Grundfesten« wortwörtlich nach diesem Entwurf zitiert hatte, ohne auch nur einen Punkt oder ein Komma zu vergessen, obschon er hinterher beteuert hatte, das sei seine eigene Zusammenfassung und Darlegung gewesen. Über Julia Michailowna äußerte er sich erstaunlich scherzhaft und sogar ungefragt, indem er wieder vorgriff, daß sie ganz unschuldig sei und man sie nur zum besten gehabt habe. Bemerkenswert ist aber, daß er Nikolai Stawrogin von jeder Beteiligung an der Geheimen Gesellschaft vollkommen ausschloß und von jedem Einverständnis mit Pjotr Stepanowitsch freisprach. (Von den großartigen und doch so lächerlichen Hoffnungen Pjotr Stepanowitschs auf Stawrogin hatte Lämschin natürlich nicht die geringste Ahnung.) Die Ermordung der Lebädkins war nach seinen Worten nur von Pjotr Stepanowitsch ganz allein bewerkstelligt worden, ohne jede Beteiligung Stawrogins, in der schlauen Absicht, jenen in ein Verbrechen hineinzuziehen und dadurch in Abhängigkeit von sich, Pjotr Stepanowitsch, zu bringen; anstatt der Dankbarkeit aber, auf die er zweifellos und leichtsinnigerweise gerechnet, habe Pjotr Stepanowitsch bei dem »vornehm denkenden« Nikolai Wsséwolodowitsch nur die größte Entrüstung und sogar Verzweiflung hervorgerufen. Zum Schluß fügte Lämschin in seinen Aussagen über Stawrogin noch hinzu – übrigens gleichfalls ungefragt und sich überhastend, augenscheinlich in der Absicht, einen Wink zu geben –, daß jener ein überaus wichtiger Jemand sei, nur liege da noch irgend ein Geheimnis vor. Bei uns habe er sich sozusagen incognito aufgehalten, habe gewisse Aufträge gehabt, und es sei sehr möglich, daß er aus Petersburg bald wieder zu uns zurückkehren werde (Lämschin war überzeugt, daß Stawrogin in Petersburg sei), dann aber schon in ganz anderer Gestalt und in anderer Umgebung, in der Suite von Persönlichkeiten, von denen man vielleicht bald auch bei uns zu hören bekommen werde; und alles das habe er von Pjotr Stepanowitsch gehört, dem »geheimen Feinde Nikolai Wssévolodowitschs«.

Hierzu eine Anmerkung. Zwei Monate später gestand Lämschin, er habe Stawrogin absichtlich von allem freigesprochen, und zwar in der Hoffnung auf dessen Protektion: er habe geglaubt, Stawrogin werde ihm dann aus Dankbarkeit in Petersburg eine Milderung der Strafe um zwei Stufen erwirken können und ihn für die Verschickung nach Sibirien mit Geld und Empfehlungsbriefen versehen. Aus diesem zweiten Geständnis ist zu ersehen, daß er in der Tat eine übertrieben hohe Vorstellung von Nikolai Stawrogin hatte.

Am selben Tage wurde dann natürlich auch Wirginskij

verhaftet, und im Eifer verhaftete man auch gleich seine ganze Familie. (Heute sind Arína Próchorowna, ihre Schwester, ihre Tante und selbst die Studentin schon längst wieder frei; und man sagt sogar, auch Schigaljóff werde in kürzester Zeit aus der Untersuchungshaft entlassen werden, da er in keine Kategorie der Angeklagten hineinpasse; übrigens ist das vorerst nur ein Gerede.) Wirginskij bekannte sich sofort und in allen Punkten für schuldig: er lag mit hohem Fieber krank zu Bett, als man kam, um ihn zu verhaften. Man erzählt, er sei nahezu erfreut gewesen: nun sei es »vom Herzen gewälzt«, soll er angeblich gesagt haben. Wie verlautet, mache er seine Aussagen jetzt vollkommen wahrheitsgetreu, aber doch sogar mit einer gewissen Würde, und von seinen »lichten Hoffnungen« wolle er keine einzige aufgeben, obschon er gleichzeitig den politischen Weg (im Gegensatz zum sozialistischen) verdamme, auf den er sich so unversehens und leichtsinnig vom »Wirbelsturm zusammentreffender Umstände« habe mitreißen lassen. Sein Verhalten bei der Ausführung des Mordes werde in einem für ihn günstigen Sinne beurteilt, und wie es scheint, kann er auch auf eine gewisse Milderung seines Schicksals rechnen. So wird wenigstens bei uns behauptet.

Anders steht es mit dem Schicksal Erkels. Der schweigt seit seiner Verhaftung hartnäckig, oder er sucht die Wahrheit nach Möglichkeit zu entstellen. Noch hat man kein einziges Wort der Reue aus ihm herauszuholen vermocht. Dabei aber hat er selbst bei den strengsten Richtern eine gewisse Sympathie für sich erweckt – durch seine Jugend, seine Schutzlosigkeit, sowie durch die erwiesene Tatsache, daß er nur das fanatisierte Opfer eines politischen Verführers ist, vor allem aber durch sein jetzt bekanntgewordenes Verhalten zu seiner Mutter, der er allmonatlich fast die Hälfte seines kargen Gehalts übersandt hat. Seine Mutter ist jetzt hier; sie ist eine zarte, kränkliche Frau, vorzeitig gealtert. Sie weint und wirft sich – es ist wortwörtlich zu nehmen – den Richtern zu Füßen, um für ihren Sohn Nachsicht zu erflehen.

Wie auch immer das Urteil ausfallen mag, Erkel wird bei uns von vielen bedauert.

Liputin wurde erst in Petersburg verhaftet, nachdem er sich dort volle zwei Wochen aufgehalten hatte. Mit ihm war etwas fast Unbegreifliches geschehen, das sogar schwierig zu erklären ist. Man sagt, er habe einen Auslandspaß auf einen fremden Namen und somit die Möglichkeit gehabt, ins Ausland zu entschlüpfen, dazu habe er auch sehr beträchtliche Geldmittel mit sich geführt, und trotzdem war er in Petersburg geblieben und nirgendwohin weitergereist. Eine Zeitlang hatte er nach Stawrogin und Pjotr Stepanowitsch gesucht, dann aber hatte er plötzlich zu trinken begonnen und ein über alle Maßen ausschweifendes Leben geführt, ganz wie ein Mensch, der jede gesunde Vernunft und jede Vorstellung von seiner Lage verloren hat. So wurde er denn auch in einem Bordell verhaftet und in betrunkenem Zustand. Jetzt soll er aber, wie man hört, den Mut durchaus nicht sinken lassen, bei seinen Aussagen lügen und sich zu der bevorstehenden Gerichtsverhandlung mit einer gewissen Feierlichkeit und nicht ohne Hoffnung (?) vorbereiten. Er soll sogar die Absicht haben, vor Gericht eine Rede zu halten.

Tolkatschénko dagegen, der irgendwo im Nachbarkreise zehn Tage nach seiner Flucht verhaftet wurde, verhält sich unvergleichlich respektvoller, lügt nicht, verstellt sich nicht, sagt alles, was er weiß, sucht sich nicht herauszureden, gibt seine Schuld mit aller Bescheidenheit zu, ist aber gleichfalls ein wenig zum Redenhalten geneigt: er spricht viel und gern, und wenn man auf die Kenntnis des einfachen Volkes und dessen revolutionäre Elemente zu sprechen kommt, dann beginnt er sogar, redend zu posieren und nach Effekt zu haschen. Auch er soll, wie verlautet, die Absicht haben, vor Gericht eine Rede zu halten. Überhaupt sind er und Liputin nicht gerade eingeschüchtert, und das ist eigentlich doch sonderbar.

Ich wiederhole: dieser Prozeß ist noch nicht abgeschlossen. Jetzt, drei Monate nach jenen Geschehnissen, hat sich unsere

Gesellschaft schon einigermaßen erholt, hat sich nach dem Austoben wieder gesammelt, hat sich eingerenkt und ist zur Besinnung gekommen; und man hat sich auch eine eigene Meinung gebildet, und darin geht man sogar so weit, daß manche diesen Pjotr Stepanowitsch beinahe für ein Genie halten, mindestens für einen Menschen »mit genialen Fähigkeiten«.

»Da sieht man, was Organisation bedeutet!« sagt man im Klub und hebt dabei den Zeigefinger in die Höhe. Übrigens ist das alles sehr unbefangen gedacht, und schließlich sind es auch nicht viele, die so reden. Andere dagegen sprechen ihm zwar hervorragende Fähigkeiten nicht ab, tadeln jedoch seine vollkommene Unkenntnis der Wirklichkeit bei schrecklicher Abstraktion des Denkens, bei ungeheuerlicher und stumpfsinnigster Entwicklung nur nach einer Seite hin und daraus folgender Oberflächlichkeit. Was indessen seine moralischen Qualitäten anbetrifft, so sind hierüber alle der gleichen Meinung; über diesen Punkt streitet schon niemand mehr.

Ich weiß wirklich nicht, wen ich noch zu erwähnen hätte, um niemanden zu übergehen. Mawríkij Nikolájewitsch ist irgendwohin für immer fortgereist. Lisas Mutter, die alte Frau Drósdowa, ist kindisch geworden ... Nur eine sehr düstere Geschichte bleibt mir noch zu erzählen übrig. Ich werde mich mit den Tatsachen begnügen.

Warwara Petrowna war bei ihrer Rückkehr in ihrem Stadthause abgestiegen. Nun stürmten alle Nachrichten, die sich inzwischen hier angesammelt hatten, mit einem Mal auf sie ein und erschütterten sie unsagbar. Sie schloß sich allein ein. Es war Abend; alle waren müde und man ging früher zu Bett.

Am folgenden Morgen übergab die Zofe mit geheimnisvoller Miene Darja Páwlowna einen Brief. Sie sagte, sie hätte ihn erst spät am Abend erhalten, als alle schon schliefen, und sie hätte nicht gewagt, Darja Pawlowna aufzuwecken. Der Brief war nicht mit der Post gekommen, sondern in Skworéschniki von einem unbekannten Menschen dem Kammerdiener Alexei Jegórowitsch eingehändigt worden. Dieser habe den Brief dann noch gestern abend nach der Stadt gebracht und ihr übergeben, und sei sogleich wieder nach Skworeschniki zurückgefahren.

Darja Pawlowna betrachtete den Brief lange mit Herzklopfen und wagte ihn nicht zu öffnen. Sie wußte, von wem er war: geschrieben hatte ihn Nikolai Stawrogin. Sie las die Adresse auf dem Kuvert: »An Alexei Jegorowitsch zur Übergabe an Darja Pawlowna, geheim.«

Hier ist dieser Brief, Wort für Wort, ohne die geringste Korrektur des Stils dieses russischen Junkers, der ungeachtet seiner ganzen europäischen Bildung seine Muttersprache nicht vollkommen beherrschte.

»Liebe Darja Pawlowna,

Einmal wollten Sie ‚als Krankenschwester' zu mir kommen und nahmen mir das Wort ab, Sie zu rufen, wenn es nötig wird. Ich fahre in zwei Tagen und werde nicht zurückkehren. Wollen Sie mit mir fahren?

Im vorigen Jahr habe ich mich wie seinerzeit Herzen als Bürger des Kantons Uri eingeschrieben, und das weiß niemand. Ich habe dort schon ein kleines Haus gekauft. Ich habe noch zwölftausend Rubel; wir werden hinfahren und ewig dort leben bleiben. Ich will niemals nirgendwohin von dort wegreisen.

Die Stelle ist sehr langweilig, eine Schlucht, die Berge beengen den Blick und das Denken. Ein sehr düsterer Ort. Ich entschied mich, weil das kleine Haus gerade zu kaufen war. Wenn es Ihnen nicht gefällt, dann verkaufe ich es und kaufe ein anderes an einem anderen Ort.

Ich bin nicht gesund, aber von den Halluzinationen hoffe ich mich durch die dortige Luft zu befreien. Das wäre das Physische; über das Moralische wissen Sie alles; nur, ist es auch wirklich alles?

Ich habe Ihnen vieles aus meinem Leben erzählt. Aber

nicht alles. Selbst Ihnen nicht alles! Bei der Gelegenheit: ich bestätige, daß ich vor meinem Gewissen am Tode meiner Frau schuld bin. Ich habe Sie nachher nicht mehr gesehen, deshalb sage ich das hier. Auch Lisaweta Nikolajewna gegenüber habe ich eine Schuld auf mich geladen; aber darüber wissen Sie Bescheid; darüber haben Sie beinah alles vorausgesagt.

Kommen Sie lieber nicht. Das, daß ich Sie zu mir rufe, ist eine furchtbare Gemeinheit. Ja, und warum sollten Sie auch Ihr Leben mit mir begraben? Mir sind Sie lieb, und im Gram tat es mir wohl, bei Ihnen zu sein; nur bei Ihnen allein habe ich laut über mich sprechen können. Daraus folgt doch noch nichts. Sie haben sich selbst zur ‚Krankenschwester' bestimmt – das war Ihr Ausdruck; wozu so viel opfern? Begreifen Sie auch, daß es mir um Sie nicht leid tut, wenn ich Sie rufe, und daß ich Sie nicht achte, wenn ich auf Sie warte. Und dennoch rufe ich Sie und warte auf Sie. Jedenfalls brauche ich Ihre Antwort, denn die Abreise muß sehr schnell erfolgen. Unter Umständen reise ich allein ab.

Ich erhoffe nichts von Uri; ich fahre nur einfach hin. Ich habe nicht mit Absicht einen düsteren Ort gewählt. In Rußland bin ich durch nichts gebunden –hier ist mir alles ebenso fremd wie überall. Allerdings habe ich hier noch weniger als anderswo gern gelebt; aber selbst in Rußland habe ich nichts zu hassen vermocht!

Ich habe überall meine Kraft auf die Probe gestellt. Sie rieten mir einmal dazu, ‚um mich selbst kennen zu lernen'. Bei den Prüfungen für mich selbst wie bei den Prüfungen zur Schau, wie auch früher in meinem ganzen Leben erwies sie sich immer als unbegrenzt. Vor Ihren Augen ertrug ich die Ohrfeige von Ihrem Bruder; ich habe mich öffentlich zu meiner Heirat bekannt. Aber an was diese Kraft anwenden – das ist es, was ich nie gesehen habe, auch jetzt nicht sehe, trotz Ihrer Beifallsbezeugungen und Ihres Zuspruchs in der Schweiz, denen ich Glauben schenkte. Ich kann auch jetzt noch ganz so, wie auch früher immerzu, eine gute Tat begehen wollen, und empfinde es als eine Befriedigung; daneben aber habe ich gleichzeitig auch Lust zu Bösem und empfinde dabei gleichfalls Befriedigung. Aber sowohl das eine wie das andere Empfinden ist, ganz wie früher, immer zu flach, sehr stark aber pflegt es nie zu sein. Meinen Wünschen fehlt die Kraft aus der Tiefe; sie können nicht zielstrebig mitreißen. Auf einem Balken kann man über einen Fluß schwimmen, auf einem Holzspan aber nicht. Ich sage das nur, damit Sie nicht denken, ich führe mit irgendwelchen Hoffnungen nach Uri.

Ich beschuldige nach wie vor niemanden. Ich habe es mit großer Ausschweifung versucht und in ihr die Kräfte erschöpft; aber ich liebe Ausschweifung nicht, noch wollte ich sie. Sie haben mich in der letzten Zeit beobachtet. Wissen Sie auch, daß ich sogar auf unsere radikalen Verneiner mit Grimm geblickt habe, weil ich sie um ihre Hoffnungen beneidete? Aber Ihre Befürchtungen waren grundlos; ich kann nicht deren Genosse sein, da ich mit ihnen nichts gemein habe. Und bloß zum Spott, aus Bosheit, habe ich es auch nicht gekonnt, und nicht deshalb, weil ich die Lächerlichkeit gefürchtet hätte – Lächerlichkeit kann mich nicht schrekken –, sondern weil ich immerhin die Angewohnheiten eines anständigen Menschen habe und es mich anekelte. Aber wenn mein Grimm und mein Neid stärker gewesen wären, dann wäre ich vielleicht auch mit ihnen gegangen. Urteilen Sie nun selbst, wie leicht mir zumute war und wie ich mich hin und her gewälzt habe!

Du, mein liebster Freund, Du zärtliches und hochherziges Geschöpf, das ich nun ganz erraten habe! Vielleicht träumen Sie davon, mir so viel Liebe zu geben und mich mit so viel Schönem aus Ihrer wunderbaren Seele zu erfüllen, daß Sie hoffen, schon damit endlich auch ein Ziel vor mich hinstellen zu können? Nein, Sie sollten vorsichtiger sein: meine Liebe wird ebenso flach sein, wie ich es selbst bin; Sie aber werden unglücklich sein. Ihr Bruder hat mir einmal gesagt: wer die Verbindung mit seiner Heimaterde verliert, der verliere auch seine Götter, das heißt alle seine Ziele. Über alles kann man endlos streiten, aber aus mir ist einzig und allein Verneinung hervorgegangen, ohne jede Hochherzigkeit und ohne jede Kraft. Selbst nicht einmal Verneinung! Alles ist immer flach und schlaff. Der hochherzige Kirilloff hat die Idee nicht ertragen und hat sich erschossen; aber ich sehe doch, daß er deshalb hochherzig war, weil er nicht bei gesundem Verstande war. Ich könnte nie den Verstand verlieren und könnte nie in dem Maße an eine Idee glauben wie er. Ich kann mich in dem Maße nicht einmal mit einer Idee beschäftigen. Nie, nie werde ich mich erschießen können!

Ich weiß, daß ich mich umbringen müßte, mich wegfegen müßte von der Erde wie ein gemeines Insekt; aber ich scheue den Selbstmord, denn ich scheue mich, Hochherzigkeit zu zeigen. Ich weiß, daß das noch ein weiterer Betrug wäre, – der letzte Betrug in der endlosen Reihe der Betrüge. Was hätte es für einen Nutzen, sich selbst zu betrügen, nur um einmal Hochherzigkeit zu mimen. Unmut und Schamgefühl kann es niemals in mir geben; folglich auch keine Verzweiflung.

Verzeihen Sie, daß ich so viel schreibe. Ich bin wieder zur Besinnung gekommen; habe es unversehens getan. So sind hundert Seiten zu wenig und zehn Zeilen genug. Zehn Zeilen genügen ja auch vollauf für den Herbeiruf einer ‚Krankenschwester'.

Ich wohne seit meiner Abreise auf der sechsten Station beim Bahnhofsvorsteher. Seine Bekanntschaft habe ich vor fünf Jahren in der wüsten Zeit in Petersburg gemacht. Adressieren Sie an ihn. Ich füge seine Anschrift bei.

Nikolai Stawrogin.«

Dárja Páwlowna ging sofort zu Warwára Petrówna und gab ihr den Brief. Diese las ihn durch und bat darauf Dascha, sie allein zu lassen, da sie den Brief noch einmal lesen wolle; aber sie rief sie fast schon gar zu bald wieder zu sich.

»Wirst du hinfahren?« fragte sie beinahe zaghaft.

»Ja, ich werde hinfahren«, antwortete Dascha.

»Dann mach dich reisefertig! Wir fahren zusammen!«

Dascha sah sie fragend an.

»Was soll ich jetzt noch hier ...? Ist nicht alles einerlei? Ich werde mich gleichfalls in Uri einbürgern lassen und in der Schlucht leben ... Sei unbesorgt, werde euch nicht stören.«

Sie begannen schnell einzupacken, um noch zum Mittagszuge zurechtzukommen. Es war aber noch keine halbe Stunde vergangen, als Alexei Jegorowitsch aus Skworeschniki eintraf. Er meldete, Nikolai Wssèwolodowitsch sei »ganz plötzlich am Morgen, mit dem Frühzuge, angekommen und befinde sich jetzt in Skworeschniki, aber »in einem solchen Zustand, daß der Herr auf Fragen nicht antworten, durch alle Zimmer hindurchgegangen sind und sich in seiner Hälfte eingeschlossen haben ...«

»Ich habe ohne Befehl des Herrn für richtig gehalten, herzufahren und Meldung zu erstatten«, schloß Alexei Jegórytsch verhalten seinen Bericht, aber mit sehr aufmerksamem Blick.

Warwara Petrowna sah ihn durchdringend an und stellte keine weiteren Fragen. In kürzester Zeit war der Wagen bereit. Sie fuhr mit Dascha nach Skworeschniki. Während der Fahrt soll sie sich mehrmals bekreuzt haben.

In »seiner Hälfte« standen alle Türen offen, aber Nikolai Wssèwolodowitsch war nirgends zu finden.

»Ob der Herr vielleicht im oberen Halbgeschoß sind?« fragte Fómuschka vorsichtig.

Merkwürdig war, daß diesmal mehrere von den Dienstboten Warwara Petrowna in die »Hälfte des Herrn« folgten, während die übrige Dienerschaft im großen Saal wartete. Nie hätten sie es früher gewagt, sich eine solche Verletzung der Etikette zu erlauben. Warwara Petrowna bemerkte es wohl, aber sie schwieg.

Man stieg auch noch in das Halbgeschoß hinauf. Dort

waren drei Zimmer: aber in keinem davon fanden sie ihn.

»Oder sollten der Herr nicht am Ende dahin gegangen sein?« fragte jemand und wies auf die Tür zur Dachkammertreppe.

Tatsächlich war diese sonst stets geschlossene kleine Tür zur Dachkammer im Giebel jetzt nicht geschlossen und stand offen. Eine lange, sehr enge und furchtbar steile Treppe führte hier fast bis unter das Dach hinauf. Dort war auch noch irgendein Zimmerchen.

»Dorthin gehe ich nicht. Zu welchem Zweck hätte er dorthin hinaufklettern sollen?« fragte Warwara Petrowna, unheimlich erblassend, indem sie sich nach den Dienstboten umsah. Die sahen sie an und schwiegen. Dascha zitterte.

Dann eilte Warwara Petrowna die Treppe hinauf. Dascha folgte ihr; doch kaum hatte Warwara Petrowna in die Giebelkammer hineingeschaut, als sie aufschrie und bewußtlos hinfiel.

Der Bürger des Kantons Uri hing hier gleich hinter der kleinen Tür. Auf einem Tischchen lag ein Stück Papier, auf das mit Bleistift gekritzelt war:

»Niemanden beschuldigen. Ich selbst.«

Auf demselben kleinen Tisch lag ferner ein Hammer, ein Stück Seife und ein großer Nagel, der offenbar für alle Fälle mitgenommen worden war. Die starke Seidenschnur, mit der sich Nikolai Stawrogin erhängt hatte, war dick eingeseift. Alles bezeugte wohlüberlegte Absicht und klares Bewußtsein bis zum letzten Augenblick.

Unsere Ärzte stellten nach der Sektion die Möglichkeit, daß die Tat in geistiger Umnachtung oder im Irrsinn geschehen sein könnte, vollständig und mit aller Entschiedenheit in Abrede.

[illegible] »Oder sollten die Herr[illegible] am Ende dahin gelangen [illegible]

Tatsächlich [illegible]

[illegible]

Der Anlage des Kartons [illegible] kleinen Tür. Auf einem [illegible] lag ein Stück Papier, auf das mit Bleistift geschrieben war:

»Niemanden beschuldigen. Ich selbst.«

Auf demselben Blatt [illegible]

[illegible]

Alles [illegible]

[illegible]

daß die [illegible] worden sein [illegible] und [illegible] in Abteil.

ANHANG

NAMENVERZEICHNIS

Warwára Petrówna S'tawrógina – Witwe eines Aristokraten und Generals
Nikolai Wssẃewolodowitsch S'tawrógin – ihr Sohn (von der Mutter französisch Nicolas genannt)
S'tepán Trofímowitsch Werchowénskij – Dichter und ehemaliger Hauslehrer
Pjotr S'tepánowitsch Werchowénskij – sein Sohn

Praskówja Iwánowna Drósdowa – Witwe eines Generals
Lisawéta Nikolájewna Túschina – ihre Tochter aus erster Ehe
Mawríkij Nikolájewitsch Drósdoff – Offizier, Neffe des verstorbenen Generals Drósdoff

Iwán Óssipowitsch... – der frühere Gouverneur
Andréi Antónowitsch von Lembke – der neue Gouverneur
Julia Michaílowna von Lembke – seine Gattin

Karmasínoff – ein berühmter Schriftsteller
Artémij Páwlowitsch Gagánoff – Rittmeister a. D. eines Garderegiments
Alexéi Nílytsch Kirílloff – ein Ingenieur

<table><tr><td>Wirgínskij
Lipútin
Lä́mschin</td><td>Beamte</td></tr></table>

Arína Próchorowna Wirgínskaja – Wirgínskijs Frau
Schigaljóff – Wirgínskijs Schwager

<table><tr><td>Iwán Schátoff
Dárja Páwlowna Schátowa
(genannt Dá-scha)</td><td>Kinder eines verstorbenen
Dieners der Stawrógins</td></tr></table>

Márja Ignátjewna Schátowa – Schátoffs Frau (von Schátoff Marie genannt)

Lebadkin – ein ehemaliger Beamter eines Proviantamts, der sich für einen »Hauptmann a. D.« ausgibt
Márja Timoféjewna... – seine Schwester

Tíchon – ein Bischof im Ruhestande
Ssemjónn Jákowlewitsch... – ein »Prophet«

Tolkatschénko, Erkel und andere Anhänger revolutionärer Ideen
Fédjka – ein entsprungener Zuchthäusler
(der Name ist zweisilbig zu sprechen, annähernd wie Fédch'ka)

Alexei Jegorowitsch (Jegorytsch)
Fómuschka
Nas-táss-ja
Agáfja
} Dienstboten

ANMERKUNGEN

1 *S. 9:* Die »Ausnahmerolle eines Zivilisten«: Im zaristischen Rußland trugen nicht nur das Militär, die Polizei und die gesamte Beamtenschaft, sondern auch die Universitätsprofessoren und Studenten sowie die Lehrer und die Schüler aller Gymnasien Uniform, so daß jeder gebildete Mensch in Zivilkleidung von der Polizei mißtrauisch betrachtet wurde als nicht unbedingt »zuverlässiger Untertan«, als möglicher Andersgesinnter oder gar Freidenker.

2 *S. 9:* Der klassische Glanz der Bezeichnung »ein Verbannter«: Seit der Französischen Revolution 1789 sind fast alle Klassiker der russischen Literatur zeitweise verbannt gewesen oder haben als »Verfolgte« unter polizeilicher Aufsicht gelebt. Die 1826 hingerichteten oder lebenslänglich nach Sibirien verbannten »Dekabristen« wurden allgemein als heilige Märtyrer verehrt. Vgl. Anm. 37.

3 *S. 10:* Nach dem Vorbild der »Pléiade«, der französischen Dichterschule im 16. Jahrhundert, wurde auch in Rußland ein Kreis junger Dichter »Plejade« genannt: Lyriker, zweitrangige Romantiker, die sich fast alle von den sozialen und politischen Fragen fernhielten, wie es in den dreißiger und vierziger Jahren während der Regierungszeit Nikolaus' I. (1825 bis 1855) geboten war. Ihre zum Teil melancholisch-pessimistischen Dichtungen wurden später von Belinskij schonungslos kritisiert, und danach gerieten sie bald in Vergessenheit.

Pjotr J. Tschaadajeff (1794–1856), russischer Publizist, stand als Gardeoffizier von 1811 bis 1821 im Heeresdienst, zuletzt als Adjutant Alexanders I., war mit Puschkin befreundet und bereiste Westeuropa von 1823 bis 1826. Er sympathisierte mit den Dekabristen. Ab 1829 verfaßte er seine »Lettres sur la philosophie de l'histoire«, als deren fiktiven Absendeort er »Nekropolis« (Moskau) angab, die die geistige Entwicklung der dreißiger und vierziger Jahre entscheidend beeinflußten. Sie enthalten eine rigorose Kritik an der russischen Geschichte aus der Sicht des Katholizismus sowie ein Plädoyer für den kulturellen Anschluß Rußlands an den Westen. Tschaadajeff gilt daher als »erster Westler«. Als der erste Brief 1836 in der Zeitschrift »Das Teleskop« erschien, ließ Nikolaus I. (1796–1855, Zar seit 1825) den Verfasser für geisteskrank erklären und unter ärztliche Überwachung stellen. In seiner »Apologie d'un fou« entwickelte Tschaadajeff darauf, ohne sein bisheriges Urteil zu widerrufen, ein optimistisches russisches Geschichtsbild.

Alexander I. Herzen, eigentlich Alexander Jakowleff (1812–1870), war der führende russische Publizist, obgleich er seit 1847 im Ausland lebte. In seiner Jugend sympathisierte er mit den Führern des Dekabristenaufstandes. Er setzte sich später an die Spitze der geistigen Bewegung der »Westler«, die vom deutschen und französischen philosophisch-politischen Denken geprägt waren und für Rußland Gesellschafts- und Verfassungsreformen nach westlichem Vorbild forderten. In seinem Moskauer Zirkel versammelte er einige der führenden russischen Intellektuellen um sich. Dostojewski lernte ihn wahrscheinlich kurz vor dessen Emigration kennen und schätzen; er griff ihn trotz seiner Sympathie für die Slawophilen, die die Westler erbittert bekämpften, niemals persönlich an.

Wissarion G. Belinskij (1811–1848) gilt als ein großer Neuerer der russischen Literaturkritik. Er studierte Literaturwissenschaft und machte selbst dichterische Versuche, deren sozialistische, auf die Aufhebung der Leibeigenschaft gerichtete Tendenz ihm die Relegation von der Universität einbrachte. Später gehörte er dem Kreis um Herzen an. Dostojewski verdankt ihm die Bekanntschaft mit der deutschen idealistischen Philosophie und, nach seinen eigenen Worten, »den Glauben an den Sozialismus«. Besonders nachhaltig wirkten auf ihn Belinskijs Ablehnung der bis weit ins 19. Jahrhundert hinein vorherrschenden ästhetisch begründeten Dichtkunst und sein engagierter Kampf um eine politisch-gesellschaftlich wache und wirksame Literatur. Belinskij vermittelte ihm das Verständnis Gogols und der »natürlichen Schule« sozialkritischer Schriftsteller. Er nahm »Arme Leute«, Dostojewskis Erstlingswerk, begeistert auf und festigte damit über die schweren Jahre der Verbannung hinweg den Entschluß des Dichters, an seiner Berufung festzuhalten. Später lehnte ihn Dostojewski als einen Prototyp der verwestlichten, atheistischen Sozialisten ab, deren Saat seiner Meinung nach in der politischen Radikalisierung der russischen Intelligenz in den sechziger Jahren aufging. Dieses Urteil milderte er in der Zeit der »Brüder Karamasoff« wieder ab.

Timofei N. Granowskij (1813–1855) war Historiker und lehrte seit 1839 an der Moskauer Universität. Wie Belinskij und Tschaadajeff zählte er zum Herzen-Kreis. Dostojewski besuchte seine Vorlesungen; allerdings beeindruckten ihn wohl weniger seine wissenschaftlichen Leistungen als die Faszinationskraft seiner Persönlichkeit, die auch andere seiner Freunde bezeugen. 1862 druckte er Granowskijs Vorlesungen in der »Zeit« ab.

4 *S. 11:* Da es unter Nikolaus I. nicht ratsam war, nächtliche Besuche der Gendarmerie, ihre Haussuchungen, Verhöre und Verhaftungen auch nur zu erwähnen, behalf man sich mit Andeutungen; dazu genügte das Wort »Umstände« bzw. die Redewendung, jemand habe »zu leiden gehabt«.

5 *S. 12:* »Irgend jemand«, das heißt, eben diese Gendarmerie hatte ihn wegen einiger Äußerungen in einem Privatbrief um Mitteilung seines politischen Bekenntnisses ersucht, denn auch die Privatkorrespondenz wurde kontrolliert.

6 *S. 12:* Humoristische Anspielung auf die von einzelnen »Petra-

schewzen« geplante Übersetzung der Werke Charles Fouriers. Als Petraschewzen bezeichnete man die politisch interessierten Besucher des von Michail W. Butaschewitsch-Petraschewskij (1821–1866) 1845 in Petersburg gegründeten Freitagabend-Zirkels, dem ab Frühjahr 1847 auch Dostojewski angehörte. Petraschewskij, Beamter im russischen Außenministerium, war Fourierist, Kosmopolit und Positivist. Er wurde, zusammen mit dreiunddreißig »Verschwörern« dieser Gruppe, im April 1849 verhaftet, zum Tode verurteilt und nach seiner Begnadigung nach Sibirien verschickt.

7 *S. 17:* Eine Art Whistspiel; wörtlich bedeutet Jeralasch soviel wie Unsinn, Wirrwarr, Durcheinander.

8 *S. 27:* Diese Erwähnung des Dramatikers Nestor W. Kukolnik (1809–1868) ist wahrscheinlich ironisch gemeint. Kukolnik, ein Schulfreund Gogols, hatte mit romantischen, wenig geschmackssicheren und formal nicht eigenständigen Dramen schon früh großen Erfolg beim kleinbürgerlichen Petersburger Publikum. Er betrachtete sich fortan in beträchtlicher Selbstüberschätzung als den führenden Kopf der literarischen Romantik in Rußland und reizte dadurch die Spottlust schon des jungen Dostojewski. Das beschriebene Porträt stammt von Kukolniks Freund Karl P. Brjulloff (1799–1852).

9 *S. 29:* Alexander N. Radischtscheff (1749–1802) war der wichtigste Vertreter der russischen Aufklärung. Zusammen mit dem Satiriker Nikolai I. Nowikoff (1744–1818) führt er die lange Reihe der russischen Intellektuellen an, die an die russische Gesellschaft den Maßstab des europäischen Menschenrechts legten und dafür mit der Erduldung staatlicher Repressalien bezahlen mußten. So galt er schon im 19. Jahrhundert als der erste Märtyrer des freien Worts in Rußland. Seine ab 1790 erschienene »Reise von Petersburg nach Moskau« greift heftig die bäuerliche Leibeigenschaft an, zu deren Verschärfung die ehemals liberale, von Voltaire und Diderot gepriesene Katharina II., die Große (1729–1796, Zarin seit 1762) nicht wenig beigetragen hatte. Diese verbot persönlich Radischtscheffs Werk, ließ es verbrennen, den Autor zum Tode verurteilen und nach Sibirien verbannen. Nach ihrem Tod wurde er zwar begnadigt und von Alexander I. (1777–1825, Zar seit 1801) rehabilitiert, seine Haft hatte ihn jedoch schwermütig werden lassen, und 1802 schied er angesichts seines Scheiterns durch Gift freiwillig aus dem Leben.

10 *S. 33:* Solche kunterbunten Aufzählungen der angeblichen Ziele der Fortschrittler sind von Dostojewskis politischen Gegnern stets als boshafte Persiflage und »bewußte Verhöhnung der Märtyrer des neuen Glaubens« vehement bekämpft und ihm nie verziehen worden.

11 *S. 35:* »Wjek« (»Das Jahrhundert«), ein Boulevardblatt, und der unbedeutende Journalist L. Kambek, die auch vor Verunglimpfung des Gegners nicht zurückschraken.

12 *S. 38:* Das Sprichwort »Wohin Makar (ein beliebiger Hirt) die Kälber (noch) nicht (auf die Weide) getrieben hat« besagt soviel wie »weit weg von hier«. In diesem Fall ist das Verbannungsland Sibirien gemeint.

13 *S. 48:* Am 19. Februar 1861 erschien das Manifest Alexanders II. (1818–1881, Zar seit 1855), das die Leibeigenschaft der Bauern aufhob. Später ist diese erste der großen Reformen von Nationalökonomen stark kritisiert worden, damals jedoch wurde sie mit Begeisterung begrüßt.

14 *S. 50:* Dmitrij W. Grigorowitsch (1822–1899) war Kommilitone Dostojewskis auf der Ingenieurschule. Wie dieser auch, gab er 1846 sein literarisches Debüt mit einer Novelle im Geist der »natürlichen Schule«. Dostojewski verdankt ihm seinen Durchbruch, denn Grigorowitsch machte die »Armen Leute« bei Nekrasoff und Belinskij bekannt und vermittelte so ihre Publikation in Nekrasoffs »Petersburger Almanach«. In seiner sozialistischen Bauernnovelle »Anton Goremyka« (Pechvogel), die 1847 erschien, schildert er voll Mitgefühl die Not und Schutzlosigkeit der leibeigenen Bauern. – Später trennten sich die Wege der beiden Dichter. Dostojewski erwähnte den Namen Grigorowitschs nur gelegentlich und stets mit einer gewissen Ironie.

15 *S. 50:* Anton Petroff trat als Anführer größerer Bauernunruhen auf. Die Aufhebung der Leibeigenschaft in der vorgesehenen Form hatte auch die Bauern nicht überall befriedigt.

16 *S. 50:* Der Januaraufstand der Polen 1863 wurde von der zaristischen Regierung blutig niedergeschlagen und mit rücksichtsloser Russifizierung beantwortet, da man ihn als »schnöden Undank für bevorzugte Behandlung« (das heißt eine liberalere als in Rußland) auffaßte. Die guten Absichten der Regierung Alexanders II. wurden nach dieser Erfahrung in Frage gestellt, zum Teil verurteilt, und die reaktionäre Einstellung der Zeit Nikolaus' I. gewann wieder die Oberhand. Das russische Nationalbewußtsein erhob sich gegen den »Dünkel des Erbfeindes« und verlangte hartes Durchgreifen.

17 *S. 51:* Igor Swjatoslaw, Fürst von Nowgorod-Ssewersk (1150–1202). Sein Feldzug gegen die Polowzer 1185 wird im »Lied vom Heereszug des Fürsten Igor« besungen.

18 *S. 52:* Nikolai W. Gogol (1809–1852) war der bedeutendste russische Prosaschriftsteller der ersten Jahrhunderthälfte. Sein schmales Œuvre, im wesentlichen zwischen 1830 und 1840 entstanden, besteht aus drei Novellensammlungen, drei Komödien und dem unvollendeten Roman »Tote Seelen«. Es war Belinskij, der seinem literarischen Ruf die Bahn brach. Gogols Werk, das der Romantik nahesteht, war weithin richtungweisend. Einerseits begannen damit Karikatur und Satire als Mittel realistischer Darstellung sich als legitime Stilmittel zu etablieren. Andererseits rückte die Lebenswirklichkeit der unteren

Gesellschaftsschichten in den Mittelpunkt des literarischen Interesses. Gogol steht damit am Beginn der »natürlichen Schule«, zu der auch der frühe Dostojewski zählte. Der aus dem ukrainischen Kleinadel stammende Gogol wurde von einem ungeheuren Sendungsbewußtsein getragen, das Mitte der vierziger Jahre ins Religiöse umschlug. 1847 veröffentlichte er ein Bekenntnisbuch »Stücke aus dem Briefwechsel mit Freunden«, mit dem er seine Bewunderer, ob Westler, ob Slawophile, gegen sich aufbrachte. In dem Offenen Brief, dessen Verlesung im Petraschewski-Kreis Dostojewski Todesurteil und Verbannung eintrug, warf Belinskij seinem früheren Schützling nicht nur dessen Billigung der sozialen Unterdrückung, sondern auch eine bewußte Verfälschung des Christentums zum Vorteil der Reichen vor. – Unbeschadet seiner späteren Hinwendung zum Religiösen wirkte Gogol literarisch fort – nicht zuletzt in Dostojewskis Erstling »Arme Leute«. Später schlug ihn Dostojewski mit seinen eigenen stilistischen Waffen, indem er ihn in dem 1859 erschienenen »Das Gut Stepantschikowo« mit grausamem Humor als salbungsvollen Schmarotzer und Quälgeist karikierte.

19 *S. 72:* Charles Fourier (1772–1837) war einer der französischen utopischen Sozialisten, deren Ideen weit stärker als die der deutschen politischen Denker das intellektuelle Rußland der Jahrhundert mitte beschäftigten. Karl Marx war zu dieser Zeit in Rußland noch unbekannt, und Dostojewski hat ihn niemals kennengelernt.

20 *S. 73:* Fourier hatte in seinem »Traité de l'association domestique-agricole« die Idee der »Phalansterien« entwickelt, das heißt von Gemeinschaften, in denen 1200 bis 1800 Personen zusammen wirtschaften sollten. Die Realisierung dieser Pläne hatte er mit Hilfe großzügiger Millionäre erhofft. Sein Schüler Victor Considérant (1808 bis 1893) scheiterte mit seinem Versuch, den Plan Fouriers zu verwirklichen.

21 *S. 79:* Mit »mouche« wurden nicht nur die Schönheitspflästerchen der Rokokomode bezeichnet, sondern auch die Anhänger – Edelsteine oder Perlen –, die zu Frisuren der Biedermeierzeit an dünnen Kettchen auf der Stirn getragen wurden.

22 *S. 81:* Nach den Vorschriften der russischen Kirche durften sich Vetter und Kusine als zu nahe Verwandte nicht heiraten.

23 *S. 113:* In Karmasinoff hat Dostojewski den berühmten Schriftsteller Iwan S. Turgenjeff (1818–1883) karikiert. Zur Zeit der »Dämonen« hatte dieser tatsächlich den Anschluß an die politische Entwicklung verloren.

24 *S. 129:* Stabskapitän: im russischen Heer eine Rangstufe zwischen dem Oberleutnant und dem Hauptmann.

25 *S. 139:* Petschorin ist die Hauptperson in Michail J. Lermontoffs (1814–1841) berühmtem Roman »Der Held unserer Zeit«, der 1840

erschien. Er wird geschildert als ein Mann, dessen Begabungen und positive Anlagen durch trübe Erfahrungen in Destruktivität umgeschlagen sind.

26 *S. 149:* Das heißt vor siebzehn Uhr. Die Hauptmahlzeit wird in Dostojewskis Romanen immer erst zwischen fünf und sechs Uhr nachmittags eingenommen. Dies entsprach den damaligen Gepflogenheiten der Petersburger Oberschicht.

27 *S. 155:* Kirilloffs Satz »Jewo njet, no on jestj« könnte auch mit »Er ist nicht zu finden« oder »Er existiert nicht, aber er ist da« übersetzt werden. Ob Dostojewski den Ausspruch des Aristoteles »on, kai mé on« nur umkehren wollte, ist ungewiß, aber der Unterschied ist nicht zu übersehen.

28 *S. 160:* Frau Kästchen – russisch: Frau Korobotschka – ist in Gogols Roman »Tote Seelen« der Typ einer beschränkten, engherzigen, geizigen Frau, die in ihren Kombinationsversuchen auf Vermutungen kommt, die kein Mensch für möglich halten würde – eine Charakterzeichnung von so genialem Realismus, daß ihr Name als Adjektiv in die russische Sprache eingegangen ist.

29 *S. 166:* wenetz: die Krone, im übertragenen Sinne auch der Traualtar, die Trauung, da bei der orthodoxen Eheschließung über dem Kopf der Braut und des Bräutigams je eine Krone gehalten wurde.

30 *S. 184:* Gogol wurde der Vorwurf gemacht, er habe die Menschen nur mit Spott und Verachtung dargestellt, weshalb er keinen einzigen guten Zug an ihnen wahrgenommen habe. Darauf antwortete der Dichter, hinter dem sichtbaren Lachen habe er heimlich Tränen geweint.

31 *S. 191:* Marja Timofejewnas Kosename »Schatuschka« für ihren guten Freund Schatoff ist nicht mit der Diminutivendung »-chen« oder »-lein« zu übersetzen. In der Endung »-uschka« liegt nichts Verkleinerndes.

32 *S. 195:* Außer Mutter Gottes oder Gottesmutter gibt es im Russischen für die Heilige Maria noch die Bezeichnung Bogorodiza, die Gottgebärerin (die griechische Theótokos).

33 *S. 234:* General Jermoloff, der sich schon im Krieg gegen Napoleon 1812 ausgezeichnet hatte, wurde später durch die Kämpfe im Kaukasus berühmt, wo Rußland noch lange mit den Bergvölkern um den Zugang zu dem seit 1801 unter seiner Herrschaft stehenden transkaukasischen Grusien (= Georgien) kämpfen mußte. Es war üblich, Offiziere für die Beteiligung an Duellen zur militärischen Bewährung in den Kaukasus zu verbannen. So geschah es etwa Lermontoff wie auch Dostojewskis Romanfiguren Stawrogin und Dmitrij Karamasoff.

34 *S. 238:* lebedj: der Schwan, der Name Lebädkin bedeutet etwa Schwanemann.

35 *S. 238:* Iwan A. Kryloff (1768/69–1844), Fabeldichter, übersetzte zahlreiche Fabeln von Jean de La Fontaine.

36 *S. 247:* Die orthodoxe Kirche ließ Ehescheidung nicht zu.

37 *S. 278:* Der plötzliche Tod Alexanders I. am 1. Dezember 1825 in Taganrog (am Asowschen Meer) und die Ungewißheit über seinen Nachfolger (Konstantin oder Nikolaus) verleitete einen Teil der Geheimbündler unter den Gardeoffizieren und Vertretern der geistigen Elite Rußlands am 14. Dezember zu einem verfrühten Aufstand gegen die zaristische Alleinherrschaft. Nach dem Monat Dekabr verblieb ihnen die Bezeichnung »Dekabristen«. Dieser »Adelsputsch« wurde von Nikolaus I. sofort niedergeschlagen, und es folgten unzählige Verhaftungen. Unter den 121 Angeklagten befanden sich sieben Fürsten, zwei Grafen, drei Barone, zwei Generäle, dreiundzwanzig Obersten. Die fünf Hauptschuldigen wurden am 14. Juli 1826 gehenkt, dreiunddreißig zu lebenslänglicher Zwangsarbeit in sibirischen Bergwerken verurteilt, andere zu befristeter Zwangsarbeit, Deportation nach Sibirien, Vermögenskonfiskation, Verlust des Adelsrangs, Degradation, Verbannung usw. Vgl. Anm. 2.

38 *S. 288:* Das Mißtrauen der Regierung Alexanders II. nach der Bauernbefreiung von 1861 gegenüber dem zum Teil reaktionären Adel war nicht unbegründet.

39 *S. 293:* Die nun folgende Charakterisierung Basaroffs ist völlig abwegig: bezeichnend dafür, wie sehr Turgenjeffs Zeitgenossen ihn mißverstanden. Die allgemeine Ablehnung der Figur des Basaroff, die Turgenjeff mit großer Sorgfalt und Einfühlung gestaltet hatte, führte zu seiner endgültigen Abkehr von seiner russischen Heimat.

40 *S. 294:* Nosdreff ist in Gogols Roman »Tote Seelen« der Typ eines Gutsbesitzers, der wohl in keiner Hinsicht mit Turgenjeffs Basaroff zu vergleichen ist; aber vermutlich soll das hier angeführte Urteil nur die Auswüchse der damaligen Kritiken an Basaroff verspotten.

41 *S. 321:* Alexander Puschkin (1799–1837) forderte den Gardeoffizier Georges d'Anthès Heeckeren, weil dieser seiner Frau den Hof gemacht hatte.

42 *S. 335:* Anspielung auf die Attentate auf den Zar-Befreier Alexander II., die 1866 von Karakosoff, dem Sohn eines reichen Gutsbesitzers, und 1867 von dem Polen Beresowsky verübt wurden. Erst beim vierten Attentat – diesmal von seiten der Anarchisten – am 1. März 1881 wurde Alexander II. tödlich verwundet.

43 *S. 336:* Dieses Motiv findet sich schon in Leo N. Tolstois (1828 bis 1910) Roman »Krieg und Frieden« (1869). Auch dort wird der junge Fürst Anatol Kuragin vom Vater eines verführten Mädchens »mit Gewalt gezwungen«, das Mädchen zu heiraten. Die Trauung findet statt unter der Bedingung, daß sie geheim bleibe.

44 *S. 347:* Von Nosdreff (vgl. Anm. 40) sagt Gogol: »Er war ein

durchtriebener, leichtsinniger Kerl, Schwätzer, Lügner, unehrlicher Spieler... er erzählte lügenhafte Anekdötchen... war überhaupt sehr vielseitig und stets zu allem bereit... aber er tat es nicht aus Gewinnsucht, sondern infolge einer eigentümlichen Sprunghaftigkeit und Unruhe des Charakters.«

45 *S. 349:* Stepan T. Rasin (um 1630–1671), Anführer des großen Kosakenaufstandes von 1667 bis 1671. Er wurde 1670 besiegt, ausgeliefert und 1671 hingerichtet. In Sage und Volkslied lebt *Stenka Rasin* als Freiheitsheld fort.

46 *S. 371:* Gawriil R. Dershawin (1743–1816), der bedeutendste Odendichter der Regierungszeit Katharinas II., sagt von sich in der Ode »Gott«: »Ich bin ein Fürst, ein Sklav', ein Wurm, ein Gott...«

47 *S. 380:* Der Unbekannte, der sich für den 1591 im Alter von acht Jahren ermordeten Thronfolger Dmitrij, den letzten Sohn Iwans des Schrecklichen, ausgab, mit Hilfe der Polen 1605 den russischen Thron bestieg und nach elf Monaten bei einem Aufruhr ermordet wurde, soll angeblich ein entlaufener Mönch namens Grischka Otrepjeff gewesen sein. Dieser erste »falsche Demetrius«, dessen Geniestreich mehrfach dramatisch behandelt worden ist (von Schiller, Puschkin, Hebbel u. a.), fand in Rußland zwei weitere Nachahmer: den zweiten falschen Demetrius, der 1607 Anhänger fand und 1610 ermordet wurde, und den dritten 1611 für kurze Zeit in Nowgorod in einem Diakon Isidor.

48 *S. 382:* Nach den Sprichwörtern »Eulen brüten keine Falken aus« und »Eine Eule kann nicht zum Falken werden, mag sie auch noch so hoch fliegen« ist die Eule als böser, niedriger Gegensatz zum lichten, herrlichen Falken, dem Liebling der slawischen Volksdichtung, zu verstehen.

49 *S. 393:* Vgl. Anm. 38.

50 *S. 394:* Das Fürstentum Moskau ist erst in der Zeit der Mongolenherrschaft (vom Anfang des 13. bis zum Ende des 15. Jahrhunderts) zu seiner Vormachtstellung gegenüber den alten Fürstentümern Rußlands gelangt. Es hat von den Mongolen u. a. das Recht, Angehörige des niederen Adels körperlich zu strafen, übernommen.

51 *S. 403:* Die Särge der Toten wurden in Rußland erst auf dem Friedhof, unmittelbar vor der Versenkung in das Grab, geschlossen.

52 *S. 419:* Der Autor des utopischen Romans »Was tun?« war der Publizist Nikolai G. Tschernyschewskij (1828–1889). Er gehörte der Gruppe radikaldemokratischer Intellektueller an, die sich in den fünfziger und sechziger Jahren um Nekrassoff und seine Zeitschrift »Der Zeitgenosse« scharten. Als einer der ersten russischen Oppositionellen beschäftigte er sich mit der Volkswirtschaftslehre, was bereits Karl Marx würdigte. So übersetzte und kommentierte er John Stuart Mills 1848 erschienene »Principles of Political Economy« und führte damit den britischen materialistischen Utilitarismus in das russische Geistes-

leben ein. Als politisch wacher Zeitgenosse sah er das Scheitern der Bauernbefreiung voraus, das viele seiner Mitstreiter überraschte und enttäuschte. Seine zunehmende Radikalisierung brachte ihm zwei Jahre Festungshaft und schließlich die Verbannung nach Sibirien ein. – Tschernyschewskij nahm Dostojewskis 1861 erschienenen Roman »Die Erniedrigten und Beleidigten« begeistert auf. Dostojewski jedoch lehnte ihn und seinen 1863 im »Zeitgenossen« erschienenen höchst populären Roman »Was tun?« schärfstens ab. Seine »Aufzeichnungen aus dem Untergrund« (1864) zeichnen ein Bild vom Menschen, das in seinem Pessimismus der utilitaristischen Anthropologie Tschernyschewskijs völlig entgegengesetzt ist. Auch die Groteske »Das Krokodil« (1865) ist möglicherweise eine Satire auf ihn.

53 *S. 463:* Nach dem Bericht von Dostojewskis Frau hat der Dichter in Ssemjonn Jakowlewitsch den damals in Moskau bekannten »Gottesnarren« Iwan Jakowlewitsch Koreischi geschildert, dazu den Verlauf seines Besuches bei ihm. »Liebäugelnde« sagt er in der kirchenslawischen Sprache, daher verstehen ihn seine Besucher, die keine Kleriker sind, nicht. Für die Verwünschung, mit der er diese in die Flucht jagt, gebraucht der Gottesmann das ordinärste Schimpfwort auf sexuellem Gebiet.

54 *S. 468:* Jean Baptiste Capefigue (1802–1872), französischer Historiker und Publizist, war ein oberflächlicher Vielschreiber.

55 *S. 480:* Karl Vogt (1817–1895), deutscher Zoologe und Geologe, trug entscheidend zur wissenschaftlichen und öffentlichen Durchsetzung der Darwinschen Lehre in Deutschland bei. – Der niederländische Physiologe Jacob Moleschott (1822–1893) begründete das naturwissenschaftliche Konzept der stofflich-physiologischen Natur seelisch-geistiger Vorgänge und ihrer Abhängigkeit vom Ernährungszustand des Organismus (»Ohne Phosphor kein Gedanke«) und verwarf die Annahme einer spezifischen geistigen Lebenskraft. – Ludwig Büchner (1824–1899), der Bruder des Dichters Georg Büchner, war Arzt und Philosoph. Wegen seiner materialistischen Weltanschauung wurde er zur Aufgabe seines Lehrstuhls gezwungen. Er propagierte in zum Teil populärwissenschaftlichen Büchern einen naturwissenschaftlichen Materialismus und trat für den Darwinismus ein.

56 *S. 507:* Kondratij F. Rylejeff (1795–1826) war zunächst Offizier, später im zivilen Staatsdienst tätig. Er wurde als einer der Anführer des Dekabristen-Putschs (vgl. Anm. 37) gehenkt. Zusammen mit dem Romanschriftsteller Alexander A. Bestuscheff (1797–1837) gab er von 1823 bis 1825 den Almanach »Der Polarstern« heraus. Sein bedeutendstes Werk ist das unvollendete Poem »Woinarowskij« (1825), das den ukrainischen Kriegshelden dieses Namens zum Gegenstand hat. Die »Dumy« (Betrachtungen) fanden zunächst nur handschriftliche

Verbreitung. Erst 1860 wurden sie von Herzen in London herausgegeben.

57 *S. 587:* Eine chiliastische Bewegung, die im 18. Jahrhundert gegründet wurde und noch heute existiert. Die brutale Verfolgung vieler religiöser Sekten veranlaßte diese zu äußerster Abkapselung und Geheimhaltung. Die Skopzen gingen aus einer ekstatischen Geißlerbewegung des 17. Jahrhunderts hervor. Sie forderten strengste Askese und sogar die Selbstentmannung (der Name bedeutet »Verschnittene«). Der Gründer Kondratij Sseliwanoff wurde für den wiedererstandenen Christus gehalten. Im 19. Jahrhundert gehörten zahlreiche wohlhabende Kaufleute zu den Skopzen.

58 *S. 649:* Die russischen Kaufleute standen in dem Ruf, eine besondere Vorliebe für Traber und Nachtigallen zu haben. Im russischen Dreispänner läuft das mittlere Pferd unter dem hohen Joch oder »Krummholz« in scharfem Trab, während die beiden Seitenpferde galoppieren.

59 *S. 650:* Die Verwandtschaft zwischen Taufpaten wurde von der Kirche so ernst genommen, daß etwa ein Mann und eine Frau nicht heiraten durften, wenn sie Paten desselben Kindes waren.

60 *S. 710:* Vgl. Anm. 25.

61 *S. 711:* Nach einem alten Volksglauben ruhte die Erdscheibe, von Wasser umgeben, auf den Leibern dreier gewaltiger Wale.

62 *S. 712:* Das Sprichwort »Er hat auf eine Krähe gezielt, aber eine Kuh getroffen« besagt soviel wie: einen müßigen Gaffer verscheuchen wollen und dabei eine Hauptperson anrempeln, oder auch: »ins Fettnäpfchen treten«.

63 *S. 719:* Während der ersten Pariser Kommune (21. Mai 1791 bis 27. Juni 1794) kam die Bezeichnung »Petroleur« für Brandstifter mittels Petroleum auf; sie wurde während der zweiten Pariser Kommune (18. März bis 29. Mai 1871) wiederaufgenommen.

64 *S. 722:* Gemeint sind die letzten Jahre der drückenden Regierungszeit Nikolaus' I. vor dem Ausbruch des Orient- oder Krimkrieges (1853 bis 1856) zwischen Rußland und der Türkei, der Frankreich, England und Camillo Graf Cavours Piemont zu Hilfe kamen und mit der Österreich sympathisierte. Der Anlaß des Krieges war die Weigerung der Türkei, Rußland als Protektor der griechisch-katholischen Balkanslawen anzuerkennen. Der Hauptkriegsschauplatz war die Krim, und der Kampf um Sebastopol ist bei Dostojewski noch in frischer Erinnerung. Mit dem Frieden zu Paris im März 1856 war die große Rolle Rußlands bzw. Nikolaus' I. zu Ende gespielt. Und damit begann bei einem Teil der russischen Dichter und Denker die Ära der Ablehnung Europas, die Besinnung auf das russische »Anderssein«, auf den Unterschied zwischen dem »Bodenständigen« und dem »Nachgeahmten«.

Das »ganze sinnlose Jahrtausend seiner Existenz«: Die Gründung des russischen Reiches durch den normannischen Heerführer Rurik in Alt-Nowgorod wird nach der Nestorchronik mit dem Jahr 862 angenommen, daher wurde 1862 das tausendjährige Bestehen Rußlands gefeiert und ein Denkmal in Nowgorod enthüllt.

65 *S. 752:* Die damals wichtigste liberale oder zumindest gemäßigte Tageszeitung hieß »Die Stimme«; die Anspielung auf ihre bereits vernehmbare Heiserkeit und ihr Verhalten ist ebenso treffend wie die übrige boshafte Kritik an den anderen Zeitungen.

66 *S. 757:* Vgl. Anm. 28.

67 *S. 790:* »Polinka Sachs« ist eine 1847 erschienene berühmte Novelle von Alexander W. Drushinin (1824–1864): Ein hochkultivierter reicher Mann von vierunddreißig Jahren hat ein ganz junges Mädchen geheiratet. Im zweiten Ehejahr verliebt sich die noch sehr kindliche Frau während einer längeren dienstlichen Abwesenheit ihres Mannes in ihren heimgekehrten Kindheitsgespielen, einen jungen Fürsten, der sie schon immer hatte heiraten wollen. Sachs tut nun sein Möglichstes, um seine Ehe für ungültig erklären zu lassen (Scheidung gab es nicht), damit seine Frau frei werde und den Altersgenossen heiraten könne. Während der Zeit seiner diesbezüglichen Bemühungen hält er sie in einem einsamen Landhaus fern von jedem Verkehr, damit kein Klatsch in der Gesellschaft entstehe. Das neuvermählte junge Paar reist ins Ausland und ist (anscheinend) sehr glücklich, aber Polinka erkrankt an Tuberkulose und stirbt bald darauf. Nach ihrem Tode erhält Sachs ihren Abschiedsbrief, in dem sie ihm gesteht, daß sie ihn erst nach der Trennung von ihm verstehen und aus ganzer Seele zu lieben gelernt habe. Nach Drushinins eigener Angabe hat er diese Novelle unter dem Eindruck von George Sands 1834 geschriebenem Roman »Jacques« verfaßt, der Jean-Jacques Rousseaus romantisch-humanen Einfluß verrät. Die Novelle fand größten Beifall, als Protest gegen die alten strengen Sitten, gegen die Allmacht der Eltern und des Gatten, bei vollkommener Rechtlosigkeit der Frau.

68 *S. 834:* Die Straßen sind ursprünglich nach den Kirchen benannt worden, zu denen sie hinführten, wie beispielsweise Wosnessenskaja (Himmelfahrtsstraße) und Bogojawlenskaja (Epiphaniasstraße), bis es Brauch wurde, die Straßen auch dann mit religiösen Namen zu benennen, wenn sie nicht zu einer Kirche führten.

E. K. Rahsin

Zu den Anführungszeichen

Damit der Leser in diesem großenteils in Gesprächsform gestalteten Werk eindeutig unterscheiden und sich klar zurechtfinden kann, wurden die Anführungszeichen durchgehend auf folgende Weise gesetzt:

Alle Gespräche und Aussprüche aus Gesprächen außerhalb dieser wurden mit » und « angeführt und ausgeführt.

Die Wiedergabe von Äußerungen anderer innerhalb von Gesprächen wurde mit ‚ und ' gekennzeichnet.

Zitate und Verse (soweit diese Zitate sind), Titel von Büchern, Schauspielen, Dichtungen sowie Namen von Gasthäusern und Stadtteilen, weiterhin Redensarten und ähnliches sind innerhalb und außerhalb von Gesprächen mit „ und " angeführt und ausgeführt worden.

NACHWORT

Die Behauptung Wiktor Schklowskis, Dostojewski habe bereits in seinem ersten Roman (*Arme Leute*, 1846) »den Weg zu Verschwörung, zu Revolution eingeschlagen«[1], erscheint nicht übertrieben, wenn man weiß, daß der Autor dieses sentimentalen Briefromans im selben Jahr den Fourieristen Petraschewski kennenlernte und schon vom folgenden Jahr an in seinem Kreis verkehrte, in dem über sozialistische Utopien gesprochen wurde, »über Robert Owens New Lanark und Cabets Ikarien und besonders über Fouriers Phalanstère und Proudhons Theorie der progressiven Steuer«[2]. Die Zugehörigkeit zu diesem Zirkel und die Verlesung des illegalen *Briefes an Gogol*, den der Literaturkritiker Belinski im Juli 1847 aus Salzbrunn geschrieben hatte, führte Dostojewski 1849 aufs Schafott, und nach seiner Begnadigung wurde er nach Sibirien geschickt. Der Aufenthalt in diesem »Totenhaus« veränderte die Weltanschauung Dostojewskis, doch die Frage der Verschwörung und der russischen Revolution blieb in seinem Werk als eine jener »verfluchten Fragen« bestehen, die der ehemalige Häftling zu beantworten versuchte. Fouriers »Phalanstères« als Entwurf einer sozialistischen Zukunft der Menschheit, den Tschernyschewski in den »Träumen« der Heldin seines Romans *Was tun?* (1863) in literarischer Form darstellte, begleitete den früheren Anhänger Petraschewskis auch weiterhin, doch nunmehr sah er darin – besonders seit seinen *Aufzeichnungen aus dem Untergrund* (1864) – das Zeichen künftiger Nivellierung und Standardisierung der menschlichen Persönlichkeit – einer menschlichen Gleichheit, die durch materiellen Wohlstand als nach der Meinung von Dostojewski endgültigem Ziel der russischen revolutionären Bestrebungen erreicht wird.

Nach der Verbüßung seiner Strafe »beruhigte« sich Dostojewski nur scheinbar – im Verlauf seiner späteren Entwicklung schrieb er Romane über den »aufrührerischen Menschen«, wenn wir hier ein Syntagma verwenden dürfen, das Albert Camus, ein Nachfolger Dostojewskis, als Titel für seinen bedeutenden Essay *L'Homme révolté* (1951) gebrauchte, in dem er eben über den russischen Verschwörer Netschajew als Prototyp von Pjotr Werchowenski in den *Dämonen* schrieb. Ein »aufrührerischer Mensch« ist Raskolnikow in *Schuld und Sühne* (1866), ein Rebell gegen die überlieferte Weltordnung ähnlich wie Iwan in den *Brüdern Karamasow* (1880), Rebellen sind auch die russischen Verschwörer und Terroristen in den *Dämonen*. Gerade ihrem Bewußtsein, bis hin zur Identifizierung mit ihnen, nähert sich der Erzähler in den Romanen Dostojewskis, um sie zu widerlegen.

Das Auftreten von Rebellen in Dostojewskis Romanen erfordert innerhalb ihrer Struktur regelmäßig ein Gegengewicht in den Figuren der »Duldenden«. Sonja Marmeladowa in *Schuld und Sühne*, Aljoscha in den *Brüdern Karamasow*. Ein besonderer Platz kommt dabei einer Verkörperung des Duldens zu – dem Fürsten Myschkin im *Idioten* (1868), einem Epileptiker, der aus einem Schweizer Sanatorium nach Rußland zurückgekehrt ist. Nur wenig später kamen, ebenfalls aus der Schweiz, aber nun aus Genf, wo der russische Revolutionär Bakunin einen Zufluchtsort gefunden hatte, russische Verschwörer – in einem Roman, der zwar zu einer Beruhigung der Geister aufrief, in dem aber die »bösen Geister« aus Puschkins Ballade »Besy« ebenso wie die *Teufel* aus dem Lukasevangelium (Lukas 8,32–37) die Oberhand gewannen[3]. Die historischen Ereignisse, die Rußland aufwühlten und eine neue Romanstruktur auslösten, vollzogen sich 1869, also unmittelbar nach der Veröffentlichung des *Idioten*. Vom Fürsten Myschkin führte Dostojewski der Weg wiederum zu »Verschwörung und Revolution« – zum »furchtbaren Denken« Stawrogins und der selbstmörderischen Philosophie Kirillows.

Als er seinen Roman über einen »vollendet wunderbaren Menschen« – den *Idioten* – abgeschlossen hatte, plante Dostojewski den Roman »Atheismus«; der später gewählte Titel »Das Leben eines großen Sünders« sollte einen Bezug zur hagiographischen Tradition der mittelalterlichen russischen Literatur herstellen. Doch die aktuellen Ereignisse kamen diesem umfangreichen Plan in die Quere. Ende 1869 wurde in Moskau der Student Iwanow getötet, ein Mord, der politischen Charakter hatte: Weil sich Iwanow der illegalen Organisation, der er angehörte, nicht fügen wollte, töteten ihn die Mitglieder dieser verschwörerischen Gruppe auf Anordnung ihres Anführers Netschajew. Dostojewski beschloß, einen Roman zu schreiben, der zugleich ein »Pamphlet« (diese Bezeichnung stammt von ihm selbst) gegen die revolutionäre russische Bewegung sein sollte. So begann 1871 die Veröffentlichung der *Dämonen* in der Zeitschrift »Der russische Bote«. Noch während der Entstehung dieses Romans, der in Fortsetzungen erschien, fand in Petersburg ein Prozeß gegen Netschajew und seine terroristische und verschwörerische Gruppe statt (Juli bis August 1871), und auch dieser Stoff fand Eingang in den Roman und bestimmte seinen Verlauf. Das Werk wurde 1872 abgeschlossen, als sich die Erregung in der Öffentlichkeit bereits gelegt hatte, doch es verlor dadurch nichts von seiner Aktualität. Erst ein Jahr später veröffentlichten Karl Marx und Friedrich Engels ihre Schrift *Ein Komplott gegen die Internationale Arbeiter-Assoziation*, in der sie die Affäre Netschajew beschrieben und sich von den Methoden der Anhänger Bakunins distanzierten [4]. Weder der Abdruck im »Russischen Boten« noch die 1873 erschienene Buchausgabe der *Dämonen* bot den vollständigen Text. Das Kapitel, das wir heute als »Stawrogins Beichte« (*Bei Tichon*) kennen und das Dostojewski als zentrales Kapitel konzipiert hatte, wollte Katkow, der Herausgeber des »Russischen Boten«, nicht drucken; der Autor verzichtete deshalb darauf, und erst 1922, als das Archivmaterial der bis dahin unveröffentlichten Teile des Romans veröffentlicht wurde, wurde es zu einem festen Bestandteil des Romantextes.

An dieser Stelle sollte betont werden, daß der russische Roman schon zuvor eine erstaunliche Fähigkeit besaß, auf die Herausforderungen der Zeit zu reagieren. So konnten sich in Turgenjews Roman *Rudin* (1856) die Zeitgenossen selbst erkennen, und in der zu einer leeren Verbalistik tendierenden Titelfigur spiegelten sich einige der damaligen Merkmale der

Persönlichkeit Bakunins, der erst Ende der sechziger Jahre seine Theorie des Anarchismus begründete, die dann zu einer terroristischen Praxis führte. Im Roman *Väter und Söhne* (1862) trug die Figur Basarow die Züge eines der aktivsten radikalen Ideologen, des Naturwissenschaftlers und Materialisten Dmitri Pissarew. Auch dieser Roman wurde von einem großen Teil der radikalen russischen Intelligenz bereits als Pamphlet über die eigene ideologische Tätigkeit verstanden; er trug wesentlich zur Verbreitung des Begriffs »Nihilismus« bei, mit dem man die Anhänger materialistischer Ideen und Befürworter revolutionärer gesellschaftlicher Änderungen bezeichnete. Zugleich war er ein Vorläufer der *Dämonen* auch im Hinblick auf ein Strukturelement des »Pamphlets« von Dostojewski: Nach dem Schema dieses Romans ist offensichtlich auch die Opposition zwischen Werchowenski-*Vater* und Werchowenski-*Sohn* aufgebaut.

Fest entschlossen, das Syndrom des russischen »Revolutionsgeistes« ganz und gar zu verurteilen, beabsichtigte Dostojewski jedoch, die idealistischen, westlich eingestellten »Väter« für die Untaten ihrer Söhne verantwortlich zu machen. Den alten Werchowenski gestaltete er nach dem bekannten Historiker Timofei Granowski, den historischen Netschajew machte er zu Werchowenskis Sohn Pjotr Stepanowitsch, und sogar den Charakter, der im Verlauf des Romans zum zentralen »großen Sünder« wurde, Stawrogin, brachte er in Verbindung mit den hohlen, phrasenhaften westlichen Traditionen in Rußland. Turgenjews Sympathien für den russischen Radikalismus brandmarkte er in der Figur des »großen Schriftstellers« Karmasinow, dessen tendenziöse Romane dem Erzähler nicht gefallen und den er mehrfach boshaft parodiert. Der Autor des *Rauchs* (1867), eines im Grunde ebenfalls »antinihilistischen«, aber den Anschauungen Dostojewskis entgegengesetzten Romans, nach dessen Erscheinen es zu einer ausgeprägten Feindschaft zwischen den beiden Schriftstellern kam, sah in den *Dämonen* eine direkte politische Denunzierung: »Dostojewski hat sich etwas Schlimmeres erlaubt als eine Parodie: Er hat mich unter dem Namen Karmasinow so dargestellt, als würde ich insgeheim mit der Partei Netschajews sympathisieren.«[5]

Auch die anderen Romanfiguren sind nach realen Personen gestaltet. Ein großer Teil der Schlüssel zu diesem Schlüsselroman wurde aufgedeckt: In seinen Notizen bezeichnete Dostojewski die Figuren mit ihren wahren Namen, sogar weniger wichtige wie Schatow-Iwanow oder Tichon, der in der historischen Wirklichkeit Tichon Sadonski hieß und ein religiöser Denker des 18. Jahrhunderts war. Die Zentralfigur des Romans, der innerlich zwischen Atheismus und Orthodoxie zerrissene, mit seiner Intelligenz und Energie weit über den anderen stehende Stawrogin, trägt in den Notizen des Autors keinen »wahren« Namen. Die Forschungen der Literaturhistoriker führen in verschiedene Richtungen: Die einen sehen in ihm Nikolai Speschnjow, ein Mitglied des Petraschewski-Kreises, der gemeinsam mit Dostojewski zum Schafott ging, einen unwiderstehlichen Reiz auf Frauen ausübte und Männer ideologisch zu unterjochen verstand. Die anderen, unter ihnen Leonid Grossman, der diese These schon 1923 vortrug, sehen in Stawrogin Bakunin selbst. Grossman führt dabei an, Dostojewski habe den russischen Revolutionär persönlich auf dem Kongreß der »Liga für Frieden und Freiheit« 1867 in Genf gehört, und an einer Stelle im Roman schreibt Pjotr Werchowenski eben Stawrogin die Urheberschaft des »Statuts« der Organisation zu; außerdem soll der »Katechismus des Revolutionärs«, der im Prozeß gegen Netschajew als grundlegendes Dokument zitiert wurde, eigentlich ein Werk Bakunins sein. Gerade die in diesem Dokument enthaltenen »Regeln« dienten Dostojewski für seine Kritik an der Amoralität der Bewegung, die von den Revolutionären verlangte, alle »Gefühle für die Familie, Gefühle der Freundschaft, Liebe, Dankbarkeit und sogar das Ehrgefühl« zu unterdrücken, sich auf die »Welt der Verbrecher« in Rußland zu stützen (daher die Figur Fedkas, des Häftlings im Roman) und mit allen Mitteln, Erpressung und Terror eingeschlossen, das Staatsgefüge zu untergraben und seine Repräsentanten zu vernichten, um die Gesellschaftsordnung zu zerstören: »Unser Anliegen ist es, zu zerstören: eine schreckliche, vollständige, unerbittliche Zerstörung.«[6]

Zweifellos verfolgte Dostojewski in den *Dämonen* die Absicht, das revolutionäre und sozialistische russische Denken überhaupt, aber auch den westlich geprägten russischen Liberalismus anzuprangern. Der Roman trägt daher karikaturistische Züge im Hinblick auf einige Vertreter des revolutionären russischen Terrorismus, insbesondere auf Netschajew (Pjotr Werchowenski), doch er enthält auch Elemente, die von der Tragik der Ideologen dieser Bewegung sprechen; das zeigt sich besonders in der Konzeption der Figur Stawrogins. Und am Ende des Romans ändert sich auch die Einstellung des Erzählers gegenüber dem alten Werchowenski, der stirbt, nachdem er im Lukasevangelium das Zitat von den »bösen«, den »unsauberen Geistern« gelesen hat, die »in eine Herde Säue fuhren«. Besonders bissig und boshaft ist das siebte Kapitel des zweiten Teils des Romans *(Bei den Unsrigen)*. Hier werden die Phantasien der utopischen Sozialisten von Cabet und Proudhon bis Tschernyschewski dem Spott und Hohn Schigaljows preisgegeben, der selbst »von unbeschränkter Freiheit« ausgegangen und »am Schluß zu unbeschränktem Despotismus« gelangt ist und der, in der Interpretation eines seiner Gesinnungsgenossen, für die vollkommene Herrschaft eines Zehntels der Menschheit über die übrigen neun Zehntel eintritt, die sich in eine Herde verwandeln und so »die uranfängliche Unschuld wiedergewinnen, so etwa den Zustand im ursprünglichen Paradies«. Auf diesen »Schigaljowismus«, diese Anschauung Schigaljows, berief sich weit später in gewisser Weise Leonid Leonow in seinem Roman *Der Dieb* (1925), in dem er die Figur des kleinen sowjetischen Beamten und Spitzels Tschikiljow gestaltet, der auf eben diese Weise die Idee des Sozialismus unter den Bedingungen ihrer sowjetischen Verwirklichung interpretiert. Auf den Charakter dieses Schigaljowismus als einer »allgemeinen zwangsweisen Gleichmachung« und eines »Triumphs des tödlichen Gesetzes der Entropie« hatte schon früher, im Jahr 1921, der Religionsphilosoph Nikolai Berdjajew in seinen Moskauer

Vorlesungen hingewiesen[7]. Und in der gleichen Zeit schrieb über die Gefährlichkeit der Entropie für den revolutionären Prozeß Jewgeni Samjatin, der Autor des Romans *Wir*, in dem Motive einer umgekehrten Utopie entwickelt werden, die in den Aussagen Schigaljows und den Gesprächen Pjotr Werchowenskis mit Stawrogin erscheinen, und einige Autoren verknüpfen sogar die Romane *Schöne neue Welt* von Aldous Huxley und *1984* von George Orwell unmittelbar mit dem »Schigaljowismus« in Dostojewskis Roman[8].

Obgleich wirkliche Ereignisse den Stoff für die *Dämonen* lieferten und sich daher die Aufmerksamkeit der Literaturhistoriker verständlicherweise immer wieder auf die Beziehung zwischen »Dichtung und Wahrheit« in diesem Roman konzentrierte, den der Autor als seine Kritik an der *geistigen* russischen Wirklichkeit seiner Zeit konzipierte, hat Berdjajew sicherlich recht, wenn er in seinem Kapitel *Die Revolution. Der Sozialismus* hervorhebt: »Der Netschajewsche Prozeß, der die Anregung zum Vorwurf der ›Dämonen‹ gab, hat in seiner zutage getretenen Empirie keinerlei Ähnlichkeit mit dem, was sich in den ›Dämonen‹ erschließt.«[9] Der russische »Existentialist« wollte damit sagen, daß Dostojewski bei der Verallgemeinerung von Einzelfällen im Roman allgemeine und grundlegende Fragen nach den Wechselbeziehungen zwischen den Kategorien des Sozialismus, der Revolution und der Freiheit als Fragen aufwirft, die der »Prozeß« unserer Zeit vor uns aufgedeckt hat.

Die eigentliche Struktur des Romans ist jedoch paradox. Während er den ideologischen Raum des Romans bis ins Unendliche ausweitete, verengte Dostojewski den Raum, in dem sich die Ereignisse vor dem Leser abspielen. Der Mord, der in Moskau geschah, das Material des Prozesses, der in Petersburg stattfand, all das verlegte er in seiner Fiktion in die kleine Provinzstadt Twer. Das war ein etwas ungewöhnliches Verfahren für einen Autor, der von Anfang an sein Schaffen mit der städtischen Umgebung von Petersburg verband, in der sich – eine Ausnahme bildet *Das Gut Stepantschikowo* – alle seine Romane abspielen. Dieses Verfahren wiederholte Dostojewski in seinem umfangreichsten und gedanklich tiefsten Werk, in den *Brüdern Karamasow*, das er in dem noch kleineren imaginären Skotoprigonewsk ansiedelte. Eine solche Verengung des Raums ermöglichte es dem Autor, seine Figuren von der »großen« intellektuellen Bewegung der beiden russischen Hauptstädte zu isolieren, die »unsauberen Geister« zusammenzuhalten, sie einander täglich wie auf den Brettern einer geschlossenen bürgerlichen Guckkastenbühne gegenüberzustellen, sie der lokalen *Obrigkeit* anzunähern und auf diese Weise ein unentwirrbares Knäuel wechselseitiger Beziehungen zwischen Revolution und Obrigkeit, Intelligenz und Grundbesitzern zu schaffen, auf seiner kleinen »Bühne« die intime Welt zerrütteter Familienverhältnisse vorzuführen und diesen chaotischen russischen Mikrokosmos in der Vielfalt seiner Laster zu gestalten. Nur wenige sind untadelig in dieser provinziellen, aber darum schon von Gogol an für Rußland stellvertretenden Welt: Grotesk sind die Marionetten von Revolutionären, an deren Fäden jemand im Westen zieht (der intellektuelle Raum dieser Provinz ist enger mit dem schweizerischen Kanton Uri verbunden als mit Moskau und Petersburg!). Ebenso grotesk sind jedoch die »Säulen« der provinziellen Gesellschaft, und so hat Berdjajew recht, wenn er sagt, für Dostojewski gebe es »keine Rückkehr zu jener dauerhaften, statischen, seelisch-körperlichen Lebensordnung und -haltung, die jahrhundertelang bis zum Ausbruch der Revolution des Geistes bestand«, und: »Die Feindseligkeit Dostojewskijs der Revolution gegenüber war nicht die Feindseligkeit eines bürgerlichen Menschen, der für irgendwelche Interessen der alten Lebensordnung eintritt.«[10]

Außerdem ermöglichte es gerade die *Provinzialität* dieses Raums Dostojewski, die *russische* Revolution und den *russischen* Sozialismus als provinzielles Derivat westeuropäischer Utopien und materialistischer Ideen darzustellen. Im Roman erwähnt er daher auf der gleichen Ebene George Sand, Fourier, Tocqueville, Considérant, Pascal, de Sade, Rousseau, Cabet, Proudhon, Lettré und Voltaire von den französischen Denkern und Vogt, Moleschott und Büchner von den deutschen Materialisten; schon Berdjajew stellte einen gewissen Rückstand Dostojewskis gegenüber der Entwicklung der westlichen Ideologien fest: »Dostojewskij kannte Marx nicht, die theoretisch vollkommenste Form des Sozialismus blieb ihm unbekannt [...] Zu Dostojewskijs Zeiten trat der Sozialismus vor allem in Frankreich hervor; Dostojewskij kannte die Sozialdemokratie noch nicht, die sich in Deutschland entwickelte, er kannte den Marxismus nicht, und darum sind viele seiner Betrachtungen veraltet.«[11]

Einem solchen provinziellen und nichtauthentischen Sozialismus stellt Dostojewski in den *Dämonen* das *russische* Christentum in einem »authentischen« klösterlichen Vertreter des Volks und der Peripherie gegenüber, einem Vorläufer des weisen Greises Sossima in den *Brüdern Karamasow.* Mit Absicht haben wir hier das Attribut »russisch« hervorgehoben: Ebenso wie Gogol Gründe dafür hatte, auf der ersten Seite der *Toten Seelen* zu betonen, die beiden Bauern, die die Ankunft Tschitschikows im Gouvernementsstädtchen NN kommentieren, seien russische und nicht »australische« Bauern, hielt es Dostojewski für nötig, im Buch *Pro und Contra* in den *Brüdern Karamasow* hervorzuheben, daß in den »ewigen Fragen«, ob es einen Gott gibt oder nicht, gerade »russische Knaben« führend seien, und das nicht in einem Petersburger Salon, sondern in einer russischen Provinzkneipe.

Der Gestaltung dieser provinziellen russischen Welt im kleinen entsprach auch der Erzähler der *Dämonen.* Während er dem Leser die *rätselhafte* Welt des terroristischen und intellektuellen russischen Untergrunds schilderte, erschien auch Dostojewski selbst vor ihm in der *Maske* seines Erzählers, von dem wir erst im Verlauf der Lektüre erfahren, daß sein Familienname mit G beginnt und mit w endet, später, daß sein Name Anton Lawrentjewitsch ist, und erst nachträglich, daß dieser am Geschehen Beteiligte, der die Menschen, die er »beschreibt«, als »Unsrige« betrachtet, eigentlich eine Chronik des Lebens und der Ereignisse in der Provinz erzählt. Wir erfahren außerdem, daß der Erzähler ein *Konfident* (und das ist eigentlich nur ein Gallizismus für »Vertrauter«) von Stepan Trofimowitsch ist, aber seine Perspektive, die anfangs tatsächlich in der unmittelbaren Nähe Stepan Trofimowitschs angesiedelt ist, breitet sich später in konzentrischen Kreisen aus, und während der Erzähler einen Teil des Geschehens persönlich verfolgt, gründet sich ein Teil auch auf die Zeugnisse anderer Personen, auf Gerüchte, gedankliche Rekonstruktionen und das Enträtseln von Sonderbarem, Geheimnisvollem und »Unwahrscheinlichem«. Die Ebene, von der aus der »konfidentielle«, aber unzuverlässige Erzähler Dostojewskis das beobachtet, was sich in seinem provinziellen Kreis ereignet, ist intellektuell gesehen nicht hoch: Es ist eher die Ebene provinziellen Klatschs als die ideologischer Analyse und Beurteilung; darum ist Herr G. im Roman nicht so sehr ein »Chronist«, als den er sich selbst gern bezeichnet, sondern ein Erzähler, wie wir ihn aus Kriminalromanen kennen, der uns ständig an die Lösung des Rätsels heranführt, um uns dann doch im Stich zu lassen und die schon greifbare Lösung wieder zu vernebeln. Auch die Szenerie des Geschehens entspricht dieser gedanklichen Vernebelung: Sie ist neblig und morbid – eine herbstliche, sterbende Landschaft Rußlands und einer dissoziierten Welt, die von Turgenjews von der Natur abgelesenen Harmonie oder der Vereinigung der Helden Tolstois mit dem hohen Himmel weit entfernt ist.

Die Inkompetenz des Erzählers wechselt im Roman ständig mit der Kompetenz des Autors im Hinblick auf die Welt religiöser und philosophischer Ideen und vor allem auf den Bereich literarischer, thematischer, motivischer oder stilistischer Fragen. In den Skizzen und Notizen für den geplanten Roman »Das Leben eines großen Sünders« erscheinen als Prototypen der künftigen Figuren: der Autor des *Philosophischen Briefes* von 1836, Pjotr Tschaadajew; der Historiker, »Westler« und Anhänger der deutschen Philosophie Granowski (vgl. den Charakter Stepan Trofimowitsch Werchowenskis); ferner der Literaturkritiker Belinski und der Dichter Puschkin, aber auch Golubjow, Autodidakt und altgläubiger Philosoph, der zur Orthodoxie zurückkehrte (vgl. den Charakter Schatows, ebenfalls bäuerlicher Herkunft, und seine »Rückkehr zu Rußland«), und der Athosmönch und Jerusalempilger Parfeni, der erst später zu einem Modell für den Greis Sossima in den *Brüdern Karamasow* wurde, schließlich auch Tichon Sadonski, der im Roman dem Beichtvater Stawrogins seinen Namen gab.

In den *Dämonen* finden sich, wie bereits erwähnt, mehr oder weniger deutliche Polemiken nicht nur gegen Turgenjew-Karmasinow und die Vertreter der sozialistischen russischen Utopien, sondern auch zahlreiche Motive, die auf andere literarische Texte verweisen, so daß sich der Roman auch auf einer intertextuellen Ebene lesen läßt.

Nicht ohne Ironie wird beispielsweise der damals populärste russische »Volksdichter« Nekrassow zitiert, es erscheinen Reminiszenzen, die auf Gontscharows Roman *Oblomow* verweisen, wenn von Stepan Trofimowitschs Neigung zum *Liegen* gesprochen wird, und betont »literarisch« ist auch der zentrale Charakter des Romans, auf den sich die Wünsche und Erwartungen anderer Figuren projizieren: Stawrogin. Der »Chronist« bezeichnet ihn als Petschorin, das heißt als den geheimnisvollen romantischen »Helden unserer Zeit« in Lermontows Roman, Warwara Petrowna betrachtet ihn als einen Hamlet, und Stawrogin selbst vergleicht sich mit dem Schriftsteller, Revolutionär und Emigranten Herzen. Auch drückt er sich »literarisch« aus: Er hat stets bekannte literarische Zitate zur Hand, seine Ausdrucksweise ist oft Byron, Lermontow oder auch den Aphorismen von Alexander Gribojedows Drama *Verstand schafft Leiden* entlehnt. Gegen Ende des Romans verschwindet dieser Zug – am letzten Morgen mit Lisa verzichtet er auf literarische Stereotypen und wendet sich »Kalendern« zu, denen zufolge man »langweilig lebt«, und nun enthüllt sich die »Banalität« seiner Ausdrucksweise vollkommen.

Das ganze Kapitel, in dem Pjotr Werchowenski Stawrogin den Mechanismus erklärt, nach dem die Übernahme einer Macht zu bewerkstelligen sei, die von Herrschaftslosigkeit ausgeht und die Idee eines vollkommenen Schigaljowismus einschließt – einer Gleichheit, in der sich kein Platz für einen

Cicero oder Kopernikus oder Shakespeare findet –, und das mit einer »Legendisierung« und Mythologisierung von Auserwählten abschließt, trägt die Überschrift *Zarewitsch Iwan.* Zarewitsch Iwan ist zwar eine russische Märchenfigur, aber bei Dostojewski verbindet sie sich auch mit einem Topos der russischen Geschichte, dem Syndrom der »selbsternannten Herrscher«, der Usurpatoren, der falschen »Zarensöhne«, der falschen Thronprätendenten in der Zeit des Interregnums – der »Zeit der Wirren« (russisch: *smuta*) und der Inthronisierung nomineller Herrscher. Damit symbolisiert diese Figur die in der russischen Kultur spürbare Sehnsucht, daß mitten in der apokalyptischen Katastrophe und mitten im »Brand« ein »echter« Herrscher in einem legendären Kostüm kommen möge – statt seiner erscheint dann freilich ein Usurpator[12].

Stepan Trofimowitsch gibt Stawrogin den Namen »Prinz Heinz«, und auch das ganze zweite Kapitel des Romans erhielt die Überschrift *Prinz Heinz. Die Brautwerbung*, eine intertextuelle Anspielung auf den Prinzen von Wales in Shakespeares Tragödie *König Heinrich IV.* und den späteren König Heinrich V., eine Gestalt also, die in ihrer Jugend ein ausschweifendes Leben führt und »mit Falstaff, Poins und Mistress Quickly lumpt« (so bei Dostojewski), um dann zu einem Staatsmann und Heerführer zu werden. Doch kommt dieser literarischen Anspielung offensichtlich noch eine weitaus größere Bedeutung zu. So erscheint der Begriff »eine Rolle spielen« im Hinblick auf Stepan Trofimowitsch schon auf den ersten Seiten des Romans, und Bezeichnungen wie »Rolle«, »Maske«, »Bühne« tauchen so häufig auf, daß sie den ganzen Roman in einem entscheidenden Maß als ein Theatrum mundi prägen, in dem es Regisseure und Schauspieler gibt wie in einer Burleske, einer Komödie, einer Oper, einem »teuflischen Vaudeville«, einem volkstümlichen russischen Puppentheater (*balagan*) oder, wenn auch seltener, wie in einer Tragödie (alle diese Bezeichnungen finden sich im Roman).

Doch die Shakespearesche Formel, nach der die Welt ein Theater ist und der Mensch ein Schauspieler in ihr, erhält im

System der russischen Kultur und Tradition, der Dostojewski angehört, einen anderen Sinn. Die russische Kultur kannte weder die Commedia dell'arte der Renaissance noch ein echtes europäisches Barocktheater. Die in der Person des Zaren vereinte staatliche und kirchliche Obrigkeit hatte das Volkstheater an die Peripherie des russischen Imperiums verdrängt, das Theater wurde von der russischen Orthodoxie als teuflisch und sündig, als satanische Maskierung und Verkleidung erklärt, jeder Initiator solcher Umkleidungen (so Peter I., der für die Russen europäische Kleidung vorschrieb) als Antichrist verurteilt – diese Bedeutung ist auch in Dostojewskis Roman zu finden, wenn Schatow den »Masken« Stawrogins mit seiner »Nacktheit« trotzt.

Charakteristisch für den Roman sind auch die »lustigen Scherze«, die Ljamschin ausführt, wenn er beispielsweise einer Verkäuferin pornographische Bilder ausländischer Provenienz zwischen die »heiligen Bücher« steckt oder auf dem Klavier ein »unterhaltsames Ständchen« spielt, in dem sich die Klänge der *Marseillaise* allmählich in die Takte des Liedes *Mein lieber Augustin* »umkleiden«, doch illustrieren diese Scherze eigentlich nur die Prinzipien, auf denen das große politische Theater aufbaut, das Heiliges und Erhabenes banalisiert.

Spektakuläre Situationen, in denen die Protagonisten zusammentreffen, folgen in Dostojewskis Text dicht aufeinander. Zunächst das schicksalhafte Spiel, in dem der Regisseur, Pjotr Werchowenski, an die »Nihilisten« die Rollen verteilt (im Kapitel: *Bei den Unsrigen*); dann die skandalöse »Veranstaltung« am Anfang des dritten Teils des Buches, die die Gouverneurin organisiert und die in einer »literarischen Quadrille« kulminiert – einer Verhöhnung des russischen Journalismus; auf diese Maskerade folgt die tragische Szene des Brandes, die diesem ganzen Schauspiel, an dem »böse Geister« teilnehmen, eine apokalyptische Bedeutung verleiht.

Die Dämonen, ein Roman, den ein unzuverlässiger Erzähler über das rätselhafte Geschehen innerhalb eines begrenzten Raums berichtet, ein Roman, der vor über hundert Jahren die Bedeutung eines aktuellen politischen Pamphlets haben sollte, hat in unserem 20. Jahrhundert eine ganze Reihe von Interpreten gefunden. Diesen Roman, den die einen als politische Denunziation verstanden und die anderen als Pasquill verwarfen – noch 1913 hielt Gorki seine Inszenierung im Moskauer Künstlertheater (MCHT) für »sozial schädlich« (Aufsätze *Über den Karamasowismus*, *Mehr über den Karamasowismus*) –, las auf der Suche nach Irrationalismus der Philosoph Lew Schestow; ihn las auf der Suche nach Räumen der Freiheit in einer autoritären Gesellschaft Nikolai Berdjajew; ihn las André Gide, und einen unmittelbaren Eindruck hinterließ er auch auf Albert Camus, in dessen Drama *Die Gerechten* Züge aus den *Dämonen* eingingen. Wir lesen ihn heute – in einer Zeit, in der ein neuer Terrorismus überall in der Welt aufflammt und das Wort »Sozialismus« in verschiedenen Tonlagen und in verschiedenen Sprachen feindselig oder hoffnungsvoll ausgesprochen wird. Und gerade darum reizt uns von neuem dieser »konfidentielle« provinzielle Freund von Intrigen, der komödiantische Spiele beobachtet und die Reden von Verschwörern, ihre Beichten mithört, der die von der Welt und dem Kanton Uri weit entfernte Bühne des Lebens in einer russischen Kleinstadt verfolgt. Dieser Erzähler Dostojewskis ist weder allwissend noch allmächtig: Er läßt zu, daß sich vor seinen Augen verschiedene Standpunkte gegenüberstehen, verschiedene Anschauungen, er erlaubt verschiedene Interpretationen, die letztlich die Möglichkeit eröffnen, daß wir uns diesem Roman nähern, daß wir die Welt aus verschiedenen Perspektiven betrachten – und das ist inzwischen, nach den *Dämonen*, zu einer allgemeinen Eigenschaft des modernen Romans geworden.

Dezember 1984 *Aleksandar Flaker*

Aus dem Kroatischen von Heide Zimmermann

Anmerkungen

1 Viktor Šklovskij: *Za i protiv. Zametki o Dostoevskom* [Für und wider. Bemerkungen über Dostojewski.] Moskau 1957, S. 39.
2 Aus den *Memoiren* von P. P. Semjonow Tjan-Schanski, zit. nach Leonid Grossman, *Dostoevskij*. Moskau 1965, S. 101.
3 Die deutsche Übersetzung des russischen Titels *Besy* – *Die Dämonen* – suggeriert dem Leser eine romantische, europäische Tradition der russischen Literatur (vgl. *Demon* im Titel des *Poems* von Michail Lermontow über den »Geist der Verbannung«) und nicht den russischen, volkstümlichen Charakter der »bösen Geister«. Die russischen Verschwörer sind bei Dostojewski nicht die »gefallenen Engel« der europäischen Literatur, sondern die bösen Geister der russischen Volksliteratur oder die von unreinen bzw. unsauberen Geistern oder Teufeln besessene Herde Säue im Evangelium. Die französische Übersetzung *Les Possédés* (*Die Besessenen*) kommt den Absichten des Werks näher.
4 Vgl. Karl Marx/Friedrich Engels: *Werke*, Band 18. Berlin 1962, S. 396–426.
5 Zit. nach Grossman, a. a. O., S. 461.
6 Zit. nach F. I. Evnin: »Roman ›Besy‹«. In: *Tvorčestvo Dostoevskogo* [Das Schaffen Dostojewskis], Sammelband. Moskau 1959, S. 228–229.
7 Nikolai Berdjajew: *Die Weltanschauung Dostojewskis*. München 1925, S. 128.
8 Vgl. Nina Gourfinkel: *Dostoïevski notre contemporain*. Paris 1961, S. 231.
9 Berdjajew, a. a. O., S. 115.
10 Berdjajew, a. a. O., S. 115.
11 Berdjajew, a. a. O., S. 120, 126.
12 Der »Zarewitsch« Iwan war ebenfalls ein Sohn des Zaren Alexei Michailowitsch, der Thronfolger, der angeblich wegen seiner schwachen Gesundheit vom Thron entfernt wurde. Trotzdem bestieg er 1682 mit sechzehn Jahren nach dem Aufstand der »Strelitzen« als »erster Zar« den Thron, doch war seine Herrschaft nur nominell – die faktische Herrschaft übte bis 1696 Sophia Alexejewna und danach Peter I. aus.

AUSWAHLBIBLIOGRAPHIE

Alexandrov, V. E.: »The Narrator as Author in Dostoevskij's ›Besy‹«. In: *Russian Literature*, 15, 1984, S. 243–253.

Bem (Böhm), Alfred: »Die Entwicklung der Gestalt Stawrogins«. In: *Dostojevskij-Studien*. Gesammelt und herausgegeben von D. Čyževśkyj. Reichenberg: Gebr. Stiepel 1931, S. 69–97.

Brodskij, N.: »Unbekannte Fragmente und ausgelassene Kapitel aus den ›Dämonen‹«. In: *Der unbekannte Dostojewski*. Herausgegeben von René Fülöp-Miller und Friedrich Eckstein. München: R. Piper & Co. 1926, S. 127–245.

Busch, R. L.: »Turgenev's ›Otcy i deti‹ and Dostoevskij's ›Besy‹«. In: *Canadian Slavonic Papers*, 26, 1984, 1, S. 1–9.

Černý, Václav: *Dostoevsky and his Devils*. Ann Arbor, Mich.: Ardis 1975.

Davison, R. M.: »Dostoevskij's ›Devils‹ and the Sects«. In: *Welt der Slaven*, 27, 1982, 2, S. 274–284.

Dolinin, A.: »Die fremden Einflüsse bei der Weglassung von ›Stavrogins Beichte‹«. In: *Der unbekannte Dostojewski*, a. a. O., S. 298–354.

Dryzhakova, E.: »Dostoevsky, Chenrnyshevsky, and the Rejection of Nihilism«. In: *Oxford Slavonic Papers*, N. S. 13, 1980, S. 58–79.

Gretzmacher, Bernd-Volker: *Die Gestalt des Stavrogin in dem Roman ›Die Dämonen‹ von F. M. Dostoevskij*. Skripten des Slavischen Seminars der Universität Tübingen Nr. 3, Tübingen 1974.

Hessen, Sergius: »Stawrogin als philosophische Gestalt. Die Idee des Bösen in den ›Dämonen‹ Dostojewskijs«. In: *Dostoevskij-Studien*, a. a. O., S. 51–68.

Holthusen, Johannes: *Prinzipien der Komposition und des Erzählens bei Dostojewskij*. Köln und Opladen: Westdeutscher Verlag 1969.

Holthusen, Johannes: »Zur Bewußtseinsdarstellung im Realismus: Beichte und selbstenthüllende innere Rede bei Dostoevskij«. In: *Miscellanea Slavica. To Honour the Memory of Jan M. Meijer.* Herausgegeben von B. J. Amsenga. Amsterdam: Rodopi 1983, S. 363–380.

Howe, Irving: »Dostoevsky: The Politics of Salvation«. In: *Dostoevsky. A Collection of Critical Essays.* Edited by René Wellek. Englewood Cliffs, N. J.: Prentice-Hall 1962, S. 53–70.

Linner, Sven: »Bishop Tichon in ›The Possessed‹«. In: *Russian Literature* 4 (Special Issue Dostoevskij), 1973, S. 273–284.

Städtke, Klaus: *Studien zum russischen Realismus des 19. Jahrhunderts.* Berlin: Akademie Verlag 1973.

Vladiv, Slobodanka: *Narrative Principles in Dostoevskij's Besy. A Structural Analysis*«. Bern: Peter Lang 1979.

A. F.

BIOGRAPHISCHE DATEN

1821 Fjodor Michailowitsch Dostojewski als Sohn des Militärarztes und Sozialmediziners Michail Andrejewitsch Dostojewski (* 1789) in Moskau geboren (30. Oktober alten Stils, 11. November neuen Stils); Mutter: Maria Fjodorowna, geb. Netschajewa (* 1800); älterer Bruder: Michail Michailowitsch Dostojewski (* 1820).

1837 Tod der Mutter, F. M. und M. M. Dostojewski übersiedeln nach St. Petersburg, um sich auf das Bauingenieurstudium vorzubereiten; Jugendfreundschaft mit den Literaten Dmitri Grigorowitsch und Iwan Schidlowski.

1838 Neben seinen technischen Studien an der Ingenieurschule der Militärakademie in St. Petersburg widmet sich Dostojewski während mehrerer Jahre ausgedehnten Lektüren (Homer, Shakespeare, Racine, Corneille, Pascal, Schiller, Hoffmann, Hugo, Balzac, George Sand u. a.).

1839 Ermordung des Vaters durch leibeigene Bauern auf seinem Landgut.

1843 Studienabschluß und Brevetierung als Offizier; Übersetzung von Honoré de Balzacs *Eugénie Grandet*.

1844 Dostojewski nimmt seinen Abschied, um freier Schriftsteller zu werden; Beginn der Arbeit am Roman *Arme Leute*; Übersetzungen und Übersetzungsprojekte (Sand, Sue).

1845 Bekanntschaft mit Iwan Turgenjew, Nikolai Nekrassow und dem Literaturkritiker Wissarion Belinski.

1846 *Arme Leute, Der Doppelgänger.* Bekanntschaft mit Michail Petraschewski und Alexander Herzen, Beginn der Freundschaft mit Apollon Maikow.

1847 *Roman in neun Briefen.* Dostojewski wird Mitglied des revolutionären Petraschewski-Kreises, liest Fourier, Cabet, Helvétius, Saint-Simon, schreibt und veröffentlicht *Die Wirtin.*

1848 Mehrere Erzählungen sowie der Kurzroman *Helle*

Nächte im Druck. Enger Kontakt mit Petraschewski und Nikolai Speschnjow.

1849 Dostojewski wegen angeblich staatsfeindlicher Aktivitäten im Petraschewski-Kreis (Vorlesung eines »kriminellen Schreibens« von Belinski) aufgrund einer Denunziation verhaftet, zum Tode verurteilt, schließlich durch Zar Nikolaus I. begnadigt zu vier Jahren Verbannung (mit Zwangsarbeit) und anschließender Militärdienstpflicht als »gemeiner Soldat«. Deportation nach Tobolsk (24. Dezember).

1850 Ab 23. Januar (bis Mitte Februar 1854) Festungshaft in Omsk; private Aufzeichnungen im *Sibirischen Heft*; Dostojewskis epileptische Erkrankung erstmals ärztlich diagnostiziert und offiziell registriert.

1856 Dostojewski arbeitet in Semipalatinsk, wohin er Anfang 1854 als Soldat des 7. Grenzbataillons abkommandiert wurde, an den *Aufzeichnungen aus einem Totenhaus*; dank obrigkeitlicher und privater Protektion sowie aufgrund einiger von ihm verfaßter patriotischer Verse wird Dostojewski zum Offizier befördert (1856).

1857 Heirat mit Maria Dmitrijewna Issajewa (6. Februar); schwere epileptische Krisen. Aus gesundheitlichen Gründen beantragt Dostojewski seine Entlassung aus der Armee und eine Aufenthaltsbewilligung für Moskau.

1859 Dostojewski wird als Unteroffizier aus der Armee entlassen; er kehrt über Twer nach St. Petersburg zurück und steht von nun an bis zu seinem Lebensende fast permanent unter geheimpolizeilicher Aufsicht; *Onkelchens Traum, Das Gut Stepantschikowo und seine Bewohner* erscheinen im Druck.

1860 Werkausgabe in zwei Bänden; die *Aufzeichnungen aus einem Totenhaus* beginnen zu erscheinen (1860–62).

1861 Erste Lieferung der von F. M. und M. M. Dostojewski gemeinsam redigierten Zeitschrift »Die Zeit«; hier beginnt der Roman *Die Erniedrigten und Beleidigten* im Druck zu erscheinen; Bekanntschaft mit Alexander Ostrowski, Iwan Gontscharow, Michail Saltykow-Schtschedrin und Apollon Grigorjew. Bekanntschaft mit Apollinaria (Polina) Suslowa, einer Mitarbeiterin der »Zeit« und typischen Vertreterin der Frauenemanzipation der sechziger Jahre

1862 Erste Auslandsreise: Berlin, Dresden, Köln, Paris, von dort aus Besuch der Weltausstellung in London, Zusammentreffen mit Herzen, zurück nach Paris, dann nach Genf (Treffen mit Nikolai Strachow), von dort nach Italien (Florenz) und über Wien zurück nach Rußland (Juni–September).

1863 In der »Zeit« erscheinen die *Winteraufzeichnungen über Sommereindrücke*, ein sarkastischer Reisebericht, der allerdings nicht Westeuropa, sondern den westeuropäischen Spießer – den »Kapitalisten« ebenso wie den »Sozialisten« – zum Gegenstand hat. »Die Zeit« wird wegen eines »antipatriotischen« Beitrags von Strachow verboten. Ab August (bis Ende Oktober) zweite Auslandsreise, teilweise in Begleitung Apollinaria Suslowas: Frankreich, Deutschland, Italien; Beginn von Dostojewskis Spielleidenschaft (Baden-Baden, Bad Homburg).

1864 Erstes Heft der von F. M. und M. M. Dostojewski neu gegründeten Zeitschrift »Die Epoche« ausgeliefert (enthält u. a. den 1. Teil der *Aufzeichnungen aus dem Untergrund*, deren 2. Teil in Heft IV erscheint). In Moskau stirbt Dostojewskis erste Frau (14. April); in kurzer Folge verliert Dostojewski auch seinen Bruder Michail (10. Juli) sowie seinen Mitarbeiter und Freund Grigorjew (22. Juli).

1865 Aus finanziellen Gründen muß Dostojewski auf die weitere Herausgabe der »Epoche« verzichten; dreibändige Werkausgabe bei Stellowski (1866 abgeschlossen); erste Entwürfe zu *Schuld und Sühne*. Zwei Heiratsanträge Dostojewskis (an Apollinaria Suslowa und die Nihilistin Anna Korwin-Krukowskaja) werden abgewiesen. Dritte Auslandsreise (Juli–Oktober): Wiesbaden (wo sich Dostojewski beim Roulettespiel ruiniert), Rückkehr über Kopenhagen.

1866 *Schuld und Sühne.* Dostojewski diktiert einer jungen Stenographin, Anna Grigorjewna Snitkina, in sechsundzwanzig Tagen den Kurzroman *Der Spieler* (Oktober).

1867 Heirat mit Anna Snitkina (Dostojewskaja) am 15. Februar; wegen hoher Verschuldung fluchtartige Abreise ins Ausland (14. April). Dresden, Bad Homburg, Baden-Baden. Besuch bei Turgenjew (endet mit Zerwürfnis). Basel (Ende August), wo Hans Holbeins Gemälde »Der tote Christus« im Kunstmuseum einen großen Eindruck bei ihm hinterläßt. Am 25. August Ankunft in Genf. Anfang Oktober erste Entwürfe zum Roman *Der Idiot*; vom 18. Dezember bis 5. Januar (1868) Niederschrift der Kapitel I–VII.

1868 Beginn der Drucklegung des Romans *Der Idiot* in Michail Katkows konservativer Zeitschrift »Der russische Bote« (Januar). Reger Briefwechsel mit Maikow; Invektiven gegen die westlichen Sozialisten und gegen die ganze »neue, progressive, liberale« Richtung innerhalb der russischen Intelligenz (Saltykow-Schtschedrin, Turgenjew, Nikolai Tschernyschewski). Geburt und Tod der Tochter Sofija (Sonja) in Genf (22. Februar–12. Mai). Anfang April dritter und letzter Ausflug nach Saxon-les-Bains, wo Dostojewski im Spielkasino alles verspielt. Anfang Juni Übersiedlung von Genf nach Vevey. Weiterarbeit am Roman *Der Idiot*. Im September Ausreise nach Italien (Mailand, dann Florenz).

1869 *Der Idiot* abgeschlossen (Januar) und erschienen (Februar). Abreise der Dostojewskis aus Italien (über Prag nach Dresden); in Dresden Geburt der Tochter Ljubow

(14. September). Entwurf eines fünfteiligen Romanzyklus (»Das Leben eines großen Sünders«). Auf Initiative des Bakuninisten Sergei Netschajew wird in Moskau am 21. November der Student Iwanow als »Dissident« einer terroristischen Gruppe ermordet. Am Jahresende erscheinen in Dostojewskis Notizbuch die ersten Skizzen zum Roman *Die Dämonen*.

1870 *Der ewige Gatte*; Entwürfe zu dem Roman *Die Dämonen* und »Das Leben eines großen Sünders«.

1871 Vor seiner Rückkehr nach Rußland verbrennt Dostojewski aus Furcht vor Zollkalamitäten mehrere seiner Manuskripte, darunter jenes zum Roman *Der Idiot* (Juli). Ankunft der Dostojewskis in St. Petersburg (8. Juli) und Geburt des Sohnes Fjodor (16. Juli). Prozeß gegen Netschajews Terroristengruppe in St. Petersburg (Juli–August). *Die Dämonen* (Teile I–II) als Vorabdruck im »Russischen Boten«.

1872 Kontaktnahme mit konservativen Regierungskreisen. Arbeit an Teil III der *Dämonen* in Staraja Russa. Bekanntschaft mit Nikolai Leskow.

1873 *Die Dämonen* als Einzelausgabe in drei Bänden; Dostojewski nimmt seine Tätigkeit als Redakteur des konservativen »Staatsbürgers« auf; erste Lieferungen des *Tagebuchs eines Schriftstellers* (als Beiträge zum »Staatsbürger«).

1874 Dostojewski gibt seine Stellung als Redakteur beim »Staatsbürger« auf, um sich wieder vermehrt seinen eigenen literarischen Projekten widmen zu können. Aufenthalt in Staraja Russa (Mai), Reise nach Bad Ems (Juni). Kurzbesuch in Genf (August), um das Grab Sonjas zu sehen.

1875 *Der Jüngling* (Publikationsbeginn). Kuraufenthalt in Bad Ems (Mai–Juli). Staraja Russa. *Der Jüngling* abgeschlossen. Geburt des zweiten Sohnes, Aljoscha (10. August).

1876 Das *Tagebuch eines Schriftstellers* erscheint fortan im

Selbstverlag; in der Juniausgabe Nekrolog auf George Sand. Kur in Bad Ems (Juli). *Die Sanfte* (November, als Reaktion auf den Selbstmord von Herzens Tochter Lisa).

1877 Fortsetzung des *Tagebuchs eines Schriftstellers*; zunehmendes politisches Engagement (Panslawismus, Orientfrage, Imperialismusgedanke).

1878 Arbeit am *Tagebuch eines Schriftstellers* vorübergehend eingestellt. Arbeit am Roman *Die Brüder Karamasow* (bis 1880). Bekanntschaft mit dem Philosophen Wladimir Solowjow, mit dem Dostojewski nach dem Tod seines Sohnes Aljoscha (16. Mai) in das Kloster Optina Pustyn fährt.

1879 Fortsetzung der Arbeit an den *Brüdern Karamasow*. Vortragstätigkeit, Lesungen. Kur in Bad Ems (Juli–September). Drucklegung der *Brüder Karamasow* (bis 1880).

1880 *Die Brüder Karamasow* (Einzelausgabe). Lesungen. Rede zur Puschkin-Feier (8. Juni); Sonderheft des *Tagebuchs eines Schriftstellers* (Puschkin-Rede, mit Einleitung, Ergänzungen und gegenkritischen Erwiderungen).

1881 Vorbereitung des *Tagebuchs eines Schriftstellers* für das laufende Jahr. Erkrankung Dostojewskis (25./26. Januar, Blutsturz infolge eines Lungenemphysems); Tod (28. Januar/9. Februar); öffentliche Trauerfeier unter Teilnahme von 50000 bis 60000 Trauergästen (31. Januar); Grabreden von Alexander Palm, Maikow, Solowjow (1. Februar).

Ilma Rakusa

Im Nachwort und in den biographischen Daten wurde bei den russischen Namen die heute übliche Schreibweise verwendet.

INHALT

Erster Teil

Zweiter Teil

Dritter Teil

Anhang

Serie Piper

Fritz René Allemann 26mal die Schweiz. SP 5106
Franz Alt Frieden ist möglich. SP 284
Altes Testament Hrsg. von Hanns-Martin Lutz/Hermann Timm/ Eike Christian Hirsch. SP 347
Jürg Amann Die Baumschule. SP 342
Jürg Amann Franz Kafka. SP 260
Stefan Andres Positano. SP 315
Stefan Andres Wir sind Utopia. SP 95
Hannah Arendt Macht und Gewalt. SP 1
Hannah Arendt Rahel Varnhagen. SP 230
Hannah Arendt Über die Revolution. SP 76
Hannah Arendt Vita activa oder Vom tätigen Leben. SP 217
Hannah Arendt Walter Benjamin – Bertolt Brecht. SP 12
Birgitta Arens Katzengold. SP 276
Ernest Ansermet Die Grundlagen der Musik. SP 388
Ernest Ansermet/J.-Claude Piquet Gespräche über Musik. SP 74
Atomkraft – ein Weg der Vernunft? Hrsg. v. Philipp Kreuzer/ Peter Koslowski/Reinhard Löw. SP 238
Ingeborg Bachmann Anrufung des Großen Bären. SP 307
Ingeborg Bachmann Frankfurter Vorlesungen: Probleme zeitgenössischer Dichtung. SP 205
Ingeborg Bachmann Die gestundete Zeit. SP 306
Ingeborg Bachmann Die Hörspiele. SP 139
Ingeborg Bachmann Das Honditschkreuz. SP 295
Ingeborg Bachmann Liebe: Dunkler Erdteil. SP 330
Ingeborg Bachmann Die Wahrheit ist dem Menschen zumutbar. SP 218
Ernst Barlach Drei Dramen. SP 163
Giorgio Bassani Die Gärten der Finzi-Contini. SP 314
Wolf Graf von Baudissin Nie wieder Sieg. Hrsg. von Cornelia Bührle/Claus von Rosen. SP 242
Werner Becker Der Streit um den Frieden. SP 354
Max Beckmann Briefe im Kriege. SP 286
Max Beckmann Leben in Berlin. SP 325
Hans Bender Telepathie, Hellsehen und Psychokinese. SP 31
Hans Bender Zukunftsvisionen, Kriegsprophezeiungen, Sterbeerlebnisse. SP 246
Bruno Bettelheim Gespräche mit Müttern. SP 155
Bruno Bettelheim/Daniel Karlin Liebe als Therapie. SP 257
Klaus von Beyme Interessengruppen in der Demokratie. SP 202
Klaus von Beyme Parteien in westlichen Demokratien. SP 245
Klaus von Beyme Das politische System der Bundesrepublik Deutschland. SP 186
Der Blaue Reiter Hrsg. von Wassily Kandinsky und Franz Marc. SP 300

Serie Piper

Harald Bilger 111mal Südafrika. SP 5102
Norbert Blüm Die Arbeit geht weiter. SP 327
Jurij Bondarew Die Zwei. SP 334
Tadeusz Borowski Bei uns in Auschwitz. SP 258
Karl Dietrich Bracher Zeitgeschichtliche Kontroversen. SP 353
Alfred Brendel Nachdenken über Musik. SP 265
Raymond Cartier 50mal Amerika. SP 5101
Raymond Cartier Der Zweite Weltkrieg. Band I SP 281, Band II SP 282, Band III SP 283
Horst Cotta Der Mensch ist so jung wie seine Gelenke. SP 275
Carl Dahlhaus Musikalischer Realismus. SP 239
Gerhard Dambmann 25mal Japan. SP 5104
Denkanstöße '85 SP 371
Georg Denzler Widerstand oder Anpassung? SP 294
Dhammapadam – Der Wahrheitpfad. SP 317
Ulrich Dibelius Moderne Musik I 1945–1965. SP 363
Hilde Domin Von der Natur nicht vorgesehen. SP 90
Hilde Domin Wozu Lyrik heute. SP 65
Fjodor M. Dostojewski Der Idiot. SP 400
Fjodor M. Dostojewski Rodio Raskolnikoff. SP 401
Fjodor M. Dostojewski Sämtliche Erzählungen. SP 338
Hans Heinrich Eggebrecht Bachs Kunst der Fuge. SP 367
Hans Eggers Deutsche Sprache im 20. Jahrhundert. SP 61
Irenäus Eibl-Eibesfeldt Liebe und Haß. SP 113
Irenäus Eibl-Eibesfeldt Krieg und Frieden. SP 329
Einführung in pädagogisches Sehen und Denken Hrsg. von Andreas Flitner/Hans Scheuerl. SP 222
Theodor Eschenberg Die Republik von Weimar. SP 356
Jürg Federspiel Museum des Hasses. SP 220
Joachim C. Fest Das Gesicht des Dritten Reiches. SP 199
Iring Fetscher Herrschaft und Emanzipation. SP 146
Iring Fetscher Karl Marx und der Marxismus. SP 374
Iring Fetscher Der Marxismus. SP 296
Andreas Flitner Spielen – Lernen. SP 22
Fortschritt ohne Maß? Hrsg. Reinhard Löw/Peter Koslowski/ Philipp Kreuzer. SP 235
Viktor E. Frankl Die Sinnfrage in der Psychotherapie. SP 214
Richard Friedenthal Diderot. SP 316
Richard Friedenthal Goethe. SP 248
Richard Friedenthal Jan Hus. SP 331
Richard Friedenthal Leonardo. SP 299
Richard Friedenthal Luther. SP 259
Harald Fritzsch Quarks. SP 332

SERIE PIPER

Carlo Emilio Gadda Die Erkenntnis des Schmerzes. SP 376
Walther Gerlach/Martha List Johannes Kepler. SP 201
Jewgenia Ginsburg Gratwanderung. SP 293
Albert Görres Kennt die Religion den Menschen? SP 318
Goethe – ein Denkmal wird lebendig. Hrsg. von Harald Eggebrecht. SP 247
Erving Goffman Wir alle spielen Theater. SP 312
Helmut Gollwitzer Was ist Religion? SP 197
Tony Gray 5mal Irland. SP 5105
Martin Greiffenhagen Das Dilemma des Konservatismus in Deutschland. SP 162
Norbert Greinacher Die Kirche der Armen. SP 196
Grundelemente der Weltpolitik Hrsg. von Gottfried-Karl Kindermann. SP 224
Albert Paris Gütersloh Der Lügner unter Bürgern. SP 335
Albert Paris Gütersloh Eine sagenhafte Figur. SP 372
Albert Paris Gütersloh Sonne und Mond. SP 305
Olaf Gulbransson Es war einmal. SP 266
Olaf Gulbransson Und so weiter. SP 267
Hildegard Hamm-Brücher Gerechtigkeit erhöht ein Volk. SP 346
Hildegard Hamm-Brücher Der Politiker und sein Gewissen. SP 269
Wolfram Hanrieder Fragmente der Macht. SP 231
Bernhard Hassenstein Instinkt Lernen Spielen Einsicht. SP 193
Bernhard und Helma Hassenstein Was Kindern zusteht. SP 169
Elisabeth Heisenberg Das politische Leben eines Unpolitischen. SP 279
Werner Heisenberg Schritte über Grenzen. SP 336
Werner Heisenberg Tradition in der Wissenschaft. SP 154
Jeanne Hersch Karl Jaspers. SP 195
Werner Hilgemann Atlas zur deutschen Zeitgeschichte. SP 328
Elfriede Höhn Der schlechte Schüler. SP 206
Peter Hoffmann Widerstand gegen Hitler. SP 190
Peter Huchel Die Sternenreuse. SP 221
Aldous Huxley Affe und Wesen. SP 337
Aldous Huxley Eiland. SP 358
Aldous Huxley Die Kunst des Sehens. SP 216
Aldous Huxley Moksha. SP 287
Aldous Huxley Narrenreigen. SP 310
Aldous Huxley Die Pforten der Wahrnehmung – Himmel und Hölle. SP 6
Joachim Illies Kulturbiologie des Menschen. SP 182
François Jacob Das Spiel der Möglichkeiten. SP 249
Karl Jaspers Die Atombombe und die Zukunft des Menschen. SP 237
Karl Jaspers Augustin. SP 143
Karl Jaspers Chiffren der Transzendenz. SP 7
Karl Jaspers Einführung in die Philosophie. SP 13
Karl Jaspers Kant. SP 124

SERIE PIPER

Karl Jaspers Kleine Schule des philosophischen Denkens. SP 54
Karl Jaspers Die maßgebenden Menschen. SP 126
Karl Jaspers Nietzsche und das Christentum. SP 378
Karl Jaspers Philosophische Autobiographie. SP 150
Karl Jaspers Der philosophische Glaube. SP 69
Karl Jaspers Plato. SP 147
Karl Jaspers Die Schuldfrage – Für Völkermord gibt es keine Verjährung. SP 191
Karl Jaspers Spinoza. SP 172
Karl Jaspers Strindberg und van Gogh. SP 167
Karl Jaspers Vernunft und Existenz. SP 57
Karl Jaspers Vom Ursprung und Ziel der Geschichte. SP 298
Karl Jaspers Wahrheit und Bewährung. SP 268
Karl Jaspers/Rudolf Bultmann Die Frage der Entmythologisierung. SP 207
Tilman Jens »Für wenn ich tot bin«. SP 390
Walter Jens Fernsehen – Themen und Tabus. SP 51
Walter Jens Momos am Bildschirm 1973–1983. SP 304
Walter Jens Die Verschwörung – Der tödliche Schlag. SP 111
Walter Jens Von deutscher Rede. SP 277
Louise J. Kaplan Die zweite Geburt. SP 324
Friedrich Kassebeer Die Tränen der Hoffnung. SP 392
Wilhelm Kempf Was ich hörte, was ich sah. SP 391
Rudolf Kippenhahn Hundert Milliarden Sonnen. SP 343
Michael Köhlmeier Der Peverl Toni. SP 381
Leszek Kolakowski Die Gegenwärtigkeit des Mythos. SP 149
Leszek Kolakowski Der Himmelsschlüssel. SP 232
Leszek Kolakowski Der Mensch ohne Alternative. SP 140
Christian Graf von Krockow Gewalt für den Frieden? SP 323
Hans Küng Ewiges Leben? SP 364
Hans Küng Die Kirche. SP 161
Hans Küng 24 Thesen zur Gottesfrage. SP 171
Hans Küng 20 Thesen zum Christsein. SP 100
Konrad Lorenz Die acht Todsünden der zivilisierten Menschheit. SP 50
Konrad Lorenz Das Wirkungsgefüge der Natur und das Schicksal des Menschen. SP 309
Konrad Lorenz Über tierisches und menschliches Verhalten. Bd. I SP 360
Konrad Lorenz Über tierisches und menschliches Verhalten. Bd. II SP 361
Konrad Lorenz/Franz Kreuzer Leben ist Lernen. SP 223
Lust am Denken Hrsg. von Klaus Piper. SP 250
Lust an der Musik Hrsg. von Klaus Stadler. SP 350
Franz Marc Briefe aus dem Feld. Neu hrsg. von Klaus Lankheit/Uwe Steffen. SP 233
Yehudi Menuhin Ich bin fasziniert von allem Menschlichen. SP 263
Yehudi Menuhin Variationen. SP 369

Serie Piper

Die Stimme des Menschen Hrsg. von Hans Walter Bähr. SP 234
Hans Peter Thiel Erklär mir die Erde. SP 5003
Hans Peter Thiel Erklär mir die Tiere. SP 5005
Hans Peter Thiel/Ferdinand Anton Erklär mir die Entdecker. SP 5001
Ludwig Thoma Heilige Nacht. SP 262
Ludwig Thoma Moral. SP 297
Ludwig Thoma Münchnerinnen. SP 339
Ludwig Thoma Tante Frieda. SP 379
Ludwig Thoma Der Wilderer. SP 321
Giuseppe Tomasi di Lampedusa Der Leopard. SP 320
Franz Tumler Das Land Südtirol. SP 352
Das Valentin Buch Hrsg. von Michael Schulte. SP 370
Karl Valentin Die Friedenspfeife. SP 311
Vor uns die goldenen neunziger Jahre Hrsg. von Martin Jänicke. SP 377
Cosima Wagner Die Tagebücher. Bd. 1 SP 251, Bd. 2 SP 252,
Bd. 3 SP 253, Bd. 4 SP 254
Richard Wagner Mein Denken. Hrsg. von Martin Gregor-Dellin. SP 264
Paul Watzlawick Die erfundene Wirklichkeit. SP 373
Paul Watzlawick Wie wirklich ist die Wirklichkeit? SP 174
Der Weg ins Dritte Reich. SP 261
Wege zum Sinn Hrsg. von Alfried Längle. SP 387
Johannes Wickert Isaac Newton. SP 215
Wolfgang Wickler Die Biologie der Zehn Gebote. SP 236
Wolfgang Wickler/Uta Seibt männlich weiblich. SP 285
Wolfgang Wieser Konrad Lorenz und seine Kritiker. SP 134
Sighard Wilhelm Geschichte der Bundesrepublik Deutschland. SP 256
Wilhelm Worringer Abstraktion und Einfühlung. SP 122
Wörterbuch der Erziehung Hrsg. von Christoph Wulf. SP 345
Heinz Zahrnt Aufklärung durch Religion. SP 210
Dieter E. Zimmer Die Vernunft der Gefühle. SP 227